全唐诗

第二卷

[清]彭定求等 编

中州古籍出版社
·郑州·

全唐诗卷一百十八

孙逖

孙逖,河南人。开元中,三擅甲科,擢左拾遗。表举幕职,入为集贤院修撰,改考功员外郎,迁中书舍人。典诏诰,判刑部侍郎,终太子詹事。谥曰文。集二十卷。今编诗一卷。

和左司张员外自洛使入京中路先赴长安,逢立春日赠韦侍御—作郎等诸公

拜郎登省闼,奉使驰车乘。遥瞻使者星,便是郎官应。台妙时相许—作放言,皇华德弥称。二陕听风谣,三秦望形胜。此中暌益友,是日多诗兴。寒尽岁阴催,春归物—作日华证。

和登会稽山

稽山碧湖上,势入东溟尽。烟景昼清明,九峰争隐嶙。望中厌朱绂,俗内探玄牝。野老听鸣驺,山童拥行轸。仙花寒未落,古蔓柔堪引。竹涧入山—作霜多,松崖向天近。云从海天去,日就江村陨。能赋丘尝闻,和歌参不敏。冥搜信冲漠,多士期标准。愿奉濯缨心,长谣反招隐。

送杨法曹按括州

东海天台山,南方缙云驿—作国。溪澄—作澄清问人隐,岩险烦登陟。潭壑随星使,轩车绕春色。倪寻琪树人,为报长相忆。

葛山潭

圆潭写流月,晴明涵万象。仙翁何时还,绿水空荡漾。凉哉草木腓,白露沾人衣。犹醉空山里,时闻笙鹤飞。

丹阳行

丹阳古郡洞庭阴,落日扁舟此路寻。传是东南旧都处,金陵中断碧江深。在昔风尘起,京都乱如燬。双阙戎虏间,千门战场里。传闻一马化为龙,南渡衣冠亦愿从。石头横帝里,京口拒戎锋,青枫林下回天眸,杜若洲前转国

容。都门不见河阳树,辇道唯闻建业钟。中原悠悠几千里,欲扫欃枪未云已。英雄倾夺何纷然,一盛一衰如逝川。可怜宫观重江里,金镜相传三百年。自从龙见圣人出,六合车书混为一。昔年王气今何在,并向长安就尧日。荆榛古木闭荒阡,共道繁华不复全。赤县唯余江树月,黄图半入海人烟。暮来山水登临遍。览古愁吟泪如霰。唯有空城多白云,春风淡荡无人见。

山阴县西楼

都邑西楼芳树间,逶迤霁色绕江山。山一作海月夜从公署出,江云晚对讼庭还。谁知春色朝朝好,二月飞花满江草。一见湖边杨柳风,遥忆青青洛阳道。

夜宿浙江

扁舟夜入江潭泊,露白风高一作秋气萧索。富春渚上潮未还,天姥岑边月初落。烟水茫茫多苦辛,更闻江上越人吟。洛阳城阙何时见,西北浮云朝暝深。

春日留别

春路逶迤花柳前,孤舟晚泊就人烟。东山白云不可见,西陵江月夜娟娟。春江夜尽潮声度,征帆遥从此中去。越国山川看渐无,可怜愁思江南树。

奉和四月三日上阳水窗赐宴应制得春字

今日逢初夏,欢游续旧旬。气和先作雨,恩厚别成春。凤吹临清洛,龙舆下紫宸。此中歌在藻,还见跃潜鳞。

奉和登会昌山应制

岩磴列云旗,吾君访道时。乾行万物睹,日驭一作驻六龙迟。望远回天顾,登高动睿词。愿因山作寿,长保会一作运昌期。

正月十五日夜应制一作沈佺期诗

洛城一作阳三五夜,天子万年春。彩仗移双阙,琼筵会九宾。舞成苍颉字,灯作法王轮。不觉东方日一作白,遥垂一作延随御藻一作柳新。

奉和御制登鸳鸯楼即目一作日应制

玉辇下离宫,琼楼上半空。方巡五年狩,更辟四门聪。井邑观秦野,山河念禹功。停銮留睿作,轩槛起南风。

进船泛洛水应制一作薛稷惠诗

禁园纡睿览,仙棹叶时游。洛北风花树,江南彩画舟。芳生兰蕙草,春入凤凰楼。兴尽离宫暮,烟光起夕流。

和常州崔使君寒食夜

闻道清明近,春庭一作闱向夕阑。行游昼不厌,风物夜宜看。斗柄更初转,梅香暗里残。无劳秉华烛,清一作晴月在南端。

和韦兄一作韦尚书春日南亭宴兄弟兄在京

台阁升高位,园林隔旧乡。忽闻歌棣萼,还比报琼芳。门向宜春近,郊连御宿长。德星常有会,相望在文昌。

奉和崔司马游云门寺

系马清溪树　禅门春气浓。香台花下出,讲坐竹间逢,觉路山童引,经行谷鸟从。更言穷寂灭,回策上南峰。

酬万八贺九云门下归溪中作

晚从灵境出,林壑曙云飞。稍觉清溪尽,回瞻画刹微。独园余兴在,孤棹宿心违。更忆登攀处,天香满一作盈袖归。

春初送吕补阙往西岳勒碑得云字

刻石记天文,朝推谷子云。箧中缄圣札,岩下揖神君。语别梅初艳,为期草欲薰。往来春不尽,离思莫氛氲。

送越州裴参军充使入京

日落川径寒,离心苦未安。客愁西向尽,乡梦北归难。霜果林中变,秋花水上残。明朝渡江后,云物向南看。

送周判官往台州

吾宗长作赋,登陆访天台。星使行看入,云仙意转催。饮冰攀璀璨,驱传历莓苔。日暮东郊别,真情去不回。

送魏骑曹充宇文侍御判官分按山南

云雨阳台—作台南路,光华驿骑巡。劝农开梦土,恤隐惠荆人。楼迥吟黄鹤,江长望白蘋。观风布明诏,更是汉南春。

送苏郎中绾出佐荆州

神仙久留滞,清切亻飞翻。忽佐南方牧,何时西掖垣。高车自兰省,便道出荆门。不见河梁别,空销郢路魂。

冬末送魏起居赴京

大名将起魏,良史更逢迁。驿骑朝丹阙,关亭望紫烟。西京春色近,东观物华偏。早赴王正月,挥毫记首年。

送李补阙摄御史充河西节度判官

昔年叨补衮,边地亦埋轮。官序惭先达,才名畏后人。西戎虽献款,上策耻和亲。早赴前军—作军戎幕,长清外域尘。

送赵—作许评事摄御史监军岭南

议狱持邦典,临戎假宪威。风从阊阖去,霜入洞庭飞。篁竹迎金鼓,楼船引绣衣。明年拜—作降真月,南斗使星归。

送靳十五侍御使蜀

天使出霜台,行人择吏才。传车春色送,离兴夕阳催。驿绕巴江转,关迎剑道开。西南一何幸,前后二龙来。

送李给事归徐州觐省

列位登青琐,还乡复彩衣。共言晨省日,便是昼游归。春水经梁宋,晴山入海沂。莫愁东路远,四牡正骓骓。

送杜侍御赴上都

避马台中贵,登车岭外遥。还因贡赋礼,来谒大明朝。地入商山路,乡连渭水桥。承恩返南越,尊酒重相邀。

送张环摄御史监南选

汉使得张纲,威名摄远方。恩沾柱下史,荣比选曹郎。江带黔中阔,山连峡水长。莫愁炎暑地,秋至有严霜。

宴越府陈法曹西亭

公府西岩下,红亭间白云。雪梅初度腊,烟竹稍迎曛。水木涵澄景,帘栊引霁氛。江南归思遍,春雁不堪闻。

同邢判官寻龙湍观归湖中

星使下仙—作天京,云湖喜昼晴。更从探穴处,还作棹歌行。丝管荷风入,帘帷竹气清。莫愁归路远,水月夜虚明。

寻龙湍

仙穴寻遗迹,轻舟爱水乡。溪流一曲尽,出路九峰长。渔父歌金洞,江妃舞翠房。遥怜葛仙宅,真气共微茫。

宿云门寺阁

香阁东山下,烟花象外幽。悬灯千嶂夕,卷幔五湖秋。画壁余—作飞鸿雁,纱窗宿斗牛。更疑天路近,梦与白云游。

扬子江楼

扬子何年邑,雄图作楚关。江连二妃渚,云近八公山。驿道青枫外,人烟绿屿间。晚来潮正满,数处落帆还。

淮阴夜宿二首

水国南无畔,扁舟北未期。乡情淮上失,归梦郢中疑。木落知寒近,山长见日迟。客行心绪乱,不及洛阳时。

水夕卧烟塘,萧条天一方。秋风淮水落,寒夜楚歌长。宿莽非中土,鲈鱼岂我乡。孤舟行已倦,南越尚茫茫。

下京口埭夜行

孤帆度绿氛,寒浦落红曛。江树朝来出,吴歌夜渐闻。南溟接潮水,北斗近乡云。行役从兹去,归情入雁群。

山行遇雨

骤雨昼氤氲,空天望—作夜不分。暗山唯觉电,穷海但生云。涉涧猜行潦,缘崖畏宿氛。夜来江月霁,棹唱此中闻。

夜到润州

夜入—作到丹阳郡,天高气象秋。海隅云汉转,江畔火星流。城郭传金柝,闾阎闭绿洲。客行凡几夜,新月再如钩。

和常州崔使君咏后庭梅二首

闻唱梅花落,江南春意深。更传千里外,来入越人吟。弱干红妆倚,繁香翠羽寻。庭中自公日,歌舞向芳阴。

梅院重门掩,遥遥歌吹边。庭深人不见,春至曲能传。花落弹棋处,香来荐枕前。使君停五马,行乐此中偏。

同和咏楼前海石榴二首

客自新亭郡,朝来数物华。传君妓楼好,初落海榴花。露色珠帘映,香风粉壁遮。更宜林下雨,日晚逐行车。

海上移珍木,楼前咏所思。遥闻下车日,正在落花时。旧绿香行盖,新红洒步綦。从来寒不易,终见久逾滋。

故右丞相赠太师燕文贞公挽词二首

海内文章伯,朝端礼乐英。一言兴宝运,三入济群—作苍生。命与才相偶,年将位不并。台皇忽已坼,流恸轸皇情。

甲第三重—作长戟,高门四列侯。已成冠盖里,更有凤皇楼。人世方为乐,生涯遽若休。空余—作为掌纶地,传庆百千秋。

故陈州刺史赠兵部尚书韦公挽词

奕叶金章贵,连枝鼎位尊。台庭为凤穴,相府是鸰原。世阅空悲命,泉幽不返魂。惟余汉臣史,继术赞韦门。

故程将军妻南阳郡夫人樊氏挽歌

德配程休甫,名高鲁季姜。宠荣苍玉珮,宴梦—作蔓郁金堂。白日期偕老,幽泉忽悼亡。国风犹在咏,江汉近南阳。

和上巳连寒食有怀京洛

天津御柳碧遥遥,轩骑相从半下朝。行乐光辉寒食借,太平歌舞晚春饶。红妆楼下东郊道,青草洲边南渡桥。坐见司空扫西第,看君侍从落花朝。

和左司张员外自洛使入京中路先赴长安,逢立春日赠韦侍御等诸公

忽睹云间数雁回,更逢山上正—作一花开。河边淑气迎芳草,林下轻风待落梅。秋宪府中高唱入,春卿署里和歌—作诗来。共言东阁招贤地,自有西征谢傅—作作赋才。

和崔司马登称心山寺

郡府乘休日,王城访道初。觉花迎步履,香草藉行车。倚阁观无际,寻山坐—作尽太虚。岩空迷禹迹,海静望秦余。翡翠巢珠网,鹍鸡间绮疏。地灵资净土,水若护真如。宝树谁攀折,禅云自卷舒。晴分五湖势,烟合九夷—作疑居。生灭纷无象,窥临已得鱼。尝闻宝刀赠,今日奉琼琚。

奉和李右相中书壁画山水

庙堂多暇日,山水契中—作真情。欲写高深趣,还因藻绘成。九江临户牖,三峡绕檐楹。花柳穷年发,烟云逐意生。能令万里近,不觉四时行。气染荀香馥,光含乐镜清。咏歌齐出处,图画表冲盈。自保千年遇。何论八载荣。

李公诗云,八载忝司存。

奉和李右相赏会昌林亭

贤相初陪跸,灵山本降神。作京雄近县,开阁宠平津。地胜林亭好,时清宴赏频。百泉萦—作荣草木,万井布郊畛。德与春和盛,功将造化邻。还嗤渭滨叟,岁晚独垂纶。

和左卫武仓曹卫中对雨创—作剧韵赠右卫李骑曹二人同任校书

林父同官意,宣尼久骑交。文场刊玉篆,武事掌金铙。道合宜连茹,时清岂系匏。克勤居薄领,多暇屏嚣谤。美酒怀公宴,玄谈俟客嘲。薄云生北阙,飞雨自西郊。院暑便清旷,庭芜觉渐苞。高门关讵闭,逸韵柱难胶。枳棘鸾无叹,椅梧凤必巢。忽闻徵并作,观海愧堂坳。

送新罗法师还国

异域今无外,高僧代所稀。苦心归—作穷寂灭,宴坐得精微。持钵何年至,传灯是日归。上卿挥别藻—作操,中禁下禅衣。海阔杯还度,云遥锡更飞。此行迷处所,何以慰虔祈。

送赵大夫护边—作送赵都护赴安西

外域分都护,中台命职方。欲传清庙略,先—作为取剧曹郎。已佩登坛印,犹怀伏奏香—作章。百壶开祖—作诏饯,驷牡戒—作结戎装。青海连西掖—作极,黄河带北凉。关山瞻汉月,戈剑宿胡霜。体国才先著,论兵策复长。果持文武术,还继杜—作晋当阳。

立秋日题安昌寺北山亭

楼观倚长霄,登攀及霁朝。高如石门顶,胜拟赤城标。天路云虹近,人寰气象遥。山围—作清伯禹庙,江落伍胥潮。徂暑迎秋薄,凉风是夕飘。果林馀苦李,萍水覆甘蕉。览古嗟夷漫,凌空爱沉—作寂寥。更闻金刹下,钟梵晚萧萧。

登越州城

越嶂绕层城,登临万象清。封圻沧海合,廛市碧湖明。晓日渔歌满,芳春棹唱行。山风吹—作摇美箭,田雨润香粳。代阅英灵尽,人闲吏隐并。赠言王逸少,已见曲池平。

江行有怀

秋水明川路,轻舟转石圻。霜多山橘熟,寒至浦禽稀。飞席乘风势,回流荡日晖。昼行疑海若,夕梦识江妃。野霁看吴尽,天长望洛非。不知何岁月,一似暮潮归。

长洲苑吴黄武中,此地校猎

吴王初鼎峙,羽猎骋雄才。辇道阊门出,军容茂苑来。山从列嶂—作障转,江自绕林回。剑骑缘汀入,旌门隔屿垂。合离纷若电,驰逐溢成雷。胜地虞人守,归舟汉女陪。可怜夷漫处,犹在洞庭隈。山静吟猿父—作缺,城空应雉媒。戎行委乔木,马迹尽黄埃。揽涕问遗老,繁华安在哉。

和咏廨署有樱桃

上林天禁里,芳树有红樱。江国今来见,君门春意生。香从花绶转,色绕佩珠明。海鸟衔初实,吴姬扫落英。切将稀取贵,羞与众同荣。为此堪攀折,芳蹊处处成。

同洛阳李少府观永乐公主入蕃

边地莺花少,年来未觉新。美人天上落,龙塞始应春。

途中口号

邺城东北望陵台,珠翠繁华去不回。无复新妆艳红粉,空余故垄满青苔。

晦日湖塘

吉日初成晦,方塘遍是春。落花迎二月,芳树历三旬。公子能留客,巫阳好解神。夜还何虑暗,秉烛向城闉。

句

野烟出炉上,山花落镜中。《庐山》。见《诗式》。

全唐诗卷一百十九

崔国辅

崔国辅,吴郡人。开元中,应县令举,授许昌令。累迁集贤直学士,礼部员外郎。后坐事贬晋陵郡司马。诗一卷。

从军行

塞北胡霜下,蓟州索兵救。夜里偷道行,将军马亦瘦。刀光照塞月,阵色明如昼。传闻贼满山,已共前锋斗。

杂诗

逢著平乐儿,论交鞍马前。与酤—作兴酬一斗酒,恰用十千钱。后余在关内,作事多迍邅。何肯相救授—作何处肯相救,徒闻宝剑篇。

古意

红荷楚水曲,彪炳烁晨霞。未得两回摘,秋风吹却花。时芳不待妾,玉珮无处夸。悔不盛年时,嫁与青楼家。

宿法华寺

松雨时复滴,寺门清且凉。此心竟谁证,回憩支公床。壁画感灵迹,龛经传异香。独游寄象外,忽忽归南昌。

题豫章馆

杨柳映春江,江南转佳丽。吴门绿波里,越国青山际。游宦常往来,津亭暂临憩。驿前苍石没,浦外湖沙细。向晚宴且久,孤舟冏然逝。云留西北客,气歇东南帝。独有萋萋心,谁知怨芳岁。

石头滩—作濑作

怅矣秋风时,余临石头濑。因高见远境—作超远,尽此数州内—作望尽此州内,羽山数—作点青,海岸杂光—作花碎。离离树木少,潆潆湖波—作森森波潮大。日暮千里帆,南飞落天外。须臾遂入夜,楚色有微霭。寻远迹—作路已穷,遗荣事多昧，一身犹未理，安得济时代。且泛朝夕潮，荷衣蕙为带。

漂母岸

泗水入淮处，南边古岸存。秦时有漂母，于此饭—作馈王孙。王孙初未遇，寄食何—作多足论。后为楚王来，黄金—作誓欲答母恩。事迹遗在此，空伤千载魂。茫茫水中渚，上有一孤墩。—作寒家洲涨未解，荒陇草空繁。遥望不可到，苍苍烟树昏。几年崩冢色，每—作暮日落潮痕，古地多陧圮，时哉不敢言。向夕泪沾裳，遂—作只宿芦洲村。

对酒吟

行行日将夕，荒村古冢—作路无人迹。蒙笼荆棘一鸟吟—作飞，屡唱—作劝提壶沽酒吃。古人不达酒不足，遗恨精灵传此曲。寄言世上—作当代诸少年，平生且尽杯中醁。

奉和华清宫观行香应制

天子蕊—作藻珠宫，楼台碧落通。豫游皆汗漫，斋处即崆峒。云物三光里，君臣一气中，道言何所说，宝历自无穷。

七夕

太守仙潢族，含情七夕多。扇风生玉漏，置水写银河。阁下陈书籍，闺中曝绮罗。遥思汉武帝，青鸟几时过。

宿范浦

月暗潮又落，西陵渡暂停。村烟和海雾，舟火乱江星。路转定山绕—作远，塘连范浦横。鸱夷近何去，空山临沧溟。

奉和圣制上巳祓禊应制

元巳秦中节，吾君灞上游。鸣銮通禁苑，别馆绕芳洲。鹓鹭千官列，鱼龙百戏浮。桃花春欲尽，谷雨夜来收。庆向尧樽祝，欢从楚棹讴。逸诗何足对，窅作掩东周。

九日侍宴应制

运偶千年圣，时传九日神。尧樽列钟鼓，汉阙辟钩陈。金箓三清降，琼筵五老巡。始惊兰佩出，复咏柏梁新。云雁楼前晚，霜花酒里春。欢娱无限极，书剑太平人。

杭州北郭戴氏荷池送侯愉

秋近万物肃，况当临水时。折花赠归客，离绪断荷丝。谁谓江国永，故人感在兹。道存过北郭，情极望东菑。乔木故园意，鸣蝉穷巷悲。扁舟竟何待，中路每迟迟。

怨词二首

妾有罗衣裳，秦王在时作。为舞春风多，秋来不堪著。

楼头—作前桃李疏，池上芙蓉落，织锦犹未成，蛩声入罗幕。

古意二首

玉笼薰绣裳，著罢眠洞房。不能音耐春风里，吹却兰麝香。

种棘遮蘼芜，畏人来采—作摘杀。比至狂夫还，看看几花发。

襄阳曲二首

蕙草娇红萼，时光舞碧鸡。城中美年少，相见白铜鞮。

少年襄阳地，来往襄阳城。城中轻薄子，知妾解秦筝。

魏宫词

朝日照—作点红妆，拟上铜雀台。画眉犹未了—作竟，魏帝使人催。

长信草—作长信宫，一作婕妤怨

长信宫中草，年年愁处生。故—作时侵珠履迹，不使玉阶行。

长乐少年行—作古意

遗却珊瑚鞭，白马骄不行。章台折杨柳，春日—作草路旁情。

湖南曲—作古意

湖南送—作与君去—作别，湖北送—作忆君

归。湖里鸳鸯鸟一作起,双双他自飞。

中流曲一作古意

归时一作来日尚早,更欲向芳洲。渡口水流急,回船不自由。

王孙游

自与王孙别,频看黄鸟飞。应由春草误,著处不成归。

采莲曲

玉淑花争发,金塘水乱流。相逢畏相失,并著采莲舟。

子夜冬歌

寂寥抱冬心,裁罗又一作文裛裛。夜久频挑灯,霜寒剪刀冷。

丽人曲

红颜称绝代,欲并真无俦。独有镜中人,由来自相许。

小长干曲

月暗送潮一作湖风,相寻路不通。菱歌唱不彻,知在此塘中。

王昭君一作吟叹曲

汉使南还尽,胡中妾独存。紫台绵望绝,秋草不堪论。

秦女卷衣一作妾薄命

虽入秦帝宫,不上秦帝床。夜夜玉窗里,与他卷衣一作罗裳。

今别离

送别未能旋,相望连水口。船行欲映洲,几度急摇手。

卫艳词

淇上桑叶青,青楼含白日。比时遥望君,车马城中出。

渭水西别李仓一作李仓

陇右一作外长亭堠,山阴古塞秋。不知呜咽水,何事向西流。

古意

净扫黄金阶,飞霜皎一作厚如雪。下帘弹箜篌,不忍见秋月。

送韩十四被鲁王推递往济南府

西候情何极,南冠怨有余。梁王虽好事一作士,不察狱中书。

白纻辞二首

洛阳梨花落一作白如霰,河阳桃叶生复齐。坐惜一作怨,又作恐玉一作舞楼春欲尽,红绵粉絮裛妆啼。此首一作《香风词》。

董贤女弟在椒风,窈窕繁华贵后宫。璧带金釭皆翡翠,一朝零落变成空。

九日

江边枫落菊花黄,少长登高一望乡。九日陶家虽载酒,三年楚客已沾裳。

王昭君

一回望月一回悲,望月月移人不移。何时得见汉朝使,为妾传书斩画师。

全唐诗卷一百二十

崔珪

崔珪,贝丘人。开元中,官太子詹事,与兄中书舍人琳,弟光禄卿瑶,俱列荣戟,世号三戟崔家。诗一首。

孤寝怨

征戍动经年,含情拂玳筵。花飞织锦处,月落捣衣边。灯暗愁孤坐,床空怨独眠。自君辽海去,玉匣闭春弦。

杨浚

杨浚,官校书郎。开元中,尝作《圣典》三卷上之。诗三首。

题武陵一作临草堂

草堂列仙楼,上在青山顶。户外窥数峰,阶前对双井。雨来花尽湿,风度松初冷。登栈行不疲,入溪语弥静。云能去尘服,兼欲事金鼎。正直心所存,讠永谀长自省,适知幽遁趣,已觉烦虑屏。更爱云林间,吾将卧南颖。

广武怀古

河水城下流,登城望弥惬。海云飞不断,岸草绿相接。龙门无旧场,武牢有遗堞。扼喉兵易守,扣指计何捷。天夺项氏谋,卒成汉家业。乡山遥可见,西顾泪盈睫。

赠李郎中

仙郎早朝退,直省卧南轩。院竹自成赏,阶庭寂不喧。焚香开后阁,起草闭前门。礼乐风流美,光华星位尊。荣兼朱绂贵,交乃布衣存。是日登龙客,无忘君子恩。

刘晏

刘晏,字士安,曹州南华人。年七岁,举神童。累官殿中侍御史,迁度支郎中,杭陇华三州刺史。寻迁河南尹,入为京兆尹,再拜户部侍郎,举颜真卿以自代。宝应二年,迁吏部尚书平章事，领度支盐铁转运租庸使。坐事罢相，诸使如故。晏以转运为己任，开三门渠津遗迹，岁运米数百万石，以济关中。晏理家俭约，而重交敦旧。视事敏速，乘机无滞。在职十余年，权势之重，邻于宰相。后为杨炎诬构死。诗二首。

咏王大娘戴竿

《太平御览》云：明皇御勤政楼，大张乐，罗列百技。时教坊有王大娘者，戴百尺竿，竿上施木山，状瀛洲方丈，令小儿持绛节出入于其间，歌舞不辍。时晏以神童为秘书正字，方十岁。帝召之，贵妃置之膝上，为施粉黛，与之巾帨，令咏王大娘戴竿。晏应声而作，因命牙笏及黄纹袍赐之。

楼前百戏竞争新，唯有长竿妙入神。谁谓绮罗番有力，犹自嫌轻更著人。

享太庙乐章

汉祚惟永，神功中兴。凤驱氛祲，天覆黎蒸。三光再朗，庶绩其凝。重熙累叶，景命是膺。

袁瓘

袁瓘，明皇时官赣县尉。诗二首。

鸿门行

少年买意气，百金不辞费。学剑西入秦，结交北游魏。秦魏多豪人，与代亦殊伦。由来不相识，皆是暗相亲。宝马青丝辔，狐裘貂鼠服。晨过剧孟游，暮投咸阳宿。然诺本云云，诸侯莫不闻。犹思百战术，更逐李将军。始从灞陵下，遥遥度朔野。北风闻楚歌，南庭见胡马。胡马秋正肥，相邀夜合围。战酣烽火灭，路断救兵稀。白刃纵横逼，黄尘飞不息。房骑血洒衣，单于泪沾臆。献凯云台中，自言塞上雄，将军行失势，部曲遂无功。新人不如旧，旧人不相救。万里长飘飘，十年计不就。弃置难重论，驱马度鸿门。行看楚汉事，不觉风尘昏。宝剑中夜抚，悲歌聊自舞。此曲不可终，曲终泪如雨。

惠文太子挽歌 睿宗之子岐，王范也，开元十四年卒。赠太子。

寒仗丹旐引，阴堂白日违。暗灯明象物，画水湿灵衣。羽化淮王去，仙迎太子归。空余燕衔土，朝夕向陵飞。

李昂

李昂，开元中考功员外郎。诗二首。

从军行

汉家未得燕支山，征戍年年沙朔间。塞下长驱汗血马，云中恒闭玉门关。阴山瀚海千万里，此日桑河冻流水。稽洛川边胡骑来，渔阳戍里烽烟起。长途羽檄何相望，天子按剑思北方。羽林练士拭金甲，将军校战出玉堂。幽陵异域风烟改，亭障连连古今在。夜闻鸿雁南渡河，晓望旌旗北临海。塞沙飞淅沥，遥裔连穷碛。玄漠云平初合阵，西山月邮闻鸣镝。城南百战多苦辛，路旁死卧黄沙人。戎衣不脱随霜雪，汗马趋趁长被铁。杨叶楼中不寄书。莲花剑上空流血。匈奴未灭不言家，驱逐行行边徼赊。归心海外见明月，别思天边梦落花。天边一作落花回望何悠悠，芳树无人渡陇头。春云不变阳关雪，桑叶先知胡地秋。田畴不卖卢龙策，窦宪思勒燕然石。麾兵静北垂，此日交河湄。欲令塞上无干戚，会待单于系颈时。

赋戚夫人楚舞歌

定陶城中是妾家，妾年二八颜如花。闺中歌舞未终曲，天下死人如乱麻。汉王此地因征战，未出帝枕人已荐。风花菡萏落辕门，云雨裴回入行殿。日夕悠悠非旧乡，飘飘处处逐君王。闺门向一作玉闺门里通归梦，银烛迎来在战场。相从一作从来顾恩不雇己，何异浮萍寄深水。逐战曾迷只轮下，随君几陷重围里。此时平楚复平齐，咸阳宫阙到关西。珠帘夕殿闻钟磬，白日秋天忆鼓鼙。君王纵恣翻成误，吕后由来有深妒。不奈君王容鬓衰，相存相顾能几时。黄泉白骨不可报，雀钗翠羽从此辞。君楚歌兮妾楚舞，脉脉相看两心苦。曲未终兮袂更扬,君流涕兮妾断肠。已见储君一作谋臣归惠帝,徒留爱子付周昌。

句

耳临清渭洗,心向白云闲。《纪事》云:唐隽秀诸科,初皆考功主之。开元二十四年,昂为员外,主试事。昂性刚急,集贡士与之约,有请托者,当首落之。既而昂外舅举进士李权,昂召权,庭数之,且斥其章句之瑕以辱焉。权应曰:"人或相知,窃闻左右,非敢求也。鄙文不臧,既闻命矣。执事昔有雅什,愚将切磋,可乎?"昂怒而嬉笑曰:"有何不可?"权曰:"耳临清渭洗,心向白云闲。非执事词耶?昔唐尧让天下于许由,由恶闻,故洗耳。今天子春秋鼎盛,不揖让于足下,而洗耳,何哉?"昂闻,骇而起,不知所酬,诉执政下权吏。自后以省郎位轻,不足临多士,以礼部侍郎专之。

厍狄履温

厍狄履温,官尚书员外郎,兼充节度判官。开元九年宇文融括田时,奏置劝农判官。以履温等二十九人并摄御史,分行天下。诗一首。

夏晚初霁南省寓直用余字时兼尚书郎节度判官

薄宦因时泰,凉宵寓直初。沉沉仙阁闭,的的暗更徐。霁色连空上,炎氛入夜除。星回南斗落,月度北窗虚。待漏残灯照,含芳袭气余。寐来冠不解,奏罢草仍书。幕府惭良策,明曹愧散樗。命轻徒有报,义重更难疏。燕厦欣成托,鹓行滥所如。晨趋当及早,复此戒朝车。

寇坦

寇坦,开元时人。诗二首。

同皇甫兵曹天官寺浴室新成招友人赏会

温室欢初就,兰交托胜因。共听无漏法,兼濯有为尘。水洁三空性,香沾四大身。清心多善友,颂德慰同人。

同张少府和厍狄员外夏晚初霁南省寓直时兼充节度判官之作

黄绶归休日,仙郎复奏余。晏居当夏晚,寓直会晴初。露散星文发,云披水镜虚。高才推独唱,嘉会喜连茹。月色摇春闼,香烟霭暝庐。千门传夜警,万象照阶除。少孺嘉能赋,文强阅赐书。兼曹谋未展,入幕志方摅。为奉灵台帛,恭先待漏车。贞标不可仰,空此乐樵渔。

李休烈

李休烈,开元中洛阳尉。诗一首。

咏铜柱

天门街里倒天枢,火急先须御火珠。计合一条丝线挽,何劳两县索人夫。长寿三年,武后建铜柱,谓之天枢。开元中诏毁。先是有讹言云:一条丝,挽天枢。故休烈诗及之。

全唐诗卷一百二十一

李林甫

李林甫,高祖从父弟之孙。初为千牛直长,其舅姜皎深爱之。开元初,迁太子中允,与源乾曜有姻亲。乾曜执政,其子絜为林甫求司门郎中,乾曜薄其为人,不许。后宇文融引为御史,历吏部侍郎,执政荐其有宰相才,即拜黄门侍郎平章事。再进兵部尚书,寻代张九龄为中书集贤殿大学士。林甫性沉密,城府深阻,多猜忌,能阴中人。秉钧二十年,朝野侧目。素寡学术,其题尺皆郭慎微、苑咸代为之。今存诗三首。

送贺监归四明应制

挂冠知止足,岂独汉疏贤。入道求真侣,辞恩访列仙。睿文含日月,宸翰动云烟。鹤驾吴乡远,遥遥南斗边。

奉和圣制次琼岳应制

东幸从人望,西巡顺物回。云收二华出,天转五星来。十月农初罢,三驱礼复开。更看琼岳上,佳气接神台。

秋夜望月忆韩席等诸侍郎因以投赠

秋天碧云夜,明月悬东方。皓皓庭际色,稍稍林下光。桂华澄远近,璧彩散池塘。鸿雁飞难度,关山曲易长。揆予秉孤直,虚薄忝文昌。握镜惭先照,持衡愧后行。多才众君子,载笔久词场。作赋推潘岳,题诗许谢康。当时陪宴语,今夕恨相望。愿欲接高论,清晨朝建章。

杨炎

杨炎,字公南,凤翔人。初为河西节度掌书记,拜起居舍人。历礼部郎中,迁中书舍人,与常衮并掌纶诰。衮长于除书,炎善于德音,时称"常杨"。进吏部侍郎,坐附元载,贬道州司马。德宗即位,崔祐甫荐其文学器用,上亦自闻其名,拜门下侍郎同平章事。再贬崖州司马。炎初奏请内府租赋仍归左藏库,及定两税法,颇有嘉声。专政后,惟务报雠构害,意为爱憎,卒至赐死。集十卷。今存诗二首。

流崖州至鬼门关作

一去一万里,千知千不还。崖州何处在,生度鬼门关。

赠元载歌妓

雪面淡眉天上女,凤箫鸾翅欲飞去。玉山翘翠步无尘,楚腰如柳不胜春。《杜阳杂编》云:载宠姬薛瑶英,玉质香肌,善歌舞,唯炎及贾至与载善,得见,炎作长歌赠之。今不全。

元载

元载,字公辅,岐山人。嗜学好属文,以明庄、老、文、列四子之学,策入高科。初授新平尉,历度支郎中。肃宗嘉其奏对,委以国计。充使江淮,都领漕挽。俄迁户部侍郎度支使。并诸道转运使。以附李辅国,迁中书侍郎同平章事,排去忠良,引用贪猥。大历中,以贿败,伏诛。集十卷。今存诗一首。

别妻王韫秀 王忠嗣镇太原,以女韫秀归载。久而见轻于王之亲属,韫秀劝之游学,因为诗别之入秦。

年来谁不厌龙钟,虽在侯门似不容。看取海山寒翠树,苦遭霜霰到秦封。

陈希烈

陈希烈,宋州人,长于名理。开元中,于禁中讲老易,累迁至秘书少监,代张九龄专判集贤院事。明皇凡有撰述,必经其手。李林甫知上眷待,乃引为宰相。宠遇侔于林甫,后为杨国忠所嫉,罢知政事。禄山之乱,受伪命为中书令,论陷贼罪当死。肃宗以旧恩特原之,长流合浦郡。诗三首。

赋得云生栋梁间

一片苍梧意,氤氲生栋梁。下帘山足暗,开户日添光。偏使衣裳润,能令枕簟凉。无心伴行雨,何必梦荆王。

奉和圣制三月三日

上巳迁龙驾,中流泛羽觞。酒因朝太子,诗为乐贤王。锦缆方舟渡,琼筵大乐张。风摇垂柳色,花发异林香。野老歌无事一作无公事,朝臣饮岁芳。皇情被群物,中外洽恩光。

省试白云起封中

千年泰山顶,云起汉王封。不作奇峰状,宁分触石容。为霖虽易得,表圣自难逢。冉冉排空上,依依叠影重。素光非曳练,灵贶是从龙。岂学无心出,东西任所从。

张渐

张渐,循之从子也。天宝中,杨国忠辟为幕佐。与窦华、宋昱、郑昂、魏仲犀同列,官至翰林学士。国忠败,坐诛。诗一首。

朗月行

朗月照帘幌,清夜有余姿。洞房怨孤枕,挟琴爱前墀。萱草已数叶,梨花复遍枝。去年草始荣,与君新相知。今年花未落,谁分生别离。代情难重论,人事好乖移。合比月华满,分同月易亏。亏月当再圆,人别星陨天。吾欲竟此曲,意深不可传。叹息孤鸾鸟,伤心明镜前。

宋昱

宋昱,天宝中为中书舍人。以附杨国忠,赀产甚富,为乱兵所杀。诗三首。

晓次荆江

孤舟大江水,水涉无昏曙。雨暗迷津时,云生望乡处。渔翁闲自乐,樵客纷多虑。秋色湖上山,归心日边树。徒称竹箭美,未得枫林趣。向夕垂钓还,吾从落潮去。

题石窟寺魏孝文所置

梵宇开金地,香龛凿铁围。影中群象动,

空里众灵飞。檐甍笼朱旭,房廊挹翠微。瑞莲生佛步,瑶树挂天衣。邀福功虽在,兴王代久非。谁知云朔外,更睹化胡归。

樟亭观涛

涛来势转雄,猎猎驾长风。雷震云霓里,山飞霜雪中。激流起平地,吹涝上侵空。寥廓乾坤异,盈虚日月同。舻艎从陆起。洲浦隔阡通。跳沫喷岩翠,翻波带景红。怒湍初抵北,却浪复归东。寂听堪增勇,晴看自发蒙,伍生传或谬,枚叟说难穷。来信应无已,申威亦匪躬。冲腾如决胜,回合似相攻。委质任平视,谁能涯始终。

全唐诗卷一百二十二

卢象

卢象,字纬卿,汶水人。开元中,由前进士补秘书郎,转右卫仓曹掾。丞相张九龄深器之,擢左补阙、河南府司录、司勋员外郎,名盛气高,少所卑下,为飞语所中。左迁齐邠郑三郡司马,入为膳部员外郎。禄山之乱,象受伪署,贬永州司户。起为主客员外郎,道病卒。集十二卷,今编诗一卷。

赠程秘书

客自岐阳来,吐音若鸣凤。孤飞畏一作果,一作长不偶,独立谁见用。忽从被褐中,召入承明宫。圣人借颜色,言事无不通。殷勤拯黎庶,感激论诸公。将相猜贾谊,图书归马融。顾余一作今久寂寞,一岁麒麟阁。且共歌太平,忽嗟名宦薄。

家叔徵君东溪草堂二首

开一作关山十余里,青壁森相倚。欲识尧时天一作人,东溪白云一作足是。雷声转幽壑,云气杳流水一作相表里。涧影生龙一作虫蛇。岩端翳桂梓一作梓杞。大道终不易,君恩曷能已。鹤羡一作算无老时,龟言摄生理。浮年笑六甲,元化潜一指。未暇扫云梯,空惭阮氏子。

今朝共游者,得性闲未归。已到仙人家,莫惊鸥鸟飞。水深严子钓,松挂巢父衣。云气转幽寂,溪流无是非。名理未足羡,腥臊讵所希。自惟负贞意,何岁当食薇。

乡试后自巩还田家,因谢邻友见过之作

鸡鸣出东邑,马倦登南峦。落日见桑柘,翳然丘中寒。邻家多旧识,投暝来相看。且问春税苦,兼陈行路难。园场近阴壑,草木易凋残。峰晴雪犹积,涧深冰已团。浮名知何用,岁晏不成欢。置酒共君饮,当歌聊自宽。

青雀歌

啾啾青雀儿,飞来飞去仰天池。逍遥饮啄安涯分,何假扶摇九万为。

杂诗二首

家居五原上,征战是平生。独负山西勇,谁当塞下—作上名。死生辽海战,雨雪蓟门行。诸将封侯尽,论功独不成。

君家御沟上,垂柳夹朱门。列鼎会中贵,鸣珂朝至尊。死生在片议,穷达由一言。须识苦寒士,莫矜狐白温。

赠广川马先生

经书满腹中,吾识广川翁。年老甘无位,家贫懒发蒙。人归洙泗学,歌盛舞雩风。愿接诸生礼,三年事马融。

峡中作

高唐几百里,树色—作云树接阳台。晚见江山霁,宵闻风雨来。云—作雷从三峡起,天向数峰开。灵境信难见,轻舟那可回。

竹里馆

江南冰不闭,山泽气潜通。腊月闻山鸟,寒崖见蛰熊。柳林春半合,荻笋乱无丛。回首金陵岸,依依向北风。

永城使风

长风起秋色,细雨含落晖。夕鸟向林去,晚帆相逐飞。虫声出乱草,水气薄行衣。一别故乡道,悠悠今始归。

和徐侍郎丛篁咏—作蒋涣诗

中禁夕沉沉,幽篁别作林。色连鸡树近,影落凤池深。为重凌霜节,能虚应物心。年年承雨露,长对紫庭阴。

驾幸温泉

传闻圣主幸新丰,清跸鸣銮出禁中。细草—作佳气终朝随步辇,垂杨几处绕行宫。千宫扈从骊山北,万国来朝渭水东。此日小臣徒—作从献赋,汉家谁复重扬雄。

奉和张使君宴加朝散

佐理星辰贵,分荣涣汗深。言从大夫后,用答圣人心。骑拥轩裳客,鸾惊翰墨林。停杯歌麦秀,秉烛醉棠阴。爽气凌秋笛,轻寒散暝砧。只应将四子,讲德谢—作识知音。

赠张均员外

公门世绪—作业昌,才子冠裴王。出自平津邸,还为吏部郎。神仙余气色,列宿动—作助,一作炳辉光。夜直南宫静—作近,朝趋北禁长。时人归—作窥水镜,明主赐衣裳。翰苑飞鹦鹉,天池待凤凰。承欢—作欣畴日顾,未纪—作记后时伤。去去图南远。微才幸不忘。

送祖咏

田家宜伏腊,岁晏子言归。石路雪初下,荒村—作山鸡共飞。东原多—作同烟火,北涧隐寒晖。满酌野人酒,倦闻邻女机。胡为困—作因樵采,几日罢—作解,一作被朝衣。

送綦毋潜

夫君不得意,本自沧海—作江来。高足未云骋,虚舟空复回。淮南枫叶落,灞岸桃花开。出处暂为耳,沉浮安系哉。如何天覆物,还遣世遗才。欲识秦将汉,尝闻王与裴。离筵对寒食,别雨乘春雷。会有征书到,荷衣且—作莫漫裁。

送赵都护赴安西

下客—作结发,一作结客候旌麾。元戎复在斯。门—作文开都护府,兵动羽林儿。黠虏多翻覆,谋臣有别离。智同天所授,恩共日相随。汉使开宾幕,胡笳送酒卮。风霜迎马首,雨雪事鱼丽。上策应无战,深情属载驰。不应行万里,明主寄安危。

追凉历下古城西北隅,此地有清泉乔木—本题上有同李北海四字

　　谢朓出华省,王祥贻佩刀。前贤真可慕,衰病意空劳。贞悔不自卜,游随共尔曹。未能齐得丧,时复诵离骚。闲荫七贤地,醉餐三士桃。苍苔虞舜井,乔木古城壕。渔父偏相狎,尧年不可逃。蝉鸣秋雨霁,云白晓山高。咫尺传双鲤,吹嘘借—作落一毛。故人皆得路,谁肯念同袍。

戏赠邵使君张郎

　　少妇石榴裙,新妆白玉面。能迷张公子,不许时相见。

同王维过崔处士林亭

　　映竹时闻转辘轳,当窗只见网蜘蛛。主人非病常高卧,环堵蒙笼一老儒。

寄河上段十六—作王维诗

　　与君相识—作见即相亲,闻道君家住—作在孟津。为见行舟试借问,客中时有洛阳人。

寒食

　　子推言避世,山火遂焚身。四海同寒食,千秋为一人。深冤何用道,峻迹古无邻。魂魄山河气,风雷御宇神。光烟榆柳灭,怨曲龙蛇新。可叹文公霸,平生负此臣。

八月十五日象自江东止田园移庄庆会,未几归汶上,小弟幼妹尤嗟—作悲其别,兼赋是诗三首俱见王维集,第一首题云《休假还旧业》,第二、第三首题云《别弟妹》。

　　谢病始告归,依然入桑梓。家人皆伫立,相候衡门里。畴类—作时辈皆长年,成人旧童子,上堂家—作嘉庆毕,愿与亲姻迩—作齿。论旧或余悲。思—作自存且相喜。田园转芜没,但有寒泉水。衰柳日萧条,秋光清邑里。入门乍如客,休骑非便止。中饮—作饭顾王程,离忧从此始。

　　两妹日长成,双鬟将及人。已能持宝瑟,自解掩罗巾。念昔别时小,未知疏与亲。今来识离恨,掩—作拭泪方殷勤。

　　小弟更孩幼,归来不相识。同居虽渐惯,见人犹默默。宛作越人言—作语,殊乡甘水食。别此最为难,泪尽有余忆。

叹白发—作王维诗

　　我年一何长,鬓发日已白。俯仰天地间,能为几时客。惆怅故山云,裴回空日夕。何事与时人,东城复南陌。

早秋宴张郎中海亭即事—作孟浩然诗

　　邑有弦歌宰,翔鸾狎野—作已狎鸥。眷言华省旧,暂滞—作拂海池游。郁岛藏深竹,前溪对舞楼。更闻书即事,云物是新秋。

句

　　吴越山多秀,新安江甚清。见《河岳英灵集》。

　　书名会粹才偏逸,酒号屠苏味更醇。《赠郑虔》。见《唐语林》。

　　初疑轻烟淡古松,又似山开万仞峰。《赠怀素》。见《颜真卿》序。

全唐诗卷一百二十三

卢鸿一 《新唐书》作卢鸿

卢鸿一,字浩然,范阳人。徙家洛阳,少有学业,颇善籀篆楷隶。隐于嵩山。开元中,以谏议大夫召,鸿一固辞,乃听还山。诗十首。编为一卷。

嵩山十志十首

草堂

草堂者,盖因自然之溪阜,前当墉洫;资人力之缔构,后加茅茨。将以避燥湿,成栋宇之用;昭简易,叶乾坤之德,道可容膝休闲。谷神同道,此其所贵也。及靡者居之,则妄为剪饰,失天理矣。词曰:

山为宅兮草为堂,芝兰兮药房。罗蘼芜兮拍薜荔,荃壁兮兰砌。蘼芜薜荔兮成草堂,阴阴邃兮馥馥香,中有人兮信宜常。读金书兮饮玉浆,童颜幽操兮不易长——作长不扬。

倒景台

倒景台者,盖太室南麓,天门右崖,杰峰如台,气凌倒景。登路有三处可憩。或曰三休台,可以邀驭风之客,会绝尘之子。超逸真,荡遐襟,此其所绝也。及世人登焉,则魂散神越,目极心伤矣。词曰:

天门豁兮仙台耸,杰屹崒兮零——作云颎涌。穷三休兮旷一观——作睹,忽若登昆仑兮中期汗漫仙。耸天关——作开兮倒景台,鲛——作凌颢气兮轶嚣埃。皎皎之子兮自独立,云可朋兮鶩可吸,曾何荣辱之所及。

樾馆

樾馆者,盖即林取材,基颠柘,架茅茨,居不期逸,为不至劳,清谈娱宾,斯为尚矣。及荡者鄙其隘阒,苟事宏洒。乖其宾矣。词曰:

紫岩隈兮青溪侧,云松烟茑兮千古色。芳霏霏兮荫蒙茏,幽人构馆兮在其中。霏霏蒙茏兮开樾馆,卧风霄兮坐樾——作赭旦。粤有宾兮时戾止,樵苏不爨兮清谈——本此下有而字已,永岁终朝兮常若此。

枕烟庭

枕烟庭者,盖特峰秀起,意若枕烟。秘庭凝虚,宵若仙会,即扬雄所谓爱静神游之庭是也。可以超绝纷世,永洁精神矣。及机士登焉,则寥阒悦恍,愁怀情累矣。词曰:

临泱漭兮背青荧,吐云烟兮合宵冥。怳欻翕兮沓幽霭,意缥缈兮群仙会。宵冥仙会兮枕烟庭,竦魂形兮凝视听。闻夫至诚必感兮祈此巅,契—作洁颢气,养丹田,终彷像兮觌灵仙。

云锦淙

云锦淙者,盖激溜冲攒,倾石丛倚,鸣湍叠濯(一作浪),喷若雷风,诡辉分丽,焕若云锦。可以莹发灵瞩,幽玩忘归。及匪士观之,则反曰寒泉伤玉趾矣。词曰:

水攒冲兮石丛耸,焕云锦兮喷汹涌。苔驳荦兮草羃缘,芳幂幂兮濑溅溅。石攒丛兮云锦淙,波连珠兮文沓绛。有洁冥—作员者媚此幽,漱灵液兮乐天休,实获我心兮夫何求。

期仙磴

期仙磴者,盖危磴穹窿,迥接云路,灵仙仿佛。若可期及,儒者毁所不见则黜之。盖疑冰之谈信矣。词曰:

霏微阴壑兮气腾虹,迤逦危磴兮上凌空。青霞杪兮紫云垂,鸾歌凤舞兮吹参差。銮歌凤舞兮期仙磴,鸿驾迎兮瑶华赠。山中人兮好神仙,想像闻此兮欲升烟。铸月炼液兮伫还年。

涤烦矶

涤烦矶者,盖穷谷峻崖,发地盘石,飞流攒激,积漱成渠。澡性涤烦,迥有幽致。可为智者说,难为俗人言。词曰:

灵矶盘礴兮溜奔错漱,冷风兮镇冥壑。研苔滋兮泉珠洁,一饮一憩兮气想灭。磷涟清淬兮涤烦矶,灵仙境兮仁智归。中有琴兮徽以玉,峨峨汤汤兮弹此曲,寄声知音兮同所欲。

幂翠庭

幂翠庭者,盖崖㜭积阴,林萝沓翠,其上绵幂,其下深湛。可以王神,可以冥道矣。及喧者游之,则酣谑永日,汩清薄厚。词曰:

青崖阴兮月涧曲,重幽叠邃兮隐沦躅。草树—作附,—作拊绵幂兮翠蒙茏,当其无兮庭在中。当无有用兮幂翠庭,神可谷兮道可冥。有幽人兮张素琴,皇徽兮绿水阴,德之悟兮澹多—作忘心。

洞元室

洞元室者,盖因岩作室,即理谈玄,室返自然,元斯洞矣。及邪者居之,则假容窃次,妄作虚诞,竟以盗言。词曰:

岚气肃兮岩翠冥—作香,空—作室阴虚兮户芳迎。披蕙帐兮促萝筵,谈空空兮核元元。蕙帐萝筵兮洞元室,秘而幽兮真可—作且吉。返自然兮道可冥,泽妙思兮草玄经,结幽门兮在黄庭。

金碧潭

金碧潭者,盖水洁石鲜,光涵金碧,岩葩林茑,有助芳阴。鉴空洞虚,道斯胜矣。而世生缠乎利害,则未暇游之。词曰:

水碧色兮石金光,滟熠熠兮淡湟湟。泉葩映兮烟茑临,红灼灼,翠阴阴。翠相鲜兮金碧潭,霜天洞兮烟景涵。有幽人兮好冥绝,炳其焕兮凝其洁,悠悠千古兮长不灭。

全唐诗卷一百二十四

徐安贞

徐安贞,初名楚璧,龙丘人。应制举,一岁三登甲科。开元中,为中书舍人、集贤院学士。帝属文,多令视草,终中书侍郎,与李林甫同用事。天宝后,避罪衡山岳寺,李邕识之,因载北归,行至长沙,谓其守曰:"潇湘逢故人,若幽谷之睹太阳。不然,委填岩穴矣。"诗十一首。

书殿赐宴应制

校文常近日,赐宴忽升天。酒正传杯至,饔人捧案前,玉阶鸣溜水,清阁引归烟。共惜芸香暮,春风几万一作度几年。

从驾温泉宫

神女调温液,年年待圣人。试开临水殿,来洗属车尘。暖气随明主,恩波浃近臣。灵威自无极,从此献千春。

送吕向补阙西岳勒碑

圣作西山颂,君其出使年。勒碑悬日月,驱传接云烟。寒尽函关路,春归洛水边。别离能几许,朝暮玉墀前。

送丹阳采访

郡县分南国,皇华出圣朝。为怜乡梓近,不道使车遥。旧俗吴三让,遗风汉六条。愿言除疾苦,天子听歌一作讴谣。

送王判官

明月开三峡,花源出五溪。城池青壁里,烟火绿林西。不畏王程促,惟愁仙路迷。巴东下归棹,莫待夜猿啼。

题襄阳图

画得襄阳郡,依然见昔游。岘山思驻马,汉水忆回舟。丹壑常含霁,青林不换秋。图书一作画图空咫尺,千里意悠悠。

全唐诗卷三百二十二

权德舆

伏蒙十六叔寄示喜庆感怀三十韵因献之

受氏自有殷,树功缅前秦。圭田接土宇,侯籍相纷纶。十二代祖,前秦射安丘敬公,事具《十六国春秋》及《晋书》;八代祖,周宜昌公;七代祖,隋廊城公;六代祖,皇朝封平凉公,皆以勋庸而受爵土也。道义集天爵,菁华极人文。握兰中台并,折桂东堂春。五代伯祖,屯田郎中府君;叔祖,水部员外郎府君,同登省闼,事具《南宫故事》。曾王父,成都府君;曾祖叔,梓州府君、长安府君,同以进士居甲科,载在登科记之内也。祖德蹈前哲,家风播清芬。王父,古羽林录事府君,与席文公建侯友善。又与苏司业源明、包著作融为文章之友,唱酬往复,各有文集。先公秉明义,大节逢艰屯。独立挺忠孝,至诚感神人。命书备追锡,迹远道不伸。小生谅无似,积庆遭昌辰。九年西掖忝,五转南宫频。司理因旷职,曲台仍礼神。愧非夔龙姿,忽佐尧舜君。内惟负且乘,徒以弱似仁。岂足议大政,所忧玷彝伦。叔父贞素履,含章穷典坟。百氏若珠贯,九流皆犀分。黄钟蕴声调,白玉那缁磷。清论坐虚室,长谣宜幅巾。开关接人 一作仁 祠,支策无俗宾。种杏当暑热,烹茶含露新。井径交碧藓,轩窗栖白云。飞沉禽鱼乐,芬馥兰桂薰。经术弘义训,息男茂嘉闻。筮仕就色养,宴居忘食贫。四方有翘车,上国有蒲轮。行当反招隐,岂得常退身。秦吴路杳杳,朔海望沄沄。侍坐驰梦寐,结怀积昏昕。发函捧新诗,慈诲情殷勤。省躬日三复,拜首书诸绅。

酬李二十二兄主簿马迹山见寄 并序

族内兄畅,纯静而深,直方而文,与予同偶居丹阳。丹阳郭北四十里所,有马迹山,山有奇峰怪石,且多昔贤真仙之所游践。方外士殷涣然,通《易经》、老、严之旨,居于山下。从舅原均,探异好古,亦往来栖息其间。贞元元年,兄以典校秘书,调补江陵松滋主簿,以地远不就职。予以环卫冗秩,罢漕挽从事,且久家居食贫,里巷相接。其明年,兄命驾游此山,予以疾故,不克偕往。既而猥辱钟陵檄召,兄自山中以诗一首见贻,理精词达,清涤心府,三复其文,如至山下,终篇则戏以出处之迹见诮。故予复之于此章,仍加六十字以就全数。

杳杳尘外想,悠悠区中缘。如何战未胜,曾是教所牵。远郊有灵峰,夙昔栖真仙。鸾声去已久,马迹空依然。丹崖转初旭,碧落凝秋烟。松风共萧飒,萝月相婵娟。内兄蕴遐心,嘉遁性所便。不能栖枳棘,且复探云泉。中有冥寂人,闲读逍遥篇。除袄共支策,抠衣尝绝编。徐行石上苔,静韵风中弦。烟霞湿儒服,日月生寥天。新诗来起予,璀璨六义全。能尽含写意,转令山水鲜。若闻笙鹤声,宛在耳目前。登攀阻心赏,愁绝空怀贤。出处岂异途,心冥即真筌。暂从西府檄,终卧东畲田。不嫌予步蹇,但恐君行膻。如能固旷怀,谷口期穷年。

酬陆四十楚源春夜宿虎丘山对月寄梁四敬之兼见贻之作

东风变蓟薄,时景日妍和。更想千峰夜,浩然幽意多。蕙香袭闲趾,松露泫乔柯。潭影漾霞月,石床对薜萝。夫君非岁时,已负青冥姿。龙虎一门盛,渊云四海推。骎骎步骤衰,婉婉蠹长离。悬圃尽琼树,家林轻桂枝。声荣徒外奖,恬淡方自适。逸气凌颢清,仁祠访金碧。芊眠瑶草秀,断续云窦滴。芳讯发幽缄,新诗比良觌。故人石渠署,美价满中朝。落落杉松直,芬芬兰杜飘。雄词鼓溟海,旷达豁烟霄。营道幸同术,论心皆后凋。循环伐木咏,缅邈招隐情。惭兹拥肿才,爱彼潺湲清。拘牵尚多故,梦想何由并。终结方外期,不待华发生。

酬穆七侍郎早登使院西楼感怀

耿耿宵欲半,振衣庭户前。浩歌抚长剑,临风泛清弦。晴霜丽寒芜,微月露碧鲜。杉梧韵幽籁,河汉明秋天。良夜虽可玩,沉忧逾浩然。楼中迟启明,林际挥宿烟。晨风响钟鼓,曙色映山川。滔滔天外一作大江驶,杲杲朝日悬。因穷西南永,得见天地全。动植相纠纷,车从竞喧阗。鳣鲔跃洪流,麕麚倚荒阡。嘒嘒白云雁,喈喈清露蝉。一气鼓万殊,晦明相推迁。羲和无停辀,不得常少年。当令志气神,及此鬓发玄。岂唯十六族,今古称其贤。夫君才气雄,振藻何翩翩。诗轻沈隐侯,赋拟王仲宣。小鸟抢榆枋,大鹏激三千。与君期晚岁,方结林栖缘。

奉和李大夫题郑评事江楼

达士无外累,隐几依南郭。茅栋上江开,布帆当砌落。支颐散华发,欹枕曝灵药。入鸟不乱行,观鱼还自乐。何时金马诏,早岁建安作。往事尽筌蹄,虚怀寄杯杓。邦君驻千骑,清论时间酢。凭槛出烟埃,振衣向寥廓。心源齐彼是,人境胜岩壑。何必栖冥冥,然为一作后避赠缴。

春游茅山酬杜评事见寄

喜得赏心处,春山岂计程。连溪芳草合,半岭白云晴。绝涧漱一作欸冰碧,仙坛挹颢清。怀君在人境,不共此时情。

和韩侍御白发

白发今朝见,虚斋晓镜清。乍分霜简色,微映铁冠生。幕下多能事,周行挹令名。流年未可叹,正遇太阶平。

和邵端公醉后寄于谏议之作

莫羡檐前柳,春风独早归。阳和次第发,桃李更芳菲。

和李大夫西山祈雨,因感张曲江故事十韵

亚相冠貂蝉,分忧统十联。火星当永日,云汉倬炎天。斋祷期灵贶,精诚契昔贤。中宵出驷驭,清夜一作旭旅牲牷。触日一作石看初起,随车应物先。雷音生绝巘,雨足晦平阡。潇渍四冥合,空濛万顷连。歌谣喧泽国,稼穑遍原田。故事三台盛,新文六义全。作霖应自此,天下待丰年。

程将军夫人挽诗
　　琴瑟调双凤,和鸣不独飞。正歌春可乐,行泣露先晞。环珮声犹在,房枕梦不归。将军休沐日,谁劝著新衣。

奉和喜雪应制
　　两宫斋祭近登临,雨雪纷纷天昼阴。只为经寒无瑞色,顿教正月满春林。蓬莱北上旌门暗,花萼南归马迹深。自有三农歌帝力,还将万庾答尧心。

闻邻家理筝
　　北斗横天夜欲阑,愁人倚月思无端。忽闻画阁秦筝逸,知是邻家赵女弹。曲成虚忆青蛾敛,调急遥怜玉指寒。银锁重关听未辟,不如眠去梦中看。

奉和圣制早度蒲津关
　　仙掌临秦甸,虹桥辟晋关。两都分地险,一曲度河湾。路得津门要,时称古戍闲。城花春正发,岸柳曙堪攀。后乘犹临水,前旌欲换山。长安回望日,宸御六龙还。

奉和圣制答二相出雀鼠谷
　　两臣初入梦,二月扈巡边。涧北寒犹在,山南春半传。颂声先奉御,辰象复回天。云日明千里,旌旗照一川。柳阴低辇路,草色变新田。还望汾阳近,宸游自窅然。

句
　　暮雨衣犹湿,春风帆正开。《云溪友议》。

崔翘
　　崔翘,融之子。开元中,与兄禹锡相次为中书舍人,历礼部侍郎。赠荆州大都督。诗三首。

奉和圣制答张说南出雀鼠谷
　　硤路绕河汾,晴光拂一作扫曙氛。笳吟中岭树,仗入半峰云。顿觉山原尽,平看邑里分。早行芳草迥一作树远,晚憩好风熏。嘉颂推英宰,春游扈圣君。共欣承睿渥,日月照天文。

送友人使夷陵
　　猿鸣三峡里,行客旧沾裳。复道从兹去,思君不暂忘。开襟春叶短,分手夏条长。独有幽庭桂,年年空自芳。

郑郎中山亭
　　篆笔飞章暇,园亭染翰游。地奇人境别,事远俗尘收。书阁山云起。琴斋涧月留。泉清鳞影见,树密鸟声幽。杜馥熏梅雨,荷香送麦秋。无劳置驿骑,文酒可一作暗相求。

梁升卿
　　梁升卿,与张九龄善。涉学工书,尤长八分书。东封朝觐碑,为时绝笔。历广州都督。诗一首。

奉和圣制答张说扈从南出雀鼠谷
　　何意重关道,千年过一作遇圣皇。幽林承睿一作惠泽,闲客见清光。日御仙一作先途远,山灵寿域一作献寿长。寒云入晋薄,春树隔汾香。国佐同时雨,天文属岁阳。从来汉家盛,未若此巡方。

吴巩
　　吴巩,少微子,以文行知名。开元中,为中书舍人。诗一首。

白云溪
　　山径入修篁,深林蔽日光。夏云生嶂远,瀑水引溪长。秀迹逢皆胜,清芬坐转凉。回看玉樽夕,归路赏前忘。

陆海 一作孙海
　　陆海,余庆之子。有才思,与陈子昂、卢藏用为方外十友。工于五言,为贺知章所赏。性岩峻,不附权要。自省郎出牧潮州。存诗二首。

题奉国寺

新秋夜何爽,露下风转凄。一磬竹林一作窗外一作里,又作下,千灯花塔西。

题龙门寺

窗灯林霭里,闻磬水声中。更与龙华会一作更筹半有会,炉烟满夕风。

句

忽然一曲称君心,破却中人百家产。城外平人驱欲尽,帐中犹打衮花球。《讽刺诗》。

裴士淹

裴士淹,开元末,尝为郎官。诗一首。

白牡丹

长安年少惜春残,争认慈恩紫牡丹。别有玉盘乘露冷,无人起就月中看。

李元操

李元操,开元初诗人。诗一首。

和从叔禄愔元日早朝

铜浑变秋节,玉律动年灰。暧暧城霞旦,隐隐禁门开。众灵凑仙府,百神朝帝台。叶令双凫至,梁王驷马来。戈铤映林阙,歌管拂尘埃。保章望瑞气,尚书免火灾。冠冕多秀士,簪裾饶上才。谁怜张仲蔚,日暮反蒿莱。

顾朝阳

顾朝阳,开元中人。诗一首。

昭君怨

莫将铅粉匣,不用镜花光。一去边城路,何情更画妆。影销胡地月,衣尽汉宫香。妾死非关命,都一作只缘怨断肠。

陶岘

陶岘,潜之裔孙。开元中,家于昆山,与孟彦深、孟云卿、焦遂游。尝制三舟,一舟自载,一舟供宾客,一舟置饮馔。有女乐一部,奏清商之曲,逢山泉则穷其景物。吴越之士,谓之水仙。诗一首。

西塞山下回舟作

匡庐旧业是谁一作自有主,吴越新居安此生。白发数茎归未得,青山一望计还成。鸦翻枫叶夕阳动,鹭立芦花秋水明。从此舍舟何所诣。酒旗歌扇正相迎。

全唐诗卷一百二十五

王维

王维,字摩诘,河东人。工书画,与弟缙俱有俊才。开元九年,进士擢第,调太乐丞。坐累为济州司仓参军,历右拾遗、监察御史、左补阙、库部郎中、拜吏部郎中。天宝末,为给事中。安禄山陷两都,维为贼所得,服药阳喑,拘于菩提寺。禄山宴凝碧池,维潜赋诗悲悼,闻于行在。贼平,陷贼官三等定罪,特原之,责授太子中允,迁中庶子、中书舍人。复拜给事中,转尚书右丞。维以诗名盛于开元、天宝间,宁薛诸王驸马豪贵之门,无不拂席迎之。得宋之问辋川别墅,山水绝胜,与道友裴迪,浮舟往来,弹琴赋诗,啸咏终日。笃于奉佛,晚年长斋禅诵。一日,忽索笔作书数纸,别弟缙及平生亲故,舍笔而卒。赠秘书监。宝应中,代宗问缙:"朕常于诸王坐闻维乐章,今存几何?"缙集诗六卷,文四卷,表上之。勅答云:卿伯氏位列先朝,名高希代。抗行周雅,长揖楚辞。诗家者流,时论归美。克成编录,叹息良深。殷璠谓维诗词秀调雅,意新理惬。在泉成珠,著壁成绘。苏轼亦云:"维诗中有画,画中有诗也。"今编诗四卷。

酬诸公见过 时官未出,在辋川庄。

嗟予未丧,哀此孤生。屏居蓝田,薄地躬耕。

岁晏输税,以奉粢盛。晨往东皋,草露未晞。

暮看烟火,负担来归。我闻有客,足扫荆扉。

箪食伊何,疈瓜抓枣。仰厕群贤,皤然一老。

愧无莞簟,班荆席藁。泛泛登陂,折彼荷华。

静观素鲔,俯映白沙。山鸟群飞,日隐轻霞。

登车上马,倏忽云 一作雨 散。雀噪荒村,鸡鸣空馆。还复幽独,重歔累叹。

奉和圣制登降圣观与宰臣等同望应制

凤宸朝碧落,龙图耀金镜。维岳降二臣,戴天临万姓。山川八校满。井邑三农竟。比屋皆可封,谁家不相庆。林疏远村出,野旷寒山静。帝城云里深,渭水天边映。佳一作喜气含风景,颂声溢歌咏。端拱能任贤,弥彰圣君圣。

奉和圣制御春明楼临右相园亭赋乐贤诗应制

复道通长乐,青门临上路。遥闻凤吹喧,暗识龙舆度。褰旒明四目,伏槛纡三顾。小苑接侯家,飞甍映宫树。商山原上碧,浐水林端素。银汉下天章,琼筵承湛露。将非富人宠,信以平戎故。从来简帝心,讵得回天步。

奉和圣制送不蒙都护兼鸿胪卿归安西应制

上卿增命服,都护扬归斾,杂虏尽朝周,诸胡皆自邠。鸣笳瀚海曲,按节阳关外。落日下河源。寒山静秋塞。万方氛祲息,六合乾坤大一作泰。无战是天心。天心同覆载。

扶南曲歌词五首

《通典》云:武德初,因隋旧制,奏九部乐,四曰扶南。《新唐书·礼乐志》云:天宝乐曲,皆以边地名。自河西至者,有扶南乐舞。

翠羽流苏帐,春眠曙不开。羞从面色起,娇逐语声来。早向昭阳殿,君王中使催。

堂上青弦动,堂前绮席陈。齐歌卢女曲,双舞洛阳人。倾国徒相看,宁知心所亲。

香气传空满,妆华影箔通。歌闻天仗外,舞出御楼一作筵中。日暮归何处,花间长乐宫。

宫女还金屋,将眠复畏明。入春轻衣好,半夜薄妆成。拂曙朝前殿,玉墀一作除多珮声。

朝日照绮窗,佳人坐临镜。散黛恨犹轻,插钗嫌未正。同心勿遽游,幸待春妆竟。

陇西行

十里一走马,五里一扬鞭。都护军书至,匈奴围酒泉。关山正飞雪,烽戍一作火断无烟。

从军行

吹角动行人,喧喧行人起。笳悲一作应马嘶乱,争渡金一作黄河水。日暮沙漠陲,战声一作力战烟尘里。尽系名王颈,归来献一作报天子。

早春行

紫梅发初遍,黄鸟歌犹涩。谁家折杨女,弄春如不及。爱水看妆坐,羞人映花立。香畏风吹散,衣愁露沾湿。玉闺青门里,日落香车入。游衍益相思,含啼向彩帷。忆君长入梦,归晚更生疑。不及红檐燕,双栖绿草时。

早朝

皎洁明星高,苍茫远天曙。槐雾暗一作都不开,城鸦鸣稍去。始闻高阁声,莫辨更衣处。银烛已成行,金一作重门俨驺驭。

献始兴公 时拜右拾遗

宁栖野树林,宁饮涧水一作中流。不用坐梁肉,崎岖见王侯。鄙哉匹夫节,布褐将白头。任智诚则短,守仁固其优。侧闻大君子,安问党与雠。所不卖公器,动为苍生谋。贱子跪自陈,可为帐下不。感激有公议,曲私非所求。

赠从弟司库员外𬘩

少年识事浅,强学干名利。徒闻跃马年,苦无出人智。即事岂徒言,累官非不试。既寡遂性欢,恐招负时累。清冬见远山,积雪凝苍翠。浩然出东林,发我遗世意。惠连素清赏,夙语尘外事。欲缓携手期,流年一何驶。

座上走笔赠薛璩慕容损

希世无高节,绝迹有卑栖。君徒视人文,吾固和天倪。缅然万物始,及与群物一作牧齐。分地依后稷,用天信一作奉重黎。春风何豫人,令我思东溪。草色有佳意,花枝稍含黄。更待风景好,与君藉萋萋。

赠李颀

闻君饵丹砂,其有好颜色。不知从今去,几时生羽翼。王母翳华芝,望尔昆仑侧。文螭从赤豹,万里方一息。悲哉世上人,甘此膻腥食。

赠刘蓝田 一作卢象诗

篱间 一作中 犬迎吠,出屋候荆 一作柴 扉。岁晏输井税,山村人夜归,晚田始家食,余布成我衣。讵肯无公事,烦君问是非。

赠房卢氏琯

达人无不可,忘已爱苍生。岂复少十一作千 室,弦歌在两楹。浮人日已归,但坐事农耕。桑榆郁相望,邑里多鸡鸣。秋山一何净,苍翠临寒城。视事兼偃卧,对书不簪缨。萧条人吏疏,鸟雀下空庭。鄙夫心所尚,晚节异平生。将从海岳居,守静解天刑。或可累安邑,茅茨君试营。

赠祖三咏 济州官舍作

蟏蛸挂虚牖,蟋蟀鸣前除。岁晏凉风至,君子复何如。高馆阒无人,离居不可道。闭门寂已闭,落日照秋草。虽有近音信,千里阻河关。中复客汝颍,去年归旧山,结交二十载,不得一日展。贫病子既深,契阔余不浅,仲秋虽未归,暮秋以为期。良会讵几日,终日 一作自 长相思。

春夜竹亭赠钱少府归蓝田

夜静群动息,时闻隔林犬。却忆山中时,人家涧西远。羡君明发去,采蕨轻轩冕。

戏赠张五弟諲三首 时在常乐东园,走笔成

吾弟东山时,心尚一何远。日高犹自卧,钟动始能饭。领上发未梳,妆头书不卷。清川兴悠悠,空林对偃蹇。青苔石上净,细草松下软。窗外鸟声闲,阶前虎心善。徒然万象多,澹尔太虚缅。一知与物平,自顾为人浅。对君忽自得,浮念不烦遣。

张弟五车书,读书仍隐居。染翰过草圣,赋诗轻子虚。闭门二室下。隐居十年余,宛是野人野 一作也,时从渔父渔 一作鱼。秋风自 一作日 萧索,五柳高且疏。望此去人世,渡水向吾庐。岁晏同携手,只应君与予。

设置守毚兔,垂钓伺游鳞。此是安口腹,非关慕隐沦。吾生好清净 一作静,蔬食去情尘。今子方豪荡,思为鼎食人。我家南山下,动息自遗身。入鸟不相乱,见兽皆相亲。云霞成伴侣,虚白侍衣巾。何事须夫子,邀予谷口真。

胡居士卧病遗米因赠

了观四大因,根性何所有。妄计苟不生,是身孰休咎。色声何谓客,阴界复谁守。徒言莲花目,岂恶杨枝肘。既饱香积饭,不醉声闻酒。有无断常见,生灭幻梦受。即病即实相,趋空定狂走。无有一法真,无有一法垢。居士素通达,随宜善抖擞。床上无毡卧,镉中有粥否。斋时不乞食,定应空漱口。聊持数斗米,且救浮生取。

赠裴十迪

风景日夕佳,与君赋新诗。澹然望远空,如意方支颐。春风动百草,兰蕙生我篱,暧暧日暖闺,田家来致词。欣欣春还皋,淡淡水生陂。桃李虽未开,荑萼满芳 一作其 枝。请君理还策,敢告将农时。

与胡居士皆病寄此诗兼示学人二首

一兴微尘念,横有朝露身。如是睹 一作都 阴界,何方置我人。碍有固为主,趣空宁舍宾。洗心讵悬解,悟道正迷津。因爱果生病,从贪始觉贫。色声非彼妄,浮幻即吾真。四达竟何遣,万殊安可尘。胡生但高枕,寂寞与谁邻。战胜不谋食,理齐甘负薪。予若未始异,讵论疏与亲。

浮空徒漫漫,泛有定悠悠。无乘及乘者,所谓智人舟。讵舍贫病域,不疲生死流。无烦

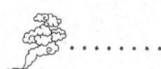

君喻马,任以我为牛。植福祠迦叶,求仁笑孔丘。何津不鼓棹,何路不摧辀。念此闻思者,胡为多阻修。空虚花聚散,烦恼树稀稠。灭相—作想成无记,生心坐有求。降吴复归蜀,不到莫相尤。

奉寄韦太守陟

荒城自萧索,万里山河空。天空秋日迥,嘹唳闻归鸿。寒塘映衰草,高馆落疏桐。临此岁方宴,顾景咏悲翁。故人不可见,寂寞平陵东。

林园即事寄舍弟紞次荆州时作

寓目一萧散,销忧冀俄顷。青草肃澄陂—作波,白云移翠岭。后沔—作浦通河渭,前山包鄢郢。松含风里声,花对池中影。地多齐后瘧—作疟,人带荆州瘿。徒思赤笔书,讵有丹砂井。心悲常欲绝,发乱不能整。青簟日何长,闲门昼方静。颓思茅檐下,弥伤好风景。

至滑州隔河望黎阳忆丁三寓

隔河见桑柘,蔼蔼黎阳川。望望行渐远,孤峰没云烟。故人不可见,河水复悠然。赖有政声远,时闻行路传。

秋夜独坐怀内弟崔兴宗

夜静群动息,蟋蟀声悠悠。庭槐北风响,日夕方高秋。思子整羽翰,及时当云浮。吾生将白首,岁晏思沧州。高足在旦暮,肯为南亩俦。

和使君五郎西楼望远思归

高楼望所思,目极情未毕。枕上见千里,窗中窥万室。悠悠长路人,暧暧远郊日。惆怅极浦外,迢递孤烟出。能赋属上才,思归同下秩。故乡不可见,云水—作外空如一。

酬黎居士淅川作县壁上人院走笔成

侬家真个去,公定随侬否。着处是莲花,无心变杨柳。松龛藏药里,石臼安茶白。气味当共知,那能不携手。

送魏郡李太守赴任

与君伯氏—作兄别,又欲与君离。君行无几日,当复隔山陂。苍茫秦川尽,日落桃林塞。独树临关门,黄河向天外。前经洛阳陌,宛洛故人稀。故人离别尽,淇上转骖騑。企予悲送远,惆怅睢阳路。古木官渡平,秋城邺宫—作都故。想君行县日,其出从如云。遥思魏公子,复忆李将军。

送陆员外

郎署有伊人,居然古人风。天子顾河北,诏书除—作隶征东。拜手辞上官,缓步出南宫。九河平原外,七国蓟门中。阴风悲枯桑,古塞多飞蓬。万里不见房,萧条胡地空。无为费中国,更欲邀奇功。迟迟前相送,握手嗟异同。行当封侯归,肯访商山翁。

送宇文太守赴宣城

寥落云外山,迢递舟中赏。铙吹发西江,秋空多清响。地迥古城芜,月明寒潮广。时赛敬亭神,复解罟师网。何处寄相思,南风吹—作摇五两。

送綦毋秘—作校书弃官还江东

明时久不达,弃置与君同。天命无怨色,人生有素风。念君拂衣去,四海将安穷。秋天万里净,日暮澄—作九江空。清夜何悠悠,扣舷明月中。和光鱼鸟际,澹尔兼霞丛。无庸客昭世,衰鬓日—作白如蓬。顽疏暗人事,僻陋远天聪。微物纵可采,其谁为至公。余亦从此去,归耕为老农。

奉送六舅归陆浑

伯舅吏淮泗,卓鲁方喟然。悠哉自不竞,退耕东皋田。条桑腊月下,种杏春风前。酌醴赋归去,共知陶令贤。

送别

下马饮君酒,问君何所之。君言不得意,归卧南山陲。但去莫复问,白云无尽时。

送张五归山

送君尽惆怅，复送何人归。几日同携手，一朝先拂衣。东山有茅屋，幸为扫荆扉。当亦谢官去，岂令心事违。

齐州送祖三一作河上送赵仙舟，又作淇上别赵仙舟

相逢方一笑，相送还成泣。祖帐已一作怅忽伤离，荒城复愁人。天寒远山净，日暮长河急。解缆君已遥，望君犹一作空伫立。

送缙云苗太守

手疏谢明主，腰章为长吏。方从会稽邸一作郡，更发汝南骑。按节下松阳，清江响铙吹。露冕见三吴，方知百城贵。

送从弟蕃游淮南

读书复骑射，带剑游淮阴。淮阴少年辈，千里远相寻。高义难自隐，明时宁陆沉。岛夷九州外，泉馆三山深。席帆聊问罪，卉服尽成擒。归来见天子，拜爵赐黄金。忽思鲈鱼鲙，复有沧洲心。天寒兼葭渚，日落云梦林。江城下枫叶，淮上闻秋砧。送归青门外，车马去骎骎。惆怅新丰树，空余天际禽。

送高适一作道非弟耽归临淮作坐上作

少年客淮泗，落魄居下邳。遨游向燕赵，结客过临淄。山东诸侯国，迎送纷交驰。自尔厌游侠，闭户方垂帷。深明戴家礼，颇学毛公诗。备知经济道，高卧陶唐时。圣主诏天下，贤人不得遗。公吏奉缥组，安车去茅茨。君王苍龙阙，九门十二逵。群公朝谒罢，冠剑下丹墀。野鹤终蹡跄，威凤徒参差。或问理人术，但致还山词。天书降北阙，赐帛归东菑。都门谢亲故，行路日逶迟一作迤。孤帆万里外，淼漫将何之。江天海陵郡，云日淮南一作阴祠。杳冥沧洲上，荡潏无人知。纬萧或卖药，出处安能期。

送綦毋潜落第还乡一作送别

圣代无隐者，英灵尽来归。遂令东山客，不得顾采薇。既至君一作金门远，孰云吾道非。江淮度寒食，京洛一作兆缝春衣。置酒临长道一作长安道，一作长亭送，同心与我违。行当浮桂棹，未几拂荆扉。远树带行客，孤村一作城当落晖。吾谋适不用，勿谓知音稀。

送张舍人佐江州同薛璩十韵走笔成

束带趋承明，守官唯谒者。清晨听银蚪，薄暮辞金马。受辞未尝易，当是一作御方知寡。清范何风流，高文有风雅。忽佐江上州，当自浔阳下。逆旅到三湘，长途应百舍。香炉远峰出，石镜澄湖泻。董奉杏成林，陶潜菊盈把。范蠡常好之，庐山我心也。送君思远道，欲以数行洒。

送韦大夫东京留守

人外遗世虑，空端结遐心。曾是巢许浅，始知尧舜深。苍生讵有物，黄屋如乔林。上德抚神运，冲和穆宸襟。云雷康屯难，江海遂一作遥飞沉。天工寄人英，龙衮瞻君临。名器苟不假，保厘固其任。素质贯方领，清晨照华簪。慷慨念王室，从容献官箴。云旗蔽三川，画角发龙吟。晨扬天汉声，夕卷大河阴。穷人一作久业已宁，逆旅遗之擒。然后解金组，拂衣东山岑。给事黄门省，秋光正沉沉。壮心与身退，老病随年侵。君子从相访，重玄其可寻。

资圣寺送甘二

浮生信如寄，薄宦夫何有。来往本无归，别离方此一作正受。柳色蔼春余，槐阴清夏首。不觉御沟上，衔悲执杯酒。

留别山中温古上人兄并示舍弟缙

解薜登天朝，去师偶时一作将哲。岂惟山中人，兼负松上月。宿昔同游止，致身云霞末。开轩临颍阳，卧视飞鸟没。好依盘石饭，屡对瀑泉渴。理齐小狎一作狎小隐，道胜宁外物。舍弟官崇高，宗兄此一作比削发。荆扉但洒扫，乘闲当过歇一作拂。

观别者

青青杨柳陌,陌上别离人。爱子游燕赵,高堂有老亲。不行无可养,行去百忧新。切切委兄弟,依依向四邻。都门帐饮毕,从此谢亲宾。挥涕逐前侣,含凄动征轮。车徒望不见,时见起行尘。吾一作余亦辞家久一作者,看之泪满巾。

别弟缙后登青龙寺望蓝田山

陌上新离别,苍茫四郊晦。登高不见君,故山复云外。远树蔽行人,长天隐秋塞。心悲宦游子,何处飞征盖。

别綦毋潜

端笏明光宫一作殿,历稔朝云陛。诏刊延阁书,高议平津邸。适意偶轻人一作轻微禄,虚心一作遇人削繁礼。盛得江左风,弥工建安体。高张多绝弦,截河有清济。严冬爽群木,伊洛方清泚。渭水冰下流,潼关雪中启一作闭,非。荷蓑几时还,尘缨待君洗。

晦日游大理韦卿城南别业四声依次用各六韵

与世澹无事,自然江海人。侧闻尘外游,解骖一作弁轭朱轮。平一作极野照喧景,上天垂春云。张组竟北阜,泛舟过东邻。故乡信高会,牢醴及佳辰一作家臣。幸同击壤乐,心荷尧为君。

郊居杜陵下,永日同携手。仁一作入里霭川阳,平原见峰首。园庐鸣春鸠,林薄媚新柳。上卿始登席,故老前为寿。临当游一作送南陂,约略执杯酒。归欤绁一作继微官,惆怅心自咎。

冬中余雪在,墟上春流驶。风日畅怀抱,山川多秀一作好天气。雕胡先晨炊一作丰酌,庖脍亦云一作后至。高情浪海岳,浮生寄天地。君子外簪缨,埃尘良不萦。所乐衡门中,陶然忘其贵。

高馆临澄陂,旷然荡一作望理心目。淡荡动云天,玲珑映墟曲。鹊巢结空林,雉雊响幽谷。应接无闲暇,徘徊以一作似踯躅。纤组上春堤,侧弁倚乔木。弦望忽已晦,后期洲应绿。

冬日游览

步出城东门,试骋千里目。青山横苍林,赤日团平陆。渭北走邯郸,关东出函谷。秦地万方会,来朝九州牧,鸡鸣咸阳中一作市,冠盖相追逐。丞相过列侯,群公钱光禄。相如方一作今老病,独归茂陵宿。

华岳

西岳出浮云,积雪一作翠在太清。连天凝一作疑黛色,百里遥青冥。白日为之一作大寒,森沉华阴城。昔闻乾坤闭,造一作开化生巨灵。右足踏方止一作山,左手推削成。天地忽开拆,大河注东溟。遂为西峙岳一作岳崎,雄雄镇秦京。大君包覆载,至德被群生。上帝仁昭告,金天思奉迎。人一作神祇望幸久,何独禅云亭。

同卢拾遗过韦一作章,非给事东山别业二十韵,给事首春休沐维已陪游,及乎是行亦预闻命,会无车马不果斯诺

托身侍云陛,昧旦一作早趋华轩。遂陪鹓鸿侣,霄汉同飞翻。君子垂惠顾,期我于田园。侧闻景龙际,亲降南面尊。万乘驻山外,顺风祈一言。高阳多夔龙,荆山积玙璠。盛德启前烈,大贤钟后昆,侍郎文昌宫,给事东掖垣。谒帝俱来下,冠盖盈丘樊。闺风首邦族,庭训延乡村。采地包山河,树井竟川原。岩端回绮槛,谷口开朱门。阶下群峰首,云中瀑水源。鸣玉满春山,列筵先朝暾。会舞何飒沓,击钟弥朝昏。是时阳和节,清昼犹未暄。蔼蔼树色深,嘤嘤鸟声繁。顾已负宿诺,延颈惭芳荪。蹇步守穷巷,高驾难攀援。素是独往客,脱冠情弥敦。

蓝田山石门精舍 《英华》以前八句另为一首,注云:集本二诗共为一首。

落日山水好,漾舟信归风。探奇一作玩寄不觉远,因以缘一作寻源穷。遥爱云木秀一作翠,初

疑一作言路不同。安一作谁知清流转,偶与前山通。舍舟理轻策,果然惬所适。老僧四五人,逍遥荫松柏。朝梵林未一作方曙,夜禅山一作心更寂。道心及一作友牧童,世事问樵客。暝宿长林一作井下,焚香卧瑶席。涧芳袭人衣,山月映石壁。再寻畏迷误,明发更登历。笑谢桃源人,花红复来觌。

青溪一作过青溪水作

言入黄花川,每逐清溪水。随山将万转,趣途无百里。声喧乱石中,色静深松里。漾一作演漾泛菱荇,澄澄映葭苇。我心素已闲,清川一作明澹如此。请留盘石上,垂钓将已矣。

崔濮阳兄季重前山兴山西去亦对维门

秋色有佳兴,况君池上闲。悠悠西林下,自识门前山。千里横黛色,数峰出云间。嵯峨对秦国,合沓藏荆关。残雨斜日照,夕岚飞鸟还。故人今尚尔,叹息此颓颜。

李一作石处士山居

君子盈天阶,小人甘自免。方随炼金客,林上家绝巘。背岭花未开,入云树深浅。清昼犹自眠,山鸟时一啭。

丁寓田家有赠《英华》作田家赠丁禹。注云:集作丁寓,误也。

君心尚栖隐,久欲傍归路。在朝每为言,解印果成趣。晨鸡鸣邻里,群动从所务。农夫行饷田,闺妾一作如起缝素。开轩御衣服,散帙理章句。时吟招隐诗,或制闲居赋。新晴望郊郭,日映一作映桑榆暮。阴昼一作荫尽小苑城,微明渭川树。揆予宅闾井,幽赏何由屡。道存终不忘,迹异难相遇。此时惜离别,再来芳菲度。

渭川一作水田家

斜阳一作光照墟落,穷巷牛羊归。野老念牧童一作童仆,倚杖候荆扉。雉雏麦苗秀,蚕眠桑叶稀。田夫荷锄至一作立,相见语依依。即

此羡闲逸,怅然吟式微。

春中田园作

屋上春鸠鸣,村边杏花白。持斧伐远扬,荷锄觇泉脉。归一作新燕识故一作旧巢,旧一作故人看新历。临觞忽不御,惆怅远行一作送远客。

过李楫宅

闲门秋草色,终日无车马。客来深巷中,犬吠寒林下。散发时未簪,道书行尚把。与我同心人,乐道安贫者。一罢宜城酌,还归洛阳社。

韦侍郎山居

幸忝君子顾,遂陪尘外踪。闲花满岩谷,瀑水映杉松。啼鸟忽临涧,归云时抱峰。良游盛簪绂,继迹多夔龙。讵枉青门道,胡一作故,一作用闻长乐钟。清晨去朝谒,车一作鞍马何从容。

饭覆釜山僧

晚知清净理,日与人群疏。将候远山僧,先期扫弊庐。果从云峰里,顾我蓬蒿居。藉草饭松屑,焚香看道书。然灯昼欲尽,鸣磬夜方初。一悟寂为乐,此日一作生闲有余。思归何必深,身世犹空虚。

谒璿上人并序

上人外人内天,不定不乱,舍法而渊泊,无心而云动。色空无碍,不物物也;默语无际,不言言也,故吾徒得神交焉。玄关大启,德海群泳。时雨既降,春物具美。序于诗者,人百其言。

少年不足言,识道年已长。事往安可悔,余生幸能养。誓从断臂一作辇血,不复婴世网。浮名寄缨珮,空性无羁鞅。夙承一作从大导师,焚香此瞻仰。颓然居一室,覆载纷万象。高柳早莺啼,长廊春雨响。床下阮家屐,窗前筇竹杖。方将见身云,陋彼示天壤。一心在法要,愿以无生奖。

瓜园诗并序

维瓜园高斋,俯视南山形胜。二三时辈,同赋是

诗。兼命词英数公,同用园字为韵,韵任多少。时太子司议郎薛璩发此题,遂同诸公云。

余适欲锄瓜,倚锄听叩门。鸣驺导骢马,常从夹朱轩。穷巷正传呼,故人傥相存。携手追凉风,放心望乾坤。蔼蔼帝王州,宫观一何繁。林端出绮道,殿顶摇华幡。素怀在青山,若值白云屯。回风城西雨,返景原上村。前酌盈尊酒,往往闻清言。黄鹂啭深木,朱槿照中园。犹羡松下客,石上闻清猿。

自大散以往,深林密竹,磴道盘曲四五十里至黄牛岭,见黄花川

危径几万转,数里将三休。回环见徒侣,隐映隔林丘。飒飒松上雨,潺潺石中流。静言深溪里,长啸高山头。望见南山阳,白露蔼悠悠。青皋丽已净,绿树郁如浮。曾是厌蒙密,旷然销人忧。

新晴野—作晚望

新晴原野旷,极目无氛垢。郭门临渡头,村树连溪口。白水明田外,碧峰出山后。农月无闲人,倾家事南亩。

宿郑州

朝与周人辞,暮投郑人宿。他乡绝俦侣,孤客亲童仆。宛洛望不见,秋霖晦平陆。田父草际归,村童雨中牧。主人东皋上,时稼绕茅屋。虫思—作鸣机杼悲—作休,雀喧禾黍熟。明当渡京水,昨晚—作夜犹金谷。此去欲何言,穷边徇微禄。

早入荥阳界

泛舟入荥泽,兹邑乃雄藩。河曲闾阎隘,川中烟火繁。因人见风俗,入境闻方言。秋野一作晚田畴盛,朝光市井喧。渔商波上客,鸡犬岸旁村。前路白云外,孤帆安可论。

渡河到清河作

泛舟大河里,积水穷天涯。天波忽开拆,郡邑千万家。行复见城市,宛然有桑麻。回瞻旧乡国,淼漫连云霞。

苦热

赤日满天地,火云成山岳。草木尽焦卷,川泽皆竭涸。轻纨觉衣重,密树苦阴薄。莞簟不可近,絺绤再三濯。思出宇宙外,旷然在寥廓。长风万里来,江海荡烦浊。却顾身为患,始知心未觉。忽入甘露门,宛然清凉乐。

纳凉

乔木万余株,清流贯其中。前临大川口,豁达来长风。涟漪涵白沙,素鲔如游空。偃卧盘石上,翻涛沃微躬。漱流复濯足,前对钓鱼翁。贪饵凡几许,徒思莲叶东。

西施咏—作篇

艳色天下重,西施宁—作又久微。朝仍—作为越溪女,暮—作暝作吴宫妃。贱日岂殊众,贵来方悟稀。邀—作要人傅香—作脂粉,不自著罗衣,君宠益娇态,君怜无是非。当—作常时浣纱伴,莫得同车归。持谢—作寄言,—作寄谢邻家子—作女,效颦安可希。

李陵咏时年十九

汉家李将军,三代将门子。结发有奇策,少年成壮士。长驱塞上儿,深入单于垒。旌旗列相向,箫鼓悲何已。日暮沙漠陲,战声烟尘里。将令骄虏灭,岂独名王侍。既失大军援,遂婴穿庐耻。少小蒙汉恩,何堪坐思此。深衷欲有报,投躯未能死。引领望子卿,非君谁相理。

济上四贤咏三首,济州官舍作

崔录事

解印归田里,贤哉此丈夫。少年曾任侠,晚节更为儒。遁迹—作世东山下,因家沧海隅。已闻能狎鸟,余欲共乘桴。

成文学

宝剑千金装,登君白玉堂。身为平原客,家有邯郸娼。使气公卿坐,论心—作交游侠场。

中年不得意一作志，谢病客游梁。

郑霍二山人一作寄崔郑二山人

翩翩繁一作京华子，多出一作事金张门。幸有先人业，早一作思蒙一作逢明主恩。童一作同年且未一作末学，肉食骛华轩。岂乏一作知中林士，无人荐至尊。郑公一作生老泉石，霍子安丘樊。卖药不二价，著书盈一作仍万言。息阴无恶木，饮水必清源。吾一作余贱不及议，斯人竟谁论。

过太乙观贾生房

昔余栖遁日，之子烟霞邻。共携松叶酒，俱簪竹皮巾。攀林遍岩洞，采药无冬春。谬以道门子，征为骖御臣。常恐丹液就，先我紫阳宾。夭促万涂尽，哀伤百虑新。迹峻不容俗，才多反累真。泣对双泉水，还山无主人。

燕子龛禅师一本有咏字

山中燕子龛，路剧羊肠恶。裂地竞盘屈，插天多峭崿。瀑泉吼而喷，怪石看欲落。伯禹访未知，五丁愁不凿。上人无生缘，生长居紫阁。六时自摏磬，一饮常带索。种田烧白云，斫漆响丹壑。行随拾栗猿，归对巢松鹤。时许山神请，偶逢洞仙博。救世多慈悲，即心无行作。周商倦积阻，蜀物多淹泊。岩腹乍旁穿，涧唇时外拓。桥因倒树架，栅值垂藤缚。鸟道悉已平，龙宫为之涸。跳波谁揭厉，绝壁免扪摸。山木日阴阴，结跏归旧林。一向石门里，任君春草深。

羽林骑闺人

秋月临高城，城中管弦思。离人堂上愁，稚子阶前戏。出门复映户，望望青丝骑。行人过欲尽，狂夫终不至。左右寂无言，相看共垂泪。

偶然作六首

楚国有狂夫，茫然无心想。散发不冠带，行歌南陌上。孔丘与之言，仁义莫能奖。未尝肯问天，何事须击壤。复笑采薇人，胡为乃长往。

田舍有老翁，垂白衡门里。有时农事闲，斗酒呼邻里。喧聒茅檐下，或坐或复起。短褐不为薄，园葵固足美，动则长子孙，不曾向城市。五帝与三王，古来称天一作君子。干戈将揖让，毕竟何者是。得意苟为乐，野田安足鄙。且当放一作忘怀一作志去，行行没余齿。

日夕见太行，沉吟未能去。问君何以然，世网婴我故。小妹日成长，兄弟未有娶，家贫禄既薄，储蓄非有素。几回欲奋飞，踟蹰复相顾。孙登长啸台，松竹有遗处。相去讵几许，故人在中路。爱染日已薄，禅寂日已固。忽乎吾将行，宁俟岁云暮。

陶潜任天真，其性颇耽酒。自从弃官来，家贫不能有。九月九日时，菊花空满手。中心窃自思，傥有人送否。白衣携壶觞，果来遗老叟，且喜得斟酌，安问升与斗。奋衣野田中，今日嗟无负一作有。兀傲迷东西，蓑笠不能守。倾倒强行行，酣歌归五柳。生事不曾问，肯愧家中妇一作帚。

赵女弹箜篌，复能邯郸舞。夫婿轻薄儿，斗鸡事齐主。黄金买歌笑，用钱不复数。许史相经过，高门盈四牡。客舍有儒生，昂藏出邹鲁。读书三十年，腰间一作下无尺组。被服圣人教，一生自穷苦。

老来懒赋诗，惟有老相随。宿世一作当代谬词客，前身应画师。维善画破墨山水。不能舍余习，偶被世人知。名字本皆是，此心还不知。《万首唐人绝句》取中四句为绝句，题曰《题辋川图》。

寓言二首 次首律髓入侠少类，题曰《杂诗》，作卢象诗。

朱绂谁家子，无乃金张孙。骊驹从白马，出入铜龙门。问尔何功德，多承明主恩。斗鸡平乐馆，射雉上林园。曲陌车骑盛，高堂珠翠繁。奈何轩冕贵，不与布衣言。

君家御沟上，垂柳夹朱门。列鼎会中贵，鸣珂朝至尊。先死在八议，穷达由一言。须识苦寒士，莫矜狐白温。

冬夜书怀

冬宵寒且永,夜漏宫中发。草白霭繁霜,木衰澄清月。丽服映颓颜,朱灯照华发。汉家方尚少,顾影惭朝谒。

送康太守

城下沧江水,江边黄鹤楼。朱阑将粉堞,江水映悠悠。铙吹发夏口,使君居上头,郭门隐枫岸,候吏趋芦洲。何异临川郡,还劳—作来康乐侯。

送权二

高人不可有—作友,清论复何深。一见如旧识,一言知道心。明时当薄宦,解薜去中林,芳草空隐处,白云余故岑。韩侯久携手,河岳共幽寻。怅别千余里,临堂鸣素琴。

休假还旧业便使—作卢象诗

谢病始告归,依依入桑梓。家人皆伫立,相候衡门里。时辈皆长年,成人旧童子。上堂嘉庆毕,顾与姻亲齿。论旧忽余悲,目存且相喜。田园转芜没,但有寒泉水。衰柳日萧条,秋光清邑里。入门乍如客,休骑非便止。中饮顾王程,离忧从此始。

叹白发

我年一何长,鬓发日已白。俯仰天地间,能为几时客。惆怅故山云,徘徊空日夕。何事与时人,东城复南陌。

别弟妹二首—作卢象诗

两妹日成长,双鬟将及人。已能持宝瑟,自解掩罗巾。念昔别时小,未知疏与亲。今来始离恨,拭泪方殷勤。

小弟更孩幼,归来不相识,同居虽渐惯,见人犹未觅。宛作越人语,殊甘水乡食。别此最为难,泪尽有余忆。

哭殷遥

人生能几何,毕竟归无形。念君等为死,万事伤人情。慈母未及葬,一女才十龄。泱漭—作诀别寒郊外,萧条闻哭声。浮云为苍茫,飞鸟不能鸣。行人何寂寞,白日—作日色自凄清。忆昔君在时,问我学无生。劝君苦不早,令君无所成。故人各有赠,又不及生平—作平生。负尔非一途,恸哭返柴荆。

故南阳夫人樊氏挽歌

石窌恩荣重,金吾车骑盛。将朝每赠言,入室还相敬。叠鼓秋城动,悬旌寒日映。不言长不归,环珮犹将听。

夷门歌

七雄—作国雄雌犹未分,攻城杀将何纷纷。秦兵益围邯郸急,魏王不救平原君。公子为嬴停驷马,执辔愈恭意愈下。亥为屠肆鼓刀人,嬴乃夷门抱关者。非但慷慨献良—作奇谋,意气兼将身命酬。向风刎颈—作头送公子,七十老翁何所求。

陇头吟 乐府诗集收此于汉横吹曲,注云陇头水

长安—作城少年游侠客,夜上戍楼看太白。陇头明月迥临关,陇上行人夜吹笛。关西老将不胜愁,驻马听之双泪流。身经大小百余战,麾下偏裨万户侯。苏武才为典属国,节旄落尽—作空尽,—作零落海西—作南头。

老将行

少年十五二十时,步行夺得—作取胡马骑。射杀中山—作中,—作山阴白额虎,肯数邺下黄须儿。一身转战三千里,一剑曾当百万师。汉兵奋迅如霹雳,虏骑崩腾畏蒺藜。卫青不败由天幸,李广无功缘数奇。自从弃置便衰朽,世事蹉跎成白首。昔时飞箭当作雀无全目,今日垂杨生左肘。路傍时卖故侯瓜,门前学种先生柳。苍—作茫茫古木连—作迷穷巷,寥—作辽落寒山对虚牖。誓令疏勒出飞泉,不似颍川空使酒。贺兰山下阵如云,羽檄交驰日夕闻。节使三河募年少,诏书五道出将军。试拂铁衣如雪色,聊持宝剑动星文。愿得燕弓射天将,耻

令越甲鸣吴军—作吾君。莫嫌旧日云中守,犹堪一战取—作树功勋。

燕支行 时年二十一

汉家天—作大将才且雄,来时—作时来谒帝明光宫。万乘亲推双阙下,千官出饯五陵东。誓辞甲第金门里,身作长城玉塞中。卫霍才堪一骑将,朝廷不数贰师功。赵魏燕韩多劲卒,关西侠少何咆勃。报雠只是闻尝胆,饮酒不曾妨刮骨。画戟雕戈白日寒,连旗大旆黄尘没。叠鼓遥翻瀚海波,鸣笳乱动天山月。麒麟锦带佩吴钩,飒沓青骊跃紫骝。拔剑已断天骄臂,归鞍共饮月支头。汉兵大呼一当百,虏骑相看哭且愁。教战虽令赴汤火,终知上将先伐谋。

桃源行 时年十九

渔舟逐水爱山春,两岸桃花夹去—作古津。坐看红树不知远,行尽青溪不见人。山口潜行始隈隩,山开旷望旋平陆,遥看一处攒云树,近入千家散花竹。樵客初传汉姓名,居人未改秦衣服。居人共住武陵源,还从物外起田园。月明松下房栊静—作净,日出云中鸡犬喧。惊—作忽闻俗客争来集,竞引还家问都—作乡邑。平明闾巷扫花开,薄暮渔樵乘水入。初因避地去人间,及至—作更闻成仙遂—作去不还。峡里谁知有人事,世中遥望空云山。不疑灵境难闻见,尘心未尽思乡县。出洞无论隔山水,辞家终拟长游衍。自谓经过旧不迷,安知峰—作岑壑今来变。当时只记入山深,青溪几曲—作度到云林。春来遍是桃花水,不辨仙源何处寻。

洛阳女儿行 时年十六,一作十八

洛阳女儿对门居,才可容颜十五余。良人玉勒乘骢马,侍女金盘鲙鲤鱼。画阁朱楼尽相望,红桃绿柳垂檐向。罗帏送上七香车,宝扇迎归九华帐。狂夫富贵在青春,意气骄奢剧季伦。自怜碧玉亲教舞,不惜珊瑚持与人。春窗曙灭九微火,九微片片飞花琐,戏罢曾无理曲时,妆成只是薰香坐。城中相识尽繁华,日夜经过赵李家,谁怜越女颜如玉,贫贱江头自浣纱。

同崔傅答贤弟

洛阳才子姑苏客,桂苑—作社宛殊非故—作旧乡陌。九江枫树几回青,一片扬州五湖白。扬州时有下江兵,兰陵镇前吹笛声。夜火人归富春郭,秋风鹤唳石头城。周郎陆弟为俦侣,对舞前溪歌白纻。曲几书留小史家,草堂棋赌山阴野。衣冠若话外台柤,先数夫君席上珍。更闻台阁求三语,遥想风流第一人。

赠吴官

长安客舍热如煮,无个—作过茗糜难御暑。空摇白团其谛苦,欲向缥囊还归旅。江乡鲭鲊不寄来,秦人汤饼那堪许。不如侬家任挑达,草屦捞暇富春渚。

故人张谔工诗善易卜兼能丹青草隶,顷以诗见赠聊获酬之

不遂城东游侠儿,隐囊纱帽坐弹棋。蜀中夫子时开卦,洛下书—作诸生解咏诗。药阑花径衡门里,时复据梧聊隐几。屏风误点惑孙郎,团扇草书轻内史。故园高枕度三春,永日垂帏绝四邻。自想—作惜蔡邕今已老,更将书籍与何人。

送崔五太守

长安厩吏来到门,朱文—作未央露网动行轩。黄花县西九折坂,玉树宫南五丈原。褒斜谷中不容幰,唯有白云当露冕。子午山里杜鹃啼,嘉陵水头行客饭。剑门忽断蜀川开,万井双流满眼来。雾中远树刀州出,天际澄江巴字回。使君年纪—作几三十余,少年白皙专城居。欲持画省郎官笔—作草,回与临邛父老书。

寒食城东即事

清溪一道穿桃李,演漾绿浦涵白芷。溪上人家凡几家,落花半落东流水。蹴踘屡过飞鸟上,秋千竞出垂杨里。少年分日作遨游,不用清明兼上巳。

不遇咏

北阙献书寝不报,南山种田时不登。百人会中身不预,五侯门前心不能。身投河朔饮君酒,家在茂陵平安否。且此登山复临水,莫问春风动杨柳。今人昨人多自私,我心不说君应知。济人然后拂衣去,肯作徒尔一男儿。

赠裴迪

不相见,不相见来久。日日泉水头,常忆同携手。携手本同心,复叹忽分襟。相忆今如此,相思深不深。

青雀歌 与卢象、崔兴宗、裴迪、弟缙同赋

青雀翅羽短,未能远食玉山禾。犹胜黄雀争上下,唧唧空仓复若何。

黄雀痴 杂言走笔

黄雀痴,黄雀痴,谓言青鷇是我儿。一一口衔食,养得成毛衣。到大啁啾解游飏,各自东西南北飞。薄暮空巢上,羁雌独自归。凤凰九雏亦如此,慎莫愁思憔悴损容辉。

新秦郡松树歌

青青山上松,数里不见今更逢。不见君,心相忆,此心向君君应识。为君颜色高且闲,亭亭迥出浮云间。

榆林郡歌

山头松柏林,山下泉声伤客心。千里万里春草色,黄河东流流不息。黄龙戍上游侠儿,愁逢汉使不相识。

问寇校书双溪

君家少室西,为复少室东,别来几日今春风。新买双溪定何似,余生欲寄白云中。

寄崇梵僧 崇梵寺近东阿覆釜村

崇梵僧,崇梵僧,秋归覆釜春不还。落花啼鸟纷纷乱,涧户山窗寂寂闲。峡里谁知有人事,郡中遥望空云山。

同比部杨员外十五夜游有怀静者季

承明少休沐,建礼省文书,夜漏行人息,归鞍落日余。悬知三五夕,万户千门辟。夜出曙翻归,倾城满南陌。陌头驰骋尽繁华,王孙公子五侯家。由来月明如白日,共道春灯胜百花,聊看侍中千宝骑,强识小妇七香车。香车宝马共喧阗,个里多情侠少年。竞向长杨柳市北,肯过精舍竹林前。独有仙郎心寂寞,却将宴坐为行乐。倪觉一作觅忘怀共往来,幸沾同舍甘藜藿。

答张五弟

终南有茅屋,前对终南山。终年无客常闭关,终日无心长自闲。不妨饮酒复垂钓,君但能来相往还。

雪中忆李楫

积雪满阡陌,故人不可期。长安千门复万户,何处蹊跷黄金羁。

送李睢阳 一本以前九句自为一首

将置酒,思悲翁。使君去,出城东。麦渐渐,雉子斑。槐阴阴,到潼关。骑连连,车迟迟一作连连。心中悲,宋又远。周间之,南淮夷。东齐儿,碎碎织练与素丝,游人贾客信难持。五谷前熟方可为,下车闭阁君当思。天子当殿俨衣裳,大官尚食陈羽觞。彤庭散绶垂鸣珰,黄纸诏书出东厢,轻纨叠绮烂生光。宗室子弟君最贤,分忧当为百辟先。布衣一言相为死,何况圣主恩如天。鸾声哕哕鲁侯旂,明年上计朝京师。须忆今日斗酒别,慎勿富贵忘我为。

奉和圣制天长节赐宰臣歌应制

太阳升兮照万方,开阊阖兮临玉堂,俨冕旒兮垂衣裳。金天净兮丽三光,彤庭曙兮延八荒。德合天兮礼神遍,灵芝生兮庆云见。唐尧后兮稷契臣,匜宇宙兮华胥人。尽九服兮皆四邻,乾降瑞兮坤降一作献珍。

登楼歌

聊上君兮高楼,飞甍鳞次兮在下。俯十二

兮通衢,绿槐参差兮车马。却瞻兮龙首,前眺兮宜春。王畿郁兮千里,山河壮兮咸秦。舍人下兮青宫,据胡床兮书空。执戟疲于下位,老夫好隐兮墙东。亦幸有张伯英草圣兮龙腾虬跃,摆长云兮捩回风。琥珀酒兮雕胡饭,君不御兮日将晚。秋风兮吹衣,夕鸟兮争返。孤砧发兮东城,林薄暮兮蝉声远。时不可兮再得,君何为兮偃蹇。

双黄鹄歌送别 时为节度判官,在凉州作

天路来兮双黄鹄,云上飞兮水上宿,抚翼和鸣整羽族。不得已,忽分飞,家在玉京朝紫微,主人临水送将归。悲筇嘹唳垂舞衣,宾欲散兮复相依。几往返兮极浦,尚裴回兮落晖。岸—作塞上火兮相迎,将夜入兮边城。鞍马归兮佳人散,怅离忧兮独含情。

赠徐中书望终南山歌

晚下兮紫微,怅尘事兮多违。驻马兮双树,望青山兮不归。

送友人归山歌二首 离骚题作山中人

山寂寂兮无人,又苍苍兮多木。群龙兮满朝,君何为兮空谷。文寡和兮思深,道难知兮行独。悦石上兮流泉,与松间兮草屋。入云中兮养鸡,上山头兮抱犊。神与枣兮如瓜,虎卖杏兮收谷。愧不才兮妨贤,嫌既老兮贪禄。誓解印兮相从,何詹尹兮何—作可卜。

山中人兮欲归,云冥冥兮雨霏霏。水惊波兮翠菅靡,白鹭忽兮翻飞,君不可兮褰衣。山万重兮一云,混天地兮不分。树晻暧兮氤氲,猿不见兮空闻。忽山西兮夕阳,见东—作桔皋兮远村。平芜绿兮千里,眇惆怅兮思君。

鱼山神女祠歌 一作渔山神女智琼祠二首

张茂先《神女赋序》曰:魏济北从事弦超,嘉平中,夜梦神女来,自称天上玉女。姓成公,字智琼,东郡人。早失父母,天地哀其孤苦。令得下嫁,后三四日一来,即乘辎軿,衣罗绮。智琼能隐其形,不能藏其声。且芬香达于室宇,颇为人知。一旦,神女别去,留赠裙衫裲裆。《述征记》曰:魏嘉平中,有神女成公智琼,降弦超。同室疑其有奸,智琼乃绝。后五年,超使将之洛西,至济北渔山下陌上,遥望曲道头,有车马似智琼,果是,至洛,克复旧好。唐王勃《杂曲》曰:智琼神女,来访文君。按《十道志》云:渔山一名吾山。汉武帝过渔山,作《瓠子歌》云:"吾山平兮巨野溢。"是也。

迎神 一本二首题下并有曲字

坎坎击鼓,鱼山之下。吹洞箫,望极浦。女巫进,纷屡舞。陈瑶席,湛清酤。风凄凄兮一作又夜雨,不知—本无此二字神之来兮不来,使我心兮苦复苦—作使我心苦。

送神

纷进舞—作拜兮堂前,目眷眷兮琼筵。来不言—作语兮意不传,作暮雨兮愁空山。悲急管兮—本无兮字思繁弦,神—作灵之驾兮俨欲旋。倏云收兮雨歇,山青青兮水潺潺。

白鼋涡 杂言走笔

南山之瀑水兮,激石濆—作溅瀑似雷惊。人相对兮,不闻语声。翻涡跳沫兮苍苔湿,藓老且厚,春草为之不生。兽不敢惊动,鸟不敢飞鸣。白鼋涡涛戏濑—作漱兮,委身以纵横。王—作主人之仁兮,不网不钓,得遂性以生成。

宋进马哀词 并序

宋进马者,中书舍人宋公之子也。公无弟兄,子一而已。文则有种,德亦惟肖。忽疾倏逝,医不及视。宋公哀之,他人悲之,故为词曰:

背春涉夏兮,众木蔼以繁阴。连金华与玉堂兮,宫阁郁其沉沉。百官并入兮,何语笑之哑哑,君独静嘿以伤心。草王言兮不得辞,我悲减思兮少时。仆夫命驾兮,出闾阎,历通逵。陌上人兮如故,识不识兮往来。眼中不见兮吾儿,骖紫骝兮从青骊。低光垂彩兮,悦不知其所之。辟朱户兮望华轩,意斯子兮候门。忽思瘗兮城南,心瞀乱兮重昏。仰诉天之不仁兮,家唯一身,身止一子,何胤嗣之不繁,就单鲜而又死。将清白兮遗谁,问诗礼兮已矣。哀从中

兮不可胜,岂暇料余年兮复几。日黯黯兮颓晖,鸟翩翩兮疾飞。邈穷天兮不返,疑有日兮来归。静言思兮永绝,复惊叫兮沾衣。客有吊之者曰:观未始兮有物,同委蜕兮胡悲?且延陵兮未至,况西河兮不知。学无生兮庶可,幸能听于吾师。

全唐诗卷一百二十六

王维

奉和圣制赐史供奉曲江宴应制

侍从有邹枚,琼筵就水开。言陪柏梁宴,新下—作自建章来。封酒山河满,移舟草树回。天文同丽日,驻景惜行杯。

从岐王过杨氏别业应教

杨子谈经所—作处,淮王载酒过。兴阑啼鸟换—作缓,坐久落花多。径转回银烛,林开散玉珂。严城时未启,前路拥—作引笙歌。

从岐王夜宴卫家山池应教

座客香貂满,宫娃绮幔张。涧花轻粉色,山月少灯光。积翠纱窗暗—作透,飞泉绣户凉。还将歌舞出,归路莫愁长。

早朝

柳暗百花明,春深五凤城。城乌—作鸦睥睨晓,宫井辘轳声。方朔金门侍—作召,班姬玉辇迎。仍闻遣方士,东海访蓬瀛。

同崔员外秋宵寓直

建礼高秋夜,承明候晓过。九门寒漏彻,万井曙钟多。月回藏珠斗,云消—作开出绛河。更惭衰朽质,南陌共鸣珂。

辋川闲居赠裴秀才迪

寒山转苍翠,秋水日潺湲。倚杖柴门外,临风听暮蝉。渡头余落日,墟里上孤烟。复值接舆醉,狂歌五柳前。

寄荆州张丞相

所思竟何在,怅望深荆门。举世无相识,终身思旧恩。方将与农圃,艺植老丘园。目尽南飞—作无雁,何由寄一言。

冬晚对雪忆胡居—作处士家—作王勋诗,非。

寒更传晓箭—作催唱晓,清镜览—作减衰颜。隔牖风惊竹,开门—作帘雪满山。洒空深巷静,积素广庭闲。借问袁安舍,翛然尚闭关。

和尹谏议史馆山池 开元二十年,道士尹愔为谏议大夫,知史馆事,故诗有莫上空虚之句。

云—作灵馆接天居,霓裳侍玉除。春池百子—作草外,芳树万年余。洞有仙人箓,山藏太史书。君恩深汉帝,且莫上空—作云虚。

奉和杨驸马六郎秋夜即事

高楼月似霜,秋夜郁金堂。对坐弹卢女,同看舞凤凰。少儿多送酒,小玉更焚香。结束平阳骑,明朝入建章。

酬虞部苏员外过蓝田别业不见留之作

贫居依谷口,乔木带荒村。石路枉回驾,山家谁候门。渔舟胶冻浦,猎火烧—作绕寒原。唯有白云外,疏钟闻夜猿。

酬比部杨员外暮宿琴台朝跻书阁率尔见赠之作—作卢照邻诗

旧简拂尘看,鸣琴候—作俟月弹。桃源—作花迷汉姓,松树—作径有秦官。空谷归人少,青山背日寒。羡君栖隐处,遥望白云端。

酬严少尹徐舍人见过不遇

公门暇日少,穷巷故人稀。偶值乘篮舆,非关避白衣。不知炊黍谷,谁解扫荆扉。君但倾茶碗,无妨骑马归。

酬张少府

晚年唯好静,万事不关心。自顾无长策,空知返旧林。松风吹解带,山月照弹琴。君—作若问穷通理,渔歌入浦深。

酬贺四赠葛巾之作

野巾传惠好,兹贶重兼金。嘉此幽栖物,能齐隐吏心。早朝方暂挂,晚沐复来簪。坐觉嚣尘远,思君共入林。

送丘为落第归江东

怜君不得意,况复柳条春。为客黄金尽,还家白发新。五湖三亩宅—作地,万里一归人。

知尔—作袮不能荐,羞称—作为献纳臣。

送李判官赴东江—作江东

闻道皇华使,方随皂盖臣。封章通左语,冠冕化文身。树色分扬子,潮声满富春。遥知辨璧吏,恩到泣珠人。

送封太守

忽解羊头削,聊驰熊首幡。扬舲发夏口,按节向吴门。帆映丹阳郭,枫攒—作藏赤岸村。百城多候吏,露冕一何尊。

送严秀才还蜀

宁亲为—作真令子,似舅即贤甥。别路经花县,还乡入锦城。山临青塞断,江向白云平。献赋何时至,明君忆长卿。

送张判官赴河西

单车曾出塞,报国敢邀勋。见逐张征虏,今思霍冠军。沙平连白雪,蓬卷入黄云。慷慨倚长剑,高歌一送君。

送岐州源长史归 同在崔常侍幕中,时常侍已殁

握手一相送,心悲安可论。秋风正萧索,客散孟尝门。故驿通槐里,长亭下槿原。征西旧旌节,从此向河源。

送张道士归山

先生何处去,王屋访茅—作毛君。别妇留丹诀,驱鸡入白云。人间若剩—作若难,一作数剩住,天上复离群。当作辽城鹤,仙歌使尔闻。

同崔兴宗送瑗公南归并序

衡岳瑗上人者,尝学道于五峰。荫松栖云,与狼虎杂处,得无所得矣。天宝癸巳岁,始游于长安。手提瓶笠,至自万里。燕居吐论,缁属高之。初,给事中房公,谪居宜春,与上人风土相接,因为道友,伏腊往来。房公既海内盛名,上人亦以此增价。秋九月,杖锡南返,扣门来别。秦地草木,槭然已黄。苍梧白云,不日而见。滇阳有曹溪学者,为我谢之。

言从石菌阁,新下穆陵关。独向池阳去,白云留故山。绽衣秋日里,洗钵古松间。一施

传心法,唯将戒定还。

送钱少府还蓝田

草色日向好,桃源人去稀。手持平子赋,目送老莱衣,每候山樱发,时同海燕归。今年寒食酒,应是—作得返柴扉。

送丘为往唐州

宛洛有风尘,君行多苦辛。四愁连汉水,百口寄随人。槐色阴清昼,杨花惹暮春。朝端肯相送,天子绣衣臣。

送元中丞转运江淮—作钱起诗

薄赋—作税归天府,轻徭赖使臣。欢沾赐帛老,恩及卷绡人。去问珠—作殊官俗,来经石蚨—作卸春。东南御—作卸,又作高,并非亭上,莫使—作问有风尘。石蚨春,用《文选》"石蚨应节而扬葩"语"。江淹《石劫赋》序:一名紫䗩,蚌蛤类也。春而发花,按《本草》谓之石决明。御亭,旧本作高亭,杨慎改为卸亭。《丹铅总录》云:卸亭在晋陵。庾信诗:"卸亭一回望,风尘千里昏。"是也。按庾集无作御亭。《姑苏志》:望亭驿去郡北五十里,先名御亭。唐太守李袭誉以庾诗中回望语,改望亭。则高亭当作卸亭或望亭为是。李嘉祐有《望亭》诗。

送崔九兴宗游蜀

送君从此去,转觉故人稀。徒御犹回首,田园方掩扉。出门当旅食,中路授寒衣。江汉风流地,游人何岁—作处归。

送崔兴宗

已恨亲皆远,谁怜友复稀。君王未西顾,游宦尽东归。塞迥—作阔山河净,天长云树微。方同菊花节,相待洛阳扉。

送平澹然判官

不识阳关路,新从定远侯。黄云断春色,画角起—作越边愁。瀚海经年到—作别,交河出塞流。须令外国使,知—作只饮月氏头。

送刘司直赴安西

绝域阳关道,胡沙—作烟与塞尘。三春时有雁,万里少行人。苜蓿随天马,葡萄逐汉臣。当令外国惧,不敢觅和亲。

送赵都督赴代州得青字

天官动将星,汉上—作地柳条青。万里鸣刁斗,三军出井陉。忘身辞凤阙,报国取龙庭。岂学书生辈,窗间—作中老—作著一经。

送方城韦明府

遥思葭菼际,寥落楚人行。高鸟长淮水,平芜故郢城。使车听雉乳,县鼓应鸡鸣。若见州从事,无嫌手板迎。

送李员外贤郎

少年何处去,负米上铜梁。借问阿戎父,知为童子郎。鱼笺请诗赋,橦布作衣裳。薏苡扶衰病,归来幸可将。

送梓州李使君

万壑树参天,千山响—作音听杜鹃。山中一夜—作半雨,树杪百重泉。汉女输橦—作賨布,巴人讼芋田。文翁翻教授,不敢倚先贤。

送张五諲归宣城

五湖千万里,况复五湖西。渔浦南陵郭,人家春谷溪。欲归江淼淼,未到草萋萋。忆想兰陵镇,可宜猿更—作夜啼。

送友人南归

万里春应尽,三江雁亦稀。连天汉水广,孤客郢城归。郧国稻苗秀,楚人菰米—作菜肥。悬知倚门望,遥识老莱衣。

送贺遂员外外甥

南国有归舟,荆门溯上流。苍茫葭菼外,云水与—作同昭丘。樯带城乌去,江连暮雨愁。猿声不可听,莫待楚山秋。

送杨长史赴果州

褒斜不容幰,之子去何之。鸟道一千里,猿声—作啼十二时。官桥祭酒客,山木女郎祠。别后同明月,君应听子规。

送邢桂州

铙吹喧京口,风波下洞庭。赭圻将赤岸,击汰复扬舲。日落江湖白,潮来天地青。明珠归合浦,应逐使臣星。

送宇文三赴河西充行军司马

横吹—作笛杂繁笳,边风卷塞沙。还闻田司马,更逐李轻车。蒲类—作垒成秦地,莎车—作居属汉家。当令犬戎国,朝聘学昆邪。

送孙二

郊外—作郭谁相—作将送,夫君道术亲。书生邹鲁客,才子洛阳人。祖席依寒草,行车起—作薄暮尘。山川何—作向寂寞,长望泪沾巾。

送崔三往密州觐省

南陌去悠悠,东郊不少留。同怀扇枕恋,独念—作解倚门愁。路绕天山雪,家临海树秋。鲁连功未报,且莫蹈沧洲。

送孟六归襄阳—作张子容诗

杜门不复—作欲出,久与世情疏。以此为良—作长策,劝君归旧庐。醉歌田舍酒,笑读古人书。好是一生事,无劳献子虚。

初出济州别城中故人—作被出济州

微官易得罪,谪去济川阴。执政方持法,明君照—作无此心。闾阎河润上,井邑海云深。纵有归来日,各—作多愁年鬓侵。

与卢象集朱家

主人能爱客,终日有逢迎。贳得新丰酒,复闻秦女筝。柳条疏客舍,槐叶下秋城。语笑且为乐,吾将达此生。

登裴秀才迪小台

端居不出户,满目望—作空云山。落日鸟边下,秋原人外闲。遥知远林际,不见此檐间。好客多乘月,应门莫上关。

游李山人所居因题屋壁

世上—作人,—作人事皆如梦,狂来止—作或自

歌。问年松树老,有地竹林—作阴多。药倩韩康卖,门容尚子过。翻嫌枕席上,无那—作奈白云何。

过崔驸马山池

画楼吹笛妓,金碗—作将酒家胡。锦石称贞女,青松学大夫。脱貂贳桂醑—作酌,射雁与山厨。闻道高阳会,愚公谷正愚。

过福禅师兰若

岩壑转—作带微径,云林隐法堂。羽人飞奏乐,天女跪焚香。竹外峰偏曙,藤阴水更凉。欲知禅坐久,行路长春芳。

过香积寺—作王昌龄诗

不知香积寺,数里入云峰。古木无人径,深山何处钟。泉声咽危石,日色冷青松。薄暮空潭曲,安禅制毒龙。

过感化—作配,一作化感寺昙兴上人山院与裴迪同作

暮持筇竹杖,相待虎溪头。催客闻山响,归房逐水流。野花丛发好,谷鸟一声幽。夜坐空林—作村寂,松风直似秋。

夏日过青龙寺谒操禅师与裴迪同作

龙钟一老翁,徐步谒禅宫。欲问义心义,遥知空病空。山河天眼里,世界法身中。莫怪销炎热,能生大地风。

登辨—作新觉寺

竹径从—作连初地,莲峰出化城。窗中三楚尽—作静,林上—作外九江平。软—作嫩草承趺坐,长松响梵声。空居法云外,观世得无生。

喜祖三至留宿

门前洛阳客,下马拂征衣。不枉故人驾,平生多掩扉。行人返深巷,积雪带余晖。早岁同袍者,高车何处归。

黎拾遗昕裴秀才迪见过秋夜对雨之作

促织鸣已急,轻衣行向—作尚重。寒灯坐

高馆,秋雨闻疏钟。白法调狂象,玄言问老龙。何人顾蓬径,空愧求羊踪。

慕容承携素馔见过

纱帽乌皮几,闲居懒赋诗。门看五柳识,年算六身知。灵寿君王赐,雕胡弟子炊。空劳酒食馔,持底解人颐。

晚春严少尹与诸公见过

松菊荒三径,图画共五车。烹葵邀上客,看竹到贫家。鹊乳先春草,莺啼过落花。自怜黄发暮,一倍惜年华。

郑果州相过

丽一作斜日照残春,初晴草木新。床前一作头磨镜客,树下一作林里灌园人。五马惊穷巷,双童逐老身。中厨办粗饭,当恕一作常恐阮家贫。

山居秋暝

空山新雨后,天气晚来秋。明月松间照,清泉石上流。竹喧归浣女,莲动下渔舟。随意春芳歇,王孙自可留。

终南别业一作初至山中,一作入山寄城中故人

中岁颇好道,晚家南山陲。兴来每独往,胜事空一作只自知。行到水穷处,坐看云起时。偶然值一作见林一作邻叟,谈笑无一作滞还期。

归嵩山作

清一作晴川带长薄,车马去闲闲。流水如有意,暮禽一作云相与还。荒城临古渡,落日满秋山。迢递嵩高下,归来且闭一作掩关。

归辋川作

谷口疏钟动,渔樵稍欲稀。悠然远山暮,独向白云归。菱蔓弱难定,杨花轻易飞。东皋春草色,惆怅掩柴扉。

韦给事山居

幽寻得此地,讵有一人曾。大壑随阶转,群山入户登。庖厨出深竹,印绶隔垂藤。即事辞轩冕,谁云病未能。

山居即事

寂寞掩柴扉,苍茫对落晖。鹤巢松树遍,人访荜门稀。绿竹含新粉,红莲落故衣。渡头烟火起,处处采菱归。

终南山题下一有行字。一作终山行

太乙近天都,连山一作天接一作到海隅。白云回望合,青霭入看无。分野中峰变,阴晴众壑殊。欲投人处宿,隔水一作浦问樵夫。

辋川闲居

一从归白社,不复到青门。时倚檐前树,远看原上村。青菰临水拔,白鸟向山翻。寂寞于陵子,桔槔方灌园。

春园即事

宿雨乘轻屐,春寒著弊袍。开畦分白水,间柳发红桃。草际成棋局,林端举桔槔。还持鹿皮几,日暮隐蓬蒿。

淇上田园即事

屏居淇水上,东野旷无山。日隐桑柘外,河明闾井间。牧童望村去,猎犬随人还。静者亦何事,荆扉乘昼关。

凉州郊外游望时为节度判官,在凉州作

野老才三户,边村少四邻。婆娑依里社,箫鼓赛田神。洒酒浇刍狗,焚香拜木人。女巫纷屡舞,罗袜自生尘。

观猎《纪事》题曰猎骑。《乐府诗集》、《万首绝句》以前四句作五绝,并题曰戎浑。

风劲一作动角弓鸣,将军猎渭城。草枯鹰眼疾,雪尽马蹄轻。忽过新丰市,还归细柳营。回看射雕一作落雁,一作失雁处,千里暮云平。

春日上方一作房即事

好读高僧传,时看辟谷方。鸠形将刻杖,龟壳用支床。柳色春山映,梨花一作花明夕鸟藏。北窗桃李下,闲坐一作步但焚香。

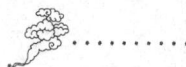

汉江临泛

楚塞三湘接,荆门九派通。江流天地外,山色有无中。郡邑浮前浦,波澜动远空。襄阳好风日—作风日好,留醉与山翁—作公。

泛前陂

秋空自明—作明月迥,况复远人间—作寰。畅以沙际鹤,兼之云外山。澄波—作陂澹将夕,清月皓方闲。此夜任孤棹,夷犹殊未还。

登河北城楼作

井邑傅—作传岩上,客亭云雾间。高城眺落日,极浦映苍山。岸火孤舟宿,渔家夕鸟还。寂寥天地暮,心与广川闲。

千塔主人

逆旅逢佳节,征帆未可前。窗临汴河水,门渡楚人船。鸡犬散墟落,桑榆荫远田。所居人不见,枕席生云烟。

使至塞上

单车欲问边,属国过居延。—作衔命辞天阙,单车欲问边。征蓬出汉塞,归雁入胡天。大漠孤烟直,长河落日圆。萧关逢候吏—作骑,都护在燕然。

晚春归—作闺思—作春闺

新妆可怜色,落日卷罗—作帘帷。炉—作淑气清珍簟,墙阴上玉墀。春虫飞网户,暮雀隐花枝。向晚多愁思,闲窗桃李时。

戏题示萧氏甥

怜尔解临池,渠爷未学诗。老夫何足似,弊宅倘因之。芦笋穿—作藏荷叶,菱花胃雁儿。郗公不易胜,莫著外家欺。

秋夜独坐—作冬夜书怀

独坐悲双鬓,空堂欲二更。雨中山果落,灯下草虫鸣。白发终难变,黄金不可成。欲知除老病,唯有学无生。

待储光羲不至

重门朝已启,起坐听车声。要欲闻清佩,方将出户迎。晚钟鸣上苑,疏雨过春城。了自不相顾,临堂空复情。

听宫莺

春树绕宫墙,宫莺啭曙光—作春莺次第翔。忽惊啼暂断,移处弄还长。隐叶栖承露,攀—作排花出未央。游人未应返,为此始思—作思故乡。

杂诗

双燕初命子,五桃新作花。王昌是东舍,宋玉次西家。小小能织绮,时时出浣纱。亲劳使君问,南陌驻香车。

留别钱起《英华》题云:晚归蓝田酬中书常舍人赠别。或作钱起诗,题云晚归蓝田酬王维给事。

卑栖却得性,每与白云归。徇禄仍怀橘,看山免采薇。钱起集作"别山如昨日,春露已沾衣。采蕨频盈手,看花空厌归。"暮禽先去马,新月待开扉。霄汉时回首,知音青琐闱。

留别丘为

归鞍白云外,缭绕出前山。今日又明日,自知心不闲。亲劳簪组送,欲趁莺花还。一步一回首,迟迟向近关。

愚公谷三首 青龙寺与黎昕戏题

愚谷与谁去,唯将黎子同。非须一处住,不那两心空。宁问春将夏,谁论西复东。不知吾与子,若个是愚公。

吾—作愚家愚谷里,此谷本来平。虽则行无迹,还能响应声。不随云色暗,只待日光明。缘底名愚谷,都由愚所成。

借问愚公谷,与君聊一寻。不寻翻到谷,此谷不离心。行处曾无险,看时岂有深。寄言尘世客,何处欲归—作窥临—作林。

酬慕容十一

行行西陌返,驻憾问车公。挟毂双官骑,

应门五尺童。老年如塞北,强起离墙东。为报壶丘子,来人道姓蒙。

过始皇墓时年十五,一作二十一

古墓成苍岭,幽宫象紫台。星辰七曜隔,河汉九泉开。有海人宁渡,无春雁不回。更闻松韵切,疑是大夫哀。

恭懿太子挽歌五首

何悟藏环早,才知拜璧年。翀天王子去,对日圣君怜。树转宫犹出,筋悲马不前。虽蒙绝驰道,京兆别开阡。

兰殿新恩切,椒宫夕临幽。白云随凤管,明月在龙楼。人向青山哭,天临渭水愁。鸡鸣常问膳,今恨玉京留。

骑吹凌霜发,旌旗夹路陈。凯一作礼容金节护,册命玉符新。傅母悲香裸,君家拥画轮。射熊今梦帝,秤象问何人。

苍舒留帝宠,子晋有仙才。五岁过人智,三天使鹤催。心悲阳一作四禄馆,目断望思台。若道长安近,何为更不来。

西望昆池阔,东瞻下杜平。山朝豫章馆,树转凤凰城。五校连旗色,千门叠鼓声。金环如有验,还向画堂生。

故太子太师徐公挽歌四首

功德冠群英,弥纶有大名。轩皇用风后,传说是星精。就第优遗老,来朝诏不名。《英华》注云:叠押名字。留侯常辟谷,何苦不长生。

谋猷为相国,翊戴奉宸一作乘舆。剑履升前殿,貂蝉托后车。齐侯疏土宇,汉室赖图书。僻处留田宅,仍才十顷余。

旧里趋庭日,新年置酒辰。闻诗鸾渚客,献赋凤楼人。北首一作阙辞明主,东堂哭大臣。犹思御朱辂,不惜汗车茵。

久践中台座,终登上将坛。谁言断车骑,空忆盛衣冠。风日咸阳惨,箫箫渭水寒。无人当便阙,应罢太师官。

故西河郡杜太守挽歌三首

天上去西征,云中护北平。生擒白马将,连破黑雕城。忽见乌灵苦一作善,徒闻竹使荣。空留左氏传,谁继卜商名。

返葬金符守,同归石窌妻。卷衣悲画翟,持翣待鸣鸡。容卫都人惨,山川驷马嘶。犹闻陇上客,相对哭征西。

涂刍去国门,秘器出东园。太守留金印,夫人罢锦轩。旌旗转衰木,箫鼓上寒原。坟树应西靡,长思魏阙恩。

故南阳夫人樊氏挽歌

锦衣余翟茀,绣毂罢鱼轩。淑女诗长在,夫人法尚存。凝筋随晓斾,行哭向秋原。归去将何见,谁能返戟门。

达奚侍郎夫人寇氏挽词二首题上一有吏部二字

束带将朝日,鸣环映牖辰。能令谏明一作皇主,相劝识贤人。遗挂空留壁,回文日覆尘。金蚕将画柳,何处更知春。

女史悲彤管,夫人罢锦轩。卜茔占二室,行哭度千门。秋日光能淡,寒川波一作浪自翻。一朝成万古,松柏暗平原。

送孙秀才《纪事》作王缙诗

帝城风日好,况复建平家。玉枕双文簟,金盘五色瓜。山中无鲁酒,松下饭胡麻。莫厌田家苦,归期远复赊。

全唐诗卷一百二十七

王维

奉和圣制庆玄元皇帝玉像之作应制

明君梦帝先,宝命上齐天。秦后徒闻乐,周王耻卜年。玉京移大像,金箓会群仙。承露调天供,临空敞御筵。斗回迎寿酒,山近起炉烟。愿奉无为化,斋心学自然。

奉和圣制与太子诸王三月三日龙池春禊应制

故事修春禊,新宫展豫游。明君移凤辇,太子出龙楼。赋掩陈王作,杯如洛水流。金人来捧剑,画鹢去—作出回舟。苑树浮宫阙,天池照冕旒。宸章在云表—作汉,垂象满皇州。

奉和圣制上巳于望春亭观禊饮应制

长乐青门外,宜春小苑东。楼开万井—作户上,辇过百花中。画鹢移仙妓—作仗,金貂列上公。清歌邀落日,妙—作妍舞向春风。渭水明秦甸,黄山入汉宫。君王为祓禊,灞浐亦朝宗。

奉和圣制暮春送朝集使归郡应制

万国仰宗周,衣冠拜冕旒。玉乘迎大客,金节送诸侯。祖席倾三省,褰帷向九州。杨花飞上路,槐色荫通沟。来预钧天乐,归分汉主忧。宸章类河—作在云汉,垂象满中—作皇州。

《统签》注云:重韵。误。

三月三日曲江—有楼字侍宴应制

万乘亲斋祭,千官喜豫游。奉迎从上苑,祓禊向中流。草树连容卫,山河对冕旒。画旗摇浦溆,春服满汀洲。仙籞—作乐龙媒下,神皋凤跸留。从今亿万岁,天宝纪—作绍春秋。

奉和圣制重阳节宰臣及群官上寿应制

四海方无事,三秋大有年。百生无此日,万寿愿齐天。芍药和金鼎,茱萸插玳筵。玉堂开右个,天乐动宫悬。御柳疏秋景,城鸦拂曙烟。无穷菊花节,长奉柏梁篇。

三月三日勤政楼侍宴应制

彩仗连宵合,琼楼拂曙通。年光三月里,宫殿百花中。不数秦王日,谁将洛水同。酒筵嫌落絮,舞袖怯春风。天保无为德,人欢不战功。仍临九衢宴,更达四门聪。

奉和圣制十五夜然灯继以酺宴—有之作二字应制

上路笙歌满,春城漏刻长。游人多昼日,明月让灯光。鱼钥通翔凤,龙舆出建章。九衢陈广乐,百福透—作迓名香。仙伎来金殿,都人绕玉堂。定—作止应偷妙—作艳舞,从此学新妆。奉引迎三事,司仪列—作立万方。愿将天地寿,同以献君王。

奉和圣制幸玉真公主山庄因题石壁十韵之作应制

碧落风烟外,瑶台道路赊。如何连帝苑,别自有仙家。此—作匝地回鸾驾,绿溪转翠华。洞中开日月,窗里发云霞。庭养冲天鹤,溪流—作留上汉查。种田生白玉,泥灶化丹砂。谷静泉逾响,山深日易斜。御羹和石髓,香饭进胡麻。大道今无外,长生讵有涯。还瞻九霄上,来往五云车。

春日直门下省早朝 时为右补阙

骑省直明光,鸡鸣谒建章。遥闻侍中珮,暗识令君—作公香。玉漏随—作催铜史,天书拜—作问夕郎。旌旗映闾阖,歌吹满昭阳。官舍梅初紫,宫门柳欲黄。愿将迟日意,同与圣恩长。

和仆射晋公扈从温汤 时为右补阙

天子幸新丰,旌旗渭水东。寒—作远山天仗外—作里,温谷幔城中。奠玉群仙座,焚—作薰香太乙宫。出游逢牧马,罢猎见—作作非熊。上宰无为化,明时太古同。灵芝三秀紫,陈粟

万箱红。王礼—作玉醴尊儒教,天兵小战功。谋犹归哲匠,词赋属文宗。司谏方无阙,陈诗且未工。长吟吉甫颂,朝夕仰清风。

和宋中丞夏日游福贤观天长寺寺即陈左相宅所施之作

已相殷王国,空余尚父溪。钓矶开月殿,筑道出云梯。积水浮香象,深山鸣白鸡。虚空陈—作无伎乐,衣服制虹霓。墨—作黑点三千界,丹飞六—泥。桃源勿遽返,再访恐君迷。

和陈监四郎秋雨中思从弟据

袅袅秋风动,凄凄烟雨繁。声连鸤鹊观,色暗凤凰原。细柳疏高阁,轻槐落洞门。九衢行欲断,万井寂无喧。忽有愁霖唱,更陈多露言。平原思令弟,康乐谢贤昆。逸兴方三接,衰颜强七奔。相如今老病,归守茂陵园。

上张令公

珥笔趋丹陛,垂珰上玉除。步檐青琐闼,方幰画轮车。市阅千金字,朝闻—作开五色书。致君光帝典,荐士满公车。伏奏回金驾,横经重石渠。从兹罢角抵,且—作布复幸储胥。天统知尧后,王章笑鲁初。匈奴遥俯伏,汉相俨簪裾。贾生非不遇,汲黯自堪疏。学易思求我,言诗或起予。当从大夫后,何惜隶人余。

赠焦道士

海上游三岛,淮南预八公。坐知千里外,跳向一壶中。缩地朝珠阙,行天使玉童。饮人聊割酒,送客乍分风。天老能行气,吾师不养空。类笺注云有误。谢君徒雀跃,无可问鸿濛。

赠东岳焦炼师

先生千岁—作载余,五岳遍曾居。遥识齐侯鼎,新过王母庐。不能师孔墨,何事问长沮。玉管时来凤,铜盘即钓鱼。竦身空里语,明目夜中书。自有还丹—作丹砂术,时论太素初。频蒙露版诏,时降软轮车。山静泉逾响,松高枝转疏。揩—作支颐问樵客,世上复何如。

送秘书晁监还日本国 并序

舜觐群后,有苗不格。禹会诸侯,防风后至。劲干戚之舞,兴斧钺之诛。乃贡九牧之金,始颁五瑞之玉。我开元天地大宝圣神武应道皇帝,大道之行,先天布化。乾元广运,涵育无垠。若华为东道之标,戴胜为西门之候。岂甘心于筑杖,非征贡于包茅。亦由呼耶来朝,舍于葡萄之馆。卑弥遣使,报以蛟龙之锦。牺牲玉帛,以将厚意。服食器用,不宝远物。百神受职,五老告期。况乎戴发含齿,得不稽颡屈膝。海东国,日本为大。服圣人之训,有君子之风。正朔本乎夏时,衣裳同乎汉制。历岁方达,继旧好于行人;滔天无涯,贡方物于天子。同仪加等,位在王侯之先。掌次改观,不居蛮夷之邸。我无尔诈,尔无我虞。彼以好来,废关弛禁。上敷文教,虚至实归。故人民杂居,往来如市。晁司马结发游圣,负笈辞亲。问礼于老聃,学诗于子夏。鲁借车马,孔丘遂适于宗周;郑献缟衣,季札始通于上国。名成太学,官至卿相。必齐之姜,不归娶于高国;在楚犹晋,亦何独于由余。游宦三年,愿以君羹遗母;不居一国,欲其书锦还乡。庄舄显而思归,关羽报恩而终去。于是稽首北阙,裹足东辕。筐篚赐之衣,怀敬问之诏。金简玉字,传道经于绝域之人。方鼎彝尊,致分器于异姓之国。琅琊台上,回望龙门。碣石馆前,夐然鸟逝。鲸鱼喷浪,则万里倒回。鹍首乘云,则八风却走。扶桑若荠,郁岛如萍。沃白日而簸三山,浮苍天而吞九域。黄雀之风动地,黑蜃之气成云。森不知其所之,何相思之可寄。嘻!去帝乡之故旧,谒本朝之君臣。咏七子之诗,佩两国之印。恢我王度,谕彼蕃臣。三寸犹在,乐毅辞燕而未老;十年在外,信陵归魏而逾尊。子其行乎,余赠言者。

积水不可极,安知沧海东。九州何处还一作所,万里若乘空。向国唯看日,归帆一作途但信风。鳌身映天黑,鱼一作鳌眼射波红。乡树扶桑外,主人孤岛中。别离方异域,音信若为通。姚合称此诗及送丘为下第、观猎三首,为诗家射雕手。而以此篇压卷。

送祢一作徐郎中

东郊春草色,驱马去悠悠。况复乡山外,猿啼湘水流。岛夷传露版,江馆候鸣驺。卉服为诸吏,珠官拜本州。孤莺吟远墅,野杏发山邮。早晚方归奏,南中才一作绝忌秋。

送李太守赴上洛

商山包楚邓,积翠蔼沉沉。驿路飞泉洒,关门落照深。野花开古戍,行客响空林。板屋春多雨,山城昼欲阴。丹泉通虢略,白羽抵荆岑。若见西山爽,应知黄绮心。

送熊九赴任安阳

魏国应刘后,寂寥文雅空。漳河如旧日,之子继清风。阡陌铜台下,闾阎金虎中。金虎台在邺镇。送车盈灞上,轻骑出关东。相去千余里,西园明月同。

山中示弟

山林吾丧我,冠带尔成人。莫学嵇康懒,且安原宪贫。山阴多北户,泉水在东邻。缘合妄相有,性空无所亲。安知广成子,不是老夫身。

青龙寺昙璧上人兄院集 并序。与王昌龄、裴迪、弟缙同作。序云江宁大兄,即昌龄也。

吾兄大一作天开荫中,明一作朝彻物一作独外。以定力胜敌,以惠用解严。深居僧坊,傍俯人里。高原陆地,下映芙蓉之池;竹林果园,中秀菩提之树。八极氛一作气霁,万汇尘息。太虚寥廓,南山为之端倪。皇州苍茫,渭水贯于天地。经行之后,趺坐而闲。升堂梵筵,饵客香饭。不起而游览,不风而清凉。得世界于莲花,寄文章于贝叶。时江宁大兄持片石,命维序之。诗五韵,座上成。

高处敞招提,虚空讵有倪。坐看南陌骑,下听秦城鸡。眇眇孤烟起,芊芊远树齐。青山万井外,落日五陵西。眼界今无染,心空安可迷。

济州过赵叟家宴

虽与人境接,闭门成隐居。道言庄叟事,儒行鲁人余。深巷斜晖静,闲门高柳疏。荷锄修药圃,散帙曝农书。上客摇芳翰,中厨馈野蔬。夫君第高饮,景晏出林间。

春过贺遂员外药园

前年槿篱故,新作药栏成。香草为君子,名花是长卿。水穿盘石透,藤系古松生。画—作书,一作去畏开厨走,来蒙倒屣迎。蔗浆菰米饭,蒟酱露葵羹。颇识灌园意,于陵不自轻。

过卢四员外宅看饭僧共题七韵

三贤异七贤—作圣,青眼慕青莲。乞饭从香积,裁衣学水田。上人飞锡杖,檀越施金钱。跌坐檐前日,焚香竹下烟。寒空法云地,秋色净居天。身逐因缘法,心过次第禅。不须愁日暮,自有一灯然。

河南严尹弟见宿弊庐访别人赋十韵

上客能论道,吾生学养蒙。贫交世情外,才子古人中。冠上方簪—作安豸,车边已画熊。拂衣迎五马,垂手凭双童。花醑—作醴和松屑,蜀都赋,觞以醴清。注:酒清谓之醑。茶香透竹丛。薄霜澄夜月,残雪带春风。古壁苍苔黑,寒山远烧红。眼看东候别,心事北川—作山同。为—作若学轻先辈,何能访老翁。欲知今日后,不乐为车公。

投道一师兰若宿—作宿道一上方院

一公栖太白,高顶出风—作云烟。梵流诸壑—作涧遍,花雨一峰偏。迹为无心隐,名因立教传。鸟来远语法,客去更安禅。昼涉松路—作露尽,暮投兰若边。洞房隐深竹,清夜闻遥泉。向是云霞里,今成枕席前。岂唯暂留宿,服事将穷年。

游化感寺

翡翠香烟合,琉璃宝地—作殿平。龙宫连栋宇,虎穴傍檐楹。谷静唯松响,山深无鸟声。琼峰当户拆,金涧透林明—作鸣。郢路云端回,秦川雨外晴。雁王衔果献,鹿女踏花行。抖擞辞贫里,归依宿化城。绕篱生野蕨,空馆发山樱。香饭青菰米,嘉蔬绿笋茎—作紫芋羹。誓陪清梵末,端坐学无生。

游悟真寺—作王缙诗

闻道黄金地,仍开白玉田。掷山移巨石,咒岭出飞泉。猛虎同三径,愁猿学四禅。买香然绿桂,乞火踏—作塌红—作青莲。草色摇霞上,松声泛月边。山河穷百二,世界接—作满三千。梵宇聊凭视—作平览,王城遂渺然。灞陵才出树,渭水欲连天。远县分诸—作朱郭,孤村起白烟。望云思圣主,披雾隐—作忆群贤。薄宦惭尸素,终身拟尚玄。谁知草庵客,曾和柏梁篇。

与苏卢二员外期游方丈寺而苏不至,因有是作

共仰头陀行,能忘世谛情。回看双凤阙,相去一牛鸣。法向空林说,心随宝地平。手巾花氎净,香帔稻畦成。闻道邀同舍,相期宿化城。安知不来往,翻得似无生。

晓行巴峡

际晓投巴峡,余春忆帝京。晴江一女浣,朝日众鸡—作禽鸣。水国舟中市,山桥树杪行。登高万井出,眺迥二流明。人作殊方语,莺为故国声。赖多—作谙山水趣,稍解别离情。

清如玉壶冰—本题上有赋得二字。京光府试,时年十九。

玉壶何用好,偏许素冰居。一作藏冰玉壶里,冰水类方诸。未共销丹日,还同照绮疏。抱明中不隐,含净外疑虚。气似庭霜积,光言砌月余。晓凌飞鹊镜,宵映聚萤书。若向夫君比,清心尚不如。一作若向贪夫比,贞心定不如。

赋得秋日悬清光

寥廓凉天静,晶明白日秋。圆光含万象,碎影入闲流。迥与青冥合,遥同江甸浮。昼阴殊众木,斜影下危楼。宋玉登高怨,张衡望远愁。余辉如可托,云路岂悠悠。

东溪玩月—作王昌龄诗

月从断山口,遥吐柴门端。万木分空霁,流阴中夜攒。光连虚象白,气与风露寒。谷静

秋泉响,岩深青霭残。清灯入幽梦,破影抱空峦。恍惚琴窗里,松溪晓思难。

田家

旧谷行将尽,良苗—作田未可希。老年方爱粥,卒岁且无衣。雀乳青苔井,鸡鸣白板扉。柴车驾羸犉,草屩牧豪—作膏豨。夕—作多雨红榴拆,新秋绿芋肥。饷田桑下憩,旁舍草中归。住处名愚谷,何烦问是非。

沈十四拾遗新竹生读经处同诸公之作

闲居日清静,修竹自—作复檀栾。嫩节留余箨,新业出旧阑。细枝风响乱,疏影月光寒。乐府裁龙笛,渔家伐钓竿。何如道门里,青翠拂仙坛。

杂诗

朝因折杨柳,相见洛阳隅—作城。楚国无如妾,秦家自有夫。对人传玉腕—作碗,映烛解罗襦。人见东方骑,皆言夫婿殊。持谢金吾子,烦君提玉壶。

哭褚司马

妄识皆心累,浮生定死媒。谁言老龙吉,未免伯牛灾。故有求仙药,仍余遁俗杯。山川秋树苦,窗户夜泉哀。尚忆青骡去,宁知白马来。汉臣修史记,莫蔽褚生才。

过沈居士山居哭之

杨朱来此哭,桑扈返于真。独自成千古,依然旧四邻。闲檐喧鸟鹊,故榻满埃尘。曙月孤莺啭,空山五柳春。野花愁对客,泉水咽迎人。善卷明时隐,黔娄在日贫。逝川嗟尔命,丘井叹吾身。前后徒言隔,相悲讵几晨。

哭祖六自虚 时年十八

否极尝闻泰,嗟君独不然。悯凶才稚齿,赢疾主—作至中年。余力文章秀,生知礼乐全。翰留天帐览,词入帝宫传。国讶终军少,人知贾谊贤。公卿尽虚左,朋识共推先。不恨依穷辙,终期济巨川。才雄望羔雁,寿促背貂蝉。福善闻前录,奸良昧上玄。何辜铩鸾翮,底事碎—作何事与,又作斲龙泉。鹏起长沙赋,麟终曲阜编。域中君道广,海内我情偏。乍失疑犹见,沉思悟绝缘。生前不忍别,死后向谁宣。为此情难尽,弥令忆更缠。本家清渭曲,归葬旧茔边。永去长安道,徒闻—作开京兆阡。旐车出郊甸,乡国隐云天。定作无期别,宁同旧日旋。候门家属苦,行路国人怜。送客哀难—作终进,征途泥—作哭复前。赠言为挽曲,奠席是离筵。念昔同携手,风期不暂捐。南山俱隐逸,东洛类神仙。未省音容间,那堪生死迁。花时金谷饮,月夜竹林眠。满地传都赋,倾朝看药船。群公咸属目,微物敢齐肩。谬合同人旨,而将玉树连。不期先挂剑,长恐后施鞭。为善吾无矣,知音子绝焉。琴声纵不没,终亦继—作断悲弦。

全唐诗卷一百二十八

王维

奉和圣—作御**制从蓬莱向兴庆阁道中留春雨中春望之作应制**

渭水自萦秦塞—作匈曲,黄山旧绕汉宫斜。銮舆迥出千—作仙门柳,阁道回—作遥看上苑花。云里帝城双凤阙,雨中春树万人家。为乘阳气行时令,不是宸游玩—作重物华。

大同殿柱产玉芝,龙池上有庆云神光照殿,百官共睹,圣恩便赐宴乐敢书即事

欲笑周文歌宴镐,遥轻汉武乐横汾。岂知—作如玉殿生三秀,讵有铜池出五云。陌上尧樽倾北斗,楼前舜乐动南薰。共欢天意同人意,万岁千秋奉圣君。

敕赐百官樱桃时为文部郎

芙蓉阙下会千官,紫禁朱樱出上兰。才一作总是寝园春荐后,非关御苑鸟衔残。归鞍竞带青丝笼,中使频倾赤玉盘。饱食不须愁—作忧内热,大官还有蔗浆寒。

敕借岐王九成宫避暑应教

帝子远辞丹凤阙,天书遥借翠微宫。隔窗云雾生衣上,卷幔山泉入镜中。林下水声喧语笑,岩间树色隐房栊。仙家未必能胜此,何事吹笙—作箫向碧空。

和贾舍人早朝大明宫之作

绛帻鸡人送—作报晓筹,尚衣方进翠云裘。九天—作重阊阖开宫殿,万国衣冠拜冕旒。日色才临仙掌动,香烟欲傍衮龙浮。朝罢须裁五色诏,佩声归向—作到凤池头。

和太常韦主簿五郎温汤寓目之作

汉主离宫接露台,秦川一半夕阳开。青山尽是朱旗绕,碧涧翻从玉殿来。新丰树里行人度,小苑城边猎骑回。闻道甘泉能献赋,悬知独有子云才。

苑舍人能书梵字兼达梵音，皆曲尽其妙，戏为之赠

名儒待诏满公车，才子为郎典石渠。莲花法藏心悬悟，贝叶经文手自书。楚_{文苑作岁。注云集作楚，}非词共许胜扬马，梵字何人辨鲁鱼。故旧相望在三事，愿君莫厌承明庐。

重酬苑郎中 并序_{时为库部员外}

顷辄奉赠，忽枉见酬。叙末云：且久不迁，因而嘲及。诗落句云：应同罗汉无名欲，故作冯唐老岁年。亦解嘲之类也。

何幸含香奉至尊，多惭未报主人恩。草木尽_{一作岂}能酬雨露，荣枯安敢问乾坤。仙郎有意怜同舍，丞相无私断扫门。扬子解嘲徒自遣，冯唐已老复何论。_{咸为李林甫记室。丞相，盖指李也。}

酬郭给事

洞门高阁霭余辉，桃李阴阴柳絮飞。禁里疏钟官舍晚，省中啼鸟吏人稀。晨摇玉佩趋金殿，夕奉天书拜琐闱。强欲从君无那老，将因卧病解朝衣。

出塞_{题下一有作字，时为御史监察塞上作}

居延城外猎天骄，白草连山野火烧。暮云空碛时驱马，秋日平原好射雕。护羌校尉朝乘障，破虏将军夜渡辽。玉靶角弓珠勒马，汉家将赐霍嫖姚。

既蒙宥罪旋复拜官，伏感圣恩窃书鄙意，兼奉简新除使君等诸公

忽蒙汉诏还冠冕，始觉殷王解网罗。日比皇明犹自暗，天齐圣寿未云多。花迎喜气皆知_{一作犹能}笑，鸟识欢心亦解歌。闻道百城新佩印，还来双阙共鸣珂。

送方尊师归嵩山

仙官欲往_{一作住}九龙潭，旄_{一作毛}节朱幡倚石龛。山压天中半天上，洞穿江底出江南。瀑布杉松常带雨，夕阳苍_{一作彩}翠忽成岚。借问迎来双白鹤，已曾衡岳送苏耽。

送杨少府贬郴州

明到衡山与洞庭，若为秋月听猿声。愁看北渚三湘远_{一作近，一作客}，恶说南风五两轻。青草瘴时过夏口，白头浪里出湓城。长沙不久留才子，贾谊何须吊屈平。

过乘如禅师萧居士嵩丘兰若

无著天亲弟与兄，嵩丘兰若一峰晴。食随鸣磬巢乌下，行踏空林落叶声。迸水定侵香案湿，雨花应共石床平。深洞长松何所有，俨然天竺古先生。

春日与裴迪过新昌里访吕逸人不遇

桃源一向_{一作四面，一作面面}绝风尘，柳市南头访隐沦。到门不敢题凡鸟，看竹何须问主人。城上_{一作外}青山如屋里，东家流水入西邻。闭户著书多岁月，种松皆老作龙鳞。

酌酒与裴迪

酌酒与君君自宽，人情翻覆似波澜。白首相知犹按剑，朱门先达笑弹冠。草色全经_{一作轻}细雨湿，花枝欲动春风寒。世事浮云何足问，不如高卧且加餐。

辋川别业

不到东山向一年，归来才及种春田。雨中草色绿堪染，水上桃花红欲_{一作亦}然。优娄比丘经论学，伛偻丈人乡里贤。披衣倒屣且相见，相欢语笑衡门前。

早秋山中_{一作居作}

无才不敢累明时，思向东溪守故篱。岂厌尚平婚嫁早，却嫌陶令去官迟。草间蛩响临秋急，山里蝉声薄暮悲。寂寞柴门人不到，空林独与白云期。

积雨辋川庄_{一有上字作，一作秋归辋川庄作}

积雨空林烟火迟，蒸藜炊黍饷东菑。漠漠

水田飞白鹭,阴阴夏木啭黄鹂。山中习静观朝槿,松下清斋折露葵。野老与人争席罢,海鸥何事—作处更相疑。

听百舌鸟

上兰门外草萋萋,未央宫中花里栖。亦有相随过御苑,不知若个向金堤。入春解作千般语,拂曙能先百鸟啼。万户千门应觉晓,建章何必听鸣鸡。

息夫人 题下一有怨字,一作息妫怨。时年二十。

《本事诗》云:宁王宅左,有卖饼者妻,纤白明媚,王一见属意。厚遗其夫。取之,宠惜逾等。岁余,因问曰:"汝复忆饼师否?"使见之,其妻注视,双泪垂颊,若不胜情。王座客十余人,皆当时文士,无不凄异。王命赋诗,维诗先成,座客无敢继者。王乃归饼师,以终其志。

莫以今时—作朝宠,难忘—作宁无,一作能忘旧—作昔日恩。看花满眼—作目泪,不共楚王言。

班婕妤三首

玉窗萤影度,金殿人声绝。秋夜守罗帏,孤灯耿不灭。

宫殿生秋草,君王恩幸疏。那堪闻凤吹,门外度金舆。此首《河岳英灵集》选,题作《婕妤怨》。

怪来妆阁闭,朝下不相迎。总向—作在春园里,花间笑语声。此首《国秀集》选,题作《扶南曲》。

辋川集 并序

余别业在辋川山谷,其游止有孟城坳、华子冈、文杏馆、斤竹岭、鹿柴(去声)、木兰柴、茱萸沜(潘上)、宫槐陌、临湖亭、南垞(音茶)、欹湖、柳浪、栾家濑、金屑泉、白石滩、北垞、竹里馆、辛夷坞、漆园、椒园等。与裴迪闲暇各赋绝句云。

孟城坳

新家孟城口,古木余衰柳。来者复为谁,空悲昔人有。

华子冈

飞鸟去不穷,连山复秋色。上下华子冈,惆怅情何极。

文杏馆

文杏裁为梁,香茅结为宇。不知栋里云,去作人间雨。

斤竹岭

檀栾映空曲,青翠漾涟漪。暗入商山路,樵人不可知。

鹿柴 柴,十迈切,本作砦,篱落也。

空山不见人,但闻人语响。返景入深林,复照青苔上。

木兰柴

秋山敛余照,飞鸟逐前侣。彩翠时分明,夕岚无处所。

茱萸沜 沜,普半切,义与泮通。

结实红且绿,复如花更开。山中傥留客,置此芙蓉—作茱萸杯。

宫槐陌

仄径荫宫槐,幽阴多绿苔。应门但迎扫,畏有山僧来。

临湖亭

轻舸迎上—作仙客,悠悠湖上来。当轩对尊酒,四面芙蓉开。

南垞

轻舟南垞去,北垞淼难即。隔浦望人家,遥遥不相识。

欹湖

吹箫凌极浦,日暮送夫君。湖上一回首—作看,青山卷白云。

柳浪

分行接绮树,倒影入清漪。不学御沟上,春风伤别离。

栾家濑

　　飒飒秋雨中，浅浅石溜泻。跳波自相溅，白鹭惊复下。

金屑泉

　　日饮金屑泉，少当千余岁。翠凤翊—作翔文螭，羽节朝玉帝。

白石滩

　　清浅白石滩，绿蒲向堪把。家住水东西，浣纱明月下。

北垞

　　北垞湖水北，杂树映朱阑。逶迤南川水，明灭青林端。

竹里馆

　　独坐幽篁里，弹琴复长啸。深林人不知，明月来相照。

辛夷坞

　　木末芙蓉花，山中发红萼。涧户寂无人，纷纷开且落。

漆园

　　古人非傲吏，自阙经世务。偶寄一微官，婆娑数株树。

椒园

　　桂尊迎帝子，杜若赠佳人。椒浆奠瑶席，欲下云中君—作身。

皇甫岳云溪杂题五首

鸟鸣涧

　　人闲桂花落，夜静春山空。月出惊山鸟，时鸣春涧中。

莲花坞

　　日日采莲去，洲长多暮归。弄篙莫溅水，畏湿红莲衣。

鸬鹚堰

　　乍向红莲没，复出清蒲扬。独立何褵褷，衔鱼古查上。

上平田

　　朝耕上平田，暮耕上平田。借问问津者，宁知沮溺贤。

萍池

　　春池深且广，会待轻舟回。靡靡绿萍合，垂杨扫复开。

答裴迪辋口遇雨忆终南山之作

　　淼淼寒流广，苍苍秋雨晦。君问终南山，心知白云外。

山中寄诸弟妹—本无妹字

　　山中多法侣，禅诵自为群。城郭遥相望，唯应见白云。

闻裴秀才迪吟诗因戏赠

　　猿吟一何苦，愁朝复悲夕。莫作巫峡声，肠断秋江客。

赠韦穆十八

　　与君青眼客，共有白云心。不向东山去，日—作自令春草深。

送别—作山中送别，一作送友

　　山中相送罢，日暮掩柴扉。春草明年—作年年绿，王孙归不归。

临高台送黎拾遗

　　相送临高台，川原杳何极。日暮飞鸟还，行人去不息。

别辋川别业

　　依迟动车马，惆怅出松萝。忍别青山去，其如绿水何。

崔九弟欲往南山马上口号与别一无马上口号与别六字

城隅一分手,几日还相见。山中有桂花,莫待花如霰。

题友人云母障子时年十五

君家云母障,时一作持向野庭开。自有山泉入,非因一作关采画来。

红牡丹

绿艳闲且静,红衣浅复深。花心愁欲断,春色岂知心。

左掖梨花一作海棠。与丘为、皇甫冉同作。

闲洒阶边草,轻随箔外风。黄莺弄不足,衔入未央宫。

菩提寺禁口号又示裴迪

安得舍罗一作尘网,拂衣辞世喧。悠然策藜杖,归向桃花源。

杂诗三首

家住孟津河,门对孟津口。常有江南船,寄书家中否。

君自故乡来,应知故乡事。来日绮窗前,寒梅著花未。

已见寒梅发,复闻啼鸟声。心心视春草,畏向阶前生。

崔兴宗写真咏题上一有与字

画君年少时,如今君已老。今时新识人,知君旧时好。

山茱萸

朱实山下开,清香寒更发。幸与一作有丛桂花,窗前向秋月。

相思

红豆生南国,秋来发故一作几枝。愿一作赠君多采撷一作劝君休采撷,此物最相思。

书事出天厨禁脔

轻阴阁小雨,深院昼慵开。坐看苍苔色,欲上人衣来。

哭孟浩然时为殿中侍御史,知南选,至襄阳有作。

故人不可见,汉水日东流。借问襄阳老,江山空蔡州。岘山东南一里,有蔡州,蔡瑁居之。故云。

阙题二首

荆溪白石出,天寒红叶稀。山路元无雨,空翠湿人衣。

相看不忍发,惨淡暮潮平。语罢更携手,月明洲渚生。集中太平乐、从军辞、塞上、陇上、游春、送春,及闺人、赠远等绝句,本三舍人集内王涯、张仲素诗。今从洪迈万首绝句删正。

田园乐七首一作辋川六言

厌见一作出入千门万户,经过北里南邻。官府一作蹀躞鸣珂有底,崆峒散发何人。

再见封侯万户,立谈赐璧一双。讵胜耦耕南亩,何如高卧东窗。

采菱渡头风急一作起,策杖林西日斜。杏树坛边渔父,桃花源里人家。

萋萋春草秋绿一作碧,落落长松夏寒。牛羊自归村巷,童稚不识衣冠。

山下孤烟远村,天国独树高原。一瓢颜回陋巷,五柳先生对门。

桃红复含宿雨,柳绿更带朝烟。花落家童未扫,莺一作鸟啼山客犹眠。此首一作皇甫曾诗。

酌酒会临泉水,抱琴好倚长松。南园露葵朝折,东谷一作西舍黄粱窗春。

少年行四首

新丰美酒斗十千,咸阳游侠多少年。相逢意气为君饮,系马高楼垂柳边。

出身仕汉羽林郎,初随骠骑战渔阳。孰知不向边庭苦一作死,纵死犹闻侠骨香。

一身能擘—作擘两雕弧,虏骑千重—作群只似无。偏坐金鞍调白羽,纷纷射杀五单于。

汉家君臣欢宴终,高议云台论战功。天子临轩赐侯印,将军佩出明光宫。

赠裴旻将军

腰间宝剑七星文,臂上雕弓百战勋。见说云中擒黠虏,始知天上有将军。

九月九日忆山东兄弟 时年十七

独在异乡为异客,每逢佳节倍思亲。遥知兄弟登高处,遍插茱萸少一人。

送王尊师归蜀中拜扫—无拜扫二字

大罗天上神仙客,濯锦江头花柳春。不为碧鸡称使者,唯令白鹤报乡人。

渭城曲—作送元二使安西

渭城一曰阳关,王维之所作也。本送人使安西诗,后遂被于歌。刘禹锡与歌者诗云:"旧人唯有何戡在,更与殷勤唱渭城。"白居易对酒诗云:"相逢且莫推辞醉,听唱阳关第四声。"即:"劝君更尽一杯酒,西出阳关无故人"也。渭城、阳关之名,盖因辞云。

渭城朝雨浥轻尘,客舍青青—作依依杨柳春—作柳色新。劝君更尽一杯酒,西出阳关无故人。

齐州送祖二—作送别

送君南浦泪如丝,君向东州—作周使我悲。为报故人憔悴尽,如今不似洛阳时。

送韦评事

欲逐将军取右贤,沙场走马向居延。遥知汉使萧关外,愁见孤城落日边。

灵云池送从弟

金杯缓酌清歌转,画舸轻移艳舞回。自欢鹡鸰临水别,不同鸿雁向池来。

送沈子归江东—作送沈子福之

杨柳渡头行客稀,罟师荡桨向临圻。唯有相思似春色,江南江北送君—作春归。

与卢员外象过崔处士兴宗林亭

绿树重—作垂阴盖四邻。青苔日厚自无尘。科头箕踞长松—作林下,白眼看他世上—作君是甚人。

寒食汜上作—作途中口号

广武城边逢暮春,汶阳归客泪沾巾。落花寂寂啼山鸟,杨柳青青渡水人。

戏题辋川别业

柳条拂地不须折,松树披云从更长。藤花欲暗藏猱子,柏叶初齐养麝香。

戏题盘石

可怜盘石临—作邻泉水,复有垂杨拂—作捎酒杯。若道春风不解意,何因—作因何吹送落花来。

寄河上段十六

与君相见即相亲。闻道君家在孟津。为见行舟试借问,客中时有洛阳人。

菩提寺禁裴迪来相看,说逆贼等,凝碧池上作音乐,供奉人等举声便一时泪下,私成口号诵示裴迪

万户伤心生野烟,百僚何日更朝天。秋槐叶落空宫里,凝碧池头奏管弦。

凉州赛神 时为节度判官,在凉州作。

凉州城外少行人,百尺峰头望虏尘。健儿击鼓吹羌笛,共赛城东越骑神。

戏嘲史寰

清风细雨湿梅花,骤马先过碧玉家。正值楚王宫里至,门前初下七香车。

叹白发

宿昔朱颜成暮齿,须臾白发变垂髫。一生几许伤心事,不向空门何处销。

伊州歌

清风明月苦相思,荡子从戎十载余。征人

去日殷勤嘱,归雁来时数附书。

送殷四葬一作哭殷遥

送君返葬石楼山,松柏苍苍宾驭还。埋骨白云长已矣,空余流水向人间。

疑梦事文类聚

莫惊宠辱空忧喜,莫计恩雠浪苦辛。黄帝孔丘何处问,安知不是梦中身。旧有献寿、游春、从军、平戎、秋思、秋夜、春思、赠远十五篇,本王涯、张仲素诗,今删去。

句

人家在仙掌,云气欲生衣。见《董逌画跋》、《杨慎诗话补遗》。

全唐诗卷一百二十九

王缙

王缙,字夏卿。与兄维早以文翰著称,连应草泽及文辞清丽科。累授侍御史,武部员外。禄山乱,选为太原少尹,与李光弼同守太原。有谋略,加宪部侍郎。广德二年,拜黄门侍郎同平章事,寻持节行营,历诸镇。大历中召还,拜门下侍郎,复知政事,以附元载,连贬刺史。后除太子宾客,分司东都。诗八首。

古离别

下阶欲离别,相对映兰丛。含辞未及吐,泪落兰丛中。高堂静秋日,罗衣飘暮风。谁能待明月,回首见床空。

青雀歌

林间青雀儿,来往翩翩绕一枝。莫言不解衔环报,但问君恩今若为。

同王昌龄裴迪游青龙寺昙壁上人兄院集和兄维

林中空寂舍,阶下终南山。高卧一床上一作地,回看六合间。浮云几处灭,飞鸟何时还。问义天人接,无心世界闲。谁知大隐者一作客,兄弟自追攀。

别辋川别业

山月晓仍在,林风凉不绝。殷勤如有情,惆怅令人别。

与卢员外象过崔处士兴宗林亭

身名不问十年余,老大谁能更读书。林中独酌邻家酒,门外时闻长者车。

九日作

莫将边地比京都,八月严霜草已枯。今日登高樽酒里,不知能有菊花无。

送孙秀才 以下二首,一作王维诗

帝城风日好,况复建平家。玉枕双纹簟,

金盘五色瓜。山中无鲁酒,松一作山下饭胡麻。莫厌田家苦,归期远复赊。

游悟真寺

闻道黄金地,仍开白玉田。掷山移巨石,咒岭出飞泉。猛虎同三径,愁猿学四禅。买香然绿桂,乞火蹈红一作青莲。草色摇霞上,松声泛月边。山河穷百二,世界接一作满三千。梵宇聊凭视一作览,王城遂渺然。灞陵才出树,渭水欲连天。远县分朱郭,孤村起白烟。望云思圣主,披雾忆群贤。薄宦惭尸素一作禄,终身拟尚玄。谁知草庵客,曾和柏梁篇。

裴迪

裴迪,关中人。初与王维、崔兴宗居终南,同倡和。天宝后,为蜀州刺史,与杜甫、李颀友善。尝为尚书省郎。诗二十九首。

青龙寺昙壁上人院集

灵境信为绝,法堂出尘氛。自然成高致,向下看浮云。迤逦峰岫列,参差闾井分。林端远堞见,风末疏钟闻。吾师久禅寂,在世超人群。

青雀歌

动息自适性,不曾妄与燕雀群。幸忝鹓鸾早相识,何时提携致青云。

游感化寺昙兴上人山院

不远灞陵边,安居向十年。入门穿竹径,留客听山泉。鸟啭深林里,心闲落照前。浮名竟何益,从此愿栖禅。

夏日过青龙寺谒操禅师

安禅一室内,左右竹亭幽。有法知不染,无言谁敢酬。鸟飞争向夕,蝉噪已先秋。烦暑自兹适一作退,清凉何所求。

春日与王右丞过新昌里访吕逸人不遇

恨不逢君出荷蓑,青松白屋更无他。陶令五男曾不有,蒋生三径枉一作任相过。芙蓉

沼春流满,薜荔成帷晚霭多。闻说桃源好迷客,不如高卧旸庭柯。

辋川集二十首

孟城坳

结庐古城下,时登古城上。古城非畴昔,今人自来往。

华子冈

落日松风起,还家草露晞。云光侵履迹,山翠拂人衣。

文杏馆

迢迢文杏馆,跻攀日已屡。南岭与北湖,前看复回顾。

斤竹岭

明流纡且直,绿篠密复深。一径通山路,行歌望旧岑。

鹿柴

日夕见寒山,便为独往客。不知深林事,但有麏麚迹。

木兰柴

苍苍落日时,鸟声乱溪水。缘溪路转深,幽兴何时已。

茱萸沜

飘香乱椒桂,布叶间檀栾。云日虽回照,森沉犹自寒。

宫槐陌

门前宫槐陌,是向欹湖道。秋来山雨多,落叶无人扫。

临湖亭

当轩弥氵㳽漾,孤月正裴回。谷口猿声发,风传入户来。

南垞

孤舟信一泊,南垞湖水岸。落日下崦嵫,

清波殊淼漫。

欹湖
空阔湖水广,青荧天色同。舣舟一长啸,四面来清风。

柳浪
映池同一色,逐吹散如丝。结阴既得地,何谢陶家时。

栾家濑
濑声喧极浦,沿涉向南津。泛泛鸥凫渡,时时欲近人。

金屑泉
萦渟澹不流,金碧如可拾。迎晨含素华,独往事朝汲。

白石滩
跂石复临水,弄波情未极。日下川上寒,浮云澹无色——作凝碧。

北垞
南山北垞下,结宇临欹湖。每欲采樵去,扁舟出菰蒲。

竹里馆
来过竹里馆,日与道相亲。出入唯山鸟,幽深无世人。

辛夷坞
绿堤春草合,王孙自留玩。况有辛夷花,色与芙蓉乱。

漆园
好闲早成性,果此谐宿诺。今日漆园游,还同庄叟乐。

椒园
丹刺罥人衣,芳香留过客。幸堪调鼎用,愿君垂采摘。

辋口遇雨忆终南山因献王维
积雨晦空曲,平沙灭浮彩。辋水去悠悠,南山复何在。

崔九欲往南山马上口号与别——作留别王维
归山深浅去,须尽丘壑美。莫学武陵人,暂游桃源里。

与卢员外象过崔处士兴宗林亭——本无与卢员外象五字
乔柯门里自成阴,散发窗中曾不簪。逍遥且喜从吾事,荣宠从来非我心。

西塔寺陆羽茶泉 《统签》云:此诗杨慎以为见之石刻。然羽自在大历后,则非迪诗矣。
竟陵西塔寺,踪迹尚空虚。不独支公住,曾经陆羽居。草堂荒产蛤,茶井冷生鱼。一汲清冷水——作饮,高风味有余。

崔兴宗

崔兴宗,与王维、裴迪俱居终南,后官右补阙。诗五首。

同王右丞送瑗公南归
行苦神亦秀,泠然溪上松。铜瓶与竹杖,来自祝融峰。常愿入灵岳,藏经访遗踪。南归见长老,且为说心胸。

青雀歌
青鸀绕青林,翩翩陋体一微禽。不应常在藩篱下,他日凌云谁见心。

和王维敕赐百官樱桃
未央朝谒正逶迤,天上樱桃锡此时。朱实初传九华殿,繁花旧杂万年枝。未——作全胜晏子江南橘,莫比潘家大谷梨。闻道令人好颜色,神农本草自应知。

留别王维
驻马欲分襟,清寒御沟上。前山景气佳,独往还惆怅。

酬王维卢象见过林亭

穷巷空—作深林常闭关，悠然—作悠独卧对前山。今朝忽枉嵇生驾，倒屣开门遥解颜。

苑咸

苑咸，成都人。举进士登第，为李林甫书记。开元末上书，拜司经校书、中书舍人。尝为孙逖草除庶子诏，议者以为知言。王维尝谓舍人能书梵字，兼达梵音，曲尽其妙。诗二首。

送大理正摄御史判凉州别驾

天子念西—作边疆，咨君去不遑。垂银棘庭印，持斧柏台纲。雪下天山白，泉枯塞草黄。伫闻河陇外，还继海沂康。

酬王维并序

王员外兄以予尝学天竺书，有戏题见赠。然王兄当代诗匠，又精禅理。枉采知音，形于雅作，辄走笔以酬焉。且久未迁，因而嘲及。

莲花梵字本从天，华省仙郎早悟禅。三点成伊犹有想，一观如幻自忘筌。为文已变当时体，入用还推间气贤。应同—作知罗汉无名欲，故作冯唐老岁年。佛书伊字，如草书下字。《涅槃经》，何名为秘密藏，如∴字三点，别则不成。

丘为

丘为，苏州嘉兴人。事继母孝，常有灵芝生堂下。累官太子右庶子。致仕，给俸禄之半以终身。年八十余，母尚无恙。及居忧，观察使韩滉以致仕官给禄，所以惠养老臣，不可在丧而异，惟罢春秋羊酒。卒年九十六。与刘长卿善，其赴上都也，长卿有诗送之，亦与王维为友。诗十三首。

寻西山隐者不遇—作山行寻隐者不遇

绝顶一茅茨，直上三十里。扣关无童仆，窥室唯案几。若非巾柴车，应是钓秋水。差池不相见，黾勉空仰止。草色新雨中，松声晚窗里。及兹契幽绝，自足荡心耳。—本无此二句。虽无宾主意，颇得清净理。兴尽方下山，何必待之—作夫子。

题农父庐舍

东风何时—作处至，已绿湖上山。湖上春已—作既早，田家日不闲。沟塍—作塍流水处，耒耜平芜间。薄暮饭牛罢，归来还闭关。

泛若耶溪

结庐若耶里，左右若耶水。无日不钓鱼，有时向城市。溪中水流急，渡口水流宽。每得樵风便，往来殊不难。一川草长绿，四时那得辨。短褐衣妻儿，余粮及鸡犬。日暮鸟雀稀，稚子呼牛归。住处无邻里，柴门独掩扉。

湖中寄王侍御

日日湖水上，好登湖上楼。终年不向郭，过午始梳头。尝自爱杯酒，得无相献酬。小童能脍鲤，少妾事莲舟。每有南浦信，仍期后月游。方春转摇荡，孤兴—作屿时—作每淹留。骢马真傲吏，翛然无所求。晨趋玉阶下，心许沧江流。少别如昨日，何言经数秋。应知方外事，独往非悠悠。

登润州城

天末江城晚，登临客望迷。春潮平岛屿，残雨隔虹蜺。鸟与孤帆远，烟和独树低。乡山何处是，目断广陵西。

寻庐山崔徵君

日高鸡犬静，门掩向寒塘。夜竹深茅宇，秋亭冷石床。住山年已远，服药寿偏长。虚弃浮生者，相逢益自伤。

留别王维—作王维留别丘为诗

归鞍白云外，缭绕出前山。今日又明日，自知心不闲。亲劳簪组送，欲趁莺花还。一步一回首，迟迟向近关。

竹下残雪

一点消未尽，孤月在竹阴。晴光夜转莹，寒气晓仍深。还对读书牖，且关乘兴心。已能依此地,终不傍瑶琴。

送阎校书之越

南入剡中路,草云应转微。湖边好花照,山口细泉飞。此地饶古迹,世人多忘归。经年松雪在,永日世情稀。芸阁应相望,芳时不可违。

省试夏日可畏—作张籍诗

赫赫温风扇,炎炎夏日徂。火威驰迥野,畏景烁遥途。势矫翔阳翰,功分造化炉。禁城千品烛,黄道一轮孤。落照频空簟,余晖卷夕梧。如何倦游子,中路独踟蹰。

左掖梨花同王维、皇甫冉赋

冷艳全欺雪,余香乍入衣。春风且莫定,吹向玉阶飞。

渡汉江—作戴叔伦诗,题作江行

漾舟汉江上,挂席候风生。临泛何容与,爱此江水情。芦洲隐遥嶂,露日映孤城。自顾疏野性,难忘鸥鸟情。聊复与时顾,暂欲解尘缨。跋涉—作驱驰非吾愿,虚怀浩已盈。

冬至下寄舍弟时应赴入京杂言

去去知未远,依依甚初别。他乡至下心,昨夜阶前雪。终日读书仍少孤,家贫兄弟未当途。遥遥才过宿春料,相随惟一平头奴。男儿出门事四海,立身世业文章在。莫漫忆柴扉,驷马高车朝紫微。江南驿使不曾断,迎前为尔非春衣。

赵骅—作晔

赵骅,字云卿,邓州穰人。开元中,举进士,连擢科第,官至秘书少监。诗一首。

送晁补阙归日本国

西掖承休浣,东隅返故林。来称郯子学,归是越人吟。马上秋郊远,舟中曙海阴。知君怀魏阙,万里独摇心。

全唐诗卷一百三十

崔颢

崔颢,汴州人。开元十一年,登进士第。有俊才,累官司勋员外郎。天宝十三年卒。诗一卷。

古游侠呈军中诸将—作游侠篇

少年负—作有胆气,好勇复知机。仗剑出门去,孤城逢合围。杀人辽水上,走马渔阳归。错落金锁甲,蒙茸貂鼠衣。还家行且—作且行猎—作射,弓矢速如飞。地迥鹰犬疾,草深狐兔肥。腰间带两绶—作腰带垂两鞭,转盼生光辉。顾谓今日战,何如随建威。

赠轻车

悠悠远行归,经春—作春日涉长道。幽冀桑始青,洛阳蚕欲老。忆昨戎马地,别时心草草。烽火从北来,边城闭常早。平生少相遇,未得展怀抱。今日杯酒间,见君交情好。

赠王威古—作等

三十羽林将,出身常事边。春风吹浅草,猎骑何翩翩。插羽两相顾,鸣弓新—作亲上弦。射麋入深谷,饮马投荒—作向寒泉。马上共倾酒,野中聊割鲜。相看未及饮—作醉,杂虏寇—作入幽燕。烽火去—作知不息,胡尘—作山高际天。长驱救东北,战解城亦全—作转战解城全。报国行赴难,古来皆共然。

赠怀一上人

法师东南秀,世实豪家子。削发十二年,诵经峨眉里。自此照群蒙,卓然为道雄。观生尽人—作归妄,悟有皆成空。净体—作洗意无众染,苦心归妙宗。一朝勅书至,召入承明宫。说法金殿里,焚香清禁中。传灯遍都邑,杖锡游王公。天子揖妙道,群僚趋下风。我法本无著,时来出林壑。因心得化城—作城,—作成。随病皆与药。上启黄屋心,下除苍生缚。一从入君门,说法无朝昏。帝作转轮王,师为持戒尊。

轩风洒甘露，佛雨生慈根。但有灭度理，而生一作无开济恩。复闻江海曲，好杀成风俗。帝曰我上人，为除膻腥欲。是日发西秦，东南至蕲春。风将衡桂接，地与吴楚邻。旧少清信士，实多渔猎人。一闻吾师至，舍网江湖滨。作礼忏前恶，洁诚期后因。因成日既久，事济身不守。更出淮楚间，复来荆河口。荆河马卿岑，兹地近道林。入讲鸟常狎，坐禅兽不侵。都非缘未尽，曾是教所任。故我一来事，永承微一作徽妙音。竹房见衣钵，松宇清身心。早悔业至浅，晚成计可寻。善哉远公义，清净如黄金。

游天竺寺

晨登天竺山，山殿朝阳晓。厓一作涧泉争喷薄，江岫相萦绕。直上孤顶高，平看众峰小。南州十二月，地暖冰雪少。青翠满寒山，藤萝覆冬沼。花龛瀑布侧，青壁石林杪。鸣钟集人天，施饭聚猿鸟。洗意归清静，澄心悟空了。始知世上人，万物一何扰。

入若耶溪

轻舟去何疾，已到云林境。起坐鱼鸟间，动摇山水影。岩中响自答，溪里言弥静。事事令人幽，停桡向余景。

杂诗

可怜青铜镜，挂在白玉堂。玉堂有美女，娇弄明月光。罗袖拂金鹊，彩屏点红妆。妆罢含情坐，春风桃李香。

结定襄郡狱效陶体

我在河东时，使往定襄里。定襄诸小儿，争讼纷城市。长老莫敢言，太守不能理。谤书盈几案，文墨相填委。牵引肆中翁，追呼田家子。我来折此狱，五听辨疑似。小大必以情，未尝施鞭箠。是时三月暮，遍野农桑起。里巷鸣春鸠，田园引流水。此乡多杂俗，戎夏殊音旨。顾问边塞人，劳情曷云已。

长安道一作霍将军

长安甲第高入云，谁家居住霍将军。日晚朝回拥宾从，路傍揖拜何纷纷。莫言炙手手可热，须臾火尽灰亦灭。莫言贫贱即可欺，人生富贵自有时。一朝天子赐颜色，世上一作事悠悠应一作君始一作自知。

行路难

君不见建章宫中金明枝，万万长条拂地垂。二月三月花如霰，九重幽深君不见。艳彩朝含四宝宫，香一作春风旦一作吹入朝云殿。汉家宫女春未阑，爱此芳香朝暮看。看来看去一作来看去看心不忘，攀折将安镜台上。双双素手剪不成，两两红妆笑相向。建章昨夜起春风，一花飞落长信宫。长信丽人见花泣，忆此珍树何嗟及。我昔初在昭阳时，朝攀一作折暮折登玉墀。只言岁岁长相对，不悟今朝遥相思。

孟门行

黄雀衔黄一作蘋花，翩翩傍檐隙。本拟一作欲报君恩，如何反弹射。金罍美酒满座春，平原爱才多众宾。满堂尽是忠义士，何意得有谗谀人。谀言一作人反覆那可道，能令君心不自保。北园新栽桃李枝，根株未固何转移。成阴结实一作子君自取，若一作借问旁人那得知。

渭城少年行

洛阳三月梨花飞，秦地行人春忆归。扬鞭走马城南陌，朝逢驿使秦川客。驿使前日发章台，传道长安春早来。棠梨宫中燕初至，葡萄馆里花正开。念此使人归更早，三月便达一作更踏长安道。长安道上春可怜，摇风荡日曲江边。万户楼台临渭水，五陵花柳满秦川。秦川寒食盛繁华，游子春来不一作喜见家一作花。斗鸡下杜一作社尘一作春初合，走马章台日半斜。章台帝城称贵里，青楼日晚歌钟起。贵里豪家白马骄，五陵年少不相饶。双双挟弹来金市，两两鸣鞭上渭桥。渭城桥一作垆头酒新熟，金鞍白马谁家宿。可怜锦琵筝一作与琵琶，玉壶清一作新酒就倡家。小妇春来不解羞,娇歌一曲杨柳花。

卢姬篇

卢姬少小魏王家,绿鬓红唇桃李花。魏王绮楼十二重,水晶帘箔绣芙蓉。白玉栏干金作柱,楼上朝朝学歌舞。前堂后堂罗袖人,南窗北窗一作牖花发春。翠幌竹帘斗丝管,一弹一奏云欲断。君王日晚下朝归,鸣环佩玉一作金环玉珮生光辉。人生今日得娇一作骄贵,谁道卢姬身细微。

江畔老人愁

江南年少十八九,乘舟欲江清溪口。青溪口一作忽逢江边一老翁,鬓眉皓白已衰朽。自言家代仕梁陈,垂朱拖紫三十人。两朝出将复入相,五世叠鼓乘朱轮。父兄三叶皆尚主,子女四代为妃嫔。南山赐田接御苑,北宫甲第连紫宸。直言荣华未休歇,不觉山崩海将竭。兵戈乱入建康城,烟火连烧未央阙。衣冠士子陷锋刃,良将名臣尽埋没。山川改易失市朝,衢路纵横填白骨。老人此时尚少年,脱身走得投海边。罢兵岁余未敢出,去乡三载方来旋。蓬蒿忘却五城宅,草木不识青溪田。虽然得归到乡土,零丁贫贱长辛苦。采樵屡入历阳山,刈稻常过新林浦。少年欲知老人岁,岂知今年一百五。君今少壮我已衰,我昔少年君不睹。人生贵贱各有时,莫见羸老相轻欺。感君相问为君说,说罢不觉令人悲。

邯郸宫人怨

邯郸陌上三月春,暮行逢见一妇人。自言乡里本燕赵,少小随家西入秦。母兄怜爱无俦侣,五岁名为阿娇女。七岁丰茸好颜色,八岁黠慧能言语。十三兄弟教诗书,十五青楼学歌舞。我家青楼临道旁,纱窗绮幔暗闻香。日暮笙歌君驻马,春日妆梳妾断肠。不用城南使君婿,本求三十侍中郎。何知汉帝好容色,玉辇携登归建章。建章宫殿不知数,万户千门深且长。百堵涂椒接青琐,九华阁道连洞房。水晶帘箔云母扇,琉璃窗牖玳瑁床。岁岁年年奉欢宴,娇贵荣华谁不羡。恩情莫比陈皇后,宠爱全胜赵飞燕。瑶房侍寝世莫知,金屋更衣人不见。谁言一朝复一日,君王弃世市朝变。宫车出葬茂陵田,贱妾独留长信殿。一朝太子升至尊,宫中人事如掌翻。同时侍女见谗毁,后来新人莫敢言。兄弟印绶皆被夺,昔年赏赐不复存。一旦放归旧乡里,乘车垂泪还入门。父母愍我曾富贵,嫁与西舍金王孙。念此翻覆复何道,百年盛衰谁能保。忆昨尚知春日花,悲今已作秋时草。少年去去莫停鞭,人生万事由上天。非我今日独如此,古今歇薄皆共然。

川上女

川上女,晚妆鲜,日落青渚试轻楫。汀长花满正回船,暮来浪起风转紧。自言此去横塘近,绿江无伴夜独行,独行心绪愁无尽。

雁门胡人歌

高山代郡东接燕,雁门胡人家近边。解放胡鹰逐塞鸟,能将代马猎秋田。山头野火寒多烧,雨一作雾里孤峰湿作烟。闻道辽一作关西无斗战,时时醉向酒家眠。

代闺人答轻薄少年

妾家近隔凤凰池,粉壁纱窗杨柳垂。本期汉代金吾婿,误嫁长安游侠儿。儿家夫婿多轻薄,借客探丸重然诺。平明挟弹入新丰,日晚挥鞭出长乐。青丝白马冶游园一作盘,能使行人驻马看。自矜陌上繁华盛,不念闺中花鸟阑。花间陌上春将晚,走马斗鸡犹未返。三时出望无消息,一去那知行近远。桃李花开覆井栏,朱楼落日卷帘看。愁来欲奏相思曲,抱得秦筝不忍弹。

七夕

长安城中月如练,家家此夜持针线。仙裙玉佩空自知,天上人间不相见。长信深阴夜转幽,瑶阶金阁数萤流。班姬此夕愁无限,河汉三更看斗牛。

长门怨

君王宠初歇,弃妾长门宫。紫殿青苔满,高楼明月空。夜愁生枕席,春意罢帘栊。泣尽无人问,容华落镜中。

王家少妇—作古意

十五嫁王昌,盈盈—作出画堂。自矜—作怜年最少—作正小,复倚婿为郎。舞爱前溪绿,歌怜子夜长,闲来斗百草,度日不成—作能妆。

岐王席观妓—作卢女曲

二月春来半,宫中—作王家日渐—作正长,柳垂金屋暖,花发—作覆玉楼香。拂匣先临镜,调笙更炙簧。还将歌舞态—作卢女曲,只拟—作夜夜奉君王。

上巳

巳日帝城春,倾都祓禊晨。停车须傍水,奏乐要惊尘。弱柳障行骑,浮桥拥看人。犹言日尚早,更向九龙津—作神。

赠梁州张都督

闻君为汉将,虏骑罢—作不南侵。出塞—作碛清沙漠,还家拜羽林。风霜臣节苦,岁月主恩深。为语西河使,知余—作君报国心。

赠—作寄卢八象

客从巴水渡,传尔溯行舟。是日风波霁,高堂雨半收。青山满蜀道,绿水向荆州。不作书相问,谁能慰别愁。

题潼关楼

客行逢雨霁,歇马上津楼。山势雄三辅,关门扼九州。川从陕路去,河绕华阴流。向晚登临处,风烟万里愁。

题沈隐侯八咏楼

梁日东阳守,为楼望越中。绿窗明月在,青史古人空。江静闻山狖,川长数塞鸿。登临白云晚,流—作留恨此遗风。

晚入汴水

昨晚南行楚,今朝北泝河。客愁能几日,乡路渐无多。晴景摇津树,春风起棹歌。长淮亦—作已尽,宁复畏潮波。

发锦沙村

北上途未半,南行岁已阑。孤舟下建德,江水入新安。海近山常雨,溪深地早寒。行行泊不可,须及子陵滩。

送单于裴都护赴西河

征马去—作出翩翩,城秋月正圆。单于莫近塞,都护欲临边。汉驿通烟火,胡沙乏井泉。功成须献捷,未必去经年。

黄鹤楼

昔人已乘白云—云作黄鹤去,此—作兹地空余—作留黄鹤楼。黄鹤一去不复返,白云千载空悠悠。晴川历历汉阳树—作戍,春—作芳草萋萋—作青青鹦鹉洲。日暮乡关何处是—作在,烟波江上使人愁。

行经华阴—作山

岧峣太华俯咸京,天外三峰削不成。武帝祠前云欲散,仙人掌上雨初晴。河山北枕秦关险,驿树西连汉畤平。借问路旁名利客,无如此处学长生。

相逢行

妾年初二八,家住洛桥头。玉户临驰道,朱门近御沟。使君何假问,夫婿大长秋。女弟新承宠,诸兄近拜侯。春生百子殿,花发五城楼。出入千门里,年年乐未休。

辽西作—作关西行

燕郊芳岁晚,残雪冻边城。四月青草合,辽阳春水生。胡人正牧马,汉将日征兵。露重宝刀湿,沙虚金鼓鸣。寒衣著已尽,春服与谁—作谁与成。寄语洛阳使,为传边塞—作戍情。

奉和许给事夜直简诸公

西掖黄枢近,东曹紫禁连。地因才子拜,人用省郎迁。夜直千门静,河明万象悬。建章宵漏急,阊阖晓钟传。宠列貂蝉位,恩深侍从年。九重初起草,五夜即成篇。顾己无官次,循涯但自怜。远培兰署作,空此仰神仙。

舟行入剡

鸣棹下东阳,回舟入剡乡。青山行不尽,绿水去何长。地气秋仍湿,江风晚渐凉。山梅犹作雨,溪橘未知霜。谢客文逾盛,林公未可忘。多惭越中好,流恨阅时芳。

澄水如鉴

圣贤将立喻,上善贮情深。洁白依全德,澄清有片心。浇浮知不挠,滥浊固难侵。方寸悬高鉴,生涯讵陆沉。对泉能自诫,如镜静相临。廉慎传家政,流芳合古今。

长干曲四首一作江南曲

君家何处住一作定何处,妾住在横塘。停船暂借问,或恐一作可是同乡。

家临九江水,来去九江侧。同是长干人,自小不相识。

下一作北渚多风浪,莲舟渐觉一作欲暂稀。那能不相待,独自逆一作送潮归。

三江潮水急,五湖风浪涌。由来花性轻,莫畏莲舟重。

维扬送友还苏州

长安南下几程途,得到邗沟吊绿芜。渚畔鲈鱼舟上钓,羡君归老向东吴。

全唐诗卷一百三十一

祖咏

祖咏,洛阳人。登开元十二年进士第,与王维友善。诗一卷。

古意二首

夫差日淫放,举国求妃嫔。自谓得王宠,代间无美人。碧罗象—作蒙天阁,坐辇乘芳春。宫女数千骑,常游江水滨。年深玉颜老,时薄花妆新。拭泪下金殿,娇多不顾身。生前妒歌舞,死后同灰尘。冢墓令人哀,哀于铜雀台。

楚王竟何去,独自留巫山。偏使世人见,迢迢江汉—作水间。驻舟春溪—作泽里,誓愿拜灵颜。梦寐睹神女,金沙鸣佩环。闲艳绝世姿,令人气力微。含笑默—作竟不语,化作朝云飞。

渡淮河寄平一

天色混波涛,岸阴匝村墅。微微汉祖庙,隐隐江陵渚。云树森已重,时明郁相拒。

归汝坟山庄留别卢象

淹留岁将晏,久废南山期。旧业不见弃,还山从此辞。沤麻入南涧,刈麦—作越楚向东菑。对酒鸡黍熟,闭门风雪时。非君一延首,谁慰遥相思。沤麻四句,洪迈取为绝句。

夕次圃田店

前路—作程入郑郊,尚经百余里。马烦时欲歇,客归程未已。落日桑柘阴,遥村—作林烟火起。西还不遑宿,中夜渡泾水。

田家即事

旧居东皋上,左右俯荒村。樵路前傍岭,田家遥对门。欢娱始披拂,惬意在郊原。余霁荡川雾,新秋仍昼昏。攀条憩林麓,引水开泉源。稼穑岂云倦,桑麻今正繁。方求静者赏,偶与潜夫论。鸡黍何必具,吾心知道尊。

扈从御宿池一本题作兰峰题张中丞九皋

　　君王既巡狩，辇道一作路入秦京。远树低枪垒，孤峰一作山入幔城。寒疏清禁漏，夜警羽林兵。谁念迷方客，长怀魏阙情。

赠苗发员外一作李端诗

　　宿雨朝来歇，空山天气清。盘云双鹤下，隔水一蝉鸣。古道黄花落，平芜赤烧生。茂陵虽有病，犹得伴君行。

答王维留宿

　　四年不相见，相见复何为。握手言未毕，却令伤别离。升堂还驻马，酌醴便呼儿。语嘿自相对，安用旁人知。

长乐驿留别卢象裴总

　　朝来已握手，宿别更伤心。灞水行人渡一作绝，商山驿路深。故情君且足，谪宦我难任。直道皆如此，谁能泪满襟。前四句，洪迈取为绝句。

送刘高邮棁使入都

　　常闻积归思，昨夜又兼秋。乡路京华远，王程江水流。吴歌喧两岸，楚客醉孤舟。渐觉潮初上，凄然多暮愁。

宴吴王宅

　　吴王承国宠，列第禁城东。连夜征词客，当春试舞童。砌分池水岸，窗度竹林风。更待西园月，金尊乐未终。

观华岳

　　西入秦关口，南瞻驿路连。彩云生阙下，松树到祠边。作镇当官道，雄都俯一作为雄控大川。莲一作危峰径上处，仿佛有神仙。

泗上冯使君南楼作

　　井邑连淮泗，南楼向晚过。望滩沙鹭起，寻岸浴童歌。近海云偏出，兼秋雨更多。明晨拟回棹，乡一作归思恨风波。

苏氏别业

　　别业居幽处，到来生隐心。南山当户牖，沣水映园林。屋一作竹覆经冬雪，庭昏未夕阴。寥寥入境外，闲坐听春禽。

汝坟别业

　　失路农为业，移家到汝坟。独愁常废卷，多病久离群。鸟雀垂窗柳，虹霓出涧云。山中无外事，樵唱有时闻。

陆浑水亭

　　昼眺伊川曲一作水，岩间霁色明。浅沙平一作明有路，流水漫无声。浴鸟沿波聚，潜鱼触钓惊。更怜春岸绿，幽意一作兴满前楹。

过郑曲

　　路向荥川谷一作夕，晴来望尽通。细烟生水上，圆月在舟中。岸势迷行客，秋声乱草虫。旅怀劳自慰，渐渐有凉风。

宿陈留李少府揆厅

　　相知有叔一作李卿，讼简夜弥清。旅泊一作宿倦愁卧，堂空闻曙更。风帘一作檐摇烛一作竹影，秋雨带虫声。归思那堪说，悠悠限洛城。中四句，洪迈作绝句。

题韩少府水亭

　　梅福幽栖处，佳期不忘还。鸟吟一作啼当户竹，花绕傍池山。水气侵阶冷，松一作藤阴覆座闲。宁知武陵趣，宛在市朝间。

题远公经台

　　兰若无人到，真僧出复稀。苔侵行道席，云湿坐禅衣。涧鼠缘香案，山蝉噪竹扉。世间长不见，宁止暂忘归。

中峰居喜见苗发一作李端诗

　　自得中峰住，深林亦闭关。经秋无客到，入夜有僧还。暗涧泉声小，荒冈树影闲。高窗不可望，星月满空山。

江南旅情

　　楚山不可极，归路但一作客自萧条。海色晴看雨，江声夜听潮。剑留南斗近，书寄北风遥。

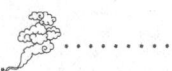

为报空潭橘,无媒寄—作赠洛桥。

泊扬子津—作岸

才入维扬郡,乡关—作山此路—作地遥。林藏—作残初过—作霁雨,风退欲归潮。江火明沙岸,云帆碍浦桥。客衣今日—作正薄,寒气—作夜近—作昨来饶。

晚泊金陵水亭

江亭当废国,秋景倍萧骚。夕照明残垒,寒潮涨古濠。就田看鹤大,隔水见僧高。无限前朝事,醒吟易觉劳。

七夕

闺女求天女,更阑意未阑。玉庭开粉席,罗袖捧金盘。向月穿针易,临风整线难。不知谁得巧,明旦试相看。

望蓟门

燕台一望—作去客心惊,箫鼓喧喧汉将营。万里寒光生积雪,三边曙色动危—作旌旌。沙场烽火连胡月,海畔云山拥蓟城。少小虽非投笔吏,论功还欲请长缨。

家园夜坐寄郭微

前阶微雨歇,开户散窥林。月出夜方浅,水凉池更深。余风生竹树,清露薄衣襟。遇物遂遥叹,怀人滋远心。依稀成梦想,影响绝徽音。谁念穷居者,明时嗟陆沉。

酬汴州李别驾赠

秋风多客思,行旅厌艰辛。自洛非才子,游梁得主人。文章参末议,荣贱岂同伦。叹逝逢三演—作世同王衍,怀贤忆四—作法真。情因恩旧好,契托死生亲。所愧能投赠,清言益润身。

清明宴司勋刘郎中别业

田家复近臣,行乐不违—作遣亲。霁日园林好,清明烟火新。以文长会友,唯德自成邻。池照窗阴晚,杯香药味春。檐前花覆地,竹外鸟窥人。何必桃源里,深居作隐沦。

汝坟秋同仙州王长史翰闻百舌鸟

秋天闻好鸟,惊起出帘帷。却念殊方月,能鸣已后时。迁乔诚可早,出谷此何迟。顾影惭无对,怀群空—作增所思。凄凉岁欲晚,萧索燕—作路将辞。留听未终曲,弥令心独悲。高飞凭力致,巧啭任天姿。返覆知而静,间关断若遗。花繁上林—作苑路,霜落汝川湄。且长凌风翮,乘春自有期。

送丘为下第

沧江一身客,献赋空十年。明主岂能好,今人谁举贤。国门税征驾,旅食谋归旋。敛日媚春水,绿蘋香客船。无媒既不达,予亦思归田。

赠苗发员外

朱户敞高扉,青槐碍落晖。八龙乘庆重,三虎递—作地朝归。坐竹人声绝,横琴鸟语稀。花惭潘岳貌,年称老莱衣。叶暗朱樱熟,丝长粉蝶飞。应怜鲁儒贱,空与故山违。

寄王长史

汝颍俱宿好,往来托层峦。终日何寂寞,绕篱生蕙兰。

别怨

送别到中流,秋船倚渡头。相看尚不远,未可即回舟。

终南望余雪 有司试此题,咏赋四句即纳。或诘之,曰意尽。

终南阴岭秀,积雪浮云端。林表明霁色,城中增暮寒。

句

不知叠嶂夜来雨,清晓石楠花乱流。

全唐诗卷一百三十二

李颀

李颀,东川人,家于颍阳。擢开元十三年进士第,官新乡尉。集一卷。今编诗三卷。

湘夫人

九嶷日已暮,三湘云复愁。窅霭罗袂色,潺湲江水流。佳期来北渚,捐佩—作玦在芳洲。

塞下曲

黄云雁门郡,日暮风沙里。千骑黑貂裘,皆称羽林子。金笳吹朔雪,铁马嘶云水。帐下饮蒲萄,平生寸心是。

古塞下曲

行人朝走马,直指蓟城旁。蓟城通漠北,万里别吾乡。海上千烽火,沙中百战场。军书发上郡,春色度河阳。袅袅汉宫柳,青青胡地桑。琵琶出塞曲,横笛断君肠。

渔父歌

白首何老人,蓑笠蔽其身。避世长不仕,钓鱼清江滨。浦沙明濯足,山月静垂纶。寓宿湍与濑,行歌秋复春。持竿—作桡湘岸竹,爇火芦洲薪。绿水饭香稻,青荷包紫鳞。于中还自乐,所欲全吾真。而笑独醒者,临流多苦辛。

东京—作郊寄万楚

渌落久无用,隐身甘采薇。仍闻薄宦者,还事田家衣。颍水日夜流,故人相见稀。春山不可望,黄鸟东南飞。濯足岂长往,一樽聊可依—作持。了然潭上月,适我胸中机。在昔同门友,如今出处非。优游白虎殿,偃息—作出入青琐闱。且—作日有荐君表,当看携手归。寄书不待—作代面,兰茝空芳菲。

寄焦炼师

得道凡百岁,烧丹惟一身。悠悠孤峰顶,日见三花春。白鹤翠微里,黄精幽涧滨。始知世上客,不及山中人。仙境若在梦,朝云如可亲。何由睹颜色,挥手谢风尘。

望鸣皋山白云寄洛阳卢主簿

饮马伊水中,白云鸣皋上。氤氲山绝顶,行子时一望。照日龙虎姿,攒空冰雪状。翁岑殊未已,崚嶒忽相向。皎皎横绿林,霏霏澹青嶂。远映村更失,孤高鹤来傍。胜气欣有逢,仙游且难访。故人吏京剧,每事多闲放。室画峨眉峰,心格—作摇洞庭浪。惜哉清兴里,不见予所尚。

寄万齐融

名高不择仕,委世随虚舟。小邑常叹屈,故乡行可游。青枫半村户,香稻盈田畴。为政日清净,何人同海鸥。摇巾北林夕,把菊东山秋。对酒池云—作风满,向家湖水流。岸阴止鸣鹄,山色映潜虬。靡靡俗中理,萧萧川上幽。昔年至吴—作东郡,常隐临—作忆卧江楼。我有一书札,因之芳杜洲。

赠张旭

张公性嗜酒,豁达无所营。皓首穷草隶,时称太湖精。露顶据胡床,长叫三五声。兴来洒素壁,挥笔如流星。下舍风萧条,寒草满户庭。问家何所有,生事如浮萍。左手持蟹螯,右手执丹经。瞪目视霄汉,不知醉与醒。诸宾且方坐,旭日临东城。荷叶裹江鱼,白瓯贮香粳。微禄心不屑,放神于八纮。时人不识者,即是安期生。

赠苏明府

苏君年几许,状貌如玉童。采药傍梁宋,共言随日翁。常辞小县宰,一往东山东。不复有家室,悠悠人世中。子孙皆老死,相识悲转蓬。发白还更黑,身轻行若风。泛然无所系,心与孤云同。出入虽—作唯一杖—作枝,安然知始终。愿闻素女事,去采山花丛。诱我为弟子,逍遥寻葛洪。

登首阳山谒夷齐庙

古人已不见,乔木竟谁过。寂寞首阳山,白云空复多。苍苔归地骨,皓首采薇歌。毕命无怨色,成仁其若何。我来入遗庙,时候微清—作辨淳和。落日吊山鬼,回风吹女萝。石崖向—作门正西豁,引领望黄河。千里一飞鸟,孤光东逝波。驱车层城路,惆怅此岩阿。

谒张果先生

先生谷神者,甲子焉能计。自说轩辕师,于今几千岁。寓游城郭里,浪迹希夷际。应物云无心,逢时舟不系。餐霞断火粒,野服兼荷制。白雪净肌肤,青松—作春养身世。韬精殊豹隐,炼骨—作质同蝉蜕。忽去不知谁,偶来宁有契。二仪齐寿考,六合随—作同休憩。彭聃犹婴孩,松期且微细。尝闻穆天子,更忆汉皇帝。亲屈万乘尊,将穷四海裔。车徒遍草木,锦帛招谈说。八骏空往还,三山转亏蔽。吾君感至德,玄老欣来诣。受箓金殿开,清斋玉堂闭。笙歌迎拜首,羽帐崇严卫。禁柳垂香炉,宫花拂仙袂。祈年宝祚广,致福苍生惠。何必待龙髯,鼎成方取济。

光上座廊下众山五韵

名岳在庑下—作廊,吾师居一床。每闻楞伽经,只对清翠光。百谷聚雪色,莓苔侵屋梁。气盘古壁转,势引幽阶长。愿游薜叶下,日见金炉香。

九月九日刘十八东堂集

风俗尚九日,此情安可忘。菊花辟恶酒,汤饼茱萸香。云入授衣假,风吹闲宇凉。主人尽欢意,林景昼微茫。清切晚砧动,东西归鸟行。淹留怅为别,日醉秋云光。

宋少府东溪泛舟

登岸还入舟,水禽惊笑语。晚叶低众色,湿云带残—作繁暑。落日乘醉归,溪流复几许。

与诸公游济渎泛舟

济水出王屋,其源来不穷。洑泉数眼沸,

平地流清通。皇帝崇祀典,诏书视三公。分官祷灵庙,奠璧沉河宫。神应每如答,松篁气葱茏。苍螭送飞雨,赤鲤喷回风。洒洒布瑶席,吹箫下玉童。玄冥掌阴事,祝史告年丰。百谷趋潭底,三光悬镜中。浅深露沙石,蘋藻生虚空。晚景临泛美,亭皋轻霭红。晴山傍舟楫,白鹭惊丝桐。我本家颍北,开一作出门见维嵩。焉知松峰外,又一作犹有天坛东。左手正接䍦,浩歌昑青穹。夷犹傲清吏,偃仰狎渔翁。对此川上闲,非君谁与同。霜凝远村渚,月净蒹葭丛。兹境信难遇,为欢殊未终。淹留怅言别,烟屿夕微濛。

送綦毋三谒房给事
夫子大名下,家无钟石储。惜哉湖海上,曾校蓬莱书。外物非本意,此生空澹如。所思但乘兴,远适唯单车。高道时坎坷,故交愿吹嘘。徒怜青琐闼,不爱承明庐。百里人户满,片言争讼疏。手持莲花经,目送飞鸟余。晚景南路别,炎云中伏初。此行倪不遂,归食芦洲鱼。

送刘四
爱君少岐嶷,高视白云乡。九岁能属文,谒帝游明光。奉诏赤墀下,拜为童子郎。尔来屡迁易,三度尉洛阳。洛阳十二门,官寺郁相望。青槐罗四面,渌水贯中央。听讼破秋毫,应物利干将。辞满如脱屣,立言无否臧。岁暮风雪暗,秦中川路长。行人饮腊酒,立马带晨霜。生事岂须问,故园寒草荒。从今署右职,莫笑在农桑。

送裴腾
养德为众许,森然此丈夫。放情白云外,爽气连虬须。衡镜合知子,公心谁谓无。还令不得意,单马遂长驱。桑野蚕忙时,怜君久踟蹰。新晴荷卷叶,孟夏雉将雏。令弟为县尹,高城汾水隅。相将簿领闲,倚望恒峰孤。香露团一作溥百草,紫梨分万株。归来授衣假,莫使故园芜。

送司农崔丞
黄鹂鸣官寺,香草色未已。同时皆省郎,而我独留此。维监太仓粟,常对府小史。清阴罗广庭,政事如流水。奉使往长安,今承朝野欢。宰臣应记识,明主必迁官。塞外貔将虎,池中鸳与鸾。词人洞箫赋,公子骏骎冠。邑里春方晚,昆明花欲阑。行行取高位,当使路旁看。

送崔侍御赴京
绿槐荫长路,骏马垂青丝。柱史谒承明,翩翩将有期。千官大朝日,奏事临赤墀。肃肃仪仗里,风生鹰隼姿。一从登甲科,三拜皆宪司。按俗又如此,为郎何太迟。送君暮春月,花落城南陲。惜别醉芳草,前山劳梦思。

春送从叔游襄阳
言别恨非一,弃置我宗英。向用五经笥,今为千里行。裹粮顾庭草,羸马诘朝鸣。斗酒对寒食,杂花宜晚晴。春衣采洲路,夜饮南阳城。客梦岘山晓,渔歌江水清。楚俗少相知,远游难称情。同人应馆谷,刺史在郊迎。只合侍丹宸,翻令辞上京。时方春欲暮,叹息向流莺。

赠别高三十五
五十无产业,心轻百万资。屠酤亦与群,不问君是谁。饮酒或垂钓,狂歌兼咏诗。焉知汉高士,莫识越鸥夷。寄迹栖霞山,蓬头睡水湄。忽然辟命下,众谓趋丹墀。沐浴著赐衣,西来马行迟。能令相府重,且有函关期。俛俛从寸禄,旧游梁宋时。皤皤邑中叟,相候鬓如丝。官舍柳林静,河梁杏叶滋。摘芳云景晏,把手秋蝉悲。小县情未惬,折腰君莫辞。吾观主一作圣人意,不久召京师。

崔五宅送刘跂入京
行人惜寸景,系马暂留欢。昨日辞小沛,何时到长安。乡中饮酒礼,客里行路难。清洛云鸿度,故关风日寒。维将道可乐,不念身无官。生事东山远,田园芳岁阑。东归余谢病,西去子加餐。宋伯非徒尔,明时正可干。躬耕守贫贱,失计在林端。宿昔奉颜色,惭无双玉盘。

送马录事赴永阳一作嘉

子为郡从事,主印清淮边。谈笑一州里,从容群吏先。手持三尺令,遣决如流泉。太守既相许,诸公谁不然。孤城连海树,万室带山烟。春日溪湖净,芳洲葭菼连。炊粳蟹螯熟,下箸鲈鱼鲜。野鹤宿檐际,楚云飞面前。听歌送离曲,且驻木兰船。赠尔八行字,当闻佳政传。

临别送张谭入蜀

出门便为客,惆然悲徒御。四海维一身,茫茫欲何去。经山复历水,百恨将千虑。剑阁望一作送梁州,是君断肠处。孤云伤客心,落日感君深。梦里兼葭渚一作慕江畔,天边橘柚林。蜀江流不测,蜀路险难寻。木有相思号,猿多愁苦音。莫向愚山隐,愚山地非近。故乡可归来,眼见芳菲尽。

送王昌龄

漕水东去远,送君多暮情。淹留野寺出,向背孤山明。前望数千里,中无蒲稗生。夕阳满舟楫,但爱微波清。举酒林月上,解衣沙鸟鸣。夜来莲花界,梦里金陵城。叹息此离别,悠悠江海行。

留别王卢二拾遗

此别不可道,此心当报谁。春风灞水上,饮马桃花时。误作好文士,只令游宦迟。留书下朝客,我有故山期。

赠别穆元林

贰职久辞一作九载满,藏名三十年。丹墀策频献,白首官不迁。明主日征士,吏曹何忽贤。空怀济世业,欲棹沧浪船。举酒洛门外,送君春海边。彼乡有令弟,小邑试烹鲜。转浦云壑媚,涉江花岛连。绿芳暗楚水,白鸟飞吴烟。赠贶亦奚贵,流乱期早旋。金闺会通籍,生事岂徒然。

不调归东川别业

寸禄言可取,托身将见遗。惭无匹夫志,悔与名山辞。绂冕谢知己,林园多后时。葛巾方濯足,蔬食但垂帷。十室对河岸,渔樵祇在兹。青郊香杜若,白水映茅茨。昼景彻云树,夕阴澄古一作石遂。渚花独开晚,田鹤静飞迟。且复乐生事,前贤为我师。清歌聊鼓楫,永日望佳期。

晚归东园

出郭喜见山,东行亦未远。夕阳带归路一作鹭,霭霭秋稼晚。樵者乘霁归,野夫一作人及星饭。请谢朱轮客,垂竿不复返。

龙门西峰晓望刘十八不至

春台临永路,跂足望行子。片片云触峰,离离鸟渡水。丛林远山上,霁景一作色杂花里。不见携手人,下山采绿芷。

裴尹东溪别业

公才一作朝廊庙器,官亚河南守。别墅临都门,惊湍激前后。旧交与群从,十日一携手。幅巾望寒山,长啸对高柳。清欢信可尚,散吏亦何有。岸雪清城阴,水光远一作摇林首。闲观野人筏,或饮川上酒。幽云澹徘徊,白鹭飞左右。庭竹垂卧内,村烟隔南阜。始知物外情,簪绂同刍狗。

无尽上人东林禅居

草堂每多暇,时谒山僧门。所对但群木,终朝无一言。我心爱流水,此地临清源。含吐山上日,蔽亏松一作云外村。孤峰隔身世,百衲老寒暄。禅户积朝雪,花龛来暮猿。顾余守耕稼,十载隐田园。萝粲慰春汲,岩潭恣讨论。泄云岂知限,至道莫探元。且愿启关锁一作龠,于焉微尚存。

题綦毋校书别业

常称挂冠吏,昨日归沧洲。行客暮帆远,

主人庭树秋。岂伊问一作得天命,但欲为山游。万物我何有,白云空自幽。萧条江海上,日夕见丹丘。生事非一作本渔钓,赏心随去留。惜哉旷微月,欲济无轻舟。倏忽令人老,相思河水流。

题卢道士房

秋砧响落木,共坐茅君家。惟见两童子,林前汲井华。空坛静白日,神鼎飞丹砂。尘尾拂霜草,金铃摇霁霞。上章人世隔,看弈桐阴斜。稽首问仙要,黄精堪饵花。

题神力师院

大师神杰貌,五岳森禅房。坚持日月珠,豁见沧江长。随病拔诸苦,致身如法王。阶庭药草遍,饭食天花香。树色向高阁,昼阴横半墙。每闻第一义,心净琉璃光。

题僧房双桐

青桐双拂日,傍带凌霄花。绿叶传僧磬,清阴润井华。谁能事音律,焦尾蔡邕家。

粲公院各赋一物得初荷

微风和众草,大一作木叶长圆阴。晴露珠共一作垂合,夕阳花映深。从来不著水,清净本因心。

李兵曹壁画山水各赋得桂水帆

片帆浮一作在桂水,落日天涯时。飞鸟看共度,闲云相与迟。长波无晓夜,泛泛欲何之。

题合欢

开花复卷叶,艳眼又惊心。蝶绕西枝露,风披东干阴。黄衫漂细蕊,时拂女郎砧。

全唐诗卷一百三十三

李颀

古从军行

白日登山望烽火,黄昏饮马傍交河。行人刁斗风沙暗,公主琵琶幽怨多。野云万里无城郭,雨雪纷纷连大漠。胡雁哀鸣夜夜飞,胡儿眼泪双双落。闻道玉门犹被遮,应将性命逐轻车。年年战骨埋荒外,空见蒲桃入汉家。

行路难

汉家名臣杨德祖,四代五公享茅土。父子兄弟绾银黄,跃马鸣珂朝建章。火浣单衣绣方领,茱萸锦带玉盘囊。宾客填街复满座一作堂,片言出口生辉光。世人逐势争奔走,沥胆堕肝惟恐后。当时一顾登青云,自谓生死长随君。一朝谢病还乡里,穷巷苍苔绝知己。秋风落叶闭重门,昨日论交竟谁是。薄俗嗟嗟难重陈,深山麋鹿可为邻。鲁连所以蹈东海,古往今来称达人。

缓歌行

小来托身攀贵游,倾财破产无所忧。暮拟一作夜经过石渠署,朝将出入铜龙楼。结交杜陵轻薄子,谓言可生复可死。一沉一浮会有时,弃我翻然如脱屣。男儿立身须自强,十年闭户颍水阳。业就功成见明主,击钟鼎食坐华堂。二八蛾眉梳堕马,美酒清歌曲房下。文昌宫中赐锦衣,长安陌上退朝归。五陵一作侯宾从莫敢视,三省官僚揖者稀。早知今日读书是,悔作从前任一作来狂侠非一作儿。

琴歌

主人有酒欢今夕,请奏鸣琴广陵客。月照城头乌半飞,霜凄万树风入衣。铜炉华烛烛增辉,初弹渌水后楚妃。一声已动物皆静,四座无言星欲稀。清淮奉使千余里,敢告云山从此始。

放歌行答从弟墨卿

小来好文耻学武,世上功名不解取。虽沾寸禄已后时,徒欲出身事明主。柏梁赋诗不及宴,长楸走马谁相数。敛迹俯眉心自甘,高歌击节声半苦。由是蹉跎一老夫,养鸡牧豕东城隅。空歌汉代萧相国,肯事霍家冯子都。徒尔当年声籍籍,滥作词林两京客。故人斗酒安陵桥,黄鸟春风洛阳陌。吾家令弟才不羁,五言破的人共推。兴来逸气如涛涌,千里长江归海时。别离短景何萧索,佳句相思能间作。举头遥望鲁阳山,木叶纷纷向人落。

王母歌

武皇斋戒承华殿,端拱须臾王母见。霓旌照耀麒麟车,羽盖淋漓孔雀扇。手指交梨遣帝食,可以长生临宇县。头上复一作上元头戴九星冠,总领玉童坐南面。欲闻要言今告汝,帝乃焚香请此语。若能炼魄去三尸,后当见我天皇所。顾谓侍女董双成,酒阑可奏云和笙。红霞白日俨不动,七龙五凤纷相迎。惜哉志骄神不悦,叹息马蹄与车辙。复道歌钟杳将暮,深宫桃李花一作飞成雪。为一作但看青玉五枝灯,蟠螭吐火一作火尽光欲一作已绝。

鲛人歌

鲛人潜织水底居,侧身上下随游一作龙鱼。轻绡文彩不可识,夜夜澄波连一作流月色。有时寄宿来城市,海岛青冥无极已。泣珠报恩君莫辞,今年相见明年期。始知万族无不有,百尺深泉架户牖。鸟没空山谁复望,一望云涛堪白首。

夏宴张兵曹东堂

重林华屋堪避暑,况乃烹鲜会佳客。主人三十朝大夫,满座森然见矛戟。北窗卧簟连心花,竹里蝉鸣西日斜。羽扇摇风却珠汗,玉盆贮水割甘瓜。云峰峨峨自冰雪,坐对芳樽不知热。醉来但挂葛巾眠,莫道明朝有离别。

同张员外諲酬答之作

洛中高士日沉冥,手自灌园方带经。王湛床头见周易,长康传里好丹青。鹖冠葛屦无名位,博弈赋诗聊遣意。清言只到卫家儿,用笔能夸钟太尉。东篱二月种兰荪,穷巷人稀鸟雀喧。闻道郎官问生事,肯令鬓发老柴门。

欲之新乡答崔颢綦毋潜

数年作吏家屡空,谁道黑头成老翁。男儿在世无产业,行子出门如转蓬。吾属交欢此何夕,南家捣衣动归客。铜炉将炙相欢饮,星宿纵横露华白。寒风卷叶度滹沱,飞雪布一作覆地悲峨峨。孤城日落见栖鸟,马上时闻渔者歌。明朝东路把君手,腊日辞君期岁首。自知寂寞无去思,敢望县人致牛酒。

答高三十五留别便呈于十一

累荐贤良皆不就,家近陈留访耆旧。韩康虽复在人间,王霸终思隐岩窦。清泠池水灌园蔬,万物沧江心澹如。妻子欢同五株柳,云山老一作元对一床书。昨日公车见三事,明君赐衣遣为吏。怀章不使郡邸惊,待诏初从阙庭至。散诞由来自不羁,低头授职尔何为。故园壁挂乌纱帽,官舍尘生白接䍦。寄书寂寂于陵子,蓬蒿没身胡不仕。藜羹被褐环堵中,岁晚将贻故人耻。

送康洽入京进乐府歌

识子十年何不遇,只爱欢游两京路。朝吟左氏娇女篇,夜诵相如美人赋。长安春物旧相宜,小苑蒲萄花满枝。柳色偏浓九华殿,莺声醉杀五陵儿。曳裾此日从何所,中贵由来尽相许。白夹春衫仙吏赠,乌皮隐几台郎与。新诗乐府唱堪愁,御妓应传鸤鹊楼。西上虽因长公主,终须一见曲陵一作阳侯。

送刘十一作刘十一

三十不官亦不娶,时人焉识道高下。房中唯有老氏经,枥上空余少游马。往来嵩华与函秦,放歌一曲前山春。西林独鹤引闲步,南涧

飞泉清角巾。前年上书不得意,归卧东窗兀然醉。诸兄相继掌青史,第五之名齐骠骑。烹葵摘果告我行,落日夏云纵复横。闻道谢安掩口笑,知君不免为苍生。

送王道士还山

嵩阳道士餐柏实,居处三花对石室。心穷伏火阳精丹,口诵淮王万毕术。自言神诀不可求,我师闻之玄圃游。出入彤庭佩金印,承恩赫赫如王侯。双峰树下曾受业,应传肘后长生法。吾闻仙地多后身,安知不是具茨人。玉膏清泠瀑泉水,白云溪中日方此。从今不见数十年,鬓发颜容只如是。先生舍我欲何归,竹杖黄裳登翠微。当有岩前白蝙蝠,迎君日暮双来飞。

别梁锽

梁生倜傥心不羁,途穷气盖长安儿。回头转眄似雕鹗,有志飞鸣人岂知。虽云四十无禄位,曾与大军掌书记。抗辞请刃诛部曲,作色论兵犯二帅。一言不合龙额侯,击剑拂衣从此弃。朝朝饮酒黄公垆,脱帽露顶争叫呼。庭中犊鼻昔尝挂,怀里琅玕今在无。时人见子多落魄,共笑狂歌非远图。忽然遣跃紫骝马,还是昂藏一丈夫。洛阳城头晓霜白,层冰峨峨满川泽。但闻行路吟新诗,不叹举家无担石。莫言贫贱长可欺,覆篑成山当有时。莫言富贵长可托,木槿朝看暮还落。不见古诗塞上翁,倚伏由来任天作。去去沧波勿复陈,五湖三江愁杀人。

送从弟游江淮兼谒鄱阳刘太守

都门柳色朝朝新,念尔今为江上人。穆陵关带清风远,彭蠡湖连芳草春。泊舟借问西林寺,晓听猿声在山翠。浔阳北望鸿雁回,溢水东流客心醉。须知圣代举贤良,不使遗才滞一方。应见鄱阳虎符守,思归共指白云乡。

双笋歌送李回兼呈刘四

并抽新笋色渐绿,迥出空林双碧玉。春风解箨雨润根,一枝半叶清露痕。为君当面拂云日,孤生四远何足论。再三抱此怅为别,嵩洛故人与之说。

送刘四赴夏县

九霄特立红鸾姿,万仞孤生玉树枝。刘侯致身能若此,天骨自然多叹美。声名播扬二十年,足下长途几千里。举世皆亲丞相阁,我心独爱伊川水。脱略势利犹埃尘,啸傲时人而已矣。新诗数岁即文雄,上书昔召蓬莱宫。明主拜官麒麟阁,光车骏马看玉童。高人往来庐山远,隐士往来张长公。扶南甘蔗甜如蜜,杂以荔枝龙州橘。赤县繁词满剧曹,白云孤峰晖永日。朝持手板望飞鸟,暮诵楞伽对空室。一朝出宰汾河间,明府下车人吏闲。端坐讼庭更无事,开一作闲门眈尺巫咸山。男耕女织蒙惠化,麦熟雉鸣长秋稼。明年九府议功时,五辟三征当在兹。闻道桐乡有遗老,邑中还欲置生祠。

少室雪晴送王宁

少室众峰几峰别,一峰晴见一峰雪。隔城半山连青松,素色峨峨千万重。过景斜临不可道,白云欲尽难为容。行人与我玩幽境,北风切切吹衣冷。惜别浮桥驻马时,举头试望南山岭。

送陈章甫

四月南风大麦黄,枣花未落桐阴长。青山朝别暮还见,嘶马出门思旧乡。陈侯立身何坦荡,虬须虎眉仍大颡。腹中贮书一万卷,不肯低头在草莽。东门酤酒饮我曹,心轻万事皆一作如鸿毛。醉卧不知白日暮,有时空望孤云高。长河浪头连天黑,津口一作吏停舟渡不得。郑国游人未及家,洛阳行子空叹息。闻道故林相识多,罢官昨日今如何。

听安万善吹觱篥歌

南山截竹为觱篥,此乐本自龟兹出。流传汉地曲转奇,凉州胡人为我吹。傍邻闻者多叹息,远客思乡皆泪垂。世人解听不解赏,长飙风中自来往。枯桑老柏寒飕飕，九雏鸣凤乱啾啾。龙吟虎啸一时发，万籁百泉相与秋。忽然更作渔阳掺，黄云萧条白日暗。变调如闻杨柳春，上林繁花照眼新。岁夜高堂列明烛，美酒一杯声一曲。

魏仓曹东堂桂树

爱君双桂一树奇，千叶齐生万叶垂。长头拂石带烟雨，独立空山人莫知。攒青蓄翠阴满屋，紫穗红英曾断目。洛阳墨客游云间，若到麻源第三谷。

照公院双橙

种橙夹阶生得地，细叶隔帘见双翠。抽条向长未及肩，泉水绕根日三四。青青何必楚人家，带雨凝烟新著花。永愿香炉洒甘露，夕阳时映东枝斜。南庭黄竹尔不敌，借问何时堪挂锡。

爱敬寺古藤歌

古藤池水盘树根，左攫右挐龙虎蹲。横空直上相陵突，丰茸离缅若无骨。风雷霹雳连黑枝，人言其下藏妖魑。空庭落叶乍开合，十月苦寒常倒垂。忆昨花飞满空殿，密叶吹香饭僧遍。南阶双桐一百尺，相与年年老霜霰。

崔五六图屏风各赋一物得乌孙佩刀

乌孙腰间佩两刀，刃可吹毛锦为带。握中枕宿穿庐室，马上割飞鹥鶄塞。执之魍魉谁能前，气凛清风沙漠边。磨用阴山一片玉，洗将胡地独流泉。主人屏风写奇状，铁鞘金镮俨相向。回头瞪目时一看，使予心在江湖上。

古意

男儿事长征，少一作生小一作作幽燕客。赌胜马蹄下，由来轻七尺。杀人莫敢前，须如猬毛磔。黄云陇底白雪飞，未得报恩不能一作得归。辽东小妇年十五，惯弹琵琶解歌舞。今一作合为羌笛出塞声，使我三军泪如雨。

采莲一作放歌行

越溪女，越溪莲。齐菡萏，双婵娟。嬉游向何处，采摘且同船。浩唱发容与，清波生漪涟。时逢岛屿泊，几伴鸳鸯眠。襟袖既盈溢，馨香亦相传。薄暮归去来，苎罗生碧烟。

杂兴

沉沉牛渚矶，旧说多灵怪。行人夜秉生犀烛，洞照洪深辟滂湃。乘车驾马往复旋，赤绂朱冠何伟然。波惊海若潜幽石，龙抱胡髯卧黑泉。水滨丈人曾有语，物或恶之当害汝。武昌妖梦果为灾，百代英威埋鬼府。青青兰艾本殊香，察见泉鱼固不祥。济水自清河自浊，周公大圣接舆狂。千年魑魅逢华表，九日茱萸作佩囊。善恶死生齐一贯，只应斗酒任苍苍。

绝缨歌

楚王宴客章华台，章华美人善歌舞。玉颜艳艳空相向，满堂目成不得语。红烛灭，芳酒阑，罗衣半醉春夜寒，绝缨解带一为欢。君王赦过不之罪，暗中珠翠鸣珊珊。宁爱贤，不爱色，青娥买死谁能识，果却一一作三军全社稷。

郑樱桃歌

石季龙宠惑优童郑樱桃，而杀妻郭氏。更纳清河崔氏，樱桃又谮而杀之。樱桃美丽，擅宠宫掖。乐府由是有郑樱桃歌。

石季龙，僭天禄，擅雄豪，美人姓郑名樱桃。樱桃美颜香且泽，娥娥侍寝专宫掖。后庭卷衣三万人，翠眉清镜不得亲。宫军女骑一千匹，繁花照耀漳河春。织成花映红纶巾，季龙以女骑一千为卤簿，皆著紫纶巾，五文织成靴。红旗掣曳卤簿新。鸣鼙走马接飞鸟，铜驼瑟瑟随去尘。凤阳重门如意馆，百尺金梯倚银汉。自言富贵不可量，女为公主男为王。赤花双簟珊瑚床，盘龙斗帐琥珀光。淫昏伪位神所恶，灭石者陵终不悟。邺城苍苍白露微，世事一作浮世翻覆黄云飞。

送刘昱

八月寒苇花，秋江浪头白。北风吹五两，谁是浔阳客。鸬鹚山头微雨晴，扬州郭里暮潮生。行人夜宿金陵渚，试听沙边有一作南雁声。

送郝判官

楚城木叶落，夏口青山遍一作转。鸿雁向南时，君乘使者传。枫林带水驿，夜火明山县。千里送行人，蔡州如眼见。江连清汉东逶迤，遥望荆云相蔽亏。应问襄阳旧风俗，为余骑马习家池。

送刘方平

绮纨游上国，多作少年行。二十二词赋，惟君著美名。童颜且白皙，佩德如瑶琼。苟氏风流盛，胡家公子清。有才不偶谁之过，肯即藏锋事高卧。洛阳草色犹自春，游子东归喜拜亲。漳水桥头值鸣雁，朝歌县北少行人。别离斗酒心相许，落日青郊半微雨。请君骑马望西陵，为我殷勤吊魏武。

听董大弹胡笳声兼寄语弄房给事一本题作听董庭兰弹琴兼寄房给事

蔡女昔造胡笳声，一弹一十有八拍。胡人落泪沾一作向边草，汉使断肠对归客。古戍苍苍烽火寒，大荒沉沉飞雪白。先拂商弦后角羽，四郊秋叶惊摵摵。董夫子，通神明，深山一作松窃听来妖精。言迟更速皆应手，将往复旋如有情。空山百鸟散还合，万里浮一作孤云阴且晴。嘶酸雏雁失群夜，断绝胡儿恋母声。川为净其波，鸟亦罢其鸣。乌孙部落家乡远，逻娑沙尘哀怨生。幽音变调忽飘洒，长风吹林雨堕瓦。迸泉飒飒飞木末，野鹿呦呦走堂下。长安城连东掖垣，凤凰池对青琐门。高才脱略名与利，日夕望君抱琴至。

弹棋歌

崔侯善弹棋，巧妙尽于此。蓝田美玉清如砥，白黑相分十二子。联翩百中皆造微，魏文手巾不足比。缘边度陇未可嘉，鸟跂星悬危一作正复斜。回飙转指速飞电，拂四取五旋风花一作拂取四五如旋花。坐中一作上齐声称绝艺，仙人六博何能一作曾继。一别常山道路遥，为余更作三五一作两势。

送山阴姚丞携妓之任兼寄苏少府

东风香草路，南客心容与。白皙吴王孙，青蛾柳家女。都门数骑出，河口片帆举。夜簟眠橘洲，春衫傍枫屿。山阴政简甚从容，到罢惟求物外踪。落日花边剡溪水，晴烟竹里会稽峰。才子风流苏伯玉，同官晓暮应相逐。加餐共爱鲈鱼肥，醒酒仍怜甘蔗熟。知君练思本清新，季子如今得为邻。他日知寻始宁墅，题诗早晚寄西人。

全唐诗卷一百三十四

李颀

塞下曲
少年学骑射,勇冠并州儿。直爱出身早,边功沙漠垂。戎鞭腰下插,羌笛雪中吹。膂力今应尽,将军犹未知。

寄镜湖朱处士
澄霁晚流阔,微风吹绿蘋。鳞鳞远峰见,淡淡平湖春。芳草日堪把,白云心所亲。何时可为乐,梦里东山人。

宴陈十六楼楼枕金谷
西楼对金谷,此地古人心。白日落庭内,黄花生涧阴。四邻见疏木,万井度寒砧。石上题诗处,千年留至今。

送相里造入京
子月过秦正,寒云覆洛城。嗟君未得志,犹作苦辛行。暖酒嫌衣薄,瞻风候雨晴。春官含笑待,驱马速前程。

送钱子入京
夜梦还京北,乡心恨捣衣。朝逢入秦使,走马唤君归。驿路清霜下,关门黄叶稀。还家应信宿,看子速如飞。

送綦毋三寺中赋得纱灯
禅室吐香烬,轻纱笼翠烟。长绳挂青竹,百尺垂红莲。熠爚众星下,玲珑双塔前。含光待明发,此别岂徒然。

送人尉闽中
可叹芳菲日,分为万里情。闾门折垂柳,御苑听残莺。海戍通闽邑,江遇过楚城。客心君莫问,春草是王程。

送人归沔南
梅花今正发,失路复何如。旧国云山在,新年风景余。春绕汉阳梦,日寄武陵书。可即明时老,临川莫羡鱼。

送卢逸人

洛阳为此别,携手更何时。不复人间见,祇应海上期。清溪入云木,白首卧茅茨。共惜卢敖去,天边望所思。

送顾朝阳还吴

寂寞俱不偶,裹粮空入秦。宦途已可识,归卧包山春。旧国指飞鸟,沧波愁旅人。开樽洛水上,怨别柳花新。

送窦参军

城南送归客,举酒对林峦。暄鸟迎风啭,春衣度雨寒。桃花开翠幕,柳色拂金鞍。公子何时至,无令芳草阑。

望秦川

秦川朝望迥,日出正东峰。远近山河净,逶迤城阙重。秋声万户竹,寒色五陵松。客有归欤叹,凄其霜露浓。

晚归东园

荆扉带郊郭,稼穑满—作向东菑。倚杖寒山暮,鸣梭秋叶时。回云覆阴谷,返景照霜梨。澹泊真吾事,清风别自兹。

觉公院施鸟石台

石台置香饭,斋后施诸禽。童子亦知善,众生无惧心。苔痕苍晓露,盘势出香林。锡杖或围绕,吾师一念深。

篱笋

东园长新笋,映日复穿篱。迸出依青嶂,攒生伴绿池。色—作密因林向背,行逐地高卑。但恐春将老,青青独尔为。

达奚吏部夫人寇氏挽歌

存殁令名传,青青松柏田。事姑称孝妇,生子继先贤。露湿铭旌重,风吹卤簿前。阴堂从此闭,谁诵女师篇。

寄司勋卢员外

流渐腊月下河阳,草色新年发建章。秦地立春传太史,汉宫题柱忆仙郎。归鸿欲度千门雪,侍女新添五夜香。早晚荐雄文似者,故人今已赋长杨。

寄綦毋三

新加大邑绶仍黄,近与单车去洛阳。顾眄一过丞相府,风流三接令公香。南川粳稻花侵县,西岭云霞色满堂。共道进贤蒙上赏,看君几岁作台郎。

送魏万之京

朝闻游子唱离歌,昨夜微霜初渡河。鸿雁不堪愁里听,云山况是客中过。关城树—作曙色催寒近,御苑砧声向晚多。莫见长安行乐处,空令岁月易蹉跎。

送李回

知君官属大司农,诏幸骊山职事雄。岁发金钱供御府,昼看仙液注离宫。千岩曙雪旌门上,十月寒花辇路中。不睹声明与文物,自伤流滞去关东。

宿莹公禅房闻梵

花宫仙梵远微微,月隐高城钟漏稀。夜动霜林惊落叶,晓闻天籁发清机。萧条已入寒空静,飒沓仍随秋雨飞。始觉浮生无住著,顿令心地欲皈依。

题璿公山池

远公遁迹庐山岑,开士—作山幽居祇树林。片石孤峰窥色相,清池皓—作白月照禅心。指挥如意天花落,坐卧闲房春草深。此外俗尘都不染,惟余玄度得相寻。

题卢五旧居

物在人亡无见期,闲庭系马不胜悲。窗前绿竹生空地,门外青山如旧时。怅望秋天鸣坠叶,巑岏枯柳宿寒鸱。忆君泪落东流水,岁岁花开知为谁。

赠别张兵曹

汉家萧相国,功盖五诸侯。勋业河山重,丹青锡命优。君为禁裔婿,争看玉人游。荀令焚香日,潘郎振藻秋。新成鹦鹉赋,能衣鸂鶒裘。不惮轩车远,仍寻薜荔幽。苑梨飞绛叶,伊水净寒流。雪满故关道,云遮祥凤楼。一身轻寸禄,万物任虚舟。别后如相问,沧波双白鸥。

宿香山寺石楼

夜宿翠微半,高楼闻暗泉。渔舟带远火,山磬发孤烟。衣拂一作殿壮云松外,门清河汉边。峰峦低枕席,世界接人天。霭霭花出雾,辉辉星映川。东林曙莺满,惆怅欲言旋。

圣善阁送裴迪入京

云一作雪华满一作敛高阁,苔色上钩栏。药草空阶静,梧桐返照寒。清吟可愈疾,携手暂同欢。坠叶和金磬,饥乌鸣露盘。伊流一作川惜东别,灞水向西看。旧托含香署,云霄何足难。

奉送漪叔游颍川兼谒淮阳太守

罢吏今何适,辞家方独行。嵩阳入归梦,颍水半前程。闻道淮阳守,东南卧理清。郡斋观政日,人马望乡情。叠岭雪初霁,寒砧霜后鸣。临川嗟拜手,寂寞事躬耕。

二妃庙送裴侍御使桂阳

沅上秋草晚一作色,苍苍尧女祠。无人见精魄,万古寒猿悲。桂水身殁后,椒浆神降时。回云迎赤豹,骤雨飒文狸一作飘雨聚文螭。受命出炎海,焚香征楚词。乘骢感遗迹,一吊清川湄。

送暨道士还玉清观

仙宫一作官有名籍,度世吴江濆。大道本无我,青春长与君。中州一作洲俄已到,至理得而闻。明主降黄屋,时人看白云。空山何窈窕,三秀日氤氲。遂此一作此道留书客,超遥烟驾分。

送刘主簿归金坛

与子十年旧,其如离别何。宦游邻故国,归梦是沧波。京口青山远,金陵芳草多。云帆晓容裔,江日昼清和。县郭舟人饮,津亭渔者歌。茅山有仙洞,羡尔再经过。

送卢少府赴延陵

问君从宦所,何日府中趋。遥指金陵县,青山天一隅。行人怀寸禄,小吏献新图。北固波涛险,南天一作川风俗殊。春江一作山连橘柚,晚景媚菰蒲。漠漠花生渚,亭亭云过湖。滩沙映村火,水雾敛樯乌。回首东门路,乡书不可无。

送皇甫曾游襄阳山水兼谒韦太守

岘山枕襄阳,滔滔江汉长。山深卧龙宅,水净斩蛟乡。元凯春秋传,昭明文选堂。风流满今古,烟岛思微茫。白雁暮冲雪,青林寒带霜。芦花独成晚,柑实万家香。旧国欲兹别,轻舟眇未央。百花亭漫漫,一柱观苍苍。按俗荆南牧,持衡吏部郎。逢君立五马,应醉习家塘。

龙门送裴侍御监五岭选

万里番禺地,官人继帝忧。君为柱下史,将命出东周。歇马傍川路,张灯临石楼。棱棱静疏木,濞濞响寒流。椰叶四荒外,梅花五岭头。明珠尉佗国,翠羽夜郎洲。夷俗富珍产,土风资宦游。心清物不杂,弊革事无留。举善必称最,持奸当去尤。何辞桂江远,今日用贤秋。

送乔琳

草绿小平津,花开伊水滨。今君一作令今不得意,孤负帝乡春。口不言金帛,心常任屈伸。阮公惟饮酒,陶令肯羞贫。阳羡风流地,沧江游寓人。菱歌五湖远,桂树八公邻。青鸟迎一作回孤棹,白云随一身。潮随秣陵上,月映石头新。未可逃名利，应须在缙绅。汀洲芳杜色，劝尔暂垂纶。

题少府监李丞山池

能向府亭内，置兹山与林。他人骐骥马，而我薜萝心。雨止禁门肃，莺啼官柳深。长廊阅军器，积水背城阴。窗外王孙草，床头中散琴。清风多仰慕，吾亦尔知音。

长寿寺粲公院新甃井

僧房来往久，露井每同观。白石抱新甃，苍苔依旧栏。空瓶宛转下，长绠辘轳盘。境界因心净，泉源见底寒。钟鸣时灌顶，对此日闲安。

魏仓曹宅各赋一物得当轩石竹

罗生殊众色，独为表华滋。虽杂蕙兰处，无争桃李时。同人趋府暇，落日后庭期。密叶散红点，灵条惊紫蕤。芳菲看不厌，采摘愿来兹。

奉送五叔入京兼寄綦毋三

云阴带残日，怅别此何时。欲望黄山道，无由见所思。

寄韩鹏

为政心闲物自闲，朝看飞鸟暮飞还。寄书河上神明宰，羡尔城头姑射山。

百一作白花原一作王昌龄出塞行

百一作白花原头望京师，黄河水流无已时一作尽期。穷秋一作秋天旷野行人一作人行绝，马首东一作西来知是谁。

遇刘五

洛阳一别梨花新，黄鸟飞飞逢故人。携手当年共为乐，无惊蕙草惜残春。

送崔婴赴汉阳

中外相连弟与兄，新加小县子男名。才年三十佩铜印，知尔弦歌汉水清。

送五叔入京兼寄綦毋三

吏部明年拜官后，西城必与故人期。寄书春草年年色，莫道相逢玉女祠。

野老曝背

百岁老翁不种田，惟知曝背乐残年。有时扪虱独搔首，目送归鸿篱下眠。

送东阳王太守末缺

江皋杜蘅绿，芳草日迟迟。桧楫今何去，星郎出守时。彤襜问风俗，明主寄荣釐。令下不徒尔，人和当在兹。昔年经此地，微月有佳期。洞口桂花白，岩前春草滋。素沙静津濑，青壁带川坻。野鹤每孤立，林鼯常昼悲。

咏张谭山水末缺

小山破体闲支策，落日梨花照空壁。诗堪记室妒一作始风流，画与将军作劲敌。

失题末缺

紫极殿前朝伏奏，龙华会里日相望。别离岁岁如流水，谁辨他乡与故乡。

全唐诗卷一百三十五

綦毋潜

綦毋潜，字季通，荆南人。开元十四年登进士第，由宜寿尉入为集贤待制，迁右拾遗，终著作郎。诗一卷。

冬夜寓居寄储太祝—作薛据诗

自为洛阳客，夫子吾知音。尽—作爱义有下士，时人无此心。奈何离居夜，巢鸟悲—作飞空林。愁坐至月上，复闻南邻砧。

春泛若耶溪

幽意无断绝，此去随所偶。晚—作好风吹行舟，花路入溪口。际夜转西壑，隔山望南斗。潭烟飞溶溶，林月低向后。生事且弥漫，愿为持竿叟。

题鹤林寺

道林—作门隐形胜，向背临层霄—作法桥。松覆山殿冷，花藏溪路遥。珊珊宝幡挂，焰焰明灯烧。迟日半空谷，春风连上潮。少凭—作适水木兴，暂令身心调。愿谢携手客，兹山禅诵—作侣饶。

题栖霞寺

南山势回合，灵境依此住。殿转云崖阴，僧探石泉度。龙蛇争窟习，神鬼皆密护。万壑奔道场，群峰向双树。天花飞不著，水月白成路。今日观身我—作我身，归心复何处。

送储十二还庄城

西坂何缭绕，青林问子家。天寒噪野雀，日晚度城鸦。寂历道旁树，曈昽原上霞。兹情不可说，长恨隐沦赊。

送章彝下第

长安渭—作灞桥路，行客别时心。献赋温泉毕，无媒魏阙深。黄莺啼就马，白日暗归林。三十名未立，君还惜寸阴。

送崔员外黔中监选

持衡出帝畿,星指夜郎飞。神女云迎马,荆门雨湿衣。听猿收泪罢,系雁待书稀。蛮貊虽殊俗,知君肝胆微。

送贾恒明府兼寄温张二司户

越客新安别,秦人旧国情。舟乘晚风便,月带上潮平。花路西施石,云峰句践城。明州报两椽,相忆二毛生。

送宋秀才

冠古积荣盛,当时数戟门。旧交丞相子,继世五侯孙。长剑倚天外,短书盈万言。秋风一送别,江上黯消魂。

送平判官入秦 一作卢象诗

谪远自安命,三年已忘归。同声一作心愿执手,驿骑到门扉。云是帝乡去,军书谒紫微。曾为金马客,向日泪沾衣。

送郑务拜伯父

名公作逐臣,驱马拂行尘。旧国问郎子,劳歌过鄩人。一川花送客,二月柳宜春。奉料竹林兴,宽怀此别晨。

题招隐寺绚公房

开士度人久,空岩一作山花雾深。徒知燕坐处,不见有为心。兰若门对壑,田家路隔林。还言证一作澄法性,归去比黄金。

宿太平观

夕到玉京寝,窅冥云汉低。魂交仙室蝶,曙听羽人鸡。滴沥花上露,清泠松下溪。明当访真隐,挥手入无倪。

题灵隐寺山顶禅院

招提此山顶,下界不相闻。塔影挂清汉,钟声和白云。观空静室掩,行道众香焚。且驻西来驾,人天日未曛。

若耶溪逢孔九

相逢此溪曲,胜托在烟霞。潭影竹间动,岩阴檐外一作际斜。人言一作生上皇代,犬吠武陵家。借问淹留日,春风满一作深归若耶。

宿龙兴寺

香刹夜忘归,松青古殿扉。灯明方丈室,珠系比丘衣。白日一作月传心静,青莲喻法微。天花落不尽,处处鸟衔飞。

题沈东美员外山池

仙郎偏好道,凿沼象瀛洲。鱼乐随情性,船行任去留。秦人辨鸡犬,尧日识巢由。归客衡门外,仍怜返景幽。

茅山洞口

华阳仙洞口,半岭拂云看。窈窕穿苔壁一作陆,差池对石坛。方随地脉转,稍觉水晶寒。未果变金骨,归来兹路难。

过方尊师院

羽客北山寻,草堂松径深。养神宗示法,得道不知心。洞户逢双履,寥天有一琴一作禽。更登玄圃上,仍种杏成林。

经陆补阙隐居

不敢要君征亦起,致君全得似唐虞。谠言昨叹离天听,新象今闻入县图。琴锁坏窗风自响,鹤归乔木隐难呼。学书弟子何人在,点检犹存谏草无。

登天竺寺

郡有化城最,西穷叠嶂深。松门当涧口,石路在峰心。幽见夕阳霁,高逢暮雨阴。佛身瞻绀发,宝地践黄金。云向竹溪尽,月从花洞临。因物成真悟,遗世在兹一作孤岑。

满公房

世界莲花藏,行人香火缘。灯王照不尽,中夜寂相传。

过融上人兰若 一作孟浩然诗

山头禅室挂僧衣,窗外无人溪一作水,又作越鸟飞。黄昏半在下山路,却听钟一作泉,又作松声连—作恋翠微。

早发上东门
十五能行—作文西入秦,三十无家作路人。时命不将明主合,布衣空染—作惹洛阳尘。

祇园寺
宝坊求往迹,神理驻沿洄。雁塔酬前愿,王身更后来。加持将暝合,朗悟豁然开。两世分明见,余生复几哉。

送集贤学士伊阙史少府放归江东觐省—作陶翰诗
墨客钟张侣,材高吴越珍。千门来谒帝,驷马去荣亲。吏邑沿清洛,乡山指白蘋。归期应不远,当及未央春。

全唐诗卷一百三十六

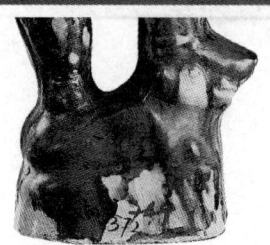

储光羲

储光羲,兖州人。登开元中进士第,又诏中书试文章,历监察御史。禄山乱后,坐陷贼贬官。集七十卷,今编诗四卷。

述韦昭应画犀牛

遐方献文犀,万里随南金。大邦柔远人,以之居山林。食棘无秋冬,绝流无浅深。双角前崭崭,三蹄下駸駸。朝贤壮其容,未能辨其音。有我衰鸟一作衰鸟,一作衰凤郎,新邑长鸣琴。陛阁飞嘉声,丘甸盈仁心。闲居命国工,作绘北堂阴。眈眈若有神,庶比来仪禽。昔有舞天庭,为君奏龙吟。

献王威仪

人与真主言,有一作又骑天马来。但有华清宫,不用神明台。肃肃长自闲,门静无人开。

野田黄雀行

喷喷野田雀,不知躯体微。闲穿深蒿一作丛里,争食复争飞。穷老一作猿一作猿舍,枣多桑树稀。无枣犹可一作亦何食,无桑何以衣。萧条空仓暮,相引时来归。斜路岂不捷一作栖,渚田岂不肥。水长路且坏一作复,恻恻与心违。

樵父词

山北饶朽木,山南多枯枝。枯枝作采薪,爨室私自知。诘朝砺斧寻,视暮行歌归。先雪隐薜荔,迎暄卧茅茨。清涧日濯足,乔木时曝衣。终年登险阻,不复忧安危。荡漾与神游,莫知是与非。

渔父词

泽鱼好鸣水,溪鱼好上流。渔梁不得意,不渚潜垂钩。乱荇时碍楫,新芦复隐舟。静言念终始,安坐看沉浮。素发随风扬,还心与云游。逆浪还极浦,信潮下沧洲。非为徇形役,所乐在行休。

牧童词

不言牧田远,不道牧陂深。所念牛驯扰,不乱牧童心。圆笠覆我首,长蓑披我襟。方将忧暑雨,亦以惧寒阴。大牛隐层坂,小牛穿近林。同类相鼓舞,触物成讴吟。取乐须臾间,宁问声与音。

采莲词

浅渚苓—作荷花繁,深潭菱—作塘菱叶疏。独往方自得—作获,耻邀淇上姝。广江无术阡,大泽—作罗绝行隅。浪中海童语,流下鲛人居。春雁—作获时隐舟,新萍复满湖。采采乘日暮,不思贤与愚。

采菱词

浊水菱叶肥,清水菱叶鲜。义不游浊水,志士多苦言。潮没具区薮,潦深云梦田。朝随北风去,暮逐南风旋。浦口多渔家,相与邀我船。饭稻以终日,羹莼—作菇羹将永年。方冬水物穷,又欲休山樊。尽室相随从,所贵无忧患。

射雉词

曝暄理新翳,迎春射鸣雉。原田遥一色,皋陆旷千里。遥闻咿喔声,时见双飞起。幂历疏蒿下,芭苴深丛—作麦里。顾敌已—作仍忘生,争雄方决死。仁心贵勇义,岂能复伤此。超遥下故墟,迢递回高畤—作轨。大夫昔何苦,取笑欢妻子。

猛虎词

寒亦不忧雪,饥亦不食人。人肉—作血岂不甘,所恶伤明神。太室为我宅,孟门为我邻。百兽为我膳,五龙为我宾。蒙—作幂马—何威,浮江—亦以仁。彩章耀朝日,爪牙雄武臣。高云逐气浮,厚地随声震。君能贾余勇,日夕长相亲。

渭桥北亭作

停车渭阳—作桥暮,望望入秦京。不见鹓鸾道,如闻歌吹声。乡魂涉江水,客路指蒲城。独有故楼月,今来亭上明。

述华清宫五首 天宝六载冬十月,皇帝如骊山温泉宫,名其宫曰华清。

上在蓬莱宫,莫若居华清。朝朝礼玄阁,日日闻体轻。大圣不私己,精粹为群氓。

上出蓬莱时,六龙俨齐首。长道舒羽仪,彤云映前后。天声殷宇宙,真气到林薮。

昔在轩辕朝,五城十二楼。今我神泉宫,独在骊山陬。群方趋顺动,百辟随天游。

正月开阳和,通门缉元化。穆穆晬容归,岂为明灯夜。高山大风起,肃肃随龙驾。

上林神君宫,此地即明庭。山开鸿濛色,天转招摇星。三雪报大有,孰为—作谓非我灵。

杂咏五首

石子松

盘石青岩下,松生盘石中。冬春无异色,朝暮有清风。五鬣何人采,西山旧两童。

架檐藤

得从轩墀下,殊胜松柏林。生枝逐架远,吐叶向门深。何许答君子,檐间朝暝阴。

池边鹤

舞鹤傍池边,水清毛羽鲜。立如依岸雪,飞似向池泉。江海虽言旷,无如君子前。

钓鱼湾

垂钓绿湾春,春深杏花乱。潭清疑水浅,荷动知鱼散。日暮待情人,维舟绿杨岸。

幽人居

幽人下山径,去去夹—作来青林。滑处莓苔湿,暗中萝薜深。春朝烟雨散,犹带浮云阴。

题太玄观

门外车马喧,门里宫殿清。行即翳若木,

坐即吹玉笙。所喧既非我,真道其冥冥。

至嵩阳观,观即天皇故宅

真人上清室,乃在中峰前。花雾生玉井,霓裳画列仙。念兹宫故宇,多此地新泉。松柏有清阴,薜萝亦自妍。一闻步虚子,又话逍遥篇。忽若在云汉,风中意泠然。

贻韦炼师

精思莫知日,意静如空虚。三鸟自来去,九光遥卷舒。新池近天井,玉宇停云车。余亦苦山路,洗心祈道书。

霁后贻马十二巽

高天风雨散,清气在园林。况我夜初静,当轩鸣绿琴。云开北堂月,庭满南山阴。不见长裾者,空歌游子吟。

题陆山人楼

暮声杂初雁,夜色涵早秋。独见海中月,照君池上楼。山云拂高栋,天汉入云流。不惜朝光满,其如千里游一作愁。

献八舅东归

高位莫能舍,舍之世所贤。云车游日华,岂比龙楼前。寝疾乃就枕,情感唯灵仙。帝鸿思道宗,臣彭亦长年。天书加羽服,又许归东川。镜水涵太清,禹山朝上玄。诚亡真混沌,玉立方婵娟。素业作仙居,子孙当自传。门多松柏树,箧有逍遥篇。独往不可群,沧海成桑田。

泛茅山东溪

清晨登仙峰,峰远行未极。江海雾初景,草木含新色。而我任天和,此时聊动息。望乡白云里,发棹清溪侧。松柏生深山,无心自贞直。

吃茗粥作

当昼暑气盛,鸟雀静不飞。念君高梧阴,复解山中衣。数片远云度,曾不蔽炎晖。淹留膳茶粥,共我饭蕨薇。敝庐既不远,日暮徐徐归。

游茅山五首

十年别乡县,西去入皇州。此意在观国,不言空远游。九衢平若水,利往无一作来轻舟。北洛反初路,东江还故丘。春一作青山多秀木,碧涧尽清流。不见子桑扈,当从方外求。

世业传儒行,行成非不荣。其如怀独善,况以闻长生。家近华阳洞,早年深此情。巾车云路入,理棹瑶溪行。天地朝光满,江山春色明。王庭有轩冕,此日方知轻。

平生非作者,望古怀清芬。心以道为际,行将时不群。兹山在人境,灵贶久传闻。远势一峰出一作幽,近形千嶂分。冬春有茂草,朝暮多鲜云。此去亦何极,但言西日曛。

昔贤居柱下,今我去人间。良以直心旷,兼之外视闲。垂纶非钓国,好学异希颜。落日登高屿,悠然望远山。溪流碧水去,云带清阴还。想见中林士,岩扉长一作久不关。

名岳征仙事,清都访道书。山门入松柏,天路涵一作极空虚。南极见朝采一作爽,西潭闻夜渔。远心尚云宿,浪迹出林居。为己存实际,忘形同化初。此行良已矣,不乐复何如。

述降圣观天宝七载十二月二日,玄元皇帝降于朝元阁,改为降圣阁。

一山尽天苑,一峰开道宫。道花飞羽卫,天鸟游云空。玉殿俯玄水,春旗摇素风。夹门小松柏,覆井新梧桐。自昔大仙下,乃知元化功。神皇作桂馆,此意与天通。

题睍上人禅居

真王清净子,燕居复行心。结宇邻居邑,瘖言非远寻。丹青丈室满,草树一庭深。秀色玄冬发,交枝白日阴。江流映朱户,山鸟鸣香林。独住已寂寂,安知浮与沉。

过新丰道中

西下长乐坂,东入新丰道。雨多车马稀,

道上生秋草。太阴蔽皋陆,莫知晚与早。雷雨杳冥冥,川谷漫浩浩。诏书植嘉木二十八年有诏植果,众言桃李好。自愧一作顾无此容,归从汉阴老。

夜到洛口入黄河

河洲多青草,朝暮增一作滋客愁。客愁惜朝暮,枉渚暂一作聊停舟。中宵大川静,解缆逐归流。浦溆既清旷,沿洄非阻修。登舻望落月,击汰一作枻悲新秋。倘遇乘槎客,永言星汉游。

使过弹筝峡作

鸟雀知天雪,群飞复群一作息复鸣。原田无遗粟,日暮满空城。达士忧世务,鄙夫念王程。晨过弹筝峡,马足凌兢行。双壁隐灵曜,莫能知晦明。皑皑坚冰白,漫漫阴云平。始信古人言,苦节不可贞。

泊舟贻潘少府

行子苦风潮,维舟未能发。宵分一作风卷前幔,卧视清秋月。四泽兼霞深,中洲烟火绝。苍苍水雾起,落落疏星没。所遇尽渔商,与言多楚越。其如念极浦,又以思明哲时潘在后浦。常若千里余,况之异乡别。

仲夏入园中东陂

方塘深且广,伊昔俯吾庐。环岸垂绿柳,盈泽一作潭发红蕖。上延北原秀,下属幽人居。暑雨若混沌,清明如空虚。此乡多隐逸,水陆见樵渔。废赏亦何贵,为欢良易摅。且言重观国,当此赋归欤。

效古二首

晨登凉风台,暮走邯郸道。曜灵何赫烈,四野无青草。大军北集燕,天子西居镐。妇人役州县,丁男事征讨。老幼相别离,哭泣无昏早。稼穑既珍绝,川泽复枯槁。旷哉远此忧,冥冥商山皓。

东风吹大河,河水如倒流。河洲尘沙起,

有若黄云浮。赪霞烧广泽,洪曜赫高丘。野老泣相语一作逢,无地可荫休。翰林有客卿,独负苍生忧。中夜起踯躅,思欲献厥谋。君门峻且深,踠足空夷犹。

杂诗二首

混沌一作浑胚本无象,末路多是非。达士志寥廓,所在能忘机。耕凿时未至,还山聊采薇。虎豹对我蹲,鹙鹭傍我飞。仙人空中来,谓我勿复归。格泽一作择为君驾,虹蜺一作云霓为君衣。西游一作近昆仑墟,可与世人违。

秋气肃天地,太行高崔嵬。猿狖一作鼬清夜吟,其声一何哀。寂寞掩圭荜,梦寐游蓬莱。琪树远亭亭,玉堂云中开。洪崖吹箫管,玉一作素女飘飘来。雨师既先后一作洗道,道一作后路无纤埃。鄙哉楚襄王,独好阳云一作如云阳台。

陆著作挽歌 陆为起居郎、集贤院直学士,赠著作郎。吴郡人。

世业江湖侧,郊原休沐处。独一作犹言五日归,未道千秋去。乡亭春水绿,昌阁寒光暮。昔为昼锦游,今成逝川路。

归路秦城下,寒云惨平田。故园沧海边,绿柳覆平川。送客异他日,还舟殊昔年。华亭有明月,长向陇头悬。

剑水千人石,荆江万里流。英英有君子,才德满中州。明道俟良佐,惟贤初薄游。生一作山涯一朝尽,寂寞夜台幽。

金堂策令名,仙掖居清位。鸣玉朝双阙,垂缨游两地。朝夕既论思,春秋仍书事。何言鲁声伯,忽下琼珠泪。

令德弃人世,明朝降宠章。起居存有位,著作没为郎。寒水落南浦,月华虚北堂。松门一长想,仿佛见清扬。

山居贻裴十二迪

落叶满山砌,苍烟埋竹扉。远怀青冥士,书剑常相依。霜卧眇兹地,琴言纷已违。衡阳今万里,南雁将何归。出径惜松引,入舟怜钓矶。西林有明月,夜久空微微。

秦中岁晏马舍人宅宴集

冬暮久无乐,西行至长安。故人处东第,清夜多新欢。广庭竹阴静,华池月色寒。知音尽词客,方见交情难。

荐玄德公庙

神道本无已,成化亦自然。君居寥天上,德在玉华泉。真游践王一作玉豫,永日迟云仙。表微在营道,明祀将祈年。灵山俯新邑,松上生彩烟。岂知穆天子,远去瑶池边。

上长史王公责躬

覆舟无伯夷,覆车无仲尼。自咎失明义,宁由贝锦诗。松柏日已坚,桃李日以滋。顾己独暗昧,所居成蒺藜。大贤荐时文,丑妇用蛾眉。惕惕愧不已,岂敢论其私。方朔既有言,子建亦有诗。恻隐及先世,析薪成自悲。灵鸟酬德辉,黄雀报仁慈。若公庶伏罪,此事安能迟。

至岳寺即大通大照禅塔上温上人

秋山下映宫,宫色宜朝阳。迢递在半岭,参差非一行。燕息云满门,出游花隐房。二尊此成道,禅宇遥相望。凤铎天中鸣,岩梯松下长。山墟响信鼓,蘅薄生蕙香。起灭一以雪一作息,往来亦诚亡。悲哉门弟子,要自知心长。

终南幽居献苏侍郎三首 时拜太祝未上

暮春天气和,登岭望层城。朝日悬清景,巍峨宫殿明。圣君常临朝,达士复悬衡。道近无艮一作良足,归来卧山楹。灵阶曝仙书,深室炼金英。春岩松柏秀,晨路鹍鸡鸣。羽化既有言,无然悲不成。

中岁尚微道,始知将谷神。抗策还南山,水木自相亲。深林开一道,青嶂成四邻。平明去采薇,日入行刈薪。云归万壑暗,雪罢千崖春。始看玄鸟来,已见瑶华新。寄言搴芳者,无乃后时人。

卜筑青岩里,云萝四垂阴。虚室若无人,乔木自成林。时有清风至,侧闻樵采音。凤皇鸣南冈,望望隔层岑。既言山路远,复道溪流深。偓佺空中游,虬龙水间吟。何当见轻翼,为我达远心。

题应圣观

空中望小山,山下见余雪。皎皎河汉女,在兹养真骨。登门骇天书,启龠问仙诀。池光摇水雾,灯色连松月。合砖起花台,折草成玉节。天鸡弄白羽,王母垂玄发。北有上一作祈年宫,一路在云霓。上心方向道,时复朝金阙。

至闲居精舍呈正上人 即天后故宫

太室三招提,其趣皆不同。不同非一趣,况是天游宫。双岭前夹门,阁道复横空。宝坊若花积,宛转不可穷。流泉自成池,清松信饶风。秋晏景气迥,皛明丹素功。将近隐者邻,远与西山通。大师假惠照,念以息微躬。

酬綦毋校书梦耶溪见赠之作

校文在仙掖,每有沧洲心。况以一作此北窗下,梦游清溪阴。春看湖水一作口漫,夜入回塘深。往往缆垂葛,出舟望前林。山人松下饭,钓客芦中吟。小隐何足贵,长年固可寻。还车首东道,惠言若黄金一作南金。以我采薇意,传之天姥岑。后五句,一作胜游在幽寻。历兹山水间,泠然若鸣琴。申章谢来意,愧莫酬知音。

全唐诗卷一百三十七

储光羲

田家即事

蒲叶日已长,杏<small>一作荇</small>花日已滋。老农要看此,贵不违天时。迎晨起饭牛,双驾耕东菑。蚯蚓土中出,田乌随我飞。群合乱啄噪,嗷嗷如道饥。我心多恻隐,顾此两伤悲。拨食与田乌,日暮空筐归。亲戚更相诮,我心终不移。

同王十三维偶然作十首

仲夏日中时,草木看欲燎。田家惜工<small>一作功力</small>,把锄来东皋。顾望浮云阴,往往误伤苗。归来悲困极,兄嫂共相诮<small>一作饶</small>。无钱可沽酒,何以解勤劳。夜深星汉明,庭宇虚寥寥。高柳三五株,可以独逍遥。

北山种松柏,南山种蒺藜。出入虽同趣,所向<small>一作尚</small>各有宜。孔丘贵仁义,老氏好无为。我心若虚空,此道<small>一作心</small>将安施。暂过伊阙间,婉晚三伏时。高阁入云中,芙蓉满清池。要自非我室,还望南山陲。

野老本贫贱,冒暑<small>一作雨</small>锄瓜田。一畦未及终,树下高枕眠。荷蓧者谁子,皤皤来息肩。不复问乡墟,相见但依然。腹中无一物,高话羲皇年。落日临层隅,逍遥望晴川。使妇提蚕筐,呼儿榜渔<small>一作鱼船</small>。悠悠泛绿水,去摘浦中莲。莲花艳且美<small>一作妍</small>,使我不能还。

浮云在虚空,随风复卷舒。我心方处顺,动作何忧虞。但言婴世网,不复得闲居。迢递别东国,超遥来西都。见人乃恭敬,曾不问贤愚。虽若不能言,中心亦难诬。故乡满亲戚,道远情日疏。偶欲陈此意,复无<small>一作无复</small>南飞凫。

草木花叶生,相与命为春。当非草木意,信是故时人。静念恻群物,何由知至真。狂歌问夫子,夫子莫能陈。凤皇飞且鸣,容裔下天津。清净无言语,兹焉庶可亲。

黄河流向东，弱水流向西。趋舍各有异，造化安能齐。妾本邯郸女，生长在丛台。既闻容见宠，复想玄为妻。刻画尚风流，幸会君招携。逶迤歌舞座，婉娈芙蓉闺。日月方向除，恩爱忽焉暌。弃置谁复道，但悲生不谐。羡彼匹妇意，偕老常同栖。

日暮登春山，山鲜云复轻。远近看春色，踟蹰新月明。仙人浮丘公，对月时吹笙。丹鸟飞熠熠，苍蝇乱营营。群动泪吾真，讹言伤我情。安得如子晋，与之游太清。

耽耽铜鞮宫，遥望长数里。宾客无多少，出入皆珠履。朴儒亦何为，辛苦读旧史。不道无家舍，效他养妻子。冽冽玄冬暮，衣裳无准拟。偶然著道书，神人养生理。公卿时见赏，赐赉难具纪。莫问身后事，且论朝夕是。

空山暮雨来，众鸟竟栖息。斯须照夕阳，双双复抚翼。我念天时好，东田有稼穑。浮云蔽川原，新流集沟洫。裴回顾衡宇，童仆邀我食。卧览一作拥床头书，睡看机中织。想见明膏煎，中夜起唧唧。

四邻竞丰屋，我独好卑室。窈窕高台中，时闻抚新瑟。狂飙动地起，拔木乃非一。相顾始知悲，中心忧且栗。蚩蚩命子弟，恨不居高秩。日入宾从归，清晨冠盖出。中庭有奇树，荣早衰复疾。此道犹不知，微言安可述。

升天行贻卢六健

真人居阆风，时奏清商音。听者即王母，泠泠和瑟琴。坐对三花枝，行随五云阴。天长昆仑小，日久蓬莱深。上由玉华宫，下视首阳岑。神州亦清净，要自有浮沉。恻恻苦哉行，呱呱游子吟。庐山逢若士，思欲化黄金。雨雪没太山，谁能无归心。逍遥在云汉，可以来相寻。

田家杂兴八首

春至鸰鹡鸣，薄言向田墅一作野。不能自力作，黾勉娶邻女。既念生子孙，方思广田一作

园圃。闲时相顾笑，喜悦好禾黍。夜夜登啸台，南望洞庭渚。百草被霜露，秋山响砧杵。却羡故年时，中情无所取。

众人耻贫贱，相与尚膏腴。我情既浩荡，所乐在畋渔。山泽时晦暝，归家暂闲居。满园植葵藿，绕屋树桑榆。禽雀知我闲，翔集依我庐。所愿在优游，州县莫相呼。日与南山老，兀然倾一壶。

逍遥阡陌上，远近无相识。落日照秋山，千岩同一色。网罟绕深莽，鹰鹯始轻翼。猎马既如风，奔兽莫敢息。驻旗沧海上，犒士吴宫侧。楚国有夫人，性情本贞直。鲜禽徒自致，终岁竟不食。

田家趋垄亩，当昼掩虚关。邻里无烟火，儿童共幽闲。桔橰悬空圃，鸡犬满桑间。时来一作须臾农事隙，采药游名山。但言所采多，不念一作言路险艰。人生如蜉蝣，一往不可攀。君看西王母，千载美容颜。

平生一作贫士养情性，不复计一作知忧乐。去家一作来行卖畚，留滞南阳郭。秋至黍苗黄，无人可刈获。稚子朝未饭，把竿逐鸟雀。忽见梁将军，乘车出宛洛。意气轶道路，光辉满墟落。安知负薪者，咥咥笑轻薄。

楚山有高士，梁国有遗老。筑室既相邻，向田复同道。糗糒常共饭，儿孙每一作日更抱。忘此耕耨劳，愧彼风雨好。蟋蟀鸣空泽，鹭鹕伤秋草。日夕寒风来，衣裳苦不早。

梧桐荫我门，薜荔网我屋。迢迢一作超超两夫妇，朝出暮还宿。稼穑既自种一作务，牛羊还自牧。日旰懒耕锄，登高望川陆。空山足禽兽，墟落多乔木。白马谁家儿，联翩相驰逐。

种桑百余树，种黍三十亩。衣食既有余，时时会亲友。夏来菰米饭，秋至菊花酒。孺人喜一作善逢迎，稚子解趋走。日暮闲园里，团团荫榆柳。酪酊乘夜归，凉风吹户牖。清浅望河汉，低昂看北斗。数瓮独未开，明朝能饮否。

题辨觉精舍

朝随秋云阴,乃至青松林。花阁空中远,方池岩下深。竹风乱天语,溪响成龙吟。试问真君子,游山非世心。

题慎言法师故房

精庐不住子,自有无生乡。过客知何道,裴回雁子堂。浮云归故岭,落月还西方。日夕虚空里,时时闻异香。

石瓮寺

遥山起真宇,西向尽花林。下见宫殿小,上看廊庑深。苑花落池水,天语闻松音。君子又知我,焚香期化心。

题崔山人别业

南阳隐居者,筑室丹溪源。溪冷惧秋晏,室寒欣景暾。山鸡鸣菌阁,水雾入衡门。东岭或舒啸,北窗时讨论。封君渭阳—作川竹,逸士汉阴园。何必崆峒上,独为尧所尊。

行次田家澳—作澳梁作

田家俯长道,邀我避炎氛。当暑日方昼,高天无片云。桑间禾黍气,柳下牛羊群。野雀栖空屋,晨昏—作风不复闻。前登澳—作澳梁坂,极望温泉分—作原暾。逆旅方三舍,西山独未曛—作分。

昭圣观

主家隐溪口,微路入花源。数日朝青阁,彩云犹在门。双楼夹一殿,玉女侍玄元。扶橑尽蟠木,步櫩多画幡。新松引天籁—作阙,小柏绕山樊。坐弄竹阴远,行随溪水喧。石池辨春色,林兽知人言。未逐凤皇去,真宫在此原。

题辛道士房

全神不言命,所尚道家流。追此远南楚,遂令思北游。先生秀衡岳,玉立居玄丘。门带江山静,房随瑶草幽。逍遥三花发,罔象五云浮。自有太清纪,曾垂华—作草发忧。大年方槖龠,小智即蜉蝣。七日赤龙至,莫令余独留。

登秦岭作,时陷贼归国

朝出猛兽林,躄跇登高峰。童仆履云雾,随我行太空。羲和舒灵晖,倏忽西极通。回首望泾渭,隐隐如长虹。九逵合苍芜,五陵遥瞳矇。鹿游大明殿,雾湿华清宫。网罗蟏蠨时,顾齿熊罴锋。失途走江汉,不能有其功。气逐招摇星,魂随阊阖风。惟言宇宙清,复使车书同。林木被繁霜,合沓连山红。鹏鹗励羽翼,俯视荆刺丛。誓将食鸧鸹,然后归崆峒。

晦日任桥池亭

温泉作天邑,直北开新洲。未有菰蒲生,即闻凫雁游。六亭在高岸,数岛居中流。晦日望清波,相与期泛游。西道苦转毂,北陧疲行舟。清泠水木阴,才可适我忧。

望幸亭

五年一巡狩,西幸过东畿。周国易居守,周人多怨思。君王敷惠政,程作贵从时。大厦非一木,沉沉临九逵。庆云宿飞栋,嘉树罗青墀。疏屏宜朝享,方塘堪水嬉。云中仰华盖,桁下望春旗。天意知如此,星言归洛师。

哥舒大夫颂德

天纪启真命,君生臣亦生。乃知赤帝子,复有苍龙精。神武建皇极,文昌开将星。超超渭滨器,落落山西名。画阃入受脤—作,凿门出扞城。戎人昧正朔,我有轩辕兵。陇路起丰镐,关云随旆旌。河湟训兵甲,义勇方横行。韩魏多锐士,蹶张在幕庭。大非当作大罪四当作肆决轧,石堡高峥嵘。攻伐若振槁,孰云非神明。嘉谋即天意,骤胜由师贞。枯草被西陆,烈风昏太清。戢戈旄头落,牧马昆仑平。宾从俨冠盖,封山纪天声。来朝芙蓉阙,鸣玉飘华缨。直道济时宪,天邦遂轻刑。抗书报知己,松柏亦以荣。嘉命列上第,德辉照天京。在车持简墨,粲粲皆词英。顾我抢榆者,莫能翔青冥。游燕非骐骥,踯躅思长鸣。

安宜园林献高使君

直道已三出一作融,幸从江上回。新居茅茨迥,起见秋云开。十里次舟楫,二桥交往来。楚言满邻里,雁叫喧池台。鱼鳖乐仁政,浮沉亦至哉。小山宜大隐,要自望蓬莱。

秋庭贻马九并序

扶风马挺,余之元伯也。舍人诸昆,知己之目。挺充郑乡之赋,予乃贻此诗。

伊昔好观国,自乡西入秦。往复万余里,相逢皆众人。大君幸东岳,世哲扈时巡。予亦从此去,闲居清洛滨。稍稍寒木直,彩彩阳华新。迭宕孔文举,风流石季伦。妙年一相得,白首定相亲。重此虚宾馆,欢言冬及春。哲兄盛文史,出入驰高轨。令德本同人,深心重知己。绛衣朝圣主,纱帐延才子。伯淮与季江,清浚各一本缺孤峙。群芳趋泛爱,万物通情理。而我信空虚,提携过杞梓。夫君美声德,直道期终始。孰谓忽离居,优游郑东里。东里近王城,山连路亦平。何言相去远,闲言独凄清。万里鸿雁度,四邻砧杵鸣。其如久离别,重以霜风惊。

河中望鸟滩作贻吕四郎中

河流有深曲,舟子莫能知。弭棹临沙屿,微吟西日驰。平明春色霁,两岸好风吹。去去川途尽,悠悠亲友离。汉宫成羽翼,伊水弄参差。为惜淮南子,如何攀桂枝。

秦中初霁献给事二首

渭水收暮雨,处处多新泽。宫苑傍山明,云林带天碧。君子耸高驾,英声邈今昔。锵佩出中台,影缨入仙掖。凤心幸清鉴,晚志欣良觌。鸣盗非足征,愿言同下客。

南国久为思,西都尝作宾。云开天地色,日照山河春。善听在知己,扬光唯达人。妙年弄柔翰,弱冠偶良晨。擢第文昌阁,还家沧海滨。寸心何所望,东一作省掖有贤臣。

晚次东亭献郑州宋使君文

自一作身初宾上国,乃到邹人乡。曾点与曾子,俱升阙里堂。武皇恢大略,逸翮思寥廓。三居清宪台,两拜文昌阁。为道既贞一作真信,处名犹謇谔。铁柱励风威,锦轴含光辉。夜闻持简立,朝看伏奏归。洞门清佩响,广路玉珂飞。骧首入丹掖,抟空趋太微。丝纶逢圣主,出入飘华组。憎憎宿帝梧,侃侃居文府。海内语三独,朝端谋六户。善计在弘羊,清严归仲举。侍郎跨方朔,中丞蔑周处。天眷择循良,惟贤降宠章。分符指聊摄,为政本农桑。籍籍歌五袴,祁祁颂千箱。随车微雨洒,逐扇清风扬。既以迁列国,复兹邻帝乡。褰帷乃仍旧,坐啸非更张。居敬物无扰,履端人自康。薄游出京邑,引领东南望。林晚鸟雀噪,田秋稼穑黄。成皋天地险,广武征战场。道丧苦兵赋,时来开井疆。霏霏渠门色,晻晻制岩光。徒念京索近,独悲溱洧长。大明潜昭耀,淑慝自昭彰。昔岁幸西土,今兹归洛阳。同焉知郑伯,当辅我周王。

秋次霸亭寄申大

橘柚植寒陵,芙蓉蒂修坂。无言不得意,得意何由展。况我行且徒,而君往犹蹇。既伤人事近,复言天道远。薄暮入空亭,中夜不能饭。南听鸿雁尽,西见招摇转。千门汉主宫,百里周王苑。杲杲初景出,油油鲜云卷。会朝幸岁正一作真,校猎从新狝。念君久京国,双涕如露泫。无人荐子云,太息竟谁辨。

舟中别武金坛

日予轻皎洁,坦率宾混元。忽乃异群萃,高歌信陵门。信陵好宾客,清夜开华轩。月光丽池阁,野气浮林园。偶坐烂明星,归志一作心潜崩奔。漾舟清潭里,尉我别离魂。落日下西山,左右惨无言。萧条风雨散,窅霭江湖昏。秋荷尚幽郁,暮鸟复翩翻。纸笔亦何为,写我心中冤。

巩城东庄道中作

北陵散寒鸟,西山照初日。婉娈晋阳京,踟蹰野人室。南轩草间去,后乘林中出。霭霭长路暖,迟迟狭路归。蜉蝣时蔽月,枳棘复伤衣。城上东风起,河边早雁飞。夏王纪冬令,殷人乃正月。涯口度新云,山阴留故雪。幸逢耆耋话,余待亲邻别。总辔出丛薄,歇鞍登峻隅。春源既荡漾,伏战亦睢盱。未获遵平道,徒言信薄夫。

赴冯翊作

本自江海人,且无寥廓志。大明耀天宇,霭霭风雨被。迢递别荆吴,飘飘涉沂泗。广川俟舟楫,峻坂伤骐骥。蹭蹬失归道,崎岖从下位。西出太华阴,北走少梁地。葱茏墟落色,泱漭关河气。耻从侠烈游,甘为刀笔吏。宝剑茱黄匣,岂忘知音贵。大道且泛然,沉浮未云异。

晚霁中园喜赦作

五月黄梅时,阴气蔽远迩。浓—本缺,一作烟云连晦朔,菰菜生邻里。落日烧霞明,农夫知雨止。几悲衽席湿,长叹垣墙毁。晓朗天宇开,家族跃—本缺,一作欣以喜。涣汗发大号,坤元更资始。散衣出中园,小径尚滑履。池光摇万象,倏忽灭复起。嘉树如我心,欣欣岂云已。

观范阳递俘

北河旄星陨,鬼方狝林胡。群师舞弓矢,电发归燕墟。皇皇轩辕君,赞赞皋陶谟。方思壮军实,远近递生俘。车马践大逵,合沓成深渠。牧人过橐驼,校正引騊駼。烈风朝送寒,云雪霭天隅。草木同一色,谁能辨荣枯。四履封元戎,百金酬勇夫。大邦武功爵,固与炎皇殊。

次天元十载华阴发兵,作时有郎官点发

鬼方生狯猰,时寇卢龙营。帝念霍嫖姚,诏发咸林兵。天星下文阁,简师临我城。三陌观勇夫,五饵谋长缨。雷野大车发,震云灵鼓鸣。太华色莽苍,清渭风交横。胡马悲雨雪,诗人歌旆旌。阏氏为女奴,单于作边氓。神皇麒麟阁,大将不书名。

送丘健至州敕放作时任下邽县—作尉

太史登观台,天街耀旄头。大君忽霆震,诏爵冠军侯。南必梁孙源,西将围昆丘。河陇征击卒,虎符到我州。朝集咸林城,师言乱啁啾。杀气变木德,凛凛如高秋。元戎启神皇,庙堂发嘉谋。息兵业稼穑,归马复休牛。和风开阴雪,大耀中天流。欢声殷河岳,涵荡非烟浮。邦牧新下车,德礼彼甿讴。乾坤日交泰,吾亦遂优游。

登商丘

河水日夜流,客心多殷忧。维梢历宋国,结缆登商丘。汉皇封子弟,周室命诸侯。摇摇世祀怨—作远,伤古复兼秋。鸣鸿念极浦,征旅慕前俦。太息梁王苑,时非牧马游。

群鸦—作鸱咏

新宫骊山阴,龙衮时出豫。朝阳照羽仪,清吹肃远路。群雅随天—作太车,夜满新丰树。所思在腐馀,不复忧霜露。河低宫阁深,灯影鼓钟曙。缤纷集—作起寒枝,矫翼时相顾。冢宰收琳琅,侍臣尽—作进鸳鹭。高举摩太清,永绝矰缴惧。兹禽亦翱翔,不以微小故。

尚书省受—作聪誓诫贻太庙裴丞

皇家有恒宪,斋祭崇明祀。严车伊洛间,受誓文昌里。沉沉云阁见,稍稍城乌起。曙色照衣冠,虚庭鸣剑履。裴回念私觐,怅望临清汜。点翰欲何言,相思从此始。

夏日寻蓝田唐丞登高宴集

东望春明门,驾言聊出游。南行小径尽,绿竹临清流。君出罢六安,居此澹忘忧。园林与城市,闾里随人幽。披颜辟衡闱,置酒登崇丘。山河临咫尺,宇宙穷寸眸。是时春载阳,佳气满皇州。宫殿碧云里,鸳鸯初命俦。良辰方在兹,志士安得休。成名苟有地,何必东

陵侯。

田家即事答崔二东皋作四首

玄鸟双双飞,杏林初发花。煦媮命童仆,可以树桑麻。清旦理犁锄,日入未还家。

有客山中至,言传故人讯。荡漾敷远情,飘飘吐清韵。猗欤春皋上,无乃成秋兴。

念别求须臾,忽至嘤鸣时。菜田烧故草,初树养新枝。所寓非幽深,梦寐相追随。

依依亲陇亩,寂寂无邻里。不闻鸡犬音,日见和风起。赖君遗棪藻,忧来散能弭。

全唐诗卷一百三十八

储光羲

敬酬陈掾亲家翁秋夜有赠

大姬配胡公,位乃三恪宾。盛德百代祀,斯言良不泯。敬仲为齐卿,当国名益震。仲举登宰辅,太丘荣缙绅。武皇受瑶图,爵土封其新。繁祉既骤集,裔孙生贤臣。特达逾珪璋,节操方松筠。云汉一矫翼,天池三振鳞。曳裾朝赤墀,酌醴侍紫宸。大君锡车马,时复过平津。言则广台阶,道亦资天均。清秋忽高兴,震一作振藻若有神。曜曜趋宫廷,洸洸迈徐陈。镐京既赐第,门巷交朱轮。方将袭伊皋,永以崇夏殷。宗党无远近,敬恭依仁人。雪尽宇宙暄,雁归沧海春。沉吟白华颂,帝阁降丝纶。驿骑及芜城,相逢在郊鄞。别离旷南北,谴谪罹苦辛。昼游还荆吴,迷方客咸秦。惟贤惠重义,男女期嘉姻。梧桐生朝阳,鹧鸪鸣萧晨。岂不畏时暮,坎壈无与邻。中夜凉风来,顾我阙音尘。琼瑶不遐弃,寤寐如日新。

苏十三瞻登玉泉寺峰入寺中见赠作

庆门叠华组,盛列钟英彦。贞信发天姿,文明叶邦选。为情贵深远,作德齐隐见。别业在春山,怀归出芳甸。遐听多时友,招邀及浮贱。朝沿霸水穷,暮瞩蓝田遍。百花照阡陌,万木森乡县苏居世业蓝田。涧净绿萝深,岩暄新鸟啭。依然造华薄,豁尔开灵院。淹留火禁辰,愉乐弦歌宴时蓝田令招饮。肃肃列樽俎,锵锵引缨弁。天籁激微风,阳光铄奔箭。以兹小人腹,不胜君子馔。是日既低迷,中宵方眄眩时醉霍乱。枕上思独往,胸中理交战。碧云暗雨来,旧原芳色变。欢然自此绝,心赏何由见。鸿濛已笑云,列缺仍挥电。忽与去人远,俄逢归者便时蓝田尉朝行入城,与之俱。想像玉泉宫,依稀明月殿。峰峦若登陟,水木以游衍。息心幸自忘,点翰仍留眷。恨无荆文璧,以答丹青绚。

酬李处士山中见赠

厥初游太学,相与极周旋。含_{一作舍}采共朝暮,知言同古先。孟阳题剑阁,子云献甘泉。斯须旷千里,婉娩将十年。今来艳阳月,好鸟鸣翩翩。同声既求友,不肖亦怀贤。引领迟芳信,果枉瑶华篇。成颂非其德,高文徒自妍。声尘邈超越,比兴起孤绝。始信郢中人,乃能歌白雪。跂予北堂夜,摇笔酬明哲。绿竹动清风,层轩静华月。想像南山下,恬然谢朝列。犹恐鹡鸰鸣,坐看芳草歇。邀以青松色_{李诗云:青青此松柏,}同之白华洁。永愿登龙门,相将持此节。

同诸公秋日游昆明池思古

仆人理车骑,西出金光逯。苍苍白帝郊,我将游灵池。太阴连晦朔,雨与天根违。凄风披田原,横污益山陂。农畯尽颠沛,顾望稼穑悲。皇灵恻群甿,神政张天维。坤纪戮屏翳,元纲扶逶迤。回塘清沧流,大曜悬金晖。秋色浮浑沌,清光随涟漪。豫章尽莓苔,柳杞成枯枝。骤闻汉天子,征彼西南夷。伐棘开洪渊,秉旄训我师。震云striking鼙鼓,照水蛟龙旂。锐士千万人,猛气如熊罴。刑罚一以正,干戈自有仪。坐作河汉倾,进退楼船飞。羽发鸿雁落,桧动芙蓉披。峨峨三云宫,肃肃振旅归。恶德忽小丑,器用穷地赀。上兵贵伐谋,此道不能为。吁哉蒸人苦,始曰征伐非。穆穆轩辕朝,耀德守方陲。君臣日安闲,远近无怨思。石鲸既蹭蹬,女牛亦流离。猿猱游渚隅,菇芦生湄湄。坎坳四十里,填淤今已微。江伯方翱翔,天吴亟往来。桑榆惨_{一本缺一本黯}无色,伫立暮霏霏。老幼樵木还,宾从回轨羁。帝梦鲜鱼索,明月当报时。

同诸公登慈恩寺塔

金祠起真宇,直上青云垂。地静我亦闲,登之秋清时。苍芜宜春苑,片碧昆明池。谁道天汉高,逍遥方在兹。虚形宾太极,携手行翠微。雷雨傍杳冥,鬼神中躨跜。灵变在倏忽,莫能穷天涯。冠上闻阊阖开,履下鸿雁飞。宫室低逦迤,群山小参差。俯仰宇宙空,庶随了义归。崱屴非大厦,久居亦以危。

同诸公秋霁曲江俯见南山

天静终南高,俯映江水明。有若蓬莱下,浅深见澄瀛。群峰悬中流,石壁如瑶琼。鱼龙隐苍翠,鸟兽游清泠。菰蒲林下秋,薜荔波中轻。山夏_{一作蔓}浴兰阯,水若居云屏。岚气浮渚宫,孤光随曜灵。阴阴豫章馆,宛宛百花亭。大君及群臣,宴乐方嘤鸣。吾党二三子,萧辰怡性情。逍遥沧洲时,乃在长安城。

同诸公送李云南伐蛮

昆明滨滇池,蠢尔敢逆常。天星耀铁锁,吊彼西南方。冢宰统元戎,太守齿军行。囊括千万里,矢谟在庙堂。耀耀金虎符,一息到炎荒。蒐兵自交趾,茇舍出泸阳。群山高崭岩,凌越如鸟翔。封豕骤跧伏,巨象遥披攘。回溪深天渊,揭厉逾舟梁。玄武扫孤蜮,蛟龙除方良。雷霆随神兵,硼磕动穹苍。斩伐若草木,系缧同犬羊。余丑隐洱河,啁啾乱行藏。君子恶薄险,王师耻重伤。广车设置梁,太白收光芒。边吏静县道,新书行纪纲。剑关掉鞅归,武弁朝建章。龙楼加命服,獬豸拥秋霜。邦人颂灵旗,侧听何洋洋。京观在七德,休哉我神皇。

奉和韦判官献侍郎叔除河东采访使

天卿小冢宰,道大名亦大。丑正在权臣,建旟千里外。楚山俯江汉,汴水连谯沛。两持方伯珪,再转诸侯盖。恬淡轻黜陟,优游邈千载。乾象变台衡,群贤尽交泰。聿徕股肱郡,河岳即襟带。盛德滋冀方,仁风清汾浍。四封尽高足,相府辂车最。超超青云器,婉婉竹林会。贱士敢知言,成颂文明代。燕雀依大厦,期之保贞悔。

同王十三维哭殷遥

生理无不尽,念君在中年。游道虽未深,

举世莫能贤。筮仕苦贫贱,为客少田园。膏腴不可求,乃在许西偏。四邻尽桑柘,咫尺开墙垣。内艰未及虞,形影随化迁。茅茨俯苫盖,双殡两楹间。时闻孤女号,迥出陌与阡。慈乌乱飞鸣,猛兽亦以踡。故人王夫子,静念无生篇。哀乐久已绝,闻之将泫然。太阳蔽空虚,雨雪浮苍山。迢遰亲灵榇,顾予悲绝弦。处顺与安时,及此乃空言。

贻丁主簿仙芝别

赫赫明天子,翘翘群秀才。昭昭皇宇广,隐隐云门开。摇曳君初起,联翩予复来。丁侯前举,予次年举。兹年不得意,相命游灵台。同为太学诸生。骅骝多逸气,琳琅有清响。聊行击水飞,独影凌虚上。同年举,而丁侯先第。关河施芳听,江海徼新赏。敛衽归故山,敷言播天壤。云峰虽有异,楚越幸相亲。既别复游处,道深情更殷。下愚忝闻见予后及第,又应制授官。上德犹遭迍。偃仰东城曲,栖迟依水滨。脱巾从会府,结绶归海裔。亲知送河门,邦族迎江澨。夫子安恬淡,他人怅迢递。飞艎既眇然,洲渚徒亏蔽。人谋固无准,天德谅难知。高名处下位,逸翮栖卑枝。去去水中汜,摇摇天一涯。蓬壶不可见,来泛跃龙池。

京口送别王四谊

江上枫林秋,江中秋水流。清晨惜分袂,秋日尚同舟。落潮洗鱼浦,倾荷枕驿楼。明年菊花熟,洛东泛觞游。

同房宪部应旋一下缺,一有游衡山寺四字。

衡山法王子,慧见息诸苦。落发自南州,燕居在西土。养正不因晦,得中宁患旅。旷然长虚闲,即理寄行补。四句了自性,一音亦非取。橘柚故园枝,随人植庭户。我地少安住,念天时启处。宪卿文昌归,愉悦来晤语。车骑践香草,仆人沐花雨。长风散繁云,万里静天宇。起灭信易觉,清真知有所。逍遥高殿阴,六月无炎暑。微言发新偈,粲粲如悬圃。直心视惠光,在此大法鼓。

奉别长史庾公太守徐公应召

烈风起江汉,白浪忽如山。方伯骤勤王,杞人亦忧天。鄷镐顷霾晦,云龙召我贤。车骑北艰苦,艅艎西溯沿。水灵静湍濑,猛兽趋后先。龙楼开新阳,万里出云间。宇宙既焜耀,崇德济巨川。受命在神宗,振兵犹轩辕。煌煌逾涿鹿,穆穆更坤元。明王朝太阶,远迩望嘉言。游子淡何思,江湖将永年。

狱中贻姚张薛李郑柳诸公

直道时莫亲,起羞见谗口。舆人是非怪,西子言有咎。诬善不足悲,失听一何丑。大来敢遐望,小往且虚受。中夜囹圄深,初秋缧绁久。疏萤出暗草,朔风鸣衰柳。河汉低在户,蟏蛸垂向牖。雁声远天末,凉气生雾后。负户愁读书,剑光忿冲斗。哀哀害神理,恻恻伤慈母。妻子垂涕泣,家童日奔走。书词苦人吏,馈食劳交友。寒服犹未成,繁霜渐将厚。吉凶问詹尹,倚伏信北叟。鬼哭知己冤,鸟言诚所诱。诸公深惠爱,朝夕相左右。束湿虽俗操,钩金庶无负。伤罗念摇翮,踠足思骧首。瑾瑜颇匿瑕,邦国方含垢。眷言出深阱,永日常携手。

贻鼓吹李丞,时信安王北伐,李公王之所器者也

北伐昧天造,王师示有征。辕门统元律,帝室命宗英。灵威方首事,仗钺按边城。膏雨被春草,黄云浮太清。文儒托后乘,武旅趋前旌。出车发西洛,营军临北平。曰予深固陋,志气颇纵横。尝思骠骑幕,愿逐嫖姚兵。惟贤美无度,海内依扬声。河间旧相许,车骑日逢迎。折节下谋士,深心论客卿。忠言虽未列,庶以知君诚。

贻王侍御出台掾丹阳

高高琅玡台,台下生箘簬。照车十二乘,光彩不足谕。既当少微星,复隐高山雾。金丘华阳下,仙伯养晦处。茅茨对三峰,梧桐开一

路。神溪绕皋陆,樵牧自成趣。时登青冥游,若从天江度。墟里献薇蕨,群公致衣裳。深沉复清净,偃仰视太素。猛兽识宾仆,赪霞知早暮。峨峨云龙开,忽有方伯遇。达人无不可,壮志一作士且驰骛。融泄生难鸣,缤纷大鹏鷔。赤堧高崱屴,一见如三顾。礼服正邦祀,刑冠肃王度。三辰明昭代,光启玄元祚。章台收杞梓,太液满鹓鹭。丰泽耀纯仁,八方晏黔庶。沉沉闾阖起,殷殷蓬莱曙。旌戟俨成行,鸡人传发煦。翔翼一如鹗,百辟莫不惧。清庙奉烝尝,灵山扈銮辂。天街时蹴踘,直指宴桂栢。四月纯阳初,雷雨始奋豫。逆星字皇极,铁锁静天步。鄮镐舒曜灵,干戈藏武库。析橭增广运,直道有好恶。回迹清宪台,传骑东南去。列城异畴昔,近饯寡徒御。缠绵西关道,婉娈新丰树。伊洛不敢息,淮河任沿溯。乡亭荣英津,先后非疏附。炎时方怵惕,有若践霜露。惆怅长岑长一作缺,寂寞梁王傅。纷吾家延州,结友在童孺。岑阳沐天德,邦邑持民务。踯躅望朝阴,如何复沧误。牙旷三千里,击辕非所慕。秋涛联沧溟,舟楫凑北固。江汜日绵眇,朝夕空寐寤。中洞松栝新,东皋阡陌故。余辉方焜耀,可以欢邑聚。南华在濠上,谁辩魏王瓠。登陟芙蓉楼,为我时一赋。

贻刘高士别

凤驾出东城,城傍早霞散。初日照龙阙,峨峨在天半。壮哉丽百常,美矣崇两观。俯视趋朝客,簪佩何璀璨。而我送将归,裴回霸陵岸。北云去吴越,南雁离江汉。伊昔蹈丘园,翩翩理文翰。高谈闵仲叔,逸气刘公干。每言竹柏贞,尝轻朝市玩。山昼猿狖静,溪曛鱼鸟乱。宁止卧崆峒,直云期汗漫。圣君既理历,族士咸炳焕。矫首来天池,振羽泛漪澜。元淑命不达,伯鸾吟可叹。东去姑苏台,乃过陕阳馆。舍辔函关道,浮舟沧海畔。耳目旷暄凉,怀抱盈悲惋。沉沉青岁晚,霭霭秋云换。自言永遁栖,无复从羁绊。挥手谢知己,知己莫能赞。

山中贻崔六琪华

恍惚登高岭,裴回看落日。遥想仲长园,如亲幼安室。春渚菖蒲登,山中拨谷鸣。相思不道远,太息未知情。意君来此地,时复疏林薄。中夜扫闲一作衡门,迎晨闭菌阁。屐履清池上,家童奉信归。忧随落花散,目送归云飞。故交在天末,心知复千里。无人暂往来,独作中林士。

贻余处士

故园至新浦,遥复未百里。北望是他邦,纷吾即游士。潮来津门启,罢楫信流水。客意乃成欢,舟人亦相喜。迟迟菱荇上,泛泛菰蒲里。渐闻商旅喧,犹见凫翳起。市亭忽云构,方物如山峙。吴王昔丧元,隋帝又灭祀。停舻一作舰一以眺,太息兴亡理。秋苑故池田,宫门新柳杞。我行苦炎月,乃及清昊始。此地日逢迎,终思隐君一作居子。莫言异舒卷,形音在心耳。

刘先生闲居 先生及第后,为道士,居太清宫,又从戎而后归。

高第后归道,乃居玉华宫。逍遥人间世,不异浮丘公。甘寝何秉羽,出门忽从戎。方将游昆仑,又欲小崆峒。进退既在我,归来长安中。焚香东海君,侍坐西山童。善行无辙迹,吾亦安能穷。但见神色闲,中心如虚空。期之比天老,真德辅帝鸿。

京口题崇上人山亭 即京口郭内山也

清旦历香岩,岩径纡复直。花林开宿雾,游目清霄极。分明窗户中,远近山川色。金沙童子戏,香饭诸天食。叫叫海鸿声,轩轩江燕翼。寄言清净者,间阎徒自踖。

朝邑蔡主簿期不会二首

下位日趋走,久之宾会疏。空迟偶词赋,所愧比园庐。朝念池上酌,暮逢林下书。方将固封守,暂欲混畋渔。衰柳隐长路,秋云满太虚。遥遥望左右,日入未回车。

日入清风至，知君在西偏。车舆既成列，宾仆复能贤。迢递下墟坂，逍遥看井田。苍山起暮雨，极浦浮长烟。服义大如志，交欢数尽年。宁言十余里，不见空来还。

巩城南河作寄徐三景晖

初年雨候迟，巩洛河流小。摇摇芳草岸，屡见春山晓。清露洗云林，轻波戏鱼鸟。唯言故人远，不念乡川眇。舟楫去潆回，湍淑行奔峭。寄书千里路，莫道南鸿少。

贻阎处士防卜居终南

春风摇杂树，言别还江汜。坚冰生绿潭，又客三千里。兆梦唯颜色，悬情乃文史。涤耳贵清言，披欢迟玉趾。秦城疑旧庐，伫立问焉如。稚子跪而说，还山将隐居。竹林既深远，松宇复清虚。迹迥事多逸，心安趣有余。石门动高韵，草堂新著书。时阎子有石门草堂诗序。鸷飞久超绝，塞足空踌躇。犹有昔时意，望君当照车。驱车当六国，何以须潜默。圣主常征贤，群公每举德。此时方独往，身志将何欲。愿谢山中人，回车首归躅。

新丰作贻殷四校书

汉皇思旧邑，秦地作新丰。南出华阳路，西分长乐宫。安知天地久，不与昔年同。鸡犬暮声合，城池秋雾空。纷吾从此去，望极咸阳中。不见芸香阁，徒思文雅雄。

华阳作贻祖三咏

朝行敷水上，暮出华山东。高馆宿初静，长亭秋转空。日余久沦泪，重此闻霜风。淅沥入溪树，飕飀惊夕鸿。凄然望伊洛，如见息阳宫。旧识无高位，新知尽固穷。夫君独轻举，远近善文雄。岂念千里驾，崎岖秦塞中。

贻袁三拾遗谪作

倾盖洛之滨，依然心事亲。龙门何以峻，曾是好词人。珥笔朝文一作丹陛，含章讽紫宸。帝城多壮观，被服长如春。天子俭为德，而能清约身。公卿尽虚位，天下自趣尘。如君物望美，令德声何已。高帝黜儒生，文皇谪才子。朝廷非不盛，遣谪良难恃。路出大江阴，川行碧峰里。斯言徒自玷，白玉岂为滓。希声尽众人，深识唯知己。知己怨生离，悠悠天一涯。寸心因梦断，孤愤为年移。花满芙蓉阙，春深朝夕池。空令千万里，长望白云垂。

洛中贻朝校书衡，朝即日本人也

万国朝天中，东隅道最长。吾一作朝生美无度，高驾仕春坊。出入蓬山里，逍遥伊水傍。伯鸾游太学，中夜一相望。落日悬高殿，秋风入洞房。屡言相去远，不觉生朝光。

贻崔太祝

天都分礼阁，肃肃临清渠。春山照前屏，高槐荫内除。惟贤尚廪禄，弟去兄来居。文雅更骧首，风流信有余。中年幸从事，乃遇两吹嘘。何以知君子，交情复淡如。

贻王处士子文

春草生洞渚，春风入上林。春皋有黄鹤，抚翮未扬音。王屋尝嘉遁，伊川复陆沉。张弦鹍鸡弄，闭室蓬蒿深。避地歌三乐，游山赋九吟。大君思左右，无乃化黄金。

献华阴罗丞别

华山薄游者，玄发当青春。道德同仙吏，尊卑即丈人。县城俯京路，获见官舍里。淹留琼树枝，谑浪春泉水。昔余在天目，总角奉游从。寒暑递来往，今复莲花峰。别情无远近，道别方愁予。孰想古人言，乃知悲风雨。

闲居

薄游何所愧，所愧在闲居。亲故不来往，中园时读书。步栏滴余雪，春塘抽新蒲。梧桐渐覆井，时鸟自相呼。悠然念故乡，乃在天一隅。安得如浮云，来往方须臾。

送恂上人还吴

洛城本天邑，洛水即天池。君王既行幸，法子复来仪。虚室香花满，清川杨柳垂。乘闲道归去,远意谁能知。

送周十一

秋风陨群木,众草下严霜。复问子何如,自言之帝乡。岂无亲所爱,将欲济时康。握手别征驾,返悲岐路长。

新丰主人

新丰主人新酒熟,旧客还归旧堂宿。满酌香含北砌花,盈尊色泛南轩竹。云散天高秋月明,东家少女解秦筝。醉来忘却巴陵道,梦中疑是洛阳城。

登戏马台作

君不见宋公仗—作杖钺诛燕后,英雄踊跃争趋走。小会衣冠吕梁壑,大征甲卒碻磝口。天门—作开神武树元勋,九日茱萸飨六军。泛泛楼船游极浦,摇摇歌吹动浮云。居人满目市朝变,霸业犹存齐楚甸。泗水南流桐柏川,沂山北走琅琊县。沧海沉沉晨雾开,彭城烈烈秋风来。少年自古—作言未得意,日暮萧条登古—作此台。

贻从军行

取胜—本缺小非用—作川,来朝明光殿。东平不足先,梦出凤林间。梦还沧海阙,万里尽阴色。岂为我离别,马上吹笛起寒风,道傍舞剑飞春雪。男儿悬弧非一日,君去成高节。—

云缺,误。

酬李壶关奉使行县忆诸公

青枫—作风江上沧浪吟,白月宫中鹦鹉林。非有净清心,同道同房若断金。离居忽有云山意,清韵遥转舟楫事。去时能忆竹园游,来时莫忘桃园—作源记。—云缺,误。

蔷薇—有篇字

袅袅长数寻,青青不作林。一茎独秀当庭心,数枝分作满庭阴。春日迟迟欲将半,庭影离离—作吟吟正堪玩。枝上莺娇不畏人,叶底蛾飞自相乱。秦家女儿爱芳菲,画眉相伴—作唤采葳蕤。高处红须欲就手,低边绿刺已牵衣。蒲萄架上朝光满,杨柳园中暝鸟飞。连袂踏歌从此去,风吹香气逐人归。

同张侍御宴北楼

今之太守古诸侯,出入双旌垂七旒。朝览干戈时听讼,暮延宾客复登楼。西山漠漠崦嵫色,北渚沉沉江汉流。良宵清净方高会,绣服光辉联皂盖。鱼龙恍惚阶墀下,云雾杳冥窗户外。水灵慷慨行泣珠,游女飘飘思解佩。苍苍低月半遥城,落落疏星满太清。不分—作忿开襟悲楚奏,愿言吹笛退胡兵。轩后青丘埋猰貐,周王白羽扫欃枪。期君武节朝龙阙,余亦翱翔归玉京。

全唐诗卷一百三十九

储光羲

临江亭五咏并序

建业为都旧矣。晋主莅此,而礼物尽备。虽云在德,亦云在险,京口其地也。呜呼!有邦国者,有兴亡焉。自晋及陈,五世而灭。以今怀古,五篇为咏。临江亭得其胜概,寄以兴言,虽未及乎辩士,亦其志也。

晋家南作帝,京镇北为关。江水中分地,城楼下带山。金陵事已往,青盖理无还。落日空亭上,愁看龙尾湾。

山横小苑前,路尽大江边。此地兴王业,无如宋主贤。潮生建业水,风散广陵烟。直望清波里,祇言别有天。

城头落暮晖,城外捣秋衣。江水青云挹,芦花白雪飞。南州王气歇,东国海风微。借问商歌客,年年何处归。

古木啸寒禽,层城带夕阴。梁园多绿柳——作树,楚岸尽枫林。山际空为险,江流长自深。平生何以恨,天地本无心。

京山千里过,孤愤望中来。江势将天合,城门向水开。落霞明楚岸,夕露湿吴台。去去无相识,陈皇安在哉。

饯张七琚任宗城即环之季也,同产八人俱以才名知

他日曾游魏,魏家余趾存。可怜宫殿所,但见桑榆繁。此去拜新职,为荣近故园。高阳八才子,况复在君门。

留别安庆李太守

明牧念行子,又言悲解携。初筵方落日,醉止到鸣鸡。过客来自北,大军居在西。丘家如讨逆,敢以庶盘溪。

洛阳东门送别

东城别故人,腊月迟芳辰。不惜孤舟去,其如两地春。花明洛阳苑,水绿小平津。是日

不相见,莺声徒自新。

汉阳即事
楚国千里远,孰知方寸违。春游欢有客,夕寝赋无衣。江水带冰绿,桃花随雨飞。九歌有深意,捐佩乃言归。

泊江潭贻马校书
明月挂青天,遥遥如目前。故人游画阁,却望似云边。水宿依渔父,歌声好—作和采莲。采莲江上曲,今夕为君传。

送沈校书吴中搜书
郊外亭皋远,野中歧路分。苑门临渭水,山翠杂春云。秦阁多遗典,吴台访阙文。君王思校理,莫滞清江濆。

寒夜江口泊舟
寒潮信未起,出浦缆孤舟。一夜苦风浪,自然增旅愁。吴山迟海月,楚火照江流。欲有知音者,异乡谁可求。

苑外至龙兴院作
朝游天苑外,忽见法筵开。山势当空出,云阴满地来。疏钟清月殿,幽梵静花台。日暮香林下,飘飘—作飙仙步回。

题虬上人房
禅宫分两地,释子一为心。入道无来去,清言见古今。江寒池水绿,山暝竹园深。别有中天月,遥遥散夕阴。

咏山泉—作题山中流泉
山中有流水,借问不知名。映地为天色,飞空作雨声。转来深涧满,分出小池平。恬澹无人见,年年长自清。

贻主客吕郎中郎皇太子赞谕
上士既开天,中朝为得贤。青云方羽翼,画省比神仙。委佩云霄里,含香日月前—作边。君王倪借问,客有上林篇。

京口留别徐大补阙赵二零陵
皇州月初晓,处处鼓钟喧。树出蓬莱殿,城开阊阖门。近臣朝琐闼,词客向文园。独有三川—作洲路,空伤游子魂。

答王十三维
门生故来往,知欲命浮槎。忽奉朝青阁,回车入上阳。落花满春水,疏柳映新塘。是日归来暮,劳君奏雅章。

奉和中书徐侍郎中书省玩白云寄颖阳赵大
青阙朝初退,白云遥在天。非关取雷雨,故欲伴神仙。泛滟鹓池曲,飘飖琐闼前。犹多远山意,幸入侍臣篇。

和张太祝冬祭马步
故坛何肃肃,中野自无喧。烈火见陈信,飓言闻永存。房星隐曙色,朔风—作气动寒原。今日歌天马,非关征大宛。

祭风伯坛应张太祝作
圣主御青春,纶言命使臣。将修风伯祀,更福太平人。帟幕宵联事,坛场晓降神。帝心矜动物,非为属车人。

寻徐山人遇马舍人
泊舟伊川右,正见野人归。日暮春山绿,我心清且微。岩声风雨度,水气云霞飞。复有金门客,来参萝薜衣。

夜观妓
白雪宜新舞,清宵召楚妃。娇童携锦荐,侍女整罗衣。花映垂鬟转,香迎步履飞。徐徐敛长袖,双烛送将归。

洛桥送别
河桥送客舟,河水正安流。远见轻桡动,遥怜故国游。海禽逢早雁,江月值新秋。一听南津曲,分明散别愁。

秦中送人觐省
二月清江外,遥遥饯故人。南山晴有雪,

东陌霁无尘。骑别章台晚,舟行洛水春。知君梁苑去,日见白华新。

洛中送人还江东

洛城春雨霁,相送下江乡。树绿天津道,山明伊水阳。孤舟从此去,客思一何长。直望清波里,唯余落日光。

送姚六昆客任会稽何大寒任孟县

越城临渤澥,晋国在河汾。仙绶两乡意,青郊一路分。野棠春未发,田雀一作鹊暮成群。他日思吴会,尝因西北云。

洛潭送人觐省

清洛带芝田,东流入大川。舟轻水复急,别望杳如仙。细草生春岸,明霞散早天。送君唯一曲,当是白华篇。

送人随大夫和蕃

西方有六国,国国愿来宾。圣主今无外,怀柔遣使臣。大夫开幕府,才子作行人。解剑聊相送,边一本缺,一作秦城二月春。

仲夏饯魏四河北觐叔

落日临御沟,送君还北州。树凉征马去,路暝归人愁。吴岳夏云尽,渭河秋水流。东篱摘芳菊,想见竹林游。

送人寻裴斐

柱史回清宪,谪居临汉川。迟君千里驾,方外赏云泉。路断因春水,山深隔一作曲暝烟。湘江见游女,寄摘一枝莲。

陇头水送别

相送陇山头,东西陇水流。从来心胆盛,今日为君愁。暗雪迷征路,寒云隐戍楼。唯余旌旆影,相逐去悠悠。

送王上人还襄阳

朝看法云散,知有至人还。送客临伊水,行车出故关。天花满南国,精舍在空山。虽复时来去,中心长日闲。

官庄池观竞渡

落日吹箫管,清池发棹歌。船争先后渡,岸激去来波。水叶藏鱼鸟,林花间绮罗。踟蹰仙女处,犹似望天河。

重寄虬上人

一作云峰别,三看花柳朝。青山隔远路,明月空长霄。鹊浴西江雨,鸡鸣东海潮。此情劳梦寐,况道双林遥。

蓝上茅茨期王维补阙

山中人不见,云去夕阳过。浅濑寒鱼少,丛兰秋蝶多。老年疏世事,幽性乐天和。酒熟思才子,溪头望玉珂。

大酺得长字韵时任安宜尉

大道启元命,时人居太康。中朝发玄泽,下国被天光。明诏始端午,初筵当履霜。鼓鼙迎一作开爽气,羽龠映新阳。太守即悬圃,淮夷成葆疆。小臣惭下位,拜手颂灵长。

同张侍御鼎和京兆萧兵曹华岁晚南园

公府传休沐,私庭效陆沉。方知从大隐,非复在幽林。阙下忠贞志,人间孝友心。既将冠盖雅,仍与薜萝深。寒变中园柳,春归上苑禽。池涵青草色,山带白云阴。潘岳闲居赋,钟期流水琴。一经当自足,何用遗黄金。

奉酬张五丈垂赠

彩服去江汜,白云生大梁。星辰动异色,羔雁成新行。日望天朝近,时忧郢路长。情言间过轴,惠念及沧浪。松柏以之茂,江湖亦自忘。贾生方吊屈,岂敢比南昌。

秦中守岁

众星已穷次,青帝方行春。永感易成戚,离居难重陈。阖门守初夜,燎火到清晨。或念无生法,多伤未出尘。广庭日将晏,虚室自为宾。愿以桑榆末,常逢甲子新。

献高使君大酺作

肃穆郊礼毕,工歌赏事并。三朝遵湛露,一道洽仁明。布德言皆应,无为物自成。花添罗绮色,莺乱管弦声。独有同高唱,空陪乐太平。

荥阳马氏二子

圣君封太岳,十月建行旃。辇路开千里,寒云霁九天。故人多侍从,二子留伊川。河兖冰初合,关城月屡圆。暝过荥水上,闻说郑卿贤。材蔽行人右,名居东里先。制岩开别业,桑柘亦依然。待至金园侧,相将居一廛。

观竞渡

大夫沉楚水,千祀国人哀。习棹江流长,迎神雨雾开。标随绿云动,船逆清波来。下悚鱼龙起,上惊凫雁回。能令秋大有,鼓吹远相催。

太学贻张筠

璧池忝门子,俄顷变炎凉。绿竹深虚馆,清流响洞房。园林在建业,新友去咸阳。中夜鼓钟静,初秋漏刻长。浮云开太室,华盖上明堂。空此远相望,劳歌还自伤。

田家即事

桑柘悠悠水蘸堤,晚风晴景不妨犁。高机犹织卧蚕子,下坂饥—作欣逢饷馌妻—作未饥逢饲妻。杏色满林羊酪熟,麦凉浮垄雉媒低。生时乐死皆由命,事在皇—作旻天志—作迥不迷。

洛阳道五首献吕四郎中

洛水春冰开,洛城春水—作树绿。朝看大道上,落花乱马足。

剧孟不知名,千金买宝剑。出入平津邸,自言娇且艳。

大道直如发,春日佳气多。五陵贵公子,双双鸣玉珂。

春风二月时,道傍柳堪把。上枝覆宫阁,下枝覆—作拂车马。

洛水照千门,千门碧空里。少年不得志,走马游新市。

同武平一员外游湖

竹吹留歌扇,莲香入舞衣。前溪多曲溆,乘兴莫先归。

长安道

鸣鞭过酒肆,袨服游倡门。百万一时尽,含情无片言。

西行一千里,暝色生寒树。暗闻歌吹声,知是长安路。

江南曲四首

绿江深见底,高浪直翻空。惯是湖边住,舟—作船轻不畏风。

逐流牵荇叶,缘岸摘芦苗。为惜鸳鸯鸟,轻轻动画桡。

日暮长江里,相邀归渡头。落花如有意,来去逐船流。

隔江看树色,沿月听歌声。不是长干住,那从此路行。

关山月

一雁过连营,繁霜覆古城。胡笳在何处,半夜起边声。

玉真公主山居

山北天泉苑,山西凤女家。不言沁园好,独隐武陵花。

沧浪峡—作储嗣宗诗

沧浪临古道,道上若成尘。自有沧浪峡,谁为无事人。

奉真观

真门迥向北,驰道直向西。为与天光近,云色成虹霓。

明妃曲四首

西行陇上泣胡天,南向云中指渭川。毳幕夜来时宛转,何由得似汉王边。

胡王知妾不胜悲,乐府皆传汉国辞。朝来马上箜篌引,稍似宫—作云中闲夜时。

日暮惊沙乱雪飞,傍人相劝易罗衣。强来前殿—作帐看歌舞,共待单于夜猎归。

彩骑双双引宝车,羌笛两两奏胡笳。若为别得横桥路,莫隐—作不忆宫中玉树花。

同武平一员外游湖五首时武贬金坛令

红荷碧篆夜相鲜,皂盖兰桡浮翠筵。舟中对舞邯郸曲,月下双弹卢女弦。

青林碧屿暗相期,缓楫挥橈欲赋诗。借问高歌凡几转,河低月落五更时。

朝来仙阁听弦歌,暝入花亭见绮罗。池边命酒怜风月,浦口回船惜芰荷。

朦胧竹影蔽岩扉,淡荡荷风飘舞衣。舟寻绿水宵将半,月隐青林人未归。

花潭竹屿傍幽蹊,画楫浮空入夜溪。芰荷覆水船难进,歌舞留人月易低。

题茅山华阳洞

华阳洞口片云飞,细雨濛濛欲湿衣。玉箫遍满仙坛上,应是茅家兄弟归。

寄孙山人

新林二月孤舟还,水满清江花满山。借问故园隐君子,时时来往—作去住—作在,—作向人间。

全唐诗卷一百四十

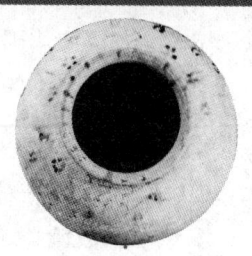

王昌龄

王昌龄,字少伯,京兆人。登开元十五年进士第,补秘书郎。二十二年,中宏词科,调汜水尉,迁江宁丞。晚节不护细行,贬龙标尉卒。昌龄诗绪密而思清,与高适、王之涣齐名,时谓王江宁。集六卷,今编诗四卷。

变行路难

向晚横吹悲,风动马嘶合。前驱引旗一作旌节,千里阵云匝。单于下阴山,砂砾空飒飒。封侯取一战,岂复念闺阁。

塞下曲四首

蝉鸣空桑林一作桑树间,八月萧关道。出塞入塞寒一作复入塞,处处黄芦草。从来幽并客,皆共尘沙一作向沙场老。莫学游侠儿,矜夸紫骝好。

饮马渡秋水,水寒风似刀。平沙日未没,黯黯见临洮。昔一作当日长一作龙城战,咸言意气高。黄尘足一作满,一作是今古,白骨乱蓬蒿。此首一本题作望临洮。

奉诏甘泉宫,总征天下兵。朝廷备礼出,郡国豫郊迎。纷纷几万人,去者无全生。臣愿节宫厩,分以赐边城。一本无以下二首,同塞上曲题作三首。

边头何惨惨,已葬霍将军。部曲皆相吊,燕南代北闻。功勋多被黜,兵马亦寻分。更遣黄龙戍,唯当哭塞云。一本此首题作塞上曲。

塞上曲

秋风夜渡河,吹却雁门桑。遥见胡地猎,鞴马宿严霜。五道分兵去,孤军百战场。功多翻下狱,士卒但心伤。

从军行二首

向夕临大荒,朔风轸归虑。平沙万里余,飞鸟宿何处。虏骑猎长原,翩翩傍河去。边声摇白草,海气生黄雾。百战苦风尘,十年履霜露。虽投定远笔,未坐将军树。早知行路难,悔不理章句。

秋草一作风马蹄轻,角弓持弦急。去为龙城战,正值胡兵袭。军气横大荒,战酣日将入。长风金鼓动,白露铁衣湿。四起愁边声,南庭时伫立。断蓬孤自转,寒雁飞相及。万里云沙涨,平原冰霰涩。惟闻汉使还,独向刀环泣。一本无此首。

少年行二首

西陵侠少年,送客短长亭。青槐夹两道一作路,白马如流星。闻道羽书急,单于寇井陉。气高轻赴难,谁顾一作惟愿燕山铭。

走马远相寻,西楼下夕阴。结交期一剑,留意赠千金。高阁歌声远,重门柳色深。夜阑须尽饮,莫负百年心。一本无此首。

长歌行

旷野饶悲风,飕飕黄一作多蒿草。系马倚一作停白杨,谁知我怀抱。所是一作见同袍一作怀者,相逢尽衰老。北一作况登汉家陵,南望长安道。下有枯树根,上有鼯一作鼸鼠窠。高皇子孙尽,千载无人过。宝玉频发掘,精灵其奈何。人生须达命,有酒且长歌。

悲哉行

勿一作每听白头吟,人间易忧怨。若非沧浪子,安得从所愿。北上太行山,临风阅吹万。长云数千里,倏忽还肤寸。观其微灭时,精意莫能论。百年不容息,是处生意蔓。始悟海上人,辞君永飞遁。

古意

桃花四面发,桃叶一枝开。欲暮黄鹂啭,伤心玉镜台。清筝向明月,半夜春风来。

放歌行

南渡一作望洛阳津,西望十二楼。明堂坐天子,月朔朝诸侯。清乐动千门,皇风被九州。庆云从东来一作出,泱漭抱日流。升平贵论道,文墨将何求。有诏征草泽,微诚将献谋一作献谋献。冠冕如星罗,拜揖曹与周。望尘非吾一作君事,入赋一作职且迟留。幸蒙国士识,因脱负薪裘。今者放歌行,以慰梁甫愁。但营数斗禄,奉养每丰羞。若一作愿得金膏遂,飞云亦可俦一作求。

越女乐府诗集作采莲曲

越女作桂舟,还将桂为楫。湖上水渺漫,清江不一作初可涉。摘取芙蓉花,莫摘芙蓉叶。将归问夫婿,颜色何如妾。

郑县宿陶太公馆中赠冯六元二

儒有轻王侯,脱略当世务一作誉。本家蓝田下一作溪中,非为渔弋故。无何一作才困躬耕,且欲驰永路。幽居与君近,出谷同所骛一作务。昨日辞石门,五年变秋露。云龙未相感,干谒亦已屡。子为黄绶羁,余忝蓬山顾。京门望西岳,百里见郊树。飞雨祠上一作下来,霭然关中暮。驱车郑城宿,秉烛论往素。山月出华阴,开此河渚雾。清光比故人,豁达展心晤。冯公尚戢翼,元子仍跼步。拂衣易为高,沦迹难有趣。张范善终始,吾等岂不慕。罢酒当凉风,屈伸备冥数。

听弹风入松阕赠杨补阙

商风入我弦,夜竹深有露。弦悲与林寂,清景不可度。寥落幽居心,飕飗青松树。松风吹草白,溪水寒日暮。声意去复还,九变一作辨待一顾。空山多雨雪,独立君始悟。

缑氏尉沈兴宗置酒南溪留赠

林色与溪古,深篁引幽翠。山尊在渔舟,棹月情已醉。始穷清源口,壑绝人境异。春泉滴空崖,萌草拆阴地。久之风榛寂,远闻樵声至。海雁时独飞,永然沧洲意。古时青冥客,灭迹沦一尉。吾子踯躅心,岂其纷埃事。缑峰一作岑信所刻,济北余乃遂。齐物意已会一作可任今,息肩理犹未。卷舒形性表,脱略贤哲议。仲一作乘月期角巾,饭僧嵩阳寺。

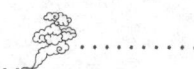

为张债赠阎使臣

哀哀献玉人,楚国同悲辛。泣一作泪尽继以血,何由辨其真。赖承琢磨惠,复使光辉新。犹畏谗口疾,弃之如埃尘。

赠史昭

东林月未升,廓落星与汉。是夕鸿始来,斋中起长叹。怀哉望南浦,眇然夜将半。但有秋水声一作声孤,愁使心神乱。握中何为赠,瑶草已衰散。海鳞未化时,各在天一岸。

秋山寄陈谠言

岩间寒事早,众山木已黄。北风何萧萧,兹夕露为霜。感激未能寐,中宵时慨慷。黄一作草虫初悲鸣,玄鸟去我梁。独卧时易晚,离群情更伤。思君若一作苦不及,鸿雁今南翔。

出郴一作柳山口至叠一作垒石湾野人室中寄张十一

楮柟无冬春,柯叶连峰稠。阴壁下苍黑,烟含清江楼。景开独沿曳,响答随兴酬。旦夕望吾友,如何迅孤舟。叠沙积为岗,崩剥雨露幽。石脉尽横亘,潜潭何时流。既见万古色,颇尽一物由。永与世人远,气还草木收。盈缩理无余,今往何必忧。郴土群山高,耆老如中州。孰云议舛一作外降,岂是娱宦游。阴火昔所伏,丹砂будет尔谋。昨临苏耽井,复向衡阳求。同一作问疚来相依,脱身当有筹。数月乃离居,风湍成阻修。野人善竹器,童子能溪讴。寒月波荡漾,羁鸿去悠悠。

宿灞上寄侍御玙弟

独饮灞上亭,寒山青门外。长云骤落日,桑枣寂已晦。古人驱驰者,宿此凡几代。佐邑由东南,岂不知进退。吾宗秉全璞,楚得璆琳最。茅山就一征,柏署起三载。道契非物理,神交无留碍。知我沧溟心,脱略腐儒辈。孟冬銮舆出,阳谷群臣会。半夜驰道喧,五侯拥轩盖。是时燕齐客,献术蓬瀛内。甚悦我皇心,

得与王母对。贱臣欲干谒,稽首期殒碎。哲弟感我情,问易穷否泰。良马足尚踠,宝刀光未淬。昨闻羽书飞,兵气连朔塞。诸将多失律,庙堂始追悔。安能召书生,愿得论要害。戎夷非草木,侵逐使狼狈。虽有屠城功,亦有降虏辈。兵粮如山积,恩泽如雨霈。羸卒不可兴,碛地无足爱。若用匹夫策,坐令军围溃。不费黄金资,宁求白璧赀。明主忧既远,边事亦可大。荷宠务推诚,离言深慷慨。霜摇直指草,烛引明光佩。公论日夕阻,朝廷蹉跎会。孤城海门月,万里流光带。不应百尺松,空老钟山蔼。

次汝中寄河南陈赞府

汝山方联延,伊水才明灭。遥见入楚云,又此空馆月。纷然驰梦想,不谓远离别。京邑多欢娱,衡湘暂沿越。明湖春草遍,秋桂白花发。岂惟长思君,日夕在魏阙。

同从弟销南斋玩月忆山阴崔少府

高卧南斋时,开帷一作帐月初吐。清辉淡水木,演漾在窗户。苒苒几盈虚,澄澄变今古。美人清江畔,是夜越吟苦。千里其如何一作何如,微风吹一作出兰一作芳杜。

代扶风主人答

杀气凝不流,风悲日一作月彩寒。浮埃起四远,游子弥一作迷不欢。依然宿扶风,沽酒聊自宽。寸心亦未理,长铗谁能弹。主人就我饮,对我还慨叹一作然。便泣数行泪,因歌行路难。十五役边地一作城,三回讨楼兰。连年不解甲,积日无所餐。将军降匈奴,国使没桑乾。去时三十万,独自还长安。不信沙场苦,君看刀箭瘢。乡亲悉零落,冢墓亦摧残。仰攀青松枝,恸绝伤心肝。禽兽悲不去,路旁谁忍看。幸逢休明代,寰宇静波澜。老马思伏枥,长鸣力已殚。少年与运会,何事发悲端。天子初封禅,贤良刷羽翰。三边悉如此,否泰亦须观。

酬鸿胪裴主簿雨后北楼见赠一作高适诗

暮霞照新晴,归云犹相逐。有怀晨昏暇,

想见登眺目。问礼侍彤襜,题诗访茅屋。高楼多古今,陈事满陵谷。地久微子封,台余孝王筑。裴回顾霄汉,豁达俯川陆。远水对孤〔一作秋〕城,长天向乔木。公门何清静,列戟森已肃。不叹携手稀,常思著鞭速。终当拂羽翰,轻举随鸿鹄。

送任五之桂林

楚客醉孤舟,越水将引棹。山为两乡别,月带千里貌。羁谴同缯纶,僻幽闻虎豹。桂林寒色在,苦节知所效。

山中别庞十

幽娟松篁径,月出寒蝉鸣。散发卧其下,谁知孤隐情。吟时白〔一作碧〕云合,钓〔一作酌〕处〔一作罢〕玄潭清。琼树方杳霭,风兮保其贞。

留别伊阙张少府郭大都尉

迁客就一醉,主人空金罍。江湖青山底,欲去仍裴回。郭侯未相识,策马伊川来。把手相劝勉,不应老尘埃。孟阳逢〔一作蓬〕山旧,仙馆留清才。日晚劝趣别,风长云逐〔一作送〕开。幸随板舆远,负谴何忧哉。唯有仗忠信,音书报云雷。

送韦十二兵曹

县职如长缨,终日检我身。平明趋郡府,不得展故人。故人念江湖,富贵如埃尘。迹在戎府掾,心游天台春。独立浦边鹤,白云长相亲。南风忽至吴,分散还入秦。寒夜天光白,海净月色真。对坐论岁暮,弦悲岂〔一作歌起〕无因。平生驰驱分,非谓杯酒仁。出处两不合,忠贞何由伸。看君孤舟去,且欲歌垂纶。

东京府县诸公与綦毋潜李颀相送至白马寺宿〔一作同府县诸公送綦毋潜李颀至白马寺〕

鞍马上东门,裴回入孤舟。贤豪相追送,即棹千里流。赤岸〔一作远峰〕落日在,空波微烟收。薄宦忘机括,醉来即〔一作复〕淹留。月明见古寺,林外登高楼。南风开长廊,夏夜如凉秋。江月照吴县,西归梦中游。

送东林廉上人归庐山

石溪流已乱,苔径人渐微。日暮东林下,山僧还独归。昔为庐峰意,况与远公违。道性深寂寞,世情多是非。会寻名山去,岂复望清辉。

留别武陵袁丞

皇恩暂迁谪,待罪逢知己。从此武陵溪,孤舟二千里。桃花遗古岸,金涧流春水。谁识马将军,忠贞抱生死。

别刘谞

天地寒更雨,苍茫楚城阴。一尊广陵酒,十载衡阳心。倚仗〔一作伏〕不可料,悲欢岂易寻。相逢成远别,后会何如今。身在江海上,云连京国深。行当务功业,策马何骎骎。

岳阳别李十七越宾

相逢楚水寒,舟在洞庭驿。具陈江波事,不异沦弃迹。杉上秋雨声,悲切兼葭夕。弹琴收余响,来送千里客。平明孤帆心,岁晚济代策。时在身未充,潇湘不盈画。湖小洲渚联,澹淡烟景碧。鱼鳖自有性,龟龙无能易。遣黜同所安,风土任所适。闭门观玄化,携手遗损益。

留别岑参兄弟

江城建业楼,山尽沧海头。副职守兹县,东南棹孤舟。长安故人宅,秣马经前秋。便以风雪暮,还为纵饮留。貂蝉七叶贵,鸿鹄万里游。何必念钟鼎,所在烹肥牛。为君啸一曲,且莫弹箜篌。徒见枯者艳,谁言直如钩。岑家双琼树,腾光难为俦。谁言青门悲,俯期吴山幽。日西石门峤,月吐金陵洲。追随探灵怪,岂不骄王侯。

送刘昚虚归取宏词解

太清闻海鹤,游子引乡吗。声随羽仪远,势与归云便。青桂春再荣,白云暮来变。迁飞在礼仪,岂复泪如霰。

巴陵别刘处士 一作巴陵刘处士东斋作

刘生隐岳阳,心远洞庭水。偃帆入山郭,一宿楚云里。竹映秋馆深,月寒江风 一作门 起。烟波桂阳接,日夕数千里。裊裊清夜猿,孤舟坐如此。湘中有来雁,雨雪候音旨。

宿裴氏山庄

苍苍竹林暮,吾亦知所投。静坐山斋月,清溪闻远流。西峰下微雨,向晓 一作晚 白云收。遂解尘中组,终南春可游。

淇上酬薛据兼寄郭微 一作高适诗

自从别京华,我心乃萧索。十年守章句,万里空寥落。北上登蓟门,茫茫见沙漠。倚剑对风尘,慨然思卫霍。拂衣去燕赵,驱马怅不乐。天长沧洲路,日暮邯郸郭。酒肆或淹留,渔泽屡栖泊。独行备艰难,孰辞干鼎镬。皇情念淳古,时俗何浮薄。理道须任贤,安人在求瘼。故交负奇才,逸气包謇谔。隐轸经济策,纵横建安作。才望忽先鸣,风期无宿诺。飘飘劳州县,迢递限言谑。东驰眇贝丘,西顾弥虢略。淇水徒自深,浮云不堪托。吾谋适可用,天道岂辽廓。不然买山田,一身与耕凿。

全唐诗卷一百四十一

王昌龄

咏史

荷畚至洛阳,杖策游北门。天下尽兵甲,豺狼满中原。明夷方遘患,顾我徒崩奔。自惭菲薄才,误蒙国士恩。位重任亦重,时危志弥敦。西北未及终,东南不可吞。进则耻保躬,退乃为触藩。叹息嵩山老,而后知其尊。本集咏史云:荷畚至洛阳,胡马屯北门。天下裂其土,豺狼满中原。明夷方济世,敛翼黄埃昏。拔云见龙颜,始蒙国士恩。位重谋亦深,所举无遗奔。长策寄临终,东南不可吞。贤智苟有时,贫贱安所论。惟然嵩山老,而后知我言。

杂兴

握中铜匕首,粉锉楚山铁。义士频报雠,杀人不曾缺。可悲燕丹事,终被狼虎灭。一举无两全,荆轲遂为血。诚知匹夫勇,何取万人杰。无道吞诸侯,坐见九州裂。

秋兴

日暮西北堂,凉风洗修木。著书在南窗,门馆常肃肃。苔草延古意,视听转幽独。或问余所营,刘黍就寒谷。

斋心

女萝覆石壁,溪水幽濛胧。紫葛蔓黄花,娟娟寒露中。朝饮花上露,夜卧松下风。云英化为水,光采与我同。日月荡精魄,寥寥天宇一作府空。

独游

林卧情每一作自闲,独游景常晏。时从灞陵下,垂钓往南涧。手携双鲤鱼,目送千里雁。悟彼飞一作非有适,知此罹忧患。放之清冷泉,因得省疏慢。永怀青岑客,回首白云间。神超物无违一作超然无遗事,岂系名与宦。

香积寺礼拜万回平等二圣僧塔

真无御化一作北来,借一作昔有乘化一作花

归。如彼双塔内,孰能知是非。愚也骇苍生,圣哉为帝师。当为时世出,不由天地资。万回主—作至此方,平等性无违。今我一礼心,亿劫同不移。肃肃松柏下,诸天来有时。

就道士问周易参同契

仙人骑白鹿,发短耳何长。时余采菖蒲,忽见嵩之阳。稽首求丹经,乃出怀中方。披读了不悟,归来问嵇康。嗟余无道骨,发我入太行。

诸官游招隐寺

山馆人已空,青萝换风雨。自从永明世,月向龙宫吐。凿井长幽泉,白云今如古。应真坐松柏,锡杖挂窗户。口云七十余,能救诸有苦。回指岩树花,如闻道场鼓。金色身坏灭,真如性无主。僚友同一心,清光遣谁取。

宴南亭

寒江映村林,亭上纳鲜洁。楚客共闲饮,静坐金管阅。酣竟—作意日入山,暝来云归穴。城楼空杳霭,猿鸟—作鸣备清切。物状如丝纶,上—作道心为予决。访君东溪事,早晚樵路绝—作阙。

何九于客舍集

客有住桂阳,亦如巢林鸟。叠舄且终宴,功业曾未了。山月空霁时,江明高楼晓。门前泊舟楫,行次入松筱。此意投赠君,沧波风—作空裹袅—作袅袅。

洛阳尉刘晏与府掾—作县诸公茶集天宫寺岸道上人房

良友呼我宿,月明悬天宫。道安风尘外,洒扫青林中。削去府县理,豁然神机空。自从三湘还,始得今夕同。旧居太行北,远宦沧溟东。各有四方事,白云处处通。

观江淮名胜图

刻意吟云山,尤知隐沦妙。远公何为者,再诣临海峤。而我高其风,披图得遗照。援毫无逃境,遂展千里眺。淡扫荆门烟,明标赤城烧。青葱林间岭,隐见淮海徼。但指香炉顶,无闻白猿啸。沙门既云灭,独往岂殊调。感对怀拂衣,胡宁事渔钓。安期始遗舃,千古谢荣耀。投迹庶可齐,沧浪有孤棹。

灞上闲居

鸿都有归客,偃卧滋阳村。轩冕无枉顾,清川照我门。空林网夕阳,寒鸟赴荒—作幽园。廓落时得意,怀哉莫与言。庭前有孤鹤,欲啄常翾翾。为我衔素书,吊彼颜与原。二君既不朽,所以慰其魂。

风凉原上作

阴岑宿云归,烟雾湿松柏。风凄日初晓,下岭望川泽。远山无晦—作遗明,秋水千里白。佳气盘未央,圣人在凝碧。关门阻天下,信是帝王宅。海内方晏然,庙堂有奇策。时贞守全运,罢去游说客。予忝兰台人,幽寻免贻责。

裴六书堂

闲堂闭空阴,竹林—作木但清响。窗下长啸客,区中无遗想。经纶精微言,兼济当独往。

江上闻笛

横笛怨江月,扁舟何处寻。声长楚山外,曲绕胡关深。相去万余里,遥传此夜心。寥寥浦溆寒,响尽惟幽林。不知谁家子,复奏邯郸音。水客皆拥棹,空霜遂盈襟。赢马望北走,迁人悲越吟。何当边草白,旌节陇—作龙城阴。

太湖秋夕

水宿烟雨寒,洞庭霜落微。月明移舟去,夜静魂梦归。暗觉海风度,萧萧闻雁飞。

赵十四兄见访

客来舒长簟,开阁延清风。但有无弦琴,共君尽尊中。晚来常读易,顷者欲—作独还嵩。世事何须道,黄精且养蒙。嵇康殊寡识,张翰独知终。忽忆鲈鱼鲙,扁舟往江东。

过华阴

云起太华山,云山一作山色互明灭。东峰始含景,了了见松雪。羁人感幽栖,宦映转奇绝。欣然忘所疲,永望吟不辍。信宿百余里,出关玩新月。何意昨来心一作作冥冥,遇物遂迁别。人生屡如此,何以肆愉悦。

九江口作

漭漭江势阔,雨开浔阳秋。驿门是高岸,望尽黄芦洲。水与五溪合,心期万里游。明时无弃才,谪去随孤舟。鸷鸟立寒木,丈夫佩吴钩。何当报君恩,却系单于头。

大梁途中作

怏怏步长道,客行渺无端。郊原欲下雪,天地棱棱寒。当时每酣醉,不觉行路难。今日无酒钱,凄惶向谁叹。

途中作

游人愁岁晏,早起遵王畿。坠叶吹未晓,疏林月微微。惊禽栖不定,寒兽相因依。叹此霜露下,复闻鸿雁飞。渺然江南意,惜与中途违。羁旅悲壮发,别离念征衣。永图岂劳止,明节期所归。宁厌楚山曲,无人长掩扉。

山行入泾州

倦此山路长,停骖问宾御。林峦信回惑一作峒林往或回,白日落何处。徙倚望长风,滔滔引归虑。微雨随云收,濛濛傍山去。西临有边邑,北走尽亭戍。泾水横白烟,州城隐寒树。所嗟异风俗,已自少情趣。岂伊怀土多一作恋怀土,触目一作解物忻所遇。

小敷谷龙潭祠作

崖谷喷疾流,地中有雷集。百泉势相荡,巨石皆却立。跳波沸峥嵘,深处不可挹。昏为蛟龙怒一作窟,清一作时见云雨入。灵怪崇偏祠,废兴自兹邑。沉淫顷多昧,檐宇遂不葺。吾闻被明典,盛德惟世及。生人载山川,血食报原隰。岂伊骇微险,将以循盯揖。□飞振吕梁,

忠信亦我习。波流浸已广,悔吝在所汲。溪水有清源,褰裳靡沾湿。

段宥厅孤桐

凤皇所宿处,月映孤桐寒。槁叶零落尽,空柯苍翠残。虚心谁能见,直影非无端。响发调尚苦,清商劳一弹。

琴

孤桐秘虚鸣,朴素传幽真。仿佛弦指外,遂见初古人。意远风雪苦,时来江山一作上春。高宴未终曲,谁能辨经纶。

初日

初日净金闺,先照床前暖。斜光入罗幕,稍稍亲丝管。云发不能梳,杨花更吹满。

失题

奸雄乃得志,遂使群心摇。赤风荡中原,烈火无遗巢。一人计不用,万里空萧条。

赠宇文中丞本畅当诗

仆本漠落人,辱当州郡使。量力颇及早,谢归今即已。萧萧若凌虚,衿带顷消靡。车服卒然来,浔阳作游子。郁郁寡开颜,默默独行李。忽逢平生友,一笑方在此。秋清宁风日,楚思浩云水。为语弋林者,冥冥鸿远矣。

箜篌引

卢溪郡南夜泊舟,卢溪在辰州龙标故地,即马援歌中武溪水所出也。或作泸溪者非。夜闻两一作南岸羌戎讴,其时月黑猿啾啾。微雨沾衣令人愁,有一迁客登高楼,不言不寐弹箜篌。弹作蓟门桑一作叶叶秋,风沙飒飒青冢头,将军铁骢汗血流。深入匈奴战未休,黄旗一点兵马收,乱杀胡人积如丘。疮病驱来配一作役边州,仍披漠北羔羊裘,颜色饥枯掩面羞。眼眶泪滴深两眸,思还本乡食牦牛,欲语不得指咽喉。或有强壮能咿嚘,意说被他边将雠,五世属藩汉主留。碧毛毡帐河曲游,橐驼五万部落稠,敕赐飞凤金兜鍪。为君百战如过筹,静扫阴山无鸟

投,家藏铁券特承优。黄金千一作百斤不称求,九族分离作楚囚,深溪寂寞弦苦幽。草木悲感声飕飗,仆本东山一作山东为国忧,明光殿前论九畴。籯读兵书尽冥搜,为君掌上施权谋,洞晓山川无与俦。紫宸诏发远怀柔,摇笔飞霜如夺钩,鬼神不得知其由。怜爱苍生比蚍蜉,朔一作缘河屯兵须渐抽,尽遣降来拜御沟。便令海内休戈矛,何用班超定远侯,史臣书之得已不。

乌栖曲

白马逐朱车,黄昏入狭邪一本重狭邪二字。柳树乌争宿,争枝未得飞上屋。东房少妇婿从军,每听乌啼知夜分。

城傍曲

秋风鸣桑条,草白狐兔骄。邯郸饮一作饭,又作饱来酒未消,城北原平掣皂雕。射杀空营两腾虎,回身却月佩弓弰。

行路难

双丝作绠系银瓶,百尺寒泉辘轳上。悬丝一绝不可望,似妾倾心在君掌。人生意气好迁捐,只重狂花不重贤。宴罢调筝奏离鹤,回骄转盼泣君前。君不见眼前事,岂保须臾心勿异。西山日下雨足稀,侧有浮云无所寄。但愿莫忘前者言,锉骨黄尘亦无愧。行路难,劝君酒,莫辞烦一作劝酒莫辞烦。美酒千钟犹可尽,心中片愧一作恨何可论。一闻汉主思故剑,使妾长嗟万古魂。

奉赠张荆州

祝融之峰紫云衔,翠如何其雪嶒岩。邑西有路缘石壁,我欲从之卧穷嵌。鱼有心兮脱网罟,江无人兮鸣枫杉。王君飞舄一作乌仍未去,苏耽宅中意遥缄。

全唐诗卷一百四十二

王昌龄

驾出长安—作宋之问诗

圣德超千古,皇风扇九围。天回万象出,驾动六龙飞。淑气来黄道,祥云覆紫微。太平多扈从,文物有光辉。

驾幸河东

晋水千庐合,汾桥万国从。开唐天业盛,入沛圣恩浓。下辇回三象,题碑任六龙。睿明悬日月,千岁—作载此时逢。

胡笳曲

城南虏已合,一夜几重围。自有金笳引,能沾出塞衣—作能令出塞飞。听临关月苦,清入海风微。三奏高楼晓,胡人掩涕归。

潞府客亭寄崔凤童

萧条郡城闭,旅馆空寒烟。秋月对愁客,山钟摇暮天。新知偶相访,斗酒情依然。一宿阻长会,清风徒满川。

和振上人秋夜怀士会

白露伤草木,山风吹夜寒。遥林梦亲友,高兴发云端—作岩峦。郭外秋声急,城边月色残。瑶琴多远思,更为客中弹。

送李擢游江东

清洛日夜涨,微风引孤舟。离肠—作觞便千里,远梦生江楼。楚国橙橘暗,吴门烟雨愁。东南具今古,归望山云秋—作收。

沙苑南渡头

秋雾连云白,归心浦溆悬。津人空守缆,村馆复临川。篷—作峰隔苍茫雨,波连—作通演漾田。孤舟未得济,入梦在何年。

客广陵

楼头广陵近,九月在南徐。秋色明海县,寒烟生里闾。夜帆归楚客,昨日度江书。为问易名叟,垂纶不见鱼。

静法师东斋

筑室—作山在人境,遂得真隐情。春尽草木变,雨来池馆清。琴书全雅道,视听已无生。闭户脱三界,白云自虚盈。

素上人影塔

物化同枯木,希夷明月珠。本来生灭尽,何者是虚无。一坐看如故,千龄独向隅。至人非别有,方外不应殊。

遇薛明府谒聪上人

欣逢柏梁故,共谒聪公禅。石室无人到,绳床见虎眠。阴崖常抱雪,枯涧为生泉。出处虽云异,同欢在法筵。

谒焦炼师

中峰青苔壁,一点云生时。岂意石堂里,得逢焦炼师。炉香净琴—作金案,松影闲瑶墀。拜受长年药,翩翩西海期。

宿京江口期刘眘虚不至

霜天起长望,残月生海门。风静夜潮满,城高寒气昏。故人何寂寞,久已乖清言。明发不能寐,徒盈江上尊。

寒食即事

晋阳寒食地,风俗旧来传。雨灭龙蛇火,春生鸿雁天。泣多流水涨,歌发舞云旋。西见之推庙,空为人所怜。

九日登高

青山远近带皇州,霁景重阳上北楼。雨歇亭皋仙菊润,霜飞天苑御梨秋。茱萸插鬓花宜寿,翡翠横钗舞作愁。谩说陶潜篱下醉,何曾得见此风流。

万岁楼

江上巍巍万岁楼,不知经历几千秋。年年喜见山长在,日日悲看水独流。猿狄何曾离暮岭,鸬鹚空自泛寒洲。谁堪登望云烟里,向晚茫茫发旅愁。

夏月花萼楼酺宴应制

土德三元正,尧心万国同。汾阴备冬礼,长乐应和风。赐庆垂天泽,流欢旧渚宫。楼台生海上,箫鼓出天中。雾晓筵初接,宵长曲未终。雨随青幕合,月照—作向舞罗空。玉陛分朝列,文章发圣聪。愚臣忝书赋,歌咏颂丝桐。

送欧阳会稽之任

怀禄贵心赏,东流山水长。官移会稽郡,地迩上虞乡。缓带屏纷杂,渔舟临讼堂。逶迤回溪趣—作曲,猿啸飞鸟行。万室雾朝雨,千峰迎夕阳。辉辉远洲映,暖暖澄湖—作江光。白发有高士,青春期上皇。应须枉车歇—作过,为我访荷裳。

同王维集青龙寺昙壁上人兄院五韵

本来清净所,竹树引幽阴。檐外含山翠,人间出世心。圆通无有象,圣境不能侵。真是吾兄法,何妨友弟深。天香自然会,灵异识钟音。

东溪玩月—作王维诗

月从断山口,遥吐柴门端。万木分—作纷空霁,流阴中夜攒。光连虚象白,气与风露寒。谷静秋泉响,岩深青霭残。澄清入幽梦,破影抱空峦。恍惚琴窗里,松溪晓思难。

全唐诗卷一百四十三

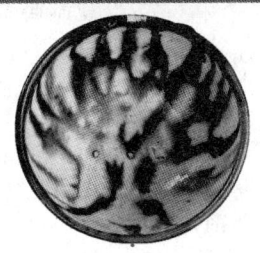

王昌龄

朝来曲
月昃鸣珂动,花连绣户春。盘龙玉台镜,唯待画眉人。

从军行
大将军出战,白日暗榆关。三面黄金甲,单于破胆还。

答武陵田太守
仗一作按剑行千里,微躯感一言。曾为大梁客,不负信陵恩。

题灞池二首
腰镰欲何之,东园刈秋韭。世事不复论,悲歌和樵叟。

开门望长川,薄暮见渔者。借问白头翁,垂纶几年也。

题僧房
棕榈花满院,苔藓入闲房。彼此名言绝,空中闻异香。

击磬老人
双峰褐衣久,一磬白眉长。谁识野人意,徒看春草芳。

送胡大
荆门不堪别,况乃潇湘秋。何处遥望君,江边明月楼。

送郭司仓
映门淮水绿,留骑主人心。明月随良掾,春潮夜夜深。

送李十五
怨别秦楚深,江中秋云起。天长杳无隔,月影在寒水。

送张四
　　枫林已愁暮,楚水复堪悲。别后冷山月,清猿无断时。

武陵田太守席送司马卢溪
　　诸侯分楚郡,饮饯五溪春。山水清晖远,俱怜一逐臣。

送谭八之桂林
　　客心仍在楚,江馆复临湘。别意猿鸟外,天寒桂水长。

送刘十五之郡
　　平明江雾寒,客马江上发。扁舟事洛阳,窅窅含楚月。

从军行七首
　　烽火城西百尺楼,黄昏独上一作坐海风秋。更吹羌一作横笛关山月,无那一作谁解金闺万里愁。

　　琵琶起舞换新声,总是关山旧一作离别情。撩乱边愁听一作弹不尽,高高秋月照长城。

　　关城榆叶早疏黄,日暮云沙古战场。表请回军掩尘骨,莫教兵士哭龙荒。

　　青海长云暗雪山,孤城遥望玉一作雁门关。黄沙百战穿金甲,不破楼兰终一作竟不还。

　　大漠风尘日色昏,红旗半卷出辕门。前军夜战洮河北,已报生擒吐谷浑。

　　胡瓶落膊紫薄汗,碎叶城西秋月团。明敕星驰封宝剑,辞君一夜取楼兰。《统签》注云:薄汗疑作骁䮘。

　　玉门山嶂几千重,山北山南总是烽。人依远戍须看火,马踏深山不见踪。

出塞二首
　　秦时明月汉时关,万里长征人一作征夫尚未还。但使龙城飞将在,不教胡马度阴山。

　　骝马新跨白玉鞍,战罢沙场月色寒。城头铁鼓声犹振,匣里金刀血未干。

采莲曲二首
　　吴姬越艳楚王妃,争弄莲舟水湿衣。来时浦口花迎入,采罢江头月送归。

　　荷叶罗裙一色裁,芙蓉向脸两边开。乱入池中看不见,闻歌始觉有人来。

殿前曲二首
　　贵人妆梳殿前催,香风吹入殿后来。仗引笙歌大宛马,白莲花发照池台。

　　胡部笙歌西殿头,梨园弟子和凉州。新声一段高楼月,圣主千秋乐未休。

春宫曲《唐人绝句》作殿前曲
　　昨夜风开露井桃,未央前殿月轮高。平阳歌舞新承一作承新宠,帘外春寒赐锦袍。

西宫春怨
　　西一作定宫夜静百花香,欲卷珠帘春恨长。斜抱云和深一作浑见月,朦一作胧胧树色隐一作隔昭阳。

西宫秋怨
　　芙蓉不及美人妆,水殿风来珠翠香。谁分一作问含啼一作却恨含情掩秋扇,空悬明月待君王。

长信秋词五首
　　金井梧桐秋叶黄,珠帘不卷夜来霜。熏一作金笼一作炉玉枕无颜色,卧听南宫一作宫中清漏长。

　　高殿秋砧响夜阑,霜深犹忆御衣寒。银灯青琐裁缝歇,还向金城明主看。

　　奉帚平明金一作秋殿开,且将团扇暂一作共裴回。玉颜不及寒鸦色,犹带昭阳日影来。

　　真成薄命久寻思,梦见君王觉后疑。火照西宫知夜饮,分明复道奉恩时。

　　长信宫中秋月明,昭阳殿下捣衣声。白露

堂中细草迹,红罗帐里不胜情。

青楼曲二首
　　白马金鞍从武皇,旌旗十万宿长杨。楼头小妇鸣筝坐,遥见飞尘入建章。

　　驰道杨花满御沟,红妆缦绾上青楼。金章紫绶千余骑,夫婿朝回初拜侯。

青楼怨
　　香帏风动花入楼,高调鸣筝缓夜愁。肠断关山不解说,依依残月下帘钩。

浣纱女
　　钱塘江畔是谁家,江上女儿全胜花。吴王在时不得出,今日公然来浣纱。

闺怨
　　闺中少妇不曾愁,春日凝妆上翠楼。忽见陌头杨柳色,悔教夫婿觅封侯。

甘泉歌
　　乘舆执玉已登坛,细草沾衣春殿寒。昨夜云生拜初月,万年甘露水晶盘。

萧驸马宅花烛
　　青鸾飞入合欢宫,紫凤衔花出禁中。可怜今夜千门—作家里,银汉星回—作槎一道通。

观猎
　　角鹰初下秋草稀,铁骢抛鞚去如飞。少年猎得平原兔,马后—作上横捎意气归。

寄穆侍御出幽州
　　一从恩遣度潇湘,塞北江南万里长。莫道蓟门书信少,雁飞犹得到衡阳。

寄陶副使
　　闻道将军破海门,如何远谪渡湘沅。春来明主封西岳,自有还君紫绶恩。

至南陵答皇甫岳
　　与君同病复漂沦,昨夜宣城别故人。明主恩深非岁久,长江还共五溪滨。

西江寄越弟
　　南浦逢君岭外还,沅溪更远洞庭山。尧时恩泽如春雨,梦里相逢同入关。

李四仓曹宅夜饮
　　霜天留后—作饮故情欢,银烛金炉夜不寒。欲问吴江别来意—作处,青山明月梦中看。

宴春源
　　源向春城花几重,江明深翠引诸峰。与君醉失松溪路,山馆寥寥传暝钟。

龙标野宴
　　沅溪夏晚足凉风,春酒相携就竹丛。莫道弦歌愁远谪,青山明月不曾空。

听流人水调子
　　孤舟微月对枫林,分付鸣筝与客心。岭色千重万重雨,断弦收与泪痕深。

梁苑
　　梁园秋竹古时烟,城外风悲欲暮天。万乘旌旗何处在,平台宾客有谁怜。

武陵龙兴观黄道士房问易因题—作赠
　　斋心问易太阳宫,八卦真形一气中。仙老言余鹤飞去,玉清坛上雨濛濛。

送魏二
　　醉别江楼橘柚香,江风引雨入舟凉。忆君遥在潇湘月—作上,一作湘山月,愁听清猿梦里长。

别李浦之京
　　故园今在灞陵西,江畔逢君醉不迷。小弟邻庄尚渔猎,一封书寄数行啼。

送狄宗亨
　　秋在水清山暮蝉,洛阳树色鸣皋烟。送君归去愁不尽,又惜空度凉风天。

送薛大赴安陆
津头云雨暗湘山,迁客离忧楚地颜。遥送扁舟安陆郡,天边何处穆陵关。

芙蓉楼送辛渐二首
寒雨连天夜入湖,平明送客楚山孤。洛阳亲友如相问,一片冰心在玉壶。

丹阳城南秋海阴,丹阳城北楚云深。高楼送客不能醉,寂寂寒江明月心。

重别李评事
莫道秋江离别难,舟船明日是长安。吴姬缓舞留君醉,随意青枫白露寒。

别陶副使归南海
南越归人梦海楼,广陵新月海亭秋。宝刀留赠长相忆,当取戈船万户侯。

送人归江夏
寒江—作天绿水楚云深,莫道离忧迁远心。晓夕双帆归鄂渚,愁将孤月梦中寻。

送李五
玉碗金罍倾送君,江西日入起黄云。扁舟乘月暂来去,谁道沧浪吴楚分。

送十五舅
深林秋水近日空,归棹演漾清阴中。夕浦离觞意何已,草根寒露悲鸣虫。

留别郭八
长亭驻马未能前,井邑苍茫含暮烟。醉别何须更惆怅,回头不语但—作便垂鞭。

送窦七
清江月色傍林秋,波上荧荧望一舟。鄂渚轻帆须早发,江边明月为君留。

巴陵送李十二
摇曳巴陵洲渚分,清江传语便风闻。山长不见秋城色,日暮兼葭空水云。

送裴图南
黄河渡头归问津,离家几日茱萸新。漫道闺中飞破镜,犹看陌上别行人。

留别司马太守
辰阳太守念王孙,远谪沅溪何可论。黄鹤青云当一举,明珠吐着报君恩。

卢溪主—作别人
武陵溪口驻扁舟,溪水随君向北流。行到荆门上三峡,莫将孤月对猿愁。

送程六
冬夜伤—作觞离在五溪,青鱼雪落鲙橙齑。武冈前路看斜月,片片舟中云向西。

送朱越
远别舟中蒋山暮,君行举首燕城路。蓟门秋月隐黄云,期向金陵醉江树。

别辛渐
别馆萧条风雨寒,扁舟月色渡江看。酒酣不识关西道,却望春江云尚残。

送柴侍御
流水通波接武冈,送君不觉有离伤。青山一道同云雨,明月何曾是两乡。

送万大归长沙
桂阳秋水长沙县,楚竹离声为君变。青山隐隐孤舟微,白鹤双飞忽相见。

送吴十九往沅陵
沅江流水到辰阳,溪口逢君驿路长。远谪谁—作唯知望雷雨,明年春水共还乡。

别皇甫五
溆浦潭阳隔楚山,离尊不用起愁颜。明祠灵响期昭应,天泽俱从此路还。

送崔参军往龙溪
龙溪只在龙标上,秋月孤山两相向。谴谪

离心是丈夫,鸿恩共待春江涨。

送郑判官

东楚吴山驿树微,轺车衔命奉恩辉。英僚携出新丰酒,半道遥看骢马归。

送姚司法归吴

吴橡留舣楚郡心,洞庭秋雨海门阴。但令意远扁舟近—作送,不道沧江百丈深。

送高三之桂林

留君夜饮对潇湘,从此归舟客梦长。岭上梅花侵雪暗,归时还拂桂花香。

旅望—作出塞行

白花—作草原头—作上望京师,黄河水流无尽时。穷秋旷野行人绝,马首东来知是谁。

题朱炼师山房

叩齿焚香出世尘,斋坛鸣磬步虚人。百花仙酝能留客,一饭胡麻度几春。

武陵开元观黄炼师院三首

松间白发黄尊师,童子烧香禹步时。欲访桃源入溪路,忽闻鸡犬使人疑。

先贤盛说桃花源,尘忝何堪武陵郡。闻道秦时避地人,至今不与人通—作间问。

山观空虚清静门,从官役吏扰尘喧。暂因问俗到真境,便欲投诚依道源。

河上老人歌—作河上歌

河上老人坐古槎,合丹只用青莲花。至今八十如四十,口道沧溟是我家。

春怨《乐府近代曲》载盖罗缝二首。前一曲乃王昌龄出塞第一首,第二曲即此诗也。不著作者姓名。

音书杜绝白狼西,桃李无颜黄鸟啼。寒雁春深归去尽,出门肠断草萋萋。

句

朝荐抱良策,独倚江城楼。《述情》,《诗式》。

昨从金陵邑,远谪沅溪滨。《沅志》。

娟魄已三孕。以下《海录碎事》。

驾幸温泉日,严霜子月初。

长亭酒未醒,千里风动地。以下《河岳英灵集》。

苍荻寒沧江,石头岸边饮。

天仗森森练雪凝,身骑铁骢自臂鹰。

全唐诗卷一百四十四

常建

常建,开元中进士第。大历中,为盱眙尉。诗似初发通庄,却寻野径,百里之外,方归大道。其旨远,其兴僻。佳句辄来,唯论意表。沦于一尉,士论悲之。诗一卷。

送陆擢

圣代多才俊—作秀,陆生何考槃。南山高松树,不合空摧残。九月湖上别,北风秋雨寒。殷勤叹孤凤,早食金琅玕。

送李十一尉临溪

泠泠花下琴,君唱渡江吟。天际一帆影,预悬离别心。以言神仙尉,因致瑶华音。回轸抚商调,越溪—作声澄碧林。

江上琴兴

江上调玉琴,一弦清一心。泠泠七弦遍,万木澄幽阴—作音。能使江月白,又令江水深。始知梧桐枝,可以徽黄金。

湖中晚霁

湖广舟自轻,江天欲澄霁。是时清楚望,气色犹霾曀。踟蹰金霞白,波上日初丽。烟虹落镜中,树木生天际。杳杳涯欲辨,蒙蒙云复闭。言乘—作垂星汉明,又睹寰瀛势。微兴从此惬,悠然不知岁。试歌沧浪清,遂觉乾坤细。岂念客衣薄,将期永投袂。迟回渔父间,一雁声嘹唳。

宿王昌龄隐居

清溪深不测—作极,隐处唯孤云。松际露微月,清光犹为君。茅亭宿花影,药院滋苔纹。余亦谢时去,西山鸾鹤群。

送楚十少府

微风吹霜气,寒影明—作流前除。落日未能别,萧萧林木虚。愁烟闭千里,仙尉其何如。

因送别鹤操,赠之双鲤鱼。鲤鱼在金盘,别鹤哀有余。心事则如此,请君开素书。

张山人弹琴

君去芳草绿,西峰弹玉琴。岂惟丘中赏,兼得清烦襟。朝从山口还,出岭闻清—作幽音。了然云霞气—作意,照见天地心。玄鹤下澄空,翩翩舞松林。改弦扣—作和商声,又听飞龙吟。稍觉此身妄,渐知仙事深。其将炼金鼎,永矣—作以投吾簪。

白湖寺后溪宿云门

落日山水清,乱流鸣淙淙。旧蒲雨抽节,新花水对窗。溪中日已没,归鸟多为双。杉松引直路,出谷临前湖。洲渚晚色静,又观花与蒲。入溪复登岭,草浅寒流速。圆月明高峰,春山因独宿。松阴澄初夜,曙色分远目。日出城南隅,青青媚川陆。乱花覆东郭,碧气销长林。四郊一清影,千里归寸心。前瞻王—作去程促,却恋云门深。毕景有余兴,到家弹玉琴。

闲斋卧病—作雨行药至山馆稍次湖亭二首—作一首

旬时结阴霖,帘外初白日。斋沐清病容,心魂畏虚—作灵室。闲梅照前户,明镜悲旧质。同袍四五人,何不来问疾。

行药至石壁,东风变萌芽。主人门外—作山人山门绿,小隐湖中花。时物堪独往,春帆宜别家。辞君响沧海,烂熳从天涯。

塞上曲

翩翩云中使,来问太原卒。百战苦不归,刀头怨明月。塞云随阵落,寒日傍—作旁城没。城下有寡妻,哀哀哭枯骨。

仙谷遇毛女意知是秦宫人

溪口水石浅,泠泠明药丛。入溪双峰峻,松栝疏幽风。垂岭枝—作竹袅袅,翳泉花濛濛。窦缘霁人目,路尽心弥通。盘石横阳崖,前流—作临殊未穷。回潭清云影,弥漫长天空。水边一神女,千岁为玉童。羽毛经汉代,珠翠逃秦宫。目觌神已寓,鹤飞言未终。祈君青云秘,愿谒黄仙翁。尝以耕玉田,龙鸣西顶中。金梯与天接,几日来相逢。

梦太白西峰

梦寐升九崖,杳霭逢元君。遗我太白峰—作冬,寥寥辞垢氛。结宇在星汉,宴林闭氤氲。檐楹覆余翠,巾舄生片云。时往溪水—作谷间,孤亭昼仍曛。松峰引天影,石濑清霞文。恬目缓舟趣,霁心投鸟群。春风又摇棹,潭岛花纷纷。

鄂渚招王昌龄张偾

刈芦旷野中,沙土—作上飞黄云。天晦无精光,茫茫悲远君。楚山隔湘水,湖畔落日曛。春雁又北飞,音书固难闻。谪居未为叹,逸翮何由分。午日逐蛟—作蛇龙,宜为吊冤文。翻覆古共然,名—作官宦安足云。贫士任枯槁,捕鱼清江濆。有时荷锄犁,旷野自耕耘。不然春山隐,溪涧花—作何氤氲。山鹿自有场,贤达亦顾群。二贤归去来,世上徒纷纷。

春词二首 乐府诗题作陌上桑。一本连后阶下草犹短一首共作三首。

菀菀黄柳丝,濛濛杂花垂。日高红妆卧,倚对—作树春光—作风迟。宁知傍淇水,骢裹黄金羁。

翳翳陌上桑,南枝交北堂。美人金梯出,素手自提筐。非但畏—作为蚕饥,盈盈娇路傍。

晦日马镫曲稍次中流作

夜寒宿芦苇,晓色明西林。初日在川上,便澄游子心。秦—作晴天无纤翳,郊野浮春阴。波静随钓鱼,舟小绿水深。出浦见千里,旷然谐远寻。扣船应渔父,因—作同唱沧浪吟。

古意 一本连后古意三首,共作四首。

牧马古道傍,道傍多古墓。萧条愁杀人,蝉鸣白杨树。回头望京邑,合沓生尘雾。富贵安可常,归来保贞素。

宿五度溪仙人得道处

五度溪上花,生根依两崖。二月寻片云,愿宿秦人家。上见悬崖崩,下见白水湍。仙人弹棋处,石上青萝盘。无处求玉童,翳翳唯林峦。前溪遇新月,聊取玉琴弹。

西山

一身为轻舟,落日西山际。常随去帆影,远接长天势。物象归余清,林峦分夕丽。亭亭碧流暗,日入孤霞继。渚日远阴映,湖云尚明霁。林昏楚色来,岸远荆门闭。至夜转清迥,萧萧北风厉。沙边雁鹭泊,宿处兼葭蔽。圆月逗前浦,孤琴又摇曳。泠然夜遂深,白露沾人袂。

春词

阶下草犹短,墙头梨花白。织女高楼上,停梭顾行客。问君在何所,青鸟舒锦翮。

赠三侍御

高山临大泽,正月芦花干。阳色薰两崖,不改青松寒。士贤守孤贞,古来皆共难。明君错甚—作任才,台上飞三鸾。操与霜雪明,量与江海宽。束身视天涯,安能穷波澜。孤鹤在枳棘,一枝非所安。逸翮望绝霄,见欲凌云端。层台何其高,山石流洪湍。固知非天池,鸣跃同所欢。谁念独枯槁,四十长江干。责躬贵知己,效拙从一官。折翮悲高风,苦饥候朝餐。湖月映大海,天空何漫漫。托身未知所,谋道庶不刊。吟彼乔木诗,一夕常三叹。

第三峰

西山第三顶,茅宇依双松。杳杳欲至天,云梯升几重。莹魄澄玉虚,以求鸾鹤踪。逶迤非天人,执节乘赤龙。旁映白日光,缥缈轻霞容。孤辉上烟雾,余影明心胸。愿与黄麒麟,欲飞而莫从。因寂清万象,轻云自中峰。山暝学栖鸟,月来随暗萤。寻空静余响,褭褭云溪钟。

古兴

汉上逢老翁,江口为僵尸。白发沾黄泥,遗骸集乌鸱。机巧自此忘,精魄今何之。风吹钓竿折,鱼跃安能施。白水明汀洲,菰蒲冒深陂。唯留扁舟影,系在长江湄。突兀枯松枝,悠扬女萝丝。托身难凭依,生死焉相知。遍观今时人,举世皆尔为。将军死重围,汉卒犹争驰。百马同一衔,万轮同一规。名与身孰亲,君子宜固思。

高楼夜弹筝

高楼百余尺,直上江水平。明月照人苦,开帘弹玉筝。山高猿狖急,天静鸿雁鸣。曲度犹未终,东峰霞半生。

客有自燕而归哀其老而赠之

羸马朝自燕,一身为二连。忆亲拜孤冢,移葬双陵前。幽愿从此毕,剑心因获全。孟冬寒气盛,抚辔告言旋。碣石海北门,余寇惟朝鲜。离离一寒骑,袅袅驰白天。生别皆自取,况为士卒先。寸心渔阳兴,落日旌竿悬。

白龙窟泛舟寄天台学道者

夕映翠山深,余晖在龙窟。扁舟沧浪意,澹澹花影没。西浮入天色,南望对云阙。因忆莓苔峰,初阳灌玄发。泉萝两幽映,松鹤间清越。碧海莹子神,玉膏泽人骨。忽然为枯木,微兴遂如兀。应寂中有天,明心外无物。环回从所泛,夜静犹不歇。澹然意无限,身与波上月。

张天师草堂

灵溪宴清宇,傍倚枯松根。花药绕方丈,瀑泉飞至门。四气闭炎热,两崖改明昏。夜深月暂皎,亭午朝始暾。信是天人居,幽幽寂无喧。万籁应鸣磬,诸峰接一魂。遂登仙子谷,因醉田生—作中樽。时节开玉书,窅映飞天言。心化便—作更无影,目精焉累烦。忽而与—作举霄汉,寥落空南轩。

古意三首

二妃方访舜,万里南方悬。远道隔江汉,孤舟无岁年。不知苍梧处,气尽呼青天。愁泪变楚竹,蛾眉丧湘川。后人立为庙,累世称其贤。过客设祠祭,狐狸来坐边。怀古未忍还,猿吟彻空山。

明月照高阁,彩女褰罗幕。歌舞临碧云,箫声沸珠箔。青鸾临南海,天上双白鹤。万里齐翼飞,意求君门乐。玉霄九重闭,金锁夜不开。两翅自无力,愁鸣云外来。态深入一作人空贵,世屈无良媒。俯仰顾中禁,东飞白玉台。

楚王竟何去,独自留巫山。偏使世人见,迢迢江汉间。驻舟春溪里,皆愿拜灵颜。寠寠见神女,金沙鸣佩环。闲艳绝世姿,令人气力微。含笑竟不语,化作朝云飞。

渔浦

春至百草绿,陂泽闻鸰鹕。别家投钓翁,今世沧浪情。沤纻为缊袍,折麻为长缨。荣誉失本真,怪人浮此生。碧水月自阔,安流净而平。扁舟与天际,独往谁能名。

空灵山应田叟

湖南无村落,山舍多黄茆。淳朴如太古,其人居鸟巢。牧童唱巴歌,野老亦献嘲。泊舟问溪口,言语皆哑咬。土俗不尚农,岂暇论肥硗。莫徭射禽兽,浮客烹鱼鲛。余亦罕置人,获麋今尚苞。敬君中国来,愿以充其庖。日入闻虎斗,空山满咆哮。怀人虽共安,异域终难交。白水可洗心,采薇可为肴。曳策背落日,江风鸣梢梢。

太公哀晚遇

日出渭流白,文王畋猎时。钓翁在芦苇,川泽无熊罴。诏书起遗贤,匹马令一作今致辞。因称江海人,臣老筋力衰。迟迟诣天车,快快一作快快悟灵龟。兵马更不猎,君臣皆共怡。同车至咸阳,心影无磷缁。四牡玉墀下,一言为帝师。王侯拥朱门,轩盖曜长逵。古来荣华人,遭遇谁知之。落日悬桑榆,光景有顿亏。倏忽一作悲天地人,虽贵将何为。

昭君墓

汉宫岂不死,异域伤独一作犹伤没。万里驮黄金,蛾眉为枯骨。回车一作军夜出塞,立马皆不发。共一作愤恨丹青人,坟上哭明月。

吊王将军墓

嫖姚北伐时,深入强一作几千里。战余落日黄,军败鼓声死。尝闻汉飞将,可夺单于垒。今与山鬼邻,残兵哭辽水。

古意

井底玉冰洞地明,琥珀辘轳青丝索。仙人骑凤披彩霞,挽上银瓶照天阁。黄金作身双飞龙,口衔明月喷芙蓉。一时渡海望不见,晓上青楼十二重。

古兴

辘轳井上双梧桐,飞鸟衔花日将没。深闺女儿莫愁年,玉指泠泠怨金碧。石榴裙裾蛱蝶飞,见人不语颦蛾眉。青丝素丝红绿丝,织成锦衾当为谁。

张公子行一作古意

日出乘钓舟,裴裴持钓竿。涉淇傍荷花,骢马闲金鞍。侠客一作使白云中,腰间悬辘轳。出门事嫖姚,为君西击胡。胡兵汉骑相驰逐,转战孤军西海一作海西北一作曲。百尺旌竿沉黑云,边笳落日不堪闻。

题破山寺后禅院

清晨入古寺,初日照高林。竹一作一,一作曲径通一作遇幽处,禅房花木深。山光悦鸟性,潭影空人心。万籁此都寂,但余钟磬音。

送李大都护

单于虽不战,都护事边深。君执幕中秘,能为高士心。海头近初月,碛里多愁阴。西望郭犹子,将分泪满襟。

潭州留别

贤达不相识,偶然交已深。宿帆谒郡佐,怅别依禅林。湘水流入海,楚云千里心。望君杉松夜,山月清猿吟。

听琴秋夜赠寇尊师

琴当秋夜听,况是洞中人。一指指应法,一声声爽神。寒虫临砌急—作默,清吹袅灯频。何必钟期耳,高闲自可亲。

泊舟盱眙

泊舟淮水次,霜降夕流清。夜久潮侵岸,天寒月近城。平沙依雁宿,候馆听鸡鸣。乡国云霄外,谁堪羁旅情。

江行

平湖四无际,此夜泛孤舟。明月异方意,吴歌令客愁。乡园碧云外,兄弟渌江头。万里无归信,伤心看斗牛。

燕居

青苔常满路,流水复入林。远与市朝隔,日闻鸡犬深。寥寥丘中想,渺渺湖上心。啸傲转无欲,不知成陆沉。

送宇文六

花映垂杨汉水—作水物清,微—作晓风林里一枝轻。即今江北还如此,愁杀江南离别情。

落第长安

家园好在尚—作住上留秦,耻作明时失路人。恐逢故里莺花笑,且向长安度一春。

塞下

铁马胡裘出汉营,分麾百道救龙城。左贤未遁旌—作斩竿折,过在将军不在兵。

题法院

胜景门闲—作开对远山,竹深松老半含烟。皓—作皎,一作素月殿中三度磬,水晶宫里一僧禅。

岭猿

杳杳袅袅—作凄凄,一作依依清且切,鹧鸪飞处又斜阳。相思岭上相思泪,不到三声合断肠。

三日寻李九庄

雨歇杨林东渡头,永和三日荡轻舟。故人家在桃花岸,直到门前溪水流。

塞下曲四首

玉帛朝回望帝乡,乌孙归去不称王。天涯静处无征战,兵气销为日月光。

北海阴风动地来,明君祠上望龙堆。髑髅皆是长城卒,日暮沙场飞作灰。

龙斗雌雄势已分,山崩鬼哭恨将军。黄河直北千余里,冤气苍茫成黑云。

因嫁单于怨在边,蛾眉万古葬胡天。汉家此去三千里,青冢常无草木烟。

戏题湖上

湖上老人坐矶—作岛头,湖里桃花水却流。竹竿袅袅波无—作白波际,不知何者吞吾钩。

吴故宫

越女歌长君且听,芙蓉香满水边城。岂知一日终非主,犹自如今有怨声。

全唐诗卷一百四十五

杜颀—作颜

杜颀,开元十五年同王昌龄登第。诗二首。

从军行

秋草马蹄轻,角弓持弦急。去为龙城候,正值胡兵袭。军气横大荒,战酣日将入。长风金鼓动,白露—作雾铁衣湿。四起愁边声,南辕时伫立。断蓬孤自转,寒雁飞相及。万里云沙涨,平川—作路平冰霰溢—作涩。夜闻汉使归,独向刀环泣。

故绛行

君不见铜鞮观,数里城池已芜漫。君不见虒祁—作祁虒宫,几重台榭亦微濛。介马兵车全盛时,歌童舞女妖艳姿。一代繁华皆共绝,九原唯望冢累累。

李嶷

李嶷,开元十五年进士第,官左武卫录事。殷璠称其诗鲜洁有规矩,其《少年行》三首,词虽不多,翩翩然侠气在目。今存诗六首。

少年行三首

十八羽林郎,戎衣侍—作事,又作从汉王。臂鹰金殿侧,挟弹玉舆傍。驰道春风起,陪游出建章。

侍猎长杨下,承恩更射飞。尘生马影灭,箭落雁行稀。薄暮随天仗,联翩入琐闱。

玉剑膝边—作旁横,金杯马上倾。朝游茂陵道,夜宿凤凰城。豪吏—作侠多猜忌,无劳问姓名。

淮南秋夜呈周侃—作呈同僚

天净河汉高,夜闲砧杵发。清秋忽如此,离恨应难歇。风乱池上萍—作萤,露光竹间月。

与君同游处,勿作他乡别。

林园秋夜作
林卧避残暑,白云长在天。赏心既如此,对酒非徒然。月色遍秋露,竹声兼夜泉。凉风怀袖里,兹意与谁传。

读前汉外戚传
人录尚书事,家临御路傍。凿池通渭水,避暑借明光。印绶妻封邑,轩车子拜郎。宠因宫掖里,势极必先亡。

崔曙

崔曙,开元二十四年登进士第。诗一首。

春怨
夜尽梦初惊,纱窗早雾明。晓妆脂粉薄,春服绮罗轻。妾有今朝恨,君无旧日情。愁来理弦管,皆是断肠声。

蒋维翰 蒋一作薛

蒋维翰,登开元进士第。诗五首。

古歌二首
美人怨何深,含情倚金阁。不嚬一作笑复不语,红一作珠泪双双一作纷纷落。

美人闭红烛,独坐裁新锦。频放剪刀声,夜寒知未寝。

春夜裁缝
珠箔因风起,飞蛾入最能。不教人夜作,方便杀明灯。

春女怨
白玉堂前一树梅,今朝忽见数花一作枝开。儿家门户寻常一作重闭,春色因何入得一作何缘得入来。

怨歌
百尺珠楼临狭斜,新妆能唱美人车。皆言贱妾红颜好,要自狂夫不忆家。

万楚

万楚,登开元进士第。诗八首。

小山歌
人说淮南有小山,淮王昔日此登仙。城中鸡犬皆飞去,山上坛场今宛然。世人贵身不贵寿,共笑华阳洞天口。不知金石变长年,漫在人间恋携手。君能举帆至淮南,家住盱眙余先谙。桐柏乱流平入海,茱萸一曲沸成潭。忆记来时魂悄悄,想见仙山众峰小。今日长歌思不堪,君行为报三青鸟。

题江潮庄壁
田家喜秋熟,岁晏林叶稀。禾黍积场圃,楂梨垂户扉。野闲犬时吠,日暮牛自归。时复落花酒,茅斋堪解衣。

咏帘
玳瑁昔称华,玲珑薄绛纱。钩衔门势曲,节乱水纹斜。日弄长飞鸟,风摇不卷花。自当分内外,非是为骄奢。

茱萸女
山阴柳家女,九日采茱萸。复得东邻伴,双为陌上姝。插枝著一作花向高髻,结子置长裾。作一作性性常迟缓,非关诧一作托丈夫。平明折林樾一作树,日入返城隅。侠一作贾客要罗袖,行人挑短书。蛾眉自有主,年少莫踟蹰。

五日观妓
西施漫道浣春纱,碧玉今时斗丽华。眉黛夺将萱草色,红裙妒杀石榴花。新歌一曲令人艳,醉舞双眸敛鬓斜。谁道五丝能续命,却令今日死君家。

骢马
金络青骢白玉鞍,长鞭紫陌野游盘。朝驱东道尘恒灭,暮到河源日未阑。汗血每随边地苦,蹄伤不惮陇阴寒。君能一饮长城窟,为报一作尽天山行路难。

题情人药栏

敛眉语芳草，何许太无情。正见离人别，春心相向生。

河上逢落花

河水浮落花，花流东不息。应见浣纱人，为道长相忆。

范朝

范朝，开元中进士。诗二首。

宁王山池

水势临阶转，峰形对路开。槎从天上得，石是海边来。瑞草分丛种，祥花间色栽。旧传词赋客，唯见有邹枚。

题石瓮寺

胜境宜长望，迟春好散愁。关连四塞起，河带入川流。复磴承香阁，重岩映彩楼。为临温液近，偏美圣君游。

杨颜

杨颜，登开元进士第。诗一首。

田家

小园足生事，寻胜日倾壶。莳蔬利于鬻，才青摘已无。四邻依一作因野竹，日夕采其一作共樵枯。田家心适时，春色遍桑榆。

王諲

王諲，登开元进士第，官右补阙。诗六首。

后庭怨

君不见红闺少女端正时，夭夭桃李仙容姿。幸得君王怜巧笑，披香殿里荐蛾眉。蛾眉双双入共进，常恐妾身从此摈。甄妃为妒出层宫，班女因猜下长信。长信宫门闭不开，昭阳歌吹风送来。梦中魂魄犹言是，觉后精神尚未回。念君娇爱无终始，使妾长啼后庭一作宫里。独立每看斜日尽，孤眠一作坐直至残灯死。秋日闻虫翡翠帘，春晴照面鸳鸯水。红颜旧来花不胜，白发如今雪相似。传闻纨扇恩未歇，预想蛾眉上初月。如君贵伪不贵真，还同弃妾逐新人。借问南山松叶意，何如北砌槿花新。

夜坐看捣筝

调筝夜坐灯光里，却挂罗帷露纤指。朱弦一一声不同，玉柱连连影相似。不知何处学新声，曲曲弹来未睹名。应是石家金谷里，流传未满洛阳城。

长信怨

飞燕倚身轻，争人巧笑名。生君弃妾意，增妾怨君情。日落昭阳壁，秋来长信城。寥寥金殿里，歌吹夜无声。

闺情

日暮裁缝歇，深嫌气力微。才能收箧笥，懒起下帘帷。怨坐空然烛，愁眠不解衣。昨来频梦见，夫婿莫应知。

十五夜观灯

暂得金吾夜，通看火树春。停车傍明月，走马入红尘。妓杂歌偏胜，场移舞更新。应须尽记取，说向一作与不来人。

除夜一作史青诗

今岁今宵尽，明年明日催。寒随一夜一作腊去，春逐五更来。气色空中改，容颜暗里回。风光人不觉，已著后园梅。

王岳灵

王岳灵，登开元进士第。天宝中，累官至监察御史。诗一首。

闻漏

建礼含香处，重城待漏臣。徐闻传凤诏，晓唱辨鸡人。银箭残将尽，铜壶漏更新。催筹当午夜，移刻及三辰。杳杳从天远，泠泠出禁频。直疑残漏曙，肃肃对钩陈。

周万—作吉万

周万,其先汝南人,后徙居永安黄冈,宣州刺史择从之子。开元末登第。诗一首。

送沈芳谒李观察求仕进 自注云:此君曾浪迹长安,因以诗让之。

往日长安路,欢游不惜年。为贪卢女曲,用尽沈郎钱。身老方投刺,途穷始著鞭。犹闻有知己,此去不徒然。

全唐诗卷一百四十六

陶翰

陶翰,润州人。开元十八年擢进士第,又擢宏词科。以《冰壶赋》得名,官礼部员外郎。诗一卷。

古塞下曲 一作王季友,误。

进军飞狐北,穷寇势将变。日落沙尘昏,背河更一战。骍一作骏马黄金勒,雕弓白羽箭。射杀左贤王,归奏未央殿。欲言塞下事,天子不召见。东出咸阳门,哀哀泪如霰。

燕歌行

请君留楚调,听我吟燕歌。家在辽水一作东头,边风意气多。出身为汉将,正值戎未和。雪中凌天山,冰上渡交河。大小百余战,封侯竟蹉跎。归来灞陵下,故旧无相过。雄剑委尘匣,空门垂一作惟雀罗。玉簪还赵女一作姝,宝瑟一作瑶琴付齐娥。昔日不为乐,时哉今奈何。

望太华赠卢司仓

行一作作吏到西华,乃观三峰壮。削成元气中,杰出天河一作汉上。如有飞动色,不知青冥状。巨灵安在哉,厥迹犹可望。方此顾一作叹行旅一作役,末由饬一作访仙装。装,唐韵侧亮切,行装也。或改作仗,非。葱茏记星坛,明灭数云嶂。良友垂真契,宿心所微尚。敢投归山吟,霞径一相访。

赠郑员外

骢马拂绣裳,按兵辽水阳。西分雁门骑,北逐楼烦王。闻道五军集,相邀百战场。风沙暗天起,虏骑一作阵森已行。儒服揖一作护诸将,雄谋吞大一作八荒。金门来一作求见谒,朱绂生辉光。数年一作载侍御史,稍迁尚书郎。人生志气立,所贵功业昌。何必守章句,终年事铅黄。同时献赋客,尚在东陵傍。

赠房侍御 时房公在新安

志士—作人固—作故不羁,与道常周旋。进则天下仰,已之能晏然。褐衣东府召,执简南台先。雄义每特立,犯颜岂图全。谪居东南远,逸气吟芳荃。适会寥廓趣,清波更贪缘。扁舟入五湖,发缆洞庭前。浩荡临海曲,迢遥济江壖。征奇忽忘返,遇兴将弥年。乃悟范生智,足明渔父贤。郡临新安渚,佳赏此城偏。日夕对层岫,云霞映晴川。闲居恋秋色,偃卧含贞坚。倚伏聊自—作自相化,行藏互推迁。君其振羽翮,岁晏将—作欲冲天。

晚出伊阙寄河南裴中丞

退无偃息资,进无当代策。冉冉时将暮,坐为周南客。前登阙塞门,永眺伊城陌。长川黯已空—作暮,千里寒气白。家本—作在渭水西,异日同所适。秉志师禽尚,微言祖庄易。一辞林壑间,共系风尘役。交朋—作才名忽先进,天道何—作邑多纷剧。岂念嘉遁时,依依偶沮溺。

送朱大出关

楚客西上书,十年不得意。平生相知者,晚节心各异。长揖五侯门,拂衣谢中贵。丈夫多别离,各有四方事。拔剑因高歌,萧萧北风至。故人有斗酒,是夜共君醉。努力强加餐,当年莫相弃。

宿天竺寺

松柏乱岩口,山西微径通。天开—作关一峰见,宫阙生虚空。正殿倚霞壁,千楼—作上房标石丛。夜来猿鸟静,钟梵响—作寒云中。岑—作峰翠映湖—作明月,泉声乱溪风。心超诸境外,了与悬解同。明发唯改视,朝日长崖东—作明发气候改,起视长崖东。湖色浓荡漾,海光渐曈朦。葛仙迹尚在,许氏道犹崇。独往古来—作今事,幽怀期二公。

出萧关怀古

驱马击长剑,行役至萧关。悠悠—作然五原上,永眺关河前。北房三十万,此中常控弦。秦城亘宇宙,汉帝理—作埋旌—作戎,又作旃旃。刁斗鸣不息,羽书日夜传。五军计莫就,三策议空全。大漠横万里,萧条绝人烟。孤城—作山当瀚海,落日照祁连。怆矣苦寒奏,怀哉式微篇。更悲秦楼月,夜夜出胡天。

南楚怀古

南国久芜漫,我来空郁陶。君看章华宫,处处生黄蒿。但见陵与谷,岂知贤与豪。精魂托古木,宝玉捐江皋。倚棹下晴景,回舟随晚涛。碧云暮寥落,湖上秋天高。往事那堪问,此心徒自劳。独余湘水上,千载闻离骚。

经杀子谷

扶苏秦帝子,举代称其贤。百万犹在握,可争天下权。束身就一剑,壮志皆弃捐。塞下有遗迹,千龄人共传。疏芜尽荒草,寂历空寒烟。到此尽垂泪,非我独潸然。

早过临淮

夜来三渚风—作夜泊三风渚,晨过临淮岛。湖中海气白,城上楚云早。鳞鳞鱼浦帆,漭漭芦洲草。川路日—作白浩荡,怒焉心如捣。且言任倚伏,何暇念枯槁。范子名屡移,蘧公志常保。古人去已久,此理今难—作难足道—作古人已云云,此理难足道。

乘潮至渔浦作

舣棹乘早潮,潮来如风雨。樟台忽已隐,界峰莫及睹—作峰高忽已罢,峰暗莫及睹。崩腾心为失,浩荡目无主。悁恼浪始闻—作风停浪始开,漾漾入鱼浦。云景共澄霁,江山相吞吐。伟哉造化工—作灵,此事从终古。流沫诚足诫,商歌调易若。颇因忠信全,客心—作念犹栩栩。

秋山夕兴

山月松篁下,月明山景鲜。聊为高秋酌,复此清夜弦。晤语方获志,栖心亦弥年。尚言兴未逸,更理逍遥篇。

送集贤学士伊阙史少府敕放归江东觐省 一作綦毋潜诗

墨客钟张侣,材高吴越珍。千门来谒帝,驷马去荣亲。吏邑沿清洛,乡山指白蘋。归期应不远,当及未央春。

送金卿归新罗

奉义朝中国,殊恩及远臣。卿心遥渡海,客路再经春。落日谁同望,孤舟独可亲。拂波衔木鸟,偶宿泣珠人。礼乐夷风变,衣冠汉制新。青云已干吕,知汝重来宾。

柳陌听早莺 一本题上有奉试二字

忽来枝上啭,还似谷中声。乍使香闺静,偏伤远客情。间关难辨处,断续若频惊。玉勒留将久,青楼梦不成。千门候晓发,万井报春生。徒有知音赏,惭非皋鹤鸣。

全唐诗卷一百四十七

刘长卿

刘长卿,字文房,河间人。开元二十一年进士。至德中,为监察御史。以检校祠部员外郎为转运使判官,知淮南鄂岳转运留后。鄂岳观察使吴仲孺诬奏,贬潘州南邑尉。会有为之辩者,除睦州司马。终随州刺史。以诗驰声上元、宝应间。权德舆尝谓为五言长城。皇甫湜亦云:"诗未有刘长卿一句,已呼宋玉为老兵。"其见重如此。集十卷,内诗九卷。今编诗五卷。

逢雪宿芙蓉山主人

日暮苍山远,天寒白屋贫。柴门闻犬吠,风雪夜归人。

送张起、崔载华之闽中

朝无寒士达,家在旧山贫。相送天涯里,怜君更远人。

赠秦系征君

群公谁让位,五柳独知贫。惆怅青山路,烟霞老此人。

秦系顷以家事获谤,因出旧山,每荷观察崔公见知,欲归未遂,感其流寓,诗以赠之

初迷武陵路,复出孟尝门。回首江南岸,青山与旧恩。

夜中对雪赠秦系,时秦初与谢氏离婚,谢氏在越

月明花满地,君自忆山阴。谁遣因风起,纷纷乱此心。

湘妃

帝子不可见,秋风来暮思。婵娟湘江月,千载空蛾眉。

斑竹

苍梧千载后,斑竹对湘沅。欲识湘妃怨,

枝枝满泪痕。

春草宫怀古

　　君王不可见,芳草旧宫春。犹带罗裙色,青青向楚人。

正朝览镜作

　　憔悴逢新岁,茅扉见旧春。朝来明镜里,不忍白头人。

瓜洲道中送李端公南渡后,归扬州道中寄

　　片帆何处去,匹马独归迟。惆怅江南北,青山欲暮时。

送张十八归桐庐

　　归人乘野艇,带月过江村。正落寒潮水,相随夜到门。

过白鹤观寻岑秀才不遇

　　不知方外客,何事锁空房。应向桃源里,教他唤阮郎。

听弹琴

　　泠泠七丝一作弦上,静听松风寒。古调虽自爱,今人多不弹。

游南园,偶见在阴墙下葵,因以成咏

　　此地常无日,青青独在阴。太阳偏不及,非是未倾心。

入百丈涧见桃花晚开

　　百丈深涧里,过时花欲妍。应缘地势下,遂使春风偏。

送子婿崔真甫、李穆往扬州四首

　　渡口发梅花,山中动泉脉。芜城春草生,君作扬州客。

　　半逻莺满树,新年人独远。落花逐流水,共到茱萸湾。

　　雁还空渚在,人去落潮翻。临水独挥手,残阳归掩门。

狎鸟携稚子,钓鱼终老身。殷勤嘱归客,莫话桃源人。

寄龙山道士许法棱

　　悠悠白云里,独住青山客。林下昼焚香,桂花同寂寂。

送方外上人

　　孤云将野鹤,岂向人间住。莫买沃洲山,时人已知处。

送灵澈上人

　　苍苍竹林寺,杳杳钟声晚。荷笠带夕阳,青山独归远。

茱萸湾北答崔载华问

　　荒凉野店绝,迢递人烟远。苍苍古木中,多是隋家苑。

赴楚州次自田途中阻浅,问张南史

　　楚城今近远,积霭寒塘暮。水浅舟且迟,淮潮至何处。

江中对月

　　空洲夕烟敛,望月秋江里。历历沙上人,月中孤渡水。

碧涧别墅喜皇甫侍御相访

　　荒村带返照,落叶乱纷纷。古路无行客,寒山独见君。野桥经雨断,涧水向田分。不为怜同病,何人到白云。

初到碧涧招明契上人

　　渐老知身累,初寒曝背眠。白云留永日,黄叶减余年。猿护窗前树,泉浇谷后一作口田。沃洲能共隐,不用道林钱。

送少微上人游天台

　　石桥人不到,独往更迢迢。乞食山家少,寻钟野路遥。松门风自扫,瀑布雪难消。秋夜闻清梵,余音逐海潮。

却归睦州至七里滩下作

南归犹谪宦,独上子陵滩。江树临洲晚,沙禽对水寒。山开斜照在,石浅乱流难。惆怅梅花发,年年此地看。

对酒寄严维

陋一作陌巷喜阳和,衰颜对酒歌。懒从华发乱,闲任白云多。郡简容垂钓,家贫学弄梭。门前七里濑,早晚子陵过。

新年作

乡心新岁切,天畔独潸然。老至居人下,春归在客先。岭猿同旦暮,江柳共风烟。已似长沙傅,从今又几年。

朱放自杭州与故里相使君立碑回,因以奉简,史部杨侍郎制文

片石羊公后,凄凉江水滨。好辞千古事,堕泪万家人。鹏集占书久,鸾回刻篆新。不堪相顾恨,文字日生尘。

送宣尊师醮毕归越

吹箫江上晚,惆怅别茅君。踏火能飞雪,登一作吞刀一作山入白云。晨香长日在,夜磬满山闻。挥手桐溪路,无情水亦分。

送裴使君赴荆南充行军司马

盛府南门寄,前程积水中。月明临夏口,山晚望巴东。故节辞江郡,寒笳发渚宫。汉川风景好,遥羡逐一作继羊公。

送裴郎中贬吉州

乱军交白刃,一骑出黄尘。汉节同归阙,江帆共逐臣。猿愁岐路晚,梅作异方春。知己滕侯在,应怜脱粟人。

酬皇甫侍御见寄,时前相国姑臧公初临郡

离别江南北,汀洲叶再黄。路遥云共水,砧迥月如霜。岁俭依仁政,年衰忆故乡。伫看一作君宣室召,汉法倚张纲。

月下呈章秀才八元

自古悲摇落,谁人奈此何。夜蛩偏傍枕,寒鸟数移柯。向老三年谪,当秋百感多一作无愁百口多。家贫惟好月,空愧子猷过。

酬张夏

几岁依穷海,颓年惜故阴。剑寒空有气,松老欲无心。玩雪劳相访,看山正独吟。孤舟且莫去,前路水云深。

送李使君贬连州

独过长沙去,谁堪此路愁。秋风散千骑,寒雨泊孤舟。贾谊辞明主,萧何识故侯。汉廷当自召,湘水但空流。

秋夜北山精舍观体如师梵

焚香奏仙呗,向夕遍空山。清切兼秋远,威仪对月闲。静分岩响答,散逐海潮还。幸得风吹去,随人到世间。

酬张夏雪夜赴州访别途中苦寒作

扁舟乘兴客,不惮苦寒行。晚暮相依分,江潮欲别情一作江潮别有情。水声冰下咽,砂路雪中平。旧剑锋芒尽,应嫌赠脱一作脱自轻。

寻洪尊师不遇

古木无人地,来寻羽客家。道书堆玉案,仙帔叠青霞。鹤老难知岁,梅寒未作花。山中不相见,何处化丹砂。

喜鲍禅师自龙山至

故居一作山何日下,春草欲芊芊。犹对山中月,谁听石上泉。猿声知后夜,花发见流年。杖锡闲来往,无心到处禅。

送方外上人之常州依萧使君

宰臣思得度,鸥鸟恋为群。远客回飞锡,空山卧白云。夕阳孤艇去,秋水两溪分。归共临川史,同翻贝叶文。

宿北山禅寺兰若

上方鸣夕磬,林下一僧还。密行传人少,

禅心对虎闲。青松临古路,白月满寒山。旧识窗前桂,经霜更待—作得攀。

赴新安别梁侍郎

新安君莫问,此路水云深。江海无行迹,孤舟何处寻。青山空向泪,白月岂知心。纵有余生在,终伤老病侵。

江州留别薛六、柳八二员外

江海相逢—作逢君少,东南别处长。独行风袅袅,相去水茫茫。白首辞同舍,青山背故乡。离心与潮信,每日到浔阳。

和州留别穆郎中

播迁悲远道,摇落感衰容。今日犹多难,何年更此逢。世交黄叶散,乡路白云重。明发看烟树,唯闻江北钟。

和州送人归复郢

因家汉水曲,相送掩柴扉。故郢生秋草,寒江澹落晖。绿林行客少,赤壁住人稀。独过浔阳去,潮归人不归。

送金昌宗归钱塘

新家浙江上,独泛落潮归。秋水照华发,凉风生褐衣。柴门嘶马少,藜杖拜人稀。惟有陶潜柳,萧条对掩扉。

酬张夏别后道中见寄

离群方岁晏,谪宦在天涯。暮雪同行少,寒潮欲上迟。海鸥知吏傲,砂鹤—作沙鸟见人衰。只畏生秋—作忆春草,西归亦未期。

新安奉送穆谕德归朝,赋得行字

九重宣室召,万里建溪行。事直皇天在,归迟白发生。用材身复起,睹圣眼犹明。离别寒江上,潺溪若有情。

偶然作

野寺长依止,田家或往还。老农开古地,夕鸟入寒山。书剑身同废,烟霞吏共闲。岂能将白发,扶杖出人间。

送州人—作睦州孙沅自本州却归句章新营所居

故里归成客,新家去未安。诗书满蜗舍,征税及渔竿。火种山田薄,星居海岛寒。怜君不得已,步步别离难。

送李员外使还苏州,兼呈前袁州李使君,赋得长字。袁州即员外之从兄

别离共成怨—作诚共怨,衰老更难忘。夜月留同舍,秋风在远乡。朱弦徐向烛,白发强临觞。归献西陵作,谁知此路长。

酬李员外从崔录事载华宿三河戍先见寄

寒江鸣石濑,归客夜初分。人语空山答,猿声独戍闻。迟来朝及暮,愁去水连云。岁晚心谁在,青山见此君。

见秦系离婚后出山居作

岂知偕老重,垂老绝良姻。郗氏诚难负,朱家自愧贫。绽衣留欲故,织锦罢经春。何况蘼芜绿,空山不见人。

酬秦系

鹤书犹未至,那出白云来。旧路经年别,寒潮每日回。家空归海燕,人老发江梅。最忆门前柳,闲居手自栽。

岁日作

建寅回北斗,看历占春风。律变沧江外,年加白发中。春衣试稚子,寿酒劝衰翁。今日阳和发,荣枯岂不同。

题元录事开元所居

幽居萝薜情,高卧纪纲行。鸟散秋鹰下,人闲春草生。冒风—作岚归野寺,收印出山城。今日新安郡,因君水更清。

送崔载华、张起之闽中

不识闽中路,遥知别后心。猿声入岭切,鸟道问人深。旅食过夷落,方言会越音。西征开幕府,早晚用陈琳。

送张司直赴岭南谒张尚书

番禺万里路,远客片帆过。盛府依横海,荒祠拜伏波。人经秋瘴变,鸟坠火云多。诚惮炎洲里,无如一顾何。

寄会稽公徐侍郎 公时在王傅

摇落淮南叶,秋风想越吟。邹枚入梁苑,逸少在山阴。老鹤无衰貌,寒松有本心。圣朝难税驾,惆怅白云深。

送朱山人放越州,贼退后归山阴别业

越州一作中初罢战,江上送归桡。南渡无来客一作信,西陵自落潮。空城垂故一作细柳,旧业一作井废春苗。闾里相逢少一作谁相见,莺花共寂寥。

秋夜肃公房喜普门上人自阳羡山至

山栖久不见,林下偶同游。早晚来香积,何人住沃洲。寒禽惊后一作独夜一作晚,古木带高秋。却入千峰去,孤云不可留。

送李秘书却赴南中 此公举家先流岭外,兄弟数人俱没南中

却到番禺日,应伤昔所依。炎洲百口住,故国几人归。路识梅花在,家存一作看棣萼稀。独逢回雁去,犹作旧行飞。

过前安宜张明府郊居

寂寥东郭外,白首一先生。解印一作考满孤琴在,移家一作家移五柳成。夕阳临水钓,春雨向田耕。终日空林下,何人识此情。

使回次杨柳过元八所居

君家杨柳渡,来往落帆过。绿竹经寒在,青山欲暮多。薜萝诚可恋,婚嫁复如何。无奈闲门外,渔翁夜夜歌。

送李侍御贬郴州

洞庭波渺渺,君去吊灵均。几路三湘水,全家万里人。听猿明月夜,看柳故年春。忆想汀洲畔,伤心向白蘋。

寄普门上人

白云幽卧处,不向世人传。闻在千峰里,心知独夜禅。辛勤羞薄禄,依止爱闲田。惆怅王孙草,青青又一年。

逢郴州使,因寄郑协律

相思楚天外,梦寐楚猿吟。更落淮南叶,难为江上心。衡阳问人远,湘水向君深。欲逐孤帆去,茫茫何处寻。

岳阳馆中望洞庭湖

万古巴丘戍,平湖此一作北望长。问人何森森,愁暮更苍苍。叠浪浮元气,中流没太阳。孤舟有归客,早晚达潇湘。

巡去岳阳却归鄂州使院,留别郑洵侍御,侍御先曾谪居此州

何事长沙谪,相一作长逢楚水秋。暮帆归夏口,寒雨对巴丘。帝子椒浆奠,骚人木叶愁。惟怜万里外,离别洞庭头。

夏口送屈突司直使湖南

共悲一作愁来夏口,何事更南征。雾露行人少,潇湘春草生。莺啼何处梦,猿啸若为声。风月新年好,悠悠远客情。

代边将有怀

少年辞魏阙,白首向沙场。瘦马恋秋草,征人思故乡。暮笳吹塞月,晓甲带胡霜。自到云中郡,于今百战强。

雨中过员稷巴陵山居赠别

怜君洞庭上,白发向人垂。积雨悲幽独,长江对别离。牛羊归故道,猿鸟聚寒枝。明发遥相望,云山不可知。

送李中丞之襄州 一作送李中丞归汉阳。李一作季。一无之襄州三字

流落征南将,曾驱十万师。罢归无旧业,老去恋明时。独立三朝识一作边静,轻生一剑知一作随。茫茫汉江上,日暮复一作欲何之。

奉使至申州,伤经陷没

举目伤芜没,何年此战争。归人失旧里,老将守孤城。废戍山烟出,荒田野火行。独怜溮水上,时乱亦能清。

穆陵关北逢人归渔阳

逢君穆陵路,匹马向桑干。楚国苍山古,幽州白日寒。城池百战后,耆旧几家残。处处蓬蒿遍,归人掩泪看。

安州道中经浐水有怀

征途逢浐水,忽似到秦川。借问朝天处,犹看落日边。映沙晴漾漾,出涧夜溅溅。欲寄西归恨,微波不可传。

步登夏口古城作

平芜连古堞,远客此沾衣。高树朝一作潮光上,空城秋气归。微明汉水极,摇落楚人稀。但见荒郊外,寒鸦暮暮飞。

赠别卢司直之闽中

尔来多不见,此去又何之。华发同今日,流芳似旧时。洲长春色遍,汉广夕阳迟。岁岁王孙草,空怜无处期。

酬郭一作张夏一作厦人日长沙感怀见赠此公比经流窜,亲在上都。

旧俗欢犹在,怜君恨独深。新年向国泪,今日倚门心。岁去随湘水,春生近桂林。流莺且莫弄,江畔正行吟。

赴巴南书情寄故人

南过三湘去,巴人此路偏。谪居秋瘴里,归处夕阳边。直道天何在,愁容镜亦怜。裁书欲谁诉,无泪可潸然。

余干旅舍

摇落暮天迥,青枫霜叶稀。孤城向水闭,独鸟背人飞。渡口月初上,邻家渔未归。乡心正欲绝,何处捣寒衣。

登思禅寺上方题修竹茂松

上方幽且暮一作西峰上方处,台殿一作榭隐蒙笼一作朦胧。远磬秋山里,清猿古木中。众溪连竹路,诸岭共松风。倪许栖林下,甘成白首翁。

恩敕重推使牒追赴苏州,次前溪馆作

渐入云峰里,愁看驿路闲。乱鸦投落日,疲马向空山。且喜怜非罪,何心恋末班。天南一万里,谁料得生还。

北归次秋浦界清溪馆

万里一作岭猿啼一作频断,孤村客暂依一作万古啼猿后,孤城落日依。雁过彭蠡暮,人向宛陵稀。旧路青山在,余生白首归。渐知行近北,不见鹧鸪飞。

谪官后却归故村,将过虎丘,怅然有作

万事依然在,无如岁月何。邑人怜白发,庭树长新柯。故老相逢少,同官不见多。唯余旧山路,惆怅枉帆过。

重推后却赴岭外待进止,寄元侍郎

却访巴人路,难期国士恩。白云从山岫,黄叶已辞根。大造功何薄,长年气尚冤。空令数行泪,来往落湘沅。

秋杪江亭有作一作秋杪干越亭

寂寞江亭下,江枫秋气斑一作日暮更愁远,天涯殊未还。世情何处澹,湘水向人闲。寒渚一孤雁,夕阳千万山。扁舟如一作将落叶,此去未知还一作俱在洞庭间。

送郑司直归上都

岁岁逢离别,蹉跎江海滨。宦游成楚老,乡思逐秦人。马首归何日,莺啼又一春。因君报情旧,闲慢欲垂纶。

送灵澈上人归嵩阳兰若一作废

南地随缘久,东林几岁空。暮山门独掩,春一作青草路难通。作梵连松韵,焚香入桂丛。唯将旧瓶钵,却寄白云中。

却赴南邑留别苏台知己

又过梅岭上,岁岁此—作北枝寒。落日孤舟去,青山万里看。猿声湘水静,草色洞庭宽。已料生涯事,唯应把钓竿。

和灵一上人新泉

东林一泉出,复与远公期。石浅寒—作浅石春流处,山空夜—作落时—作浅涧春流处,空山夜月时。梦闲闻—作归细响,虑澹对—作向清漪。动静皆无意—作如此,唯应达—作道者知。

送李挚赴延陵令

清风季子邑,想见下车时。向水弹琴静,看山采菊迟。明君加印绶,廉使托荣麰。旦暮华阳洞,云峰若有期。

奉送裴员外赴上都

彤襜江上远,万里诏书催。独过浔阳去,空怜潮信回。离心秋草绿,挥手暮帆开。想见秦城路,人看五马来。

长沙桓王墓下别李纾、张南史

长沙千载后,春草独萋萋。流水朝将—作空,又作远暮,行人东复西。碑苔几字灭,山木万株齐。伫立伤今古—作惟有年芳在,相看惜解携。

送侯—有侍字御赴黔中充判官

不识黔中路,今看遣使臣。猿啼万里客,鸟似五湖人。地远官无法,山深俗岂淳。须令荒徼外,亦解惧埋轮。

秋日登吴公台上寺远眺,寺即陈将吴明彻战场—作地

古台摇落后,秋日—作入望乡心。野寺人来少,云峰水隔深。夕阳依旧垒,寒磬满空林。惆怅南朝事,长江独至今。

淮上送梁二,恩命追赴上都

贾生年最少,儒行汉庭闻。拜手卷黄纸,回身谢白云。故关无去客,春草独随君。淼淼长淮水,东西自此分。

送崔升归上都

旧寺寻遗绪,归心逐去尘。早莺何处客,古木几家人。白发经多难,沧洲欲暮春。临期数行泪,为尔一沾巾。

过李将军南郑林园观妓

郊原风日好,百舌弄何频。小妇秦家女,将军天上人。鸦归长郭暮,草映大堤春。客散垂杨下,通桥车马尘。

送严侍御充东畿观察判官

洛阳征战后,君去问凋残。云月—作日临南至,风霜向北寒。故园经乱久,古木隔林看—作古道近乡看。谁访江城客,年年守一官。

送王端公入奏上都

旧国无家访,临歧亦羡归。途经百战后,客过二陵稀。秋草通征骑,寒城背落晖。行当蒙顾问,吴楚岁频饥。

送营田判官郑侍御赴上都

上国三千里,西还—作游及岁芳。故山经乱在,春日送归长。晓奏趋双阙,秋成报万箱。幸论开济力,已实海陵仓。

送李校书赴东浙幕府校书工于翰墨

方从大夫后,南去会稽行。森森沧江外,青青春草生。芸香辞乱—作校事,梅吹听军声。应访王家宅,空怜江水平。

清明后登城眺望

风景清明后,云山睥睨前。百花如旧日,万井出新烟。草色无空地,江流合远天。长安在何处—作何处是,遥指夕阳边。

陪王明府泛舟

花县弹琴暇,樵风载酒时。山含秋色近,鸟度夕阳迟。出没凫成浪,蒙笼竹亚枝。云峰逐人意,来去解相随。

送度支留后若侍御之歙州,便赴信州省觐
　　国用忧钱谷,朝推此任难。即山榆荚变,降雨稻花残。林响朝登岭,江喧夜过滩。遥知骢马色,应待倚门看。

余干夜宴奉饯前苏州韦使君新除婺州作
　　复拜东阳郡,遥驰北阙心。行春五马急,向夜一猿深。山过康郎近,星看婺女临。幸容栖托分,犹恋旧棠阴。

晚次苦竹馆,却忆干越旧游
　　匹马风尘色,千峰旦暮时。遥看落日尽,独向远山迟。故驿花临道,荒村竹映篱。谁怜却回首,步步恋南枝。

送李二十四移家之江州
　　烟尘犹一作遥满目,歧路易沾衣。逋一作迁客多南渡,征一作春鸿自北飞。九江春草绿一作东林古寺静,千里暮潮归。别后难一作谁相访,全家隐钓矶一作美尔全家隐,炉峰对掩扉。

送卢判官南湖
　　漾舟仍载酒,愧尔意相宽。草色南湖绿,松声小署寒。水禽前后起一作出,花屿往来看。已作沧洲调,无心恋一官。

送张栩扶侍之睦州此公旧任建德令
　　遥忆新安旧,扁舟复却还。浅深看水石,来往逐云山。入县余花在,过门故柳闲。东征随子去,皆隐薜萝间。

集梁耿开元寺所居院
　　到君幽卧处,为我扫莓苔。花雨晴天落,松风终日来。路经深竹过,门向远山开。岂得长高枕,中朝正用才。

赠西邻卢少府
　　篱落能相近,渔樵偶复同。苔封三径绝,溪向数家通。犬吠寒烟里,鸦鸣一作飞夕照中。时因杖藜次一作偶因篮舆出,相访竹林东。

游休禅师双峰寺
　　双扉碧峰际,遥向夕阳开。飞锡方独往,孤云何事来。寒潭映白月,秋雨上青苔。相送东郊外,羞看骢马回。

廨中见桃花南枝已开,北枝未发,因寄杜副端
　　何意同根本,开花每后时。应缘去日远,独自发春迟。结实恩一作应难忘一作望,无言恨岂知。年光不可待,空羡向南枝。

奉送卢员外之饶州
　　天书万里至,旌斾上江飞。日向鄱阳近,应看吴岫微。暮帆何处落,潮水背人归。风土无劳问,南枝黄叶稀。

送处士归州,因寄林山人
　　陵阳不可见,独往复如何。旧邑云山里,扁舟来去过。鸟声春谷静,草色太湖多。傥宿荆溪夜,相思渔者歌。

移使鄂州,次岘阳馆怀旧居
　　多惭恩未报,敢问路何长。万里通秋雁,千峰共夕阳。旧游成远道,此去更违一作送乡。草露深一作空山里,朝朝落一作满客裳。

送齐郎中赴海州
　　华省占星动,孤城望日遥。直庐收旧草,行县及新苗。沧海天连水,青山暮与朝。闾阎几家散,应待下车招。

重阳日鄂城楼送屈突司直
　　登高复送远,惆怅洞庭秋。风景一作水同前一作千古,云山满上游。苍苍来暮雨,森森逐寒流。今日关中事,萧何共尔忧。

更被奏留淮南,送从弟罢使江东
　　又作淮南客,还悲木叶声。寒潮落瓜步,秋色上芜城。王事何时尽,沧洲羡尔行。青山将绿水,惆怅不胜情。

经漂母墓
　　昔贤怀一饭,兹事已千秋。古墓樵人识,前朝楚水流。渚蘋行客荐,山木杜鹃愁。春草茫茫绿,王孙旧此游。

送李端公赴东都
　　轩辕征战后,江海别离长。远客归何处,平芜满故乡。夕阳帆杳杳,旧里树苍苍。惆怅蓬山下,琼枝不可忘。

送王员外归朝
　　往来无尽目,离别要逢春。海内罹多事,天涯见近臣。芳时万里客,乡路独归人。魏阙心常在,随君亦向秦。

送蒋侍御入秦
　　朝见及芳菲,恩荣出紫微。晚光临仗奏,春色共西归。楚客移家老,秦人访旧稀。因君乡里去,为扫故园扉。

洞庭驿逢郴州使还,寄李汤司马
　　洞庭秋水阔,南望过衡峰。远客潇湘里,归人何处逢。孤云飞不定,落叶去无踪。莫使沧浪叟,长歌笑尔容。

送舍弟之鄱阳居
　　鄱阳寄家处,自别掩柴扉。故里人何在,沧波孤客稀。湖山春草遍,云木夕阳微。南去逢回雁,应怜相背飞。

送裴二十端公使岭南
　　苍梧万里路,空见白云来。远国知何在,怜君去未回。桂林无叶落－作落叶,梅岭自花开。陆贾千年后,谁看朝汉台。

过桃花夫人庙即息夫人
　　寂寞应千岁,桃花想一枝。路人看古木,江月向空祠。云雨飞何处,山川是旧时。独怜春草色,犹似忆佳期。

鄂渚送池州程使君
　　萧萧五马动,欲别谢临川。落日芜湖色,空山梅冶烟。江湖通廨舍,楚老拜戈船。风化东南满,行舟来去传。

送友人西上
　　羁心不自解,有别会沾衣。春草连天积,五陵远客归。十年经转战,几处便－作更芳菲。想见函关路,行人去亦稀。

送梁郎中赴吉州
　　遥想庐陵郡,远听叔度歌。旧官移上象,新令布中和。看竹经霜少,闻猿带雨多。但愁征拜日,无奈借留何。

过湖南羊－作来处士别业
　　杜门成白首,湖上寄生涯。秋草芜－作闲三径,寒塘独一家。鸟归村落尽,水向县城斜。自有东篱菊,年年解作花－作爱汝醒还醉,东篱菊正花。

送河南元判官赴河南勾当苗税充百官俸钱
　　春草长河曲,离心共渺然。方收汉家俸,独向汶阳田。鸟雀空城在,榛芜旧路迁。山东征战苦,几处有人烟。

夏中崔中丞宅见海红摇落一花独开
　　何事一花残,闲庭百草阑。绿滋经雨发,红艳隔林看。竟日余香在,过时独秀难。共怜芳意晚,秋露未须团－作漙。

使还至－作自菱陂－作波,一作坡驿渡浉水作
　　清川已再涉,疲马共西还。何事行人倦,终年流水闲。孤烟飞－作出广泽,一鸟向空山。愁入云峰里,苍苍闭古关。

送齐郎中典括州
　　星象移何处,旌麾独向东。劝耕沧海畔,听讼白云中。树色－作影双溪合,猿声万岭同。石门康－作空乐住－作在,几里柱帆通。

过隐空和尚故居
　　自从飞锡去,人到沃洲稀。林下期何在,山中春独归。踏花寻旧径,映竹掩空扉。寥落

东峰上,犹堪静者依。

过萧尚书故居见李花,感而成咏

手植已芳菲,心伤故径微。往年啼鸟至,今日主人非。满地谁当扫,随风岂复归。空怜旧阴在,门客共沾衣。

送袁处士

闲田北川下,静者去躬耕。万里空江荬,孤舟过鄣城。种荷依野水,移柳待山莺。出处安能问,浮云岂有情。

酬李侍御登岳阳见寄

想见孤舟去,无由此路寻。暮帆遥在眼,春色独何心。绿水潇湘阔,青山鄂杜深。谁当北风至,为尔一开襟。

喜晴

晓日西风转,秋天万里明。湖天一种色,林鸟百般声。霁景浮云满,游丝映水轻。今朝江上客,凡慰几人情。

全唐诗卷一百四十八

刘长卿

夏口送徐郎中归朝
星象南宫远,风流上客稀。九重思晓奏,万里见春归。棹发空江响,城孤落日晖。离心与杨柳,临水更依依。

鄂渚听杜别驾弹胡琴
文姬留此曲,千载一知音。不解胡人语,空留—作愁楚客心。声随边草动,意入陇云深。何事长江上,萧萧出塞吟。

过鹦鹉洲王处士别业
白首此为渔,青山对结庐。问人寻野笋,留客馈家蔬。古柳依沙发—作岸,春苗带雨锄。共怜芳杜色,终日伴闲居。

寄万州崔使君令钦
时艰方用武,儒者任浮沉。摇落秋江暮,怜君巴峡深。丘—作立门多白首,蜀郡满青襟。自解书生咏,愁猿莫夜吟。

送马秀才移家京洛便赴举
自从为楚客,不复扫荆扉。剑共丹诚在,书随白发归。旧游经乱静,后进识君稀。空把相如赋,何人荐礼闱。

送南特进赴归行营
闻道军书至,扬鞭不问家。虏云连白草,汉月到黄沙。汗马河源饮,烧羌陇坻遮。翩翩新结束,去逐李轻车。

送道标上人归南岳
悠然—作悠倚孤棹,却忆卧中林。江草将归远,湘山独往深。白云留不住,渌水去无心。衡岳千峰乱,禅房何处寻。

送梁侍御巡—作赴永州
萧萧江雨暮,客散野—作短亭空。忧国天涯去,思乡岁暮同。到时猿未断,回处水应穷。

莫望零陵路,千峰万木中。

岁夜喜魏万成、郭夏一作厦雪中相寻
新年欲变柳,旧客共沾衣。岁一作旅夜犹难尽,乡春又独归。寒灯映虚牖,暮雪掩闲扉。且莫一作旦暮乘船去,平生相访稀。

送蔡侍御赴上都
迟迟立驷马,久客恋潇湘。明日谁同路,新年独到一作别乡。孤烟一作灯向驿远,积雪去关长。秦地看春色,南枝不可忘。

晦日陪辛大夫宴南亭
月晦逢休浣,年光逐宴移。早莺留客醉,春日为人迟。蒉草全无叶,梅花遍压枝。政闲风景好,莫比岘山时。

送独孤判官赴岭
伏波初树羽,待尔静川鳞。岭海看飞鸟,天涯问远人。苍梧云里夕,青草嶂中春。遥想文身国,迎舟拜使臣。

长沙馆中与郭夏一作厦对雨
长沙积雨晦,深巷绝人幽。润上春衣冷,声连暮角愁。云横全楚地,树暗古湘洲。杳霭江天外,空堂生百忧。

陪辛大夫西亭宴观妓
歌舞怜一作连迟日,旌麾一作旗映早春。莺窥陇西将,花对洛阳人。醉罢知何事,恩深忘此身。任他行雨去,归路浥香一作轻尘。

题魏万成江亭
萧条方岁晏,牢落对空洲。才出时人右,家贫湘水头。苍山隐暮雪,白鸟没寒流。不是莲花府,冥冥不可求。

春过裴虬郊园时装不在,因以寄之
郊原春欲暮,桃杏落纷纷。何处随芳草,留家寄白云。听莺情念友,看竹恨无君。长啸高台上,南风冀尔闻。

送韦赞善使岭南
欲逐一作报楼船将,方安卉服夷。炎洲经瘴远,春水上泷迟。岁贡随重译,年芳遍四时。番禺静无事,空咏饮泉诗。

送乔判官赴福州
扬帆向何处,插羽逐征东。夷落人烟迥,王程鸟路通。江流回涧底,山色聚闽中。君去凋残后,应怜百越空。

送李补阙之上都
独归西掖去,难接后尘游。向日三千里,朝天十二楼。路看新柳夕,家对旧山秋。惆怅离心远,沧江空自流。

送袁明府之任
既有亲人术,还逢试吏年。蓬蒿千里闭,村树几家全。雪覆淮南道,春生颍谷烟。何时当莅政,相府待闻天。

海盐官舍早春
小邑沧洲吏,新年白首翁。一官如远客,万事极飘蓬。柳色孤城里,莺声细雨中。羁心早已乱,何事更春风。

南湖送徐二十七西上
家在横塘曲,那能万里违。门临秋水掩一作淹,帆带夕阳飞。傲俗宜纱帽,干时倚布衣。独将湖上月,相逐去还归。

曲阿对月别岑况、徐说
金陵已芜没,函谷复烟尘。犹见南朝月,还随上国人。白云心自远,沧海意相亲。何事须成别,汀洲欲暮春。

送李侍御贬鄱阳此公近由此州使回
回车仍昨日,谪去已秋风。干越知何处,云山只向东。暮天江色里,田鹤稻花中。却见鄱阳吏,犹应旧马骢。

送路少府使东京便应制举 时梁宋初失守。一题作送骆三少府西山应制。

故人西奉使,胡骑正纷纷—作汀洲芳草绿,日暮更氛氲。旧国无来信,春江独送君。五言凌白雪,六翮向青云。谁念沧洲吏—作史,忘机鸥鸟群—作自是无机者,沙鸥已可群。又作空自无机事,沙鸥已可群。

松江独宿

洞庭初下叶,孤客不胜愁。明月天涯夜,青山江上秋。一官成白首,万里寄沧洲。久被浮名系,能无愧海鸥。

寻白石山真禅师旧草堂

惆怅云山暮,闲门独不开。何时飞杖锡,终日闭苍苔。隔岭春犹在,无人燕亦来。谁堪暝投处,空复一猿哀。

送行军张司马罢使回—作送张巽司直归越中

时危身赴敌,事往任浮沉。末路—作万里三江去,当时—作孤城百战心。春风吴苑—作草绿,古木剡山深。千里沧波上—作明日沧洲路,孤舟—作云不可寻。

喜李翰自越至

南浮沧海上,万里到吴台。久别长相忆,孤舟何处来。春风催客醉,江月向人开。羡尔无羁束,沙鸥独不猜。

罪所留系寄张十四

不见君来久,冤深意未传。冶长空得罪,夷甫岂言钱。直道天何在,愁容镜亦怜。因书欲自诉,无泪可潸然。

送勤照和尚往睢阳赴太守请

燃灯传七祖,杖锡为诸侯。来去—作去住云无意,东西水自流。青山春满目,白日夜随舟。知到梁园下,苍生赖—作春此游。

长门怨

何事长门闭,珠帘只自垂。月移深殿早,春向后宫迟。蕙草生闲地,梨花发旧枝。芳菲自—作似恩幸,看著—作却被风吹。

过横山顾山人草堂

只—作祗见山相掩,谁言路尚通。人来千嶂外,犬吠百花中。细草香飘雨,垂杨闲卧风。却寻樵径去,惆怅绿溪东。

送李校书适越谒杜中丞

江风处处尽,旦暮水空波。摇落行人去,云山向越多。陈蕃悬榻待,谢客枉帆过。相见耶溪路,逶迤入薜萝。

秋夜雨中,诸公过灵光寺所居

晤语青莲舍,重门闭夕阴。向人寒烛静,带雨夜钟沈—作深。流水从他事,孤云任此心。不能捐斗粟,终日愧瑶琴。

西庭夜燕,喜评事兄拜会

犹是南州吏,江城又一春。隔帘湖上月,对酒眼中人。棘寺初衔命,梅仙已误身。无心羡荣禄,唯待却垂纶。

寻南溪常山道人隐居—作寻常山南溪道士隐居

一路经行处,莓—作苍苔见履痕。白云依静渚—作者,春—作芳草闭闲门。过雨看松色,随山到水源。溪花与禅意,相对亦忘言。

扬州雨中张十宅观妓—作张谓诗

夜色带—作对,又作滞春烟,灯花拂更燃。残妆添石黛,艳舞落金钿。掩笑频欹扇,迎歌乍动弦。不知巫峡雨,何事海西边。

赴宣州使院,夜宴寂上人房,留辞前苏州韦使君

白云乖始愿,沧海有微波。恋旧争趋府,临危欲负戈。春归花殿暗,秋—作寒傍竹房多。耐可机心息,其如羽檄何。

送薛承矩秩满北游

匹马向何处,北游殊未还。寒云带飞雪,

日暮雁门关。一路傍汾水,数州看晋山。知君喜初服,只爱此身闲。

饯别王十一南游

望君烟水阔,挥手泪沾巾。飞鸟没何处,青山空向人。长江一帆远,落日五湖春。谁见汀洲上,相思愁白蘋。

送严维尉诸暨 严即越州人

爱尔文章远,还家印绶荣。退公兼色养,临下带乡情。乔木映官舍,春山宜县城。应怜钓台石,闲却为浮名。

送李七之笮水谒张相公

惆怅青春晚,殷勤浊酒垆。后时长剑涩,斜日片帆孤。东阁邀才子,南昌老腐儒。梁园旧相识,谁忆卧江湖。

送崔处士先适越

山阴好云物,此去又春风。越鸟闻花里,曹娥想镜中。小江潮易满,万井水皆通。徒羡扁舟客,微官事不同。

奉陪使君西庭送淮西魏判官 得山字

羽檄催归恨,春风醉别颜。能邀五马送,自逐一星还。破竹从军乐,看花听讼闲。遥知用兵处,多在八公山。

狱中见壁画佛

不谓衔冤处,而能窥大悲。独栖丛棘下,还见雨花时。地狭青莲小,城高白日迟。幸亲方便力,犹畏毒龙欺。

送许拾遗还京

万里辞三殿,金陵到旧居。文星出西掖,卿月在南徐。故里惊朝服,高堂捧诏书。暂容乘驷马,谁许恋鲈鱼。

送张七判官还京觐省 大夫之子时初

春兰方可采,此去叶初齐。函谷莺声里,秦山马首西。庭闱新柏署,门馆旧桃蹊。春色一作日长安道,相随入禁闱。一本缺。

送孙莹京监擢第归蜀觐省

适贺一枝新,旋惊万里分。礼闱称独步,太学许能文。征马望春草,行人看暮云。遥知倚门处,江树正氛氲。

送史九赴任宁陵,兼呈单父史八,时监察五兄初入台

趋府弟联兄,看君此去荣。春随千里道,河带万家城。绣服棠花映,青袍草色迎。梁园修竹在,持赠结交情。

卧病喜田九见寄 一作过

卧来能几日,春事已依然。不解谢公意,翻令静者便。庭阴残旧雪,柳色带新年。寂寞深村里,唯君相访偏。

重过宣峰寺山房,寄灵一上人

西陵潮信满,岛屿入中流。越客依风水,相思南渡头。寒光生极浦,暮雪映沧洲。何事扬帆去,空惊海上鸥。

云门寺访灵一上人

所思劳日久,惆怅去西东。禅客知何在,春山到处同。独行残雪里,相见白云中。请近东林寺,穷年事远公。

送陆羽之茅山,寄李延陵

延陵衰草遍,有路问茅山。鸡犬驱将去,烟霞拟不还。新家彭泽县,旧国穆陵关。处处逃名姓,无名亦是闲。

寄灵一上人初还云门 一作皇甫曾诗

寒霜白云里,法侣自相携。竹径通城下,松风隔水西。方同沃洲去,不作武陵迷。仿佛知心处,高峰是会稽。

寄灵一上人 一作皇甫冉诗,一作郎士元诗。

高僧本姓竺,开士旧名林。一去春山里,千峰不可寻。新年芳草遍,终日白云深。欲徇微官去,悬知讶此心。

送韩司直

游吴还入越,来往任风波。复送王孙去,其如春草何。岸明残雪在,潮满夕阳多。季子杨柳庙,停舟试一过。

酬李郎中夜登苏—作福州城楼见寄

辛勤万里道,萧索九秋残。日照闽中夜,天凝海上寒。客程无地远,主意在人安。遥寄登楼作,空知行路难。

送人游越—作郎士元诗

未习风波事,初为吴越游。露沾湖色晓—作晚,月照海门—作山秋。梅市门何在,兰亭水尚流。西陵待潮处,落日满扁—作孤舟。

赠普门上人

支公身欲老,长在沃洲多。惠力堪传教,禅心久伏魔。山云随坐夏,江草伴头陀。借问回心后,贤愚去几何。

送康判官往新安—作皇甫冉诗

不向新安去,那知江路长。猿声近庐霍,水色胜潇湘。驿路收残雨,渔家带夕阳。何须愁旅泊,使者有辉光。

送顾长—本题下有往新安三字

由来山水客,复道向新安。半是乘槎便,全非行路难。晨装林月在,野饭浦沙寒。严子千年后,何人钓旧滩。

九日登李明府北楼

九日登高望,苍苍远树低。人烟湖草里,山翠县楼西。霜降鸿声切,秋深客思迷。无劳白衣酒,陶令自相携。

同诸公登楼

秋草行将暮,登楼客思惊。千家同霁色,一雁报寒声。北望无乡信,东游滞客行。今君佩铜墨,还有越乡情。

送友人南游

不愁寻水远,自爱逐连山。虽在春风里,犹从芳草间。去程何用计,胜事且相关。旅逸同群鸟,悠悠往复还。

送裴二十一

多病长无事,开筵暂送君。正愁帆带雨,莫望水连云。客思闲偏极,川程远更分。不须论—本缺早晚,惆怅又离群。

送张判官罢使东归

白首辞知己,沧洲忆旧居。落潮回野艇,积雪卧官庐。范叔寒犹在,周王岁欲除。春山数亩地,归去带经锄。

早春

微雨夜来歇,江南春色回。本惊时不住,还恐老相催。人好千场醉,花无百日开。岂堪沧海畔,为客十年来。

送青苗郑判官归江西

三苗余古地,五稼满秋田。来问周公税,归输汉俸钱。江城寒背日,溢水暮连天。南楚凋残后,疲民赖尔怜。

过包尊师山院

卖药曾相识,吹箫此复闻。杏花谁是主,桂树独留君。漱玉临丹井,围棋访白云。道经今为写,不虑惜鹅群。

故女道士婉仪太原郭氏挽歌词

作范宫闱睦,归真道艺—作艺业超。驭风仙路远,背日帝宫—作居遥。鸾殿空留处,霓裳已罢朝。淮王哀不尽,松柏但萧萧。

宫禁恩—作思长隔,神仙道已分。人间惊早露,天上失朝云。逝水年无限,佳城日易曛。箫声将薤曲,哀断不堪闻。

少年行

射飞夸侍猎,行乐爱联镳。荐枕青蛾艳,鸣鞭白马骄。曲房珠翠合,深巷管弦调。日晚春风里,衣香满路飘。

归弋阳山居，留别卢、邵二侍御

渺渺归何处，沿流附客船。久依鄱水住，频税越人田。偶俗机偏少，安闲性所便。只应君少惯，又欲寄林泉。

赴江西，湖上赠皇甫曾之宣州

莫恨扁舟去一作此去君何恨，川途一作南行我更遥。东西潮渺渺，离别雨萧萧。流水通春谷，青山过板桥。天涯有来客，迟尔访渔樵一作浮阳如桂楫，千里有归潮。

湘中纪行十首

湘妃庙

荒祠古木暗，寂寂此江濆。未作湘一作湖南雨，知为何处云。苔痕断珠履，草色带罗裙。莫唱迎仙曲，空山不可闻。

斑竹岩

苍梧在何处，斑竹自成林。点点留残泪，枝枝寄此心。寒山响易满，秋水影偏深。欲觅樵人路，蒙笼一作朦胧不可寻。

洞山阳浮丘公旧隐处。一作洞阳山。

旧日仙成处，荒林客到稀。白云将犬去，芳草任人归。空谷无行径，深山少一作多落晖。桃园几家住，谁为扫荆扉。

云母溪

云母映溪水，溪流知几春。深藏武陵客，时过洞庭人。白发惭皎镜，清光媚漪沦。寥寥古松下，岁晚挂头巾。

赤沙湖

茫茫霞霰外，一望一沾衣。秋水连天阔，浔阳何处归。沙鸥积暮雪，川日动寒晖。楚客来相问，孤舟泊钓矶。

秋云岭

山色无定姿，如烟复如黛。孤峰夕阳后，翠岭秋天外。云起遥蔽亏，江回频向背。不知今远近，到处犹相对。

花石潭

江枫日摇落，转爱寒潭静。水色淡如空，山光复相映。人闲流更慢，鱼戏波难定。楚客往来多，偏知白鸥性。

石围峰一作石菌山

前山带秋色，独往一作住秋江晚。叠嶂入云多，孤峰去人远。夤缘不可到，苍翠空在眼。渡口问渔家，桃源路深浅。

浮石濑

秋月照潇湘，月明闻荡桨。石横晚濑急，水落寒沙广。众岭猿啸重，空江人语响。清晖朝复暮，如待扁舟赏。

横龙渡

空传古岸下，曾见蛟龙去。秋水晚沈沈，犹一作独疑在深一作何处。乱声沙上石，倒影云中树。独见一作系一扁舟，樵人往来渡。

杂咏八首，上礼部李侍郎幽琴中二联作听琴绝句，已见前卷。

幽琴

月色满轩白，琴声宜夜阑。飕飕青丝上，静听松风寒。古调虽自爱，今人多不弹。向君投此曲，所贵知音难。

晚桃

四月深涧底，桃花方欲然。宁知地势下，遂使春风偏。此意颇堪惜，无言谁为传。过时君未赏，空媚幽林前。

疲马

玄黄一疲马，筋力尽胡尘。蹀首北风夕，徘徊鸣向人。谁怜弃置久，却与驽骀亲。犹恋长城外，青青寒草春。

春镜

宝镜凌曙开，含虚净如水。独悬秦台上，万象清光里。岂虑高鉴偏，但防流尘委。不知娉婷色，回照今何似。

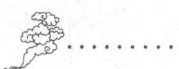

古剑

龙泉闲古匣,苔藓沦此地。何意久藏锋,翻令世人弃。铁衣今正涩,宝刃犹可试。倪遇拂拭恩,应知刲犀利。

旧井

旧井依旧城,寒水深洞彻。下看百余尺,一镜光不灭。素绠久未垂,清凉尚含洁。岂能无汲引,长讶君恩绝。

白鹭

亭亭常独立,川上时延颈。秋水寒白毛,夕阳吊孤影。幽姿闲自媚,逸翮思一骋。如有长风吹,青云在俄顷。

寒釭

向夕灯稍进,空堂弥寂寞。光寒对愁人,时复一花落。但恐明见累,何愁暗难托。恋君秋夜永,无使兰膏薄。

寄李侍御

旧国人未归,芳一作沧洲草还碧。年年湖上亭一作春,怅望江南客。骢马入关西,白云独何适。相思烟水外,唯有心不隔。

晚泊湘江怀故人

天涯片云去,遥指帝乡忆。惆怅增暮情,潇湘复秋色。扁舟宿何处,落日羡归翼。万里无故人,江鸥不相识。

过邹三湖上书斋

何事东南客,忘机一钓竿。酒香开瓮老,湖色对门寒。向郭青山送,临池白鸟看。见君能浪迹,予亦厌微官。

从军六首

回看虏骑合,城下汉兵稀。白刃两相向,黄云愁不飞。手中无尺铁,徒欲突重围。

目极雁门道,青青边草春。一身事征战,匹马同苦辛。末路成白首,功归天下人。

倚剑白日暮,望乡登戍楼。北风吹羌笛,此夜关山愁。回首不无意,滹河空自流。

黄沙一万里,白首无人怜。报国剑已折,归乡身幸全。单于古台下,边色寒苍然。

落日更萧条,北风动枯草。将军追虏骑,夜失阴山道。战败仍树勋,韩彭但空老。

草枯一作秋草秋塞上,望见渔阳郭。胡马嘶一声,汉兵泪双落。谁为吮疮者,此事今人薄。

龙门八咏

阙口

秋山日一作向摇落,秋水急波澜。独见鱼龙气,长令烟雨寒。谁穷造化力,空向两崖看。

水东渡

山叶傍崖赤,千峰秋色多。夜泉发清响,寒渚生微波。稍见沙上月,归人争渡河。

福公塔

寂寞对伊水,经行长未还。东流自朝暮,千载空云山。谁见白鸥鸟,无心洲渚间。

远公龛

松路向精舍,花龛归老僧。闲云随锡杖,落日低金绳。入夜翠微里,千峰明一灯。

石楼

隐隐见花阁,隔河映青林。水田秋雁下,山寺夜钟深。寂寞群动息,风泉清道心。

下山

谁识往来意,孤云长自闲。风寒未渡水,日暮更看山。木落众峰出,龙宫苍翠间。

水西渡一作西渡水

伊水摇镜光,纤鳞如不隔。千龛道傍古,一鸟沙上白。何事还一作闲山云一作寒,能留向城客。

渡水

日暮下山来,千山暮钟发。不知波上棹,

还弄山中月。伊水连白云,东南远明灭。

月下听砧

夜静掩寒城,清砧发何处。声声捣秋月,肠断卢龙戍。未得—作有寄征人,愁霜复愁露。

送丘为赴上都—作送皇甫曾

帝乡何处是,歧路空垂泣。楚思—作客愁暮多,川程—作长带潮急。潮归人不归,独向空—作回塘立。

题大理黄主簿湖上高斋

闭门湖水畔,自与白鸥亲。竟日窗中岫,终年林下人。俗轻儒服弊,家厌法官贫。多雨茅檐夜,空洲草径春。桃源君莫爱,且作汉朝臣。

平蕃曲三首

吹角报蕃营,回军欲洗兵。已教青海外,自筑汉家城。

渺渺戍烟孤,茫茫塞草枯。陇头那用闭,万里不防胡。

绝漠大军远,平沙独成闲。空留一片石,万古在燕山。

送郑说之歙州谒薛侍郎—作薛能郎中

漂泊来千里,讴谣满百城。汉家尊太守,鲁国重诸生。俗变人难理,江传—作流水至清。船经危石住—作往,路入乱山行。老得沧州趣,春伤白首情。尝闻马南郡,门下有康成。

题独孤使君—作常州湖上林—作新亭

出树倚朱栏,吹铙引上官。老农持锸拜,时稼卷帘看。水对登龙净,山当建隼寒。夕阳湖草动,秋色渚田宽。渤海人无事,荆州客独安。谢公何足比,来往石门难。

酬滁州李十六使君见赠 李公与予俱于阳羡山中新营别墅,以其同志,因有此作。

满镜悲华发,空山寄此身。白云家自有,黄卷业长贫。懒任垂竿老,狂因酿黍春。桃花迷圣代,桂树狎幽人。幢盖方临郡,柴荆忝作邻。但愁千骑至,石路却生尘。

送严维赴河南充严中丞幕府

久别耶溪客,来乘使者轩。用才荣入幕,扶病喜同樽。山屐留何处,江帆去独翻。暮情辞镜水,秋梦识云门。莲府开花萼,桃园寄子孙。何当举严助,遍沐汉朝恩。

酬包谏议佶见寄之什

佐郡愧顽疏,殊方亲里闾。家贫寒未度,身老岁将除。过雪山僧至,依阳野客舒。药陈随远宦,梅发对幽居。落日栖枭鸟,行人遗—作达鲤鱼。高文不可和,空愧学相如。

栖霞寺东峰寻南齐明徵君故居

山人今不见,山鸟自相从。长啸辞明主,终身卧此峰。泉源通石径,涧户掩尘容。古墓依寒草,前朝寄老松。片云生断壁,万籁遍疏钟。惆怅空归去,犹疑林下逢。

奉和赵给事使君,留赠李婺州舍人,兼谢舍人别驾之什

便道访情亲,东方千骑尘。禁深分直夜,地远独行春。绛阙辞明主,沧洲识近臣。云山随候吏,鸡犬逐归人。庭顾婆娑老,邦传蔽芾新。玄晖翻佐理,闻到郡斋频。

行营酬吕侍御,时尚书问罪襄阳,军次汉东境上,侍御以州邻寇贼,复有水火迫于征税诗以见谕

不敢淮南卧,来趋汉将营。受辞瞻左钺,扶疾往前旌。井税鹑衣乐,壶浆鹤发迎。水归余断岸,烽至掩孤城。晚日归千骑,秋风合五兵。孔璋才素健,早晚檄书成。

登迁—作仙仁楼,酬子婿李穆

临风敞丽谯,落日听吹铙。归路空回首,新章已在腰。非才受官谤,无政作人谣。俭岁安三户,余年寄六条。春芜生楚国,古树过隋朝。赖有东床客,池塘免寂寥。

别李氏女子

念尔嫁犹近,稚年那别亲。临歧方教诲,所贵和六姻。俯首戴荆钗,欲拜凄且颦。本来儒家子,莫耻梁鸿贫。汉川若可涉,水清石磷磷。天涯远乡妇,月下孤舟人。

长沙早春雪后临湘水,呈同游诸子

汀洲暖渐渌,烟景淡相和。举目方如此,归心岂奈何。日华浮野雪,春色染湘波。北渚生芳草,东风变旧柯。江山古思远,猿鸟暮情多。君问渔人意,沧浪自有歌。

自道林寺西入石路至麓山寺,过法崇禅师故居

山僧候谷口,石路拂—作扫莓苔。深入泉源去,遥从树杪回。香随青霭散,钟过白云来。野雪空斋掩,山风古殿开。桂寒知自发,松老问谁栽。惆怅湘江水,何人更渡杯。

和袁郎中破贼后军行过剡中山水,谨上太尉即李光弼

剡路除荆棘,王师罢鼓鼙。农归沧海畔,围解赤城西。赦罪春阳发,收兵太白低。远峰来马首,横笛入猿啼。兰渚催新幄,桃源识故蹊。已闻开阁待,谁许卧东溪。

送郑十二—作山人还庐山别业

浔阳数亩宅,归卧掩柴关。谷口何人待—作在,门前秋草闲。忘—作无机卖药罢,无语—作挥手杖藜还。旧笋成寒竹,空斋向暮山。水流经—作过舍下,云去—作起到人间。桂树花应发,因行寄一攀。

至饶州寻陶十七不在寄赠

谪宦投东道,逢君已北辕。孤蓬向何处,五柳不开门。去国空回首,怀贤欲诉冤。梅枝横岭峤,竹路过湘源。月下高秋雁,天南独夜猿。离心与流水,万里共朝昏。

奉陪郑中丞自宣州解印,与诸侄宴余干后溪

迹远—作心远,—作意悒亲鱼鸟,功成厌鼓鼙。林中阮生集—作阮家醉,—作阮氏集,池上谢公题。户牖垂藤合,蕃离插槿齐。—本无此二句。—作门径苍苔合,窗阴绿筱低。—作深巷行人少,闲门卧柳低。夕阳山向背,春—作秋草水东西。度雨诸峰出,看花几路迷。—作看竹谁家好,高原几处迷。何劳问秦汉,更入武陵溪。后四句,一本作旧架悬藤老,疏离插槿齐。风尘不可到,谁羡武陵溪。尘一作烟。

全唐诗卷一百四十九

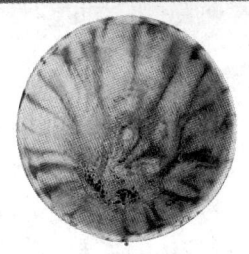

刘长卿

同诸公袁郎中宴筵喜加章服

手诏来筵上,腰金向粉闱。勋名传旧阁,蹈舞著新衣。白社同游在,沧洲此会稀。寒笳发后殿,秋草送西归。世难常摧敌,时闲已息机。鲁连功可让,千载一相挥—作辉。

毗陵送邹结—作绍先赴河南充判官

王事相逢少,云山奈别何。芳年临水怨,瓜步上潮过。客路方经楚,乡心共渡河。凋残春草在,离乱故城多。罢战逢时泰,轻徭仡俗和。东西此分手,惆怅恨烟波。

送徐大夫赴广州

上将坛场拜,南荒羽檄招。远人来百越,元老事三朝。雾绕龙山暗,山连象郡—作岭遥。路分江淼淼,军动马萧萧。画角知秋气,楼船逐暮潮。当令输贡赋—作职,不使外夷骄。

九日题蔡国公主楼

主第人何在,重阳客暂寻。水余龙镜色,云罢凤箫音。暗牖藏昏晓—作旦,苍苔换古今。晴山卷幔出,秋草闭门深。篱菊仍新吐,庭槐尚旧阴。年年画梁燕,来去岂无心。

送荀八过山阴—作访旧县—作任,兼寄剡中诸官

访旧山阴县,扁舟到海涯。故林嗟满岁,春草忆佳期。晚景千峰乱,晴江一鸟迟。桂香留客处,枫暗泊舟时。旧石曹娥篆,空山夏禹—作禹帝祠。剡溪多隐吏,君去—作为道相—作长思。

奉饯元侍郎加豫章采访兼赐章服 时初停节度

任重兼乌府,时平偃豹韬。澄清湘水变,分别楚山高。花对彤襜发,霜和白雪操。黄金装旧马,青草换新袍。岭暗猿啼月,江寒鹭映涛。豫章生宇下,无使翳蓬蒿。

奉钱郎中四兄罢余杭太守,承恩加侍御史充行军司马,赴汝南行营

　　星使三江上,天波万里通。权分金节重,恩借铁冠雄。梅吹前军发,棠阴旧府空。残春锦障外,初日羽旗东。岸柳遮浮鹢,江花隔避骢。离心在何处,芳草满吴宫。

送贾侍御克复后入京——一作江南送贾侍御入京

　　对酒心不乐,见君动行舟。回看暮帆隐,独向空江愁。晴云淡初夜,春塘深慢流。温颜风霜霁,喜气烟尘收。驰驿数千里,朝天十二楼。因之——作云报亲爱,白发生沧洲。

会稽王处士草堂壁画衡霍诸山

　　粉壁——作爱此衡霍近,群峰——作卷帘如可攀。能令堂上客,见尽湖——作湘南山。青翠数千仞——作千万状,飞来方丈间。归云无处灭,去鸟何时还。胜事日相对,主人常独闲。稍看林壑晚——作青阴满四壁,佳气生重关。一本此下有颜与宿心会,看看慰愁颜二句。

惠福寺与陈留诸官茶会得西字

　　到此机事遗,自嫌尘网迷。因知万法幻,尽与浮云齐。疏竹映高枕,空花随杖藜。香飘诸天外,日隐双林西。傲——作微吏方见狎,真僧幸相携。能令归客意,不复还东溪。

金陵西泊舟临江楼

　　萧条金陵郭,旧是帝王州。日暮望乡处,云边江树秋。楚云不可托,楚水只堪愁。行客千万里,沧波朝暮流。迢迢洛阳梦,独卧清川楼。异乡共如此,孤帆难久游。

题灵祐上人法华院木兰花其树岭南移植此地

　　庭种南中树,年华几度新。已依初地长,独发旧园春。映日成华盖,摇风散锦茵。色空荣落处,香醉往来人。菡萏千灯遍,芳菲一雨均。高柯倘为楫,渡海有良因。

宿严维宅送包佶——一作皇甫冉诗

　　江湖同避地,分首自依依。尽室今为客,惊秋空念归。岁储无别墅,寒服羡邻机。草色村桥晚,蝉声江树稀。夜深宜共醉,时难忍相违。何事随阳雁,汀洲忽背飞。

送从弟贬袁州——一作皇甫冉诗,题作送从弟豫贬远州

　　何事成迁客,思归不见乡。游吴经万里,吊屈向三湘。水与荆巫接,山通鄢郢长。名羞——作嗟黄绶系,身是白眉郎。独结南枝恨,应思北雁行。忧来沽楚酒,老鬓莫凝霜。

无锡东郭送友人游越

　　客路风霜晓,郊原春兴余。平芜不可望,游子去何如。烟水乘湖阔,云山适越初。旧都怀作赋,古穴觅藏书。碑缺曹娥宅,林荒逸少居。江湖无限意,非独为樵渔。

送邵州判官往南——一作皇甫冉诗

　　看君发原隰,驷牡志——作去皇皇。始罢沧江令,还随粉署郎。海沂军未息,河兖岁仍荒。征税人全少,榛芜虏近亡。新知行宋远,相望隔淮长。早晚裁书寄,银钩伫八行。

出丰县界寄韩明府

　　回首古原上,未能辞旧乡。西风收暮雨,隐隐分芒砀。贤友此为邑,令名满徐方。音容想在眼,暂若升琴堂。疲马顾春草,行人看夕阳。自非传尺素,谁为论中肠。

别陈留诸官——一作公

　　恋此东道主,能令西上迟。徘徊暮郊别,惆怅秋风时。上国邈千里,夷门难再期。行人望落日,归马嘶空陂。不愧宝刀赠,维怀琼树枝。音尘倘未接,梦寐徒相思。

观李凑——一作湊所画美人障子

　　爱尔含天姿,丹青有殊智。无间已得象,象外更生意。西子不可见,千载无重还。空令浣沙态,犹在含毫间。一笑岂易得,双蛾如有情。窗风不举袖,但觉罗衣轻。华堂翠幕春风来,内阁金屏曙色开。此中一见乱人目——作眼,只疑行到云——作行雨到阳台。洪迈取末四句作绝句。

送史判官奏事之灵武,兼寄巴西亲故
　　中州日纷梗,天地何时泰。独有西归心,遥悬夕阳外。故人奉章奏,此去论利害。阳雁南渡江,征骖去相背。因君欲寄远,何处问亲爱。空使沧洲人,相思减衣带。

自鄱阳还,道中寄褚徵君
　　南风日夜起,万里孤帆漾。元气连洞庭,夕阳落波上。故人烟水隔,复此遥相望。江信久寂寥,楚云独惆怅。爱君清川口,弄月时棹唱。白首无子孙,一生自疏旷。

石梁湖有寄一作怀陆兼
　　故人千里道,沧波一一作十年别。夜上明月楼,相思楚天阔。潇潇清秋暮,袅袅凉风发。湖色淡不流,沙鸥远还灭。烟波日已远,音问日已绝。岁晏空含情,江皋绿芳歇。

送沈少府之任淮南
　　惜君滞南楚,枳棘徒栖凤。独与千里帆,春风远相送。此行山水好,时物亦应众。一鸟飞长淮,百花满云梦。相期丹霄路,遥听清风颂。勿为州县卑,时来自为用。

严子濑东送马处直归苏一本有州字
　　望君舟已远,落日潮未退。目送沧海帆,人行白云外。江中远回首,波上生微霭。秋色姑苏台,寒流子陵濑。相送苦易散,动别知难会。从此日相思,空令减衣带。

宿怀仁县南湖,寄东海荀处士
　　向夕敛微雨,晴开湖上天。离人正惆怅,新月愁婵娟。伫立白沙曲,相思沧海边。浮云自来去,此意谁能传。一水不相见,千峰随客船。寒塘起孤雁,夜色分盐田。时复一延首,忆君如眼前。

初至洞庭,怀灞陵别业
　　长安邈千里,日夕怀双阙。已是洞庭人,犹看灞陵月。谁堪去乡意,亲戚想天末。昨夜梦中归,烟波觉来阔。江皋见芳草,孤客心欲绝。岂讶青春来,但伤经时别。长天不可望,鸟与浮云没。

题萧郎中开元寺新构幽寂亭
　　康乐爱山水,赏心千载同。结茅依翠微,伐木开蒙笼。孤峰倚青霄,一径去不穷。候客石苔上,礼僧云树中。旷然见沧洲,自远来清风。五马留谷口,双旌薄烟虹。沉沉众香积,眇眇诸天空。独往应未遂,苍生思谢公。

同姜濬题裴式徽余干东斋
　　世事终成梦,生涯欲半过。白云心已矣,沧海意如何。藜杖全吾道,榴花养太和。春风骑马醉,江月钓鱼歌。散帙看虫蠹,开门见雀罗。远山终日在,芳草傍人多。吏体庄生傲,方言楚俗讹。屈平君莫吊,肠断洞庭波。

赠元容州
　　拥旄临合浦,上印卧长沙。海徼长无戍,湘山独种畲。政传通岁贡,才惜过年华。万里依孤剑,千峰寄一家。累征期旦暮,未起恋烟霞。避世歌芝草,休官醉菊花。旧游如梦里,此别是天涯。何事沧波上,漂漂逐海槎。

夏口送长宁杨明府归荆南,因寄幕府诸公
　　关西杨太尉,千载德犹闻。白日俱终老,清风独至君。身承远祖遗一作后,才出众人群。举世贪荆玉,全家恋楚云。向烟帆杳杳,临水叶纷纷。草覆昭丘绿,江从夏口分。高名光盛府,异姓宠殊勋。百越今无事,南征欲罢军。

奉和杜相公新移长兴宅,呈元相公
　　间世生贤宰,同心奉至尊。功高开北第,机静灌中园。入并蝉冠影,归分骑士喧。窗闻汉宫漏,家识杜陵源。献替常焚藁,优一作清闲独对萱。花香逐荀令,草色对王孙。有地先开阁,何人不扫门。江湖难自退,明主托元元。

湖南使还,留辞辛大夫
　　王师劳近甸,兵食仰诸侯。天子无南顾,

元勋在上游。大才生间气,盛业拯横流。风景随摇笔,山川入运筹。羽觞交饯席,旄节对归舟。莺识春深恨,猿知日去愁。别离花寂寂,南北水悠悠。唯有家兼—作将国,终身共—作宝所忧。

泛曲阿后湖,简同游诸公

元气浮积水,沉沉深不流。春风万顷绿,映带至徐州。为客难适意,逢君方暂游。贪缘白蘋际,日暮沧浪舟。渡口微月进,林西残雨收。水云去仍湿,沙鹤鸣相留。且习子陵隐,能忘生事忧。此中深有意,非为钓鱼钩。

北游酬孟云卿见寄

忽忽忘前事,事愿能相乖。衣马日羸弊,谁辨行与才。善道居贫贱,洁服蒙尘埃。行行无定止,懔坎难归来。慈母忧疾疹,室家念栖莱。幸君夙姻亲,深见中外怀。俟子惜时节,怅望临高台。

冬夜宿扬州开元寺烈公房,送李侍御之江东

迁客投百越,穷阴淮海凝。中原驰困兽,万里栖饥鹰。寂寂连—作莲宇下,爱君心自弘。空堂来霜气,永夜清明灯。发后望烟水,相思劳寝兴。暮帆背楚郭,江色浮金陵。此去尔何恨,近名予未能。炉峰若便道,为访东林僧。

南楚怀古

南国久芜没—作漫,我来—作生空郁陶。君看章华宫,处处生蓬—作黄蒿。但见陵与谷,岂知贤与豪。精魂托古木,宝剑捐江皋。倚棹下晴景,回舟随晚涛。碧云暮寥落,湖上秋—作青天高。往事那堪问,此心徒自劳。独余湘水上,千载闻离骚。

上湖田馆南楼忆朱宴

漂泊日复日,洞庭今更秋。白云如有意,万里望孤舟。何事爱成别,空令登此楼。天光映波动,月影随江流。鹤唳静寒渚,猿啼深夜洲。归期诚已促,清景仍相留。顷者慕独往,尔来悲远游。风波自此去,桂水空离忧。

送姚八之句容旧任,便归江南—作送姚八归江南

故人还水国,春色动离忧。碧草千万里,沧江朝暮流。桃花迷旧路,萍叶荡归舟。远戍看京口,空城问石头。折芳佳丽地,望月西南楼。猿鸟共孤屿,烟波连数州。谁家过楚老,何处恋江鸥。尺素能相报,湖山若个忧。

睢阳赠李司仓

白露变时候,蛩声暮啾啾。飘飘洛阳客,惆怅梁园秋。只为乏生计,尔来成远游。一身不家食,万事从人求。且喜接余论,足堪资小留。寒城落日后,砧杵令人愁。归路岁时尽,长河朝夕流。非君深意愿,谁复能相忧。

抄秋洞庭中,怀亡道士谢太虚

漂泊日复日,洞庭今更秋。青枫亦何意,此夜催人愁。惆怅客中月,徘徊江上楼。心知楚天远,目送沧波—作浪流。羽客久已殁,微言无处求。空余白云在,容与随孤舟。千里杳难望,一身当独游。故园复何许,江海徒—作此迟留。

同郭参谋咏崔仆射淮南节度使厅前竹—作和郭参谋咏崔令公庭前竹

昔种梁王苑,今移汉将坛—作不学媚清澜,能依上将坛。蒙笼—作朦胧低冕过,青翠—作蒨卷帘看。得地移根远,经霜抱节难。开花成凤实,嫩笋长鱼竿。蔼蔼军容静,萧萧郡宇宽。细音和角暮—作响,疏影上门寒。湘浦何年变—作阮巷何人在,山阳—作梁园几处残。不知—作空余轩屏侧,岁晚对衰—作伴任安。

硖石遇雨,宴前主簿从兄子英宅

县城苍翠里,客路两崖开。硖石云漠漠,东风吹雨来。吾兄此为吏,薄宦知无媒。方寸抱秦镜,声名传楚材。折腰五斗间,黾勉随尘埃。秩满少余俸,家贫仍散财。谁言次东道,暂预倾金罍。虽欲少留此,其如归限催。

江中晚钓，寄荆南一二相识—作西江雨后忆荆南诸公

　　楚郭—作国，又作随楚微雨收，荆门遥—作看在目。漾舟水云里，日暮春江—作江山绿。霁华静洲渚，暝—作夜色连松—作杉竹。月出波上时，人归渡头宿。一身已无累，万事更何欲。渔父自夷犹—作夤缘，白鸥不羁束。既怜沧浪水，复—作更爱沧浪曲。不见眼中人，相思心断续—作垂钓看世人，那知此生足。

九日岳阳待黄遂、张浼

　　别君颇已久，离念与时积。楚水空—作共浮—作秋烟，江楼望归客。徘徊正伫想，仿佛如暂觌。心目徒自亲，风波尚相隔。青林泊舟处，猿鸟愁孤驿。遥见郭外山，苍然雨中夕。季鹰久疏旷，叔度早畴昔。反棹来何迟，黄花候君摘。

题王少府尧山隐处，简陆鄱阳

　　故人沧洲吏，深与世情薄。解印二十年，委身在丘壑。买田楚山下，妻子自耕凿。群动心有营，孤云本无著。因收溪上钓，遂接林中酌。对酒春日长，山村杏花落。陆生鄱阳令，独步建溪作。早晚休此官，随君永栖托。

晚次湖口有怀

　　霭然空水合，目极平江暮。南望天无涯，孤帆落何处。顷为衡湘客，颇见湖山—作湘趣。朝气和楚云，夕阳映江树。帝乡劳想望，万里心来去。白发生扁舟，沧波满归—作归山路。秋风今已至，日夜雁南度。木叶辞洞庭，纷纷落无—作不知数。

陪元侍御—作郎游支硎山寺

　　支公去已久，寂寞龙华会。古木闭空山，苍然暮相对。林峦非一状，水石有余态。密竹藏晦明，群峰争向背。峰峰带落日，步步入青霭。香气空翠中，猿声暮云外。留连南台客，想像西方内。因逐溪水还，观心两无碍。

桂阳西州晚泊古桥村住—作主人

　　洛阳别离久，江上心可得。惆怅增暮情，潇湘复秋色。故山隔何处，落日羡归翼。沧海空自流，白鸥不相识。悲蛩满荆渚，辍棹徒沾臆。行客念寒衣，主人愁夜织。帝乡片云去，遥寄千里忆。南路随天长，征帆杳无极。

夕次檐石湖，梦洛阳亲故

　　天涯望不尽，日暮愁独去。万里云海空，孤帆向何处。寄身烟波里，颇得湖山趣。江气和楚云，秋声乱枫树。如何异乡县，日复怀亲故。遥与洛阳人，相逢梦中路。不堪明月里，更值清秋暮。倚棹对沧波，归心共谁语。

按覆后归睦州，赠苗侍御

　　地远心难达，天高谤易成。羊肠留覆辙，虎口脱余生。直氏偷金枉，于家决狱明。一言知已重，片议杀身轻。日下人谁忆，天涯客独行。年光销蹇步，秋气入衰情。建德知何在，长江问去程。孤舟百口渡，万里一猿声。落日开乡路，空山向郡城。岂令冤气积，千古在长平。

奉寄婺州李使君舍人

　　建隼罢鸣珂，初传来暮歌。渔樵识太古，草树得阳和。东道诸生从，南依远客过。天清婺女出，土厚绛人多。永日空相望，流年复几何。崖开当夕照，叶去逐寒波。眼暗经难受，身闲剑懒磨。似枭—作鹏占贾谊，上马试廉颇。穷分安藜藿，衰容胜薛萝。只应随越鸟，南翥托高柯。

哭魏兼遂公及孀妻幼子与僮数人，相次亡殁，葬于丹阳。

　　古今俱此去，修短竟谁分。樽酒空如在，弦琴肯重闻。一门同逝水，万事共浮云。旧馆何人宅，空山远客坟。艰危贫且共，少小秀而文。独行依穷巷，全身出乱军。岁时长寂寞，烟月自氤—作氲氲。垄树随人古，山门对日曛。泛舟悲向子，留剑赠徐君。来去云阳路，伤心江水濆。

负谪后登干越亭作

天南—作南天愁望绝,亭上柳条新。落日独归鸟,孤舟何处人。生涯投越—作岭徼,世业陷胡—作边尘。杳杳钟陵暮,悠悠鄱水春—作江入千峰暮,花连百越春。秦台悲—作怜白首,楚泽—作水怨青蘋。草色迷征路,莺声伤—作傍逐臣—本无此四句。独醒空—作翻取笑,直道不容身。得罪风霜苦,全生天地仁。青山数行泪,沧海一穷鳞。牢落机心尽,惟怜鸥鸟亲—作流落谁相识,空将鸥鹭亲。

留题李明府霅溪水堂

寥寥—作寂寂此堂上,幽意复谁论。落日无王事,青山在县门。云峰向高枕,渔钓入前轩。晚竹疏帘影,春苔—作苔生双履痕。荷香随坐卧,湖色映晨昏。虚牖间生白,鸣琴静对言。暮禽飞上下,春水—作草带清浑。远岸谁家柳,孤烟何处村。谪居投瘴疠,离思过湘沅。从此扁舟去,谁堪江浦猿。

入白沙渚,夤缘二十五里至石窟山下,怀天台陆山人

远屿—作渚霭将夕,玩幽行自迟。归人不计日,流水闲相随。辍棹古—作石崖口,扪萝春景迟。偶因回舟次,宁与前山期。对此瑶草色,怀君琼树枝。浮云去寂寞,白鸟相因依。何事爱高隐,但令劳远思。穷年卧海峤,永望愁天涯。吾亦从此—作君去,扁舟何所之。迢迢江上帆,千里东风吹。

禅智寺上方怀演和尚,寺即和尚所创

绝巘东林寺,高僧惠远公。买园隋苑下,持—作捧钵楚城中。斗极千灯近,烟波万井通。远山低月殿,寒木露花宫。绀宇焚—作烧香净,沧洲摆—作罢雾空。雁来秋色里,曙起早潮东。飞锡今何在,苍生待发蒙。白云翻送客,庭树—作黄叶自辞风。舍筏追开士,回舟狎钓翁。平生江海意,惟共白鸥同。

贾侍郎—作御自会稽使回,篇什盈卷,兼蒙见寄一首,与余有挂冠之期,因书数事,率成十韵

江上逢星使,南来自会稽。惊年一叶落,按俗五花嘶。上国悲芜梗,中原动鼓鼙。报恩看铁剑,衔命出金闺。风物催归绪,云峰发咏题。天长百越外,潮上小江西。鸟道通闽岭,山光落剡溪。暮帆千里思,秋夜一猿啼。柏树荣新垄,桃源忆故蹊。若能为休去—作若为能去此,行复草萋萋。

秋日夏口涉汉阳,献李相公

日望衡门处,心知汉水濆。偶乘青雀舫,还在白鸥群。间气生灵秀,先朝翼戴勋。藏弓身已退,焚藁事难闻。旧业成青草,全家寄白云。松萝长稚子,风景逐新文。山带寒城出,江依古岸分。楚歌悲远客,羌笛怨孤军。鼎罢调梅久,门看种药勤。十年犹去国,黄叶又纷纷。

归沛县道中晚泊留侯城

访古此城下,子房安在哉。白云去不反,危堞空崔嵬。伊昔楚汉时,颇闻经济才。运筹风尘下,能使天地开。蔓草日已积,长松日已摧。功名满青史,祠庙唯苍苔。百里暮程远,孤舟川上回。进帆东风便,转岸前山来。楚水澹相引,沙鸥闲不猜。扣舷从此去,延首仍裴回。

关门望华山

客路瞻太华,三峰高际天。夏云亘百里,合沓遥相连。雷雨飞半腹,太阳在其巅。翠微关上近,瀑布林梢悬。爱此众容秀,能令西望偏。徘徊忘暝色,泱漭成阴烟。曾是朝百灵,亦闻会群仙。琼浆岂易挹,毛女非空传。仿佛仍仡想,幽期如眼前。金天有青—作清庙,松柏隐苍然。

奉陪萧使君入鲍达洞寻灵山寺

山居秋更鲜,秋江相映碧。独临沧洲路,

如待挂帆客。遂使康乐侯,披榛著双屐。入云开岭道,永日寻泉脉。古寺隐青冥,空中寒磬夕。苍苔绝行径,飞鸟无去迹。树杪下归人,水声过幽石。任情趣逾远,移步奇屡易。萝木静蒙蒙,风烟深寂寂。徘徊未能去,畏共桃源隔。

孙权故城下怀古,兼送友人归建业

雄图争割据,神器终不守。上下武昌城,长江竟何有。古来壮台榭,事往悲陵阜。寥落几家人,犹依数株柳。威灵绝想像,芜没空林薮。野径春草中,郊扉夕阳后。逢君从此去,背楚方东走。烟际指金陵,潮时过溢口。行人已何在,临水徒挥手。惆怅不能归,孤帆没云久。

宿双峰寺,寄卢七、李十六

寥寥禅诵处,满室虫丝结。独与山中人,无心生复灭。徘徊双峰下,惆怅双峰月。杳杳暮猿深,苍苍古松列。玩奇不可尽,渐远更幽绝。林暗僧独归,石寒泉且咽。竹房响轻吹,萝径阴余雪。卧涧晓何迟,背岩春未发。此游诚多趣,独往共谁阅。得意空自归,非君岂能说。

京口怀洛阳旧居,兼寄广陵二三知己

川阔悲无梁,蔼然沧波夕。天涯一飞鸟,日暮南徐客。气混京口云,潮吞海门石。孤帆候风进,夜色带江白。一水阻佳期,相望空脉脉。那堪岁芳尽,更使春梦积。故国一作国胡尘飞,远一作故山一作异乡楚云隔。家人想何在,庭草为谁碧。惆怅空伤情一作往复,沧浪有余一作遗迹。严陵七里滩,携手同所适。

登扬州栖灵一作西岩寺塔

北塔凌空虚,雄观压川泽。亭亭楚云外,千里看不隔。遥对黄金台,浮辉乱相射。盘梯接元气,半壁栖夜魄。稍登诸劫尽,若骋排霄一作霜翮。向是沧洲人,已为青云客。雨飞千栱霁,日在万家夕。鸟处高却低,天涯远如迫。

江流入空翠,海峤现微碧。向暮期下来,谁堪复行役。

湖上遇郑田

故人青云器,何意常窘迫。三一作五十犹布衣,怜君头已白。谁言此相见,暂得话畴昔。旧业今已芜,还乡返为客。扁舟伊独往,斗酒君自适。沧洲一作海不可涯,孤帆去无迹。杯中忽复醉,湖上生月一作新魄。湛湛江色寒,蒙蒙水云夕。风波易迢递,千里如咫尺。回首人已遥,南看楚天隔。

雨中登沛县楼,赠表兄郭少府

楚泽秋更远,云雷有时作。晚陂带残雨,白水昏漠漠。伫立收烟氛,洗然静寥廓。卷帘高楼上,万里看日落。为客频改弦,辞家尚如昨。故山今不见,此鸟那可托。小邑务常闲,吾兄宦何薄。高标青云器,独立沧江鹤。惠爱原上情,殷勤丘中诺。何当遂良愿,归卧青山郭。

灞东晚晴,简同行薛弃、朱训

客心豁初霁,霁色暝玄灞。西向看夕阳,瞳瞳映桑柘。二贤诚逸足,千里陪征驾。古树枳道傍,人烟杜陵下。伊余在羁束,且复随造化。好道当有心,营生苦无暇。高贤幸兹偶,英达穷王霸。迢递客王程,裴回主人夜。一薰知异质,片玉谁齐价。同结丘中缘,尘埃自兹谢。

对雨,赠济阴马少府、考城蒋少府,兼献成武五兄、南华二兄

繁云兼家思,弥望连济北。日暮微雨中,州城带秋色。萧条主人静,落叶飞不息。乡梦寒更频,虫声夜相逼。二贤纵横器,久滞徒劳职。笑语和风骚,雍容事文墨。吾兄即时彦,前路良未测。秋水百丈清,寒松一枝直。此心欲引托,谁为生羽翼。且复顿归鞍,杯中雪胸臆。

李侍御河北使回,至东京相访

　　故人南台秀,凤擅中朝美。拥传从北来,飞霜日千里。贫居幸相访,顾我柴门里。却讶绣衣人,仍交布衣士。王程遽尔迫,别恋从此始。浊酒未暇斟,清文颇垂示。回瞻骢马速,但见行尘起。日暮汀洲寒,春风渡流水。草色官道边,桃花御沟里。天涯一鸟夕,惆怅知何已。

吴中闻潼关失守,因奉寄淮南萧判官

　　一一作早雁飞吴天,羁人伤暮律。松江风袅袅,波上片帆疾。木落姑苏台,霜收洞庭橘。萧条长洲外,唯见寒山出。胡马嘶秦云,汉兵乱相失。关中因窃据,天下共忧栗。南楚有琼枝,相思怨瑶瑟。一身寄沧洲,万里看白日。赴敌甘负戈,论兵勇投笔。临风但攘臂,择木将委质。不如归远山,云卧饭松栗。

哭张员外继公及夫人相次没于洪州

　　恸哭钟陵下,东流与别离。二星来不返,双剑没相随。独继先贤传,谁刊有道碑。故园荒岘曲,旅榇寄天涯。白简曾连拜,沧洲每共思。抚孤怜齿稚,叹逝顾身衰。泉壤成终古,云山若在时。秋风邻笛发,寒日寝门悲。世难愁归路,家贫缓葬期。旧宾伤未散,夕临咽常迟。自此辞张邵,何由见戴逵。独闻山吏部,流涕访孤儿。

登东海龙兴寺高顶望海,简演公

　　胸山压海口,永望开禅宫。元气远相合,太阳生其中。豁然万里余,独为百川雄。白波走雷电,黑雾藏鱼龙。变化非一状,晴明分众容。烟开秦帝桥,隐隐横残虹。蓬岛如在眼,羽人那可逢。偶闻真僧言,甚与静者同。幽意颇相惬,赏心殊未穷。花间午时梵,云外春山钟。谁念遽成别,自怜归所从。他时相忆处,惆怅西南峰。

奉送从兄罢官之淮南

　　何事浮溟渤,元戎弃莫邪。渔竿吾道在,鸥鸟世情赊。玄发他乡换,沧洲此路赊。溯沿随桂楫,醒醉任松华。离别谁堪道,艰危更可嗟。兵锋摇海内,王命隔天涯。钟漏移长乐,衣冠接永嘉。还当拂氛祲,那复卧云霞。溪路漫冈转,夕阳归鸟斜。万艘江县郭,一树海人家。挥袂看朱绂,扬帆指白沙。春风独回首,愁思极如麻。

落第,赠杨侍御兼拜员外仍充安大夫判官赴范阳

　　职副旌旄重,才兼识量通。使车遥肃物,边策远和戎。掷地金声著,从军宝剑雄。官成稽古力,名达济时功。肃穆乌台上,雍容粉署中。含香初待漏,持简旧生风。黠吏偏惊隼,贪夫辄避骢。且知荣已隔,谁谓道仍同。念旧追连茹,谋生任转蓬。泣连三献玉,疮惧再伤弓。恋土函关外,瞻尘一作云灞水东。他时书一札,犹冀问途穷。

初贬南巴至鄱阳,题李嘉祐江亭

　　巴峤南行远一作南出巴人峤,长江万里随。不才甘谪去,流水亦何之一作知。地远明君弃一作瘴近余生怯,天高酷吏欺。青山独往路,芳草未归时。流落还相见,悲欢话所思。猜嫌一作伤薏苡,愁暮向江篱。柳色迎高坞,荷衣照下帷。一本无此二句。水云初起重,暮鸟远来迟。白首一作泪尽看长剑,沧洲一作心间寄钓丝。沙鸥惊小吏,湖月上高枝。一本无此二句。稚子能吴语,新文怨楚辞。怜君不得意,川谷自逶迤一作容发老南枝。

自紫阳观至花阳洞,宿侯尊师草堂,简同游李延年一作陵

　　石门一作林媚烟景,句曲盘江甸。南向佳气浓,数峰遥隐见。渐临华阳口,云路入葱蒨。七曜悬洞宫,五云抱仙殿。银函竟谁发,金液徒堪荐。千载空桃花,秦人深不见。东溪喜相遇,贞白如会面。青鸟来去闲,红霞朝夕变。一从换仙骨,万里乘飞电。萝月延步虚,松花醉闲宴。幽人即长往,茂宰应交战。明发归琴堂,知君懒为县。

全唐诗卷一百五十

刘长卿

奉使新安,自桐庐县经严陵钓台,宿七里滩下,寄使院诸公

悠然钓台下,怀古时一望。江水自潺湲,行人独惆怅。新安从此—作兹始,桂楫方荡漾。回转百里—作里间间,青山千万状。连岸去不断,对岭遥相向。夹岸黛色愁—作秋,沈沈绿波上。夕阳留古木,水鸟拂寒浪。月下扣舷声,烟中采菱唱。犹怜负羁束,未暇依清旷。牵役徒自劳,近名非所向。何时故山里,却醉松花酿。回首唯白云,孤舟复谁访。

题武丘寺

青林虎丘寺,林际翠微路。仰—作却见山僧来,遥从飞鸟处。兹峰沦宝玉,千载唯丘墓。埋剑人空传,凿山龙已去。扪萝披翳荟,路转夕阳遽。虎啸崖谷寒,猿鸣杉—作桂松暮。裴回北楼上,江海穷一顾。日映千里帆,鸦归万家树。暂因惬所适,果得损外虑。庭暗栖闲云,檐香滴甘露。久迷空寂理,多为繁华故。永欲投死生,余生岂能误。

奉饯郑中丞罢浙西节度还京

天上移将星,元戎罢龙节。三军含怨慕,横吹声断绝。五马嘶城隅,万人卧车辙。沧洲浮云暮,杳杳去帆发。回首不问家,归心遥向阙。烟波限吴楚,日夕事淮越。吊影失所依,侧身随下列。孤蓬飞不定,长剑光未灭。绿绮为谁弹,绿芳堪自撷。怅然江南春,独此湖上月。千里怀去思,百忧变华发。颂声满江海,今古流不竭。

送裴四判官赴河西军试

吏道岂易惬,如君谁与俦。逢时将骋骥,临事无全牛。鲍叔幸相知,田苏颇同游。英资挺孤秀,清论含古流—作风流,又作九流。出塞佐—作复持简,辞家拥鸣驺。宪台贵公举,幕府资良筹。武士伫明试,皇华难久留。阳关望天尽,洮水令人愁。万里看一鸟,旷然烟霞收。晚花对古戍,春雪含—作寒边州。道路难暂隔,音尘那—作仍可求。他时相望处,明月西南楼。

旅次丹阳郡,遇康侍御宣慰召募,兼别岑单父

客心暮千里,回首烟花繁。楚水渡归梦,春江连故园。蜀人怀上国,骄虏窥中原。胡马暂为害,汉臣多负恩。羽书昼夜飞,海—作塞内风尘昏。双鬓日已白,孤舟心且—作可论。绣衣从此—作北来,汗马宣王言。忧愤激忠勇,悲欢动黎元。南徐争赴难,发卒如云屯。倚剑看太白,洗兵临海门。故人亦沧洲,少别堪伤魂。积翠下京口,归潮落山根。如何天外帆,又此—作入此波上尊。空使忆君处,莺声催泪痕。

客舍赠别韦九建赴任河南,韦十七造赴任郑县,就便觐省

与子颇畴昔,常时仰英髦。弟兄尽公器,诗赋凌风骚。顷者游上国,独能光选曹。香名冠二陆,精鉴逢山涛。且副倚门望,莫辞趋府劳。桃花照采服,草色连青袍。征马临素浐,离人倾浊醪。华山微雨霁,祠上残云高。而我倦栖屑,别君良郁陶。春风亦未已,旅思空滔滔。拙分甘弃置,穷居长蓬蒿。人生未鹍化,物议如鸿毛。迢递两乡别,殷勤一宝刀。清琴有古调,更向何人操。

送元八游汝南

元生实奇迈,幸此论畴昔。刀笔素推高,锋芒久无敌。纵横济时意,跌宕过人迹。破产供酒钱,盈门皆食客。田园顷失计,资用深相迫。生事诚可忧,严装远何适。世情薄恩义,俗态轻穷厄。四海金虽多,其如向人惜。迢递朗陵道,怅望都门夕。向别伊水南,行看楚云隔。繁蝉动高柳,匹马嘶平泽。潢潦今正深,陂湖未澄碧。人生不得已,自可甘形役。勿复尊前酒,离居剩凄戚。

奉和李大夫同吕评事太行苦热行,兼寄院中诸公,仍呈王员外

迢递太行路,自古称险恶。千骑俨欲前,群峰望如削。火云从中出—作起,仰视飞鸟落。汗马卧高原,危旌倚长薄。清风竟—作何不至,赤日方—作何煎铄。石枯—作露山木焦,鳞穷水泉涸。九重今旰食,万里传明略。诸将候轩车,元凶愁鼎镬。何劳短兵接,自有长缨缚。通越事岂难,渡泸功未博。朝辞羊肠阪,夕望贝丘郭。漳水斜绕营,常山遥入幕。永怀姑苏下,遥寄建安作。白雪和难成,沧波意空托。陈琳书记好,王粲从军乐。早晚归汉廷,随公—作君上麟阁。

洛阳主簿叔知和驿承恩赴选伏辞一首

仲父王佐材,屈身仇香位。一从理京剧,万事皆容易。则知无不可,通变有余地。器宇溟渤宽,文锋镆铘利。憧憧洛阳道,日夕皇华使。二载出江亭,一心奉王事。功成良可录,道在知无愧。天府留香名,铨闱新明试。赋诗皆旧友,攀辙多新吏。采服辞高堂,青袍拥征骑。此行季春月,时物正鲜媚。官柳阴相连,桃花色如醉。长安想在目,前路遥仿佛。落日看华山,关门逼青翠。行襜稍已隔,结恋无能慰。谁念尊酒间,裴回竹林意。

题冤句宋少府厅留别

宋侯人之秀,独步南曹吏。世上无此才,天生一公器。尚甘黄绶屈,未适青云意。洞澈万顷陂,昂藏千里骥。从宦闻苦节,应物推高谊。薄俸不自资,倾家共人费。顾予倦栖托,终日忧穷匮。开口即有求,私心岂无愧。幸逢东道主,因辍西征骑。对话堪息机,披文欲忘味。壶觞招过客,几案无留事。绿树映层城,苍苔覆闲地。一言重然诺,累夕陪宴慰。何意秋风来,飒然动归思。留欢殊自悭,去念能为累。草色愁别时,槐花落行次。临期仍把手,此会良不易。他日琼树枝,相思劳梦寐。

罢摄官后将还旧居,留辞李侍御

江海今为客,风波失所依。白云心已负,

黄绶计仍非。累辱群公荐，频沾一尉微。去缘焚玉石，来为采蕨菲。州县名何在，渔樵事亦违。故山桃李月，初服薜萝衣。熊轼分朝寄，龙韬解贼围。风谣传吏体，云物助兵威。白雪飘辞律，青春发礼闱。引军横吹动，援翰捷书挥。草映翻营绿，花临檄羽飞。全吴争转战，狂虏怯知机。忆昨趋金节，临时废玉徽。俗流应不厌，静者或相讥。世难偏干谒，时闲喜放归。潘郎悲白发，谢客爱清辉。樗散材因弃，交亲迹已稀。独愁看五柳，无事掩双扉。世累多行路，生涯向钓矶。榜连溪水碧，家羡渚田肥。旅食伤飘梗，岩栖忆采薇。悠然独归去，回首望旌旗。

赠别于一作韦群投笔赴安西

风流一才子，经史仍满腹。心镜万象生一作全，文锋众人服。顷游灵台下，频弃荆山玉。蹭蹬空数年，裴回冀微禄。揭来投笔砚，长揖谢亲族。且欲图一作从变通，安能守拘束。本持乡曲誉，肯料泥涂辱。谁谓命迍邅，还令计反一作身翻覆。西戎今未弭一作殄，胡骑屯山谷。坐恃龙豹韬，全轻蜂虿毒。拂衣从此去，拥传一何速。元帅许提携，他人仿瞻瞩。出门寡俦侣，矧乃无童仆。黠虏时相逢，黄沙暮愁一作无，一作难宿。萧条远回首，万里如在目。汉境天西穷，胡山海边绿。想闻羌笛处，泪尽关山曲。地阔鸟飞迟，风寒马毛缩。边愁殊浩荡，离思空断续。塞上一作下归限一作恨归赊，尊前别期促。知君志不小，一举凌鸿鹄。且愿乐从军，功名在殊俗。

送薛据宰涉县 自永乐主簿陟状，寻复选受此官。

故人河山秀，独立风神异。人许白眉长，天资青云器。雄辞变文名，高价喧时议。下笔盈万言，皆合古人意。一从负能名，数载犹卑位。宝剑诚可用，烹鲜是虚弃。昔闻在河上，高卧自无事。几案终日闲，蒲鞭使人畏。顷因岁月满，方谢风尘吏。颂德有舆人，荐贤逢八使。栖鸾往已屈，驯雀今可嗣。此道如不移，云霄坐应致。县前漳水绿，郭外晋山翠。日得

谢客游，时堪陶令醉。前期今尚远，握手空宴慰。驿路疏柳长，春城百花媚。裴回白日隐，暝色含天地。一鸟向灞陵，孤云送行骑。夫君多述作，而我常讽味。赖有琼瑶资，能宽别离思。槐阴覆堂殿，苔色上阶砌。鸟倦自归飞，云闲独容裔。既将慕幽绝，兼欲看定慧。遇物忘世缘，还家懒生计。无生妄已息，有妄心可制。心镜常虚明，时人自沦翳。

早春赠别赵居士还江左，时长卿下第归嵩阳旧居

见君风尘里，意出风尘外。自有沧洲期，含情十余载。深居风城曲一作北，日预龙华会。果得一作有僧家缘，能遗俗人态。一身今已适，万物知何爱。悟法电已空，看心水无碍。且将穷妙理，兼欲一作亦寻胜概。何独谢客游，当为远公辈。放舟驰楚郭，负杖辞秦塞。目送南飞云，令人想吴会。遥思旧游处，仿佛疑相对。夜火金陵城，春烟石头濑。沧波极天末，万里明如带。一片孤客帆，飘然向青一作戎霭。楚天合一作含江气，云色常霡霂。隐见湖中山，相连数州内。君行意可得，全与时人背。归路随枫林，还乡念莼菜。顾予尚羁束，何幸承眄睐。素愿徒自勤，清机本难速。累幸忝宾荐，末路逢沙汰。澶落名不成，裴回意空大。逢时虽一作难贵达，守道甘易退。逆旅乡梦频，春风客心碎。别君日已远，离念无明晦。予亦返柴荆，山田事耕耒。

夜宴洛阳程九主簿宅，送杨三山人往天台寻智者禅师隐居

东林问遁客，何处栖幽偏。满腹万余卷，息机三十年。志图良已久，鬓发空苍然。调啸寄疏旷，形骸如弃捐。本家关西族，别业嵩阳田。云卧能独往，山栖幸周旋。垂竿不在鱼，卖药不为钱。藜杖闲倚壁，松花常醉眠。顷辞青溪隐，来访赤县仙。南亩自甘贱，中朝唯爱贤。仍空世谛法，远结天台缘。魏阙从此去，沧洲知所便。主人琼枝秀，宠别瑶华篇。落日

扫尘榻，春风吹客船。此行颇自适，物外谁能牵。弄棹白蘋里，挂帆飞鸟边。落潮见孤屿，彻底观澄涟。雁过湖上月，猿声峰际天。群峰趋海峤，千里黛相连。遥倚赤城上，曈曈初日圆。昔闻智公隐，此地常安禅。千载已如梦，一灯今尚传。云龛闭遗影，石窟无人烟。古寺暗乔木，春崖鸣细泉。流尘既寂寞，缅想增婵娟。山鸟怨庭树，门人思步莲。夷犹怀永路，怅望临清川。渔人来梦里，沙鸥飞眼前。独游岂易惬，群动多相缠。羡尔五湖夜，往来闲扣舷。

瓜洲驿奉饯张侍御公拜膳部郎中，却复宪台充贺兰大夫留后，使之岭南，时侍御先在淮南幕府

太华高标峻，青阳淑气盘。属辞倾渤澥，称价掩琅玕。杨叶频推中，芸香早拜官。后来惭辙迹，先达仰门栏。佐剧劳黄绶，提纲疾素餐。风生趋府步，笔偃触邪冠。骨鲠知难屈，锋芒岂易干。伫将调玉铉，翻自落金丸。异议那容直，专权本畏弹。寸心宁有负，三黜竟无端。适喜鸿私降，旋惊羽檄攒。国怜朝市易，人怨虎狼残。天地龙初见，风尘虏未殚。随川归少海，就日背长安。副相荣分寄，输忠义不刊。击胡驰汗马，迁蜀扈鸣銮。月罢名卿署，星悬上将坛。三军摇旆出，百越画图观。茅茹能相引，泥沙肯再蟠。兼荣知任重，交避许才难。劲直随台柏，芳香动省兰。璧从全赵去，鹏自北溟抟。星象衔新宠，风霜带旧寒。是非生倚伏，荣辱系悲欢。畴昔偏殊昒，屯蒙独永叹。不才成拥肿，失计似邯郸。江国伤移律，家山忆考槃。一为鸥鸟误，三见露华团。回首青云里，应怜浊水澜。愧将生事托，羞向鬓毛看。知己伤怨素，他人自好丹。乡春连楚越，旅宿寄风湍。世路东流水，沧江一钓竿。松声伯禹穴，草色子陵滩。度岭情何邃，临流兴未阑。梅花分路远，扬子上潮宽。梦想怀依倚，烟波限渺漫。且愁无去雁，宁冀少回鸾。极浦春帆迥，空郊晚骑单。独怜南渡月，今夕送归鞍。

至德三年春正月，时谬蒙差摄海盐令，闻王师收二京，因书事寄上浙西节度李侍郎中丞行营五十韵

天上胡星孛，人间—作东山反气横。风尘生汗马，河洛纵长鲸。本谓—作为才非据，谁知—作防祸已萌。食参将可待，诛错辄为名。万里兵锋接，三时羽檄惊。负恩殊鸟兽，流毒遍黎氓。朝市成芜没，干戈起战争。人心悬反覆—作覆载，天道暂虚盈。略地侵中土，传烽到上京。王师陷魑魅，帝座逼欃枪。渭水嘶胡马，秦山泣汉兵。关原驰万骑，烟火乱千甍。凤驾瞻西幸，龙楼议—作向北征。自将行破竹，谁学去吹笙。白日重轮庆，玄穹再造荣。鬼神潜释—作畜愤，夷狄远输诚。海内戎衣卷，关中贼垒平。山川随转战，草木困—作助横行。区宇神功立，讴歌—作谣帝业成。天回万象庆，龙见五云迎。小苑春犹在，长安日更明。星辰归正位—作路，雷雨发残生。文物登前古，箫韶下太清。未央新柳色，长乐旧钟声。八使推邦彦，中司案国程。苍生属伊吕，明主仗—作伏韩彭。凶丑将除蔓，奸豪已负荆。世危看柱石，时难识忠贞。薄伐征貔虎，长驱拥旆旌。吴山依重镇，江月带行营。金石悬词律，烟云动笔精。运筹初减灶，调鼎未和羹。北房传初解，东人望已倾。池塘催谢客，花木待春卿。昔忝登龙首，能伤困骥鸣。艰难悲伏—作仗剑，提握喜悬衡。巴曲谁堪听，秦台自有情。遂令辞短褐，仍欲请长缨。久客田园废，初官印绶轻。榛芜上国路，苔藓北山楹。懒慢羞趋府，驱驰忆退耕。榴花无暇醉，蓬发带愁紫。地僻方言异，身微俗虑—作累并。家怜双鲤断，才愧小鳞烹。沧海今犹滞，青阳岁又更。洲香生杜若，溪暖—作远戏鸡鹅。烟水—作雪宜春候，寨关—作开值晚晴。潮声来万井，山色映孤城。旅梦亲乔木，归心乱早莺。倘无知己在，今已访蓬瀛。

寻张逸人山居

危石才通鸟道，空山更有人家。桃源定在

深处,涧水浮来落花。

发越州赴润州使院,留别鲍侍御
　　对水看山别离,孤舟日暮行迟。江南江北春草,独向金陵去时。

送陆沣还吴中—作李嘉祐诗
　　瓜步寒潮送客,杨柳—作花暮雨沾衣。故山南望何处,秋草连天独归。

苕溪酬梁耿别后见寄—作答秦徵君、徐少府春日见集苕溪,酬梁耿别后见寄六言。
　　清川永路何极—作清溪落日初低,落日—作惆怅孤舟解携。鸟向—作去平芜远近,人随流水东西。白云千里万里,明月前溪后溪。惆怅—作独恨长沙谪去,江潭芳—作春草萋萋。

蛇浦桥下重送严维
　　秋风飒飒鸣条,风月相和寂寥。黄叶一离一别,青山暮暮朝朝。寒江渐出高岸,古木犹依断桥。明日行人已远,空余泪滴回潮。

七里滩重送
　　秋江渺渺水空波,越客孤舟欲榜歌。手折衰杨悲老大,故人零落已无多。

家园瓜熟,是故萧相公所遗瓜种,凄然感旧,因赋此诗
　　事去人亡迹自留,黄花绿蒂不胜愁。谁能更向青门外,秋草茫茫觅故侯。

重送裴郎中贬吉州
　　猿啼客散暮江头,人自伤心水自流。同作逐臣君更远,青山万里一孤舟。

寻盛禅师兰若
　　秋草黄花覆古阡,隔林何处起人烟。山僧独在山中老,唯有寒松见少年。

寄许尊师
　　独上云梯入翠微,蒙蒙—作濛濛烟雪映岩扉。世人知在中峰里,遥礼青山恨不归。

酬李穆见寄
　　孤舟相访至天涯,万转云山路更赊。欲扫柴门迎远客,青苔黄叶满贫家。

送王司马秩满西归
　　汉主—作代何时—作人放—作访逐臣,江边几度送归人。同官岁岁先辞满,唯有青山伴老身。

寄别朱拾遗
　　天书远召沧浪客,几度临岐病未能。江海茫茫春欲遍,行人一骑发金陵。

会赦后酬主簿所问
　　江南海北长相忆,浅水深山独掩扉。重见太平身—作人已老,桃源久住不能归。

赠秦系
　　向风长啸戴纱巾,野鹤由来不可亲。明日东归变名姓,五湖烟水觅何人。

酬灵彻公相招
　　石涧泉声久不闻,独临长路雪纷纷。如今渐欲生黄发,愿脱头冠与白云。

赠崔九载华
　　怜君一见一悲歌,岁岁无如老去何。白屋渐看秋草没,青云莫道故人多。

同崔载华赠日本聘使
　　怜君异域朝周远,积水连天何处通。遥指来从初日外,始知更有扶桑东。

送建州陆使君
　　汉庭初拜建安侯,天子临轩寄所忧。从此向南无限路,双旌已去水悠悠。

送秦侍御外甥张篆之福州谒鲍大夫,秦侍御与大夫有旧
　　万里闽中去渺然,孤舟水—作海上入寒烟。辕门拜首儒衣弊,貌似牢之岂不怜。

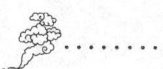

闻奉迎皇太后使沈判官至，因有此作
太后，德宗皇帝母也。安史之乱，失于东都，帝即位，分命使臣周行天下求访，终不得。

长乐宫人扫落花，君王正候五云车。万方臣妾同瞻望，疑在曾城阿母家。

送刘萱之道州谒崔大夫

沅水悠悠湘水春，临歧南望一沾巾。信陵门下三千客，君到长沙见几人。

过郑山人所居

寂寂孤莺啼杏园，寥寥一犬吠桃源—作白首深藏谷口村，春山犬吠武陵原。落花芳草无寻处，万壑千峰独闭门。

奉送贺若郎中贼退后之杭州

江上初收战马尘，莺声柳色待行春。双旌谁道来何暮，万井如今有几人。

瓜洲驿重送梁郎中赴吉州

渺渺云山去几重，依依独听广陵钟。明朝借问南来客，五马双旌何处逢。

奉使鄂渚至乌江道中作

沧洲不复恋鱼竿，白发那堪戴铁冠。客路向南何处是，芦花千—作十里雪漫漫。

新息道中作

萧条独向汝南行，客路多逢汉骑营。古木苍苍离乱后，几家同住一孤城。

春日宴魏万成湘水亭

何年家住—作在此江滨，几度门前北渚春。白发乱生相顾老，黄莺自语岂知人。

重送道标上人

衡阳千里去人稀，遥逐孤云入翠微。春草青青新覆地，深山无路若为归。

送李判官之润州行营

万里辞家事鼓鼙，金陵驿路楚云西。江春不肯留归—作行客，草色青青送马蹄。

将赴南巴，至余干别李十二

江上花催问礼人，鄱阳莺报越乡春。谁怜此别悲欢异，万里青山送逐臣。

时平后春日思归

一尉何曾及布衣，时平却忆卧柴扉。故园柳色催南客，春水桃花待北归。

送陶十赴杭州摄掾

莫叹江城一掾卑，沧洲未是阻心期。浙中山色千万状，门外潮声朝暮时。

使还，七里濑上逢薛承规赴江西贬官

迁客归人醉晚寒，孤舟暂泊子陵滩。怜君更去三千里，落日青山江上看。

使回赴苏州道中作

春风何事远相催，路尽天涯始却回。万里无人空楚水，孤帆送客到鱼台。

昭阳曲

昨夜承恩宿未央，罗衣犹带御衣—作炉香。芙蓉帐小云屏暗，杨柳风多水殿凉。

罪所留系，每夜闻长洲军笛声

白日浮云闭不开，黄沙谁问冶长猜。只怜横笛关山月，知处愁人夜夜来。

赠微上人

禅门来往翠微间，万里千峰在刹—作别山。何时共到天台里，身与浮云处处闲。

东湖送朱逸人归

山色湖光并在东，扁舟归去有樵风。莫道野人无外事，开田凿井白云中。

舟中送李十八—作送僧

释子身心无有分—作纷，独将衣钵去人群。相思晚望西林寺，唯有钟声出白云。

送李穆归淮南

　　扬州春草新年绿,未去先愁去不归。淮水问君来早晚,老—作无人偏畏过芳菲。

晚春归山居,题窗前竹—作钱起诗,题云:暮春归故山草堂。

　　溪上—作谷口残春黄鸟稀,辛夷花尽杏花飞。始怜幽竹山窗下,不改清阴待我归。

全唐诗卷一百五十一

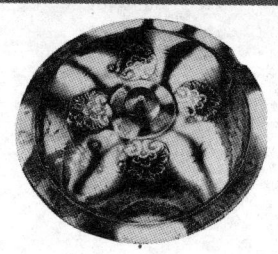

刘长卿

送卢侍御赴河北

谪居为别倍伤情,何事从戎独远行。千里按图收故地,三军罢战及春耕。江天渺渺鸿初去,漳水悠悠草欲生。莫学仲连逃海上,田单空愧取聊城。

送子婿崔真父归长城

送君卮酒不成欢,幼女辞家事伯鸾。桃叶宜人诚可咏,柳花如雪若为看。心怜稚齿鸣环去,身愧衰颜对玉难。惆怅暮帆何处落,青山无限水漫漫。

送陆澧仓曹西上

长安此去欲何依,先达谁当荐陆机。日下凤翔双阙迥,雪中人去一作过二陵稀。舟从故里难移棹,家住一作在寒塘独掩扉。临水自伤流落久一作居洛久,赠君空有泪沾衣。

送柳使君赴袁州

宜阳出守新恩至,京口因家始愿违。五柳闭门高士去,三苗按节远人归。月明江路闻猿断,花暗山城见吏稀。惟有郡一作旧斋窗里岫,朝朝空对谢玄晖。

戏题赠二小男

异乡流落频生子,几许悲欢并在身。欲并老容羞白发,每看儿戏忆青春。未知门户谁堪主,且免琴书别与人。何幸暮年方有后,举家相对却沾巾。

谪官后卧病官舍,简贺兰侍郎一作贬睦州祖庸见赠

青春衣绣共称一作绣服正相宜,白首垂一作发如丝恨不遗。江上几回今夜月,镜中无复少年时。生还北阙谁相一作将,一作能引,老向南邦众所悲。岁岁任他芳草绿,长沙未有定归期。

岁日见新历,因寄都官裴郎中

青阳振蛰初颁历,白首衔冤欲问天。绛老更能经几岁,贾生何事又三年。愁占蓍草终难决,病对椒花倍自怜。若道平分四时气,南枝为底发春偏。

江州重别薛六、柳八二员外

生涯岂料承优诏,世事空知学醉歌。江上月明胡雁过,淮南木落楚山多。寄身且喜沧洲近,顾影无如白发何。今日龙钟人共弃,愧君犹遣慎风波。

青溪口送人归岳州

洞庭何处雁南飞,江菼苍苍客去稀。帆带夕阳千里没,天连秋水一人归。黄花泡露开沙岸,白鸟衔鱼上钓矶。歧路相逢无可赠,老年空有泪沾衣。

送灵澈上人还越中

禅客无心杖锡还,沃洲深处草堂闲。身随敝屦—作履经残雪,手绽寒衣入旧山。独向青溪依树下,空留白日在人间。那堪别后—作夜长相忆,云木苍苍但闭关。

送耿拾遗归上都

若为天畔独归秦,对水看山欲暮春。穷海别离无限路,隔河征战几归人—作征阵独归人。长安万里传双泪,建德千峰寄一身。想到邮亭愁驻马,不堪西望见风尘。

和樊使君登润州城楼

山城迢递敞高楼,露冕吹铙居上头。春草连天随北望,夕阳浮水共东流。江田漠漠全吴地,野树苍苍故蒋州。王粲尚为南郡客,别来何—作无处更销忧。

钱王相公出牧括州

缙云讵比长沙远,出牧犹承明主恩。城对寒山开画戟,路飞秋叶转朱轓。江潮淼淼连天望,旌斾悠悠上岭翻。萧索庭槐空闭阁,旧人谁到翟公门。

题灵祐和尚故居

叹逝翻悲有此身,禅房寂寞见流尘。多—作六时行径空秋草,几日浮生哭故人。风竹自吟遥入磬,雨花随泪共沾巾。残经窗下依然在,忆得山中—作阴问许询。

寻龙井杨老

柴门草舍绝风尘,空谷耕田学子真。泉咽恐—作邑劳经陇底—作客,一作地,又作坻,山深不觉有秦人。手栽松树苍苍老,身卧桃园寂寂春。唯有胡麻当鸡黍,白云来往未嫌贫。

见故人李均所借古镜,恨其未获归府,斯人已亡,怆然有作

故人留镜无归处,今日怀君试暂窥。岁久岂堪尘自入,夜长应待月相随。空怜琼树曾临匣,犹见菱花独映池。所恨平生还不早,如今始挂陇头枝。

闻虞沨州有替,将归上都,登汉东城寄赠

淮南摇落客心悲,涢水悠悠怨别离。早雁初辞旧关塞,秋风先入古城池。腰章建隼皇恩赐,露冕临人白发垂。惆怅恨—作夫君先我去,汉阳耆老忆旌麾—作旗。

献淮宁—作宁淮军节度使李相公—作淮西将李中丞,又作献南平王

建牙吹角不闻—作戟门喧,三十登坛众所尊。家散万金酬士死—作死事,身留—作持一剑答君恩。渔阳老将多回席,鲁国诸生半在门。白马翩翩春草细—作绿,郊原—作少陵,一作邵陵西去猎平原。

观校猎,上淮西相公

龙骧校猎邵陵东,野火初烧楚泽空。师事黄公千战—作战后,身骑白马万人中。笳随晚吹吟—作晓月吹边草,箭没寒—作青云落塞鸿。三十拥旄谁不羡,周郎少小立—作有奇功。

送皇甫曾赴上都

东游久与故人违,西去荒凉旧路微。秋草不生三径处,行人独向五陵归。离心日远如流水,回首川长共落晖。楚客岂劳伤此别,沧江欲暮自沾衣。

送李录事兄归襄邓

十年多难与君同,几处移家逐转蓬。白首相逢征战后,青春已过乱离中。行人杳杳看西月,归马萧萧向北风。汉水楚云千万里,天涯此别恨无穷。

汉阳献李相公

退身高卧楚城幽,独掩闲—作寒门—作双扉汉水头。春草雨中行径没,暮山江上卷帘愁。几人犹忆—作识孙弘阁,百口同乘范蠡舟。早晚却还—作归丞相印,十年空被白云留。

长沙过贾谊宅

三年谪宦此栖迟,万古惟留楚客—作国悲。秋草独—作渐寻人去后,寒林空见日斜时。汉文有道恩犹薄,湘水无情吊岂知。寂寂江山摇落处—作正摇落,怜君何事到天涯。

奉酬辛大夫喜湖南腊月连日降雪见示之作

长沙耆旧拜旌麾—作旗,喜见江潭积雪时。柳絮三冬先北地,梅花一夜遍南枝。初开窗阁寒光满,欲掩军城暮色迟。闾里何人不相庆,万家同唱郢中词。

登余干古县城

孤城上与白—作迢递楚云齐,万古荒凉—作萧条楚水西。官舍已空秋草绿,女墙犹在夜乌啼。平江渺渺来人远—作夕,落日亭亭向客低。沙鸟不知陵谷变,朝飞—作还暮去—作往弋阳溪。

将赴岭外,留题萧寺远公院寺即梁朝萧内史创

竹房遥闭上方幽,苔径苍苍访昔游。内史旧山空日暮,南朝古木向人秋。天香月—作夜色同—作空僧室,叶—作月落猿啼傍—作访,又作送客舟。此去播迁明主意,白云何事欲相留。

初闻贬谪,续喜—本无上六字量移,登干越亭赠郑校书

青青草色满江洲,万里伤心水自流。越鸟岂—作不知南国—作树远,江花独向北人愁。生涯已逐—作许沧浪去—作老,冤气初逢涣汗收。何事还邀迁—作羁客醉,春风日夜待归舟。

北归入至德州界,偶逢洛阳邻家李光宰

生涯心事已蹉跎,旧路依然此重过。近北始知黄叶落,向南空见白云多。炎州日日人将老,寒渚年年水自波。华发相逢俱若是,故园秋草复如何。

自江西归至旧任官舍,赠袁赞府时经刘展平后

却见同官喜复悲,此生何幸有归期。空庭客至逢摇落,旧邑人稀经乱离。湘路来过回雁处,江城卧听捣衣时。南方风土劳君问,贾谊长沙岂不知。

赴南中题—作留褚少府湖上亭子—作林亭,一作李嘉祐诗

种田东郭傍春陂,万事无情把—作如弄钓丝。绿竹放侵行径里—作断,青山常对卷帘时。纷纷花落门空闭,寂寂莺啼日更迟。从此别君千万里,白云流水忆佳期。

上巳日越中与鲍侍郎泛舟耶溪

兰桡缦—作万转傍汀沙,应接—作隔云峰到若耶。旧浦满—作远来移渡口,垂杨深处有人家。永和春色千年在,曲水乡心万里赊。君见渔船时借问,前洲—作桃源几路入烟花—作霞。

双峰下哭故人李宥

怜君孤垄—作家寄双峰,埋骨穷泉复几重。白露空沾九原草,青山犹—作独闭数株松。图书经乱知何在,妻子因贫—作移家失所从。惆怅东皋却归去,人间无处更相逢。

使次安陆寄友人

新年草色远萋萋,久客将归失—作问路蹊。

暮雨不知溟—作须口处,春风只—作共到穆陵西。孤城尽日空花落,三户无人自鸟啼。君在江南相忆否,门前五柳几枝低。

哭陈—作李歙州—作使君

千秋万古葬—作共平原,素业—作惟有清风及子孙。旅榇归程伤道路,举家行哭向田园。空山寂寂开新垄—作冢,乔木苍苍掩旧门—作寒山摇落空残垄,故里疏芜独掩门。儒行公才竟何在—作处,一作更何用,独怜棠树一枝存—作故将修短问乾坤。

酬屈突陕

落叶纷纷满四邻,萧条环堵绝风尘。乡看秋草归无路—作何处,家对寒江病且贫。藜杖懒迎征骑客,菊花能醉去官人。怜君计画谁知者,但见蓬蒿空没身。

送惠法师游天台,因怀智大师故居

翠屏瀑水—作布知何在,鸟道猿啼过几重。落日独摇金策去,深山谁向石桥逢。定攀岩下—作上丛生桂,欲买云中若个峰。忆想东林禅诵处,寂寥惟听旧时钟。

自夏口至鹦鹉洲,夕望岳阳,寄源—作元中丞

汀洲无浪复无烟,楚客相思益渺然。汉口夕阳斜渡鸟,洞庭秋水远连天。孤城背岭寒吹角,独戍临江夜泊船。贾谊上书忧汉室,长沙谪去—作迁谪古今怜。

送侯中丞流康州

长江极目带枫林,匹马孤云不可寻。迁播共知臣道枉,猜谗却为主恩深。辕门画角三军思,驿路青山万里心。北阙九重谁许屈,独看湘水泪沾襟。

别—作送严士元—作送严员外,一作吴中赠别严士元,一作送郎士元,一作李嘉祐诗

春风倚棹阖闾城,水国春—作犹寒阴复晴—作水阁天寒暗复晴,又作水国春深阴复晴。细雨湿衣看—作人不见,闲花落地听无声。日斜江上孤帆影,草绿湖南万里情—作程。东道—作君去若逢相识问,青袍今日—作已误儒生。

避地江东,留别淮南使院诸公

长安路绝鸟飞通,万里孤云西复东。旧业已应成茂草,余生只是任飘蓬。何辞向—作故物开秦镜,却使他人得楚弓。此去行持一竿竹,等闲将狎钓渔翁。

罪所上御史惟则

误因微禄滞南昌,幽系圜扉昼夜长。黄鹤翅垂同燕雀,青松心在任风霜。斗间谁与看冤气,盆下无由见太阳。贤达不能同感激,更于—作令何处问苍苍。

送台州李使君,兼寄题国清寺

露冕新承明主恩,山城别是武陵源。花间五马时行县,山外千峰常在门。晴江洲渚带春草,古寺杉松深暮猿。知到应真飞锡处,因君一想已忘言。

狱中闻收东京有赦

传闻阙下降丝纶,为报关东灭虏尘。壮志已怜成白首,余生犹待发青春。风霜何事偏伤物,天地无情亦爱人。持法不须张密网,恩波自解惜枯鳞。

温汤客舍

冬狩温泉岁欲阑,宫城佳气晚宜看。汤熏仗里千旗暖,雪照山边万井寒。君门献赋谁相达,客舍无钱辄自安。且喜礼闱秦镜在,还—作尽将妍丑付—作赴春官。

送孙逸归庐山得帆字

炉峰绝顶楚云衔,楚客东归栖此—作北岩。彭蠡湖边香橘柚,浔阳郭外暗枫杉。青山不断三湘道,飞鸟空随万里帆。常爱此中多胜事,新诗他日伫开缄。

送马秀才落第归江南

南客怀归乡梦频,东门怅别柳条新。殷勤

斗酒城阴暮,荡漾孤舟楚水春。湘竹旧斑思帝子,江蓠初绿怨骚人。怜君此去未得意,陌上愁看泪满巾。

送常十九归嵩少故林

迢迢此恨杳无涯,楚泽嵩丘千里赊。歧路别时惊一叶,云林归处忆三花。秋天苍翠寒飞雁,古堞萧条晚噪鸦。他日山中逢胜事,桃源洞里几人家。

送宇文迁明府赴洪州张观察追摄丰城令 时长卿亦在此州

送君不复远为心,余亦扁舟湘水阴。路逐山光何处尽,春随草色向南深。陈蕃待客应悬榻,宓贱之官独抱琴。倘见主人论谪宦,尔来空有白头吟。

送李将军 一作送开府佺随故李使君旅榇却赴上都

征西诸将一作莫如君,报德谁能不顾勋。身逐塞鸿来万里,手披荒一作江草看孤坟。擒生绝漠经一作临胡雪,怀旧长沙哭楚云。归去萧条灞陵上,几人看葬李将军。

西陵寄一上人

东山访道成开一作开成士,南渡隋阳作本师。了义惠心能善诱,吴风越俗罢淫祠。室中时见天人命,物外长悬海岳期。多谢清言异玄度,悬河高论有谁持。

赋得 一作皇甫冉诗,题作春思

莺啼燕语报新年,马邑龙堆路几千。家住层城临汉苑,花随明月到胡天。机中锦字论长恨,楼上花枝笑独眠。为问元戎窦车骑,何时返旆勒燕然。

三月 一作日李明府后亭泛舟 一作皇甫冉诗

江南风景复何如,闻道新亭更欲过。处处纫兰春浦渌,萋萋籍草远山多。壶觞须就陶彭泽,时俗犹传晋永和。更待持桡徐转去,微风落日水增波。

喜朱拾遗承恩拜命赴任上都

诏书征拜脱荷裳,身去东山闭草堂。闾阖九天通奏一作楚籍,华亭一鹤在朝行。沧洲离别风烟远,青琐幽深漏刻长。今日却回垂钓处,海鸥相见已高翔。

郧上送韦司士归上都旧业 司士即郑公之孙,顷客于郧上。

前朝旧业想遗尘,今日他乡独尔身。郧地国除为过客,杜陵家在有何人。苍苔白露生三径,古木寒蝉满四邻。西去茫茫问归路,关河渐近泪盈巾 一作此去茫茫尽秋草,离心万里逐征轮。

感怀

秋风 一作青枫落叶正堪悲,黄菊残花欲待谁。水近偏逢寒气早,山深常见日光迟。愁中卜命看周易,梦里招魂读楚词。自笑不如湘浦雁,飞 一作春来即是北归时。

送杨于陵归宋汴 一无此宇州别业

半山溪雨带斜晖,向水残花映客衣。旅食嗟余当岁晚,能文似汝少年稀。新河柳色千株暗,故国云帆万里归。离乱要知君到处,寄书须及雁南飞。

送崔使君赴寿州

列郡专城分国忧,彤幨皂盖古诸侯。仲华遇主年犹少,公瑾论功位已酬。草色青青迎建隼,蝉声处处杂鸣驺。千里相思如可见,淮南木叶正惊秋。

上阳宫望幸

玉辇西巡久未还,春光犹入上阳间。万木长承新雨露,千门空对旧河山。深花寂寂宫城闭,细草青青御路闲。独见彩云飞不尽,只应来去候龙颜。

过裴舍人故居

惨惨天寒独掩 一作闭扃,纷纷黄叶满 一作落空庭。孤坟何处依山木,百口无家学 一作泛水萍。篱花犹及重阳发,邻笛那堪落日听。书幌无人长不卷,秋来芳草自为萤。

登松江驿楼北望故园

泪尽江楼北望归,田园已陷百重围。平芜万里无人去,落日千山空鸟飞。孤舟漾漾寒潮小,极浦苍苍远树微。白鸥渔父徒相待,未扫欃枪懒息机。

秋夜有怀高三十五适,兼呈空上人——作皇甫冉诗

晚节逢君趣道深,结茅栽树近东林。吾师几度曾摩顶,高士何年遂发心。北渚三更闻过雁,西城万里动寒砧。不见支公与玄度,相思拥膝坐长吟。

送孔巢父赴河南军——作皇甫冉诗

江南相送隔烟波,况复新秋一雁过。闻道全军征北虏,又言诗将会南河。边心冉冉乡人绝,寒色青青战马多。共许陈琳工奏记,知君名行未蹉跎。

登润州万岁楼——作皇甫冉诗

高楼独上思依依,极浦遥山合翠微。江客不堪频北望,寒鸿何事又南飞。垂山古渡寒烟积,瓜步空洲远树稀。闻道王师犹转战,更能谈笑解重围。

江楼送太康郭主簿赴岭南

对酒怜君安可论,当官爱士如平原。料钱用尽却为谤,食客空多谁报恩。万里孤舟向南越,苍梧云中暮帆灭。树色应无江北秋,天涯尚见淮阳月。驿路南随桂水流,猿声不绝到炎州。青山落日那堪望,谁见思君江上楼。

客舍喜郑三见寄——作访

客舍逢君未换衣,闭门愁见桃花飞。遥想故园今已尔,家人应念行人归。寂寞垂杨映深曲,长安日暮灵台宿。穷巷无人鸟雀闲,空庭新雨莓苔绿。北中分与故交疏,何幸仍回长者车。十年未称平生意,好得辛勤谩读书。

送贾三北游

贾生未达犹窘迫,身驰匹马邯郸陌。片云郊外遥送人,斗酒城边暮留客。顾予他日仰时髦,不堪此别相思劳。雨色新添漳水绿,夕阳远照苏门高。把袂相看衣共缁,穷愁只是惜良时。亦知到处逢下榻,莫滞秋风西上期。

齐一和尚影堂

一公住世忘世纷,暂来复去谁能分。身寄虚空如过客,心将生灭是浮云。萧散浮云往不还,凄凉遗教殁仍传。旧地愁看双树在,空堂只是——作见一灯悬。一灯长照恒河沙,双树犹落诸天花。天花寂寂香深殿,苔藓苍苍闭虚院。昔余精念访禅扉,常接微言清——作亲道机。今来寂寞无所得,唯共门人泪满衣。

颍川留别司仓李万

故人早负干将器,谁言未展平生意。想君畴昔高步时,肯料如今折腰事。且知投刃皆若虚,日挥案牍常有余。槐暗公庭趋小吏,荷香陂水脍鲈鱼。客里相逢款话深,如何歧路剩沾襟。白云西上催归念,颍水东流是别心。落日征骖随去尘,含情挥手背城闉。已恨良时空此别,不堪秋草更愁人。

听笛歌留别郑协律

旧游怜我长沙谪,载酒沙头送迁客。天涯望月自沾衣,江上何人复吹笛。横笛能令孤客愁,渌波淡淡如不流。商声寥亮羽声苦,江天寂历江枫秋。静听关山闻一叫,三湘月色悲猿啸。又吹杨柳激繁音,千里春色伤人心。随风飘向何处落,唯见曲尽平湖深。明发与君离别后,马上一声堪白首。

时平后送范伦归安州

昨闻战罢图麟阁,破虏收兵卷戎幕。沧海初看汉月明,紫微已见胡星落。忆昔扁舟此南渡,荆棘烟尘满归路。与君携手姑苏台,望乡一日登几回。白云飞鸟去寂寞,吴山楚岫空崔嵬。事往时平还旧丘,青青春草近家愁。洛阳

举目今谁在,颍水无情应自流。吴苑西人去欲稀,留连一日空知非。江潭岁尽愁不尽,鸿雁春归身未归。万里遥悬帝乡忆,五年空带风尘色。却到长安逢故人,不道姓名应不识。

小鸟篇,上裴尹

藩篱小鸟何甚微,翩翩日夕空此飞。只缘六翮不自致,长似孤云无所依。西城黯黯斜晖落,众鸟纷纷皆有托。独立虽轻燕雀群,孤飞还惧鹰鹯搏。自怜天上青云路,吊影徘徊独愁暮。衔花纵有报恩时,择木谁容托身处。岁月蹉跎飞不进,羽毛憔悴何人问。绕树空随乌鹊惊,巢林只有鹪鹩分。主人庭中荫乔木,爱此清阴欲栖宿。少年挟弹遥相猜,遂使惊飞往复回。不辞奋翼向君去,唯怕金丸随后来。

登吴古城歌

登古城兮思古人,感贤达兮同埃尘。望平原兮寄远目,叹姑苏兮聚麋鹿。黄池高会事未终,沧海横流人荡覆。伍员杀身谁不冤,竟看墓树如所言。越王尝胆安可敌,远取石田何所益。一朝空谢会稽人,万古犹伤甬东客。黍离离兮城坡陀,牛羊践兮牧竖歌。野无人兮秋草绿,园为墟兮古木多。白杨萧萧悲故柯,黄雀啾啾争晚禾。荒阡断兮谁重过,孤舟逝兮愁若何。天寒日暮江枫落,叶去辞风水自波。

疲兵篇

骄虏乘秋下蓟门,阴山日夕烟尘昏。三军疲马力已尽,百战残兵—作躯功未论。阵云泱漭屯塞北,羽书纷纷来不息。孤城望处增断肠,折剑看时可沾臆。元戎日夕且歌舞,不念关山久辛苦。自矜倚剑气凌云,却笑闻笳泪如雨。万里飘摇空此身,十年征战老胡尘。赤心报国无片赏,白首还家有几人。朔风萧萧动枯草,旌旗猎猎榆关道。汉月何曾照客心,胡笳只解催人老。军前仍欲破重围,闺里犹应愁未归。小妇十年啼夜织,行人九月忆寒衣。饮马滹河晚更清,行吹羌笛远归营。只恨汉家多苦战,徒遗金镞满长城。

新安送陆澧归江阴

新安路,人来去。早潮复晚潮,明日知何处。潮水无情亦解归,自怜长在新安住。

弄白鸥歌

泛泛江上鸥,毛衣皓如雪。朝飞潇湘水,夜宿洞庭月。—本有洞庭二字。归客正夷犹,爱此沧江闲白鸥。

长沙赠衡岳祝融峰般若禅师

般若公,般若公,负钵何时下祝融。归路却看飞鸟外,禅房空掩白云中。桂花寥寥闲自落,流水无心西复东。

赠湘南渔父

问君何所适,暮暮逢烟水。独与不系舟,往来楚云里。钓鱼非一岁,终日只如此。日落江清桂楫迟,纤鳞百尺深可窥。沈钩垂饵不在得,白首沧浪空自知。

明月湾寻贺九不遇

楚水日夜绿,傍江春草滋—作深。青青遥满目,万里伤心归—作归心。故人川上复何之,明月湾南空所思。故人不在明月在,谁见孤舟来去时。

题曲阿三昧王佛殿前孤石

孤石自何处,对之疑—作如旧游。氤氲岘首夕,苍翠剡中秋。迥出群—作奇峰当殿前,雪山灵鹫惭贞坚。一片孤云长不去,莓苔古色空苍然。

送友人东归

对酒灞亭暮,相看愁自深。河边草已绿,此别难为心。关路迢迢匹马归,垂杨寂寂数莺飞。怜君献策十余载,今日犹为一布衣。

入桂渚次砂牛石穴—本无石字

扁舟傍归路,日暮潇湘深。湘水清见底,楚云淡无心。片帆落—作遶桂渚,独夜依枫林。枫林月出猿声苦,桂渚天寒桂花吐。此中无处不堪愁,江客相看泪如雨。

严陵钓台,送李康成赴江东使
潺湲子陵濑,仿佛如在目。七里人已非,千年水空绿。新安江上孤帆远,应逐枫林万余转。古台落日共萧条,寒水无波更清浅。台上渔竿不复持,却令猿鸟向人悲。滩声山翠至今在,迟尔行舟晚泊时。

送姨子弟往南郊
一展慰久阔,寸心仍未伸。别时两童稚,及此俱成人。那堪适会面,遽已悲分首。客路向楚云,河桥对衰柳。送君匹马别河桥,汝南山郭寒萧条。今我单车复西上,郎去灞陵转惆怅。何处共伤离别心,明月亭亭两乡望。

铜雀台
娇爱更何日,高台空数层。含啼映双袖,不忍看西陵。漳河东流无复来,百花辇路为苍苔。青楼月夜长寂寞,碧云日暮空徘徊。君不见邺中万事非昔时,古人一作何在今人悲。春风不逐君王去,草色年年旧宫路。宫中歌舞已浮云,空指行人往来处。

王昭君歌
自矜娇艳色,不顾丹青人。那知粉绘能相负,却使容华翻误身。上马辞君嫁骄虏,玉颜对人啼不语。北风雁急浮云一作清秋,万里独见黄河流。纤腰不复汉宫宠,双蛾长向胡天愁。琵琶弦中苦调多,萧萧羌笛声相和。谁怜一曲传乐府,能使千秋伤绮罗。

送杜越江佐觐省往新安江
去帆楚天外,望远愁复积。想见新安江,扁舟一行客。清流数千丈,底下看白石。色混元气深,波连洞庭碧。鸣根去未已,前路行可观。猿鸟悲啾啾,杉松雨声夕。送君东赴归宁期,新安江水远相随。见说江中孤屿在,此行应赋谢公诗。

湘中忆归
终日空理棹,经年犹别家。顷来行已远,弥觉天无涯。白云意自深,沧海梦难隔。迢递万里帆,飘摇一行客。独怜西江外,远寄风波里。平湖流楚天,孤雁渡湘水。湘流澹澹空愁予,猿啼啾啾满南楚。扁舟泊处闻此声,江客相看泪如雨。

送郭六侍从之武陵郡
常爱武陵郡,羡君将远寻。空怜世界迫,孤负桃源心。洛阳遥想桃源隔,野水闲流春自碧。花下常迷楚客船,洞中时见秦人宅。落日相看斗酒前,送君南望但依然。河梁马首随春草,江路猿声愁暮天。丈人别乘佐分忧,才子趋庭兼胜游。澧浦荆门行可见,知君诗兴满沧洲。

山鹧鸪歌 一作韦应物诗
山鹧鸪,长在此山吟古木。嘲哳相呼响空谷,哀鸣万变如成曲。江南逐臣悲放逐,倚树听之心断续。巴人峡里自闻猿,燕客水头空击筑。山鹧鸪,一生不及双黄鹄。朝去秋田啄残粟,暮入寒林啸群族。鸣相逐,啄残粟,食不足。青云杳杳无力飞,白露苍苍抱枝宿。不知何事守空山,万壑千峰自愁独。

望龙山怀道士许法棱
心惆怅,望龙山。云之际,鸟独还。悬崖绝壁几千丈,绿萝袅袅不可攀。龙山高,谁能践。灵原中,苍翠晚。岚烟瀑水如向人,终日迢迢空在眼。中有一人披霓裳,诵经山顶餐琼浆。空林闲坐独焚香,真官列侍俨成行。朝入青霄礼玉堂,夜扫白云眠石床。桃花洞里居人满,桂树山中住日长,龙山高高遥相望。

戏赠干越尼子歌
鄱阳女子年十五,家本秦人今在楚。厌向春江空浣沙,龙宫落发披袈裟。五年持戒长一食,至今犹自颜如花。亭亭独立青莲下,忍草禅枝绕精舍。自用黄金买地居,能嫌碧玉随人嫁。北客相逢疑姓秦,铅花抛却仍青春。一花一竹如有意,不语不笑能留人。黄鹂欲栖白日暮,天香未散经行处。却对香炉闲诵经,春泉漱玉寒泠泠。云房寂寂夜钟后,吴音清切令人听。人听吴音歌一曲,杳然如在诸天宿。谁堪世事更相牵,惆怅回船江水渌。

游四窗

四明山绝奇,自古说登陆。苍崖倚天立,覆石如覆屋。玲珑开户牖,落落明四目。箕星分南野,有斗挂檐北。日月居东西,朝昏互出没。我来游其间,寄傲巾半幅。白云本无心,悠然伴幽独。对此脱尘鞅,顿忘荣与辱。长笑天地宽,仙风吹佩玉。

和中丞出使恩命过终南别业

不过林园久,多因宠遇偏。故山长寂寂,春草过年年。花待朝衣间,云迎驿骑连。松萝深旧阁,樵木散闲田。拜阙贪摇佩,看琴懒更一作著弦。君恩催早入,已梦傅岩边。

岳阳楼

行尽清溪日已蹉,云容山影两嵯峨。楼前归客怨秋梦,湖上美人疑夜歌。独坐高高风势急,平湖渺渺月明多。终期一艇载樵去,来往片帆愁白波。

春望寄王涔阳

清明别后雨晴时,极浦空颦一望眉。湖畔春山烟点点,云中远树墨离离。依微水戍闻钲鼓,掩映沙村见酒旗。风暖草长愁自醉,行吟无处寄相思。

留辞

南楚迢迢通汉口,西江淼淼去扬州。春风已遣归心促,纵复芳菲不可留。

全唐诗卷一百五十二

颜真卿

颜真卿,字清臣。京兆长安人。博学,工辞章。事亲孝。开元中举进士,又擢制科。调醴泉尉,累迁殿中侍御史。忤宰相杨国忠,出为平原太守。安禄山反,河朔尽陷,独平原城守具备,使司兵参军李平驰奏,明皇大喜,即拜户部侍郎。肃宗即位灵武,真卿数遣使以蜡丸裹书陈事。拜工部尚书,兼御史大夫,为河北招讨采访处置使。至德二年,朝于凤翔,授宪部尚书,迁御史大夫。军国之事,知无不言。为宰相所忌,出为冯翊太守。改蒲州刺史。御史唐旻诬劾,贬饶州刺史。旋拜浙西节度使,召入为刑部侍郎。李辅国衔之,贬蓬州长史。代宗立,起为户部侍郎,除荆南节度使。未行,改尚书右丞。寻除检校刑部尚书,兼御史大夫,封鲁国公。与元载不合,贬峡州别驾,改吉州司马,迁抚、湖二州刺史。载诛,擢刑部尚书,进吏部。卢杞当国,益恶之,改太子太师。李希烈陷汝州,杞奏遣真卿往谕,拘胁累岁,不屈而死。赠司徒,谥文忠。真卿立朝正色,刚而有礼,非公言直道,不萌于心。天下不以姓名称,而独曰鲁公。善正、草书,笔力遒婉,世宝传之。诗一卷。

题杼山癸亭得暮字 亭,陆鸿渐所创。

杼山多幽绝,胜事盈跬步。前者虽登攀,淹留恨晨暮。及兹纡胜引,曾是美无度。欻构三癸亭,实为陆生故。高贤能创物,疏凿皆有趣。不越方丈间,居然云霄遇。巍峨倚修岫,旷望临古渡。左右苔石攒,低昂桂枝蠹。山僧狎猿狖,巢鸟来枳椇。俯视何楷台,傍瞻戴颙路。迟回未能下,夕照明村树。

谢陆处士杼山折青桂花见寄之什

群子游杼山,山寒桂花白。绿黄含素萼,采折自逋客。忽枉岩中诗,芳香润金石。全高南越蠹,岂谢东堂策。会惬名山期,从君恣幽觌。

赠裴将军

大君制六合,猛将清九垓。战马若龙虎,腾凌何壮哉。将军临八荒,烜赫耀英材。剑舞若游电,随风萦且回。登高望天山,白云正崔巍。入阵破骄虏,威名雄震雷。一射百马倒,再射万夫开。匈奴不敢敌,相呼归去来。功成报天子,可以画麟台。

赠僧皎然

秋意西山多,别岑萦左次。缮亭历三癸,趾趾邻什寺。元化隐灵踪,始君启高致。诛榛养翘楚,鞭草理芳穗。俯砌披水容,逼天扫峰翠。境新耳目换,物远风尘异。倚石忘世情,援云得真意。嘉林幸勿剪,禅侣欣可庇。卫法大臣过,佐游群英萃。龙池护清激,虎节到深邃。徒想嵊顶期,于今没遗记。

咏陶渊明

张良思报韩,龚胜耻事新。狙击不肯就,舍生悲缙绅。呜呼陶渊明,奕叶为晋臣。自以公相后,每怀宗国屯。题诗庚子岁,自谓羲皇人。手持山海经,头戴漉酒巾。兴逐孤云外,心随还鸟泯。

三言拟五杂组二首

五杂组,绣与锦。往复还,兴又寝。不得已,病伏枕。

五杂组,甘咸醋。往复还,乌与兔。不得已,韶光度。

使过瑶台寺,有怀圆寂上人并序

真卿昔以天宝元年尉醴泉,亟过瑶台寺圆寂上人院。秩满,迁监察御史,巡覆诸陵,而上人已去一作离此寺。大历十三年春二月,以刑部尚书调拜昭陵,慨然有怀。

上人居此寺,不出三十年。万法元无著一作灵法尽无染,一心唯趣禅。忽纡尘外轸,远访区中一作世间缘。及尔不复见,支提犹岿一作岿然。

登平望桥下作

登桥试长望,望极与天平。际海兼霞色,终朝鸟雁声。近山犹一作全仿佛,远水忽微明。更览诸公作,知高题柱名。

刻清远道士诗,因而继作

不到东西寺,于今五十春。偈来从旧赏,林壑宛相亲。吴子多藏日,秦王厌胜辰。剑池穿万仞,盘石坐千人。金气胜为虎,琴台化若神。登坛仰生一,舍宅叹珣玞。中岭分双树,回峦绝四邻。窥临江海接,崇饰四时新。客有神仙者,于兹雅丽陈。名高清远峡,文聚斗牛津。迹异心宁间,声同质岂均。悠然千载后,知我揖光尘。

全唐诗卷一百五十三

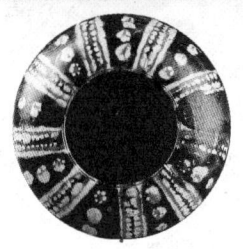

李华

李华，字遐叔，赞皇人。开元中第进士，擢宏辞科。累官监察御史，右补阙。以受安禄山伪署，贬杭州司户。上元中，召为左补阙、司封员外郎。华称疾不拜。李岘领选江南，表置幕府，擢检校吏部员外郎。苦风痹，去官。客隐山阳，勒子弟力农，安于穷槁。大历初卒。集三十卷。今编诗一卷。

杂诗六首

黄钟叩元音，律吕更循环。邪气悖正声，郑卫生其间。典乐忽涓微，波浪与天浑。嘈嘈鸱枭动，好鸟徒绵蛮。王吉归乡里，甘心长闭关。

玄黄与丹青，五气之正色。圣人端期源，上下皆有则。齐侯好紫衣，魏帝妇人饰。女奴厌金翠，倾海未满臆。何忍严子陵，羊裘死荆棘。

甘酸不私人，元和运五行。生人受其用，味正心亦平。爪牙相践伤，日与性命争。圣人不能绝，钻燧与炮烹。嗜欲乘此炽，百金资一倾。正销神耗衰，邪胜体充盈。颜子有余乐，瓢中寒水清。

阴魄沦宇宙，太阳假其明。臣道不敢专，由此见亏盈。未闻东菑稼，一气嘉谷成。上天降寒暑，地利乃可生。葛藟附柔木，繁阴蔽曾原。风霜摧枝干，不复庇本根。女萝依松柏，然后得长存。

孔光尊董贤，胡广惭李固。儒风冠天下，而乃败王度。绛侯与博陆，忠朴受遗顾。求名不考实，文弊反成蠹。

结交得书生，书生钝且直。争权复争利，终不得其力。我逢纵横者，是我牙与翼。相旋如疾风，并命趋紫极。奔车得停轨，风火何相逼。仁义岂有常，肝胆反为贼。勿嫌书生直，钝直深可忆。

咏史十一首

昂藏狮豸兽,出自太平年。乱代乃潜伏,纵人为祸殃。尝闻断马剑,每壮朱云贤。身死名不灭,寒风吹墓田。精灵如有在,幽愤满松烟。

汉皇修雅乐,乘舆临太学。三老与五更,天王亲割牲。一人调风俗,万国和且平。单于骤款塞,武库欲销兵。文物此朝盛,君臣何穆清。至今墠坛下,如有箫韶声。

巢许在嵩颍,陶唐不得臣。九州尚洗耳,一命安能亲。绵邈数千祀,丘中谁隐沦。朝游公卿府,夕是山林人。蒲帛扬侧陋,薜萝为缙绅。九重念入梦,三事思降神。且设庭中燎,宁窥泉下鳞。

汉时征百粤,杨仆将楼船。幕府功未立,江湖已骚然。岛夷非敢乱,政暴地仍偏。得罪因怀璧,防身辄控弦。三军求裂土,万里诓闻天。魏阙心犹在,旗门首已悬。如何得良吏,一为制方圆。

秦灭汉帝兴,南山有遗老。危冠揖万乘,幸得厌征讨。当君逐鹿时,臣等已枯槁。宁知市朝变,但觉林泉好。高卧三一作五十年,相看成四一作首成皓。帝言翁甚善,见顾何不早。咸称太子仁,重义亦尊道。侧闻骊姬事,申生不自保。暂出商山云,谒来趋洒扫。东宫成羽翼,楚舞伤怀抱。后代无其人,戾园满秋草。

日照昆仑上一作山,羽人披羽衣。乘龙驾云雾,欲往心无违。此山在西北,乃是神仙国。灵气皆自然,求之不可得。何为汉武帝,精思一作意遍群山。糜费巨万计,宫车终不还。苍苍茂陵树,足以戒人间。

天生忠与义,本以佐雍熙。何意李司隶,而当昏乱时。古坟襄城野,斜径横秋陂。况不禁樵采,茅莎无孑遗。高标尚可仰,精爽今何之。一忤中常侍,衔冤谁见知。尝观党锢传,抚卷不胜悲。

文侯耽郑卫,一听一忘餐。白雪燕姬舞,朱弦赵女弹。淫声流不返,慆荡日无端。献岁受朝时,鸣钟宴百官。两床陈管磬,九奏殊未阑。对此唯恐卧,更能整衣冠。

蜀主相诸葛,功高名亦尊。驱驰千万众,怒目瞰中原。曹伯任公孙,国亡身不存。社宫久芜没,白雁犹飞翻。勿言君臣合,可以济黎元。为蜀谅不易,如曹难复论。

六国韩最弱,末年尤畏秦。郑生为韩计,且欲疲秦人。利物可分社,原情堪灭身。咸阳古城下,万顷稻苗新。

沂水春可涉,泮宫映杨叶。丽色异人间,珊珊摇佩环。展禽恒一作常独处,深巷生禾黍。城上飞海云,城中暗春雨。适来鸣佩者,复是谁家女。泥沾珠缀履,雨湿翠毛簪。电影开莲脸,雷声飞蕙心。自言沂水曲,采萍兼采菉。归径虽可寻,天阴光景促。怜君贞且独,愿许君家宿。徒劳惜衾枕,了不顾双蛾。艳质诚可重,淫风如礼何。周王惑褒姒,城阙成陂陁。

云母泉诗并序

洞庭湖西玄石山,俗谓之墨山。山南有佛寺,寺倚松岭,下有云母泉。泉出石,引流分渠,周遍庭宇,发如乳湩,末派如淳浆,烹茶、渐蒸、灌园、漱齿皆用之。大浸不盈,大旱不耗。自墨山西北至石门,东南至东陵,广轮二十里,尽生云母。墙阶道路,炯炯如列星。井泉溪涧,色皆纯白。乡人多寿考,无癣痏疥瘙之疾。华深乐之。颍川陈公,天宝中与华同为谏官。公性与道合,忽于权利,方挂冠投簪,顾华以名山之契。乾元初,公贬清江丞,移武陵丞。华贬杭州司功,恩复左补阙。上元中,俱奉诏征。公自清江至武陵,道路多虞,制书不至。华溯江而西,次于岳阳,江山延望,日夕相顾属,思与高贤共饮云母之泉,躬耕墨山之下。敢违朝命,以徇私欲,秋风露寒,洞庭微波,一闻猿声,不觉涕下。况支离多病,年甫始衰,愿饵药扶寿,以究无生之学。事乖志负,火燕予心,寄怀此篇,亦以书余之志也。

晨登玄石岭,岭上寒松声。朗日风雨霁,

高秋天地清。山门开古寺,石窦含纯精。洞澈净金界,贪缘流玉英。泽药滋畦茂,气染茶瓯馨。饮液尽眉寿,餐和皆体平。琼浆驻容发,甘露莹心灵。岱谷谢巧妙,匡山徒有名。愿言构蓬莱,荷锸引泠泠。访道出人世,招贤依福庭。此心不能已,寤寐见吾兄。曾结颍阳契,穷年无所成。东西同放逐,蛇豕尚纵横。江汉阻携手,天涯万里情。恩光起憔悴,西上谒承明。秋色变江树,相思纷以盈。猿啼巴丘戍,月上武陵城。共恨川路永,无由会友生。云泉不可忘,何日遂躬耕。

寄赵七侍御并序

自余干溪行,经弋阳至上饶,山川幽丽,思与云卿同游,邈不可得。因叙畴年之素,寄怀于篇云。

摇桨曙江流,江清山复重。心惬赏未足,川迥失前峰。凌滩出极浦,旷若天池一作地通。君阳青嵯峨,开拆混元中。九潭鱼龙窟,仙成羽人宫。阴奥潜鬼物,精光动烟空。玄猿啼深茏,楚越谓竹树深者为茏。茏一作艳。白鸟戏葱蒙。飞湍鸣金石,激溜鼓雷风。雨濯万木鲜,霞照千山浓。草闲长余绿,花静落幽红。渚烟见晨钓,山月闻夜舂。覆溪窈窕波,涵一作滔石淘一作汹溶溶。丹丘忽聚散,素壁相奔冲。白日破昏霭,灵山出其东。势排昊苍上,气压吴越雄。回头望云卿,此恨发吾衷。昔日萧邵游,萧颖士、邵轸。四人才成童。属词慕孔门,入仕希上公。纬卿陷非罪,折我昆吾锋。邵字纬卿,以宽横贬,卒南中。茂挺独先觉,拔身渡京虹。斯人谢明代,百代坠鹓鸿。萧天宝末知乱弃官,往江东殡葬先人,逝于江南。世故坠横流,与君哀路穷。逆胡陷两京,予与赵受辱贼中。相顾无死节,蒙恩逐殊封。华贬杭州司功,赵贬泉州晋江尉。天波洗其瑕,朱衣备朝容。华承恩累迁尚书郎,赵拜补阙御史。一别凡十年,岂期复相从。余生得携手,遗此两屦翁。群迁失莺羽,后凋惜长松。衰旅难重别,凄凄满心胸。遇胜悲独游,贪奇怅孤逢。禽尚彼何人,胡为束樊笼。吾师度门教,投弁蹑遐踪。

仙游寺 有龙潭穴、弄玉祠。

舍事入樵径,云木深谷口。万壑移晦明,千峰转前后。巍然龙潭上,石势若奔走。开拆秋天光,崩腾夏一作万雷吼。灵溪自兹去,纤直互纷纠。听声静复喧,望色无更有。冥冥翠微下,高殿映杉柳。滴滴洞穴中,悬泉响相扣。昔时秦王女,羽化年代久。日暮松风来,箫声生左右。早窥神仙箓,愿结芝术友。安得羡门方,青囊系吾肘。

春游吟

初春遍芳甸,千里蔼盈瞩。美人摘新英,步步玩春绿。所思杳何处,宛在吴江曲。可怜不得共芳菲,日暮归来泪满衣。

长门怨

弱体鸳鸯荐,啼妆翡翠衾。鸦鸣秋殿晓,人静禁门深。每忆椒房宠,那堪永巷阴。自惊罗带缓,非复旧来心。

奉使朔方,赠郭都护

绝塞临光禄,孤营佐贰师。铁衣山一作三月冷,金鼓朔风悲。都护征兵日,将军破虏时。扬鞭玉关道,回首望旌旗。

尚书都堂瓦松

华省秘仙踪,高堂露瓦松。叶因春后长,花为雨来浓。影混鸳鸯色,光含翡翠容。天然斯所寄,地势太无从。接栋临双阙,连甍近九重。宁知深涧底,霜雪岁兼封。

海上生明月 科试

皎皎秋中月,团团海上生。影开金镜满,轮抱玉壶清。渐出三山岛,将凌一汉横。素娥尝药去,乌鹊绕枝惊。照水光偏白,浮云色最明。此时尧砌下,蓂荚自将荣。

晚日湖上寄所思

与君为近别,不啻远相思。落日平湖上,看山对此时。

寄从弟

眼病身亦病,浮生已半空。迢迢千里月,应与惠连同。

奉寄彭城公

公子三千客,人人愿报恩。应怜抱关者,贫病老夷门。

春行寄兴

宜阳城下草萋萋,涧水东流复向西。芳树无人花自落,春山一路鸟空啼。

全唐诗卷一百五十四

萧颖士

萧颖士,字茂挺。开元中对策第一。补秘书正字。奉使括遗书赵卫间,淹久不报,为有司劾免。留客濮阳教授,时号萧夫子。召为集贤校理。宰相李林甫怒其不下己,调广陵参军事。史官韦述荐颖士自代,召诣史馆待制。林甫愈见疾,遂免官。寻调河南府参军事。山南节度使源洧辟掌书记。洧卒,崔圆署为扬州功曹参军,至官,信宿去。后客死汝南逆旅。门人私谥曰文元先生。颖士乐闻人善,以推引后进为己任,所奖目皆为名士。集十卷。今编诗一卷。

江有枫一篇十章并序

江有枫,思陆、郑二友吴会旧游,且疾谗也。臣一作君官于尹府,以直方不偶,见逼谗佞。惟古之贤者,有避色避言之义,矫然去之。二室之间,有槭树焉,与江南枫形骨类。憩于其下,而作是诗,以贻夫二三子焉。

江有枫,其叶蒙蒙。我友自东,于以游从。

山有槭,其叶漠漠。我友徂北,于以休息。

想彼槭矣,亦类其枫。矧伊怀人,而忘其东。

东可游矣,会之丘矣。于山于水,于庙于寺。于亭于里,君子游焉。于以宴喜,其乐亹亹。

粤东可居,彼吴之墟。有田有庭,有朋有书。有莼有鱼,君子居焉。惟以宴醑,其乐徐徐。

我朋在矣,彼陆之子。淹也。如松如杞,淑问不已。

我友于征,彼郑之子。愕也。如琇如英,德音孔明。

我思震泽,菱芡幕幕。寤寐如觌,我思剡溪。杉篁萋萋,寤寐无迷。

有鸟有鸟,粤鸥与鹭。浮湍戏渚,皓然洁素,忘其猜妒。彼何人斯,曾足伤惧。

此惧惟何,惧置于罗。彼骄者子,谗言孔多。我闻先师,体命委和。公伯之愬,则如予何。怅然山河,惟以啸歌。其忧也哉。

菊荣一篇五章并序

菊荣,酬赠离,且申志也。久寓大邑,贤宰宋侯惠而好予,赋鸣蝉以贶别。有怀相规,备厥卒章,于以报焉。

采采者菊,芬其荣斯。紫英黄萼,照灼丹墀。恺悌君子,佩服攸宜。王国是维,大君是毗。贻尔子孙,百禄萃之。

采采者菊,于邑之城。旧根新茎,布叶垂英。彼美淑人,应家之祯。有弦既鸣,我政则平。宜尔栋崇,必复其庆。

采采者菊,于邦之府。阴槐翳柳,迩楹近宇。彼劳者子,喧卑是处。慨其莫知,蕴结谁语。企彼高人,色斯遐举。

采采者菊,于宾之馆。既低其枝,又弱其干。有斐君子,是焉披玩。良辰旨酒,宴饮无算。怆其仳别,终然永叹。

岁方晏矣,霜露残促。谁其荣斯,有英者菊。岂微春华,懿此贞色。人之侮我,混于薪棘。诗人有言,好是正直。

凉雨一章并序

凉雨,志杨侯乐宾僚也。

习习凉风,泠泠浮飙。君子乐胥,于其宾僚。有女斯夭,式歌且谣。欲言终宵,惟以招邀。于胥乐兮。

有竹一篇七章并序

有竹,懿李新后阁而宴新友也。

有竹斯竿,于阁之前。君子秉心,惟其贞坚兮。

有竿斯竹,于阁之侧。君子秉操,惟其正直兮。

彼蔚者竹,萧其森矣。有开者阁,宛其深矣。回檐幽砌,如翼如齿。

冬之宵,霰雪斯漉。我有金炉,熺其以歊。夏之日,炎景斯郁。我有珍簟,凄其以栗。

彼纷者务,体其豫矣。有旨者酒,欢其且矣。友僚萃止,跰䟽载靸。

彼美公之姓兮,那欤应积庆兮,期子惟去之柄兮。

江有归舟三章并序

《记》有之:尊道成德,严师其难哉。故在三之礼,极乎君亲,而师也参焉。无犯与隐,义斯贯矣。孔圣称颜子,有视余犹父之叹,其至欤!今吾于太真也然乎尔。且后进而余师者,自贾邕、卢冀之后,比岁举进士登科,名与实皆相望腾迁,凡数子。其他自京畿太学,逾于淮泗,行束脩以上,而未及门者,亦云倍之。余弗敏,曷云当乎而莫之让。盖有来学,微往教,蒙匪余求,若之何其拒哉。狥尔之所以求,我之所以诲,学乎,文乎?学也者,非云征辨说,摭文字,以扇夫谈端,摄厥词意,其于识也,必鄙而近矣。所务乎宪章典法、膏腴德义而已。文也者,非云尚形似,牵比类,以局夫俪偶,放于奇靡,其于言也,必浅而乖矣。所务乎激扬雅训,彰宣事实而已。众之言文学者或不然。於戏!彼以我为僻,尔以我为正,同声相求,尔后我先,安得而不问哉!问而教,教而从,从而迁,欲辞师也得乎?孔门四科,吾是以窃其一矣。然夫德行政事,非学不言,言而无文,行之不远,岂相异哉,四者一夫正而已矣。故曰:诗三百,一言以蔽之曰,思无邪。不正之谓也。吾尝谓门弟子有尹徵之学,刘太真之文,首其选焉。今兹春连茹甲乙,淑问休闻,为时之冠。浃旬有诏,俾徵典校秘书,且驰传垫首,领元戎书记之事。四牡骓骓,薄言旋归,声动日下,浃于寰外。而太真元昆,前已甲科,未始间岁,翩其连举。谓予不信,岂然乎。夏五月,回棹京洛,告归江表。岵兮屺兮,欢既萃矣。兄矣弟矣,荣斯继矣。搢绅之徒习礼闻诗者,佥曰:刘氏二子,可谓立乎身,光乎亲,蹈极致于人伦者矣。上京饯别,庭闱望归,从古已来,未之闻也。余羁官此都,色斯云举,彼吴之丘,曾是昔游。心乎往矣,有怀伊阻。行矣风帆,载飞载扬。尔思不及,黯然以泣。先师孝弟谨信、泛爱亲仁、余力学文之训,尔志之。南条北固,朱方旧里,昔与太真初会于兹。余之门人有柳并者,前是一岁,亦尝觐兹地。其请业也,必始乎此焉。并也有尹之敏,刘之工,其少且疾,故莫之逮。太真亦尝曰:何敢望并。并与真,难乎其相夺矣。缅彼江阴,京阜是临。言念二子,从予于此。尔云过之,其可忘诸。同是饯者,赋《江有归舟》以宠夫嘉庆焉尔。诗曰:

　　江有归舟,亦乱其流。之子言旋,嘉名孔修。扬于王庭,允焯其休。

　　舟既归止,人亦荣止。兄矣弟矣,孝斯践矣。称觞燕喜,于岵于屺。

　　彼游惟帆,匪风不扬。有彬伊父,匪学不彰。予其怀而,勉尔无忘。

过河滨,和文学张志尹

　　隆古日以远,举世丧其淳。慷慨怀黄虞,化理何由臻。步出城西门,裴回见河滨。当其侧陋时,河水清且潾。沧桑一以变,莽然翳荆榛。至化无苦窳,宇宙将陶甄。太息感悲泉,人往迹未湮。瑟瑟寒原暮,冷风吹衣巾。顾我谢劣质,希圣杳无因。且尽登临意,斗酒欢相亲。

舟中遇陆棨兄西归,数日得广陵二三子书,知迟晚次沙墋西岸作

　　林鸟遥岸鸣,早知东方曙。波上风雨歇,舟人叫将去。苍苍前洲日,的的回沙鹭。水气清晓阴,滩声隐川雾。旧山劳魂想,忆人阻洄溯。信宿千里余,佳期曷由遇。前程入楚乡,弭棹问维扬。但见土音异,始知程路长。寥寥晚空静,漫漫风淮凉。云景信可美,风潮殊未央。故人江皋上,永日念容光。中路枉尺书,谓余琼树芳。深期结晤语,竟夕恨相望。冀愿崇朝霁,吾其一苇航。

重阳日陪元鲁山德秀登北城,瞩对新霁,因以赠别 时元兄屡有挂冠之意

　　山县绕古堞,悠悠快登望。雨余秋天高,目尽无隐状。绵连漼川回,杳渺鸦路深。彭泽兴不浅,临风一作流动归心。赖兹琴堂暇,傲睨倾菊酒。人和岁已登,从政复何有。远山十里碧,一道衔长云。青霞半落日,混合疑晴曛。渐闻惊栖一作栖林羽,坐叹清夜月。中欢怆有违,行子念明发。仅能泯宠辱,未免伤别离。江湖不可忘,风雨劳相思。明时当盛才,短伎安所设。何日谢百里,从君汉之濆。

留别二三子,得韵字

　　二纪尚雌伏,徒然忝先进。英英尔众贤,名实郁双振。残春惜将别,清洛行不近。相与爱后时,无令孤逸韵。

仰答韦司业垂访五首

　　呦呦食苹鹿,常饮清泠川。但悦丰草美,宁知牢馔鲜。主人有幽意,将以充林泉。罗网幸免伤,蒙君复羁牵。高堂列众宾,广座鸣清弦。俯仰转惊一作伤惕,裴回独忧煎。缅怀云岩路,欲往无由缘。物各有所好,违之伤自然。

　　神龟在南国,缅邈湘川阴。游止莲叶上,岁时嘉树林。毒虫且不近,斤斧何由寻。错落负奇文,荧煌耀丹金。江山万里余,淮海阻且深。独保贞素质,不为寒暑侵。一逢盛明代,应见通灵心。

　　晋代有儒臣,当年富词藻。立言寄青史,将以赞王道。辽落缅岁时,辛勤历江岛。且言风波倦,探涉岂为宝。不遇庾征西,云谁展怀抱。士贫乏知己,安得成所好。

　　彭阳昔游说,愿谒南郢都。王果尚未达,况从夷节谟。岂知晋叔向,无罪婴囚拘。临难侯解纷,独知祁大夫。举雠且不弃,何必论亲疏。夫子觉者也,其能一作肯遗我乎。

　　关西一公子,年貌独青春。被褐来上京,翳然声未振。中郎何为者,倒屣惊座宾。词赋岂不佳,盛名亦相因。为君奏此曲,此曲多苦辛。千载不可诬,孰言今无人。

答邹象先

　　桂枝常共擢,茅茨冀同荐。一命何阻修,载驰各川县。壮图悲岁月,明代耻贫贱。回首无津梁,只令二毛变。

蒙山作

东蒙镇海沂,合沓余百里。清秋净氛霭,崖崿隐天起。于役劳往还,息徒暂攀跻。将穷绝迹处,偶得冥心理。云气杂虹霓,松声乱风水。微明绿林际,杳窱丹洞里。仙鸟时可闻,羽人邈难视。此焉多深邃,贤达昔所止。子尚捐俗纷,季随蹑遐轨。蕴真道弥旷,怀古情未已。白鹿凡几游,黄精复奚似。顾予尚牵缠,家业重书史。少学务从师,壮年贵趋仕。方驰桂林誉,未暇桃源美。岁暮期再寻,幽哉羡门子。

早春过七岭,寄题硖石裴丞厅壁

出硖寄趣少,晚行偏忆君。依然向来处,官路溪边云。兹路岂不剧,能无俗累纷。槐阴永未合,泉声细犹闻。弥叹春罢酒,牵卑<small>一本二字缺</small>从此分。登高望城入,斜影半风薰。

送张翚下第归江东<small>翚一作翚</small>

俱飞仍失路,采服迩清波。地积东南美,朝遗甲乙科。客愁千里别,春色五湖多。明日旧山去,其如相望何。

越江秋曙

扁舟东路远,晓月下江渍。潋滟信潮上,苍茫孤屿分。林声寒动叶,水气曙连云。暾日浪中出,榜歌天际闻。伯鸾常去国,安道惜离群。延首剡溪近,咏言怀数君。

山庄月夜作

献书嗟弃置,疲拙归田园。且事计然策,将符公冶言。桑榆清<small>一作长</small>暮景,鸡犬应遥村。蚕罢里闾晏,麦秋田野喧。涧声连枕簟,峰势入阶轩。未奏东山妓,先倾北海尊。陇瓜香早熟,庭果落初繁。更惬野人意,农谈朝竟昏。

全唐诗卷一百五十五

崔曙

崔曙,宋州人。开元二十六年登进士第,以试明堂火珠诗得名。诗一卷。

古意

绿笋总成竹,红花亦成子。能当此时好,独自幽闺里。夜夜苦更长,愁来不_{一作剧}如死。

宿大通和尚塔,敬_{一本无敬字}赠如上人,兼呈常、孙二山人

支公已寂灭,影塔山上古。更有真僧来,道场救诸苦。一承微妙法,寓宿清净土。身心能自观,色相了无取。森森松映月,漠漠云近户。岭_{一作云}外飞电明,夜来前山雨。燃灯见栖鸽,作礼闻信鼓。晓雾南轩开,秋华净天宇。愿言出世尘_{一作长出世},谢尔申及甫。

送薛据之宋州

无媒嗟_{一作悲}失路,有道亦乘流。客处不堪别,异乡应共愁。我生早孤贱,沦落居此州。风土至今忆,山河皆昔_{一作旧}游。一从文章事_{一作士},两京春复秋。君去问相识,几人今_{一作成}白头。

山下晚晴

寥寥远天净,溪路何空濛。斜光照疏雨,秋气生白虹。云尽山色暝,萧条西北风。故林归宿处,一叶下梧桐。

颍阳东溪怀古

灵溪氛雾歇,皎镜清心颜。空色不_{一作下}映水,秋声多在山。世人久疏旷,万物皆自闲。白鹭寒更浴,孤云晴未还。昔时让王者,此地闭玄_{一作紫},_{一作柴}关。无以蹑高步,凄凉岑_{一作林}壑间。

早发交崖山还太室作

东林气微白,寒鸟急—作急高翔。吾亦自兹去,北山归草堂。仲—作抄冬正三五,日月遥相望。萧萧—作肃肃过颍上,晓晓辨少阳。川冰生积雪,野火出枯桑。独往路难尽,穷阴人易伤。伤此无衣客,如何蒙雪—作雨霜。

奉试明堂火珠

正位开重屋,凌空—作中天出火珠。夜来双月满—作合,曙后一星孤。天净光难灭,云生望欲无。遥知太平代—作还知圣明代,国宝在名都。

途中晓—作晚发

晓—作晚雾长风里,劳歌赴远程。云轻归海疾,月满下山—作峰迟。旅望因高尽,乡心遇物悲。故林遥不见,况在—作复落花时。

缑山庙

遗庙宿阴阴,孤峰映绿林。步随仙路远,意入道门深。涧水流年月,山云变古今。只闻风竹里,犹有凤笙音。

同诸公谒启母祠

閟宫凌紫微,芳草闭闲扉。帝子复何在,王孙游不归。春风鸣玉佩,暮雨拂灵衣。岂但湘江口,能令怀二妃。

九日登望仙台,呈刘明府容

汉文皇帝有高台,此日登临曙色开。三晋云山皆北向,二陵风雨自东—作西来。关门令尹谁能识,河上仙翁去不回。且欲近寻彭泽宰,陶然共—作一醉菊花杯。

奉酬中书相公至日圆丘摄事,合于中书后阁宿斋,移止于集贤院,叙怀见寄之作

典籍开书府,恩荣避鼎司。郊丘资有事,斋戒守无为。宿雾蒙琼树,余香覆玉墀。进经逢乙夜,展礼值明时。勋共山河列,名同竹帛垂。年年佐尧舜,相与致雍熙。

登水门楼,见亡友张贞期题望黄河诗,因以感兴—作寄友

吾友东南美,昔闻登此楼。人随—作从川上逝—作去,书向—作在壁中留。严子好真隐,谢公耽远游。清风初作颂,暇日复销忧—作愁。时—作思与文字—作章古,迹将—作随山水幽。已孤—作辜苍生望,空—作坐见黄河流。流落年—作荣落春将晚,悲凉物已—作似秋。天高不可问,掩泣赴行舟。

对雨送郑陵

别愁复经雨,别泪还如霰。寄心海上云,千里常相见。

嵩山寻冯炼师不遇

青溪访道凌烟曙,王子仙成已飞去。更值空山雷雨时,云林薄暮归何处。

全唐诗卷一百五十六

王翰

王翰,字子羽,晋阳人。登进士第,举直言极谏,调昌乐尉。复举超拔群类,召为秘书正字。擢通事舍人,驾部员外。出为汝州长史,改仙州别驾。日与才士豪侠饮乐游畋,坐贬道州司马,卒。集十卷。今存诗一卷。

赠唐祖二子

鸿飞遵枉渚,鹿鸣思故群。物情尚劳爱,况乃予别君。别时花始发,别后兰再薰。瑶觞滋白露,宝瑟凝凉氛。裴徊北林月,怅望南山云。云月渺千里,音徽不可闻。

飞燕篇

孝成皇帝本娇奢,行幸平阳公主家。可怜女儿三五许,丰茸惜是一园花。歌舞向来人不贵—作歌舞来时由不归,一旦逢君感君意。君心见赏不见忘,姊妹双飞入紫房。紫房采女不得见,专荣固宠昭阳殿。红妆宝镜珊瑚台,青琐银簧云母扇。日夕风传歌舞声,只扰长信忧人情。长信忧人气欲绝,君王歌吹终不歇。朝弄琼箫下彩云,夜踏金梯上明月。明月薄蚀阳精昏,娇妒倾城惑至尊。已见白虹横紫极,复闻飞燕啄皇孙。皇孙不死燕啄折,女弟一朝如火绝。明明天子咸戒之,赫赫宗周褒姒灭。古来贤圣叹狐裘,一国荒淫万国羞。安得上方断马剑,斩取朱门公子头。

饮马长城窟行—作古长城吟

长安少年无远图,一生惟羡执金吾。麒麟前殿拜天子,走马西击长城胡—作走马为君西击胡。胡沙猎猎吹人面,汉虏相逢不相见。遥闻鼙鼓动地来,传道单于夜犹战。此时顾恩宁顾身,为君一行摧万人。壮士挥戈回白日,单于溅血染朱轮。归来饮马长城窟,长城道傍多白骨。问之耆老何代人,云是秦王筑城卒。黄昏塞北无人烟,鬼哭啾啾声沸天。无罪见诛功不赏,孤魂流落此城边。当昔秦王按剑起,诸侯膝行不敢视。富国强兵二十年,筑怨兴徭—作声冤九千里。秦王筑城何太愚,天实亡秦非北胡。一朝祸起萧墙内,渭水咸阳不复都。

赋得明星玉女坛,送廉察尉华阴

洪河之南曰秦镇,发地削成五千仞。三峰离地皆倚天,唯独中峰特修峻。上有明星玉女祠,祠坛高眇路逶迤。三十六梯入河汉,樵人往往见蛾眉。蛾眉婵娟又宜笑,一见樵人下灵庙。仙车欲驾五云飞,香扇斜开九华照。含情迟伫惜韶年,愿侍君边复中旋。江妃玉佩留为念,嬴女银箫空自怜。仙俗途殊两情邈,感君无尽辞君去。遥见明星是妾家,风飘雪散不知处。故人家在西长安,卖药往来投此山。彩云荡漾不可见,绿萝蒙茸鸟绵蛮。欲求玉女长生法,日夜烧香应自还。

春女行—作歌

紫台穹跨连绿波,红轩铃匝垂纤罗。中有一人金作面,隔幌玲珑遥可见。忽闻黄鸟鸣且悲,镜边含笑著春衣。罗袖婵娟似无力,行拾落花比容色。落花一度无再春,人生作乐须及辰。君不见楚王台上红颜子,今日皆成狐兔尘。

古蛾眉怨

君不见宜春苑中九华殿,飞阁连连直如发。白日全含朱鸟窗,流云半入苍龙阙。宫中采女夜无事,学凤吹箫弄清越。珠帘北卷待凉风,绣户南开向明月。忽闻天子忆蛾眉,宝凤衔花揲两螭。传声走马开金屋,夹路鸣环上玉墀。长乐彤庭宴华寝,三千美人曳花—作光锦。灯前含笑更罗衣,帐里承恩荐瑶枕。不意君心半路回,求仙别作望仙台。琳—作仓琅禁闼遥相忆,紫翠岩房昼不开。欲向人间种桃实,先从海底觅蓬莱。蓬莱可求不可上,孤舟缥缈知何往。黄金作盘铜作茎,青—作晴天白露掌中擎。王母嫣然感君意,云车羽旆欲相迎。飞廉观前空怨慕,少君何事—作辜须相误。一朝埋没茂陵田,贱妾蛾眉不重顾。宫车晚出向南山,仙卫逶迤去不还。朝晡泣对麒麟树,树下苍苔日渐斑。人生百年夜将半,对酒长歌莫长叹。情—作拚知白日不可私—作期,一死一生何足算。

子夜春歌

春气满林香,春游不可忘。落花吹欲尽,垂柳折还长。桑女淮南曲,金鞍塞北装。行行小垂手,日暮渭川阳。

奉和圣制同二相已下群官乐游园宴

未极人心畅,如何帝道明。仍嫌醑宴促,复宠乐游行。陆海披珍藏,天河直—作斗城。四关青霭合,数处白云生。任—作鼎餗调元气,歌钟溢雅声。空惭尧舜日—作力,至德杳—作眷难名。

奉和圣制送张说上集贤学士赐宴,得筵字

东堂起集贤,贵得从—作后神仙。首命台阶老,将崇御府员。送人锵玉佩,中使拂琼筵。和乐薰风解,湛恩时雨连。长材成磊落,短翮强翩翾—作跹。徒仰蓬莱地—作峻,何阶不让缘。

奉和圣制送张尚书巡边

紫绶—作盘尚书印,朱轩丞相车。登朝身许国,出阃将辞家。不惮炎蒸苦,亲尝走集—作马赊。选徒军有政—作令,誓卒尔无哗。帝乐风初起,王城日半斜。宠行流圣作,寅饯照台华。骑历河南树,旌摇塞北沙。荣怀应尽服,严杀已先加。业峻灵祇保,功成道路嗟。宁如凿空使,远致石榴花。

凉州词二首

蒲萄美酒夜光杯,欲饮琵琶马上催。醉卧沙场君莫笑,古来征战几人回。

秦中花鸟已应阑,塞外风沙犹自寒。夜听胡笳折杨柳,教人意气—作气尽忆长安。

春日归思

杨柳青青杏发花,年光误客转思家。不知湖上菱歌女,几个春舟在若耶。

观蛮童为伎之作

长裙锦带还留客,广额青娥亦效颦。共惜不成金谷妓,虚令看杀玉车人。

全唐诗卷一百五十七

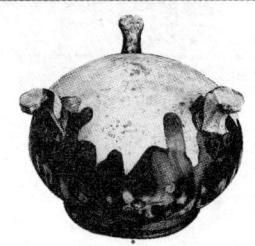

孟云卿

孟云卿,河南人,一曰武昌人。第进士,为校书郎。与杜甫、元结友善。诗一卷。

古别离

朝日上高台,离人怨秋草。但见万里天,不见万里道。君行本迢远,苦乐良难保。宿昔梦同衾,忧心常倾倒。含酸欲谁诉,展转伤怀抱。结—作白发年已迟—作深,征行去何早。寒暄有时谢,憔悴难再好。人皆算年寿,死者何曾老。少壮无见—作会无期,水深风浩浩。

今别离—作别离曲

结发生别离,相思复相保。如何—作何知日已久,五变庭中草。渺渺大海途,悠悠吴江岛。但恐不出门,出门无远道。远道行既难,家贫衣复单。严风吹积雪,晨起鼻何酸。人生各有志,岂不怀所安。分明天上日,生死愿—作誓同欢。

悲哉行

孤儿去慈亲,远客丧主人。莫吟苦辛曲,此曲谁忍闻。可闻不可说,去去无期别—作形迹。行人念前程,不待参辰没—作晨设。朝亦常苦饥,暮亦常苦饥。飘飘万余里,贫贱多是非。少年莫远游,远游多不归。

行行且游猎篇

少年多武力,勇气冠幽州。何以纵心赏,马啼春草头。迟迟平原上,狐兔奔林丘。猛虎忽前逝,俊鹰连下鞲。俯身逐南北,轻捷固难俦。所发无不中,失之如我雠。岂唯务驰骋,猗尔暴田畴。残杀非不痛,古来良有由。

古挽歌

草草间巷喧,涂车俨成位。冥冥何所须—作得尽,尽—作戴我生人意。北邙路非远,此别终天地。临穴频抚棺,至哀反无泪。尔形未衰老一作色犹童稚,尔息才一作犹童稚。骨肉安一作不可离,皇天若一作苦容易。房帷即灵帐,庭宇为哀次。薤露歌若斯,人生尽如寄。

放歌行

吾观天地图,世界亦可一作何小。落落大海中,飘浮数洲岛。贤愚与蚁虱,一种同草草。地脉日夜流,天衣有时扫。东山谒居士,了我生死道。目见难噬脐,心通可亲脑。轩皇竟磨灭,周孔亦衰老。永谢当时人,吾将宝非宝。

伤怀赠一作酬故人一作友

稍稍一作悄悄晨鸟一作鸡翔,淅淅草上霜。人生早罹一作艰苦,寿命恐不长。二十学已成,三十名不彰。岂无同门友,贵贱易中肠。驱马行万里,悠悠过帝乡。幸因弦歌末,得上君子堂。众乐互喧奏,独子一作余备笙簧一作篁。坐中无知音,安得神扬扬一作洋洋。愿因高风起,上感白日光。

邺城一作中怀古

朝一作欲发淇水南,将寻北燕路。魏家旧城阙,寥落无人住。伊昔天地屯,曹公一作瞒独中一作守据。群臣将北面,白日忽西暮。三台竟寂寞,万事良难固。雄图一作豪安在哉,衰草沾霜露。崔嵬长河北,尚见应刘墓。古树藏龙蛇,荒茅伏狐兔。永怀故池馆,数子连章句。逸兴驱山河,雄词变云雾。我行睹遗迹,精爽如可遇。斗酒将酹君,悲风白杨树。

伤情

为长心易忧,早孤意常伤。出门先踟蹰,入户亦彷徨。此生一何苦,前事安可忘。兄弟先我没,孤幼盈我傍。旧居近东南,河水新为梁。松柏今在兹,安忍思故乡。四时与日月,万物各有常。秋风已一一作以起,草木无不霜。行行当自勉一作勉旃,不忍再思量。

伤时二首一作宋郊

徘回宋郊上,不睹平生亲。独立正伤心,悲风来孟津。大方载群物,生死有常伦。虎豹不相食,哀哉人食人。岂伊一作知逢世运,天道亮云云。

太空流素月,三王何明一作皎明。光耀侵白日,贤愚迷至精。四时更变化,天道有亏盈。常恐今夜一作已没,须臾还复生。

田园观雨兼晴后作

贫贱少情欲,借一作惜荒种南陂。我非老农圃,安得良土宜。秋成不廉俭,岁余多馁饥。顾视仓廪间,有粮不成炊。晨登南园上,暮歇清蝉悲。早苗既芃芃,晚田尚离离。五行孰堪废,万物当及时。贤哉数夫子,开翅慎勿迟。

汴河阻风

清晨自梁宋,挂席之楚荆一作城。出浦风渐恶,傍滩舟欲横。大河喷一作复东注,群动一作洞皆窨一作昏冥。白雾鱼龙气,黑一作黄云牛马一作虎形。苍茫迷所适,危安惧一作色惧安暂宁。信此天地内,孰为身命轻。丈夫苟未达,所向须存诚一作有成。前路舍舟去,东南仍一作应晓一作晚晴。

行路难

君不见高山万仞连苍旻,天长地久成埃尘。君不见长松百尺多劲节,狂风暴雨终摧折。古今何世无圣贤,吾爱伯阳真乃天。金堂玉阙朝群仙,拍手东海成桑田。海中之水慎勿枯,乌鸢啄蚌伤明珠。行路难,艰险莫踟蹰。

途中寄友人

昔时闻远路,谓是等闲行。及到求人地,始知为客情。事将公道背,尘绕马蹄生。倘使长如此,便堪休去程。

寒食

二月江南花满枝,他乡寒食远堪悲。贫居往往无烟火,不独明朝为子推。

新安江上寄处士

深潭与浅滩,万转出新安。人远禽鱼静,山空水木寒。啸起青蘋末,吟瞩白云端。即事遂幽赏,何必挂儒冠。

句

群物归大化,六龙颓西荒。《感怀》。

安知浮云外,日月不运行。《苦雨》。见张为《主客图》。

全唐诗卷一百五十八

张巡

张巡,蒲州河东人。开元末,举进士第三,以书判拔萃入等。天宝中,为真源令。禄山之乱,巡起兵讨贼。后至睢阳,与太守许远婴城固守经年,乏食,城陷死之。巡博通群书,为文操纸笔立就。有《谢金吾表》云:"想峨眉之碧峰,豫游西蜀;追绿耳于悬圃,保寿南山。臣被围四十七日,凡一千八百余战。当臣效命之时,是贼灭亡之日。"文辞悲壮,读者哀之。诗二首。

闻笛

岧峣试一临,虏骑附一作俯城阴。不辨风尘色,安知天地心。营一作门开边月近,战苦阵云深。旦夕更楼上,遥闻横笛音一作吟。

守睢阳作

接战春来苦,孤城日渐危。合围俾月晕,分守若一作效鱼丽。屡厌黄尘起,时将白羽挥。裹疮犹出阵,饮血更登陴。忠信应难敌,坚贞谅不移。无人报天子,心计欲何施。

张抃

张抃,滑人。与张巡固守睢阳,城陷,死难者三十六人,抃其一也。宋汪应辰作庙记云:"初显于湖湘间,后及江右,至玉山,皆祀之。"碑载诗一首。

题衡阳泗州寺

一水悠悠百粤通,片帆无奈信秋风。几层峡浪寒春月,尽日江天雨打蓬。漂泊渐摇青草外,乡关谁念雪园东。未知今夜依何处,一点渔灯出苇丛。

贺兰进明

贺兰进明,开元十六年登进士第。禄山乱,以御史大夫为节度使,守临淮。张巡被围睢阳,遣南霁云乞师,进明疾巡声威,不应,巡

遂陷没。肃宗时,为北海太守,诣行在,上以为南海太守,摄御史大夫、岭南节度使。后贬溱州司马。诗七首。

古意二首

秦庭初指鹿,群盗满山东。忤意皆诛死,所言谁肯忠。武关犹未启,兵入望夷宫。为祟非泾水,人君道自穷。

崇兰生涧底,香气满幽林。采采欲为赠,何人是同心。日暮徒盈把,裴回忧思深。慨然纫杂佩,重奏丘中琴。

行路难五首

君不见岩下井,百尺不及泉。君不见山上苗—作蒿,数寸凌云烟。人生赋命亦如此,何苦太息自忧煎。但愿亲友长含笑,相逢不乏—作莫客杖头钱。寒夜邀欢须秉烛,岂得—作不常思花柳年。

君不见门前柳,荣耀暂—作几时萧索久。君不见陌上花,狂风吹去落谁家。邻—作谁家思妇见之叹,蓬首不梳心历乱。盛年夫婿长别离,岁暮相逢色已—作凋换。

君不见芳树枝,春花落尽蜂不窥。君不见梁上泥,秋风始高燕不栖。荡子从军事征战,蛾眉婵娟守空闺。独宿自然堪下泪,况复时闻乌夜啼。

君不见云中月,暂盈还复缺。君不见林下风,声远意难穷。亲故平生或聚散,欢娱未尽尊酒空。叹息青青陵上柏,岁寒能有几人同。

君不见东流水,一去无穷已。君不见西郊云,日夕空氛氲。群雁裴回不能去,一雁悲—作惊鸣复失群。人生结交在终始,莫以—作为升沈中路分。

闾丘晓

闾丘晓,为濠州刺史。禄山之乱,张镐檄之救宋州张巡围,以后期杖死。诗一首。

夜渡江

舟人自相报,落日下芳潭。夜火连淮市,春风满客帆。水穷沧海畔,路尽小山南。且喜乡园近,言荣意未甘—作能令意味甘。

庾光先

庾光先,新野人。官至吏部侍郎。尝陷安禄山,不受伪署。诗一首。

奉和刘采访缙云南岭作

百越城池枕海圻,永嘉山水复相依。悬萝弱篆垂清浅,宿雨朝暾和翠微。鸟讶山经传不尽,花随月令数仍稀。幸陪谢客题诗句,谁与王孙此地归。

韦丹

韦丹,字文明,京兆万年人。早孤,从外祖颜真卿学。擢明经,调安远令,以让庶兄。入紫阁山。复举五经高第。顺宗为太子时,以殿中侍御史为舍人。寻拜司封郎中,使新罗。故事齎州县官十人,以便其私,号私觌官。丹曰:"使外国不足于赍,宜上请,安有卖官受钱?"奏闻,帝命有司与之。还为容州刺史,迁河南少尹,召拜谏议大夫。奏刘辟当诛,宪宗褒美,使代李康为剑南东川节度使。丹至汉中,上言康守方尽力,不可易。乃征还。终江南西道观察使。宣宗读元和实录,见丹政事卓然,诏上丹功状,刻于碑。谓宰相周墀曰:"丹有子否?与好官。"乃拜其子宙为侍御史,三迁度支郎中。丹有诗二首。

思归寄东林澈上人并序

澈公近以匡庐七咏见寄,及吟咏之,皆丽绝于文囿也。此七咏者,俾予益发归欤之兴。且芳时胜侣,卜游于三二道人,必当攀跻千仞之峰,观九江之派。是时也,飘然而去,不希京口之顾;默然而游,不假东门之送。天地为一朝,万物任陶铸。夫二林翼翼,松径幽邃,则何必措足于丹霄,驰心于太古矣。偶为思归绝句诗一首,以寄上人法友,幸先达其深趣矣。

王事纷纷无暇日,浮生冉冉只如云。已为

平子归休计,五老岩前必共闻。

答澈公

空山泉落松窗静,闲地草生春日迟。白发渐多身未退,依依常在永禅师。

萧昕

萧昕,字中明。梁鄱阳王七世孙。居河南。中博学宏词科。调寿安尉,累迁左补阙。从明皇幸蜀,奉册于灵武。代宗立,进中书舍人、礼部侍郎。德宗朝,以太子太师致仕。诗二首。

洛出书

海内昔凋瘵,天网斯渤澥。龟灵启圣图,龙马负书出。大哉明德盛,远矣彝伦秩。地敷作乂功,人免为鱼恤。既彰千国理,岂止百川溢。永赖至于今,畴庸未云毕。

临风舒锦

丽锦匹云终,襜襜—作幨展向风。花开翻覆翠,色乱动摇红。缕散悠扬—作飔里,文回照灼中。低垂疑步障,吹起作晴虹。既与丘迟梦,深知卓氏功。还乡将制服,从此表亨通。

李希仲

李希仲,赵郡人。天宝初,宰偃师。范阳兵起,挈家避乱入江淮。诗三首。

东皇太一词

吉日初斋戒,灵巫穆上皇。焚香布瑶席,鸣佩奠椒浆。缓舞花飞满,清歌水去长。回波送神曲,云雨满潇湘。

蓟北行二首

旄头有精芒,胡骑猎秋草。羽檄南渡河,边庭用兵早。汉家爱征战,宿将今已老。辛苦羽林儿,从戎榆关道。

一身救边速,烽火通—作连蓟门。前军飞鸟断,格斗尘沙昏。寒日鼓声急,单于夜将—作火奔。当须徇忠义,身死报国恩。

杨志坚

杨志坚,临川人。与颜真卿同时。诗一首。

送妻

志坚嗜学而贫。其妻告离,志坚以诗送之。时颜真卿为内史,妻持诗诣州,请公牒求别醮。真卿判云:"王欢之廪既虚,岂遵黄卷;朱叟之妻必去,宁见锦衣。污辱乡间,败伤风化,若无褒贬,侥幸者多。"遂笞之,后遂无弃夫者。

平生志业在琴诗,头上如今有二丝。渔父尚知溪谷暗,山妻不信出身迟。荆钗任意撩新鬓,明镜从他别画眉。今日便同行路客,相逢即是下山时。

全唐诗卷一百五十九

孟浩然

孟浩然,字浩然,襄阳人。少隐鹿门山。年四十,乃游京师。常于太学赋诗,一坐嗟伏。与张九龄、王维为忘形交。维私邀入内署,适明皇至,浩然匿床下。维以实对,帝喜曰:"朕闻其人而未见也。"诏浩然出,诵所为诗,至"不才明主弃",帝曰:"卿不求仕,朕未尝弃卿,奈何诬我?"因放还。采访使韩朝宗约浩然偕至京师,欲荐诸朝,会与故人剧饮欢甚,不赴。朝宗怒,辞行,浩然亦不悔也。张九龄镇荆州,置为从事。开元末,疽发背卒。浩然为诗,伫兴而作,造意极苦,篇什既成,洗削凡近,超然独妙。虽气象清远,而采秀内映,藻思所不及。当明皇时,章句之风大得建安体,论者推李、杜为尤,介其间能不愧者,浩然也。集三卷。今编诗二卷。

从张丞相游南纪城猎,戏赠裴迪张参军

从禽非吾乐,不好云梦田。岁暮登城望,偏令乡思悬。公卿有几几—作数子,车—作联骑何翩翩。世禄金张贵,官曹幕府贤—作连。顺时行杀气,飞刃争割鲜。十里届宾馆,征声匝妓筵。高标回落日,平楚散—作历芳烟。何意狂歌客,从公亦在旃。

登江中孤屿,赠白云先生王迥

悠悠清江水,水落沙屿出。回潭石下深,绿篠岸傍密。鲛人潜不见,渔父歌自逸。忆与君别时,泛舟如昨日。夕阳开返照,中坐兴非一。南望鹿门山,归来恨如—作相失。

晚春卧病寄张八

南陌春将晚,北窗犹卧病。林园久不游,草木一何盛。狭径花障迷—作将尽,闲庭竹扫净。翠羽戏兰苕,䴔鳞动荷柄。念我平生好,江乡远从政。云山阻梦思,衾枕劳歌—作感咏。

歌一作感咏复何为,同心恨别离。世途皆自媚,流俗寡相知。贾谊才空逸,安仁鬓欲丝一作垂。遥情每东注,奔昔复西驰。常恐填沟壑,无由振羽仪。穷通若有命,欲向论中推。

秋登兰山寄张五一作九月九日岘山寄张子容。一作秋登万山寄张文僜

北一作此山白云里,隐者自怡悦。相望试一作始登高,心飞逐鸟灭一作心随雁飞灭。愁因薄暮起,兴是清秋发。时见归村人一作村人归,沙行一作平,一作平沙渡头歇。天边树若荠,江畔舟如月。何当载酒来,共醉重阳节。

入峡寄弟

吾昔与尔一作汝辈,读书常闭门。未尝冒湍险,岂顾垂堂言。自此历江湖,辛勤具难论。往来行旅弊,开凿禹功存。壁一作直立千峰一作岩峻,滩流万壑奔。我来凡几宿,无夕不闻猿。浦上摇一作思归恋,舟中失梦魂。泪沾明月峡,心断鹡鸰原。离阔星难聚,秋深露已繁。因君下南楚,书此示一作寄乡园。

湖中一作襄阳旅泊,寄阎九司户防

桂水通百越,扁舟期晓发。荆云蔽三巴,夕望不见家。襄王梦行雨,才子谪长沙。长沙饶瘴疠,胡为苦留滞。久别思款颜,承欢怀接袂。接袂杳无由,徒增旅泊愁。清猿不可听,沿月下湘流。

大堤行寄万七

大堤行乐处,车马相驰突。岁岁春草生,踏青二三月。王孙挟珠弹,游女矜罗袜。携手今莫同,江花为谁发。

仲夏归汉南园,寄京邑耆旧一作仲夏归南园寄京邑旧游

尝读高士传,最嘉陶征君。日耽一作眈田园趣,自谓羲皇人。予复何为者,栖栖徒问津。中年废丘壑,上国一作十上旅风尘。忠欲事明主,孝思侍老亲。归来当炎夏一作冒炎暑,耕稼不及春。扇枕北窗下,采芝南涧滨。因声谢同列,吾慕颍阳真。

题云门山,一作寺。一作游龙门寺。寄越府包户曹、徐起居

我行适诸越,梦寐怀所欢。久负独往愿,今来恣游盘。台岭践磴石,耶溪溯林湍。舍舟入香界,登阁憩旃檀。晴山秦望近,春水镜湖宽。远怀一作行伫应接,卑位徒劳安。白云日夕滞,沧海去一作楫来观。故国眇天末,良朋在朝端。迟尔同携手,何时方挂冠。

宿扬子津,寄润州长山刘隐士

所思在建业一作梦寐,欲往大江深。日夕望京口,烟波愁我心。心驰茅山洞,目极枫树林。不见少微星一作隐,星一作风霜劳一作徒夜吟。

书怀贻京邑同好

维先自邹鲁,家世重儒风。诗礼袭遗训,趋庭沾一作绍末躬。昼夜常自强,词翰一作赋颇亦工一作攻。三十既成立,嗟吁命不通。慈亲向羸老,喜惧在深衷。甘脆朝不足,箪瓢夕屡空。执鞭慕夫子,捧檄怀毛公。感激遂弹冠,安能守固穷。当途诉知己,投刺匪求蒙。秦楚邈离异,翻飞何日同。

还山贻湛法师

幼一作幻闻无生理,常欲观此身。心迹罕兼遂,崎岖多在尘。晚途归旧壑,偶与支公邻。导以微妙法,结为清净因。近本无以上二句。下有喜得林下契,共推席上珍。念兹泛苦海,方便示迷津四句。烦恼业顿舍,山林情转殷。朝来问疑义,夕话得清真。墨妙称古绝,词华惊世人。禅房闭虚静,花药连冬春。平石藉琴砚,落泉洒衣巾。欲知冥灭意一作意冥灭,朝夕海鸥驯。

夏日一作夕南亭怀辛大

山光忽西落一作发,池月渐东上。散发乘夕凉,开轩卧闲敞。荷风送香气,竹露滴清响。欲取鸣琴弹,恨无知音赏。感此怀故人,中宵劳梦想。

秋宵月下有怀

秋空明月悬,光彩露沾湿。惊鹊栖未一作不定,飞萤卷帘入。庭槐寒影疏,邻杵夜声急。佳期旷何许,望望空伫立。

将适天台,留别临安李主簿

枳棘君尚栖,匏瓜吾岂系。念离当夏首一作谁念离亭下,漂一作淡泊指炎裔。江海非坠一作惰游,田园失归计。定山既早发,渔浦亦宵济。泛泛随波澜,行行任舻栧。故林日已远,群木坐成翳。羽人在丹丘,吾亦从此逝。

送丁大凤进士赴举呈张九龄

吾观鹡鸰赋,君负王佐才。惜无金张援,十上空归来。弃置乡园老,翻飞羽翼摧。故人今在位,岐路莫迟回。

送吴悦游韶阳

五色怜凤雏,南飞适鹧鸪。楚人不相识,何处求椅梧。去去日千里,茫茫天一隅。安能与斥鷃,决起但枪榆。

适越留别谯县张主簿、申屠少府

朝乘汴河流一作去,夕次谯县界。幸值一作因西风吹,得与故人会。君学梅福隐,余从一作随伯鸾迈。别后能相思,浮云在一作去吴会。

送陈七赴西军

吾观非常者,碌碌在目前。君负鸿鹄志,蹉跎书剑年。一闻边烽动,万里忽争先。余亦赴京国一作阙,何当献凯还。

送从弟邕下第后寻会稽

疾风吹征帆,倏尔向空没。千里在一作去俄顷,三江坐超忽。向来共欢娱,日夕成楚越。落羽更分飞,谁能不惊骨。

送辛大之鄂渚不及

送君不相见,日暮独愁绪。一作余。楚词曰:眇眇兮愁予。余、予,唐韵并有上声。或改作绪,非。江上空一作久徘回,天边迷处所。郡邑经樊邓,山河

一作云山入嵩汝。蒲轮去渐遥,石径徒延伫。

江上别流人

以我越乡客一作里,逢君谪居者。分飞黄鹤楼,流落一作宦苍梧野。驿使乘云去,征帆沿溜下。不知从此分,还袂何时把。

宴包二融宅一作宴鲍二宅

闲居枕清洛,左右接大野。门庭无杂宾,车辙多长者。是时一作岁方盛夏,风物自潇洒。五日休沐归,相携竹林下。开襟成欢趣,对酒不能罢。烟暝栖鸟迷一作还,余将一作亦归白社。

与王昌龄宴王道士房一作与王昌龄宴黄十一

归来卧青山,常梦游清都。漆园有傲吏,惠好一作我,一作县在招呼。书幌神仙录,画屏山海图。酌霞复对此,宛似入蓬壶。

襄阳公宅饮

窈窕夕阳一作阴佳一作在,丰茸春色好。欲觅淹留处,无过狭斜道。绮席卷龙须,香杯浮玛瑙。北林积修树,南池生别岛。手拨金翠花,心迷玉红一作芝草。谈笑光六义,发论明三倒。座非陈子惊,门还魏公扫。荣辱一作华应无间,欢娱当共保。

寻香山湛上人

朝游访名山,山远在一作若空翠。氛氲亘百里,日入行始至。杖策寻故人,解鞭暂停骑。石门殊豁险,篁径转森一作深邃。法侣欣相逢,清谈晓不寐。平生慕真隐,累日探一作求奇一作灵异。野老朝入田一作云,山僧暮归寺。松泉多逸一作清响,苔壁饶古意。谷口闻钟声,林端识香气。近本以上二句在第五第六。愿言投此山,身世两相弃。

云门寺西六七里,闻符公兰若最幽,与薛八同往

谓予独迷一作游方,逢子亦在野。结交指松柏,问法寻兰若。小溪劣容舟,怪石屡惊马。所居最幽绝,所住一作往皆静者。云簇兴座隅,

天空落阶下以上二句一作密篠夹路傍,清泉流舍下。上人亦何闻一作闲,尘念都已舍。四禅合真如,一切是虚假。愿承甘露润,喜得惠风洒。依止托一作此山门,谁能一作愿,又作谁效丘也。

宿天台桐柏观

海行信风帆,夕宿逗云岛。缅寻沧洲趣,近爱赤城好。扪萝亦践苔,辍棹恣探一作穷讨。息阴憩桐柏,采秀弄芝草。鹤唳清露垂,鸡鸣信潮早。愿言解缨绂一作络,从此去一作无烦恼。高步凌四明一作壁,玄踪得三老。纷吾远游意,学一作乐彼长生道。日夕望三山,云涛空浩浩。

岘潭一作山作

石潭傍隈隩,沙岸一作榜晓贪缘。试垂竹竿钓,果得槎一作查头鳊。美人骋金错,纤手脍红鲜。因谢陆内史,莼羹何足传。

题终南翠微寺空上人房一作宿终南翠微寺

翠微终南里,雨后宜返照。闭关久沈冥,杖策一登眺。遂造幽人室,始知静者妙。儒道虽异门,云林颇同调。两心相喜一作喜相得,毕景共谈笑。暝还高窗眠一作昏,时见远山烧。缅怀赤城标,更忆临海峤。风泉有清音一作听,何必苏门啸。

初春汉中漾舟

羊公岘山下一作漾舟逗何处,神女汉皋曲。雪罢冰复开,春潭千丈绿。轻舟恣来往,探玩无厌足。波影摇妓钗,沙光逐人目。倾杯鱼鸟醉,联句莺花续。良会难再逢,日入须秉烛。轻舟二句,良会二句,宋刻并无。

宿业师一作来公山房期一作待丁大不至

夕阳度西岭,群壑倏已暝。松月生夜凉,风泉满清听。樵人归欲尽,烟一作磴鸟栖初定。之子期宿一作未来,孤琴一作宿候萝径。

耶溪泛舟

落景余清辉,轻桡一作棹弄溪渚。澄明一作泓澄爱水物,临泛何容与。白首垂钓翁,新妆浣纱女。相看一作看似一作未相识,脉脉不得语。

彭蠡湖中望庐山

太虚生月晕,舟子一作中知天风。挂席候一作知明发,眇漫平湖中。中流见匡阜,势压九江雄。黤黮容霁一作凝黛色,峥嵘当晓一作曙空。香炉一作炉峰初上日,瀑布一作水喷成虹。久欲追尚子,况兹怀远公。我来限一作恨于役,未暇息微躬。淮海途将半,星霜岁欲穷。寄言岩栖者,毕趣当来同。

登一作题鹿门山题下有怀古二字

清晓因兴来,乘流越江岘。沙禽近方一作初,又作相识,浦树遥一作还莫辨。渐至一作到鹿门山,山明翠微浅。岩潭多屈曲,舟楫屡回转。昔闻庞德公,采药遂不返。金涧饵一作养芝术,石床卧苔藓。纷吾感耆旧,结揽事攀践。隐迹今尚存,高风邈已远。白云何时去,丹桂空偃蹇。探讨意未穷,回艇一作舻夕阳晚。

游明禅师西山兰若

西山多奇状,秀山倚前槛。停午收彩翠,夕阳照分明。吾师住其下,禅坐证一作说无生。结庐就嵌窟,剪苔一作竹通往一作径行。谈空对樵叟,授法与山精。日暮方辞去,田园归冶城。

登望楚山最高顶

山水观形胜,襄阳美会稽。最高唯望楚,曾未一攀跻。石壁疑削成,众山比全低。晴明试登陟,目极无端倪。云梦掌中小,武陵花处迷。暝还归骑下,萝月映一作在深溪。

疾愈过龙泉寺精舍,呈易、业二公

停午闻山钟,起行散一作送愁疾。寻林采芝去,转谷松翠一作萝密。傍见精舍开,长廊饭僧毕。石渠一作梁流雪水,金子一作乌耀霜橘。竹房思旧游,过憩终永日。入洞窥石髓,傍崖采蜂蜜。日暮辞远公,虎溪相送出。

万山潭作

垂钓坐盘石,水清心亦一作益闲。鱼行一作

游潭树下,猿挂岛藤间。游女昔解佩,传闻于此山。求之不可得,沿月棹歌还。

与黄侍御北津泛舟

津无蛟龙患,日夕常安流。本欲避骢马,何如—作知同鹢舟。岂伊今日幸,曾是昔年游。莫奏琴中鹤,且随波上鸥。堤绿九里郭,山面百城楼。自顾躬耕者,才非管乐俦。闻君荐草泽,从此泛沧洲。

洗然弟竹亭

吾与二三子,平生结交深。俱怀鸿鹄志,昔—作共有鹡鸰心。逸气假毫翰,清风在竹林。达—作远是酒中趣,琴上偶然音。

山中逢道士云公

春余草木繁,耕种满田园。酌酒聊自劝,农夫安与言。忽闻荆山子,时出桃花源。采樵过北谷,卖药来西村。村烟日云夕,榛路有归客。杖策前相逢,依然是畴昔。邂逅欢觏止,殷勤叙离隔。谓予抟扶桑,轻举振六翮。奈何偶昌运,独见遗草泽。既笑接舆狂,仍怜孔丘厄。物情趋势利,吾道贵闲寂。偃息西山下,门庭罕人迹。何时还清溪,从尔炼丹液。

越中逢天台太乙子

仙穴逢羽人,停舻向前拜。问余涉风水,何处远行迈。登陆寻天台,顺流下吴会。兹山夙所尚,安得问—作闻灵怪。上逼青天高,俯临沧海大。鸡鸣见日出,常覩仙人旆—作每与仙人会。往来—作去去,又作来去赤城中,逍遥白云外。莓苔异人间,瀑布当—作作空界。福庭长自然—作不死,华顶—作胜境旧称最。永此—作怀,又作愿从之—作此游,何当济所届。

家园卧疾,毕太祝曜—无此字见寻

伏枕旧游旷,笙簧—作歌劳梦思。平生重交结,迨此令人疑。冰室无暖气,炎—作火云空赫曦。隙驹不暂驻,日听凉蝉悲。壮图哀未立,斑白恨吾衰。夫子自南楚,缅怀嵩汝期。顾予衡茅下,兼致禀物资。脱分趋庭礼,殷勤伐木诗。脱君车前鞅,设我园中葵。斗酒须寒兴,明朝难重持。—一本无以上八句。

白云先生—无此四字王迥见访

闲归—作归闲日无事,云卧昼不起。有客款柴扉,自云巢居子。居闲好芝术—作花木,采药来城市。家在鹿门山,常游涧泽水。手持白羽扇,脚步青芒履。闻道鹤书征,临流还洗耳。

田园—作家作

弊庐隔尘喧,惟先养—作尚恬素。卜邻近—作劳三径,植果盈千树。粤余任推迁,三十犹未遇。书剑时将晚,丘园日已—作空暮。晨兴自多怀,昼坐常寡悟。冲天羡鸿鹄,争食羞—作嗟鸡鹜。望断金马门,劳歌采樵路。乡曲无知己,朝端乏亲故。谁能为扬雄,一荐甘泉赋。

采樵作

采樵入深山,山深树重叠。桥崩卧槎拥,路险垂藤接。日落伴将稀,山风拂萝—作薜衣。长歌负轻策,平野望烟归。

自浔阳泛舟经明—作湖海

大江分九流—作派,森森—作漫漫,一作森漫成水乡。舟子乘利涉,往来至—作过,又作经浔阳。因之泛五湖,流浪经三湘。观涛壮枚发,吊屈痛沉湘。魏阙心恒—作常在,金门诏不忘。遥怜上林雁,冰泮也—作已回翔。

早发渔浦潭

东—作晨旭早光芒—作光苍茫,渚禽已—作似惊聒。卧闻渔浦口,桡声暗相拨。日出气象分,始知江湖—作路阔。美人常晏起—作然,照影弄流沫。饮水畏惊猿,祭鱼时—作常见獭。舟行自无闷,况值晴景豁。

经七里滩

予奉垂堂诫,千金非所轻。为多山水乐,频作泛舟行。五岳追向子,三湘吊屈平。湖经洞庭阔,江入新安清。复闻严陵濑,乃在兹湍—作川,又作此行路。叠嶂数百里,沿洄非一趣。

彩翠相氛氲,别流乱奔注。钓矶平可坐,苔磴滑难步。猿饮石下潭,鸟还日边树。观奇恨来晚,倚棹惜将暮。挥手弄潺湲,从兹洗尘虑。

岁暮海上作

仲尼既云—作已殁,余亦浮于海。昏—作又见斗柄回,方—作始知岁星—作新岁改。虚舟任所适,垂钓非有待。为问乘槎人,沧洲—作浪复谁—作何在。

南归阻雪—作南阳北阻雪

我行滞宛许,日夕望京豫。旷野莽茫茫,乡山在何处。孤烟村际起,归雁天边去。积雪覆平皋—作湍,饥鹰捉寒兔。少年弄文墨,属意在章句。十上耻还家,裴回守归路。

听郑五愔弹琴

阮籍推名饮,清风满—作坐竹林。半酣下衫袖,拂拭龙唇琴。一杯弹一曲,不觉夕阳沉。予意在山水,闻之谐夙心。

同张明府清镜叹

妾有盘龙镜,清光常昼发。自从生尘埃,有若雾中月。愁来试取照,坐叹生白发。寄语边塞人,如何久离别。

庭橘

明发览群物,万木何阴森。凝霜渐渐水,庭橘似悬金。女伴争攀摘,摘窥碍叶深。并生怜共蒂,相示感同心。骨刺红罗被,香黏翠羽簪。擎来玉盘里,全胜在幽林。

早梅

园中有早梅,年例犯寒开。少妇曾—作争攀折,将归插镜台。犹言看不足,更欲剪刀裁。

清明即事

帝里重清明,人心自愁思。车声上路合,柳色东城翠。花落草齐生,莺飞蝶双戏。空堂坐相忆,酌茗聊代醉。

和卢明府送郑十三还京兼寄之什

昔时风景登临地,今日衣冠送别筵。醉坐—作闲卧自倾彭泽酒,思归长望白云天。洞庭一叶惊秋早,濩落空嗟滞江岛。寄语朝廷当世人,何时重见长安道。

高阳池送朱二

当昔襄阳雄盛时,山公常醉习家池。池边钓女日—作自相随,妆成照影竞—作近来窥。澄—作红波澹澹芙蓉发,绿岸毵毵—作橄榄杨柳垂。一朝物变人亦非,四面荒凉人径—作住稀。意气豪华何处在,空余草露湿罗—作征衣。此地朝来饯行者,翻向此中牧征马。征马分飞日渐斜,见此空为人所嗟。殷勤为访桃源路,予亦归来松子家。

鹦鹉洲送王九之—作游江左

昔登江上黄鹤楼,遥爱江中鹦鹉洲。洲势逶迤绕—作还碧流,鸳鸯鸂鶒满滩—作沙头。滩头日落沙碛长,金沙熠熠—作耀动飙光。舟人牵锦缆,浣女结罗裳。月明全见芦花白,风起遥闻杜若香。君行采采莫相忘。

送王七尉松滋,得阳台云

君不见巫山神女作行云,霏红—作虹霓沓翠晓氛氲。婵娟流—作游入楚—作襄王梦,倏忽—作觉后还随零雨分。空中飞—作晓去复飞来,朝朝暮暮下阳台。愁君此去—作处为仙尉,便逐行云去不回。

夜归鹿门山歌

山寺钟鸣昼已昏,渔梁—作阳渡头争渡喧。人随沙路—作岸向江村,余亦乘舟归鹿门。鹿门月照开烟—作烟中树,忽到—作辨庞公栖隐处。岩扉松—作草径—作樵径非遥长寂寥—作寞,惟有幽人夜来去。

长乐宫

秦城旧来称窈窕,汉家更衣应不少。红粉邀君在何处,青楼苦夜长难晓。长乐宫中钟暗

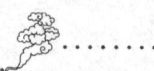

来，可怜歌舞惯相催。欢娱此事今寂寞，惟有年年陵树哀。

示孟郊 按浩然与郊，年代邈不相及，诗题疑有谬误。

蔓草蔽极野，兰芝结孤根。众音何其繁，伯牙独不喧。当时高深意，举世无能分。钟期一见知，山水千秋闻。尔其保静节，薄俗徒云云。

全唐诗卷一百六十

孟浩然

和张丞相春朝对雪

迎气当春至—作立，承恩喜雪来。润从河汉下—作落，花逼艳阳开。不睹丰年瑞，焉—作安知燮理才。撒盐如可拟，愿糁和羹梅。

和张明府登鹿门作—作山

忽示登高作，能宽旅寓情。弦歌既多暇，山水思微—作弥清。草得—作色风光—作先动，虹因雨气—作后成。谬承巴里和，非敢应同声。

和张二自穰县还途中遇雪

风吹沙海雪，渐—作来作柳园春。宛转随香骑，轻盈伴玉人。歌疑郢中客，态比洛川神。今日南归楚，双飞似入秦。

和贾主簿弁九日登岘山

楚万重阳日，群公赏宴来。共乘休沐暇，同醉菊花杯。逸思高秋发，欢情落景催。国人咸寡和，遥愧洛阳才。

望洞庭湖，赠张丞相—作临洞庭

八月湖水平，涵虚混太清。气蒸云梦泽，波撼—作动岳阳城。欲济无舟楫，端居耻圣明。坐观—作徒怜垂钓者—作叟，空—作徒有羡鱼情。

赠道士参寥

蜀琴久不弄，玉匣细尘生。丝脆弦将断，金徽色尚荣。知音徒自惜，聋俗本相轻。不遇钟期听，谁知鸾凤声。

京还赠张—作王维

拂衣何处去—作去何处，高枕南山南。欲徇五斗禄，其如七不堪。早朝非晚—作晏起，束带异抽簪。因向智者说，游鱼思旧潭。

题李十四庄，兼赠綦毋校书

闻君息阴—作荫地，东郭柳林间。左右澶涧水，门庭缑氏山。抱琴来取醉，垂钓坐乘闲。

归客莫相待,寻—作缘源殊未还。

九日龙沙作,寄刘大眘虚
龙沙豫章北,九日挂帆过。风俗因时见,湖山发兴多。客中谁送酒,棹里自成歌。歌竟乘流去,滔滔任夕波。

寄赵正字
正字芸香阁,幽人竹素—作叶园。经过宛如昨,归卧寂无喧。高鸟能择木,羝羊漫—作屡触藩。物情今已见,从此—作徒自愿—作欲忘—作无言。

洞庭湖寄阎九
洞庭秋正阔,余欲泛归船。莫辨荆吴地,唯余水共天。渺渺江树没,合沓海潮—作湖连。迟尔为舟楫,相将济巨川。

秦中感秋,寄远上人—作崔国辅诗
一丘常欲卧,三径苦无资。北土—作上非吾愿,东林怀我师。黄金燃桂尽,壮志逐年衰。日—作旦夕凉风至,闻蝉但益悲。

宿永嘉江,寄山阴崔少府国辅
我行穷水国,君使入京华。相去日千里,孤帆天一涯。卧闻海潮至,起视江月斜。借问同舟客,何时到永嘉。

上巳洛中寄王九迥—作王迥十九
卜洛成周地,浮杯上巳筵。斗鸡寒食下,走马射堂前。垂柳金堤合,平沙翠幕连。不知王逸少,何处会群贤。

闻裴侍御朏自襄州司户除豫州司户,因以投寄
故人荆府—作河掾,尚有柏台威。移职自樊衍—作沔,芳声闻帝畿。昔余—作子卧林巷,载酒过柴扉。松菊无时—作君赏,乡园欲懒—作懒欲归—作飞。

江上寄山阴崔少府国辅
春堤杨柳发,忆与故人期。草木本无意,荣枯自有时。山阴定远近,江上日相思。不及兰亭会—作事,空吟祓禊诗。

夜泊庐江,闻故人在东—有林字寺,以诗寄之
江路经庐阜,松门入虎溪。闻君寻寂乐,清夜宿招提。石镜山精怯,禅枝—作林怖鸽栖。一灯如悟道,为照客心迷。

宿桐庐江,寄广陵旧游
山暝闻—作听猿愁,沧江急夜流。风鸣两岸叶,月照一孤舟。建德非吾土,维扬忆旧游。还将两—作数行泪,遥寄海西头。

南还舟中寄袁太祝
沿溯非便习,风波厌苦辛。忽闻迁谷鸟,来报五—作武陵春。岭北回征帆—作棹,巴东问故人。桃—作花源何处是—作在何处,游子正迷津。

东陂遇雨,率尔贻谢南池
田有春事起,丁壮就东陂。殷殷雷声作,森森雨足垂。海虹晴始见,河柳润初移。予意在耕凿,因君问土宜—作问君田事宜。

行至汝坟寄卢征君
行乏憩予驾,依然见汝坟。洛川方罢雪,嵩嶂有残云。曳曳半空里,明明—作溶溶五色分。聊题一时兴,因寄卢征君。

寄天台道士
海上求仙客,三山望几时。焚香宿华顶,裛露采灵芝。屡蹑—作践莓苔滑,将寻汗漫期。倘因松子去,长与世人辞。

唐城馆中早发,寄杨使君
犯霜驱晓驾,数里见唐城。旅馆归心逼,荒村客思盈。访人留后信,策蹇赴前程。欲识离魂断,长空听雁声。

涧南即事,贻皎上人
弊庐在郭外,素产惟田园。左右林野旷,不闻朝—作城市喧。钓竿垂北涧,樵唱入南轩。

书取幽栖事,将寻静者论一作言。

重酬李少府见赠
养疾衡檐一作茅下,由来浩气真。五行将禁火,十步任一作想,又作枉寻春。致敬惟桑梓,邀欢即主一作故人。回一作还看后凋色,青翠有松筠。

九日怀襄阳 题上一有途中二字
去国似一作已如昨,倏然一作焉经抄秋。岘山不可一作望不见,风景令人愁。谁采篱下菊,应闲池上楼。宜城多美酒一作名善酝,归与葛彊游。

初出关旅亭夜坐,怀王大校书
向夕槐烟起,葱茏池馆熏。客中无偶坐,关外惜离群。烛至萤光灭,荷枯雨滴闻。永怀芸一作莲阁友,寂寞滞扬云。

人日登南阳驿门亭子,怀汉川诸友
朝来登陟处,不似艳阳时。异县殊风物,羁怀多所思。剪花惊岁早,看柳讶春迟。未有南飞雁,裁书一作衣欲寄谁。

早寒江上有怀一作江上思归
木落雁南一作初度,北风江上寒。我家襄一作湘,又作江水上一作曲,遥隔楚云一作山端。乡泪客中尽,孤一作归帆天际一作外看。迷津欲有问,平海夕漫漫。

闲园怀苏子
林园虽少事,幽独自多违。向夕开帘坐,庭阴落景一作叶落微。鸟过一作从烟树宿,萤傍水轩飞。感念同怀子,京华去不归。

同卢明府饯张郎中除义王府司马海园作 就张园作。题下一无海园作三字。
上国山一作星河列一作裂,贤王邸一作甲第开。故人分职去,潘令宠行来。冠盖趋梁苑,江湘一作山失楚材。豫愁轩骑动,宾客散池台。

送张子容进士赴举一作赴进士举
夕曛山照灭,送客出柴门。惆怅野中别,殷勤岐路一作醉后言。茂林予偃息,乔木尔飞翻。无使谷风诮,须令友道存。

送张参明经举,兼向泾州觐省
十五彩衣年,承欢慈一作恋母前。孝廉因岁贡,怀橘向秦川。四座推文举,中郎许仲宣。泛舟江上别,谁不仰神仙。

送张祥之房陵
我家南渡头,惯习野人舟。日夕弄清浅,林湍逆上流。山河一作鄠陵据形胜,天地生豪酋。君意在利往一作涉,知音期自一作暗,又一作暝投。

送吴宣从事一作送苏六从军
才有幕中士一作画,宁一作而无塞上勋。汉兵将灭虏,王粲始从军。旌旆边庭去,山川地脉分。平生一匕首,感激赠夫君。

送桓子之郢成礼
闻君驰彩骑,蹀躞指南荆一作荆衡。为结潘杨好,言过鄢郢城。摽梅诗有赠,羔雁礼将行。今夜神仙女,应来感梦情。

留别王侍御维
寂寂竟何待,朝朝空自归。欲寻芳草去,惜与故人违。当路谁相假,知音世所稀。只应守索一作寂寞,还掩故园扉。

早春润州送从弟还乡
兄弟游吴国,庭闱恋楚关。已多新岁感一作改,更饯白眉还。归泛西江水,离筵北固山。乡园欲有赠,梅柳著一作看先攀。

岘山饯一作赠房琯、崔宗之
贵贱平生隔,轩车是日来。青阳一作靓止,云路一作雾豁然开。祖道衣冠列,分亭驿骑催。方期九日聚,还待二星回。

送谢录事之越
清旦江天迥,凉风西北吹。白云向吴会,征帆亦相随。想到耶溪日,应探禹穴奇。仙书倘相示，予在此—作北山陲。

洛中送奚三还扬州

水国无边际，舟行共—作兴使—作便风。羡君从此去，朝夕见乡中。予亦离家久，南归恨不同。音书若有问，江上会相逢。

送告八从军

男儿一片气，何必五车书。好勇方过我，多才便起予。运筹将入幕，养拙就闲居。正待功名遂，从君继两疏。

送元公之鄂渚，寻观主张骖鸾

桃花春水涨，之子忽乘流。岘首辞—作下离蛟浦，江中—作边问鹤楼。赠君青竹杖，送尔白蘋洲。应是神仙子—作辈，相期—作逢汗漫游。

送王五昆季省觐

公子恋庭闱，劳歌涉海涯—作沂。水乘舟楫去，亲望老莱归。斜日催乌鸟，清江照彩衣。平生急难意，遥仰鹡鸰飞。

送崔遏—作过，一作易

片玉来夸楚，治中作主人。江山增润色，词赋动阳春。别馆当虚敞，离情任吐伸。因声两京旧，谁念卧漳滨。

送卢少府使入秦

楚关望秦国，相去千里余。州县勤王事，山河转使车。祖筵江上列，离恨别前书。愿及芳年赏，娇莺二月初。

送袁十一有三字岭南寻弟

早闻牛渚咏，今见鹡鸰心。羽翼嗟零落，悲鸣别故林。苍梧白云远，烟水洞庭深。万里独飞去，南风迟尔音。

永嘉别张子容

旧国余归楚，新年子北征。挂帆愁海路，分手恋朋情。日夕故园意，汀洲春草生。何时一杯酒，重与季鹰倾。

东京留别诸公—题作京还别新丰诸友

吾道昧所适，驱车还向东。主人开旧馆，留客醉新丰。树绕温泉绿，尘遮晚—作晓日红。拂衣从此去，高步蹑华嵩。

送袁太祝尉豫章

何幸遇休明，观光来上京。相逢武陵客，独送豫章行。随牒牵黄绶，离群会墨卿。江南佳丽地，山水旧难名。

都下送辛大之鄂

南国辛居士，言归旧竹林。未逢调鼎用，徒有济川心。予亦忘机者，田园在汉阴。因君故乡去，遥—作还寄式微吟。

送席大

惜尔怀其宝，迷邦倦客游。江山历全楚，河洛越成周。道路疲千里，乡园老一丘。知君命不偶，同病亦同忧。

送贾升主簿之荆府

奉使推能者，勤王不暂闲。观风随按察，乘骑度荆关。送别登何处，开筵旧岘山。征轩明日远，空望郢门间。

送王大校书

导漾自嶓冢，东流为汉川。维桑君有意，解缆我开筵。云雨从兹别，林端意渺然。尺书能不吝，时望鲤鱼传。

游江西留别富阳裴、刘二少府—题作浙江西上留别裴刘二少府

西上游—作浙江西，临流恨—作愠解携。千山叠成嶂，万水泻—作整合为溪。石浅流难溯—作注，藤长险易跻。谁怜问津者—作客，岁晏此中迷。

广陵别薛八—题作送友东归

士有不得志，栖栖吴楚间。广陵相遇罢，彭蠡泛舟还。樯出江中树，波连海上山。风帆明日远，何处更追攀。

送洗然弟进士举
　　献策金门去，承欢彩服违。以吾一日长，念尔聚星稀。昏定须温席，寒多未授衣。桂枝如已擢，早逐雁南飞。

崔明府宅夜观妓
　　白日既云暮，朱颜亦已酡。画堂初点烛，金幌半垂罗。长袖平阳曲，新声子夜歌。从来惯留客，兹夕为谁多。

同卢明府早秋宴张郎中海亭
　　侧听弦歌宰，文书游夏徒。故园欣赏竹，为邑幸来苏。华省曾联事，仙舟复与俱。欲知临泛久，荷露渐成珠。

卢明府早秋宴张郎中海园即事，得秋字一作卢象诗
　　邑有弦歌宰，翔鸾狎野一作已狎鸥。眷言华省旧，暂拂一作滞海池游。郁岛藏深竹，前溪对舞楼。更闻书即事，云物是清秋。

宴荣二山池一题作宴荣山人池亭
　　甲第开金穴一作金张宅，荣期乐自多。枥嘶支遁马，池养右军鹅。竹引携一作毹琴入，花邀载酒一作戴客过。山公来取醉，时唱接䍦歌。

夏日与崔二十一同集卫明府宅一作宴卫明府宅遇北使
　　言避一时暑，池亭五月开。喜逢金马客，同饮玉人杯。舞鹤乘轩至，游鱼拥钓来。座中殊未起，箫管莫相催。

清明日宴梅一作张道士房
　　林卧愁春尽，开轩一作褰帷览物华。忽逢青鸟使，邀入一作我赤松家。丹灶初开火，仙桃正落一作发花。童颜若可驻，可惜醉流霞。

寒夜张明府宅宴
　　瑞雪初盈尺，寒宵始半更。列筵邀酒伴，刻烛限诗成。香炭金炉暖，娇弦玉指清。醉来方欲卧，不觉晓鸡鸣。末二句一作厌厌不觉醉，归路晓霞生。

宴张别驾新斋
　　世业传圭组，江城佐股肱。高斋征学问，虚薄滥先登。讲论陪诸子，文章得旧朋。士元多赏激，衰病恨无能。

与诸子登岘山
　　人事有代谢，往来成古今。江山留胜迹，我辈复登临。水落鱼梁浅，天寒梦泽深。羊公碑字一作尚在，读罢泪沾襟。

与杭州薛司户登樟一作梓亭楼作
　　水楼一登眺一作望，半出青林高。帟幕英僚敞，芳筵下客叨。山藏伯禹穴，城厌伍胥涛。今日观溟涨，垂纶学一作欲钓鳌。

寻天台山
　　吾友一作爱太乙子，餐霞卧赤城。欲寻华顶去，不惮恶溪名。歇马凭云宿，扬帆截海行。高高翠微里，遥见石梁横。

同曹三御史行泛湖归越
　　秋入诗人意一作兴，巴歌和者稀。泛湖同逸旅一作旅泊，吟会是思归。白简徒推荐，沧洲已拂衣。杳冥云外一作海去，谁不羡鸿飞。

晚泊浔阳望庐山
　　挂席几千里，名山都未逢。泊舟浔阳郭，始见香炉峰。尝读远公传，永怀尘外踪。东林精舍近，日暮但闻钟。

陪张丞相登嵩阳楼
　　独步人何在，嵩阳有故楼。岁寒问耆旧，行县拥诸侯。林一作浃莽北弥望，沮漳东会流。客中遇知己，无复越乡忧。

武陵泛舟
　　武陵川路狭，前棹入花林。莫测幽源里，仙家信几深。水回青嶂合，云度绿溪阴。坐听闲猿啸，弥清尘外心。

与颜钱塘登障楼—作樟亭望潮作

百里闻雷震,鸣弦暂辍弹。府中连骑出,江上待潮观。照日秋云—作空迥,浮天—作云渤澥宽。惊涛来似雪,一坐凛生寒。

姚开府山池

主人新邸第,相国旧池台。馆是招贤辟,楼因教舞开。轩车人已散,箫管凤初来。今日龙门下,谁知文举才。

夏日浮舟过陈大水亭—作浮舟过滕逸人别业

水亭凉气多,闲棹晚来过。涧影见松—作藤竹,潭香闻芰荷。野童扶醉舞,山鸟助—作笑酣歌。幽赏未云遍,烟光—作花奈夕何。

与白明府游江

故人来自远,邑宰复初临。执手恨为别,同舟无异心。沿洄洲渚趣,演漾弦歌音。谁识—作为躬耕者,年年梁甫吟。

游凤林寺西岭

共喜年华好,来游水石间。烟容开远树,春色满幽山。壶酒朋情洽,琴歌野兴闲。莫愁归路暝,招月伴人还。

秋日陪—作和,题上无秋日二字李侍御渡松滋江

南纪西江阔,皇华御史雄。截流宁假楫,挂席自生风。僚寀争攀鹢,鱼龙亦避骢。坐听—作闻白雪唱,翻入棹歌中。

陪独孤使君同与萧员外证登万山亭

万山青嶂曲,千骑使君游。神女鸣环佩,仙郎接献酬。遍观云梦野,自爱江城楼。何必东南守,空传沈隐侯。

秋登张明府海亭

海亭秋日望,委曲见江山。染翰聊题壁,倾壶一解颜。歌—作欢逢彭泽令,归赏故园间。予亦将琴史,栖迟共取闲。

临涣裴明府席遇张十一、房六—题作临涣裴赞席遇张十六

河县柳林边,河桥晚泊船。文叨才子会,官喜故人连—作怜。笑语同今夕,轻肥异往年。晨风理归—作征棹,吴楚各依然。

梅道士水亭

傲吏非凡使,名流即道流。隐居不可见,高论莫能酬。水接仙源近,山藏鬼谷幽。再来迷处所,花下问渔舟。

游景空—作光寺兰若

龙象经行处,山腰度石关。屡迷青嶂合,时爱绿萝闲。宴息花林下,高谈竹屿间。寥寥隔尘事,疑是入鸡山。

陪李侍御访聪上人禅居—作陪柏台友访聪上人

欣逢柏台友—作旧,共谒聪公禅。石室无人到,绳床见虎眠。阴崖常抱雪,枯涧为生泉。出处虽云异,同欢在法筵。

游精思观回,王白云在后

出谷未停午,到—作至家日已曛。回瞻下山—作山下路,但见牛羊群。樵子暗相失,草虫寒不闻。衡门犹未掩,伫立望—作待夫君。

夏日辨玉法师茅斋

夏日茅斋里,无风坐亦凉。竹林深—作新笋穊—作稚,藤架引梢长。燕觅巢窠处,蜂来造蜜房。物华皆可玩,花蕊四时芳。

与张折冲游耆阇寺

释子弥天秀,将军武库才。横行塞北尽,独步汉南来。贝叶传金口,山楼—作樱作赋开。因君振嘉藻,江楚气雄哉。

游精思,题观主山房

误入桃源里,初怜竹径深。方知仙子宅,未有世人寻。舞鹤过闲砌,飞猿啸密林。渐通玄妙理,深得坐忘心。

宿立公房

　　支遁初求道,深公笑买山。何如石岩趣,自入户庭间。苔涧春泉满,萝轩夜月闲。能令许玄度,吟卧不知还。

寻陈—作滕逸人故居

　　人事一朝尽,荒芜三径休。始闻漳浦卧,奄作岱宗游。池水犹含—作涵墨,风—作山云已落秋。今宵—作朝泉壑里,何处觅藏舟。

寻梅道士—作寻梅道士张山人

　　彭泽先生柳,山阴道士鹅。我来从所好,停策汉阴—作夏云多。重以观—作窥鱼乐,因之鼓枻歌。崔徐迹未朽,千载揖清波。

陪姚使君题惠上人房题下一有得青字三字

　　带雪梅初暖,含烟柳尚青。来窥童子偈,得听法王经。会理知无我,观空厌有形。迷心应觉悟,客思未—作不遑宁。

晚春题远上人南亭

　　给园支遁隐,虚寂养身—作闲和。春晚群木秀,间—作关关黄鸟歌。林栖居士竹,池养右军鹅。炎—作花月北窗下,清风期再过。

题大禹寺义公禅房

　　义公习禅处—作寂,结构—作字依空林。户外一峰秀,阶前群—作众壑深。夕阳连—作照雨足,空翠落庭阴。看取莲花净,应—作方知不染心。

寻白鹤岩张子容—作颜隐居

　　白鹤青岩半,幽人有隐—作旧居。阶庭空水石,林壑罢樵渔。岁月青松老,风霜苦竹疏—作余。睹兹怀旧业,回—作仗,一作携策返吾庐。

题融公兰若—作题容山主兰若

　　精舍买金开—作地,流泉绕砌回。芰荷薰讲席,松柏映—作绕香台。法雨晴飞—作霏去,天花昼下来。谈玄殊未已—作一乘谈未了,归骑夕阳催。

过景空—作光寺故融公兰若—题作过潜上人旧房,一作悼正弘禅师。

　　池上青莲宇,林间白马泉。故人成异物,过客—作憩独潸然。既礼新松塔,还寻旧石筵。平生竹如意,犹挂草堂前。

题—作忆张野—作逸人园庐

　　与君园庐并,微尚颇亦同。耕钓方自逸,壶觞趣不空。门无俗士驾,人有上皇风。何处—作必先贤传,惟称庞德公。

李少府与杨—作王九再来

　　弱岁早登龙,今来喜再逢。如何春月柳,犹忆岁寒松。烟火临寒食,笙歌达—作咽曙钟。喧喧斗鸡道,行乐羡朋从。

寻张五回夜园作—无下四字

　　闻就庞公隐,移居近洞—作涧湖。兴来林是竹,归卧谷名愚。挂席樵风便,开轩琴月孤。岁寒何用赏,霜落故园芜。

裴司士—作功员司户—作士见寻—题作裴司士见访

　　府僚能枉驾—作顾,家酝复新开。落日池上酌,清风松下来。厨人具鸡黍,稚子摘杨梅。谁道山公醉,犹能骑马回。

春中喜王九相寻—题作晚春

　　二月湖水清,家家春鸟鸣。林花扫更落,径草踏还生。酒伴来相命,开尊共解酲。当杯已入手,歌妓莫停声。

李氏园林卧疾

　　我爱陶家趣,园林无俗情。春雷百卉坼,寒食四邻清。伏枕嗟公干,归山—作田羡子平。年年白社客,空滞洛阳城。

过故人庄

　　故人具鸡黍,邀我至田家。绿树村边合,青山郭外斜。开筵面场圃,把酒话桑麻。待到重阳日,还来就菊花。

张七及辛大见寻南亭醉作—作张七及辛大见访

山公能饮酒,居士好弹筝。世外交初得,林中契已并。纳凉风飒至,逃暑日将倾。便就南亭里,余尊惜解醒。

岁暮归南山—题作归故园作,一作归终南山。

北阙休上书,南山归敝庐。不才明主弃,多—作卧病故人疏。白发催年老—作去,青阳逼岁除。永怀愁不寐—作寝,松月夜窗—作堂虚。

南山下与老圃期种瓜

樵牧南山近,林间北郭赊。先人留素业,老圃作邻家。不种千株橘,惟资五色瓜。邵平能就我,开径剪—作有蓬麻。

溯江至武昌

家本洞湖—作庭上,岁时归思催。客心徒欲速,江路苦邅回。残冻因风解,新正度—作梅变腊开。行看武昌柳,仿佛映楼台。

舟中晓—作晚望

挂席东南望,青山水国遥。舳舻争利涉,来往接—作任风潮。问我今何去—作适,天台访石桥。坐看霞色晓—作晚,疑是赤城标。

自洛之越

皇皇三十载,书剑两无成。山水寻吴越,风尘厌洛京。扁舟泛湖海,长揖谢公卿。且乐杯中物—作酒,谁论世上名。

途中遇晴

已失巴—作武陵雨—作已失五陵道,犹逢蜀坂泥。天开斜景遍,山出晚云低。余湿犹沾草,残流尚入溪。今宵有明月,乡思远凄凄。

归至郢中

远游经海峤,返棹归山阿。日夕见乔木,乡关—作国在—作成伐柯。愁随江路尽,喜—作意入郢门多。左右看桑土,依然即匪他。

夕次蔡阳馆

日暮马行疾,城荒人住稀。听歌知—作疑近楚,投馆忽如归。鲁堰田畴广,章陵气色微。明朝拜嘉—作家庆,须著老莱衣。

他乡七夕

他乡逢七夕,旅馆益羁愁。不见穿针妇,空怀故国楼。绪风初减热,新月始临—作登秋。谁忍窥河汉,迢迢问—作望斗牛。

夜泊牛渚,趁薛八船不及

星罗牛渚夕,风退鹢舟迟。浦溆尝同宿,烟波忽间之。榜歌空里失,船火望中疑。明发泛潮—作湖海,茫茫何处期。

晓入南山

瘴气晓氛氲,南山复—作没水云。鲲飞今始见,鸟坠旧来闻。地接长沙近,江从汨渚分。贾生曾吊屈,予亦痛斯文。

夜渡湘水—作崔国辅诗

客舟—作行贪利涉,暗—作夜里渡湘川。露气闻芳杜,歌声识采—作暗莲。榜人投岸火,渔子宿潭烟。行侣时—作遥相问,浔—作浴阳何处边。

赴京途中遇雪

迢递秦京道,苍茫岁暮天。穷阴连晦朔,积雪满—作遍山川。落雁迷沙渚,饥乌集—作噪野田。客愁空伫立,不见有人烟。

途次—作落日望乡

客行愁落日,乡思重相催。况在他山外,天寒夕鸟来。雪深迷郢路,云暗失阳台。可叹凄惶—作栖迟子,高—作狂,又作劳歌谁为媒。

永嘉上浦馆逢张八子容—题作永嘉浦逢张子容客卿

逆旅相逢处,江村日暮时。众山遥对酒,孤屿共题诗。廨宇邻蛟室,人烟接岛夷。乡园—作关万余里,失路一相悲。

宿武阳—作陵即事—作宿武阳川

川暗夕阳尽,孤舟泊岸初。岭猿相叫啸,潭嶂—作影似空虚。就枕灭明烛,扣舷闻夜渔。

鸡鸣问何处,人物是秦余。

渡扬子江
桂楫—作挂席中流望,京江—作空波两畔明。林开扬子驿,山出润州城。海尽边阴静,江寒朔吹生。更闻枫叶下,淅沥度秋声。

田家元日
昨夜斗回北,今朝岁起东。我年已强仕,无禄尚忧—作惟尚农。桑野就耕父—作野老就耕去,荷锄随牧童。田家占气候,共说此年丰。

九日,得新字
初九—作九日未成旬,重阳即此晨。登高闻古—作寻故事,载酒访幽人。落帽恣欢饮,授衣同试新。茱萸正可佩,折取寄情亲。

除夜乐城逢张少府
云海泛—作访瓯闽,风潮—作涛泊岛滨。何知岁除夜,得见故乡亲。余是乘槎客,君为失路人。平生复能几,一别十余春。

岁除夜会乐城张少府宅
畴昔通家好,相知—作思无间然。续明催画烛,守岁接长筵。旧曲梅花唱,新正柏酒传。客行随处乐,不见度年年。

寒夜
闺夕绮窗闭,佳人罢缝衣。理琴开宝匣,就枕卧重—作罗帏。夜久灯花落,薰笼香气微。锦衾重自暖,遮莫晓霜飞。

赋得盈盈楼上女
夫婿久离别,青楼空望归。妆成卷帘坐,愁思懒缝衣。燕子家家入,杨花处处飞。空床难独守,谁为报—作解金徽。

春意—题作春怨
佳人能画眉,妆罢出帘帷。照水空自爱,折花将遗谁。春情多艳逸,春意倍相思。愁心极杨柳,一种乱如丝。

闺情
一别隔炎凉,君衣忘短长。裁缝无处等,以意忖情量。畏瘦疑伤窄,防寒更厚装。半啼封裹了,知欲寄谁将。

美人分香
艳色本倾城,分香更有情。髻鬟垂欲解,眉黛拂能轻。舞学平阳态,歌翻子夜声。春风狭斜道,含笑待逢迎。

伤岘山云表观主
少小学书剑,秦吴多岁年。归来一登眺,陵谷尚依然。岂意餐霞客,溘—作忽随朝露先。因之问闾里,把臂几人全。

题梧州陈司马山斋—作宋之问诗
南国无霜霰,连年对物华。青林暗换叶,红蕊亦开花。春去无山鸟,秋来见海槎。流芳虽可悦,会自泣长沙。

岁除夜有怀—题作除夜
迢递三巴路,羁危万里身。乱山残雪夜,孤烛异乡人。渐与骨肉远,转于奴仆亲。那堪正飘泊,来日岁华新。

登安阳城楼
县城南面汉江流,江涨—作嵥开成南雍州。才子乘春来骋望,群公暇日坐销忧。楼台晚映青山郭,罗绮晴骄—作娇绿水洲。向夕波摇明月动,更疑神女弄珠游。

登万岁楼
万岁楼头望故乡,独令乡思更茫茫。天寒雁度堪垂泪,日—作月落猿啼欲断肠。曲引古堤临冻浦,斜分远岸近枯杨。今朝偶见同袍友,却喜家书寄八行。

除夜有怀
五更钟漏欲相催,四气推迁往复回。帐里残灯才去—作犹有焰,炉中香气尽成灰。渐看春逼芙蓉枕,顿觉寒销竹叶杯。守岁家家应未卧，相思那得梦魂来。

春情—作晴

青楼晓日—作色珠帘映，红粉春妆宝镜催。已厌交欢怜枕席，相将游戏绕池台。坐时衣带萦纤草，行即裙裾扫落梅。更道明朝不当作，相期共斗管弦来。

长安早春—作张子容诗

关戍—作开国惟东井—作汉，城池起北辰。咸歌太平日，共乐建寅春。雪尽青山树，冰开黑水滨。草迎金埒马，花伴玉楼人。鸿渐看无数，莺歌听欲频。何当遂荣—作桂枝擢，归及柳条新。

荆门上张丞相

共理分荆国，招贤愧不材。召南风更阐，丞相阁还开。觐止欣眉睫，沉沦拔草莱。坐登徐孺榻，频接李膺杯。始慰蝉鸣柳—作稻，俄看雪间梅。四时年籥尽，千里客程催。日下瞻归翼，沙边厌曝鳃。伫闻宣室召，星象列三台—作复中台。

陪张丞相登荆城楼，因寄苏州—作苏台张使君及浪泊戍主刘家

苏门天北畔，铜柱日南端。出守声弥远，投荒法未宽。侧身聊倚望，携手莫同欢。白璧无瑕玷，青松有岁寒。府中丞相阁，江上使君滩。兴尽回舟去，方知行—作兹路难。

陪张丞相祠紫盖山，途经玉泉寺

望秩宣王命，斋心待漏行。青衿列胄子，从事有参卿。五马寻归路，双林指化城。闻钟度门近，照胆玉泉清。皂盖依松憩，缁徒拥锡迎。天宫上兜率，沙界豁迷明。欲就终焉志，恭—作先闻智者名。人随逝水没—作叹，波—作山逐覆舟倾。想像若在眼，周流空复情。谢公还欲卧，谁与济苍生。

陪张丞相自松滋江东泊渚宫

放溜下松滋，登舟命楫师。讵—作宁忘经济日，不惮冱寒时。洗帻岂独古，濯缨良在兹。政成人自理，机息鸟无疑。云物凝—作吟孤屿，江山辨四维。晚来风稍急—作紧，冬至日行迟。猎响惊云梦，渔歌激楚辞。渚宫何处是，川暝欲安之。

和张—作赵，一作于判官登万山亭，因赠洪府都督韩公

韩公是—作美襄士—作土，日赏城西岑。结构意不浅，岩潭趣转—作亦深。皇华一动咏，荆国几谣—作盛讴吟。旧径兰勿剪，新堤柳欲阴。砌榜余怪石，沙上有闲禽。自牧豫章郡，空瞻枫树林。因声寄流水，善听在知音。耆旧眇不接，崔徐无处寻。物情多贵远，贤俊岂无—作遥今。迟尔长江暮，澄清一洗心。

和宋太史—作大使北楼新亭

返耕意未遂，日夕登城隅。谁道—作谓山林近，坐为符竹拘。丽谯非改作，轩槛是新图。远水自嶓冢，长云吞具区。愿随—作为江燕贺，羞逐府僚趋。欲识狂歌者—作客，丘园一竖儒。

赠萧少府

上德如流—作流如水，安仁道若山。闻君秉高节，而得奉清颜。鸿渐升仪羽，牛刀列下班。处腴能不润，居剧体常闲。去诈—作讦人无诳，除邪吏息奸。欲知清与洁，明月照—作在澄湾。

秦中苦雨思归，赠袁左丞、贺侍郎

苦—作为学三十载，闭门江汉阴。用贤遭圣日—作明扬逢圣代，羁旅属秋霖。岂直昏垫苦，亦为权势沈。二毛催白发，百镒罄黄金。泪忆岘山坠，愁怀湘水深。谢公积愤懑，庄舄空谣吟。跃马非吾事，狎鸥宜—作真我心。寄言当路者，去矣北山岑。

同张明府碧溪赠答

别业闻新制，同声和者多。还看碧溪答，不羡绿珠歌。自有阳台女，朝朝拾翠过。绮筵—作舞庭铺锦绣，妆牖闭藤萝。秩满休闲日，春

余景气一作色和。仙凫能作伴,罗袜共凌波。曲一作别岛寻花药,回潭折芰荷。更怜斜日照,红粉艳青娥。

久滞越中,贻谢南池、会稽贺少府

陈平无产业,尼父倦东西。负郭昔云翳,问津今亦一作已迷。未能忘魏阙,空此滞秦稽。两见夏云起,再闻春鸟啼。怀仙梅福市,访旧若耶溪。圣主贤为宝,君一作卿何隐遁栖。

送韩使君除洪州都曹 韩公父常为襄州使

述职抚荆衡,分符袭宠荣。往来看拥传,前后赖专城。勿翦棠犹在,波澄水更清。重推江汉理,旋改豫章行。召父多遗爱,羊公有令名。衣冠列祖道,耆旧拥前旌一作程。岘首晨风送一作接,江陵夜火迎。无才惭孺子,千里愧同声。

送莫甥兼诸昆弟从韩司马入西军

念尔习诗礼,未曾违一作常离户庭。平生早偏露一作严君先早露,万里更飘零。坐弃三牲养一作冬业,行观八阵形。饰装辞故里,谋策赴边庭。壮志吞鸿鹄,遥心伴鹡鸰。所从文且一作与武,不战自应宁。

岘山送萧员外之荆州

岘见江岸曲,郢水郭门前。自古登临处,非今独黯然。亭楼明落照一作日,井邑秀通川。涧竹生幽兴,林风入管弦。再飞鹏激水,一举鹤冲天。伫立三荆使,看君驷马旋。

送王昌龄之岭南

洞庭去远近,枫叶早惊一作经秋。岘首羊公爱,长沙贾谊愁。土毛一作风无缟纻,乡味有槎一作查头。已抱沈痼一作病疾,更贻魑魅忧。数年同笔砚,兹夕间一作异衾裯。意气今何在,相思望斗牛。

岘山送张去非游巴东 一题作岘山亭送朱大

岘山南郭外,送别每登临。沙岸江村近,松一作村门山寺深。一言予有赠,三峡尔将一作相寻。祖席宜城酒,征途云梦林。蹉跎游子意,眷恋故人心。去矣勿淹滞,巴东一作江猿夜吟。

奉先张明府休沐还乡,海亭宴集探得阶字

自君理畿甸,予亦经江淮。万里书信断,数年云雨乖。归来休浣日,始得赏心谐。朱绂恩虽重,沧海趣每怀。树低新舞阁,山对旧书斋。何以发秋兴,阴虫鸣夜阶。

宴张记室宅

甲第金张馆,门庭车一作轩骑多。家封汉阳郡,文会楚材过。曲岛浮觞酌,前山入咏歌。妓堂花映发,书阁柳逶迤。玉指调筝柱,金泥饰舞罗。宁一作谁知书剑者,岁月独蹉跎。

宴崔明府宅夜观妓

画堂一作书室观妙妓,长夜正留宾。烛吐莲花艳,妆成桃李春。髻鬟低舞席,衫袖掩歌唇。汗滋偏宜粉,罗轻讵著身。调移筝柱促,欢会酒杯频。倘使曹王见,应嫌洛浦神。

卢明府九日岘山宴袁一作马使君、张郎中、崔员外

宇宙谁开辟,江山此郁盘。登临今古用,风俗岁时观。地理荆州分,天涯楚塞宽。百城今刺史,华省旧郎官。共美重阳节,俱怀落帽欢。酒邀彭泽载,琴辍武城弹。献寿先浮菊,寻幽或藉兰。烟虹铺藻翰一作丽,松竹挂衣冠。叔子神如在,山公兴未阑。传一作常闻骑马醉,还向习池看。

登龙兴寺阁

阁道乘空出,披轩远目开。逶迤见江势,客至屡缘回。兹郡何填委,遥山复几哉。苍苍皆草木,处处尽楼台。骤雨一阳散,行舟四海来。鸟归余兴远,周览更裴回。

登总持寺浮图

半空跻宝塔,晴望尽京华。竹绕渭川遍,山连上苑斜。四门一作郊开帝宅,阡陌俯人家。

累劫从初地,为童忆聚沙。一窥功德见,弥益道心加。坐觉诸天近,空香送—作逐落花。一无一窥功德见二句。

与崔二十一游镜湖,寄包、贺二公

试览镜湖物,中流到—作见底清。不知鲈鱼味,但识鸥鸟情。帆得樵风送,春逢谷雨晴。将探—作特寻夏禹穴,稍背越王城。府—作守掾有包子,文章推贺生。沧浪醉后唱,因此寄同声。

夜登孔伯昭南楼,时沈太清、朱升在座

谁家无风月,此地有琴尊。山水会稽郡,诗书孔氏门。再来值秋杪,高阁夜—作闲无喧。华烛罢燃蜡,清弦方奏鹍。沈生隐侯胤,朱子买臣孙。好我意不浅,登兹共—作同话言。

陪卢明府泛舟回—有岘山二字作

百里行春返,清流逸兴多。鹚舟随雁泊—作鸟没,江火共星罗。已救田家旱,仍医—作忧俗化讹。文章推后辈,风雅激颓波。高岸迷陵谷,新声满棹歌。犹怜不才子—作调者,白首未登科。

腊月八日于剡县石城寺礼拜

石壁开金象,香山倚—作绕铁围。下生弥勒见,回向一心归。竹柏—作松竹禅庭古,楼台世界稀。夕岚增气色,余照发光辉。讲席邀谈柄,泉堂施浴衣。愿承功德水,从此濯尘机。

同独孤使君东斋作

郎官旧华省,天子命分忧。襄土岁频旱,随车雨再流。云阴自南楚,河润及东周。廨宇宜新霁,田家贺有秋。竹间残照入,池上夕阳浮。寄谢东阳守,何如八咏楼。

同王九题就师山房

晚憩支公室,故人逢右军。轩窗避炎暑,翰墨动新文。竹蔽—作开檐前—作窗里日,雨随阶下云。周—作同游清荫遍,吟卧夕阳曛。江静棹歌歇,溪深樵语闻。归途未忍去,携手恋清芬。

冬至后过吴、张二子檀溪别业

卜筑因自然,檀溪不更穿。园庐二友接,水竹数家连。直与—作取南山对,非关选地偏。一本此下有卜邻依孟母,共井让王宣,曾是歌三乐,仍闻咏五篇四句。草堂时偃曝,兰枻—作棹日周旋。外事情都远—作道,中流性所便。闲垂太公钓,兴发子猷船。余亦幽栖者,经过窃慕焉。梅花残—作初腊月—作日,柳色半春天。鸟泊随阳雁,鱼藏缩项鳊。停杯问山简,何似习池边。

韩大使东斋会岳上人、诸学士

郡守虚陈榻,林间召楚材。山川祈雨毕,云—作物喜晴开。抗礼尊缝掖,临流揖渡杯。徒攀朱仲李,谁—作更荐和羹梅。翰墨缘情制,高深以意裁。沧洲趣不远,何必问蓬莱。

上巳日涧南园期王山人、陈七诸公不至

摇艇候明发,花源弄晚春。在山怀绮季,临汉忆荀陈。上巳期三月,浮杯兴十旬。坐歌空有待,行乐恨无邻。日晚兰亭北,烟开—作花曲水滨。浴蚕逢姹女,采艾值幽人。石壁堪题序,沙场好解绅—作神。群公望不至,虚掷此芳晨。

岘坐呈山南诸隐

习公有遗坐,高在白云陲。樵子不见识,山僧赏自知。以余为好事,携手一来窥。竹露闲夜滴,松风清昼吹。从来抱微尚,况复感前规。于此无奇策,苍生奚以为。

来—作本阇黎新亭作

八解禅林秀,三明给苑才。地偏香界远,心净水亭开。傍险山查立,寻幽石径回。瑞花长自下,灵药岂须栽。碧网交红树,清泉尽绿苔。戏鱼闻法聚,闲鸟诵经来。弃象玄应悟,忘言理必该。静中何所得,吟咏也徒哉。

西山寻辛谔

漾舟寻—作乘水便,因访故人居。落日清

川里,谁言独羡鱼。石潭窥洞彻,沙岸历纤徐。竹屿见垂钓,茅斋闻读书。款言忘景夕,清兴属凉初。回也一瓢饮,贤哉常晏如。

题长安主人壁

久废南山田,叨—作谄陪东阁贤。欲随平子去,犹未献甘泉。枕籍—作席琴书满,褰帷远岫连。我来如昨日,庭树忽鸣蝉。促织惊寒女,秋风感长年。授衣当九月,无褐竟谁怜。

行出东山望汉川—题作行至汉川作

异县非吾土,连山尽绿篁。平田出郭少,盘坂入云长。万壑归于汉—作海,千峰划彼苍。猿声乱楚峡,人语带巴乡。石上攒椒树,藤间缀—作养蜜房。雪余春未暖,岚解昼初阳。征马疲登顿,归帆爱渺茫。坐欣沿溜下,信宿见维—作浮桑。

夜泊宣城界—题作旅行欲泊宣州界

西塞沿江岛,南陵问驿楼。湖平津济阔,风止客帆收。去去怀前浦,茫茫泛夕流。石逢罗刹碛,山泊敬亭幽。火识—作炽梅根冶,烟迷杨叶洲。离家复水宿,相伴赖沙鸥。

下赣石

赣石三百里,沿洄千嶂间。沸声常活活—作浩浩,洊势亦潺潺。跳沫鱼龙沸,垂藤猿狖攀。榜人苦奔峭,而我忘险艰。放溜情弥—作深惬—作远,登舻目自闲。瞑帆何处宿—作泊,遥指落星湾。

初年乐城馆中卧疾怀归作

异县天隅僻,孤帆海畔过。往来乡信断,留滞客情多。腊月闻雷震,东风感岁和。蛰虫惊户穴,巢鹊眄庭柯。徒对芳尊酒,其如伏枕何。归屿—作来理舟楫,江海正无波。

醉后赠马—作高四

四海重然诺,吾尝闻白眉。秦城游侠客—作窟,相得半酣时。

赠王九题上一有口号二字

日暮田家远,山中勿久淹。归人须早去,稚子望陶潜。

登岘山亭,寄晋陵张少府

岘首风湍急,云帆若鸟飞。凭轩试一问,张翰欲来归。

送朱大入秦

游人武陵去,宝剑直千金。分手脱相赠,平生一片心。

送友人之京

君登青云去,予望青山归。云山从此别,泪滋薜萝衣。

送张郎中迁京

碧溪常共赏,朱邸忽迁荣。豫有相思意,闻君琴上声。

同张将蓟门观灯

异俗非乡俗,新年改故年。蓟门看火树,疑是烛龙燃。

张郎中梅园中—作作

绮席铺兰杜,珠盘折芰荷。故园留不住,应是恋弦歌。

北涧泛舟

北涧流恒满,浮舟触处通。沿洄自有趣,何必五湖中。

春晓

春眠不觉晓,处处闻啼鸟。夜来风雨声,花落知多少。—作欲知昨夜风,花落无多少。

洛中访袁拾遗不遇

洛阳访才子,江岭作流人。闻说梅花早,何如北—作此地春。

寻菊花潭主人不遇

行至菊花潭,村西日已斜。主人登高去,

鸡犬空在家。

檀溪寻故人—题作檀溪寻古

　　花伴—作苑半成龙竹,池分跃马溪。田园人不见,疑向洞中栖—作武陵迷。

扬子津望京口

　　北固临京口,夷山近—作对海滨。江风白浪起,愁杀渡头人。

同储十二洛阳道中作

　　珠弹繁华子,金羁游侠人。酒酣白日暮,走马入红尘。

初下浙江舟中口号

　　八月观潮—作涛罢,三江越海浔。回瞻魏阙路,空—作无复子牟心。

宿建德江

　　移舟泊烟—作幽渚,日暮客愁新。野旷天低树,江清月近人。

问舟子

　　向夕问舟子,前程复—作无几多。湾头正堪—作好泊,淮里足风波。

戏题—作戏赠主人

　　客醉眠未起,主人呼解醒。已言鸡黍熟,复道—作说瓮头清。

凉州词

　　浑成紫檀金屑文,作得琵琶声入云。胡地迢迢三万里,那堪马上送明君。

异方之乐令人悲,羌笛胡笳不用吹。坐看今夜关山月,思杀边城游侠儿。

送新安张少府归秦中—题作越中送人归秦中

　　试登秦岭—作望望秦川,遥忆青门春可怜。仲月送君从此去,瓜时须及邵平田。

送杜十四之江南—无题下三字,一题作送杜晃进士之东吴

　　荆吴相接水为—作连乡,君去春江—作江村正淼茫。日暮征帆何处泊—作泊何处,天涯一望断人肠。

渡浙江问舟中人—题作济江问同舟人。一作崔国辅诗

　　潮落江平未有风,扁舟—作舠共济与君同。时时引领望天末,何处青山是越中。

初秋

　　不觉初秋夜渐长,清风习习重凄凉。炎炎暑退茅斋静,阶下丛莎有露光。

过融上人兰若

　　山头—作间禅室挂僧衣,窗外无人水—作溪鸟飞。黄昏半在下山路,却听泉声恋翠微。

句

　　微云淡河汉,疏雨滴梧桐。王士源云:浩然常闲游秘省,秋月新霁,诸英联诗,次当浩然,云云。举坐嗟其清绝,不复为缀。

　　逐逐怀良驭,萧萧顾乐鸣。《省试骐骥长鸣》诗。见《丹阳集》。

全唐诗卷一百六十一

李白

李白,字太白,陇西成纪人。凉武昭王暠九世孙。或曰山东人,或曰蜀人。白少有逸才,志气宏放,飘然有超世之心。初隐岷山,益州长史苏颋见而异之,曰:"是子天才英特,可比相如。"天宝初,至长安,往见贺知章。知章见其文,叹曰:"子谪仙人也。"言于明皇,召见金銮殿,奏颂一篇。帝赐食,亲为调羹,有诏供奉翰林。白犹与酒徒饮于市,帝坐沉香亭子,意有所感,欲得白为乐章,召入,而白已醉。左右以水颒面,稍解,援笔成文,婉丽精切。帝爱其才,数宴见。白常侍帝,醉,使高力士脱靴。力士素贵,耻之,摘其诗以激杨贵妃。帝欲官白,妃辄沮止。白自知不为亲近所容,恳求还山。帝赐金放还。乃浪迹江湖,终日沉饮。永王璘都督江陵,辟为僚佐。璘谋乱,兵败,白坐长流夜郎,会赦得还。族人阳冰为当涂令,白往依之。代宗立,以左拾遗召,而白已卒。文宗时,诏以白歌诗、裴旻剑舞、张旭草书为三绝云。集三十卷。今编诗二十五卷。

古风

大雅久不作,吾衰竟谁陈。王风委蔓草,战国多荆榛。龙虎相啖食,兵戈逮狂秦。正声何微茫,哀怨起骚人。扬马激颓波,开流荡无垠。废兴虽万变,宪章亦已沦。自从建安来,绮丽不足珍。圣代复元古,垂衣贵清真。群才属休明,乘运共跃鳞。文质相炳焕,众星罗秋旻。我志在删述,垂辉映千春。希圣如有立,绝笔于获麟。

蟾蜍薄太清,蚀此瑶台月。圆光亏中天,金魄遂沦没。蝘蜓入紫微,大明夷朝晖。浮云隔两曜,万象昏阴霏。萧萧长门宫,昔是今已非。桂蠹花不实,天霜下严威。沈叹终永夕,感我涕沾衣。

秦皇扫六合,虎视何雄哉。飞〖一作挥〗剑决

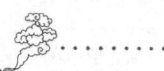

浮云,诸侯尽西来。明断自天启,大略驾群才。收兵铸金人,函谷正东开。铭功会稽岭,骋望琅玡台。刑徒七十万,起土骊山隈。尚采不死药,茫然使心哀。连弩射海鱼,长鲸正崔嵬。额鼻象五岳,扬波喷云雷。鬐鬣蔽青天,何由睹蓬莱。徐市载秦女,楼船几时回。但见三泉下,金棺葬寒灰。

凤飞九千仞,五章备彩珍。衔书且虚归,空入周与秦。横绝历四海,所居未得邻。吾营紫河车,千载落风尘。药物秘海岳,采铅青溪滨。时登大楼山,举手—作首望仙真。羽驾灭去影,飙车绝回轮。尚恐丹液迟,志愿不及申。徒霜镜中发,羞彼鹤上人。桃李何处开,此花非我春。唯应清都境,长与韩众亲。

太白何苍苍,星辰上森列。去天三百里,邈尔与世绝。中有绿发翁,披云卧松雪。不笑亦不语,冥栖在岩穴。我来逢真人,长跪问宝诀。粲然启玉齿—作怱自哂,授以炼药说。铭骨传其语,竦身已电灭。仰望不可及,苍然五情热。吾将营丹砂,永与世人别。

代马不思越,越禽不恋燕。情性有所习,土风固其然—作其固然。昔别雁门关,今戍龙庭前。惊沙乱海日,飞雪迷胡天。虮虱生虎鹖,心魂逐旌旃。苦战功不赏,忠诚难可宣。谁怜李飞将,白首没三边。

五鹤西北来,飞飞凌太清。仙人绿云上,自道安期名。两两白玉童,双吹紫鸾笙。去影忽不见,回风送天声。我欲一问之—作举首远望之,飘然若流星。愿餐金光草,寿与天齐倾。一作客有鹤上仙,飞飞凌太清。扬言碧云里,自道安期名。两两白玉童,双吹紫鸾笙。飘然下倒影,倏忽无留形。遗我金光草,服之四体轻。将随赤松去,对博坐蓬瀛。

咸阳二三月,宫柳黄金枝。绿帻谁家子,卖珠轻薄儿。日暮醉酒归,白马骄且驰。意气人所仰,冶游方及时。子云不晓事,晚献长杨辞。赋达身已老,草玄鬓若丝。投阁良可叹,但为此辈嗤。

庄周梦胡蝶,胡蝶为庄周。一体更变易,万事良悠悠。乃知蓬莱水,复作清浅流。青门种瓜人,旧日东陵侯。富贵故—作固如此,营营何所求。

齐有倜傥生,鲁连特高妙。明月出海底,一朝开光曜。却秦振英声,后世仰末照。意轻千金赠,顾向平原笑。吾亦澹荡人,拂衣可同调。

黄河走东溟,白日落西海。逝川与流光,飘忽不相待。春容舍我去,秋发已衰改。人生非寒松,年貌岂长在。吾当乘云螭,吸景驻光彩。一作谁能学天飞,三秀与君采。

松柏本孤直,难为桃李颜。昭昭严子陵,垂钓沧波间。身将客星隐,心与浮云闲。长揖万乘君,还归富春山。清风洒六合,邈然不可攀。使我长叹息,冥栖岩石间。

君平既弃世,世亦弃君平。观变穷太易,探元化群生。寂寞缀道论,空帘闭幽情。驺虞不虚来,鸑鷟有时鸣。安知天汉上,白日悬高名。海客去已久,谁人测沉冥。

胡关饶风沙,萧索竟终古。木落秋草黄,登高望戎虏。荒城空大漠,边邑无遗堵。白骨横千霜,嵯峨蔽榛莽。借问谁凌虐,天骄毒威武。赫怒我圣皇,劳师事鼙鼓。阳和变杀气,发卒骚中土。三十六万人,哀哀泪如雨。且悲就行役,安得营农圃。不见征戍儿,岂知关山苦。一本此下有争锋徒死节,秉钺皆庸竖。战士死蒿莱,将军获圭组四句。李牧今不在,边人饲豺虎。

燕昭延郭隗,遂筑黄金台。剧辛方赵至,邹衍复齐来。奈何青云士,弃我如尘埃。珠玉买歌笑,糟糠养贤才。方知黄鹤举,千里独裴回。

宝剑双蛟龙,雪花照芙蓉。精光射天地,雷腾不可冲。一去别金匣,飞沉失相从。风胡灭已久,所以潜其锋。吴水深万丈,楚山邈千重。雌雄终不隔,神物会当—作相逢。

金华牧羊儿,乃是紫烟客。我愿从之游,未去发已白。不知繁华子,扰扰何所迫。昆山采琼蕊一作蕋,可以炼精魄。

天津三月时,千门桃与李。朝为断肠花,暮逐东流水。前水复后水,古今相续流。新人非旧人,年年桥上游。鸡鸣海色动,谒帝罗公侯。月落西上阳一作上阳西,余辉半城楼。衣冠照云日,朝下散皇州。鞍马如飞龙,黄金络马头。行人皆辟易,志气横嵩丘。入门上高堂,列鼎错珍羞。香风引赵舞,清管随齐讴。七十紫鸳鸯,双双戏庭幽。行乐争昼夜,自言度千秋。功成身不退,自古多愆尤。黄犬空叹息,绿珠成衅仇。何如鸱夷子,散发棹一作弄扁舟。

西岳一作上莲花山,迢迢见明星。素手把芙蓉,虚步蹑太清。霓裳曳广带,飘拂升天行。邀我登云台,高揖卫叔卿。恍恍与之去,驾鸿凌紫冥。俯视洛阳川,茫茫走胡兵。流血涂野草,豺狼尽冠缨。

昔我游齐都,登华不注峰。兹山何峻秀,绿翠如芙蓉。萧飒古仙人,了知是赤松。借予一白鹿,自挟两青龙。含笑凌倒景,欣然愿相从。一本此十句作一首。泣与新友别,欲语再三咽。勖君青松心,努力保霜雪。世路多险艰,白日欺红颜。分手各千里,去去何时还。一本此八句作一首。在世复几时,倏如飘风度。空闻紫金经,白首愁相误。抚己忽自笑,沉吟为谁故。名利徒煎熬,安得闲余步。终留赤玉舄,东上蓬莱一作山路。秦帝如我求,苍苍但烟雾。一本此十二句作一首。

郢客吟白雪,遗响飞青天。徒劳歌此曲,举世谁为传。试为巴人唱,和者乃数千。吞声何足道,叹息空凄然。

秦水别陇首,幽咽多悲声。胡马顾朔雪,躞蹀长嘶鸣。感物动我心,缅然含归情。昔视秋蛾飞,今见春蚕生。袅袅桑柘叶,萋萋柳垂荣。急节谢流水,羁心摇悬旌。挥涕且复去,恻怆何时平。

秋露白如玉,团团下庭绿。我行忽见之,寒早悲岁促。人生鸟过目,胡乃自结束。景公一何愚,牛山泪相续。物苦不知足,得陇又望蜀。人心若波澜,世路有屈曲。三万六千日,夜夜当秉烛。

大车扬飞尘,亭午暗阡陌。中贵多黄金,连云开甲宅。路逢斗鸡者,冠盖何辉赫。鼻息干虹霓,行人皆怵惕。世无洗耳翁,谁知尧与跖。

世道日交丧,浇风散淳源。不采芳桂枝,反栖恶木根。所以桃李树,吐花竟不言。大运有兴没,群动争飞奔。归来广成子,去入无穷门。

碧荷生幽泉,朝日艳且鲜。秋花冒绿水,密叶罗青烟。秀色空绝世,馨香竟谁传。坐看飞霜满,凋此红芳年。结根未得所,愿托华池边。

燕赵有秀色,绮楼青云端。眉目艳皎月,一笑倾城欢。常恐碧草晚,坐泣秋风寒。纤手怨玉琴,清晨起长叹。焉得偶君子,共乘双飞鸾。

容颜若飞电,时景如飘风。草绿霜已白,日西月复东。华鬓一作发不耐秋,飒然成衰蓬。古来贤圣人,一一谁成功。君子变猿鹤,小人为沙虫。不及广成子,乘云驾轻鸿。

三季分战国,七雄成乱麻。王风何怨怒,世道终纷拏。至人洞玄象,高举凌紫霞。仲尼欲浮海,吾祖之流沙。圣贤共沦没,临歧胡咄嗟。

玄风变太古,道丧无时还。扰扰季叶一作市井人,鸡鸣趋四关。但识金马门,谁一作讵知蓬莱山。白首死罗绮,笑歌无时闲。绿酒哂丹液,青娥凋素颜。一作萋萋千金骨,风尘凋素颜。大儒挥金椎,琢之诗礼间。苍苍三株树,冥目焉能攀。

郑客西入关,行行未能已。白马华山君,

相逢平原里。璧遗镐池君,明年祖龙死。秦人相谓曰,吾属可去矣。一往桃花源,千春隔流水。

蓐收肃金气,西陆弦海月。秋蝉号阶轩,感物忧不歇。良辰竟何许,大运有沦忽。天寒悲风生,夜久众星没。恻恻不忍言,哀歌逮明发。

北溟有巨鱼,身长数千里。仰喷三山雪一作云,横吞百川水。凭陵随海运,燀赫因风起。吾观摩天飞,九万方未已。

羽檄如流星,虎符合专城。喧呼救边急,群鸟皆夜鸣。白日曜紫微,三公运权衡。天地皆得一,澹然四海清。借问此何为,答言楚征兵。渡泸及五月,将赴云南征一作行。怯卒非战士,炎方难远行一作征。长号别严亲,日月惨光晶。泣尽继以血,心摧两无声。困兽当猛虎,穷鱼饵奔鲸。千去不一回,投躯岂全生。如何舞干戚,一使有苗平。

丑女来效颦,还家惊四邻。寿陵失本步,笑杀邯郸人。一曲斐然子,雕虫丧天真。棘刺造沐猴,三年费精神。功成无所用,楚楚且华身。大雅思文王,颂声久崩沦。安得郢中质,一挥成斧斤。

抱玉入楚国,见疑古所闻。良宝终见弃,徒劳三献君。直木忌先伐,芳兰哀自焚。盈满天所损,沉冥道为群。东海沉碧水,西关乘紫云。鲁连及柱史,可以蹑清芬。此诗一作感兴,云:揭来荆山客,谁为珉玉分。良宝绝见弃,虚持三献君。直木忌先伐,芬兰哀自焚。盈满天所损,沉冥道所群。东海有碧水,西山多白云。鲁连及夷齐,可以蹑清芬。

燕臣昔恸哭,五月飞秋霜。庶女号苍天,震风击齐堂。精诚有所感,造化为悲伤。而我竟何辜,远身金殿傍。一本无此二句。浮云蔽紫闼,白日难回光。群沙秽明珠,众草凌孤芳。古来共叹息,流泪空沾裳。

孤兰生幽园,众草共芜没。虽照阳春晖,复悲高秋月。飞霜早淅沥,绿艳恐休歇。若无清风吹,香气为谁发。

登高望四海,天地何漫漫。霜被群物秋,风飘大荒寒。荣华东流水,万事皆波澜。白日掩徂辉,浮云无定端。梧桐巢燕雀,枳棘栖鸳鸾。且复归去来,剑歌行一作悲路难。一作登高望四海,天地何漫漫。霜被群物秋,风飘大荒寒。杀气落乔木,浮云蔽层峦。孤凤鸣天倪,遗声何辛酸。游人悲旧国,抚心亦盘桓。倚剑歌所思,曲终涕泗澜。

凤饥不啄粟,所食唯琅玕。焉能与群鸡,刺蹙一作瘶促争一餐。朝鸣昆丘树,夕饮砥柱湍。归飞海路远,独宿天霜寒。幸遇王子晋,结交青云端。怀恩未得报,感别空长叹。

朝弄紫沂海一作朝驾碧鸾车,夕披丹霞裳。挥手折若木,拂此西日光。云卧一作举游八极,玉颜已千一作如清霜。飘飘入无倪,稽首祈上皇。呼我游太素,玉杯赐琼浆。一餐历万岁,何用还故乡。永随长风去,天外恣飘扬。一本无此二句。

摇裔双白鸥,鸣飞沧江流。宜与海人狎,岂伊云鹤俦。寄形一作影宿沙月,沿芳戏春洲。吾亦洗心者,忘机从尔游。

周穆八荒意,汉皇万乘尊。淫乐心不极,雄豪安足论。西海宴王母,北宫邀上元。瑶水闻遗歌,玉杯竟空言。灵迹成蔓草,徒悲千载魂。

绿萝纷葳蕤,缭绕松柏枝。草木有所托,岁寒尚不移。奈何夭桃色,坐叹葑菲诗。玉颜艳红彩,云发非素丝。君子恩已毕,贱妾将何为。

八荒驰惊飙,万物尽凋落。浮云蔽颓阳,洪波振大壑。龙凤脱网罟,飘摇将安托。去去乘白驹,空山咏场藿。

一百四十年,国容何赫然。隐隐五凤楼,峨峨横三川。王侯象星月,宾客如云烟。以上六句,一作帝京信佳丽,国容何赫然。剑戟拥九关,歌钟沸三川。蓬莱象天构,珠翠夸云仙。斗鸡金宫里,蹴鞠瑶台边。举动摇白日,指挥回青天。当途何翕忽,失路长弃捐。独有扬执戟,闭关草太玄。

桃花开东园,含笑夸白日。偶蒙东风荣,生—作矜此艳阳质。岂无佳人色,但恐花不实。宛转龙火飞,零落早相失。讵知南山松,独立自萧瑟。此诗一作感兴,云:芙蓉娇绿波,桃李夸白日。偶蒙春风荣,生此艳阳质。岂无佳人色,但恐花不实。宛转龙火飞,零落互相失。讵知凌寒松,千载长守一。

秦皇按宝剑,赫怒震威神。逐日巡海右,驱石驾—作架沧津。征卒空九宇,作桥伤万人。但求蓬岛药,岂思农扈春。力尽功不赡,千载为悲辛。

美人出南国,灼灼芙蓉姿。皓齿终不发,芳心空自持。由来紫宫女,共妒青蛾眉。归去潇湘沚,沉吟何足悲。

宋国梧台东,野人得燕石。一作宋人枉千金,去国买燕石。夸作天下珍,却哂赵王璧。赵璧无缁磷,燕石非贞真。流俗多错误,岂知玉与珉。

殷后乱天纪,楚怀亦已昏。夷羊满中野,菉葹盈高门。比干谏而死,屈平窜湘源。虎口何婉娈,女媭空婵媛。彭咸久沦没,此意与谁论。

青春流惊湍,朱明—作火骤回薄。不忍看秋蓬,飘扬竟何托。光风灭兰蕙,白露洒葵藿—作委萧藿。美人不我期,草木日零落。

战国何纷纷,兵戈乱浮云。赵倚两虎斗,晋为六卿分。奸臣欲窃位,树党自相群。果然田成子,一旦杀齐君。

倚剑登高台,悠悠送春目。苍榛蔽层丘,琼草隐深谷。凤鸟鸣西海,欲集无珍木。鼹斯得所居,蒿下盈万族。晋风日已颓,穷途方恸哭。以上六句,一作翩翩众鸟飞,翱翔在珍木。群花亦便娟,荣耀非一族。归来怆途穷,日暮还恸哭。

齐瑟弹—作挥东吟,秦弦弄西音。慷慨动颜魄—作色,使人成荒淫。彼美佞邪子,婉娈来相寻。一笑双白璧,再歌千黄金。珍色不贵道,讵惜飞光沉。安识紫霞客,瑶台鸣素—作玉琴。

越客采明珠,提携出南隅。清辉照海月,美价倾皇都。献君君按剑,怀宝空长吁。鱼目复相哂,寸心增烦纡。

羽族禀万化,小大各有依。周周亦何幸,六翮掩不挥。愿衔众禽翼,一向黄河飞。飞者莫我顾,叹息将安归。

我到—作行巫山渚,寻古登阳台。天空彩云灭,地远清风来。神女去已久,襄王安在哉。荒淫竟沦替—作没,樵牧徒悲哀。

恻恻泣路歧,哀哀悲素丝。路歧有南北,素丝易变移。万事固如此,人生无定期。田窦相倾夺,宾客互盈亏。世途多翻覆—作谷风刺轻薄,交道方崄巇。斗酒强然诺,寸心终自疑。张陈竟火灭,萧朱亦星离。众鸟集荣柯,穷鱼守枯池。嗟嗟失权—作欢客,勤问何所规—作悲。

全唐诗卷一百六十二

李白

远别离

远别离,古有皇英之二女,乃在洞庭之南,潇湘之浦。海水直下万里深,谁人不言此离苦。日惨惨兮云冥冥,猩猩啼烟兮鬼啸雨。我纵言之将何补,皇穹窃恐不照余之忠诚。云—作雷凭凭兮欲吼怒,尧舜当之亦禅禹。君失臣兮龙为鱼,权归臣兮鼠变虎。或言—作云尧幽囚,舜野死,九疑联绵皆相似,重瞳孤坟竟何—作谁是。帝子泣兮绿云间,随风波兮去无还。恸哭兮远望,见苍梧之深山。苍梧山崩湘水绝,竹上之泪乃可灭。

公无渡河

黄河西来决昆仑,咆哮—作吼万里触龙门。波滔天,尧咨嗟。大禹理百川,儿啼不窥家。杀湍湮洪水,九州始蚕麻。其害乃去,茫然风沙。被发之叟狂而痴,清晨临—作径流欲奚为。旁人不惜妻止之,公无渡河苦渡之。虎可搏,河难凭,公果溺死流海湄。有长鲸白齿若雪山,公乎公乎挂罥—作骨于其间,箜篌所悲竟不还。

蜀道难

噫吁戏!危乎高哉,蜀道之难,难于上青天。蚕丛及鱼凫,开国何茫然。尔来四万八千岁,不与秦塞通人烟。西当太白有鸟道,可以横绝峨眉巅。地崩山摧壮士死,然后天梯石栈相—作方钩连。上有六龙回日之高标—作横河断海之浮云,下有冲波逆折之回川。黄鹤之飞尚不得过,猿猱欲度愁攀援—作缘。青泥何盘盘,百步九折萦岩峦。扪参历井仰胁息,以手抚膺坐长叹。问君—作征人西游何时—作当还,畏途巉岩不可攀。但见悲鸟号古—作枯木,雄飞雌从—作呼雌,一作从雌绕林间。又闻子规啼夜月,愁空山。蜀道之难难于上青天,使人听此凋朱颜。连峰去天不盈尺—作入烟几千尺,枯松倒挂倚绝壁。飞湍瀑流争喧豗,砯崖转石万壑雷。其险也如—作若此,嗟尔远道之人胡为乎来哉！剑阁峥嵘而崔嵬,一夫当关,万夫—作人莫开。所守或匪亲—作人,化为狼与豺。朝避猛虎,夕避长蛇。磨牙吮血,杀人如麻。锦城虽云乐,不如早还家。蜀道之难难于上青天,侧身西望长咨—作令人嗟！

梁甫吟

长啸梁甫吟,何时见阳春。君不见朝歌屠叟辞棘津,八十西来钓渭滨。宁羞白发照清—作渌水,逢时吐—作壮气思经纶。广张三千六百钓,风期—作雅暗与文王亲。大贤虎变愚不测,当年颇似寻常人。君不见高阳酒徒起草中,长揖山东隆准公。入门不拜—作入门开说,一作—开说骋雄辩,两女辍洗来趋风。东下齐城七十二,指挥—作麾楚汉如旋蓬。狂客—作生落魄—作拓尚如此,何况壮士当群雄。我欲攀龙见明主,雷公砰訇震天鼓。帝傍投壶多玉女,三时大笑开—作生电光。倏烁晦冥起风雨,阊阖九门不可通。以额扣关阍者怒,白日不照吾精诚,杞国无事忧天倾。猰貐磨牙竞人肉,驺虞不折生草茎。手接飞猱搏雕虎,侧足焦原未言苦。智者可卷愚者豪,世人见我轻鸿毛。力排南山三壮士,齐相杀之费二桃。吴楚弄兵无剧孟,亚夫咍尔为徒劳。梁甫吟,梁甫吟,声正悲。张公两龙剑,神物合有时。风云感会起屠钓,大人𡼐屼当安之。

乌夜啼

黄云城边乌欲栖,归飞哑哑枝上啼。机中织锦—作闺中织妇秦川—作家女,碧纱如烟隔窗语。停梭怅然忆远人—作向人问故夫,独宿孤—作空房—作欲说辽西泪如雨。

乌栖曲

姑苏台上乌栖时,吴王宫里醉西施。吴歌楚舞欢未毕,青山欲—作犹衔半边日。银箭金壶—作金壶丁丁漏水多,起看秋月坠江波。东方渐高奈乐—作尔何。

战城南

去年战桑干源,今年战葱河道。洗兵条支海上波,放马天山雪中草。万里长征战,三军尽衰老。匈奴以杀戮为耕作,古来唯见白骨黄沙田。秦家筑城避—作备胡处,汉家还有烽火燃。烽火燃不息,征战—作长征无已时。野战格斗死,败马号鸣向天悲。乌鸢啄人肠,衔飞上挂枯树枝—作衔飞上枯枝。士卒涂草莽,将军空尔为。乃知兵者是凶器,圣人不得已而用之。

将进酒

君不见黄河之水天上来,奔流到海不复回。君不见高堂明镜悲白发,朝如青丝暮成雪。人生得意须尽欢,莫使金樽空对月。天生我材必有用,千金散尽还复来。烹羊宰牛且为乐,会须一饮三百杯。岑夫子,丹丘生,将进酒,君—作杯莫停。与君歌一曲,请君为我侧耳听。钟鼓馔玉不足贵—作钟鼎玉帛岂足贵,但愿长醉不愿—作复醒。古来圣贤皆寂寞,惟有饮者留其名。陈王昔时宴平乐,斗酒十千恣欢谑。主人何为言少钱,径须沽取对君酌。五花马,千金裘,呼儿将出换美酒,与尔同销万古愁。

行行游且猎篇

边城儿,生年不读一字书,但将游猎夸轻趫。胡马秋肥宜白草,骑来蹑影何矜—作可怜骄。金鞭拂雪—作云挥鸣鞘,半酣呼鹰出远郊。弓弯—作弯弧满月不虚发,双鸧迸落连飞髇—作髇。海边观者皆辟易,猛气英风振沙碛。儒生不及游侠人,白首下帷复何益。

飞龙引二首

黄帝铸鼎于荆山,炼丹砂。丹砂成黄金,骑龙飞上太清家。云愁海思令人嗟,宫中彩女颜如花。飘然挥手凌紫霞,从风纵体登鸾车。登鸾车,侍轩辕,遨游青天中,其乐不可言。

鼎湖流水清且闲,轩辕去时有弓剑,古人传道留其间。后宫婵娟多花颜,乘鸾飞烟亦不还,骑龙攀天造天关。造天关,闻天语,长云河

车载玉女。载玉女,过紫皇,紫皇乃赐白兔所捣之药方,后天而老凋三光。下视瑶池见王母,蛾眉萧飒如秋霜。

天马歌

天马来出月支窟,背为虎文龙翼骨。嘶青云,振绿发,兰筋权奇走灭没。腾昆仑,历西极,四足无一蹶。鸡鸣刷燕晡秣越,神行电迈蹑慌惚。天马呼,飞龙趋,目明长庚臆双凫。尾如流—作星首渴乌,口喷红光汗沟朱—作珠。曾陪时龙蹑天衢,羁金络月照皇都。逸气棱棱凌九区,白璧如山谁敢沽。回头笑紫燕,但觉尔辈愚。天马奔,恋君轩,駷音竦跃惊矫浮云翻。万里足踯躅,遥瞻阊阖门。不逢寒风子,谁采逸景孙。白云在青天,一本无青字。丘陵远崔嵬—作崔鬼远。盐车上峻坂,倒行逆施畏日晚。伯乐翦拂中道遗,少尽其力老弃之。愿逢田子方,恻然为我悲—作思。虽有玉山禾,不能疗苦饥。严霜五月凋桂枝,伏枥衔冤摧两眉。请君赎献穆天子,犹堪弄影舞瑶池。

行路难三首

金樽清酒斗十千,玉盘珍羞直万钱。停杯投箸不能食,拔剑四顾心茫然。欲渡黄河冰塞川,将登太行雪满山—作暗天。闲来垂钓碧—作坐溪上,忽复乘舟梦日边。行路难,行路难,多歧路,今安在。长风破浪会有时,直挂云帆济沧海。

大道如青天,我独不得出。羞逐长安社中儿,赤鸡白狗—作雉赌梨栗。弹剑作歌奏苦声,曳裾王门不称情。淮阴市井笑韩信,汉朝公卿忌贾生。君不见昔时燕家重郭隗,拥篲折节—作腰无嫌猜。剧辛乐毅感恩分,输肝剖胆效英才。昭王白骨萦—作蔓草,谁人更扫黄金台。行路难,归去来。

有耳莫洗颍川水,有口莫食首阳蕨。含光混世贵无名,何用孤高比云月。吾观自古贤达人,功成不退皆殒身。子胥既弃吴江上,屈原终投湘水滨。陆机雄才—作才多岂自保,李斯税

驾苦不早。华亭鹤唳讵可闻,上蔡苍鹰何足道。君不见吴中张翰称—作真达生,秋风忽忆江东行。且乐生前一杯酒,何须身后千载名。

长相思

长相思,在长安。络纬秋啼金井栏,微—作凝霜凄凄簟色寒。孤灯不明—作寐思欲绝,卷帷望月空长叹,美人如花—作佳期迢迢隔云端。上有青冥之长天,下有渌水之波澜。天长路远魂飞苦,梦魂不到关山难。长相思,摧心肝。

上留田行

行至上留田,孤坟何峥嵘。积此万古恨,春草不复生。悲风四边来,肠断白杨声。借问谁家地,埋没蒿里茔。古老向余言,言是上留田,蓬科马鬣今已平。昔之弟死兄不葬,他人于此举铭旌。一鸟死,百鸟鸣。一兽走,百兽惊。桓山之禽别离苦,欲去回翔不能征。田氏仓卒骨肉分,青天白日摧紫荆。交柯之木本同形,东枝憔悴西枝荣。无心之物尚如此,参商胡乃寻天兵。孤竹延陵,让国扬名。高风缅邈,颓波激清。尺布之谣,塞耳不能听。

春日行

深宫高楼入紫清,金作蛟龙盘绣—作绣作楹。佳人当窗弄白日,弦将手语弹鸣筝。春风吹落君王耳,此曲乃是升天行。因出天池泛蓬瀛,楼船蹙沓波浪惊。三千双蛾献歌笑,挝钟考鼓宫殿倾,万姓聚舞歌太平。我无为,人自宁。三十六帝欲相迎,仙人飘翩下云軿。帝不去,留镐京。安能为轩辕,独往入窅冥。小臣拜献南山寿,陛下万古垂鸿名。

前有一樽酒行二首—本无一字

春风东来忽相过,金樽渌酒生微波。落花纷纷稍觉多,美人欲醉朱颜酡。青轩桃李能几何,流光欺人忽蹉跎。君起舞,日西夕。当年意气不肯平—作倾,白发如丝叹何益。

琴奏龙门之绿桐,玉壶美酒清若空。催弦拂柱与君饮,看朱成碧颜始红。胡姬貌如花,

当垆笑春风。笑春风,舞罗衣,君今不醉将一作欲安归。

夜坐吟

冬夜夜寒觉夜长,沉吟久坐坐北堂。冰合井泉月入闺,金一作青缸青凝一作凝明照悲啼。金一作青缸灭,啼转多。掩妾泪,听君歌。歌有声,妾有情。情声合,两无违。一语不入意,从君万曲梁尘飞。

野田黄雀行

游莫逐炎洲翠,栖莫近吴宫燕。吴宫火起焚巢一作尔窠,炎洲逐翠遭网罗。萧条两翅蓬蒿下,纵有鹰鹯奈若一作尔何。

箜篌谣

攀天莫登龙,走山莫骑虎。贵贱结交心不移,唯有严陵及光武。周公称大圣,管蔡宁相容。汉谣一斗粟,不与淮南舂。兄弟尚路人,吾心安所从。他人方寸间,山海几千重。轻言托朋友,对面九疑峰。开一作多花必早落,桃李不如松。管鲍久已死,何人继其踪。

雉朝飞

麦陇青青三月时,白雉朝飞挟两雌。锦衣绣翼何离褷,犊牧一作犊沐采薪感之悲。春天和,白日暖。啄食饮泉勇气满,争雄斗死绣颈断。雉子班奏急管弦,倾心酒美一作心倾酒尽玉碗。枯杨枯杨尔生稊一作荑,我独七十而孤栖。弹弦写恨意不尽,瞑目归黄泥。

上云乐

金天之西,白日所没。康老胡雏,生彼月窟。巉岩容仪,戍削风骨。碧玉炅炅双目瞳,黄金拳拳两鬓红。华盖垂下睫,嵩岳临上唇。不睹诡谲貌,岂知造化神。大道是文康之严父,元气乃文康之老亲。抚顶弄盘古,推车转天轮。云见日月初生时,铸冶火精与水银。阳乌未出谷,顾兔半藏身。女娲戏黄土,团作愚下人。散在六合间,蒙蒙若沙尘。生死了不尽,谁明此胡是仙真。西海栽若木,东溟植扶桑。别来几多时,枝叶万里长。中国有七圣,半路颓洪一作鸿荒。陛下应运起,龙飞入咸阳。赤眉立盆子,白水兴汉光。叱咤四海动,洪涛为簸扬。举足蹋紫微,天关自开张。老胡感至德,东来进仙倡。五色师子,九苞凤皇。是老胡鸡犬,鸣舞飞帝乡。淋漓飒沓,进退成行。能胡歌,献汉酒。跪双膝,立一作并两肘。散花指天举素手。拜龙颜,献圣寿。北斗戾,南山摧。天子九九八十一万岁,长倾万岁一作年,一作寿杯。

白鸠辞一作夷则格上白鸠拂舞辞

铿鸣钟,考朗鼓。歌白鸠,引拂舞。白鸠之白谁与邻,霜衣雪襟诚可珍。含哺七子能平均。食不噎一作咽,性安驯。首农政,鸣阳春。天子刻玉杖,镂形赐耆人。白鹭一作鹰之一作亦白非纯真,外洁其色心匪仁。阙五德,无司晨,胡为啄我葭下之紫鳞。鹰鹯雕鹗,贪而好杀。凤凰虽大圣,不愿以为臣。

日出行一作日出入行

日出东方隈,似从地底来。历天又入海,六龙所舍安在哉。其始与终古不息一作其行终古不休息,人非元气安得与之久裴徊。草不谢荣于春风,木不怨落于秋天。谁挥鞭策驱四运,万物兴歇皆自然。羲和羲和,汝奚汩没于荒淫之波。鲁阳何德,驻景挥戈。逆道违天,矫诬实多。吾将囊括大块,浩然与溟涬同科。

胡无人

严风吹霜海草凋,筋干精坚胡马骄。汉家战士三十万,将军兼领一作谁者霍嫖姚。流星白羽腰间插,剑花秋莲光出匣。天兵照雪下玉关,虏箭如沙射金甲。云龙风虎尽交回,太白入月敌可摧。敌可摧,旄头灭,履胡之肠涉胡血。悬胡青天上,埋胡紫塞傍。胡无人,汉道昌。一本此下有"陛下之寿三千霜,但歌大风云飞扬,安得猛士兮守四方。胡无人,汉道昌"五句。

北风行

烛龙栖寒门,光曜犹旦开。日月照之何不

及此,唯有北风号怒天上来。燕山雪花大如席,片片吹落轩辕台。幽州思妇十二月,停歌罢笑双蛾摧。倚门望行人,念君长城苦寒良可哀。别时提剑救边去,遗此虎纹金鞞靫—作鞞鞨。中有一双白羽箭,蜘蛛结网生尘埃。箭空在,人今战死不复回。不忍见此物,焚之已成灰。黄河捧土尚可塞,北风雨雪恨难裁。

侠客行

赵客缦胡缨,吴钩霜雪明。银鞍照白马,飒沓如流星。十步杀一人,千里不留行。事了拂衣去,深藏身与名。闲过信陵饮,脱剑膝前横。将炙啖朱亥,持觞劝侯嬴。三杯吐然诺,五岳倒为轻。眼花耳热后,意气素霓生。救赵挥金槌,邯郸先震惊。千秋二壮士,烜赫大梁城。纵死侠骨香,不惭世上英。谁能书阁下,白首太玄经。

全唐诗卷一百六十三

李白

关山月

明月出天山,苍茫云海间。长风几万里,吹度玉门关。汉下白登道,胡窥青海湾。由来征战地,不见有人还。戍客望边色一作邑,思归多苦颜。高楼当此夜,叹息未应闲一作还。

独漉篇

独漉水中泥,水浊不见月。不见月尚可,水深行人没。越鸟从南来,胡鹰亦北渡。我欲弯弓向天射,惜其中道失归路。落叶别树,飘零随风。客无所托,悲与此同。罗帏舒卷,似有人开。明月直入,无心可猜。雄剑挂壁,时时龙鸣。不断犀象,锈涩苔生。国耻未雪,何由成名。神鹰梦泽,不顾鸱鸢。为君一击,鹏抟一作抟鹏九天。

登高丘而望远

登高丘,望远海。六鳌骨已霜,三山流安在。扶桑半摧折,白日沈光彩。银台金阙如梦中,秦皇汉武空相待。精卫费木石,鼋鼍无所凭。君不见骊山茂陵尽灰灭,牧羊之子来攀登。盗贼劫宝玉,精灵竟何能。穷兵黩武今如此,鼎湖飞龙安可乘。

阳春歌

长安白日照春空,绿杨结烟垂袅风。披香殿前花始红,流芳发色绣户中。绣户中,相经过。飞燕皇后轻身舞,紫宫夫人绝世一作代歌。圣君三万六千日,岁岁年年奈乐何。

杨叛儿

君歌杨叛儿,妾劝新丰酒。何许最关人,乌啼白门柳。乌啼隐杨花,君醉留妾家。博山炉中沉香火,双烟一气凌紫霞。

双燕离

双燕复双燕,双飞令人羡。玉楼珠阁不独栖,金窗绣户长相见。柏梁失火去,因入吴王宫。吴宫又焚荡,雏尽巢亦空。憔悴一身在,孀雌忆故雄。双飞难再得,伤我寸心中。

山人劝酒

苍苍云松,落落绮皓。春风尔来为阿谁,蝴蝶忽然满芳草。秀眉霜雪颜桃花,骨青髓绿长美好。一作秀眉雪霜桃花貌,青髓绿发长美好。称是秦时避世人,劝酒相欢不知老。各守麋一作兔鹿志,耻随龙虎争。欻起佐太子,汉王一作皇乃复惊。顾谓戚夫人,彼翁羽翼成。归来商一作南山下,泛若云无情。举觞酹巢由,洗耳何独一作太清。浩歌望嵩岳,意气还一作遥相倾。

于阗采花

于阗采花人,自言花相似。明妃一朝西入胡,胡中美女多羞死。乃知汉地多名姝,胡中无花可方比。丹青能令丑者妍,无盐翻在深宫里。自古妒蛾眉,胡沙埋皓齿。

鞠歌行

玉不自言如桃李,鱼目笑之卞和耻。楚国青蝇何太多,连城白璧遭谗毁。荆山长号泣血人,忠臣死为刖足鬼。听曲知甯戚,夷吾因小妻。秦穆五羊皮,买死百里奚。洗拂青云上,当时贱如泥。朝歌鼓刀叟,虎变磻溪中。一举钓六合,遂荒营丘东。平生渭水曲,谁识一作数此老翁。奈何今之人,双目送飞一作征鸿。

幽涧泉

拂彼白石,弹吾素琴。幽涧愀兮流泉深,善手明徽高张清。心寂历似千古,松飕飗兮万寻。中见愁猿吊影而危处兮,叫秋木而长吟。客有哀时失职一作志而听者,泪淋浪以沾襟。乃缉商缀羽,潺湲成音。吾但写声发情于妙指,殊不知此曲之古今。幽涧泉,鸣深林。

王昭君二首

汉家秦地月,流景照一作送明妃。一上玉关道,天涯去不归。汉月还从东海出,明妃西嫁无来日。燕支长寒雪作花,蛾眉憔悴没胡沙。生乏黄金枉图画,死留青冢使人嗟。

昭君拂玉鞍,上马啼红颊。今日汉宫人,明朝胡地妾。

中山孺子妾歌

中山孺子妾,特以色见珍。虽然不如延年妹,亦是当时绝世人。桃李出深井,花艳惊上春。一贵复一贱,关天岂由身。芙蓉老秋霜,团扇羞网尘。戚姬髡发一作剪入春市,万古共悲辛。

荆州歌一作乐

白帝城边足风波,瞿塘五月谁敢过。荆州麦熟茧成蛾,缲丝忆君头绪多。拨谷飞鸣奈妾何。

雉子斑一作设辟邪伎鼓吹雉子斑曲辞

辟邪伎作鼓吹惊,雉子斑之奏曲成,喔咿振迅欲飞鸣。扇锦翼,雄风生。双雌同饮啄,趫悍谁能争。乍向草中耿介死,不求黄金笼下生。天地至广大,何惜遂物情。善卷让天子,务光亦逃名。所贵旷士怀,朗然合太清。

相逢行

相逢红尘内,高揖黄金鞭。万户垂杨里,君家阿那边。

有所思一作古有所思行

我思仙一作佳人,乃在碧海之东隅。海寒多天风,白波连山一作天倒蓬壶。长鲸喷涌不可涉,抚心茫茫泪如珠。西来青鸟东飞去,愿寄一书谢麻姑。

久别离

别来几春未还家,玉窗五见樱桃花。况有锦字书,开缄使人嗟。至此肠断彼心绝。云鬟绿鬓罢梳一作揽结,愁如回飚乱白雪。去年寄书报阳台,今年寄书重相催。东风兮东风,为我吹行云使西来。待来竟不来,落花寂寂委青苔。

白头吟

锦水东北流，波荡双鸳鸯。雄巢汉宫树，雌弄秦草芳。宁同万死碎绮翼，不忍一作分云间两分张。此时阿娇正娇妒，独坐长门愁日暮。但愿君恩顾妾深，岂惜黄金买词一作将买赋。相如作赋得黄金，丈夫好新多异心。一朝将聘茂陵女，文君因赠一作赋白头吟。东流不作西归水，落花辞条羞故林。兔丝固一作本无情，随风任倾倒。谁使女萝枝，而来强萦抱。两草犹一心，人心不如草。莫卷龙须席，从他生网丝。且留琥珀枕，或有梦来时。覆水再收岂满杯，弃妾已去难重回。古来得意不相负，只今惟见青陵台。一作锦水东流碧，波荡双鸳鸯。雄巢汉宫树，雌弄秦草芳。相如去蜀谒武帝，赤车驷马生辉光。一朝再览大人作，万乘忽欲凌云翔。闻道阿娇失恩宠，千金买赋要君王。相如不忆贫贱日，位高金多聘私室。茂陵姝子皆见求，文君欢爱从此毕。泪如双泉水，行堕紫罗襟。五更鸡三唱，清晨白头吟。长吁不整绿云鬓，仰诉青天哀怨深。城崩杞梁妻，谁道土无心。东流不作西归水，落花辞枝羞故林。头上玉燕钗，是妾嫁时物。赠君表相思，罗袖幸时拂。莫卷龙须席，从他生网丝。且留琥珀枕，还有梦来时。鹔鹴裘在锦屏上，自君一挂无由披。妾有秦楼镜，照心胜照井。愿持照新人，双对可怜影。覆水却收不满杯，相如还谢文君回。古来得意不相负，只今惟有青陵台。

采莲曲

若耶溪傍采莲女，笑隔荷花共人语。日照新妆水底明，风飘香袂一作袖空中举。岸上谁家游冶郎，三三五五映垂杨。紫骝嘶入落花去，见此踟蹰空断肠。

临江王节士歌

洞庭白波木叶稀，燕鸿始入吴云飞。吴云寒，燕鸿苦。风号沙宿潇湘浦，节士悲秋一作感泪如雨。白日当天心，照之可以事明主。壮士愤，雄风生。安得倚天剑，跨海斩长鲸。

司马将军歌 以代陇上健儿陈安

狂风吹古月，窃弄章华台。北落明星动光彩，南征猛将如云雷。手中电击一作曳倚天剑，直斩长鲸海水开。我见楼船壮心目，颇似龙骧下三蜀。扬兵习战张虎旗，江中白浪如银屋。身居玉帐临河魁，紫髯若戟冠崔嵬。细柳开营揖天子，始知灞上为婴孩。羌笛横吹阿亸回，向月楼中吹落梅。将军自起舞长剑，壮士呼声动九垓。功成献凯见明主，丹青画像麒麟台。

君道曲 梁之雅歌有五篇，今作一章。

大君若天覆，广运无不至。轩后爪牙尝先太山稽，如心之使臂。小白鸿翼于夷吾，刘葛鱼水本无二。土校一作扶可成墙，积德为厚地。

结袜子

燕南壮士吴门豪，筑中置铅鱼隐刀。感君恩重许君命，太山一掷轻鸿毛。

结客少年场行

紫燕黄金瞳，啾啾一作棱棱摇绿鬃。平明相驰逐，结客洛门东。少年学剑术，凌轹白猿公。珠袍曳锦带，匕首插吴鸿。由来万夫勇，挟此生雄风。托交从剧孟，买醉入新丰。笑尽一杯酒，杀人都市中。羞道易水寒，从一作徒令日贯虹。燕丹事不立，虚没秦帝宫。舞阳死灰人，安可与成功。

长干行二首

妾发初覆额，折花门前剧。郎骑竹马来，绕床弄青梅。同居长干里，两小无嫌猜。十四为君妇，羞颜未尝一作尚不开。低头向暗壁，千唤不一回。十五始展眉，愿同尘与灰。常存抱柱信，岂一作耻上望夫台。十六君远行，瞿塘滟滪堆。五月不可触，猿声一作鸣天上哀。门前迟一作旧行迹，一一生绿一作苍苔。苔深不能扫，落叶秋风早。八月胡蝶来一作黄，双飞西园草。感此伤妾心，坐愁红颜老。早晚下三巴，预将书报家。相迎不道远，直至长风沙。

忆妾一作昔深闺里，烟尘不曾识。嫁与长干人，沙头候风色。五月南风兴，思君下一作在巴陵。八月西风起，想君发扬子。去来悲如何，见少离别多。湘潭几日到，妾梦越风波。

昨夜狂风度,吹折江头树。森森暗无边,行人在何处。好乘浮云骢,佳期兰渚东。鸳鸯绿蒲上,翡翠锦屏中。自怜十五余,颜色桃花红。那作商人妇,愁水复愁风。此篇一作张潮。黄庭坚作李益。

古朗月行

小时不识月,呼作白玉盘。又疑瑶台镜,飞在白—作青云端。仙人垂两足,桂树作—作何团团。白兔捣药成,问言与谁—作谁与餐。蟾蜍蚀圆影,大明夜已残。羿昔落九乌,天人清且安。阴精此沦惑,去去不足观。忧来其如何,凄—作恻怆摧心肝。

上之回

三十六离宫,楼台与天通。阁道步行月,美人愁烟空。恩疏宠不及,桃李伤春风。淫乐意何极,金舆向回中。万乘出黄道,千旗扬彩虹。前军细柳北,后骑甘泉东。岂问渭川老,宁邀襄野童。但慕—作秋暮瑶池宴,归来乐未穷。

独不见

白马谁家子,黄龙边塞儿。天山三丈雪,岂是远行时。春蕙忽秋草,莎鸡鸣西—作曲池。风摧寒棕—作梭响,月入霜闺悲。忆与君别年,种桃齐蛾眉。桃今百余尺,花落成枯枝。终然独不见,流泪空自知。

白纻辞三首

扬清歌—作音,发皓齿,北方佳人东邻子。且—作旦吟白纻停绿水,长袖拂面为君起。寒云夜卷霜海空,胡风吹天飘塞鸿。玉颜满堂乐未终,馆娃日落歌吹濛—作中。

月寒江清夜沉沉,美人一笑千黄金。垂罗舞縠扬哀音,郢中白雪且莫吟,子夜吴歌动君心。动君心,冀君赏。愿作天池双鸳鸯,一朝飞去青云上。

吴刀剪彩—作绮缝舞衣,明妆丽服夺春晖。扬眉转袖若雪飞,倾城独立世所稀。激楚结风醉忘归,高堂月落烛已微,玉钗挂缨君莫违。

鸣雁行

胡雁鸣,辞燕山,昨发委羽朝度关。一一衔芦枝,南飞散落天地间,连行接翼往复还。客居烟波寄湘吴,凌霜触雪毛体枯。畏逢矰缴惊相呼,闻弦虚坠良可吁。君更弹射何为乎。

妾薄命

汉帝宠—作重阿娇,贮之黄金屋。咳唾落九天,随风生珠玉。宠极爱还歇,妒深情却疏。长门一步地,不肯暂回车。雨落不上天,水覆难再—作重难收。君情与妾意,各自东西流。昔日芙蓉花,今成断根草。以色事他人,能得几时好。

幽州胡马客歌

幽州胡马客,绿眼虎皮冠。笑拂两双箭,万人不可干。弯弓若转月,白雁落云端。双双掉鞭行,游猎向楼兰。出门不顾后,报国死何难。天骄五单于,狼戾好凶残。牛马散北海,割鲜若虎餐。虽居燕支山,不道朔雪寒。妇女马上笑,颜如赪玉盘。翻飞射鸟兽,花月醉雕鞍。旄头四光芒,争战若蜂攒。白刃洒赤血,流沙为之丹。名将古谁是,疲兵良可叹。何时天狼灭,父子得闲安。

全唐诗卷一百六十四

李白

门有车马客行

门有车马宾—作客,金鞍曜朱轮。谓从丹—作云霄落,乃是故乡亲。呼儿扫中堂,坐客论悲辛。对酒两不饮,停觞泪盈巾。叹我万里游,飘飘三十春。空谈帝—作霸王略,紫绶不挂身。雄剑藏玉匣,阴符生素尘。廓落无所合,流离湘水滨。借问宗党间,多为泉下人。生苦百战役,死托万鬼邻。北风扬胡沙,埋翳周与秦。大运且如此,苍穹宁匪仁。恻怆竟何道,存亡任大钧。

君子有所思行

紫阁连终南,青冥天倪色。凭崖望咸阳,宫阙罗北极。万井惊画出,九衢如弦直。渭水银河清—作清银河,横天流不息。朝野盛文物,衣冠何翕赩。厩马散连山,军容威绝域。伊皋运元化,卫霍输筋力。歌钟乐未休—作休明,荣去老还逼。圆光过满缺,太阳移中昃。不散东海金,何争西飞—作辉匿。无作牛山悲,恻怆泪沾臆。

东海有勇妇 代关中有贤女

梁山感杞妻,恸哭为之倾。金石忽暂开,都由激深情。东海有勇妇,可惭苏子卿。学剑越处子,超然—作腾若流星。损躯报夫仇,万死不顾生。白刃耀素雪,苍天感精诚。十步两蹶—作跳跃,三呼一交兵。斩首掉国门,蹴踏五藏行。豁此伉俪愤,灿然大义明。北海李使—作府君,飞章奏天庭。舍罪警风俗,流芳播沧瀛。名—作志在列女籍,竹帛已光荣。淳于免诏狱,汉主为缇萦。津妾一棹歌,脱父于严刑。十子若不肖,不如一女英。豫让斩空衣,有心竟无成。要离杀庆忌,壮夫所素—作素所轻。妻子亦何辜,焚之买虚声。岂如东海妇,事立独扬名。

黄葛篇

黄葛生洛溪,黄花自绵幂。青烟蔓长条,缭绕几百尺。闺人费素手,采缉作絺绤。缝为绝国衣,远寄日南客。苍梧大火落,暑服莫轻掷。此物虽过时,是妾手中迹。

白马篇

龙马花雪毛,金鞍五陵豪。秋霜切玉剑,落日明珠袍。斗鸡事万乘,轩盖一何高。弓摧南山虎,手接太行猱。酒后竞风采,三杯弄宝刀。杀人如剪草,剧孟同游遨。发愤去函谷,从军向临洮。叱咤万战场—作经百战,匈奴尽奔逃—作波涛。归来使酒气,未肯拜—作下萧曹。羞入原宪室,荒淫—作径隐蓬蒿。

凤吹笙曲 一作凤笙篇送别

仙人十五爱吹笙,学得昆丘彩凤鸣。始闻炼气餐金液,复道朝天赴玉京。玉京迢迢几千里,凤笙去去无穷—作边已。欲叹离声发绛唇,更嗟别调流纤指。此时惜别讵堪闻,此地相看未忍分。重吟真曲和清吹,却奏仙歌响绿云。绿云紫气向函关,访道应寻缑氏山。莫学吹笙王子晋,一遇浮丘断不还。

怨歌行 长安见内要出嫁,友人令余代为之。

十五入汉宫,花颜笑春红。君王选玉色,侍寝金屏—作锦帏中。荐枕娇夕月,卷衣恋春—作香风。宁知赵飞燕,夺宠恨无穷。沉忧能伤人,绿鬓成霜蓬。一朝不得意,世事徒为空。鹔鹴换美酒,舞衣罢雕龙—作笼。寒苦不忍言,为君奏丝桐。肠断弦亦绝,悲心夜忡忡。

塞下曲六首

五月天山雪,无花只有寒。笛中闻折柳,春色未曾看。晓战随金鼓,宵眠抱玉鞍。愿将腰下剑,直为斩楼兰。

天兵下北荒,胡马欲南饮。横戈从百战,直为衔恩甚。握雪海上餐,拂沙陇头寝。何当破月氏,然后方高枕。

骏马似—作如风飙,鸣鞭出渭桥。弯弓辞汉月,插羽破天骄。阵解星芒尽,营空海雾消。功成画麟阁,独有霍嫖姚。

白马黄金塞,云砂绕梦思。那堪愁苦节,远忆边城儿。萤飞秋窗满,月度霜闺迟。摧残梧桐叶,萧飒沙棠枝。无时独不见,流泪空自知。

塞虏乘秋下,天兵出汉家。将军分虎竹,战士卧龙沙。边月随弓影,胡霜拂剑花。玉关殊未入,少妇莫长嗟。

烽火动沙漠,连照甘泉云。汉皇按剑起,还召李将军。兵—作杀气天上合,鼓声陇底闻。横行负勇气,一战净妖氛。

来日大难

来日一身,携粮负薪。道长—作长鸣食尽,苦口焦唇。今日醉饱,乐过千春。仙人相存,诱我远学。海凌三山,陆憩五岳。乘龙天飞,目瞻两角。授以仙—作神药,金丹满握。蟪蛄蒙恩,深愧短促。思填东海,强衔一木。道重天地,轩师广成。蝉翼九五,以求长生。下士大笑,如苍蝇声。

塞上曲

大汉无中策,匈奴犯渭桥。五原秋草绿,胡马一何骄。命将征西极,横行阴山侧。燕支落汉家,妇女无华色。转战渡黄河,休兵乐事多。萧条清万里,瀚海寂无波。

玉阶怨

玉阶生白露,夜久侵罗袜。却下水晶帘,玲珑望秋月。

襄阳曲四首

襄阳行乐处,歌舞白铜鞮。江城回渌水,花月使人迷。

山公醉酒时,酩酊高—作襄阳下。头上白接䍦,倒著还骑马。

岘山临汉江,水绿沙如雪—作水色如霜雪。

上有堕泪碑,青苔久磨灭。
　　且醉习家池,莫看堕泪碑。山公欲上马,笑杀襄阳儿。

大堤曲
　　汉水临一作横襄阳,花开大堤暖。佳期大堤下,泪向南云满。春风无复一作复无情,吹我梦魂散。不见眼中人,天长音信断。

宫中行乐词八首
　　奉诏作。明皇坐沉香亭,意有所感,欲得白为乐章。召入,而白已醉。左右以水颒面,稍解,援笔成文,宛丽精切。
　　小小生金屋,盈盈在紫微。山花插宝髻,石竹绣罗衣。每出一作上深宫里,常随步辇归。只愁歌舞散一作罢,化作彩云飞。
　　柳色黄金嫩,梨花白雪香。玉楼巢一作关翡翠,金一作珠殿锁鸳鸯。选妓随雕一作朝辇,征歌出洞房。宫中谁第一,飞燕在昭阳。
　　卢橘为秦树,蒲萄出汉宫。烟花宜落日,丝管醉春风。笛奏龙吟水,箫鸣凤下空。君王多乐事,还与万方同一作何必向回中。
　　玉树一作殿春归日一作好,金宫乐事多。后庭朝未入,轻辇夜相过。笑出花间语,娇来竹一作烛下歌。莫教明月去,留著醉嫦娥。
　　绣户香风暖,纱窗曙色新。宫花争笑日,池草暗生春。绿树闻歌鸟,青楼见舞人。昭阳桃李月,罗绮自一作坐相亲。
　　今日明光里,还须结伴游。春风开紫殿,天乐下朱楼。艳舞全知巧,娇歌半欲羞。更怜花月夜,宫女笑藏钩。
　　寒雪梅中尽,春风柳上归。宫莺娇欲醉,檐燕语还飞。迟日明歌席,新花艳舞衣。晚来移彩仗,行乐泥光辉。
　　水绿南薰殿,花红北阙楼。莺歌闻太液,凤吹绕瀛洲。素女鸣珠佩,天人弄彩球。今朝风日好,宜入未央游。

清平调词三首
　　天宝中,白供奉翰林。禁中初重木芍药,得四本红、紫、浅红、通白者,移植于兴庆池东沉香亭。会花开,上乘照夜白,太真妃以步辇从,诏选梨园中弟子尤者,得乐一十六色。李龟年以歌擅一时,手捧檀板,押众乐前,欲歌之。上曰:"赏名花,对妃子,焉用旧乐词?"遂命龟年持金花笺,宣赐李白,立进《清平调》三章。白承诏,宿醒未解,因援笔赋之。龟年歌之。太真持颇梨七宝杯,酌西凉州蒲葡酒,笑领歌词,意甚厚。上因调玉笛以倚曲,每曲遍将换,则迟其声以媚之。太真饮罢,敛绣巾重拜。上自是顾李翰林尤异于他学士。
　　云想衣裳花相容,春风拂槛露华浓。若非群玉山头见,会向瑶台月下逢。
　　一枝秾一作红艳露凝香,云雨巫山枉断肠。借问汉宫谁得似,可怜飞燕倚新妆。
　　名花倾国两相欢,长得君王带笑看。解释春风无限恨,沉香亭北倚栏干。

入朝曲一作鼓吹入朝曲
　　金陵控海浦,渌水带吴京。铙歌列骑吹,飒沓引公卿。槌钟速严妆,伐鼓启重城。天子凭玉几一作案,剑履若云行。日出照万户,簪裾烂明星。朝罢沐浴闲,遨游阆风亭。济济双阙下,欢娱乐恩荣。

秦女休行魏协律都尉左延年所作,今拟之。
　　西门秦氏女,秀色如琼花。手挥白杨刀一作刃,清昼杀仇家。罗袖洒赤血,英气一作声凌紫霞。直上西山去,关吏相邀遮。婿为燕国王,身被诏狱加。犯刑若履虎,不畏落爪牙。素颈未及断,摧眉伏泥沙。金鸡忽放赦,大辟得宽赊。何惭聂政姊,万古共惊嗟。

秦女卷衣
　　天子居未央,妾侍一作未卷衣裳。顾无紫宫宠,敢拂黄金床。水至亦不去,熊来尚可当。微身奉一作捧日月,飘若萤之一作火光。愿君采葑菲,无以下体妨。

东武吟—一作出东门后书怀,留别翰林诸公。又作还山留别金门知己。

好古笑流俗,素闻贤达风。方希佐明主,长揖辞成功。白日在高天,回光烛微躬。恭承凤凰诏,欻起云萝中。清切紫霄—一作垣迥,优游丹禁通。君王赐颜色,声价凌烟虹。乘舆拥翠盖,扈从金城东。宝马丽绝景,锦衣入新丰。依—一作倚岩望松雪,对酒鸣丝桐。因学扬子云,献赋甘泉宫。天书美片善,清芬播无穷。归来入—一作向咸阳,谈笑皆王公。一本无此二句。一朝去金马,飘落成飞蓬。宾客—一作友日疏散,玉樽亦已空—一日成空。才力犹可倚—一作恃,不惭世上雄。闲作东武吟,曲尽情未终。书此谢知己,吾寻黄绮翁—一作扁舟寻钓翁。

邯郸才人嫁为厮养卒妇

妾本崇—一作丛台女,扬蛾入丹阙。自倚颜如花,宁知有凋歇。一辞玉阶下,去若朝云没。每忆邯郸城,深宫梦秋月。君王不可见,惆怅至明发。

出自蓟北门行

虏阵横北荒,胡星耀精芒。羽书速惊电,烽火昼连光。虎竹救边急,戎车森已行。明主不安席,按剑心飞扬。推毂出猛将,连旗登战场。兵威冲绝幕,杀气凌穹苍。列卒—一作阵赤山下,开营紫塞傍。孟冬—一作秋风沙紧,旌旗飒凋伤。画角悲海月,征衣卷天霜。挥刃斩楼兰,弯弓射贤—一作膋王。单于一平荡,种落自奔亡。收功报天子,行歌—一作歌舞归咸阳。

洛阳陌

白玉谁家郎,回车渡天津。看花东陌上,惊动洛阳人。

北上行

北上何所苦,北上缘太行。磴道盘且峻,巉岩凌穹苍。马足蹶侧石,车轮摧高冈。沙尘接幽州,烽火连朔方。杀气毒剑戟,岩风裂衣裳。奔鲸夹黄河,凿齿屯洛阳。前行无归日,返顾思旧乡。惨戚冰雪里,悲号绝中肠。尺布不掩体,皮肤剧枯桑。汲水涧谷阻,采薪陇坂长。猛虎又掉尾,磨牙皓秋霜。草木不可餐,饥饮零露浆。叹此北上苦,停骖为之伤。何日王道平,开颜睹天光。

短歌行

白日何短短,百年苦易满。苍穹浩茫茫,万劫太极长。麻姑垂两鬓,一半已成霜。天公见玉女,大笑亿千场。吾欲揽六龙,回车挂扶桑。北斗酌美酒,劝龙各一觞。富贵非所愿,与—一作为人驻颜—一作颜,一作流光。

空城雀

嗷嗷空城雀,身计何戚促。本与鹪鹩群,不随凤凰族。提携四黄口,饮乳未尝足。食君糠粃余,尝恐乌鸢逐—一作啄。耻涉太行险,羞营覆车粟。天命有定端,守分绝所欲。

全唐诗卷一百六十五

李白

发白马

将军发白马,旌节度黄河。箫鼓聒川岳,沧溟涌涛一作洪波。武安有振瓦,易水无寒歌。铁骑若雪山,饮流涸滹沱。扬兵猎月窟,转战略朝那。倚剑登燕然,边烽列嵯峨。萧条万里外,耕作五原多。一扫清大漠,包虎戢金戈。

陌上桑

美女渭桥东一作湘绮衣,春还事蚕作。五马如飞龙一作花,青丝结金络。不知谁家子,调笑来相谑。妾本秦罗敷,玉颜艳名都。绿条映素手,采桑向城隅。使君且不顾,况复论秋胡。寒螀爱碧草,鸣凤栖青梧。托心自有处,但怪傍人愚。徒令白日暮,高驾空踟蹰。

枯鱼过河泣

白龙改常服,偶被豫且制。谁使尔为鱼,徒劳诉天帝。作书报鲸鲵,勿恃风涛势。涛落归泥沙,翻遭蝼蚁噬。万乘慎出入,柏人以为识一作诫。

丁督一作都护歌

云阳上征去,两岸饶商贾。吴牛喘月时,拖船一何苦。水浊不可饮,壶浆半成土。一唱督一作都护歌,心摧泪如雨。万人凿盘石,无由达江浒。君看石芒砀,掩泪悲千古。

相逢行

朝骑五花马,谒帝出银台。秀色谁家子,云车一作中珠箔开。金鞭遥指点,玉勒近迟回。夹毂相借问,疑一作知从天上来。蹙一作邀入青绮门,当歌共衔杯。一作娇羞初解佩,语笑共衔杯。衔杯映歌扇,似月云中见。相见不得一作相亲,不如不相见。相见情已一作已情深,未语可知心。胡为守空闺,孤眠愁锦衾。锦衾与罗帏,缠绵会有时。春风正澹荡,暮雨来何迟。愿因三青鸟,更报长相思。光景不待人,须臾发成丝。当年失行乐,老去徒伤悲。持此道密意,毋令旷佳期。一本长相思下,无此六句。

千里思
李陵没胡沙,苏武还汉家。迢迢五原关,朔雪乱边花一作愁见雪如花。一去隔绝国,思归但长嗟。鸿雁向西北,因一作飞书报天涯。

树中草
鸟衔野田草,误入枯桑里。客土植危根,逢春犹不死。草木虽无情,因依尚可生。如何同枝叶,各自有枯荣。

君马黄
君马黄,我马白。马色虽不同,人心本无隔。共作游冶盘,双行洛阳陌。长剑既照曜,高冠何赩赫。各有千金裘,俱为五侯客。猛虎落陷阱,壮夫时屈厄。相知在急难,独好亦一作知何益。

拟古
融融白玉辉,映我青蛾眉。宝镜似空水,落花如风吹。出门望帝子,荡漾不可期。安得黄鹤羽,一报佳人知。

折杨柳
垂杨拂绿水,摇艳一作艳裔东风年。花明玉关雪,叶暖金窗烟。美人结长想一作恨,对此一作相对心凄然。攀条折春色,远寄龙庭前一作沙边。

少年子
青云年少一作少年子,挟弹章台左。鞍马四边开,突如流星过。金丸落飞鸟,夜入琼楼卧。夷齐是何人,独守西山饿。

紫骝马
紫骝行且嘶,双翻碧玉蹄。临流不肯渡,似惜锦障泥。白雪关山一作城远,黄云海戍一作树迷。挥鞭万里去,安得念一作恋春闺。

少年行二首
击筑饮美酒,剑歌易水湄。经过燕太子,结托并州儿。少年负壮气,奋烈自有时。因击一作声鲁勾践,争博勿相欺。

五陵年少金市东,银鞍白马度春风。落花踏尽游何处,笑入胡姬酒肆中。

白鼻䯄
银鞍白鼻䯄,绿地障泥锦。细雨春风花落时一作春风细雨落花时,挥鞭直一作且就胡姬饮。

豫章行
胡风吹代马一作燕人攒赤羽,北拥鲁阳关。吴兵照海雪,西讨何时还。半渡上辽津,黄云惨无颜。老母与子别,呼天野草间。白马一作百鸟绕旌旗,悲鸣相追攀。白杨秋月苦,早落豫章山。本为休明人,斩虏素不闲。岂惜战斗死,为君扫凶顽。精感石没羽,岂云惮险艰。楼船若鲸飞,波荡落星湾。此曲不可奏,三军鬓成斑。

沐浴子
沐芳莫弹冠,浴兰莫振衣。处世忌太洁,至一作志人贵藏晖。沧浪有钓叟,吾与尔同归。

高句骊
金花折风帽,白马小迟回。翩翩舞广袖,似鸟海东来。

舍利弗
金绳界宝地,珍木荫瑶池。云间妙音奏,天际法蠡吹。

静夜思
床前看月光,疑是地上霜。举头望山月,低头思故乡。

渌水曲
渌水明秋月一作日,南湖采白蘋。荷花娇

欲语,愁杀荡舟人。

凤凰曲
嬴女吹玉箫,吟弄天上春。青鸾不独去,更有携手人。影灭彩云断,遗声落西秦。

凤台曲
尝闻秦帝女,传得凤凰声。是日逢仙子,当时别有情。人吹彩箫去,天借绿云迎。曲一作心在身不返,空余弄玉名。

从军行
从军玉门道,逐虏金微山。笛奏梅花曲,刀开明月环。鼓声鸣海上,兵气拥云间。愿斩单于首,长驱静铁关。

秋思
春阳如昨日,碧树鸣黄鹂。芜然蕙草暮,飒尔凉风吹。天秋木叶下,月冷莎鸡悲。坐愁群芳歇,白露凋华滋。

春思
燕草如碧丝,秦桑低绿枝。当君怀归日,是妾断肠时。春风不相识,何事入罗帏。

秋思
燕支一作阏氏黄叶落,妾望自一作白登台。海上一作月出碧云断,单于一作蝉声秋色来。胡兵沙塞合,汉使玉关回。征客无归日,空悲蕙草摧。

子夜吴歌一作子夜四时歌

春歌
秦地罗敷女,采桑绿水边。素手青条上,红妆白日鲜。蚕饥妾欲去,五马莫留连。

夏歌
镜湖三百里,菡萏发荷花。五月西施采,人看隘若耶。回舟不待月,归去越王家。

秋歌
长安一片月,万户捣衣声。秋风吹不尽,总是玉关情。何日平胡虏,良人罢远征。

冬歌
明朝驿使发,一夜絮征袍。素手抽针冷,那堪把剪刀。裁缝寄远道,几日到临洮。

对酒行
松子栖金华,安期入蓬海。此人古之仙,羽化竟何在。浮生速流电,倏忽变光彩。天地无凋换,容颜有迁改。对酒不肯饮,含情欲谁待。

估客行一作乐
海客乘天风,将船远行役。譬如云中鸟,一去无踪迹。

捣衣篇
闺里佳人年十余,颦蛾对影恨离居。忽逢江上春归燕,衔得云中尺素书。玉手开缄长叹息,狂一作征夫犹戍交河北。万里交河水北流,愿为双燕泛中洲。君边云拥青丝骑,妾处苔生红粉楼。楼上春风日将歇,谁能揽镜看愁发。晓吹员管随落花,夜捣戎衣向明月。明月高高刻漏长,真珠帘箔掩兰堂。横垂宝幄同心结,半拂琼筵苏合香。琼筵宝幄连枝锦,灯烛荧荧照孤寝。有便凭将金剪刀,为君留下相思枕。摘尽庭兰不见君,红巾拭泪生氤氲。明年若更征边塞,愿作阳台一段云。

少年行此诗严粲云是伪作
君不见淮南少年游侠客,白日毬猎夜拥掷。呼卢百万终不惜,报仇千里如咫尺。少年游侠好经过,浑身装束皆绮罗。蕙兰相随喧妓女,风光去处满笙歌。骄矜自言不可有,侠士堂中养来久。好鞍好马乞与人,十千五千旋沽酒。赤心用尽为知己,黄金不惜栽桃李。桃李栽来几度春,一回花落一回新。府县尽为门下客,王侯皆是平交人。男儿百年且乐命,何须徇一作读书受贫病。男儿百年且荣身,何须徇节甘风尘。衣冠半是征战士,穷儒浪作林泉民。遮莫枝根长百丈,不如当代多还往。遮莫姻亲连帝城，不如当身自簪缨。看取富贵眼前者，何用悠悠身后名。

长歌行

桃李待—作得日开，荣华照当年。东风动百物，草木尽欲言。枯枝无丑叶，涸水吐清泉。大力运天地，羲和无停鞭。功名不早著，竹帛将何宣。桃李务青春，谁能贯白日。富贵与神仙，蹉跎成两失。金石犹销铄，风霜无久质。畏落日月后，强欢—作饮歌与酒。秋霜不惜人，倏忽侵蒲柳。

长相思

日色已尽花含烟，月明欲素愁不眠。赵瑟初停凤凰柱，蜀琴欲奏鸳鸯弦。此曲有意无人传，愿随春风寄燕然，忆君迢迢隔青天。昔日—作时横波目，今成流泪泉。不信妾肠断，归来看取明镜前。

美人在时花满堂，美人去后空—作花余—作余空床。床中绣被卷不寝—作更不卷，至今三载犹闻香—作闻余香。香亦竟不灭，人亦竟不来。相思黄叶落—作尽，白露点—作湿青苔。此篇—作寄远。

猛虎行 此诗萧士赟云是伪作

朝作猛虎行，暮作猛虎吟。肠断非关陇头水，泪下不为雍门琴。旌旗—作旍旌缤纷两河道，战鼓惊山欲颠—作倾倒。秦人半作燕地囚，胡马翻衔洛阳草。一输一失关下兵，朝降夕叛幽蓟城。巨鳌未斩海水动，鱼龙奔走安得宁。颇似楚汉时，翻覆无定止。朝过博浪沙，暮入淮阴市。张良未遇韩信贫，刘项存亡在两臣。暂到下邳受兵略，来投漂母作主人。贤哲栖栖古如此，今时亦弃青云士。有策不敢犯龙鳞，窜身南国避胡尘。宝书玉—作长剑挂高阁，金鞍骏马散故人。昨日方为宣城客，掣铃交通二千石。有时六博快壮心，绕床三匝呼一掷。楚人每道张旭奇，心藏风云世莫知。三吴邦伯皆—作多顾盼，四海雄侠两追随—作皆相推。萧曹曾作沛中吏，攀龙附凤当有时。溧阳酒楼三月春，杨花茫茫—作漠漠愁杀人。胡雏—作人绿眼吹玉笛，吴歌白纻飞梁尘。丈夫相见—作到处且为乐，槌牛挝鼓会众宾。我从此去钓东海，得鱼笑寄情相亲。

去妇词 —作顾况诗

古来有弃妇，弃妇有归处。今日妾辞君，辞君遣何去。本家零落尽，恸哭来时路。忆昔未嫁君，闻君却周旋。绮罗锦绣段，有赠黄金千。十五许嫁君，二十移所天。自从结发日几，离君缅山川。家家尽欢喜，孤妾长自怜。幽闺多怨思，盛色无十年。相思若循环，枕席生流泉。流泉咽不扫，独梦关山道。及此见君归，君归妾已老。物情恶衰贱，新宠方妍好。掩泪出故房，伤心剧秋草。自妾为君妻，君东妾在西。罗帏到晓恨，玉貌一生啼。自从离别久，不觉尘埃厚。尝嫌玳瑁孤，犹羡鸳鸯偶。岁华逐霜霰，贱妾何能久。寒沼落芙蓉，秋风散杨柳。以比憔悴颜，空持旧物还。余生欲何寄，谁肯相牵攀。君恩既断绝，相见何年月。悔倾连理杯，虚作同心结。女萝附青松，贵欲相依投。浮萍失绿水，教作若为流。不叹君弃妾，自叹妾缘业。忆昔初嫁君，小姑才倚床。今日妾辞君，小姑如妾长。回头语小姑，莫嫁如兄夫。

全唐诗卷一百六十六

李白

襄阳歌

落日欲没岘山西,倒著接䍦花下迷。襄阳小儿齐拍手,拦街争唱白铜鞮。傍人借问笑何事,笑杀山翁—作公醉似泥。鸬鹚杓,鹦鹉杯。百年三万六千日,一日须倾三百杯。遥看汉水鸭头绿,恰似葡萄初醱—作拨醅。此江若变作春酒,垒麹便筑糟丘台。千金骏马换小—作少妾,笑—作醉坐雕鞍歌落梅。车傍侧挂一壶酒,凤笙龙管行相催。咸阳市中叹黄犬,何如月下倾金罍。君不见晋朝羊公一片石,龟头—作龙剥落生莓苔。泪亦不能为之堕,心亦不能为之哀。—本此下有谁能忧彼身后事,金凫银鸭葬死灰二句。清风朗—作明月不用一钱买,玉山自倒非人推。舒州杓,力士铛,李白与尔同死生。襄王云雨今安在,江水东流猿夜声。

南都行

南都信佳丽,武阙横西关。白水真人居,万商罗廛阓。高楼对紫陌,甲第连青山。此地多英豪,邈然不可攀。陶朱与五羖,名播天壤间。丽华秀玉色,汉女娇朱颜。清歌遏流云,艳舞有余闲。遨游盛宛洛,冠盖随风还。走马红阳城,呼鹰白河湾。谁识卧龙客,长吟愁鬓斑。

江上吟

木兰之枻沙棠舟,玉箫金管坐两头。美酒尊中置千斛,载妓随波任去留。仙人有待乘黄鹤,海客无心随白鸥。屈平词赋悬日月,楚王台榭空山丘。兴酣落笔摇五岳,诗成笑傲凌沧洲。功名富贵若长在,汉水亦应西北流。

侍从宜春苑,奉诏赋龙池柳色初青,听新莺百啭歌

东风已绿瀛洲草,紫殿红楼觉春好。池南

柳色半青青,紫烟袅袅拂绮城。垂丝百尺挂雕楹,上有好鸟相和鸣。间关早得春风情。春风卷入碧云去,千门万户皆春声。是时君王在镐京,五云垂晖耀紫清。仗出金宫随日转,天回玉辇绕花行。始向蓬莱看舞鹤,还过茝石听新莺。新莺飞绕上林苑,愿入箫韶杂凤笙。

玉壶吟

烈士击玉壶,壮心惜暮年。三杯拂剑舞秋月,忽然高咏涕泗涟。凤凰初下紫泥诏,谒帝称觞登御筵。揄扬九重万乘主,谑浪赤墀青琐贤。朝天数换飞龙马,敕赐珊瑚白玉鞭。世人不识东方朔,大隐金门是谪仙。西施宜笑复宜颦,丑女效之徒累身。君王虽爱蛾眉好,无奈宫中妒杀人。

幽歌行,上新平长史兄粲

幽谷稍稍振庭柯,泾水浩浩扬湍波。哀鸿酸嘶暮声急,愁云苍惨寒气多。忆昨去家此为客,荷花初红柳条碧。中宵出饮三百杯,明朝归挥二千石。宁知流寓变光辉,胡霜萧飒绕客衣。寒灰寂寞凭谁暖,落叶飘扬何处归。吾兄行乐穷曛旭,满堂有美颜如玉。赵女长歌入彩云,燕姬醉舞娇红烛。狐裘兽炭酌流霞,壮士悲吟宁见嗟。前荣后枯相翻覆,何惜余光及棣华。

西岳云台歌,送丹丘子

西岳峥嵘何壮哉,黄河如丝天际来。黄河万里触山动,盘涡毂转秦地雷。荣光休气纷五彩,千年一清圣人在。巨灵咆哮擘两山,洪波喷箭一作流射东海。三峰却立如欲摧,翠崖丹谷高掌开。白帝金精运元气,石作莲花云作台。云台阁道连窈冥,中有不死丹丘生。明星玉女备洒扫,麻姑搔背指爪轻。我皇手把天地户,丹丘谈天与天语。九重出入生光辉,东来蓬莱复西归。玉浆倘惠故人饮,骑二茅龙上天飞。

元丹丘歌

元丹丘,爱神仙。朝饮颍川之清流,暮还嵩岑之紫烟,三十六峰长周旋。长周旋,蹑星虹,身骑飞龙耳生风,横河跨海与天通,我知尔游心无穷。

扶风豪士歌

洛阳三月飞胡沙,洛阳城中人怨嗟。天津流水波赤血,白骨相撑如乱麻。我亦东奔向吴国,浮云四塞道路赊。东方日出啼早鸦,城门人开扫落花。梧桐杨柳拂金井,来醉扶风豪士家。扶风豪士天下奇,意气相倾山可移。作人不倚将军势,饮酒岂顾尚书期。雕盘绮食会众客,吴歌赵舞香风吹。原尝春陵六国时,开心写意君所知。堂中各有三千士,明日报恩知是谁。抚长剑,一扬眉,清水白石何离离。脱吾帽,向君笑。饮君酒,为君吟。张良未逐赤松去,桥边黄石知我心。

同族弟金城尉叔卿烛照山水壁画歌

高堂粉壁图蓬瀛,烛前一见沧洲清。洪波汹涌山峥嵘,皎若丹丘隔海望赤城。光中乍喜岚气灭,谓逢山阴晴后雪。回溪碧流寂无喧,又如秦人月下窥花源。了然不觉清心魂,只将叠嶂鸣秋猿。与君对此欢未歇,放歌行吟达明发。却顾海客扬云帆,便欲因之向溟渤。

白毫子歌

淮南小山白毫子,乃在淮南小山里。夜卧松下云一作雪,朝餐石中髓。小山连绵向江开,碧峰巉岩绿水回。余配白毫子,独酌流霞杯。拂花弄琴坐青苔,绿萝树下春风来。南窗萧飒松声起,凭崖一听清心耳。可得见,未得亲。八公携手五云去,空余桂树愁杀人。

梁园吟

我浮黄云一作河去京阙,挂席欲进波连山。天长水阔厌远涉,访古始及平台间。平台为客忧思多,对酒遂作梁园歌。却忆蓬池阮公咏,因吟渌水扬洪波。洪波浩荡迷旧国,路远西归安可得。人生达命岂暇愁,且饮美酒登高楼。平头奴子摇大扇,五月不热疑清秋。玉盘杨梅为君设,吴盐如花皎白雪。持盐把酒但饮之,莫学夷齐事高洁一作何用孤高比云月。昔人豪贵信陵君,今人耕种信陵坟。荒城虚照碧山月,古木尽入苍梧云。梁王宫阙今安在,枚马先归不相待。舞影歌声散绿池,空余汴水东流海。沉吟此事泪满衣,黄金买醉未能归。连呼五白行六博,分曹赌酒酣驰辉。歌且谣,意方远。东山高卧时起来,欲济苍生未应晚。

鸣皋歌,送岑徵君时梁园三尺雪,在清泠池作。

若有人兮思鸣皋,阻积雪兮心烦劳。洪河凌兢不可以径度,冰龙鳞兮难容舠。邈仙山之峻极兮,闻天籁之嘈嘈。霜崖缟皓以合沓兮,若长风扇海涌沧溟之波涛。玄猿绿罴,舔同锗䑛音演盌岦。危柯振石,骇胆栗魄,群呼而相号。峰峥嵘以路绝,挂星辰于岩嶅。送君之归兮,动鸣皋之新作。交鼓吹兮弹丝,觞清泠之池阁。君不行兮何待,若反顾之黄鹤。扫梁园之群英,振大雅于东洛。巾征轩兮历阻折,寻幽居兮越巘崿。盘白石兮坐素月,琴松风兮寂万壑。望不见兮心氛氲,萝冥冥兮霰纷纷。水横洞以下渌,波小声而上闻。虎啸谷而生风,龙藏溪而吐云。寡鹤清唳,饥鼯䫏呻。魂独处此幽默兮,愀空山而愁人。鸡聚族以争食,凤孤飞而无邻。蝘蜓嘲龙,鱼目混珍。嫫母衣锦,西施负薪。若使巢由桎梏于轩冕兮,亦奚异乎夔龙蹩躠于风尘。哭何苦而救楚,笑何夸而却秦。吾诚不能学二子沽名矫节以耀世兮,固将弃天地而遗身。白鸥兮飞来,长与君兮相亲。

鸣皋歌,奉饯从翁清归五崖山居河南府陆浑县有鸣皋山

忆昨鸣皋梦里还,手弄素月清潭间。觉时枕席非碧山,侧身西望阻秦关。麒麟阁上春还早,著书却忆伊阳好。青松来风吹古一作石道,绿萝飞花覆烟草。我家仙翁一作公爱清真,才雄草圣凌古人,欲卧鸣皋绝世尘。鸣皋微茫在何处,五崖峡一作溪水横樵路。身披翠云裘,袖拂紫烟去。去时应过嵩少间,相思为折三花树。

劳劳亭歌在江宁县南十五里,古送别之所,一名临沧观。

金陵劳劳送客堂,蔓草离离生道傍。古情不尽东流水,此地悲风愁白杨。我乘素舸同康乐,朗咏清川飞夜霜。昔闻牛渚吟五章,今来何谢袁家郎。苦竹寒声动秋月,独宿空帘归梦长。

横江词六首

人道一作言横江好,侬道横江恶。一风三日一作一月吹倒山一作猛风吹倒天门山,白浪高于瓦官阁。

海潮南去过浔阳,牛渚由来险马当。横江欲渡风波恶,一水牵愁万里长。

横江西望阻西秦,汉一作楚水东连一作流扬子津。白浪如山那可渡,狂风愁杀峭帆人。

海神来一作东过恶风回,浪打天门石壁开。浙江八月何如此,涛似连山喷雪来。

横江馆前津吏迎,向余东指海云生。郎今欲渡缘何事,如此风波不可行。

月一作日晕天风雾不开,海鲸东蹙百川回。惊波一起三山动,公无渡河归去来。

金陵城西楼月下吟

金陵夜寂凉风发,独上高楼望吴越。白云映水摇空城,白露垂珠滴秋月。月下沉吟久不归,古来相接眼中稀。解道澄江净如练,令人长忆谢玄晖。

东山吟土山去江宁城二十五里,晋谢安携妓之所。一作醉过谢安东山作东山吟。

携妓东土山一作东山去,怅然悲谢安。我妓今朝如花月,他妓古坟荒草寒。白鸡梦后三百岁,洒酒浇君同所欢。酣来自作青海舞,秋风吹落紫绮冠。彼亦一时,此亦一时,浩浩洪流之咏何必奇。

僧伽歌

真僧法号号僧伽,有时与我论三车。问言

诵咒几千遍,口道恒河沙复沙。此僧本住南天竺,为法头陀来此国。戒得长天秋月明,心如世上青莲色。意清净,貌棱棱。亦不减,亦不增。瓶里千年铁柱一作舍利骨,手中万岁胡孙藤。嗟予落魄江淮一作湖久,罕遇真僧说空有。一言散尽波罗夷,再礼浑除犯轻垢。

白云歌送刘十六归山

楚山秦山皆白云,白云处处长随君。长随君,君入楚山里,云亦随君渡湘水。湘水上,女萝衣,白云堪卧君早归。一作白云歌送友人,云:楚山秦山皆白云,白云处处长随君。君今还入楚山里,云亦随君渡湘水。水上女萝衣白云,早卧早行君早起。

金陵歌送别范宣

石头巉岩如虎踞,凌波欲过沧江去。钟山龙盘走势来,秀色横分历阳树。四十余帝三百秋,功名事迹随东流。白马小儿谁家子,泰清之岁来关囚一作吹唇虎啸凤皇楼。金陵昔时何壮哉,席卷英豪天下来。冠盖散为烟雾尽,金舆玉座成寒灰。扣剑悲吟空咄嗟,梁陈白骨乱如麻。天子龙沉景阳井,谁歌玉树后庭花。此地伤心不能道,目下离离长春草。送尔长江万里心,他年来访南山老一作皓。

笑歌行 以下二首,苏轼云是伪作。

笑矣乎,笑矣乎。君不见曲如钩,古人知尔封公侯。君不见直如弦,古人知尔死道边。张仪所以只掉三寸舌,苏秦所以不垦二顷田。笑矣乎,笑矣乎。君不见沧浪老人歌一曲,还道沧浪濯吾足。平生不解谋此身,虚作离骚遣人读。笑矣乎,笑矣乎。赵有豫让楚屈平,卖身买得千年名。巢由洗耳有何益,夷齐饿死终无成。君爱身后名,我爱眼前酒,饮酒眼前乐,虚名何处有。男儿穷通当有时,曲腰向君君不知。猛虎不看几上肉,洪炉不铸囊中锥。笑矣乎,笑矣乎。宁武子,朱买臣,扣角行歌背负薪。今日逢君君不识,岂得不如伴狂人。

悲歌行

悲来乎,悲来乎。主人有酒且莫斟,听我一曲悲来吟。悲来不吟还不笑,天下无人知我心。君有数斗酒,我有三尺琴。琴鸣酒乐两相得,一杯不啻千钧金。悲来乎,悲来乎。天虽长,地虽久,金玉满堂应不守。富贵百年能几何,死生一度人皆有。孤猿坐啼坟上月,且须一尽杯中酒。悲来乎,悲来乎。凤皇不至河无图,微子去之箕子奴。汉帝不忆李将军,楚王放却屈大夫。悲来乎,悲来乎。秦家李斯早追悔,虚名拨向身之外。范子何曾爱五湖,功成名遂身自退。剑是一夫用,书能知姓名。惠施不肯干万乘,卜式未必穷一经。还须黑头取方伯,莫谩白首为儒生。

全唐诗卷一百六十七

李白

秋浦歌十七首

秋浦长似秋,萧条使人愁。客愁不可度,行上东大楼。正西望长安,下见江水流。寄言向江水,汝意忆侬不。遥传一掬泪,为我达扬州。

秋浦猿夜愁,黄山堪白头。清溪非陇水,翻作断肠流。欲去不得去,薄游成久游。何年是归日,雨泪下孤舟。

秋浦锦驼鸟,人间天上稀。山鸡羞渌水,不敢照毛衣。

两鬓入秋浦,一朝飒已衰。猿声催白发,长短尽成丝。

秋浦多白猿,超腾若飞雪。牵引条上儿,饮弄水中月。

愁作秋浦客,强看秋浦花。山川如剡县,风日似长沙。

醉上山公马,寒歌宁戚牛。空吟白石烂,泪满黑貂裘。

秋浦千重岭,水车岭最奇。天倾欲堕石,水拂寄生枝。

江祖一片石,青天扫画屏,题诗留万古,绿字锦苔生。

千千石楠树,万万女贞林。山山白鹭满,涧涧白猿吟。君莫向秋浦,猿声碎客心。

逻人<small>一作叉</small>横鸟道,江祖出鱼梁。水急客舟<small>一作行</small>疾,山花拂面香。

水如一匹练,此地即平天。耐可乘明月,看花上酒船。

渌水净素月,月明白鹭飞。郎听采菱女,一道夜歌归。

炉火照天地,红星乱紫烟。赧郎明月夜,

歌曲动寒川。

白发三千丈,缘愁似个长。不知明镜里,何处得秋霜。

秋浦田舍翁,采鱼水中宿。妻子张白鹇,结罝映深竹。

桃波一作陂一步地,了了语声闻。暗与山僧别,低头礼白云。

当涂赵炎少府粉图山水歌

峨眉高出西极天,罗浮直与南溟连。名公绎思挥彩笔,驱山走海置眼前。满堂空翠如可扫,赤城霞气苍梧烟。洞庭潇湘意渺绵,三江七泽情洄沿。惊涛汹涌向何处,孤舟一去迷归年。征帆不动亦不旋,飘如随风落天边。心摇目断兴难尽,几时可到三山巅。西峰峥嵘喷流泉,横石蹙水波潺湲。东崖合沓蔽轻雾,深林杂树空芊绵。此中冥昧失昼夜,隐几寂听无鸣蝉。长松之下列羽客,对坐不语南昌仙。南昌仙人赵夫子,妙年历落青云士。讼庭无事罗众宾,杳然如在丹青里。五色粉图安足珍,真仙可以全吾身。若待功成拂衣去,武陵桃花笑杀人。

永王东巡歌十一首

永王璘,明皇子也。天宝十五年,安禄山反,诏璘领山南、岭南、黔中、江南四道节度使。十一月,璘至江陵,募士得数万,遂有窥江左意。十二月,引舟师东巡。

永王正月东出师,天子遥分龙虎旗。楼船一举风波静,江汉翻为雁鹜池。

三川北虏乱如麻,四海南奔似永嘉。但用东山谢安石,为君谈笑静胡沙。

雷鼓嘈嘈喧武昌,云旗猎猎过寻阳。秋毫不犯三吴悦,春日遥看五色光。

龙蟠虎踞帝王州,帝子金陵访古丘。春风试暖昭阳殿,明月还过鳷鹊楼。

二帝巡游俱未回,五陵松柏使人哀。诸侯不救河南地,更喜贤王远道来。

丹阳北固是吴关,画出楼台云水间。千岩烽火连沧海,两岸旌旗绕碧山。

王出三山按五湖,楼船跨海次陪都。战舰森森罗虎士,征帆一一引龙驹。

长风挂席势难回,海动山倾古月摧。君看帝子浮江日,何似龙骧出峡来。

祖龙浮海不成桥,汉武寻阳空射蛟。我王楼舰轻秦汉,却似文皇欲渡辽。此首萧士赟云为伪作。

帝宠贤王入楚关,扫清江汉始应还。初从云梦开朱邸,更一作直取金陵作小山。

试借君王玉马鞭,指挥戎虏坐琼筵。南风一扫胡尘静,西入长安到日边。

上皇西巡南京歌十首

天宝十五载六月己亥,禄山陷京师。七月庚辰,次蜀郡。八月癸巳,皇太子即皇帝位于灵武。十二月丁未,上皇天帝至自蜀郡,大赦,以蜀郡为南京。

胡尘轻拂建章台,圣主西巡蜀道来。剑壁门高五千尺,石为楼阁九天开。

九天开出一成都,万户千门入画图。草树云山如锦绣,秦川得及此间无。

华阳春树号一作似新丰,行入新都若旧宫。柳色未饶秦地绿,花光不减上阳一作林红。

谁道君王行路难,六龙西幸万人欢。地转锦江成渭水,天回玉垒作长安。

万国同风共一时,锦江何谢曲江池。石镜更明天上月,后宫亲一作新得照蛾眉。

濯锦清江万里流,云帆龙舸下扬州。北地虽夸上林苑,南京还有散花楼。

锦水东流绕锦城,星桥北挂象天星。四海此中朝圣主,峨眉山下列仙庭。

秦开蜀道置金牛,汉水元通星汉流。天子一行遗圣迹,锦城长作帝王州。

水绿天青不起尘,风光和暖胜三秦。万国

烟花随玉辇,西来添作锦江春。

剑阁重关蜀北门,上皇归马若云屯。少帝长安开紫极,双悬日月照乾坤。

峨眉山月歌

峨眉山月半轮秋,影入平羌江水流。夜发清溪向三峡,思君不见下渝州。

峨眉山月歌,送蜀僧晏入中京

我在巴东三峡—作时,西看明月忆峨眉。月出峨眉照沧海,与人万里长相随。黄鹤楼前月华白,此中忽见峨眉客。峨眉山月还送君,风吹西到长安陌。长安大道横九天,峨眉山月照秦川。黄金狮子乘高座,白玉麈尾谈重玄。我似浮云滞吴越,君逢圣主游丹阙。一振高名满帝都,归时还弄峨眉月。

赤壁歌送别

二龙争战决雌雄,赤壁楼船扫地空。烈火张天照云海,周瑜于此破曹公。君去沧江望—作弄澄碧,鲸鲵唐突留余迹。一一书来报故人,我欲因之壮心魄。

江夏行

忆昔娇小姿,春心亦自持。为言嫁夫婿,得免长相思。谁知嫁商贾,令人却愁苦。自从为夫妻,何曾在乡土。去年下扬州,相送黄鹤楼。眼看帆去远,心逐江水流。只言期一载,谁谓历三秋。使妾肠欲断,恨君情悠悠。东家西舍同时发,北去南来不逾月。未知行李游何方,作个音书能断绝。适来往南浦,欲问西江船。正见当垆女,红妆二八年。一种为人妻,独自多悲凄。对镜便垂泪,逢人只欲啼。不如轻薄儿,旦暮长相随。悔作商人妇,青春长别离。如今正好同欢乐,君去容华谁得知。

怀仙歌

一鹤东飞过沧海,放心散漫知何在。仙人浩歌望我来,应攀玉树长相待。尧舜之事不足惊,自余嚣嚣直可轻。巨鳌莫戴三山去,我欲蓬莱顶上行。

玉真仙人词

玉真之仙人,时往太华峰。清晨鸣天鼓,飙欻腾双龙。弄电不辍手,行云本无踪。几时入少室,王母应相逢。

清溪行—一作宣州清溪

清溪清我心,水色异诸水。借问新安江,见底何如此。人行明镜中,鸟度屏风里。向晚猩猩啼,空悲远游子。

酬殷明佐见赠五云裘歌

我吟谢朓诗上语,朔风飒飒吹飞雨。谢朓已没青山空,后来继之有殷公。粉图珍裘五云色,晔如晴天散彩虹。文章彪炳光陆离,应是素娥玉女之所为。轻如松花落金粉,浓似苔锦含碧滋。远山积翠横海岛,残霞飞丹映江草。凝毫采掇花露—作雾容,几年功成夺天造。故人赠我我不违,著令山水含清晖。顿惊谢康乐,诗兴生我衣。襟前林壑敛暝色,袖上云霞收夕霏。群仙长叹惊此物,千崖万岭相萦郁。身骑白鹿行飘摇,手翳紫芝笑披拂。相如不足跨鹔鹴,王恭鹤氅安可方。瑶台雪花数千点,片片吹落春风香。为君持此凌苍苍,上朝三十六玉皇。下窥夫子不可及,矫首相思空断肠。

临路歌

大鹏飞兮振八裔,中天摧兮力不济。余风激兮万世,游扶—作搏桑兮挂石—作左袂。后人得之传此,仲尼亡兮谁为出涕。

古意

君为女萝草,妾作兔丝花。轻条不自引,为逐春风斜。百丈托远松,缠绵成一家。谁言会面—作合易,各在青山崖。女萝发馨香,兔丝断人肠。枝枝相纠结,叶叶竞飘扬。生子不知根,因谁共芬芳。中巢双翡翠,上宿紫鸳鸯。若识二草心,海潮亦可量。

山鹧鸪词

苦竹岭头秋月辉,苦竹南枝鹧鸪飞。嫁得

燕山胡雁婿,欲衔我向雁门归。山鸡翟雉来相劝,南禽多被北禽欺。紫塞严霜如剑戟,苍梧欲巢难背违。我今誓死不能去,哀鸣惊叫泪沾衣。

历阳壮士勤将军名思齐歌并序 以下二首,萧士赟云是伪作。

历阳壮士勤将军,神力出于百夫。则天太后召见,奇之,授游击将军,赐锦袍玉带。朝野荣之。后拜横南将军。大臣慕义,结十友,即燕公张说、馆陶公郭元振为首。余壮之,遂作诗。

太古历阳郡,化为洪川在。江山犹郁盘,龙虎秘光彩。蓄泄数千载,风云何霮䨴。特生勤将军,神力百夫倍。

草书歌行

少年上人号怀素,草书天下称独步。墨池飞出北溟鱼,笔锋杀尽中山兔。八月九月天气凉,酒徒词客满高堂,笺麻素绢排数厢,宣州石砚墨色光。吾师醉后倚绳床,须臾扫尽数千张。飘风骤雨惊飒飒,落花飞雪何茫茫。起来向壁不停手,一行数字大如斗。怳怳如闻神鬼惊,时时只见龙蛇走。左盘右蹙如惊电,状同楚汉相攻战。湖南七郡凡几家,家家屏障书题遍。王逸少,张伯英,古来几许浪得名。张颠老死不足数,我师此义不师古。古来万事贵天生,何必要公孙大娘浑脱舞。

和卢侍御通塘曲

君夸通塘好,通塘胜耶溪。通塘在何处,远在寻阳西。青萝袅袅挂烟树,白鹇处处聚沙堤。石门中断平湖出,百丈金潭照云日。何处沧浪垂钓翁,鼓枻渔歌趣非一。相逢不相识,出没绕通塘。浦边清水明素足,别有浣沙吴女郎。行尽绿潭潭转幽,疑是武陵春碧流。秦人鸡犬桃花里,将比通塘渠见羞。通塘不忍别,十去九迟回。偶逢佳境心已醉,忽有一鸟从天来。月出青山送行子,四边苦竹秋声起。长吟白雪望星河,双垂两足扬素波。梁鸿德耀会稽日,宁知此中乐事多。

全唐诗卷一百六十八

李白

赠孟浩然

我爱孟夫子,风流天下闻。红颜弃轩冕,白首卧松云。醉月频中圣,迷花不事君。高山安可仰,徒此揖清芬。

赠从兄襄阳少府皓

结发未识事,所交尽豪雄。却秦不受赏,击晋—作救赵宁为功。一本此下有脱身白刃里,杀人红尘中。当朝揖高义,举世称英雄四句。小节岂足言,退耕春陵东。归来无产业,生事如转蓬。一朝乌裘敝,百镒黄金空。弹剑徒激昂,出门悲路穷。吾兄青云士,然诺闻诸公。所以陈片言,片言贵情通。棣华倘不接,甘与秋草同。

淮海对雪赠傅霭—作淮南对雪赠孟浩然

朔雪落吴天,从风渡溟渤。海树成阳春,江沙浩明月。一本此下有飘摇四荒外,想像千花发。瑶草生阶墀,玉尘散庭阙四句。兴从剡溪起,思绕梁园发。寄君郢中歌,曲罢心断绝。一本此四句作剡溪兴空在,郢路歌未歇。寄君梁父吟,曲尽心断绝。

赠徐安宜

白田见楚老,歌咏徐安宜。制锦不择地,操刀良在兹,清风动百里,惠化闻京师。浮人若云归,耕种满郊岐。川光净麦陇,日色明桑枝。讼息但长啸,宾来或解颐。青橙—作槐拂户牖,白水流园池。游子滞安邑,怀恩未忍辞。翳君树桃李,岁晚托深期。

赠任城卢主簿

海鸟知天风,窜身鲁门东。临觞不能饮,矫翼思凌空。钟鼓不为乐,烟霜谁与同。归飞未忍去,流泪谢鸳鸿。

早秋赠裴十七仲堪

远海动风色,吹愁落天涯。南星变大火,

热气余丹霞。光景不可回,六龙转天车。荆人泣美玉,鲁叟悲匏瓜。功业若梦里,抚琴发长嗟。裴生信英迈,屈起多才华。历抵海岱豪,结交鲁朱家。复携两少女,艳色惊荷葩一作花。双歌入青云,但惜白日斜。穷溟出宝贝,大泽饶龙蛇。明主倘见收,烟霞路非赊。时命若不会,归应炼丹砂。一作知飞万里道,勿使岁寒嗟。

赠范金卿二首

君子枉清盼,不知东走迷。离家来几月,络纬鸣中闺。桃李君不言,攀花愿成蹊。那能吐芳信,惠好相招携。我有结绿珍,久藏浊水泥。时人弃此物,乃与燕珉齐。摭拂欲赠之,申眉路无梯。辽东惭白豕,楚客羞山鸡。徒有献芹心,终流泣玉啼。只应自索漠,留舌示山妻。

范宰不买名,弦歌对前楹。为邦默自化,日觉冰壶清。百里鸡犬静,千庐机杼鸣。浮人少荡析,爱客多逢迎。游子睹嘉政,因之听颂声。

赠瑕丘王少府

皎皎鸾凤姿,飘飘神仙气。梅生亦何事,来作南昌尉。清风佐鸣琴,寂寞道为贵。一见过所闻,操持难与群。毫挥鲁邑讼,目送瀛洲云。我隐屠钓下,尔当玉石分。无由接高论,空此仰清芬。

东鲁见狄博通

去年别我向何处,有人传道游江东。谓言挂席度沧海,却来应是无长风。

见京兆韦参军量移东阳二首

潮水还归海,流人却到吴。相逢问愁苦,泪尽日南珠。

闻说金华渡,东边五百滩。全胜若耶好,莫道此行难。猿啸千溪合,松风五月寒。他年一携手,摇艇入新安。

赠丹阳横山周处士惟长

周子横山隐,开门临城隅。连峰入户牖,胜概凌方壶。时作白纻词,放歌丹阳湖。水色傲溟渤,川光秀菰蒲。当其得意时,心与天壤俱。闲云随舒卷,安识身有无。抱石耻献玉,沉泉笑探珠。羽化如可作,相携上清都。

玉真公主别馆苦雨,赠卫尉张卿二首

秋一作愁坐金张馆,繁阴昼不开。空烟迷雨色,萧飒望中来。翳翳昏垫苦,沉沉忧恨催。清秋何以慰,白酒盈吾杯。吟咏思管乐,此人已成灰。独酌聊自勉,谁贵经纶才。弹剑谢公子,无鱼良可哀。

苦雨思白日,浮云何由卷。稷卨和天人,阴阳乃一作仍骄蹇。秋霖剧倒井,昏雾横绝巘。欲往咫尺途,遂成山川限。潺潺奔溜闻一作泻,浩浩惊波转。泥沙塞中途,牛马不可辨。饥从漂母食,闲缀羽陵简。园家逢秋蔬,藜藿不满眼。蟏蛸结思幽,蟋蟀伤褊浅。厨灶无青烟,刀机生绿藓。投箸解鹔鹴,换酒醉北堂。丹徒布衣者,慷慨未可量。何时黄金盘,一斛荐槟榔。功成拂衣去,摇曳沧洲傍。

赠韦秘书子春二首

谷口郑子真,躬耕在岩石。高名动京师,天下皆籍籍。斯人竟不起,云卧从所适。苟无济代心,独善亦何益。惟君家世者,偃息逢休明。谈天信浩荡,说剑纷纵横。谢公不徒然,起来为苍生。秘书何寂寂,无乃羁豪英。且复归碧山。安能恋金阙。旧宅樵渔地,蓬蒿已应没。却顾女几峰,胡颜见云月。

徒为风尘苦,一官已白须。气同万里合,访我来琼都。披云睹青天,扪虱话良图。留侯将绮里,出处未云殊。终与安社稷,功成去五湖。一本二诗合作一首。

赠韦侍御黄裳二首

太华生长松,亭亭凌霜雪。天与百尺高,岂为微飙折。桃李卖阳艳,路人行且迷。春光扫一作拂地尽,碧叶成黄泥。愿君学长松,慎勿作桃李。受屈不改心,然后知君子。

见君乘骢马,知上太山一作行道。此地果摧轮,全身以为宝。我如丰年玉,弃置秋田草。但勖冰壶心,无为叹衰老。

赠薛校书

我有吴越曲,无人知此音。姑苏成蔓草,麋鹿空悲吟。未夸观涛作,空郁钓鳌心。举手谢东海,虚行归故林。

赠何七判官昌浩

有时忽惆怅,匡坐至夜分。平明空啸咤,思欲解世纷。心随长风去,吹散万里云。羞作济南生,九十诵古文。不然拂剑起,沙漠收奇勋。老死阡陌间,何因扬清芬。夫子今管乐,英才冠三军。终与同出处,岂将沮溺群。

读诸葛武侯传,书怀赠长安崔少府叔封昆季

汉道昔云季,群雄方战争。霸图各未立,割据资豪英。赤伏起颓运,卧龙得孔明。当其南阳时,陇亩躬自耕。鱼水三顾合,风云四海生。武侯立岷蜀,壮志吞咸京。何人先见许,但有崔州平。余亦草间人,颇怀拯物情。晚途值子玉,华发同衰荣。托意在经济,结交为弟兄。毋令管与鲍,千载独知名。

赠郭将军

将军少年出武威一作豪荡有英威,入一作昔掌银台护紫微。平明拂剑朝天去,薄暮垂鞭醉酒归。爱子临风吹玉笛,美人向月舞罗衣。畴昔雄豪如梦里,相逢且欲醉春晖。一作今日相逢俱失路,何年灞上弄春晖。

驾去温泉后赠杨山人

少年落魄楚汉间,风尘萧瑟多苦颜。自言管葛竟谁许,长吁莫错还闭关。一朝君王垂拂拭,剖心输丹雪胸臆。忽蒙白日回景光,直上青云生羽翼。幸陪鸾辇出鸿都,身骑飞龙天马驹。王公大人借颜色,金璋紫绶来相趋。当时结交何纷纷,片言道合惟有君。待吾尽节报明主,然后相携卧白云。

温泉侍从归逢故人

汉帝长杨苑,夸胡羽猎归。子云叨侍从,献赋有光辉。激赏摇天笔,承恩赐御衣。逢君奏明主,他日共翻飞。

赠裴十四

朝见裴叔则,朗如行玉山。黄河落天走东海,万里写入胸怀间。身骑白鼋不敢度,金高南山买君顾。裴回六合无相知,飘若浮云且西去。

赠崔侍郎

黄河二一作三尺鲤,本在孟津居。点额不成龙,归来伴凡鱼。故人东海客,一见借吹嘘。风涛倘相见一作因,更欲凌昆墟。一本此下有何当赤车使,再往召相如二句。

述德兼陈情上哥舒大夫

天为国家孕英才,森森矛戟拥灵台。浩荡深谋喷江海,纵横逸气走风雷。丈夫立身有如此,一呼三军皆披靡。卫青漫作大将军,白起真成一竖子。

雪谗诗赠友人

嗟予沉迷,猖獗已久。五十知非,古人尝有。立言补过,庶存不朽。包荒匿瑕,蓄此顽丑。月出致讥,贻愧皓首。感悟遂晚,事往日迁。白璧何辜,青蝇屡前。群轻折轴,下沉黄泉。众毛飞骨,上凌青天。萋斐暗成,贝锦粲然。泥沙聚埃,珠玉不鲜。洪焰烁山,发自纤烟。苍波荡日,起于微涓。交乱四国,播于八埏。拾尘掇蜂,疑圣猜贤。哀哉悲夫,谁察予之贞坚!彼妇人之猖狂,不如鹊之强强。彼妇人之淫昏,不如鹑之奔奔。坦荡一作皎皎君子,无悦簧言。擢发续一作赎罪,罪乃孔多。倾海流恶,恶无以过。人生实难,逢此织罗。积毁销金,沉忧作歌。天未丧文,其如余何。妲己灭纣,褒女惑周。天维荡覆,职此之由。汉祖吕氏,食其在傍。秦皇太后,毒亦淫荒。蜥蜴昏,遂掩太阳。万乘尚尔,匹夫何伤。辞殚意

穷,心切理直。如或妄谈,昊天是殛。子野善听,离娄至明。神靡遁响,鬼无逃形。不我遐弃,庶诏忠诚。

赠参寥子

白鹤飞天书,南荆访高士。五云在岘山,果得参寥子。肮脏辞故园,昂藏入君门。天子分玉帛,百官接话言。毫墨时洒落,探玄有奇作。著论穷天人,千春秘麟阁。长揖不受官,拂衣归林峦。余亦去金马,藤萝同所欢。相思在何处,桂树青云端。

赠饶阳张司户燧

朝饮苍梧泉,夕栖碧海烟。宁知鸾凤意,远托椅桐前。慕蔺岂曩古,攀嵇是当年。愧非黄石老,安识子房贤。功业嗟落日,容华弃徂川。一语已道意,三山期著鞭。蹉跎人间世,寥落壶中天。独见游物祖,探元穷化先。何当共携手,相与排冥筌。

赠清漳明府侄聿

我李百万叶,柯条布中州。天开青云器,日为苍生忧。小邑且割鸡,大刀佇烹牛。雷声动四境,惠与清漳流。弦歌咏唐尧,脱落隐簪组。心和得天真,风俗犹太古。牛羊散阡陌,夜寝不扃户。问此何以然,贤人宰吾土。举邑树桃李,垂阴亦流芬。河堤绕绿水,桑柘连青云。赵女不冶容,提笼昼成群。缲丝鸣机杼,百里声相闻。讼息鸟下阶,高卧披道帙。蒲鞭挂檐枝,示耻无扑抶。琴清月当户,人寂风入室。长啸无一言,陶然上皇逸。白玉壶冰水,壶中见底清。清光洞毫发,皎洁照群情。赵北美佳政,燕南播高名。过客览行谣,因之诵德声。

赠临洺县令皓弟时被讼停官

陶令去彭泽,茫然太古心。大音自成曲,但奏无弦琴。钓水路非远,连鳌意何深。终期龙伯国,与尔相招寻。

赠郭季鹰

河东郭有道,于世若浮云。盛德无我位,清光独映君。耻将鸡并食,长与凤为群。一击九千仞,相期凌紫氛。

邺中赠王大一作邺中王大劝入高凤石门山幽居

一身竟无托,远与孤蓬征。千里失所依,复将落叶并。中途偶良朋,问我将何行。欲献济时策,此心谁见明。君王制六合,海塞无交兵。壮士伏草间,沉忧乱纵横。飘飘不得意,昨发南都城。紫燕枥下一作上嘶,青萍匣中鸣。投躯寄天下,长啸寻豪英。耻学琅玡人,龙蟠事躬耕。富贵吾自取,建功及春荣。我愿执尔手,尔方达我情。相知同一己,岂惟弟与兄。抱子弄白云,琴歌发清声。临别意难尽,各希存令名。

赠华州王司士

淮水不绝涛澜高,盛德未泯生英髦。知君先负庙堂器,今日还须赠宝刀。

赠卢征君昆弟

明主访贤逸,云泉今已空。二卢竟不起,万乘高其风。河上喜相得,壶中趣每同。沧州即此地,观化游无穷。水落海上清一作青,鳌背睹方蓬。与君弄倒景,携手凌星虹。

赠新平少年

韩信在淮阴,少年相欺凌。屈体若无骨,壮心有所凭。一遭龙颜君,啸咤从此兴。千金答漂母,万古共嗟称。而我竟何为,寒苦坐相仍。长风入短袂,两手如怀冰。故友不相恤,新交宁见矜。摧残槛中虎,羁绁韝上鹰。何腾风云,搏击申所能。

赠崔侍郎一作御

长剑一杯酒,男儿方寸心。洛阳因剧孟,托宿话胸襟。但仰山岳秀,不知江海深。长安复携手,再顾重千金。君乃輶轩一作轩辕佐,予叨翰墨林。高风摧秀木,虚弹落惊禽。不取回舟兴,而来命驾寻。扶摇应借力,桃李愿成荫。笑吐张仪舌,愁为庄舄吟。谁怜明月夜,肠断听秋砧。

走笔赠独孤驸马

都尉朝天跃马归,香风吹人花乱飞。银鞍紫鞚照云日,左顾右盼生光辉。是时仆在金门里,待诏公车谒天子。长揖蒙垂国士恩,壮心剖出酬知己。一别蹉跎朝市间,青云之交不可攀。倘其公子重回顾,何必侯嬴长抱关。

赠嵩山焦炼师并序

嵩丘有神人焦炼师者,不知何许妇人也。又云生于齐、梁时,其年貌可称五六十,常胎息绝谷,居少室庐,游行若飞,倏忽万里。世或传其入东海,登蓬莱,竟莫能测其往也。余访道少室,尽登三十六峰。闻风有寄,洒翰遥赠。

二室凌青天,三花含紫烟。中有蓬海客,宛疑麻姑仙。道在喧莫染,迹高想已绵。时餐金鹅蕊一作蛾药,屡读青一作古苔篇。八极恣游憩,九垓长周旋。下瓢酌颍水,舞鹤来伊川。还归空山上,独拂秋霞眠。萝月挂朝镜,松风鸣夜弦。潜光隐嵩岳,炼魄栖云幄。霓裳一作衣何飘摇一作蒌蕤,凤吹转绵邈。愿同西王母,下顾东方朔。紫书倘可传,铭骨誓相学。

口号赠征君鸿此公时被征

陶令辞彭泽,梁鸿入会稽。我寻高士传,君与古人齐。云卧留丹壑,天书降紫泥。不知杨伯起,早晚向关西。

上李邕

大鹏一日同风起,抟摇直上九万里。假令风歇时下来,犹能簸却沧溟水。世人见我恒殊调,闻余大言皆冷笑。宣父犹能畏后生,丈夫未可轻年少。此首萧士赟云是伪作。

赠张公洲革处士

列子居郑圃,不将众庶分。革侯遁南浦,常恐楚人闻。抱瓮灌秋蔬,心闲游天云。每将瓜田叟,耕种汉水濆。时登张公洲,入兽不乱群。井无桔槔事,门绝刺绣文。长揖二千石,远辞百里君。斯为真隐者,吾党慕清芬。

全唐诗卷一百六十九

李白

秋日炼药院镊白发，赠元六兄林宗

木落识岁秋，瓶冰知天寒。桂枝日已绿，拂雪凌云端。弱龄接光景，矫翼攀鸿鸾。投分三十载，荣枯同所欢。长吁望青云，镊白坐相看。秋颜入晓镜，壮发凋危冠。穷与鲍生贾，饥从漂母餐。时来极天人，道在岂吟叹。乐毅方适赵，苏秦初说韩。卷舒固在我，何事空摧残。

书情题蔡舍人雄

尝高谢太傅—作尝闻谢安石，携妓东山门。楚舞醉碧云，吴歌断清猿。暂因苍生起，谈笑安黎元。余亦爱此人，丹霄冀飞翻。遭逢圣明主，敢进兴亡言。一本此下有蛾眉积谗妒，鱼目嗤玙璠二句。白璧竟何辜—作本无瑕，青蝇遂成冤。一朝去京国，十载客梁园。猛犬吠九关，杀人愤精魂。皇穹雪冤柱，白日开氛昏。泰阶得夔龙，桃李满中原。倒海索明月，凌山采芳荪。愧无横草功，虚负雨露恩。迹谢云台阁，心随天马辕。夫子王佐才，而今复谁论。层飙振六翮，不日思腾骞。我纵五湖棹，烟涛恣崩奔。梦钓子陵湍，英风—作芬缅犹存。彼—作徒希客星隐，弱植不足援。千里一回首，万里一长歌。黄鹤不复来，清风愁奈何。舟浮潇湘月，山倒洞庭波。投汨笑古人，临濠得天和。闲时田亩中，搔背牧鸡鹅。别离解相访，应在武陵多。

忆襄阳旧游，赠马少府巨

昔为大堤客，曾上山公楼。开窗碧嶂满，拂镜沧江流。高冠佩雄剑，长揖韩荆州。此地别夫子，今来思旧游。朱颜君未老，白发我先秋。壮志恐蹉跎，功名若云浮。归心结远梦，落日悬春愁。空思羊叔子，堕泪岘山头。一作何时共携手，更醉岘山头。

对雪献从兄虞城宰

　　昨夜梁园里,弟寒兄不知。庭前看玉树,肠断忆连枝。

访道安陵遇盖还为余造真箓,临别留赠

　　清水见白石,仙人识青童。安陵盖夫子,十岁与天通。悬河与微言,谈论安可穷。能令二千石,抚背惊神聪。挥毫赠新诗,高价掩山东。至今平原客,感激慕清风。学道北海仙,传书蕊珠宫。丹田了玉阙,白日思云空。为我草真箓,天人惭妙工。七元洞豁落,八角辉星虹。三灾荡璇玑,蛟龙翼微躬。举手谢天地,虚无齐始终。黄金满高堂,答荷难克充。下笑世上士,沉魂北罗酆。昔日万乘坟,今成一科蓬。赠言若可重,实此轻华嵩。

赠崔郎中宗之时谪官金陵

　　胡雁拂海翼,翱翔鸣素秋。惊云辞沙朔,飘荡迷河洲。有如飞蓬人,去逐万里游。登高望浮云,仿佛如旧丘。日从海傍没,水向天边流。长啸倚孤剑,目极心悠悠。岁晏归去来,富贵安可求。仲尼七十说,历聘莫见收。鲁连逃千金,圭组岂可酬。时哉苟不会,草木为我俦。希君同携手,长往南山幽。

赠崔咨议

　　绿骥本天马,素非伏枥驹。长嘶向清风,倏忽凌九区。何言西北至,却走东南隅。世道有翻覆,前期难豫图。希君一箭拂,犹可骋中衢。

赠升州王使君忠臣

　　六代帝王国,三吴佳丽城。贤人当重寄,天子借高名。巨海一边静,长江万里清。应须救赵策,未有弃侯嬴。

赠别从甥高五

　　鱼目高泰山,不如一玙璠。贤甥即明月,声价动天门。能成吾宅相,不减魏阳元。自顾寡筹略,功名安所存。五木思一掷,如绳系穷猿。枥中骏马空,堂上醉人喧。黄金久已罄,为报故交恩。闻君陇西行,使我惊心魂。与尔共飘摇,云天各飞翻。江水流或卷,此心难具论。贫家一作居羞好客,语拙觉辞繁。三朝空错莫,对饭一作饮却惭冤。自笑我非夫,生事多契阔。蓄积万古愤,向谁得开豁。天地一浮云,此身乃毫末。忽见无端倪,太虚可包括。去去何足道,临歧空复愁。肝胆不楚越,山河亦衾裯。云龙若相从,明主会见收。成功解一作若相访,溪一作绿水桃花流。

赠裴司马

　　翡翠黄金缕,绣成歌舞衣。若无云间月,谁可比光辉。秀色一如此,多为众女讥。君思移昔爱,失宠秋风扫。愁苦不窥邻,泣上流黄机。天寒素手冷,夜长烛复微。十日不满匹,鬓蓬乱若丝。犹是可怜人,容华世中稀。向君发皓齿,顾我莫相违。

叙旧赠江阳宰陆调

　　泰伯让天下,仲雍扬波涛。清风荡万古,迹与星辰高。开吴食东溟,陆氏世英髦。多君秉古节,岳立冠人曹。风流少年时,京洛事游遨。腰间延陵剑,玉带明珠袍。我昔斗鸡徒,连延五陵豪。邀遮相组织,呵吓来煎熬。君开万丛人,鞍马皆辟易。告急清宪台,脱余北门厄。间宰江阳邑,剪棘树兰芳。城门何肃穆,五月飞秋霜。好鸟集珍木,高才列华堂。时从府中归,丝管俨成行。但苦隔远道,无由共衔觞。江北荷花开,江南杨梅熟。正好饮酒时,怀贤在心目。挂席拾海月,乘风下长川。多沽新丰醁,满载剡溪船。中途不遇人,直到尔门前。大笑同一醉,取乐平生年。一本作太伯让天下,仲雍扬波涛。清风荡万古,迹与星辰高。开吴食东溟,陆氏世英髦。夫子特峻秀,岳立冠人曹。风流少年时,京洛事游遨。骐骥红阳燕,玉剑明珠袍。一诺许他人,千金双错刀。满堂青云士,望美期丹霄。我昔北门厄,摧如一枝蒿。有虎挟鸡徒,连延五陵豪。邀遮来组织,呵吓相煎熬。君披万人丛,脱我如狴牢。此耻竟未刷,且食绥山桃。非天雨文章,所祖托风骚。苍蓬老壮发,长策未逢遭。别君几何时,君无相思否。鸣琴坐高楼,绿水净窗牖。政成闻雅颂,人史皆拱手。

投刃有余地,回车摄江阳。错杂非易理,先威挫豪强。城门何肃穆,五月飞秋霜。好鸟集珍木,高才列华堂。时从府中归,丝管俨成行。但苦隔远道,无由共衔觞。江北荷花开,江南杨梅鲜。挂席拾海月,乘风下长川。多沽新丰醁,满载剡溪船。中途不遇人,直到尔门前。大笑同一醉,取乐平生年。

赠从孙义兴宰铭

天子思茂宰,天枝得英才。朗然清秋月,独出映吴台。落笔生绮绣,操刀振风雷。蠖屈虽百里,鹏骞望三台。退食无外事,琴堂向山开。绿水寂以闲,白云有时来。河阳富奇藻,彭泽纵名杯。所恨不见之,犹如仰昭回。元恶昔滔天,疲人散幽草。惊川无活鳞,举邑罕遗老。誓雪会稽耻,将奔宛陵道。亚相素所重,投刃应桑林。独坐伤激扬,神融一开襟。弦歌欣再理,和乐醉人心。蠹政除害马,倾巢有归禽。壶浆候君来,聚舞共讴吟。农人弃蓑笠,蚕女堕缨簪。欢笑相拜贺,则知惠爱深。亚相李公重之以能政,中丞李公免罢以移官。历职吾所闻,称贤尔为最。化洽一邦上,名驰三江外。峻节贯云霄,通方堪远大。能文变风俗,好客留轩盖。他日一来游,因之严光濑。

草创大还,赠柳官迪

天地为橐籥,周流行太易。造化合元符,交媾胜精魄。自然成妙用,孰知其指的。罗络四季间,绵微无一隙。日月更出没,双光岂云只。姹女乘河车,黄金充辕轭。执枢相管辖,摧伏伤羽翮。朱鸟张炎威,白虎守本宅。相煎成苦老,消铄凝津液。仿佛明窗尘,死灰同至寂。捣一作铸冶入赤色,十二周律历。赫然称大还,与道本无隔。白日可抚弄,清都在咫尺。北酆落死名,南斗上生籍。抑予是何者,身在方士格。才术信纵横,世途自轻掷。吾求仙弃俗,君晓损胜益。不向金阙游,思为玉皇客。惊车速风电,龙骑无鞭策。一举上九天,相携同所适。

赠崔司户文昆季

双珠出海底,俱是连城珍。明月两特达,余辉傍照人。英声振名都,高价动殊邻。岂伊箕山故,特以风期亲。惟昔不自媒,担簦西入秦。攀龙九天上,忝列岁星臣。布衣侍丹墀,密勿草丝纶。才微惠渥重,谗巧生缁磷。一去已十载,今来复盈旬。清霜入晓鬓,白露生衣巾。侧见绿水亭,开门列华茵。千金散义士,四坐无凡宾。欲折月中桂,持一作特为寒者薪。路傍已窃笑,天路将何因。垂恩倘丘山,报德有微身。

赠溧阳宋少府陟

李斯未相秦,且逐东门兔。宋玉事襄王,能为高唐赋。常闻绿水曲,忽此相逢遇。扫洒青天开,豁然披云雾。葳蕤紫鸾鸟,巢在昆山树。惊风西北吹,飞落南溟去。早怀经济策,特受龙颜顾。白玉栖青蝇,君臣忽行路。人生感分义,贵欲呈丹素。何日清中原,相期廓天步。

戏赠郑溧阳

陶令日日醉,不知五柳春。素琴本无弦,漉酒用葛巾。清风北窗下,自谓羲皇人。何时到栗里,一见平生亲。

赠僧崖公

昔在朗陵东,学禅白眉空。大地了镜彻,回旋寄轮风。揽彼造化力,持为我神通。晚谒泰山君,亲见日没云。中夜卧山月一作夜卧雪上月,拂衣逃人群。授余金仙道,旷劫未始闻。冥机发天光,独朗谢垢氛。虚舟不系物,观化游江濆。江濆遇同声,道崖乃僧英。说法动海岳,游方化公卿。手秉玉麈尾,如登白楼亭。微言注百川,亹亹信可听。一风鼓群有,万籁各自鸣。启闭八窗牖,托宿掣电霆。自言历天台,搏壁蹑翠屏。凌兢石桥去,恍惚入青冥。昔往今来归,绝景无不经。何日更携手,乘杯向蓬瀛。

游溧阳北湖亭望瓦屋山怀古赠同旅 一作赠孟浩然

朝登北湖亭,遥望瓦屋山。天清白露下,始觉秋风还。游子托主人,仰观眉睫间。目色送飞鸿,邈然不可攀。长吁相劝勉,何事来吴关。闻有贞义女,振穷溧水湾。清光了在眼,白日如披颜。高坟五六墩,崒兀栖猛虎。遗迹翳九泉,芳名动千古。子胥昔乞食,此女倾壶浆。运开展宿愤,入楚鞭平王。凛冽天地间,闻名若怀霜。壮夫或未达,十步九太行。与君拂衣去,万里同翱翔。

醉后赠从甥高镇

马上相逢揖马鞭,客中相见客中怜。欲邀击筑悲歌饮,正值倾家无酒钱。江东风光不借人,枉杀落花空自春。黄金逐手快意尽,昨日破产今朝贫。丈夫何事空啸傲,不如烧却头上巾。君为进士不得进,我被秋霜生旅鬓。时清不及英豪人,三尺童儿重廉蔺。匣中盘剑装鱴 音鹊,又音错鱼,闲在腰间未用渠。且将换酒与君醉,醉归托宿吴专诸。

赠秋浦柳少府

秋浦旧萧索,公庭人吏稀。因君树桃李,此地忽芳菲。摇笔望白云,开帘当翠微。时来引山月,纵酒酣清晖。而我爱夫子,淹留未忍归。

赠崔秋浦三首

吾爱崔秋浦,宛然陶令风。门前五杨柳,井上二梧桐。山鸟下厅事,檐花落酒中。怀君未忍去,惆怅意无穷。

崔令学陶令,北窗常昼眠。抱琴时弄月,取意任无弦。见客但倾酒,为官不爱钱。东皋春事起,种黍早归田。 一作东皋多种黍,劝尔早耕田。

河阳花作县,秋浦玉为人。地逐名贤好,风随惠化春。水从天汉落,山逼画屏新。应念金门客,投沙吊楚臣。

望九华赠青阳韦仲堪

昔在九江上,遥望九华峰。天河挂绿水,秀出九芙蓉。我欲一挥手,谁人可相从。君为东道主,于此卧云松。

全唐诗卷一百七十

李白

赠王判官,时余归隐,居庐山屏风叠

昔别黄鹤楼,蹉跎淮海秋。俱飘零落叶,各散洞庭流。中年不相见,蹭蹬游吴越。何处我思君,天台绿萝月。会稽风月好,却绕剡溪回。云山海上出,人物镜中来。一度浙江北,十年醉楚台。荆门倒屈宋,梁苑倾邹枚。苦一作若笑我夸诞,知音安在哉。大盗割鸿沟,如风扫秋叶。吾非济代人,且隐屏风叠。中夜天中望,忆君思见君。明朝拂衣去,永与海鸥群。

在水军宴赠幕府诸侍御

月化五白龙,翻飞凌九天。胡沙惊北海,电扫洛阳川。房箭雨宫阙,皇舆成播迁。英王受庙略,秉钺清南边。云旗卷海雪,金戟罗江烟。聚散百万人,弛张在一贤。霜台降群彦,水国奉戎旃。绣服开宴语,天人借楼船。如登黄金台,遥谒紫霞仙。卷身编蓬下,冥机四十年。宁知草间人,腰下有龙泉。浮云在一决,誓欲清幽燕。愿与四座公,静谈金匮篇。齐心戴朝恩,不惜微躯捐。所冀旄头灭,功成追鲁连。

赠武十七谔并序

门人武谔,深于义者也。质本沉悍,慕要离之风,潜钓川一作江海,不数数于世间事。闻中原作难,西来访一作谒余。余爱子伯禽在鲁,许将冒胡兵以致之。酒酣感激,援笔而赠。

马如一匹练,明日过吴门。乃是要离客,西来欲报恩。笑开燕匕首,拂拭竟无言。狄犬吠清洛,天津成塞垣。爱子隔东鲁,空悲断肠猿。林回弃白璧,千里阻同奔。君为我致之,轻赍涉淮原。精诚合天道,不愧远游一作邓攸魂。

赠闾丘宿松

阮籍为太守,乘驴上东平。剖竹十日间,

一朝风化清。偶来拂衣去,谁测主人情。夫子理宿松,浮云知古城。扫地物莽然,秋来百草生。飞鸟还归巢,迁人返躬耕。何惭宓子贱,不减陶渊明。吾知千载后,却掩二贤名。

狱中上崔相涣

胡马渡洛水,血流征战场。千门闭秋景,万姓危朝霜。贤相燮元气,再欣海县康。台庭有夔龙,列宿粲成行。羽翼三元圣,发辉两太阳。应念覆盆下,雪泣拜天光。

中丞宋公以吴兵三千赴河南,军次寻阳,脱余之囚,参谋幕府,因赠之

独坐清天下,专征出海隅。九江皆渡虎,三郡尽还珠。组练明秋浦,楼船入郢都。风高初选将,月满欲平胡。杀气横千里,军声动九区。白猿惭剑术,黄石借兵符。戎虏行当翦,鲸鲵立可诛。自怜非剧孟,何以佐良图。

流夜郎赠辛判官

昔在长安醉花柳,五侯七贵同杯酒。气岸遥凌豪士前,风流肯落他人后。夫子红颜我少年,章台走马著金鞭。文章献纳麒麟殿,歌舞淹留玳瑁筵。与君自谓长如此,宁知草动风尘起。函谷忽惊胡马来,秦宫桃李向明一作胡开。我愁远谪夜郎去,何日金鸡放赦回。

赠刘都使

东平刘公幹,南国秀余芳。一鸣即朱绂,五十佩银章。饮冰事戎幕,衣锦华水乡。铜官几万人,净讼清玉堂。吐言贵珠玉,落笔回风霜。而我谢明主,衔哀投夜郎。归家酒债多,门客粲成行。高谈满四座,一日倾千觞。所求竟无绪,裘马欲摧藏。主人若不顾,明发钓沧浪。

赠常侍御

安石在东山,无心济天下。一起振横流,功成复潇洒。大贤有卷舒,季叶轻风雅。匡复属何人,君为知音者。传闻武安将,气振长平瓦。燕赵期洗清,周秦保宗社。登朝若有言,为访南迁贾。

赠易秀才

少年解长剑,投赠即分离。何不断犀象,精光暗往时。蹉跎君自惜,窜逐我因谁。地远虞翻老,秋深宋玉悲。空摧芳桂色,不屈古松姿。感激平生意,劳歌寄此辞。

经乱离后天恩流夜郎,忆旧游,书怀赠江夏韦太守良宰

天上白玉京,十二楼五城。仙人抚我顶,结发受长生。误逐世间乐,颇穷理乱情。九十六圣君,浮云挂空名。天地赌一掷,未能忘战争。试涉霸王略,将期轩冕荣。时命乃大谬,弃之海上行。学剑翻自哂,为文竟何成。剑非万人敌,文窃四海声。儿戏不足道,五噫出西京。临当欲去时,慷慨泪沾缨。叹君倜傥才,标举冠群英。开筵引祖帐,慰此远徂征。鞍马若浮云,送余骠骑亭。歌钟不尽意,白日落昆明。十月到幽州,戈铤若罗星。君王弃北海,扫地借长鲸。呼吸走百川,燕然可摧倾。心知不得语,却欲栖蓬瀛。弯弧惧天狼,挟矢不敢张。揽涕黄金台,呼天哭昭王。无人贵骏骨,绿耳空腾骧。乐毅倘再生,于今亦奔亡。蹉跎不得意,驱马还贵乡。逢君听弦歌,肃穆坐华堂。百里独太古,陶然卧羲皇。征乐昌乐馆,开筵列壶觞。贤豪间青娥,对烛俨成行。醉舞纷绮席,清歌绕飞梁。欢娱未终朝,秩满归咸阳。祖道拥万人,供帐遥相望。一别隔千里,荣枯异炎凉。炎凉几度改,九土中横溃。汉甲连胡兵,沙尘暗云海。草木摇杀气,星辰无光彩。白骨成丘山,苍生竟何罪。函关壮帝居,国命悬哥舒。长戟三十万,开门纳凶渠。公卿如犬羊,忠谠醢与菹。二圣出游豫,两京遂丘墟。帝子许专征,秉旄控强楚。节制非桓文,军师拥熊虎。人心失去就,贼势胜风雨。惟君固房陵,诚节冠终古。仆卧香炉顶,餐霞漱瑶泉。门开九江转,枕下五湖连。半夜水军来,

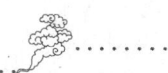

浔阳满旌旃。空名适自误,迫胁上楼船。徒赐五百金,弃之若浮烟。辞官不受赏,翻谪夜郎天。夜郎万里道,西上令人老。扫荡六合清,仍为负霜草。日月无偏照,何由诉苍昊。良牧称神明,深仁恤交道。一忝青云客,三登黄鹤楼。顾惭祢处士,虚对鹦鹉洲。樊山霸气尽,寥落天地秋。江带峨眉雪,川横三峡流。万舸此中来,连帆过扬州。送此万里目,旷然散我愁。纱窗倚天开,水树绿如发。窥日畏衔山,促酒喜得月。吴娃与越艳,窈窕夸铅红。呼来上云梯,含笑出帘栊。对客小垂手,罗衣舞春风。宾跪请休息,主人情未极。览君荆山作,江鲍堪动色。清水出芙蓉,天然去雕饰。逸兴横素襟,无时不招寻。朱门拥虎士,列戟何森森。剪凿竹石开,萦流涨清深。登台坐水阁,吐论多英音。片辞贵白璧,一诺轻黄金。谓我不愧君,青鸟明丹心。五色云间鹊,飞鸣天上来。传闻赦书至,却放夜郎回。暖气变寒谷,炎烟生死灰。君登凤池去,忽弃贾生才。桀犬尚吠尧,匈奴笑千秋。中夜四五叹,常为大国忧。旌旆夹两山,黄河当中流。连鸡不得进,饮马空夷犹。安得羿善射,一箭落妖头。

江夏使君叔席上赠史郎中

凤凰丹禁里,衔出紫泥书。昔放三湘去,今还万死余。仙郎久为别,客舍问何如。涸辙思流水,浮云失归居。多惭华者贵,不以逐臣疏。复如竹林下,叨陪芳宴初。希君生羽翼,一化北溟鱼。

博平郑太守自庐山千里相寻,入江夏北市门见访,却之武陵,立马赠别

大梁贵公子,气盖苍梧云。若无三千客,谁道信陵君。救赵复存魏,英威天下闻。邯郸能屈节,访博从毛薛。夷门得隐沦,而与侯生亲。仍要鼓刀者,乃是袖槌人。好士不尽心,何能保其身。多君重然诺,意气遥相托。五马入市门,金鞍照城郭。都忘虎竹贵,且与荷衣乐。去去桃花源,何时见归轩。相思无终极,肠断朗江猿。

江上赠窦长史

汉求季布鲁朱家,楚逐伍胥去章华。万里南迁夜郎国,三年归及长风沙。闻道青云贵公子,锦帆游戏西江水。人疑天上坐楼船,水净霞明两重绮。相约相期何太深,棹歌摇艇月中寻。不同珠履三千客,别欲论交一片心。

赠王汉阳

天落白一作上堕玉棺,王乔辞叶县。一去未千年,汉阳复相见。犹乘飞凫鸟,尚识仙人面。鬓发何青青,童颜皎如练。吾曾弄海水,清浅嗟三变。果惬麻姑言,时光速流电。与君数杯酒,可以穷欢宴。白云归去来,何事坐交战。

赠汉阳辅录事二首

闻君罢官意,我抱汉川湄。借问久疏索,何如听讼时。天清江月白,心静海鸥知。应念投沙客,空余吊屈悲。

鹦鹉洲横汉阳渡,水引寒烟没江树。南浦登楼不见君,君今罢官在何处。汉口双鱼白锦鳞,今传尺素报情人。其中字数无多少,只是相思秋复春。

江夏赠韦南陵冰

胡骄马惊沙尘起,胡雏饮马天津水。君为张掖近酒泉,我窜三巴九千里。天地再新法令宽,夜郎迁客带霜寒。西忆故人不可见,东风吹梦到长安。宁期此地忽相遇,惊喜茫如堕烟雾。玉箫金管喧四筵,苦心不得申长句。昨日绣衣倾绿尊,病如桃李竟何言。昔骑天子大宛马,今乘款段诸侯门。赖遇南平豁方寸,复兼夫子持清论。有似山开万里云,四望青天解人闷。人闷还心闷,苦辛长苦辛。愁来饮酒二千石,寒灰重暖生阳春。山公醉后能骑马,别是风流贤主人。头陀云月多僧气,山水何曾称人意。不然一作能鸣箛按鼓戏沧流,呼取江南女儿歌棹讴。我且为君槌碎黄鹤楼,君亦为吾倒却鹦鹉洲。赤壁争雄如梦里,且须歌舞宽

离忧。

赠卢司户

秋色无远近,出门尽寒山。白云遥相识,待我苍梧间。借问卢耽鹤,西飞几岁还。

赠从弟南平太守之遥二首

少年不得意,落魄无安居。愿随任公子,欲钓吞舟鱼。常时饮酒逐风景,壮心遂与功名疏。兰生谷底人不锄,云在高山空卷舒。汉家天子驰驷马,赤军蜀道迎相如。天门九重谒圣人,龙颜一解四海春。彤庭左右呼万岁,拜贺明主收沉沦。翰林秉笔回英眄,麟阁峥嵘谁可见。承恩初入银台门 一作侍从甘泉宫,著书独在金銮殿。龙钩雕镫白玉鞍,象床绮席黄金盘。当时笑我微贱者,却来请谒为交欢。一朝谢病游江海,畴昔相知几人在。前门长揖后门关,今日结交明日改。爱君山岳心不移,随君云雾迷所为。梦得池塘生春草,使我长价登楼诗。别后遥传临海作,可见羊何共和之。

东平与南平,今古两步兵。素心爱美酒,不是顾专城。谪官桃源去,寻花几处行。秦人如旧识,出户笑相迎。南平时因饮酒过度,贬武陵。

赠潘侍御论钱少阳

绣衣柱史何昂藏,铁冠白笔横秋霜。三军论事多引纳,阶前虎士罗干将。虽无二十五老者,且有一翁钱少阳。眉如松雪齐四皓,调笑可以安储皇。君能礼此最下士,九州拭目瞻清光。

赠柳圆

竹实满秋浦,风来何苦饥。还同月下鹊,三绕未安枝。夫子即琼树,倾柯拂羽仪。怀君恋明德,归去日相思。

流夜郎半道承恩放还,兼欣克复之美,书怀示息秀才

黄口为人罗,白龙乃鱼服。得罪岂怨天,以愚陷网目。鲸鲵未翦灭,豺狼 一作虎 屡翻覆。悲作楚地囚,何日 一作由 秦庭哭。遭逢二明主,前后两迁逐。去国愁夜郎,投身窜荒谷。半道雪屯蒙,旷如鸟出笼,遥欣克复美,光武安可同。天子巡剑阁,储皇守扶风。扬袂正北辰,开襟揽群雄。胡兵出月窟,雷破关之东。左扫因右拂,旋收洛阳宫。回舆入咸京,席卷六合通。叱咤开帝业 一作宇,手成天地功。大驾还长安,两日忽再中。一朝让宝位,剑玺传无穷。愧无秋毫力,谁念罝铄翁。弋者何所慕,高飞仰冥鸿。弃剑学丹砂,临炉双玉童。寄言息夫子,岁晚陟方蓬。

赠张相镐二首 时逃难在宿松山作。萧士赟云:此下八首非白作。

神器难窃弄,天狼窥紫宸。六龙迁白日,四海暗胡尘。昊穹降元宰,君子方经纶。澹然养浩气,欻起持大钧。秀骨象山岳,英谋合鬼神。佐汉解鸿门,生唐为后身。拥旄秉金钺,伐鼓乘朱轮。虎将如雷霆,总戎向东巡。诸侯拜马首,猛士骑鲸鳞。泽被鱼鸟悦,令行草木春。圣智不失时,建功及良辰。丑虏安足纪,可贻帼与巾。倒泻溟海珠,尽为入幕珍。冯异献赤伏,邓生俟来臻。庶同昆阳举,再睹汉仪新。昔为管将鲍,中奔吴隔秦。一生欲报主,百代思荣亲。其事竟不就,哀哉难重陈。卧病宿松山 一作古松滋,苍茫空四邻。风云激壮志,枯槁惊常伦。闻君自天来,目张气益振。亚夫得剧孟,敌 一作七 国空 一作定 无人。扪虱对桓公,愿得论悲辛。大块方噫气,何辞鼓青蘋。斯言倘不合,归老汉江滨。本家陇西人,先为汉边将。功略盖天地,名飞青云上。苦战竟不侯,富 一作当 年颇惆怅。世传崆峒勇,气激金风壮。英烈遗厥孙,百代神犹王。十五观奇书,作赋凌相如。龙颜惠殊宠,麟阁凭天居 一作侍从承明庐。晚途未云已,蹭蹬遭谗毁。想像晋末时,崩腾胡尘起。衣冠陷锋镝,戎虏盈 一作荆棘生 朝市。石勒窥神州,刘聪劫天子。抚剑夜吟啸,雄心日千里。誓欲斩鲸鲵,澄清洛阳水。六合 一作三台 洒霖雨,万物 一作六合 无凋枯。我挥一

杯水,自笑何区区。因人耻成事,贵欲决良图。灭虏不言功,飘然陟<small>一作向</small>蓬壶。惟有安期舄,留之沧海隅。

闻谢杨儿吟猛虎词,因此有赠

同州隔秋浦,闻吟猛虎词。晨朝来借问,知是谢杨儿。

宿清溪主人

夜到清溪宿,主人碧岩里。檐楹挂星斗,枕席响风水。月落西山时,啾啾夜猿起。

系寻阳,上崔相涣三首

邯郸四十万,同日陷长平。能回造化笔,或冀一人生。

毛遂不堕井,曾参宁杀人。虚言误公子,投杼惑慈亲。白璧双明月,方知一玉真。

虚传一片雨,枉作阳台神。纵为梦里相随去,不是襄王倾国人。<small>此首萧士赟云:非上崔相。</small>

巴陵赠贾舍人

贾生西望忆京华,湘浦南迁莫怨嗟。圣主恩深汉文帝,怜君不遣到长沙。

全唐诗卷一百七十一

李白

赠别舍人弟台卿之江南

去国客行远,还山秋梦长。梧桐落金井,一叶飞银床。觉罢揽明镜,鬓毛飒已霜。良图委蔓草,古貌成枯桑。欲道心下事,时人疑夜光。因为洞庭叶,飘落之潇湘。令弟经济士,谪居我何伤—作出门见我伤。潜虬隐尺水,著论谈兴亡。客遇—作云见王子乔,口传不死方。入洞过天地,登真朝玉皇。吾将抚尔背,挥手遂翱翔—作凌苍苍。

醉后赠王历阳 历阳,和州也。

书秃千兔毫,诗裁两牛腰。笔踪起龙虎,舞袖拂云霄。双歌二胡姬,更奏远清朝。举酒挑朔雪,从君不相饶。

赠历阳褚司马 时此公为稚子舞,故作是诗。

北堂千万寿,侍奉有光辉。先同稚子舞,更著老莱衣。因为小儿啼,醉倒月下归。人间无此乐,此乐世中稀。

对雪醉后赠王历阳

有身莫犯飞龙鳞,有手莫辫猛虎须。君看昔日汝南市,白头仙人隐玉壶。子猷闻风动窗竹,相邀共醉杯中绿。历阳何异山阴时,白雪飞花乱人目。君家有酒我何愁,客多乐酣秉烛游。谢尚自能鸲鹆舞,相如免脱鹔鹴裘。清晨—作兴罢鼓棹过江去,千里相思明月楼—作他日西看却月楼。

赠宣城宇文太守兼呈崔侍御

白若白鹭鲜,清如清唳蝉。受气有本性,不为外物迁。饮水箕山上,食雪首阳颠。回车避朝歌,掩口去盗泉。岧峣广成子,倜傥鲁仲连。卓绝二公外,丹心无间然。昔攀六龙飞,今作百炼铅。怀恩欲报主,投佩向北燕。弯弓绿弦开,满月不惮坚。闲骑骏马猎,一射两虎穿。回旋若流光,转背落双鸢。胡虏三叹息,兼知五兵权。枪枪突云将,却掩我之妍。多逢剿绝儿,先著祖生鞭。据鞍空觷铄,壮志竟谁宣。蹉跎复来归,忧恨坐相煎。无风难破浪,失计长江边。危苦惜颓光,金波忽三圆。时游敬亭上,闲听松风眠。或弄宛溪月,虚舟信洄沿。颜公二一作三十万,尽付酒家钱。兴发每取之,聊向醉中仙一作眠。过此无一事,静谈秋水篇。君从九卿来,水国有丰年。鱼盐满市井,布帛如云烟。下马不作威,冰壶照清川。霜眉邑中叟,皆美太守贤。时时慰风俗,往往出东田。竹马数小儿,拜迎白鹿前。含笑问使君,日晚可回旋。遂归池上酌,掩抑清风弦。曾标横浮云,下抚谢朓肩。楼高碧海出,树古青萝悬。光禄紫霞杯,伊昔忝相传。良图扫沙漠,别梦绕旌旃。富贵日成疏,愿言杳无缘。登龙有直道,倚玉阻芳筵。敢献绕朝策,思同郭泰船。何言一水浅,似隔九重天。崔生何傲岸,纵酒复谈玄。身为名公子,英才苦迍邅。鸣凤托高梧,凌风何翩翩。安知慕群客,弹剑拂秋莲。

赠宣城赵太守悦

赵得宝符盛,山河功业存。三千堂上客,出入拥平原。六国扬清风,英声何喧喧。大贤茂远业,虎竹光南藩。错落千丈松,虬龙盘古根。枝下无俗草,所植唯兰荪。忆在南阳时,始承国士恩。公为柱下史,脱绣归田园。伊昔簪白笔,幽都逐游魂。持斧冠三军,霜清天北门。差池宰两邑,鹗立重飞翻。焚香入兰台,起草多芳言。夔龙一顾重,矫翼凌翔鹓。赤县扬雷声,强项闻至尊。惊飙颓秀木,迹屈道弥敦。出牧历三郡,所居猛兽奔。迁人同卫鹤,谬上懿公轩。自笑东郭履,侧惭狐白温。闲吟步竹石,精义忘朝昏。憔悴成丑士,风云何足论。猕猴骑土牛,羸马夹双辕。愿借羲皇景,为人照覆盆。溟海不振荡,何由纵鹏鲲。所期

玄一作要津白一作日,倜傥假腾骞。

赠从弟宣州长史昭

淮南一作北望江南,千里碧山对。我行倦一作尽过之,半落青天外。宗英佐雄郡,水陆相控带。长川豁中流,千里泻吴会。君心亦如此,包纳无小大。摇笔起风霜,推诚结仁爱。讼庭垂桃李,宾馆罗轩盖。何意苍梧云,飘然忽相会。才将圣不偶,命与时俱背。独立山海间,空老圣明代。知音不易得,抚剑增感慨。当结九万期,中途莫先退。

于五松山赠南陵常赞府

为草当作兰,为木当作松。兰秋香风远,松寒不改容。松兰相因依,萧艾徒丰茸。鸡与鸡并食,鸾与鸾同枝。拣珠去沙砾,但有珠相随。远客投名贤,真堪写怀抱。若惜方寸心,待谁可倾倒。虞卿弃赵相,便与魏齐行。海上五百人,同日死田横。当时不好贤,岂传千古名。愿君同心人,于我少留情。寂寂还寂寂,出门迷所适。长铗归来乎一作长剑歌归来,秋风思归客。

自梁园至敬亭山,见会公谈陵阳山水,兼期同游,因有此赠

我随秋风来,瑶草恐衰歇。中途寡名山,安得弄云月。渡江如昨日,黄叶向人飞。敬亭惬素尚,弭棹流清辉。冰谷明且秀,陵峦抱江城。粲粲吴与史,衣冠耀天京。水国饶英奇,潜光卧幽草。会公真名僧,所在即为宝。开堂振白拂,高论横青云。雪山扫粉壁,墨客多新文。为余话幽栖,且述陵阳美。天开白龙潭,月映清秋水。黄山望石柱,突兀谁开张。一作白柱撞星汉,西崖谁开张。黄鹤久不来,子安在苍茫。东南焉可穷,山鸟飞绝处一作猿狖绝行处。稠叠千万峰,相连入云去。闻此期振策,归来空闭关。相思如明月,可望不可攀。何当移白足,早晚凌苍山。且寄一书札,令予解愁颜。

赠友人三首

兰生不当户,别是闲庭草。夙被霜露欺,

红荣已先老。谬接瑶华枝,结根君王池。顾无馨香美,叨沐清风吹。馀芳若可佩,卒岁长相随。

　　袖中赵匕首,买自徐夫人。玉匣闭霜雪,经燕复历秦。其事竟不捷,沦落归沙尘。持此愿投赠,与君同急难一作岁寒。荆卿一去后,壮士多摧残。长号易水上,为我扬波澜。凿井当及泉,张帆当济川。廉夫唯重义,骏马不劳鞭。人生贵相知,何必金与钱。

　　慢世薄功业,非无胸中画。谑浪万古贤,以为儿童剧。立产如广费,匡君怀长策。但苦山北寒,谁知一作分道南宅。岁酒上逐风,霜鬓两边白。蜀主思孔明,晋家望安石。时人一作未列五鼎,谈笑期一掷。虎伏被胡尘,渔歌游海滨。弊裘耻妻嫂,长剑托交亲。夫子秉家义,群公难与邻。莫持西江水,空许东溟臣。他日青云去,黄金报主人。

陈情赠友人

　　延陵有宝剑,价重千黄金。观风历上国,暗许故人深。归来挂坟松,万古知其心。懦夫感达节,壮士一作气激青一作素衿。鲍生荐夷吾,一举置齐相。斯人无良朋,岂有青云望。临财不苟取,推一作揣分固辞让。后世称其贤,英风邈难尚。论交但若此,友道孰云丧。多君骋逸藻,掩映当时人。舒文振颓波,秉德冠彝伦。卜居乃此地,共井为比邻。清琴弄云月,美酒娱冬春。薄德中见捐,忽之如遗尘。英豪未豹变,自古多艰辛。他人纵以疏,君意宜独亲。奈何成离居,相去复几许。飘风吹云霓,蔽目不得语。投珠冀相一作有报,按剑恐相距,积恨泪如雨。愿假东壁辉,馀光照贫女。

赠从弟冽

　　楚人不识凤,重一作高价求山鸡。献主昔云是,今来方觉迷。自居漆园北,久别咸阳西。风飘落日去,节变流莺啼。桃李寒未开,幽关一作成蹊岂来蹊。逢君发花萼,若与青云齐。及此桑叶绿,春蚕起中闺。日出布谷鸣,田家拥

锄犁。顾余乏尺土,东作谁相携。傅说降霖雨,公输造云梯。羌戎事未息,君子悲涂泥。报国有长策,成功羞执珪。无由谒明主,杖策还蓬藜。他年尔相访,知我在磻溪。

赠闾丘处士

　　贤人有素业,乃在沙塘陂。竹影扫秋月,荷衣一作花落古池。闲读山海经,散帙卧遥帷。且耽田家乐,遂旷林中期。野酌劝芳酒,园蔬烹露葵。如能树桃李,为我结茅茨。

赠钱征君少阳一作送赵云卿

　　白玉一杯酒,绿杨三月时。春风馀几日,两鬓各成丝。秉烛唯须饮,投竿也未迟。如逢渭川一作水猎,犹可帝王师。

赠宣州灵源寺仲浚公

　　敬亭白云气,秀色连苍梧。下映双溪水,如天落镜湖。此中积龙象,独许浚公殊。风韵逸江左,文章动海隅。观心同水月,解领得明珠。今日逢支遁,高谈出有无。

赠僧朝美

　　水客凌洪波,长鲸涌溟海。百川随龙舟,嘘吸竟安在。中有不死者,探得明月珠。高价倾宇宙,馀辉照江湖。苞卷金缕褐,萧然若空无。谁人识此宝,窃笑有狂夫。了心何言说,各勉黄金躯。

赠僧行融

　　梁有汤惠休,常从鲍照游。峨眉史怀一,独映陈公出。卓绝二道人,结交凤与麟。行融亦俊发,吾知有英骨。海若不隐珠,骊龙吐明月。大海乘虚舟,随波任安流。赋诗旃檀阁,纵酒鹦鹉洲。待我适东越,相携上白楼。

赠黄山胡公求白鹇并序

　　闻黄山胡公有双白鹇,盖是家鸡所伏,自小驯狎,了无惊猜。以其名呼之,皆就掌取食。然此鸟耿介,尤难畜之。余平生酷好,竟莫能致。而胡公辍赠于我,唯求一诗。闻之欣然,适会宿意,因援笔三叫,文

不加点以赠之。

请以双白璧,买君双白鹇。白鹇白如锦,白雪耻容颜。照影玉潭里,刷毛琪树间。夜栖寒月静,朝步落花间。我愿得此鸟,玩之坐碧山。胡公能辍赠,笼寄野人还。

登敬亭山南望怀古,赠窦主簿

敬亭一回首,目尽天南端。仙者五六人,常闻此游盘。溪流琴高水,石耸麻姑坛。白龙降陵阳,黄鹤呼子安。羽化骑日月,云行翼鸳一作鶌鸾。下视宇宙间,四溟皆一作空波澜。汰绝目下事,从之复何难。百岁落半途,前期浩漫漫。强食不成味,清晨起长叹。愿随子明去,炼火烧金丹。

经乱后将避地剡中,留赠崔宣城

双鹅飞洛阳,五马渡江徼。何意上东门,胡雏更长啸。中原走豺虎,烈火焚宗庙。太白昼经天,颓阳掩馀照。王城皆荡覆,世路成奔峭。四海望长安,颦眉寡西笑。苍生疑落叶,白骨空相吊。连兵似雪山,破敌谁能料。我垂北溟翼,且学南山豹。崔子贤主人,欢娱每相召。胡床紫玉笛,却坐青云叫。杨花满州城,置酒同临眺。忽思剡溪去,水石远清妙。雪尽天地明,风开湖山貌。闷为洛生咏,醉发吴越调。赤霞动金光,日足森海峤。独散万古意,闲垂一溪钓。猿近天上啼,人移月边棹。无以墨绶苦,来求丹砂要。华发长折腰,将贻陶公诮。

献从叔当涂宰阳冰

金镜霾六国,亡新乱天经。焉知高光起,自有羽翼生。萧曹安岋屼,耿贾摧欃枪。吾家有季父,杰出圣代英。虽无三位台,不借四豪

名。激昂风云气,终协龙虎精。弱冠燕赵来,贤彦多逢迎。鲁连善谈笑,季布折公卿。遥知礼数绝,常恐不合并。惕想结宵梦,素心久已冥。顾惭青云器,谬奉玉樽倾。山阳五百年,绿笔忽再荣。高歌振林木,大笑喧雷霆。落笔洒篆文,崩云使人惊。吐辞又炳焕,五色罗华星。秀句满江国,高才揽天庭。宰邑艰难时,浮云空古城。居人若薙草,扫地无纤茎。惠泽及飞走,农夫尽归耕。广汉水万里,长流玉琴声。雅颂播吴越,还如泰阶平。小子别金陵,来时白下亭。群凤怜客鸟,差池相哀鸣。各拔五色毛,意重泰山轻。赠微所费广,斗水浇长鲸。弹剑歌苦寒,严风起前楹。月衔天门晓,霜落牛渚清。长叹即归路,临川空屏营。

书怀赠南陵常赞府

岁星入汉年,方朔见明主。调笑当时人,中天谢云雨。一去麒麟阁,遂将朝市乖。故交不过门,秋草日上阶。当时何特达,独与我心谐。置酒凌歊台,欢娱未曾歇。歌动白纻山,舞回天门月。问我心中事,为君前致辞。君看我才能,何似鲁仲尼。大圣犹不遇,小儒安足悲。云南五月中,频丧渡泸师。毒草杀汉马,张兵夺云一作秦旗。至今西二河,流血拥僵尸。将无七擒略,鲁女惜园葵。咸阳天下枢,累岁人不足。虽有数斗玉,不如一盘粟。赖得契宰衡,持钧慰风俗。自顾无所用,辞家方来归。霜惊壮士发,泪满逐臣衣。以此不安席,蹉跎身世违。终当来卫谤,不受鲁人讥。

赠汪伦白游泾县桃花潭,村人汪伦常酝美酒以待白。

李白乘舟将欲行,忽闻岸上踏歌声。桃花潭水深千尺,不及汪伦送我情。

全唐诗卷一百七十二

李白

安陆白兆山桃花岩,寄刘侍御绾_{一作春归桃花岩贻许侍御}

云卧三十年,好闲复爱仙。蓬壶虽冥绝,鸾鹤心悠然。归来桃花岩,得憩云窗眠。_{此六句,一作幼采紫房谈,早爱沧溟仙。心迹颇相误,世事空徂迁。归来丹岩曲,得憩青霞眠。}对岭人共语,饮潭猿相连。时升翠微上,邈若罗浮巅。两岑抱东壑,一嶂横西天。树杂日易隐,崖倾月难圆_{一作延}。芳草换野色,飞萝摇春烟。入远构石室,选幽开上田。独此林下意,杳无区中缘。永辞霜台客,千载方来旋。

淮南卧病书怀,寄蜀中赵征君蕤

吴会一浮云,飘如远行客。_{一作万里无主人,}一身独为客。功业莫从就,岁光屡奔迫。良图俄弃捐,衰疾乃绵剧。古琴藏虚匣,长剑挂空壁。楚冠_{一作怀怀一作奏}钟仪,越吟比庄舄。国门遥天外,乡路远山隔。_{一作卧来恨已久,兴发思逾积。}朝忆相如台,夜梦子云宅。旅情初结缉,秋气方寂历。风入松下清,露出草间白。故人不可见,幽梦谁与适。寄书西飞鸿,赠尔慰离析。

寄弄月溪吴山人

尝闻庞德公,家住洞湖水。终身栖鹿门,不入襄阳市。夫君弄明月,灭景清淮里。高踪邈难追,可与古人比。清扬杳莫睹,白云空望美。待我辞人间,携手访松子。

秋山寄卫尉张卿及王征君

何以折相赠,白花青桂枝。月华若夜雪,见此令人思。虽然剡溪兴,不异山阴时。明发怀二子,空吟招隐诗。

望终南山,寄紫阁隐者

出门见南山,引领意无限。秀色难为名,苍翠日在眼。有时白云起,天际自舒卷。心中与之然,托兴每不浅。何当造幽人,灭迹栖绝巘。

夕霁杜陵登楼,寄韦繇

浮阳—作云灭霁景,万物生秋容。登楼送远目,伏槛观群峰。原野旷超缅,关河纷杂—作错重。清晖映竹日,翠色明云松。蹈海寄遐想,还山迷旧踪。徒然追晚暮,未果谐心胸。结桂空伫立,折麻恨莫从。思君达永夜,长乐闻疏钟。

秋夜宿龙门香山寺,奉寄王方城十七丈,奉国莹上人、从弟幼成令问

朝发汝海东,暮栖龙门中。水寒夕波急,木落秋山空。望极九霄迥,赏幽万壑通。目皓沙上月,心清松下风。玉斗横网户,银河耿花宫。兴在趣方逸,欢余情未终。—作咫尺世喧隔,微冥真理融。凤驾忆王子,虎溪怀远公。桂枝坐萧瑟,棣华不复同。流恨寄伊水,盈盈焉可穷。

春日独坐,寄郑明府

燕麦青青游子悲,河堤弱柳郁金枝。长条一拂春风去,尽日飘扬无定时。我在河南别离久,那堪坐此对窗牖。情人道来竟不来,何人共醉新丰酒。

寄淮南友人

红颜悲旧国,青岁歇芳洲。不待金门诏,空持宝剑游。海云迷驿道,江月隐乡楼。复作淮南客,因逢桂树留。

沙丘城下寄杜甫

我来竟何事,高卧沙丘城。城边有古树,日夕连秋声。鲁酒不可醉,齐歌空复情。思君若汶水,浩荡寄南征。

闻丹丘子于城北营石门幽居,中有高凤遗迹,仆离群远怀,亦有栖遁之志,因叙旧以寄之

春华沧江月,秋色碧海云。离居盈寒暑,对此长思君。思君楚水南,望君淮山北。梦魂虽飞来,会面不可得。畴昔在嵩阳,同衾卧羲皇。绿萝笑簪绂,丹壑贱岩廊。晚途各分析,乘兴任所适。仆在雁门关,君为峨眉客。心悬万里外,影滞两乡隔。长剑复归来,相逢洛阳陌。陌上何喧喧,都令心意烦。迷津觉路失,托势随风翻。以兹谢朝列,长啸归故园。故园恣闲逸,求古散缥帙。久欲入—作寻名山,婚娶—作嫁殊未毕。人生信多故,世事岂惟一。念此忧如焚,怅然若有失。闻君卧石门,宿昔契弥敦。方从桂树隐,不羡桃花源。高风起遐旷,幽人迹复存。松风清瑶瑟,溪月湛芳樽。安居偶佳赏,丹心期此论。

淮阴书怀,寄王宗成—作王宗城

沙墩至梁苑,二十五长亭。大舶夹双橹,中流鹅鹳鸣。云天扫空碧,川岳涵余清。飞凫从西来,适与佳兴并。眷言王乔鸟,婉娈故人情。复此亲懿会,而增交道荣。沿洄且不定,飘忽怅徂征。暝投淮阴宿,欣得漂母迎。斗酒烹黄鸡,一餐感素诚。予为楚壮士,不是鲁诸生。有德必报之,千金耻为轻。缅书羁孤意,远寄棹歌声。

闻王昌龄左迁龙标,遥有此寄

杨花落尽—作杨州花落子规啼,闻道龙标过五溪。我寄愁心与明月,随风直到夜郎西。

寄王屋山人孟大融

我昔东海上,劳山餐紫霞。亲见安期公,食枣大如瓜。中年谒汉主,不恺还归家。朱颜谢春辉,白发见生涯。所期就金液,飞步登云车。愿随夫子天坛上,闲与仙人扫落花。

忆旧游,寄谯郡元参军

忆昔洛阳董糟丘,为余天津桥南造酒楼。黄金白璧买歌笑,一醉累月轻王侯。海内贤豪青云客,就中与君心莫逆。回山转海不作难,倾情倒意无所惜。我向淮南攀桂枝,君留洛北愁梦思。不忍别,还相随。相随迢迢访仙城,三十六曲水回萦。一溪初入千花明,万壑度尽

松风声。银鞍金络倒平地,汉东太守来相迎。紫阳之真人,邀我吹玉笙。餐霞楼上动仙乐,嘈然宛似鸾凤鸣。袖长管催欲轻举,汉中太守醉起舞。手持锦袍覆我身,我醉横眠枕其股。当筵意气凌九霄,星离雨散不终朝,分飞楚关山水遥。余既还山寻故巢,君亦归家渡渭桥。君家严君勇貔虎,作尹并州遏戎虏。五月相呼度太行,摧轮不道羊肠苦。行来北凉岁月深,感君贵—作重义轻黄金。琼杯绮食青玉案,使我醉饱无归心。时时出向城西曲,晋祠流水如碧玉。浮舟弄水箫鼓鸣,微波龙鳞莎草绿。兴来携妓恣经过,其若杨花似雪何。红妆欲醉宜斜日,百尺清潭写翠娥。翠娥婵娟初月辉,美人更唱舞罗衣。清风吹歌入空去,歌曲自绕行云飞。此时行一作欢乐难再遇,西游因献长杨赋。北阙青云不可期,东山白首还归去。渭桥南头一遇君,酂台之北又离群。问余别恨知多少,落花春暮争纷纷。言亦不可尽,情亦不可极,呼儿长跪缄此辞,寄君千里遥相忆。

月夜江行,寄崔员外宗之

飘飘一作摇江风起,萧飒海树秋。登舻美清夜,挂席移轻舟。月随碧山转,水合青天流。杳如星河上,但觉云林幽。归路方浩浩,徂川去悠悠。徒悲蕙草歇,复听菱歌愁。岸曲迷后浦,沙明瞰前洲。怀君不可见,望远增离忧。

宿白鹭洲,寄杨江宁

朝别朱雀门,暮栖白鹭洲。波光摇海月,星影入城楼。望美金陵宰,如思琼树忧。徒令魂入梦,翻觉夜成秋。绿水解人意,为余西北流。因声玉琴里,荡漾寄君愁。

新林浦阻风,寄友人

潮水定可信,天风难与期。清晨西北转,薄暮东南吹。以此难挂席,佳期益相思。海月破圆影,菰蒋生绿池。昨日北湖梅,开花已满枝。今朝东门柳,夹道垂青丝。岁物忽如此,我来定几时。纷纷江上雪,草草客中悲。明发新林浦,空吟谢朓诗。一本题作金陵阻风雪书怀寄杨江宁,云:潮水定可信,天风难与期。清晨西北转,薄暮东南吹。以此难挂席,沿洄颇淹迟。使索金陵书,又叨贤宰知。弦歌止过客,惠化闻京师。岁物忽如此,我来复几时。纷纷江上雪,草草客中悲。明发新林浦,空吟谢朓诗。

寄韦南陵冰,余江上乘兴访之,遇寻颜尚书,笑有此赠

南船正东风,北船来自缓。江上相逢借问君,语笑未了风吹断。闻君携伎访情人,应为尚书不顾身。堂上三千珠履客,瓮中百斛金陵春。恨我阻此乐,淹留楚江滨。月色醉远客,山花开欲燃。春风狂杀人,一日剧三年。乘兴嫌太迟,焚却子猷船。梦见五柳枝,已堪挂马鞭。何日到彭泽,长歌陶令前。

题情深树,寄象公

肠断枝上猿,泪添山下樽。白云见我去,亦为我飞翻。

北山独酌,寄韦六

巢父将许由,未闻买山隐。道存迹自高,何惮去人近。纷吾下兹岭,地闲喧亦泯。门横群岫开,水凿众泉引。屏高而在云,窦深莫能准。川光昼昏凝,林气夕凄紧。于焉摘朱果,兼得养玄牝。坐月观宝书,拂霜弄瑶轸。倾壶事幽酌,顾影还独尽。念君风尘游,傲尔令自哂。一本此下有安知世上人,名利空蠢蠢二句。

寄当涂赵少府炎

晚登高楼望,木落双江清。寒山饶积翠,秀色连州城。目送楚云尽,心悲胡雁声。相思不可见,回首故人情。

寄东鲁二稚子在金陵作

吴地桑叶绿,吴蚕已三眠。我家寄东鲁,谁种龟阴田。春事已不及,江行复茫然。南风吹归心,飞堕酒楼前。楼东一株桃,枝叶拂青烟。此树我所种,别来向三年。桃今与楼齐,我行尚未旋。娇女字平阳,折花倚桃边。折花不见我,泪下如流泉。小儿名伯禽,与姊亦齐肩。双行桃树下,抚背复谁怜。念此失次第,

肝肠日忧煎。裂素写远意,因之汶阳川。娇女字平阳下,一作娇女平阳,有弟与齐肩。双行桃树下,折花倚桃边。折花不见我,泪下如流泉。

独酌清溪江石上,寄权昭夷

我携一樽酒,独上江祖石。自从天地开,更长几千尺。举杯向天笑,天回日西照。永愿坐此石,长垂严陵钓。寄谢山中人,可一尔同调。

禅房怀友人岑伦

时南游罗浮,兼泛桂海,自春徂秋不返。仆旅江外,书情寄之。

婵娟罗浮月,摇艳桂水云。美人竟独往,而我安得群。一朝语笑隔,万里欢情分。沉吟采霞没,梦寐群一作琼芳歇。归鸿渡三湘,游子在百粤。边尘染衣剑,白日凋华发。春风一作气变楚关,秋声落吴山。吴木结悲绪,风沙凄苦颜。羯来已永久,颓思如循环。飘飘一作摇限江裔,想像空留滞。离忧每醉心,别泪徒盈袂。坐愁青天末,出望黄云蔽。目极何悠悠,梅花南一作遍岭头。空长一作长空灭征一作去鸟,水阔无还舟。宝剑终难托,金囊非易求。归来倘有问,桂树山之幽。

全唐诗卷一百七十三

李白

庐山谣,寄卢侍御虚舟

我本楚狂人,凤歌笑孔丘。手持绿玉杖,朝别黄鹤楼。五岳寻仙不辞远,一生好入名山游。庐山秀出南斗傍,屏风九叠云锦张,影落明湖青黛光。金阙前开二峰长,银河倒挂三石梁。香炉瀑布遥相望,回崖沓嶂凌苍苍。翠影红霞映朝日,鸟飞不到吴天长。登高壮观天地间,大江茫茫去不还。黄云万里动风色,白波九道流雪山。好为庐山谣,兴因庐山发。闲窥石镜清我心,谢公行处苍苔没。早服还丹无世情,琴心三叠道初成。遥见仙人彩云里,手把芙蓉朝玉京。先期汗漫九垓上,愿接卢敖游太清。

下寻阳城泛彭蠡,寄黄判官

浪动灌婴井,寻阳江上风。开帆入天镜,直向彭湖东。落景转疏雨,晴云散远空。一作返景照疏雨,轻烟澹远空。名山发一作中流得佳兴,清赏亦何穷。石镜挂遥月,香炉灭彩虹。一作瀑布洒青壁,遥山挂彩虹。相思俱对此,举目与君同。

书情寄从弟邠州长史昭

自笑客行久,我行定几时。绿杨已可折,攀取最长枝。翩翩弄春色,延伫寄相思。谁言贵此物,意愿一作厚重琼蕤。昨梦见惠连,朝吟谢公诗。东风引碧草,不觉生华池。临玩忽云夕,杜鹃夜鸣悲。怀君芳岁歇,庭树落红滋。

寄王汉阳

南湖秋月白,王宰夜相邀。锦帐郎官醉,罗衣舞女娇。笛声喧沔鄂,歌曲上云霄。别后空愁我,相思一水遥。

春日归山寄孟浩然

朱绂遗尘境,青山谒梵筵。金绳开觉路,宝筏度迷川。岭树攒飞栱,岩花覆谷泉。塔形标海月,楼势出江烟。香气三天下,钟声万壑连。荷秋珠已满,松密盖初圆。鸟聚疑闻法,龙参若护禅。愧非流水韵,叨入伯牙弦。

流夜郎永华寺寄寻阳群官

朝别凌烟楼,贤豪满行舟。暝投永华寺,宾散予独醉。愿结九江流,添成万行泪。写意寄庐岳,何当来此地。天命有所悬,安得苦愁思。

流夜郎至西塞驿,寄裴隐

扬帆借天风,水驿苦不缓。平明及西塞,已先投沙伴。回峦引群峰,横蹙楚山断。砅冲万壑会,震沓百川满。龙怪潜溟波,俟—作候时救炎旱。我行望雷雨,安得沾枯散。鸟去天路长,人愁—作悲春光短。空将泽畔吟,寄尔江南管。

自汉阳病酒归,寄王明府

去岁左迁夜郎道,琉璃砚水长枯槁。今年敕放巫山阳,蛟龙笔翰生辉光。圣主还听子虚赋,相如却与—作欲论文章。愿扫鹦鹉洲,与君醉百场。啸起白云飞七泽,歌吟渌水动三湘。莫惜连船沽美酒,千金一掷买春芳。

望汉阳柳色寄王宰

汉阳江上柳,望客引东枝。树树花如雪,纷纷乱若丝。春风传我意,草木别前知—作发前塈。寄谢弦歌宰,西来定未迟。

江夏寄汉阳辅录事

谁道此水广,狭如一匹练。江夏黄鹤楼,青山汉阳县。大语犹可闻,故人难可见。君草陈琳檄,我书鲁连箭。报国有壮心,龙颜不回眷。西飞精卫鸟,东海何由填。鼓角徒悲鸣,楼船习征战。抽剑步霜月,夜行空庭遍。长呼结浮云,埋没顾荣扇。他日观军容,投壶接高宴。

早春寄王汉阳

闻道春还未相识,走傍寒梅访消息。昨夜东风入武阳—作昌,陌头杨柳黄金色。碧水浩浩云茫茫,美人不来空断肠。预拂青山一片石,与君连日醉壶觞。

江上寄巴东故人

汉水波浪远,巫山云雨飞。东风吹客梦,西落此中时。觉后思白帝,佳人与我违。瞿塘饶贾客,音信莫令稀。

江上寄元六林宗

霜落江始寒,枫叶绿未脱。客行悲清秋,永路苦不达。沧波眇川汜,白日隐天末。停棹依林峦,惊猿相叫聒。夜分河汉转,起视溟涨阔。凉风何萧萧,流水鸣活活。浦沙净如洗,海月明可掇。兰交空怀思,琼树讵解渴。勖哉沧洲心,岁晚庶不夺。幽赏颇自得,兴远与谁豁。

寄从弟宣州长史昭

尔佐宣州郡,守官清且闲。常夸云月好,邀我敬亭山。五落洞庭叶,三江游未还。相思不可见,叹息损朱颜。

泾溪东亭寄郑少府谔

我游东亭不见君,沙上行将白鹭群。白鹭行时散飞去,又如雪点青山云。欲往泾溪不辞远,龙门蹙波虎眼转。杜鹃花开春已阑,归向陵阳钓鱼晚。

宣州九日,闻崔四侍御与宇文太守游敬亭,余时登响山,不同此赏,醉后寄崔侍御二首

九日茱萸熟,插鬓伤早白。登高望山海,满目悲古昔。远访投沙人,因为逃名—作名山客。故交竟谁在,独有崔亭伯。重阳不相知,载酒任所适。手持一枝菊,调笑二千石。日暮岸帻归,传呼隘阡陌。彤襜双白鹿,宾从何辉赫。夫子在其间,遂成云霄隔。良辰与美景,两地方虚掷。晚从南峰归,萝月下水壁。却登郡楼望,松色寒转碧。咫尺不可亲,弃我如遗舄。

九卿天上落,五马道傍来。列戟朱门晓,寨帏碧嶂开。登高望远海,召客得英才。紫绶欢情洽,黄花逸兴催。山从一作依图上见,溪即一作向镜中回。遥羡重阳作,应过戏马台。

寄崔侍御

宛溪霜夜听猿愁,去国长为不系舟。独怜一雁飞南海,却羡双溪解北流。高人屡解陈蕃榻,过客难一作还登谢朓楼。此处别离同落叶,朝朝分散敬亭秋。

泾溪南蓝山下有落星潭,可以卜筑,余泊舟石上,寄何判官昌浩

蓝岑竦天壁,突兀如鲸额。奔蹙横澄潭,势吞落星石。沙带秋月明,水摇寒山碧。佳境宜缓棹,清辉能留客。恨君阻欢游,使我自惊惕。所期俱卜筑,结茅炼金液。

早过漆林渡,寄万巨

西经大蓝山,南来漆林渡。水色倒空青,林烟横积素。漏流昔吞翕,沓浪竞奔注。潭落天上星,龙开水中雾。峣一作巇岩注公栅,突兀陈焦墓。岭峭纷上干,川明屡回顾。因思万夫子,解渴同琼树。何日睹清光,相欢咏佳句。

游敬亭,寄崔侍御一本作登古城望府中寄崔侍御

我家敬亭下,辄继谢公作。相去数百年,风期宛如昨。登高素秋月,下望青山郭。俯视鸳鹭群一作府中鸿鹭群,饮啄自鸣跃。夫子虽蹭蹬,瑶台雪中鹤。独立窥浮云,其心在寥廓。时来顾我笑,一饭葵与藿。世路如秋风,相逢尽萧索。腰间玉具剑,意许无遗诺。一作愿为经冬柏,不逐天霜落。壮士不可轻,相期在云阁。

三山望金陵,寄殷淑

三山怀谢朓,水澹一作渌水望长安。芜没河阳县,秋江正北看。卢龙霜气冷,鸤鹊月光寒。耿耿忆琼树,天涯寄一欢。

自金陵溯流过白壁山玩月达天门,寄句容王主簿

沧江溯流归,白壁见秋月。秋月照白壁,皓如山阴雪。幽人停宵征,贾客忘早发。进帆天门山,回首牛渚没。川长信风来,日出宿雾歇。故人在咫尺,新赏成胡越。寄君青兰花,惠好庶不绝。

寄上吴王三首

淮王爱八公,携手绿云中。小子忝枝叶,亦攀丹桂丛。谬以词赋重,而将枚马同。何日背淮水,东之观土风。

坐啸庐江静,闲闻进玉觞。去时无一物,东壁挂胡床。

英明庐江守,声誉广平籍。洒扫黄金台,招邀青云客。客曾与天通,出入清禁中。襄王怜宋玉,愿入兰台宫。

全唐诗卷一百七十四

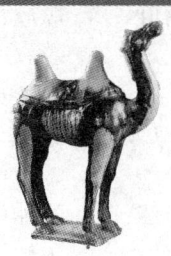

李白

秋日鲁郡尧祠亭上宴别杜补阙、范侍御

我觉秋兴逸,谁云秋兴悲。山将落日去,水与晴空宜。鲁酒白玉壶,送行驻金羁。歌一作欹鞍憩古木,解带挂横枝。歌鼓川上亭,曲度神飙吹。一本无此二句,却添南歌忆郢客,东舞见齐姬。清波忽澹荡,白雪纷逶迤。一隔范杜游,此欢忽若遗三韵。云归碧海夕,雁没青天时。相失各万里,茫然空尔思。

别鲁颂

谁道泰山高,下却鲁连节。谁云秦军众,摧却鲁连舌。独立天地间,清风洒兰雪。夫子还倜傥,攻文继前烈。错落石上松,无为秋霜折。赠言镂宝刀,千岁庶不灭。

别中都明府兄

吾兄诗酒继陶君,试宰中都天下闻。东楼喜奉连枝会,南陌愁为落叶分。城隅渌水明秋日,海上青山隔暮云。取醉不辞留夜月,雁行中断惜离群。

梦游天姥吟留别 一作别东鲁诸公

海客谈瀛洲,烟涛微茫信难求。越人语天姥,云霓明灭或可睹。天姥连天向天横,势拔五岳掩赤城。天台四万八千丈,对此欲倒东南倾。我欲因之梦吴越,一夜飞度镜湖月。湖月照我影,送我至剡溪。谢公宿处今尚在,渌水荡漾清猿啼。脚著谢公屐,身登青云梯。半壁见海日,空中闻天鸡。千岩万转路不定,迷花倚石忽已暝。熊咆龙吟殷岩泉,栗深林兮惊层巅。云青青兮欲雨,水澹澹兮生烟。列缺霹雳,丘峦崩摧。洞天石扇,訇然中开。青冥浩荡不见底,日月照耀金银台。霓为衣兮风为马,云之君兮纷纷而来下。虎鼓瑟兮鸾回车,仙之人兮列如麻。忽魂悸以魄动,怳惊起而长嗟。惟觉时之枕席,失向来之烟霞。世间行乐亦如此,古来万事东流水。别君去时何时还,且放白鹿青崖间,须行即骑访名山。安能摧眉折腰事权贵,使我不得开心颜。

留别曹南群官之江南
我昔钓白龙,放龙溪水傍。道成本欲去,挥手凌苍苍。时来不关人,谈笑游轩皇。献纳少成事,归休辞建章。十年罢西笑,览镜如秋霜。闭剑琉璃匣,炼丹紫翠房。身佩豁落图,腰垂虎鞶囊。仙人驾彩凤,志在穷遐荒。恋子四五人,裵回未翱翔。东流送白日,骤歌兰蕙芳。仙宫两无从,人间久摧藏。范蠡说句践,屈平去怀王。飘飘一作摇紫霞心,流浪忆江乡。愁为万里别,复此一衔觞。淮水帝王州,金陵绕丹阳。楼台照海色,衣马摇川光。及此北望君,相思泪成行。朝云落梦渚,瑶草空高堂。帝子隔洞庭,青枫满潇湘,怀君路绵邈,览古情凄凉。登岳眺百川,杳然万恨长。知一作却恋峨眉去,弄景偶骑羊。

留别于十一兄逖、裴十三游塞垣
太公渭川水,李斯上蔡门。钓周猎秦安黎元,小鱼鵽兔何足言。天张云卷有时节,吾徒莫叹羝触藩。于公白首大梁野,使人怅望何可论。既知朱亥为壮士,且愿束心秋毫里。秦赵虎争血中原,当去抱关救公子。裴生览千古,龙鸾炳文章。悲吟雨雪动林木,放书辍剑思高堂。劝尔一杯酒,拂尔裘上霜。尔为我楚舞,吾为尔楚歌。且探虎穴向沙漠,鸣鞭走马凌黄河。耻作易水别,临岐泪滂沱。

留别王司马嵩
鲁连卖谈笑,岂是顾千金。陶朱虽相越,本有五湖心。余亦南阳子,时为梁甫吟。苍山容偃蹇,白日惜颓侵。愿一佐明主,功成还旧林。西来何所为,孤剑托知音。鸟爱碧山远,鱼游沧一作江海深。呼鹰过上蔡,卖畚向嵩岑。他日闲相访,丘中有素琴。

夜别张五
吾多张公子,别酌酣高堂。听歌舞银烛,把酒轻罗裳。横笛弄秋月,琵琶弹陌桑。龙泉解锦带,为尔倾千觞。

魏郡别苏明府因北游
魏都接燕赵,美女夸芙蓉。淇水流碧玉,舟车日奔冲。青楼夹两岸,万室喧歌钟。天下称豪贵,游此每相逢。一作天下称豪游,此中每相逢。洛阳苏季子,剑戟森词锋。六印虽未佩,轩车若飞龙。黄金数百镒,白璧有几双。散尽空棹臂,高歌赋还邛。落魄乃如此,何人不相从。远别隔两河,云山杳千重一作云天满愁容。何时更杯酒,再得论心胸。

留别西河刘少府
秋一作我发已种种,所为竟无成。闲倾鲁壶酒,笑对刘公荣。谓我是方朔,人间落岁星。白衣千万乘,何事去天庭。君亦不得意,高歌羡鸿冥。世人若醯鸡,安可识梅生。虽为刀笔吏,缅怀在赤城。余亦如流萍,随波乐休明。自有两少妾,双骑骏马行。东山春酒绿,归隐谢浮名。

颍阳别元丹丘之淮阳
吾将元夫子,异姓为天伦。本无轩裳契,素以烟霞亲。尝恨迫世网,铭意俱未伸。松柏虽寒苦,羞逐桃李春。悠悠市朝间,玉颜日缁磷。所失重山岳,所得轻埃尘。精魄渐芜秽,衰老相凭因。我有锦囊诀,可以持君身。当餐黄金药,去为紫阳宾。万事虽并立,百年犹崇晨。别尔东南去,悠悠多悲辛。前志庶不易,远途期所遵。已矣归去来,白云飞天津。

留别广陵诸公一作留别邯郸故人
忆昔作少年,结交赵与燕。金羁络骏马,锦带横龙泉。寸心无疑事,所向非徒然。晚节觉此疏,猎精草太玄。空名束壮士,薄俗弃高贤。中回圣明顾,挥翰凌云烟。骑虎不敢下,攀龙忽堕天。还家守清真,孤洁励秋蝉。炼丹费火石,采药穷山川。卧海不关人,租税辽东田。乘兴忽复起,棹歌溪中船。临醉谢葛强,山公欲倒鞭。狂歌自此别,垂钓沧浪前。

广陵赠别

玉瓶沽美酒,数里送君还。系马垂杨下,衔杯大道间。天边看渌水,海上见青山。兴罢各分袂,何须醉别颜。

感时留别从兄徐王延年、从弟延陵

天籁何参差,噫然大块吹。玄元包<small>一作苞</small>橐龠,紫气何逶迤。七叶运皇化,千龄光本支。仙风生指树,大雅歌螽斯。诸王若鸾虬,肃穆列藩维。哲兄锡茅土,圣代罗<small>一作含</small>荣滋。九卿领徐方,七步继陈思。伊昔全盛日,雄豪动京师。冠剑朝凤阙,楼船侍龙池。鼓钟出朱邸,金翠照丹墀。君王一顾盼,选色献蛾眉。列戟十八年,未曾辄迁移。大臣小喑呜,谪窜天南垂。长沙不足舞,贝锦且成诗。佐郡浙江西,病闲绝驱驰。阶轩日苔藓,鸟雀噪檐帷。时乘平肩舆,出入畏人知。北宅聊偃憩,欢愉恰芘蕠。羞言梁苑地,炬赫耀旌旗。兄弟八九人,吴秦各分离。大贤达机兆,岂独虑安危。小子谢麟阁,雁行忝肩随。令弟字延陵,凤毛出天姿。清英神仙骨,芬馥苣兰蕤。梦得春草句,将非惠连谁。深心紫河车,与我特相宜。金膏犹罔象,玉液尚磷缁。伏枕寄宾馆,宛同清漳湄。药物多见馈,珍羞亦兼之。谁道滇渤深,犹言浅恩慈。鸣蝉游子意,促织念归期。骄阳何太<small>一作火</small>赫,海水烁龙龟。百川尽凋枯,舟楫阁中逵。策马摇凉月,通宵出郊圻。泣别目眷眷,伤心步迟迟。愿言保明德,王室伫清夷。掺袂何所道,援毫投此辞。

别储邕之剡中

借问剡中道,东南指越乡。舟从广陵去,水入会稽长。竹色溪下绿,荷花镜里香。辞君向天姥,拂石卧秋霜。

留别金陵诸公

海水昔飞动,三龙纷战争。钟山危波澜,倾侧骇奔鲸。黄旗一扫荡,割壤开吴京。六代更霸王,遗迹<small>一作都</small>见都<small>一作空城</small>。至今秦淮间,礼乐秀群英。地扇邹鲁学,诗腾颜谢名。五月金陵西,祖余白下亭。欲寻庐峰顶,先绕汉水行。香炉紫烟灭,瀑布落太清。若攀星辰去,挥手缅含情。

口号<small>一作口号留别金陵诸公</small>

食出野田美,酒临远水倾。东流若未尽,应见别离情。

金陵酒肆留别

风吹<small>一作白门</small>柳花满店香,吴姬压酒唤<small>一作劝,一作使</small>客尝。金陵子弟来相送,欲行不行各尽觞。请君试问<small>一作问取</small>东流水,别意与之谁短长。

金陵白下亭留别

驿亭三杨树,正当白下门。吴烟暝长条,汉水啮古根。向来送行处,回首阻笑言。别后若见之,为余<small>一作攀</small>翻。

别东林寺僧

东林送客处,月出白猿啼。笑别庐山远,何烦过虎溪。

窜夜郎,于乌江留别宗十六璟

君家全盛日,台鼎何陆离。斩鳌翼娲皇,炼石补天维。一回日月顾,三入凤凰池。失势青门傍,种瓜复几时。犹会众<small>一作旧</small>宾客,三千光路歧。皇恩雪愤懑,松柏含荣滋。我非东床人,令姊忝齐眉。浪迹未出世,空名动京师。适遭云罗解,翻谪夜郎悲。拙妻莫邪剑,及此<small>一作比</small>二龙随。惭君湍波苦,千里远从之。白帝晓猿断,黄牛过客迟。遥瞻明月峡,西去益相思。

留别龚处士

龚子栖闲地,都无人世喧。柳深陶令宅,竹暗辟疆园。我去黄牛峡,遥愁白帝猿。赠君卷葹草,心断竟何言。

赠别郑判官

窜逐勿复哀,惭君问寒灰。浮云本无意,吹落章华台。远别泪空尽,长愁心已摧。二_{一作三}年吟泽畔,憔悴几时回。

黄鹤楼送孟浩然之广陵

故人西辞黄鹤楼,烟花三月下扬州。孤帆远影碧山尽,唯见长江天际流。

将游衡岳,过汉阳双松亭,留别族弟浮屠谈皓

秦欺赵氏璧,却入邯郸宫。本是楚家玉,还来荆山中。丹彩泻_{一作照}沧溟,精辉凌白虹。青蝇一相点,流落此时同。卓绝道门秀,谈玄乃支公。延萝结幽居,剪竹绕芳丛。凉花拂户牖,天籁鸣虚空。忆我初来时,蒲萄开景风。今兹大火落,秋叶黄梧桐。水色梦沅湘,长沙去何穷。寄书访衡峤,但与南飞鸿。

留别贾舍人至二首

大梁白云起,飘摇来南洲。裴回苍梧野,十见罗浮秋。鳌抃山海倾,四溟扬洪流。意欲托孤凤,从之摩天游。凤苦道路难,翱翔还昆丘。不肯衔我去,哀鸣惭不周。远客谢主人,明珠难暗投。拂拭倚天剑,西登岳阳楼。长啸万里风,扫清胸中忧。谁念刘越石,化为绕指柔。

秋风吹胡霜,凋此檐下芳。折芳怨岁晚,离别凄以伤。谬攀青琐贤,延我于北堂。君为长沙客,我独之夜郎。劝此一杯酒,岂惟道路长。割珠两分赠,寸心贵不忘。何必儿女仁,相看泪成行。

渡荆门送别

渡远荆门外,来从楚国游。山随平野尽,江入大荒流。月下飞天镜,云生结海楼。仍怜故乡水,万里送行舟。

闻李太尉大举秦兵百万,出征东南,懦夫请缨,冀申一割之用,半道病还,留别金陵崔侍御十九韵

秦出天下兵,蹴踏燕赵倾。黄河饮马竭,赤羽连天明。太尉杖旄钺,云旗绕彭城。三军受号令,千里肃雷霆。函谷绝飞鸟,武关拥连营。意在斩巨鳌,何论脍长鲸_{一作鲵与鲸}。恨无左车略,多愧鲁连生。拂剑照严霜,雕戈鬘胡缨。愿雪会稽耻,将期报恩荣。半道谢病还,无因东南征。亚夫未见顾,剧孟阻先行。天夺壮士心,长吁别吴京。金陵遇太守,倒屣相_{一作欣}逢迎。群公咸祖饯,四座罗朝英。初发临沧观,醉栖征虏亭。旧国见秋月,长江流寒声。帝车信回转,河汉复纵横。孤凤向西海,飞鸿辞北溟。因之出寥廓,挥手谢公卿。

别韦少府

西出苍龙门,南登白鹿原。欲寻商山皓,犹恋汉皇恩。水国远行迈,仙经深讨论。洗心向溪月,清耳敬亭猿。筑室在人境,闭门无世喧。多君枉高驾,赠我以微言。交乃意气合,道因风雅存。别离有相思,瑶瑟与金樽。

南陵别儿童入京

白酒新熟山中归,黄鸡啄黍秋正肥。呼童烹鸡酌白酒,儿女嬉笑牵人衣。高歌取醉欲自慰,起舞落日争光辉。游说万乘苦不早,著鞭跨马涉远道。会稽愚妇轻买臣,余亦辞家西入秦。仰天大笑出门去,我辈岂是蓬蒿人。

别山僧

何处名僧到水西,乘舟_{一作杯}弄月宿泾溪。平明别我上山去,手携金策踏云梯。腾身转觉三天近,举足回看万岭低。谑浪肯居支遁下,风流还与远公齐。此度别离何日见,相思一夜暝猿啼。

赠别王山人归布山

王子析道论,微言破秋毫。还归布山隐,

兴入天云高。尔去安可迟,瑶草恐衰歇。我心亦怀归,屡梦松上月。傲然遂独往,长啸开岩扉。林壑久已芜,石道生蔷薇。愿言弄笙鹤,岁晚来相依。

江夏别宋之悌

楚水清若空,遥将碧海通。人分千里外,兴在一杯中。谷鸟吟晴日,江猿啸晚风。平生不下泪,于此泣无穷。

全唐诗卷一百七十五

李白

南阳送客

斗酒勿为薄,寸心贵不忘。坐惜故人去,偏令游子伤。离颜怨芳草,春思结垂杨。挥手再三别,临歧空断肠。

送张舍人之江东

张翰江东去,正值秋风时。天清一雁远,海阔孤帆迟。白日行欲暮,沧波杳难期。吴洲如见月,千里幸相思。

送王屋山人魏万还王屋并序

王屋山人魏万,云自嵩宋沿吴相访,数千里不遇,乘兴游台越,经永嘉,观谢公石门。后于广陵相见,美其爱文好古,浪迹方外,因述其行,而赠是诗。一作见王屋山人魏万,云自嵩历兖,游梁入吴,计程三千里,相访不遇。因下江东,寻诸名山,往复百越。后于广陵一面,遂乘兴共过金陵。此公爱奇好古,独出物表,因述其行李,遂有此作。

仙人东方生,浩荡弄云海。沛然乘天游,独往失所在。一作东方不辞家,独访紫泥海。时人少相逢,往往失所在。魏侯继大名,本家聊摄城。卷舒入元化,迹与古贤并。十三弄文史,挥笔如振绮。辩折田巴生,心齐鲁连子。西涉清洛源,颇惊人世喧。采秀卧王屋,因窥洞天门。朅来游嵩峰,羽客何双双。朝携月光子,暮宿玉女窗。鬼谷上窈窕,龙潭下奔潈。东浮汴河水,访我三千里。逸兴满吴云,飘摇浙江汜。挥手杭越间,樟亭望潮还。涛卷海门石,云横天际山。白马走素车,雷奔骇心颜。遥闻会稽美,且度一作一弄耶溪水。万壑与千岩,峥嵘镜湖里。秀色不可名,清辉满江城。人游月边去,舟在空中行。此中久延伫,入剡寻王许。笑读曹娥碑,沉吟黄绢语。天台连四明,日入向国清。五峰转月色,百里行松声。灵溪咨沿越,华顶殊超忽。石梁横青天,侧足履半月。忽然思永嘉,不惮海路赊。挂席历海峤,回瞻赤城霞。赤城渐微没,孤屿前峣兀。水续万古流,亭空千霜一作山月。缙云川谷难,石门最可观。瀑布挂北斗,莫穷此水端。喷壁洒素雪,空蒙生昼寒。却思一作寻恶溪去,宁惧恶溪恶。咆哮七十滩,水石相喷薄。路创李北海,岩开谢康乐。松风和猿声,搜索连洞壑。径出梅花桥,双溪纳归潮。落帆金华岸,赤松若可招。沈约八咏楼,城西孤岧峣。岧峣四荒外,旷望群川会。云卷天地开,波连浙西大。乱流新安口,北指严光濑。钓台碧云中,邈与苍岭对。稍稍来吴都,裴回上姑苏。烟绵横九疑,漭荡见五湖。目极心更远,悲歌但长吁。回桡楚江滨,挥策扬子津。身著日本裘裘则朝卿所赠,日本布为之,昂藏出风尘。五月造我语,知非侣一作俦拟人。相逢乐无限,水石日在眼。徒干五诸侯,不致百一作千金产。吾友扬子云,弦歌播清芬。虽为江宁宰,好与山公群。乘兴但一行,且知我爱君。君来几何时,仙台应有期。东窗绿玉树,定长三五枝。至今天坛人,当笑尔归迟。我苦惜远别,茫然使心悲。黄河若不断,白首长相思。

送当涂赵少府赴长芦

我来扬都市,送客回轻舠。因夸楚太子,便睹广陵涛。仙尉赵家玉,英风凌四豪。维舟至长芦,目送烟云高。摇扇对酒楼,持袂把蟹螯。前途倘相思,登岳一长谣。

送友人寻越中山水

闻道稽山去,偏宜谢客才。千岩泉洒落,万壑树萦回。东海横秦望,西陵绕越台。湖清霜镜晓,涛白雪山来。八月枚乘笔,三吴张翰杯。此中多逸兴,早晚向天台。

送族弟凝之滁求婚崔氏

与尔情不浅,忘筌已得鱼。玉台挂宝镜,持此意何如。坦腹东床下,由来志气疏。遥知向前路,掷果定盈车。

送友人游梅湖

送君游梅湖,应见梅花发。有使寄我来,无令红芳歇。暂行新林浦,定醉金陵月。莫惜一雁书,音尘坐胡越。

送崔十二游天竺寺

还闻天竺寺,梦想怀东越。每年海树霜,桂子落秋月。送君游此地,已属流芳歇。待我来岁行,相随浮溟渤。

送杨山人归天台

客有思天台,东行路超忽。涛落浙江秋,沙明浦阳月。今游方厌楚,昨梦先归越。且尽秉烛欢,无辞凌晨发。我家小阮贤,剖竹赤城边。诗人多见重,官烛未曾燃。兴引登山屐,情催泛海船。石桥如可度,携手弄云烟。

送温处士归黄山白鹅峰旧居

黄山四千仞,三十二莲峰。丹崖夹石柱,菡萏金芙蓉。伊昔升绝顶,下窥天目松。仙人炼玉处,羽化留余踪。亦闻温伯雪,独往今相逢。采秀辞五岳,攀岩历万重。归休白鹅岭,渴饮丹砂井。凤吹我时来,去车尔当整。去去陵阳东,行行芳桂丛。回溪十六度,碧嶂尽晴空。他日还相访,乘桥蹑彩虹。

送方士赵叟之东平

长桑晓洞视,五藏无全牛。赵叟得秘诀,还从方士游。西过获麟台,为我吊孔丘。念别复怀古,潸然空泪流。

送韩准、裴政、孔巢父还山

猎客张兔罝,不能挂龙虎。所以青云人,高一作浩歌在岩户。韩生信英彦,裴子含清真。孔侯复秀出,俱与云霞亲。峻节凌远松,同衾卧盘石。斧冰嗽寒泉,三子同二屐。时时或乘兴,往往云无心。出山揖牧伯,长啸轻衣簪。昨宵梦里还,云弄竹溪月。今晨鲁东门,帐饮与君别。雪崖滑去马,萝径迷归人。相思若烟草,历乱无冬春。

送杨少府赴选

大国置衡镜,准平天地心。群贤无邪人,

朗鉴穷情深。吾君咏南风，衮冕弹鸣琴。时泰多美一作英士，京国会一作富缨簪。山苗落涧底，幽松出高岑。夫子有盛才，主司得球琳。流水非郑曲，前行遇知音。衣工剪绮绣，一误伤千金。何惜刀尺余，不裁寒女衾。我非弹冠者，感别但开襟。空谷无白驹，贤人岂悲吟。大道安弃物，时来或招寻。尔见山吏部，当应无陆沉。

对雪奉饯任城六父秩满归京

龙虎谢鞭策，鹓鸾不司晨。君看海上鹤，何似笼中鹑。独用天地心，浮云乃吾身。虽将簪组狎，若与烟霞亲。季父有英风，白眉超常伦。一官即梦寐，脱屣归西秦。窦公敞华筵，墨客尽来臻。燕歌落胡雁，郢曲回阳春。征马百度嘶，游车动行尘。踌躇未忍去，恋此四座人。饯离驻高驾，惜别空殷勤。何时竹林下，更与步兵邻。

鲁郡尧祠送吴五之琅玡

尧没三千岁，青松古庙存。送行奠桂酒，拜舞清心魂。日色促归人，连歌倒芳樽。马嘶俱醉起，分手更何言。

鲁郡尧祠送窦明府薄华还西京时久病初起作

朝策犁眉䯄，举鞭力不堪。强扶愁疾向何处，角巾微服一作步尧祠南。长杨扫地不见日，石门喷作金沙潭。笑夸故人指绝境，山光水色青于蓝。庙中往往来击鼓，尧本无心尔何苦。门前长跪双石人，有女如花日歌舞。银鞍绣毂往复回，簸林蹶一作冰石鸣风雷。远烟空翠时明灭，白鸥历乱长飞雪。红泥亭子赤栏干，碧流环转青锦湍。深沉百丈洞海底，那知不有蛟龙蟠。君不见绿珠潭水流东海，绿珠红粉沉光彩。绿珠楼下花满园，今日曾无一枝在。昨夜秋声阊阖来，洞庭木落骚人哀。遂将三五少年辈，登高远望形神开。生前一笑轻九鼎，魏武何悲铜雀台。我歌白云倚窗牖，尔闻其声但挥手。长风吹月度海来，遥劝仙人一杯酒。酒中乐酣宵向分，举觞酹尧尧可闻。何不令皋繇拥篲横八极，直上青天挥一作扫浮云。高阳小饮真琐琐，山公酩酊何如我。竹林七子去道赊，兰亭雄笔安足夸。尧祠笑杀五湖水，至今憔悴空荷花。尔向西秦我东越，暂向瀛洲访金阙。蓝田太白若可期，为余扫洒石上月。

金乡送韦八之西京

客自长安来，还归长安去。狂风吹我心，西挂咸阳树。此情不可道，此别何时遇。望望不见君，连山起烟雾。

送薛九被谗去鲁

宋人不辨玉，鲁贱东家丘。我笑薛夫子，胡为两地游。黄金消众口，白璧竟难投。梧桐生蒺藜，绿竹乏佳宾。凤凰宿谁家，遂与群鸡匹。田家养老马，穷士归其门。蛾眉笑躄者，宾客去平原。却斩美人首，三千还骏奔。毛公一挺剑，楚赵两相存。孟尝习狡兔，三窟赖冯谖。信陵夺兵符，为用侯生言。春申一何愚，刎首为李园。贤哉四公子，抚掌黄泉里。借问笑何人，笑人不好士。尔去且勿喧，桃李竟何言。沙丘无漂母，谁肯饭王孙。

单父东楼秋夜送族弟沈之秦时凝弟在席

尔从咸阳来，问我何劳苦。沐猴而冠不足言，身骑土牛滞东鲁。沈弟欲行凝弟留，孤飞一雁秦云秋。坐来黄叶落四五，北斗已挂西城楼。丝桐感人弦亦绝，满堂送君皆惜别。卷帘见月清兴来，疑是山阴夜中雪。明日斗酒别，惆怅清路尘。遥望长安日，不见长安人。长安宫阙九天上，此地曾经为近臣。一朝复一朝，发白心不改。屈原憔悴滞江潭，亭伯流离放辽海。折翮翻飞随转蓬，闻弦坠虚下霜空。圣朝久弃青云士，他日谁怜张长公。

送族弟凝至晏堌单父三十里

雪满原野白，戎装出盘游。挥鞭布猎骑，四顾登高丘。兔起马足间，苍鹰下平畴。喧呼相驰逐，取乐销人忧。舍此戒禽荒，微声列齐讴。鸣鸡发晏堌，别雁惊涞沟。西行有东音，寄与长河流。

鲁城北郭曲腰桑下送张子还嵩阳

　　送别枯桑下,凋叶落半空。我行懵道远,尔独知天风。谁念张仲蔚,还依蒿与蓬。何时一杯酒,更与李膺同。

全唐诗卷一百七十六

李白

送鲁郡刘长史迁弘农长史

鲁国一杯水,难容横海鳞。仲尼且不敬,况乃寻常人。白玉换斗粟,黄金买尺薪。闭门木叶下,始觉秋非春。闻君向西迁,地即鼎湖邻。宝镜匣苍藓,丹经埋素尘。轩后上天时,攀龙遗小臣。及此留惠爱,庶几风化淳。鲁缟如白烟,五缣不成束。临行赠贫交,一尺重山岳。相国齐晏子,赠行不及言。托阴当树李,忘忧当树萱。他日见张禄,绨袍怀旧恩。

送族弟单父主簿凝摄宋城主簿,至郭南月桥,却回栖霞山,留饮赠之

吾家青萍剑,操割有余闲。往来纠二邑,此去何时还。鞍马月桥南,光辉歧路间。贤豪相追饯,却到栖霞山。群花散芳园,斗酒开离颜。乐酣相顾起,征马无由攀。

鲁郡东石门送杜二甫

醉别复几日,登临遍池台。何时石门路,重有金樽开。秋波落泗水,海色明徂徕。飞蓬各自远,且尽手中杯。

鲁郡尧祠送张十四游河北

猛虎伏尺草,虽藏难蔽身。有如张公子,肮脏在风尘。岂无横腰剑,屈彼淮阴人。击筑向北燕,燕歌易水滨。归来泰山上,当与尔为邻。

杭州送裴大泽赴庐州长史

西江天柱远,东越海门深。去割慈亲恋,行忧报国心。好风吹落日,流水引长吟。五月披裘者,应知不取金。

灞陵行送别

送君灞陵亭,灞水流浩浩。上有无花之古树,下有伤心之春草。我向秦人问路歧,云是王粲南登之古道。古道连绵走西京,紫阙一作

关落日浮云生。正当今夕断肠处,黄鹂一作骊歌愁绝不忍听。

送贺监归四明应制

久辞荣禄遂初衣,曾向长生说息机。真诀自从茅氏得,恩波宁阻一作应许洞庭归。瑶台含雾星辰满,仙峤浮空岛屿微。借问欲栖珠树鹤,何年却向帝城飞。

送窦司马贬宜春

天马白银鞍,亲承明主欢。斗鸡金宫里,射雁碧云端。堂上罗中贵,歌钟清夜阑。何言谪南国,拂剑坐长叹。赵璧为谁点,隋珠枉被弹。圣朝多雨露,莫厌此行难。

送羽林陶将军

将军出使拥楼船,江上旌旗拂紫烟。万里横戈探虎穴,三杯拔剑舞龙泉。莫道词人无胆气,临行将赠绕朝鞭。

送程、刘二侍郎兼独孤判官赴安西幕府

安西幕府多材雄,喧喧惟道三数公。绣衣貂裘明积雪,飞书走檄如飘风。朝辞明主出紫宫,银鞍送别金城空。天外飞霜下葱海,火旗云马生光彩。胡塞清尘几日归,汉家草绿遥相待。

送侄良携二妓赴会稽,戏有此赠

携妓东山去,春光半道催。遥看若桃李,双入镜中开。

送贺宾客归越

镜湖流水漾清波,狂客归舟逸兴多。山阴道士如相见,应写黄庭换白鹅。

送张遥之寿阳幕府

寿阳信天险,天险横荆关。苻坚百万众,遥阻八公山。不假筑长城,大贤在其间。战夫若熊虎,破敌有余闲。张子勇且英,少轻卫霍孱。投躯紫髯将,千里望风颜。勖尔效才略,功成衣锦还。

送裴十八图南归嵩山二首

何处可为别,长安青绮门。胡姬招素手,延一作留客醉金樽。临当上马时,我独与君言。风吹芳兰折,日没鸟雀喧。举手指飞鸿,此情难具论。同归无早晚,颍水有清源。

君思颍水绿,忽复归嵩岑。归时莫洗耳,为我洗其心。洗心得真情,洗耳徒买名。谢公终一起,相与济苍生。

同王昌龄送族弟襄归桂阳二首一作同王昌龄崔国辅送李舟归郴州

秦地见碧草,楚谣对清樽。把酒尔何思,鹧鸪啼南园。余欲罗浮隐,犹怀明主恩。踌躇紫宫恋,孤负沧洲言。终然无心云,海上同飞翻。相期乃不浅,幽桂有芳根。

尔家何在潇湘川,青莎白石长沙边。昨梦江花照江日一作月,几枝正发东窗前。觉来欲往心悠然,魂随越鸟飞南天。秦云连山海相接,桂水横烟不可涉。送君此去令人愁,风帆茫茫隔河洲。春潭琼草绿可折,西寄长安明月楼。

送外甥郑灌从军三首

六博争雄好彩来,金盘一掷万人开。丈夫赌命报天子,当斩胡头衣锦回。

丈八蛇矛出陇西,弯弧拂箭白猿啼。破胡必用龙韬策,积甲应将熊耳齐。

月蚀西方破敌时,及瓜归日未应迟。斩胡血变黄河水,枭首当悬白鹊旗。

送于十八应四子举落第还嵩山

吾祖吹橐籥,天人信森罗。归根复太素,群动熙元和。炎炎四真人,摛辩若涛波。交流无时寂,杨墨日成科。夫子闻洛诵,夸才才固多。为金好踊跃,久客方蹉跎。道可束卖之,五宝溢山河。劝君还嵩丘,开酌盼庭柯。三花如未落,乘兴一来过。

送别

　　寻阳五溪水,沿洄直入巫山里。胜境由来人共传,君到南中自称美。送君别有八月秋,飒飒芦花复益愁。云帆望远不相见,日暮长江空自流。

送族弟绾从军安西

　　汉家兵马乘北风,鼓行而西破犬戎。尔随汉将出门去,剪虏若草收奇功。君王按剑望边色—作邑,旄头已落胡天空。匈奴系颈数应尽,明年应入蒲萄宫。

送梁公昌从信安北征

　　入幕推英选,捐书事远戎。高谈百战术,郁作万夫雄。起舞莲花剑,行歌明月弓。将飞天地阵,兵出塞垣通。祖席留丹景,征麾拂彩虹。旋应献凯入,麟阁伫深功。

送白利从金吾董将军西征

　　西羌延国讨,白起佐军威。剑决浮云气,弓弯明月辉。马行边草绿,旌—作旗卷曙霜飞。抗手凛相顾,寒风生铁衣。

送张秀才从军

　　六驳食猛虎,耻从驽马群。一朝长鸣去,矫若龙行云。壮士怀远略,志存解世纷。周粟犹不顾,齐圭安肯分。抱剑辞高堂,将投崔冠军。长策扫河洛,宁亲归汝坟。当令千古后,麟阁著奇勋。

送崔度还吴度,故人礼部员外辅国之子。

　　幽燕沙雪地,万里尽黄云。朝吹归秋雁,南飞日几群。中有孤凤雏,哀鸣九天闻。我乃重此鸟,采章五色分。胡为杂凡禽,雏鹜轻贱君。举手捧尔足,疾心若火焚。拂羽泪满面,送之吴江濆。去影忽不见,踌躇日将曛。

送祝八之江东,赋得浣纱石

　　西施越溪女,明艳光云海。未—作来入吴王宫殿时,浣纱古—作故石今犹在。桃李新开映古查,菖蒲犹短出平沙。昔时红粉—作颜照流水,今日青苔覆落花。君去西秦适东越,碧山青江几超忽。若到天涯思故人,浣纱石上窥明月。

送侯十一

　　朱亥已击晋,侯嬴尚隐身。时无魏公子,岂贵抱关人。余亦不火食,游梁同在陈。空余湛卢剑,赠尔托交亲。

鲁中送二从弟赴举之西京—作送族弟锽

　　鲁客向西笑,君门若梦中。霜凋逐臣发,日忆明光宫。复羡二龙去,才华冠世雄。平衢骋高足,逸翰凌长风。舞袖拂秋月,歌筵闻早鸿。送君日千里,良会何由同。

奉饯高尊师如贵道士传道箓毕归北海

　　道隐不可见,灵书藏洞天。吾师四万劫,历世递相传。别杖留青竹,行歌蹑紫烟。离心无远近,长在玉京悬。

金陵送张十一再游东吴

　　张翰黄花句,风流五百年。谁人今继作,夫子世称贤。再动游吴棹,还浮入海船。春光白门柳,霞色赤城天。去国难为别,思归各未旋。空余贾生泪,相顾共凄然。

送纪秀才游越

　　海水不满眼,观涛难称心。即知蓬莱石,却是巨鳌簪。送尔游华顶,令余发舄吟。仙人居射的,道士住山阴。禹穴寻溪入,云门隔岭深。绿萝秋月夜,相忆在鸣琴。

送长沙陈太守二首

　　长沙陈太守,逸气凌青松。英主赐五马,本是天池龙。湘水回九曲,衡山望五峰。荣君按节去,不及远相从。

　　七郡长沙国,南连湘水滨。定—作吴王垂舞袖,地窄不回身。莫小二千石,当安远俗人。洞庭乡路远,遥羡锦衣春。

送杨燕之东鲁

关西杨伯起,汉日旧称贤。四代三一作五公族,清风播人天。夫子华阴居,开门对玉莲。何事历衡霍,云帆今始还。君坐稍解颜,为君歌此篇。我固侯门士,谬登圣主筵。一辞金华殿,蹭蹬长江边。二子鲁门东,别来已经年。因君此中去,不觉泪如泉。

送蔡山人

我本不弃世,世人自弃我。一乘无倪舟,八极纵远舵。燕客期跃马,唐生安敢讥。采珠勿惊龙,大道可暗归。故山有松月,迟尔玩清晖。

送萧三十一之鲁中兼问稚子伯禽

六月南风吹白沙,吴牛喘月气成霞。水国郁一作歙蒸不可处,时炎道远无行车。夫子如何涉江路,云帆袅袅金陵去。高堂倚门望伯鱼,鲁中正是趋庭处。我家寄在沙丘傍,三年不归空断肠。君行既识伯禽子,应驾小车骑白羊。

送杨山人归嵩山

我有万古宅,嵩阳玉女峰。长留一片月,挂在东溪松。尔去掇仙草,菖蒲花紫茸。一作君行到此峰,餐霞驻衰容。岁晚或相访,青天骑白龙。

送殷淑三首

海水不可解,连江夜为潮。俄然浦屿阔,岸去酒船遥。惜别耐取醉,鸣榔且长谣。天明尔当去,应便有风飘。

白鹭洲前月,天明送客回。青龙山后日,早出海云来。流水无情去,征帆逐吹开。相看不忍别,更进手中杯。

痛饮龙筇下,灯青月复寒。醉歌惊白鹭,半夜起沙滩。

送岑征君归鸣皋山

岑公相门子,雅望归安石。奕世皆夔龙,中台竟三拆。至人达机兆,高揖九州伯。奈何天地间,而作隐沦客。贵道能一作皆全真,潜辉卧幽邻一作鳞。探元入窅默,观化游无垠。光武有天下,严陵为故人。虽登洛阳殿,不屈巢由身。余亦谢明主,今称偃蹇臣。登高览万古,思与广成邻。蹈海宁受赏,还山非问津。西来一作终期一摇扇,共拂元规尘。

送范山人归泰山

鲁客抱白鹤一作鸡,别余往泰山。初行若片云一作雪,杳在青崖间。高高至天门,日观一作海日近可攀。云山望不及,此去何时还。

全唐诗卷一百七十七

李白

送韩侍御之广德
昔日绣衣何足荣,今宵贳酒与君倾。暂就东山赊月色,酣歌一夜送泉明。

送通禅师还南陵隐静寺
我闻隐静寺,山水多奇踪。岩种朗公橘,门深杯渡松。道人制猛虎,振锡还孤峰。他日南陵下,相期谷口逢。

送友人
青山横北郭,白水绕东城。此地一为别,孤蓬万里征。浮云游子意,落日故人情。挥手自兹去,萧萧班马鸣。

送别
斗酒渭城边,垆头醉不眠。梨花千树雪,杨叶万条烟。惜别倾壶醑,临分赠马鞭。看君颖上去,新月到应圆。

江上送女道士褚三清游南岳
吴江女道士,头戴莲花巾。霓衣—作裳不湿雨,特异阳台云。足下远游履,凌波生素尘。寻仙向南岳,应见魏夫人。

送友人入蜀
见说蚕丛路,崎岖不易行。山从人面起,云傍马头生。芳树笼秦栈,春流绕蜀城。升沉应已定,不必问君平。

送李青归南叶—作华阳川
伯阳仙家子,容色如青春。日月秘灵洞,云霞辞世人。化心养精魄,隐几窅天真。莫作千年别,归来城郭新。

送舍弟
吾家白额—作马驹,远别临东道。他日相思一梦君,应得池塘生春草。

送别得书字

水色南天远,舟行若在虚。迁人发佳兴,吾子访闲居。日落看归鸟,潭澄羡—作怜跃鱼。圣朝思贾谊,应降紫泥书。

送麹十少府

试发清秋兴,因为吴会吟。碧云敛海色,流水折江心。我有延陵剑,君无陆贾金。艰难此为别,惆怅一何深。

送张秀才谒高中丞并序

余时系寻阳狱中,正读《留侯传》,秀才张孟熊蕴灭胡之策,将之广陵谒高中丞。余嘉子房之风,感激于斯人,因作是诗以送之。

秦帝沦玉镜—作六雄灭金虎,留侯降氛氲。感激黄石老,经过沧海君。壮士挥金槌,报仇六国闻。智勇冠终古,萧陈难与群。两龙争斗时,天地动风云。酒酣—作纵横舞长剑,仓卒解汉纷。宇宙初倒悬,鸿沟势将分。英谋信奇绝,夫子扬清芬。—作夫子称卓绝,超然继清芬。胡月入紫微,三光乱天文。高公镇淮海,谈笑却妖氛。采尔幕中画,戡难光殊勋。我无燕霜感,玉石俱烧焚。但洒一行泪,临歧竟何云。

寻阳送弟昌峒鄱阳司马作

桑落洲渚连,沧江无云烟。寻阳非剡水,忽见子猷船。飘然欲相近,来迟杳若仙。人乘海上月,帆落湖中天。一睹无二诺,朝欢更胜昨。尔则吾惠连,吾非尔康乐。朱绂白银章,上官佐鄱阳。松门拂中道,石镜回清光。摇扇及于越,水亭风气凉。与尔期此亭,期在秋月满。时过或未来,两乡心已断。吴山对楚岸,彭蠡当中州。相思定如此,有穷尽年愁。

饯校书叔云

少年费白日,歌笑矜朱颜。不知忽已老,喜见春风还。惜别且为欢,裴回桃李间。看花饮美酒,听鸟临晴山。向晚竹林寂,无人空闭关。

送王孝廉觐省

彭蠡将天合,姑苏在日边。宁亲候海色,欲动孝廉船。窈窕晴江转,参差远岫连。相思无昼夜,东泣似长川。

同吴王送杜秀芝赴举入京

秀才何翩翩,王许回也贤。暂别庐江守,将游京兆天。秋山宜落日,秀水出寒烟。欲折一枝桂,还来雁沼前。

洞庭醉后送绛州吕使君果—作果流澧州

昔别若梦中,天涯忽相逢。洞庭破秋月,纵酒开愁容。赠剑刻玉字,延平两蛟龙。送君不尽意,书及雁回峰。

与诸公送陈郎将归衡阳并序

仲尼旅人,文王明夷,苟非其时,圣贤低眉,况仆之不肖者。而迁逐枯槁,固非其宜,朝心不开,暮发尽白。而登高送远,使人增愁。陈郎将义风凛然,英思逸发,来下曹城之榻,去邀才子之诗。动清兴于中流,泛素波而径去。诸公仰望不及,连章祖之。序惭起予,辄冠名贤之首;作者嗤我,乃为抚掌之资乎。

衡山苍苍入紫冥,下看南极老人星。回飙吹散五峰雪,往往飞花落洞庭。气清岳秀有如此,郎将一家拖金紫。门前食客乱浮云,世人皆比孟尝君。江上送行无白璧,临歧惆怅若为分。

送赵判官赴黔府中丞叔幕

廓落青云心,交结黄金尽。富贵翻相忘,令人忽自哂。蹭蹬鬓毛斑,盛时难再还。巨源咄石生,何事马蹄间。绿萝长不厌,却欲还东山。君为鲁曾子,拜揖高堂里。叔继赵平原,偏承明主恩。风霜推独坐,旄节镇雄藩。虎士秉金钺,蛾眉开玉樽。才高幕下去,义重林中言。水宿五溪月,霜啼三峡猿。东风春草绿,江上候归轩。

送陆判官往琵琶峡

水国秋风夜,殊非远别时。长安如梦里,

何日是归期。

送梁四归东平

玉壶挈美酒,送别强为欢。大火南星月,长郊北路难。殷王期负鼎,汶水起垂竿。莫学东山卧,参差老谢安。

江夏送—作祖友人

雪点翠云裘,送君黄鹤楼。黄鹤振玉羽,西飞帝王州。凤无琅玕实,何以赠远游。裴回相顾影,泪下汉江流。

送郗昂谪巴中

瑶草寒不死,移植沧江滨。东风洒雨露,会入天地—作池春。予若洞庭叶,随波送逐臣。思归未可得,书此谢情人。

江夏送张丞

欲别心不忍,临行情更亲。酒倾无限月,客醉几重春。藉草依流水,攀花赠远人。送君从此去,回首泣迷津。

赋得白鹭鸶,送宋少府入三峡

白鹭拳一足,月明秋水寒。人惊远飞去,直向使君滩。

送二季之江东

初发强中作,题诗与惠连。多惭一日长,不及二龙贤。西塞当中路,南风欲进船。云峰出远海,帆影挂清川。禹穴藏书地,匡山种杏田。此行俱有适,迟尔早归旋。

江西送友人之罗浮

桂水分五岭,衡山朝九疑。乡关渺安西,流浪将何之。素色愁明湖,秋渚晦寒姿。畴昔紫芳意,已过黄发期。君王纵疏散,云壑借巢夷。尔去之罗浮,我还憩峨眉。中阔道万里,霞月遥相思。如寻楚狂子,琼树有芳枝。

宣州谢朓楼饯别校书叔云—作陪侍御叔华登楼歌

弃我去者昨日之日不可留,乱我心者今日之日多烦忧。长风万里送秋雁,对此可以酣高楼。蓬莱文章建安骨,中间小谢又清发。俱怀逸兴壮思飞,欲上青天览日月。抽刀断水水更流,举杯销愁愁更—作复愁。人生—作男儿在世不称意,明朝散发弄扁舟—作举棹还沧洲。

宣城送刘副使入秦

君即刘越石,雄豪冠当时。凄清横吹曲,慷慨扶风词。虎啸俟腾跃,鸡鸣遭乱离。千金市骏马,万里逐王师。结交楼烦将,侍从羽林儿。统兵捍吴越,豺虎不敢窥。大勋竟莫叙,已过秋风吹。秉钺有季公,凛然负英姿。寄深且戎幕。望重必台司。感激一然诺,纵横两无疑。伏奏归北阙,鸣驺忽西驰。列将咸出祖,英僚惜分离。斗酒满四筵,歌啸宛溪湄。君携东山妓,我咏北门诗。贵贱交不易,恐伤中园葵。昔赠紫骝驹,今倾白玉卮。同欢万斛酒,未足解相思。此别又千里—作此外别千里,秦吴渺天涯。月明关山苦,水剧陇头悲。借问几时还,春风入黄池。无令长相忆,折断绿杨枝。

泾川送族弟錞

泾川三百里,若耶羞见之。锦石照碧山,两边白鹭鸶。佳境千万曲,客行无歇时。上有琴高水,下有陵阳祠。仙人不见我,明月空相知。问我何事来,卢敖结幽期。蓬山振雄笔,绣服挥清词。江湖发秀色,草木含荣滋。置酒送惠连,吾家称白眉。愧无海峤作,敢阙河梁诗。见尔复几朝,俄然告将离。中流漾彩鹢,列岸丛金羁。叹息苍梧凤,分栖琼树枝。清晨各飞去,飘落天南垂。望极落日尽,秋深暝猿悲。寄情与流水,但有长相思。

五松山送殷淑

秀色发江左,风流奈若何。仲文了不还,独立扬清波。载酒五松山,颓然白云歌。中天度落月,万里遥相过。抚酒惜此月,流光畏蹉跎。明日别离去,连峰郁嵯峨。

送崔氏昆季之金陵—作秋夜崔八丈水亭送别

放—作吴歌倚东楼,行子期晓发。秋风渡

江来,吹落山上月。主人出美酒,灭烛延清光。二崔向金陵,安得不尽觞。水客弄归棹,云帆卷轻霜。扁舟敬亭下,五两先飘扬。峡石入水花,碧流日更长。思君无岁月,西笑阻河梁。

登黄山凌歊台,送族弟溧阳尉济充泛舟赴华阴_{得齐字}

鸾乃凤之族,翱翔紫云霓。文章辉五色,双在琼树栖。一朝各飞去,凤与鸾俱啼。炎赫五月中,朱曦烁河堤。尔从泛舟役,使我心魂凄。秦地无碧草,南云喧鼓鼙。君王减玉膳,早起思鸣鸡。漕引救关辅,疲人免涂泥。宰相作霖雨,农夫得耕犁。静者伏草间,群才满金闺。空手无壮士,穷居使人低。送君登黄山,长啸倚—作上天梯。小舟若鳧雁,大舟若鲸鲵。开帆散长风,舒卷与云齐。日入牛渚晦,苍然夕烟迷。相思定—作在何许—作所,杳在洛阳西。

送储邕之武昌

黄鹤西—作高楼月,长江万里情。春风三十度,空忆武昌城。送尔难为别,衔杯惜未倾。湖连张乐地,山逐泛舟行。诺为楚人重,诗传谢朓清。沧浪吾有曲,寄入棹歌声。

全唐诗卷一百七十八

李白

酬谈少府

一尉居倏忽,梅生有仙骨。三事或可羞,匈奴哂千秋。壮心屈黄绶,浪迹寄沧洲。昨观荆岘作,如从云汉游。老夫当暮矣,蹀足惧骅骝。

酬宇文少府见赠桃竹书筒

桃竹书筒绮绣文,良工巧妙称绝群。灵心圆映三江月,彩质叠成五色云。中藏宝诀峨眉去,千里提携长忆君。

五月东鲁行,答汶上君一作翁

五月梅始一作子黄,蚕凋桑柘空。鲁人重织作,机杼鸣帘栊。顾余不及仕,学剑来山东。举鞭访前途,获笑汶上翁。下愚忽壮士,未足论穷通。我以一箭书,能取聊城功。终然不受赏,羞与时人同。西归去直道,落日昏阴虹。此一作我去尔勿言,甘心为转蓬。

早秋单父南楼酬窦公衡

白露见日灭,红颜随霜凋。别君若俯仰,春芳辞秋条。泰山嵯峨夏云在,疑是白波涨东海。散为飞雨川上来,遥帷却卷清浮埃。知君独坐青轩下,此时结念同所怀一作同怀者。我闭南楼看道书,幽帘清寂在仙居。曾无好事来相访,赖尔高文一起予。

山中问答

问余何意一作事栖碧山,笑而不答心自闲。桃花流水窅然去,别有天地非人间。

答友人赠乌纱帽

领得乌纱帽,全胜白接䍦。山人不照镜,稚子道相宜。

酬张司马赠墨

上党碧松烟,夷陵丹砂末。兰麝凝珍墨,

精光乃堪掇。黄头奴子双鸦鬟,锦囊养之怀袖间。今日赠予兰亭去,兴来洒笔会稽山。

答湖州迦叶司马问白是何人

青莲居士谪仙人,酒肆藏名三十春。湖州司马何须问,金粟如来是后身。

答长安崔少府叔封游终南翠微寺太宗皇帝金沙泉见寄

河伯见海若,傲然夸秋水。小物昧远图,宁知通方士。多君紫霄意,独往苍山里。地古寒云深,岩高长风起。初登翠微岭,复憩金沙泉。践苔朝霜滑,弄波夕月圆。饮彼石下流,结萝宿溪烟。鼎湖萋渌水,龙驾空一作何茫然。早行子午关一作间,又作峰,却登山路远。一作却叹山路远,又作颜识关路远。拂琴听霜猿,灭烛乃星饭。人烟无明一作同异,鸟道绝往返。攀崖倒青天,下视白日晚。既过一作遇石门隐,还唱一作闻石潭歌。涉雪搴紫芳一作采紫茎,濯缨想一作搦清波。此人不可见,此地君自过。为余谢风泉,其如幽意何。

酬崔五郎中

朝云横高天,万里起秋色。壮士心飞扬,落日空叹息。长啸出原野,凛然寒风生。幸遭圣明时,功业犹未成。奈何怀良图,郁悒独愁坐一作空独坐。杖策寻英豪,立谈乃知我。崔公生民秀,缅邈青云姿。制作参造化,托讽含神祇。海岳尚可倾,吐诺终不移。是时霜飙寒,逸兴临华池。起舞拂长剑,四座皆扬眉。因得穷欢情,赠我以新诗。又结汗漫期,九垓远相待。举身憩蓬壶,濯足弄沧海。从此凌倒景,一去无时还。朝游明光宫,暮入阊阖关。但得长把袂,何必嵩丘山。

以诗代书答元丹丘

青鸟一作鸟海上来,今朝发何处。口衔云锦字一作书,与我忽飞去。鸟去凌紫烟,书留绮窗前。开缄方一作时一笑,乃是故人传。故人深相勖,忆我劳心曲。离居在咸阳,三见秦草绿。置书双袂间,引领不暂闲。长望一作叹杳难见,浮云横远山。

金门答苏秀才

君还石门日,朱火始改木。春草如有情,山中尚含绿。折芳愧遥忆,永路当日勖。远见故人心,平生以此足。巨海纳百川,麟阁多才贤。献书入金阙,酌醴奉琼筵。屡忝白云唱,恭闻黄竹篇。恩光照拙薄,云汉希腾迁。铭鼎倘云遂,扁舟方渺然。我留在金门,君去卧丹壑。未果三山期,遥欣一丘乐。玄珠寄象罔,赤水非寥廓。愿狎东海鸥,共营西山药。栖岩君寂灭,处世余龙蠖。良辰不同赏,永日应闲居。鸟吟檐间树,花落窗下书。缘溪见绿筿,隔岫窥红蕖。采薇行笑歌,眷我情何已。月出石镜间,松鸣风琴里。得心自虚妙,外物空頦靡。身世如两忘,从君老烟水。

酬坊州王司马与阎正字对雪见赠

游子东南来,自宛适京国。飘然无心云,倏忽复西北。访戴昔未偶,寻嵇此相得。愁颜发新欢,终宴叙前识。阎公汉庭旧,沈郁富才力。价重铜龙楼,声高重门侧。宁期此相遇,华馆陪游息。积雪明远峰,寒城锁春色。主人苍然望,假我青云翼。风水如见资,投竿佐皇极。

酬中都小吏携斗酒双鱼于逆旅见赠

鲁酒若琥珀一作琥珀色,汶鱼紫锦鳞。山东豪吏有俊气,手携一作持此物赠远人。意气相倾两相顾,斗酒双鱼表情素。一本此下有酒来我饮之,脍作别离处二句。双鳃呀呷鳍鬣张,拨剌银盘欲飞去。呼儿拂几霜刃挥,红肌花落白雪霏。为君下箸一餐饱一作罢,醉著金鞍上马归。

酬张卿夜宿南陵见赠

月出鲁城东,明如天上雪。鲁女惊莎鸡,鸣机应秋节。当君相思夜,火落金风高。河汉挂户牖,欲济无轻舠。我昔辞林丘,云龙忽相见。客星动太微,朝去洛阳殿。尔来得茂彦,七叶仕汉余。身为下邳客,家有圯桥书。傅说未梦时,终当起岩野。万古骑辰星,光辉照天下。与君各未遇,长策委蒿莱。宝刀隐玉匣,锈涩空莓苔。遂令世上愚,轻我土与灰。一朝攀龙去,蛙黾安在哉。故山定有酒,与尔倾金罍。

酬岑勋见寻就元丹丘对酒相待,以诗见招

黄鹤东南来,寄书写心曲。倚松开其缄,忆我肠断续。不以千里遥,命驾来相招。中逢元丹丘,登岭宴碧霄。对酒忽思我,长啸临清飙。蹇予未相知,茫茫绿云垂。俄然素书及,解此长渴饥。策马望山月,途穷造阶墀。喜兹一会面,若睹琼树枝。忆君我远来,我欢方速至。开颜酌美酒,乐极忽成醉。我情既不浅,君意方亦深。相知两相得,一顾轻千金。且向山客笑,与君论素心。

答从弟幼成过西园见赠

一身自潇洒,万物何嚣喧。拙薄谢明时,栖闲归故园。二季过旧壑,四邻驰华轩。衣剑照松宇,宾徒光石门。山童荐珍果,野老开芳樽。上陈樵渔事,下叙农圃言。昨来荷花满,今见兰苕繁。一笑复一歌,不知夕景昏。醉罢同所乐,此情难具论。

酬王补阙惠翼庄庙宋丞泚赠别

学道三千—作十春,自言羲和人。轩盖宛若梦,云松长相亲。偶将二公合,复与三山邻。喜结海上契,自为天外宾。鸾翮我先铩,龙性君莫驯。朴散不尚古,时讹皆失真。勿踏荒溪坡,竭来浩然津。薜带何辞楚,桃源堪避秦。世迫且离别,心在期隐沦。酬赠非炯诚,永言铭佩绅。

酬裴侍御对雨感时见赠

雨色秋来寒,风严清江爽。孤高绣衣人,潇洒青霞赏。平生多感激,忠义非外奖。祸连积怨生,事及徂川往。楚邦有壮士,鄢郢翻扫荡。申包哭秦庭,泣血将安仰。鞭尸辱已及,堂上罗宿莽。颇似今之人,蟊贼—作惑陷忠谠。渺然一水隔,何由税归鞅。日夕听猿怨,怀贤盈楚想。

酬崔侍御—本此下有成甫二字

严陵不从万乘游,归卧空山钓碧流。自是客星辞帝座,元非太白醉扬州。

玩月金陵城西孙楚酒楼,达曙歌吹,日晚乘醉著紫绮裘、乌纱巾,与酒客数人棹歌秦淮,往石头访崔四侍御

昨玩西城月,青天垂玉钩。朝沽金陵酒,歌吹孙楚楼。忽忆绣衣人,乘船往石头。草裹乌纱巾,倒被紫绮裘。两岸拍手笑,疑是王子猷。酒客十数公,崩腾醉中流。谑浪棹海客,喧呼傲阳侯。半道逢吴姬,卷帘出揶揄。我忆君到此,不知狂与羞。一月一作月下一见君,三杯便回桡。舍舟共连袂,行上南渡桥。兴发歌绿水,秦客为之摇。鸡鸣复相招,清宴逸云霄。赠我数百字,字字凌风飘。系之衣裳上,相忆每长谣。

江上答崔宣城

太华三芙蓉,明星玉女峰。寻仙下西岳,陶令忽相逢。问我将何事,湍波历几重。貂裘非季子,鹤氅似王恭。谬忝燕台召,而陪郭隗踪。水流知入海,云去或从龙。树绕芦洲月,山鸣鹊镇钟。还期如可访,台岭荫长松。

答族侄僧中孚赠玉泉仙人掌茶并序

余闻荆州玉泉寺近清溪诸山,山洞往往有乳窟,窟中多玉泉交流。其中有白蝙蝠,大如鸦。按仙经,蝙蝠一名仙鼠,千岁之后,体白如雪,栖则倒悬,盖饮乳水而长生也。其水边处处有茗草罗生,枝叶如碧玉。唯玉泉真公常采而饮之,年八十余岁,颜色如桃李。而此茗清香滑熟,异于他者,所以能还童振枯,扶人寿也。余游金陵,见宗僧中孚,示余茶数十片,拳然重叠,其状如手,号为仙人掌茶。盖新出乎玉泉之山,旷古未觌。因持之见遗,兼赠诗。要余答之,遂有此作。后之高僧大隐,知仙掌茶发乎中孚禅子及青莲居士李白也。

常闻玉泉山,山洞多乳窟。仙鼠如白鸦,倒悬清溪月。茗生此中石,玉泉流不歇。根柯

洒芳津,采服润肌骨。丛一作楚老卷绿叶,枝枝相接连。曝成仙人掌,似拍洪崖肩。举世未见之,其名定谁传。宗英乃禅伯,投赠有佳篇。清镜烛无盐,顾惭西子妍。朝坐有余兴,长吟播诸天。

酬裴侍御留岫师弹琴见寄

君同鲍明远,邀彼休上人。鼓琴乱白雪,秋变江上春。瑶草绿未衰,攀翻寄情亲。相思两不见,流泪空盈巾。

张相公出镇荆州,寻除太子詹事,余时流夜郎,行至江夏,与张公去千里,公因太府丞王昔使车寄罗衣二事及五月五日赠余诗,余答以此诗

张衡殊不乐,应有四愁诗。惭君锦绣段,赠我慰相思。鸿鹄复矫翼,凤凰忆故池。荣乐一如此,商山老紫芝。

醉后答丁十八以诗讥余捶碎黄鹤楼此诗,杨慎云是伪作。

黄鹤高楼已捶碎,黄鹤仙人无所依。黄鹤上天诉玉帝,却放黄鹤江南归。神明太守再雕饰,新图粉壁还芳菲。一州笑我为狂客,少年往往来相识。君平帘下谁家子,云是辽东丁令威。作诗调我惊逸兴,白云绕笔窗前飞。待取明朝酒醒罢,与君烂漫寻春晖。

答裴侍御先行至石头驿以书见招,期月满泛洞庭

君至石头驿,寄书黄鹤楼。开缄识远意,速此南行舟。风水无定准,湍波或一作成滞留。忆昨新月生,西檐若琼钩。今来何所似,破镜悬清秋。恨不三五明,平湖泛澄流。此欢竟莫遂,狂一作枉杀王子猷。巴陵定遥远,持赠解人忧。

答高山人兼呈权、顾二侯

虹霓掩天光,哲后起康济。应运生夔龙,开元扫氛翳。太微廓金镜,端拱清遐裔。轻尘集嵩岳,虚点盛明意。谬挥紫泥诏,献纳青云际。谗惑英主心,恩疏佞臣计。彷徨庭阙下,叹息光阴逝。未作仲宣诗,先流贾生涕。挂帆秋江上,不为云罗制。山海向东倾,百川无尽势。我于鸱夷子,相去千余岁。运阔英达稀,同风遥执袂。登舻望远水,忽见沧浪枻。高士何处来,虚舟渺安系。衣貌本淳古,文章多佳丽。延引故乡人,风义未沦替。顾侯达语默,权子识通蔽。曾是无心云,俱为此留滞。双萍易飘转,独鹤思凌厉。明晨去潇湘,共谒苍梧帝。

答杜秀才五松见赠五松山在南陵铜坑西五六里

昔献长杨赋,天开云雨欢。当时待诏承明里,皆道扬雄才可观。敕赐飞龙二天马,黄金络头白玉鞍。浮云蔽日去不返,总为秋风摧紫兰。角巾东出商山道,采秀行歌咏芝草。路逢园绮笑向人,两君解来一何好。闻道金陵龙虎盘,还同谢朓望长安。千峰夹水向秋浦,五松名山当夏寒。铜井炎炉歊九天,赫如铸鼎荆山前。陶公矍铄呵赤电,回禄睢盱扬紫烟。此中岂是久留处,便欲烧丹从列仙。爱听松风且高卧,飕飕吹尽炎氛一作风过。登崖独立望九州,阳春欲奏谁相和。闻君往年游锦城,章仇尚书倒屣迎。飞笺络绎奏明主,天书降问回恩荣。肮脏不能就圭组,至今空扬高蹈名。夫子工文绝世奇,五松新作天下推。吾非谢尚邀彦伯,异代风流各一时,一时相逢乐在今。袖拂白云开素琴,弹为三峡流泉音。从兹一别武陵去,去后桃花春水深。

至陵阳山登天柱石,酬韩侍御见招隐黄山

韩众骑白鹿,西往华山中。玉女千余人,相随在云空。见我传秘诀,精诚与天通。何意到陵阳,游目送飞鸿。天子昔避狄,与君亦乘骢。拥兵五陵下,长策遏胡戎。时泰解绣衣,脱身若飞蓬。鸾凤翻羽翼,啄粟坐樊笼。海鹤一笑之,思归向辽东。黄山过石柱,巘崿上攒丛。因巢翠玉树,忽见浮丘公。又引王子乔,吹笙舞松风。朗咏紫霞篇,请开蕊珠宫。步纲

绕碧落,倚树招青童。何日可携手,遗形入无穷。

酬崔十五见招

尔有鸟迹书,相招琴溪饮。手迹尺素中,如天落云锦。读罢向空笑,疑君在我前。长吟字不灭,怀袖且三年。

答王十二寒夜独酌有怀 此诗,萧士赟云是伪作。

昨夜吴中雪,子猷佳兴发。万里浮云卷碧山,青天中道流孤月。孤月沧浪河汉清,北斗错落长庚明。怀余对酒夜霜白,玉床金井水峥嵘。人生飘忽百年内,且须酣畅万古情。君不能狸膏金距学斗鸡,坐令鼻息吹虹霓。君不能学哥舒横行青海夜带刀,西屠石堡取紫袍。吟诗作赋北窗里,万言不直一杯水。世人闻此皆掉头,有如东风射马耳。鱼目亦笑我,请一作谓与明月同。骅骝拳跼不能食,蹇驴得志鸣春风。折杨皇华合流俗,晋君听琴枉清角。巴人谁肯和阳春,楚地由来贱奇璞。黄金散尽交不成,白首为儒身被轻。一谈一笑失颜色,苍蝇贝锦喧谤声。曾参岂是杀人者,谗言三及慈母惊。与君论心握君手,荣辱于余亦何有。孔圣犹闻伤凤麟,董龙更是何鸡狗。一生傲岸苦不谐,恩疏媒劳志多乖。严陵高揖汉天子,何必长剑拄颐事玉阶。达亦不足贵,穷亦不足悲。韩信羞将绛灌比,祢衡耻逐屠沽儿。君不见李北海,英风豪气今何在。君不见裴尚书,土坟三尺蒿棘一作下居。少年早欲五湖去,见此弥将钟鼎疏。

全唐诗卷一百七十九

李白

游南阳白水登石激作

朝涉白水源,暂与人俗疏。岛屿佳境色,江天涵清虚。目送去海云,心闲游川鱼。长歌尽落日,乘月归田庐。

游南阳清泠泉

惜彼落日暮,爱此寒泉清。西辉逐流水,荡漾游子情。空歌望云月,曲尽长松声。

寻鲁城北范居士,失道落苍耳中,见范置酒,摘苍耳作

雁度秋色远,日静无云时,客心不自得,浩漫将何之。忽忆范野人,闲园养幽姿。茫然起逸兴,但恐行来迟。城壕失往路,马首迷荒陂。不惜翠云裘,遂为苍耳欺。入门且一笑,把臂君为谁。酒客爱秋蔬,山盘荐霜梨。他筵不下箸,此席忘朝饥。酸枣垂北郭,寒瓜蔓东篱。还倾四五酌,自咏猛虎词。近作十日欢,远为千载期。风流自簸荡,谑浪偏相宜。酣来上马去,却笑高阳池。

东鲁门泛舟二首

日落沙明天倒开,波摇石动水萦回。轻舟泛月寻溪转,疑是山阴雪后来。

水作青龙盘石堤,桃花夹岸鲁门西。若教月下乘舟去,何啻风流到剡溪。

秋猎孟诸夜归,置酒单父东楼观妓

倾晖速短炬,走海无停川。冀餐圆丘草,欲以还颓年。此事不可得,微生若浮烟。骏发跨名驹,雕弓控鸣弦。鹰豪鲁草白,狐兔多肥鲜。邀遮相驰逐,遂出城东田。一扫四野空,喧呼鞍马前。归来献所获,炮炙宜霜天。出舞两美人,飘摇若云仙。留欢不知疲,清晓方来旋。

游泰山六首 天宝元年四月，从故御道上泰山。

四月上泰山，石屏一作平御道开。六龙过万壑，涧谷随萦回。马迹绕碧峰，于今满青苔。飞流洒绝巘，水急松声哀。北眺崿嶂奇，倾崖向东摧。洞门闭石扇，地底兴云雷。登高望蓬瀛，想象金银台。天门一长啸，万里清风来。玉女四五人，飘飖下九垓。含笑引素手，遗我流霞杯。稽首再拜之，自愧非仙才。旷然小宇宙，弃世何悠哉。

清晓骑白鹿，直上天门山。山际逢羽人，方瞳好容颜。扪萝欲就语，却掩青云关。遗我鸟迹书，飘然落岩间。其字乃上古，读之了不闲。感此三叹息，从师方未还。

平明登日观，举手开云关。精神四飞扬，如出天地间。黄河从西来，窈窕入远山。凭崖揽一作览八极，目尽长空闲。偶然值青童，绿发双云鬟。笑我晚学仙，蹉跎凋朱颜。踌躇忽不见，浩荡难追攀。

清斋三千一作十日，裂素写道经。吟诵有所得，众神卫我形。云行信长风，飒若羽翼生。攀崖上日观，伏槛窥东溟。海色动远山，天鸡已先鸣。银台出倒景，白流翻长鲸。安得不死药，高飞向蓬瀛。

日观东北倾，两崖夹双石。海水落眼前，天光遥一作摇空碧。千峰争攒聚，万壑绝凌历。缅彼鹤上仙，去无云中迹。长松入云一作霄汉，远望不盈尺。山花异人间，五月雪中白。终当遇安期，于此炼玉液。

朝饮王母池，暝投天门关。独抱绿绮琴，夜行青山间。山明月露白，夜静松风歇。仙人游碧峰，处处笙歌发。寂静一作听娱清晖，玉真连翠微。想像鸾凤舞，飘飖龙虎衣。扪天摘匏瓜，恍惚不忆归。举手弄清浅，误攀织女机。明晨坐相失，但见五云飞。

秋夜与刘砀山泛宴喜亭池

明宰试舟楫，张灯宴华池。文招梁苑客，歌动郢中儿。月色望不尽，空天交相宜。令人欲泛海，只待长风吹。

携妓登梁王栖霞山孟氏桃园中

碧草已满地，柳与梅争春。谢公自有东山妓，金屏笑坐如花人。今日非昨日，明日还复来。白发对绿酒，强歌心已摧。君不见梁王池上月，昔照梁王樽酒中。梁王已去明月在，黄鹂愁醉啼春风。分明感激眼前事，莫惜醉卧桃园东。

与从侄杭州刺史良游天竺寺

挂席凌蓬丘，观涛憩樟楼。三山动逸兴，五马同遨游。天竺森在眼，松风飒惊秋。览云测变化，弄水穷清幽。叠嶂隔遥海，当轩写归流。诗成傲云月，佳趣满吴洲。

同友人舟行游台越作

楚臣伤江枫，谢客拾海月。怀沙去潇湘，挂席泛溟渤。蹇予访前迹，独往造穷发。古人不可攀，去若浮云没。愿言弄倒景，从此炼真骨。华顶窥绝溟，蓬壶望超忽。不知青春度，但怪绿芳歇。空持钓鳌心，从此谢魏阙。

下终南山过斛斯山人宿置酒

暮从碧山下，山月随人归。却顾所来径，苍苍横翠微。相携及田家，童稚开荆扉。绿竹入幽径，青萝拂行衣。欢言得所憩，美酒聊共挥。长歌吟松风，曲尽河星一作星河稀。我醉君复乐，陶然共忘机。

朝下过卢郎中叙旧游

君登金华省，我入银台门。幸遇一作逢圣明主，俱承云雨恩。复此休浣时，闲为畴昔言。却话山海事，宛然林壑存。明湖思晓月，叠嶂忆清猿。何由返初服，田野醉芳樽。

侍从游宿温泉宫作

羽林十二将，罗列应星文。霜仗悬秋月，霓旌卷夜云。严更千户肃，清乐九天闻。日出瞻佳气，葱葱绕圣君。

全唐诗

邯郸南亭观妓

歌鼓—作妓燕赵儿,魏姝弄鸣丝。粉色艳日—作月彩,舞袖—作衫拂花枝。把酒顾美人,请歌邯郸词。清筝何缭绕,度曲绿云垂。平原君安在,科斗生古池。座客三千人,于今知有谁。我辈不作乐,但为后代悲。

春日游罗敷潭

行歌入谷口,路尽无人跻。攀崖度绝壑,弄水寻回溪。云从石上起,客到花间迷。淹留未尽兴,日落群峰西。

春陪商州裴使君游石娥溪时欲东归,遂有此赠。

裴公有仙标,拔俗数千丈。澹荡沧洲云,飘摇紫霞想。剖竹商洛间,政成心已闲。萧条出世表,冥寂闭玄关。我来属芳节,解榻时相悦。褰帷对云峰,扬袂指松雪。暂出东城边,遂游西岩前。横天耸翠壁,喷壑鸣红泉。寻幽殊未歇,爱此春光发。溪傍饶名花,石上有好月。命驾归去来,露华生翠—作绿苔。淹留惜将晚,复听清猿哀。清猿断人肠,游子思故乡。明发首东路,此欢焉可忘。

陪从祖济南太守泛鹊山湖三首

初谓鹊山近,宁知湖水遥。此行殊访戴,自可缓归桡。

湖阔数千里,湖光摇碧山。湖西正有月,独送李膺还。

水入北湖去,舟从南浦回。遥看鹊山转,却似送人来。

春日陪杨江宁及诸官宴北湖感古作

昔闻颜光禄,攀龙宴京—作重,一作明湖。楼船入天镜,帐殿开云衢。君王歌大风,如乐丰沛都。延年献佳作,邈与诗人俱。我来不及此,独立钟山孤。杨宰穆清风—作飙,芳声腾海隅。英僚满四座,粲若琼林敷。鹢首弄倒景,蛾眉缀明珠。新弦采—作来梨园,古舞娇吴歈。曲度绕云—作清汉,听者皆欢娱。鸡栖何嘈嘈,沿—作江月沸笙竽。古之帝宫苑,今乃人樵苏。感此劝一觞,愿君覆瓢壶。荣盛—作盛时当作乐,无令后贤吁。

宴郑参卿山池

尔恐碧草晚,我畏朱颜移。愁看杨花飞,置酒正相宜。歌声送落日,舞影回清池。今夕不尽杯,留欢更邀谁。

游谢氏山亭

沦老卧江海,再欢天地清。病闲久寂寞,岁物徒芬荣。借君西池游,聊以散我情。扫雪松下去,扪萝石道行。谢公池塘上,春草飒已生。花枝拂人来,山鸟向我鸣。田家有美酒,落日与之倾。醉罢弄归月,遥欣稚子迎。

把酒问月故人贾淳令予问之

青天有月来几时,我今停杯一问之:人攀明月不可得,月行却与人相随?皎如飞镜临丹阙,绿烟灭尽清辉发?但见宵从海上来,宁知晓向云间没?白兔捣药秋复春,嫦娥孤栖与谁邻?今人不见古时月,今月曾经照古人。古人今人若流水,共看明月皆如此。唯愿当歌对酒时,月光长照金樽里。

同族侄评事黯游昌禅师山池二首

远公爱康乐,为我开禅关。萧然松石下,何异清凉山。花将色不染,水与心俱闲。一坐度小劫,观空天地间。

客来花雨际,秋水落金池。片石寒青锦,疏杨挂绿丝。高僧拂玉柄,童子献霜梨。惜去爱佳景,烟萝欲暝时。

金陵凤凰台置酒

置酒延落景,金陵凤凰台。长波写万古,心与云俱开。借问往昔时,凤凰为谁来。凤凰去已久,正当今日回。明君越羲轩,天老坐三台。豪士无所用,弹弦醉金罍。东风吹山花,安可不尽杯。六帝没幽草,深宫冥绿苔。置酒勿复道,歌钟但相催。

秋浦清溪雪夜对酒，客有唱山鹧鸪者

披君一作我貂襜褕，对君白玉壶。雪花酒上灭，顿觉夜寒无。客有桂阳至，能吟山鹧鸪。清风动窗竹，越鸟起相呼。持此足为乐，何烦笙与竽。

与周刚清溪玉镜潭宴别潭在秋浦桃树陂下，余新名此潭。

康乐上官去，永嘉游石门。江亭一作中有孤屿，千载迹犹存。我来游一作憩秋浦，三入桃陂源。千峰照积雪，万壑尽啼猿。兴与谢公合，文因周子论。扫崖去落叶，席一作带月开清樽。溪当大楼南，溪水正南奔。回作玉镜潭，澄明洗心魂。此中得佳境，可以绝嚣喧。清夜方归来，酣歌出平原。别后经此地，为余谢兰荪。

游秋浦白笴陂二首

何处夜行好，月明白笴陂。山光摇积雪，猿影挂寒枝。但恐佳景晚，小令归棹移。人来有清兴，及此有相思。

白笴夜长啸，爽然溪谷寒。鱼龙动陂水，处处生波澜。天借一明月，飞来碧云端。故乡不可见，肠断正西看。

宴陶家亭子

曲巷幽人宅，高门大士家。池开照胆镜，林吐破颜花。绿水藏春日，青轩秘晚霞。若闻弦管妙，金谷不能夸。

在水军宴韦司马楼船观妓

摇曳帆在空，清流一作川顺归风。诗因鼓吹发，酒为剑歌雄。对舞青楼妓，双鬟白玉童。行云且莫去，留醉楚王宫。

流夜郎至江夏，陪长史叔及薛明府宴兴德寺南阁

绀殿横江上，青山落镜中。岸回沙不尽，日映水成空。天乐流一作闻香阁，莲舟飏晚风。恭陪竹林宴，留醉与陶公。

泛沔州城南郎官湖并序

乾元岁秋八月，白迁于夜郎，遇故人尚书郎张谓出使夏口。沔州牧杜公、汉阳宰王公，觞于江城之南湖，乐天之再平也。方夜，水月如练，清光可掇。张公殊有胜概，四望超然，乃顾白曰："此湖古来贤豪游者非一，而枉践佳景，寂寥无闻。夫子可为我标之嘉名以传不朽。"白因举酒酹水，号之曰郎官湖，亦犹郑圃之有仆射陂也。席上文士辅翼岑静，以为知言。乃命赋诗纪事，刻石湖侧，将与大别山共相磨灭焉。

张公多逸兴，共泛沔城隅。当时秋月好，不减武昌都。四座醉清光，为欢古来无。郎官爱此水，因号郎官湖。风流若未减，名与此山俱。

陪侍郎叔游洞庭醉后三首

今日竹林宴，我家贤侍郎。三杯容小阮，醉后发清狂。

船上齐桡乐，湖心泛月归。白鸥闲不去，争拂酒筵飞。

划却君山好，平铺湘水流。巴陵无限酒，醉杀洞庭秋。

夜泛洞庭，寻裴侍御清酌

日晚湘水绿，孤舟无端倪。明湖涨秋月，独泛巴陵西。过憩裴逸人，岩居陵丹梯。抱琴出深竹，为我弹鹍鸡。曲尽酒亦倾，北窗醉如泥。人生且行乐，何必组与圭。

陪族叔刑部侍郎晔及中书贾舍人至游洞庭五首

洞庭西望楚江分，水尽南天不见云。日落长沙秋色远，不知何处吊湘君。

南湖秋水夜无烟，耐可乘流直上天。且就一作问洞庭赊月色，将船买酒白云边。

洛阳才子谪湘川，元礼同舟月下仙。记得长安还欲笑，不知何处是西天。

洞庭湖西秋月辉，潇湘江北早鸿飞。醉客满船歌白纻，不知霜露入秋衣。

帝子潇湘去不还,空余秋草洞庭间。淡扫明湖开玉镜,丹青画出是君山。

楚江黄龙矶南宴杨执戟治楼

五月入五洲,碧山对青楼。故人杨执戟,春赏楚江流。一见醉—作波漂月,三杯歌—作纵棹讴。桂枝攀不尽,他日更相求。

铜官山醉后绝句

我爱铜官乐,千年未拟还。要须回舞袖,拂尽五松山。

与南陵常赞府游五松山 山在南陵铜井西五里,有古精舍。

安石泛溟渤,独啸长风还。逸韵动海上,高情出人间。灵异可并迹,澹然与世闲。我来五松下,置酒穷跻攀。征古绝遗老,因名五松山。五松何清幽,胜境美沃州。萧飒鸣洞壑,终年风雨秋。响入百泉去,听如三峡流。剪竹扫天花,且从傲吏游。龙堂若可憩,吾欲归精修。

宣城青溪 一作入清溪山

青溪胜桐庐,水木有佳色。山貌日高古,石容天倾侧。彩鸟昔未名,白猿初相识。不见同怀人,对之空叹息。

与谢良辅游泾川陵岩寺

乘君素舸泛泾西,宛似云门对若溪。且从康乐寻山水,何必东游入会稽。

游水西简郑明府

天宫水西寺,云锦照东郭。清湍鸣回溪,绿水绕飞阁。凉风日潇洒,幽客时憩泊。五月思貂裘,谓言秋霜落。石萝引古蔓,岸笋开新箨。吟玩空复情,相思尔佳作。郑公诗人秀,逸韵宏寥廓。何当一来游,惬我雪山诺。

九日登山

渊明归去来,不与世相逐。为无杯中物,遂偶本州牧。因招白衣人,笑酌黄花菊。我来不得意,虚对重阳时。题舆何俊发,遂结城南期。筑土按响山,俯临宛水湄。胡人叫玉笛,越女弹霜丝。自作英王胄,期乐不可窥。赤鲤涌琴高,白龟道冯夷。灵仙如仿佛,奠酹遥相知。古来登高人,今复几人在。沧洲违宿诺,明日犹可待。连山似惊波,合沓出溟海。扬袂挥四座,酩酊安所知。齐歌送清扬,起舞乱参差。宾随落叶散,帽逐秋风吹。别后登此台,愿言长相思。

九日

今日云景好,水绿秋山明。携壶酌流霞,搴菊泛寒荣。地远松石古,风扬弦管清。窥觞照欢颜,独笑还自倾。落帽醉山月,空歌怀友生。

九日龙山饮

九日龙山饮,黄花笑逐臣。醉看风落帽,舞爱月留人。

九月十日即事

昨日登高罢,今朝更举觞。菊花何太苦,遭此两重阳。

陪族叔当涂宰游化城寺升公清风亭

化城若化出,金榜天宫开。疑是海上云,飞空结楼台。升公湖上 一作山 秀,粲然有辩才。济人不利己,立俗无嫌猜。了见水中月,青莲出尘埃。闲居清风亭,左右清风来。当暑阴广殿,太阳为裴回。茗酌待幽客,珍盘荐雕梅。飞文何洒落,万象为之摧。季父拥鸣琴,德声布云雷。虽游道林室,亦举陶潜杯。清乐动诸天,长松自吟哀。留欢若可尽,劫石乃成灰。

全唐诗卷一百八十

李白

登锦城散花楼
日照锦城头，朝光散花楼。金窗夹绣户，珠箔悬银—作琼钩。飞梯绿云中，极目散我忧—作愁。暮雨向三峡，春江绕双流。今来一登望，如上九天游。

登峨眉山
蜀国多仙山，峨眉邈难匹。周流诗登览，绝怪安可息。青冥倚天开—作关，彩错疑画出。泠然紫霞赏，果得锦囊术。云间吟琼箫，石上弄宝瑟。平生有微尚，欢笑自此毕。烟容如在颜，尘累忽相失。倘逢骑羊子，携手凌白日。

大庭库
朝登大庭库，云物何苍然。莫辨陈郑火，空霾邹鲁烟。我来寻梓慎，观化入寥天。古木朝气多，松风如五弦。帝图终冥没，叹息满山川。

登单父陶少府半月台
陶公有逸兴，不与常人俱。筑台像半月，回向—作迥出高城隅。置酒望白云，商—作高飙起寒梧。秋山入远海，桑柘罗平芜。水色渌且明—作清，令人思镜湖。终当过江去，爱此暂踟蹰。

天台晓望
天台邻四明，华顶高百越。门标赤城霞，楼栖沧岛月。凭高登远览，直下见溟渤。云垂大鹏翻，波动巨鳌没。风潮争汹涌，神怪何翕忽。观奇迹无倪，好道心不歇。攀条摘朱实，服药炼金骨。安得生羽毛，千春卧蓬阙。

早望海霞边
四明三千里，朝起赤城霞。日出红光散，分辉照雪崖。一餐咽琼液，五内发金沙。举手何所待,青龙白虎车。

焦山望寥山

石壁望松寥,宛然在碧霄。安得五彩虹,驾天作长桥。仙人如爱我,举手来相招。

杜陵绝句

南登杜陵上,北望五陵间。秋水明落日,流光灭远山。

登太白峰

西上太白峰,夕阳穷登攀。太白与我语,为我开天关。愿乘泠风去,直出一作上浮云间。举手可近月,前行若无山。一别武功去,何时复见还。

登邯郸洪波台,置酒观发兵

我把两赤羽,来游燕赵间。天狼正可射,感激无时闲。观兵洪波台,倚剑望玉关。请缨不系越,且向燕然山。风引龙虎旗,歌钟昔一作忆,一作共追攀。击筑落高月,投壶破愁颜。遥知百战胜,定扫鬼方还。

登新平楼

去国登兹楼,怀归伤暮秋。天长落日远,水净寒波流。秦云起岭树,胡雁飞沙洲。苍苍几万里,目极令人愁。

谒老君庙

先君怀圣德,灵庙肃神心。草合人踪断,尘浓鸟迹深。流沙丹灶灭,关路紫烟沉。独伤千载后,空余松柏林。

秋日登扬州西灵塔

宝塔凌苍苍,登攀览四荒。顶高元气合,标出海云长。万象分空界,三天接画梁。水摇金刹影,日动火珠光。鸟拂琼帘度,霞连绣栱张。目随征路断,心逐去帆扬。露浴梧楸白,霜催橘柚黄。玉毫如可见,于此照迷方。

登金陵冶城西北谢安墩

此墩即晋太傅谢安与右军王羲之同登,超然有高世之志。余将营园其上,故作是诗也。

晋室昔横溃,永嘉遂南奔。沙尘何茫茫,龙虎斗朝昏。胡马风汉草,天骄蹙中原。哲匠感颓运,云鹏忽飞翻。组练照楚国,旌旗连海门。西秦百万众,戈甲如云屯。投鞭一作策可填江,一扫不足论一作一朝为我吞。皇运有返正,丑虏无遗魂。谈笑遏横流,苍生望斯存。冶城访古迹一作至今古城隅,犹有谢安墩。凭览周地险,高标绝人喧。想像东山姿,缅怀右军言。梧桐识嘉树,蕙草留芳根。白鹭映春洲,青龙见朝暾。地古云物在,台倾禾黍繁。我来酌清波,于此树名园。功成拂衣去,归入一作长啸武陵源。

登瓦官阁

晨登瓦官阁,极眺金陵城。钟山对北户,淮水入南荣。漫漫雨花落,嘈嘈天乐鸣。两廊振法鼓,四角吟一作吹风筝。杳出霄汉上,仰攀日月行。山空霸气灭,地古寒阴生。寥廓云海晚,苍茫宫观平。门余阊阖字,楼识凤凰名。雷作百山动,神扶万栱倾。灵光何足贵,长此镇吴京。

登梅冈望金陵,赠族侄高座寺僧中孚

钟山抱金陵,霸气昔胜发。天开帝王居,海色照宫阙。群峰如逐鹿,奔走相驰突。江水九道来,云端遥明没。时迁大运去,龙虎势休歇。我来属天清,登览穷楚越。吾宗挺禅伯,特秀鸾凤骨。一作吾宗道门秀,特异鸾凤骨。众星罗青天,明一作朗者独有月。冥居顺生理,草木不剪伐。烟窗引蔷薇,石壁老野蕨。吴风谢安屐,白足傲履袜。几宿一下山一作下山来,萧然忘干谒。谈经演金偈,降鹤舞海雪。时闻天香来,了与世事绝。佳游不可得,春风惜远别。赋诗留岩屏,千载庶不灭。

登金陵凤凰台

凤凰台上凤凰游,凤去台空江自流。吴宫花草埋幽径,晋代衣冠成古丘。三山半落青天外,二水中分白鹭洲。总为浮云能蔽日,长安不见使人愁。

望庐山瀑布水二首

西登香炉峰,南见瀑布水。挂流三百一作千丈,喷壑数十里。欻如飞电一作练来,隐若白虹起。初惊河汉一作银河落,半洒云天里一作半泻金潭里。仰观势转雄,壮哉造化功。海风吹不断,江一作山月照还空。空中乱潈射,左右洗青壁。飞珠散轻霞,流沫沸穹石。而我乐名山,对之心益闲。无论漱琼液,还得洗尘颜。且谐宿所好,永愿辞人间。

日照香炉生紫烟,遥看瀑布挂前川。一作庐山上与星斗连,日照香炉生紫烟。飞流直下三千尺,疑是银河落九天。

登庐山五老峰

庐山东南五老峰,青天削出金芙蓉。九江秀色可揽结,吾将此地巢云松。

江上望皖公山

奇峰出奇云,秀木含秀气。清宴皖公山,巉绝称人意。独游沧江上,终日淡无味。但爱兹岭高,何由讨灵异。默然遥相许,欲往心莫遂。待吾还丹成,投迹归此地。

望黄鹤楼

东望黄鹤山,雄雄半空出。四面生白云,中峰倚红日。岸峦行穹跨,峰嶂亦冥密。颇闻列仙人,于此学飞术。一朝向蓬海,千载空石室。金灶生烟埃,玉潭秘清谧。地古遗草木,庭寒老芝术。蹇予羡攀跻,因欲保闲逸。观奇遍诸岳,兹岭不可匹。结心寄青松,永悟客情毕。

鹦鹉洲

鹦鹉来过吴江水,江上洲传鹦鹉名。鹦鹉西飞陇山去,芳洲之树何青青。烟开兰叶香风暖,岸夹桃花锦浪生。迁客此时徒极目,长洲孤月向谁明。

九日登巴陵,置酒望洞庭水军 时贼逼华容县

九日天气清,登高无秋云。造化辟川岳,了然楚汉分。长风鼓横波,合沓蹙龙文。忆昔传游豫,楼船壮横汾。今兹讨鲸鲵,旌旆何缤纷。白羽落酒樽,洞庭罗三军。黄花不掇手,战鼓遥相闻。剑舞转颓阳,当时日停曛。酣歌激壮士,可以摧妖氛。龌龊东篱下,渊明不足群。

秋登巴陵望洞庭

清晨登巴陵,周览无不极。明湖映天光,彻底见秋色。秋色何苍然,际海俱澄鲜。山青灭远树,水绿无寒烟。来帆出江中,去鸟向日边。风清长沙浦,山一作霜空云梦田。瞻光惜颓发,阅水悲徂年。北渚既荡漾,东流自潺湲。郢人唱白雪,越女歌采莲。听此更肠断,凭崖泪如泉。

与夏十二登岳阳楼

楼观岳阳尽,川迥一作向洞庭开。雁引愁心去一作雁别秋江去,山衔好月来。云间连一作逢下榻,天上接行杯。醉后凉风起,吹人舞袖回。

登巴陵开元寺西阁,赠衡岳僧方外

衡岳有阐一作开士,五峰秀真骨。见君万里心,海水照秋月。大臣南溟去,问道皆请谒。洒以甘露言,清凉润肌发。明湖落天镜,香阁凌银阙。登眺餐惠风,新花期启发。

与贾至舍人于龙兴寺剪落梧桐枝望㴩湖

剪落青梧枝,㴩湖坐可窥。雨洗秋山净,林光澹碧滋。水闲明镜转,云绕画屏移。千古风流事,名贤共此时。

挂席江上待月有怀

待月月未出,望江江自流。倏忽城西郭,青天悬玉钩。素华虽可揽,清景不同游。耿耿金波里,空瞻鸤鹊楼。

金陵望汉江

汉江回万里,派作九龙盘。横溃豁中国,

崔嵬飞迅湍。六帝沦亡后,三吴不足观。我君混区宇,垂拱众流安。今日任公子,沧浪罢钓竿。

秋登宣城谢朓北楼

江城如画里,山晓望晴空。两水夹明镜,双桥落彩虹。人烟寒橘柚,秋色老梧桐。谁念北楼上,临风怀谢公。

望天门山

天门中断楚江开,碧水东流至一作直北回。两岸青山相对出,孤帆一片日边来。

望木瓜山

早起见日出,暮见栖鸟还。客心自酸楚,况对木瓜山。

登敬亭北二小山,余时送客,逢崔侍御,并登此地

送客谢亭北,逢君纵酒还。屈盘戏白马,大笑上青山。回鞭指长安,西日落秦关。帝乡三千里,杳在碧云间。

过崔八丈水亭

高阁横秀气,清幽并在君。檐飞宛溪水,窗落敬亭云。猿啸风中断,渔歌月里闻。闲随白鸥去,沙上自为群。

登广武古战场怀古

秦鹿奔野草,逐之若飞蓬。项王气盖世,紫电明双瞳。呼吸八千人,横行起江东。赤精斩白帝,叱咤入关中。两龙不并跃,五纬与天同。楚灭无英图,汉兴有成功。按剑清八极,归酣歌大风。伊昔临广武,连兵决雌雄。分我一杯羹,太皇乃汝翁。战争有古迹,壁垒颓层穹。猛虎啸一作吟洞壑,饥鹰鸣一作猎秋空。翔云列晓阵,杀气赫长虹。拨乱属豪圣,俗儒安可通。沉湎呼竖子,狂言非至公。抚掌黄河曲,嗤嗤阮嗣宗。

全唐诗卷一百八十一

李白

安州应城玉女汤作《荆州记》云：常有玉女乘车投此泉。

神女殁幽境，汤池流大川。阴阳结炎炭，造化开灵泉。地底烁朱火，沙傍缟素烟。沸珠跃明—作晴月，皎镜函空天。气浮兰芳满，色涨桃花然。精览万殊入，潜行七泽连。愈疾功莫尚，变盈道乃全。濯濯气清泚—作濯缨挹清泚，晞发弄潺湲。散下楚王国，分浇宋玉田。可以奉巡幸，奈何隔穷偏。独随朝宗水，赴海输微涓。

之广陵宿常二南郭幽居

绿水接柴门，有如桃花源。忘忧或假草，满院罗丛萱。暝色湖上来，微雨飞南轩。故人宿茅宇，夕鸟栖杨园。还惜诗酒别，深为江海言。明朝广陵道，独忆此倾樽。

夜下征虏亭《丹阳记》：亭是晋太安中征虏将军谢安所立，因以为名。

船下广陵去，月明征虏亭。山花如绣颊，江火似流萤。

下途归石门旧居

吴山高，越水清，握手无言伤别情。将欲辞君挂帆去，离魂不散烟郊树。此心郁怅谁能论，有愧叨承国士恩。云物共倾三月酒，岁时同饯五侯门。羡君素书尝满案，含丹照白霞色烂。余尝学道穷冥筌，梦中往往游仙山。何当脱屣谢时去，壶中别有日月天。俯仰人间易凋朽，钟峰五云在轩牖。惜别愁窥玉女窗，归来笑把洪崖手。隐居寺，隐居山，陶公炼液栖其间。灵神闭气昔登攀，恬然但觉心绪闲。数人不知几甲子，昨夜—作来犹带冰霜颜。我离虽则岁物改，如今了然失所在。别君莫道不尽欢，悬知乐客遥相待。石门流水遍桃花，我亦曾到秦人家。不知何处得鸡豕，就中仍见繁桑麻。翛然远与世事间，装鸾驾鹤又复远。何必

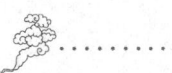

长从七贵游,劳生徒聚万金产。把君去,长相思,云游雨散从此辞。欲知怅别心易苦,向暮春风杨柳丝。

客中行

兰陵美酒郁金香,玉碗盛来琥珀光。但使主人能醉客,不知何处是他乡。

太原早秋

岁落众芳歇,时当大火流。霜威出塞早,云色渡河秋。梦绕边城月,心飞故国楼。思归若汾水,无日不悠悠。

奔亡道中五首

苏武天山上,田横海岛边。万重关塞断,何日是归年。

亭伯去安在,李陵降未归。愁容变海色,短服改胡衣。

谈笑三军却,交游七贵疏。仍留一只箭,未射鲁连书。

函谷如玉关,几时可生还。洛阳为易水,嵩岳是燕山。俗变羌胡语,人多沙塞颜。申包惟恸哭,七日鬓毛斑。

森森望湖水,青青芦叶齐。归心落何处,日没大江西。歇马傍春草,欲行远道迷。谁忍子规鸟,连声向我啼。

郢门秋怀

郢门一为客,巴月三成弦。朔风正摇落,行子愁归旋。杳杳山外日,茫茫江上天。人迷洞庭水,雁度潇湘烟。清旷谐宿好,缁磷及此年。百龄何荡漾,万化相推迁。空谒苍梧帝,徒寻溟海仙。已闻蓬海浅,岂见三桃圆。倚剑增浩叹,扪襟还自怜。终当游五湖,濯足沧浪泉。

至鸭栏驿上白马矶,赠裴侍御

侧叠万古石,横为白马矶。乱流若电转,举棹扬珠辉。临驿卷缇幕,升堂接绣衣。情亲不避马,为我解霜威。

荆门浮舟望蜀江

春水月峡来,浮舟望安极。正是桃花流,依然锦江色。江色绿且明,茫茫与天平。逶迤巴山尽,摇曳楚云行。雪照聚沙雁,花飞出谷莺。芳洲却已转,碧树森森迎。流泪浦烟夕,扬帆海月生。江陵识遥火,应到渚宫城。

上三峡

巫山夹青天,巴水流若兹。巴水忽可尽,青天无到时。三朝上黄牛,三暮行太迟。三朝又三暮,不觉鬓成丝。

自巴东舟行经瞿唐峡,登巫山最高峰,晚还题壁

江行几千里,海月十五圆。始经瞿塘峡,遂步巫山巅。巫山高不穷,巴国尽所历。日边攀垂萝,霞外倚穹石。飞步凌绝顶,极目无纤烟。却顾失丹壑,仰观临青天。青天若可扪,银汉去安在。望云知苍梧,记水辨瀛海。周游孤光晚,历览幽意多。积雪照空谷,悲风鸣森柯。归途行欲曛,佳趣尚未歇。江寒早啼猿,松暝已吐月。月色何悠悠,清猿响啾啾。辞山不忍听,挥策还孤舟。

早发白帝城—作白帝下江陵

朝辞白帝彩云间,千里江陵一日还。两岸猿声啼不尽,轻舟已过万重山。

秋下荆门

霜落荆门江树空,布帆无恙挂秋风。此行不为鲈鱼鲙,自爱名山入剡中。

江行寄远

刳木出吴楚,危槎百余尺。疾风吹片帆,日暮千里隔。别时酒犹在,已为异乡客。思君不可得,愁见江水碧。

宿五松山下荀媪家

我宿五松下,寂寥无所欢。田家秋作苦,

邻女夜春寒。跪进雕胡饭,月光明素盘。令人惭漂母,三谢不能餐。

下泾县陵阳溪至涩滩

涩滩鸣嘈嘈,两山足猿猱。白波若卷雪,侧足不容舠。渔子与舟人,撑折万张篙。

下陵阳沿高溪三门六刺滩

三门横峻滩,六刺走波澜。石惊虎伏起,水状龙萦盘。何惭七里濑,使我欲垂竿。

夜泊黄山,闻殷十四吴吟

昨夜谁为吴会吟,风生万壑振空林。龙惊不敢水中卧,猿啸时闻岩下音。我宿黄山碧溪月,听之却罢松间琴。朝来果是沧洲逸,酤酒醍——作提盘饭霜栗。半酣更发江海声,客愁顿向杯中失。

宿虾湖

鸡鸣发黄山,暝投虾湖宿。白雨映寒山,森森似银竹。提携采铅客,结荷水边沐。半夜四天开,星河烂人目。明晨大楼去,冈陇多屈伏。当与持斧翁,前溪伐云木。

西施

西施越溪女,出自苎萝山。秀色掩今古,荷花羞玉颜。浣纱弄碧水,自与清波闲。皓齿信难开,沉吟碧云间。勾践征绝艳,扬蛾入吴关。提携馆娃宫,杳渺讵可攀。一破夫差国,千秋竟不还。

王右军

右军本清真,潇洒出—作在风尘。山阴过羽客,爱此好鹅宾。扫素写道经,笔精妙入神。书罢笼鹅去,何曾别主人。

上元夫人

上元谁夫人,偏得王母娇。嵯峨三角髻,余发散垂腰。裘披青毛锦,身著赤霜袍。手提嬴女儿,闲与凤吹箫。眉语两自笑,忽然随风飘。

苏台览古

旧苑荒台杨柳新,菱歌清唱不胜春。只今惟有西江月,曾照吴王宫里人。

越中览古

越王勾践破吴归,义士还乡—作家尽锦衣。宫女如花满春殿,只今惟有鹧鸪飞。

商山四皓

白发四老人,昂藏南山侧。偃卧松雪间,冥翳不可识。云窗拂青霭,石壁横翠色。龙虎方战争,于焉自休息。秦人失金镜,汉祖升紫极。阴虹浊太阳,前星遂沦匿。一行佐明圣—作两,倏起生羽翼。功成身不居,舒卷在胸臆。窅冥合元化,茫昧信难测。飞声塞天衢,万古仰遗则。

过四皓墓

我行至商洛,幽独访神仙。园绮复安在,云萝尚宛然。荒凉千古迹,芜没四坟连。伊昔炼金鼎,何年闭玉泉。陇寒惟有月,松古渐无烟。木魅风号去,山精雨啸旋。紫芝高咏罢,青史旧名传。今日并如此,哀哉信可怜。

岘山怀古

访古登岘首,凭高眺襄中。天清远峰出,水落寒沙空。弄珠见游女,醉酒—作月怀山公。感叹发秋兴,长松鸣夜风。

苏武

苏武在匈奴,十年持汉节。白雁上林飞,空传一书札。牧羊边地苦,落日归心绝。渴饮月窟冰,饥餐天上雪。东还沙塞远,北怆河梁别。泣把李陵衣,相看泪成血。

经下邳圯桥怀张子房

子房未虎啸,破产不为家。沧海得壮士,椎秦博浪沙。报韩虽不成,天地皆振动。潜匿游下邳,岂曰非智勇。我来圯桥上,怀古钦英风。惟见碧流水,曾无黄石公。叹息此人去,萧条徐泗空。

金陵三首

晋家南渡日,此地旧一作即长安。地即帝王宅,山为龙虎盘一作碧宇楼台满,青山龙虎盘。金陵空壮观,天堑一作江塞净波澜。醉客回桡去,吴歌且自欢一作谁云行路难。

地拥金陵势,城回江一作汉水流。当时百万户,夹道起朱楼。亡国生春草,离宫没古丘。空余后湖月,波上对江一作瀛州。

六代兴亡国,三杯为尔歌。苑方秦地少一作小,山似洛阳多。古殿吴花草,深宫晋绮罗。并随人事灭,东逝与一作只沧波。

秋夜板桥浦泛月独酌怀谢朓

天上何所有,迢迢白玉绳。斜低建章阙,耿耿对金陵。汉水旧如练,霜江夜清澄。长川泻落月,洲渚晓寒凝。独酌板桥浦,古人谁可征。玄晖难再得,洒洒一作泪气填膺。

入彭蠡经松门观石镜,缅怀谢康乐,题诗书游览之志

谢公之鼓蠡,因此游松门。余方窥石镜,兼得穷江源。将欲一作欲将继风雅,岂徒清心魂。前赏逾所见,后来道空存。况属临泛美,而无洲渚喧。漾水向东去,漳流直南奔。空蒙三川夕,回合千里昏。青桂隐遥月,绿枫鸣愁猿。水碧或可采,金精秘莫论。吾将学仙去,冀与琴高言。一作过彭蠡湖,云:谢公入彭蠡,因此游松门。余方窥石镜,兼得穷江源。前赏迩可见,后来道空存。而欲继风雅,岂惟清心魂。云海方助兴,波涛何足论。青嶂忆遥月,绿萝鸣愁猿。水碧或可采,金膏秘莫言。余将振衣去,羽化出嚣烦。

庐江主人妇

孔雀东飞何处栖,庐江小吏仲卿妻。为客裁缝君自见,城乌独宿夜空啼。

陪宋中丞武昌夜饮怀古

清景南楼夜,风流在武昌。庾公爱秋月,乘兴坐胡床。龙笛吟寒水,天河落晓霜。我心还不浅,怀古醉余觞。

望鹦鹉洲怀祢衡

魏帝营八极,蚁观一祢衡。黄祖斗筲人,杀之受恶名。吴江赋鹦鹉,落笔超群英。锵锵振金玉,句句欲飞鸣。鸷鹗啄孤凤,千春伤我情。五岳起方寸,隐然讵可平。才高竟何施,寡识冒天刑。至今芳洲上,兰蕙不忍生。

宿巫山下

昨夜巫山下,猿声梦里长。桃花飞绿水,三月下瞿塘。雨色风吹去,南行拂楚王。高丘怀宋玉,访古一沾裳。

金陵白杨十字巷

白杨十字巷,北夹湖沟道。不见吴时人,空生唐年草。天地有反覆,宫城尽倾倒。六帝余古丘,樵苏泣遗老。

谢公亭 盖谢朓、范云之所游。

谢公离别处,风景每生愁。客散青天月,山空碧水流。池花春映日,窗竹夜鸣秋。今古一相接,长歌怀旧游。

纪南陵题五松山

圣达有去就,潜光愚其德。鱼与龙同池,龙去鱼不测。当时版筑辈,岂知傅说情。一朝和殷羹,光气为列星。伊尹生空桑,捐庖佐皇极。桐宫放太甲,摄政无愧色。三年帝道明,委质终辅翼。旷哉至人心,万古可为则。时命或大缪,仲尼将一作其奈何。鸾凤忽覆巢,麒麟不来过,龟山蔽鲁国,有斧且无柯。归来归来一作归去来归去,宵济越洪波。

夜泊牛渚怀古 此地即谢尚闻袁宏咏史处

牛渚西江夜,青天无片云。登舟望秋月,空忆谢将军。余亦能高咏,斯人不可闻。明朝挂帆席一作洞庭去,枫叶落一作正纷纷。

姑孰十咏 一作李赤诗

姑孰溪
爱此溪水闲,乘流兴无极。漾楫怕鸥惊,垂竿待鱼食。波翻晓霞影,岸叠春山色。何处浣纱人,红颜未相识。

丹阳湖
湖与元气连,风波浩难止。天外贾客归,云间片帆起。龟游莲叶上,鸟宿芦花里。少女棹归舟,歌声逐流水。

谢公宅
青山日将暝,寂寞谢公宅。竹里无人声,池中虚月白。荒庭衰草遍,废井苍苔积。惟有清风闲,时时起泉石。

陵歊台
旷望登古台,台高极人目。叠嶂列远空,杂花间平陆。闲云入窗牖,野翠生松竹。欲览碑上文,苔侵岂堪读。

桓公井
桓公名已古,废井曾未竭。石甃冷苍苔,寒泉湛孤月。秋来桐暂落,春至桃还发。路远人罕窥,谁能见清彻一作洁。

慈姥竹
野竹攒石生,含烟映江岛。翠色落波深,虚声带寒早。龙吟曾未听,凤曲吹应好。不学蒲柳凋,贞心尝自保。

望夫山
颙望临碧空,怨情感离别。江草不知愁,岩花但争发。云山万重隔,音信千里绝。春去秋复来,相思几时歇。

牛渚矶
绝壁临巨川,连峰势相向。乱石流洑间,回波自成浪。但惊群木秀,莫测精灵状。更听猿夜啼,忧心醉江上。

灵墟山
丁令辞世人,拂衣向仙路。伏炼九丹成,方随五云去。松萝蔽幽洞,桃杏深隐处。不知曾化鹤,辽海归几度。

天门山
迴出江山上,双峰自相对。岸映松色寒,石分浪花碎。参差远天际,缥缈晴霞外。落日舟去遥,回首沉青霭。

全唐诗卷一百八十二

李白

与元丹丘方城寺谈玄作

茫茫大梦中,惟我独先觉。腾转风火来,假合作容貌。灭除昏疑尽,领略入精要。澄虑观此身,因得通寂照。朗悟前后际,始知金仙妙。幸逢禅居人,酌玉坐相召。彼我俱若丧,云山岂殊调。清风生虚空,明月见谈笑。怡然青莲宫,永愿恣游眺。

寻高凤石门山中元丹丘

寻幽无前期,乘兴不觉远。苍崖渺难涉,白日忽欲晚。未穷三四山,已历千万转。寂寂闻猿愁,行行见云收。高松来好月,空谷宜清秋。溪深古雪在,石断寒泉流。峰峦秀中天,登眺不可尽。丹丘遥相呼,顾我忽而哂。遂造穷谷间,始知静者闲。留欢达永夜,清晓方言还。

安州般若寺水阁纳凉,喜遇薛员外乂

翛然金园赏,远近含晴光。楼台成海气,草木皆天香。忽逢青云士,共解丹霞裳。水退池上热,风生松下凉。吞讨破万象,搴窥临众芳。而我遗有漏,与君用无方。心垢都已灭,永言题禅房。

鲁中都东楼醉起作

昨日东楼醉—作城饮,还应—作归来倒接䍦。阿谁扶上马,不省下楼时。

对酒醉题屈突明府厅

陶令八十日,长歌归去来。故人建昌宰,借问几时回。风落吴江雪,纷纷入酒杯。山翁今已醉,舞袖为君开。

月下独酌四首

花间—作下,—作前一壶酒,独酌无相亲。举杯邀明月,对影成三人。月既不解饮,影徒随我身。暂伴月将影,行乐须及春。我歌月裴

回,我舞影零乱。醒时同交欢,醉后各分散。永结无情游,相期邈云汉——作碧岩畔。

天若不爱酒,酒星不在天。地若不爱酒,地应无酒泉。天地既爱酒,爱酒不愧天。已闻清比圣,复道浊如贤。贤圣既已饮,何必求神仙。三杯通大道,一斗合自然。但得酒中趣,忽为醒者传。

三月咸阳城——作时,千花昼如锦。——作好鸟吟清风,落花散如锦。——作园鸟语成歌,庭花笑如锦。谁能春独愁,对此径须饮。穷通与修短,造化夙所禀。一樽齐死生,万事固难审。醉后失天地,兀然就孤枕。不知有吾身,此乐最为甚。

穷愁千万端——作有千端,美酒三百杯——作唯数杯。愁多酒虽少,酒倾愁不来。所以知酒圣,酒酣心自开。辞粟卧首阳——作伯夷,屡空饥颜回。当代不乐饮,虚名安用哉。蟹螯即金液,糟丘是蓬莱。且须饮美酒,乘月醉高台。

春归终南山松龛旧隐

我来南山阳,事事不异昔。却寻溪中水,还望岩下石。蔷薇绿东窗,女萝绕北壁。别来能几日,草木长数尺。且复命酒樽,独酌陶永夕。

冬夜醉宿龙门,觉起言志

醉来脱宝剑,旅憩高堂眠。中夜忽惊觉,起立明灯前。开轩聊直望,晓雪河冰壮。哀哀歌苦寒,郁郁独惆怅。傅说版筑臣,李斯鹰犬人。欻起匡社稷,宁复长艰辛。而我胡为者,叹息龙门下。富贵未可期,殷忧向谁写。去去泪满襟,举声梁甫吟。青云当自致,何必求知音。

寻山僧不遇作

石径入丹壑,松门闭青苔。闲阶有鸟迹,禅室无人开。窥窗见白拂,挂壁生尘埃。使我空叹息,欲去仍裴回。香云遍山起,花雨从天来。已有空乐好,况闻青猿哀。了然绝世事,此地方悠哉。

过汪氏别业二首

游山谁可游,子明与浮丘。叠岭碍河汉,连峰横斗牛。汪生面北阜,池馆清且幽——作涵清幽。我来感意气,捶炰列珍羞。扫石待归月,开池涨寒流。酒酣益爽气,为乐不知秋。

畴昔未识君,知君好贤才。随山起馆宇,凿石营池台。星——作大火五月中,景风从南来。数枝石榴发,一丈荷花开。恨不当此时,相过醉金罍。我行值木落,月苦清猿哀。永夜达五更,吴歈送琼杯。酒酣欲起舞,四座歌相催。日出远海明,轩车且装回。更游龙潭去,枕石拂莓苔。

待酒不至

玉壶系青丝,沽酒来何迟。山花向我笑,正好衔杯时。晚酌东窗——作轩下,流莺复在兹。春风与醉客,今日乃相宜。

独酌

春草如有意,罗生玉堂阴。东风吹愁来,白发坐相侵。独酌劝孤影,闲歌面芳林。长松尔何知——作本无情,萧瑟为谁吟。手舞石上月,膝横花间琴。过此一壶外,悠悠非我心。——本云:春草遍绿野,新莺有佳音。落日不尽欢,恐为愁所侵。独酌劝孤影,闲歌面芳林。清风寻空来,岩松与共吟。手舞石上月,膝横花下琴。过此一壶外,悠悠非我心。

友人会宿

涤荡千古愁,留连百壶饮。良宵宜清谈,皓月未——作谁能寝。醉来卧空山,天地即衾枕。

春日独酌二首

东风扇淑气,水木荣春晖。白日照绿草,落花散且飞。孤云还空山,众鸟各已归。彼物皆有托,吾生独无依。对此石上月,长醉歌——作歌醉芳菲。

我有紫霞想,缅怀沧洲间。思——作且对一壶酒,澹然万事闲。横琴倚高松,把酒望远山。长空去鸟没,落日孤云还。但恐光景晚,宿昔成秋颜。

金陵江上遇蓬池隐者 时于落星石上,以紫绮裘换酒为饮。

心爱名山游,身随名山远。罗浮麻姑台,此去或未返。遇君蓬池隐,就我石上饭。空言不成欢,强笑惜日晚。绿水向雁门,黄云蔽龙山。叹息两客鸟,裴回吴越间。共一作一语一执手,留连夜将久。解我紫绮裘,且换金陵酒。酒来笑复歌,兴酣乐事多。水影弄月色,清光奈愁何。明晨挂帆席,离恨满沧波。

月夜听卢子顺弹琴

闲坐夜一作夜坐明月,幽人弹素琴。忽闻悲风调,宛若寒松吟。白雪乱纤手,绿水清虚心。钟期久已没,世上无知音。

清溪半夜闻笛

羌笛梅花引,吴溪陇水情一作清。寒山秋浦月,肠断玉关声一作情。

日夕山中忽然有怀

久卧青一作名山云,遂为青一作名山客。山深云更好,赏弄终日夕。月衔楼间峰,泉漱阶下石。素心自此得,真趣非外惜。鼯啼桂方秋,风灭籁归寂。缅思洪崖术,欲往沧海隔。云车来何迟,抚几空叹息。

夏日山中

懒摇白羽扇,裸体青林中。脱巾挂石壁,露顶洒松风。

山中与幽人对酌

两人对酌山花开,一杯一杯复一杯。我醉欲眠卿且去,明朝有意抱琴来。

春日醉起言志

处世若大梦,胡为劳其生。所以终日醉,颓然卧前楹。觉来盼庭前,一鸟花间鸣。借问此何时,春风语流莺。感之欲叹息,对酒还自倾。浩歌待明月,曲尽已忘情。

庐山东林寺夜怀

我寻青莲宇,独往谢城阙。霜清东林钟,水白虎溪月。天香生虚空,天乐鸣不歇。宴坐寂不动,大千入毫发。湛然冥真心,旷劫断出没。

寻雍尊师隐居

群峭碧摩天,逍遥不记年。拨云寻古道,倚石听流泉。花暖青牛卧,松高白鹤眠。语来江色暮,独自下寒烟。

与史郎中钦听黄鹤楼上吹笛

一为迁客去长沙,西望长安不见家。黄鹤楼中吹玉笛,江城五月落梅花。

对酒

劝君莫拒杯,春风笑人来。桃李如旧识,倾花向我开。流莺啼碧树,明月窥金罍。昨日一作来朱颜子,今日白发催。棘生石虎殿,鹿走姑苏台。自古帝王宅,城阙闭黄埃。君若不饮酒,昔人安在哉。

醉题王汉阳厅

我似鹧鸪鸟,南迁懒北飞。时寻汉阳令,取醉月中归。

嘲王历阳不肯饮酒

地白风色寒,雪花大如手。笑杀陶渊明,不饮杯中酒。浪抚一张琴,虚栽五株柳。空负头上巾,吾于尔何有。

独坐敬亭山

众鸟高飞尽,孤云独去闲。相看两不厌,只有敬亭山。

自遣

对酒不觉暝,落花盈我衣。醉起步溪月,鸟还人亦稀。

访戴天山道士不遇

犬吠水声中,桃花带雨浓。树深时见鹿,

溪午不闻钟。野竹分青霭,飞泉挂碧峰。无人知所去,愁倚两三松。

秋日与张少府、楚城韦公藏书高斋作

日下空庭暮,城荒古迹余。地形连海尽,天影落江虚。旧赏人虽隔,新知乐未疏。彩云思作赋,丹壁间藏书。楂拥随流叶,萍开出水鱼。夕来秋兴满,回首意何如。

秋夜独坐怀故山

小隐慕安石,远游学屈—作子平。天书访江海,云卧起咸京。入侍瑶池宴,出陪玉辇行。夸胡新赋作,谏猎短书成。但奉紫霄顾,非邀青史名。庄周空说剑,墨翟耻论兵。拙薄遂疏绝,归闲事耦耕。顾无苍生望,空爱紫芝荣。寥落暝霞色,微茫旧壑情。秋山绿萝月,今夕为谁明。

忆崔郎中宗之游南阳遗吾孔子琴,抚之潸然感旧

昔在南阳城,唯餐独山蕨。忆与崔宗之,白水弄素月。时过菊潭上,纵酒无休歇。泛此黄金花,颓然清歌发。一朝摧玉树,生死殊飘忽。留我孔子琴,琴存人已殁。谁传广陵散,但哭邙山骨。泉户何时明,长扫—作归狐兔窟。

忆东山二首

不向东山久,蔷薇几度花。白云还自散,明月落谁家。

我今携谢妓,长啸绝人群。欲报东山客,开关扫白云。

望月有怀

清泉映疏松,不知几千古。寒月摇清波,流光入窗户。对此空长吟,思君意何深。无因见安道,兴尽愁人心。

对酒忆贺监二首并序

太子宾客贺公,于长安紫极宫一见余,呼余为谪仙人,因解金龟,换酒为乐。殁后对酒怅然有怀,而作是诗。

四明有狂客,风流贺季真。长安一相见,呼我谪仙人。昔好杯中物,翻—作今为松下尘。金龟换酒处,却忆泪沾巾。

狂客归四明,山阴道士迎。敕赐镜湖水,为君台沼荣。人亡余故宅,空有荷花生。念此杳如梦,凄然伤我情。

重忆一首

欲向江东去,定将谁举杯。稽山无贺老,却棹酒船回。

春滞沅湘有怀山中

沅湘春色还,风暖烟草绿。古之伤心人,于此肠断续。予非怀沙客,但美采菱曲。所愿归东山,寸心于此足。

落日忆山中

雨后烟景绿,晴天散余霞。东风随春归,发我枝上花。花落时欲暮,见此令人嗟。愿游名山去,学道飞丹砂。

忆秋浦桃花旧游,时窜夜郎—本无时窜夜郎四字

桃花春水生,白石今出没。摇荡女萝枝,半摇青天月。不知旧行径,初拳几枝蕨。三载夜郎还,于兹炼金骨。

全唐诗卷一百八十三

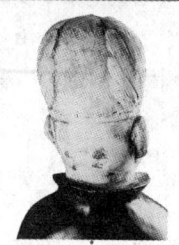

李白

越中秋怀

越水绕碧山,周回数千里。乃是天镜中,分明画相似。_{一本首四句作蹈海思仲连,游山慕康乐。攀云穷千峰,弄水涉万壑。}爱此从冥搜,永怀临湍游_{一作曲}。一为沧波客,十见红蕖秋。观涛壮天险,望海令人愁。路遐迫西照,岁晚悲东流。何必探禹穴,逝将归蓬丘。不然五湖上,亦可乘扁舟。

效古二首

朝入天苑中,谒帝蓬莱宫。青山映辇道,碧树摇苍空。谬题金闺籍,得与银台通。待诏奉明主,抽毫颂清风。归时落日晚,躞蹀浮云骢。人马本无意,飞驰自豪雄。入门紫鸳鸯,金井双梧桐。清歌弦古曲,美酒沽新丰。快意且为乐,列筵坐群公。光景不可留,生世如转蓬。早达胜晚遇,羞比垂钓翁。

自古有秀色,西施与东邻。蛾眉不可妒,况乃效其颦。所以尹婕妤,羞见邢夫人。低头不出气,塞默少精神。寄语无盐子,如君何足珍。

拟古十二首

青天何历历,明星如白石_{一作白如石}。黄姑与织女,相去不盈尺。银河无鹊桥,非时将安适。闺人理纨素,游子悲行役。瓶冰知冬寒,霜露欺远客。客似秋叶飞,飘摇不言归。别后罗带长,愁宽去时衣。乘月托宵梦,因之寄金徽。

高楼入青天,下有白玉堂。明月看欲堕,当窗悬清光。遥夜一美人,罗衣沾秋霜。含情弄柔瑟,弹作陌上桑。弦声何激烈,风卷绕飞梁。行人皆踯躅,栖鸟起回翔。但写妾意苦,莫辞此曲伤。愿逢同心者,飞作紫鸳鸯。

长绳难系日,自古共悲辛。黄金高北斗,

不惜买阳春。石火无留光,还如世中人。即事已如梦,后来我谁身。提壶莫辞贫,取酒会四邻。仙人殊恍惚,未若醉中真。

清都绿玉树,灼烁瑶台春。攀花弄秀色,远赠天仙人。香风送紫蕊,直到扶桑津。取掇世上艳,所贵心之珍。相思传一笑,聊欲示情亲。

今日风日好,明日恐不如。春风笑于人,何乃愁自居。吹箫舞彩凤,酌醴脍神鱼。千金买一醉,取乐不求余。达士遗天地,东门有二疏。愚夫同瓦石,有才知卷舒。无事坐悲苦,块然涸辙一作鲋鱼。

运速天地闭,胡风结飞霜。百草死冬月,六龙颓西荒。太白出东方,彗星扬精光。鸳鸯非越鸟,何为眷南翔。惟昔鹰将犬,今为侯与王。得水成蛟龙,争池夺凤凰。北斗不酌酒,南箕空簸扬。

世路今太行,回车竟何托。万族皆凋枯,遂无少可乐。旷野多白骨,幽魂共销铄。荣贵当及时,春华宜照灼。人非昆山玉,安得长璀错。身没期不朽,荣名在麟阁。

月色不可扫,客愁不可道。玉露生秋衣,流萤飞百草。日月终销毁,天地同枯槁。蟪蛄啼青松,安见此树老。金丹宁误俗,昧者难精讨。尔非千岁翁,多恨去世早。饮酒入玉壶,藏身以为宝。

生者为过客,死者为归人。天地一逆旅,同悲万古尘。月兔空捣药,扶桑已成薪。白骨寂无言,青松岂知春。前后更叹息,浮荣安足珍。

仙人骑彩凤,昨下阆风岑。海水三清浅,桃源一见寻。遗我绿玉杯,兼之紫琼琴。杯以倾美酒,琴以闲素心。二物非世有,何论珠与金。琴弹松里风,杯劝天上月。风月长相知,世人何倏忽。

涉江弄秋水,爱此荷花鲜。攀荷弄其珠,荡漾不成圆。佳人彩云里,欲赠隔远天。相思无由见,怅望凉风前。又《折荷有赠》云:涉江玩秋水,爱此红蕖鲜。攀荷弄其珠,荡漾不成圆。佳期彩云重,欲赠隔远天。相思无由见,惆怅凉风前。

去去复去去,辞君还忆君。汉水既殊流,楚山亦此分。人生难称意,岂得长为群。越燕喜海日,燕鸿思朔云。别久容华晚,琅玕不能饭。日落知天昏,梦长觉道远。望夫登高山,化石竟不返。

感兴六首 集本八首,内二首与古风同,前已附注,不重录。

瑶姬天帝女,精彩化朝云。宛转入宵梦,无心向楚君。锦衾抱秋月,绮席空兰芬,茫昧竟谁测,虚传宋玉文。

洛浦有宓妃,飘摇雪争飞。轻云拂素月,了可见清辉。解佩欲西去,含情讵相违。香尘动罗袜,绿水不沾衣。陈王徒作赋,神女岂同归。好色伤大雅,多为世所讥。

裂素持作书,将寄万里怀。眷眷待远信,竟岁无人来。征鸿务随阳,又不为我栖。委之在深箧,蠹鱼坏其题。何如投水中,流落他人开。不惜他人开,但恐生是非。

十五游神仙,仙游未曾歇。吹笙坐一作吟松风,泛瑟窥海月。西山玉童子,使我炼金骨。欲逐黄鹤飞,相呼向蓬阙。

西国有美女,结楼青云端。蛾眉艳晓月,一笑倾城欢。高节不可夺,炯心如凝丹。常恐彩色晚,不为人所观。安得配君子,共乘双飞鸾。

嘉谷隐丰草,草深苗且稀。农夫既不异,孤穗将安归。常恐委畴陇,忽与秋蓬飞。乌得荐宗庙,为君生光辉。

寓言三首

周公负斧扆,成王何夔夔。武王昔不豫,剪爪投河湄。贤圣遇谗慝,不免人君疑。天风拔大木,禾黍咸伤萎。管蔡扇苍蝇,公赋鸱鸮诗。金縢若不启,忠信谁明之。

摇裔双彩凤,婉娈三青禽。往还瑶台里,鸣舞玉山岑。以欢秦娥意,复得王母心。区区精卫鸟,衔木空哀—作沉吟。

长安春色归,先入青门道。绿杨不自持,从风欲倾倒。海燕还秦宫,双飞入帘栊。相思不相见,托梦辽城东。

秋夕旅怀

凉风度秋海,吹我乡思飞。连山去无际,流水何时归。目极浮云色,心断明月晖。芳草歇柔艳,白露催寒衣。梦长银汉落,觉罢天星稀。含悲想旧国,泣下谁能挥。

感遇四首

吾爱王子晋,得道伊洛滨。金骨既不毁,玉颜长自春。可怜浮丘公,猗靡与情亲。举首白日间,分明谢时人。二仙去已远,梦想空殷勤。

可叹东篱菊,茎疏叶且微。虽言异兰蕙,亦自有芳菲。未泛盈樽酒,徒沾清露辉。当荣君不采,飘落欲何依。

昔余闻姮娥,窃药驻云发。不自娇玉颜,方希炼金骨。飞去身莫返,含笑坐明月。紫宫夸蛾眉,随手会凋歇。

宋玉事楚王,立身本高洁。巫山赋彩云,郢路歌白雪。举国莫能和,巴人皆卷舌。一感登徒言,恩情遂中绝。

翰林读书言怀,呈集贤—本此下有院内二字诸学士

晨趋紫禁中,夕待金门诏。观书散遗帙,探古穷至妙。片言苟会心,掩卷忽而笑。青蝇易相点,白雪难同调。本是疏散人,屡贻褊促诮。云天属清朗,林壑忆游眺。或时清风来,闲倚栏—作檐下啸。严光桐庐溪,谢客临海峤。功成谢人间—作君,从此一投钓。

寻阳紫极宫感秋作

何处闻秋声,翛翛北窗竹。回薄万古心,揽之不盈掬。静坐观众妙,浩然媚幽独。白云南山来,就我檐下宿。懒从唐生决,羞访季主卜。四十九年非,一往不可复。野情转萧洒,世道有翻覆。陶令归去来,田家酒应熟。

江上秋怀

餐霞卧旧壑,散发谢远游。山蝉号枯桑,始复知天秋。朔雁别海裔,越燕辞江楼。飒飒风卷沙,茫茫雾萦洲。黄云结暮色,白水扬寒流。恻怆心自悲,潺湲泪难收。蘅兰方萧瑟,长叹令人愁。

秋夕书怀—作秋日南游书怀

北风吹海雁,南渡落寒声。感此潇湘客,凄其流浪情。海怀结沧洲—作远心飞苍梧,霞—作遐想游赤城。始探蓬壶事—作术,旋觉天地轻。澹然吟—作思高秋,闲卧瞻太清。萝月掩—作隐空幕,松霜结—作皓前楹—作松云散前楹。灭见息群动,猎微穷至精。桃花有源水,可以保吾生。

避地司空原言怀

南风昔不竞,豪圣思经纶。刘琨与祖逖,起舞鸡鸣晨。虽有匡济心,终为乐祸人。我则异于是,潜光皖水滨。卜筑司空原,北将天柱邻。雪霁万里月,云开九江春。俟乎泰阶平,然后托微身。倾家事金鼎,年貌可长新。所愿得此道,终然保清真。弄景奔日驭,攀星戏河津。一随王乔去,长年玉天宾。

上崔相百忧章 时在浔阳狱

共公赫怒,天维中摧。鲲鲸喷荡,扬涛起雷。鱼龙陷人,成此祸胎。火焚昆山,玉石相磓。仰希霖雨,洒宝炎煨。箭发石开,戈挥日回。邹衍恸哭,燕霜飒来。微诚不感,犹絷夏台。苍鹰搏攫,丹棘崔嵬。豪圣凋枯,王风伤哀。斯文未丧,东岳岂颓。穆逃楚难,邹脱吴灾。见机苦迟,二公所咍。骥不骤进,麟何来哉。星离一门,草掷二孩。万愤结习—作缉,忧从中催。金瑟玉壶,尽为愁媒。举酒太息,泣血盈杯。台星再朗,天网重恢。屈法申恩,弃

瑕取材。冶长非罪，尼父无猜。覆盆倘举，应照寒灰。

万愤词投魏郎中

海水渤潏，人罹鲸鲵。蓊胡沙而四塞，始滔天于燕齐。何六龙之浩荡，迁白日于秦西。九土星分，嗷嗷栖栖。南冠君子，呼天而啼。恋高堂而掩泣，泪血地而成泥。狱户一作时心春而不草，独幽怨而沉迷。兄九江兮弟三峡，悲羽化之难齐。穆陵关北愁爱子，豫章天南隔老妻。一门骨肉散百草，遇难不复相提携。树榛拔桂，囚鸾宠鸡。舜昔授禹，伯成耕犁。德自此衰，吾将安栖。好我者恤我，不好我者何忍临危而相挤。子胥鸱夷，彭越醢醯。自古豪烈，胡为此繄。苍苍之天，高乎视低。如其听卑，脱我牢狴。倪辨美玉，君收白圭。

荆州贼平，临洞庭言怀作

修蛇横洞庭，吞象临江岛。积骨成巴陵，遗言闻楚老。水穷三苗国，地窄三湘道。岁晏天峥嵘，时危人枯槁。思归阻丧乱，去国伤怀抱。郢路方丘墟，章华亦倾倒。风悲猿啸苦，木落鸿飞早。日隐西赤沙，月明东城草。关河望已绝，氛雾行当扫。长叫天可闻，吾将问苍昊。

览镜书怀

得道无古今，失道还衰老。自笑镜中人，白发如霜草。扪心空叹息，问影何枯槁。桃李竟何言，终成南山皓。

田园言怀

贾谊三年谪，班超万里侯。何如牵白犊，饮水对清流。

江南春怀

青春几何时，黄鸟鸣不歇。天涯失乡一作归路，江外老华发。心飞秦塞云，影滞楚关月。身世殊烂漫，田园久芜没。岁晏何所从，长歌谢金阙。

听蜀僧浚弹琴

蜀僧抱绿绮，西下峨眉峰。为我一挥手，如听万壑松。客心洗流水，余响入霜钟。不觉碧山暮，秋云暗几重。

鲁东门观刈蒲

鲁国寒事早，初霜刈渚蒲。挥镰若转月，拂水生连珠。此草最可珍，何必贵龙须。织作玉床席，欣承清夜娱。罗衣能再拂，不畏素尘芜。

咏邻女东窗海石榴

鲁女东窗下，海榴世所稀。珊瑚映绿水，未足比光辉。清香随风发，落日好鸟归。愿为东南枝，低举拂罗衣。无由共攀折，引领望金扉。

南轩松

南轩有孤松，柯叶自绵幂。清风无闲时，潇洒终日夕。阴生古苔绿，色染秋烟碧。何当凌云霄，直上数千尺。

咏山樽二首

蟠木不雕饰，且将斤斧疏。樽成山岳势，材是栋梁余。外与金罍并，中涵玉醴虚。惭君垂拂拭，遂忝玳筵居。此首题一作咏柳少府山瘿木樽。

拥肿寒山木，嵌空成酒樽。愧无江海量，偃蹇在君门。

初出金门，寻王侍御不遇，咏壁上鹦鹉一作敕放归山留别王侍御咏鹦鹉

落羽辞金殿，孤鸣咤一作托绣衣。能言终见弃，还向陇西一作山飞。

紫藤树

紫藤挂云木，花蔓宜阳春。密叶隐歌鸟，香风留美人。

观放白鹰二首

八月边风高，胡鹰白锦毛。孤飞一片雪，

百里见秋毫。

寒冬十二月,苍鹰八九毛。寄言燕雀莫相啅,自有云霄万里高。

观博平王志安少府山水粉图 一作壁

粉壁为空天,丹青状江海。游云不知归,日见白鸥在。博平真人王志安,沉吟至此愿挂冠。松溪石磴带秋色,愁客思归坐晓寒。

题雍丘崔明府丹灶

美人为政本忘机,服药求仙事不违。叶县已泥丹灶毕,瀛洲当伴赤松归。先师有诀神将助,大圣无心火自飞。九转但能生羽翼,双凫忽去定何依。

观元丹丘坐巫山屏风

昔游三峡见巫山,见画巫山宛相似。疑是天边十二峰,飞入君家彩屏里。寒松萧瑟如有声,阳台微茫如有情。锦衾瑶席何寂寂,楚王神女徒盈盈。高一作有唐字咫尺,如千里,翠屏丹崖灿如绮。苍苍远树围荆门,历历行舟泛巴水。水石潺湲万壑分,烟光草色俱氛氲。溪花笑日何年发,江客听猿几岁闻。使人对此心缅邈,疑入嵩丘梦彩云。

求崔山人百丈崖瀑布图

百丈素崖裂,四山丹壁开。龙潭中喷射,昼夜生风雷。但见瀑泉落,如潨云汉来。闻君写真图,岛屿备萦回。石黛刷幽草,曾青泽古苔。幽缄倘相传,何必向天台。

见野草中有曰白头翁者

醉入田家去,行歌荒野中。如何青草里,亦有白头翁。折取对明镜,宛将衰鬓同。微芳似相诮,留恨向东风。

流夜郎题葵叶

惭君能卫足,叹我远移根。白日如分照,还归守故园。

莹禅师房观山海图

真僧闭精宇,灭迹含达观。列嶂图云山,攒峰入霄汉。丹崖森在目,清昼疑卷幔。蓬壶来轩窗,瀛海入几案。烟涛争喷薄,岛屿相凌乱。征帆飘空中,瀑水洒天半。峥嵘若可陟,想像徒盈叹。杳与真心冥,遂谐静者玩。如登赤城里,揭步沧洲畔。即事能娱人,从兹得消散。

白鹭鹚

白鹭下秋水,孤飞如坠霜。心闲且未去,独立沙洲傍。

咏槿

园花笑芳年,池草艳春色。犹不如槿花,婵娟玉阶侧。芬荣何夭促,零落在瞬息。岂若琼树枝,终岁长翕赩。

咏桂

世人种桃李,皆在金张门。攀折争捷径,及此春风暄。一朝天霜下,荣耀难久存。安知南山桂,绿叶垂芳根。清阴亦可托,何惜树君园。

白胡桃

红罗袖里分明见,白玉盘中看却无。疑是老僧休念诵,腕前推下水晶珠。

巫山枕障

巫山枕障画高丘,白帝城边树色秋。朝云夜入无行处,巴水横天更不流。

南奔书怀 一作自丹阳南奔道中作。此诗萧士赟云是伪作。

遥夜何漫漫一作何时旦,空歌白石烂。宁戚未匡齐,陈平终佐汉。欃枪扫河洛,直割鸿沟半。历数方未迁,云雷屡多难。天人秉旄钺,虎竹光藩翰。侍笔黄金台,传觞青玉案。不因秋风起,自有思归叹。主将动谗疑,王师忽离叛。自来白沙上一作兵罗沧海上,鼓噪丹阳岸。宾御如浮云,从风各消散。舟中指可掬,城上骸争爨。草草出近关,行行昧前算。南奔剧星火,北寇无涯畔。顾乏七宝鞭,留连道傍玩。

太白夜食昴,长虹日中贯。秦赵兴天兵,茫茫九州乱。感遇明主恩,颇高祖逖言。过江誓流水,志在清中原。拔剑击前柱,悲歌难重论。

全唐诗卷一百八十四

李白

题随州紫阳先生壁

神农好长生,风俗久已成。复闻紫阳客,早署丹台名。喘息餐妙气,步虚吟真声。道与古仙合,心将元化并。楼疑出蓬海,鹤似飞玉京。松雪窗外晓,池水阶下明。忽耽笙歌乐,颇失轩冕情。终愿惠金液,提携凌太清。

题元丹丘山居

故人栖东山,自爱丘壑美。青春卧空林,白日犹不起。松风清襟袖,石潭洗心耳。羡君无纷喧,高枕碧霞里。

题元丹丘颍阳山居并序

丹丘家于颍阳,新卜别业。其地北倚马岭,连峰嵩丘,南瞻鹿台,极目汝海,云岩映郁,有佳致焉。白从之游,故有此作。

仙游渡颍水,访隐同元君。忽遗苍生望,独与洪崖群。卜地初晦迹,兴言且成文。却顾北山断,前瞻南岭分。遥通汝海月,不隔嵩丘云。之子合逸趣,而我钦清芬。举迹倚松石,谈笑迷朝曛。益一作终愿狎青鸟,拂衣栖江濆。

题瓜州新河,饯族叔舍人贲

齐公凿新河,万古流不绝。丰功利生人,天地同朽灭。两桥对双阁,芳树有行列。爱此如甘棠,谁云敢攀折。吴关倚此固,天险自兹设。海水落斗门,湖平见沙汭。我行送季父,弭棹徒流悦。杨花满江来,疑是龙山雪。惜此林下兴,怆为山阳别。瞻望清路尘,归来空寂灭。

洗脚亭

白道向姑熟,洪亭临道傍。前有昔时井,下有五丈床。樵女洗素足,行人歇金装。西望白鹭洲,芦花似朝霜。送君此时去,回首泪成行。

劳劳亭

天下伤心处,劳劳送客亭。春风知别苦,不遣柳条青。

题金陵王处士水亭 此亭盖齐朝南苑,又是陆机故宅。

王子耽玄言,贤豪多在门。好鹅寻道士,爱竹啸名园。树色老—作秀荒苑,池光荡华轩。此堂见明月,更忆陆平原。扫拭青玉簟,为余置金尊。醉罢—作后欲归去,花枝宿鸟喧。何时复来此,再得洗嚣烦。

题嵩山逸人元丹丘山居并序

白久在庐霍,元公近游嵩山,故交深情,出处无间。岩信频及,许为主人,欣然适会本意。当冀长往不返,欲便举家就之。兼书共游,因有此赠。

家本紫云山,道风未沦落。沉怀丹丘志,冲赏归寂寞。朅来游闽荒,扪涉穷禹凿。夤缘泛潮海,偃塞陟庐霍。凭雷蹑天窗,弄影憩霞阁。且欣登眺美,颇惬隐沦诺。三山旷幽期,四岳聊所托。故人契嵩颍,高义炳丹臒。灭迹遗纷嚣,终言本峰壑。自矜林湍好,不羡朝市乐。偶与真意并,顿觉世情薄。尔能折芳桂,吾亦采兰若。拙妻好乘鸾,娇女爱飞鹤。提携访神仙,从此炼金药。

题江夏修静寺 此寺是李北海旧宅

我家北海宅,作寺南江滨。空庭无玉树,高殿坐幽人。书带留青草,琴堂—作台幂素尘。平生种桃李,寂灭不成春。

题宛溪馆

吾怜宛溪好,百尺照心明—作久照心益明。何谢新安水,千寻见底清。白沙留月色,绿竹助秋声。却笑严湍上,于今独擅名。

题东溪公幽居

杜陵贤人清且廉,东溪卜筑岁将淹。宅近青山同谢朓,门垂碧柳似陶潜。好鸟迎春歌后院,飞花送酒舞前檐。客到但知留一醉,盘中只有水晶盐。

嘲鲁儒

鲁叟谈五经,白发死章句。问以经济策,茫如坠烟雾。足著远游履,首戴方山巾。缓步从直道,未行先起尘。秦家丞相府,不重褒衣人。君非叔孙通,与我本殊伦。时事且未达,归耕汶水滨。

惧谗

二桃杀三士,讵假剑如霜。众女妒蛾眉,双花竞春芳。魏姝信郑袖,掩袂对怀王。一惑巧言子,朱颜成死—作损伤。行将泣团扇,戚戚愁人肠。

观猎

太守耀清威,乘闲弄晚晖。江沙横猎骑,山火绕行围。箭逐云鸿落,鹰随月兔飞。不知白日暮,欢赏夜方归。

观—作听胡人吹笛

胡人吹玉笛,一半是秦声。十月吴山晓,梅花落敬亭。愁闻出塞曲,泪满逐臣缨。却望长安道,空怀恋主情。

军行—作从军行,一作行军

骝马新跨—作夸白玉鞍,战罢沙场月色寒。城头铁鼓声犹震,匣里金刀血未干。

从军行

百战沙场碎铁衣,城南已合数重围。突营射杀呼延将,独领残兵千骑归。

平虏将军妻

平虏将军妇,入门二十年。君心自有悦,妾宠岂能专。出解床前帐,行吟道上篇。古人不唾井,莫忘昔缠绵。

春夜洛城闻笛

谁家玉笛暗飞声,散入春风满洛城。此夜曲中闻折柳,何人不起故园情。

嵩山采菖蒲者

神仙—作人多古貌,双耳下垂肩。嵩岳逢

汉武,疑是九疑仙。我为采菖蒲,服食可延年。言终忽不见,灭影入云烟。喻帝竟莫悟,终归茂陵田。

金陵听韩侍御吹笛

韩公吹玉笛,倜傥流英音。风吹绕钟山,万壑皆龙吟。王子停凤管,师襄掩瑶琴。余韵度江去,天涯安可寻。

流夜郎闻酺不预

北阙圣人歌太康,南冠君子窜遐荒。汉酺闻奏钧天乐,愿得风吹到夜郎。

放后遇恩不沾

天作云与雷,霈然德泽开。东风日本至,白雉越裳来。独弃长沙国,三年未许回。何时入宣室,更问洛阳才。

宣城见杜鹃花—作杜牧诗,题云子规

蜀国曾闻子规鸟,宣城还见杜鹃花。一叫一回肠一断,三春三月忆三巴。

白田马上闻莺

黄鹂啄紫椹,五月鸣桑枝。我行不记日,误作阳春时。蚕老客未归,白田已缫丝。驱马又前去,扪心空自悲。

三五七言

秋风清,秋月明。落叶聚还散,寒鸦栖复惊。相思相见知何日,此时此夜难为情。

杂诗

白日与明月,昼夜尚—作常不闲。况尔悠悠人,安得久世间。传闻海水上,乃有蓬莱山。玉树生绿叶,灵仙每登攀。一食驻玄发,再食留红颜。吾欲从此去,去之无时还。

寄远十一首

三鸟别王母,衔书来见—作相过。肠断若剪弦,其如愁思何。遥知玉窗里,纤手弄云和。奏曲有深意,青松交女萝。写水山井中,同泉岂殊波。秦心与楚恨,皎皎为谁多。

青楼何所在,乃在碧云中。宝镜挂秋水—作月,罗衣轻春风。新妆坐落日,怅望金—作锦屏空。念此—作剪彩送短书,愿因双飞鸿。

本作一行书,殷勤道相忆。一行复一行,满纸情何极。瑶台有黄鹤,为报青楼人。朱颜凋落尽,白发一何新。自知未应还,离居—作君经三春。桃李今若为,当窗发光彩。莫使香风飘,留与红芳待。

玉箸落春镜,坐愁湖阳水。闻与阴丽华,风烟接邻里。青春已复过,白日忽相催。但恐荷—作飞花晚,令人意已摧。相思不惜梦,日夜向阳台。

远忆巫山阳,花明渌江暖。踌躇未得往,泪向南云满。春风复无情,吹我梦魂断。不见眼中人,天长音信短。

阳台隔楚水,春草生黄河—作阴云隔楚水,转蓬落渭河。相思无日夜,浩荡若流波。流波向海去,欲见终无因—作定绕珠江滨。遥将一点泪,远寄如花人。

妾在春陵东,君居汉江岛。一日望花光,往来成白道—作日日采蘼芜,上山成白道。一为云雨别,此地生秋草。秋草秋蛾飞,相思愁落晖。何由一相见,灭烛解罗衣。—本无此二句,落晖下有昔时携手去,今日流泪归。遥知不得意,玉箸点罗衣四句。

忆昨东园桃李红碧枝,与君此时初别离。金瓶落井无消息,令人行叹复坐思。坐思行叹成楚越,春风玉颜畏销歇。碧窗纷纷下落花,青楼寂寂空明月。两不见,但相思。空留锦字表心素,至今缄愁不忍窥。

长短春草绿,缘阶如有情。卷施心独苦,抽却死还生。睹物知妾意,希君种后庭。闲时当采掇,念此莫相轻。

鲁缟如玉霜,笔—作剪题月氏书。寄书白鹦鹉,西海慰离居。行数虽不多,字字有委曲。天末如见之,开缄泪相续。泪尽恨转深,千里同此心—作千里若在眼,万里若在心。相思千万里,一书值千金。

爱君芙蓉婵娟之艳色,色可餐兮难再得。怜君冰玉清迥之明心,情不极兮意已深。朝共琅玕之绮食,夜同鸳鸯之锦衾。恩情婉娈忽为别,使人莫错乱愁心。乱愁心,涕如雪。寒灯厌梦魂欲绝,觉来相思生白发。盈盈汉水若可越,可惜凌波步罗袜。美人美人兮归去来,莫作朝云暮雨兮飞阳台。

长信宫—作长信怨

月皎昭阳殿,霜清长信宫。天行乘玉辇,飞燕与君同。虽有欢娱处—作更有留情处,承恩乐未穷。谁怜团扇妾,独坐怨秋风。

长门怨二首

天回北斗挂西楼,金屋无人萤火流。月光欲到长门殿,别作深宫一段愁。

桂殿长愁不记春,黄金四屋起秋尘。夜悬明镜青天上,独照长门宫里人。

春怨

白马金羁辽海东,罗帷绣被卧春风。落月低轩窥烛尽,飞花入户笑床空。

代赠远

妾本洛阳人,狂夫幽燕客。渴饮易水波,由来多感激。胡马西北驰,香鬃摇绿丝。鸣鞭从此去,逐虏荡边陲。昔去有好言,不言久离别。燕支多美女,走马轻风雪。见此不记人,恩情云雨绝。啼流玉箸尽,坐恨金闺切。织锦作短书,肠随回文结。相思欲有寄,恐君不见察。焚之扬其灰,手迹自此灭。

陌上赠美人—作小放歌行

骏马骄行踏落花,垂鞭直拂五云车。美人一笑褰珠箔,遥指红楼是妾家。

闺情

流水去绝国,浮云辞故关。水或恋前浦,云犹归旧山。恨君流—作龙沙去,弃妾渔阳间。玉箸夜垂—作日夜流,双双落朱颜。黄鸟坐相悲,绿杨谁更攀。织锦心草草,挑灯泪斑斑。窥镜不自识,况乃狂夫还。

代别情人

清水本不动,桃花发岸傍。桃花弄水色,波荡摇春光。我悦子容艳,子倾我文章。风吹绿琴去,曲度紫鸳鸯。昔作一水鱼,今成两枝鸟。哀哀长鸡鸣,夜夜达五—作天晓。起折相思树,归赠知寸心。覆水不可收,行云难重寻。天涯有度鸟,莫绝瑶华音。

代秋情

几日相别离,门前生稻葵。寒蝉聒梧桐,日夕长鸣悲。白露湿萤火,清霜凌兔丝。空掩紫罗袂—作空闺掩罗袂,长啼无尽时。

对酒

蒲萄酒,金叵罗,吴姬十五细马驮。青黛画眉红锦靴,道字不正娇唱歌。玳瑁筵中怀里醉,芙蓉帐底奈君何。

怨情

新人如花虽可宠,故人似玉由来重。花性飘扬不自持,玉心皎洁终不移。故人昔新今尚故,还见新人有故时。请看陈后黄金屋,寂寂珠帘生网丝。

湖边采莲妇

小姑织白纻,未解将人语。大嫂采芙蓉,溪湖千万重。长兄行不在,莫使外人逢。愿学秋胡妇,贞心比古松。

怨情

美人卷珠帘,深坐颦蛾眉。但见泪痕湿,不知心恨谁。

代寄情,楚词体

君不来兮,徒蓄怨积思而孤吟。云阳一去已远,隔巫山绿水之沉沉。留余香兮染绣被,夜欲寝兮愁人心。朝驰余马于青楼,怳若空而夷犹。浮云深兮不得语,却惆怅而怀忧。使青鸟兮衔书,恨独宿兮伤离居。何无情而雨一作两绝,梦虽往而交疏。横流涕而长嗟,折芳洲之瑶华。送飞鸟以极目,怨夕阳之西斜。愿为连根同死之秋草,不作飞空之落花。

学古思边

衔悲上陇首,肠断不见君。流水若有情,幽哀从此分。苍茫愁边色,惆怅落日曛。山外接远天,天际复有云。白雁从中来,飞鸣苦难闻。足系一书札,寄言难离群。离群心断绝,十见花成雪。胡地无春晖,征人行不归。相思杳如梦,珠泪湿罗衣。

思边 一作春怨

去年何时君别妾,南园绿草飞蝴蝶。今岁何时妾忆君,西山白雪暗晴云。玉关去此三千里,欲寄音书那可闻。

口号吴王美人半醉

风动荷花水殿香,姑苏台上宴吴王。西施醉舞娇无力,笑倚东窗白玉床。

代美人愁镜二首

明明金鹊镜,了了玉台前。拂拭交冰月,光辉何清圆。红颜老昨日,白发多去年。铅粉坐相误,照来空凄然。

美人赠此盘龙之宝镜,烛我金缕之罗衣。时将红袖拂明月,为惜普照之余晖。影中金鹊飞不灭,台下青鸾思独绝。蘗砧一别若箭弦,去有日,来无年。狂风吹却妾心断,玉箸并堕菱花前。

赠段七娘

罗袜凌波生网尘,那能得计访情亲。千杯绿酒何辞醉,一面红妆恼杀人。

别内赴征三首

王命三征去未还,明朝离别出吴关。白玉高楼看不见,相思须上望夫山。

出门妻子强牵衣,问我西行几日归。归时倘佩黄金印,莫学苏秦不下机。

翡翠为楼金作梯,谁人独宿倚门啼一作卷帘愁坐待鸣鸡。夜坐一作泣寒灯连晓月,行行泪尽楚关西。

秋浦寄内

我今寻阳去,辞家千里余。结荷倦一作愁水宿,去寄大雷书。虽不同辛苦,怆离各自居。我自入秋浦,三年北信疏。红颜愁落尽,白发不能除。有客自梁苑,手携五色鱼。开鱼得锦字,归问我何如。江山虽道阻,意合不为殊。

自代内赠

宝刀截流水,无有断绝时。妾意逐君行,缠绵亦如之。别来门前草,秋巷春转碧一作春尽秋转碧。扫尽更还生,萋萋满行迹。鸣凤始相得,雄惊雌各飞。游云落何山,一往不见归。估客发大楼一作东海,知君在秋浦。梁苑空锦衾,阳台梦行雨。妾家三作相,失势去西秦。犹有一作存旧歌管,凄清闻四邻。曲度入紫云,啼无眼中人。此下一本有女弟争笑弄,悲羞泪盈巾二句妾似井底桃,开花向谁笑。君如天上月,不肯一回照。窥镜不自识,别多憔悴深。安得秦吉了,为人道寸心。

秋浦感主人归燕寄内

霜凋楚关木,始知杀气严。寥寥金天廓,婉婉绿红潜。胡燕别主人,双双语前檐。三飞四回顾,欲去复相瞻。岂不恋华屋,终然谢珠帘。我不及此鸟,远行岁已淹。寄书道中叹,泪下不能缄。

送内寻庐山女道士李腾空二首

君寻腾空子,应到碧山家。水春云母碓,风扫石楠花。若爱幽居好,相邀弄紫霞。

多君相门女,学道爱神仙。素手掬青霭,罗衣曳紫烟。一往屏风叠,乘鸾著玉鞭一作不著鞭。

赠内

　　三百六十日，日日醉如泥。虽为李白妇，何异太常妻。

在浔阳非所寄内

　　闻难知恸哭，行啼入府中。多君同蔡琰，流泪请曹公。知登吴章岭，昔与死无分。崎岖行石道，外折入青云。相见若悲叹，哀声那可闻。

南流夜郎寄内

　　夜郎天外怨离居，明月楼中音信疏。北雁春归看欲尽，南来不得豫章书。

越女词五首越中书所见也

　　长干吴儿女，眉目艳新月。屐上足如霜，不著鸦头袜。

　　吴儿多白皙，好为荡舟剧。卖眼掷春心，折花调行客。

　　耶溪采莲女，见客棹歌回。笑入荷花去，佯羞不出来。

　　东阳素足女，会稽素舸郎。相看月未堕，白地断肝肠。

　　镜湖水如月，耶溪女似雪。新妆荡新波，光景两奇绝。

浣纱石上女

　　玉面耶溪女，青娥红粉妆。一双金齿屐，两足白如霜。

示金陵子一作金陵子词

　　金陵城东谁家一作金陵子，窃听琴声碧一作夜窗里。落花一片天上来，随人直渡西江水。楚歌吴语娇不成，似能未能最有情。谢公正要东山妓，携手林泉处处行。

出妓金陵子呈卢六四首

　　安石东出三十春，傲然携妓出风尘。楼中见我金陵子，何似阳台云雨人。

　　南国新丰酒，东山小妓歌。对君君不乐，花月奈愁何。

　　东道烟霞主，西江诗酒筵。相逢不觉醉，日堕历阳川。

　　小妓金陵歌楚声，家僮丹砂学凤鸣。我亦为君饮清酒，君心不肯向人倾。

巴女词

　　巴水急如箭，巴船去若飞。十月三千里，郎行几岁归。

哭晁卿衡

　　日本晁卿辞帝都，征帆一片绕蓬壶。明月不归沉碧海，白云愁色满苍梧。

自溧水道哭王炎三首

　　白杨双行行，白马悲路傍。晨兴见晓月，更似发云阳。溧水通吴关，逝川去未央。故人万化尽，闭骨茅山冈。天上坠玉棺，泉中掩龙章。名飞日月上，义与风云翔。逸气竟莫展，英图俄夭伤。楚国一老人，来嗟龚胜亡。有言不可道，雪泣忆兰芳。

　　王公希代宝，弃世一何早。吊死不及哀，殡宫已秋草。悲来欲脱剑，挂向何枝好。哭向茅山虽未摧，一生泪尽丹阳道。

　　王家碧瑶树，一树忽先摧。海内故人泣，天涯吊鹤来。未成霖雨用，先失济川材。一罢广陵散，鸣琴更不开。

哭宣城善酿纪叟

　　纪叟黄泉里，还应酿老春。夜台无晓日，沽酒与何人。一作题戴老酒店，云：戴老黄泉下，还应酿大春。夜台无李白，沽酒与何人。

宣城哭蒋征君华

　　敬亭埋玉树，知是蒋征君。安得相如草，空余封禅文。池台空有月，词赋旧凌云。独挂延陵剑，千秋在古坟。

全唐诗卷一百八十五

李白 补遗

鞠歌行 以下见《文苑英华》

丽莫似汉宫妃,谦莫似黄家女。黄女持谦齿发高,汉妃恃丽天庭去。人生容德不自保,圣人安用推天道。君不见蔡泽嵌枯诡怪之形状,大言直取秦丞相。又不见田千秋才智不出人,一朝富贵如有神。二侯行事在方册,泣麟老人终困厄。夜光抱恨良叹悲,日月逝矣吾何之。

胡无人

十万羽林儿,临洮破郅支。杀添胡地骨,降足汉营旗。塞阔牛羊散,兵休帐幕移。空余陇头水,呜咽向人悲。

月夜金陵怀古

苍苍金陵月,空悬帝王州。天文列宿在,霸业大江流。绿水绝驰道,青松摧古丘。台倾鹔鹴观,宫没凤凰楼。别殿悲清暑,芳园罢乐游。一闻歌玉树,萧瑟后庭秋。

冬日归旧山

未洗染尘缨,归来芳草平。一条藤径绿,万点雪峰晴。地冷叶先尽,谷寒云不行。嫩篁侵舍密,古树倒江横。白犬离村吠,苍苔壁上生。穿厨孤雉过,临屋旧猿鸣。木落禽巢在,篱疏兽路成。拂床苍鼠走,倒箧素鱼惊。洗砚修良策,敲松拟素贞。此时重一去,去合到三清。

望夫石

仿佛古容仪,含愁带曙辉。露如今日泪,苔似昔年衣。有恨同湘女,无言类楚妃。寂然芳霭内,犹若待夫归。

对雨

卷帘聊举目,露湿草绵芊。古岫藏云毳,

空庭织碎烟。水纹愁不起,风线重难牵。尽日扶犁叟,往来江树前。

晓晴 一作晚晴

野凉疏雨歇,春色遍萋萋。鱼跃青池满,莺吟绿树低。野花妆面湿,山草纽斜齐。零落残云片,风吹挂竹溪。

初月

玉蟾离海上,白露湿花时。云畔风生爪,沙头水浸眉。乐哉弦管客,愁杀战征儿。因绝西园赏,临风一咏诗。

雨后望月

四郊阴霭散,开户半蟾生。万里舒霜合,一条江练横。出时山眼白,高后海心明。为惜如团扇,长吟到五更。

赋得鹤送史司马赴崔相公幕

峥嵘丞相府,清切凤凰池。羡尔瑶台鹤,高栖琼树枝。归飞晴日好,吟弄惠风吹。正有乘轩乐,初当学舞时。珍禽在罗网,微命若游丝。愿托周周羽,相衔汉水湄。

送客归吴

江村秋雨歇,酒尽一帆飞。路历波涛去,家惟坐卧归。岛花开灼灼,汀柳细依依。别后无余事,还应扫钓矶。

送友生游峡中

风静杨柳垂,看花又别离。几年同在此,今日各驱驰。峡里闻猿叫,山头见月时。殷勤一杯酒,珍重岁寒姿。

送袁明府任长沙

别离杨柳青,樽酒表丹诚。古道携琴去,深山见峡迎。暖风花绕树,秋雨草沿城。自此长江内,无因夜犬惊。

邹衍谷

燕谷无暖气,穷岩闭严阴。邹子一吹律,能回天地心。

杂言用投丹阳知己,兼奉宣慰判官 以下见《诗记》。第八句缺二字。

客从昆仑来,遗我双玉璞。云是古之得道者西王母食之余,食之可以凌太虚,受之颇谓绝今昔,求识江淮人犹乎比石。如今虽在卞和手,□□正憔悴,了了知之亦何益。恭闻士有调相如,始从镐京还,复欲镐京去。能上秦王殿,何时回光一相眄。欲投君,保君年,幸君持取无弃捐,服之与君俱神仙。

观鱼潭

观鱼碧潭上,木落潭水清。日暮紫鳞跃,圆波处处生。凉烟浮竹尽,秋月照沙明。何必沧浪去,兹焉可濯缨。

自广平乘醉走马六十里至邯郸,登城楼览古书怀

醉骑白花马 一作骆,西走邯郸城。扬鞭动 一作度柳色,写鞯春风生。入郭登高楼,山川与云平。深宫翳绿草 一作雄都半古冢,万事伤人情。相如章华巅,猛气折秦嬴。两虎不可斗,廉公终负荆。提携裤中儿,杵臼及程婴。立孤就白刃 一作空孤献白刃,必死耀丹诚。平原三千客,谈笑尽豪英。毛君能颖脱,二国且同盟。皆为黄泉土,使我涕纵横。磊磊石子冈,萧萧白杨声。诸贤没此地,碑版有残铭。太古共今时,由来互 一作同哀荣。伤哉何足道,感激仰空名。赵俗爱长剑,文儒少逢迎。闲从博陵 一作徒游,畅饮雪朝醒。歌酣易水动,鼓震丛台倾。日落把烛归,凌晨向燕京。方陈五饵策,一使胡尘清。

宣州长史弟昭赠余琴溪中双舞鹤诗以见志

令弟佐宣城,赠余琴溪鹤。谓言天涯雪,忽向窗前落。白玉为毛衣,黄金不肯博。背风振六翮,对舞临山阁。顾我如有情,长鸣似相托。何当驾此物,与尔腾寥廓。

题舒州司空山瀑布

断崖如削瓜,岚光破崖绿。天河从中来,白云涨川谷。玉案赤文字,世眼不可读。摄身

凌青霄,松风拂我足。

金陵新亭

金陵风景好,豪士集新亭。举目山河异,偏伤周颢情。四坐楚囚悲,不忧社稷倾。王公何慷慨,千载仰雄名。

上清宝鼎诗 前首见《东观余论》,后首见《王直方诗话》。

我居清空表,君处红埃中。仙人持玉尺,废君多少才。玉尺不可尽,君才无时休。

咽服十二环,奄有仙人房。暮骑紫麟去,海气侵肌凉。赠我累累珠,靡靡明月光。

题许宣平庵壁 见《诗话类编》

我吟传舍咏,来访真人居。烟岭迷高迹,云林隔太虚。窥庭但萧瑟,倚杖空踌躇。应化辽天鹤,归当千岁余。

戏赠杜甫 以下见《唐诗纪事》

饭颗山头逢杜甫,顶戴笠子日卓午。借问别来一作因何太瘦生,总为从前作诗苦。

春感诗

白隐居戴天大匡山,往来旁郡,依潼江赵征君蕤。蕤亦节士,任侠有气,善为纵横学,著书号《长短经》。白从学岁余,去游成都,赋此诗。益州刺史苏颋见而异之。

茫茫南与北,道直事难谐。榆荚钱生树,杨花玉糁街。尘萦游子面,蝶弄美人钗。却隐青山上,云门掩竹斋。

白微时,募县小吏入令卧内,尝驱牛经堂下,令妻怒,将加诘责,白亟以诗谢云

素面倚栏钩,娇声出外头。若非是织女,何得问牵牛。

句

焰随红日去,烟逐暮云飞。令一日赋山火诗云:"野火烧山后,人归火不归。"思轧不属,白从旁缀其下句,令惭止。

绿鬓随波散,红颜逐浪无。因何逢伍相,应是想秋胡。白从令观涨,有女子溺死江上,令赋诗云:"二八谁家女,漂来倚岸芦,鸟窥眉上翠,鱼弄口旁珠。"令复苦吟,白辄应声继之。

举袖露条脱,招我饭胡麻。见《二老堂诗话》。

全唐诗卷一百八十六

韦应物

韦应物,京兆长安人。少以三卫郎事明皇,晚更折节读书。永泰中,授京兆功曹,迁洛阳丞。大历十四年,自鄠令制除栎阳令,以疾辞不就。建中三年,拜比部员外郎,出为滁州刺史。久之,调江州。追赴阙,改左司郎中,复出为苏州刺史。应物性高洁,所在焚香扫地而坐。唯顾况、刘长卿、丘丹、秦系、皎然之俦,得厕宾客,与之酬倡。其诗闲淡简远,人比之陶潜,称陶韦云。集十卷。今编诗十卷。

拟古诗十二首

辞君远行迈,饮此长恨端。已谓道里远,如何中险艰。流水赴大壑,孤云还暮山。无情尚有归,行子何独难。驱车背乡园,朔风一作吹卷行迹。严冬霜断肌,日入不遑息。忧欢一作惧容一作变发变,寒暑人事易。中心君讵知,冰玉徒贞白。

黄鸟何关关,幽兰亦靡靡。此时深闺妇,日照纱一作绮窗里。娟娟双青娥,微微启玉齿。自惜桃李年,误身游侠子。无事久离别,不知今生死。

峨峨高山巅,浟浟青川流。世人不自悟,驰谢如惊飚。百金非所重,厚意良难得。旨酒亲与朋,芳年乐京国。京城繁华地,轩盖凌晨出。垂杨十二衢,隐映金张室。汉宫南北对,飞观齐白日。游泳属芳时一云游冶咏康时,平生自云毕。

绮楼何氛氲,朝日正昳昳。四壁含清风,丹霞射其牖。玉颜上哀啭,绝耳非世有。但感离恨情,不知谁家妇。孤云忽无色,边马为回首。曲绝碧天高,余声散秋草。徘徊帷中意,独夜不堪守。思逐朔风翔,一去千里道。

嘉树蔼初绿,靡芜吐幽芳。君子不在赏,寄之云路长。路长信难越,惜此芳时歇。孤鸟去不还,缄情向天末。

　　月满秋夜长,惊乌号北林。天河横未落,斗柄当西南。寒蛩悲洞房,好鸟无遗音。商飙一夕至,独宿怀重衾。旧交日—作目千里,隔我浮与沉。人生岂草木,寒暑移此心。

　　酒星非所酌,月桂不为食。虚薄空有名,为君长叹息。兰惠虽可怀,芳香与时息。岂如凌霜叶,岁暮蔼颜色。折柔将有赠,延意千里客。草木知贱微,所贵寒不易。

　　神州高爽地,遐眺靡不通。寒月野无绿,寥寥天宇空。阴阳不停驭,贞脆各有终。汾沮何鄙俭,考槃何退穷。反志解牵跼,无为尚劳躬。美人夺南国,一笑开芙蓉。清镜理容—作云发,搴帘出深重。艳曲呈皓齿,舞罗不堪风。慊慊情有待,赠芳为我容。可嗟青楼月,流影君帷中。

　　春至林木变,洞房夕含清。单居谁能裁,好鸟对我鸣。良人久燕赵,新爱移平生。别时双鸳绮,留此千恨情。碧草生旧迹,绿琴歇芳声。思—作愿将魂梦欢,反侧寐不成。揽衣迷所次,起望空前庭。—云览衣迷处所,夕起望前庭。孤影中自侧,不知双涕零。

　　秋天无留景,万物藏光辉。落叶随风起—作远,愁人独何依。华—作明月屡圆缺,君还浩无期。如何雨绝天—云如何云雨绝,一去音问—作尘违。

　　有客天一方,寄我孤桐琴。迢迢万里隔,托此传幽音。冰霜中自结,龙凤相与吟。弦以明直道—云弦以昭清直,漆以固—作形交深。

　　白日淇上没,空闺生远愁。寸心不可限,淇水长悠悠。芳树自妍芳—云自交结,又云房树正妍郁,春禽自相求。徘徊东西厢,孤妾谁与俦。年华逐丝泪,一落俱不—作难收。

杂体五首

　　沉沉匣中镜,为此尘垢蚀。辉光何所如,月在云中黑。南金既雕错,鞶带共辉饰。空存—作有鉴物名,坐使妍媸惑。美人竭肝胆,思照冰玉色。自非磨莹工,日日空叹息。

　　古宅—作宇集袄鸟,群号枯树枝。黄昏窥人室,鬼物相与期。居人不安寝,搏击思此时。岂无鹰与鹯,饱肉不肯飞。既乖逐鸟节,空养凌云姿。孤负肉食恩,何异城上鸱。

　　春罗双鸳鸯,出自寒夜女。心精烟雾色,指历千万绪。长安贵豪家—作室,妖艳不可数。裁此百日功,唯将一朝舞。舞罢复裁新,岂思劳者苦。

　　同声自相应,体质不必齐。谁知贾人铎,能使大—作音乐谐。铿锵发宫徵,和乐变其哀。人神既昭享,凤鸟—作皇亦下来。岂非至贱物,一奏升天阶。物情苟有合,莫问玉与泥。

　　碌碌荆山璞,卞和献君门。荆璞非有求,和氏非有恩。所献知国宝,至公不待言。是非吾—作语欲默,此道今岂存。

与友生野饮效陶体

　　携酒花林下,前有千载坟。于时不共酌,奈此泉下人。始自玩芳物,行当念徂春。聊舒远世踪,坐望还山云。且遂一欢笑,焉知贱与贫。

效何水部二首

　　玉宇含清—作秋露,香笼散轻烟。应当结沉抱,难从兹夕眠。

　　夕漏起遥恨,虫响—作鸿音乱秋阴。反覆相思字,中有故人心。

效陶彭泽

　　霜露悴百草,时菊独妍华。物性有如此,寒暑其奈何。掇英泛浊醪,日入会田家。尽醉茅檐下,一生岂在多。

大梁亭会李四栖梧作

　　梁王昔爱才,千古化不泯。平声。至今蓬池上,远集八方宾。车马平明合,城郭满埃尘。逢君一相许,岂要平生亲。入仕三十载,如何独未伸。英声久籍籍,台阁多故人。置酒发清弹,相与一作将乐佳辰。孤亭得长望,白日下广津。富贵良可取一作求,竭来西入秦。秋风旦夕起,安得客梁陈。

燕李录事

与君十五侍皇闱,晓拂炉烟上赤墀。花开汉苑经过处,雪下骊山沐浴时。近臣零落今犹在,仙驾飘摇不可期。此日相逢一作逢君思一作非旧日,一杯成喜亦一作又成悲。

淮上喜会梁川故人

江汉曾为客,相逢每醉还。浮云一别后,流水十年间。欢笑情如旧,萧疏鬓已斑。何因北一作不归去,淮上对一作有秋山。

扬州偶会前洛阳卢耿主簿应物顷贰洛阳,常有连骑之游。

楚塞故人稀,相逢本不期。犹存袖里字,忽怪鬓中丝。客舍盈樽酒,江行满箧诗。更能连骑出,还似洛桥时。

贾常侍林亭燕集

高贤侍天陛一作阶,迹显心独幽。朱轩骛关右,池馆在东周。缭绕接都城,氤氲望嵩丘。群公尽词客,方驾永日游。朝旦气候佳,逍遥写烦忧。绿林蔼已布,华沼澹不流。没露摘幽草,涉烟玩轻舟。圆荷既出水,广厦可淹留。放神遗所拘,觥罚屡见酬。乐燕良未极,安知有沉浮。醉罢各云散,何当复相求。

月下会徐十一草堂

空斋无一事,岸帻故人期。暂辍观书夜,还题玩月诗。远钟高枕后,清露卷帘时。暗觉新秋近,残河欲曙迟。

移疾会诗客元生与释子法朗,因贻诸祠曹

对此嘉树林,独有戚戚颜。抱瘵知旷职,淹旬非乐闲。释子来问讯,诗人亦扣关。道同意一作适暂遣,客散疾徐还。园径自幽静,玄蝉噪其间。高窗瞰远郊,暮色起秋山。英曹幸休暇,恨恨一作恨心所攀。

慈恩伽蓝清会

素友俱薄世,屡招清景赏。鸣钟悟音闻,宿昔心已往。重门相洞达,高宇亦遐一作通朗。岚岭晓城分,清阴夏条长一作清条夏阴长。氤氲芳台馥,萧散竹池广。平荷随波泛,回飙激林响。蔬食遵道侣,泊怀遗滞想。何彼尘昏人,区区在天壤。

夜偶诗客操公作

尘襟一潇洒,清夜得禅公。远自鹤林寺,了知人世空。惊禽翻暗叶,流水注幽丛。多谢非玄度,聊将诗兴同。

与韩库部会王祠曹宅作

闲一作闭门荫堤柳,秋渠含夕清。微风送荷气,坐客散尘缨。守默共无吝,抱冲俱寡营。良时颇高会,琴酌共开情。

晦日处士叔园林燕集

遽看蕙叶尽,坐阙芳年赏。赖此林下期,清风涤烦想。始萌动新煦,佳禽发幽响。岚岭对高斋,春流灌蔬壤。樽酒遣形迹,道言屡开奖。幸蒙终夕欢,聊用税归鞅。

扈亭西陂燕赏

杲杲朝阳时,悠悠清陂望。嘉树始氤氲,春游方浩荡。况逢文翰侣,爱此孤舟漾。绿野际遥波,横云分叠嶂。公堂日为倦,幽襟自兹旷。有酒今满盈,愿君尽弘量。

西郊燕集

济济众君子,高宴及时光。群山霭遐瞩,绿野布熙阳。列坐遵曲岸,披襟袭兰芳。野庖荐嘉鱼,激涧泛羽觞。众鸟鸣茂林,绿草延高冈。盛时易徂谢,浩思坐飘飏。眷言同心友,兹游安可忘。

春宵燕万年吉少府中孚南馆

始见斗柄回,复兹霜月霁。河汉上纵横,春城夜迢递。宾筵接时彦,乐燕凌芳岁。稍爱

清觞满,仰叹高文丽。欲去返郊扉,端为一欢滞。

滁州园池燕元氏亲属

日暮游清池,疏林罗—作笼高天。余绿飘霜露,夕气变风烟。水门架危阁,竹亭列广筵。一展私姻礼,屡叹芳樽前。感往在兹会,伤离属颓年。明晨复云去,且愿此流连。

郡楼春燕

众乐杂军鞞,高楼邀上客。思逐花光乱,赏余山景夕。为郡访凋瘵,守程难损益。聊假一杯欢,暂忘终日迫。

南塘泛舟会元六昆季

端居倦时燠,轻舟泛回塘。微风飘襟散,横吹绕林长。云澹水容夕,雨微荷气凉。一写悒勤意—云川上意,宁用诉—作计华觞。

郡斋雨中与诸文士燕集

兵卫森画戟,宴寝凝清香。海上风雨至,逍遥池阁凉。烦疴近—作正消散,嘉宾复满堂,自惭居处崇,未睹斯民康。理会是非遣,性达

形迹忘。鲜肥属时禁,疏果幸见尝。俯饮一杯酒,仰聆金玉章。神欢体自轻,意欲凌风—作云翔。吴中盛文史,群彦今汪洋。方知大藩地—作盛,岂曰财赋疆—作强。

军中冬燕

沧海已云晏,皇恩犹念勤。式燕遍恒秩,柔远及斯人。兹邦实大藩,伐鼓军乐陈。是时冬服成,戎士气益振。虎竹谬朝寄,英贤降上宾。旋磬周旋礼,愧无海陆珍。庭中丸剑阑,堂上歌吹新。光景不知晚,觥酌岂言频。单醪昔所感,大酺况同忻。顾谓军中士,仰答何由申。

司空主簿琴席

烟华方散薄,蕙气犹含露。澹景发清琴,幽期默玄—作云悟。流连白雪意,断续回风度。掩抑虽已终,忡忡在幽素。

与村老对饮

鬓眉雪色犹嗜酒,言辞淳朴古人风。乡村年少生离乱,见话先朝如梦中。

全唐诗卷一百八十七

韦应物

城中卧疾,知阎、薛二子屡从邑令饮,因以赠之

车一作马日萧萧,胡不枉一作在我庐。方来从令饮,卧病独何如。秋风起汉一作江皋,开户望平芜。即此各一作稀音素一作表,焉知中密疏。渴者不思火,寒者不求水。人生羁寓一作旅时,去就当如此。犹希心异迹一作从利心迹异,眷眷存终始。

听嘉陵江水声,寄深上人

凿崖泄奔湍,称古神禹迹。夜喧山门店,独宿不安席。水性自云一作为静,石中本无声。如何两相激,雷转空山惊。贻之道门旧一作友,了此物我情。

高陵书情,寄三原卢少府

直方难为进,守此微贱班。开卷不及顾,沉埋案牍间。兵凶久一作互相践,徭赋岂得闲。促戚下可哀,宽政身致患。日夕思自退,出门望故山。君心倘如此,携手相与还。

假中对雨,呈县中僚友

却足甘一作堪为笑,闲居梦杜陵。残莺知夏浅,社一作时雨报年登。流麦非关忘,收书独不能。自然忧旷职,缄此谢良朋。

赠萧河南

厌剧辞京县,褒贤待诏书。酂侯方继业,潘令且闲居。霁后三川冷,秋深一作余万木疏。对琴无一事,新兴复何如。

示从子河南尉班 并序

永泰中,余任洛阳丞,以扑挟军骑。时从子河南尉班,亦以刚直为政,俱见讼于居守。因诗示意,府县好我者,岂旷斯文。

拙直余恒守,公方尔所存。同占朱鸟觜,俱起小人言。立政思悬棒,谋身类触藩。不能林下去，只恋府廷恩。

趋府候晓，呈两县僚友
趋府不遑安，中宵出户看。满天星尚在，近壁烛仍一作犹残。立马频惊曙，垂帘却避寒。可怜同宦者，应一作始悟下流难。

赠李儋
丝桐本异质，音响合一作今自然。吾观造化意，二物相因缘。误触龙凤啸，静闻寒夜泉。心神自安宅，烦虑顿可捐。何因知久要，丝白漆亦坚。

赠卢嵩
百川注东海，东海无虚盈。泥滓不能浊，澄波非益清。恬然自安流，日照万里晴。云物不隐象，三山共分明。奈何疾风怒，忽若砥柱倾。海水虽无心，洪涛亦相惊。怒号在倏忽，谁识变化情。

寄冯著
春雷起萌蛰，土壤日已疏。胡能遭盛明，才俊伏里闾。偃仰遂真性，所求惟斗储。披衣出茅屋，盥漱临清渠。吾道亦自适，退身保玄虚。幸无职事牵，且览案上书。亲友各驰骛，谁当访敝庐。思君在何夕，明月照广除。

早春对雪，寄前殿中元侍御
扫雪开幽径，端居望故人。犹残腊月酒，更值早梅春。几日东城陌，何时曲水滨。闻闲且共赏，莫待绣衣新。

赠王侍御
心同野鹤与尘远，诗似冰壶见底清。府县同趋昨日事，升沉不改故人情。上阳秋晚萧萧雨，洛水寒来夜夜声。自叹犹为折腰吏一作客，可怜骢马路傍行。

将往江淮，寄李十九儋余自西京至，李又发河洛，同道不遇
燕燕东向来，文鹓亦西飞。如何不相见，羽翼有高卑。徘徊到河洛，华屋未及窥。秋风飘我行，远与淮海期。回首隔烟雾，遥遥两相思。阳春自当返，短翮欲追随。

自巩洛舟行入黄河即事，寄府县僚友
夹水苍山路向东，东南山豁大河通。寒树依微远天外，夕阳明灭乱流中。孤村几岁临伊岸，一雁初晴下朔风。为报洛桥游宦侣，扁舟不系与心同。

寄卢庚
悠悠远离别，分此欢会难。如何两相近，反使心不安。乱发思一栉，垢衣思一浣。协韵。岂如望友生，对酒起长叹。时节异京洛，孟冬天未寒。广陵多车马，日夕自游盘。独我何耿耿，非君谁为欢。

发广陵留上家兄，兼寄上长沙
将违安可怀，宿恋复一方。家贫无旧业，薄宦各飘飏。执板身有属，淹时心恐惶。拜言不得留，声结泪满裳。漾漾动行舫，亭亭远相望。离晨苦须臾，独往道路长。萧条风雨过，得此海气凉。感秋意已违，况自结中肠。推道固当遣，及情岂所忘。何时共还归，举翼鸣春阳。

初发扬子，寄元大校书
凄凄去亲爱，泛泛入烟雾。归棹洛阳人，残钟广陵树。今朝此为别，何处还相遇。世事波上舟，沿洄安得住。

淮上即事，寄广陵亲故
前舟已眇眇，欲渡谁相待。秋山起暮钟，楚雨连沧海。风波离思满一作远，宿昔容鬓改。独鸟下东南，广陵何处在。

寄洪州幕府卢二十一侍御自南昌令拜，顷同官洛阳。
忽报南昌令，乘骢入郡城。同时趋府客，此日望尘迎。文苑台中妙，冰壶幕下清。洛阳相去远，犹使故林荣。

经少林精舍，寄都邑亲友

息驾依松岭，高阁一攀缘。前瞻路已穷，既诣喜更延。出巘听万籁，入林濯幽泉。鸣钟生道心，暮磬—作鹤空云烟。独往虽暂适，多累终见牵。方思结茅地，归息期暮年。

同长源归南徐，寄子西、子烈、有道

东洛何萧条，相思邈遐路。策驾复谁游，入门无与晤—作出入亦无晤。还因送归客，达此缄中素。屡暌心所欢，岂得颜如故。所欢不可暌，严霜晨凄凄。如彼万里行，孤妾守空闺。临觞一长叹，素欲何时谐。

雪中闻李儋过门不访，聊以寄赠

度门能不访，冒雪屡西东。已想人如玉，遥怜马似骢。乍迷金谷路，稍变上阳宫。还比相思意，纷纷正满空。

同德精舍养疾，寄河南兵曹东厅掾

逍遥东城隅，双树寒葱蒨。广庭流华月，高阁凝余霰。杜门非养素，抱疾阻良宴。孰谓无他人，思君岁云变。官曹亮先悉，陈躅惭俊彦。岂知晨与夜，相代不相见。缄书问所如—作知，酬藻当芬绚。

同德寺雨后，寄元侍御、李博士

川上风雨来，须臾满城阙。岧峣青莲界—作字，萧条孤兴发。前山遽已净，阴霭夜来歇。乔木生夏凉，流云吐华月。严城自有限，一水非难越。相望曙河—作何远，高斋坐超忽。

同德阁期元侍御、李博士不至，各投赠二首

庭树忽已暗，故人那—作何不来。只因厌烦暑，永日坐霜台。

官荣多所系，闲居亦怨期。高阁犹相望，青山欲暮时。

使云阳寄府曹

凤驾祗府命，冒炎不遑息。百里次云阳，闾阎问漂溺。上天屡愆气，胡不均寸泽。仰瞻乔树巅，见此洪流迹。良苗免湮没，蔓草生宿昔。颓墉满故墟，喜返将安宅。周旋涉途潦，侧峭缘沟脉。仁贤忧斯民，贱子甘所役。公堂众君子，言笑思与觌。

过扶风精舍旧居，简朝宗、巨川兄弟

佛刹出高树，晨光间井中。年深念陈迹，追此独忡忡。零落逢故老，寂寥悲草虫。旧宇多改构，幽篁延本丛。栖止事如昨，芳时去已空。佳人亦携手，再往今不同。新文聊感旧，想子意无穷。

赠令狐士曹 自八月朔旦，同使蓝田，淹留涉季，事先半日而不相待，故有戏赠。

秋檐—作霜滴滴对床寝，山路迢迢联骑行。到家俱及东篱菊，何事先归半日程。

赠冯著

契阔仕两京，念子亦飘蓬。方来属追往，十载事不同。岁晏乃云至，微褐还未充。惨凄游子情，风雪自关东。华觞发欢颜，嘉藻播清风。始此盈抱恨，旷然一夕中。善蕴岂轻售，怀才希国工。谁当念素士，零落岁华空。

对雨寄韩库部协

飒至池馆凉，霭然和晓雾。萧条集新荷，氤氲散高树。闲居兴方澹，默想心已屡。暂出仍湿衣，况君东城住。

寄子西

夏景已难度，怀贤思方续。乔树落疏阴，微风散烦燠。伤离柱芳札，忭遂见心曲。蓝上舍成，田家雨新足。托邻素多欲—作愿，残帙犹见束。日夕上高斋，但望东原绿。

县内闲居赠温公

满郭春风岚已昏，鸦栖散吏掩重门。虽居世网常清净，夜对高僧无一言。

对雪赠徐秀才

靡靡寒欲收，霭霭阴还结。晨起望南端，

千林散春雪。妍光属瑶阶,乱绪陵新节。无为掩扉卧,独守袁生辙。

西郊游宴,寄赠邑僚李巽

升阳暖春物,置酒临芳席。高宴阙英僚,众宾寡欢怿。是时尚多垒,板筑兴颓壁。羁旅念越疆,领徒方祗役。如何嘉会日,当子忧勤夕。西郊郁已茂,春岚重如积。何当返徂雨,杂英纷可惜。

对雨赠李主簿、高秀才

逦迤曙云薄,散漫东风来。青山满春野,微雨洒轻埃。吏局劳佳士,宾筵得上才。终朝狎文墨,高兴共徘徊。

休沐东还胄贵里示端

宦游三十载,田野久已疏。休沐遂兹日,一来还故墟。山明宿雨霁,风暖百卉舒。泓泓野泉洁,熠熠林光初。竹木稍摧翳,园场亦荒芜。俯惊鬓已衰,周览昔所娱。存没恻私怀,迁变伤里闾。欲言少留心,中复畏简书。世道良自退,荣名亦空虚。与子终携手,岁晏当来居。

朝请后还邑,寄诸友生

宰邑分甸服,凤驾朝上京。是时当暮春,休沐集友生。抗志青云表,俱践高世名。樽酒且欢乐,文翰亦纵横。良游昔所希,累宴夜复明。晨露含瑶琴,夕风殒素英。一旦遵归路,伏轼出京城。谁言再念别,忽若千里行。闲—作闲阁寡喧讼,端居结幽情。况兹昼方永,展转何由平。

沣上西斋寄诸友 七月中善福之西斋作

绝岸临西野,旷然尘事遥。清川下逦迤,茅栋上岧峣。玩月爱佳夕,望山属清朝。俯砌视归翼,开襟纳远飙。等陶辞小秩,效朱方负樵。闲游忽无累,心迹随景超。明世重才彦,雨露降丹霄。群公正云集,独予忻寂寥。

独游西斋,寄崔主簿

同心忽已别,昨事方成昔。幽径还独寻,绿苔见行迹。秋斋正萧散,烟水易昏夕。忧来结几重,非君不可释。

紫阁东林居士叔缄赐松英丸,捧对忻喜,盖非尘侣之所当服,辄献诗代启

碧涧苍松五粒稀,侵云采去露沾衣。夜启群仙合灵药,朝思俗侣寄将归。道场斋戒今初服,人事荤膻已觉非。一望岚峰拜还使,腰间铜印与心违。

秋集罢还途中作,谨献寿春公、黎公

束带自衡门,奉命宰王畿。君侯枉高鉴,举善掩瑕疵。斯民本已安,工拙两无施。何以酬明德,岁晏不磷缁。时节乃来集,欣怀方载驰。平明大府开,一得拜光辉。温如春风至,肃若严霜威。群属所载瞻,而忘倦与饥。公堂燕华筵,礼罢复言辞。将从平门道,憩车沣水湄。山川降嘉岁,草木蒙润滋。孰云还本邑,怀恋独迟迟。

闲居赠友

补吏多下迁,罢归聊自度。园庐既芜没,烟景空澹泊。闲居养痾瘵,守素甘葵藿。颜鬓日衰耗,冠带亦寥落。青苔已生路,绿筠始分箨。夕气下遥阴,微风动疏薄。草玄良见诮,杜门无请托。非君好事者,谁来—作能顾寂寞。

四禅精舍登览悲旧,寄朝宗、巨川兄弟

萧散人事忧,迢递古原行。春风日已暄,百草亦复生。跻阁谒金像,攀云造禅扃。新景林际曙,杂花川上明。徂岁方缅邈,陈事尚纵横。温泉有佳气,驰道指京城。携手思故日,山河留恨情。存者邈难见,去者已冥冥。临风一长恸,谁畏—作谓行路惊。

善福阁对雨,寄李儋幼遐

飞阁凌太虚,晨跻郁峥嵘。惊飙触悬槛,白云冒层甍。太阴布其地,密雨垂八纮。仰观固不测,俯视但冥冥。感此穷秋气,沈郁命友生。及时未高步,羁旅游帝京。圣朝无隐才,

品物俱昭形。国士秉绳墨,何以表坚贞。寸心东北驰,思与一会并。我车夙已驾,将逐晨风征。郊途住成淹,默默阻中情。

寺居独夜,寄崔主簿

幽人寂不—作无寐,木叶纷纷落。寒雨暗深更,流萤度高阁。坐使青灯晓,还伤夏衣薄。宁知岁方晏,离居更萧索。

九日沣上作,寄崔主簿倬二李端系

凄凄感时节,望望临沣涘。翠岭明华秋,高天澄遥滓。川寒流愈迅,霜交物初委。林叶索已空,晨禽迎飙起。时菊乃盈泛,浊醪自为美。良游虽可娱,殷念在之子。人生不自省,营欲无终已。孰能同一酌,陶然冥斯理。

西郊养疾,闻畅校书有新什见赠,久伫不至,先寄此诗

养病惬清夏,郊园敷卉木。窗夕—作含洞凉,雨余爱筜绿。披怀始高咏,对琴转幽独。仰子游群英,吐词如兰馥。还闻枉嘉藻,伫望延昏旭。唯见草青青,闭户沣水曲。

沣上寄幼遐

寂寞到城阙,惆怅返柴荆。端居无所为,念子远徂征。夏昼人已息,我怀独未宁。忽从东斋起,兀兀寻涧行。冒热丛榛密,披玩孤花明。旷然西南望,一极山水情。周览同游处,逾恨阻音形。壮图非旦夕,君子勤令名。勿复久留燕,蹉跎在北京。

善福精舍示诸生

湛湛嘉树阴,清露夜景沉。悄然群物寂,高阁似阴岑。方以玄默处,岂为名迹侵。法妙一作泛如不知归,独此抱冲襟。斋舍无余物,陶器与单衾。诸生时列坐,共爱风满林。

晚出沣上,赠崔都水

临流一舒啸,望山意转延。隔林分落景,余霞明远川。首起趣东作,已看耘夏田。一从民里居,岁月再徂迁。昧质得全性,世名良自牵。行忻携手归,聊复饮酒眠。

寓居沣上精舍,寄于、张二舍人

万木丛云出香阁,西连碧涧竹林园。高斋犹宿远山曙,微霰下庭寒雀喧。道心淡泊对流水,生事萧疏空掩门。时忆故交那得见,晓排闾阖奉明恩。

开元观怀旧,寄李二、韩二、裴四,兼呈崔郎中、严家令

宿昔清都燕,分散各西东。车马行迹在,霜雪竹林空。方轸故物念,谁复一樽同。聊披道书暇,还此听松风。

春日郊居,寄万年吉少府中孚、三原少府伟、夏侯校书审

谷鸟时一啭,田园春雨余。光风动林早,高窗照日初。独饮涧中水,吟咏老氏书。城阙应多事,谁忆此闲居。

沣上醉题寄涤武

芳园知夕燕,西郊已独还。谁言不同赏,俱是醉花间。

西郊期涤武不至,书示

山高鸣过雨,涧树—云林涧落残花。非关春不待,当由期自赊。

沣上对月,寄孔谏议

思怀在云阙,泊素守中林。出处虽殊迹,明月两知心。

将往滁城恋新竹,简崔都水示端

停车欲去绕丛竹,偏爱新筠十数竿。莫遣儿童触琼粉,留待幽人回日看。

还阙首途,寄精舍亲友

休沐日云满,冲然将罢观。严车候门侧,晨起正—作整朝冠。山泽含余雨,川涧注惊湍。揽辔遵东路—作登前路,回首一长叹。居人已不见,高阁在林端。

秋夜南宫,寄沣上弟及诸生
　　暝色起烟阁,沉抱积离忧。况兹风雨夜,萧条梧叶秋。空宇感凉至,颓颜惊岁周。日夕游阙下,山水忆同游。

途中书情,寄沣上两弟,因送二甥却还
　　华簪岂足恋,幽林徒自违。遥知别后意,寂寞掩郊扉。回首昆池上,更羡尔同归。

雪夜下朝,呈省中一绝
　　南望南山满禁闱,晓陪鸳鹭正差池。共爱朝来何处雪,蓬莱宫里拂松枝。

全唐诗卷一百八十八

韦应物

寄柳州韩司户郎中
达—作远识与昧机,智殊迹同静。于焉得携手,屡赏清夜景。潇洒陪高咏,从容羡华省。一逐风波迁,南登桂阳岭。旧里门空掩,欢—作新游事皆屏。怅望城阙遥,幽居时序永。春风吹百卉,和煦变闾井。独闷终日眠,篇书不复省。唯当望雨露,沾子荒遐境。

寄令狐侍郎
三山有琼树,霜雪色逾新。始自风尘交,中结绸缪姻。西掖方掌诰,南宫复司春。夕燕华池月,朝奉玉阶尘。众宝归和氏,吹嘘多俊人。群公共然诺,声问迈时伦。孤鸿既高举,燕雀在荆榛。翔集且不同,岂不欲殷勤。一旦迁南郡,江湖渺无垠。宠辱良未定,君子岂缁磷。寒暑已推斥,别离生苦辛。非将会面目,书札何由申。

闲居寄端及重阳
山明野寺曙钟微,雪满幽林人迹稀。闲居寥落生高兴,无事风尘独不归。

园林晏起,寄昭应韩明府、卢主簿
田家已耕作,井屋起晨烟。园林鸣好鸟,闲居犹独眠。不觉朝已晏,起来望青天。四体一舒散,情性亦忻然。还复茅檐下,对酒思数贤。束带理官府,简牍盈目前。当念中林赏,览物遍山川。上非遇明世,庶以道自全。

寄大梁诸友
分竹守南谯,弭节过梁池。雄都众君子,出饯拥河湄。燕谑始云洽,方舟已解维。一为风水便,但见山川驰。昨日次睢阳,今夕宿符离。云树怆重叠,烟波念还期。相敦在勤事,海内方劳师。

新秋夜寄诸弟

两地俱秋夕,相望共—作在星河。高梧一叶下,空斋归思多。方用忧人瘼,况自抱微痾。无将别来近,颜鬓已蹉跎。

郊园闻蝉,寄诸弟

去岁郊园别,闻蝉在兰省。今岁卧南谯,蝉鸣归路永。夕响依山谷,余悲散秋景—作余声发秋岭。缄书报此时—作远景,此心方耿耿。

寄中书刘舍人

云霄路竟别,中年迹暂同。比翼趋丹陛,连骑下南宫。佳咏邀清月,幽赏滞芳丛。迨予一出守,与子限西东。晨露方怆怆—作苍,离抱更忡忡。忽睹九天诏,秉纶归国工。玉座浮香气,秋禁散凉风。应向横门度—作旁,环佩杳玲珑。光辉恨未睹,归思坐难通。苍苍松桂姿,想在掖垣中。

郡斋感秋,寄诸弟

首夏辞旧国,穷秋卧滁城。方如昨日别,忽觉徂岁惊。高阁收烟雾,池水晚澄清—作明。户牖已凄爽,晨夜感深情。昔游郎署间,是月天气晴—作清。授衣还西郊,晓露田中—作野行。采菊投酒中,昆弟自同倾。簪组聊挂壁,焉知有世荣。一旦居远郡,山川间音形。大道庶无累,及兹念已盈。

郡中对雨,赠元锡兼简杨凌

宿雨冒空山,空城响秋叶。沉沉暮色至,凄凄凉气入。萧条林表散,的砾荷上集。夜雾著衣重,新苔侵履湿。遇兹端忧日,赖与嘉宾接。

冬至夜寄京师诸弟兼怀崔都水

理郡无异—作美政,所忧在素餐。徒令去京国,羁旅当岁寒。子—作玄月生一气,阳景极南端。已怀时节感,更抱别离酸。私燕席—作夕云罢,还斋夜方阑。邃幕沉空宇—作月,孤灯照床单。应同兹夕念,宁忘故岁欢。川途恍悠邈,涕下一阑干。

元日寄诸弟兼呈崔都水

一从守兹郡,两鬓生华发。新正加我年,故岁去超忽。淮滨益时候,了似仲秋月。川谷风景温,城池草木发。高斋属多暇,惆怅临芳物。日月昧还期,念君何时歇。

寄职方刘郎中

相闻二十载,不得展平生。一夕—作旦南宫遇,聊用写中情。端服光朝次,群烈慕—作器英声。归来坐粉闱,挥笔乃纵横。始陪文翰游,欢燕难久并。予因谬忝出,君为沉疾婴。别离寒暑过,荏苒春草生。故园兹日隔,新禽池上鸣。郡中永无事,归思徒自盈。

社日寄崔都水及诸弟群属

山郡多暇日,社时放吏归。坐阁独成闷,行塘阅清辉。春风动高柳,芳园掩夕扉。遥思里中会,心绪怅微微。

寒食日寄诸弟

禁火暧佳辰,念离独伤抱。见此野田花,心思杜陵道。联骑定—作竟何时,予今颜已老。

三月三日寄诸弟兼怀崔都水

暮节看已谢,兹晨愈可惜。风澹意伤春,池寒花敛夕—作色。对酒始依依,怀人还的的。谁当曲水行,相思寻旧迹。

赠李儋侍御

风光山郡少,来看广陵春。残花犹待客,莫问意中人。

寄杨协律

吏散门阁掩,鸟鸣山郡中。远念长江别,俯觉座隅空。舟泊南池雨,簟卷北楼风。并罢芳樽燕,为怆昨时同。

郡斋赠王卿

无术谬称简,素餐空自嗟。秋斋雨成滞,山药寒始华。濩落人皆笑,幽独岁逾赊。唯君出尘意,赏爱似山一作僧家。

简恒璨
室一作台虚多凉气一作风,天高属秋时。空庭夜风雨,草木晓离披。简书日云旷,文墨谁复持。聊因遇澄静,一与道人期。

闲居寄诸弟
秋草生庭白露时,故园诸弟益相思。尽日高斋无一事,芭蕉叶上独题诗。

登楼寄王卿
踏阁攀林恨不同,楚云沧海思无穷。数家砧杵秋山下,一郡荆榛寒雨中。

寄畅当 闻以子弟被召从军
寇贼起东山,英俊方未闲。闻君新应募,籍籍动京关。出身文翰场,高步不可攀。青袍未及解,白羽插腰间。昔为琼树枝一作姿,今有风霜颜。秋郊细柳道,走马一夕还。丈夫当为国,破敌如摧山。何必事州府,坐使鬓毛斑。

赠崔员外
一别十年事,相逢淮海滨。还思洛阳日,更话府中人。且对清觞满,宁知白发新。匆匆何处去,车马冒风尘。

寄李儋、元锡
去年花里逢君别,今日花开已一年。世事茫茫难自料,春愁黯黯一作忽忽独成眠。身多疾病思田里,邑有流亡愧俸钱。闻道欲来相问讯,西楼望月几回圆。

京师叛乱寄诸弟
弱冠遭世难,二纪犹未平。羁离官一作守远郡,虎豹满西京。上怀犬马恋,下有骨肉情。归去在何时,流泪忽沾缨。忧来上北楼,左右但军营。函谷行人绝,淮南春草生。鸟鸣野田间,思忆故园一作里行。何当四海晏,甘与齐民耕。

赠琮公
山僧一相访,吏案正盈前。出处似殊致,喧静两皆一作依禅。暮春华池宴,清夜高斋眠。此道本无得,宁复有忘筌。

寄诸弟
建中四年十月三日,京师兵乱,自滁州间道遣使。明年兴元甲子岁五月九日使还作。

岁暮兵戈乱京国,帛书间道访存亡。还信忽从天上落,唯知彼此泪千行。

寄恒璨
心绝去来缘,迹一作踵顺一作断人间事。独寻秋草径,夜宿寒山寺。今日郡斋闲,思问楞伽字。

简郡中诸生
守郡卧秋阁,四面尽荒山。此时听夜雨,孤灯照窗间。药园日芜没,书帷长自闲。惟当上客至,论诗一解颜。

寄全椒山中道士
今朝郡斋冷,忽念山中客。涧底束一作采荆薪,归来煮白石。欲持一瓢酒,远慰一作寄风雨夕。落叶满一作遍空山,何处寻行迹。

寄释子良史酒
秋山僧冷病,聊寄三五杯。应泻山瓢里,还寄此瓢来。

重寄
复寄满瓢去,定见空瓢来。若不打瓢破,终当费酒材。

答释子良史送酒瓢
此瓢今已到,山瓢知已空。且饮寒塘水,遥将回也同一作遥知回也风。

简陟、巡、建三甥卢氏生
忽羡后生连榻话,独依寒烛一斋空。时流欢笑事从别,把酒吟诗待尔同。

览褒子臣病一绝，聊以题示沈氏生全真

念子抱沉疾，霜露变滁城。独此高窗下，自然无世情。

寄璨师

林院生夜色，西廊上纱灯。时忆长松下，独坐一山僧。

寄卢陟

柳叶遍寒塘，晓霜凝高阁。累日此流连，别来成寂寞。

途中寄杨邈、裴绪，示褒子永阳县馆中作

上宰领淮右，下国属星驰。雾野腾晓骑，霜竿裂冻旗。萧萧陟连冈，莽莽望空陂。风截雁嘹唳，云参树参差。高斋明月夜，中庭松桂姿。当睽一酌恨，况此两旬期。

宿永阳寄璨律师

遥知郡斋夜，冻雪封松竹。时有山僧来，悬灯独自宿。

雪行寄褒子

淅沥覆寒骑，飘摇暗川容。行子郡城晓，披云看杉松。

寄裴处士

春风驻游骑，晚景澹山晖。一问清冷子，独掩荒园扉。草木雨来长，里闾人到稀。方从广陵宴，花落未言归。

偶入西斋院示释子恒璨

僧斋地虽密，忘子迹要赊。一来非问讯，自是看山花。

示全真元常元常，赵氏生。

余辞郡符去，尔为外事牵。宁知风雪夜，复此对床眠。始话南池饮，更咏西楼篇。无将一会易，岁月坐推迁。

寄刘尊师

世间荏苒萦此身，长望碧山到无因。白鹤徘徊看不去，遥知下有清都人。

寄庐山棕衣居士

兀兀山行无处归，山中猛虎识棕衣。俗客欲寻应不遇，云溪道士见犹稀。

因省风俗，与从侄成绪游山水，中道先归寄示

累宵同燕酌，十舍携征骑。始造双林寂，遐搜洞府秘。群峰绕盘郁，悬泉仰特一作时异。阴壑云松埋，阳崖烟花媚。每虑观省牵，中乖游践志。我尚山水行，子归栖息地。一操临流袂，上耸干云辔。独往倦危途，怀冲一作忡寡幽致。赖尔还都期，方将登楼迟。

寒食寄京师诸弟

雨中禁火空斋冷，江上流莺独坐听。把酒看花想诸弟，杜陵寒食草青青。

岁日寄京师诸季端武等

献岁抱深恻，侨居念归缘。常患亲爱离，始觉世务牵。少事河阳府，晚守淮南壖。平生几会散，已及蹉跎年。昨日罢符竹，家贫遂留连。部曲多已去，车马不复全。闲将酒为偶，默以道自诠。听松南岩寺，见月西涧泉。为政无异术，当责岂望迁。终理一作裹来时装，归凿杜陵田。

简卢陟

可怜白雪曲，未遇知音人。栖惶戎旅下，蹉跎淮海滨。涧树含朝雨，山鸟哢余春。我有一瓢酒，可以慰风尘。

西涧即事示卢陟

寝扉临碧涧，晨起澹忘情。空林细雨至，圆文遍水生。永日无余事，山中伐木声。知子尘喧久，暂可散一作解烦缨。

登郡寄京师诸季、淮南子弟

始罢永阳守，复卧浔阳楼。悬槛飘寒雨，危堞侵一作浸江流。追兹闻雁夜，重忆别离秋

徒有盈樽酒,镇此百端忧。

寄黄尊师
结茅种杏在云端,扫雪焚香宿石坛。灵祇不许世人到,忽作雷风登岭难。

寄黄、刘二尊师
庐山两道士,各在一峰居。矫掌白云表,睎发阳和初。清夜降真侣,焚香满空虚 一作庐。中有无为乐,自然与世疏。道尊不可屈,符守岂暇余。高斋遥致敬,愿示一编书。

秋夜寄丘二十二员外
怀君属秋夜,散步咏凉天。山空松子落,幽人应未眠。

赠丘员外二首
高词弃浮靡,贞行表乡闾。未真南宫拜,聊偃东山居。大藩本多事,日与文章疏。每一睹之子,高咏遂起予。宵昼方连燕,烦疴亦顿祛。格言雅海阔,善谑矜数余。久跼思游旷,穷惨遇阳舒。虎丘惬登眺,吴门怅踟蹰。方此恋携手,岂云还旧墟。告诸吴子弟,文学为何如。

迹与孤云远,心将野鹤俱。那同石氏子,每到府门趋。

赠李判官
良玉定为宝,长材世所稀。佐幕方巡郡,奏命布恩威。食蔬程独守,饮冰节靡违。决狱兴邦颂,高文禀天机。宾馆在林表,望山启西扉。下有千亩田,泱漭吴土肥。始耕已见获,衫絺今授衣。政拙劳详省,淹留未得归。虽惭

且忻愿,日夕睹光辉。

寄皎然上人
吴兴老释子,野雪盖精庐。诗名徒自振,道心长晏如。想兹栖禅夜,见月东峰初。鸣钟 一作磬 惊岩壑,焚香满空虚。叨慕端成旧,未识岂为疏。愿以碧云思,方君怨别余。茂苑文华地,流水古僧居。何当一游咏,倚阁吟踟蹰。

赠旧识
少年游太学,负气蔑诸生。蹉跎三十载,今日海隅行。

复理西斋,寄丘员外
前岁理西斋,得与君子同。迨兹已一周,怅望临春风。始自疏林竹,还复长榛丛。端正良难久,芜秽易为功。援斧开众郁,如师启群蒙。庭宇还清旷,烦抱亦舒通。海隅雨雪霁,春序风景融。时物方如故,怀贤思无穷。

和张舍人夜直中书,寄吏部刘员外
西垣草诏罢,南宫忆上才。月临兰殿出,凉自凤池来。松桂生丹禁,鸳鹭集云台。托身各有所,相望徒徘徊。

和李二主簿,寄淮上綦毋三
满城怜傲吏,终日赋新诗。请去声报淮阴客,春帆浪作音佐期。

寄二严士良,婺牧。士元,郴牧。
丝竹久已懒,今日遇君忻。打破蜘蛛千道网,总为鹡鸰两个严。

全唐诗卷一百八十九

韦应物

李五席送李主簿归西台

请告严程尽,西归道路寒。欲陪鹰隼集,犹恋鹡鸰单。洛邑人全少,嵩高雪尚残。满台谁不故,报我在微官。

送崔押衙相州 项任内黄令

礼乐儒家子,英豪燕赵风。驱鸡尝理邑,走马却从戎。白刃千夫辟,黄金四海同。嫖姚恩顾下,诸将指挥中。别路怜芳草,归心伴塞鸿。邺城新骑满,魏帝旧台空。望阙应怀恋,遭时贵立功。万方如已静,何处欲输忠。

送宣城路录事

江上宣城郡,孤舟远到时。云林谢家宅,山水敬亭祠。纲纪多闲日,观游得赋诗。都门且尽醉,此别数年期。

送李十四山东游 一作山人东游

圣朝有遗逸,披胆谒至尊。岂是贸荣宠,誓将救元元。权豪非所便,书奏寝禁门。高歌长安酒,忠愤不可吞。欸来客河洛,日与静者论。济世翻小事,丹砂驻精魂。东游无复系,梁楚多大藩。高论动侯伯,疏怀脱尘喧。送君都门野,饮我林中樽。立马望东道,白云满梁园。踟蹰欲何赠,空是平生言。

送李二归楚州 时李季弟牧楚州,被讼赴急。

情人南楚别,复咏在原诗。忽此嗟歧路,还令泣素丝。风波朝夕远,音信往来迟。好去扁舟客,青云何处期。

送阎寀赴东川辟

冰炭俱可怀,孰云热与寒。何如结发友,不得携手欢。晨登严霜野,送子天一端。祇承简书命,俯仰豸角冠。上陟白云崤,下冥玄壑湍。离群自有托，历险得所安。当念反穷巷，登朝成慨叹。

送令狐岫宰恩阳

大雪天地闭，群山夜来晴。居家犹苦寒，子有千里行。行行安得辞，荷此蒲璧荣。贤豪争追攀，饮饯出西京。樽酒岂不欢，暮春自有程。离人起视日，仆御促前征。逶迟岁已穷，当造巴子城。和风被草木，江水日夜清。从来知善政，离别慰友生。

送冯著受李广州署为录事

郁郁杨柳枝，萧萧征马悲。送君灞陵岸，纠郡南海湄。名在翰墨场，群公正追随。如何从此去，千里万里期。大海吞东南，横岭隔地维。建邦临日域，温燠御四时。百国共臻奏，珍奇献京师。富豪虞兴戎，绳墨不易持。州伯荷天宠—作龙选，还当翊丹墀。子为门下生，终始岂见遗。所愿酌贪泉，心不为磷缁。上将玩国士，下以报渴饥。

送元仓曹归广陵

官闲得去住，告别恋音徽—作辉。旧国应无业，他乡到是归。楚山明月满，淮甸夜钟微。何处孤舟泊，遥遥心曲违。

送唐明府赴溧水 三任县事

三为百里宰，已过十余年。只叹官如旧，旋闻邑屡迁。鱼盐滨海利，姜蔗傍湖田。到此安甿俗，琴堂又晏然。

喜于广陵拜觐家兄奉送发还池州

青青连枝树，苒苒久别离。客游广陵中，俱到若有期。俯仰叙存殁，哀肠发酸悲。收情且为欢，累日不知饥。凤驾多所迫，复当还归池。长安三千里，岁晏独何为。南出登闻门，惊飙左右吹。所别谅非远，要令心不怡。

送章八元秀才擢第往上都应制

决胜文场战已酣，行应辟命复才堪。旅食不辞游阙下，春衣未换报江南。天边宿鸟生归思，关外晴山满夕岚。立马欲从何处别，都门杨柳正毵毵。

送张侍御秘书江左觐省

莫叹都门路，归无驷马车。绣衣犹在箧，芸—作莲阁已观书。沃野收红稻，长江钓白鱼。晨餐亦可荐—作洁，名利欲何如。

赋得鼎门，送卢耿赴任

名因定鼎地，门对凿龙山。水北楼台近，城南车马还。稍开芳野静，欲掩暮钟闲。去此无嗟屈，前贤尚抱关。

赋得浮云起离色，送郑述诚

游子欲言去，浮云那得知。偏能见行色，自是独伤离。晚带城遥暗，秋生峰尚奇。还因朔吹断，匹马与相随。

饯雍聿之潞州谒李中丞

郁郁雨—作两相遇，出门草青青。酒酣拔剑舞，慷慨送子行。驱马涉大河，日暮怀洛京。前登太行路，志士亦未平。薄游五府都，高步振英声。主人才且贤，重士百金轻。丝竹促飞觞，夜宴达晨星。娱乐易淹暮，谅在执高情。

上东门会送李幼举南游徐方

离弦既罢弹，樽酒亦已阑。听我歌一曲，南徐在云端。云端虽云邈，行路本非难。诸侯皆爱才，公子远结欢。济济都门宴，将去复盘桓。令姿何昂昂，良马远游冠。意气且为别，由来非所叹。

送洛阳韩丞东游

仙鸟何飘摇，绿衣翠为襟。顾我差池羽，咬咬怀好音。徘徊洛阳中，游戏清川浔。神交不在结，欢爱自中心。驾言忽徂征，云路邈且深。朝游尚同啄，夕息当异林。出饯宿东郊，列筵属城阴。举酒欲为乐，忧怀方—作何沈沈。

送郑长源

少年一相见—作得，飞辔河洛间。欢游不知罢，中路忽言还。泠泠鹍弦哀，悄悄冬夜闲。丈夫虽耿介，远别多苦颜。君行拜高堂，速驾难久攀。鸡鸣侪侣发，朝雪满河关。须臾在今夕，樽酌且循环。

送李儋

别离何从生，乃在亲爱中。反念行路子，拂衣自西东。日昃不留宴，严车出崇墉。行游—作役非所乐，端忧—作处道未通—作丰。春野百卉发，清川思无穷。芳时坐离散，世事谁可同。归当掩重关，默默想音容。

赋得暮雨，送李胄—作渭

楚江微雨里，建业暮钟时。漠漠帆来重，冥冥鸟去迟。海门深不见，浦树远含滋。相送情无限，沾襟比散丝。

留别洛京亲友

握手出都门，驾言适京师。岂不怀旧庐，惆怅与子辞。丽日坐高阁，清觞宴华池。昨游倏已过，后遇良未知。念结路方永，岁阴野无晖。单车我当前—作去，暮雪子独归。临流—作渐遥—作相望，零泪忽沾衣。

赋得沙际路，送从叔象

独树沙边人迹稀，欲行愁远暮钟时。野泉几处侵应尽，不遇山僧知问谁。

送榆次林明府

无嗟千里远，亦是宰王畿。策马雨中去，逢人关外稀。邑传榆石在，路绕晋山微。别思方萧索，新秋一叶飞。

杂言送黎六郎 寿阳公之子

冰壶见底未为清，少年如玉有诗名。闻话嵩峰多野寺，不嫌黄绶向阳城。朱门严训朝辞去，骑出东郊满飞絮。河南庭下拜府君，阳城归路山氤氲。山氤氲，长不见，钓台水

渌荷已生，少姨庙寒花始遍。县闲吏傲与尘隔，移竹疏泉常岸帻。莫言去作折腰官，岂似长安折腰客。

天长寺上方别子西有道 时任京兆府功曹，摄高陵宰，别田曹卢康、户曹韩质，因而有作

假邑非拙素，况乃别伊人。聊登释氏居，携手恋—作念兹晨。高旷出尘表，逍遥涤心神。青山对芳苑，列树绕—作盈通津。车马无时绝，行子倦风尘。今当遵往路，伫立欲何申。唯持贞白志，以慰心所亲。

送黎六郎赴阳翟少府

试吏向嵩阳，春山踯躅芳。腰垂新绶色，衣满旧芸香。乔树别时绿，客程关外长。只应传善政，日夕慰高堂。

送别覃孝廉

思亲自当去，不第未蹉跎。家住青山下，门前芳草—作流水多。秭归通远徼，巫峡注惊波。州举年年事，还期复几何。

送开封卢少府

雄藩车马地，作尉有光辉。满席宾常侍—作待，阗街烛夜归。关河征旆远，烟树夕阳微。到处无留滞，梁园花欲稀。

送槐广落第归扬州

下第常称屈，少年心独轻。拜亲归海畔，似舅得诗名。晚对青山别，遥寻芳草行。还期应不远，寒露湿芜城。

送汾城王主簿

少年初带印，汾上又经过。芳草归时遍，情人故郡多。禁钟春雨细，宫树野烟和。相望东桥别，微风起夕波。

送渑池崔主簿

邑带洛阳道，年年应此行。当时匹马客，今日县人迎。暮雨投关郡，春风别帝城。东西殊不远，朝夕待佳声。

送颜司议使蜀访图书

韬驾一封急—作传，蜀门千岭曛。讵分江转字，但见路缘云。山馆夜听雨，秋猿独叫群。无为久留滞，圣主待遗文。

奉送从兄宰晋陵

东郊暮草歇，千里夏云生。立马愁将夕，看山独送行。依微吴苑树，迢递晋陵城。慰此断行别，邑人多颂声。

赠别河南李功曹 宏辞登科拜官

耿耿抱私戚，寥寥独掩扉。临觞自不饮，况与故人违。故人方琢磨，璨朗代所稀。宪礼更右职，文翰洒天机。聿—作遹来自东山，群彦仰余辉。谈笑取高第，绾绶即言归。洛都游燕地，千里及芳菲。今朝章台别，杨柳亦依依。云霞未改色，山川犹夕晖。忽复不相见，心思乱霏霏。

送五经赵随登科授广德尉

明经有清秩，当在石渠中。独往宣城郡，高斋谒谢公。寒原正芜漫—作没，夕鸟自西东。秋日不堪别，凄凄多朔风。

宴别幼遐与君贶兄弟

乖阙—作阔意方—作云弭，安知忽来翔。累日重欢宴，一旦复离伤。置酒慰兹夕，秉烛坐华堂。契阔未及展，晨星出东方。征人惨已辞，车马俨成—作来装。我怀自无欢，原野满春光—作芳。群水含时泽，野雉鸣朝阳。平生有壮志，不觉泪沾裳。况自守空宇，日夕但彷徨。

送宣州周录事

清时重儒士，纠郡属伊人。薄游长安中，始得一交亲。英豪若云集，饯别塞城闉。高驾临长路，日夕起风尘。方念清宵宴，已度芳林春。从兹一分手，缅邈吴与秦。但睹年运驶，安知后会因。唯当存令德，可以解悁勤。

谢栎阳令归西郊，赠别诸友生

结发仕—作事州县，蹉跎在文墨。徒有排云心，何由生羽翼。幸遭明盛日，万物蒙生植。独此抱微疴，颓然谢斯职。大历十四年六月二十三日，自鄠县制除栎阳令，以疾辞，归善福精舍，七月二十日赋此诗。世道方荏苒，郊园思偃息。为欢日已延，君子情未极。驰觞—作驱驰忽云晏，高论良难测。游步清都宫，迎风嘉树侧。晨起西郊道，原野分黍稷。自乐陶唐人，服勤在微力。伫君列丹陛，出处两为得。

送端东行

世承清白遗—作世事留清白，躬服古人言。从官—作宜俱守道，归来共闭门。驱车何处去，暮雪满平原。

送姚孙还河中 孙一作系

上国旅游罢，故园生事微。风尘满路起，行人何处归。留思芳树饮，惜别暮春晖。几日投关郡，河山对掩扉。

始除尚书郎，别善福精舍

建中二年四月十九日，自前栎阳令除尚书比部员外郎。

简略非世器，委身同草木。逍遥精舍居，饮酒自为足。累日曾一栉，对书常懒读。社腊会高年，山川恣游瞩。明世方选士，中朝悬美禄。除书忽到门，冠带便拘束。愧忝郎署迹，谬蒙君子录。俯仰垂华缨，飘摇翔轻毂。行将亲爱别，恋此西涧曲。远峰明夕川，夏雨生众绿。迅风飘野路—作吹往路，回首不遑宿。明晨下烟阁，白云在幽谷。

送常侍御却使西蕃

归奏圣朝行万里，却衔天诏报蕃臣。本是诸生守文墨，今将匹马静烟尘。旅宿关河逢暮雨，春耕亭障识遗民。此去多应收故地，宁辞沙塞往来频。

送郗詹事

圣朝列群彦，穆穆佐休明。君子独知止，悬车守国程。忠良信旧德，文学播英声。既获天爵美，况将齿位并。书奏蒙省察，命驾乃东征。皇恩赐印绶，归为田里荣。朝野同称叹，园绮郁齐名。长衢轩盖集，饮饯出西京。时属春阳节，草木已含英。洛川当盛宴，斯焉为达生。

送苏评事

季弟仕谯都，元兄坐兰省。言访始忻忻，念闻当耿耿。嵯峨夏云起，迢递山川永。登高望去尘，纷思终难整一作警。

送李侍御益赴幽州幕

二十挥篇翰，三十穷典坟。辟书五府至，名为四海闻。始从车骑幕，今赴嫖姚军。契阔晚相遇，草感遽离群。悠悠行子远，眇眇川途分。登高望燕代，日夕生夏云。司徒拥精甲，誓将除国氛。儒生幸持斧，可以佐功勋。无言羽书急，坐阙相思文。

自尚书郎出为滁州刺史留别朋友兼示诸弟

少年不远仕，秉笏东西京。中岁守淮郡，奉命乃征行。素惭省阁姿，况忝符竹荣。效愚方此始，顾私岂获并。徘徊亲交恋，怆恨昆友情。日暮风雪起，我去子还城。登途建隼旟，勒驾望承明。云台焕中天，龙阙郁上征。晨兴奉早期，玉露沾华缨。一朝从此去，服膺理庶氓。皇恩倘岁月，归服厕群英。

送元锡、杨凌

荒林翳山郭，积水成秋晦。端居意自违，况别亲与爱。欢筵慊未足，离灯悄已对。还当掩郡阁，伫君方此会。

送杨氏女

永日方戚戚，出门复悠悠。女子今有行，大江溯轻舟。尔辈况无恃，抚念益慈柔。幼为长所育幼女为杨氏所抚育，两别泣不休。对此结中肠，义往难复留。自小阙内训言早无恃，事姑贻我忧。赖兹托令门，仁恤庶无尤。贫俭诚所尚，资从岂待一作在周。孝恭遵妇道，容止顺其猷。别离在今晨，见尔当何秋。居闲始自遣，临感忽难收。归来视幼女，零泪缘缨流。

送中弟一作送崔肃轰

秋风一作气入疏户，离人起晨朝。山郡多风雨，西楼更萧条。嗟予淮海老，送子关河遥。同来不同去，沉忧宁复消。

寄别李儋

首戴惠文冠，心有决胜筹。翩翩四五骑，结束向并州。名在相公幕一作府，丘山恩未酬。妻子不及顾，亲友安得留。宿昔同文翰，交分共绸缪。忽枉别离札，涕泪一交流。远郡卧残疾一作雨，凉气满西楼。想子临长路，时当淮海秋。

送仓部萧员外院长存

袯被蹉跎老江国，情人邂逅此相逢。不随鸳鹭朝天去，遥想蓬莱台阁重。

送王校书

同宿高斋换时节，共看移石复栽杉。送君江浦已惆怅，更上西楼看远帆。

送丘员外还山

长栖白云表，暂访高斋宿。还辞郡邑喧，归泛松江渌。结茅隐苍岭，伐薪响深谷。同是山中人，不知往来躅。灵芝非庭草，辽鹤委一作匪池鹜。终当署里门，一表高阳族。

重送丘二十二还临平山居

岁中始再觏，方来又解携。才留野艇语，已忆故山栖。幽涧人夜汲，深林鸟长啼。还持郡斋酒，慰子一作此霜露凄。

送郑端公弟移院常州

时瞻宪臣重，礼为内兄全。公程倘见责，

私爱信不惬。况昔陪朝列，今兹俱海堧。清筋方对酌一作笑燕，天书忽告迁。岂徒咫尺地，使我心思绵。应当自此始，归拜云台前。

送房杭州孺复

专城未四十，暂谪岂蹉跎。风雨吴门夜，恻怆别情多。

送陆侍御还越

居藩久不乐，遇子聊一欣。英声颇籍甚，交辟乃时珍。绣衣过旧里，骢马辉四邻一作辉光耀四邻。敬恭尊郡守，笺简具州民。谬忝诚所愧，思怀方见申。置榻宿清夜，加笾宴良辰。遵途还盛府，行舫绕长津。自有贤方伯，得此文翰宾。

听江笛送陆侍御同丘员外赋题

远听江上笛，临筋一送君。还愁独宿夜，更向郡斋闻。

送丘员外归山居

郡阁始嘉宴，青山忆旧居。为君量革履，且愿住蓝舆。

送崔叔清游越

忘兹适越意，爱我郡斋幽。野情岂好谒，诗兴一相留。远水带寒树，闾门望去舟。方伯怜文士，无为成滞游。

送云阳邹儒立少府侍奉还京师

建中即藩守，天宝为侍臣。历观两都士，多阅诸侯人。邹生乃后来，英俊亦罕伦。为文颇瓌丽，禀度自贞醇。甲科推令名，筵阁播芳尘。再命趋王畿，请告奉慈亲。一钟信荣禄，可以展欢欣。昆弟俱时秀，长衢当自伸。聊从郡阁暇，美此时景新。方将极娱宴，已复及离晨一云芜后乃离辰,一作燕后。省署惭再入，江海绵十春。今日闾门路，握手子归秦。

送豆卢策秀才

岁交冰未一作始，又作水泮，地卑海气昏。子有京师游，始发吴闾门。新黄含远林，微绿生陈根。诗人感时节，行道当忧烦。古来澒落者，俱不事田园。文如金石韵，岂乏知音言。方辞郡斋榻，为一作已酌离亭樽。无为倦羁旅，一去高飞翻。

送王卿

别酌春林啼鸟稀，双旌背日晚风吹。却忆回来花已尽，东郊立马望城池。

送刘评事

声华满京洛，藻翰发阳春。未遂鹓鸿举，尚为江海宾。吴中高宴罢，西上一游秦。已想函关道，游子冒风尘。笼禽羡归翼，远守怀交亲。况复岁云暮，凛凛冰霜辰。旭霁开郡阁，宠饯集文人。洞庭摘朱实，松江献白鳞。丈夫岂恨别，一酌且欢忻。

送雷监赴阙庭

才大无不备，出入为时须。雄藩精理行，秘府擢文儒。诏书忽已至，焉得久踟蹰。方舟趁朝谒，观者盈路衢。广筵列众宾，送爵无停迂。攀饯诚怆恨一作忤，驾荣且欢娱。长陪柏梁宴，日向丹墀趋。时方重右职，蹉跎独海隅。

送秦系赴润州

近作新婚镊白髯，长怀旧卷映蓝衫。更欲携君虎丘寺，不知方伯望征帆。

送孙征赴云中

黄骢少年舞双戟，目视旁人皆辟易。百战曾夸陇上儿，一身复作云中客。寒风动地气苍芒，横吹先悲出塞长。敲石军中传夜火，斧冰河畔汲朝浆。前锋直指阴山外，虏骑纷纷剪应碎。匈奴破尽看君归，金印酬功如斗大。

全唐诗卷一百九十

韦应物

期卢嵩,枉书称日暮无马不赴,以诗答

佳期不可失,终愿枉衡门。南陌人犹度,西林日未昏。庭前空倚杖,花里独留樽。莫道无来驾,知君有短辕。

任洛阳丞,答前长安田少府问

相逢且对酒,相问欲何如。数岁犹卑吏,家人笑著书。告归应一作今未得,荣宦又知疏。日日生春草,空令忆旧居。

假中枉卢二十二书,亦称卧疾,兼讶李二久不访问,以诗答书,因亦戏李二

微官何事劳趋走,服药闲眠养不才。花里棋盘憎鸟汙,枕边书卷讶风开。故人问讯缘问病,芳月相思阻一杯。应笑王戎成俗物,遥持麈尾独徘徊。

酬卢嵩秋夜见寄五韵

乔木生夜凉,月华满前墀。去君咫尺地,劳君千里一作万思。素秉栖遁志,况贻招隐诗。坐见林木荣一云坐损经济策,愿赴沧洲期。何能待岁晏,携手当此时卢诗云:岁晏以为期。

酬郑户曹骊山感怀

苍山何郁盘,飞阁凌上清。先帝昔好道,下元朝百灵。白云已萧条,麋鹿但纵横。泉水今尚暖,旧林亦青青。我念绮襦岁,扈从当太平。小臣职前驱,驰道出灞亭。翻翻日月旗,殷殷鼛鼓声。万马自腾骧,八骏按辔行。日出烟峤绿,氛氲丽层甍。登临起遐想,沐浴欢圣情。朝燕咏无事,时丰贺国祯。日和弦管音,下使万室听。海内凑朝贡,贤愚共欢荣。合沓车马喧,西闻长安城。事往世如寄,感深迹所经。申章报兰藻,一望双涕零。

答李浣三首

　　孤客逢春暮，缄情寄旧游。海隅人使远，书到洛阳秋。

　　马卿犹有壁，渔父自无家。想子今何处，扁舟隐荻花。

　　林中观易罢，溪上对鸥闲。楚俗饶辞客，何人最往还。

酬柳郎中春日归扬州南郭见别之作

　　广陵三月花正开，花里逢君醉一回。南北相过殊不远，暮潮从去早潮来。

酬豆卢仓曹题库壁见示

　　掾局劳才子，新诗动洛川。运筹知决胜，聚米似论边。宴罢常分骑，晨趋又比肩。莫嗟年鬓改，郎署定推先。

酬李儋

　　开门临广陌，旭旦车驾喧。不见同心友，徘徊忧且烦。都城二十里，居在艮与坤。人生所各务，乖阔累朝昏。湛湛樽中酒，青青芳树园。缄情未及发，先此枉玙璠。迈世超一作躅高躅，寻流得真源。明当策疲马，与子同笑言。

酬元伟过洛阳夜燕

　　三载寄关东，所欢皆远违。思怀方耿耿，忽得观容辉。亲燕在良夜，欢携辟中闱。问我犹杜门，不能奋高飞。明灯照四隅，炎炭正可依。清觞虽云酌，所愧乏珍肥。晨装复当行，寥落星已稀。何以慰心曲，伫子西还归。

酬韩质舟行阻冻

　　晨坐枉嘉藻，持此慰寝兴。中猎辛苦奏，长河结阴冰。皓曜群玉发，凄清孤景凝一作澄。至柔反成坚，造化安可恒。方舟未得行，酱饮空兢兢。寒苦弥时节，待泮岂所能。何必涉广川，荒衢且升腾。殷勤宣中意，庶用达吾朋。

李博士弟以余罢官居同德精舍,共有伊陆名山之期,久而未去,枉诗见问,中云宋生昔登览,末云那能顾蓬荜,直寄鄙怀,聊以为答

　　初夏息众缘，双林对禅客。枉兹芳兰藻，促我幽人策。冥搜企前哲，逸句陈往迹。仿佛陆浑南，迢递千峰碧。从来迟高驾，自顾无物役。山水心所娱，如何更朝夕。晨兴涉清洛，访子高阳宅。莫言往来疏，驽马知阡陌。

寄酬李博士永宁主簿叔厅见待

　　解鞍先几日，款曲见新诗。定向公堂醉，遥怜独去时。叶沾寒雨落，钟度远山迟。晨策已云整，当同林下期。

答令狐士曹、独孤兵曹联骑暮归望山见寄

　　共爱青山住近南，行牵吏役背双骖。枉书独宿对流水，遥羡归时满夕岚。

答李博士

　　休沐去人远，高斋出林杪。晴山多碧峰，颢气疑秋晓。端居喜良友，枉使千里路。缄书当夏时，开缄时已度。檐雏已摇飏，荷露方萧飒。梦远竹窗幽，行稀兰径合。旧居共南北，往来只如昨。问君今为谁，日夕度清洛。

答刘西曹时为京兆功曹

　　公馆夜云寂，微凉群树秋。西曹得时彦，华月共淹留。长啸举清觞，志气谁与俦。千龄事虽邈，俯念忽已周。篇翰如云兴，京洛颇优游。诠文不独古，理妙即同流。浅劣见推许，恐为识者尤。空惭文璧赠，日夕一作反不能酬。

答贡士黎逢时任京兆功曹

　　茂等一作才方上达，诸生安可希。栖神澹物表，涣汗布令词。如彼昆山玉，本自有光辉。鄙人徒区区，称叹亦何为。弥月旷不接，公门但一作役驱驰。兰章忽有赠，持用慰所思。不见心尚一作微密，况当相见时。

答韩库部协

　　良玉表贞度，丽藻颇为工。名列金闺籍，

心与素士同。日晏下朝来,车马自生风。清宵
有佳兴,皓月直南宫。矫翮方上征,顾我邈忡
忡。岂不顾攀举,执事府庭中。智乖时亦蹇,
才大命有—作为通。还当以道推,解组守蒿蓬。

答崔主簿倬

朗月分林霭,遥管动离声。故欢良已阻,
空宇澹无情。窈窕云雁没,苍茫河汉横。兰章
不可答,冲襟徒自盈。

答徐秀才

铅钝谢贞器,时秀猥见称。岂如白玉仙—
作仙山鹤,方与紫霞升。清诗舞艳雪,孤抱莹玄
冰。一枝非所贵,怀书思武—作且茂陵。

答东林道士

紫阁西边第几峰,茅斋夜雪虎行踪。遥看
黛色知何处,欲出山门—作欲向西山寻暮钟。

答长宁令杨辙

皓月升林表,公堂满清辉。嘉宾自远至,
觞饮夜何其。宰邑视京县,归来无寸资。璀文
溢众宝,雅正得吾师。广川含澄澜,茂—作芳树
擢华滋。短才何足数,枉赠愧妍词。欢盼良见
属,素怀亦已披。何意云栖翰,不嫌蓬艾卑。
但恐河汉没,回车首路歧。

答冯鲁秀才

晨坐枉琼藻,知子返中林。澹然山景晏,
泉谷响幽禽。仿佛谢尘迹,逍遥舒道心。顾我
腰间绶,端为华发侵。簿书劳应对,篇翰旷不
寻。薄田失锄耨,生苗安可任。徒令惭所问,
想望东山岑。

答崔主簿问,兼简温上人

缘情生众累,晚悟依道流。诸境一已寂,
了将身世浮。闲居澹无味,忽复四时周。靡靡
芳草积,稍稍新篁抽。即此抱余素,块然诚寡
俦。自适一忻意,愧蒙君子忧。

清都观答幼遐

逍遥仙家子,日夕朝玉皇。兴高清露没,

渴饮琼华浆。解组一来款,披衣拂天香。粲然
顾我笑,绿简发新章。泠泠如玉音—作响,馥馥
若兰芳。浩意坐盈此,月华殊未央。却念喧哗
日,何由得清凉。疏松抗—作枕高殿,密竹阴长
廊。荣名等粪土,携手随风翔。

善福精舍答韩司录清都观会宴见忆

弱志厌众纷,抱素寄精庐。皦皦仰时彦,
闷闷平声独为愚。之子亦辞秩,高踪罢驰驱。
忽因西飞禽,赠我以琼琚。始表仙都集,复言
欢乐殊。人生各有因,契阔不获俱。一来田野
中,日与人事疏。水木澄秋景,逍遥清赏余。
枉驾怀前诺,引领岂斯须—作须臾。无为便高
翔,邈矣不可迁。

答长安丞裴说

出身忝时士,于世本无机。爱以林壑趣,
遂成顽钝姿。临流意已凄,采菊露未稀。举头
见秋山,万事都若遗。独践幽人踪,邈将亲友
违。髦士佐京邑,怀念枉贞词。久雨积幽抱,
清樽宴良知。从容操剧务,文翰方见推。安能
戢羽翼,顾此林栖时。

奉酬处士叔见示

挂缨守贫贱,积雪卧郊园。叔父亲降趾,
壶觞携到门。高斋乐宴罢,清夜道心存。即此
同疏氏,可以一忘言。

答库部韩郎中

高士不羁世,颇将荣辱齐。适委华冕去,
欲还幽林栖。虽怀承明恋,忻与物累睽。逍
遥观运流,谁复识端倪。而我岂高—作能致,偃
息平门西。愚者世所遗,泪溺共耕犁。风雪积
深夜,园田掩荒蹊。幸蒙相思札,款曲期见携。

答畅校书当

偶然弃官去,投迹在田中。日出照茅屋,
园林—作种园养愚蒙。虽云无一资,樽酌会不
空。且忻百谷成,仰叹造化功。出入与民伍,
作事靡不同。时伐南涧竹,夜还沣水东。贫蹇
自成退,岂为高人踪。览君金玉篇,彩色发我

容—作蒙。日月欲为报,方—作历春已徂冬。

答崔都水

深夜竹亭雪,孤灯案上书。不遇无为化—作法,谁复得闲居。

酬令狐司录善福精舍见赠

野寺望山雪,空斋对竹林。我以养愚地,生君道者心。

沣上精舍答赵氏外生伉

远迹出尘表,寓身双树林。如何小子伉—作弟,亦有超世心。担书从我游,携手广川阴。云开夏郊绿,景晏青山沉。对榻遇清夜,献诗合—作全雅音。所推苟礼数,于性道岂深。隐拙在冲默,经世昧古今。无为率尔言,可以致华簪。

答赵氏生伉

暂与云林别,忽陪鸳鹭翔。看山不得去,知尔独相望。

答端

郊园夏雨歇,闲院绿阴生。职事方无效,幽赏独违情。物色坐如见,离抱怅多盈。况感夕凉气,闻此乱蝉鸣。

答史馆张学士段—作同柳庶子学士集贤院看花见寄,兼呈柳学士

班杨秉文史,对院自为邻。余香掩阁去,迟日看花频。似雪飘闻阊,从风点近臣。南宫有芳树,不并禁垣春。

答王郎中

卧阁枉芳藻,览旨怅秋晨。守郡犹羁寓,无以慰嘉宾。野旷归云尽,天清晓露新。池荷凉已至,窗梧落渐频。风物殊京国,邑里但荒榛。赋繁属军兴,政拙愧斯人。髦士久台阁,中路一漂沦。归当列盛朝—作明,岂念卧淮滨。

答崔都水

亭亭心中人,迢迢居秦关。常缄素札去—作问,适枉华章还。忆在沣郊时,携手望秋山。久嫌官府劳,初喜罢秩闲。终年不事业,寝食长慵顽。不知为时来—作何为来,名籍挂郎间。摄衣辞田里,华簪耀颓颜。卜居又依仁,日夕正追攀。牧人本无术,命至苟复迁。离念积岁序,归途眇山川。郡斋有佳月,园林含清泉。同心不在宴,樽酒徒盈前。览君陈迹游,词意俱凄妍。忽忽已终日,将酬不能宣。氓税况重叠,公门极熬煎。责逋甘首免—作退,岁晏当归田。勿厌守穷辙—作贱,慎为名所牵。

答王卿送别

去马嘶春草,归人立夕阳。元知数日别,要使两情伤。

答裴丞说归京所献

执事颇勤久,行去亦伤乖。家贫无僮仆,吏卒升寝斋。衣服藏内箧,药草曝前阶。谁复知次第,濩落且安排。还期在岁晏,何以慰吾怀。

答裴处士

遗民爱精舍,乘犊入青山。来署高阳里,不遇白衣还。礼贤方化俗,闻风自款关。况子逸群士,栖息蓬蒿间。

答杨奉礼

多病守山郡,自得接嘉宾。不见三四日,旷若十余旬。临觞独无味,对榻已生尘。一咏舟中作,洒雪忽惊新。烟波见栖旅,景物具昭陈。秋塘唯落叶,野寺不逢人。白事廷吏简,闲居文墨亲。高天池阁静,寒菊霜露频。应当整孤棹,归来展殷勤。

答端

坐忆故园人已老,宁知远郡雁还来。长瞻西北是归路,独上城楼日几回。

答佣奴、重阳二甥 佣奴赵氏甥伉。重阳,崔氏甥播。

弃职曾守拙,玩幽遂忘喧。山涧依硗确,竹树荫清源。贫居烟火湿—作绝,岁熟梨枣繁。

风雨飘茅屋,蒿草没瓜园。群属相欢悦,不觉过朝昏。有时看禾黍,落日上秋原。饮酒任真性,挥笔肆狂言。一朝忝兰省,三载居远藩。复与诸弟子,篇翰每相敦。西园休习射,南池对芳樽。山药—作菌经雨碧,海榴凌霜翻。念尔不同此,怅然复一论。重阳守故家,侗子旅湘沅。俱有缄中藻,恻恻动离魂。不知何日见,衣上泪空存。

答重阳

省札陈往事,怆忆数年中。一身朝北阙,家累守田农。望山亦临水,暇日每来同。性情一疏散,园林多清风。忽复隔淮海,梦想在沣东。病来经时节,起见秋塘空。城郭连榛岭,鸟雀噪沟丛。坐使惊霜鬓,撩乱已如蓬。

酬刘侍郎使君刘太真

琼树凌霜雪,葱蒨如芳春。英贤虽出守,本自玉阶人。宿昔陪郎署,出入仰清尘。孰云俱列郡,比德岂为邻。风雨飘海气,清凉悦心神。重门深夏昼,赋诗延众宾。方以岁月旧,每蒙君子亲。继作郡斋什,远赠荆山珍。高闲—作山城庶务理,游眺景物新。朋友亦远集,燕酌在佳辰。始唱已惭拙,将酬益难伸。濡毫意黾勉,一用写惆勤。

答令狐侍郎令狐峘

一凶乃一吉,一是复一非。孰能逃斯理,亮在识其微。三黜故无愠,高贤当庶几。但以亲交恋,音容邈难希。况昔别离久,俱忻藩守归。朝宴方陪厕,山川又乖违。吴门冒海雾,峡路凌连矶。同会在京国,相望涕沾衣。明时重英才,当复列彤闱。白玉虽尘垢,拂拭还光辉。

酬张协律

昔人鬻春地,今人复一贤。属余藩守日,方君卧病年。丽思阻文—作交宴,芳踪阙宾筵。经时岂不怀,欲往事屡牵。公府适烦倦,开缄莹新篇。非将握中宝,何以比其妍。感兹栖寓词,想复疴瘵缠。空宇风霜交,幽居情思绵。当以贫非病,孰云白未玄。邑中有其人,憔悴即我愆。由来牧守重,英俊得荐延。匪人等鸿毛,斯道何由宣。遭时无早晚,蕴器俟良缘。观文心未衰,勿药疾当痊—云当自痊。晨期简牍罢,驰慰子忡然。

答秦十四校书秦系

知掩山扉三十秋,鱼须翠碧弃床头。莫道谢公方在郡,五言今日为君休。

答宾

斜月才鉴帷,凝霜偏冷枕。持情须耿耿,故作单床寝。

答郑骑曹青橘绝句—作故人重九日求橘书中戏赠

怜君卧病思新橘,试摘犹酸亦未黄。书后欲题三百颗,洞庭须待满林霜。

奉和圣制重阳日赐宴

圣心忧万国,端居在穆清。玄功致海晏,锡宴表文明。恩属重阳节,雨应此时晴。寒菊生池苑,高树出宫城。捧藻千官处,垂戒百王程。复睹开元日,臣愚献颂声。

和吴舍人早春归沐西亭言志

晓漏戒中禁,清香肃朝衣。一门双掌诰,伯侍仲—作仲待言归。亭高性情旷,职密交游稀。赋诗乐无事,解带偃南扉。阳春美时泽,旭霁望山晖。幽禽响—作好鸟幽未转,东原绿犹微。名虽列仙爵,心已遣—作遗尘机。即事同岩隐,圣渥良难违。

奉和张大夫戏示青山郎

天生逸世姿,竹马不曾骑。览卷冰将释,援毫露欲垂。金貂传几叶,玉树长新枝。荣禄何妨早,甘罗亦小儿。

答河南李士巽题香山寺

洛都游宦日,少年携手行。投杯起芳席,总辔振华缨。关塞有佳气,岩开伊水清。攀林憩佛寺,登高望都城。蹉跎二十载,世务各所营。兹赏长在梦,故人安得并。前岁守九江,恩诏赴咸京。因途再登历,山河属晴明。寂寞僧侣少,苍茫林木成。墙宇或崩剥,不见旧题名。旧游况存殁,独此泪交横。交横谁与同,书壁贻友生。今兹守吴郡,绵思方未平。子复经陈迹,一感我深情。远蒙恻怆篇,中有金玉声。反覆终难答,金玉尚为轻。

答故人见谕

素寡名利心,自非周圆器。徒以岁月资,屡蒙藩条寄。时风重书札,物情敦货遗。机杼十缣单,慵疏百函愧。常负交亲责,且为一官累。况本濩落人,归无置锥地。省己已知非,枉书见深致。虽欲效区区,何由枉其志。

酬阎员外陟

寒夜阻良觌,丛竹想幽居。虎符子已误,金丹子何如。宴集观农暇,笙歌听讼余。虽蒙一言教,自愧道情疏。

酬秦征君、徐少府春日见寄一作奉酬秦征君系春日抚州西亭野望,兼寄徐少府。

终日愧无政,与君聊散襟。城根山半腹,亭影水中心。朗咏竹窗静,野情花径深。那能有余兴,不作剡溪寻。

冬夜宿司空曙野居,因寄酬赠

南北与山邻,蓬庵庇一身。繁霜疑有雪,荒草似无人。遂性在耕稼,所交唯贱贫。何缘张掾傲,每重德璋亲。

长安遇冯著

客从东方来,衣上灞陵雨。问客何为来一作来何为,采山因买斧。冥冥花正开一作满,飏飏燕新乳。昨别今已春,鬓丝生几缕。

将发楚州,经宝应县,访李二,忽于州馆相遇,月夜书事,因简李宝应

孤舟欲夜发,只为访情人。此地忽相遇,留连意更新。停杯嗟别久,对月言家贫。一问临邛令,如何待上宾。

广陵遇孟九云卿

雄藩本帝都,游士多俊贤。夹河树郁郁,华馆千里连。新知虽满堂,中意颇未宣。忽逢翰林友,欢乐斗酒前。高文激颓波,四海靡不传。西施且一笑,众女安得妍。明月满淮海,哀鸿逝长天。所念京国远,我来君欲一作独还一作又旋。

淮上遇洛阳李主簿

结茅临古渡,卧见长淮流。窗里人将老,门前树已秋。寒山独过雁,暮雨远来舟。日夕逢归客,那能忘旧游。

路逢崔、元二侍御避马见招,以诗见赠

一台称二妙,归路望行尘。俱是攀龙客,空为避马人。见招翻踧踖,相问良殷勤。日日吟趋府,弹冠岂有因。

逢杨开府

少事武皇帝,无赖恃恩私。身作里中横,家藏亡命儿。朝持一作桥,一作拆樗蒲局,暮窃东邻姬。司隶不敢捕,立在一作登白玉墀。骊山风雪夜,长杨羽猎时。一字都不识,饮酒肆顽痴。武皇升仙去,憔悴被人欺。读书事已晚,把笔学题诗。两府始收迹,南宫谬见推。非才果不容,出守抚茕嫠。忽逢杨开府,论旧涕俱垂。坐客何由识,惟有故人知。

休暇日访王侍御不遇

九日驱驰一日闲,寻君不遇又空还。怪来诗思清人骨,门对寒流雪满山。

因省风俗,访道士侄不见,题壁

去年涧水今亦流,去年杏花今又拆。山人归来问是谁,还是去年行春客。

全唐诗卷一百九十一

韦应物

有所思

借问堤—作江上柳，青青为谁春。空游昨日地，不见昨日人。缭绕万家井，往来车马尘。莫道无相识，要非心所亲。

暮相思

朝出自不还，暮归花尽发。岂无终日会，惜此花间月。空馆忽相思，微钟坐来—作未歇。

夏夜忆卢嵩

霭霭高馆暮，开轩涤烦襟。不知湘雨来，潇洒在幽林。一云不知微萧洒，山鸟鸣幽林。炎月得凉夜，芳樽谁与斟。故人南北居，累月间徽音。人生无闲日，欢会当在今。反侧候天旦，层城苦沉沉。

春思

野花如雪绕江城，坐见年芳忆帝京。闾阖晓开凝碧树，曾陪鸳鹭听流莺。

春中忆元二

雨歇万井春，柔条已含绿。徘徊洛阳陌，惆怅杜陵曲。游丝正高下，啼鸟还断续。有酒今不同，思君莹如玉。

怀素友子西

广陌并游骑，公堂接华襟。方欢遽见别，永日独沉吟。阶暝流暗驶，气疏露已侵。层城湛深夜，片月生幽林。往款良未遂，来觐旷无音。恒当清觞宴，思子玉山岑。耿耿何以写，密言空委心。

对韩少尹所赠砚有怀

故人谪遐远，留砚宠斯文。白水浮香墨，清池满夏云。念离心已永，感物思徒纷。未有桂阳使，裁书一报君。

月晦忆去年与亲友曲水游宴

晦赏念前岁，京国结良俦。骑出宣平里，饮对曲池流。今朝隔天末，空园伤独游。雨歇林光变，塘绿鸟声幽。凋氓积逋税，华鬓集新秋。谁言恋虎符，终当还旧丘。

清明日忆诸弟

冷食方多病，开襟一忻然。终令思故郡，烟火满晴川。杏粥犹堪食，榆羹已稍煎。唯恨乖亲燕，坐度此芳年。

池上怀王卿

幽居捐世事，佳雨散园芳。入门霭已绿，水禽鸣春塘。重云始成夕，忽霁尚残阳。轻舟因风泛，郡阁望苍苍。私燕阻外好，临欢一停觞。兹游无时尽，旭日愿相将。

立夏日忆京师诸弟

改序念芳辰，烦襟倦日永。夏木已成阴，公门昼恒静。长风始飘阁，叠云才吐岭。坐想离居人，还当惜徂——作光景。

晓至园中忆诸弟、崔都水

山郭恒悄悄，林月亦娟娟。景清神已澄——作谧，事简虑绝牵。秋塘遍衰草，晓露洗红莲。不见心所爱，兹赏岂为妍。

怀琅琊、深标二释子

白云埋大壑，阴崖滴夜泉。应居西石室，月照山苍然。

雨夜感怀

微雨洒高林，尘埃自萧散。耿耿心未平，沉沉夜方半。独惊长簟冷，遽觉愁鬓换。谁能当此夕，不有盈襟叹。

云阳馆怀谷口

清泄阶下流，云自谷口源。念昔白衣士，结庐在石门。道高杳无累，景静得忘言。山夕绿阴满，世移清赏存。吏役岂遑暇，幽怀复朝昏。云泉非所濯，萝月不可援。长往遂真性，暂游恨卑喧。出身既事世，高躅难等论。

忆沣上幽居

一来当复去，犹此厌樊笼。况我林栖子，朝服坐南宫。唯独问啼鸟，还如沣水东。

重九登滁城楼，忆前岁九日归沣上，赴崔都水及诸弟宴集，凄然怀旧

今日重九宴，去岁在京师。聊回出省步，一赴郊园期。嘉节始云迈，周辰已及兹。秋山满清景，当赏属乖离。凋散民里阔，摧翳众木衰。楼中一长啸，恻怆起凉飔。

始夏南园思旧里

夏首云物变，雨余草木繁。池荷初帖水，林花已扫园。紫丛蝶尚乱，依阁鸟犹喧。对此残芳月，忆在汉陵原。

登蒲塘驿，沿路见泉谷村墅，忽想京师旧居，追怀昔年

青山导骑绕，春风行旆舒。均徭视属城，问疾躬里闾。烟水依泉谷，川陆散樵渔。忽念故园日，复忆骊山居。荏苒斑鬓及，梦寝婚宦初。不觉平生事，咄嗟二纪余。存殁阔已永，悲多欢自疏。高秩非为美，阑干泪盈裾。

经函谷关

洪河绝山根，单轨出其侧。万古为要枢，往来何时息。秦皇既恃险，海内被吞食。及嗣同覆颠，咽喉莫能塞。炎灵讵西驾，娄子非经国。徒欲扼诸侯，不知恢至德。圣朝及天宝，豺虎起东北。下沉战死魂，上结穷冤色。古今虽共守，成败良可识。藩屏无俊贤，金汤独何力。驰车一登眺，感慨中自恻。

经武功旧宅

兹邑昔所游，嘉会常在目。历载俄二九，始往今来复。戚戚居人少，茫茫野田绿。风雨经旧墟，毁垣迷往躅。门临川流驶，树有

羁雌宿。多累恒悲往，长年觉时速。欲去中复留，徘徊—作彷徨结心曲。

往云门郊居途经回流作
兹晨乃休暇，适往田家庐。原谷径途涩，春阳草木敷。才遵板桥曲，复此清涧纡。崩壑方见射，回流忽已舒。明灭泛孤景，杳霭含夕虚。无将为邑志，一酌澄波余。

乘月过西郊渡
远山含紫氛，春野霭云暮。值此归时月，留连西涧渡。谬当文墨会，得与群英遇。赏逐乱流翻，心将清景悟。行车俨未转，芳草空盈步。已举候亭火，犹爱村原树。还当守故扃，怅恨秉幽素。

晚归沣川
凌雾朝闻阊，落日返清川。簪组方暂解，临水一翛然。昆弟忻来集，童稚满眼前。适意在无事，携手望秋田。南岭横爽气，高林绕遥阡。野庐不锄理，翳翳起荒烟。名秩斯逾分，廉退愧不全。已想平门路，晨骑复言旋。

授衣还田里
公门悬甲令，浣濯遂其私。晨起怀怆恨，野田寒露时。气收天地广，风凄草木衰。山明始重叠，川浅更逶迤。烟火生闾里，禾黍积东菑。终然可乐业，时节一来斯。

夕次盱眙县
落帆逗—作透淮镇，停舫临孤驿。浩浩风起波，冥冥日沉夕。人归山郭暗，雁下芦洲白。独夜忆秦关，听钟未眠客。

春月观省属城，始憩东西林精舍
因时省风俗，布惠迨高年。建隼出浔阳，整驾游山川。白云敛晴壑，群峰列遥天。嵚崎石门状，杳霭香炉烟。榛荒屡罥罣，逼侧殆覆颠。方臻释氏庐，时物屡华妍。昙远昔经始，于兹阅幽玄。东西竹林寺，灌注寒涧泉。人事既云泯，岁月复已绵。殿宇余丹绀，磴阁峭欹悬。佳士亦栖息，善身绝尘缘。今我蒙朝寄，教化敷里鄽。道妙苟为得，出处理无偏。心当同所尚，迹岂辞缠牵。

自蒲塘驿回驾经历山水
馆宿风雨滞，始晴行盖转。浔阳山水多，草木俱纷衍。崎岖缘碧涧，苍翠践苔藓。高树夹潆溇，崩古横阴巘。野杏依寒拆，余云冒岚浅。性惬形岂劳，境殊路遗缅。忆昔终南下，佳游亦屡展。时禽下流暮，纷思何由遣。

山行积雨，归途始霁
揽辔穷登降，阴雨遘二旬。但见白云合，不睹岩中春。急涧岂易揭，峻途良难遵。深林猿声冷，沮洳虎迹新。始霁升阳景，山水阅清晨。杂花积如雾，百卉萋已陈。鸣驺屡骧首，归路自忻忻。

伤逝此后十九首，尽同德精舍旧居伤怀时所作
染白一为黑，焚木尽成灰。念我室中人，逝去亦不回。结发二十载，宾敬如始来。提携属时屯，契阔忧患灾。柔素亮为表，礼章夙所该。仕公不及私，百事委令才。一旦入闺门，四屋满尘埃。斯人既已矣，触物但伤摧。单居移时节，泣涕抚婴孩。知妄谓当遣，临感要难裁。梦想忽如睹，惊起复徘徊。此心良无已，绕屋生蒿莱。

往富平伤怀
晨起凌严霜，恸哭临素帷。驾言百里途，恻怆复何为。昨者仕公府，属城常载驰。出门无所忧，返室亦熙熙。今者掩筠扉，但闻童稚悲。丈夫须出入，顾尔内无依。衔恨已酸骨，何况苦寒时。单车路萧条，回首长逶迟。飘风忽截野，嘹唳雁起飞。昔时同往路，独往今讵知。

出还
昔出喜还家，今还独伤意。入室掩无光，

衔哀写虚位。凄凄动幽幔，寂寂惊寒吹。幼女复何知，时来庭下戏。咨嗟日复老，错莫身如寄。家人劝我餐，对案空垂泪。

冬夜

杳杳日云夕，郁结谁为开。单衾自不暖，霜霰已皑皑。晚岁沦贱志，惊鸿感深哀。深哀当何为，桃李忽凋摧。帏帐徒自设，冥寞岂复来。平生虽恩重，迁去托穷埃。抱此女曹恨，顾非高世才。振衣中夜起，河汉尚裴回。

送终

奄忽逾时节，日月获其良。萧萧车马悲，祖载发中堂。生平同此居，一旦异存亡。斯须亦何益，终复委山冈。行出国南门，南望郁苍苍。日入乃云造，㤿哭宿风霜。晨迁俯玄庐，临诀但遑遑。方当永潜翳，仰视白日光。俯仰遽终毕，封树已荒凉。独留不得还，欲去结中肠。童稚知所失，啼号捉我裳。即事犹仓卒，岁月始难忘。

除日

思怀耿如昨，季月已云暮。忽惊年复新，独恨人成故。冰池始泮绿，梅槚一作槆还飘素。淑景方转延，朝朝自难度。

对芳树

迢迢芳园树，列映清池曲。对此伤人心，还如故时绿。风条洒余霭，露叶承新旭。佳人不再攀，下有往来躅。

月夜

皓月流春城，华露积芳草。坐念绮窗空，翻伤清景好。清景终若斯，伤多人自老。

叹杨花

空蒙不自定，况值暄风度。旧赏逐流年，新愁忽盈素。才萦下苑曲，稍满东城路。人意有悲欢，时芳独如故。

过昭国里故第

不复见故人，一来过故宅。物变知景暄，心伤觉时寂。池荒野筼合，庭绿幽草积。风散花意谢，鸟还一作啼山光夕。宿昔方同赏，讵知今念昔。缄室在东厢，遗器不忍觑。柔翰全分意，芳巾尚染泽。残工委筐篋，余素经刀尺。收此还我家，将还复愁惕。永绝携手欢，空存旧行迹。冥冥独无语，杳杳将何适。唯思今古同，时缓伤与戚。

夏日

已谓心苦伤，如何日方永。无人不昼寝，独坐山中静。悟澹将遣虑，学空庶遗境。积俗易为侵，愁来复难整。

端居感怀

沉沉积素抱，婉婉属之子。永日独无言，忽惊振衣起。方如在帏室，复悟永终已。稚子伤恩绝，盛时若流水。暄凉同寡趣，朗晦俱无理。寂性常喻人，滞情今在已。空房欲云暮，巢燕亦来止。夏木遽成阴，绿苔谁复履。感至竟何方，幽独长如此。

悲纨扇

非关秋节至，讵是恩情改。掩攒人已无，委箧凉空在。何言永不发，暗使销光彩。

闲斋对雨

幽独自盈抱，阴淡亦连朝。空斋对高树，疏雨共萧条。巢燕翻泥湿，蕙花依砌消。端居念往事，倏忽苦惊飙。

林园晚霁

雨歇见青山，落日照林园。山多一作夕烟鸟乱，林清风景翻。提携唯子弟，萧散在琴言一作尊。同游不同意，耿耿独伤魂。寂寞钟已尽，如何还入门。

秋夜二首

庭树转萧萧，阴虫还戚戚。独向高斋眠，

夜闻寒雨滴。微风时动牖，残灯尚留壁。惆怅平生怀，偏来委今夕。

霜露已凄凄，星汉复昭回。朔风中夜起，惊鸿千里来。萧条凉叶下，寂寞清砧哀。岁晏仰空宇，心事若寒灰。

感梦

岁月转芜漫，形影长寂寥。仿佛觐微梦，感叹起中宵。绵思霭流月，惊魂飒回飙。谁念兹夕永，坐令颜鬓凋。

同德精舍旧居伤怀

洛京十载别，东林访旧扉。山河不可望，存没意多违。时迁迹尚在，同去独来归。还见窗中鸽，日暮绕庭飞。

悲故交

白璧众求瑕，素丝易成汙。万里颠沛还，高堂已长暮。积愤方盈抱，缠哀忽逾度。念子从此终，黄泉竟谁诉。一为时事感，岂独平生故。唯见荒丘原，野草途朝露。

张彭州前与缑氏冯少府各惠寄一篇，多故未答，张已云没，因追哀叙事，兼远简冯生

君昔掌文翰，西垣复石渠。朱衣乘白马，辉光照里闾。余时忝南省，接宴愧空虚。一别守兹郡，蹉跎岁再除。长怀关河表，永日简牍余。郡中有方塘，凉阁对红蕖。金玉蒙远贶，篇咏见吹嘘。未答平生意，已没九原居。秋风吹寝门，长恸涕涟如。覆视缄中字，奄为昔人书。发鬓已云白，交友日凋疏。冯生远同恨，憔悴在田庐。

东林精舍见故殿中郑侍御题诗，追旧书情，涕泗横集，因寄呈阎沣州、冯少府

仲月景气佳，东林一登历。中有故人诗，凄凉在高壁。精思长悬—作怀世，音容已归寂。墨泽传洒余，磨灭亲翰迹。平生忽如梦，百事皆成昔。结骑京华年，挥文箧笥积。朝廷重英彦，时辈分珪璧。永谢柏梁陪，独阙金门籍。方婴存殁感，岂暇林泉适。雨余山景寒，风散花光夕。新知虽满堂，故情谁能觌。唯当同时友，缄寄空凄戚。

同李二过亡友郑子故第 李与之故，非予所识。

客车名未灭，没世恨应长。斜月知何照，幽林判自芳。故人惊逝水，寒雀噪空墙。不是平生旧，遗踪要可伤。

话旧 亭中对兄姊话兰陵崇贤怀真已来故事，泫然而作。

存亡三十载，事过悉成空。不惜沾衣泪，并话一宵中。

至开化里寿春公故宅

宁知府中吏，故宅一徘徊。历阶存往敬，瞻位泣余哀。废井没荒草，阴庮生绿苔。门前车马散，非复昔时来。

睢阳感怀

豺虎犯天纲，升平无内备。长驱阴山卒，略践三河地。张侯本忠烈，济世有深智。坚壁梁宋间，远筹吴楚利。穷年方绝输，邻援皆携贰。使者哭其庭，救兵终不至。重围虽可越，藩翰谅难弃。饥喉待危巢，悬命中路坠。甘从锋刃毙，莫夺坚贞志。宿将降贼庭，儒生独全义。空城唯白骨，同往无贱贵。哀哉岂独今，千载当歔欷。

广德中洛阳作

生长太平日，不知太平欢。今还洛阳中，感此方苦酸。饮药本攻病，毒肠翻自残。王师涉河洛，玉石俱不完。时节屡迁斥，山河长郁盘。萧条孤烟绝，日入空城寒。寒劣乏高步，缉遗守微官。西怀咸阳道，踯躅心不安。

阊门怀古

独鸟下高树，遥知吴苑园。凄凉千古事，日暮倚阊门。

感事

霜雪皎素丝,何意坠墨池。青苍犹可濯,黑色不可移。女工再三叹,委弃当此时。岁寒虽无褐,机杼谁肯施。

感镜

铸镜广陵市,菱花匣中发。凤昔尝许人,镜成人已没。如冰结圆器,类璧无丝发。形影终不临,清光殊不歇。一感平生言,松枝树─作桂秋月。

叹白发

还同一叶落,对此孤镜晓。丝缕乍难分,杨花复相绕。时役人易衰,吾年白犹少。

全唐诗卷一百九十二

韦应物

登高望洛城作

高台造云端,迢瞰周四垠。雄都定鼎地,势据万国尊。河岳出云雨,土圭酌乾坤。舟通—作盈南越贡,城背北邙原。帝宅夹清洛,丹霞捧朝暾。葱茏瑶台榭,窈窕双阙门。十载构屯难,丘戈若—作久云屯。膏腴满榛芜,比屋空毁垣。圣主乃东眷,俾贤拯元元。熙熙居守化,泛泛太府恩。至损当—作方受益,苦寒必生温。平明四城开,稍见市井喧。坐感理乱迹,永怀经济言。吾生自不达,空鸟何翩翻。天高水流远,日晏城郭昏。裴回讫旦夕,聊用写忧烦。

同德寺阁集眺

芳节欲云晏,游邀乐相从。高阁照丹霞,飗飗含远风。寂寥氛氲廓,超忽神虑空。旭日霁皇州,昭晓见两宫。嵩少多秀色,群山莫与崇。三川浩东注,瀍涧亦来同。阴阳降大和,宇宙得其中。舟车满川陆,四国靡不通。旧堵今既葺,庶氓亦已丰。周览思自奋,行当遇时邕。

登宝意寺上方旧游寺在武功,曾居此寺

翠岭香台出半天,万家烟树满晴川。诸僧近住不相识,坐听微—作岩钟记往年。

登乐游庙作

高原出东城,郁郁见咸阳。上有千载事,乃自汉宣皇。颓堞久凌迟,陈迹翳丘荒。春草虽复绿,惊风但飘扬。周览京城内,双阙起中央。微钟何处来,暮色忽苍苍。歌吹喧万井,车马塞康庄。昔人岂不尔,百世同一伤—作场。归当守冲漠,迹寓心自忘。

登西南冈卜居遇雨,寻竹浪至沣墌,萦带数里,清流茂树,云物可赏

登高创危构,林表见川流。微雨飒已至,

萧条川气秋。下寻密竹尽,忽旷沙际游。纤曲一作直水分野,绵延稼盈畴。寒花明废墟,樵牧笑榛丘。云水成一作交阴澹,竹树更清幽。适自恋佳赏一作惬心赏,又一作幽赏,复兹永日留。

沣上与幼遐月夜登西冈玩花

置酒临高隅,佳人自城阙。已玩满川花,还看满川月。花月方浩然,赏心何由歇。

台上迟客

高台一悄一作聊望,远树间朝晖。但见东西骑,坐一作端令心赏违。始霁郊原绿,暮春啼鸟稀。徒然对芳物,何能独醉归。

登楼

兹楼日登眺,流岁暗蹉跎。坐厌淮南守,秋山红树多。

善福寺阁

残霞照高阁,青山出远林。晴明一登望,潇洒此幽襟。

楼中月夜

端令倚悬槛,长望抱沉忧。宁知故园月,念夕在兹楼。衰莲送余馥,华露湛新秋。坐见苍林变,清辉怆已休一作收。

寒食后北楼作

园林过新节,风花乱高阁。遥闻击鼓声,蹴鞠军中乐。

西楼

高阁一长望,故园何日归。烟尘拥一作在函谷,秋雁过来稀。

夜望

南楼夜已寂,暗鸟动林间。不见城郭事,沉沉唯四山。

晚登郡阁

怅然高阁望,已掩东城关。春风偏送柳,夜景欲沉山。

登重玄寺阁

时暇陟云构,晨霁澄景光。始见吴都一作郡大,十里郁苍苍。山川表明丽,湖海吞大荒。合沓臻水陆,骈阗会四方。俗繁节又暄,雨顺物亦康。禽鱼各翔泳,草木遍芬芳。於兹省氓俗,一用劝农桑。诚知虎符忝,但恨归路长。

观早朝

伐鼓通严城,车马溢广廛。煌煌列明烛,朝服照华鲜。金门杳深沉,尚听清漏传。河汉忽已没,司阍启晨关。丹殿据龙首,崔嵬对南山。寒生千门里,日照双阙间。禁旅下成列,炉香起中天。辉辉睹明圣,济济行音航俊贤。愧无鸳鹭姿,短翮空飞还。谁当假毛羽,云路相追攀。

陪元侍御春游

何处醉春风,长安西复东。不因俱罢职,岂得此时同。贳酒宣平里,寻芳下苑中。往来杨柳陌,犹避昔年骢。

游龙门香山泉

山水本自佳,游人已忘虑。碧泉更幽绝,赏爱未一作不能去。潺湲写幽磴,缭绕带一作对嘉树。激转忽殊流,归泓又同注。羽觞自成一作伐玩,永日亦延趣。灵草有时香,仙一作山源不知处。还当候圆月,携手重游寓。

龙门游眺

凿山导伊流,中断若天辟。都门遥相望,佳气生朝夕。素怀出尘意,适有携手客。精舍绕一作缘层阿,千龛邻一作鳞峭壁。缘云路犹缅,憩涧钟已寂。花树发烟华,淙流散石脉。长啸招远风,临潭漱金碧。日落望都城,人间何役役。一作裴回怅还驾,城阙多物役。

洛都游寓

东风日已和,元化亮无私。草木同时植,生条有高卑。罢官守园庐,岂不怀渴饥。穷通非所干,踟躅当何为。佳辰幸可游,亲友亦相追。朝从华林宴,暮返东城期。掇英出兰皋,玩月步川坻。轩冕诚可慕,所忧在縻维。

再游龙门怀旧侣尝与窦黄州、洛阳韩丞、滍池李丞、密郑二尉同游。

两山郁相对,晨策方上干,霭霭眺都城,悠悠俯清澜。邈矣二三子,兹焉屡游盘。良时忽已周,独往念前欢。好鸟始云至,众芳亦未阑。遇物岂殊昔,慨伤自有端。

庄严精舍游集

良游因时暇,乃在西南隅。绿烟凝层城,丰草满通衢。精舍何崇旷,烦蹐一弘舒。架虹施广荫,构云眺八区。即此尘境远,忽闻幽鸟殊。新林一作秋泛景光,丛绿含露濡。永日亮难遂,平生少欢娱。谁能遽还归,幸与一作得高士俱。

府舍月游

官舍一作寺耿深夜,佳月喜同游。横河俱半落,泛露忽惊秋。散彩疏群树,分规澄素流,心期与浩景,苍苍殊未收。

任鄠令渼陂游眺

野水潋长塘,烟花乱晴日。氤氲绿树多,苍翠千山出。游鱼时可见,新荷尚未密。屡往心独闲,恨无理人术。

西郊游瞩

东风散余沍,陂水淡已绿一本作渌。烟芳何处寻,杳霭春山曲。新禽哢暄节,晴光泛嘉木。一与诸君游,华觞忻见属。

再游西郊渡

水曲一追游,游人重怀恋。婵娟昨夜月,还向波中见。惊禽栖不定,流芳寒未遍,携手更何时,伫看花似霰。

月溪与幼遐、君贶同游时二子还城

岸筱覆回溪,回溪曲如月。沉沉水容绿,寂寂流莺一作莺初歌。浅石方凌乱,游禽时出

没。半雨夕阳霁,缘源杂花发。明晨重来此,同心应已阙。

与幼遐、君贶兄弟同游白家竹潭

清赏非素期,偶游方自得。前登绝岭险,下视深潭黑。密竹已成暮,归云殊未极。春鸟依谷暄,紫兰含幽色。已将芳景遇,复款平生忆。终念一欢别,临风还默默。

秋夕西斋与僧神静游

晨登西斋望,不觉至夕曛。正当秋夏交,原野起烟氛。坐听凉飙举,华月稍披云。漠漠山犹隐,滟滟川始分。物幽夜更殊,境静兴弥臻。息机非傲世,于时乏嘉闻。究空自为理,况与释子群。

观田家

微雨众卉新,一雷惊蛰始。田家几日闲,耕种从此起。丁壮俱在野,场圃亦就理。归来景常晏,饮犊西涧水。饥劬不自苦,膏泽且为喜。仓廪无宿储,徭役犹未已。方惭不耕者,禄食出闾里。

园亭览物

积雨时物变,夏绿满园新。残花已落实,高笋半成筠。守此幽栖地,自是忘机人。

观沣水涨

夏雨万壑凑,沣涨一作流暮浑浑。草木盈川谷,澶漫一平吞。槎梗方汩泛,涛沫亦洪翻。北来注泾渭,所过无安源。云岭同昏黑,观望悸心魂。舟人空敛棹,风波正自奔。

陪王卿郎中游南池

鸰鸿俱失侣,同为此地游。露泊荷花气,风散柳园秋。烟草凝衰屿,星汉泛归流。林高初上月,塘深未转舟。清言屡往复,华樽始献酬。终忆秦川赏,端坐起离忧。

南园陪王卿游瞩

形迹虽拘检,世事澹无心。郡中多山水,

日夕听幽禽。几阁文墨暇,园林春景深。杂花芳意散,绿池暮色沉。君子有高躅,相携在幽寻。一酌何为贵,可以写冲襟。

游西山

时事方扰扰,幽赏独悠悠。弄泉朝涉涧,采石夜归州。挥翰题苍峭,下马历嵌丘。所爱唯山水,到此即淹留。

春游南亭

川明气已变,岩寒云尚拥。南亭草心绿,春塘泉脉动。景煦听禽响,雨余看柳重。逍遥池馆华,益愧专城宠。

再游西山

南谯古山郡,信是高人居。自叹乏弘量,终朝亲簿书。于时忽命驾,秋野正萧疏。积逋诚待责,寻山亦有余。测测石泉冷,暖暖烟谷虚。中有释门子,种果一作药结茅庐。出身厌名利,遇境即踌躇。守直虽多忤,视险方晏如。况将尘埃外,襟抱从此舒。

游灵岩寺

始入松路永,独忻山寺幽。不知临绝槛,乃见西江流。吴岫分烟景,楚甸散林丘。方悟关塞眇,重轸故园愁。闻钟戒归骑,憩涧惜良游。地疏泉谷狭,春深草木稠。兹焉赏未极,清景一作澹期杪秋。

与卢陟同游永定寺北池僧斋

密竹行已远,子规啼更深。绿池芳草气,闲斋春树阴。晴蝶飘兰径,游蜂绕花心。不遇君携手,谁复此幽寻。

游溪

野水烟鹤唳,楚天云雨空。玩舟清景晚,垂钓绿蒲中。落花飘旅衣,归流澹清风。缘源不可极,远树但青葱。

游开元精舍

夏衣始轻体,游步爱僧居。果园新雨后,香台照日初。绿阴生昼静一作寂,孤花表春余。符竹方为累,形迹一来疏。

襄武馆游眺

州民知礼让,讼简得邀游。高亭凭古地,山川当暮秋。是时粳稻熟,西望尽田一作平畴。仰恩惭政拙,念劳喜岁收。澹泊风景晏,缭绕云树幽。节往情恻恻,天高思悠悠。嘉宾幸云集,芳樽始淹留。还希习池赏一作还喜曲池滨,聊以驻鸣驺。

秋景诣琅玡精舍

屡访尘外迹,未穷幽赏情。高秋天景远,始见山水清。上陟岩殿憩,暮看云壑平。苍茫寒色起,迢递晚钟鸣。意有清夜恋,身为符守婴。悟言一作方爱缁衣子,潇洒中林行。

同韩郎中闲庭南望秋景

朝下抱余素,地高心木闲。如何趋府客,罢秩见秋山。疏树共寒意,游禽同暮还。因君悟清景,西望一开颜。

慈恩精舍南池作

清境岂云远,炎氛忽如遗。重门布绿阴,菡萏满广池。石发散清浅,林光动涟漪。缘崖摘紫房,扣槛集灵龟。泿泿余露气,馥馥幽襟披。积喧忻物旷,耽玩觉景驰。明晨复趋府,幽赏当反思。

雨夜宿清都观

灵飙动阊阖,微雨洒瑶林。复此新秋夜,高阁正沉沉。旷岁恨殊迹,兹夕一披襟。洞户含凉气,网轩构层阴。况自展良友,芳樽遂盈斟。适悟委前妄,清言怡道心。岂恋腰间绶,如彼笼中禽。

善福精舍秋夜迟诸君

广庭独闲步,夜色方湛然。丹阁已排云,皓月更一作正高悬。繁露降秋节,苍林郁芊芊。仰观天气凉,高咏古人篇。抚己亮无庸,结交赖群贤。属予翘思时,方子中夜眠。相去隔城阙,佳期屡沮一作阻迁。如何日夕待,见月三四圆。

东郊

吏舍跼终年,出郊旷清曙。杨柳散和风,青山澹吾虑。依丛适自憩,缘涧还复去。微雨霭芳原,春鸠鸣何处。乐幽心屡止,遵事迹犹遽。终罢斯一作期结庐,慕陶真可庶。

秋郊作

清露澄境远,旭日照林初。一望秋山净,萧条形迹疏。登原忻时稼,采菊行故墟。方愿沮溺耦,淡泊守田庐。

行宽禅师院

北望极长廊,斜扉映一作掩丛竹。亭午一来寻,院幽僧亦独。唯闻山鸟啼,爱此林下宿。

神静师院

青苔幽巷遍,新林露气微。经声在深竹,高斋独掩扉。憩树爱岚岭,听禽悦朝晖。方耽静中趣,自与尘事违。

精舍纳凉

山景寂已晦,野寺变苍苍。夕风吹高殿,露叶散林光。清钟始戒夜,幽禽尚归翔。谁复掩扉卧,不咏南轩凉。

蓝岭精舍

石壁精舍高,排云聊直上。佳游惬始愿,忘险得前赏。崖倾景方晦,谷转川如掌。绿林含萧条,飞阁起弘敞。道人上方至,深夜还独往。日落群山阴,天秋百泉响。所嗟累已成,安得长偃仰。

道晏寺主院

北邻有幽竹,潜筠穿我庐。往来地已密,心乐道者居。残花回往节,轻条荫夏初。闻钟北窗起,啸傲永日余。

义演法师西斋

结茅临绝岸,隔水闻清磬。山水旷萧条,登临散情性。稍指缘原骑,还寻汲涧径。长啸倚亭树,怅然川光暝。

澄秀上座院

缭绕西南隅,鸟声转幽静。秀公今不在,独礼高僧影。林下器未收,何人适煮茗。

至西峰兰若受田妇馈

攀崖复缘涧,遂造幽人居。鸟鸣泉谷暖,土起萌甲舒。聊登石楼憩,下玩潭中鱼。田妇有嘉献,泼撒新岁余。常怪投钱饮,事与贤达疏。今我何为答,鳏寡欲焉如。

昙智禅师院

高年不复出,门径一作援众草生。时夏方新雨,果药发余荣。疏澹下林景,流暮幽禽情。身名两俱遣,独此野寺行。

起度律师同居东斋院

释子喜相偶,幽林俱避喧。安居同僧夏,清夜讽道言。对阁景恒晏,步庭阴始繁。逍遥无一事,松风入南轩。

游琅琊山寺

受命恤人隐,兹游久未遑。鸣驺响幽涧一作谷,前旌耀崇冈。青冥台砌寒,绿缛草木香。填壑跻花界,叠石构云房。经制随岩转,缭绕岂定方。新泉泄阴壁,高萝荫绿塘。攀林一栖止,饮水得清凉。物累诚可遣,疲氓终未忘。还归坐郡阁,但见山苍苍。

同越琅琊山赵氏生辟强

石门有雪无行迹,松壑凝烟满众香。余食施庭寒鸟下,破衣挂树老僧亡。

诣西山深师

曹溪旧弟子,何缘住此山。世有征战事,心将流水闲。扫林驱虎出,宴坐一林间。藩守宁为重,拥骑造云关。

寻简寂观瀑布

蹑石欹危过急涧,攀崖迢递弄悬泉。犹将

虎竹为身累,欲付归人绝世缘。

简寂观西涧瀑布下作

淙_{一作深}流绝壁散,虚烟翠涧深。丛际松风起,飘来洒尘襟。窥萝玩猿鸟,解组傲云林。茶果邀真侣,觞酌洽同心。旷岁怀兹赏,行春始重寻。聊将横吹笛,一写山水音。

游南斋

池上鸣佳禽,僧斋日幽寂。高林晚露清,红药无人摘。春水不生烟,荒冈筠翳石。不应朝夕游,良为蹉跎客。

南园

清露夏天晓,荒园野气通。水禽遥泛雪,池莲迥披红。幽林讵知暑,环舟似不穷。顿洒尘喧意,长啸满襟风。

西亭

亭宇丽朝景,帘牖散暄风。小山初构石,珍树正然红。弱藤已扶树_{一作棱},幽兰欲成丛。芳心幸如此,佳人时不同。

夏景园庐

群木昼阴静,北窗凉气多。闲居逾时节,夏云已嵯峨。寒叶爱繁绿,缘涧弄惊波。岂为论夙志,对此青山阿。

夏至避暑北池

昼晷已云极,宵漏自此长。未及施政教,所忧变炎凉。公门日多暇,是月农稍忙。高居念田里,苦热安可当。亭午息群物,独游爱方塘。门闭阴寂寂,城高树苍苍。绿筠尚含粉,圆荷始散芳。于焉洒烦抱,可以对华觞。

题从侄成绪西林精舍书斋

栖身齿_{一作始}多暮,息心君独少。慕谢始精文,依僧欲观妙。冽泉前阶注,清池北窗照。果药杂芬敷,松筠疏蒨峭。屡跻幽人境,每肆芳辰眺。采栗玄猿窟,撷芝丹林峤。纻衣岂寒御,蔬食非饥疗。虽甘巷北单_{一作箪},岂塞青紫耀。郡有优贤榻,朝编贡士诏。欲同_{一作求}朱轮载,勿惮移文诮。

题郑弘宪侍御遗爱草堂

居士近依僧,青山结茅屋。疏松映岚晚,春池含苔绿。繁华冒阳岭,新禽响幽谷。长啸攀乔林,慕兹高世躅。

同元锡题琅玡寺

适从郡邑喧,又兹三伏热。山中清景多,石罅寒泉洁。花香天界事,松竹人间别。殿分岚岭明,磴临悬_{一作玄}壑绝。昏旭穷陟降,幽显尽披阅。钦_{一作岭}骇风雨区,寒知龙蛇穴。情虚澹泊生,境寂尘妄灭。经世岂非道,无为厌车_{一作归}辙。

题郑拾遗草堂

借地结茅栋,横竹挂朝衣。秋园雨中绿,幽居尘事违。阴_{一作凉}井夕虫乱,高林霜果稀。子有白云意,构此想岩扉。

全唐诗卷一百九十三

韦应物

咏玉
乾坤有精物,至宝无文章。雕琢为世器,真性一朝伤。

咏露珠
秋荷一滴露,清夜坠玄天。将来玉盘上,不定始知圆。

咏水精
映物随颜色,含空无表里。持来向明月,的皪愁成水。

咏珊瑚
绛树无花叶,非石亦非琼。世人何处得,蓬莱石上生。

咏琉璃
有色同寒冰,无物隔纤尘。象筵看不见,堪将对玉人。

咏琥珀
曾为老茯神,本是寒松液。蚊蚋落其中,千年犹可觌。

咏晓
军中始吹角,城上河初落。深沉犹隐帷,晃朗先分阁。

咏夜
明从何处去,暗从何处来。但觉年年老,半是此中催。

咏声
万物自生一作此听,太空恒寂寥。还从一作应静中起,却向静中消。

任洛阳丞请告一首

方凿不受圆,直木不为轮。揉材各有用,反性生苦辛。折腰非吾事,饮水非吾贫。休告卧空馆,养病绝嚣尘。游鱼自成族,野鸟亦有群。家园杜陵下,千岁心氤氲。天晴嵩山高,雪后河洛春。乔木犹未芳,百草日已新。著书复何为,当去东皋耘。

县斋

仲春时景好,草木渐舒荣。公门且无事,微雨园林清。决决水泉动,忻忻众鸟鸣。闲斋始延瞩,东作兴庶氓。即事玩文墨,抱冲披道经。于焉日淡泊,徒使芳尊盈。

晚出府舍与独孤兵曹、令狐士曹南寻朱雀街归里第

分曹幸同简,聊骑方惬素。还从广陌归,不觉青山暮。翻翻鸟未没,杳杳钟犹度。寻草远无人,望山多枉路。聊参世士迹,尝得静者顾。出入虽见牵,忘身缘所一作明晤。

休暇东斋

由来束带士,请谒无朝暮。公暇及私身,何能独闲步。摘叶爱芳在,扣竹怜粉污。岸帻偃东斋,夏天清晓露。怀仙阁真诰,贻友题幽素。荣达颇知疏,恬然自成度。绿苔日已满,幽寂谁来顾。

夜直省中

河汉有秋意,南宫生早凉。玉漏殊杳杳,云阙更苍苍。华灯发新焰,轻一作炉烟浮夕香。顾迹知为忝,束带愧周行。

郡内闲居

栖息绝尘侣,孱钝得自怡。腰悬竹使符,心与一作如庐山缁。永日一酣寝,起坐兀无思。长廊独看雨,众药发幽姿。今夕已云罢,明晨复如斯。何事能为累,宠辱岂要辞。

燕居即事

萧条竹林院,风雨丛兰折。幽鸟林上啼,青苔人迹绝。燕居日已永,夏木纷成结。几阁积群书,时来北窗阅。

幽居

贵贱虽异等,出门皆有营。独无外物牵,遂此幽居情。微雨夜来过,不知春草生。青山忽已曙,鸟雀绕舍鸣。时与道人偶,或随樵者行。自当安蹇劣一作拙,谁谓薄世荣。

野居书情

世事日可见,身名良蹉跎。尚瞻白云岭,聊作负薪歌。

郊居言志

负暄衡门下,望云归远山。但要尊中物,余事岂相关。交无是非责,且得任疏顽。日夕临清涧,逍遥思虑闲。出去唯空屋,弊簦委窗间。何异林栖鸟,恋此复来还。世荣斯独已,颓志一作思亦何攀。唯当岁丰熟,闾里一欢颜。

夏景端居即事

北斋有凉气,嘉树对层城。重门永日掩,清池夏云生。遇此庭讼简,始闻蝉初鸣。逾怀故园怆,默默以缄情。

始至郡

溢城古雄郡一作镇,横江千里驰。高树上迢递,峻堞绕欹危。井邑烟火晚,郊原草树滋。洪流荡一作薄北阯,崇岭郁南圻。斯民本乐生,逃逝竟何为。旱岁属荒歉,旧逋积如坻。到郡方逾月,终朝理乱丝。宾朋未及宴,简牍已云疲。昔贤播高风,得守愧无施。岂待干戈戢,且愿抚荥嫠。

郡中西斋

似与尘境一作世绝,萧条斋舍秋。寒花独经雨,山禽时到州。清觞养真气,玉书示道流。岂将符守恋,幸已栖心幽。

新理西斋

方将泯讼理,久翳西斋居。草木无行次,

闲暇一芟除。春阳土脉起,膏泽发生初。养条刊朽柽,护药锄秽—作荒芜。稍稍觉林耸,历历忻竹疏。始见庭宇旷,顿令烦抱舒。兹焉即可爱,何必是吾庐。

晓坐西斋

咚咚城鼓动,稍稍林鸦去。柳意不胜春,岩光已知曙。寝斋有单褋—作茅,灵药为朝茹。盥漱忻景清,焚香澄神虑。公门自常事,道心宁易—作异处。

郡斋卧疾绝句

香炉宿火灭,兰灯宵影微。秋斋独卧病,谁与覆寒衣。

寓居永定精舍 苏州

政拙忻罢守,闲居初理生。家贫何由往,梦想在京城。野寺霜露月,农兴羁旅情。聊租二顷田,方课子弟耕。眼暗文字废,身闲道心精。即与人群远,岂谓是非婴。

永定寺喜辟强夜至

子有新岁庆,独此苦寒归。夜叩竹林寺,山行雪满衣。深炉正燃火,空斋共掩扉。还将一尊对,无言百事违。

野居

结发屡辞秩,立身本疏慢。今得罢守归,幸无世欲患。栖止且偏僻,嬉游无早晏。逐兔上坡冈,捕鱼缘赤涧。高歌意气在,赏酒贫居惯。时启北窗扉,岂将文墨间。

同褒子秋斋独宿

山月皎如烛,风霜时动竹。夜半鸟惊栖,窗间人独宿。

饵黄精

灵药出西山,服食采其根。九蒸换凡骨,经著上世言。候火起中夜,馨香满南轩。斋居感众灵,药术启妙门。自怀物外心,岂与俗士论。终期脱印绶,永与天壤存。

昭国里第听元老师弹琴

竹林高宇霜露清,朱丝玉徽多故情。暗识啼鸟与别鹤,只缘中有断肠声。

野次听元昌奏横吹

立马莲塘吹横笛,微风动柳生水波。北人听罢泪将落,南朝曲中怨更多。

楼中阅清管

山阳遗韵在,林端横吹惊。响迥凭高阁,曲怨绕秋城。浙沥危叶振,萧瑟凉气生。始遇兹管赏,已怀故园情。

寒食

晴明寒食好,春园百卉开。彩绳拂花去,轻毬度阁来。长歌送落日,缓吹逐残杯。非关无烛罢,良为羁思催。

七夕

人世拘形迹,别去间山川。岂意灵仙偶,相望亦弥年。夕衣清露湿,晨驾秋风前。临欢定不住,当为何所牵。

九日

今朝把酒复惆怅,忆在杜陵田舍时。明年九日知何处,世难还家未有期。

秋夜

暗窗凉叶动,秋天—作斋寝席单。忧人半夜起,明月在林端。一与清景遇,每忆平生欢。如何方恻怆,披衣露更—作转寒。

秋夜一绝

高阁渐凝露,凉叶稍飘闻。忆在南宫直,夜长钟漏稀。

滁城对雪

晨起满闱雪,忆朝闻阖时。玉座分曙早,金炉上烟迟。飘散云台下,凌乱桂树姿。厕迹鸳鹭末,蹈舞丰年期。今朝覆山郡,寂寞复何为。

雪中

　　空堂岁已晏,密室独安眠。压筱夜偏积,覆阁晓逾妍。连山暗古郡,惊风散一川。此时骑马出,忽省京华年。

咏春雪

　　裴回轻雪意,似惜艳阳时。不悟风花冷,翻令梅柳迟。

对春雪

　　萧屑杉松声,寂寥寒夜虑。州贫人吏稀,雪满山城曙。春塘看幽谷,栖禽愁未去。开闱正乱流,宁辨花枝处。

对残灯

　　独照碧窗久,欲随寒烬灭。幽人将遽眠,解带翻成结。

对芳尊

　　对芳尊,醉来百事何足论。遥见青山始一醒,欲著接䍦还复昏。

夜对流萤作

　　月暗竹亭幽,萤光拂席流。还思故园夜,更度一年秋。自愜观书兴,何惭秉烛游。府中徒冉冉,明发好归休。

对新篁

　　新绿苞初解,嫩气笋犹香。含露渐舒叶,抽丛稍自长。清晨止亭下,独爱此幽篁。

夏花明

　　夏条绿已密,朱萼缀明鲜。炎炎日正午,灼灼火俱燃。翻风适自乱,照水复成妍。归视窗间字,荧煌满眼前。

对萱草

　　何人树萱草,对此郡斋幽。本是忘忧物,今夕一作日重生忧。丛疏露始滴,芳余蝶尚留。还思杜陵圃,离披风雨秋。

见紫荆花

　　杂英纷已积,含芳独暮春。还如故园树,忽忆故园人。

玩萤火

　　时节变衰草,物色近新秋。度月影才敛,绕竹光复流。

对杂花

　　朝红争景新一作鲜,夕素含露翻。妍姿如有意,流芳复满园。单栖守远郡,永日掩重门。不与花为偶,终遣与谁言。

种药

　　好读神农书,多识药草名。持缣购山客,移莳罗众英。不改幽涧色,宛如此地生。汲井既蒙泽,插楥亦扶倾。阴颖夕房敛,阳条夏花明。悦玩从兹始,日夕绕庭行。州民自寡讼,养闲非政成。

西涧种柳

　　宰邑乖所愿,黾勉愧昔人。聊将休暇日,种柳西涧滨。置锸息微倦,临流睇归云。封壤自人力,生条在阳一作王春。成阴岂自取,为茂属他辰。延咏留佳赏,山水变夕曛。

种瓜

　　率性方卤莽,理生尤自疏。今年学种瓜,园圃多荒芜。众草同雨露,新苗独翳如。直以春窘迫,过时不得锄。田家笑枉费,日夕转空虚。信非吾侪事,且读古人书。

喜园中茶生

　　洁性不可污,为饮涤尘烦。此物信灵味,本自出山原。聊因理郡余,率尔植荒园。喜随众草长,得与幽人言。

移海榴

　　叶有苦寒色,山中霜霰多。虽此蒙阳景,移根意如何。

郡斋移杉

擢干方数尺,幽姿已苍然。结根西山寺,来植郡斋前。新含野露气,稍静高窗眠。虽为赏心遇,岂有岩中缘。

花径

山花夹径幽,古甃生苔涩。胡床理事余,玉琴承露湿。朝与诗人赏,夜携禅客入。自是尘外踪,无令吏趋急。

慈恩寺南池秋荷咏

对殿含凉气,裁规覆清沼。衰红受露多,余馥依人少。萧萧远尘迹,飒飒凌秋晓。节谢客来稀,回塘方独绕。

题桐叶

参差剪绿绮,潇洒覆琼柯。忆在沣东寺,偏书此叶多。

题石桥

远学临海峤,横此莓苔石。郡斋三四峰,如有灵仙—作山迹。方愁暮云滑,始照寒池碧。自与幽人期,逍遥竟朝夕。

池上

郡中卧病久,池上一来赊。榆柳飘枯叶,风雨倒横查。

滁州西涧

独怜幽—作芳草涧边生—作行,上有黄鹂深树—作处鸣。春潮带雨晚来急,野渡无人舟自横。

西塞山

势从千里奔,直入江中断。岚横秋塞雄,地束惊流满。

山耕叟

萧萧垂白发,默默讵知情。独放寒林烧,多寻虎迹行。暮归何处宿,来此空山耕。

上方僧

见月出东山,上方高处禅。空林无宿火,独夜汲寒泉。不下蓝溪寺,今年—作来三十年。

烟际钟

隐隐起何处,迢迢送落晖。苍茫随思远,萧散逐—作入烟微。秋野寂云—作方晦,望山僧独归。

始闻夏蝉

徂夏暑未晏,蝉鸣景已嚝。一听知何处,高树但侵云。响悲遇衰齿,节谢属离群。还忆郊园日,得向涧中闻。

射雉

走马上东冈,朝日照野田。野田双雉起,翻射斗回鞭。虽无百发中,聊取一笑妍。羽分绣臆碎,头—作颈弛锦鞘悬。方将悦羁旅,非关学少年。弢弓一长啸,忆在灞城阡。

夜闻独鸟啼

失侣度山觅,投林舍北啼。今将独夜意,偏知对影栖。

述园鹿

野性本难畜,玩习亦逾年。麚班始力直,麇角已苍然。仰首嚼园柳,俯身饮清泉。见人若闲暇,蹶起忽低骞。兹兽有高貌,凡类宁比肩。不得游山泽,局促诚可怜。

闻雁

故园眇何处,归思方悠哉。淮南秋雨夜,高斋闻雁来。

子规啼

高林滴露夏夜清,南山子规啼一声。邻家孀妇抱儿泣,我独辗转何时明—作为情。

始建射侯

男子本悬弧,有志在四方。虎竹忝明命,熊侯始张皇。宾登时事毕,诸将备戎装。星飞的屡破,鼓噪武更扬。曾习邹鲁学,亦陪鸳鹭翔。一朝愿投笔,世难激中肠。

仙人祠

苍芩古仙子,清庙閟华容。千载去寥廓,白云遗旧踪。归来灞陵上,犹见最高峰。

鹧鸪啼—作李峤诗

可怜鹧鸪飞,飞向树南枝。南枝日照暖,北枝霜露滋。露滋不堪栖,使我夜常啼。愿逢云中鹤,衔我向寥廓。愿作城上乌,一年生九雏。何不旧巢住,枝弱不得—作若去。何意道苦辛,客子常畏人。

全唐诗卷一百九十四

韦应物

长安道

汉家宫殿含云烟,两宫十里相连延。晨霞出没弄丹阙,春雨依微自甘泉。春雨依微春尚早,长安贵游爱芳草。宝马横来下建章,香车却转避驰道。贵游谁最贵,卫霍世难比。何能蒙主恩,幸遇边尘起。归来甲第拱皇居,朱门峨峨临九衢。中有流苏合欢之宝帐,一百二十凤凰罗列含明珠。下有锦铺翠被之粲烂,博山吐香五云散。丽人绮阁情飘摇,头上鸳钗双翠翘。低鬟曳袖回春雪,聚黛一声愁碧霄。山珍海错弃藩篱,烹犊煮羔如折葵。既请列侯封部曲,还将金印授庐儿。欢荣一作容若此何所苦,但苦白日西南驰。

行路难 一作连环歌

荆山之白玉兮,良工雕琢双环连,月蚀中央镜心穿。故人赠妾初相结,恩在环中寻不绝。人情厚薄苦须臾,昔似连环今似玦。连环可碎不可离,如何物在人自移。上客勿遽欢,听妾歌路难。旁人见环环可怜,不知中有长恨端。

横塘行

妾家住横塘,夫婿郁家郎。玉盘的历双白鱼,宝簟玲珑透象床。象床可寝鱼可食,不知郎意何南北。岸上种莲岂得生,池中种槿岂得成。丈夫一去花落树,妾独夜长心未平。

贵游行

汉帝外家子,恩泽少封侯。垂杨拂白马,晓日上青楼。上有颜如玉,高情世一作非无俦。轻裾含碧烟,窈窕似云浮。良时无还景,促节为我讴。忽闻艳阳曲,四坐亦已柔。宾友仰称叹,一生何所求。平明击钟食,入夜乐未休。风雨衍岁候,兵戎横九州。焉知坐上客,草草心所忧。

酒肆行
　　豪家沽酒长安陌，一旦起楼高百尺。碧疏玲珑含春风，银题彩帜邀上客。回瞻丹凤阙，直视乐游苑。四方称赏名已高，五陵车马无近远。晴景悠扬三月天，桃花飘俎柳垂筵。繁丝急管一时合，他垆邻肆何寂然。主人无厌且专利，百斛须臾一壶—作囊费。初酸后薄为大偷，饮者知名不知味。深门潜酝客来稀，终岁醇酽味不移。长安酒徒空扰扰，路傍过去那得知。

相逢行
　　二十登汉朝，英声迈今古。适从东方来，又欲谒明主。犹酣新丰酒，尚带灞陵雨。邂逅两相逢，别来问—作间寒暑。宁知白日晚，暂向花间语。忽闻长乐钟，走马东西去。

乌引雏
　　日出照东城，春乌鸦鸦雏和鸣。雏和鸣，羽犹短。巢在深林春正寒，引飞欲集东城暖。群雏綷褵睥睨高，举翅不及坠蓬蒿。雄雌来去飞又引，音声上下惧鹰隼。引雏乌，尔心急急将何如，何得比日搜索雀卵敧尔雏。

鸢夺巢
　　野鹊野鹊果林梢，鸱鸢恃力夺鹊巢。吞鹊之肝啄鹊脑，窃食偷居还自保。凤凰五色百鸟尊，知鸢为害何不言。霜鹍野鹘得残肉，同啄膻腥不肯逐。可怜百鸟纷纵横，虽有深林何处宿。

燕衔泥
　　衔泥燕，声喽喽，尾涎涎。秋去何所归，春来复相见。岂不解决绝高飞碧云里，何为地上衔泥滓。衔泥虽贱意有营，杏梁朝日巢欲成。不见百鸟畏人林野宿，翻遭网罗俎其肉，未若衔泥入华屋。燕衔泥，百鸟之智莫与齐。

鼙鼓行
　　淮海生云暮惨澹，广陵城头鼙鼓暗，寒声坎坎风动边。忽似孤城万里绝，四望无人烟。又如房骑截辽水，胡马不食仰朔天。座中亦有燕赵士，闻鼙不语客心死。何况鳏孤火绝无晨炊，独妇夜泣官有期。

古剑行
　　千年土中两刃铁，土蚀不入金星灭。沉沉青脊鳞甲满，蛟龙无足蛇尾断，忽欲飞动中有灵。豪士得之敌国宝，仇家举意半夜鸣。小儿女子不可近，龙蛇变化此中隐。夏云奔走雷阗阗，恐成霹雳飞上天。

金谷园歌
　　石氏灭，金谷园中水流绝。当时豪右争娇侈，锦为步障四十里。东风吹花雪满川，紫气凝阁朝景妍。洛阳陌上人回首，丝竹飘摇入青天。晋武平吴恣欢燕，余风靡靡朝廷变。嗣世衰微谁肯忧，二十四友日日空追游。追游讵可足，共惜年华促。祸端一发埋恨长，百草无情春自绿。

温泉行
　　出身天宝今年几，顽钝如锤—作铅命如纸。作官不了却来归，还是杜陵一男子。北风惨惨投温泉，忽忆先皇游幸年。身骑厩马引天仗，直入华清列御前。玉林瑶雪满寒山，上升玄阁游绛烟。平明羽卫朝万国，车马合沓溢四廛。蒙恩每浴华池水，扈猎不蹂渭北田。朝廷无事共欢燕，美人丝管从九天。一朝铸鼎降龙驭，小臣髯绝不得去。今来萧瑟—作索万井空，唯见苍山起烟雾。可以蹭蹬失风波，仰天大叫无奈何。弊裘羸马冻欲死，赖遇主人杯酒多。

学仙二首
　　昔有道士求神仙，灵真下试心确然。千钧巨石一发悬，卧之石下十三年。存道忘身一试过，名奏玉皇乃升天。云气冉冉渐不见，留语弟子但精坚。

　　石上凿井欲到水，惰心一起中路止。岂不见古来三人俱弟兄，结茅深山读仙经。上有青冥倚天之绝壁，下有飕飗万壑之松声。仙人变化为白鹿,二弟玩之兄诵读。读多七过可乞言,为子心精得神仙。可怜二弟仰天泣,一失毫厘千万年。

广陵行

雄藩镇楚郊,地势郁岧峣。双旌拥万戟,中有霍嫖姚。海云助兵气,宝货益军饶。严城动寒角,晚骑踏霜桥。翕习英豪集,振奋士卒骁。列郡何足数,趋拜等卑寮。日宴方云罢,人逸马萧萧。忽如京洛间,游子风尘飘。归来视宝剑,功名岂一朝。

萼绿华歌

有一人兮升紫霞,书名玉牒兮萼绿华。仙容矫矫兮杂瑶珮,轻衣重重兮蒙绛纱。云雨愁思兮望淮海,鼓吹萧条兮驾龙车。世淫浊兮不可降,胡不来兮玉斧家。

王母歌一作玉女歌

众仙翼神母,羽盖随云起。上游玄极杳冥中,下看东海一杯水。海畔种桃经几时,千年开花千年子。玉颜眇眇何处寻,世上茫茫人自死。

马明生遇神女歌

学仙贵功亦贵精,神女变化感马生。石壁千寻启双检,中有玉堂一作床铺玉簟。立之一隅不与言,玉体安隐三日眠。马生一立一作粒心转坚,知其丹白蒙哀怜。安期先生来起居,请示金铛玉佩天皇书。神女呵责不合见,仙子谢过手足战。大瓜玄枣冷如冰,海上摘来朝霞凝。赐仙复坐对食讫,领之使去随烟升一作使随玄烟升。乃言马生合不死,少姑教救令付尔。安期再拜将生出,一授素书天地毕。

石鼓歌

周宣大猎兮岐之阳,刻石表功兮炜煌煌。石如鼓形数止十,风雨缺讹苔藓涩。今人濡纸脱其文,既击既扫白黑分。忽开满卷不可识,惊潜动蛰走云云。喘逶迤,相纠错,乃是宣王之臣史籀作。一书遗此天地间,精意长存世冥寞。秦家祖龙还刻石,碣石之罘李斯迹。世人好古犹共一作法传,持来比此殊悬隔。

宝观主白鸲鹆歌

鸲鹆鸲鹆,众皆如漆,尔独如玉。鸲之鹆之,众皆蓬蒿下,尔自三山来叶音黎。三山处子下人间,绰约不妆冰雪颜。仙鸟随飞来掌上,来掌上,时拂拭。人心鸟意自无猜,玉指霜毛本同色。有时一去凌苍苍,朝游汗漫暮玉堂。巫峡雨中飞暂湿,杏花林里过来香。日夕依仁全羽翼,空欲衔环非报德。岂不及阿母之家青鸟儿,汉宫来往传消息。

弹棋歌

圆天方地局,二十四气子。刘生绝艺难对曹,客为歌其能,请从中央起。中央转斗破欲阑,零落势背谁能弹。此中举一得六七,旋风忽散霹雳疾。履机乘变安可当,置之死地翻取强。不见短兵反掌收已尽,唯有猛士守四方。四方又何难,横击且缘边。岂如昆明与碣石,一箭飞中隔远天。神安志惬动十全,满堂惊视谁得然。

全唐诗卷一百九十五

韦应物

听莺曲

东方欲曙花冥冥,啼莺相唤亦可听。乍去乍来时近远,才闻南陌又东城。忽似上林翻下苑,绵绵蛮蛮如有情。欲啭不啭意自娇,羌儿弄笛曲未调。前声后声不相及,秦女学筝指犹涩。须臾风暖朝日暾,流音变作百鸟喧。谁家懒妇惊残梦,何处愁人忆故园。伯劳飞过声局促,戴胜下时桑田绿。不及流莺日日啼花间,能使万家春意闲。有时断续听不了,飞去花枝犹袅袅。还栖碧树锁千门,春漏方残一声晓。

白沙亭逢吴叟歌

龙池宫里上皇时,罗衫宝带香风吹。满朝豪士今已尽,欲话旧游人不知。白沙亭上逢吴叟,爱客脱衣且沽酒。问之执戟亦先朝,零落难艰却负樵。亲观文物蒙雨露,见我昔年侍丹霄。冬狩春祠无一事,欢游洽宴多颁赐。尝陪月夕竹宫斋,每返温泉灞陵醉。星岁再周十二辰,尔来不语今为君。盛时忽去良可恨,一生坎壈何足云。

送褚校书归旧山歌

握珠不返泉,匣玉不归山。明皇重士亦如此,忽怪褚生何得还。方称羽猎赋,未拜兰台职。汉箧亡书已暗传,嵩丘遗简还能识。朝朝待诏青锁闼,中有万年之树蓬莱池。世人仰望栖此地,生独徘徊意何为。故山可往薇可采,一自人间星岁改。藏书壁中苔半侵,洗药泉中月还在。春风饮饯灞陵原,莫厌归来朝市喧。不见东方朔,避世从容金马门。

五弦行

美人为我弹五弦,尘埃忽静心悄然。古刀幽磬初相触,千珠贯断落寒玉。中曲又不喧,徘徊夜长月当轩。如伴风流萦艳雪,更逐落花飘御园。独凤寥寥有时隐,碧霄来下听还近。

燕姬有恨楚客愁,言之不尽声能尽。末曲感我情,解幽释结和乐生。壮士有仇未得报,拔剑欲去愤已平,夜寒酒多愁遽明。

骊山行

君不见开元至化垂衣裳,厌坐明堂朝万方。访道灵山降圣祖,沐浴华池集百祥。千乘万骑被原野,云霞草木相（一作生）辉光。禁仗围山晓霜切,离宫积翠夜漏长。玉阶寂历朝无事,碧树萎蕤寒更芳。三清小鸟传仙语,九华真人奉琼浆。下元昧爽漏一作编恒秩,登山朝礼玄元室。翠华稍隐天半云,丹阁光明海中日。羽旗旄节憩瑶台,清丝妙管从空来。万井九衢皆仰望,彩云白鹤方徘徊。凭高览古或作一望嗟寰宇,造化茫茫思悠哉。秦川八水长缭绕,汉氏五陵空崔嵬。乃言圣祖奉丹经,以年为日亿万龄。苍氓咸寿阴阳泰,高谢前王出尘外。英豪共理天下晏,戎夷詟伏兵无战。时丰赋敛未告劳,海阔珍奇亦来献。干戈一起文武乖,欢娱已极人事变。圣皇弓剑坠幽泉,古木苍山闭宫殿。缵承鸿业圣明君,威震六合驱妖氛。太平游幸今可待,汤泉岚岭还氛氲。

汉武帝杂歌三首

汉武好神仙,黄金作台与天近。王母摘桃海上还,感之西过聊问讯。欲来不来夜未央,殿前青鸟先回翔。绿鬓紫云裾曳雾,双节飘摇下仙步。白日分明到世间,碧空何处来时路。玉盘捧桃将献君,踟蹰未去留彩云。海水桑田几翻覆,中间此桃四五熟。可怜穆满瑶池燕,正值花开不得荐。花开子熟安可期,邂逅能当汉武时。颜如芳华洁如玉,心念我皇多嗜欲。虽留桃核桃有灵,人间粪土种不生。由来在道一作德岂在药,徒劳方士海上行。掩扇一言相谢去,如烟非烟不知处。

金茎孤峙兮凌紫烟,汉宫美人望杳然。通天台上月初出,承露盘中珠正圆。珠可饮,寿可永。武皇南面曙欲分,从空下来玉杯冷。世间彩翠亦作囊,八月一日仙人方。仙方称上

药,静者服之常绰约。柏梁沉饮自伤神,犹闻驻颜七十春。乃知甘酿皆是腐肠物,独有淡泊之水能益人。千载金盘竟何处,当时铸金恐不固。蔓草生来春复秋,碧天何言空坠露。

汉天子,观风自南国。浮舟大江屹不前,蛟龙索斗风波黑。春秋方壮雄武才,弯弧叱浪连山开。愕然观者千万众,举麾齐呼一矢中。死蛟浮出不复灵,舳舻千里江水清。鼓鼙余响数日在,天吴深入鱼鳖惊。左有㚄飞落霜翮,右有孤儿贯犀革。何为临深亲射蛟,示威以夺诸侯魄。威可畏,皇可尊。平田校猎书犹陈,此日从臣何不言。独有威声振千古,君不见后嗣尊为武。

棕榈蝇拂歌

棕榈为拂登君席,青蝇掩一作撩乱飞四壁。文如轻罗散如发,马尾氂牛不能絜。柄出湘江之竹碧玉寒,上有织罗紫缕寻未绝。左挥右洒繁暑清,孤松一枝风有声。丽人纨素可怜色,安能点白还为黑。

信州录事参军常曾古鼎歌

三年纠一郡,独饮寒泉井。江南铸器多铸银,罢官无物唯古鼎。雕螭一作虫刻篆相错盘,地中岁久青苔寒。左对苍山右流水,云有古来葛仙子。葛仙埋之何不还,耕者锄然得其间。持示世人不知宝,劝君炼丹就寿考。

夏冰歌

出自玄泉杳杳之深井,汲在朱明赫赫之炎辰。九天含露未销铄,阊阖初开赐贵人。碎如坠琼方截璐,粉壁生寒象筵布。玉壶纳扇亦玲珑,座有丽人色俱素。咫尺炎凉变四时,出门焦灼君讵知。肥羊甘醴心闷闷,饮此莹然何所思。当念阑干凿者苦,腊月深井汗如雨。

鼋头山神女歌

鼋头之山,直上洞庭连青天。苍苍烟树闭古庙,中有蛾眉成水仙。水府沉沉行路绝,蛟龙出没无时节。魂同魍魉潜太阴,身与空山长

不灭。东晋永和今几代,云发素颜犹盼睐。阴一作沉深灵气静凝美,的砾龙绡杂琼珮。山精木魅不敢亲,昏明想像如有人。蕙兰琼芳积烟露,碧窗松月无冬春。舟客经过奠椒醑,巫女南音歌激楚。碧水冥空惟一作见鸟飞,长天何处云随雨。红蘤绿蘋芳意多,玉灵荡漾凌清波。孤峰绝岛俨相向,鬼啸猿啼垂女萝。皓雪琼枝殊异色,北方绝代徒倾国。云没烟销不可期,明堂翡翠无人得。精灵变态状无方。游龙宛转惊鸿翔。湘妃独立九疑暮,汉女菱歌春日长。始知仙事无不有,可惜吴宫空白首。

寇季膺古刀歌

古刀寒锋青械械,少年交结平陵客。求之时一作年代不可知,千痕万穴如星离。重叠泥沙更剥落,纵横鳞甲相参差。古物有灵知所适,貂裘拂之横广席。阴森白日掩云虹,错落池光动金碧。知君宝此夸绝代,求之不得心常爱。厌见今时绕指柔,片锋折刃犹堪佩。高山成谷苍海填,英豪埋没谁所捐。吴钩断马不知处,几度烟尘今独全。夜光投人人不畏,知君独识精灵器。酬恩结思心自知,死生好恶不相弃。白虎司秋金气清,高天寥落云峥嵘。月肃风凄古堂净,精芒切切如有声。何不跨蓬莱,斩长鲸。世人所好殊辽阔,千金买铅徒一割。

凌雾行

秋城海雾重,职事凌晨出。浩浩合元天,溶溶迷朗一作朝日。才看含鬓白,稍视一作似沾衣密。道骑全不分,郊树都如失。霏微误嘘吸,肤腠生寒栗。归当饮一杯,庶用蠲斯疾。

乐燕行

良辰且燕乐,乐往不再来。赵瑟正高张,音响清尘埃。一弹和妙讴,吹去绕瑶台。艳雪凌空散,舞罗起徘徊。辉辉发众颜,灼灼叹令才。当喧既无寂,中饮亦停杯。华灯何遽升,驰景忽西颓。高节亦云立,安能滞不回。

采玉行

官府征白丁,言采蓝溪玉。绝岭夜无家,深榛雨中宿。独妇饷粮还,哀哀一作田荒舍南哭。

难言

掬土移山望山尽一作迁,投石填海望海满。持索捕风几时得,将刀斫水几时断。未若不相知,中心万仞何由款。

易言

洪炉炽炭燎一毛,大鼎炊汤沃残雪。疾影随形不觉至,千钧引缕不知绝。未若同心言,一言和同解千结。

三台二首 按《乐苑》,唐天宝中,羽调曲有三台,又有急三台。

一年一年老去,明日后日花天。未报长安平定,万国岂得衔杯。

冰泮寒塘始绿,雨余百草皆生。朝来门阁无事,晚下高斋有情。

上皇三台

不寐倦长更,披衣出户行。月寒秋竹冷,风切夜窗声。

答畅参军

秉笔振芳步,少年且吏游。官闲高兴生,夜直河汉秋。念与清赏遇,方抱沉疾忧。嘉言忽见赠,良药同所瘳。高树起栖鸦,晨钟满皇州。凄清露华动,旷朗景气浮。偶宦心非累,处喧道自幽。空虚为世薄,子独意绸缪。

南池宴钱子辛,赋得科斗

临池见科斗,美尔乐有余。不忧网与钩,幸得免为鱼。且愿充文字,登君尺素书。

咏徐正字画青蝇

误点能成物,迷真许一时。笔端来已久,座上去何迟。顾白曾无变,听鸡不复疑。讵劳才子赏,为入国人诗。

虞获子鹿 并序

虞获子鹿,悯园鹿也。遭虞之机张,见畜于人,不得遂其天性焉。

虞获子鹿,畜之城隅。园有美草,池有清流。但见蹶蹶,亦闻呦呦。谁知其思,岩谷云一作之游。

陪王郎中寻孔征君

俗吏闲居少,同人会面难。偶随香署客,来访竹林欢。暮馆花微落,春城雨暂寒。瓮间聊共酌,莫使宦情阑。

送宫人入道

舍宠求仙畏色衰,辞天素面立天墀。金丹拟驻千年貌,宝镜休匀八字眉。公主与收珠翠后,君王看戴角冠时。从来宫女皆相妒,说著瑶台总泪垂。

和晋陵陆丞早春游望一作杜审言诗

独有宦游人,偏惊物候新。云霞出海曙,梅柳渡江春。淑气催黄鸟,晴光照绿蘋。忽闻歌苦调,归思欲沾巾。

九日

一为吴郡守,不觉菊花开。始有故园思,且喜众宾来。

全唐诗卷一百九十七

张谓

张谓,字正言,河南人。天宝二年登进士第。乾元中为尚书郎。大历间官至礼部侍郎,三典贡举。诗一卷。

读后汉逸人传二首

子陵没已久,读史思其贤。谁谓颍阳人,千秋如比肩。尝闻汉皇帝,曾是旷周旋。名位苟无心,对君犹可眠。东过富春渚,乐此佳山川。夜卧松下月,朝看江上烟。钓时如有待,钓罢应忘筌。生事在林壑,悠悠经暮年。于今七里濑—作滩,遗迹尚依然。高台竟寂寞,流水空潺湲。

庞公南郡人,家在襄阳里。何处偏来往,襄阳东陂是。誓将业田种,终得保妻子。何言二千石,乃欲劝吾仕。鹍鹊巢茂林,鼋鼍穴深水。万物从所欲,吾心亦如此。不见鹿门山,朝朝白云起。采药复采樵,优游终暮齿。

同孙构免官后登蓟楼

昔在五—作平陵时,年少心亦壮。尝矜有奇骨,必是封侯相。东走到营州,投身似边将。一朝去乡国,十载履亭障。部曲皆武夫,功成不相让。犹希房尘动,更取林胡帐。去年大将军,忽—作负乐生谤。北别伤士卒,南迁死炎瘴。濩落悲无成,行登蓟丘上。长安三千里,日夕西南望。寒沙榆塞没,秋水滦河涨。策马从此辞,云山保闲放。

代北州老翁答

负薪老翁往北州,北望乡关生客愁。自言老翁有三子,两人已向黄沙死。如今小儿新长成,明年闻道又征兵。定知此别必零落,不及相随同死生。尽将田宅借邻伍,且复伶俜去乡土。在生本求多子孙,及有谁知更辛苦。近传天子尊武臣,强兵直欲静胡尘。安边自合有长策,何必流离中国人。

湖上对酒行

夜坐不厌湖上月,昼行不厌湖上山。眼前一尊又长满,心中万事如等闲。主人有黍百余石,浊醪数斗应不惜。即今相对—作逢不尽欢,别后相思复何益。茱萸湾头归路赊,愿君且宿黄公家。风光若此人不醉,参差辜负东园花。

赠乔琳—作刘昚虚诗

去年上策不见收,今年寄食仍淹留。羡君有酒能便醉,羡君无钱能不忧。如今五侯不爱—作待客,羡君不问—作过五侯宅。如今七贵方自尊,羡君不过七贵门。丈夫会应有知己,世上悠悠何足论。

邵陵作

尝闻虞帝苦忧人,只为苍生不为身。已道—作到一朝辞北阙,何须五月更南巡。昔时文武皆销铄,今日精灵常寂寞。斑竹年来笋自生,白蘋春尽花空落。遥望零陵见旧丘,苍梧云起至今愁。惟余帝子千行泪,添作潇湘万里流—作秋。

寄李侍御

柱下闻周史,书中慰越吟。近看三岁字,遥见百年心。价以吹嘘长,恩从顾盼深。不栽桃李树,何日得成阴。

寄崔沣州

共襆台郎被,俱褰郡守帷。罚金殊往日,鸣玉幸同时。五马来何晚,双鱼赠已迟。江头望乡月,无夜不相思。

送裴侍御归上都

楚地劳行役,秦城罢鼓鼙。舟移洞庭岸,路出武陵溪。江月随人影,山花趁—作逐马蹄。离魂将别梦,先已—作尔到关西。

送青龙一公

事佛轻金印,勤王度玉关。不知从树下,还肯—作许到人间。楚水青莲净,吴门白日闲。圣朝须助理—作治,绝—作切莫爱东山。

送韦侍御赴上都

天朝辟书下,风宪取才难。更谒麒麟殿,重簪獬豸冠。月明湘水夜,霜重桂林寒。别后头堪白,时时镜里看。

饯田尚书还兖州

忠义三朝许,威名四海闻。更乘归鲁诏,犹忆破胡勋。别路逢霜雨,行营对雪云。明朝郭门外,长揖大将军。

送杜侍御赴上都

避马台中贵,登车岭外遥。还因贡赋礼,来谒大明朝。地入商山路,乡连渭水桥。承恩返南越,尊酒重相邀。

道林寺送莫侍御—作麓州精舍送莫侍御归

何处堪留客,香林隔翠微。薜萝通驿骑,山竹挂朝衣。霜引台乌集,风惊塔雁飞。饮茶胜饮酒,聊以送将—作君归。

别睢阳故人

少小客游梁,依然似故乡。城池经战阵,人物恨存亡。夏雨桑条绿,秋风麦穗黄。有书无寄处,相送一沾裳。

郡南亭子宴—作春宴

亭子春城外,朱门向绿林。柳枝经雨重,松色带烟深。漉酒迎山客,穿池集水禽。白云常在眼,聊足慰人心。

早春陪崔中丞浣花溪宴,得暄字

旌节临溪口,寒郊斗觉暄。红亭移酒席,画鹢逗江村。云带歌声扬,风飘舞袖翻。花间催秉烛,川上欲黄昏。

燕郑伯玙宅

正月风光好,逢君上客稀。晓风催鸟啭,春雪带花飞。堂上吹金管,庭前试舞衣。俸钱供酒债—作价,行子未须归。

夜同宴,用人字
　　北斗回新岁,东园值早春。竹风能醒酒,花月解留人。邑宰陶元亮,山家郑子真。平生颇同道,相见日相亲。

过从弟制疑官舍竹斋
　　羡尔方为吏,衡门独晏如。野猿偷纸笔,山鸟污图书。竹里藏公事,花间隐使车。不妨垂钓坐,时脍小江鱼。

扬州雨中张十七宅观妓—作刘长卿诗
　　夜色带寒烟,灯花拂更然。残妆添石黛,艳舞落金钿。掩笑须欹扇,迎歌乍动弦。不知巫峡雨,何事海西边。

登金陵临江驿楼
　　古戍依重险,高楼见五梁。山根盘驿道,河水浸城墙。庭树巢鹦鹉,园花隐麝香。忽然江浦上,忆作捕鱼郎。

同王征君湘中有怀—作严维诗
　　八月洞庭秋,潇湘水北流。还家万里梦,为客五更愁。不用开书帙—作箧,偏宜上酒楼。故人京洛满—作客,何日复同游。

官舍早梅
　　阶下双梅树,春来画不成。晚时花未—作易落,阴处叶难生。摘子防人到,攀枝畏鸟惊。风光先占得,桃李莫相轻。

玉清公主挽歌 代宗之女
　　学凤年犹小,乘龙日尚赊。初封千户邑,忽驾五云车。地接金人岸,山通—作藏玉女家。秋风何太早,吹落禁园花。

别韦郎中
　　星轺计日赴岷峨,云树连天阻笑歌。南入洞庭随雁去,西过巫峡听猿多。峥嵘洲上飞黄蝶,滟滪堆边起白波。不醉郎中桑落酒,教人无奈别离何。

送皇甫龄宰交河
　　将军帐下来从客,小邑弹琴不易逢。楼上胡笳传别怨,尊中腊酒为谁浓。行人醉出双门道,少妇愁看七里烽。今日相如轻武骑,多应朝暮—作旦客临邛。

杜侍御送贡物戏赠
　　铜柱朱崖道路难,伏波横海旧登坛。越人自贡珊瑚树,汉使何劳獬豸冠。疲马山中愁日晚,孤舟江上畏春寒。由来此货称难得,多恐君王不忍看。

春园家宴
　　南园春色正相宜,大妇同行少妇随。竹里登楼人不见,花间觅路鸟先知。樱桃解结垂檐子,杨柳能低入户枝。山简醉来歌一曲,参差笑杀郢中儿。

西亭子言怀
　　数丛芳草在堂阴,几处闲花映竹林。攀树玄猿呼郡吏,傍溪白鸟应家禽。青山看景知高下,流水闻声觉浅深。官属不令拘礼数,时时缓步一相寻。

辰阳即事—作刘长卿诗,题云感怀。
　　青枫落叶正堪悲,黄菊残花欲待谁。水近偏逢寒气早,山深常见日光迟。愁中卜命看周易,病里招魂读楚词。自恨不如湘浦雁,春来即是北归时。

送僧
　　童子学修道,诵经求出家。手持贝多叶,心念优昙花。得度—作处北州近,随缘东路赊。一身求清净,百毳纳袈裟。钟岭更飞锡,炉峰期结跏。深心大海水,广愿恒河沙。此去不堪别,彼行安可涯。殷勤结香火,来世上牛车。

同诸公游云公禅寺—作院
　　共许寻鸡足,谁能惜马蹄。长空净云雨,斜日半虹霓。檐下千峰转,窗前万木低。看花寻径远,听鸟入林迷。地与喧闻一作卑隔,人将物我齐。不知樵客意,何事武陵溪。

哭护国上人

昔喜三身净,今悲万劫长。不应归北斗,应一作多是向西方。舍利众生得,袈裟弟子将。鼠行残药碗一作枕,虫网旧绳床。别起千花塔,空留一草堂。支公何处在,神理竟茫茫。

送卢举使河源

故人行役向边州,匹马今朝不少留。长路关山何日尽,满堂丝竹一作管为君愁。

题长安壁主人

世人结交须黄金,黄金不多交不深。纵令然诺暂相许,终是悠悠行路心。

长沙失火后戏题莲花寺

金园宝刹半长沙,烧劫旁延一万家。楼殿纵随烟焰去一作尽,火中何处出一作有莲花。

早梅

一树寒梅白玉条,迥临村路傍溪桥。不知近水花先发,疑是经春一作冬雪未销。

赠赵使君美人

红粉青蛾映楚云,桃花马上石榴裙。罗敷独向东方去,漫学他家作使君。

句

稽山贺老粗知名,吴郡张颠曾不易。

奔蛇走虺势入坐,骤雨旋风声满堂。《赠怀素》,见《颜真卿集》。

全唐诗卷一百九十八

岑参

岑参,南阳人。文本之后。少孤贫,笃学。登天宝三载进士第。由率府参军累官右补阙,论斥权佞。改起居郎,寻出为虢州长史,复入为太子中允。代宗总戎陕服,委以书奏之任。由库部郎出刺嘉州。杜鸿渐镇西川,表为从事,以职方郎兼侍御史领幕职。使罢,流寓不还,遂终于蜀。参诗辞意清切,迥拔孤秀,多出佳境。每一篇出,人竞传写,比之吴均、何逊焉。集八卷。今编四卷。

北庭西郊候封大夫受降回军献上

胡地苜蓿美,轮台征马肥。大夫讨匈奴,前月西出师。甲兵未得战,降虏来如归。橐驼何连连,穹帐亦累累。阴山烽火灭,剑水羽书稀。却笑霍嫖姚,区区徒尔为。西郊候中军,平沙悬落晖。驿马从西来,双节夹路驰。喜鹊捧金印,蛟龙盘画旗。如公未四十,富贵能及时。直上排青云,傍看疾若飞。前年斩楼兰,去岁平月支。天子日殊宠,朝廷方见推。何幸一书生,忽蒙国士知。侧身佐戎幕,敛衽事边陲。自逐定远侯,亦著短后衣。近来能走马,不弱并州儿。

初至西虢官舍南池,呈左右省及南宫诸故人

黜官自西掖,待罪临下阳。空积犬马恋,岂思鹓鹭行。素多江湖意,偶佐山水乡。满院池月静,卷帘溪雨凉。轩窗竹翠湿,案牍荷花香。白鸟上衣桁,青苔生笔床。数公不可见,一别尽相忘。敢恨青琐客,无情华省郎。早年迷进退,晚节悟行藏。他日能相访,嵩南旧草堂。

过梁州奉赠张尚书大夫公

汉中二良将,今昔各一时。韩信此登坛,尚书复来斯。手把铜虎符,身总丈人师。错落北斗星,照耀黑水湄。英雄若神授,大材济时危。顷岁遇雷云,精神感灵祇。勋业振青史,

恩德继鸿私。羌虏昔未平,华阳积僵尸。人烟绝墟落,鬼火依城池。巴汉空水流,褒斜惟鸟飞。自公布德政,此地生光辉。百堵创里间,千家恤荣嫠。层城重鼓角,甲士如熊罴。坐啸风自调,行春雨仍随。芃芃麦苗长,蔼蔼桑叶肥。浮客相与来,群盗不敢窥。何幸承嘉惠,小年即相知。富贵情易疏,相逢心不移。置酒宴高馆,娇歌杂青丝。锦席绣拂庐,玉盘金屈卮。春景透高戟,江云彗长麾。枥马嘶柳阴,美人映花枝。门传大夫印,世拥上将旗。承家令名扬,许国苦节施。戎幕宁久驻,台阶不应迟。别有弹冠士,希君无见遗。

登北庭北楼,呈幕中诸公

尝读西域传,汉家得轮台。古塞千年空,阴山独崔嵬。二庭近西海,六月秋风来。日暮上北楼,杀气凝不开。大荒无鸟飞,但见白龙堆。旧国眇天末,归心日悠哉。上将新破胡,西郊绝烟埃。边城寂无事,抚剑空徘徊。幸得趋幕中,托身厕群才。早知安边计,未尽平生怀。

初过陇山途中,呈宇文判官

一驿过一驿,驿骑如星流。平明发咸阳,暮及陇山头。陇水不可听,呜咽令人愁。沙尘扑马汗,雾露凝貂裘。西来谁家子,自道新封侯。前月发安西,路上无停留。都护犹未到,来时在西州。十日过沙碛,终朝风不休。马走碎石中,四蹄皆血流。万里奉王事,一身无所求。也知塞垣苦,岂为妻子谋。山口月欲出,先照关城楼。溪流与松风,静夜相飕飗一作飕。别家一作来赖归梦,山寒多离忧。与子且携手,不愁前路修。

陪狄员外早秋登府西楼,因呈院中诸公

常爱张仪楼,西山正相当。千峰带积雪,百里临城墙。烟氛扫晴空,草树映朝光。车马隘百井,里闬盘二江。亚相自登坛,时危安此方。威声振蛮貊,惠化钟华阳。旌节罗广庭,戈鋋凛秋霜。阶下貔虎士,幕中鹓鹭行。今我忽登临,顾恩不望乡。知已犹未报,鬓毛飒已苍。时命难自知,功业岂暂忘。蝉鸣秋城夕,鸟去江天长。兵马休战争,风尘尚苍茫。谁当共携手,赖有冬官郎。

冬夜宿仙游寺南凉堂,呈谦道人

太乙连太白,两山知几重。路盘石门窄,匹马行才通。日西倒山寺,林下逢支公。昨夜山北时,星星闻此钟。秦女去已久,仙台在中峰。箫声不可闻,此地留遗踪。石潭积黛色,每岁投金龙。乱流争迅湍,喷薄如雷风。夜来闻清磬,月出苍山空。空山满清光,水树相玲珑。回廊映密竹,秋殿隐深松。灯影落前溪,夜宿水声中。爱兹林峦好,结宇向溪东。相识唯山僧,邻家一钓翁。林晚栗初拆,枝寒梨已红。物幽兴易惬,事胜趣弥浓。愿谢区中缘,永依金人宫。寄报乘辇客,簪裾尔何容。

潼关镇国军勾覆使院早春,寄王同州

胡寇尚未尽,大军镇关门。旌旗遍草木,兵马如云屯。圣朝正用武,诸将皆承恩。不见征战功,但闻歌吹喧。儒生有长策,闭口不敢言。昨从关东来,思与故人论。何为廊庙器,至今居外藩。黄霸宁淹留,苍生望腾骞。卷帘见西岳,仙掌明朝暾。昨夜闻春风,戴胜过后园。各自限官守,何由叙凉温。离忧不可忘,襟背思树萱。

青山峡口泊舟怀狄侍御

峡口秋水壮,沙边且停桡。奔涛振石壁,峰势如动摇。九月芦花新,弥令客心焦。谁念在江岛,故人满天朝。无处豁心胸,忧来醉能销。往来巴山道,三见秋草凋。狄生新相知,才调凌云霄。赋诗析造化,入幕生风飙。把笔判甲兵,战士不敢骄。皆云梁公后,遇鼎还能调。离别倏经时,音尘殊寂寥。何当见夫子,不叹乡关遥。

寄青城龙溪奂道人

五岳之丈人,西望青萱萱一作惛惛。云开露

崖峤,百里见石棱。龙溪盘中峰,上有莲华僧。绝顶小一作少兰若,四时岚气一作翠凝。身同云虚无,心与溪清澄。诵戒龙每听,赋诗人则称。杉风吹一作冷裂袈,石壁悬孤灯。久欲谢微禄,誓将归大乘。愿闻开士说,庶以心相应。

梁州对雨,怀麹二秀才,便呈麹大判官,时疾赠余新诗

江上云气黑,岵山昨夜雷。水恶平明飞,雨从嶓冢来。蒙蒙随风过,萧飒鸣庭槐。隔帘湿衣巾,当暑凉幽斋。麹生住相近,言语阻且乖。卧疾不见人,午时门始开。终日看本草,药苗满前阶。兄弟早有名,甲科皆秀才。二人事慈母,不弱古老莱。昨叹携手迟,未尽平生怀。爱君有佳句,一日吟几回。

潼关使院怀王七季友

王生今才子一作人,时辈咸所仰。何当见颜色,终日劳梦想。驱车到关下,欲往阻河广。满目徒春华,思君罢心赏。开门见太华,朝日映高掌。忽觉莲花峰,别来更如长。无心顾微禄,有意在独往。不负林中期,终当出尘网。

至一作官大梁却寄匡一作康城主人

一从弃鱼钓,十载干明王。无由谒天阶,却欲归沧浪。仲秋至东郡,遂见天雨霜。昨日梦故山,蕙草一作芳蕙色已黄。平明辞铁丘,薄暮游大梁。仲秋萧条景,拔刺飞鹅鸧。四郊阴气一作氛闭,万里无晶光。长风吹白茅,野火烧枯桑。故人南燕吏,籍籍名更香。聊以玉壶赠,置之君子堂。

宿华阴东郭客舍忆阎防

次舍山郭近,解鞍鸣钟时。主人炊新粒,行子充夜饥。关月生首阳,照见华阴祠。苍茫秋山晦,萧瑟寒松悲。久从园庐别,遂与朋一作相知辞。旧蛰兰杜晚,归轩今已迟。

宿东溪王屋李隐者

山店不凿井,百家同一泉。晚来南村黑,雨色和人烟。霜畦吐寒菜,沙雁噪河田。隐者不可见,天坛飞鸟边。

郊行寄杜位

嶕峣空城烟,凄清一作凉寒山景。秋风引归梦,昨夜到汝颍。近寺闻钟声,映陂见树影。所思何由见,东北徒引领。

怀叶县关操、姚旷、韩涉、李叔齐

数子皆故人,一时吏宛叶。经年总不见,书札徒满箧。斜日半空庭,旋风走梨叶。去君千里地,言笑何时接。

西蜀旅舍春叹,寄朝中故人呈狄评事

春与人相乖,柳青头转白。生平未得意,览镜私自惜。四海犹未安,一身无所适。自从兵戈动,遂觉天地窄。功业悲后时,光阴叹虚掷。却为文章累,幸有开济策。何负当途人,无心矜窘厄。回瞻后来者,皆欲肆一作相辐轹。起草思南宫,寄言忆西掖。时危任舒卷,身退知损益。穷巷草转深,闭门日将夕。桥西暮雨黑,篱外春江碧。昨者初识君,相看俱是客。声华同道术,世业通往昔。早须归天阶,不得安孔席。吾先税归鞅,旧国如咫尺。

太白东溪张一作李老舍即事,寄舍弟侄等一本题上有宿字,题下无等字

渭上秋雨过,北风何一作暮骚骚。天晴诸山出,太白峰最高。主人东溪老,两耳生长毫。远近知百岁,子孙皆二毛。中庭井阑上,一架猕猴桃。石泉饭香粳,酒瓮开新槽。爱兹田中趣,始悟世上劳。我行有胜事,书此寄尔曹。

上嘉州青衣山中峰,题惠净上人幽居,寄兵部杨郎中并序

青衣之山,在大江之中,屹然迥绝,崖壁苍峭,周广七里,长波四匝。有惠净上人,庐于其颠,唯绳床竹杖而已。恒持《莲花经》,十年不下山。予自公浮身,聊一登眺。友人夏官弘农杨侯,清谈之士也,素工为文,独立于世,与余有方外之约,每多独往之意。今者幽躅胜概,叹不得与此公俱。爰命小吏,刮磨石壁以

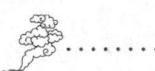

识其事,乃诗以达杨友尔。

青衣谁开凿,独在水中央。浮舟一跻攀,侧径缘—作沿穿苍。绝顶诣—作访老僧,豁然登上方。诸岭一何小,三江奔茫茫。兰若向西开,峨眉正相当。猿鸟乐钟磬,松萝泛天香。江云入袈裟,山月吐绳床。早知清净理,久乃机心忘。尚以名宦拘,聿来夷獠乡。吾友不可见,郁为尚书郎。早岁爱丹经,留心向青囊。渺渺云智远,幽幽海怀长。胜赏欲与俱,引领遥相望。为政愧无术,分忧幸时康。君子满天朝,老夫忆沧浪。况值庐山远,抽簪归法王。

入剑门作,寄杜、杨二郎中,时二公并为杜元帅判官

不知造化初,此山谁开坼。双崖倚天立,万仞从地劈。云飞不到顶,鸟去难过壁。速驾畏岩倾,单行愁路窄。平明地仍黑,停午日暂赤。凛凛三伏寒,巀巀五丁迹。与时忽开闭,作固或顺逆。磅礴跨岷峨,巍蟠限蛮貊。星当觜参分,地处西南僻。陡觉烟景殊,杳将华夏隔。刘氏昔颠覆,公孙曾败绩。始知德不修,恃此险何益。相公总师旅,远近罢金革。杜母来何迟,蜀人应更惜。暂回丹青虑,少用开济策。二友华省郎,俱为幕中客。良筹佐戎律,精理皆硕画。高文出诗骚,奥学穷讨赜。圣朝无外户,寰宇被德泽。四海今一家,徒然剑门石。

巩北秋兴,寄崔明允

白露披梧桐,玄蝉昼夜号。秋风万里动,日暮黄云高。君子佐休明,小人事蓬蒿。所适在鱼鸟,焉能徇锥刀。孤舟向广武,一鸟归成皋。胜概日相与,思君心郁陶。

春遇南使,贻赵知音

端居春心醉,襟背思树萱。美人在南州,为尔歌北门。北风吹烟物,戴胜鸣中园。枯杨长—作抽新条,芳草滋旧根。网丝结宝琴,尘埃被空樽。适遇江海信,聊与南客论。

冀州客舍酒酣,贻王绮寄题南楼 时王子欲应制举西上

夫子傲常调,诏书下征求。知君欲谒帝,秣马趋西周。逸足何骎骎,美声实风流。学富赡清词,下笔不能休。君家一何盛,赫奕难为俦。伯父四五人,同时为诸侯。忆昨始相值,值君客贝丘。相看复乘兴,携手到冀州。前日在南县,与君上北楼。野旷不见山,白日落草头。客舍梨花繁,深花隐鸣鸠。南邻新酒熟,有女弹箜篌。醉后或狂歌,酒醒满离忧。主人不相识,此地难淹留。吾庐终南下,堪与王孙游。何当肯相寻,澧上一孤舟。

终南云际精舍寻法澄上人不遇,归高冠东潭石淙,望秦岭微雨,作贻友人

昨夜云际宿,旦—作适从西峰—作岭,一作风回。不见林中僧,微雨潭上来。诸峰皆青翠,秦岭独不开。石鼓有时鸣,秦王安在哉。东南云开处,突兀猕猴台。崖口悬瀑流,半空白皑皑。《河狱英灵》无上四句,有水深断山口,吼沫相喧豗二句。喷壁四时雨,傍村终日雷。北瞻长安道,日夕生尘埃。若访张仲蔚,衡门满—作映蒿莱。

敬酬杜华淇上见赠,兼呈熊曜

杜侯实才子,盛名不可及。只曾效—作为一官,今已年四十。是君同时者,已有尚书郎。怜君独未遇,淹泊在他乡。我从京师来,到此喜相见。共论穷途事,不觉泪满面。忆昨癸未岁,吾兄自江东。得君江湖诗,骨气凌谢公。熊生尉淇上,开馆常待客。喜我二人来,欢笑朝复夕。县楼压春岸,戴胜鸣花枝。吾徒在舟中,纵酒兼弹棋。三月犹未还,寒愁满春草。赖蒙瑶华赠,讽咏慰怀抱。

酬成少尹骆谷行见呈

闻君行路难,惆怅临长街。岂不惮险艰,王程剩相拘。忆昨蓬莱宫,新授刺史符。明主仍赐衣,价值千万余。何幸承命日,得与夫子俱。携手出华省,连镳赴长途。五马当路嘶,按节投蜀都。千崖—作岩信萦折,一径何盘纡。

层冰滑征轮,密竹碍隼旟。深林迷昏旦,栈道凌空虚。飞雪缩马毛,烈风擘我肤。峰攒望天小,亭午见日初。夜宿月近人,朝行云满车。泉浇石罅坼,火入松心枯。亚尹同心者,风流贤大夫。荣禄上及亲,之官随板舆。高价振台阁,清词出应徐。成都春酒香,且用俸钱沽。浮名何足道,海上堪乘桴。

虢中酬陕西甄判官见赠

微才弃散地,拙宦惭清时。白发徒自负,青云难可期。胡尘暗东洛,亚相方出师。分陕振鼓声,二崤满旌旗。夫子廊庙器,迥然青冥姿。阃外佐戎律,幕中吐兵奇。前者驿使来,忽枉行军诗。昼吟庭花落,夜讽山月移。昔君隐苏门,浪迹不可羁。诏书自征用,令誉天下知。别来春草长,东望转相思。寂寞山城暮,空闻画角悲。

送许子擢第归江宁拜亲,因寄王大昌龄

建业控京口,金陵款沧溟。君家临秦淮,傍对石头城。十年自勤学,一鼓游上京。青春登甲科,动地闻香名。解榻皆五侯,结交尽群一作时英。六月槐花飞,忽思莼菜羹。跨马出国门,丹阳返柴荆。楚云引归帆,淮水浮客程。到家拜亲时,入门有光荣。乡人尽来贺,置酒相邀迎。闲眺北顾一作登江,一作因登楼,醉眠湖上亭。月从海门出,照见茅山青。昔为帝王州,今幸天地一作下平。五朝变人世,千载空江声。玄元告灵符,丹洞获其铭。皇帝受玉册,群臣罗天庭。喜气薄太阳,祥光澈宵冥。奔走朝万国,崩腾集百灵。王兄尚谪宦,屡见秋云生。孤城带后湖,心与湖水清。一县无净辞,有时开道经。黄鹤垂两翅,徘徊但悲一作悲且鸣。相思不可见,空望牛女星。

武威送刘单判官赴安西行营,便一作使呈高开府

热海亘铁门,火山赫金方。白草磨天涯,湖沙莽茫茫。夫子佐戎幕,其锋利如霜。中岁学兵符,不能守文章。功业须及时,立身有行

藏。男儿感忠义,万里忘越乡。孟夏边候迟,胡国草木长。马疾过飞鸟,天穷超夕阳。都护新出师,五月发军装。甲兵二百万,错落黄金光。扬旗拂昆仑,伐鼓震薄昌。太白引官军,天威临大荒。西望云似蛇,戎夷知丧亡。浑驱大宛马,系取楼兰王。曾到交河城,风土断人肠。寒驿远如点,边烽互相望。赤亭多飙风,鼓怒不可当。有时无人行,沙石乱飘扬。夜静天萧条,鬼哭夹道傍。地上多髑髅,皆是古战场。置酒高馆夕,边城月苍苍。军中宰肥牛,堂上罗羽觞。红泪金烛盘,娇歌艳新妆。望君仰青冥,短翮难可翔。苍然西郊道,握手何慨慷。

送王大昌龄赴江宁

对酒寂不语,怅然悲送君。明时未得用,白首徒攻文。泽国从一官,沧波几千里。群公满天阙,独去过淮水。旧家富春渚,尝忆卧江楼。自闻君欲行,频望南徐州。穷巷独闭门,寒灯静深屋。北风吹微雪,抱被肯同宿。君行到京口,正是桃花时。舟中饶孤兴,湖上多新诗。潜虬且深蟠,黄鹄举未一作鹤飞来晚。惜君青云器,努力加餐饭。

送祁乐归河东

祁乐后来秀,挺身出河东。往年诣骊山,献赋温泉宫。天子不召见,挥鞭遂从戎。前月还长安,囊中金已空。有时忽乘兴,画出江上峰。床头苍梧云,帘下天台松。忽如高堂上,飒飒生清一作闻江风。五月火云屯,气烧天地红。鸟且不敢飞,子行如转蓬。少华与首阳,隔河势争雄。新月河上出,清光满关中。置酒灞亭别,高歌披心胸。君到故山时,为谢五一作君谢老翁。

北庭贻宗学士道别

万事不可料,叹君在军中。读书破万卷,何事来从戎。曾逐李轻车,西征出太蒙。荷戈月窟外,擐甲昆仑东。两度皆破胡,朝廷轻战功。十年只一命,万里如飘蓬。容鬓老胡尘,

衣裘脆边风。忽来轮台下,相见披心胸。饮酒对春草,弹棋闻夜钟。今且还龟兹,臂上悬角弓。平沙向旅馆,匹马随飞鸿。孤城倚大碛,海气迎边空。四月犹自寒,天山雪蒙蒙。君有贤主将,何谓泣途穷。时来整六翮,一举凌苍穹。

送许拾遗恩归江宁拜亲

诏书下青琐,驷马还吴洲。束帛仍赐衣,恩波涨沧流。微禄将及亲,向家非远游。看君五斗米,不谢万户侯。适出西掖垣,如到南徐州。归心望海日,乡梦登江楼。大江盘金陵,诸山横石头。枫树隐茅屋,橘林系渔舟。种药疏故畦,钓鱼垂旧钩。对月京口夕,观涛海门秋。天子怜谏官,论事不可—作肯休。早来丹墀下,高驾无淹留。

虢州郡斋南池幽兴,因与阎二侍御道别

池色净天碧,水凉雨凄凄。快风从东南,荷叶翻向西。性本爱鱼鸟,未能返岩溪。中岁徇微官,遂令心赏暌。及兹佐山郡,不异寻幽栖。小吏趋竹径,讼庭侵药畦。胡尘暗河洛,二陕震鼓鼙。故人佐戎轩,逸翮凌云霓。行军在函谷,两度闻莺啼。相看红旗下,饮酒白日低。闻君欲朝天,驷马临道嘶。仰望浮与沉,忽如云与泥。夜眼驿楼月,晓发关城鸡。惆怅西郊暮,乡书对君题。

青龙招提归一上人远游吴楚别诗

久交应真侣,最叹青龙僧。弃官向二年,削发归一乘。了然莹心身,洁念乐空寂。名香泛窗户,幽磬清晓夕。往年仗一剑,由是佐二庭。于焉久从戎,兼复解论兵。世人犹未知,天子愿相见。朝从青莲宇,暮入白虎殿。宫女擎锡杖,御筵出香炉。说法开藏经,论边穷阵图。忘机厌尘喧,浪迹向江海。恩师石可访,惠远峰犹在。今旦飞锡去,何时持钵还。湖烟冷吴门,淮月衔楚山。一身如浮云,万里过江水。相思眇天末—作外,南望无穷已。

送李翥游江外

相识应十载,见君只一官。家贫禄尚薄,霜降衣仍单。惆怅秋草死,萧条芳岁阑。且寻沧洲路,遥指—作望吴云端。匹马关塞远,孤舟江海宽。夜眠楚烟湿,晓饭湖山寒。砧净红脍落,袖香朱橘团。帆前见禹庙,枕底闻严滩。便获赏心趣,岂歌行路难。青门须醉别,少为解征鞍。

送王著作赴淮西幕府

燕子与百劳,一西复一东。天空信寥廓,翔集何时同。知己怅难遇,良朋非易逢。怜君心相亲,与我家又通。言笑日无度,书札凡几封。湛湛万顷陂,森森千丈松。不知有机巧,无事干心胸。满堂皆酒徒,岂复羡王公。早年抱将略,累岁依幕中。昨者从淮西,归来奏边功。承恩长乐殿,醉出明光宫。逆旅悲寒蝉,客梦惊飞鸿。发家见春草,却去闻秋风。月色冷楚城,淮光透霜空。各自务功业,当须激深衷。别后能相思,何嗟山水重。

送张秘书充刘相公通汴河判官,便赴江外觐省

前年见君时,见君正泥蟠。去年见君处,见君已风抟。朝趋赤墀前,高视青云端。新登麒麟阁,适脱獬豸冠。刘公领舟楫,汴水扬波澜。万里江海通,九州天地宽。昨夜动使星,今旦送征鞍。老亲在吴郡,令弟双同官。鲈鲙胜堪忆,莼羹殊可餐。既参幕中画,复展膝下欢。因送故人行,试歌行路难。何处路最难,最难在长安。长安多权贵,珂佩声珊珊。儒生直如弦,权贵不须干。斗酒取一醉,孤琴为君弹。临歧欲有赠,持以握中兰。

冬宵家会饯李郎司兵赴同州

急管杂青丝,玉瓶金屈卮。寒天高堂夜,扑地飞雪时。贺君关西掾,新绶腰下垂。白面皇家郎,逸翮青云姿。明旦之官去,他辰良会稀。惜别冬夜短,务欢杯行迟。季女犹自小,

老夫未令归。且看匹马行,不得鸣凤飞。昔岁到冯翊,人烟接京师。曾上月楼头,遥见西岳祠。沙苑逼官舍,莲峰压城池。多暇或自公,读书复弹棋。州县信徒劳,云霄亦可期。应须力为政,聊慰此相思。

送颜平原并序

十二年春,有诏补尚书十数公为郡守。上亲赋诗饯群公,宴于蓬莱前殿,仍赠以缯帛,宠饯加等。参美颜公是行,为宠别章句。

天子念黎庶,诏书换诸侯。仙郎授剖符,华省辍分忧。置酒会前殿,赐钱若山丘。天章降三光,圣泽该九州。吾兄镇河朔,拜命宣皇猷。驷马辞国门,一星东北流。夏云照银印,暑雨随行辀。赤笔仍在篚,炉香惹衣裘。此地邻东溟,孤城吊沧洲。海风掣金戟,导吏呼鸣驺。郊原北连燕,剽劫风未休。鱼盐隘里巷,桑柘盈田畴。为郡岂淹旬,政成应未秋。易俗去猛虎,化人似驯鸥。苍生已望君,黄霸宁久留。

送狄员外巡按西山军得霁字

兵马守西山,中国非得计。不知何代策,空使蜀人弊。八州崖谷深,千里云雪闭。泉浇阁道滑,水冻绳桥脆。战士常苦饥,糇粮不相继。胡兵犹不归,空山积年岁。儒生识损益,言事皆审谛。狄子幕府郎,有谋必康济。胸中悬明镜,照耀无巨细。莫辞冒险艰,可以裨节制。相思江楼夕,愁见月澄霁。

虢州送郑兴宗弟归扶风别庐

佐郡已三载,岂能长后时。出关少亲友,赖汝常相随。今旦忽言别,怆然俱泪垂。平生沧洲意,独有青山知。州县不敢说,云霄谁敢期。因怀东溪老,最忆南峰缁。为我多种药,还山应未迟。

澧头送蒋侯

君住澧水北,我家澧水西。两村辨乔木,五里闻鸣鸡。饮酒溪雨过,弹棋山月低。徒闻一作开蒋生径,尔去谁相携。

送永寿王赞府径一作遥归县得蝉字

当官接闲暇,暂得归林泉。百里路不宿,两乡山复连。夜深露湿簟,月出风惊蝉。且尽主人酒,为君从醉眠。

南池宴饯辛子,赋得蝌斗子

临池见蝌斗,羡尔乐有余。不忧网与钓,幸得免为鱼。且愿充文字,登君尺素书。

登嘉州凌云寺作

寺出飞鸟外,青峰戴朱楼。搏壁跻半空,喜得登上头。始知宇宙阔,下看三江流。天晴见峨眉,如向波上浮。迥旷烟景豁,阴森棕楠稠。愿割区中缘,永从尘外游。回风吹虎穴,片雨当龙湫。僧房云蒙蒙,夏月寒飕飕。回合俯近郭,寥落见远舟。胜概无端倪,天宫可淹留。一官讵足道,欲去令人愁。

与高适、薛据登慈恩寺浮图

塔势如涌出,孤高耸天宫。登临出世界,磴道盘虚空。突兀压神州,峥嵘如鬼工。四角碍白日,七层摩苍穹。下窥指高鸟,俯听闻惊风。连山若波涛,奔凑似朝东。青槐夹驰道,宫馆何玲珑。秋色从西来,苍然满关中。五陵北原上,万古青蒙蒙。净理了可悟,胜因夙所宗。誓将挂冠去,觉道资无穷。

登千福寺楚金禅师法华院多宝塔

多宝灭已久,莲华付吾师。宝塔凌太空,忽如涌出时。数年功不成,一志坚自持。明主亲梦见,世人今始知。千家献黄金,万匠磨琉璃。既空泰山木,亦罄天府赀。焚香如云屯,幡盖珊珊垂。悉窣神绕护,众魔不敢窥。作礼睹灵境,焚香方证疑。庶割区中缘,脱身恒在兹。

出关经华岳寺,访法华云公

野寺聊解鞍,偶见法华僧。开门对西岳,石壁青棱层。竹径厚苍苔,松门盘紫藤。长廊列古画,高殿悬孤灯。五月山雨热,三峰火云

蒸。侧闻樵人言，深谷犹积冰。久愿寻此山，至今嗟未能。谪官忽东走，王程苦相仍。欲去恋双树，何由穷一乘。月轮吐山郭，夜色空清澄。

春半与群公同游元处士别业

郭南处士宅，门外罗群峰。胜概忽相引，春华今正浓。山厨竹里爨，野碓藤间舂。对酒云数片，卷帘花万重。岩泉嗟到晚，州县欲归慵。草色带朝雨，滩声兼夜钟。爱兹清俗虑，何事老尘容。况有林下约，转怀方外踪。

陪群公龙冈寺泛舟 得盘字

汉水天一色，寺楼波底看。钟鸣长空夕，月出孤舟寒。映酒见山火，隔帘闻夜滩。紫鳞掣芳饵，红烛然金盘。良友兴正惬，胜游情未阑。此中堪倒载，须尽主人欢。

终南山双峰草堂作

敛迹归山田，息心谢时辈。昼还草堂卧，但与双峰对。兴来恣佳游，事惬符胜概。著书高窗下，日夕见城内。曩为世人误，遂负平生爱。久与林壑辞，及来松杉大。偶兹近精庐，屡得名僧会。有时逐樵渔，尽一作永日不冠带。崖口上新月，石门破苍霭，色向群木深一作沉，光摇一潭碎。缅怀郑生谷，颇忆严子濑。胜事犹可追，斯人邈千载。

左仆射相国冀公东斋幽居 同黎拾遗赋献

丞相百僚长，两朝居此官。成功云雷际，翊圣天地安，不矜南宫贵，只向东山看。宅占凤城胜，窗中云岭宽。午时松轩夕，六月藤斋寒。玉佩冒女萝，金印耀牡丹。山蝉上衣桁，野鼠缘药盘。有时披道书，竟日不着冠。幸得趋省闱，常欣在门栏。何当复持衡，短翮期风抟。

过缑山王处士黑石谷隐居

旧居缑山下，偏识缑山云。处士久不还，见云如见君。别来逾十秋，兵马日纷纷。青溪开战场，黑谷屯行军。遂令巢由辈，远逐麋鹿群。独有南涧水，潺湲如昔闻。

缑山西峰草堂作

结庐对中岳，青翠常在门。遂耽水木兴，尽作渔樵言。顷来阙章句，但欲闲心魂。日色隐空谷，蝉声喧暮村。曩闻道士语，偶见清净源。隐几阅吹叶，乘秋眺归根。独游念求仲，开径招王孙。片雨下南涧，孤峰出东原。栖迟虑益澹，脱略道弥敦。野霭晴拂枕，客帆遥入轩。尚平今何在，此意谁与论。伫立云去尽，苍苍月开园。

观楚国寺璋上人写一切经院，南有曲池深竹

璋公不出院，群木闭深居。誓写一切经，欲向万卷余。挥毫散林鹊，研墨惊池鱼。音翻四句偈，字译五天书。鸣钟竹阴晚，汲水桐花初。雨气润衣钵，香烟泛庭除。此地日清净，诸天应未如。不知将锡杖，早晚蹑空虚。

寻巩县南李处士别业

先生近南郭，茅屋临东川。桑叶隐村户，芦花映钓船。有时著书暇，尽日窗中眠。且喜闾井近，灌田同一泉。

闻崔十二一作三十侍御灌口夜宿报恩寺

闻君寻野寺，便一作夜宿支公房。溪月冷深殿，江云拥回廊。然灯松林静，煮茗柴门香。胜事不可接，相思幽兴长。

自潘陵尖还少室居止，秋夕凭眺

草堂近少室，夜静闻风松。月出潘陵尖，照见十六峰。九月山叶赤，溪云淡秋容。火点伊阳村，烟深嵩角钟。尚子不可见，蒋生难再逢。胜惬只自知，佳趣为谁浓。昨诣山僧期，上到天坛东。向下望雷雨，云间见回龙。夕人群疏，转爱丘壑中。心澹水木会，兴幽鱼鸟通。稀微了自释，出处乃不同。况本无宦情，誓将依道风。

南池夜宿，思王屋青萝旧斋

池上卧烦暑，不栉复不巾。有时清风来，

自谓羲皇人。天晴云归尽,雨洗月色新。公事常不闲,道书日生尘。早年家王屋,长别青萝春。安得还旧山,东溪垂钓纶。

过王判官西津所居

胜迹不在远,爱君池馆幽。素怀岩中诺,宛得尘外游。何必到清溪,忽来见沧洲。潜移岷山石,暗引巴江流。树密昼先夜,竹深夏已秋。沙鸟上笔床,溪花罥帘钩。夫子贱簪冕,注心向林丘。落日出公堂,垂纶乘钓舟。赋诗忆楚老,载酒随江鸥。翛然一傲吏,独在西津头。

因假归白阁西草堂

雷声傍太白,雨在八九峰。东望白阁云,半入紫阁松。胜概纷满目,衡门趣弥浓。幸有数亩田,得延二仲踪。早闻达士语,偶与心相通。误徇一微官,还山愧尘容。钓竿不复把,野碓无人舂。惆怅飞鸟尽,南溪闻夜钟。

题华严寺瑰公禅房

寺南几十峰,峰翠晴可掬。朝从老僧饭,昨日崖口宿。锡杖倚枯松,绳床映深竹。东溪草堂路,来往行自熟。生事在云山,谁能复羁束。

东归留题太常徐卿草堂在蜀

不谢古名将,吾知徐太常,年才三十余,勇冠西南方。顷曾策匹马,独出持两枪。房骑无数来,见君不敢当。汉将小卫霍,蜀将凌关张。卿月益清澄,将星转光芒。复居少城北,遥对岷山阳。车马日盈门,宾客常满堂。曲池荫高树,小径穿丛篁。江鸟飞入帘,山云来到床。题诗芭蕉滑,封酒棕花香。诸将射猎时,君在翰墨场。圣主赏勋业,边城最辉光。与我情绸缪,相知久芬芳。忽作万里别,东归三峡长。

太一石鳖崖口潭旧庐招王学士

骤雨鸣淅沥,飕飗溪谷寒。碧潭千余尺,下见蛟龙蟠。石门吞众流,绝岸呀层峦。幽趣倏万变,奇观非一端。偶逐干禄徒,十年皆小官。抱板寻旧圃,弊庐临迅湍。君子满清朝,小人思挂冠。酿酒漉松子,引泉通竹竿。何必濯沧浪,不能钓严滩。此地可遗老,劝君来考槃。

林卧

偶得鱼鸟趣,复兹水木凉。远峰带雨色,落日摇川光。臼中西山药,袖里淮南方。唯爱隐几时,独游无何乡。

骊姬墓下作夷吾、重耳墓,隔河相去十三里

骊姬北原上,闭骨已千秋。浍水日东注,恶名终不流。献公恣耽惑,视子如仇雠。此事成蔓草,我来逢古丘。蛾眉山月苦,蝉鬓野云愁。欲吊二公子,横汾无轻舟。

东归晚次潼关怀古

暮春别乡树,晚景低津楼。伯夷在首阳,欲往无轻舟。遂登关城望,下见洪河流。自从巨灵开,流血千万秋。行行潘生赋,赫赫曹公谋。川上多往事,凄凉满空洲。

楚夕旅泊古兴

独鹤唳江月,孤帆凌楚云。秋风冷萧瑟,芦荻花纷纷。忽思湘川老,欲访云中君。骐骥息悲鸣,愁见豺虎群。

先主武侯庙

先主与武侯,相逢云雷际。感通君臣分,义激鱼水契。遗庙空萧然,英灵贯千岁。

文公讲堂

文公不可见,空使蜀人传。讲席何时散,高台岂复全。丰碑文字灭,冥漠不知年。

杨雄草玄台

吾悲子云居,寂寞人已去。娟娟西江月,犹照草玄处。精怪喜无人,睢盱藏老树。

司马相如琴台

相如琴台古,人去台亦空。台上寒萧条,至今多悲风。荒台汉时月,色与旧时同。

严君平卜肆

君平曾卖卜,卜肆芜已久。至今杖头钱,时时地上有。不知支机石,还在人间否。

张仪楼

传是秦时楼,巍巍至今在。楼面两江水,千古长不改。曾闻昔时人,岁月不相待。

升仙桥

长桥题柱去,犹是未达时。及乘驷马车,却从桥上归。名共东流水,滔滔无尽期。

万里桥

成都与维扬,相去万里地。沧江东流疾,帆去如鸟翅。楚客过此桥,东看尽垂泪。

石犀

江水初荡潏,蜀人几为鱼。向无尔石犀,安得有邑居。始知李太守,伯禹亦不如。

龙女祠

龙女何处来,来时乘风雨。祠堂青林下,宛宛如相语。蜀人竞祈恩,捧酒仍击鼓。

使交河郡,郡在火山脚,其地苦热无雨雪,献封大夫

奉使按胡俗,平明发轮台。暮投交河城,火山赤崔嵬。九月尚流汗,炎风吹沙埃。何事阴阳工,不遣雨雪来。吾君方忧边,分阃资大才。昨者新破胡,安西兵马回。铁关控天涯—作崖,万里何辽哉。烟尘不敢飞,白草空皑皑。军中日无事,醉舞倾金罍。汉代李将军,微功合—作今可咍。

与鲜于庶子自梓州,成都少尹自褒城,同行至利州道中作

剖竹向西蜀,岷峨眇天涯。空深北阙恋,岂惮南路赊。前日登七盘,旷然见三巴。汉水出嶓冢,梁山控褒斜。栈道笼迅湍,行人贯层崖。岩倾劣通马,石窄难容车。深林怯魑魅,洞穴防龙蛇。水种新插秧,山田正烧畲。夜猿啸山雨,曙鸟鸣江花。过午方始饭,经时旋及瓜。数公各游宦,千里皆辞家。言笑忘羁旅,还如在京华。

下外江舟怀终南旧居

杉冷晓猿悲,楚客心欲绝。孤舟巴山雨,万里阳台月。水宿已淹时,芦花白如雪。颜容老难赪,把镜悲鬓发。早年好金丹,方士传口诀。敝庐终南下,久与真侣别。道书谁更开,药灶烟遂灭。顷来压尘网,安得有仙骨。岩壑归去来,公卿是何物。

安西馆中思长安

家在日出处,朝来起东风。风从帝乡来,不异家信通。绝域地欲尽,孤城天遂穷。弥年但走马,终日随飘蓬。寂寞不得意,辛勤方在公。胡尘净古塞,兵气屯边空。乡路眇天外,归期如梦中。遥凭长房术,为缩天山东。

暮秋山行

疲马卧长坡,夕阳下通津。山风吹空—作长林,飒飒如有人。苍旻霁凉雨,石路无飞尘。千念集暮节,万籁悲萧晨。鹍鸡昨夜鸣,蕙草色已陈。况在远行客,自然多苦辛。

赴犍为经龙阁道

侧径转—作转青壁,危梁透沧波。汗流出鸟道,胆碎窥龙—作鱼涡。骤雨暗溪口—作溪谷,归云网松萝。屡闻羌儿笛,厌听巴童歌。江路险复永,梦魂愁更多。圣朝幸典郡,不敢嫌岷峨。

江上—作山阻风雨

江上风欲来,泊舟未能发。气昏雨已过,突兀山复出。积浪成高丘,盘涡为嵌窟。云低岸花掩,水涨滩草没。老树蛇蜕皮,崩崖龙退骨。平生抱忠信,艰险殊可忽。

经火山

火山今始见,突兀蒲昌东。赤焰烧虏云,

炎氛蒸塞空。不知阴阳炭,何独燃此中。我来严冬时,山下多炎风。人马尽汗流,孰知造化功。

题铁门关楼

铁关天西涯,极目少行客。关门一小吏,终日对石壁。桥跨千仞危,路盘雨崖窄。试登西楼望,一望头欲白。

早上五盘岭

平旦驱驷马,旷然出五盘。江回两崖斗,日隐群峰攒。苍翠烟景曙,森沉云树寒。松疏露孤驿,花密藏回滩。栈道溪雨滑,畬田原草干。此行为知己,不觉蜀道难。

峨眉东脚临江听猿,怀二室旧庐

峨眉烟翠新,昨夜秋雨洗。分明峰头树,倒插秋江底。久别二室间,图他五斗米。哀猿不可听,北客欲流涕。

东归发犍为,至泥溪舟中作

前日解侯印,泛舟归山东。平旦发犍为,逍遥信回风。七月江水大,沧波涨秋空。复有峨眉僧,诵经在舟中。夜泊防虎豹,朝行逼鱼龙。一道鸣迅湍,两边走连峰。猿拂岸花落,鸟啼檐树重。烟霭吴楚连,溯沿湖海通。忆昨在西掖,复曾入南宫。日出朝圣人,端笏陪群公。不意今弃置,何由豁心胸。吾当海上去,且学乘桴翁。

阻戎泸间群盗_{戊申岁,余罢官东归,属断江路时淹泊戎州作。}

南州林莽深,亡命聚其间。杀人无昏晓,尸积填江湾。饿虎衔髑髅,饥乌啄心肝。腥泡滩草死,血流江水殷。夜雨风萧萧,鬼哭连楚山。三江行人绝,万里无征船。唯有白鸟飞,空见秋月圆。罢官自南蜀,假道来兹川。瞻望阳台云,惆怅不敢前。帝乡北近日,泸口南连蛮。何当遇长房,缩地到京关。愿得随琴高,骑鱼向云烟。明主每忧人,节使恒在边。兵革方御寇,尔恶胡不悛。吾窃悲尔徒,此生安得全。

郡斋闲坐

负郭无良田,屈身徇微禄。平生好疏旷,何事就羁束。幸曾趋丹墀,数得侍黄屋。故人尽荣宠,谁念此幽独。州县非宿心,云山欣满目。顷来废章句,终日披案牍。佐郡竟何成,自悲徒碌碌。

衔郡守还_{洪迈曰:监司郡守初上事,既受官吏参谒,至晡时,僚属复伺於客次,胥吏立庭下通刺曰衔,以听进退之命。}

世事何反覆,一身难可料。头白翻折腰,还家私自笑。所嗟无产业,妻子嫌不调。五斗米留人,东溪忆垂钓。

行军诗二首_{时扈从在凤翔}

吾窃悲此生,四十幸未老。一朝逢世乱,终日不自保。胡兵夺长安,宫殿生野草。伤心五陵树,不见二京道。我皇在行军,兵马日浩浩。胡雏尚未灭,诸将恳征讨。昨闻咸阳败,杀戮净如扫。积尸若丘山,流血涨丰镐。干戈碍乡国,豺虎满城堡。村落皆无人,萧条空桑枣。儒生有长策,无处豁怀抱。块然伤时人,举首哭苍昊。

早知逢世乱,少小谩读书。悔不学弯弓,向东射狂胡。偶从谏官列,谬身丹墀趋。未能匡吾君,虚作一丈夫。抚剑伤世路,哀歌泣良图。功业今已迟,览镜悲白须。平生抱忠义,不敢私微躯。

秋夕听罗山人弹三峡流泉

皤皤岷山老,抱琴鬓苍然。衫袖拂玉徽,为弹三峡泉。此曲弹未半,高堂如空山。石林何飕飗,忽在窗户间。绕指弄呜咽,青丝激潺湲。演漾怨楚云,虚徐韵秋烟。疑兼阳台雨,似杂巫山猿。幽引鬼神听,净令耳目便。楚客肠欲断,湘妃泪斑斑。谁裁青桐枝,绕以朱丝弦。能含古人曲,递与今人传。知音难再逢,惜君方老年。曲终月已落,惆怅东斋眠。

尹相公京兆府中棠树降甘露诗

相国尹京兆,政成人不欺。甘露降府庭,上天表无私。非无他人家,岂少群木枝。被兹甘棠树,美掩召伯诗。团团甜如蜜,晶晶凝若脂。千柯玉光碎,万叶珠颗垂。昆仑何时来,庆云相逐飞。魏宫铜盘贮,汉帝金掌持。王泽布人和,精心动灵祇。君臣日同德,祯瑞方潜施。何术令大臣,感通能及兹。忽惊政化理,暗与神物期。却笑赵张辈,徒称今古稀。为君下天酒,麹蘖将用时。

刘相公中书江山画障

相府征墨妙,挥毫天地穷。始知丹青笔,能夺造化功。潇湘在帘间,庐壑横座中。忽疑凤凰池,暗与江海通。粉白湖上云,黛青天际峰。昼日恒见月,孤帆如有风。岩花不飞落,涧草无春冬。担锡香炉缁,钓鱼沧浪翁。如何平津意,尚想尘外踪。富贵心独轻,山林兴弥浓。喧幽趣颇异,出处事不同。请君为苍生,未可追赤松。

精卫

负剑出北门,乘桴适东溟。一鸟海上飞,云是帝女灵。玉颜溺水死,精卫空为名。怨积徒有志,力微竟不成。西山木石尽,巨壑何时平。

石上藤 得上字

石上生孤藤,弱蔓依石长。不逢高枝引,未得凌空上。何处堪托身一作可堪托,为君长万丈。

全唐诗卷一百九十九

岑参

临河客舍呈狄明府兄留题县南楼

黎阳城南雪正飞,黎阳渡头人未归一作渡口人渡稀。河边酒家堪寄宿,主人小女能缝衣。故人高卧黎阳县,一别三年不相见。邑中雨雪偏著时,隔河东郡人遥羡。邺都唯见古时丘,漳水还如旧日流。城上望乡应不见,朝来好是懒登楼。

客舍悲秋,有怀两省旧游,呈幕中诸公

三度为郎便白头,一从出守五经秋。莫言圣主长不用,其那苍生应未休。人间岁月如流水,客舍秋风今又起。不知心事向谁论,江上蝉鸣空满耳。

白雪歌,送武判官归京

北风卷地白草折,胡天八月即飞雪。忽然一夜春风来,千树万树梨花开。散入珠帘湿罗幕,狐裘不暖锦衾薄。将军角一作雕弓不得控,都护铁衣冷难著。瀚海阑干百丈一作千尺冰,愁云黲淡万里凝。中军置酒饮归客,胡琴琵琶与羌笛。纷纷暮雪下辕门,风掣红旗冻不翻。轮台东门送君去,去时雪满天山路。山回路转不见君,雪上空留马行处。

热海行,送崔侍御还京

侧闻阴山胡儿语,西头热海水如煮。海上众鸟不敢飞,中有鲤鱼长且肥。海中有赤鲤。岸傍青草常不歇,空中白雪遥旋灭。蒸沙烁石燃虏云,沸浪炎波煎汉月。阴火潜烧天地炉,何事偏烘西一隅。热吞月窟侵太白,气连赤坂通单于。送君一醉天山郭,正见夕阳海边落。柏台霜威寒逼人,热海炎气为之一作君薄。

轮台歌,奉送封大夫出师西征

轮台城头夜吹角,轮台城北旄头落。羽书昨夜过渠黎,单于已在金山西。戍楼西望烟尘

黑,汉兵屯在轮台北。上将拥旄西出征,平明_{一作小胡吹笛大军行}吹笛大军行。四边伐_{一作戍}鼓雪海涌,三军大呼阴山动。虏塞兵气连云屯,战场白骨缠草根。剑河风急雪片阔,沙_{一作河}口石冻马蹄脱。亚相勤王甘苦辛,誓将报主静边尘。古来青史谁不见,今见功名胜古人。

敷水歌,送窦渐入京

罗敷昔时秦氏女,千载无人空处所。昔时流水至今流,万事皆逐东流去。此水东流无尽期,水声还似旧来时。岸花仍自羞红脸,堤柳犹能学翠眉。春去秋来不相待,水中月色长不改。罗敷养蚕空耳闻,使君五马今何在。九月霜天水正寒,故人西去度征鞍。水底鲤鱼幸无数,愿君别后垂尺素

天山雪歌,送萧治_{一作沼}归京

天山有雪常不开,千峰万岭雪崔嵬。北风夜卷赤亭口,一夜天山雪更厚。能兼汉月照银山,复逐胡风过铁关。交河城边飞鸟绝,轮台路上马蹄滑。晻霭寒氛万里凝,阑干阴崖千丈冰。将军狐裘卧不暖,都护宝刀冻欲断。正是天山雪下时,送君走马归京师。雪中何以赠君别,惟有青青松树枝。

火山云歌,送别

火山突兀赤亭口,火山五月火云厚。火云满山凝未开,飞鸟千里不敢来。平明乍逐胡风断,薄暮浑随塞雨回。缭绕斜吞铁关树,氛氲半掩交河戍。迢迢征路火山东,山上孤云随马去。

青门歌,送东台张判官

青门金锁平旦开,城头日出使车回。青门柳枝正堪折,路傍一日几人别。东出青门路不穷,驿楼官树灞陵东。花扑征衣看似绣_{一作锦},云随去马色疑骢。胡姬酒垆日未午,丝绳玉缸酒如乳。灞头落花没马蹄,昨夜微雨花成泥。黄鹂翅湿飞转低,关东尺书醉懒题。须臾望君不可见,扬鞭飞鞚疾如箭。借问使乎何时来,莫作东飞伯劳西飞燕。

梁园歌,送河南王说判官

君不见梁孝王修竹园,颓墙隐辚势仍存。娇娥曼脸成草蔓,罗帷珠帘空竹根。大梁一旦人代改,秋月春风不相待。池中几度雁新来,洲上千年鹤应在。_{梁园中有雁池、鹤洲}梁园二月梨花飞,却似梁王雪下时。当时置酒延枚叟,肯料平台狐兔走。万事翻覆如浮云,昔人空在今人口。单父古来称宓生,只今为政有吾兄。_{家兄时宰单父}抃轩若过梁园道,应傍琴台闻政声。

走马川行,奉送出师西征_{一作行}

君不见走马川行雪海边_{一作君不见走马沧海边},平沙莽莽黄入天。轮台九月风夜吼,一川碎石大如斗,随风满地石乱走。匈奴草黄马正肥,金山西见烟尘飞,汉家大将西出师。将军金甲夜不脱,半夜军行戈相拨,风头如刀面如割。马毛带雪汗气蒸,五花连钱旋作冰,幕中草檄砚水凝。虏骑闻之应胆慑,料知短兵不敢接,车师西门伫献捷。

函谷关歌,送刘评事使关西

君不见函谷关,崩城毁壁至今在。树根草蔓遮古道,空谷千年长不改。寂寞无人空旧山,圣朝无外_{一作事}不须关。白马公孙何处去,青牛老人更不还。苍苔白骨空满地,月与古时长相似。野花不省见行人,山鸟何曾识关吏。故人方乘使者车,吾知郭丹却不如。请君时忆关外客,行到关西多致书。

胡笳歌,送颜真卿使赴河陇

君不闻胡笳声最悲,紫髯绿_{一作碧}眼胡人吹。吹之一曲犹未了,愁杀楼兰征戍儿。凉秋八月萧关道,北风吹断天山草。昆仑山南月欲斜,胡人向月吹胡笳。胡笳怨兮将送君,秦山遥望陇山云。边城夜夜多愁梦,向月胡笳谁喜闻。

秦筝歌,送外甥萧正归京

汝不闻秦筝声最苦,五色缠弦十三柱。怨调慢声如欲语,一曲未终日移午。红亭水木不知暑,忽弹黄钟和白纻。清风飒来云不去,闻之酒醒泪如雨。汝归秦兮弹秦声,秦声悲兮聊送汝。

与独孤渐道别长句,兼呈严八侍御

轮台客舍春草满,颍阳归客肠堪断。穷荒绝漠鸟不飞,万碛千山梦犹懒。怜君白面一书生,读书千卷未成名。五侯贵门脚不到,数亩山田身自耕。兴来浪迹无远近,及至辞家忆乡信。无事垂鞭信马头,西南几欲穷天尽。秦使三年独未归,边头词客旧来稀。借问君来得几日,到家不觉换春衣。高斋清昼卷帷幕,纱帽接䍦慵不着。中酒朝眠日色高,弹棋夜半灯花落。冰片高堆金错盘,满堂凛凛五月寒。桂林葡萄新吐蔓,武城刺蜜未可餐。军中置酒夜挝鼓,锦筵红烛月未午。花门将军善胡歌,叶河蕃王能汉语。知尔园林压渭滨,夫人堂上泣罗裙。鱼龙川北盘溪雨,鸟鼠山西洮水云。台中严公于我厚,别后新诗满人口。自怜弃置天西头,因君为问相思否。

送费子归武昌

汉阳归客悲秋草,旅舍叶飞愁不扫。秋来倍忆武昌鱼,梦着只在巴陵道。曾随上将过祁连,离家十年恒在边。剑锋可惜虚用尽,马蹄无事今已穿。知君开馆常爱客,樗蒲百金每一掷。平生有钱将与人,江上故园空四壁。吾观费子毛骨奇,广眉大口仍赤髭。看君失路尚如此,人生贵贱那得知。高秋八月归南楚,东门一壶聊出祖。路指凤皇山北云,衣沾鹦鹉洲边雨。勿叹蹉跎白发新,应须守道勿羞贫。男儿何必恋妻子,莫向江村老却人。

送韩巽入都觐省便赴举

槐叶苍苍柳叶黄,秋高八月天欲霜。青门百壶送韩侯,白云千里连嵩丘。北堂倚门望君忆,东归扇枕后秋色。洛阳才子能几人,明年桂枝是君得。

送李副使赴碛西官军

火山六月应更热,赤亭道口行人绝。知君惯度祁连城,岂能愁见轮台月。脱鞍一作衣暂入酒家垆,送君万里西击胡。功名只向马上取,真是英雄一丈夫。

凉州馆中与诸判官夜集

弯弯月出挂城头,城头月出照梁一作凉州。凉州七里一作城十万家,胡人半解弹琵琶。琵琶一曲肠堪断,风萧萧兮夜漫漫。河西幕中多故人,故人别来三五春。花门楼前见秋草,岂能贫贱相看老。一生大笑能几回,斗酒相逢须醉倒。

酒泉太守席上醉后作

琵琶长笛曲相和,羌儿胡雏齐唱歌。浑炙犁牛烹野驼,交河美酒归一作金叵罗。三更醉后军中寝,无奈秦山归梦何。

偃师东与韩樽同诣景云《英华》无景云二字晖上人即事

山阴老僧解楞伽,颍阳归客远相过。烟深草湿昨夜雨,雨后秋风渡漕河。空山终日尘事少,平一作郊远见行人小一作人行渺。尚书碛上黄昏钟,别驾渡头一归鸟。

醉题匡城周少府厅壁

妇姑城南风雨秋,妇姑城中人独愁。愁云遮却望乡处,数日不上西南楼。故人薄暮公事闲,玉壶美酒琥珀殷。颍阳秋草今黄尽,醉卧君家犹未还。

敦煌太守后庭歌

敦煌太守才且贤,郡中无事高枕眠。太守到来山出泉,黄砂碛里人种田。敦煌耆旧鬓皓然,愿留太守更五年。城头月出星满天,曲房置酒张锦筵。美人红妆色正鲜,侧垂高髻插金钿。醉坐藏钩红烛前,不知钩在若个边。为君手把珊瑚鞭,射得半段黄金钱,此中乐事亦已偏。

喜韩樽相过

三月瀍陵春已老,故人相逢耐醉倒。瓮头春酒黄花脂,禄米只充沽酒资。长安城中足年少,独共韩侯开口笑。桃花点地红斑一作如锦斑,有酒留君且莫还。与君兄弟日携手,世上虚一作浮名好是闲。

银山碛西馆

银山碛口风似箭,铁门关西月如练。双双愁泪沾马毛,飒飒胡沙迸人面。丈夫三十未富贵,安能终日守笔砚。

感遇

五花骢马七香车,云是平阳帝子家。凤凰城头日欲斜,门前高树鸣春鸦。汉家鲁元君不闻,今作城西一古坟。昔来唯有秦王女,独自吹箫乘白云。

太白胡僧歌并序

太白中峰绝顶有胡僧,不知几百岁,眉长数寸,身不制缯帛,衣以草叶,恒持《楞伽经》。云壁迥绝,人迹罕到。尝东峰有斗虎,弱者将死,僧杖而解之。西湫有毒龙,久而为患,僧器而贮之。商山赵叟,前年采茯苓,深入太白,偶值此僧,访我而说。予恒有独往之意,闻而悦之,乃为歌曰:

闻有胡僧在太白,兰若去天三百尺。一持楞伽入中峰,世人难见但闻钟。窗边锡杖解两虎,床下钵盂藏一作盛一龙。草衣不针复不线,两耳垂肩眉覆面。此僧年几那得知,手种青松今十围。心将流水同清净,身与浮云无是非。商山老人已曾识,愿一见之何由得。山中有僧人不知,城里看山空黛色。

卫节度赤骠马歌

君家赤骠画不得,一团旋风桃花色。红缨紫鞯珊瑚鞭,玉鞍锦鞯黄金勒。请君鞲一作鞍出看君骑,尾长窣地如红丝。自矜诸马皆不及,却忆百金新买时。香街紫陌凤城内,满城见者谁不爱。扬鞭骤急白汗流,弄影行骄碧蹄碎。紫髯胡雏金剪刀,平明剪出三鬃高。枥上看时独意气,众中牵出偏雄豪。骑将猎向南山口,城南狐兔不复有。草头一点疾如飞,却使苍鹰翻向后。忆昨看君朝未央,鸣珂拥盖满路香。始知边将真富贵,可怜人马相辉光。男儿称意得如此,骏马长鸣北风起。待君东去扫胡尘,为君一日行千里。

田使君美人舞如莲花北铤歌此曲本出北同城

美人舞如莲花旋,世人有眼应未见。高堂满地红氍毹,试舞一曲天下无。此曲胡人传入汉,诸客见之惊且叹。慢脸娇娥纤复秾,轻罗金缕花葱茏。回裾转袖若飞雪,左铤右铤生旋风。琵琶横笛和未匝,花门山头黄云合。忽作出塞入塞声,白草胡沙寒飒飒。翻身入破如有神,前见后见回回新。始知诸曲不可比,采莲落梅徒聒耳。世人学舞只是舞,恣一作姿态岂能得如此。

裴将军宅芦管歌

辽东九月芦叶断,辽东小儿采芦管。可怜新管清且悲,一曲风飘海头满。海树萧索天雨霜,管声寥亮月苍苍。白狼河北堪愁恨,玄菟城南皆断肠。辽东将军长安宅,美人芦管会佳客。弄调啾飕胜洞箫,发声窈窕欺横笛。夜半高堂客未回,只将芦管送君杯。巧能陌上惊杨柳,复向园中误落梅。诸客爱之听未足,高卷珠帘列红烛。将军醉舞不肯休,更使美人吹一曲。

韦员外家花树歌

今年花似去年好,去年人到今年老。始知人老不如花,可惜落花君莫扫。君家兄弟不可当,列卿御史尚书郎。朝回花底恒会客,花扑玉缸春酒香。

醉后戏与赵歌儿

秦州歌儿歌调苦,偏能立唱濮阳女。座中醉客不得意,闻之一声泪如雨。向使逢着汉帝怜,董贤气咽不能语。

范公丛竹歌并序

职方郎中兼侍御史范公,乃于陕西使院内种竹,新制丛竹诗以见示,美范公之清致雅操,遂为歌以和之。

世人见竹不解爱,知君种竹府城内。此君托根幸得地,种来几时闻己大。盛暑翛翛丛色寒,闲宵槭槭叶声干。能清案牍帘下见,宜对琴书窗外看。为君成阴将蔽日,迸笋穿阶踏还出。守节偏凌御史霜,虚心愿比郎官笔。君莫爱南山松树枝,竹色四时也不移。寒天草木黄落尽,犹自青青君始知。

玉门关盖将军歌

盖将军,真丈夫。行年三十执金吾,身长七尺颇有须。玉门关城迥且孤,黄沙万里白草枯。南邻犬戎北接胡,将军到来备不虞。五千甲兵胆力粗,军中无事但欢娱。暖屋绣帘红地炉,织成壁衣花氍毹。灯前侍婢泻玉壶,金铛乱点野酡酥。紫绂金章左右趋,问著只是苍头奴。美人一双闲且都,朱唇翠眉映明矑一作眸。清歌一曲世所无,今日喜闻凤将雏。可怜绝胜秦罗敷,使君五马谩踟蹰。野草绣窠紫罗襦,红牙缕马对樗蒱。玉盘纤手撒一作彤作卢,众中夸道不曾输。枥上昂昂皆骏驹,桃花叱拨价最殊。骑将猎向城南隅,腊日射杀千年狐。我来塞外按边储,为君取醉酒剩沽。醉争酒盏相喧呼,忽一作却忆咸阳旧酒徒。

赠酒泉韩太守

太守有能政,遥闻如古人。俸钱尽供客,家计常清贫。酒泉西望玉关道,千山万碛皆白草。辞君走马归长安,忆君倏忽令人老。

赠西岳山人李冈

君隐处,当一星。莲花峰头饭黄精,仙人掌上演丹经。鸟可到,人莫攀,隐来十年不下山。袖中短书谁为达,华阴道士卖药还。

送张献心充副使归河西杂句

将门子弟君独贤,一从受命常在边。未至三十已高位,腰间金印色赭然。前日承恩白虎殿,归来见者谁不羡。箧中赐衣十重余,案上军书十二卷。看君谋智若有神,爱君词句皆清新。澄湖万顷深见底,清冰一片光照人。云中昨夜使星动,西门驿楼出相送。玉瓶素蚁腊酒香,金鞭白马紫游缰。花门南,燕支北,张掖城头云正一作碛云黑,送君一去天外忆。

送郭乂杂言

地上青草出,经冬今始归。博陵无近信,犹未换春衣。怜汝不忍别,送汝上酒楼。初行莫早发,且宿霸桥头。功名须及早,岁月莫虚掷。早年已工诗,近日兼注易。何时过东洛,早晚度盟津。朝歌城边柳掸地,邯郸道上花扑人。去年四月初,我正在河朔。曾上君家县北楼,楼上分明见恒岳。中山明府待君来,须计行程及早回。到家速觅长安使,待汝书封我自开。

送魏升卿一作叔虹擢第归东都,因怀魏校书、陆浑、乔潭

井上桐叶雨一作赤,灞亭卷秋风。故人适战胜,匹马归山东。问君今年三十几,能使香名满人耳。君不见三峰直上五千仞,见君文章亦如此。如君兄弟天下稀,雄辞健笔皆若飞。将军金印弹紫绶,御史铁冠重绣衣。乔生作尉别来久,因君为问平安否。魏侯校理复何如,前日人来不得书。陆浑山下佳可赏,蓬阁闲时日应往。自料青云未有期,谁知白发偏能长。垆头青丝白玉瓶,别时相顾酒如倾。摇鞭举袂忽不见,千树万树空蝉鸣。

送魏四落第还乡

东归不称意,客舍戴胜鸣。腊酒饮未尽,春衫缝已成。长安柳枝春欲来,洛阳梨花在前开。魏侯池馆今尚在,犹有太师歌舞台。君家盛德岂徒然,时人注意在吾贤。莫令别后无佳句,只向垆头空醉眠。

送宇文南金放后归太原寓居,因呈太原郝主簿

归去不得意,北京关路赊。却投晋山老,愁见汾阳花。翻作灞陵客,怜君丞相家。夜眠旅舍雨,晓辞春城鸦。送君系马青门口,胡姬垆头劝君酒。为问太原贤主人,春来更有新诗否。

西亭子送李司马

高高亭子郡城西,直上千尺与云齐。盘崖缘壁试攀跻,群山向下飞鸟低。使君五马天半嘶,丝绳玉壶为君提。坐来一望无端倪,红花绿柳莺乱啼。千家万井连回溪,酒行未醉闻暮鸡,点笔操纸为君题。为君题,惜解携。草萋萋,没马蹄。

渔父

扁舟沧浪叟,心与沧浪清。不自道乡里,无人知姓名。朝从滩上饭,暮向芦中宿。歌竟还复歌,手持一竿竹。竿头钓丝长丈余,鼓枻乘流无定居。世人那得识一作解深意,此翁取适非取鱼。

登古邺城

下马登邺城,城空复何见。东风吹野火,暮入飞云殿一作入暮飞云电。城隅南对望陵台,漳水东流不复回。武帝宫中人去尽,年年春色为谁来。

邯郸客舍歌

客从长安来,驱马邯郸道。伤心丛台下,一带生蔓草。客舍门临漳水边,垂杨下系钓鱼船。邯郸女儿夜沽酒,对客挑灯夸数钱。酩酊醉时日正午,一曲狂歌垆上眠。

宿蒲关东店,忆杜陵别业

关门锁归客,一夜梦还家。月落河上晓,遥闻秦树鸦。长安二月归正好,杜陵树边纯是花。

感遇

北山有芳杜,靡靡花正发。未及得采之,秋风忽吹杀。君不见拂云百丈青松柯,纵使秋风无奈何。四时常作青黛色,可怜杜花不相识。

优钵罗花歌并序

参尝读佛经,闻有优钵罗花,目所未见。天宝庚申岁,参忝大理评事,摄监察御史,领伊西北庭度支副使。自公多暇,乃于府庭内栽树种药,为山凿池,婆娑乎其间,足以寄傲。交河小吏有献此花者,云得之于天山之南,其状异于众草,势虼岿如冠弁,嶷然上耸,生不傍引。攒花中折一作拆,骈叶外包,异香腾风,秀色媚景。因赏而叹曰:"尔不生于中土,僻在遐裔,使牡丹价重,芙蓉誉高,惜哉。夫天地无私,阴阳地偏,各遂其生,自物厌性,岂以偏地而不生乎!岂以无人而不芳乎!适此花不遭小吏,终委诸山谷,亦何异怀才之士,未会明主,擯于林薮邪。"因感而为歌,歌曰:

白山南,赤山北。其间有花人不识,绿茎碧叶好颜色。叶六瓣,花九房。夜掩朝开多异香,何不生彼中国兮生西方。移根在庭,媚我公堂。耻与众草之为伍,何亭亭而独芳。何不为人之所赏兮,深山穷谷委严霜。吾窃悲阳关道路长,曾不得献于君王。

蜀一作戎葵花歌《英华》作刘眘虚诗,注云:附见岑参诗。

昨日一花开,今日一花开。今日花正好,昨日花已老。始知人老不如花,可惜落花君莫扫。上二句与《韦员外家花树歌》相重,他本多无此二句。人生不得长少年,莫惜床头沽酒钱。请君有钱向酒家,君不见,蜀葵花。

题李士曹厅壁画度雨云歌

似出栋梁里,如和风雨飞。掾曹有时不敢归,谓言雨过湿人衣。

入蒲关先寄秦中故人

秦山数点似青黛,渭上一作水一条如白练。京师故人不可见,寄将两眼看飞燕。

全唐诗卷二百

岑参

长门怨

君王嫌妾妒，闭妾在一作向长门。舞袖垂新宠，愁眉结旧恩。绿钱侵履迹，红粉湿啼痕。羞被夭桃笑，看春独不言。

寄左省杜拾遗

聊步趋丹陛，分曹限紫微。晓随天仗入，暮惹御香归。白发悲花落，青云羡鸟飞。圣朝无阙事，自觉谏书稀。

岁暮碛外寄元捴

西风传戍鼓，南望见前军。沙碛人愁月，山城犬吠云。别家逢逼岁，出塞独离群。发到阳关白，书今远报君。

寄宇文判官

西行殊未已，东望何时还。终日风与雪，连天沙复山。二年领公事，两度过阳关。相忆不可见，别来头已斑。

宿关西客舍，寄东山严、许二山人，时天宝初七月初三日，在内学见有高一本有近字道举徵

别本俱作七月三日在内学见有高道举徵宿关西客舍寄东山严许二山人

云送关西雨，风传渭北秋。孤灯燃客梦，寒杵捣乡愁。滩上思严子，山中忆许由。苍生今有望，飞诏下林丘。

丘中春卧寄王子

田中开白室，林下闭玄关。卷迹人方处，无心云自闲。竹深喧暮鸟，花缺露春山。胜事那能说，王孙去未还。

江行夜宿龙吼滩，临眺思峨眉隐者，兼寄幕中诸公

官舍临江口，滩声人一作已惯闻。水烟晴吐月，山火夜烧云。且欲寻方士，无心恋使君。

异乡何可住,况复久离群。

汉川山行,呈成少尹

西蜀方携手,南宫忆比肩。平生犹不浅,羁旅转想怜。山店云迎客,江村犬吠船。秋来取一醉,须待月光眠。

奉和杜相公初发京城作

按节辞黄阁,登坛恋赤墀。衔恩期报主,授律远行师。野鹊迎金印,郊云拂画旗。叨陪幕中客,敢和出车诗。

敬酬李判官使院即事见呈

公府日无事,吾徒只是闲。草根侵柱础,苔色上门关。饮砚时见鸟,卷帘晴对山。新诗吟未足,昨夜梦东还。

虢州酬辛侍御见赠

门柳叶已大,春花今复阑。鬓毛方二色,愁绪日千端。夫子屡新命,鄙夫仍旧官。相思难见面,时展尺书看。

酬崔十三侍御登玉垒山思故园见寄

玉垒天晴望,诸峰尽觉低。故园江树北,斜日岭云西。旷野看人小,长空共鸟齐。高山徒仰止,不得日攀跻。

南楼送卫凭 得归字

近县多过一作来客,似君诚亦稀。南楼取凉好,便送故人归。鸟向望中灭,雨侵晴处飞。应须乘月去,且为解征衣。

送王伯伦应制授正字归

当年最称意,数子不如君。战胜时偏许,名高人共一作总闻。半天城北雨,斜日灞西云。科斗皆成字,无令错古文。

送宇文舍人出宰元城 得阳字

双凫出未央,千里过河阳。马带新行色,衣闻旧御香。县花迎墨绶,关柳拂铜章。别后能为政,相思淇水长。

崔驸马山池重送宇文明府 得苗字

竹里过红桥,花间藉绿苗。池凉醒别酒,山翠拂行镳。凫去妆楼闭,凫飞叶县遥。不逢秦女在,何处听吹箫。

送李郎尉武康

潘郎腰绶新,霅上县花春。山色低官舍,湖光映吏人。不须嫌邑小,莫即耻家贫。更作东征赋,知君有老亲。

碛西头送李判官入京

一身从远使,万里向安西。汉月垂乡泪,胡沙费一作损马蹄。寻河愁地尽,过碛觉天低。送子军中饮,家书醉里题。

陪使君早春西亭送王赞府赴选 得归字

西亭系五马,为送故人归。客舍草新出,关门花欲飞。到来逢岁酒,却去换春衣。吏部应相待,如君才调稀。

送刘郎将归河东 同用边字

借问虎贲将,从军凡几年。杀人宝刀缺,走马貂裘穿。山雨醒别酒,关云迎渡船。谢君贤主将,岂忘轮台边。参曾北庭事赵中丞,故有下句。

沪水东店送唐子归嵩阳

野店临官路,重城压御堤。山开灞水北,雨过杜陵西。归梦秋能作,乡书醉懒题。桥回忽不见,征马尚闻嘶。

西亭送蒋侍御还京 得来字

忽闻骢马至,喜见故人来。欲语多时别,先愁计日回。山河宜晚眺,云雾待一作赖君开。为报乌台客,须怜白发催。

水亭送刘颙使还归节度 得低字

无计留君住,应须绊马蹄。红亭莫惜醉,白日眼看低。解带怜高柳,移床爱小溪。此来相见少,正一作政事各东西。

送杨录事充潼关判官 得江字。一作充使。

夫子方寸里,秋天澄霁江。关西望第一,

郡内政无双。狭室下珠箔,连宵倾玉缸。平明一作使乎犹未醉,斜月隐书一作高,一作吟窗。

送裴判官自贼中再归河阳幕府

东郊未解围,忠义似君稀。误落胡尘里,能持汉节归。卷帘山对酒,上马雪沾衣。却向嫖姚幕,翩翩去若飞。

送陕县王主簿赴襄阳成亲

六月襄山道,三星汉水边。求凤应不远,去马剩须鞭。野店愁中雨,江城梦里蝉。襄阳多故事,为我访先贤。

送李卿,赋得孤岛石得离字

一片他山石,巉巉映小池。绿棽攒剥藓,尖硕一作顶坐鸬鹚。水底看常倒,花边势欲欹。君心能不转,卿月岂相离。

送王录事却归华阴王录事自华阴尉授虢州录事参军,旬日却复旧官

相送欲狂歌,其如此别何。攀辕人共惜,解印日无多。仙掌云重见,关门路再过。双鱼莫不寄,县外是黄河。

送二十二兄北游寻罗中

斗柄欲东指,吾兄方北游。无媒谒明主,失计干诸侯。夜雪入穿履,朝霜凝敝裘。遥知客舍饮,醉里闻春鸠。

送郑堪归东京汜水别业得闲字

客舍见春草,忽闻思旧山。看君灞陵去,匹马成皋还。对酒风与雪,向家河复关。因悲宦游子,终岁无时闲。

送崔全被放归都觐省

夫子不自炫,世人知者稀。来倾阮氏酒,去著老莱衣。渭北草新出,关东花欲飞。楚王犹自惑,宋玉且将归。

送孟孺卿落第归济阳

献赋头欲白,还家衣已穿。羞过灞陵树,归种汶阳田。客舍少乡信,床头无酒钱。圣朝徒侧席,济上独遗贤。

送裴校书从大夫淄川觐省

尚书未应作东出守,爱子向青州。一路通关树,孤城近海楼。怀中江橘熟,倚处戟门秋。更奉轻轩去,知君舞彩愁。

送杨千牛一作秋趁岁赴汝南郡觐省便成婚得寒字

问吉转征鞍,安仁道姓潘。归期明主赐,别酒故人欢。珠箔障炉暖,狐裘耐腊寒。汝南遥倚望,早去及春盘。

送胡象落第归王屋别业

看君尚少年,不第莫凄然。可即疲献赋,山村归种田。野花迎短褐,河柳拂长鞭。置酒聊相送,青门一醉眠。

送颜韶得飞字

迁客犹未老,圣朝今复归。一从襄阳住,几度梨花飞。世事了可见,怜君人亦稀。相逢贪醉卧,未得作春衣。

送杜佐下第归陆浑别业

正月今一作初欲半,陆浑花未开。出关见青草,春色正东来。夫子且归去,明时方爱才。还须及秋赋,莫即隐嵩莱。

送张郎中赴陇右觐省卿公时张卿公亦充节度留后

中郎凤一毛,世上独贤豪。弱冠已银印,出身唯宝刀。还家卿月回,度陇将星高。幕下多相识,边书醉懒操。

送楚丘麹少府赴官

青袍美少年,黄绶一神仙。微子城东面,梁王苑北边。桃花色似马,榆荚小于钱。单父闻相近,家书早为传。

送蜀郡李揆一作掾,非。

饮酒俱未醉,一言聊赠君。功曹善为政,明主还应闻。夜宿剑门月,朝行巴水云。江城菊花发,满道香氤氲。

送郑少府赴滏阳

子真河朔尉，邑里带清漳。春草迎袍色，晴花拂绶香。青山入官舍，黄鸟度宫墙。若到铜台上，应怜魏寝荒。

还高冠潭口留别舍弟

昨日山有信，只今耕种时。遥传杜陵叟，怪我还山迟。独向潭上酌，无人林下棋。东溪忆汝处，闲卧对鸬鹚。

醴泉东溪送程皓、元镜微入蜀 得寒字

蜀郡路漫漫，梁州过七盘。二人来信宿，一县醉衣冠。溪逼春衫冷，林交宴席寒。西南如喷酒，遥向雨中看。

夏初醴泉南楼送太康颜少府

何地堪相饯，南楼出万家。可怜高处送，还见故人车。野果新成子，庭槐欲作花。爱君兄弟好，书向颍中夸。

送严诜擢第归蜀

巴江秋月新，阁道发征轮。战胜真才子，名高动世人。工文能似舅，擢第去荣亲。十月天官待，应须早赴秦。

送张直公归南郑拜省

夫子思何速，世人皆叹奇。万言不加点，七步犹嫌迟。对酒落日后，还家飞雪时。北堂应久待，乡梦促征期。

送周子落弟游荆南

足下复不第，家贫寻故人。且倾湘南酒，羞对关西尘。山店橘花发，江城枫叶新。若从巫峡过，应见楚王神。

送薛彦伟擢第东归

时辈似君稀，青春战胜归。名登郄诜第，身著老莱衣。称意人皆羡，还家马若飞。一枝谁不折，棣萼独相辉。

送杨瑗 一作张子尉南海

不择南州尉，高堂有老亲。楼台重蜃气，邑里杂鲛人。海暗三山雨，花 一作江明五岭春。此乡多宝玉，慎莫厌清贫。

凤翔府行军送程使君赴成州

程侯新出守，好日发行军。拜命时人羡，能官圣主闻。江楼黑寒雨，山郭冷秋云。竹马诸童子，朝朝待使君。

送张升卿宰新滏

官柳叶尚小，长安春未浓。送君浔阳宰，把酒青门钟。水驿楚云冷，山城江树重。遥知南湖上，祇对香炉峰。

送陈子归陆浑别业

虽不旧相识，知君丞相家。故园伊川上，夜梦方山花。种药畏春过，出关愁路赊。青门酒垆别，日暮东城鸦。

稠桑驿喜逢严河南中丞便别 得时字

驷马映花枝，人人夹路窥。离心且莫问，春草自应知。不谓青云客，犹思紫禁时。参忝西掖，曾联接。别君能几日，看取鬓成丝。

送蒲秀才擢第归蜀

去马疾如飞，看君战胜归。新登郄诜第，更著老莱衣。上四句与《送薛彦伟》诗相同。汉水行人少，巴山客舍稀。向南风候暖，腊月见春辉。

送郭司马赴伊吾郡请示李明府 郭子是赵节度同好

安西美少年，脱剑卸弓弦。不倚将军势，皆称司马贤。秋山城北面，古治郡东边。江 一作池 上舟中月，遥思李郭仙。

送滕亢擢第归苏州拜亲

送尔姑苏客，沧波秋正凉。橘怀三个去，桂折一枝将 一作香。湖上山当舍，天边水是乡。江村人事少，时作捕鱼郎。

送任郎中出守明州

罢起郎官草，初封刺史符。城边楼枕海，郭里树侵湖。郡政傍连楚，朝恩独借吴。观涛

秋正好,莫不上姑苏。

临洮客舍留别祁四

无事向边外,至今仍不归。三年绝乡信,六月未春衣。客舍洮水聒,孤城胡雁飞。心知别君后,开口笑应稀。

送弘文李校书往汉南拜亲

未识已先闻,清辞果出群。如逢祢处士,似见鲍参军。梦暗巴山雨,家连汉水云。慈亲思爱子,几度泣沾裙。

送李别将摄伊吾令充使赴武威,便寄崔员外

词赋满书囊,胡为在战场。行间脱宝剑,邑里挂铜章。马疾飞—作行千里,凫飞向五凉。遥知竹林下,星使对星郎。

送四镇薛侍御东归

相送泪沾衣,天涯独未归。将军初得罪,门客复何依。梦去湖山阔,书停陇雁稀。园林幸接近,一为到柴扉。

送张都尉东归

白羽绿弓弦,年年只在边。还家剑锋尽,出塞马蹄穿。逐虏西逾海,平胡北到天。封侯应不远,燕颔岂徒然。

送樊侍御使丹阳便觐

卧病穷巷晚,忽惊骢马来。知君京口去,借问几时回。驿舫江风引,乡书海雁催。慈亲应倍喜,爱子在霜台。

送张卿郎君赴硖石尉

卿家送爱子,愁见灞头春。草羡青袍色,花随黄绶新。县西函谷路,城北大阳津。日暮征鞍去,东郊一片尘。

送颜少府投郑陈州

一尉便垂白,数年唯草玄。出关策匹马,逆旅闻秋蝉。爱客多酒债,罢官无俸钱。知君羁思少,所适主人贤。

赵少尹南亭送郑侍御归东台得长字

红—作江亭酒瓮香,白面绣衣郎。砌冷虫喧坐,帘疏雨—作月到床。钟催离兴急,弦逐—作缓醉歌长。关树应先落,随君满鬓—作路霜。

祁四再赴江南别诗

万里来又去,三湘东复西。别多人换鬓,行远马穿蹄。山驿秋云冷,江帆暮雨低。怜君不解说,相忆在书题。

送许员外江外置常平仓

诏置海陵仓,朝推画省郎。还家锦服贵,出使绣衣香。水驿风催舫,江楼月透床。仍怀陆氏橘,归献老亲尝。

送秘省虞校书赴虞乡丞

花绶傍腰新,关东县欲春。残书厌科斗,旧阁别麒麟。虞坂临官舍,条山映吏人。看君有知己,坦腹向平津。

送江陵泉少府赴任,便呈卫荆州

神仙吏姓梅,人吏待君来。渭北草新出,江南花已开。城边宋玉宅,峡口楚王台。不畏无知己,荆州甚爱才。

奉送李太保兼御史大夫充渭北节度使即太尉光弼弟

诏出未央宫,登坛近总戎。上公周太保,副相汉司空。弓抱—作挽关西月,旗翻渭北风。弟兄皆许国,天地荷成功。

送江陵黎少府

悔系腰间绶,翻为膝下愁。那堪汉水远,更值楚山秋。新橘香官舍,征帆拂县楼。王城—作程不敢住,岂是爱荆州。

虢州送天平何丞入京市马

关树晚苍苍,长安近夕阳。回风醒别酒,细雨湿行装。习战边尘黑,防秋塞草黄。知君市骏马,不是学燕王。

送扬州王司马

君家旧淮水,水上到扬州。海树青官舍,江云黑郡楼。东南随去鸟,人吏待行—作归舟。为报吾兄道,如今已白头。

陕州月城楼送辛判官入奏

送客飞鸟外,城头楼最高。樽前遇风雨,窗里动波涛。谒帝向金殿,随身唯宝刀。相思灞陵月,只有梦偏劳。

送王七录事赴虢州

早岁即相知,嗟君最后时。青云仍未达,白发欲成丝。小店关门树,长河华岳祠。弘农人吏待,莫使马行迟。

阌乡送上官秀才归关西别业

风尘奈汝—作尔何,终日独波波。亲老无官养,家贫在外多。醉眼轻白发,春梦渡黄河。相去关城—作山近,何时更肯过。

送羽林长孙将军赴歙州

剖竹向江濆,能名计日闻。隼旗新刺史,虎剑旧将军。驿航宿湖月,州城浸海云。青门酒楼上,欲别醉醺醺。

送崔主簿赴夏阳

常爱夏阳县,往年曾再过。县中饶白鸟,郭外是黄河。地近行程少,家贫酒债多。知君新称意,好得奈春何。

送梁判官归女几旧庐

女几知君忆,春云相逐归。草堂开药裹,苔壁取荷衣。老竹移时小,新花旧处飞。可怜真傲吏,尘事到山稀。

送怀州吴别驾

灞上柳枝黄,垆头酒正香。春流饮去马,暮雨湿行装。驿路通函谷,州城接太行。覃怀人总喜,别驾得王祥。

送人归江宁

楚客忆乡信,向家湖水长。住愁春草绿,去喜桂枝香。海月迎归楚,江云引到乡。吾兄应借问,为报鬓毛霜。

送襄州任别驾

别乘向襄州,萧条楚地秋。江声官舍里,山色郡城头。莫羡黄公盖,须乘彦伯舟。高阳诸醉客,唯见古时丘。

送李司谏归京得长字

别酒为谁香,春官驳正郎。醉经秦树远,梦怯汉川长。雨过风头黑,云开日脚黄。知君解起草,早去入文昌。

送绵州李司马秩满归京,因呈李兵部

久客厌江月,罢官思早归。眼看春光—作色老,羞见梨花飞。剑北山居小,巴南音信稀。因君报兵部,愁泪日沾衣。

送崔员外入秦—作奏因访故园

欲谒明光殿,先—作应趋建礼门。仙郎去得意,亚相正承恩。竹里巴山道,花间汉水源。凭将两行泪,为访邵平园。

送柳录事赴梁州

英掾柳家郎,离亭酒瓮香。折腰思汉北,随传过巴阳。江树连官舍,山云到卧床。知君归梦积,去去剑川长。

送韦侍御先归京得宽字

闻欲朝龙阙,应须拂豸冠。风霜随马去,炎暑为君寒。客泪题书落,乡愁对酒宽。先凭报亲友,后月到—作客长安。

送裴侍御赴—作趁岁入京得阳字

羡他骢马郎,元日谒明光。立处闻天语,朝回惹御香。台寒柏树绿,江暖柳条黄。惜别津亭暮,挥戈忆鲁阳。

送颜评事入京

颜子人叹屈,宦游今未迟。亿闻明主用,岂负青云姿。江柳秋吐叶,山花寒满枝。知君客—作穷愁处,月满—作出,—作落巴川时。

送赵侍御归上都

骢马五花毛,青云归处高。霜随驱夏暑,风逐振江涛。执简皆推直,勤王岂告劳。帝城谁不恋,回望动离骚。

送杨子

斗酒渭城边,垆头耐醉眠。梨花千树雪,杨一作柳叶万条烟。惜别添壶酒,临歧赠马鞭。看君颍上去,新月到家圆。

送人赴安西

上马带胡钩,翩翩度陇头。小来思报国,不是爱封侯。万里乡为梦,三边月作愁。早须清黠虏,无事莫经秋。

发临洮将赴北庭留别得飞字

闻说轮台路,连年一作年年见雪飞。春风曾一作长不到,汉使亦应一作来稀。白草通疏勒,青山过武威。勤王敢道远一作不敢道远思,私向梦中归。

临洮泛舟,赵仙舟自北庭罢使还京

白发轮台使,边功竟不成。云沙万里地,孤负一书生。池上风回舫,桥西雨过城。醉眠乡梦罢,东望羡归程。

春日醴泉杜明府承恩五品宴席上赋诗

凫舄旧称仙,鸿私降自天。青袍移草色,朱绶夺花燃。邑里雷仍震,台中星欲悬。吾兄此栖棘,因得贺初筵。

早春陪崔中丞同泛浣花溪宴

旌节临溪口,寒郊陡觉暄。红亭移酒席,画舸逗江村。云带歌声扬,风飘舞袖翻。花间催秉烛,川上欲黄昏。

喜华阴王少府使到南池宴集

有客至铃下,自言身姓梅。仙人掌里使,黄帝鼎边来。竹景拂棋局,荷香随酒杯。池前堪醉卧,待月未须回。

行军雪后月夜宴王卿家

子夜雪华余,卿家月影初。酒香薰枕席,炉气暖轩除。晚岁宦情薄,行军欢宴疏。相逢剩取醉,身外尽空虚。

梁州陪赵行军龙冈寺北庭泛舟宴王侍御得长字

谁宴霜台使,行军粉署郎。唱歌江鸟没,吹笛岸花香。酒影摇新月,滩声聒夕阳。江钟闻已暮,归棹绿川长。

奉陪封大夫宴,得征字,时封公兼鸿胪卿

西边虏尽平,何处更专征。幕下人无事,军中政已成。座参殊俗语,乐杂异方声。醉里东楼月,偏能照列卿。

陪封大夫宴瀚海亭纳凉得时字

细管杂青丝,千杯倒接䍦。军中乘兴出,海上纳凉时。日没鸟飞急,山高云过迟。吾从大夫后,归路拥旌旗。

虢州西亭陪端公宴集

红亭出鸟外,骏马系云端。万岭窗前睥,千家肘底看。开瓶酒色嫩,踏地叶声干。为逼霜台使,重裘也觉寒。

陪使君早春东郊游眺得春字

太守拥朱轮,东郊物候新。莺声随坐啸,柳色唤行春。谷口云迎马,溪边水照人。郡中叨佐理,何幸接芳尘。

雪后与群公过慈一作报恩寺

乘兴忽相招,僧房暮与朝。雪融双树湿,沙暗一作闲一灯烧。竹外山低塔,藤间院隔一作接桥。归家如一作好欲懒,俗虑向来销。

与鄠县群官泛渼陂

万顷浸天色,千寻穷地根。舟移城入树,岸阔水浮村。闲鹭惊箫管,潜虬傍酒樽。暝来呼小吏,列火俨归轩。

与鄠县源少府泛渼陂得人字

载酒入天色,水凉难醉人。清摇县郭动,碧洗云山新。吹笛惊白鹭,垂竿跳紫鳞。怜君公事后,陂上日娱宾。

终南东溪中作

溪水碧于草,潺潺花底流。沙平堪濯足,石浅不胜舟。洗药朝与暮,钓鱼春复秋。兴来从所适,还欲向沧洲。

与鲜于庶子泛汉江

急管更须吹,杯行一作金杯莫遣迟。酒光红琥珀,江色碧琉璃。日影浮归棹,芦花罥钓丝。山公醉不醉,问取葛强知。

晦日陪侍御泛北池

春池满复宽,晦节耐邀欢。月带虾蟆冷,霜随獬豸寒。水云低锦席,岸柳拂金盘。日暮舟中散,都人夹道看。

登凉州尹台寺

胡地三月半,梨花今始开。因从老僧饭,更上夫人台。清唱云不去,弹弦风飒来。应须一倒载,还似山公回。

登总持阁

高阁逼诸天,登临近日边。晴开万井树,愁看五陵烟。槛外低秦岭,窗中小渭川。早知清净理,常愿奉金仙。

奉陪封大夫九日登高

九日黄花酒,登高会昔闻。霜威逐亚相,杀气傍中军。横笛惊征雁,娇歌落塞云。边头幸无事,醉舞荷吾君。

郡斋平望江山

水路东连楚,人烟北接巴。山光围一郡,江月照千家。庭树纯栽橘,园畦半种茶。梦魂知忆处,无夜不京华。

宿岐州北郭严给事别业

郭外山色暝,主人林馆秋。疏钟入卧内,片月到床头。遥夜惜已半,清言殊未休。君虽在青琐,心不忘沧洲。

暮秋会严京兆后厅竹斋

京兆小斋宽,公庭半药栏。瓯香茶色嫩,窗冷竹声干。盛德中朝贵,清风画省寒。能将吏部镜,照取寸心看。

省中即事

华省谬为郎,蹉跎鬓已苍。到来恒襆被,随例且含香。竹影遮窗暗,花阴拂簟凉。君王新赐笔,草奏向明光。

寻阳七郎中宅即事

万事信苍苍,机心久已忘。无端来出守,不是厌为郎。雨滴芭蕉赤,霜催橘子黄。逢君开口笑,何处有他乡。

携琴酒寻阎防崇济寺所居僧院得浓字

相访但寻钟,门寒古殿松。弹琴醒暮酒,卷幔引诸峰。事惬林中语,人幽物外踪。吾庐幸接近,兹地兴偏慵。

春寻河阳陶处士别业

风暖日暾暾,黄鹂飞近村。花明潘子县,柳暗陶公门。药碗摇山影,鱼竿带水痕。南桥车马客,何事苦喧喧。

晚过盘石寺礼郑和尚

暂诣高僧话,来寻野寺孤。岩花藏水碓,溪水一作竹映风炉。顶上巢新鹊一作鹤,衣中带一作得旧珠。谈禅未得去,辍棹且踟蹰。

寻少室张山人,闻与偃师周明府同入都

中峰炼金客,昨日游人间。叶县凫共去,葛陂龙暂还。春云凑深水,秋雨悬空山。寂寂清溪上,空余丹灶闲。

虢州卧疾,喜刘判官相过水亭

卧疾当晏起,朝来头未梳。见君胜服药,清话病能除。低柳共系马,小池堪钓鱼。观棋不觉暝,月出水亭初。

武威-作城春暮,一作寒闻宇文判官西使还,已到晋昌

岸-作片雨过城头,黄鹂上戍楼。寒花飘客泪,边柳挂乡愁。白发悲明镜,青春换敝裘。君从万里使,闻已到瓜州。

虢州南池候严中丞不至

池上日相待,知君殊未回。徒教柳叶长,漫使梨花开。驷马去不见,双鱼空往来。思想-作相思不解说,孤负舟中杯。

春兴思南山旧庐,招柳建正字

终岁不得意,春风今复来。自怜蓬鬓改,羞见梨花开。西掖诚可恋,南山思早回。园庐幸接近,相与归蒿莱。

郡斋南池招杨辚

郡僻人事少,云山常-作遮眼前。偶从池上醉,便向舟中眠。与子居最近,周官情又偏。闲时耐相访,正有床头钱。

高冠-作官谷口招-作赠郑鄠

谷口来相访,空斋不见君。涧花燃暮雨,潭树暖春云。门径稀人迹,檐峰下鹿群。衣裳与枕席,山霭碧氛氲。

题新乡王釜厅壁

怜君守一尉,家计复清贫。禄米尝不足,俸钱供与人。城头苏门树,陌上黎阳尘。不是旧相识,声同心自亲。

题山寺僧房

窗影摇群木,墙阴载一峰。野炉风自爇,山碓水能舂。勤学翻知误,为官好欲慵。高僧暝不见,月出但闻钟。

汉上题韦氏庄

结茅闻楚客,卜筑汉江边。日落数归鸟,夜深闻扣舷。水痕侵岸柳,山翠借厨烟。调笑提筐妇,春来蚕几眠。

题永乐韦少府厅壁

大河南郭外,终日气昏昏。白鸟下公府,青山当县门。故人是邑尉,过客驻征轩。不惮烟波阔,思君一笑言。

题金城临河驿楼

古戍依重险,高楼见五凉。山根盘驿道,河水浸城墙。庭树巢鹦鹉,园花隐麝香。忽如江浦上,忆作捕鱼郎。

初授官题高冠草堂

三十始一命,宦情多欲阑。自怜无旧业,不敢耻微官。涧水吞樵路,山花醉药栏。只缘五斗米,辜负一渔竿。

题虢州西楼

错料一生事,蹉跎今白头。纵横皆失计,妻子也堪羞。明主虽然弃,丹心亦未休。愁来无去处,只上郡西楼。

夜过盘石,隔河望永乐,寄闺中,效齐梁体

盈盈一水隔,寂寂二更初。波上思罗袜,鱼边忆素书。月如眉已画,云似鬓新梳。春物知人意,桃花笑索居。

河西春暮忆秦中

渭北春已老,河西人未归。边城细草出,客馆梨花飞。别后乡梦数,昨来家信稀。凉州三月半,犹未脱寒衣。

过酒泉,忆杜陵别业

昨夜宿祈连,今朝过酒泉。黄沙西际海,白草北连天。愁里难消日,归期尚隔年。阳关万里梦,知处杜陵田。

早发焉耆,怀终南别业

晓笛别乡泪,秋冰鸣马蹄。一身虏云外,万里胡天西。终日见征战,连年闻鼓鼙。故山在何处,昨日梦清溪。

宿铁关西馆

马汗踏成泥,朝驰几万蹄。雪中行地角,

火处宿天倪。塞迥心常怯,乡遥梦亦迷。那知故园月,也到铁关西。

首秋轮台

异域阴山外,孤城雪海边。秋来唯有雁,夏尽不闻蝉。雨拂毡墙湿,风摇毳幕膻。轮台万里地,无事历三年。

北庭作

雁塞通盐泽,龙堆接醋沟。孤城天北畔,绝域海西头。秋雪春仍下,朝风夜不休。可知年四十,犹自未封侯。

轮台即事

轮台风物异,地是古单于。三月无青草,千家尽白榆。蕃书文字别,胡俗语音殊。愁见流沙北,天西海一隅。

还东山洛上作

春流急不浅,归楫去何迟。愁客叶舟里,夕阳花水时。云晴开螮蝀,棹发起鸧鹒。莫道东山远,衡门在梦思。

杨固店

客舍梨叶赤,邻家闻捣衣。夜来尝有梦,堕泪缘思归。洛水行欲尽,缑山看渐微。长安只千里,何事信音稀。

巴南舟中,思陆浑别业

泸水南州一作舟远,巴山北客稀。岭云撩乱起,溪鹭等闲飞。镜里愁衰鬓,舟中换旅衣。梦魂知忆处,无夜不先归。

晚发五渡

客厌巴南地,乡邻剑北天。江村片雨外,野寺夕阳边。芋叶藏山径,芦花杂一作间渚田。舟行未可住,乘月且须牵。

巴南舟中夜市一作夜书事

渡口欲黄昏,归人争流喧。近钟清野寺,远火点一作照江村。见雁思乡信,闻猿积泪痕。孤舟万里外一作夜,秋月不堪论。

江上春叹

腊月江上暖,南桥新柳枝。春风触处到,忆得故园时。终日不如意,出门何所之。从人觅颜色,自笑弱男儿。

初至犍为作

山色轩槛内,滩声枕席间。草生公府静,花落讼庭闲。云雨连三峡,风尘接百蛮。到来能几日,不觉鬓毛斑。

使院中新栽柏树子,呈李十五栖筠

爱尔青青色,移根此地来。不曾台上种,留向碛中栽。脆叶欺门柳,狂花笑院梅。不须愁岁晚,霜露岂能摧。

咏郡斋壁画片云得归字

云片何人画,尘侵粉色微。未曾行雨去,不见逐风归。只怪偏凝壁,回看欲惹衣。丹青忽借便,移向帝乡飞。

临洮龙兴寺玄上人院,同咏青木香丛

移根自远方,种得在僧房。六月花新吐,三春叶已长。抽茎高锡杖,引影到绳床。只为能除疾,倾心向药王。

成王挽歌

幽山悲旧桂,长坂怆余兰。地底孤灯冷,泉中一镜寒。铭旌门客送,骑吹路人看。漫作琉璃碗,淮王误合丹。

苗侍中挽歌二首

摄政朝章重,持衡国相尊。笔端通造化,掌内运乾坤。青史遗芳满,黄枢故事存。空悲渭桥路,谁对汉皇言。

天子悲元老,都人惜上公。优贤几杖在,会葬市朝空。丹旐飞斜日,清笳怨暮风。平生门下客,继美庙堂中。

故仆射裴公挽歌三首

盛德资邦杰,嘉谟作世程。门瞻驷马贵,

时仰八龙名。罢市秦人送,还乡绛老迎。莫埋丞相印,留著付玄成。

五—作二府瞻高位,三台丧大贤。礼容还故绛,宠赠冠—作过新田。气歇汾阴鼎,魂飞京兆阡。先时剑已没,陇树久苍然。

富贵徒言久,乡间殁后归。锦衣都未著,丹旐忽先飞。哀挽辞秦塞,悲笳出帝畿。遥知九原上,渐觉—作远吊人稀。

河西太守杜公挽歌四首

蒙叟悲藏壑,殷宗惜济川。长安非旧日,京兆是新阡。黄霸官犹屈,苍生望已愆。唯余卿月在,留向杜陵悬。

鼓角—作吹城中出,坟茔郭外新。雨随思太守,云从送夫人。蒿里埋双剑,松门闭万春。回瞻北堂上,金印已生尘。

忆昨明光殿,新承天子恩。剖符移北地,授钺领西门。塞草迎军幕,边云拂使轩。至今闻陇外,戎虏尚亡魂。

漫漫澄波阔,沉沉大厦深。秉心常匪席—作石,行义每挥金。汲引窥兰室,招携入翰林。多君有令子,犹注世人心。

故河南尹岐国公赠工部尚书苏公挽歌二首

河尹恩荣旧,尚书宠赠新。一门传画戟,几世驾朱轮。夜色何时晓,泉台不复春。唯余朝服在,金印已生尘。

白日扃泉户,青春掩夜台。旧堂阶草长,空院砌花开。山晚铭旌去,郊寒骑吹回。三川难可见,应惜庾公才。

韩员外夫人清河县君崔氏挽歌二首

令德当时重,高门举世推。从夫荣已绝,封邑宠难追。陌上人皆惜,花间鸟亦悲。仙郎看陇月,犹忆画眉时。

遽闻伤别剑,忽复叹藏舟。灯冷泉中夜,衣寒地下秋。青松吊客泪,丹旐路人愁。徒有清河在,空悲逝水流。

西河郡太原守张夫人挽歌

鹊印庆仍传,鱼轩宠莫先。从夫元凯贵,训子孟轲贤。龙是双归日,鸾非独舞年。哀容今共尽,凄怆杜陵田。

南溪别业

结宇依青嶂,开轩对翠畴。树交花雨色,溪合水重流。竹径春来扫,兰樽夜不收。逍遥自得意,鼓腹醉中游。

全唐诗卷二百一

岑参

奉和中书舍人贾至早朝大明宫

鸡鸣紫陌曙光寒,莺啭皇州春色—作欲阑。金阙—作锁晓钟开万户,玉阶仙仗拥千官。花迎—作明剑佩星初落,柳拂旌旗露未干。独有凤皇池上客,阳春一曲和皆难。

和祠部王员外雪后早朝即事

长安雪后似春归,积素凝华连曙晖。色借玉珂迷晓骑,光添银烛晃朝衣。西山落月临天仗,北阙晴云捧禁闱。闻道仙郎歌白雪,由来此曲和人稀。

奉和—本有杜字相公发益昌

相国临戎别—作发帝京,拥麾持节远横行。朝登剑阁云随马,夜渡巴江雨洗兵。山花万朵迎—作垂征盖,川柳千条拂—作披去旌。暂到蜀城应计日,须知明主待持衡。

秋夕读书幽兴,献兵部李侍郎

年纪蹉跎四十强,自怜头白始为郎。雨滋苔藓侵阶绿,秋飐梧桐覆井黄。惊蝉也解求高树,旅雁还应厌后行。览卷试穿邻舍壁,明灯何惜借余光。

使君席夜送严河南赴长水得时字

娇歌急管杂青丝,银烛金杯映翠眉。使君地主能相送,河尹天明坐莫辞。春城月出人皆醉,野戍花深马去迟。寄声报尔山翁道,今日河南胜昔时。

暮春虢州东亭送李司马归扶风别庐

柳鞰莺娇花复殷,红亭绿酒送君还。到来函谷愁中月,归去磻溪梦里山。帘前春色应须惜,世上浮名好是闲。西望乡关肠欲断,对君衫袖泪痕斑。

九日使君席奉饯卫中丞赴长水

节使横行西—作东出师,鸣弓摆甲羽林儿。台上霜风凌草木,军中杀气傍旌旗。预—作须知汉将宣威日,正是胡尘欲灭时。为报使君多泛菊,更将弦管醉东篱。

西掖省即事

西掖重云开曙晖,北山疏雨点朝衣。千门柳色连青琐,三殿花香入紫微。平明端笏陪鹓列,薄暮垂鞭信马归。官拙自悲头白尽,不如岩下—作石偃—作掩荆扉。

首春渭西郊行,呈蓝田张二主簿

回风度雨渭城西,细草新花踏作泥。秦女峰头雪未尽,胡公陂上日初低。愁窥白发羞微禄,悔别青山忆旧溪。闻道辋川多胜事,玉壶春酒正堪携。

赴嘉州过城固县,寻永安超禅师房

满寺枇杷冬著花,老僧相见具袈裟。汉王城北雪初霁,韩信台西日欲斜。门外不须催五马,林中且听演三车。岂料巴川多胜事,为君书此报京华。

酬畅当嵩山寻麻道士见寄—作卢纶诗

闻逐樵夫闲看棋,忽逢人世是秦时。开云种玉嫌山浅,渡海传书怪鹤迟。阴洞石幢微有字,古坛松树半无枝。烦君远示青囊录,愿得相从一问师。

和刑部成员外秋夜寓直寄台省知己

列宿光三署,仙郎直五宵。时衣天子赐,厨膳大官调。长乐钟应近,明光漏不遥。黄门持被覆,侍女捧香烧。笔为题诗点,灯缘起草挑。竹喧交砌叶,柳颤拂窗条。粉署荣新命,霜台忆旧僚。名香播兰蕙,重价蕴琼瑶。击水翻沧海,抟风透赤霄。微才喜同舍,何幸忽闻韶。

送卢郎中除杭州赴任

罢起郎官草,初分刺史符。海云迎过楚,江月引归吴。城底涛声震,楼端蜃气孤。千家窥驿舫,五马饮春湖。柳色供诗用,莺声送酒须。知君望乡处,枉道上姑苏。

奉送李宾客荆南迎亲

迎亲辞旧苑,恩诏下储闱。昨见双鱼去,今看驷马归。驿帆湘水阔,客舍楚山稀。手把黄香扇,身披莱子衣。鹊随金印喜,乌傍板舆飞。胜作东征赋,还家满路辉。

送严维下第还江东

勿叹今不第,似君殊未迟。且归沧洲去,相送青门时。望鸟指乡远,问人愁路疑。敝裘沾暮雪,归棹带流澌。严子滩复在,谢公文可追。江皋如有信,莫不寄新诗。

六月三十—作十三日水亭送华阴王少府还县得潭字

亭晚人将别,池凉酒未酣。关门劳夕梦,仙掌引归骖。荷叶藏鱼艇,藤花冒客簪。残云收夏暑,新雨带秋岚。失路情无适,离怀思不堪。赖兹庭户里,别有小江潭。

饯王岑—作鉴判官赴襄阳道

故人汉阳使,走马向南荆。不厌楚山路,只怜襄水清。津头习氏宅。江上夫人城。夜入橘花宿,朝穿桐叶行。害群应自慑,持法固须平。暂得青门醉,斜光速去程。

送薛弁归河东

薛侯故乡处,五老峰西头。归路秦树灭,到乡河水流。看君马首去,满耳蝉声愁。献赋今未售,读书凡几秋。应过伯夷庙,为上关城楼。楼上能相忆,西南指雍州。

送薛播擢第归河东

归去新战胜,盛名人共闻。乡连渭川树,家近条山云。夫子能好学,圣朝全用文。弟兄负世誉,词赋超人群。雨气醒别酒,城阴低暮曛。遥知出关后—作去,更有一终军。

送陶铣弃举荆南觐省

明时不爱璧,浪迹东南游。何必世人识,知君轻五侯。采兰度汉水,问绢过荆州。异国有归兴,去乡无客愁。天寒楚塞雨,月净襄阳秋。坐见吾道远,令人看白头。

送史司马赴崔相公幕一作无名氏诗,一作李白诗。一本题上有赋得鹤三字。

峥嵘丞相府,清切凤皇池。羡尔瑶台鹤,高栖琼树枝。归飞晴日好,吟弄惠风吹。正有乘轩乐,初当学舞时。珍禽在罗网,微命若游丝。愿托周南羽,相衔溪水湄。

送严黄门拜御史大夫再镇蜀川兼觐省

授钺辞金殿,承恩恋玉墀。登坛汉主用,讲德蜀人思。副相韩安国,黄门向子期。刀州重入梦,剑阁再题词。春草连青绶,晴花间赤旗。山莺朝送酒,江月夜供诗。许国分忧日,荣亲色养时。苍生望已久,来去不应迟。

送郭仆射节制剑南

铁马擐红缨,幡旗出禁城。明王亲授钺,丞相欲专征。玉馔天厨送,金杯御酒倾。剑门乘险过,阁道踏空行。山鸟惊吹笛,江猿看洗兵。晓云随去阵,夜月逐行营。南仲今时往,西戎计日平。将心感知己,万里寄悬旌。

早秋与诸子登虢州西亭观眺

亭高出鸟外,客到与云齐。树点千家小,天围万岭低。残红挂陕北,急雨过关西。酒榼缘青壁,瓜田傍绿溪。微官何足道,爱客且相携。唯有乡园处,依依望不迷。

佐郡思旧游并序

己亥岁春三月,参自补阙转起居舍人。夏四月,署虢州长史。适见秋草,凉风复来。昔桓谭出为六安丞,常忽忽不乐,今知之矣。悲州县琐屑,思掖垣清闲,呈左右省旧游。

幸得趋紫殿,却忆侍丹墀。史笔众推直,谏书人莫窥。平生恒自负,垂老此安卑。同类皆先达,非才独后时。庭槐宿鸟乱,阶草夜虫悲。白发今无数,青云未有期。

灭胡曲

都护新灭胡,士马气亦粗。萧条虏尘净,突兀天山孤。

尚书念旧,垂赐袍衣,率题绝句献上,以申感谢

富贵情还在,相逢岂间然。绨袍更有赠,犹荷故人怜。

忆长安曲二章寄庞㴶

东望望长安,正值日初出。长安不可见,喜一作但见长安日。

长安何处在,只在马蹄下。明日归长安,为君急走马。

寄韩樽

夫子素多疾,别来未得书。北庭苦寒地,体内今何如。

醉里送裴子赴镇西

醉后未能别,待醒方送君。看君走马去,直上天山云。

题井陉双溪李道士所居

五粒松花酒,双溪道士家。唯求缩却地,乡路莫教赊。

题云际南峰眼上人读经堂眼公不下此堂十五年矣

结宇题三藏,焚香老一峰。云间独坐卧,只是对山松。

题梁锽城中高居

高一作居住最高处,千家恒眼前。题诗饮酒后,只对诸峰眠。

题三会寺苍颉造字台

野寺荒台晚,寒天古木悲。空阶有鸟迹,犹似造书时。

日没贺延碛作
沙上见日出,沙上见日没。悔向万里来,功名是何物。

西过渭州,见渭水思秦川
渭水东流去,何时到雍州。凭添两行泪,寄向故园流。

经陇头分水
陇水何年有,潺潺逼路傍。东西流不歇,曾断几人肠。

秋思
那知芳岁晚,坐见寒叶堕。吾不如腐草,翻飞作萤火。

行军九日思长安故园 时未收长安
强欲登高去,无人送酒来。遥怜故园菊,应傍战场开。

戏题关门
来亦一布衣,去亦一布衣。羞见关城吏,还从旧路归。

叹白发
白发生偏—作太速,交—作教人不奈何。今朝两鬓上,更较数茎多。

题平阳郡汾桥边柳树 参曾居此郡八九年
此地曾居住,今来宛似归。可怜汾上柳,相见也依依。

失题
帝乡北近日,泸口南连蛮。何当遇长房,缩地到京关。

献封大夫破播仙凯歌六首
汉将承恩西破戎,捷书先奏未央宫。天子预开麟阁待,只今谁数贰师功。

官军西出过楼兰,营幕傍临月窟寒。蒲海晓霜凝马—作剑尾,葱山夜雪扑旌竿。

鸣笳叠—作摇鼓拥回军,破国平蕃昔未闻。丈夫鹊印摇—作迎边月,大—作天将龙旗掣海云。

日落辕门鼓角鸣,千群面缚出蕃城。洗兵鱼海云迎阵,秣马龙堆月照营。

蕃军遥见汉家营,满谷连山遍哭声。万箭千刀一夜杀,平明流血浸空城。

暮雨旌旗湿未干,胡烟—作尘白草日光寒。昨夜将军连晓战,蕃军只见马空鞍。

春兴戏题赠李侯
燕雀始欲衔花来,君家种桃花未开。长安二月眼看尽,寄报春风早为催。

过燕支寄杜位
燕支山西酒泉道,北风吹沙卷白草。长安遥在日光边,忆君不见令人老。

题苜蓿峰寄家人
苜蓿峰边逢立春,胡芦河上泪沾巾。闺中只是空相忆,不见沙场愁杀人。

玉关寄长安李主簿
东去长安万里余,故人何惜一行书。玉关西望堪肠断,况复明朝是岁除。

武威送刘判官赴碛西行军
火山五月行人少,看君马去疾如鸟。都护行营太白西,角声一动胡天晓。

虢州后亭送李判官使赴晋绛得秋字
西原驿路挂城头,客散红亭雨未收。君去试看汾水上,白云犹似汉时秋。

五月四日送王少府归华阴得留字
仙掌分明引马头,西看一点是关楼。五月也须应到舍,知君不肯更淹留。

原头送范侍御得山字
百尺原头酒色殷,路傍骢马汗斑斑。别君只有相思梦,遮莫千山与万山。

送李明府赴睦州，便拜觐太夫人

手把铜章望海云，夫人江上泣罗裙。严滩一点舟中月，万里烟波也梦君。

虢州西山亭子送范端公得浓字

百尺红亭对万峰，平明相送到斋钟。骢马劝君皆卸却，使君家酝旧来浓。

奉送贾侍御使江外

新骑骢马复承恩，使出金陵过海门。荆南渭北难相见，莫惜衫襟著酒痕。

崔仓曹席上送殷寅充石相判官赴淮南

清淮无底绿江深，宿处津亭枫树林。驷马欲辞丞相府，一樽须尽故人心。

送崔子还京

匹马西从天外归，扬鞭只共鸟争飞。送君九月交河北，雪里题诗泪满衣。

酒泉太守席上醉后作

酒泉太守能剑舞，高堂置酒夜击鼓。胡笳一曲断人肠，座上相看泪如雨。

题观楼

荒楼荒井闭空山，关令乘云去不还。羽盖霓旌何处在，空留药臼向人间。

草堂村寻罗生不遇

数株溪柳色依依，深巷斜阳暮鸟飞。门前雪满无人迹，应是先生出未归。

山房春事二首

风恬日暖荡春光，戏蝶游蜂乱入房。数枝门柳低衣桁，一片山花落笔床。

梁园日暮乱飞鸦，极目萧条三两家。庭树不知人死—作去尽，春来还发旧时花。

逢入京使

故园东望路漫漫，双袖龙钟泪不干。马上相逢无纸笔，凭君传语报平安。

过碛

黄沙碛里客行迷，四望云天直下低。为言地尽天还尽，行到安西更向西。

碛中作

走马西来欲到天，辞家见月两回圆。今夜不知何处宿，平沙万里绝人烟。

赴北庭度陇思家

西向轮台万里余，也知乡信日应疏。陇山鹦鹉能言语，为报家人数寄书。

胡歌

黑姓蕃王貂鼠裘，葡萄宫锦醉缠头。关西老将能苦战，七十行兵仍未休。

赵将军歌

九月天山风似刀，城南猎马缩寒毛。将军纵博场场胜，赌得单于貂鼠袍。

醉戏窦子美人

朱唇一点桃花殷，宿妆娇羞偏髻鬟。细看只似阳台女，醉著莫许归巫山。

秋夜闻笛

天门街西闻捣帛，一夜愁杀湘南客。长安城中百万家，不知何人吹夜笛。

戏问花门酒家翁

老人七十仍沽酒，千壶百瓮花门口。道傍榆荚仍似钱，摘来沽酒君肯否。

春梦

洞房—作庭昨夜春风起，故人尚隔—作遥忆美人湘江水。枕上片时春梦中，行尽江南数千里。

冬夕

浩汗霜风刮天地，温泉火井无生意。泽国龙蛇冻不伸，南山瘦柏消残翠。

句

初程莫早发,且宿灞桥头。_{陆游尝称此句至工。}

全唐诗卷二百二

沈宇

沈宇,太子洗马。诗三首。

武阳送别

菊黄芦白雁初飞,羌笛胡笳泪满衣。送君肠断秋江水,一去东流何日归。

捣衣

日暮远天青,霜风入后庭。洞房寒未掩,砧杵夜泠泠。

代闺人

杨柳青青鸟乱吟,春风一作花香霭洞房深。百花帘下朝窥镜,明月窗前夜理琴。

张鼎

张鼎,司勋员外郎。诗三首。

江南遇雨

江天寒意少,冬月雨仍飞。出户愁为听,从风洒客衣。旅魂惊处断,乡信意中微。几日应晴去,孤舟且欲归。

邺城引

君不见汉家失统三灵变,魏武争雄六龙战。荡海吞江制中国,回天运斗应南面。隐隐都城紫陌开,迢迢分野黄星见。流年不驻漳河水,明月俄终邺国一作城宴。文章犹入管弦新,帷座空销狐兔尘。可惜望陵歌舞处,松风四面暮愁人。

僧舍小池

引出白云根,潺潺涨藓痕。冷光摇砌锡,疏影露枝猿。净带凋霜叶,香通洗药源。贝多文字古,宜向此中翻。

薛奇童—作章

薛奇童，大理司直。诗七首。

拟古

沙尘朝蔽日，失道还相遇。寒影波上云，秋声月前树。川气生晓夕，野阴乍烟雾，沉沉滥池水，人马不敢渡。吮痈世所薄，挟纩恩难顾。不见古时人，中宵泪横注。

和李起居秋夜之作

过庭闻礼日，趋侍记言回。独卧玉窗前，卷帘残雨来。高秋南斗转，凉夜北堂开。水影入朱户，萤光生绿苔。简成良史笔，年是洛阳才。莫重白云意，时人许上台。

吴声子夜歌—作崔国辅诗，题云古意。

净扫黄金阶，飞霜皓—作皎如雪。下帘弹箜篌，不忍见秋月。

塞下曲

骄虏初南下，烟尘暗国中。独召李将军，夜开甘泉宫。一身许明主，万里总元戎。霜甲卧不暖，夜半闻边风。胡天早飞雪，荒徼多转蓬。寒云覆水重，秋气连海空。金鞍谁家子，上马鸣角弓。自是幽并客，非论爱立功。

云中行

云中小儿吹金管，向晚因风一川满，塞北云高心已悲，城南木落肠堪断。忆昔魏家都此方，凉风观前朝百王。千门晓映山川色，双阙遥连日月光。举杯称寿永相保。日夕歌钟彻清昊。将军汗马百战场，天子射兽五原草。寂寞金舆去不归，陵上黄尘满路飞。河边不语伤流水，川上含情叹落晖。此时独立无所见，日暮寒风吹客衣。

楚宫词—作怨诗二首

禁苑春风起，流莺绕合欢。玉窗通日气，珠箔卷轻寒。杨叶垂阴砌，梨花入井栏。君王好长袖，新作舞衣宽。

日晚梧桐落，微寒入禁垣，月悬三雀观，霜度万秋门。艳舞矜新宠，愁容泣旧恩。不堪深殿里，帘外欲黄昏。

杨谏

杨谏，永乐丞。诗二首。

长孙十一东山春夜见赠

故人谢城阙，挥手碧云期。溪月照隐处，松风生兴时。旧林日云暮，芳草岁空滋。甘与子成梦，请君同所思。

赠知己

江南折芳草，江北赠佳期。江阔水复急，过江常苦迟。频白兰叶青，恐度先香时。美人碧云外，宁见长相思。

张万顷

张万顷，天宝间进士。诗三首。

东溪待苏户曹不至

洛阳城东伊水西，千花万竹使人迷。台上柳枝临岸低，门前荷叶与桥齐。日暮待君君不见，长风吹雨过青溪。

登天目山下作

去岁离秦望，今冬使楚关。泪添天目水，发变海头山。别母乌南逝，辞兄雁北还。宦游偏不乐，长为忆慈颜。

送裴少府

夕膳望—作思东周，晨装不少留。酒中同乐事，关外越离忧。座湿秦山雨，庭寒渭水秋。何当鹰隼击，来拂故林游。

沈颂

沈颂，无锡尉。诗六首。

旅次灞亭

闲琴开旅思，清夜有愁心。圆月正当户，微风犹在林。苍茫孤亭上，历乱多秋音。言念待明发,东山幽意深。

春旦歌

常闻嬴女玉箫台,奏曲情深彩凤来。欲登此地销归恨,却羡双飞去不回。

早发西山

游子空有怀,赏心杳无路。前程数千里,乘夜连轻驭。缭绕松篆中,苍茫犹未曙。遥闻孤村犬,暗指人家去。疲马怀涧泉,征衣犯霜露。喧呼溪鸟惊,沙上或骞翥。娟娟东岑月,照耀独归虑。

送人还吴

人心不忘乡,矧余客已久。送君江南去,秋醉洛阳酒。赠言幽径兰,别思河堤柳。征帆暮风急,望望空延首。

送金文学还日东

君家东海东,君去因秋风。漫漫指乡路,悠悠如梦中。烟雾积孤岛,波涛连太空。冒险当不惧,皇恩措尔躬。

卫中作

卫风愉艳宜春色,淇水清泠增暮愁。总使榴花能一醉,终须萱草暂忘忧。

梁锽

梁锽,官执戟。天宝中人。诗十五首。

天长节

日月生天久,年年庆一回。时平祥不去,寿远节长来。连吹千家笛,同朝百郡杯。愿持金殿镜,处处照遗才。

长门怨

妾命何偏薄,君王去不归。欲令遥见悔,楼上试春衣。空殿看人入,深宫羡鸟飞。翻悲因买赋,索镜照空辉。

美人春卧—作怨

妾家巫峡阳,罗幌—作帐寝兰堂—作银床。晓日临窗久,春风引梦长。落钗仍挂—作犹冒鬓,微汗欲消黄。纵使朦胧觉,魂犹逐楚王。

名姝咏

阿娇年未多,弱体性能和。怕重愁抬镜,怜轻喜曳罗。临津双洛浦,对月两嫦娥。独有荆王殿,时时暮雨过。

艳女词

露井桃花发,双双燕并飞。美人姿态里,春色上罗衣。自爱频开镜,时羞欲掩扉。不知行路客,遥惹五香归。

狷氏子

杏梁初照日,碧玉后堂开。忆事临妆笑,春娇满镜台。含声歌扇举,顾影舞腰回。别有佳期处,青楼客夜来。

戏赠歌者

白晢歌童子,哀音绝又连。楚妃临扇学,卢女隔帘传。晓燕喧喉里,春莺啭舌边。若逢汉武帝,还是李延年。

七夕泛舟

云端有灵匹,掩映拂妆台。夜久应摇佩,天高响不来。片欢秋始展,残梦晓翻催。却怨填河鹊,留桥又不—作欲回。

崔驸马宅咏画山水扇

画扇出秦楼,谁家赠列侯。小含吴剡县,轻带楚扬州。掩作山云暮,摇成陇树秋。坐来传与客,汉水又回流。

观王美人海图障子

宋玉东家女,常怀物外多。自从图渤海,谁为觅湘娥。白鹭栖脂粉,鸂鶒跃绮罗。仍怜转娇眼,别恨一横波。

闻百舌鸟

百舌闻他郡,间关媚物华。敛形藏一叶,分响出千花。坐爱时褰幌,行藏或驻车。不须应独感,三载已辞家。

省试方士进恒春草

东吴有灵草,生彼剡溪傍。既乱莓苔色,仍连菡萏香。掇之称远士,持以奉明王。北阙颜弥驻,南山寿更长。金膏徒骋妙,石髓莫矜良。倘使沾涓滴,还游不死方。

代征人妻喜夫还

征夫走马发渔阳,少妇含娇开洞房。千日废台还挂镜,数年尘面再新妆。春风喜出今朝户,明月虚眠昨夜床。莫道幽闺书信隔,还衣总是旧时香。

赠李中华

莫向嵩山去,神仙多误人。不如朝魏阙,天子重贤臣。

咏木老人 一作傀儡吟,一作咏窟垒子人。

《明皇杂录》云:李辅国矫制迁明皇西宫。戚戚不乐,日一蔬食,尝咏此诗。或云明皇所作。

刻木牵丝作老翁,鸡皮鹤发与真同。须臾弄罢寂无事,还似人生一梦中。

句

堂高凭上望,宅广乘车行。《咏郭令公宅》。见《封氏闻见记》。

全唐诗卷二百三

杜俨

杜俨,新安丞。诗一首。

客中作

书剑催人不暂闲,洛阳羁旅复秦关。容颜岁岁愁边改,乡国时时梦里还。

赵良器

赵良器,兵部员外。诗二首。

三月三日曲江侍宴

圣祖发神谋,灵符叶帝求。一人光锡命,万国荷时休。雷解圜丘毕,云需曲水游。岸花迎步辇,仙仗拥行舟。睿藻天中降,恩波海外流。小臣同品物,陪此乐皇猷。

郑国夫人挽歌词

淑德延公胄,宜家接帝姻。桂宫男掌仆,兰殿女升嫔。恩泽昭前命,盈虚变此辰。万年今已矣,彤管列何人。

黄麟

黄麟,金部员外郎。诗一首。

郡中客舍

虫响乱啾啾,更人正数筹。魂归洞庭夜,霜卧洛阳秋。微月有时隐,长河到晓流。起来还嘱雁,乡信在吴洲。

郭向

郭向,太子尉。诗一首。

途中口号 一作卢僎诗

抱玉三朝楚,怀书十上秦。年年洛阳陌,花鸟弄归人。

郭良

郭良,金部员外郎。诗二首。

题李将军山亭

凤辖将军位，龙门司隶家。衣冠为隐逸，山水作繁华。径出重林草，池摇两岸花。谁知贵公第—作子，亭院有烟霞。

早行

早行星尚在，数里未天明。不辨云林色，空闻风水声。月从山上落，河入斗间横。渐至重门外，依稀见洛城。

王乔

王乔，安定太守。诗一首。

过故人旧宅

故人轩骑罢归来，旧宅—作国园林闲不开。唯余挟瑟楼中妇，哭向平生歌舞台。

徐九皋

徐九皋，河阴尉。诗五首。

关山月

玉塞抵长城，金徽映高阙。遥心万余里，直望三边月。霜静影逾悬，露晞光渐没。思君不可见，空叹将焉歇。

战城南

塞北狂胡旅，城南敌汉围。巉岩一鼓气，拔利—作刺五兵威。房骑瞻山哭，王师拓地飞。不应须宠战，当遂勒金徽—作徽。

咏史

亡国秦韩代，荣身刘项年。金槌击政后，玉斗碎增前。圣主称三杰，明离保四贤。已申黄石祭，方慕赤松仙。

途中览镜

四海游长倦，百年愁半侵。赖窥明镜里，时见丈夫心。

送部四镇人往单于别知故

天下今无事，云中独未宁。悉驱更戍卒，方远送—作送远边庭。马饮长城水，军占太白星。国恩行可报，何必守经营。

阎宽

阎宽，醴泉尉。诗五首。

松滋江北阻风

江风久未歇，山雨复相仍。巨浪天涯起，余寒川上凝。忧人劳夕惕，乡事怠晨兴。远听知音骇，诚哉不可陵。

晓入宜都渚

问俗周楚甸，川行眇江浔。兴随晓光发，道会春言深。回眺佳气象，远怀得山林。伫应舟楫用，曷务归闲心。

古意

庭树发华滋，瑶草复葳蕤。好鸟飞相从，愁人深此时。天中有灵匹，日夕颦蛾眉。愿逐飘风花，千里入遥帷。心逝爱不见，空歌悲莫悲。

春宵览月

月生东荒外，天云收夕阴。爱见澄清景，象吾虚白心。耳目净无哗，神超道性深。乘兴得至乐，寓言因永吟。

秋怀

下帷长日尽，虚馆早凉生。芳草犹未荐，如何蜻蛚鸣。秋风已振衣，客去何时归。为问当途者，宁知心有违。

李收—作牧

李收，右武卫（一作左威卫）录事。诗二首。

和中书侍郎院壁画云

粉壁画云成，如能上太清。影从霄汉发，光照掖垣明。映篆多幽趣，临轩得野情。独思作霖雨，流润及生灵。

幽情

幽人惜春暮,潭上折芳草。佳期何时还,欲寄千里道。

程弥纶

程弥纶,天宝间进士,诗一首。

怀鲁

曲阜国,尼丘山。周公邈难问,夫子犹启关。履风雩兮若见,游夏兴兮鲁颜。天孙天孙,何为今兮学且难。负星明而东—无东字游闲闲。

屈同仙—作屈同

屈同仙,千牛兵曹。诗二首。

燕歌行

君不见—本无此三字渔阳八月塞草肥,征人相对并思归。云和朔气连天黑—作暗,蓬杂惊—作胡沙散野飞。是时天地阴埃遍,瀚海龙城皆习—作血战。两军鼓角暗相闻,四面旌旗看不见。昭君远嫁已年多,戎狄无厌不复—作尚不和。汉兵候月秋防塞,胡骑乘冰夜渡河。河塞东西万余里,地与京华不相似。燕支山下—作上少春—作光晖,黄沙碛里无流水。金戈玉剑十年征,红粉青楼多怨情。厌向殊乡—作方久离别,秋来愁听捣衣声。

乌江女

越艳谁家女,朝游江岸傍,青春犹未嫁,红粉旧来娼。锦袖盛朱橘,银钩摘紫房。见人羞不语,回艇入溪藏。

豆卢复

豆卢复,前崇玄生。诗二首。

昌年宫之作—本无之字

但有离宫处,君王每不居。旗门芳草合,辇路小—作老槐疏。殿闭山烟满,窗凝野霭虚。丰年多望幸,春色待銮舆。

落第归乡留别长安主人

客里愁多不记春,闻莺始叹柳条新。年年下第东归去,羞见长安旧主人。

荆冬倩

荆冬倩,校书郎。诗一首。

奉试咏青

路辟天光远,春还月道临。草浓河畔色,槐结路边阴。未映君王史,先标胄子襟。经明如可拾,自有致云心。

梁洽

梁洽,天宝间进士。诗一首。

观汉水

发源自嶓冢,东注经襄阳。一道入溟渤,别流为沧浪。求思咏游女,投吊悲昭王。水滨不可问,日暮空汤汤。

郑绍

郑绍,武进尉。诗一首。

游越溪

溪水碧悠悠,猿声断客愁。渔潭逢钓楫,月浦值孤舟。访泊随烟火,迷途视斗牛。今宵越乡意,还取醉忘忧。

朱斌

朱斌,处士。诗一首。

登楼—作王之涣诗

白日依山尽,黄河入海流。欲穷千里目,更上一重楼。

梁德裕

梁德裕,四门助教。诗二首。

感寓二首

彩云呈瑞质,五色发人寰。独作龙虎状,

孤飞天地间。隐隐临北极,峨峨象南山。恨在帝乡外,不逢枝叶攀。

幽涧生蕙若,幽渚老江蓠。荣落人不见,芳香徒尔为。不及绿萍草,生君红莲池。左右美人弄,朝夕春风吹。叶洗玉泉水,珠清湛露滋。心亦愿如此,托君君不知。

常非月

常非月,西河尉。诗一首。

咏谈容娘

举手整花钿,翻身舞锦筵。马围行处匝,人压<small>一作簇</small>看场圆。歌要<small>一作索</small>齐声和,情教细语传。不知心大小,容得许多怜。

张良璞

张良璞,长安尉。诗一首。

览史

享年八十已,历数穷苍生。七虎门源上,咆哮关内鸣。建都用鹑宿,设险因金城。舜曲烟火起,汾河珠翠明。海云引天仗,朔雪留边兵。作孽人怨久,其亡鬼信盈。素灵感刘季,白马从子婴。昏虐不务德,百代无芳声。

孙欣

孙欣,天宝间人。诗一首。

奉试冷井诗

仙闱井初凿,灵液沁<small>一作忽</small>成泉。色湛青苔里,寒凝紫绠边。铜瓶向影落,玉甃抱虚圆。永愿调神鼎,尧时泰万年。

王羡门

王羡门,天宝间人。诗一首。

都中闲居

君王巡海内,北阙下明台。云物天中少,烟花岁后来。河从御苑出,山向国门开。寂寞东京里,空留贾谊才。

芮挺章

芮挺章,国子进士。天宝三年编《国秀集》,集中并载挺章诗二首。

江南弄

春江可怜事,最在美人家。鹦鹉能言鸟,芙蓉巧笑花。地<small>一作马</small>衔金作埒,水抱玉为沙。薄晚青丝骑,长鞭赴狭斜。

少年行

任气称张放,衔恩在少年。玉阶朝就日,金屋夜升天。轩骑青云际,笙歌绿水边。建章明月好,留醉伴风烟。

楼颖

楼颖,天宝中进士。作《国秀集序》。诗五首。

伊水门

朝涉伊水门,伊水入门流。惬心乃成兴,澹然泛孤舟。霏微傍青霭,容与随白鸥。竹阴交前浦,柳花媚中洲。日落阴云生,弥觉兹路幽。聊以恣所适,此外知何求。

东郊纳凉,忆左威卫李录事收昆季、太原崔参军三首并序

仆三伏于通化门东北数里避暑之地,地即故倅天官顾公之旧林,今贰宰君李公之别业,右抵禁籞,斜界沁园,空水相辉,步虹桥而下视,竹木交映,弄仙棹而傍窥,足涤烦襟,陶蒸暑。独往成兴,恨不与数公共之,率然有作,因以见意。

水竹谁家宅,幽庭向苑门。今知季伦沼,旧是辟疆园。饥鹭窥鱼静,鸣鸦带子喧。兴成只自适,欲白返忘言。

纳凉每迁地,近得青门东。林与缭垣接,池将沁水通。枝交帝女树,桥映美人虹。想是忘机者,悠悠在兴中。

林间求适意,池上得清飙。稍稍斜回楫,时时一度桥。水光壁际动,山影浪中摇。不见

李元礼,神仙何处要。

西施石

西施昔日浣纱津,石上青苔思杀人。一去姑苏不复返,岸旁桃李为谁春。

李康成

李康成,天宝中,与李、杜同时。其赴使江东,刘长卿有诗送之。尝撰《玉台后集》,自陈后主、隋炀帝、江总、庾信、沈、宋、王、杨、卢、骆而下二百九人,诗六百七十首,汇为十卷,自载其诗八篇。今存四首。

江南行

杨柳青青莺欲啼,风光摇荡绿蘋齐,金陵城头日色低。日色低,情难极,水中凫鹥双比翼。《文苑英华》首有梅花落,好使香车度二句。

采莲曲

采莲去,月没春江曙。翠钿—作钗红袖水中央,青荷莲子杂衣香,云起风生归路长。归路长,那得久。各回船,两摇手。

玉华仙子歌

紫阳仙子名玉华,珠盘承露饵丹砂。转态凝情五云里,娇颜千岁芙蓉花。紫阳彩女矜无数,遥见玉华皆掩呼。高堂初日不成妍,洛渚流风徒自怜。璇阶霓绮阁,碧题霜罗幕。仙娥桂树长自春,王母桃花未尝落。上元夫人宾上清,深宫寂历压层城。解佩空怜郑交甫,吹箫不逐许飞琼。溶溶紫庭步,渺渺瀛台路。兰陵贵士谢相逢,济北书生尚回顾。沧洲傲吏爱金丹,清心回望云之端。羽盖霓裳一相识,传情写念长无极。长无极,永相随。攀霄历金阙,弄影下瑶池。夕宿紫府云母帐,朝餐玄圃昆仑芝。不学兰香中道绝,却教青鸟报相思。

自君之出矣 《乐府》作辛弘智,误。

自君之出矣,弦吹绝无声。思君如百草,撩乱逐春生。

句

因缘苟会合,万里犹同乡。运命倘不谐,隔壁无津梁。《经籍考》云:康成编《玉台后集》,中间自载其诗八首,如《河阳居家女》长篇一首,押五十二韵,若欲与《木兰》及《孔雀东南飞》之作方驾者,末四句云云,亦佳。

全唐诗卷二百四

杨贲

杨贲,天宝三年登第。诗一首。

时兴

贵人昔未贵,咸愿顾寒微。及自登枢要,何曾问布衣。平明登紫阁,日晏下彤闱。扰扰路傍子,无劳歌是非。

李清

李清,登天宝十二年进士第。诗一首。

咏石季伦

金谷繁华石季伦,只能谋富不谋身。当时纵与绿珠去,犹有无穷歌舞人。

陈季

陈季,天宝十五年及第。诗二首。

鹤警露

南国商飙动,东皋野鹤鸣。溪松寒暂宿,露草滴还惊。欲有高飞意,空闻召侣情。风间传藻质,月下引清声。未假抟扶势,焉知羽翼轻。吾君开太液,愿得应皇明。

湘灵鼓瑟

神女泛瑶瑟,古祠严野亭。楚云来泱漭,湘水助清泠。妙指微幽契,繁声入杳冥。一弹新月白,数曲暮山青。调苦荆人怨,时遥帝子灵。遗音如可赏,试奏为君听。

王邕

王邕,天宝进士。诗二首。

湘灵鼓瑟

宝瑟和琴韵,灵妃应乐章。依稀闻促柱,仿佛梦新妆。波外声初发一作新度,风前曲正长。凄清一作凉和万籁,断续绕三湘。转觉云

山迥,空怀杜若芳。诚能传此意,雅奏在宫商。

嵩山望幸

峻极位何崇,方知造化功。降灵逢圣主,望幸表维嵩。隐映连青壁,嵯峨向碧空。象车因叶瑞,龙驾愿升中。万岁声长在,千岩气转雄。东都歌盛事,西笑仾皇风。

庄若讷

庄若讷,天宝进士。诗一首。

湘灵鼓瑟

帝子鸣金瑟,余声一作音自抑扬。悲风丝上断,流水曲中长。出没游鱼听,逶迤彩凤翔。微音时一作初扣徵,雅韵乍含商。神理诚难测,幽情讵可量。至今闻古调,应恨滞三湘。

魏璀

魏璀,天宝进士。一首。

湘灵鼓瑟

瑶瑟多哀怨,朱弦且莫听。扁舟三楚客,丛竹二妃灵。淅沥闻余响,依稀欲辨形。柱间寒水碧,曲里暮山青。良马悲衔草,游鱼思绕萍。知音若相遇,终不滞南溟。

王邕

王邕,永州太守。诗一首。

怀素上人草书歌—本作王邕诗,今从《统签》另编。

衡阳双峡插天峻,青壁巉巉万余仞。此中灵秀众所知,草书独有怀素奇,怀素身长五尺四,嚼汤诵咒吁可畏。铜瓶锡杖倚闲庭,斑管秋毫多逸意。或粉壁,或彩笺,蒲葵绢素何相鲜。忽作风驰如电掣,更点飞花兼散雪。寒猿饮水撼枯藤,壮士拔山伸劲铁,君不见张芝昔日称独贤,君不见近日张旭为老颠。二公绝艺人所惜,怀素传之得真迹。峥嵘蹙出海上山,突兀状成湖畔石。一纵又一横,一欹又一倾。临江不羡飞帆势,下笔长为骤雨声。我牧此州喜相识,又见草书多慧力。怀素怀素不可得,开卷临池转相忆。

窦冀

窦冀,官御史。诗一首。

怀素上人草书歌

狂僧挥翰狂且逸,独任天机摧格律。龙虎惭因点画生,雷霆却避锋芒疾。鱼笺绢素岂不贵,只嫌局促儿童戏。粉壁长廊数十间,兴来小豁胸一作心襟气。长幼集,贤豪至,枕糟藉麹犹半醉。忽然绝叫三五声,满壁纵横千万字。吴兴张老尔莫颠,叶县公孙我何谓。如熊如罴不足比,如虺如蛇不足拟。涵物为动鬼神泣,狂风入林花乱起。殊形怪状不易说,就中惊燥尤枯绝。边风杀气同惨烈,崩槎卧木争摧折。塞草遥飞大漠霜,胡天乱下阴山雪。偏看一作有能事转新奇,郡守王公同赋诗。枯藤劲铁愧三舍,骤雨寒猿惊一时。此生绝艺人莫测,假此常为护持力。连城之璧不可量,五百年知草圣当。

鲁收

鲁收,大历时人。诗一首。

怀素上人草书歌

吾观文士多利用,笔精墨妙诚堪重。身上艺能无不通,就中草圣最天纵。有时兴酣发神机,抽毫点一作吮墨纵横挥。风声吼烈随手起,龙蛇迸落空壁飞。连拂数行势不绝,藤悬查蹙生奇节。划然放纵惊云涛,或时顿挫紫毫发。自言转腕无所拘,大笑羲之用阵图。狂来纸尽势不尽,投笔抗声连叫呼。信知鬼神助此道,墨池未尽书已好。行路谈君口不容,满堂观者空绝倒。所恨时人多笑声,唯知贱实一作宝翻贵名。观尔向来三五字,颠奇何谢张先生。

朱遂一作逐

朱遂,处士。诗一首。

怀素上人草书歌

几年出家通宿命,一朝却忆临池圣。转腕摧锋增崛崎,秋毫茧纸常相随。衡阳客舍来相访,连饮百杯神转王。忽闻风里度飞泉,纸落纷纷如跕鸢。形容脱略真如助一作脱落任真助,心思周游在何处。笔下惟看激电流,字成只畏盘龙去。怪状崩腾若转蓬,飞丝历乱如回风。长松老死倚云壁,蹙浪相翻惊海鸿。于今年少尚如此,历睹一作观远代无伦比。妙绝当动鬼神泣,崔蔡幽魂更心死。

许瑶

许瑶,官御史。诗一首。

题怀素上人草书

志在新奇无定则,古瘦漓骊半无墨。醉来信手两三行,醒后却书书不得。

全唐诗卷二百五

包佶

包佶，字幼正。天宝六年及进士第。累官谏议大夫，坐善元载贬岭南。刘晏奏起为汴东两税使。晏罢，以佶充诸道盐铁轻货钱物使。迁刑部侍郎，改秘书监，封丹阳郡公。诗一卷。

祀风师乐章

迎神

太皞御气，句芒肇功。苍龙青旗，爰候祥风。律以和应，神以感通。鼎俎修蠲，时惟礼崇。

奠币登歌

旨酒告洁，青蘋应候。礼陈瑶币，乐献金奏。弹弦自昔，解冻惟旧。仰瞻肸蚃，群祥来凑。

迎俎酌献

德盛昭临，迎拜巽方。爰候发生，式荐馨香。酌醴具举，工歌再扬。神歆入律，恩降百祥。

亚献终献

肴芗备，玉帛陈。风动物，乐感神。三献终，百神臻。草木荣，天下春。

送神

微穆敷华能应节，飘扬发彩宜行庆。送迎_{一作迎送}灵驾神心飨，跪拜灵坛礼容盛。气和草木发萌芽，德畅禽鱼遂翔泳。永望翠盖逐流云，自兹率主调春令。

祀雨师乐章

迎神

陟降左右，诚达幽圆。作解之功，乐惟有年。云轩戾止，洒雾飘烟。惟馨展礼，爰列豆笾。

奠币登歌

　　岁正朱明,礼布玄制。惟乐能感,与神合契。阴雾离披,灵驭摇裔。膏泽之庆,期于稔岁。

迎俎酌献

　　阳开幽蛰,躬奉郁鬯。礼备节应,震来灵降。动植求声,飞沉允望。时康气茂,惟神之贶。

亚献终献

　　奠既备,献将终。神行令,瑞飞空。迎乾德,祈岁功。乘烟燎,俨从风。

送神

　　整驾升车望寥廓,垂阴荐祉荡昏氛。飨时灵贶傥如在,乐罢余声遥可闻。饮福陈诚礼容备,撤俎终献曙光分。跪拜临坛结空想,年年应节候油云。

答窦拾遗卧病见寄

　　今春扶病移沧海,几度承恩对白花。送客屡闻帘一作檐外鹊,销愁已辨酒中蛇。瓶开枸杞悬泉水,鼎炼芙蓉伏火砂。误入尘埃牵吏役,羞将簿领到君家。

对酒赠故人

　　扶起离披菊,霜轻喜重开。醉中惊老去,笑里觉愁来。月送人无尽,风吹浪不回。感时将有寄,诗思涩难裁。

同李吏部伏日口号,呈元庶子、路中丞

　　火炎逢六月,金伏过三庚。几度衣裳汗一作浣,谁家枕簟清。颁冰无下位,裁扇有高名。吏部还开瓮,殷勤二客情一作卿。

岭下卧疾,寄刘长卿员外

　　唯有贫兼病,能令亲爱疏。岁时供放逐,身世付空虚。胫弱秋添絮,头风晓废梳。波澜喧众口,藜藿静吾庐。丧马思开卦,占枭懒发书。十年江海隔,离恨子知予。

戏题诸判官厅壁

　　六十老翁无一作何所取,二三君子不相遗。愿留今日交欢意,直到隳官谢病时。

酬兵部李侍郎晚过东厅之作 时自刑部侍郎拜祭酒

　　酒礼惭先祭,刑书已旷官。诏驰黄纸速,身在绛纱安。圣位登堂静,生徒跪席寒。庭槐暂摇落,幸为入春看。

昭德皇后挽歌词

　　西汜驰晖过,东园别路长。岁华唯陇柏,春事罢公桑。龟兆开泉户,禽巢闭画梁。更闻哀礼过,明诏制心丧。

秋日过徐氏园林

　　回塘分越水,古树积吴烟。扫竹催铺席,垂萝待系船。鸟窥新罂栗,龟上半敧莲。屡入忘归地,长嗟俗事牵。

双山过信公所居

　　遥礼前朝塔,微闻后夜钟。人间第四祖,云里一双峰。积雨封苔径,多年亚石松。传心不传法,谁可继高踪。

尚书宗兄使过诗以奉献

　　洛下交亲满,归闲意有余。翻嫌旧坐宅,却驾所一作新悬车。腹饱山僧供,头轻侍婢梳。上官唯揖让,半禄代耕锄。雨散三秋别,风传一字书。胜游如可继,还欲并园庐。

抱疾谢李吏部赠诃黎勒叶

　　一叶生西徼,赍来上海查。岁时经水府,根本别天涯。方士真难见,商胡辄自夸。此香同异域,看色胜仙家。茗饮暂调气,梧丸喜伐邪。幸蒙祛老疾,深愿驻韶华。

奉和柳相公中书言怀

　　运筹时所贵,前席礼偏深。羸驾归贫宅,鼖冠出禁林。凤巢方得地,牛喘最关心。雅望期三人,东山未可寻。

客自江南话过亡友朱司议故宅

交臂多相共—作失,风流忆此人。海翻移里巷,书蠹积埃尘。奉佛栖禅久,辞官上疏频。故来分半宅,惟是旧交亲。

酬于侍郎湖南见寄十四韵

桂岭千崖断,湘流一派通。长沙今贾傅,东海旧于公。章甫经殊俗,离骚继雅风。金闺文作字,玉匣气成虹。翰墨时招—作无侣,丹青夙在公—作工。主恩留左掖,人望积南宫。巧拙循名异,浮沉顾位同。九迁归上略,三已契愚衷。责谢庭中吏—作礼,悲宽塞上翁。楚材欣有适,燕石愧无功。山晓重岚外,林春苦雾中。雪花翻海鹤,波影倒江枫。去札频逢信,回帆早挂空。避贤方有日,非敢爱微躬。

朝拜元陵

宫前石马对中峰,云里金铺闭几重。不见露盘迎晓日,唯闻木斧扣寒松。

发襄阳后却寄公安人

挥泪送回人,将书报所亲。晚年多疾病,中路有风尘。王粲频徵楚,君恩许入秦。还同星火去,马上别江春。

立春后休沐

心与青春背,新年亦掩扉。渐穷无相学,惟避不材讥。积病攻难愈,衔恩报转微。定知书课日,优诏许辞归。

宿庐山,赠白鹤观刘尊师

苍苍五老雾中坛,杳杳三山洞里官。手护昆仑象牙简,心推霹雳枣枝盘。春飞雪粉如—作加毫润,晓漱琼膏冰齿寒。渐恨流年筋力少,惟思露冕事星冠。

观壁卢九想图

一世荣枯无异同,百年哀乐又归空。夜阑鸟鹊相争处,林下真僧在定中。

送日本国聘贺使晁巨卿东归

上才生下国,东海是西邻。九译蕃君使,千年圣主臣。野情偏得礼,木性本含真—作仁。锦帆乘风转,金装照地新。孤城开蜃阁,晓日上朱轮。早识来朝岁,涂山玉帛均。

顾著作宅赋诗

几年江海烟霞,乘醉一到京华。已觉不嫌羊酪,谁能长守兔罝。脱巾偏招相国,逢竹便认吾家。各在芸台阁里,烦君日日登车。

近获风痹之疾,题寄所怀

病夫将已矣,无可答君恩。衾枕同羁客,图书委外孙。久来从吏道,常欲奉空门。疾走机先息,歆行力渐烦。无医能却老,有变是游魂。鸟宿还依伴,蓬飘莫问根。寓形齐指马,观境制心猿。唯借南荣地,清晨暂负暄。

奉和常阁老晚秋集贤院即事,寄赠徐、薛二侍郎

祕殿掖垣西,书楼苑树齐。秋烟凝缥帙,晓色上璇题。门接承明近,池连太液低。疏钟文马驻,繁叶彩禽栖。职美纶将绋,荣深组及珪。九霄偏眷顾,三事早提携。对案临青玉,窥书捧紫泥。始欢新遇重,还—作怀惜旧游暌。左宦登吴岫,分家渡越溪。赋中频叹鹏,卜处几听鸡。望阙应多恋,临津不用迷。柏梁思和曲,朝夕候金闺。

酬顾况见寄

于越城边枫叶高—作落,楚人书里寄离骚。寒江鸂鶒思俦侣,岁岁临流刷羽毛。

岁日作—作口号

更劳今日春风至,枯树无枝可寄花。览镜唯看飘乱发,临风谁为驻浮槎。

元日观百僚朝会

万国贺唐尧,清晨会百僚。花冠萧相府,绣服霍嫖姚。寿色凝丹槛,欢声彻九霄。御炉

分兽炭,仙管弄云韶。日照金觞动,风吹玉佩摇。都城献赋者,不得共趋朝。

再过金陵

玉树歌终王气收,雁行高送石城秋。江山不管兴亡事,一任斜阳伴客愁。

寄杨侍御 一作包何诗

一官何幸得同时,十载无媒独见遗。今日不论腰下组,请君看取鬓边丝。

全唐诗卷二百六

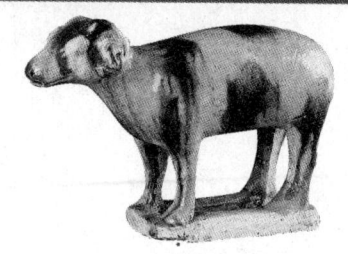

李嘉祐

李嘉祐,字从一,赵州人。天宝七年擢第,授秘书正字。坐事谪鄱江令,调江阴,入为中台郎。上元中,出为台州刺史。大历中,复为袁州刺史。与严维、刘长卿、冷朝阳诸人友善。为诗丽婉,有齐梁风。集一卷。今编诗二卷。

江上曲

江心澹澹芙蓉花,江口蛾眉独浣纱。可怜应是阳台女,对坐鸳鸯娇不语。掩面羞看北—作此地人。回身—作首忽作空山语—作巫山雨。苍梧秋色不堪论,千载依依帝子魂。君看峰上斑斑竹,尽是湘妃泣泪痕。

伤吴中

馆娃宫中春已归,阖闾城头莺已飞。复见花开人又老,横塘寂寂柳依依。忆昔吴王在宫阙,馆娃满—作卖眼看花发。舞袖朝欺陌上春,歌声夜怨江边月。古来人事亦犹今,莫厌清觞与绿琴。独向西山聊一笑,白云芳草自知心。

夜闻江南人家赛神,因题即事

南方淫祀—作祠古风俗。楚妪—作媪解—作能唱迎神曲。枪枪铜鼓芦叶深,寂寂琼筵江水绿。雨过风清洲渚闲,椒浆醉尽迎神还—作神欲还。帝女凌空下湘岸,番君隔浦向尧山。月隐回塘犹自舞,一门依倚神之祜。韩康灵—作卖药不复求,扁鹊医方曾莫睹。逐客临江空自悲,月明流水无已时。听此迎神送神曲,携觞欲吊屈原祠。

古兴

十五小家女,双鬟人不如。蛾眉暂一见,可直千金余。自从得向蓬莱里,出入金舆乘玉趾。梧桐树上春鸦鸣,晓伴君王犹未起。莫道君恩长不休,婕妤团扇苦悲秋。君看魏帝邺都里,惟有铜台漳水流。

杂兴
　　花间昔日黄鹂啭，妾向青楼已生怨。花落黄鹂不复来，妾老君心亦应变。君心比妾心，妾意旧来深。一别十年无尺素，归时莫赠路傍金。

送韦邕少府归钟山一本题作送韦山人归钟山别业
　　祈门官罢后一作旗亭阁书罢，负笈向桃源。万卷长开帙，千峰不闭一作掩门。绿杨垂野渡一作径，黄鸟傍山村。念尔能高枕，丹墀会一论。

送卢员外往饶州
　　为郎复典郡，锦帐映朱轮。露冕随龙节，停桡得水人。早霜芦叶变，寒雨石榴新。莫怪谙风土，三年作逐臣。

送裴五归京口
　　君罢江西日，家贫为一官。还归五陵去一作上，只向远峰看。暮色催人别，秋风待雨寒。遥知到三径，唯有菊花残。

送严维归越州
　　艰难只用武，归向浙河东。松雪千山暮，林泉一水通。乡心缘绿草，野思看青枫。春日一作好偏相忆，裁书寄剡中。

送杜士瞻楚州觐省
　　风流与才思，俱似晋时人。淮月归心促一作速，江花入兴新。云深沧海暮，柳暗白田春。共道官犹小，怜君孝养亲。

送裴宣城上元所居
　　水流过海稀，尔去换春衣。泪向槟榔尽，身随鸿雁归。草思晴后发，花怨雨中飞。想到金陵渚，酣歌对落晖。

留别毗陵诸公
　　久作涔一作昨鬵阳令，丹墀忽再还。凄凉辞泽国，离乱到乡山。北固滩一作潮声满，南徐草色闲。知心从此别，相忆鬓毛斑。

送独孤拾遗先辈先赴上都
　　行春日已晓，桂楫逐寒烟。转曲遥峰出，看涛极浦连。入京当献赋，封事更闻天。日日趋黄阁，应忘云海边。

常州韦郎中泛舟见饯
　　主人冯轼贵，送客泛舟稀。逼岸随芳草，回桡背落晖。映花双节驻，临水伯劳飞。醉与群公狎，春塘露冕归。

送崔侍御入朝
　　十年犹执宪，万里独归春。旧国逢芳草，青云见故人。潘郎今发白，陶令本家贫。相送临京口，停桡泪满巾。

送岳州司马弟之任
　　岳阳天水外，念尔一帆过。野墅人烟迥，山城雁影多。有时巫峡色，终日洞庭波。丞相今为郡，应无劳者歌。

裴侍御见赠斑竹杖
　　骚人夸竹杖，赠我意何深。万点湘妃泪，三年贾谊心。愿持终白首，谁道贵黄金。他日归愚谷，偏宜绿绮琴。

送张观一作劝归袁州
　　羡尔湘东去，烟花尚可亲。绿芳深映鸟一作马，远岫递迎人。饥狖啼初日，残莺惜暮春。遥怜谢客兴，佳句又应新。

冬夜饶州使堂饯相公五叔赴歙州
　　丞相过邦牧，清弦送羽觞。高情同客醉，子夜为人长。斜汉初过斗，寒云正护霜。新安江自绿，明主待惟良。

蒋山开善寺一作崔峒诗
　　山殿秋云里，香烟出翠微。客寻朝磬至，僧背夕阳归。下界千门在，前朝万事非。看心兼送目，葭菼自依依。

晚发江宁道中呈严维
　　惆怅遥江路，萧条落日过。蝉鸣独树急，

鸦向古城多。转曲随青嶂,因高见白波。潘生秋径草,严子意如何。

句容县东青阳馆作

句曲千峰暮,归人向远烟。风摇近水叶,云护欲晴—作霜天。夕照留山馆,秋光落草—作野田。征途傍斜日,一骑独翩翩。

晚春宴无锡蔡明府—作长官西亭

茅檐闲寂寂,无事觉人和。井近时浇圃,城低下见河。兴缘芳草积,情向远峰多。别日归吴地,停桡更一过。

送王端赴朝

君承明主意,日日上丹墀。东阁论兵后,南宫草奏期。人稀傍河处,槐暗入关时。独遣吴州客,平陵结梦思。

送王正字山寺读书

欲究先儒教,还过支遁居。山—作篆阶闲听法,竹径—作寺独看书。向日荷新卷,迎秋柳半疏。风流有佳句,不—作又似带经锄。

送房明府罢长宁令湖州客舍

君为万里宰,恩及五湖人。未满先求退,归闲不厌贫。远峰晴更近,残柳雨还新。要自趋丹陛,明年鸡树亲。

咏萤

映水光难定,凌虚体自轻。夜风吹不灭,秋露洗还明。向烛仍分焰,投书更有情。犹将流乱影,来此傍檐楹。

送李中丞、杨判官

射策名先著,论兵气自雄。能全季布诺,不道鲁连功。流水兼葭外,诸山睥睨中。别君秋日晚,回首夕阳空。

至七里滩作

迁客投于越,临江泪满衣。独随流水远,转觉故人稀。万木迎秋序,千峰驻晚晖。行舟犹未已,惆怅暮潮归。

南浦渡口

寂寞横塘路,新篁覆水低。东风潮信满,时雨稻粳齐。寡妇共租税,渔人逐鼓鼙。惭无卓鲁术,解印谢黔黎。

暮秋迁客增思寄京华

宋玉怨三秋,张衡复四愁。思乡雁北至,欲—作叹别水东流。倚树看黄叶,逢人诉—作话白头。佳期不可失—作见,落日自登楼。

送苏修往上饶

爱尔无羁束,云山恣意过。一身随远岫,孤棹任轻波。世事关心少,渔家寄宿多。芦花泊舟处,江月奈人何。

题王十九茆堂

满庭多种药,入里作山家。终日能留客,凌寒亦对花。海鸥过竹屿,门柳拂江沙。知尔卑栖意,题诗美白华。

送弘志上人归湖州

山林唯幽静,行住不妨禅。高月穿松径,残阳过水田—作泉。诗从宿世悟,法为本师传。能使南人敬,修持香火缘。

送陆士伦宰义兴

阳羡兰陵近,高城带水闲。浅流通野寺,绿茗盖春山。长吏多—作先愁罢,游人讵肯还。知君日清净,无事掩重关。

和张舍人中书宿直

汉主留才子,春城直紫微。对花闻阁静,过竹吏人稀。裁诏催添烛,将朝欲更衣。玉堂宜岁久,且莫厌彤闱。

司勋王郎中宅送韦九郎中往濠州

怜尔因同舍,看书似外家。出关逢落叶,傍水见寒花。送远添秋思,将衰恋岁华。清淮倍相忆,回首莫令赊。

晚春送吉校书归楚州 吉中孚曾为道士

诗人饶楚思,淮上及春归。旧浦菱花发—

作传,闲门柳絮飞。高名乡曲重,少事道流稀。定向渔家醉,残阳卧钓矶。

送严二擢第东归

䞋官就宾荐,时辈讵争先。盛业推儒行,高科独少年。迎秋见衰叶,余照逐鸣蝉。旧里三峰下,开门古县一作道前。

送冷朝阳及第东归江宁

高第由佳句,诸生似者稀,长安带酒别,建业候潮归。稚子欢迎棹,邻人为扫扉。含情过旧浦,鸥鸟亦依依。

送越州辛法曹之任

但能一官适,莫羡五侯尊。山色垂一作同趋府,潮声自到门。缘塘剡溪路,映竹五湖村。王谢登临处,依依今尚存。

送樊兵曹潭州谒韦大夫

塞鸿归欲尽,北客始辞春。零桂虽逢竹,湘川少见人。江花铺浅水,山木暗残春。修刺辕门里,多怜尔为亲。

送杜御史还广陵

惭君从弱岁一作冠,顾我比诸昆。同事元戎久,俱承国士恩。随莺过淮水,看柳向辕门。草色金陵岸,思心那可论。

送兖州杜别驾之任

停车邀别乘,促轸奏胡笳。若见楚山暮,因愁浙水赊。河堤经浅草,村径历繁花。更有堪悲处,梁城春日斜。

题裴十六少卿东亭

平津旧东阁,深巷见南山。卷箔岚烟润,遮窗竹影闲。倾茶兼落帽,恋客不开关。斜照窥帘外,川禽时往还。

同皇甫侍御题荐福寺一公房

虚室独焚香,林空静磬长。闲窥数竿竹,老在一绳床。啜茗翻真偈,然灯继夕阳。人归远相送,步履出回廊。

送从侄端之东都

房近人行少,怜君独出城。故关逢落叶,寒日逐徂征。闻笛添归思,看山怅野情。皇华今绝少,龙颔也相迎。

送王谏议充东都留守判官

时称谢康乐,别事汉平津。衰柳寒关道,高车左掖臣。背河见北雁,到洛问东人。忆昔游金谷,相看华发新。

和都官苗员外秋夜省直对雨简诸知己

多一作久雨南宫夜,仙郎寓一作上直时。漏长丹凤阙,秋冷一作老白云司一作词。萤影侵阶乱,鸿声出苑迟。萧条人吏散一作静,小谢有新诗。

送从弟归河朔

故乡那可到,令弟独能归。诸将矜旄节,何人重布衣。空城流水在,荒泽旧村稀。秋日平原路,虫鸣桑叶飞。

送崔夷甫员外和蕃

君过湟中去,寻源未是赊。经春逢白草,尽日度黄沙。双节行为伴,孤烽到似家。和戎非用武,不学李轻车。

春日长安送从弟尉吴县

春愁能浩荡,送别又如何。人向吴台远,莺飞汉苑多。见花羞白发,因尔忆沧波。好是神仙尉,前贤亦未过。

元日无衣冠入朝,寄皇甫拾遗冉、从弟补阙纾

伏奏随廉使,周行外冗员。白髭空受岁,丹陛不朝天。秉烛千官去,垂帘一室眠。羡君青琐里,并冕入炉烟。

和韩郎中扬子津玩雪寄严维

雪深扬子岸,看柳尽成梅。山色潜知近,潮声只听来。夜禽惊晓散,春物受寒催。粉署

生新兴,瑶华寄上才。

送王牧往吉州谒王使君叔
细草绿汀洲,王孙耐—作奈薄游。年华初冠带,文体旧弓裘。野渡花争发,春塘水乱流。使君怜—作矜小阮,应念倚门愁。

广陵送林宰
清政过前哲,香名达至尊。明通汉家籍,重识府公恩。春景生云物,风潮敛雪痕。长吟策赢马,青楚入关门。

赠卫南长官赴任
吏曹难茂宰,主意念疲人。更事文犀节,还过白马津。云间辞北阙,树里出西秦。为报陶明府,裁书莫厌贫。

自常州还江阴途中作
处处空篱落,江村不忍看。无人花色惨,多雨鸟声寒。黄霸初临郡,陶潜未罢—作去官。乘春务征伐,谁肯问凋残。

润州杨别驾宅送蒋九侍御收兵归扬州
眕—作泠气清金虎,兵威壮铁冠。扬旌川色暗—作暝,吹角水风寒。人对辐轩醉,花垂—作看睥睨残。羡归丞相阁—作府,空望旧门—作雕栏。

仲夏江阴官舍寄裴明府
万室边江次,孤城对海安。朝霞晴作雨,湿气晚生寒。苔色侵衣桁,潮痕上井栏。题诗招茂宰,思尔欲辞官。

送夏侯审参军游江东
袖中多丽句,未遣世人闻。醉夜眠江月,闲时逐海云。荻花寒漫漫,鸥鸟暮群群。若到长沙苑,渔家更待君。

送袁员外宣慰劝农毕赴洪州使院
圣主临前殿,殷忧遣使臣。气迎天诏喜,恩发土膏春。草色催归棹,莺声为送人。龙沙多道里,流水自—作日相亲。

送侍御史四叔归朝
淮南频送别,临水惜残春。攀折隋宫柳,淹留秦地人。含情归上国,论旧见平津。更接天津近,余花映绶新。

登楚州城望驿路,十余里山村竹林相次交映
十里山村道,千峰栎树林。霜浓竹枝亚,岁晚荻花深。草市多樵客,渔家足水禽。幽居虽可羡,无那子牟心。

奉陪韦润州游鹤林寺
野寺江城近,双旌五马过。禅心超忍辱,梵语问多罗。松竹闲僧老,云烟晚日和—作多。寒塘归路转,清磬隔微波。

奉酬路五郎中院长新除工部员外见简
一门同秘省,万里作长城。问绢莲花府,扬旗细柳营。词锋偏却敌,草奏直论兵。何幸新诗赠,真—作甘输小谢名。

送韦司直西行此公深入道门
不耻青袍故,尤宜白发新。心朝玉皇帝,貌似紫阳人。湘浦眠销日,桃源醉度春。能文兼证道,庄叟是前身。

送上官侍御赴黔中
莫向黔中路,令人到欲迷。水声巫峡里,山色夜郎西。树隔朝云合,猿窥晓月啼。南方饶翠羽,知尔饮清溪。

送元侍御还荆南幕府
迢递荆州路,山多水又分。霜林澹寒日,朔—作故,一作朝雁蔽南云。八座由持节,三湘亦置军。自当行直指,应不为功勋。

登湓城浦望庐山初晴,直省贵教催赴江阴
西望香炉雪,千峰晚色—作照新。白头悲作吏,黄纸苦—作更催人。多负登山屐,深藏漉酒巾。伤心公府内,手板日相亲。

九日
惆怅重阳日,空山野菊新。兼葭百战地,

江海十年人。叹老堪衰柳,伤秋对白蘋。孤楼闻夕磬,塘路向城闉。

九日送人

晴景应重阳,高台怆远乡。水澄千室倒,雾卷四山长。受节人逾老,惊寒菊半黄。席前愁此别,未别已沾裳。

春日淇上作一作汉口春

淇上一作水春风一作未涨,鸳鸯逐一作逆浪飞。清明桑叶小,度雨杏花稀。卫女红妆薄,王孙白马肥。相将踏青去,不解惜罗衣。

送从叔阳冰祗召赴都

自小从游惯,多由戏笑偏。常时矜礼数,渐老荷优怜。见主承休命,为郎贵晚年。伯嗜文与篆,虚作汉家贤。

送友人入湘

闻说湘川路,年年苦雨一作湖水多。猿啼巫峡雨,月照洞庭波。穷海人还去,孤城雁共过。青山不可极,来往自蹉跎。

送裴员外往江南

公务江南远,留欢幕下荣。枫林缘楚塞,水驿到溢城。岸草知春晚,沙禽好夜惊。风帆几度泊,处处暮潮声。

登秦岭

南登秦岭头,回望始堪愁。汉阙青门远,高山蓝水流。三湘迁客去,九陌故人游。从此辞乡泪,双垂不复收。

送张惟俭秀才入举

清秀过终童,携书访老翁。以吾为世旧,怜尔继家风。淮岸经霜柳,关城带月鸿。春归定得意,花送到东中。

送韦侍御湖南幕府

执宪随征虏,逢秋出故关。雨多愁郢路,叶下识衡山。地远从军乐,兵强分野闲。皇家不易将,此去未应还。

同皇甫冉赴官,留别灵一上人

法许庐山远,诗传休上人。独归双树宿,静与百花亲。对物一作幼虽留兴,观空已悟身。能令折腰客,遥赏竹房春。

送客游荆州

草色随骢马,悠悠共出秦。水传云梦晓,山接洞庭春。帆影连三峡,猿声在四邻。青门一分首,难见杜陵人。

与郑锡游春

东门重柳长,回首独心伤。日暖临芳草,天晴忆故乡。映花莺上下,过水蝶悠扬。借问同行客,今朝泪几行。

故燕国相公挽歌二首

文若为全德,留侯是重名。论公一作功长不宰,因病得无生。大梦依禅定,高坟共一作仰化城。自应怜寂灭,人世但伤情。

共美持衡日,皆言折槛时。蜀侯一作臣供庙略,汉主缺台司。车马行仍止,笳箫咽又悲。今年杜陵陌一作柏,殄瘁百花迟。

故吏部郎中赠给事中韦公挽歌二首

神理今何在,斯人竟若斯。颜渊徒有德,伯道且无儿。白发今非老,青云数有奇。谁言夕郎拜,翻向夜台悲。

社里东城接,松阡北地开。闻笳春色惨,执绋故人哀。终日南山对,何时渭水回。仁兄与恩旧,相望泣泉台。

全唐诗卷二百七

李嘉祐

和袁郎中破贼后经剡县山水上太尉

受律仙郎贵,长驱下会稽。鸣笳山月晓,摇旆野云低。荆寇人皆贺,回军马自嘶。地闲春草绿,城静夜乌啼。破竹清闽岭,看花入剡溪。元戎催献捷,莫道事攀跻。

送评事十九叔入秦

白露沾蕙草,王孙转忆归。蔡州新战罢,郢路去人稀。谒帝不辞远,怀亲空有违。孤舟看落叶,平楚逐斜晖。北阙见端冕,南台当绣衣。唯余播迁客,只伴鹧鸪飞。

赠王八衢 一本此下有州字

丹地偏相逐,清江若有期。腰金才子贵,剖竹老人迟。桂楫闲迎客,茶瓯对说诗。渚田分邑里,山桂树罘罳。心静无华发,人和似古时。别君远山去,幽独更应悲。

入睦州分水路忆刘长卿

北阙忤明主,南方随白云。沿洄滩草色,应接海鸥群。建德潮已尽,新安江又分。回看严子濑,朗咏谢安文。雨过暮山碧,猿吟秋日曛。吴洲不可到,刷鬓为思君。

奉和杜相公长兴新宅即事呈元相公

意有空门乐,居无甲第奢。经过容法侣,雕饰让侯家。隐树重檐肃,开园一径斜。据梧听好鸟,行药寄名花。梦蝶留清簟,垂貂坐绛纱。当山不掩户,映日自倾茶。雅望归安石,深知在叔牙。还成吉甫颂,赠答比瑶华。

江湖秋思

趋陪禁掖雁行随,迁向江潭鹤发垂。素浪遥疑八溪水,清枫忽似万年枝。嵩南春遍伤魂梦,壶口云深隔路歧。共望汉朝多霈泽,苍蝇早晚得先知。

送朱—作宋中舍游江东

　　孤城郭外送王孙，越水吴洲共尔论。野寺山边斜有径，渔家竹里半开门。青枫独映摇前浦，白鹭闲飞过远村。若到西陵征战处，不堪秋草自伤魂。

送窦拾遗赴朝，因寄中书十七弟窦拾遗叔向，其弟窦舒也。

　　自叹未沾黄纸诏，那堪远送赤墀人。老为侨客偏相恋，素是诗家倍益亲。妻儿共载无羁思，鸳鹭同行不负身。凭尔将书通令弟，唯论华发愧头巾。

自苏台至望亭驿，人家尽空，春物增思，怅然有作，因寄从弟纾

　　南浦菰蒋覆白蘋，东吴黎庶逐黄巾。野棠自发空临—作流水，江燕初归不见人。远岫—作树依依如送客，平田渺渺独伤春。那堪回首长洲苑，烽火年年报虏尘。

承恩量移宰江邑，临鄱江怅然之作

　　四年谪宦滞江城，未厌门前鄱水清。谁言宰邑化黎庶，欲别云山如弟兄。双鸥为底无心狎，白发从他绕鬓生。惆怅闲眠临极浦，夕阳秋草不胜情。

题灵台县东山村主人

　　处处征胡人渐稀，山村寥落暮烟微。门临莽苍经年闭，身逐嫖姚几日归。贫妻白发输残税，余寇黄河未解围。天子如今能用武，只应岁晚息兵机。

同皇甫冉登重玄阁

　　高阁朱栏不厌游，兼葭白水绕长洲。孤云独鸟川光暮，万井千山海色秋。清梵林中人转静，夕阳城上角偏愁。谁怜—作堪远作秦吴别，离恨归心双泪流。

宋州东登望题武陵驿

　　梁宋人稀鸟自啼，登舻一望倍含凄。白骨半随河水去，黄云独傍郡城低。平陂战地花空落，旧苑春田草未齐。明主频移虎符守，几时行县向黔黎。

晚登江楼有怀

　　独坐南楼佳兴新，青山绿水共为邻。爽气遥分隔浦岫，斜光偏照渡江人。心闲鸥鸟时相近，事简鱼竿私自亲。只忆帝京不可到，秋琴一弄欲沾巾。

游徐城河忽见清淮，因寄赵八

　　自缘迟暮忆沧洲，翻爱南河浊水流。初过重阳惜残菊，行看旧浦识群鸥。朝霞映日同归处，暝柳摇风欲别秋。长恨相逢即分首，含情掩泪独回头。

题游仙阁白—作息公庙

　　仙冠轻举竟何之，薜荔缘阶竹映祠。甲子不知风驭日，朝昏唯见雨来时。霓旌翠盖终难遇，流水青山空所思。逐客自怜双鬓改，焚香多负白云期。

送郑正则汉阳迎妇

　　锦字相催鸟急飞，郎君暂脱老莱衣。遥想双眉待人画，行看五马送潮归。望夫山上花犹发，新妇江边莺未稀。令秩和鸣真可羡，此行谁道负春辉。

送皇甫冉往安宜

　　江皋尽日唯烟水，君向白田何日归。楚地兼葭连海迥，隋朝杨柳映堤稀。津楼故市无行客，山馆荒城闭落晖。若问行人与征战，使君双泪定沾衣。

晚发咸阳，寄同院遗补

　　征战初休草又衰，咸阳晚眺泪堪垂。去路全无千里客，秋田不见五陵儿。秦家故事随流水，汉代高坟对石碑。回首青山独不语，羡君谈笑万年枝。

早秋京口旅泊,章侍御寄书相问,因以赠之,时七夕

移家避寇逐行舟,厌见南徐江水流。吴越—作地征徭非旧日,秣陵凋弊不宜秋。千家闭户无砧杵,七夕何人望斗牛。只有同时骢马客,偏宜—作题尺牍问穷愁。

秋晓—作晚招隐寺东峰茶宴,送内弟阎伯均归江州

万畦新稻傍山村,数里深松到寺门。幸有香茶留稚子—作释子,不堪秋草送王孙。烟尘怨别唯愁隔,井邑萧条谁忍论。莫怪临歧独垂泪,魏舒偏念外家恩。

送严员外—作刘长卿诗

春风倚棹阖闾城,水国春寒阴复晴。细雨湿衣看不见,闲花落地听无声。日斜江上孤帆影,草绿湖南万里情。君去若逢相识问,青袍今已误儒生。

赴南中留别褚七少府湖上林亭—作刘长卿诗

种田东郭傍春陂,万事无情把钓丝。绿竹放侵行径里,青山常对卷帘时。纷纷花发门空闭,寂寂莺啼日更迟。从此别君千万里,白云流水忆佳期。

与从弟正字、从兄兵曹宴集林园

竹窗松户有佳期,美酒香茶慰所思。辅嗣外生还解易,惠连群从总能诗。檐前花落春深后,谷里莺啼日暮时。去路归程仍待月,垂缰不控马行迟。

酬皇甫十六侍御曾见寄 此公时贬舒州司马

自顾衰容累玉除,忽承优诏赴铜鱼。江头鸟避青骁节,城里人迎露网车。长沙地近悲才子,古郡山多忆旧庐。更枉新诗思何苦,离骚愁—作怨处亦无如。

暮春宜阳郡斋愁坐,忽枉刘七侍御新诗,因以酬答

子规夜夜啼楮叶,远道逢春—作春来半是愁。芳草伴人还易老,落花随水亦东流。山临郫睨恒多雨,地接潇湘畏及秋。唯羡君为周柱史,手持黄纸到沧洲。

送舍弟

诸谢偏推永嘉守,三何独许水曹郎。老兄鄙思难俦匹,令弟清词堪比量。叠嶂入云藏古寺,高秋背月转南湘。定知马上多新句,早寄袁溪当八行。

送从弟永任饶州录事参军

一官万里向千溪,水宿山行鱼浦西。日晚长烟高岸近,天寒积雪远峰低。芦花渚里鸿相叫,苦竹丛边猿暗啼。闻道慈亲倚门待,到时兰叶正萋萋。

送马将军奏事毕归滑州使幕

吴门别后蹈沧州,帝里相逢俱白头。自叹马卿常带病,还嗟李广未封侯。棠梨宫里瞻龙衮,细柳营前著豹裘。想到滑台桑叶落,黄河东注荻花秋。

闻逝者自惊

亦知死是人间事,年老闻之心自疑。黄卷清琴总为累,落花流水共添悲。愿将从药看真诀,又欲休官就本师。儿女眼前难喜舍,弥怜双鬓渐如丝。

伤歙州陈二使君

怜君辞满—作病卧沧洲,一旦云亡万事休。慈母断肠妻独泣,寒云惨色水空流。江村故老长怀惠,山路孤猿亦共愁。寂寞荒坟近渔浦,野松孤月即千秋。

白田西忆楚州使君弟

山阳郭里无潮,野水自向新桥。鱼网平铺荷叶,鹭鸶闲步稻苗。秣陵归人惆怅,楚地连

山寂寥。却忆士龙宾阁,清琴绿竹一作水萧萧。

送陆澧还吴中一作刘长卿诗

瓜步寒潮送客,杨花暮雨沾衣。故乡南望何处,秋水连天独归。

春日忆家一作春日归山

自觉劳乡梦,无人见客心。空余庭草色,日日伴愁襟。

远寺钟

疏钟何处来,度竹兼拂水。渐逐微风声一作敛,依依犹在耳。

白鹭

江南渌水多,顾影逗轻波。落日秦云里,山高奈若何。

夜宴南陵留别

雪满前庭月色闲,主人留客未能还。预愁明日相思处,匹马千山与万山。

题前溪馆

两年谪宦在江西,举目云山要自迷。今日始知风土异,浔阳南去鹧鸪啼。

过乌公山寄钱起员外

雨过青山猿叫时,愁人泪点石榴枝。无端王事还相系,肠断蒹葭君不知。

寄王舍人竹楼

傲吏身闲笑五侯,西江取竹起高楼。南风不用蒲葵扇,纱帽闲眠对水鸥。

韦润州后亭海榴

江上年年小雪迟,年光独报海榴知。寂寂山城风日暖,谢公含笑向南枝。

送崔十一弟归北京

潘郎美貌谢公诗,银印花骢年少时。楚地江皋一为别,晋山少水独相思。

访韩司空不遇

图画风流似长康,文词体格效陈王。蓬莱对去一作奏对归常晚,丛竹一作雀闲飞满夕阳。

题道虔上人竹房

诗思禅心共竹闲,任他流水向一作到人间。手持如意高窗里,斜日沿江千万山。

秋朝木芙蓉

水面芙蓉秋已衰,繁条到是著花时。平明露滴垂红脸,似有朝愁暮落悲。

袁江口忆王司勋、王吏部二郎中、起居十七弟

京华不啻三千里,客泪如今一万双。若个最为相忆处,青枫黄竹入袁江。

答泉州薛播使君重阳日赠酒

欲强登高无力去,篱边黄菊为谁开。共知不是浔阳郡,那得王弘送酒来。

题张公洞

空山杳杳鸾凤飞,神仙门户开翠微。主人白发雪霞衣,松间留我谈玄机。

句

水田飞白鹭,夏木啭黄鹂。李肇称嘉祐有此句,王右丞取以为七言,今集中无之。

白马撼金珂,纷纷侍从多。身居骠骑幕,家住滹沱河。《少年行》,《诗式》。

溪北映初星。《海录碎事》。

全唐诗卷二百八

包何

包何,字幼嗣,润州延陵人。融之子,与弟佶齐名,世称二包。登天宝进士第。大历中,为起居舍人。诗一卷。

送泉州李使君之任—作送李使君赴泉州

傍海皆荒服,分符重汉臣。云山百越路,市井十洲人。执玉来朝远,还珠入贡频。连年不见雪,到处即行春。

和孟虔州闲斋即事

古郡邻江岭,公庭半薜萝。府僚闲不入,山鸟静偏过。睥睨临花柳,栏干枕芰荷。麦秋今欲至,君听两岐歌。

同李郎中净律院梡子树

本—作木梡稀难识,沙门种则生。叶殊经写字,子为佛称名。滤水浇新长,燃灯暖更荣。亭亭无别意,只是劝修行。

同阎伯均宿道士观有述

南国佳人去不回,洛阳才子更须媒。绮琴白雪无心弄,罗幌清风到晓开。冉冉修篁依户牖,迢迢列宿映楼台。纵令奔月成仙去,且作行云入梦来。

送乌程王明府贬巴江

一片孤帆无四邻,北风吹过五湖滨。相看尽是江南客,独有君为岭外人。

同舍弟佶、班、韦二员外秋苔对之成咏

每看苔藓色,如向簿书闲。幽思缠芳树,高情寄远山,雨痕连地绿,日色出林斑。即笑兴公赋,临危滑石间。

送王汶—作文宰江阴

郡北—作此郡乘流去,花间竟日行。海鱼朝满市,江鸟夜喧城。止酒非关病,援琴不在声。应缘五斗米,数日滞渊明。

和苗员外寓直中书一作和苗员外寓直寄台中舍弟

朝列称多士,君家有二难。贞为台里柏,芳作省中兰。夜宿一作直分曹阔一作间,晨一作朝趋接武欢。每怜双阙下,雁序入鸳鸾。

阙下芙蓉

一人理国致升平,万物呈祥助圣明。天上河从阙下过,江南花向殿前生。广云垂荫开难落,湛露为珠满不倾。更对乐悬张宴处一作纂虡,歌工欲奏采莲声。

江上田家

近海川原薄,人家本自稀。黍苗期腊酒,霜叶是寒衣。市井谁一作虽相识,渔樵夜始归。不须骑马问,恐畏一作是狎鸥飞。

送韦侍御奉使江岭诸道催青苗钱

近远一作远近从王事,南行处处经。手持霜简白,心在夏苗青。回雁书应报,愁猿夜一作客屡听。因君使绝域,方物尽来庭。

和程员外春日东郊即事

即官休浣怜迟日,野老欢娱为有年。几处折花惊蝶梦,数家留叶待蚕眠。藤垂宛一作委地紫珠履,泉迸侵阶浸绿钱。直到闭关朝谒去,莺声不散一作语柳含烟。

裴端公使院,赋得隔帘见春雨

细雨未成霖,垂帘但觉阴。唯看上砌湿,不遣入檐深。度隙沾霜简,因风润绮琴。须移户外屦,檐溜夜相侵。

相里使君第七男生日一作生日

娶妻生子复生男,独有君家众所谈。荀氏八龙唯欠一,桓山四凤已过三。他时干蛊声名著,今日悬弧宴乐酣。谁道众贤能继体,须知个个出于蓝。

同诸公寻李方直不遇

闻说到扬州,吹箫忆旧游。人来多不见,莫是上迷楼。

婺州留别邓使君

西掖驰名久,东阳出守时。江山婺女分,风月隐侯诗。别恨双溪急,留欢五马迟。回舟映沙屿,未远剩相思。

寄杨侍御一作包佶诗

一官何幸得同时,十载无媒独见遗。今日不论腰下组,请君看取鬓边丝。

赋得秤,送孟孺卿

愿以金秤锤一作锤秤,因君赠别离。钩悬新月吐,衡举众星随。掌握须一作应平执,锱铢必尽知。由来投分审,莫放一作被弄权移。

长安晓望,寄崔补阙一作司空曙诗

迢递山河拥帝京,参差宫殿接云平。风吹晓漏经长乐,柳带晴烟出禁城。天净笙歌临路发,日高车马隔尘行。自怜久滞诸生列,未得金闺籍姓名。曙诗末句与此异,云:独有浅才甘未达,自惭名在鲁诸生。

全唐诗卷二百九

贾邕

贾邕，天宝九年登进士第。诗一首。

送萧颖士—作夫子赴东府，得路字 刘太真撰序

萧夫子赴东府，门人送者十二人。刘太真为之序云：先师微言既绝者千有余载，至夫子而后洵美无度，得夫天和。顷东倭之人，逾海来宾，举其国俗，愿师于夫子，弗敢私；请表闻于天子，夫子辞以疾而不之从也。退然贫居，述作万卷，去其浮辞，存乎正言。昔左氏失于烦，穀梁失于短，公羊失于俗，而夫子为其折衷。王公交辟，拒而不应。从官三年，始参谋于洛京，家兄与先鸣者六七人，奉壶开筵，执弟子之礼于路左。太真以文求进，以无闻见举，而不吝为夫子羞。春云轻阴，草色新碧，皎皎匹马，出于青门，吾徒唱然，瞻望不及。赋诗仰饯者，自相里造、贾邕以下，凡十二人，皆及门之选也。按序称赋诗十二人。《纪事》以邬载不预会，仅得九人之诗。所阙者，相里造及刘太真诗，其一人并姓名亦逸之矣。颖士门人可考者，自赋诗诸贤外，有尹徵、王恒、卢异、卢士式、赵匡、阎士和、柳并及李阳冰、李幼卿、皇甫冉、陆渭。而贾邕之受业，在颖士客濮阳时云。

子欲适东周，门人盈歧路。高标信难仰，薄官非始务。绵邈千里途，裴回四郊暮。征车日云远，抚已渐深顾。

刘舟—作冉

刘舟，天宝中登进士第。诗一首。

送萧颖士—作夫子赴东府得适字

大名掩诸古，独断无不适。德遂天下宗，官为幕中客。骊山浮云散，灞岸零雨夕。请业非远期，圆光再生魄。

长孙铸

长孙铸，天宝十二年登进士第。诗一首。

送萧颖士—作夫子赴东府得离字

大德讵可拟，高梧有长离。素怀经纶具，昭世独安卑。落日去关外，悠悠隔山陂。我心如浮云，千里相追随。

房白

房白,天宝中登进士第。诗一首。

送萧颖士—作夫子赴东府得还字

夫子高世迹,时人不可攀。今予亦云幸,谬得承温颜。良策资人幕,遂行从近关。青春灞亭别,此去何时还。

元晟

元晟,河南府进士。诗一首。

送萧颖士—作夫子赴东府得引字

吾见夫子德,谁云习相近。数仞不可窥,言味终难尽。处喧虑常澹,作吏心亦隐。更有嵩少峰,东南为胜引。

刘太冲

刘太冲,彭城人,天宝十二载登进士第。诗一首。

送萧颖士—作夫子赴东府得浅字

吾师继微言,赞述在坟典。寸禄聊自资,平生宦情鲜。逶迟东州—作周路,春草深复浅。日远夫子门,中心曷由展。

姚发

姚发,天宝十二年登进士第。诗一首。

送萧颖士—作夫子赴东府得草字

天生良史笔,浪迹擅文藻。中夏授参谋,东夷愿闻道。行轩玩春日,饯席藉芳草。幸得师季良,欣留箧笥宝。

郑愕

郑愕,天宝十二年登进士第。诗一首。

送萧颖士—作夫子赴东府得往字

斤溪数亩田,素心拟长往。翳君曲得引,使我缨俗网。风尘岂不劳,道义成心赏。春郊桃李月,忍此戒征两。

殷少野

殷少野,天宝十二—作六年登进士第。诗一首。

送萧颖士—作夫子赴东府得散字

官闲幕府下,聊以任纵诞。文学鲁仲尼,高标嵇中散。出门时雨润,对酒春风暖。感激知己恩,别离魂欲断。

邬载

邬载,天宝十二年登进士第。诗一首。

送萧颖士—作夫子赴东府得君字

策名十二载,独立先斯文。迩—作尔来及门者,半已升青云。青云岂无姿,黄鹄素不群。一辞芸香吏,几岁沧江渍。散职既不羁,天听—作聪亦昭闻。虽承急贤诏,未谒陶唐—作唐虞君。薄俸还自急,此言那足云。和风媚东郊,时物滋南薰。蕙草正可摘,豫章犹未分。宗师忽千里,使我心氛氲。

全唐诗卷二百十

皇甫曾

皇甫曾,字孝常,冉母弟也。天宝十二载登进士第。历侍御史,坐事徙舒州司马、阳翟令。诗名与兄相上下,当时比张氏景阳、孟阳云。集一卷。今编诗一卷。

奉陪韦中丞使君游鹤林寺

古寺传灯久,层城闭阁闲。香花同法侣,旌旆入深山。寒磬虚空里,孤云起灭间。谢公忆高卧,徒御一作望欲东一作忘还。

奉送杜侍御还京一作杜中丞,一作林中丞。

罢战回龙节,朝天上一作识,一作见凤池。寒生五湖道,春入一作及万年枝。召一作郡化多遗爱,胡一作官清已畏知。怀恩偏感别,坠泪向旌麾。

酬郑侍御一作高邮秋夜见寄

摇落空林夜,河阳兴已生。未一作欲辞公府步,知结远山情。高柳风难定,寒泉月助明。袁公方卧雪,尺素及柴荆。

酬窦拾遗秋日见呈时此公自江阴令除谏官

孤城永巷时相见,衰柳闲门日半斜。欲送近臣朝魏阙,独怜残菊在陶家。

韦使君宅海榴咏

淮阳卧理有清风,腊月榴花带雪红。闭阁寂寥常对此,江湖心在数枝中。

送普上人还阳羡一作皇甫冉诗

花宫难久别,道者忆千灯。残雪入林路,暮山归寺僧。日光依嫩草,泉响滴春冰。何用求方便,看心是一乘。

送李中丞归本道一作送人作使归

上将还专席一作宜分阃,双旌复出一作去秦。

关河三晋路，宾从五原人。孤戍云连海，平沙雪度春—作碛石山通海，漭沱雪度春。酬恩看玉剑，何处有烟尘。

和谢舍人雪夜寓直

禁省夜沉沉，春风雪满林。沧洲归客梦，青琐近—作侍臣心。挥翰宣—作宜鸣玉，承恩在赐金。建章寒漏起—作章台寒雁起，更助掖垣深。

寻刘处士

几年人不见，林下掩柴关。留客当清夜，逢君话旧山。隔城寒杵急，带月早鸿还。南陌虽相近，其如隐者闲。

哭—作伤陆处士

从此无期见，柴门—作扉对雪开。二毛逢世难，万恨掩泉台。返照空堂夕，孤城吊客回。汉家偏访道，独畏—作未鹤书来。

乌程水楼留别

悠悠千里去，惜此一尊同。客散高楼上，帆飞细雨中。山程随远水，楚思在—作望，一作任青枫。共说前期易，沧波处处同—作通。

题赠吴—作云门一作送云林邕上人

春山唯一室，独坐草萋萋。身寂心成道，花闲—作开鸟自啼。细泉松径里，返景竹林西。晚与门人别，依依出虎溪。

送陆鸿渐山人采茶回—本无回字

千峰待逋客，香茗复丛生。采摘知深处，烟霞羡独行。幽期山寺远，野饭石泉清。寂寂燃灯夜—作火，相思一磬—作磬一声。

寄刘员外长卿

南忆新安郡，千山带夕阳。断猿知夜久，秋草助江长。疏发应成素，青松独耐霜。爱才称汉主，题柱待回乡—作刘郎。

寄张仲—作众甫

悲风生旧浦，云岭隔东田。伏腊同鸡黍，柴门闭雪天。孤村明夜火，稚子候归船。静者心相忆，离居畏度年。

送元侍御充使湖南

云梦南行尽，三湘万里流。山川重分手—作首，徒御亦悲秋。白简劳王事，清猿助客愁。离群复多病，岁晚忆沧洲。

晚至华阴

腊尽促归心，行人及华阴。云霞仙掌出，松柏古祠深。野渡冰生岸，寒川烧隔林。温泉看—作程渐近—作远，宫树晚沈沈。

送孔征士

谷口山多—作多山，一作多幽处，君归不可寻。家贫青史在，身老白云深。扫雪开松径，疏泉过竹林。余生负丘壑，相送亦何心。

秋兴

流萤与落叶，秋晚共纷纷。返照城中尽，寒砧雨外闻。离人见衰鬓，独鹤暮—作慕何群。楚客在千里，相思看碧云。

送归中丞使新罗

南幌—作宪衔恩去，东夷泛海行。天遥辞上国，水尽到孤城。已变炎凉气，仍愁浩淼程。云涛不可极，来往见双旌。

送少微上人东南游

石梁人不到，独往更迢迢。乞食山家少，寻钟野寺遥。松门风自扫，瀑布雪难消。秋夜闻清梵，余音逐海潮。

送韦判官赴闽中

孤棹闽中客，双旌海上军。路人从北少，海—作岭水向南分。野鹤伤秋别，林猿忌夜闻。汉家崇亚相，知子—作汝远邀勋。

送人还—作往荆州—作李嘉祐诗

草色随骢马，悠悠同出秦。水传云梦晓，山接洞庭春。帆影连三峡，猿声近四邻。青门一分手，难见杜陵人。

寄净虚上人初至云门—作刘长卿诗

寒踪白云里,法侣自提携。竹径通城下,松门隔水西。方同沃洲去,不似武陵迷。仿佛方—作心知处,高峰是会稽。

春和杜相公移入长兴宅,奉呈诸宰执

欲向幽偏适,还从绝地移。秦官鼎食贵,尧世土阶卑。戟户槐阴满,书窗竹叶垂。才分午夜漏,遥隔万年枝。北阙深恩在,东林远梦知。日斜门掩—作杳映,山远树参差。论道齐鸳—作鸾翼,题诗忆凤池。从公亦何幸,长与珮声随。

路中口号

还乡不见家,年老眼多泪。车马上河桥,城中好天气。

山下泉

漾漾带山光,澄澄倒林影。那知石上喧,却忆—作益山中静。

早朝日寄所知

长安雪夜—作后见归鸿,紫禁朝天拜舞同。曙色渐分双阙下—作里,漏声遥在百花中。炉烟乍起开仙仗,玉佩才成—作成行引上公。共荷发生同雨露,不应黄叶久随风。

秋夕寄怀契—作素上人

已见槿花朝委露,独悲孤鹤—作憔悴在人群。真僧出世心无事,静夜名香手自焚。窗临绝涧闻—作同流水,客至孤峰扫白云。更想清晨诵经处,独看松上雪—作雨纷纷。

张芬—作芳见访郊居作

林中雨散早凉生,已有迎秋促织声。三径荒芜羞对客,十年衰老愧称兄。秋心自惜江蓠晚—作短,世事方看木槿荣。君若罢官携手日—作去,寻山莫算—作计白云程。

赠鉴上人—作赠别签公

律仪传教诱,僧腊老烟霄。树色依禅诵,泉声入寂寥。宝—作龛龛经末劫—作来远国,画壁见南朝。深竹—作户风开合,寒潭—作泉月动摇。息心归静理,爱道坐—作定至中宵。更欲寻真去,乘船过海潮。

奉寄中书王舍人

腰金载笔谒承明,至—作志道安禅得此生。西掖几年纶绰贵,东山遥夜薜萝情。风传刻漏星河曙,月上梧桐雨露清。圣主好文谁为荐,闭门空赋子虚成。

送汤中丞和蕃

继好中司出,天心外国知。已传尧雨露,更说汉威仪。陇上应回首,河源复载驰。孤峰问徒御,空碛见旌麾。春草乡愁起,边城旅梦移。莫嗟行远地,此去答恩私。

送和西蕃使

白简初分命,黄金已在腰。恩华通外国,徒御发中朝。雨雪从边起,旌旗上陇遥。暮天沙漠漠,空碛马萧萧。寒路随河水,关城见柳条。和戎先罢战,知胜霍嫖姚。

送王相公赴幽州

台衮兼戎律,勤忧秉化元。凤池江掖宠,龙节北方尊。长路山河转,前驱鼓角喧。人安布时令,地远答君恩。暮日平沙迥,秋风大斾翻。渔阳在天末,恋别信陵门。

送徐大夫赴南海

旧国当分阃,天涯答圣私。大军传羽檄,老将拜旌旗。位重登坛后,恩深弄印时。何年谏猎赋,今日饮泉诗。海内求民瘼,城隅见岛夷。由来黄霸去,自有上台期。

赠沛—作霈禅师

南岳满—作潇湘沅—作源,吾师经利涉。身归沃洲老,名与支公接。净教传荆吴,道缘止渔猎。观空色不染,对境心自惬。室中人寂寞,门外山重—作稠叠。天台积幽梦,早晚当—作岁归负笈。

萼岭四望
　　汉家仙仗在咸阳,洛水东流出建章。野老至今犹望幸,离宫秋树独苍苍。

过刘员外长卿别墅—作碧涧别业
　　谢客开山后,郊扉积—作去水通。江湖千里—作十年别,衰老一尊同。返照寒川满,平田暮雪空。沧洲自有趣,不便哭—作复泣途穷。

遇风雨作—作权德舆诗
　　草草理夜装,涉江又登陆。望路殊未穷,指期今已促。传呼戒徒驭,振辔转林麓。阴云拥岩端,沾雨当山腹。震雷如在耳,飞电来照目。兽迹不敢窥,马蹄惟务速。虔心若斋祷,濡体如沐浴。万窍相怒号,百泉暗奔瀑。危梁虑足跌,峻坂忧车覆。问我何以然,前日爱微禄。转知人代事,缨组乃徽束。向若家居时,安枕春梦熟。遵途稍已近,候吏来相续。晓霁心始安,林端见初旭。

送商州杜中丞赴任
　　安康地理接商於,帝命专城总赋舆。夕拜忽辞青琐闼,晨装独捧紫泥书。深山古驿分骢骑,芳草闲云逐隼旟。绮皓清风千古在,因君一为谢岩居。

送著公归越
　　谁能愁此别,到越会相逢。长忆云门寺,门前千万峰。石床埋积雪,山路倒枯松。莫学白居—作衣士,无人知去踪。

送郑秀才贡举
　　西去意如何,知随贡士科。吟诗向月路,驱马出烟萝。晚色寒芜远,秋声候雁多。自怜归未得,相送一劳歌。

锡杖歌,送明楚上人归佛川—作权德舆诗
　　上人远自西天至,头陀行遍南朝寺。口翻贝叶古字经,手持金策声泠泠。护法护身惟振锡,石濑云溪深寂寂。乍来松径风露寒,遥映霜天月成魄。后夜空山禅诵时,寥寥挂在枯树枝。真法尝传心不住,东西南北随缘路。佛川此去何时回,应真莫便游天台。

玉山岭上作
　　悠悠驱匹马,征路上连冈。晚翠深云窦,寒台净石梁。秋花偏似雪,枫叶不禁霜。愁见前程远,空郊下夕阳。

国子柳博士兼领太常博士,辄申贺赠
　　博士本秦官,求才帖职难。临风曲台净,对月碧池寒。讲学分阴重,斋祠晓漏残。朝衣辨色处,双绶更宜看。

送裴秀才贡举
　　儒衣羞此别,去抵汉公卿。宾贡年犹少,篇章艺已成。临流惜暮景,话别起乡情。离酌不辞醉,西江春草生。

赠老将
　　白草黄云塞上秋,曾随骠骑出并州。辘轳剑折虹蜺白,转战功多独不侯。

全唐诗卷二百十一

高适

高适,字达夫,渤海蓨人。举有道科,释褐封丘尉。不得志,去游河右,哥舒翰表为左骁卫兵曹、掌书记。进左拾遗,转监察御史。潼关失守,适奔赴行在,擢谏议大夫,节度淮南。李辅国谮之,左授太子少詹事,出为蜀、彭二州刺史。进成都尹、剑南西川节度使。召为刑部侍郎,转散骑常侍,封渤海县侯。永泰二年卒。赠礼部尚书,谥曰忠。适喜功名,尚节义。年过五十,始学为诗,以气质自高。每吟一篇,已为好事者传诵。开、宝以来,诗人之达者,惟适而已。集二卷。今编四卷。

铜雀妓

日暮铜雀迥,秋深玉座清。萧森松柏望,委郁绮罗情。君恩不再得,妾舞为谁轻。

塞下曲

结束浮云骏,翩翩出从戎。且凭天子怒,复倚将军雄。万鼓雷殷地,千旗火生风。日轮驻霜戈,月魄悬雕弓。青海阵云匝,黑山兵气冲。战酣太白高,战罢旄头空。一本无战酣二句。万里不惜死,一朝一作阵得成功。画图麒麟阁,入朝明光宫。大笑向文士,一经何足穷。古人昧此道,往往成老翁。

塞上

东出卢龙塞,浩然客思孤。亭堠列万里,汉兵犹备胡。边尘涨北溟,虏骑一作塞马正南驱。转斗岂长策,和亲非远图。惟昔李将军,按节出皇一作临此都。总戎扫大漠,一战擒单于。常怀感激心,愿效纵横谟。倚剑欲谁语,关一作山河空郁纡。

蓟门行五首

蓟门逢古一作故老,独立思氛氲。一身既

零丁,头鬓白纷纷。勋庸今已矣,不识霍将军。

汉家能用武,开拓穷异域。戍卒厌糠核,降胡饱衣食。关一作开亭试一望,吾欲泪沾臆。

边城十一月,雨雪乱霏霏。元戎号令严,人马亦轻肥。羌胡无尽日,征战几时归。

幽州多骑射,结发重横行。一朝事将军,出入有声名。纷纷猎秋草,相向角弓鸣。

黯黯一作茫茫长城外,日没更烟尘。胡骑虽凭陵,汉兵不顾身。古树满空塞,黄云愁杀人。

效古赠崔二

十月河洲时,一看有归思。风飙生惨烈,雨雪暗天地。我辈今胡为,浩哉迷所至。缅怀当途者,济济居声位。邈然在云霄,宁肯更沦踬。周旋多燕乐,门馆列车骑。美人芙蓉姿,狭室兰麝气。金炉陈兽炭,谈笑正得意。岂论草泽中,有此枯槁士。我惭经济策,久欲甘弃置。君负纵横才,如何尚憔悴。长歌增郁怏,对酒不能醉。穷达自有时,夫子莫下泪。

钜鹿赠李少府

李侯虽薄宦,时誉何籍籍。骏马常借人,黄金每留客。投壶华馆静,纵酒凉风夕。即此遇神仙,吾欣知损益。

东平留赠狄司马曾与田安西充判官

古人无宿诺,兹道以一作未为难。万里赴知己,一言诚可叹。马蹄经月窟,剑术指楼兰。地出北庭尽,城临西海寒。森然瞻武库,则是一作刚若弄儒翰。入幕绾银绶,乘轺兼铁冠。练兵日精锐,杀敌无遗残。献捷见天子,论功俘可汗。激昂丹墀下,顾盼青云端。谁谓纵横策,翻为权势干。将军既坎壈,使者亦辛酸。耿介把一作捭三事,羁离从一官。知君不得意,他日会鹏抟。

过卢明府有赠

良吏不易得,古人今可传。静然本诸己,以此知其贤。我行挹高风,羡尔兼少年。胸怀

豁清夜,史汉如流泉。明日复行春,逶迤出郊坛。登高见百里,桑野郁芊芊。时平俯鹊巢,岁熟多人烟。奸猾唯闭户,逃亡归种田。回轩自郭南,老幼满马前。皆贺蚕农至一作事,而无徭役牵。君观黎庶心,抚之诚万全。何幸逢大道,愿言烹小鲜。能奏明廷主一作谁能奏明主,一试武城弦。

单父逢邓司仓覆仓库,因而有赠

邦牧今坐啸,群贤趋纪纲。四人忽不扰,耕者遥相望。粲粲府中妙,授词如履霜。炎炎伏热时,草木无晶光。匹马度睢水,清风何激扬。校缗阅帑藏,发廪欣斯箱。邂逅得相逢,欢言至夕阳。开襟自公余,载酒登琴堂。举杯挹山川,寓目穷毫芒。白鸟向田尽,青蝉归路长。醉中不惜别,况乃正游梁。

蓟门不遇王之涣、郭密之,因以留赠

适远登蓟丘,兹晨独搔屑。贤交不可见,吾愿终难说。迢递千里游,羁离十年别。才华仰清兴,功业蹉芳节。旷荡阻云海,萧条带风雪。逢时事多谬,失路心弥折。行矣勿重陈,怀君但愁绝。

寄孟五少府

秋气一作风落穷巷,离忧兼暮蝉。后时已如此,高兴亦徒然。知君念淹泊,忆我屡周旋。征路见来雁,归人悲远天。平生感一作各千里,相望在贞坚一作贤。

苦雨寄房四一作休昆季

独坐见多雨,况兹兼索居。茫茫十月交,穷阴千里余。弥望无端倪,北风击林樾。白日一作月渺难睹一作见,黄云争卷舒。安一作焉得造化功,旷然一扫除。滴沥檐宇愁,寥一作寂寥谈笑疏。泥涂拥城郭,水潦盘丘墟。惆怅悯田农,裴回伤里闾。曾是力井一作耕税,曷为一作云无斗储。万事切中怀,十年思上书。君门嗟缅邈,身计念居诸。沉吟顾草茅,郁怏任盈虚。黄鹄一作鹤不可羡,鸡鸣时起予。故人平台侧,

高馆临通衢。兄弟方荀陈,才华冠应徐。弹棋自多暇,饮酒更—作复何如。知人想林宗,直道惭史鱼。携手风流—作流风在,开襟鄙各祛。宁能访穷巷,相与对园—作嘉,一作家蔬。

和贺兰判官望北海作

圣代务平典,辎轩推上才。迢遥—作亭溟海际,旷望沧波开。四牡未遑息,三山安在哉。巨鳌不可钓,高浪何崔嵬。湛湛朝百谷,茫茫连九垓。挹流纳广大,观异增迟回。日出见鱼目,月圆知蚌胎。迹非想像到,心以精灵猜。远色带孤屿,虚声涵殷雷。风行越裳贡,水遏天吴灾。揽辔隼将击,忘机鸥复来。缘情韵骚雅,独立遗尘埃。吏道竟殊—作吾用,翰林仍忝陪。长鸣谢知己,所愧非龙媒。

和崔二少府登楚丘城作

故人亦不遇,异县久栖托。辛勤失路意,感叹登楼作。清晨眺原野,独立穷寥廓。云散芒砀山,水还睢阳郭。绕梁即襟带,封卫多漂泊。事古悲城池,年丰爱墟落。相逢俱未展,携手空萧索。何意千里心,仍求百金诺。公侯皆我辈,动用在谋略。圣心思贤才,朅来刈葵藿。

酬司空璩少府

飘摇未得意,感激与谁论。昨日遇夫子,仍欣吾道存。江山满词赋,札翰起凉温。吾见风雅作,人知德业尊。惊飙荡万木,秋气屯高原。燕赵何苍茫,鸿雁来翩翻。此时与君别,握手欲无言。

酬李少府

出塞魂屡—作犹惊,怀贤意难说。谁知吾道间,乃在客中别。日夕捧琼瑶,相思无休歇。伊人虽薄宦,举代推高节。述作凌江山,声华满冰雪。一登蓟丘上—作山,四顾何惨烈。来雁无尽时,边风正骚屑。将从崖谷遁,且与沉浮绝。君若登青云,余当投魏阙。

酬裴秀才

男儿贵得意,何必相知早。飘荡与物永—作华,蹉跎觉年—作身老。长卿无产业,季子惭妻嫂。此事难重陈,未于—作为众人道。

酬陆少府

朝临淇水岸,还望卫人邑。别意在山阿,征途背原隰。萧萧—作稍稍前村口,唯见转蓬入。水渚人去迟,霜天雁飞急。固应不远别—作我行应不远,所与路—作终未及。欲济川上舟,相思空伫立。

奉酬北海李太守丈人夏日平阴亭

天子股肱守,丈人山岳灵。出身侍丹墀,举翮凌青冥。当昔皇运否,人神俱未宁。谏官莫敢议,酷吏方专刑。谷永独言事,匡衡多引经。两朝纳深衷,万乘无不听。盛烈播南史,雄词豁东溟。谁谓整隼旟,翻然忆柴扃。寄书汶阳客,回首平阴亭。开封见千里,结念存百龄。隐轸江山丽—作来,氤氲兰茝馨。自怜遇时休,漂泊随流萍。春野变木德,夏天临火星。一生徒羡鱼,四十犹聚萤。从此日闲放,焉能怀拾青。

酬马八郊古见赠

深—作溪崖无绿竹,秀色徒氤氲。时代种桃李,无人顾此君。奈何冰雪操,尚与蒿莱群。愿托灵仙子,一声吹入云。

酬鸿胪裴主簿雨后睢阳北楼见赠之作—作王昌龄诗

暮霞照新晴,归云犹相逐。有怀晨昏暇,相见登眺目。问礼侍彤襜,题诗访茅屋。高楼多古今,陈事满陵谷。地久微子封,台余孝王筑。裴回顾霄汉,豁达俯川陆。远水对秋城,长天向乔木。公门何清净,列戟森已肃。不叹携手稀,恒思著鞭速。终当拂羽翰,轻举随鸿鹄。

酬裴员外以诗代书

少时方浩荡,遇物犹尘埃。脱略身外事,

交游天下才。单车入燕赵,独立心悠哉。宁知戎马间,忽展平生怀。且欣清论高,岂顾夕阳颓。题诗碣石馆,纵酒燕王台。北望沙漠垂,漫天雪皑皑。临边无策略,览古空裴回。乐毅吾所怜,拔齐翻见猜。荆卿吾所悲,适秦不复回。然诺多死地,公忠成祸胎。与君从此辞,每恐流年催。如何俱老大,始复忘形骸。兄弟真二陆,声名连八裴。乙未将星变,贼臣候天灾。胡骑犯龙山,乘舆经马嵬。千官无倚著,万姓徒悲哀。诛吕鬼神动,安刘天地开。奔波走风尘,倏忽值云雷。拥旄出淮甸,入幕征楚材。誓当剪鲸鲵,永以竭驽骀。小人胡不仁,谗我成死灰。赖得日月明,照耀无不该。留司洛阳宫,詹府唯蒿莱。是时扫氛祲,尚未歼渠魁。背河列长围,师老将亦乖。归军剧风火,散卒争椎埋。一夕瀍洛空,生灵悲曝腮。衣冠投草莽,予欲驰江淮。登顿宛叶下,栖遑襄邓隈。城池何萧条,邑屋更崩摧。纵横荆棘丛,但见瓦砾堆。行人无血色,战骨多青苔。遂除彭门守,因得朝玉阶。激昂仰鹓鹭,献替欣盐梅。驱传及远蕃,忧思郁难排。罢人纷争讼,赋税如山崖。所思在畿甸,曾是鲁宓侪。自从拜郎官,列宿焕天街。那能访遐僻,还复寄琼瑰。金玉本高价,埙箎终易谐。朗咏临清秋,凉风下庭槐。何意寇盗间,独称名义偕。辛酸陈侯诔,陈二补阙铭诔。即装所为。叹息季鹰杯。白日屡分手,青春不再来。卧看中散论,愁忆太常斋。酬赠徒为尔,长歌还自咍。

酬庞十兵曹

忆昔游京华,自言生羽翼。怀书访知己,末路空相识。许国不成名,还家有惭色。托身从畎亩,浪迹初自得。雨泽感天时,耕耘忘帝力。同人洛阳至,问我睢水北。遂尔款津涯,净然见胸臆。高谈悬物象,逸韵投翰墨。别岸迥无垠,海鹤鸣不息。梁城多古意,携手共凄恻。怀贤想邹枚,登高思荆棘。世情恶疵贱,之子怜孤直。酬赠感并深,离忧岂终极。

同吕员外酬田著作幕一作莫门军西宿盘山秋夜作

碛路天早秋,边城夜应永。遥传戍旅作,已报关山冷。上将顿盘阪,诸军遍泉井。绸缪阃外书,慷慨幕中请。能使勋业高,动令氛雾屏。远途能自致,短步终难骋。羽翮时一看,穷愁始三省。人生感然诺,何啻若形影。白发知苦心,阳春见佳境一作景。星河连塞络,刁斗兼山静。忆君霜露时,使我空引领。

酬秘书弟兼寄幕下诸公并序

乙亥岁,适征诣长安。时侍御杨公任通事舍人,诗书起予,盖终日矣。今年适自封丘尉统吏卒于青夷,途经博陵,得太守贾公之政,相见如旧,他日之意存焉。司业张侯,周旋追兹,仅三十载,将畴昔是好,匪穷达之异乎?族弟秘书,雁序之白眉者。风尘一别,俱东西南北之人,怆然相逢,适与愿契,旅馆之暇,长怀益增。因赋是诗,愧非六义之流也。

亚相膺时杰,群才遇良工。翩翩幕下来,拜赐甘泉宫。信知命世奇,适会非常功。侍御执邦宪,清词焕春丛。末路望绣衣,他时常发蒙。孰云三军壮,惧我弹射雄。谁谓万里遥,在我樽俎中。光禄经济器,精微自深衷。前席屡荣问,长城兼在躬。高纵激颓波,逸翮驰苍穹。将副节制筹,欲令沙漠空。司业志应徐,雅度思冲融。相思三十年,忆昨犹儿童。今来抱青紫,忽若披鹓鸿。说剑增慷慨,论交持始终。秘书即吾门,虚白无不通。多才陆平原,硕学郑司农。献封到关西,独步归山东。永意久知处,嘉言能亢宗。客从梁宋来,行役随转蓬。酬赠欣元弟,忆贤瞻数公。游鳞戏沧浪,鸣凤栖梧桐,并负垂天翼,俱乘破浪风。眈眈天府间,偃仰谁敢同。何意构广厦,翻然顾雕虫。应知阮步兵,惆怅此途穷。

淇上酬薛三据,兼寄郭少府微一作王昌龄诗

自从别京华,我心乃萧索。十年守章句,万事空寥落。北上登蓟门,茫茫见沙漠。倚剑对风尘,慨然思卫霍。拂衣去燕赵,驱马怅不

乐。天长沧洲路,日暮邯郸郭。酒肆或淹留,渔潭屡栖泊。独行备艰险,所见穷善恶。永顾拯刍荛,孰云一作辞干鼎镬。皇情念淳古,时俗何浮薄。理道资一作须任贤,安人在求瘼。故交负灵奇,逸气抱謇谔。隐轸经济具,纵横建安作。才望忽先鸣,风期无宿诺。飘摇劳州县,迢递限言谑。东驰眇贝丘,西顾弥虢略。淇水徒自流,浮云不堪托。吾谋适可用,天路岂寥廓。不然买山田,一身与耕凿。且欲同鵁鶄,焉能志鸿鹄一作鹤。

酬岑二十主簿秋夜见赠之作

舍下蛩乱鸣,居然自萧索。缅怀高秋兴,忽枉清夜作。感物我心劳,凉风惊二毛。池枯菌苔死,月出梧桐高。如何异乡一作州县,复得交才彦。泪没嗟后时,蹉跎耻相见。箕山别来久,魏阙谁不恋。独有江海心,悠悠一作然未尝倦。

答侯少府

常日好读书,晚年学垂纶。漆园多乔木,睢水清粼粼。诏书下柴门,天命敢逡巡。赫赫三伏时,十日到咸秦。褐衣不得见,黄绶翻在身。吏道顿羁束,生涯难重陈。北使经大寒,关山饶苦辛。边兵若刍狗,战骨成埃尘。行矣勿复言,归欤伤我神。如何燕赵陲,忽遇平生亲。开馆纳征骑,弹弦娱远宾。飘摇天地间,一别方兹晨。东道有佳作,南朝无此人。性灵出万象,风骨超常伦。吾党谢王粲,群贤推郗诜。明时取秀才,落日过蒲津。节苦名已富,禄微家转贫。相逢愧薄游,抚己荷陶钧。心事正堪尽,离居一作忧宁太频。两河归路遥,二月芳草新。柳接滹沱暗,莺连渤海春。谁谓行路难,狠当希代珍。提握每终日,相思犹比邻。江海有扁舟,丘园有角巾。君意定何适,我怀知所遵。浮沉各异宜,老大贵全真。莫作云霄计,遑遑随缙绅。

宋中别周、梁、李三子

曾是不得意,适来兼别离。如何一尊酒,翻作满堂悲。周子负高价,梁生多逸词。周旋梁宋间,感激建安时。白雪一作云正如此,青云一作天无自疑。李侯怀英雄一作清英,肮脏乃天资。方寸且无间,衣冠当在斯。俱为千里游,忽一作勿念两乡辞。且见壮心在,莫嗟携手迟。凉风吹北原,落日满一作照西陂。露下草初白,天长云屡滋。我心不可问一作得,君去一作今定何之。京洛多知己,谁能忆左思。

宋中别李八

岁晏谁不归,君归意可说。将趋倚门望,还念同人别。驻马临长亭,飘然事明发。苍茫眺千里,正值苦寒节。旧国多转蓬,平台下明月。世情薄疵贱,夫子怀贤哲,行矣各勉旃,吾当挹余烈。

别王彻

归客自南楚,怅然思北林一作临。萧条秋风暮,回首江淮深。留君终日一作留连愁作欢,或为梁父吟。时辈想鹏举,他人嗟陆沉。载酒登平台,赠君千里心。浮云暗长路,落日有归禽。离别未足悲,辛勤当自任。吾知十年后,季子多黄金。

送萧十八与房侍御回还

常苦一作悲古人远,今见斯人古。澹泊遗声华,周旋必邹鲁。故交在梁宋,游方出庭户。匹马鸣朔风,一身济河浒。辛勤采兰咏,款曲翰林主。岁月催别离,庭闱远风土。寥寥寒烟静,莽莽夕阴吐一作云苦。明发不在兹,青天眇难睹。

宋中送族侄式颜 时张大夫贬括州,使人召式颜,遂有此作。

大夫击东胡,胡尘不敢起。胡人山下哭,胡马海边死。部曲尽公侯,舆台亦朱紫。当时有勋业,末路遭谗毁。转旆燕赵间,剖符括苍里。弟兄莫相见,亲族远枌梓。不改青云心,仍招布衣士,平生怀感激,本欲候知己。去矣难重陈,飘然自兹始。游梁且未遇,适越今何以。乡山西北愁,竹箭东南美。峥嵘缙云外,苍莽几千里。旅雁悲啾啾,朝昏孰云已。登临多瘴疠,动息在风水。虽有贤主人,终为客行子。我携一尊酒,满酌聊劝尔。劝尔惟一言,家声勿沦滓。

又送族侄式颜

惜君才未遇,爱君才若此。世上五百年,吾家一千里。俱游帝城下,忽在梁园里。我今行山东,离忧不能已。

赠别王十七管记

故交吾未测,薄宦空年岁。晚节踪曩贤,雄词冠当世。堂中皆食客,门外多酒债。产业曾未言,衣裘与人敝。飘摇戎幕下,出入关山际。转战轻壮心,立谈有边计。云沙自回合,天海空迢递。星高汉将骄,月盛胡兵锐。沙深冷陉断,雪暗辽阳闭。亦谓扫欃枪,旋惊陷蜂虿。归旌告东捷,斗骑传西败。遥飞绝汉书,已筑长安第。画龙俱在叶,宠鹤先居卫。勿辞部曲勋,不藉将军势。相逢季冬月,怅望穷海裔。折剑留赠人,严装遂云迈。我行将悠缅,《说文》:与缅同。及此还羁滞。曾非济代谋,且有临深诫。随波混清浊,与物同丑丽。眇忆青岩栖,宁忘褐衣拜。自言爱一作惜水石,本欲亲兰蕙。何意薄松筠,翻然重营蒯。恒深取与分,孰慢平生契。款曲鸡黍期,酸辛别离袂。逢时愧名节,遇坎悲沦替。适赵非解纷,游燕往一作独无说。浩歌方振荡,逸翮思凌励。倏若异鹏抟,吾当学蝉蜕。

涟上别王秀才

飘摇经远道,客思满穷秋。浩荡对长涟,君行殊未休。崎岖山海侧,想像无前俦。何意一作邑谓照乘珠,忽然欲暗投。东路方萧条,楚歌复悲愁。暮帆使人感,去鸟兼离忧。行矣当自爱,壮年莫悠悠。余亦从此辞,异乡难久留。赠言岂终极,慎勿滞沧洲。

赠别沈四逸人一作士

沈侯未可测,其况信浮沉。十载常独坐,几人知此心。乘舟蹈沧海,买剑投黄金。世务不足烦,有田西山岑。我来遇知己,遂得开清襟。何意阃阈间,沛然江海深。疾风扫秋树,濮上多鸣砧。耿耿尊酒前,聊雁飞愁音一作阴。平生重离别,感激对孤琴一作吟。

送韩九

惆怅别离日,裴回歧路前。归人望独树,匹马随秋蝉。常与天下士,许君兄弟贤。良时正可用,行矣莫徒然。

送崔录事赴宣城

大国非不理,小官皆用才。欲行宣城印,住饮洛阳杯。晚景为人别,长天无鸟回。举帆风波渺,倚棹江山来。羡尔兼乘兴,芜湖千里开。

别一作送张少府

归客留不住,朝云纵复横。马头向春草,斗柄临高城。嗟我久离别,羡君看弟兄。归心更难道,回首一作益伤情。

淇上别刘少府子英

近来住淇上,萧条惟空林。又非耕种时,闲散多自任。伊君独知我,驱马欲招寻。千里忽携手,十年同苦心。求仁见交态,于道喜甘临。逸思乃天纵,微才应陆沉。飘然归故乡,不复问离襟。南登黎阳渡,莽苍寒云阴。桑叶原上起,河凌山下深。途穷更远别,相对益一作悲吟。

别耿都尉

四十能学剑,时人无此心。如何耿夫子,感激投知音。翩翩白马来,二月青草深。别易小千里,兴酣倾百金。

全唐诗卷二百十二

高适

宋中遇林虑杨十七山人,因而有别

昔余涉漳水,驱车行邺西。遥见林虑山,苍苍戛天倪。邂逅逢尔曹,说君彼岩栖。萝径重野蔓,石房倚云梯。秋韭何青青,药苗数百畦。栗林隘谷口,栝树森回溪。耕耨有山田,纺织有山妻。人生苟—作但如此,何必组与圭。谁谓远相访,襄情殊不迷。檐前举醇醪,灶下烹只鸡。朔风忽振荡,昨夜寒蛩啼。游子益思归,罢琴伤解携。出门尽原野,白日黯已低。始惊道路难,终念言笑暌。因声谢岑壑,岁暮一攀跻。

酬别薛三、蔡大,留简韩十四主簿

迢递辞京华,辛勤异乡县。登高俯沧海,回首泪如霰。同人久离别,失路还相见。薛侯怀直道,德业应时选。蔡子负清才,当年擢宾荐。韩公有奇节,词赋凌群彦。读书嵩岑间,作吏沧海甸。伊余寡栖托,感激多愠见。纵诞非尔情,飘沦任疵贱。忽枉琼瑶作,乃深平生眷。始谓吾道存,终嗟客游倦。归心无昼夜,别事除言宴。复值凉风时,苍茫夏云变。

送虞城刘明府谒魏郡苗太守

天官苍生望,出入承明庐。肃肃领旧藩,皇皇降玺书。茂宰多感激,良将复吹嘘。永怀一言合,谁谓千里疏。对酒忽命驾,兹情何起予。炎天昼如火,极目无行车。长路出雷泽,浮云归孟诸。魏郡十万家,歌钟喧里闾。传道贤君至,闭关常晏如。君将挹高论,定是问樵渔。今日逢明圣,吾为陶隐居。

途中酬李少府赠别之作

西上逢节换,东征私自怜。故人今卧疾,欲别还留连。举酒临南轩,夕阳满中筵。宁知江上兴,乃在河梁偏。行李多光辉,札翰忽相鲜。谁谓岁月晚,交情尚贞坚。终嗟州县劳,官谤复迍邅。虽负忠信美,其如方寸悬。连帅扇清风,千里犹眼前。曾是趋藻镜,不应翻弃捐。日来知自强,风气殊未痊。可以加药物,胡为辄忧煎。驱车出大梁,原野一悠然。柳色感行客,云阴愁远天。皇明烛幽遐,德泽普照宣。鸧鸿列霄汉,燕雀何翩翩。余亦悭所从,渔樵十二年。种瓜漆园里,凿井卢门边。去去勿重陈,生涯难勉旃。或期遇春事,与尔复周旋。投报空回首,狂歌谢比肩。

睢阳酬别畅大判官

吾友遇知己,策名逢圣朝。高才擅白雪,逸翰怀青霄。承诏选嘉宾一作兵,一作贤,慨然即驰轺。清昼下公馆,尺书忽相邀。留欢惜别离,毕景驻行镳。言及沙漠事,益令胡马骄。丈夫拔东蕃,声冠霍嫖姚。兜鍪冲矢石,铁甲生风飙。诸将出冷一作井陉,连营济石桥。酋豪尽俘馘,子弟输征徭。边庭绝刁斗,战地成渔樵。榆关夜不扃,塞口长萧萧。降胡满蓟门,一一能射雕。军中多宴乐,马上何轻趫。戎狄本无厌,羁縻非一朝。饥附诚足用,饱飞安可招。李牧制儋蓝,遗风岂寂寥。君还谢幕府,慎勿轻刍荛。

宴韦司户山亭院

人幽想灵山,意惬怜远水。习静务为适,所居还复尔。汲流涨华池,开酌宴君子。苔径试窥践,石屏可攀倚。入门见中峰,携手如万里。横琴了无事,垂钓应有以。高馆何沉沉,飒然凉风起。

同诸公登慈恩寺浮图

香界泯群有,浮图岂诸相。登临骇孤高,披拂欣大壮。言是羽翼生,迥出虚空上。顿疑身世别,乃觉形神王。宫阙皆户前,山河尽檐向。秋风昨夜至,秦塞多清旷。千里何苍苍,五陵郁相望。盛时惭阮步,末宦知周防。输效独无因,斯焉可游放。

同薛司直诸公秋霁曲江俯见南山作

南山郁初霁,曲江湛不流。若临瑶池前,想望昆仑丘。回首见黛色,眇然波上秋。深沉俯峥嵘,清浅延阻修。连潭万木影,插岸千岩幽。杳蔼信难测,渊沦无暗投。片云对渔父,独鸟随虚舟。我心寄青霞,世事惭白鸥。得意在乘兴,忘怀非外求。良辰自多暇,欣与数子游。

登广陵栖灵寺塔

淮南富登临,兹塔信奇最。直上造云族,凭虚纳天籁。迥然碧海西,独立飞鸟外。始知高兴尽,适与赏心会。连山黯吴门,乔木吞楚塞。城池满窗下,物象一作华归掌内。远思驻江帆,暮时一作情,一作晴结春霭。轩车疑蠢动,造化资大块。何必了无身,然后知所退。

登百丈峰二首

朝登百丈峰,遥望燕支道。汉垒青冥间,胡天白如扫。忆昔霍将军,连年此一作北征讨。匈奴终不灭,寒山徒草草。唯见一作有鸿雁飞,令人伤怀抱。

晋武轻后事,惠皇终已昏。豺狼塞瀍洛,胡羯争乾坤。四海如鼎沸,五原徒自尊。而今白庭路,犹对青阳门。朝市不足问,君臣随草根。

同群公秋登琴台

古迹使人感,琴台空寂寥。静然顾遗尘,千载如昨朝。临眺自兹始,群贤久相邀。德与形神高,孰知天地遥。四时何倏忽,六月鸣秋蜩。万象归白帝,平川横赤霄。犹是对夏伏,几时有凉飙。燕雀满檐楹,鸿鹄抟扶摇。物性各自得,我心在渔樵。兀然还复醉,尚握尊中瓢。

同群公出猎海上

畋猎自古昔,况伊心赏俱。偶与群公游,旷然出平芜。层阴涨溟海,杀气穷幽都。鹰隼何翩翩,驰骤相传呼。豺狼窜榛莽,麋鹿罹艰虞。高鸟下骁弓,困兽斗匹夫。尘惊大泽晦,火燎深林枯。失之有余恨,获者无全躯。咄彼

工拙间,恨非指踪徒。犹怀老氏训,感叹此欢娱。

同群公题郑少府田家 此公昔任白马尉,今寄住滑台

郑侯应凄惶,五十头尽白。昔为南昌尉,今作东郡客。与语多远情,论心知所益。秋林既清旷,穷巷空渐沥。蝶舞园更闲,鸡鸣日云夕。男儿未称意,其道固无适。劝君且杜门,勿叹人事隔。

同群公题中山寺

平原十里外,稍稍云岩深。遂及清净所,都无人世心。名僧既礼谒,高阁复登临。石壁倚松径,山田多栗林。超遥尽巘崿,逼侧仍岖嵚。吾欲休世事,于焉聊自任。

同群公宿开善寺,赠陈十六所居

驾车出人境,避暑投僧家。裴回龙象侧,始一作如见香林花。读书不及经,饮酒不胜茶。知君悟此道一作理,所未搜一作披袈裟。谈空忘外物,持诚破诸邪。则是无心地,相看一作知唯月华。

同韩四、薛三东亭玩月

远游怅不乐,兹赏吾道存。款曲故人意,辛勤清夜言。东亭何寥寥,佳境无朝昏。阶墀近洲渚,户牖当郊一作高原。矧乃穷周旋,游时一作日怡讨论。树阴荡瑶瑟,月气延清尊。明河一作月带飞雁,野火连荒村。对此更愁予,悠哉怀故园。

同敬八、卢五泛河间清河

清川在城下,沿泛多所宜。同济怅数公,玩物欣良时。飘摇波上兴,燕婉舟中词。昔陟乃平原,今来忽涟漪。东流达沧海,西流延漮池。云树共晦明,井邑相逶迤。稍随归月帆,若与沙鸥期。渔父更留我,前潭水未滋。

同房侍御山园新亭与邢判官同游

隐隐春城外,朦胧陈迹深。君子顾榛莽,兴言伤古今。决河导新流,疏径踪旧林。开亭俯川陆,时景宜招寻。肃穆逢使轩,贪缘事登临。忝游芝兰室,还对桃李阴。岸远白波来,气喧一作暄黄鸟吟。因睹歌颂作,始知经济心。灌坛有遗风,单父多鸣琴。谁为久州县,苍生怀德音。

同马太守听九思法师讲金刚经

吾师晋阳宝,杰出山河最。途经世谛间,心到空王外。鸣钟山虎伏,说法天龙会。了义同建瓴,梵法若吹籁。深知亿劫苦,善喻恒沙大。舍施割肌肤,攀缘去亲爱。招提何清净,良牧驻轻盖。露冕众香中,临人觉苑内。心持佛印久,禁割魔军一作鬼退。愿开一作闻初地因,永奉弥天对。

涟上题樊氏水亭

涟上非所趣,偶为世务牵。经时驻归棹,日夕对平川。莫论行子愁,且得主人贤。亭上酒初熟,厨中鱼每鲜。自说宦游来,因之居住偏。煮盐沧海曲,种稻长淮边。四时常晏如,百口无饥年。菱芋藩篱下,渔樵耳目前。异县少朋从,我行复迍邅。向不逢此君,孤舟已言旋。明日又分首一作手,风涛还眇然。

同吕判官从哥舒大夫破洪济城回,登积石军多福一本有寺字七级浮图

塞口连浊河,辕门对山寺。宁知鞍马上,独有登临事。七级凌太清,千崖列苍翠。飘飘一作摇方寓目,想像见深意。高兴殊未平,凉风飒然至。拔城阵云合,转旆胡星坠。大将何英灵,官军动天地。君一作常怀生羽翼,本欲附骐骥。款段苦不前,青冥信难致。一歌阳春后,三叹终自愧。

三君咏并序

开元中,适游于魏郡。郡北有故太师郑公旧馆,里中有故尚书郭公遗业,邑外又有故太守狄公生祠焉。睹物增怀,遂为《三君咏》。

魏郑公 徵

郑公经纶日,隋氏风尘昏。济代取高位,

逢时敢直言。道光先帝业,义激旧君恩。寂寞卧龙处,英灵千载魂。

郭代公元振

代公实英迈,津涯浩难识。拥兵抗矫征,仗节归有德。纵横负才智,顾盼安社稷。流落勿重陈,怀哉为凄恻。

狄梁公仁杰

梁公乃贞固,勋烈垂竹帛。昌言太后朝,潜运储君策。待贤开相府,共理登方伯。至今青云一作霄人,犹是门下客。

宓公琴台诗三首

甲申岁,适登子贱琴台,赋诗三首。首章怀宓公之德,千祀不朽。次章美太守李公,能嗣子贱之政,再造琴台。末章多邑宰崔公,能继子贱之理。

宓子昔为政,鸣琴登此台。琴和人亦闲,千载称其才。临眺忽凄怆,人琴安在哉。悠悠此天壤,唯有颂声来。

邦伯感遗事,慨然建琴堂。乃知静者心,千载犹相望。入室想其人,出门何茫茫。唯见白云合,东临邹鲁乡。

皤皤邑一作巴中老,自夸邑中理。何必升君堂,然后知君美。开门无犬吠,早卧常晏起。昔人不忍欺,今我还复尔。

李云南征蛮诗并序

天宝十一载,有诏伐西南夷。右相杨公兼节制之寄,乃奏前云南守李宓涉海自交趾击之。道路险艰,往复数万里,盖百王所未通也。十二载四月,至于长安。君子是以知庙堂使能,而李公效节。适悉斯人之旧,因赋是诗。

圣人赫斯怒,诏伐西南戎。肃穆庙堂上,深沉节制雄。遂令感激士,得建一作见非常功。料死不料敌,顾恩宁顾终。鼓行天海外,转战蛮夷中。梯巘近高鸟,穿林经毒虫。鬼门无归客,北户多南风。蜂虿隔万里,云雷随九攻。长驱大浪破,急击群山空。饷道忽已远,悬军垂欲穷。精诚动白日,愤薄连苍穹。野食掘田鼠,晡餐兼麨僮。收兵列亭堠,拓地弥西东。临事耻苟免,履危能饬躬。将星独照耀,边色何溟濛。泸水夜可涉,交州今始通。归来长安道,召见甘泉宫。廉蔺若未死,孙吴知暗同。相逢论意气,慷慨谢深衷。

题尉迟将军新庙

周室既板荡,贼臣立婴儿。将军独激昂,誓欲酬恩私。孤城日无援,高节终可悲。家国共沦亡,精魂空在斯。沉沉积冤气,寂寂无人知。良牧怀深仁,与君建明祠。父子俱血食,轩车每逶迤。我来荐蘋蘩,感叹兴此词。晨光上阶闼,杀气翻旌旗。明明幽冥理,至诚信莫欺。唯夫二千石,多庆方自兹。

观李九少府翥树宓子贱神祠碑

吾友吏兹邑,亦尝怀宓公。安知梦寐间,忽与精灵通。一见兴永叹,再来激深衷。宾从何逶迤,二十四老翁。于焉建层碑,突兀长林东。作者无愧色,行人感遗风。坐令高岸尽,独对秋山空。片石勿谓轻,斯言固难穷。龙盘色丝外,鹊顾偃波中。形胜驻群目,坚贞指苍穹。我非王仲宣,去矣徒发蒙。

同观陈十六史兴碑并序

楚人陈章甫,继《毛诗》而作《史兴碑》,远自周末,迄乎隋季,善恶不隐,盖《国风》之流。未藏名山,刊在乐石。仆美其事,而赋是诗焉。

荆衡气偏秀,江汉流不歇。此地多精灵,有时生才杰。伊人今独步,逸思能间发。永怀掩风骚,千载常矻矻。新碑亦崔嵬,佳句悬日月。则是刊石经,终然继梼杌。我来观雅制,慷慨变毛发。季主尽荒淫,前王徒贻厥。东周既削弱,两汉更沦没。西晋何披猖,五胡相唐突。作歌乃彰善,比物仍恶讦。感叹将谓谁,对之空咄咄。

宋中十首

梁王昔全盛,宾客复多才。悠悠一千年,陈迹唯高台。寂寞向秋草,悲风千里来。

朝临孟诸上，忽见芒砀间。赤帝终已矣，白云长不还。时清更何有，禾黍遍空山。

景公德何广，临变莫能欺。三请皆不忍，妖星终自移。君心本如此，天道岂无知。

梁苑白日暮，梁山秋草时。君王不可见，修竹令人悲。九月桑叶尽—作落，寒风鸣树枝。

登高临旧国，怀古对穷秋。落日鸿雁度，寒城砧杵愁。昔贤不复有，行矣莫淹留。

出门望终古，独立悲且歌。忆昔鲁仲尼，凄凄此经过。众人不可向，伐树将如何。

逍遥漆园吏，冥没不知年。世事浮云外，闲居大道边。古来同一马，今我亦忘筌。

五霸递征伐，宋人无战功。解围幸奇说，易子伤吾衷。唯见卢门外，萧条多转蓬。

常爱宓子贱，鸣琴能自亲。邑中静无事，岂不由其身。何意千年后，寂寞—作寥无此人。

阏伯去已久—作远，高丘临道傍。人皆有兄弟，尔独为参商。终古犹如此，而今—作人安可量。

蓟中—作送兵还作

策马自沙漠—作海，长—作上驱登塞垣。边城何—作高萧条，白日黄云昏。一到征战处，每愁胡虏翻。岂无安边书，诸将已承恩。惆怅孙吴事，归来独闭门。

自淇涉黄河途中作十三首

川上常极目，世情今已闲。去帆带落日，征路随长山。亲友若云霄，可望不可攀。于兹任所惬，浩荡风波间。

清晨泛中流，羽族满汀渚。黄鹄何处来，昂藏寡俦侣。飞鸣无人见，饮啄岂得所。云汉尔固知，胡为不轻举。

野人头尽白，与我忽相访。手持青竹竿，日暮淇水上。虽老美容色，虽贫亦闲放。钓鱼三十年，中心无所向。

南登滑台上，却望河淇间。竹树夹流水，孤城—作村对远山。念兹川路阔，羡尔沙鸥闲。长想—作遥忆别离处，犹—作独无音信还。

东入黄河水，茫茫泛纡直。北望太行山，峨峨半天色。山河相映带，深浅未可测。自昔有贤才，相逢不相识。

秋日登滑台，台高秋已暮。独行既未惬，怀土怅无趣。晋宋何萧条，羌胡散驰骛。当时无战略，此地即边戍。兵革徒自勤，山河孰云固。乘闲喜临眺，感物伤游寓。惆怅落日前，飘摇远帆处。北风吹万里，南雁不知数。归意方浩然，云沙更回互。

乱流自兹远—作始，倚楫时一望。遥见楚汉城，崔嵬高山上。天道昔未测，人心无所向。屠钓称侯王，龙蛇争霸王。缅怀多杀戮，顾此生惨怆。圣代休甲兵，吾其得闲放。

兹川方悠邈—作悠，云沙无前后。古堰—作塔对河墟，长林出淇口。独行非吾意，东向—作南日已久。忧来谁得知，且酌尊中酒。

朝从北岸来，泊船南河—作河南浒。试共野人言，深觉农夫苦。去秋虽薄熟，今夏犹未雨。耕耘日勤—作自劬劳，租税兼乌卤。园蔬空—作定寥落，产业—作薄产不足数。尚有献芹心，无因见明主。

茫茫浊河注，怀古临河滨。禹功本豁达，汉迹方因循。坎德昔—作竟滂沱，冯夷胡不仁。激—作潝滀陵堤防，东郡多悲辛。天子忽惊悼，从官皆负薪。畚筑岂无谋，祈祷如有神。宣房今安在，高岸空嶙峋。

我行倦风湍，辍棹将问津。空传歌瓠子，感慨独愁人。孟夏桑叶肥，秾阴—作潇潇夹长津。蚕农有时节，田野无闲人。临水狎渔樵—作商，望山怀隐沦。谁能去京洛，憔悴对风尘。自孟夏以下，《英华》作一首。

朝景入平川，川长复垂柳。遥看魏公墓，突兀前山后。忆昔大业时，群雄角—作各奔走。

伊人何电迈,独立风尘首。传檄举敖仓,拥兵屯洛口。连营一百万,六合如可有。方项终比肩,乱隋将假手。力争固难恃,骄战曷能久。若使学萧曹,功名当不朽。

　　皤皤河滨叟,相遇似有耻。辍榜聊问之,答言尽终始。一生虽贫贱,九十年未死。且喜对儿孙,弥惭远城市。结庐黄河曲,垂钓长河里。漫一作溟漫望云沙,萧条听风水。所思强饭食,永愿在乡里。万事吾不如,其心只如此。

宋中遇陈二一作兼

　　常忝一作参鲍叔义,所期一作寄王佐才。如何守苦节,独此一作自,一作归无良媒。离别十年外一作内,飘飖摇千里来。安知一作能罢官后,惟见柴门开。穷巷隐东郭,高堂咏南陔。篱根长花草,井上一作口生一作垂莓苔。伊昔一作宁敢望霄汉,于今倦蒿莱一作终然侯尘埃。男儿命未一作须命达一作须达命,又作人生各有命,且尽一作醉手中杯。

宋中遇刘书记有别

　　何代无秀士,高门生此才。森然睹毛发,若见河一作江山来。几载困常调,一朝时运催。白身谒明主,待诏登云台。相逢梁宋间,与我醉蒿莱。寒楚眇千里,雪天昼一作闭不开。末路终离别,不能强悲哀。男儿争富贵,劝尔莫迟回。

鲁郡途中遇徐十八录事时此公学王书嗟别

　　谁谓嵩颍客,遂经邹鲁乡。前临少昊墟,始觉东蒙长。独行岂吾心,怀古激中肠。圣人久已矣,游夏遥相望。裴回野泽间,左右多悲伤。日出见阙里,川平知汶阳。弱冠负高节,十年思自强。终然不得意,去去任行藏。

遇冲和先生

　　冲和生何代,或谓游东溟。三命谒金殿,一言拜一作授银青。自云多方术,往往通神一作精灵。万乘亲问道,六宫无敢听。昔去一作者限霄汉,今来睹仪形。头戴鹖鸟一作雏凤冠,手摇白鹤翎。终日饮醇酒,不醉复不醒。常一作犹忆鸡鸣山,每诵西升经。拊背念离别,依然出户庭。莫见今如此,曾为一客星。

鲁西至东平

　　沙岸拍不定,石桥水横流。问津见鲁俗一作叟,怀古伤家丘。寥落千载后,空传褒圣侯。

东平路作三首

　　南图适不就,东走岂吾心。索索凉风动,行行秋水深。蝉鸣木叶落,兹夕更愁霖。

　　明时好画策,动欲干王公。今日无成事,依依亲老农。扁舟向何处,吾爱汶阳中。

　　清旷凉夜月,裴回孤客舟。渺然风波上,独爱一作梦前山秋。秋至复摇落,空令行者愁。

东平路中遇大水

　　天灾自古有,昏垫弥今秋。霖霪一作霆溢川原,澒洞涵田畴。指途适汶阳,挂席经芦洲。永望齐鲁郊,白云何悠悠。傍沿钜野泽,大水纵横流。虫蛇拥独树,麋鹿奔行舟。稼穑随波澜,西成不可求。室居相枕藉,蛙黾声啾啾。仍怜穴蚁漂,益羡云禽游。农夫无倚著,野老生殷忧。圣主当一作多深仁,庙堂运良筹。仓廪终尔给,田租应罢收。我心胡郁陶,征旅亦悲愁。纵怀济时策,谁肯论吾谋。

登垅应作陇,诗同。

　　垅头远行客,垅上分流水。流水无尽期,行人未云已。浅才登一命,孤剑通万里。岂不思故乡,从来感知己。

苦雪四首

　　二月犹北风,天阴雪冥冥。寥落一室中,怅然惭百龄。苦愁正如此,门柳复青青。

　　惠连发清兴,袁安念高卧。余故非斯人,为性兼懒惰。赖兹尊中酒,终日聊自过。

　　濛濛洒平陆,淅沥至幽居。且喜润群物,焉能悲斗储。故交久不见,鸟雀投吾庐。

孰云久闲旷，本自保知寡。穷巷独无成，春条只盈把。安能羡鹏举，且欲歌牛下。乃知古时人，亦有如我者。

哭单父梁九 一作洽 少府

开箧泪沾臆，见君前日书。夜台今 一作空 寂寞，独是子云居。畴昔探 一作贪 灵奇，登临赋山水。同舟南浦 一作楚 下 一作夜，望月西江里。契阔多别离，绸缪到生死。九原即 一作知 何处 一作在，万事皆如此。晋山徒峨峨，斯人已冥冥。

常时禄且薄，殁后家复贫。妻子在远道，弟兄无一人。十上多苦辛，一官恒自哂。青云将可 一作何 致，白日忽先 一作西 尽。唯有 一作独 身后名，空留 一作流 无远近。

哭裴少府

世人谁不死，嗟君非生虑。扶 一作无 病适到官，田园在何处。公才群吏感，葬事他人助。余亦未识君，深悲哭君去。

全唐诗卷二百十三

高适

行路难二首

长安少年不少钱,能骑骏马鸣金鞭。五侯相逢大道边,美人弦管急留连。黄金如斗不敢惜,片言如山莫弃捐。安知憔悴读书者,暮宿灵—作虚台私自怜。

君不见富家翁,旧时贫贱谁比数。一朝金多结豪贵,万事胜人健如虎。子孙成行—作生长满眼前,妻能管弦妾能舞。自矜一身忽—作朝见如此,却笑傍人独愁苦。东邻少年安所如,席门穷巷出无车。有才不肯学干谒,何用年年空读书。

秋胡行—作鲁秋胡

妾本邯郸未嫁时,容华倚翠人未知。一朝结发从君子,将妾迢迢东鲁—作陲。时逢大道无艰阻,君方游宦从陈汝。蕙楼独卧频度春,彩阁辞君几徂暑。三月垂杨蚕未眠,携笼结侣南陌边。道逢行子不相识,赠妾黄金买少年。妾家夫婿经离久,寸心誓与长相守。愿言行路莫多情,道—作送妾贞心在人口。日暮蚕饥相命归,携笼端饰来庭闱。劳心苦力终无恨,所冀—作贵君恩即—作那可依。闻说行人已归止,乃是向来赠金子。相看颜色不复言,相顾怀惭有何已。从来自隐无疑背,直为君情也相会。如何咫尺仍有情,况复迢迢千里外。誓将—作此时顾恩不顾身,念君此日赴河津。莫道向来不得意,故欲留规诫后人。

古大梁行

古城莽苍—作苍茫饶荆榛,驱马荒城愁杀人。魏王宫观—作馆,一作殿尽禾黍,信陵宾客随灰尘。忆昨雄都旧朝市,轩车照耀歌钟起。军容带甲三十万,国步连营—作衡一作五千里。全盛须臾那可论,高台曲池无复存。遗墟但见狐狸迹—作窟,古地空余草木根。暮天摇落伤怀抱,倚剑悲歌对秋草。侠客犹传朱亥名,行人尚识夷门道。白璧黄金万户侯,宝刀骏马填山丘。年代凄凉不可问,往来唯有水东流。

邯郸少年行

邯郸城南—作西游侠子,自矜—作言生长邯郸里。千场纵博家仍富,几度报仇身不死。宅中歌笑日纷纷,门外车马常—作蟊如云—作如云屯。未知肝胆向谁是,令人却忆平原君。君不见今人—作即今交态薄,黄金用尽还疏索。以兹感叹—作激辞旧游,更于时事无所求。且与少年饮美酒,往来射猎西山头。

燕歌行并序

开元二十六年《英华》作十六年,客有从御史大夫张公出塞而还者,作《燕歌行》以示适。感征戍之事,因而和焉。

汉家烟尘在东北,汉将辞家破残贼。男儿本自重横行,天子非常赐—作借颜色。摐金伐鼓下榆关,旌旆逶迤碣石间。校尉羽书飞瀚海,单于猎火照狼山。山川萧条极边土,胡骑凭陵杂风雨。战士军前半死生,美人帐下犹歌舞。大漠穷秋塞草腓—作衰,孤城落日斗兵稀。身当恩遇恒轻敌,力尽关山未解围。铁衣远戍辛勤久,玉箸应啼别离后。少妇城南欲断肠,征人蓟北空回首。边庭—作风飘摇那可度—作越,绝域苍茫—作黄更何—作何所有。杀气三时—作日作阵云,寒声—作风一夜传刁斗。相看白刃血—作雪、一作徒纷纷,死节从来岂顾勋。君不见沙场征战苦,至今犹忆李将军。

古歌行

君不见汉家三叶从代至,高皇旧臣多富贵。天子垂衣方晏如,庙堂拱手无余议。苍生偃卧休征战,露台百金以为费。田舍老翁不出门,洛阳少年莫论事。

人日寄杜二拾遗

人日题诗寄草堂,遥怜故人思故乡。柳条弄色不忍见,梅花满枝空—作堪断肠。身在远藩—作南蕃无所预,心怀百忧复千虑。今年人日空相忆,明年人—作此日知何处。一卧东山三十春,岂知书剑老风尘。龙钟还忝二千石,愧尔东西南北人。

九日酬颜少府

檐前白日应可惜,篱下黄花为谁有。行—作客子迎霜未授衣,主人得钱始—作肯沽酒。苏秦憔悴人—作时多厌,蔡泽栖迟—作栖遑世看丑。纵使登高只断肠,不如独坐空搔首。

留别郑三、韦九兼洛下诸公

忆昨相逢论久要,顾君哂我轻常调。羁旅虽同白社游,诗书已作青云料。骞质—作蹎蹉跎竟不成,年过四十尚躬耕。长歌达者—作士杯中物,大—作冷笑前人身后名。幸逢明盛多招隐,高山大泽征求尽。此时亦—作也、一作苟得辞渔樵,青袍裹身荷圣朝。犁牛钓竿不复见,县人邑吏来相邀。远路鸣蝉秋兴发,华堂美酒离忧销。不知何日更携手,应念兹晨去—作尚折腰—作去遥。

送杨山人归嵩阳

不到嵩阳动十年,旧时—作家心事已徒然。一二故人不复见,三十六峰犹眼前。夷门二月柳条色,流莺数声泪沾臆。凿井耕田不我招,知君以此忘帝力。山人好去嵩阳路,惟余眷眷长相忆。

送别

昨夜离心正郁陶,三更白露西风高。萤飞木落何淅沥,此时梦见西归客。曙钟寥亮三四声,东邻嘶马使人惊。揽衣出户一相送,唯见归云纵复横。

赠别晋三处士

有人家住清河源,渡河问我游梁园。手持道经注已毕,心知内篇口不言。卢门十年见秋草,此心惆怅谁能道。知己从来不易知,慕君为人与君好。别时九月桑叶疏,出门千里无行车。爱君且欲君先达,今上求贤早上书。

送浑将军出塞

将军族贵兵且强,汉家已是浑邪王。子孙

相承在朝野,至今部曲燕支下。控弦尽用阴山儿,登一作临阵常骑大宛马。银鞍玉勒绣蝥弧,每逐嫖姚破骨都。李广从来先将士,卫青未肯学孙吴。传有沙场千万骑,昨日边庭羽书至。城头画角三四声,匣里宝刀昼夜鸣。意气能甘万里去,辛勤判一作动作一年行。黄云白草无前后,朝建旌旄夕刁斗。塞下应多侠少年,关西不见春杨柳。从军借问所从谁,击剑酣歌当此时。远别无轻绕朝策,平戎早寄仲宣诗。

送蔡山人

东山布衣明古今,自言独未逢知音。识者阅见一生事,到处豁然千里心。看书学剑长辛苦,近日方思谒明主。斗酒相留醉复醒,悲歌数年泪如雨。丈夫遭遇不可知,买臣主父皆如斯。我今蹭蹬无所似,看尔崩腾何若为。

封丘作一作县

我本渔樵孟诸野,一生自是悠悠者。乍可狂歌草泽中,宁堪作吏风尘下。只言小邑无所为,公门百事皆有期。拜迎官长心欲碎一作破,鞭挞黎庶令人悲。归一作悲来向家问妻子,举家尽笑今如此。生事应须南亩田,世情付与东流水。梦想旧山安在哉,为衔君命且一作日迟回。乃知梅福徒为尔,转忆陶潜归去来。

题李别驾壁

去乡不远逢知己,握手相欢得如此。礼乐遥传鲁伯禽,宾客争过魏公子。酒筵暮散明月上,枥马长鸣春风起。一生称意能几人,今日从君问终始。

寄宿田家

田家老翁住东陂,说道平生隐在兹。鬓白未曾记日月,山青每到识春时。门前种柳深成巷,野谷流泉添入池。牛壮日耕十亩地,人闲常扫一茅茨。客来满酌清尊酒,感兴平吟才子诗。岩际窟中藏鼹鼠,潭边竹里隐鸬鹚。村墟日落行人少,醉后无心怯路歧。今夜只应还寄宿,明朝拂曙与君辞。

别韦参军《英华》作二首

二十解一作辞书剑,西游长安城。举头望君门,屈指取公卿。国风冲融迈三五,朝廷欢一作礼乐弥寰宇。白璧皆言赐近臣,布衣不得干明主。归来洛阳无负郭,东过梁宋非吾土。兔苑为农岁不登,雁池垂钓心长苦。世人遇一作向我同众人,唯君于我最一作情相亲。且喜百年有一作见交态,未尝一作当一日辞家贫。以下《英华》另作一首。弹棋击筑白日晚,纵酒高歌杨柳春。欢娱未尽分散去,使我惆怅惊心神。丈夫一作终当不作儿女别一作悲,临歧涕泪沾衣巾。

送田少府贬苍梧

沉吟对迁客,惆怅西南天。昔为一官未得意,今向万里令人怜。念兹斗酒成暌间,停舟叹君日将晏。远树应怜北地春,行人却羡南归雁。丈夫穷达未可知,看君不合长数奇。江山到处堪乘兴,杨柳青青那足悲。

平台夜遇李景参有别

离心一作忧忽怅一作浩然一作离忧心忽怅,策马对秋天。孟诸薄暮凉风起,归客相逢渡睢水。昨时一作忆昨携手已一作向十年,今一作明日分途各千里。岁物萧条满路歧,此行浩荡令人悲。家贫羡尔有微禄,欲往从之何所之。

送郭处士往莱芜,兼寄苟山人

君为东蒙客,往来东蒙畔。云卧临峄阳,山行穷日观。少年词赋皆可听,秀眉白面风清冷。身上未曾染名利,口中犹未知膻腥。今日还山意无极,岂辞世路多相识。归见莱芜九十翁,为论别后长相忆。

赋得还山吟,送沈四山人

还山吟,天高日暮寒山深,送君还山识君心。人生老大须恣意,看君解作一生事,山间偃仰无不至。石泉淙淙若风雨,桂花松子常满地。卖药囊中应有钱,还山服药又长年。白云劝尽杯中物,明月相随何处眠。眠时忆问醒时事,梦魂可以相周旋。

崔司录宅燕大理李卿

多雨殊未已,秋云更沉沉。洛阳故人初解印,山东小吏来相寻。上卿才大名不朽,早朝至尊暮求友。豁达常推海内贤,殷勤但酌尊中酒。饮醉欲言归剡溪,门前驷马光照衣。路傍观者徒唧唧,我公不以为是非。

同鲜于洛阳于毕员外宅观画马歌

知君爱鸣琴,仍好千里马。永日恒思单父中,有时心到宛城下。遇客丹青天下才,白生胡雏控龙媒,主人娱宾画障开,只言骐骥西极来。半壁趍趋势不住,满堂风飘飒然度。家僮愕视欲先鞭,枥马惊嘶还屡顾。始知物妙皆可怜,燕昭市骏岂徒然。纵令剪拂无所用。犹胜驽骀在眼前。

同河南李少尹毕员外宅夜饮,时洛阳告捷,遂作春酒歌

故人美酒胜浊醪,故人清词合风骚。长歌满酌惟吾曹,高谈正可挥麈毛。半醉忽然持蟹螯,洛阳告捷倾前后。武侯腰间印如斗,郎官无事时饮酒。杯中绿蚁吹转来,瓮上飞花拂还有。前年持节将楚兵,去年留司在东京。今年复拜二千石,盛夏五月西南行。彭门剑门蜀山里,昨逢军人劫夺我,到家但见妻与子。赖得饮君春酒数十杯,不然令我愁欲死。

同李九士曹观壁画云作

始知帝乡客,能画苍梧云。秋天万里一片色,只疑飞尽犹氛氲。

见薛大臂鹰作 一作李白

寒楚十二月,苍鹰八九毛。寄言燕雀莫相啅 一作忌,自有云霄万里高。

画马篇 同诸公宴睢阳李太守,各赋一物。

君侯枥上骢,貌在丹青中。马毛连钱蹄铁色,图画光辉骄玉勒。马行不动势若来,权奇蹴踏无尘埃。感兹绝代称妙手,遂令谈者不容口。麒麟独步自可珍,驽骀万匹知何有。终未如他枥上骢,载华毂,骋飞鸿。荷君剪拂与君用,一日千里如旋风。

咏马鞭

龙竹养根凡几年,工人截之为长鞭,一节一目皆天然。珠重重,星连连。绕指柔,纯金坚。绳不直,规不圆。把向空中梢一声,良马有心日驰千。

塞下曲 贺兰作

君不见芳树枝,春花落尽蜂不窥。君不见梁上泥,秋风始高燕不栖。荡子从军事征战,蛾眉婵娟守空闺。独宿自然堪下泪,况复时闻鸟 一作乌夜啼。

渔父歌

曲岸深潭一山叟,驻眼看钩不移手。世人欲得知姓名,良久问他不开口。笋皮笠子荷叶衣,心无所营守钓矶。料得孤舟无定止,日暮持竿何处归。

全唐诗卷二百十四

高适

部落曲

蕃军傍塞游,代马喷风秋。老将垂金甲,阏支着锦裘。雕戈蒙豹尾,红旆插狼头。日暮天山下,鸣笳汉使愁。

赠杜二拾遗

传道招堤客,诗书自讨论。佛香时入院,僧饭屡过门。听法还应难一作说,寻经剩欲翻。草玄今已毕,此外复一作后更何言。

醉后赠张九旭

世上谩相识,此翁殊不然。兴来书自圣,醉后语尤颠。白发老闲事,青云在目前。床头一壶酒,能更几回眠。

途中寄徐录事比以王书见赠

落日风雨至,秋天鸿雁初。离忧不堪比,旅馆复何如。君又几时去,我知音信疏。空多箧中赠,长见右军书。

酬卫八雪中见寄

季冬忆淇上,落日归山樊。旧宅带流水,平田临古村。雪中望来信,醉里开衡门。果得希代宝,缄之那可论。

送白少府送兵之陇右

践更登陇首,远别指临洮。为问关山一作中事,何如州县劳。军容随赤羽,树色引青袍。谁断单于臂,今年太白高。

河西送李十七

边城多远别,此去莫徒然。问礼知才子,登科及少年。出门看落日,驱马向秋天。高价人争重,行当早着鞭。

送张瑶贬五溪尉

他日维桢干,明时悬镆铘。江山遥去国,妻子独还家。离别无嫌远,沉浮勿强嗟。南登有词赋,知尔吊长沙。

别韦五

徒然酌杯酒,不觉散人愁。相识仍远别,欲归翻旅游。夏云满郊甸,明月照河洲。莫恨征途远,东看漳水流。

别刘大校书

昔日京华去,知君才望新。应犹作赋好,莫叹在官贫。且复伤远别,不然愁此身。清风—作青枫几万里,江上一归人。

宋中别司功叔,各赋一物得商丘

商丘试一望,隐隐带秋天。地与辰星在,城将大路迁。干戈悲昔事,墟落对穷年。即此伤离绪,凄凄赋酒筵。

送蔡十二之海上 时在卫中

黯然何所为,相对但悲酸。季弟念离别,贤兄救急难。河流冰处尽,海路雪中寒。尚有南飞雁,知君不忍看。

别韦兵曹

离别长千里,相逢数十年。此心应不变,他事已徒然。惆怅春光里,蹉跎柳色前。逢时当自取,看尔欲先鞭。

独孤判官部送兵

饯君嗟远别,为客念周旋。征路今如此,前军犹眇然。出关逢汉壁,登陇望胡天。亦是封侯地,期君早着鞭。

别从甥万盈

诸生曰万盈,四十乃知名。宅相予偏重,家丘人莫轻。美才应自料,苦节岂无成。莫以山田薄,今春又不耕。

别崔少府

知君少得意,汶上掩柴扉。寒食仍留火,春风未授衣。皆言黄绶屈,早向青云飞。借问他乡事,今年归不归。

别一作送冯判官

碣石辽西地,渔阳蓟北天。关山唯一道,雨雪尽三边。才子方为客,将军正渴一作爱,一作慕贤。遥知幕府下,书记日翩翩。

淇上送韦司仓往滑台

饮酒莫辞醉,醉多适不愁。孰知非远别,终念对穷—作新秋。滑台门外见,淇水眼前流。君去应回首,风波满渡头。

送崔功曹赴越

传有东南别,题诗报客居。江山知不厌,州县复何如。莫恨吴歈曲,尝看越绝书。今朝欲乘兴,随尔食鲈鱼。

送褰秀才赴临洮

怅望日千里,如何今二毛。犹思阳谷去,莫厌陇山高。倚马见雄笔,随身唯宝刀。料君终自致,勋业在临洮。

广陵别郑处士

落日知分手,春风莫断肠。兴来无不惬,才在亦何伤。溪水堪垂钓,江田耐插秧。人生只为此,亦足傲羲皇。

别孙䜣

离人去复留,白马黑貂裘。屈指论前事,停鞭惜旧游。帝乡那可忘,旅馆日堪愁。谁念无知己,年年睢水流。

送刘评事充朔方判官,赋得征马嘶

征马向边州,萧萧嘶不休。思深应带别,声断为兼秋。歧路风将远,关山月共愁。赠君从此去,何日大刀头。

送魏八

更沽淇上酒,还泛驿前舟。为惜故人去,复怜嘶马愁。云山行处合,风雨兴中秋。此路无知己,明珠莫暗投。

赠别褚山人

携手赠将行,山人道姓名。光阴蓟子训,

才术褚先生。墙上梨花白,尊中桂酒清。洛阳无二价,犹是慕风声。

别王八

征马嘶长路,离人挹佩刀。客来东道远,归去北风高。时候何萧索,乡心正—作更郁陶。传君遇知己,行日有绨袍。

送董判官

逢君说行迈,倚剑别交亲。幕府为才子,将军作主人。近关多雨雪,出塞有风尘。长策须当用,男儿莫顾身。

送郑侍御谪闽中

谪去君无恨,闽中我旧过。大都秋雁少,只是夜猿多。东路云山合,南天瘴疠和。自当逢雨露,行矣慎风波。

送李侍御赴安西

行子对飞蓬,金鞭指铁骢。功名万里外,心事一杯中。虏障燕支北,秦城太白东。离魂莫惆怅,看取宝刀雄。

送裴别将之安西

绝域眇难跻,悠然信马蹄。风尘经跋涉,摇落怨睽携。地出流沙外,天长甲子西。少年无不可,行矣莫凄凄。

宴郭校书,因之有别

彩服趋庭训,分交载酒过。芸香名早著,蓬转事仍多。苦战—作战苦知机息,穷愁奈别何。云霄莫相待,年鬓已蹉跎。

同李太守北池泛舟,宴高平郑太守

每揖龚黄事,还陪李郭舟。云从四岳起—作去,水向百城流。幽意随登陟,嘉言即献酬。乃知缝掖贵,今日对诸侯。

同崔员外、綦毋拾遗九日宴京兆府李士曹

今日好相见,群贤仍废曹。晚晴催翰墨,秋兴引风骚。绛叶拥虚砌,黄花随浊醪。闭门无不可,何事更登高。

同群公十月朝宴李太守宅

良牧征高赏,褰帷问考槃。岁时当正月,甲子入初寒。已听甘棠颂,欣陪旨酒欢。仍怜门下客,不作布衣看。

武威同诸公过杨七山人,得藤字

幕府日多暇,田家岁复登。相知恨不早,乘兴乃无恒。穷巷在乔木,深斋垂古藤。边城唯有醉,此外更何能。

同群公登濮阳圣佛寺阁

落日登临处,悠然意不穷。佛因初地识,人觉四天空。来雁清霜后,孤帆远树中。裴回伤寓目,萧索对寒风。

同卫八题陆少府书斋

知君薄州县,好静无冬春。散帙至栖鸟,明灯留故人。深房腊酒熟,高院梅花新。若是周旋地,当令风义亲。

淇上别业

依依西山下,别业桑林边。庭鸭喜多雨,邻鸡知暮天。野人种秋菜,古老开原田。且向世情远,吾今聊自然。

入昌松东界山行

鸟道几登顿,马蹄无暂—作复闲。崎岖出长坂,合沓犹前山。石激水流处,天寒松色间。王程应未尽,且莫顾刀环。

使青夷军入居庸三首

匹马行将久,征途去转难。不知边地别,只讶客衣单。溪冷泉声苦,山空木叶干。莫言关塞极,云雪尚漫漫。

古镇青山口,寒风落日时。岩峦鸟不过,冰雪马堪迟。出塞应无策,还家赖有期。东山足松桂,归去结茅茨。

登顿驱征骑,栖迟愧宝刀。远行今若此,微禄果徒劳。绝坂水连下,群峰云共高。自堪成白首,何事一青袍。

自蓟北归

驱马蓟门北,北风边马哀。苍茫远山口,豁达胡天开。五将已深入,前军止半回。谁怜不得意,长剑独归来。

东平别前卫县李寀少府

黄鸟翩翩杨柳垂,春风送客使人悲。怨别自惊千里外,论交却忆十年时。云开汶水孤帆远,路绕梁山匹马迟。此地从来可乘兴,留君不住益凄其。

夜别韦司士,得城字

高馆张灯酒复清,夜钟残月雁归声。只言啼鸟堪求侣,无那春风欲送行。黄河曲里沙为岸,白马津边柳向城。莫怨他乡暂离别,知君到处有逢迎。

送李少府贬峡中,王少府贬长沙

嗟君此别意何如,驻马衔杯问谪居。巫峡啼猿数行泪,衡阳归雁几封书。青枫江上秋天远,白帝城边古木疏。圣代即—作只今多雨露,暂时分手莫踌躇。

同陈留崔司户早春宴蓬池

同官载酒出郊垧,晴日东驰雁北飞。隔岸春云邀翰墨,傍檐垂柳报芳菲。池边转觉虚无尽,台上偏宜酩酊归。州县徒劳那可度,后时连骑莫相违。

金城北楼

北楼西望满晴空,积水连山胜画中。湍上急流声若箭,城头残月势如弓。垂竿已羡磻溪老,体道犹思塞上翁。为问边庭更何事,至今羌笛怨无穷。

同颜六少府旅宦秋中之作

传君昨夜怅然悲,独坐新斋木落时。逸气旧来凌燕雀,高才何得混妍媸。迹留—作劳黄绶人多叹,心在青云世莫知。不是鬼神无正直,从来州县有瑕疵。

重阳

节物惊心两鬓华,东篱空绕未开花。百年将半仕三已,五亩就荒天一涯。岂有白衣来剥啄,一从乌帽自敧斜。真成独坐空搔首,门柳萧萧噪暮鸦。

古乐府飞龙曲,留上陈左相 陈希烈

德以精灵降,时膺梦寐求。苍生谢安石,天子富平侯。尊俎资高论,岩廊抱—作揖大猷。相门连户牖,卿族嗣弓裘。—作卿才传世业,相府盛嘉谋。豁达云开霁—作景,清明月映秋。能为吉甫颂,善用子房筹。阶砌—作户牖思攀陟,门阑尚阻修。高山不易仰,大匠本难投。迹与松乔合,心缘启沃留。公才山吏部,书癖杜荆州。幸沐千年圣,何辞一尉休。折腰知宠辱,回首见沉浮。天地庄生马,江湖范蠡舟。逍遥堪自乐,浩荡信无忧。去此从黄绶,归软任白头。风尘与霄汉,瞻望日悠悠。

留上李右相—作奉赠李右相林甫

风俗登淳古,君臣挹大庭。深沉谋九德,密勿契千龄。独立调元气,清心豁窅冥。本枝连帝系,长策冠生灵。傅说明殷道,萧何律汉刑。钧衡持国柄,柱石总朝—作贤经。隐轸江山藻,氤氲鼎鼐铭。兴中皆白雪—作洁白,身外即—作尽丹青。江海呼穷鸟,诗书问聚萤。吹嘘成羽翼,提握动芳馨。倚伏悲还笑,栖迟—作升沉醉复醒。恩荣初就列,含育忝宵形。有窃丘山惠,无时枕席宁。壮心瞻落景,生事感浮—作流萍。莫以才难用,终期善易听。未为门下客,徒谢少微星。

同李员外贺哥舒大夫破九曲之作

遥传副丞相,昨日破西蕃。作气群山动,扬军大旆翻。奇兵邀转战,连弩绝归奔。泉喷诸戎血,风驱死虏魂。头飞攒万戟,面缚聚辕门。鬼哭黄埃暮,天愁白日昏。石城与岩险,铁骑皆—作若云屯。长策一言决,高踪百代存。威棱慑沙漠,忠义感乾坤。老将黯无色,儒生

安敢论。解围凭庙算,止杀报君恩。唯有关河渺,苍茫空树墩。

信安王幕府诗 并序

开元二十年,国家有事林胡,诏礼部尚书信安王总戎大举。时考功中王公、司勋郎中刘公、主客郎中魏公、侍御史李公、监察御史崔公咸在幕府。诗以颂美数公,见于词,凡三十韵。

云纪轩皇代,星高太白年。庙堂咨上策,幕府制中权。盘石藩维固,升坛礼乐先。国章荣印绶,公服贵貂蝉。乐善旌深德,输忠格上玄。剪桐光宠锡,题剑美贞坚。圣祚雄图广,师贞武德虔。雷霆七校发,旌旆五营连。华省征群乂,霜台举二贤。岂伊公望远,会是茂才迁。并秉韬钤术,兼该翰墨筵。帝思麟阁像,臣献柏梁篇。振玉登辽甸,挝金历蓟壖。度河飞羽檄,横海泛楼船。北伐声逾迈,东征务以专。讲戎喧涿野,料敌静居延。军势持三略,兵戎自九天。朝瞻授钺去,时听偃戈旋。大漠风沙里,长城雨雪边。云端临碣石,波际隐朝鲜。夜壁冲高斗,寒空驻彩旃。倚弓玄兔月,饮马白狼川。庶物随交泰,苍生解倒悬。四郊增气象,万里绝风烟。关塞鸿勋著,京华甲第全。落梅横吹后,春色凯歌前。直道常兼济,微才独弃捐。曳裾诚已矣,投笔尚凄然。作赋同元淑,能诗匪仲宣。云霄不可望,空欲仰神仙。

东平旅游,奉赠薛太守二十四韵

颂美驰千古,钦贤仰大猷。晋公标逸气,汾水注长流。神与公忠节,天生将相俦。青云本自负,赤县独推尤。御史风逾劲,郎官草屡修。鹓鸾粉署起,鹰隼柏台秋。出入交三事,飞鸣揖五侯。军书陈上策,廷议借前筹。肃肃趋朝列,雍雍引帝求。一麾俄出守,千里再分忧。不改任棠水,仍传晏子裘。歌谣随举扇,旌旆逐鸣驺。郡国长河绕,川原大野幽。地连尧泰岳,山向禹青州。汶上春帆渡,秦亭晚日愁。遗墟当少昊,悬象逼奎娄。即此逢清鉴,终然喜暗投。叨承解榻礼,更得问缣游。高兴陪登陟,嘉言忝献酬。观棋知战胜,探象会冥搜。眺听情何限,冲融惠勿休。只应齐语默,宁肯问沉浮。然诺长怀季,栖遑辄累丘。平生感知己,方寸岂悠悠。

真定即事,奉赠韦使君二十八韵

飘泊怀书客,迟回此路隅。问津惊弃置,投刺忽踟蹰。方伯恩弥重,苍生咏已苏。郡称廉叔度,朝议管夷吾。乃继三台侧,仍将四岳俱。江山澄气象,崖谷倚冰壶。诏宠金门策,官荣叶县凫。擢才登粉署,飞步蹑云衢。起草征调墨,焚香即宴娱。光华扬盛矣,霄汉在兹乎。隐轸推公望,逶迤协帝俞。轩车辞魏阙,旌节副幽都。始佩仙郎印,俄兼太守符。尤多蜀郡理,更得颍川谟。城邑推雄镇,山川列简图。旧燕当绝漠,全越对平芜。旷野何弥漫,长亭复郁纡。始泉遗俗近,活水战场无。月换思乡陌,星回记斗枢。岁容归万象,和气发鸿炉。沦落而谁遇,栖遑有是夫。不才羞拥肿,干禄谢侏儒。契阔惭行迈,羁离忆友于。田园同季子,储蓄异陶朱。方欲呈高义,吹嘘揖大巫。永怀吐肝胆,犹惮阻荣枯。解榻情何限,忘言道未殊。从来贵缝掖,应是念穷途。

和窦侍御登凉州七级浮图之作

化塔屹中起,孤高宜上跻。铁冠雄赏眺,金界宠招携。空色在轩户,边声连鼓鼙。天寒万里北,地豁九州西。清兴揖才彦,峻风和端倪。始知阳春后,具物皆筌蹄。

酬河南节度使贺兰大夫见赠之作

高阁凭栏槛,中军倚旆旌。感时常激切,于己即忘情。河华妖屯气,伊瀍有战声。愧无戡难策,多谢出师名。秉钺知恩重,临戎觉命轻。股肱瞻列岳,唇齿赖长城。隐隐摧锋势,光光弄印荣。鲁连真义士,陆逊岂书生。直道宁殊智,先鞭忽抗行。楚云随去马,淮月尚连营。抚剑堪投分,悲歌益不平。从来重然诺,况值欲横行。

奉酬睢阳路太守见赠—作贻之作

盛才膺命代,高价动良时。帝简登藩翰,人和发咏思。神仙去华省,鸳鹭忆丹墀。清净能无事,优游即赋诗。江山纷想像,云物共—作动萎蕤。逸气刘公幹,玄言向子期。多惭汲引速,翻愧激昂迟。相马知何限,登龙反自疑。风尘吏道迫,行迈旅心悲。拙疾徒为尔,穷愁欲问谁。秋庭一片叶,朝镜数茎丝。州县甘无取,丘园悔莫追。琼瑶生箧笥,光景借茅茨。他日青霄里,犹应访所知。

奉酬睢阳李太守

公族称王佐,朝经允帝求。本枝疆我李,盘石冠诸刘。礼乐光辉盛,山河气象幽。系高周柱史,名重晋阳秋。华省膺推择,青云宠宴游。握兰多具美,前席有嘉谋。赋得黄金赐,言皆白璧酬。著鞭驱驷马,操刀解全牛。出镇兼方伯,承家复列侯。朝瞻孔北海,时用杜荆州。广固才登陟,毗陵忽阻修。三台冀入梦,四岳尚分忧。郡邑连京口,山川望石头。海门当建节,江路引鸣驺。俗见中兴理,人逢至道休。先移白额横,更息褚衣偷。梁国歌来晚,徐方怨不留。岂伊齐政术,将以变浇浮。讼简知能吏,刑宽察要囚。坐堂风偃草,行县雨随辀。地是蒙庄宅,城遗阙伯丘。孝王余井径,微子故田畴。冬至招摇转,天寒蟏蛸收。猿岩飞雨雪,兔苑落梧楸。列戟霜侵户,褰帏月在钩。好贤常解榻,乘兴每登楼。逸足横千里,高谈注九流。诗题青玉案,衣赠黑貂裘。穷巷轩车静,闲斋耳目愁。未能方管乐,翻欲慕巢由。讲德良难敌,观风岂易俦。寸心仍有适,江海一扁舟。

送柴司户充刘卿—作乡判官之岭外

岭外资雄镇,朝端宠节旄。月卿临幕府,星使出词曹。海对羊城阔,山连象郡高。风霜驱瘴疠,忠信涉波涛。别恨随流水,交情脱宝刀。有才无不适,行矣莫徒劳。

送蔡少府赴登州推事

胶东连即墨,莱水入沧溟。国小常多事,人讹屡抵刑。公才征郡邑,诏使出郊坰。标格谁当犯,风谣信可听。峥嵘大岘口,逦迤汶阳亭。地迥云偏白,天秋山更青。祖筵方卜昼,王事急侵星。观尔将为德,斯言盖有听。

秦中送李九赴越

携手望千里,于今将十年。如何每离别,心事复迍邅。适越虽有以,出关终耿然。愁霖—作秋林不可向,长路或难前—作联。吴会独行客,山阴秋夜船。谢家征故事,禹穴访遗编。镜水君所忆,莼羹余旧便。归来莫忘此,兼示济江篇。

饯宋八充彭中丞判官之岭南—作外

睹君济时略,使我气填膺。长策竟不用,高才徒见称。一朝知己达,累日诏书征。羽翮忽然就—作投,风飙谁敢凌。举鞭趋—作投岭峤—作嶂,屈指冒炎蒸。北雁送驰驿,南人思饮冰。彼邦本倔强,习俗多骄矜。翠羽干平法,黄金挠直绳。若将除害马,慎勿信苍蝇。魑魅宁无患,忠贞适有凭。猿啼山不断,鸢跕路难登。海岸出交趾,江城连始兴。绣衣当节制,幕府盛威棱。勿惮九嶷险,须令百越澄。立谈多感激,行李即严凝。离别胡为者,云霄迟尔升。

陪窦侍御泛灵云池

白露时先降,清川思不穷。江湖仍塞上,舟楫在军中。舞换临津树,歌饶向迥—作晚风。夕阳连积水,边色满秋空。乘兴宜投辖,邀欢莫避骢。谁怜持弱羽,犹欲伴鹓鸿。

陪窦侍御灵云南亭宴诗,得雷字并序

凉州近胡,高下其池亭,盖以耀蕃落也。幕府董帅雄勇,径践戎庭,自阳关而西,犹枕席矣。军中无事,君子饮食宴乐,宜哉。白简在边,清秋多兴,况水具舟楫,山兼亭台。始临泛而写烦,俄登陟以寄傲。丝桐徐奏,林木更爽。觞蒲萄以递欢,指兰茞而可掇。

胡天一望,云物苍然。雨萧萧而牧马声断,风袅袅而边歌几处,又足悲矣。员外李公曰:"七日者何,牛女之夕也。夫贤者何得谨其时,请赋南亭诗。"列之于后。

　　人幽宜眺听,目极喜亭台。风景知愁在,关山忆梦回。祇言殊语默,何意忝游陪。连唱波澜动,冥搜物象开。新秋归远树,残雨拥—作应轻雷。檐外长天尽,尊前独鸟来。常吟寒下曲,多谢幕中才。河汉徒相望,嘉期安在哉。

同熊少府题卢主簿茅斋 卢兼有人伦

　　虚院野情在,茅斋秋兴存。孝廉趋下位,才子出高门。乃继幽人静,能令学者尊。江山归谢客,神鬼下刘根。阶树时攀折,窗书任讨论。自堪成独往,何必武陵源。

同朱五题卢使君义井

　　高义唯良牧,深仁自下车。宁知凿井处,还是饮冰余。地即泉源久,人当汲引初。体清能鉴物,色洞—作淡每含虚。上善滋来往,中和浃里间。济时应未竭,怀惠复何如。

同郭十题杨主簿新厅

　　华馆曙沈沈,惟良正在今。用材兼柱石,闻物象高深。更得芝兰地,兼营枳棘林。向风扃戟户,当署近棠阴。勿改安卑节,聊闲理剧心。多君有知己,一和郢中吟。

秋日作

　　端居值秋节,此日更愁辛。寂寞无一事,蒿莱通四邻。闭门生白发,回首忆青春。岁月不相待,交游随众人。云霄何处托,愚直有谁亲。举酒聊自劝,穷通信尔身。

辟阳城

　　荒城在高岸,凌眺俯清淇。传道汉天子,而封审食其。奸淫且不戮,茅土孰云宜。何得英雄主,返令儿女欺。母仪良已失,臣节岂如斯。太息一朝事,乃令人所嗤。

赴彭州山行之作

　　峭壁连崆峒,攒峰叠翠微。鸟声堪驻马,林色可忘机。怪石时侵径,轻萝乍拂衣。路长愁作客,年老更思归。且悦岩峦胜,宁嗟意绪违。山行应未尽,谁与玩芳菲。

咏史

　　尚有绨袍赠,应怜范叔寒。不知天下士,犹作布衣看。

送兵到蓟北

　　积雪与天迥,屯军连塞愁。谁知此行迈,不为觅封侯。

同群公题张处士菜园

　　耕地桑柘间,地肥菜常熟。为问葵藿资,何如庙堂肉。

逢谢偃

　　红颜怆为别,白发始相逢。唯余昔时泪,无复旧时容。

田家春望

　　出门何所见,春色满平芜。可叹无知己,高阳一一作忆酒徒。

闲居

　　柳色惊心事,春风厌索居。方知一杯酒,犹胜百家书。

封丘作

　　州县才难适,云山道欲穷。揣摩惭黠吏,栖隐谢愚公。

九曲词三首

　　许国从来彻庙堂,连年不为在疆—作坛场。将军天上封侯印,御史台中异姓王。

　　万骑争歌杨柳春,千场对舞绣骐驎。到处尽逢欢洽事,相看总是太平人。

　　铁骑横行铁岭头,西看逻逤取封侯。青海只今将饮马,黄河不用更防秋。

营州歌

　　营州少年厌—作满,一作歌,一作爱原野,狐—

作皮裘蒙茸猎城下。房一作鲁酒千钟一作杯不醉人,胡儿十岁能骑马。

玉真公主歌

常言龙德本天仙,谁谓仙人每学仙。更道玄元指李日,多于王母种桃年。

仙宫仙府有真仙,天宝天仙秘莫传。为问轩皇三百岁,何如大道一千年。

和王七玉门关听吹笛一作塞上闻笛

胡人吹一作羌笛戍楼间,楼上萧条海一作明月闲。借问落梅凡几曲,从风一夜满关山。一作塞上听吹笛,云:雪净胡天牧马还,月明羌笛戍楼间。借问梅花何处落,风吹一夜满关山。

别董大二首

十里黄云白日曛,北风吹雁雪纷纷。莫愁前路无知己,天下谁人不识君。

六翮飘飖私自怜,一离京洛十余年。丈夫贫贱应未足,今日相逢无酒钱。

送桂阳孝廉

桂阳年少西入秦,数经甲科犹白身。即今江海一归客,他日云霄一作山万里人。

送李少府,时在客舍作

相逢旅馆意多违,暮雪初晴候雁飞。主人酒尽君未醉,薄暮途遥归不归。

听张立本女吟

危冠广袖楚宫妆,独步闲庭逐夜凉。自把玉钗敲砌竹,清歌一曲月如霜。

初至封丘作

可怜薄暮宦游子,独卧虚斋思无已。去家百里不得归,到官数日秋风起。

除夜作

旅馆寒灯独不眠,客心何事转凄然。故乡今夜思千里,愁一作霜鬓明朝又一作更一年。

全唐诗卷二百十五

李岘

李岘,信安郡王祎之第三子。乐善下士。以门荫入仕,历京兆府尹。天宝中,杨国忠恶其不附己,出为长沙太守。时京兆雨灾,米麦踊贵,百姓谣曰:"欲得米粟贱,无过追李岘。"其为政得人心如此。乾元二年,拜中书侍郎同平章事。坐言事切直,谪蜀州刺史。代宗召为礼部尚书,寻复知政事。初收东京,按治逆党,多所全活。终衢州刺史。集一卷。今存诗一首。

剑池

阖闾葬日劳人力,嬴政穿来役鬼功。澄碧尚疑神物在,等闲雷雨起潭中。

李栖筠

李栖筠,字贞一,世为赵人。吉甫之父。举进士、高第。调冠氏主簿,太守李岘视若布衣交。擢殿中侍御史,为李岘三司判官。三迁吏部员外郎、判南曹。累进工部侍郎。元载忌之,出为常州刺史。以治行,加银青光禄大夫,封赞皇县子。拜浙西都团练观察使,寻为御史大夫,力抗权邪。卒,赠吏部尚书。栖筠喜奖善,而乐人攻己短,为天下士所归,称赞皇公,诗二首。

张公洞

一径深窈窕,上升翠微中。忽然灵洞前,日月开仙宫。道士十二人,往还驭清风。焚香入深洞,巨石如虚空。夙夜备蘋藻,诏书祠张公。五云何蜷回,玄鹤下苍穹。我本道门子,愿言出尘笼。扫除方寸间,几与神灵通。宿昔勤梦想,契之在深衷。迟回将不还,章绶系我躬。稽首谢真侣,辞满归崆峒。

投宋大夫

十处投人九处违,家乡万里又空归。严霜昨夜侵人骨,谁念高堂未授衣。

徐浩

徐浩,字季海,越州人。少举明经。工草隶。以张说荐,为丽正殿校理,三迁右拾遗。张守珪表佐幽州幕,改监察御史,历宪部郎中。肃宗即位,拜中书舍人。时天下事殷,诏令俱出其手,文词赡给。加尚书右丞,除国子祭酒。寻贬卢州长史。代宗征还,仍拜中书舍人,迁工部侍郎、岭南节度观察使。又为吏部侍郎、集贤殿学士。为李栖筠所弹,贬明州别驾。终彭王傅。卒赠太子少师。世称其书法如怒猊抉石,渴骥奔泉。诗二首。

宝林寺作

兹山昔飞来,远自琅琊台。孤岫龟形在,深泉鳗井开。越王屡登陟,何相传词才。塔庙崇其巅,规模称壮哉。禅堂清溽润,高阁无恢炱。照耀珠吐月,铿轰钟隐雷。撰余久缨弁,末路遭邅回。一叶沧海曲,六年稽岭隈。逝川惜东驶,驰景怜西颓。腰带愁疾减,容颜衰悴催。赖居兹寺中,法士多瑰能。洗心听经论,礼足蠲凶灾。永愿依胜侣,清江乘度杯。

谒禹庙

亩浍敷四海,川源涤九州。既膺九命锡,乃建洪范畴。鼎革固天启,运兴匪人谋。肇开宅土业,永庇昏垫忧。山足灵庙在,门前清镜流。象筵陈玉帛,容卫俨戈矛。探穴图书朽,卑宫堂殿修。梅梁今不坏,松祐古仍留。负责故乡近,揭来申俎羞。为鱼知造化,叹凤仰徽猷。不复闻夏乐,唯余奏楚幽。婆娑非舞羽,铿锵异鸣球。盛德吾无间,高功谁与俦。灾淫破凶慝,祚圣拥神休。出谷莺初语,空山猿独愁。春晖生草树,柳色暖汀州。恩贷题舆重,荣殊衣锦游。宦情同械系,生理任桴浮。地极临沧海,天遥过斗牛。精诚如可谅,他日寄冥搜。

薛令之

薛令之,闽之长溪人。肃宗为太子时,令之以右补阙兼侍读,积岁不迁,乃弃官,徒步归乡里。及肃宗即位,以旧恩召,而令之已前卒。诗二首。

自悼

《纪事》云:开元中,令之为右庶子。时东宫官僚清淡,令之题诗自悼。明皇幸东宫,览之,索笔题其傍曰:"啄木口嘴长,凤皇毛羽短。若嫌松桂寒,任逐桑榆暖。"遂谢病归。

朝日上团团,照见先生盘。盘中何所有,苜蓿长阑干。饭涩匙难绾,羹稀箸易宽。只可—作无以谋朝夕,何由保岁寒。

灵岩寺

草堂栖在灵山谷,勤苦诗书向灯烛。柴门半掩寂无人,惟有白云相伴宿。

邹绍先

邹绍先,刘长卿同时人。曾为河南判官,与长卿相往还。

湘夫人

枫—作风叶下秋渚,二妃愁渡湘。疑山空杏霭,何处望君王。日落水云里,悠悠—作油油心自伤。

李穆

李穆,刘长卿婿。诗一首。

寄妻父刘长卿—作严维诗,题作发桐庐寄刘员外

处处云山无尽时,桐庐南望转参差。舟人莫道新安近—作远,欲上潺湲行自迟。时刘在新安郡。

冯著

冯著,韦应物同时人。尝受李广州署为录事,应物有诗以送其行。诗四首。

短歌行

寂寞草中兰,亭亭山上松。贞芳日有分,生长耐相容。结根各得地,幸沾雨露功。参辰

无停泊,且顾一西东。君但开怀抱,猜一作情恨莫匆匆。

洛阳道

洛阳宫中花柳春,洛阳道上无行人。皮裘毡帐不相识,万户千门闭春色。春色深,春色深,一本无此三字。君王一去何时寻。春雨洒一作春色深,春雨洒,周南一望堪泪下。蓬莱殿中寝胡人,鸤鹊楼前放胡马。闻君欲行西入秦一作西秦行,君行不用过天津。天津桥上多胡尘,洛阳道上愁杀人。

行路难

男儿辘轳徒搔首,入市脱衣且沽酒。行路难,权门慎勿干,平人争路相摧残。春秋四气更一作相回换,人事何须再三叹。君不见雀为鸽,鹰为鸠,东海成田谷为岸。负薪客,归去来。龟反顾,鹤裴回,黄河岸上起尘埃。一本作负薪起尘埃,无客归去至岸上十四字。相逢未相识,何用强相猜。行路难,故山应不改,茅舍汉中在。白酒杯中聊一歌,苍蝇苍蝇奈尔何。

燕衔泥

双燕碌碌飞入屋,屋中老人喜燕归,裴回绕我床头飞。去年为尔逐黄雀,雨多屋漏泥土落。尔莫厌老翁茅屋低,梁头作窠梁下栖。尔不见东家黄鹄鸣喷喷,蛇盘瓦沟鼠穿壁。豪家大屋尔莫居,骄儿少妇采尔雏。井旁写水泥自足,衔泥上屋随尔欲。

王迥

王迥,家鹿门,号白云先生。与孟浩然善。诗一首。

同孟浩然宴赋一作题壁歌

屈宋英声今止已,江山继嗣多才子。作者于今尽相似,聚宴王家其乐矣。共赋新诗发宫徵,书于屋壁彰厥美。

李昪

李昪,宗室子。官弘农太守、宗正卿。贾至常为撰制词。诗一首。

尚书都堂瓦松

华省秘仙踪,高堂露瓦松。叶因春后长,花为雨来浓。影混鸳鸯色,光含翡翠容。天然斯所寄,地势太无从。接栋临双阙,连甍近九重。宁知深涧底,霜雪岁兼封。

敬括

敬括,字叔弓,河东人。少以文词称。乡举进士,又应制登科。累官右拾遗、内供奉、殿中侍御史。天宝末,以不附杨国忠,出为刺史。迁给事中、兵部侍郎、大理卿。大历初,诏选循良为近辅,以括为同州刺史,入为御史大夫,卒。诗一首。

省试七月流火

前庭一叶下,言念忽悲秋。变节金初至,分寒一作空火正流。气含凉夜早,光拂夏云收。助月微明散,沿河丽景浮。礼标时令爽,诗兴国风幽。自此观邦一作邪正,深知王业休。

全唐诗卷二百十六

杜甫

杜甫,字子美,其先襄阳人,曾祖依艺为巩令,因居巩。甫天宝初应进士,不第。后献《三大礼赋》,明皇奇之,召试文章,授京兆府兵曹参军。安禄山陷京师,肃宗即位灵武,甫自贼中遁赴行在,拜左拾遗。以论救房琯,出为华州司功参军。关辅饥乱,寓居同州同谷县,身自负薪采梠,铺糒不给。久之,召补京兆府功曹,道阻不赴。严武镇成都,奏为参谋、检校工部员外郎,赐绯。武与甫世旧,待遇甚厚。乃于成都浣花里种竹植树,枕江结庐,纵酒啸歌其中。武卒,甫无所依,乃之东蜀就高适。既至而适卒。是岁,蜀帅相攻杀,蜀大扰。甫携家避乱荆楚,扁舟下峡,未维舟而江陵亦乱。乃溯沿湘流,游衡山,寓居耒阳。卒年五十九。元和中,归葬偃师首阳山,元稹志其墓。天宝间,甫与李白齐名,时称李杜。然元稹之言曰:"李白壮浪纵恣,摆去拘束,诚亦差肩子美矣。至若铺陈终始,排比声韵,大或千言,次犹数百,词气豪迈,而风调清深,属对律切,而脱弃凡近,则李尚不能历其藩翰,况堂奥乎。"白居易亦云:"杜诗贯穿古今,尽工尽善,殆过于李。"元、白之论如此。盖其出处劳佚,喜乐悲愤,好贤恶恶,一见之于诗。而又以忠君忧国、伤时念乱为本旨。读其诗,可以知其世,故当时谓之诗史。旧集诗文共六十卷,今编诗十九卷。

奉赠韦左丞丈二十二韵 韦济,天宝七载为河南尹,迁尚书左丞。

纨袴不饿死,儒冠多误身。丈人试静听,贱子请具陈。甫昔少 一作妙 年日,早充观国宾。读书破万卷,下笔如有神。赋料扬雄敌,诗看子建亲。李邕求识面,王翰愿卜 一作为 邻。自谓颇挺出 一作生,一作特,立登要路津。致君尧舜上,再使风俗淳。此意竟萧条,行歌非隐沦。骑驴三十载,旅食 一作客 京华春。朝扣富儿门,暮随肥马尘。残杯与冷炙,到处潜悲辛。主上顷见征,欻然欲求伸。青冥却垂翅,蹭蹬无纵鳞。天宝中,诏征天下士有一艺者,皆得诣京师就选。李林甫抑之,奏令考试,遂无一人得第者。甚愧丈人厚,甚知丈人真。每于百僚上,猥诵佳句新。窃效贡公喜,难甘原宪贫。焉能心怏怏,只是走踆踆。今欲东入海,即将西去秦。尚怜终南山,回首清渭滨。常拟报一饭,况怀辞大臣。白鸥没一作波浩荡,万里谁能驯。

送高三十五书记高适,渤海人。解褐封丘尉,不就。客游河西,哥舒翰奇之,表为书记。

崆峒小麦熟,且一作吾愿休王师。请公问主将,焉用穷荒为。积石军每岁麦熟,吐蕃获之,边人呼为吐蕃麦庄。天宝六年,哥舒翰掩击,大破之,后不敢复至。八载,又克其石堡城。然自此用兵河西不已,故追言戒之,欲适告翰也。饥鹰未饱肉,侧翅随人飞。高生跨鞍马,有似幽并一作并州儿。脱身簿尉中,始与捶楚唐簿尉有罪,辄受鞭挞辞。借问今何官,触热向武威。答云一作言一书记,所愧国士知。人实不易知,更一作尤须慎其仪一作宜。十年出幕府,自可持旌麾一作旗。此行既特达,足以慰所思一作亦足慰远思。男儿功名遂,亦在老大时。常恨结欢浅,各在天一涯。又如参与商,惨惨中肠一作中肠安不悲。惊风吹一作飘鸿鹄,不得相追随。黄尘翳沙漠,念子何当一作时归。边城有余力,早寄从军诗。

赠李白

二年客东都,所历厌机巧。野人对膻腥,蔬食常不饱。岂无青精一作秔,一作粔饭,使我颜色好。苦乏大一作买药资,山林迹如扫。李侯金闺彦一作深,脱身事幽讨。亦一作未有梁宋游,方期拾瑶草。

游龙门奉先寺龙门即伊阙,一名阙口,在河南府北四十里。

已从招提游,更宿招提境。阴壑生虚一作灵籁,月林散清影。天阙一作阖,一作阅,一作窥,一作开象纬逼,云卧衣裳冷。欲觉闻晨钟,令人发深省。

望岳

岱宗夫如何,齐鲁青未了。造化钟神秀,阴阳割昏晓。荡胸生层云,决眦入归鸟。会当凌绝顶,一览众山小。

陪李北海宴历下亭天宝初,李邕为北海太守。历下亭在齐州,以历山得名。

东蕃驻皂盖,北渚凌青荷一作清河,一作清菏。海内一作右此亭古,济南名士多。原注:时邑人蹇处士在座。云山已发兴,玉佩仍当歌。修竹不受暑,交流空涌波。蕴真惬所遇,落日将如何。贵贱俱物役,从公难重过。

同李太守登历下古城员外新亭,亭对鹊湖原注:时李之芳自尚书郎出齐州,置此亭。

新亭结构罢,隐见清湖阴。迹籍台观旧,气溟一作冥海岳深。圆荷想自昔,遗堞感至今。芳宴此时具一作俱,哀丝一作弦千古心。主称寿尊客,筵秩宴北一作密林。不阻蓬荜兴,得兼一作兼得梁甫吟。

玄都坛歌,寄元逸人

故人昔隐东蒙峰,已佩含景公孙端剑铭:含景吐商。苍精龙。剑之在左,苍龙象也。故人今居子午谷,独在一作并阴崖结一作白茅屋。屋前太古玄都坛,青石漠漠常一作松风寒。子规夜啼山竹裂,王母昼下云旗翻一作蟠。知君此计成一作诚长往,芝草琅玕日应长。铁锁终南大秦岭,有采蜜人山行,寻钟声而入。至一寺,旁有大竹林一二顷,截竹盛蜜。归以告戍卒,卒复往取竹,见崖垂铁锁长三丈。挚锁欲上,二虎踞崖大呼,惊怖而返。高垂不可攀,致身福地何萧爽。

今夕行原注:自齐赵西归至咸阳作。

今夕何夕岁云徂,更长烛明不可孤。咸阳客舍一事无,相与博塞一作赌博为欢娱。冯陵大叫呼五白,《招魂》:成枭而牟。呼五白些。五白、枭、卢、雉,皆博齿也。祖跣不肯成枭卢一作牟。英雄有时

亦如此,邂逅岂即非良图。君莫笑刘毅从来布衣愿,家无儋石输百万。

贫交行

翻手作云覆手雨,纷纷轻薄何须数。君不见管鲍贫时交,此道今人弃如土。

兵车行

车辚辚,马萧萧,行人弓箭各在腰。耶娘妻子走相送,尘埃不见咸阳桥。牵衣顿足拦—作桥道哭,哭声直上干云霄。道傍过者问行人,行人但云点行频。或从十五北防河,开元十五年,以吐蕃为边害。诏陇右、河西兵集临洮,朔方兵集会州,防秋。至冬初不寇而罢。便至四十西营田。去时里正唐制:百户为一里,里置正一人。与裹头,归来头白还—作犹戍边。边亭—作庭流血成海水,武—作我皇唐人称太宗为文皇,明皇为武皇。开边意未已。君不闻汉家山东太行之东,唐都长安,凡河北诸道,皆为山东。二百州,千村万落生荆杞。纵有健妇把锄犁,禾生陇亩无东西。况复秦兵耐苦战,被驱不异犬与鸡。长者虽有问,役夫敢申恨。且如今年冬,未休关—作陇西卒。一作役夫心益愤。如今纵得休,还为陇西卒。《通鉴》:天宝九载十二月,关西游奕使王难得击吐蕃,克五桥,拔树敦城。县官急索租—作县官云急索,租税从何出。信知生男恶,反是生女好。生女犹是—作得嫁比邻,生男—作儿埋没随百草。君不见青海头,古来白骨无人收。新鬼烦冤旧鬼哭,天阴雨湿声—作悲啾啾。钱谦益曰:天宝十载,鲜于仲通讨南诏蛮,士卒死者六万。制大募两京及河南北兵以击南诏,人莫肯应。杨国忠遣御史分道捕人,枷送军所。此诗序南征之苦,设为役夫问答之词。君不闻以下,言征戍之苦,海内骚扰,不独南征一役为然也。

高都护骢马行 高仙芝,开元末为安西副都护。

安西都护胡青骢,声价欻然来向东。此马临阵久无敌,与人一心成大功。功成惠养随所致,《赭白马赋》:原终惠养。飘飘—作摇远自流沙至。雄姿未受伏枥恩,猛气犹思战场利。腕—作踠促蹄高如踏铁,交河几蹴曾冰裂。五花鬣鬃为辫,或三花,或五花,或云印以三花飞凤之字。散作云满身,万里方看汗流血。长安壮儿不敢骑,走过

掣电倾城知。青丝络头为君老,何由却出横门道。长安城北出西头第一门曰横门,其外有横桥。

天育骠骑 一本有图字歌天育,厩名,未详所出。

吾闻天子之马走千里,今之画图无乃是。是何意态雄且杰,骏—作鬖尾萧梢朔风起。毛为绿缥—作骠两耳黄,眼有紫焰双瞳方。矫矫—作然龙性—作矫龙性逸合东坡书作含变化,卓立天骨森开张。伊昔太仆张景顺,监牧攻驹—作考牧攻驹,一作考牧神驹阅清峻。遂令大奴汉昌邑王使大奴以衣车载女子。注:奴之尤长大者。此言景顺之牧马奴耳。守—作字天育,别养骥子怜神俊—作骏。当时四十万匹马,张公叹其材尽下。故独写真传世人,见之座右久更新。年多物化空形影,呜呼健步无由骋。如今岂无骐骥与骅骝,时无王良伯乐死即休。

白丝行

缲丝须长不须白,越罗蜀锦金粟尺。象—作牙床玉手乱殷红,万草千花动凝碧。已悲素质随时染—作改,裂下鸣机色相射。美人细意熨帖平,裁缝灭尽针线迹。春天衣著为君舞,蛱蝶飞来黄鹂语。落絮游丝亦有情,随风照日宜—作疑轻举。香汗轻—作清尘污颜色—作似微污,一作污不著,一作似颜色,开新合故置何—作相许。君不见才—作志士汲引难,恐惧弃捐忍羁旅。

秋雨叹三首

雨中百草秋烂死,阶下决明颜色鲜。著叶满枝翠羽盖,开花无数黄金钱。凉风萧萧吹汝急,恐汝后时难独立。堂上书生空白头,临风三嗅馨香泣。

阑—作兰风长去声,一作伏,一作仗雨—作东风细雨秋纷纷,四海—作万里八荒同一云。去马来牛不复辨,浊泾清渭何当分。禾—作木头生耳黍穗黑,农夫田妇—作父无消息。城中斗米换—作抱衾裯,相许宁论两相直。

长安布衣谁比数,反锁衡门守环堵。老夫不出长蓬蒿,稚子无忧走音秦风雨。雨声飕飕

催早寒,胡雁翅湿高飞难。秋来未曾－作省见白日,泥污后－作厚土何时干。

叹庭前甘菊花

檐－作阶,一作庭前甘菊移时晚,青蕊重阳不堪摘。明月萧条醉尽－作尽醉醒,残花烂漫开何益。篱边野外多众芳,采撷细琐升中堂。念兹空长大枝叶,结根失所缠－作埋风霜。

醉时歌 原注:赠广文馆博士郑虔。

诸公衮衮登台－作华省,广文先生官独冷。甲第纷纷厌粱肉,广文先生饭不足。先生有道出羲皇,先生有才－作文,一作所谈,一作所该,一作所抱过屈宋。德尊一代常坎轲－作壈,名垂万古知何用。杜陵野客人更－作见嗤,被褐短窄－作穴鬓如丝。日籴太－作泰仓五升米,时赴郑老同襟－作衾期。得钱即相觅,沽酒不复疑。忘形到尔汝,痛饮真－作直吾师。清夜沈沈动春酌,灯－作檐前细雨檐－作灯花落。但觉高歌有－作感鬼神,焉知饿死填沟壑。相如逸才亲涤器,子云识字终投阁。先生早赋归去来,石田茅屋荒苍苔。儒术于我何有哉,孔丘盗跖俱尘埃。不须闻此意惨怆,生前相遇且衔杯。

醉歌行 原注:别从侄勤落第归。勤一作劝。

陆机二十作文赋,汝更小年能缀文。总角草书又神速,世上儿子徒纷纷。骅骝作驹已汗血,鸷鸟举翮连青云。词源－作赋倒流－作倾三峡水,笔阵独扫千人军。只今年－作生才十六七,射策君门期第一。旧穿杨叶真自知,暂蹶霜蹄未为失。偶然擢秀非难取,会是排风有毛质。汝身已－作即见唾成珠,汝伯何由发如漆。春光澹－作潭沱秦东亭,渚蒲牙白水荇青。风吹客衣日杲杲,树搅离思花冥冥。酒尽沙头双玉瓶,众宾皆－作已醉我独醒。乃知贫贱别更苦,吞声踯躅涕泪零。

赠卫八处士

人生不相见,动如参与商。今夕－作此复何夕,共此灯烛－作宿此灯光。少壮能几时,鬓发各已苍。访旧－作问半为鬼,惊－作鸣呼热中肠。焉知二十载,重上君子堂。昔别君未婚,儿女忽成行。怡然敬父执,问我来何方。问答乃未已－作未及已,儿女－作驱儿罗酒浆。夜雨翦春韭,新－作晨炊间－作闻黄粱。主称会面难,一举累－作蒙十觞。十－作百觞亦不醉－作辞,感子故意长。明日隔山岳,世事两茫茫。

苦雨奉寄陇西公兼呈王征士 原注:陇西公即汉中王瑀,徵士琅邪王潋。

今秋乃淫雨,仲月来寒风。群木水光下,万象－作家云气中。所思碍行潦,九里信不通。悄悄素浐路,迢迢天汉东。愿腾六尺马－作驹,背苦孤征鸿。划见公－作君子面,超然欢笑同。奋飞既胡越,局促伤樊笼。一饭四五起,凭轩心力穷。嘉蔬没混浊,时菊碎榛丛。鹰隼亦屈猛,乌鸢何所蒙。式瞻北邻居,取适南巷翁。挂席钓川涨,焉知清兴终。

同诸公登慈恩寺塔 原注:时高适、薛据先有此作。按寺乃高宗在东宫时为文德皇后立,故名慈恩。

高标跨苍天－作穹,烈风无时休。自非旷－作壮士怀,登兹翻百忧。方知象教力,足－作立可追冥搜。仰穿龙蛇窟,始出－作惊枝撑幽。七星在北户－作户北,河汉声西流。羲和鞭白日,少昊行清秋。秦－作泰山忽破碎,泾渭不可求。俯视但一气,焉能辨皇州。回首叫虞舜,苍梧云正愁。惜哉瑶池饮－作燕,日晏昆仑丘。黄鹄去不息,哀鸣何所投。君看随阳雁,各有稻粱谋。

示从孙济 济字应物,官给事中、京兆尹。

平明跨驴出,未知－作委适谁门。权门多噂沓,且复寻诸孙。诸孙贫无事,宅舍如荒村。堂前自生竹,堂后自生萱。萱草秋已死,竹枝霜不蕃－作翻,一作繁。淘米少汲水,汲多井水浑。刈葵莫放手,放手伤葵根。阿翁懒惰久,觉儿行步奔。所来－作求为宗族,亦不为盘飧。小人利口实－作实利口,薄俗难可－作具论。勿受外嫌猜,同姓古所敦。

九日寄岑参参，南阳人。

出门复入门，两一作雨脚但如一作仍旧。所向泥活活一作浩浩，思君令人瘦。沉吟坐西一作秋轩一作吟卧轩窗下，饮一作饭食错昏昼。寸步曲江头，难为一相就。吁嗟呼一作乎苍生，稼穑不可救。安得诛云师，畴能补天漏。大明韬日月，旷野号禽兽。君子强逶迤，小人困驰骤。维南有崇山，恐一作渗与川浸溜。是节一作时东篱菊，纷披为谁秀。岑生多新诗一作语，性亦嗜醇酎。采采黄金花，何由满一作洒衣袖。

送孔巢父谢病归游江东，兼呈李白巢父字弱翁，冀州人，与李白等隐徂徕，号竹溪六逸。

巢父掉头不肯住，东将入海随烟雾。诗卷长留天地间，钓竿欲拂珊瑚一作三珠树。深山大泽龙蛇远，春寒野阴风景暮一作花繁草青春日暮。蓬莱织一作仙人玉女回云车，指点虚无是征一作引归路。自是君身有仙骨，世人那得知其故。惜君只欲苦死留，富贵何如草头露。一作我欲苦留君富贵，何如草头易晞露。蔡侯静者意有余，清夜置酒临前除。罢琴惆怅月照一作点席，几岁寄我空中书。南寻禹穴见李白，道甫问信今何如。一本云：巢父掉头不肯住，东将入海随烟雾。书卷长携天地间，钓竿欲拂珊瑚树。我拟把袂苦留君，富贵何如草头露。深山大泽龙蛇远，花繁草青风景暮。仙人玉女回云车，指点虚无引归路。若逢李白骑鲸鱼，道甫问信今何如。

饮中八仙歌

知章贺知章，会稽人，自称秘书外监。骑马似乘船，眼花落井水底眠。汝阳让皇帝长子琎，封汝阳王。三斗始朝天，道逢一作见麴车口流涎，恨不移封向酒泉。左相李适之，天宝元年为左丞相。日兴费万钱，饮如长鲸吸百川，衔杯乐圣称世一作避贤。宗之崔宗之，日用之子，袭封齐国公。潇洒美少年，举觞白眼望青天，皎如玉树临风前。苏晋晋，珦之子，官至左庶子。长斋绣佛前，醉中往往爱逃禅。李白一斗诗百篇，长安市上酒家眠。天子呼来不上船，自称臣是酒中仙。张旭旭善草书。三杯草圣传，脱帽露顶王公前，挥毫落纸

如云烟。焦遂《甘泽谣》：布衣焦遂，为陶岘客。五斗方卓然，高谈雄辨惊四筵。

曲江三章章五句曲江在杜陵西北五里。开元中，开凿为胜境。南有紫云楼、芙蓉苑，西有杏园、慈恩。都人游赏，盛于中和、上巳。

曲江萧条秋气高，菱荷枯折随风涛，游子空嗟垂二毛。白石素沙亦相荡，哀鸿独叫求其曹。

即事非今亦非古，长歌激越梢林莽，比屋豪华固难数。吾人甘作心似灰，弟侄何伤泪如雨。

自断此生休问天，杜曲幸有桑麻田，故将移住南山边。短衣匹马随李广，看射猛虎终残年。

丽人行

三月三日天气新，长安水边多丽人。态浓意远淑且真，肌理细腻骨肉匀。绣一作画罗衣裳照暮春，蹙金孔雀银麒麟。头上何所有，翠微一作为蔔乌合反叶一作匐匀垂鬓唇。背一作身后何所见，珠压腰衱一作襟，一作肢稳称身。就中云幕椒房亲，赐名大国虢与秦。紫驼之峰一作珍出翠釜，水精之盘行素鳞。犀箸厌饫久未下，鸾刀缕切空一作坐纷纶。黄门飞鞚不动尘，御厨络绎一作丝络送八珍。箫鼓一作管哀吟感鬼神，宾从杂一作合遝实要津。后来鞍马何逡巡，当轩一作道下马飞锦茵。杨花雪落覆音副白蘋，青鸟飞去衔红巾。炙手可热势一作世绝伦，慎莫近一作向前丞相嗔。明皇每年十月幸华清宫，杨国忠姊妹五家扈从，每家为一队，著一色衣。五家合队，照映如百花之焕发，灿烂芳馥于路。而国忠私于虢国，不避雄狐之刺。每入朝，或联镳方驾，不施帏幔，同入禁中。

乐游园歌原注：晦日，贺兰杨长史筵醉中作。《英华》作晦日贺兰杨长史筵醉歌。汉神爵中起乐游苑，在万年县南，亦名乐游原。唐长安中，太平公主置亭原上，每正月晦日、三月三日、九月九日，士女毕集。

乐游古园崒一作萃森爽，烟绵碧草萋萋长。公子华筵势最高，秦川水出秦岭下，一名樊川。对酒平如掌。长生木瓢示一作乐真率，更调鞍马

狂一作雄欢赏。青春波浪芙蓉园,白日雷霆夹一作甲城仗。阊阖晴开昳音迭,一作诀,一作映荡荡,曲江翠幕排银榜。拂水低徊舞袖翻,缘云清切歌声上。却忆年年人醉时,只今未醉已先悲。数茎白发那抛得,百罚一作刻深杯亦一作辞不辞。圣朝亦一作已知贱士丑,一物自一作但荷皇天慈一作私。此身饮罢一作罢饮无归处,独立苍茫自咏诗。

渼陂行 陂在鄠县西五里,周一十四里。

岑参兄弟皆好奇,携我远来游渼陂。天地黯惨忽异色,波涛万顷堆琉璃。琉璃汗漫泛舟入,事殊兴极忧思集。鼍作鲸吞不复知,恶风白浪何嗟及。主人锦帆相为开,舟子喜甚无氛埃。凫鹥散乱棹讴发,丝管啁啾空翠来。沈竿续蔓一作缦深莫测,菱一作芰叶荷花静一作净如拭。宛在中流渤澥清,下归无极一作临无地终南黑。半陂已南纯浸山,动影袅窕冲融间。船舷暝戛云际寺,云际山有大安寺。水面月出蓝田关。即秦峣关,在蓝田县南六十里。此时骊龙亦吐珠,冯夷击鼓群龙趋。湘妃汉女出歌舞,金支《房中歌》:金支秀华,乐上众饰也。翠旗光有无。咫尺但愁雷雨至,苍茫不晓神灵意。少壮几时奈老何,向来哀乐何其多。

渼陂西南台

高台面苍陂,六月风日冷。蒹葭离披去,天水相与永。怀新目似击,接要心已领。仿像识鲛人,空蒙辨鱼艇。错磨终南翠,颠倒白阁紫阁、黄阁、白阁,三峰相去不甚远。影。嶒一作嵷崒《西京赋》:岩峻崷崒。增光辉一作阴,乘陵《风赋》:乘陵高城。惜俄顷。劳生愧严遵郑朴,外物慕张良邴曼容。世复轻骅骝,吾甘杂蛙黾。知归俗可忽,取适一作足事莫并。身退岂待官,老来苦便平声静。况资菱芡足,庶结茅茨迥。从此具扁舟,弥年逐清景。

戏简郑广文虔,兼呈苏司业源明 苏源明,武功人,为东平太守,召为国子司业。

广文到官舍,系一作置马堂阶下。醉则一作即骑马归,颇遭官长骂。才名四一作三十年,坐客寒无毡。赖一作近有苏司业,时时与一作乞酒钱。

夏日李公 一作李家令见访 黄鹤云:按宗室世系,当是李炎,时为太子家令。

远林暑气薄,公子过我游。贫居类村坞,僻近城南楼。旁舍颇淳朴,所愿一作须亦易求。隔屋唤西家,借问有酒不。墙头过浊醪,展席俯长流。清风左右至,客意已惊秋。巢多众鸟斗一作喧,叶密鸣蝉稠。苦道一作遣此物聒,孰谓一作语吾庐幽。水花晚色静一作净,庶足充淹留。预恐尊中尽,更起为君谋。

奉同郭给事汤东灵湫作 骊山温汤之东有龙湫

东山即骊山气鸿蒙一作蒙鸿,宫殿居上头。君来必十月,树羽临九州。阴火煮玉泉,喷薄涨岩幽。有时浴赤日,光抱空中楼。阆风入辙迹,旷一作广原一作野延冥搜。沸一作拂天万乘动,观水百丈湫。幽灵一作灵湫斯一作新可佳一作怪,王命官属休。初闻龙用壮,擘石摧林丘。中夜窟宅改,移因风雨秋。倒悬瑶池影,屈注苍一作沧江流。味如甘露浆,挥弄滑且柔。翠旗澹偃蹇,云车纷少留。箫鼓荡四溟,异香泱漭浮。鲛一作蛟人献微一作征绡,曾祝穆天子朝于燕然,奉璧南面,曾祝佐之。曾,重也。沈豪牛。百祥奔盛明,古先莫能俦。坡陀金虾蟆,喻安禄山。出见盖有由。至尊顾之笑,王母唐人多以王母比贵妃不肯一作遣收。复归虚无底,化作长黄虬一作龙与虬。飘飘一作摇青琐郎,文彩珊瑚钩。浩歌渌水曲,清绝听者愁。

夜听许十损 一作许十一,一作许十,无损字诵诗,爱而有作

许生五台山 在代州五台县宾,业白 宝积经有纯白业、五戒、十善、四禅、四定,皆属善名。出石壁。余亦师粲可,达摩传慧可,慧可传粲。身犹缚禅寂。何阶子方便,谬引为匹敌。离索晚相逢,包蒙欣有击。《易·九二》:包蒙。《上九》:击蒙。诵诗浑一作混游衍,四座皆一作具辟易。应手看捶钩,清心

听鸣镝。精微穿溟涬音辛,飞动摧霹雳。陶谢不枝梧,风骚共推激。紫燕一作寫自超诣,翠驳中曲之山,有兽如马,爪牙如虎,一角,能食豹,名曰駁。谁蔮剔。君意人莫知,人间夜寥闃。

桥陵诗三十韵,因呈县内诸官睿宗葬桥陵,改蒲城为奉先,官如赤县。

先帝昔晏驾,兹山朝百灵。崇冈拥象设,沃野开天庭。即事壮重险,论功超五丁。坡陀因一作用厚地一作力,却略罗峻屏。云阙虚冉冉,风松肃泠泠。石门霜露一作雾白,玉殿莓苔青。宫女晚一作晓知曙,祠官一作臣朝见星。空梁簇画戟,阴井敲铜瓶。中使日夜一作相继一作日继夜,惟王心不宁。岂徒恤备享,尚谓求无形。孝理敦国政,神凝推道经。瑞芝产庙柱,好鸟鸣一作巢,一作宿岩扃。高岳前崒崒,洪河左滢滢。钱谦益注,谓滢《玉篇》同荥。胡㛹、乌迥二切,无营音。滢字,《玉篇》、《韵略》俱无。毛氏据此诗增,恐非。当作瀅。按《类篇》:瀅,玄扃切,濥滢,小水貌。金城蓄峻址,沙苑交回汀。永与奥区固,川原纷眇冥。居然赤县立,台榭争岧亭。官属果称是,声华真一作宜可听。王刘美竹润,裴李春兰馨。郑氏才振古,啖侯笔不停。遣辞必中律,利物常发硎。绮绣相展转,琳琅愈一作逾青荧。侧闻鲁恭化,秉德崔瑗铭。太史候凫影,王乔随鹤翎。朝仪限霄汉,容思回林垌。坎轲辞下杜,飘摇陵一作凌浊泾。诸生旧短褐,旅泛一浮萍。荒岁儿女瘦,暮途涕泗零。主人念老马,廨署一作宇容一作客秋萤。流寓理岂惬,穷愁醉未醒。何当摆俗累,浩荡乘沧溟。

沙苑行沙苑在冯翊县南,东西八十里,南北三十里,其地宜畜牧。唐置沙苑监,掌牛羊诸牧。

君不见左辅白沙如白水一作白如水,缭以周墙百余里。龙媒昔是渥洼生,汗血今称献于此。苑中骐牝三千匹,丰草青青寒不死。食音字之豪健西域无一作腾西域,每岁攻一作收,一作牧驹冠边鄙。王有虎臣司苑门,入门天厩皆云屯。骍驹一骨独当御,春秋二时归一作朝至尊。至尊内外马盈亿一作内外马数将盈亿,伏枥在坰空

大存。逸群绝足信殊杰,倜傥权奇难具论。累累塠阜藏奔突,往往坡陀纵超越。角壮翻同一作腾麋鹿游,浮深簸荡鼋鼍窟。泉一作海出巨鱼长比人,丹砂作尾黄金鳞。岂知异物同精气,虽未成龙亦有神。

骢马行原注:太常梁卿敕赐马也。李邓公爱而有之,命甫制诗。

邓公马癖人共知,初得花骢大宛种。夙昔传闻思一见,牵来左右神皆竦。雄姿逸态何崷崒,顾影骄嘶自矜宠。隅目青荧夹镜悬,肉骏一作鬃碨礧连钱动。朝来久一作少试华轩下,未觉千金满高价。赤汗微行白雪毛,银鞍却覆香罗帕。卿家旧赐公取一作有之一作能取,天厩真龙此其亚。昼洗须腾泾渭深,朝一作夕,一作晨趋可刷幽并夜。吾闻良骥老始成,此马数年人更惊。岂有四蹄疾于鸟,不与八骏俱先鸣。时俗造次那得致,云雾晦冥方降精。近闻下诏喧都邑,肯使一作知有骐驎地上行。

去矣行鲍钦止曰:天宝十四载,甫在率府,数上赋颂,不蒙采录。欲辞职去,作《去矣行》。

君不见鞲上鹰,一饱则飞掣。焉能作堂上燕,衔泥附炎热。野人旷荡无觊颜,岂可久在王侯间。未试囊中餐玉法,明朝且入蓝田山。后魏李预椎玉七十枚为屑,日服食之。蓝田山出美玉。

自京赴奉先县咏怀五百字原注:天宝十四载十二月初作。

杜陵有布衣,老大意转拙。许身一何愚一作过,窃比稷与契。居然成濩落,白首甘一作苦契一作崢阔。盖棺事则已,此志常觊豁。穷年忧黎元,叹息肠一作腹内热。取笑同学翁,浩歌弥激烈。非无江海志,萧洒送一作送日月。生逢尧舜一作为君,不忍便永诀。当今廊庙具,构厦岂云缺。葵藿倾太阳,物性固莫一作难夺。顾惟蝼蚁辈,但自求其穴。胡为慕大鲸,辄拟偃溟渤。以兹悟一作误生理,独耻事干谒。兀兀遂至今,忍为尘埃没。终愧巢与由,未能易其节。沈饮聊自适一作遣,放歌颇愁绝。岁暮

百草零,疾风高冈裂。天衢阴峥嵘,客子中夜发。霜严衣带断,指直不得一作能结。凌晨过骊山,御榻在嵽嵲。蚩尤塞寒空,蹴蹋崖谷滑。瑶池气郁律,羽林相摩戛。君臣一作圣君留欢娱,乐动殷樛嶱一作胶葛,一作福嶱嶱,一作汤嶱。赐浴皆长缨,华清宫中供奉两汤,外更有汤十六所。安禄山及将士,杨国忠兄弟姊妹,并赐浴、赐食、赐钱。与宴一作谋非短褐。彤庭所分帛,本自寒女出。鞭挞一作筹其夫家,聚敛贡城阙。圣人筐篚恩,实欲一作愿邦国活。臣如忽至理,君岂弃此物。多士盈朝廷,仁者宜战栗。况闻内金盘,尽在卫霍室。中堂舞一作有神仙,烟雾散一作蒙玉质。暖客貂鼠裘,悲管逐清瑟。劝客驼蹄羹,霜橙压香橘。朱门酒肉臭,路有冻死骨。荣枯咫尺异,惆怅难再述。北辕就泾渭,官渡又改辙。群冰一作水从西下,极目高崒兀。疑是崆峒来,恐触天柱折。河梁幸未坼,枝撑声窸窣。行旅相攀援,川广不一作且可越。老妻寄一作既异县,十口隔风雪。谁能久不顾,庶往共饥渴。入门闻号咷,幼子饥一作饿已卒。吾宁舍一哀,里巷亦一作犹呜咽。所愧为人父,无食致夭折。岂知秋未一作禾登,贫窭有仓卒。生常一作当免租税,名不隶征伐。抚迹犹一作独酸辛,平人固骚屑。默思失业徒,因念远戍卒。忧端齐一作际终南,澒洞不可掇。

奉先刘少府新画山水障歌《英华》题作新画山水障歌奉先尉刘单宅作。

堂上不合生枫树,怪底江山一作山川起烟雾。闻君扫却赤县图,乘兴遣画沧洲趣。画师亦无数,好手不可遇。对此融心神,知君重毫素。岂但祁岳画录有名无迹者二十五人,祁岳在李国恒之上。一云乃祁岳之误,岑参有送祁乐诗。与郑虔,笔迹远过杨契丹。隋参军杨契丹,山东人,六法兼修。得非悬圃裂一作坼,无乃潇湘翻。悄然坐我天姥下,耳边已似闻清猿。反思前夜风雨急,乃一作恐是蒲一作满城鬼神入。元气淋漓障犹湿,真宰上诉天应泣。野亭春还杂花远,渔翁暝蹋孤舟立。沧浪水深青溟阔一作沧浪之水深且阔,鼓岸一作峰侧岛一作岸秋毫末。不见湘妃鼓瑟时,至今斑竹临江活。刘侯天机精,爱画入骨髓。自有两儿郎,挥洒亦莫比。大儿聪明到,能添老树巅崖里。小儿心孔开,貌音邈得山僧及童子。若耶溪,云门寺。俱在会稽。吾独胡为在泥滓,青鞋布袜从此始。

白水即奉先县**崔少府十九翁高斋三十韵**原注:天宝十五载五月作。

客从南县来,浩荡无与适。旅食白日长,况当朱炎赫。高斋坐林杪,信宿游衍阒。清晨陪跻攀,傲睨俯峭壁。崇冈相枕带,旷野怀一作回,一作迥咫尺。始知贤主人,赠此遣愁寂。危阶根青冥,曾冰生淅沥。上有无心云,下有欲落石。泉声闻复急一作息,动静随所击一作激。鸟呼藏其身,有似惧弹射。吏隐道一作适,一作通,一作识性情,兹焉共窟宅。白水见舅氏,诸翁乃仙伯。杖藜长松阴,作尉穷谷僻。为我炊雕胡,逍遥展良觌。坐久风颇愁一作愁,晚来山更碧。相对十丈蛟,欻翻盘涡坼。何得空里雷,殷殷寻地脉。烟氛一作气蔼崎一作嶰崪,魍魉森惨戚。昆仑崆峒颠,回首如一作知不隔。前轩颓一作摧反照,巉绝华岳赤。兵气漉林峦,川光杂锋镝。知是相公军,天宝十四载,禄山反,拜哥舒翰为兵马副元帅以讨禄山。明年正月,加同平章事。铁马云一作烟雾积。玉觞淡无味,胡羯岂强敌。长歌激屋梁,泪下流衽席。人生半哀乐,天地有顺逆。慨彼万国夫,休明备征狄一作敌。猛将纷填委,庙谋蓄长策。东郊何时开,带甲且来一作未释。欲告清宴罢一作疲,难拒幽明迫。三叹酒食旁,何由似平昔。

三川观水涨二十韵原注:天宝十五载七月中避寇时作。按三川属(鄜),以华池、黑水、洛水同会得名。

我经华原来,不复见平陆。北上唯土山,连山走穷一作穹谷。火云无时出一作出无时,飞电常在目。自多穷岫雨,行潦相豗蹙一作灰蹙。翁音乌匒音合,又音溘川气黄,群流会空曲。清晨望高浪,忽谓阴崖踣音蔀。恐泥窜蛟龙,登危聚麋鹿。枯查卷拔树,礧碨共充塞。声吹鬼神

下,势阅人代速。不有万穴归,何以尊四渎。及观泉源涨,反惧江海覆。漂沙坼岸去一作去岸,漱壑松柏秃。乘陵一作凌破山门,回斡裂一作倒地轴。交洛赴洪河,及关岂信宿。应沈数州没,如听万室哭。秽浊殊未清,风涛怒犹蓄一作畜。何时通舟车,阴气不一作亦黲黕。浮生有荡汩,吾道正羁束。人寰难容身,石壁滑侧足。云雷此一作屯不已,艰险路更踧。普天无川梁,欲济愿水缩。因悲中林士,未脱众鱼腹。举头向苍天,安得骑鸿鹄。

悲陈陶 陈涛斜,在咸阳县,一名陈陶泽,至德元年十月,房琯与安守忠战,败绩于此。

　　孟冬十郡良家子,血作陈陶泽中水。野旷一作广天清一作晴无战声,四万义军同日死。群胡归来血一作雪洗箭,仍唱一作捻箭胡歌饮都市。都人回面向北啼,日夜更望官军至一作前后官军苦如此。

悲青坂

　　我军青坂在东门,天寒饮马太白窟。黄头奚儿日向西,数骑弯弓敢驰突。山雪河冰野一作晚,一作已萧瑟一作飂,一作飙,青是烽一作人烟白人骨。焉得附书与我军,忍待明年莫仓卒。苏轼曰:琯既败,犹欲持重有所伺。而中人邢延恩等促战,仓皇失据,遂及于败,故后篇云。

哀江头

　　少陵汉宣帝葬杜陵,许后葬南园,谓之小陵,后人呼为少陵,杜甫家焉。野老吞声哭,春日潜行曲江曲。江头宫殿锁千门,细柳新蒲为谁绿。忆昔霓旌下南苑,苑中万物生颜色。昭阳殿里第一人,同辇随君侍君侧。辇前才一作词人带弓箭,白马嚼一作嗷啮黄金勒。翻身向天一作空仰射云,一箭一作笑,一作发正坠双飞翼。明眸皓齿今何在,血污游魂归不得。清渭东流剑阁深,去住彼此无消息。人生有情泪沾臆,江水一作草江花岂终极。黄昏胡骑尘满城,欲往城南忘南一作望城北。

哀王孙 《旧书》:天宝十五载六月九日,潼关不守。十二日,明皇自延秋出幸蜀,亲王妃主俱不及从。

　　长安城头头一作多,一作颈白乌,夜飞延秋门上呼。又向一作来人家啄大屋,屋底达官走避胡。金鞭断折九马死,骨肉不待一作得同驰驱。腰下宝玦青珊瑚,可怜王孙泣路隅。问之不肯道姓名,但道困苦乞为奴。已经百日窜荆棘,身上无有完肌肤。高帝子孙尽隆一作高准音拙,龙种自与常人殊。豺狼在邑龙在野,王孙善保千金躯。不敢长语临交衢,且为王孙立斯须。昨夜东一作春风吹血腥,东来橐一作骆驼满旧都。朔方健儿好身手,昔何勇锐今何愚。窃闻天一作太子已传位,圣德北服南单于。花门剺面请雪耻,慎忽出口他人狙。哀哉王孙慎勿疏,五陵佳气无时无。

大云寺赞公房四首 武后幸光明寺,沙门宣政进《大云经》,中有女主之符,因改为大云经寺。

　　心在水精域,衣沾春雨时。洞门尽徐步,深院果幽期。到一作倒扉一作扆,一作履开复闭,撞钟斋及兹。醍醐长发性,饮一作饭食过扶衰。把臂有多日,开怀无愧辞。黄鹂一作莺度结构,紫鸽下罘罳一作芳菲。愚一作芳意会所适,花边行自迟。汤休起我病,微笑索题诗。

　　细软青丝履,光明白氎巾。深藏供老宿,取用及吾身。自顾转无趣,交情何尚新。道林才不世,惠远德过人。雨泻暮檐竹,风吹青一作春井芹。天阴对图画,最觉润龙鳞。

　　灯影照无睡,心清闻妙香。夜深殿突兀,风动金锒铛。天黑闭春院,地清栖暗芳。玉绳回断绝,铁凤森翱翔。梵放时出寺,钟残仍殷床。明朝在沃野,苦见尘沙黄。

　　童儿汲井华,惯捷一作健瓶上一作在手。沾洒不濡地,扫除似无帚。明一作晨霞烂复阁,霁雾塞高牖。侧塞被径花,飘摇委墀一作阶柳。艰难世事迫,隐遁佳期后。晤语契深心,那能总缄口。奉辞还杖策,暂别终回首。泱泱一作泱泱泥污人,听听与狺同国多狗。既未免羁绊一作寓,时来憩奔走。近公如白雪,执热烦何有。

全唐诗卷二百十七

杜甫

苏端、薛复筵简薛华醉歌

文章有神交有道,端复得之名誉早。爱客满堂尽豪翰—作杰,开筵上日—作月思芳草。安得健步移远梅,乱插繁花向晴昊。千里犹残旧冰雪,百壶且试开怀抱。垂老恶闻战鼓悲,急—作羽觞为缓忧心捣。少年努力纵谈笑,看我形容已枯槁。坐中薛华善—作能醉歌,歌辞自作风格老。近来海内为—作无长句,汝与山东李白好。何逊刘孝绰沈约谢朓力未工,才兼鲍昭愁绝倒,诸生颇尽新知乐,万事终伤不自保。气酣日落西风来,愿吹野水添—作注金杯。如渑之酒常快意,亦—作不知穷愁—作未知穷达安在哉。忽忆雨时秋井塌,古人白骨生青苔,如何不饮令心哀。

晦日寻崔戢、李封

朝光入瓮牖,尸—作方,—作宴寝惊敝裘。起行视天宇,春气渐和柔。兴来—作得兴,—作乘兴不暇懒,今晨梳我头。出门无所待,徒步觉自由。杖藜复恣意,免值公与侯。晚定崔李交,会心真罕俦。每过得酒倾—作吃,二宅可淹留。喜结仁里欢,况因令节求。李生园欲荒,旧—作有竹颇修修。引客看扫除,随时成献酬。崔侯初筵色,已畏空尊愁。未知天下士,至—作志性有此否。草牙既青出,蜂声亦暖游。思见农器陈,何当甲兵休。上古葛天民—作氏,不贻黄屋—作绮忧。至今阮籍等,熟醉为身谋。威凤高其—作自高翔,长鲸吞九洲。地轴为之翻,百川皆乱流。当歌欲—作放,泪下恐莫收。浊醪有妙理,庶用—作与慰沈浮。

雨过苏端 原注:端置酒。

鸡鸣风雨—作云交,久旱云—作雨亦好。杖藜入春泥,无食起我早。诸家忆所历,一饭—作饱迹便一作更扫。苏侯得数过,欢喜每倾倒。也复一作复也可怜人,呼儿具梨枣。浊醪必在眼,尽醉攄怀抱。红稠屋角花,碧委一作秀墙隅草。亲宾纵一作绝谈谑,喧闹畏一作慰衰老。况蒙霈泽垂,粮粒或自保。妻孥隔军垒,拨弃不拟道。

喜晴一作喜雨

皇天久不雨,既雨晴亦佳。出郭眺西郊,肃肃一作萧萧春增华。青荧陵陂麦,窈窕桃李一作杏花。春夏各有实,我饥岂无涯。干戈虽横放,惨澹斗龙蛇。甘泽不犹愈,且耕今未赊。丈夫则带甲,妇女终在家。力难及黍稷,得种菜与麻。千载商山芝,往者东门瓜。其人骨已朽一作灭,此道谁疵瑕。英贤遇轗轲,远引蟠泥沙。顾惭昧所适,回首白日斜。汉阴有鹿门,沧海有灵一作云查。焉能学众口,咄咄空一作同咨嗟。

送率府程录事还乡 原注:程携酒馔相就取别。

鄙夫行衰谢,抱病昏妄一作忘集。常时往还人,记一不识十。程侯晚相遇,与语才杰立。熏然耳目开,颇觉聪明入。千载得鲍叔,末契有所及。意钟一作中老柏青,义动修蛇蛰。若人可数见,慰我垂白泣。告一作生别无淹晷,百忧复相袭。内愧突不黔,庶羞以一作明似餰给。素丝挈长鱼,碧酒随玉粒。途穷见交态,世梗悲路涩。东风吹春冰,泱莽一作漭后土湿。念君惜羽翮,既饱更思戢。莫作翻云鹘,闻呼向禽急。

述怀一首 此已下自贼中窜归凤翔作

去年潼关破,妻子隔绝久。今夏草木长,脱身得西走。麻鞋见天子,衣袖露两肘。朝廷愍生还,亲故伤老丑。涕泪授拾遗,流离主恩厚。柴门虽得去,未忍即开口。寄书问三川,不知家在否。比闻同罹祸,杀戮到鸡狗。山中漏茅屋,谁复依户牖。摧颓苍松根,地冷骨未朽。几人全性命,尽室岂相偶。嵚岑一作崟猛虎场,郁结回我首。自寄一封书,今已十月后。反畏消息来,寸心亦何有。汉运初中兴,生平

老耽酒。沉思欢会处,恐作穷独一作途叟。

送长孙九侍御赴武威判官

骢马新凿蹄,银鞍被来好。绣衣黄白北齐乐曲:怀黄绾白。疑指金银印。郎,骑向交河道。问君适万里,取别何草草。天子忧凉州,严程到须早。去秋群胡反,不得无电扫。此行收一作牧遗氓,风俗方再造。族父领元戎,时杜鸿渐为河西节度使。名声国一作阁中老。夺我同官良,飘摇按城堡。使我不能餐,令我恶怀抱。若人才思阔,溟涨浸一作漫绝岛。尊前失诗流,塞上得一作多国宝。皇天悲送远,云雨白浩浩。东郊尚烽火,朝野色枯槁。西极柱亦倾,如何正穹昊。

送樊二十三侍御赴汉中判官

威弧不能弦,孤矢星拟射狼,弧不直狼,则盗贼起。自尔无宁岁。川谷血横流,豺狼沸相噬。天子从北来,灵武在凤翔北。长驱振雕鞁。顿兵岐梁下,却跨沙漠裔。二京陷未收,四极我得制。萧索一作瑟汉水清,缅通淮湖税。使者纷星散,王纲尚旒缀。南伯从事贤,君行立谈际。生一作坐知七曜历,手画三军势。冰雪净聪明,雷霆走精锐。幕府辍谏官,朝廷无此一作比例。至尊方旰食,仗尔布嘉惠。补阙暮征入,柱史晨征憩。一作补阙入柱史,晨征固多憩。正当艰难时,实藉长久计。回风吹独树,白日照执袂。恸哭苍烟根,山门万重一作里闭。居人莽牢落,游子方迢递。裴回悲生离,局促老一世。陶唐歌遗民,后汉更列一作别帝。恨无匡复姿一作资,聊欲从此逝。

送从弟亚赴安西一作河西判官

杜亚字次公,京兆人。肃宗在灵武,上书论时政,授校书郎。时杜鸿渐节度河西,辟为从事。

南风作秋声,杀气薄炎炽。盛夏鹰隼击,时危异人至。令弟草中来,苍然一作莊请论事。诏书引上殿,奋舌动天意。兵法五十家,尔腹为箧笥。应对如转丸一作圜,疏通略文字。经纶皆新语,足以正神器。宗庙尚为灰,君臣俱

一作皆下泪。崆峒地无轴,青一作清海天轩轾一作轻。见潘岳赋。西极最疮痍,连山暗烽燧。帝曰大布衣,藉卿佐元帅。坐看清流沙,所以子奉使。归当再前席,适远非历一作虑试。须存武威郡,为画长久利。孤峰石戴驿,快马金缠辔。黄羊饫不膻,芦一作鲁酒多还醉。踊跃常人情,惨澹苦士志。安边敌何有,反正计始遂。吾闻驾鼓车,不合用骐骥。龙吟回其头,夹辅待所致。

送韦十六评事充同谷郡防御判官

昔没贼中时,潜与子同游。今归行在所,王事有去留。逼侧兵马间,主忧急良筹。子虽躯干小,老一作志气横九州。挺身艰难际,张目视寇雠。朝廷壮其节,奉诏令参谋。銮舆驻凤翔,同谷为咽喉。西扼弱水道,南镇枹罕一作氐羌陬。此邦承平日,剽劫吏所羞。况乃胡未灭,控带莽悠悠。府中韦使君,道足示怀柔。令侄才俊茂,二美又何求。受词太白脚,走马仇池头。古色一作邑沙土裂,积阴雪云一作霜雪稠一作积雪阴云稠。羌父豪猪靴一作帽,羌儿青兕裘一作汉兵黑貂裘。吹角向月窟,苍山旌旆愁。鸟惊出死树,龙怒拔老湫。古来无人境,今代横戈矛。伤哉文儒士,愤激驰林丘。中原正格斗,后会何缘由。百年赋命定,岂料沉与浮。且复恋良友,握手步道周。论后远壑净一作静,亦可纵冥搜。题诗得秀句,札翰时相投。

塞芦子 芦子关,属夏州,北去塞门镇一十八里。

五城《方镇表》:朔方节度领定远、安丰二军及三受降城,为五城。何迢迢,迢迢隔河水。边兵尽东征,城内空荆杞。思明割怀卫,秀岩西未已。回略太荒来一作东,崤函盖虚尔。延州塞门镇本属延州,开元二年,移就芦子关。秦北户,关防犹可倚。焉得一万人,疾驱塞芦子。岐一作顷有薛大夫,薛景仙为扶风太守,贼寇至,击却之。旁制山贼起,近闻昆戎徒,为退三百里。芦关扼两寇,深意实在此。谁能一作敢叫帝阍一作门,胡行速如鬼。

彭衙行 郃阳县西北有彭衙城

忆昔避贼初,北走经险艰。夜深彭衙道一作门,月照白水山。尽室久徒步,逢人多厚颜。参差谷鸟吟一作鸣,不见游子还。痴女饥咬我,啼畏虎狼一作猛虎闻。怀中掩其口,反侧声愈嗔。小儿强解事,故索苦李餐。一旬半雷雨,泥泞相牵攀。既无御雨一作湿备,径滑衣又寒。有时经一作最契阔,竟日数里间。野果充糇粮,卑枝成屋椽。早行石上水,暮宿天边烟。少留周一作周,一作同家洼,欲出芦子关。故人有孙宰,高义薄曾云。延客已曛黑,张灯启重门。暖汤濯我足,翦纸招我魂。从此出妻孥,相视涕阑干。众雏烂熳睡,唤起沾盘餐。誓将与夫子,永结为弟昆。遂空所坐堂,安居奉我欢。谁肯艰难际,豁达露心肝。别来岁月周,胡羯仍构患。何当有翅翎,飞去堕尔前。

北征 原注:归至凤翔,墨制放往鄜州作。按鄜在凤翔东北,故曰北征。

皇帝二载秋,闰八月初吉。杜子将北征,苍茫问家室。维时遭艰虞一作危,朝野少暇日。顾惭恩私被,诏许归蓬荜。拜一作奉辞诣阙下一作阁门,怵惕久未出。虽乏谏诤姿,恐君有遗失。君诚中兴主,经纬固密勿。东胡反未已,臣甫愤所切。挥涕恋行在,道途一作路犹恍惚。乾坤含一作合疮痍,忧虞何时毕。靡靡逾阡陌,人烟眇萧瑟一作索。所遇多被伤,呻吟更流血。回首凤翔县,旌旗晚明灭。前登寒山重,屡得饮马窟。邠郊入地底,泾水中荡潏。猛虎立我前,苍崖吼时裂。菊垂今秋花,石戴一作带,一作载古车辙。青云动高兴,幽事亦可悦。山果多琐细,罗生杂橡栗。或红如丹砂,或黑如点漆。雨露之所濡,甘苦一作酸齐结实。缅一作缧思桃源内,益叹身世拙。坡陀望鄜時,岩谷一作谷岩互出没。我行已水滨,我仆犹木末。鸱鸟一作枭鸣黄桑,野鼠拱乱穴。夜深一作中经战场,寒月照白骨。潼关百万师,往者散一作败何卒。遂令半秦民,残害为异物。况我堕一作随胡尘,及归尽华发。经年至茅屋,妻子衣百结。恸哭松声回一作迴,悲泉共幽一作鸣咽。平生所娇儿,颜色白胜雪。见耶背面啼,垢腻脚不袜。床前两小女,补绽才过膝。海图坼波涛,旧绣移曲折。天吴及紫凤,颠倒在裋—作短褐。老夫情怀恶,呕泄—作咽卧数日—作数日卧呕泄。那无囊中帛,救汝寒凛栗。粉黛亦解苞—作包,衾裯稍罗列。瘦妻面复光,痴女头自栉。学母无不为,晓妆随手抹。移时施朱铅,狼藉画眉阔。生还对童稚,似欲忘饥渴。问事竞挽须,谁能即嗔喝。翻思在贼愁,甘受杂乱聒。新归且慰意,生理焉能说—作脱。至尊尚蒙尘,几日休练卒。仰观—作看天色改,坐—作旁觉妖气—作氛豁。阴风西北来,惨澹随回鹘—作纥。其王愿助顺,其俗善—作喜驰突。送兵五千人,驱马一万匹。此辈少为贵,四方服勇决。所用皆鹰腾,破敌过—作如箭疾。圣心颇虚伫,时议气欲夺。伊洛指掌收,西京不足拔。官军请深入,蓄锐何—作可,一作伺俱发。此举开青徐,旋瞻略恒碣。昊天积霜露,正气有肃杀。祸转亡胡岁,势成擒胡月。胡命其能久,皇纲未宜绝。忆昨—作昔狼狈初,事与古先别。奸臣竟菹醢,同恶随荡析。不闻夏殷当作殷周衰,中自诛褒妲。周汉获再兴,宣光果明哲。桓桓陈将军,仗钺奋忠烈。微尔人尽非,于今国犹活。凄凉大同殿,寂寞白兽闼。都人望翠华,佳气向金阙。园陵固有神,扫洒数不缺。煌煌太宗业,树立甚宏达。

得舍弟消息

风吹紫荆树,色与春庭暮。花落辞故枝,风回返—作反无处。骨肉恩书重,漂泊难相遇。犹有泪成河,经天复东注。

徒步归行 原注:赠李特进,自凤翔赴鄜州途经邠州作。

明公壮年值时危,经济实藉英雄姿。国之社稷今若是,武定祸乱非公谁。凤翔千官且饱饭,衣马不复能轻肥。青袍朝士最困者,白头拾遗徒步归。人生交契无老少,论交—作心何必先同调。妻子山中哭向天,须公枥上追风骠。

玉华宫 贞观二十一年,作玉华宫,后改为寺,在宜君县北凤皇谷。

溪回—作迥松风长,苍鼠窜古瓦。不知何王殿,遗构绝壁下。阴房鬼火青,坏道哀湍泻。万籁真笙竽—作竽瑟,秋色—作气,一作光正—作极萧洒。美人为黄土,况乃粉黛假。当时侍金舆,故物独石马。忧来藉草坐,浩歌泪盈把。冉冉征途间,谁是长年者。

九成宫 本隋仁寿宫,贞观修以避暑,更名九成,在麟游县西五里。

苍山入百里,崖断如杵臼。曾宫凭风回—作迥,岌嶪土囊口。立神扶栋梁—作宇,凿翠开户牖。其阳产灵芝,其阴宿牛斗。纷披—作扶长松倒—作侧,揭蘖怪石走。哀猿啼一声,客泪迸林薮。荒哉隋家帝,制此今颓朽。向使国不亡,焉为巨唐有。虽无新增修,尚置—作署官居守。九成宫置总监一人,副监一人,丞、簿、录事各一人。巡非瑶水远,迹是雕墙后。我行—作来属时危,仰望嗟叹久。天王守音狩太白,驻马更搔—作回首。

羌村

峥嵘赤云西,日脚下平地。柴门鸟雀噪,归客—作客子千里至。妻孥怪我在,惊定—作走还拭泪。世乱遭飘荡,生还偶然遂。邻人满墙头,感叹亦歔欷。夜阑更秉烛,相对如梦寐。

晚岁迫偷生,还家少欢趣。娇儿不离膝,畏我复却去。忆昔好追凉,故绕池边树。萧萧北风劲,抚事煎百虑。赖知禾黍—作黍秋,一作黍稌收,已觉糟床注。如今足斟酌,且用慰迟暮。

群鸡正—作息乱叫,客至鸡斗争—作正生。驱鸡上树木,始闻叩柴荆。父老四五人,问我久远行。手中各有携,倾榼浊复清。苦—作莫辞酒味薄,黍地无人耕。兵革既未息,儿童—作郎尽东征。请为父老歌,艰难愧深—作余情。歌罢仰天叹,四座泪纵横。

逼仄—作侧行，赠毕曜—作偬偬行，篇中字亦作偬偬。一作赠毕四曜。

　　逼仄何逼仄，我居巷南子巷北。可恨邻里间，十日不一见颜色。自从官马送还官，行路难行涩如棘。我贫无乘非无足，昔者相过今不得。实不是一作未敢爱微躯，一作慵相访。又非关足无力。一本二句起处无实又二字。徒步翻愁官长怒，此心炯炯君应识。晓来急雨春风颠，睡美不闻钟鼓传。东家蹇驴许借我，泥滑不敢骑朝天。已令请急会通籍一作已令把牒还请假，男儿信一作性命绝可怜。焉能终日心拳拳，忆君诵诗神凛然。辛夷始花亦一作又已落，况我与子非壮年。街头酒价常苦贵，方外酒徒稀醉眠。速宜一作径须相就饮一斗，恰有三百青铜钱。建中三年，置肆酿酒，斛收直三千。

送李校书二十六韵李舟，陇西人，后封陇西县男。父岑，水部郎中、眉州刺史。

　　代北有豪鹰，生子毛尽赤。渥洼骐骥儿一作种，尤异是龙一作虎脊。李舟名父子，清峻流一作时辈伯。人间好一作妙少年，不必须白皙。十五富文史，十八足宾客。十九授校书，二十声辉一作烨，一作烜，一作烨赫。众中每一见，使我潜动魄。自恐二男儿，辛勤养无益。乾元元一作二年春，万姓始安宅。舟也衣彩衣，告我欲远适。倚门固有望，敛衽就行役。南登吟白华，已见楚山碧。蔼蔼咸阳都，冠盖日云一作已积。何时太夫人，堂上会亲戚。汝翁草明光，天子正前席。归期岂烂漫一作慢，别意终感激。顾我蓬屋姿，谬通金闺一作门籍。小来习性懒，晚节一作岁慵转剧。每愁悔吝作，如觉天地窄。羡君齿发新，行已能夕惕。临岐意颇切，对酒不能吃。回身视绿野，惨澹如荒泽。老雁春忍一作忍春饥，哀号待枯麦。时哉高飞燕，绚练新羽翮。长云湿褒斜，汉水饶巨石。无令轩车迟，衰疾悲凤昔。

洗兵马原注：收京后作。

　　中兴诸将收山东，捷书日—作夜，一作夕报清昼同。河广传闻一作苇过，胡危一作儿命在破竹中。祗残邺城不日得，独任朔方无限功。郭子仪领朔方军，屡破贼，拔卫州，进围邺城。京师皆骑汗血马，回纥回纥以骁骑三千助讨安庆绪餧肉葡萄宫。已喜皇威清海岱，常思仙仗过崆峒。山在平凉县西。三年笛里关山月，万国兵前草木风。成王广平王俶功大心转小，郭相中书令郭子仪谋深一作猷古来少。司徒李光弼加检校司徒清鉴悬明镜，尚书王思礼迁兵部尚书气与秋天杳。二三豪俊为时出，整顿乾坤济时了。东走无复忆鲈鱼，南飞觉有安巢一作枝鸟。青春复随冠冕入，紫禁一作驾正耐烟花绕。鹤禁通霄凤辇备，鸡鸣问寝龙楼一作蛇晓。攀龙附凤势一作世莫当，天下尽化为侯王。加封蜀郡、灵武式从功臣，肃宗独厚郭涚、李辅国辈。汝等岂知蒙一作象帝力，时来不得夸身强。关中既留萧丞相，谓杜鸿渐。肃宗至平凉，鸿渐悉录军资储廥上之。上喜曰：灵武，吾之关中，卿乃萧何也。幕下复用张子房。时张镐代房琯为相，故下专言之。张公一生江海客。身长九尺须眉苍。征起适遇风云会，扶颠始知筹策良。青袍白马更何有，后汉今周喜再昌。寸地尺天皆入贡，奇祥异瑞争来送。不知何国致白环，复道诸山得银瓮。隐士谓李泌，时求归衡山。休歌紫芝曲，词人解一作角撰河清一作清河颂。时杨炎辈争献灵武受命、凤翔出师颂之类。田家望望惜雨干，布谷处处催春种。淇上健儿归莫懒，城南思妇愁多梦。安得壮士挽天河，净洗甲兵长不用。

留花门

　　甘州东北千余里，有居延海。又北三百里，有花门山堡。又东北千里，至回纥牙帐。肃宗还西京，叶护辞归，奏曰：回纥战兵留在沙苑，今归灵夏取马，更为陛下收范阳余孽。

　　北门一作北方，一作花门天骄子，饱肉气勇决。高秋马肥健，挟矢射汉月。自古以为患，诗人厌薄伐。修德使其来，羁縻固不绝。胡为倾国至，出入暗金阙。中原有驱除，隐忍用此物。公主宁国公主妻回纥可汗歌黄鹄，君王指白日。连云屯左辅，百里见积雪。长戟鸟休飞，哀笳曙一作晚幽咽。田家最恐惧，麦倒桑枝折。沙苑临清渭，泉香草丰洁。渡河不用船，千骑常撇烈一作灭没,一作摭。胡尘逾太行,杂种抵京室。花门既须留,原野转萧瑟。

病后遇一作过王倚饮,赠歌

麟角一作鳞鱼凤觜世莫识一作辨,煎胶续弦奇自见。尚看王生抱此怀,在于甫也何由羡。且遇王生慰畴昔,素知贱子甘贫贱。酷见冻一作陈馁不足耻,多病沈年苦无健。王生怪我颜色恶,答云伏枕艰难遍。疟疠三秋孰可忍,寒热百日相交战。头白眼暗坐有胝,肉黄皮皱命如线。惟生哀我未平复,为我力致美肴膳。遣人向市赊香粳,唤妇出房亲自馔。长安冬菹酸且绿,金城土酥静如练。兼求富一作畜豪一作畜豕且割鲜,密沽斗酒谐终宴。故人情义一作味晚谁似,令我手脚轻欲漩一作旋。老马为驹信一作总不虚,当时得意况深眷。但使残年饱吃饭,只愿无事常相见。

湖城东遇孟云卿,复归刘颢宅宿宴,饮散因为醉歌

蔡本题上有冬末以事之东都七字。孟云卿,河南人,与元结、杜甫辈相友善。

疾风吹尘暗河县,行子隔手不相见。湖城城南一作东,一作北一开眼,驻马偶识云卿面。向一作况非刘颢为地主,懒回鞭辔成高一作城南宴。刘侯叹一作欢我携客来,置酒张灯促华馔。且将款曲终今夕一作经今冬,休语一作话艰难尚酣战。照室红炉促曙光一作簇曙花,萦窗素月垂文一作秋练。天开地裂长安陌一作春,寒尽春生一作紫陌春寒洛阳殿。岂知驱车复同轨,可惜刻漏随更箭。人生会合不可常,庭树鸡鸣泪如线一作霰。

阌乡姜七少府设脍,戏赠长歌

姜侯设脍当严冬,昨日今日皆天风。河冻未渔一作取鱼,一作黄河美鱼,一作黄河冰鱼,一作黄河味鱼不易得,凿冰恐侵河伯宫。饔人受鱼鲛人手,洗鱼磨刀鱼眼红。无声细下飞碎一作素雪,有骨已剁觜平声,喙也春葱。偏劝腹腴愧年少,软炊香饭一作粳缘老翁。落砧何曾白纸湿,放

箸未觉金盘空。新欢便饱姜侯德,清觞异味情屡极。东归贪一作贫路自觉难,欲别上马身无力。可怜为人好心事,于我见子真颜色。不恨我衰子贵时,怅望且为今相忆。

戏赠阌乡秦少公一作翁,一作府,唐人称尉为少公短歌

去年行宫当一作守太白,朝回君是同舍客。同心不减骨肉亲,每语见许文章伯。今日时清两京道,相逢苦觉人情好。昨夜邀欢乐更无,多才依旧能潦一作倾倒。

李鄠县丈人胡马行

丈人骏马名胡骝,前年避胡一作贼过金牛。回鞭却走见天子,朝饮汉水暮灵州。自矜胡骝奇绝代,乘出千人万人爱。一闻说尽急难材,转益愁向驽骀辈。头上锐耳批秋竹,脚下高蹄削寒玉。始知神龙别有种,不比俗一作凡马空多肉。洛阳大道时再清,累日喜得俱东行。凤臆龙一作麟鬐一作麟,一作麟鬐未易识,侧身注目长风生。

义鹘宋刻诸本皆有行字

阴崖有苍一作二鹰,养子黑柏颠。白蛇登其巢,吞噬一作之恣一作资朝餐。雄飞远求食,雌者鸣辛酸。力强不可制,黄口无一作宁半存。其父从西归一作来,翻身入长烟。斯须领健鹘,痛一作冤愤一作愤懑寄所宣。斗上掠孤影,噭哮一作无声来九天。修鳞脱远枝,巨颡坼老拳。高空得蹭蹬,短一作茂草辞蜿蜒。折尾能一掉一作摆,饱一作饥肠皆一作今已一作以,一作已皆穿。生虽灭众雏,死亦垂千年。物情有报复,快意贵目前。兹实鸷鸟最,急难心炯一作皎然。功成失所往一作在,用舍何其贤。近经滑水湄,此事樵夫一作人传。飘萧觉素发,凛欲一作烈,一作若冲儒冠。人生许与一作计有分,只在一作亦存顾盼间。聊为义鹘行,用一作永激壮士肝。

画鹘行一作画雕

高堂见生一作老鹘,飒爽动秋骨。初惊无拘挛一作卷,何得立突兀。乃知画师妙,功一作巧

刮造化窟。写作—作此神骏姿,充君眼中物。乌鹊满樛枝,轩然恐其出。侧脑看青霄,宁为众禽没。长翮如刀剑,人寰可超越。乾坤空崢嵘,粉墨且萧瑟。缅思—作想云沙际,自有烟雾质。吾今意何伤,顾步独纡郁。

瘦马行—作老马

东郊瘦—作老马使我伤,骨骼—作骸骾兀如堵墙。绊之欲动转欹侧,此岂有意仍腾骧。细看六—作火印带官字,监牧马,右髀皆印官字。众道三—作官军遗路旁。皮干剥落杂—作尽泥滓,毛暗萧条连雪霜。去岁奔波逐余寇,骅骝不惯不得将。士卒多骑内厩马,惆怅恐是病乘黄。当时历块误一蹶,委弃非汝能—作难周防。见人惨澹若哀诉,失主错莫无晶—作精光。天寒远放雁为伴—作侣,日暮不—作未收—作衣乌啄疮。谁家且养愿终惠,更试明年春草长。

新安吏 原注:收京后作。虽收两京,贼犹充斥。钱谦益曰:以下诸诗,皆乾元二年自华州之东都道途所感而作。

客行新安道,喧呼闻点兵。借问新安吏,县小更无丁。府帖—作符昨夜—作日下,次选中男天宝三载制:百姓年十八为中男。行。中男绝短小,何以守王城。肥男有母送,瘦男独伶俜。白水暮东流,青山犹—作闻哭声。莫自使眼枯,收汝泪纵横。眼枯即—作却见骨,天地终无情。我军取—作至,—作收相州,日夕望其平。岂意贼难料,归军星散营。九节度围邺日久,军无统帅,且乏食,史思明自魏来救,战于安阳,官军溃。郭子仪断河桥,保东京。就粮近故垒,练卒依旧京。掘壕不到水,牧马役亦轻。此下俱言子仪留守事。况乃王师顺,抚养甚分明。送行勿泣血—作垂泣,仆射如父兄。子仪因涖水之败,从司徒降右仆射。

潼关吏 安禄山兵北。歌舒翰请坚守潼关,明皇听杨国忠言,力趣出兵。翰抚膺恸哭而出,兵至灵宝,溃,关遂失守。

士卒何草草,筑城潼关道。大城铁不如,小城万丈余。借问潼关吏,修关—作筑城还备胡。要我下马行,为我指山隅。连云列战格,飞鸟不能逾。胡来但自守,岂复忧西都。丈—作大人视要处,窄—作穿狭容单车。艰难奋长戟,万—作千古用一夫。哀哉桃林战,百万化为鱼。请嘱防关将,慎勿—作莫学哥舒。

石壕吏 陕县有石壕镇

暮投石壕村,有吏夜捉人。如延切,见《烈女颂》。老翁逾墙走,老妇出门看—作看门,—作首。吏呼一何怒,妇啼一何苦。听妇前致词,三男邺城戍。一男附书至—作到,二男新战死。存—作在者且—作是偷生,死者长已矣。室中更无人,惟—作所有乳下孙。有孙—作孙有母未去,出入—作更无完裙。—作孙母未便出,见吏无完裙。老妪力虽衰,请从吏夜归。急应河阳役,李光弼与郭子仪相继守河阳城。犹得备晨炊。夜久语声绝,如闻泣幽咽。天明登前途,独与老翁别。

新婚别

兔丝附蓬麻,引蔓故—作固不长。嫁女与征夫,不如弃路旁。结发为妻子—作子妻,—作君妻,席不暖君床。暮婚晨告别,无乃太匆忙。君行虽—作既不远,守边赴—作戍河阳。妾身未分明,何以拜姑嫜。父母养我时,日—作月夜令我藏。生女有所归,鸡狗—作犬亦得—作相将。君今—作生往死—作死生地,沈痛迫中肠。誓欲随君去—作往,形势反苍黄。勿为—作改新婚念,努力事戎行。妇人在军中,兵气恐不扬。自嗟贫家女,久致—作致此罗襦裳。罗襦不复施,对君洗红妆。仰视百鸟飞,大小必双翔。人事—作生多错迕,与君永相望。

垂老别

四郊未宁静,垂老—作死不得安。子孙阵亡尽,焉用身独完。投杖出门去,同行为辛酸。幸有牙齿存—作好,所悲骨髓—作肉干。男儿既介胄,长揖别上官。老妻卧路啼,岁暮衣裳单。孰知是死别,且复伤其寒。此去必不归,还闻劝加餐。土门井陉口名土门,八陉之一。壁甚坚,杏园汲县有杏园镇。土门、杏园,皆在河北。度亦难。势异邺城下,纵死时犹—作独宽。人生有离合,岂择衰老—作盛端。忆昔少壮日,迟回竟长叹。

万国尽征戍一作东征,烽火被冈峦。积尸草木腥,流血川原丹。何乡为乐土,安敢尚盘桓。弃绝蓬室居,塌然摧肺肝。

无家别

寂寞天宝后,园庐但蒿藜。我里百一作万余家,世乱各东西。存者无消息,死者为一作委尘泥。贱子因阵败,归来寻旧一作故蹊。人一作久行见空巷一作室,日瘦气惨凄。但对狐与狸,竖毛怒我啼。四邻何所有,一二老寡妻。宿鸟恋本枝,安辞且穷栖。方春独荷锄,日暮还灌畦。县吏知我至,召令习鼓鞞。虽从本州役,内顾无所携。近行止一身,远去终转迷。家乡既荡尽,远近理亦齐。永痛长病母,五年委沟溪。生我不得力,终身两酸嘶。人生无家别,何以为烝黎。

夏日叹

夏日出东北,陵天经一作经天陵中街。即中道,黄道所经也。朱光彻厚地,郁蒸何由开。上苍久无雷,尤乃号令乖。雨降不濡物,良田起黄埃。飞鸟苦热死,池鱼涸其泥。万人尚流冗,举目唯蒿莱。至今大河北,化一作尽作虎与豺。浩荡想幽蓟,王师安在哉。对食不能餐,我心殊未谐。眇然贞观初,难与数子偕。谓长孙、房、魏之流。

夏夜叹

永日不可暮,炎蒸毒我一作中肠。安得万里风,飘摇吹我裳。昊天出华月,茂林延疏光。仲夏苦夜短,开轩纳微凉。虚明见纤毫,羽虫亦飞扬。物情无巨细,自适固其常。念彼荷戈士,穷年守边疆。何由一洗濯,执热互相望。竟夕击刁斗,喧声连万方。青紫虽被体,不如早还乡。北城悲笳发,鹳鹤号且翔。况复一作怀烦促倦,激烈思时康。

立秋后题

日月不相饶,节序昨夜隔。玄蝉无停号,秋燕已如客。平生独往愿,惆怅年半百。罢官亦由人,何事拘形役。

全唐诗卷二百十八

杜甫

贻阮隐居昉

陈留风俗衰,人物世不数。塞上得阮生,迥继先父祖。<small>谓阮籍、咸、孚辈。</small>贫知静者性,自<small>一作白</small>益毛发古。车马入邻家,蓬蒿翳环堵。清诗近道要,识子<small>一作字</small>用心苦。寻我草径微,褰裳蹋寒雨。更议居远村,避喧甘猛虎。足明箕颍客,荣贵如粪土。

遣兴三首

下马古战场,四顾但茫然。风悲浮云去,黄叶坠<small>一作堕</small>我前。朽骨穴蝼蚁,又为蔓草缠。故老行叹息,今人尚开边。汉虏互胜负<small>一作失约</small>,封疆不常全。安得廉耻<small>一作颇</small>将,三军同晏眠。

高秋登塞<small>一作寒</small>山,南望马邑州。降虏东击胡,壮健尽不留。穹庐莽牢落,上有行云愁。老弱哭道路,愿闻甲兵休。邺中事反覆<small>一作何萧条</small>,死人积如丘。诸将已茅土,载驱谁与谋。

丰年孰<small>一作既,一作亦</small>云迟,甘泽不在早。耕田秋雨足,禾黍已映道。春苗九月交,颜色同日老。劝汝衡门士,忽悲尚枯槁。时来展材力,先后无丑好。但讶鹿皮翁,忘机对芳<small>一作荒,一作芝</small>草。

昔游

昔谒华盖君,深求洞宫脚<small>一作绿袍昆玉脚</small>。玉<small>一作人</small>棺已上天,白日亦寂<small>一作冥</small>寞。暮升艮岑<small>一作峰</small>顶,巾几犹未却。弟子四五人,入来泪俱落。余时游名山,发轫在远壑。良觌违夙愿,含凄向寥廓。林昏罢幽磬,竟夜伏石阁。王乔下天坛,微月映皓鹤。晨溪向<small>一作响</small>虚驶<small>一作驶</small>,归径行已昨。岂辞青鞋胝,怅望<small>一作惆怅</small>金匕药。东蒙赴旧隐,尚忆同志乐。休<small>一作伏</small>事董先生,《忆昔行》所谓衡阳董炼师也。于今独萧索。胡为客关塞,道意久衰薄。妻子亦何人,丹砂负前诺。虽悲鬓一作须发变,未忧筋力弱。扶一作杖藜望清秋,有兴入庐霍。

幽人

孤云亦群游。神物有一作识所归。麟一作灵凤在赤霄,何当一作尝一来仪。往与惠荀一作询。钱谦益曰:旧注:惠昭、荀珏;惠远、许询。俱谬。甫逸诗中有《送惠二过东溪》诗云:空谷滞斯人。与此诗沧洲意相合,询或其名也。辈,中年沧洲期。天高无消息,弃我忽若遗。内惧非道流,幽人见一作在瑕疵。洪涛隐语笑一作笑语,鼓枻蓬莱池。崔嵬扶桑日,照耀珊瑚枝。风帆倚翠盖一作𪩘,暮把东皇衣。咽漱元和津,所思烟霞一作雾微。知名未足称,局促商山芝。五湖复浩荡,岁暮有余悲。未怀李泌,时泌隐衡山。

佳人

绝代有佳人,幽居在空一作山谷。自云良家子,零落依草木。关中昔丧败一作乱,兄弟遭杀戮。官高何足论,不得收骨肉。世情恶衰歇,万事随转烛。夫婿轻薄儿,新人已一作美如玉。合昏尚知时,鸳鸯不独宿。但见新人笑,那闻旧人哭。在山泉水清,出山泉水浊。侍婢卖珠回,牵萝补茅屋。摘花不插发一作髻,一作鬟,采柏动盈掬一作握。天寒翠袖薄,日暮倚修竹。

赤谷西崦人家赤谷在秦州西南七十里。曹刘战此,谷水尽赤,故名。

跻险不自喧一作宣,一作安,出郊已清目。溪回日气暖,径转山田熟。乌雀依茅茨,藩篱带松菊。如行武陵暮,欲问桃花一作源宿。

西枝村寻置草堂地,夜宿赞公土室二首

出郭眇细岑,披榛得微路。溪行一流水,曲折方屡渡。赞公汤休徒,好静心迹素。昨枉霞上作,盛论岩中趣。怡然共携手,恣意同远步。扪萝涩先登,陟岘眩反顾。要求阳冈暖,苦陟一作步,一作涉阴岭泝。惆怅老大藤,沈吟屈蟠树。卜居意未展,杖策回且暮。层巅一作天余落日,早蔓已多露。

天寒鸟已归,月出人一作山更一作已,一作以静。土室延白光,松门耿疏影。跻攀倦日短,语乐寄夜永。明燃林中薪,暗汲石底一作泉井。大师京国旧,德业天机秉。从来支许游。兴趣江湖迥。数奇谪关塞,道广存箕颍。何知戎马间,复接尘事屏。幽寻岂一路,远色有诸岭。晨光稍朦胧,更越西南顶。

寄赞上人

一昨陪锡杖,卜邻南山幽。年侵腰脚衰,未便阴崖秋。重冈北面起,竟日阳光留。茅屋买一作置兼土,斯焉心所求。近闻西枝西,有谷杉黍一作漆,即桼稠。亭午颇和暖,石一作沙田又足收。当期塞一作寒雨干,宿昔齿疾瘳。裴回虎穴上,面势龙泓头。柴荆具茶茗,径一作遥路通林丘。与子成二老,来往亦风流。

太平寺泉眼

招提凭高冈,疏散连草莽。出泉枯柳根,汲引岁月古。石间一作门见海眼,天畔萦水府。广深丈尺间,宴息敢轻侮。青白二小蛇,幽姿可时睹。如丝气或上,烂熳为云雨。山头到山下,凿井不尽土。取供十方僧,香美胜牛乳。北风起寒文,弱藻舒一作胜翠缕。明涵客衣净,细荡林影趣。何当宅下流,余润通药圃。三春湿黄精,一食生毛羽。

梦李白二首李白卧庐山,永王璘反,迫致之。璘败,坐系浔阳狱,长流夜郎。久之,得释。

死别已吞声,生别常恻恻。江南瘴疠地,逐一作远客无消息。故人入我梦,明我长相忆。恐非平生魂,路远一作迷不可测。魂来枫叶一作林青,魂一作梦返关塞黑。君今在罗网,何以一作似有羽翼。落月满屋梁,犹疑照一作见颜色。水深波浪阔,无使蛟龙得。

浮云终日行,游子久不至。三夜频梦君,情亲见君意。告归常局促,苦道来不易。江湖多风波一作秋多风,舟楫恐失坠。出门搔白首,若一作苦负平生志。冠盖满京华,斯人独憔悴。孰云网恢恢,将老身一作才反累。千秋万岁名,

寂寞身后事。

有怀台州郑十八司户 虔

天台隔三江—作江海，风浪无晨暮。郑公纵得归，老病不识路。昔如水—作江，—作天上鸥，今如—作为置中兔。性命由他人，悲辛但狂顾。山鬼独一脚，蝮蛇长如树。呼号傍孤城，岁月谁与度。从来御魑魅，多为—作被才名误。夫子嵇阮流，更被—作遭时俗恶。海隅微小吏，眼暗发垂素。黄帽映—作鸠杖近青袍，非供折腰具。平生一杯酒，见我故人遇。相望无所成，乾坤莽回互。

遣兴五首 黄鹤本以陶潜、贺公、孟浩然三首入庞德公一首后。

蛰龙三冬卧，老鹤万里心。昔时贤俊人，未遇犹视今。嵇康不得死—作且不死，孔明有知音。又如坂底—作陇坻松，用舍在所寻。大哉霜雪干，岁久为枯林。

昔者—作在昔庞德公，未曾入州府。襄阳耆旧间，处士节独—作犹苦。岂无济时策—作术，终竟—作岁畏罗—作罪罟。林茂鸟有归，水深鱼知聚。举家依—作隐鹿门，刘表焉得取。

我今日夜忧，诸弟各异方。不知死与生，何况道路长。避寇一分散，饥寒永相望。岂无柴门归—作扫，欲出畏虎狼。仰看云中雁，禽鸟亦有行。

蓬生非无根，漂荡随高风。天寒落万里，不复归本丛。客子念故乡，三年门巷空。怅望但烽火，戎车满关东。生涯能几何，常在羁旅中。

昔在洛阳时，亲友相追攀。送客东郊道，遨游宿南山。烟尘阻长河，树羽成皋间。回首载酒地，岂无一日还。丈夫贵壮健，惨戚非朱颜。

遣兴五首

朔风飘胡雁，惨澹带砂砾。长林何萧萧，秋草萋更碧。北里富熏天，高楼夜吹笛。焉知南邻客，九月犹缔绤。

长陵锐头儿，出猎待明发。骍—作鲜弓金爪镝，白马蹴微雪。未知所驰逐，但见暮光灭。归来悬两狼，门户有旌节。

漆有用而割，膏以明自煎。兰摧白露下，桂折秋风前。府中罗旧尹，沙道尚依然。赫赫萧京兆，今为时所怜。京兆尹萧炅与鲜于仲通辈皆为宰相私人，故云。

猛虎凭其威，往往遭急缚。雷吼徒咆哮，枝撑已在脚。忽看皮寝处，无复睛闪烁。人有甚于斯，足以劝—作戒远恶。

朝逢—作逆富家葬，前后皆—作见辉光。共指亲戚大，缌麻百夫行。送者各有死，不须羡其强。君看束练—作缚去，亦得归山冈。

遣兴五首 黄鹤本以我今日夜忧、蓬生非无根、昔在落阳时三首入地用莫如马后。

天用莫如龙，有时系扶桑。顿辔海徒涌，神人身更长。性命苟不存，英雄徒自强。吞声勿复道，真宰意茫茫。

地用莫如马，无良复谁记。此日千里鸣，追风可君意。君看渥洼种，态与驽骀异。不杂—作在蹄啮间，逍遥有能事。

陶潜避俗翁，未必能达道。观其著诗集，颇亦恨枯槁。达生岂是足，默识盖不早。有子贤与愚，何其挂怀抱。

贺公雅吴语，在位常清狂。上疏乞骸骨，黄冠归故乡。爽气不可致，斯人今则亡。山阴一茅宇，江—作淮海日凄凉。

吾怜孟浩然，短褐即长夜。赋诗何必多，往往凌鲍谢。清江空旧鱼—作旧鱼美，春雨余甘蔗。每望东南云，令人几悲吒。

前出塞九首

草堂本,《前出塞》编入天宝未乱以前在京师作。诸本皆与《后出塞》同编。《前出塞》为征秦陇之兵赴交河而作,《后出塞》为征东都之兵赴蓟门而作也。

戚戚去故里,悠悠赴交河。公家有程期,亡命婴祸罗。君已富土境,开边一何多。弃绝父母恩,吞声行负戈。

出门日已远,不受徒旅欺。骨肉恩岂断,男儿死无时。走马脱辔头,手中挑青丝。捷下万仞一作丈冈,俯身试搴旗。

磨刀呜咽水,水赤刃伤手。欲轻肠断声,心绪乱已久。丈夫誓许国,愤惋复何有。功名图骐驎,战骨当速朽。

送徒既有长,远戍亦有身。生死向前去,不劳吏怒嗔。路逢相识人,附书与六亲。哀哉两决绝,不复同一作问苦辛。

迢迢万余里,领我赴三军。军中异苦乐,主将宁尽闻。隔河见胡骑,倏忽数百群。我始为奴仆,卫青奋於奴仆。几时树功勋。

挽弓当挽强,用箭当用长。射人先射马,擒贼一作寇先擒王。杀人亦有限,列一作立国自有疆。苟能制侵陵,岂在多杀伤。

驱马天雨雪,军行入高山。径危抱寒石,指落曾冰间。已去汉月远,何时筑城还。浮云暮南征,可望不可攀。

单于寇我垒,百里风尘昏。雄剑四五动,彼军为我奔。虏其名王归,系颈授辕门。潜身备行列,一胜何足论。

从军十年余,能无分寸功。众人贵苟得,欲语羞雷同。中原有斗争,况在狄与戎。丈夫四方志,安可辞固一作困穷。

后出塞五首

男儿生世间,及壮当封侯。战伐有功业,焉能守旧丘。召募赴蓟门,军动不可留。千金买马鞭一作鞍,百金装刀头。闾里送我行,亲戚拥道周。斑白居上列,酒酣进庶羞。少年别有赠,含笑看吴钩。

朝进东门营一作营门,暮上河阳桥。落日照大旗,马鸣风萧萧。平沙列万幕,部伍各见招。中天悬明月,令严夜寂寥。悲笳数声动,壮士惨不骄。借问大将谁,天宝二载,禄山入朝,进骠骑大将军。恐是霍嫖姚。

古人重守边,今人一作日重高勋。岂知英雄主,出师亘一作直长云。六合已一家,四夷且孤军。遂使貔一作虮虎一作武士,奋身勇所闻。拔剑击大荒,日收胡马群。誓开玄冥北,持以奉吾君。

献凯日继踵,两蕃静无虞。渔阳豪侠地,击鼓吹笙芋。云帆转辽海,粳稻来东吴。越罗与楚练,照耀舆台躯。主将位益崇,气骄凌上都。边人不敢议,议者死路衢。初,禄山逆节渐露,有言其反者,明皇辄缚送之。遂无敢言者。

我本良家子,出师亦多门。将骄益愁思,身贵不足论。跃马二十年,恐辜明主恩。坐见幽州骑,长驱河洛昏。中夜间道归,故里但空村。恶名幸脱免,穷老无儿孙。

别赞上人

百川日东流,客去亦不息。我生苦一作若漂荡,何时有终极。赞公释门老,放逐来上国。还为世尘婴,颇带憔悴色。杨枝晨在手,豆子雨一作雨已熟。是身如浮云,安可限南北。异县逢旧友一作交,初忻写胸臆。天长关塞寒一作远,岁暮饥冻一作寒逼。野风吹征衣,欲别向曛一作昏黑。马嘶一作鸣思故枥,归鸟尽敛翼。古来聚散地,宿昔长荆棘。相看俱衰年,出处各努力。

万丈潭 原注:同谷县作。潭在县东南七里。一本此诗编入《七歌》后,《发同谷县》前。

青溪合一作含冥莫,神物有显晦。龙依积水蟠,窟压万丈内。跼步凌垠堮一作鄂,侧身下烟霭。前临洪涛宽,却立苍石大。山色一作危一径尽,崖一作岸绝两壁对。削成根虚无,倒影垂澹瀩一作对,一作濑。黑如一作为,一作知湾澴底,清见光炯碎。孤云一作峰倒来深,飞鸟不在外。高萝成帷一作帐幄,寒木累一作叠一作叠旌斾。远川曲通流,嵌窦潜泄濑。造幽无人境,发兴自我辈。告归遗恨多,将老斯游最。闭藏修鳞蛰,出入巨石—作爪碍。何事—作当暑—作炎天过,快意风雨—作云会。

两当县吴十侍御江上宅

两当水出大散岭,西南流入故道川。县以水名。吴侍御名郁,以言事被谪,家居两当。

寒城朝烟澹,山谷落叶赤。阴风千里来,吹汝江上宅。鹍鸡号枉渚,日色傍阡陌。借问持斧翁,几年长沙客。哀哀失木狖,矫矫避弓翮。亦知故乡乐,未敢思凤昔。昔在凤翔都,共通金闺—作门籍。天子犹蒙尘,东郊暗长戟。兵家忌间谍,此辈常接迹。台中领举劾,君必慎剖析。不忍杀无辜,所以分白黑。上官权许与,失意见迁斥。仲尼甘旅人,向子识损益。朝廷非不知,闭口休叹息。—本仲尼一联在朝廷一联下。余时忝诤臣,丹陛实咫尺。相看受狼狈,至死难塞责。行迈心多违,出门无与适。于公负明义,惆怅头更白。

发秦州 原注:乾元二年,自秦州赴同谷县纪行。

我衰更懒拙,生事不自谋。无食问乐土,无衣思南州。汉源十月交,天气凉如—作如凉秋。草木未黄落,况闻山水—作东幽。栗亭同谷有栗亭镇名更佳,下有良田畴。充肠多薯蓣,崖蜜亦易求。密竹复冬笋,清池可方舟。虽伤—作云旅寓远,庶遂平生游。此邦俯要冲,实恐人事稠。应接非本性,登临未销忧。溪谷无异石—作名,塞田始微收。岂复慰老夫—作大,惘—作炯然难久留。日色隐孤戍,乌啼满城头。中宵驱车去,饮马寒塘流。磊落星月高,苍茫云雾浮。大哉乾坤内,吾道长悠悠。

赤谷

天寒霜雪繁,游子有所之。岂但岁月暮,重来未有—作亦未期。晨发赤谷亭,险艰—作难方自兹。乱石无改辙,我车已载脂。山深苦多风,落日童稚饥。悄然村墟迥,烟火何由追。贫病转零落—作飘零,故乡不可思。常恐死道路,永为高人嗤。

铁堂峡 铁堂山在天水县东五里,峡有铁堂庄。

山风吹游子,缥缈乘险绝。峡形藏堂隍,壁色立积—作精铁。径摩穹苍蟠,石与厚地裂。修纤无垠—作限竹,嵌空—作孔太始雪。威迟哀壑底,徒旅惨不悦—作徒怀松柏悦。水寒长冰横,我马骨正折。生涯抵孤矢,盗贼殊未灭。飘蓬逾三年,回首肝肺热。

盐井 盐井在成州长道县,有盐官故城。

卤盐池也中草木白,青—作直者官—作青盐烟。官作既有程,煮盐烟在川。汲井岁榾榾—作滑滑,出车日连连。自公斗三百,转致斛六千。君子慎止足,小人苦喧阗。我何良叹嗟,物理固自—作亦固然。

寒硖

行迈日悄悄,山谷势多端。云门转绝岸,积阻霾天寒。寒硖不可度,我实—作贪衣裳单。况当仲冬交,溯沿增波澜。野人寻烟语,行子傍水餐。此生免荷殳,未敢辞路难。

法镜寺

身危适他州,勉强终劳苦。神伤山行深,愁破崖寺古。婵娟碧鲜—作藓净,萧摵寒箨聚。回回—作洄洄山—作石根水,冉冉松上雨。泄云蒙清晨,初日翳复吐。朱甍半光炯,户牖粲可数。拄—作柱策忘前期,出萝已亭午。冥冥子规叫,微径不复—作敢取。

青阳峡

塞外苦厌山,南行道—作登路弥恶。冈峦相经亘,云水气参错。林迥硖角来,天窄—作穿壁面削。磴西五里石,奋怒向我落。仰看日车侧,俯恐坤轴弱。魑魅啸有—作有任风,霜霰浩漠漠。昨忆—作忆昨逾陇坂,高秋视吴岳。肃宗在凤翔,改汧阳县吴山为西岳。东笑莲华卑,北知崆峒薄。超然侔壮观,已谓殷—作隐寥廓。突兀犹趁人,及兹叹—作谷冥莫—作漠。

龙门镇 龙门镇在成县东,后改府城镇。

细泉兼轻冰,沮洳栈道湿。不辞辛苦行,

迫一作迨此短景急。石门雪云一作云雷隘一作溢，古镇峰峦集。旌竿暮惨澹，风水白刃涩。胡马屯成皋，防虞此何及。言安史兵屯成皋，而置戍于此，道里遥遥不相及。嗟尔远戍人，山寒夜中泣。

石龛

熊罴哮我东，虎豹号我西。我后鬼长啸，我前狨又啼。天寒昏无日，山远道路迷。驱车石龛下，仲冬见虹霓。伐竹一作木者谁子，悲歌上一作抱云梯。为官采美箭，五岁供梁齐。苦云直竿一作等尽，无以充一作应提携。奈何渔阳骑，飒飒惊蒸黎。

积草岭 原注：同谷县界。

连峰积长阴，白日递隐见。飕飕林响交，惨惨石状变。山分一作外积草岭，路异明一作鸣水县。旅泊吾道穷一作东，衰年岁时倦。卜居尚百里，休驾投诸彦。邑有佳主人，情如已会面。来书语绝妙，远客惊深眷。食蕨不愿一作厌余，茅茨眼中见。

泥功一作公山 贞元五年，于同谷西境泥公山权置行成州。

朝行青泥上，暮在青泥中。青泥岭在兴州。泥泞一作泞非一时，版筑劳人功。不畏道途一作路永，乃一作反将一作及此泪没同。白马为铁骊，小儿成老翁。哀猿一作猱透却坠，死鹿力所穷。寄语北来人，后来莫匆匆。

凤皇台 原注：山峻不至高顶。《方舆胜览》：凤皇台在同谷县东南十里，二石如阙。汉有凤皇来栖，故名。

亭亭凤皇台，北对西康州。武德初置。西伯今寂寞，凤声亦悠悠。山峻路绝踪，石林气高浮。安得万丈梯，为君上一作居上头。恐有无母雏，饥寒日啾一作啁啾。我能剖心出一作血，饮啄慰孤愁。心以当竹实，炯然无一作忘外求。血以当醴泉，岂徒比清流。所贵一作重王者瑞，敢辞微命休。坐看彩翮长一作举，举一作纵意八极周。自天衔瑞图一作图谶，飞下十二楼。图以奉一作献至尊，凤以垂鸿猷。再光中兴业，一洗苍生忧。深衷正一作止于此，群盗何淹留。

乾元中寓居同谷县，作歌七首

有客有客字子美，白头乱一作短发垂过一作两耳。岁拾橡栗随狙公，天寒日暮山谷里。中原无书一作主归不得，手脚冻皴皮肉死。呜呼一歌兮歌已一作独哀，悲风为我从天一作东来。

长镵长镵白木柄，我生托子以为命。黄精一作独无苗山雪盛，短衣数挽不掩胫。此时与子空一作同归来，男呻女吟四壁静。呜呼二歌兮歌始放，邻一作闾里为我色惆怅。

有弟有弟在远一作各一方，三人各瘦何人强。生别展转不相见，胡尘暗天道路长。东飞驾鹅后鹙鸧，安得送我置汝旁。呜呼三歌兮歌三发，汝归何处收一作取兄骨。

有妹有妹在钟离，良人早殁诸孤痴。长淮浪高蛟龙怒，十年不见来何时一作迟。扁舟欲往箭满眼，杳杳南国多旌旗。呜呼四歌兮歌四奏，林猿一作竹林猿为我啼清昼。

四山多风溪水急，寒雨一作风飒飒枯树一作树枝湿。黄蒿古城云不开，白一作玄狐跳梁黄狐立。我生何为在穷谷，中夜起坐万感集。呜呼五歌兮歌正长，魂招不来归故乡。

南有龙兮在山湫，古木𡾲崒枝相樛。木叶黄落龙正蛰，蝮蛇东来水上游。我行怪此安一作寒敢出，拔剑欲斩且复休。呜呼六歌兮歌思一作怨迟，溪壑为我回春姿。

男儿生不成名身已老，三一作十年饥走荒山道。长安卿相多少年，富贵应须致身早。山中儒生旧相识，但话宿昔伤怀抱。呜呼七歌兮悄终曲，仰视皇天白日速。

发同谷县 原注：乾元二年十二月一日自陇右赴剑南行。

贤有不黔突，圣有不暖席。况我饥愚人一作夫，焉能尚安宅。始来兹山中，休驾喜一作嘉地僻。奈何迫物累，一岁四行役。夏发华州，冬离秦州，十一月至成州，十二月发同谷。忡忡去绝境，杳杳更远适。停骖龙潭云，回首白一作虎崖石。临岐别数子，握手泪再滴。交情无旧深一作虽无旧深知，一作虽旧情深知，穷老多惨戚。平生懒拙意，偶值栖遁迹。去住与愿违，仰惭林间翮。

木皮岭岭在同谷、河池二县间。黄巢乱，王铎置关于此，以扼秦陇，路极险阻。

首去声路栗亭西，尚想凤皇村。季冬携童一作幼稚，辛苦赴蜀门。南登木皮岭，艰险不易论。汗流被我体，祁寒为之暄。远岫一作峘争辅佐，千岩自崩奔。始知五岳外，别一作更有一作见他山尊。仰干一作看塞大明，俯入裂厚坤。再闻虎豹斗，屡蹋风水昏。高有废阁道，摧折如短一作断辕。下有冬青林，石上走长根。西崖特秀发，焕若灵芝繁。润聚金碧气，清无沙土痕。忆观昆仑图一作墟，目击悬圃存。对此欲何适，默伤垂老魂。

白沙渡属剑州

畏途随长江，即嘉陵江。渡口下绝岸，差池上舟楫，杳窕入云汉。天寒荒野外，日暮中流半。我马向北嘶，山猿饮相唤。水清石礧礧，沙白滩漫漫。迥一作翛然洗愁辛，多病一疏散。高壁抵欹崟一作岑，洪涛越凌乱。临风独回首，揽辔复三叹。

水会一作回渡

山行有常程，中夜尚未安。微月没已久，崖倾路何难。大江动一作当我前，汹若溟渤宽。篙师暗理楫，歌笑轻波澜。霜浓木石滑，风急一作烈，一作洌手足寒。入舟已千忧，陟巘仍万盘。迥一作回眺一作出积水一作石外，始知众星干。远游令人瘦，衰疾惭加餐。

飞仙阁飞仙岭在略阳东南。徐佐卿化鹤於此，故名。上有阁道百间，总名连云栈。

土一作出门山行窄，微径缘一作径微上秋毫。栈云阑干峻，梯石结构牢。万壑敧疏林一作竹，积阴带奔涛。寒日外澹泊，长风中怒号。歇鞍在地底，始觉所历高。往来杂坐卧，人马同疲劳。浮生有定分，饥饱岂可逃。叹息谓妻子，我何随汝一作尔曹。

五盘七盘岭在广元县北，一名五盘，栈道盘曲有五重。

五盘虽云险，山色佳有余。仰凌栈道一作阁细，俯映江木疏。地僻无网罟，水清反多鱼。好鸟不妄飞，野人半巢居。喜见淳朴俗，坦然心神舒。东郊尚格斗，巨一作臣猾何时除。故乡有弟妹，流落随丘墟。成都万事好一作在，岂若归吾庐。

龙门阁

龙门山在利州绵谷县东北八十里，一名葱岭。有石穴，高数十丈，故号龙门。他阁虽险，尚附山腰，微径可缘，此独石壁斗立，虚凿石孔，架木为道，尤险绝。

清江下龙门，绝壁无尺土。长风驾高一作白浪，浩浩自太古。危途中萦盘一作萦盘道，仰望垂线缕。滑石敧谁凿，浮梁袅相拄。目眩陨杂花，头风吹过一作过飞雨。百年不敢料，一坠那得取。饱闻一作经瞿塘，足见度大庾。终身历艰险，恐惧从此数。

石柜阁

石阑桥在绵谷县北一里，自城北至大安军界，营阑桥阁，共一万五千三百一十六间，最著者石柜、龙门。

季冬一作冬季日已长，山晚半天赤。蜀道多早一作草花，江间饶奇石。石柜曾波上，临虚荡高壁。清晖回群鸥，暝色带远客。羁栖负幽意，感叹向绝迹。信甘孱懦婴，不独冻馁迫。优游谢康乐，放浪陶彭泽。吾衰未自安一作由，谢尔性所一作有适。

桔柏渡在昭化县

青冥寒江渡，驾竹为长桥。竿湿烟一作竹竿湿漠漠，江永一作水风萧萧。连笮动袅娜，征衣飒飘摇。急流鸨鹢散，绝岸鼋鼍骄。西辕自兹异，东逝不可要。高通荆门路，阔会沧海潮。孤光隐顾眄，游子怅寂寥。无以洗心胸，前登但山椒。

剑门 大剑、小剑二山,在剑州北二十五里,全蜀外户。两崖陡壁如门。有阁道三十里。

惟天有设险,剑门一作阁天下壮。连山抱西南,石角皆北向。两崖崇墉倚,刻画城郭状。一夫怒临关一作门,百万未可傍一作仰。珠玉一作玉帛走中原,岷峨气凄怆。三皇五帝前,鸡犬各一作莫相一作自放。后王尚柔远,职贡道已丧。至今英雄人,高视见霸王。并吞与割据,极力不相让。吾将罪真宰,意欲铲叠嶂。恐此复偶然,临风默一作黯惆怅。

鹿头山 山上有关,在德阳县治北。

鹿头何亭亭,是日慰饥渴。连山西南断,俯见千里豁。游子出京华一作咸京,剑门不可越。及兹险阻尽,始喜原野阔。殊方昔三分,霸气曾间发。天下今一家,云端失双阙。悠然想扬马,继起名硉兀。有文一作才令人伤,何处埋尔骨。纡余脂膏地,惨澹豪侠窟。仗钺非老臣,宣风岂专达。冀公裴冕封冀国公,拜成都尹柱石姿,论道邦国活。斯人亦何幸,公镇逾岁月。

成都府

翳翳桑榆日,照我征衣裳。我行山川异,忽在天一方。但逢新人民,未卜见故乡。大江东流去一作从东来,游子去日一作月长。曾城填华屋,季冬树木苍。喧然名都会,吹箫间一作奏笙簧。信美无与适,侧身望川梁。鸟雀夜各归,中原杳茫茫。初月出不高,众星尚争光。自古有羁旅,我何苦哀伤。

全唐诗卷二百十九

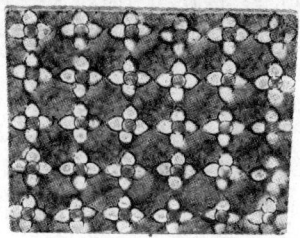

杜甫

石笋行

石笋在成都西门外,二株双蹲,一南一北。陆游曰:其状不类笋,乃累石为之。

君不见益州城西门,陌—作街上石笋双高蹲。古来—作老,一作远相传是海眼,苔藓蚀—作食尽波涛痕。雨多—作来往往得瑟瑟,石笋街乃真珠楼基。昔胡人立大秦寺,其门十间,悉以珠玉贯之为帘。后揣甑,故多瑟瑟,乃碧珠也。此事恍惚难明论。恐是昔时卿相墓—作冢,立石为表今仍存。惜哉俗态好蒙蔽,亦如小臣媚至尊。政化错迕失大体,坐看倾危受厚恩。嗟尔石笋擅虚名,后来未识犹骏奔。安得壮士掷天外,使人不疑见本根。

石犀行

李冰作石犀五头以厌水精,穿石犀溪于江南,名犀牛里。

君不见秦时蜀太守,刻石立作三当作五犀牛。自古虽有厌胜法,天生江水向—作须东流。蜀人矜夸一千载,泛溢不近张仪楼。即宣明门楼。今年灌口—作注损户口,此事或恐为神羞。终藉—作筑堤防出众力,高拥木石当清秋。先王作法皆正道,鬼怪何得参人谋。嗟尔三当作五犀不经济,缺讹只与长川逝。但见元气常—作相调和,自免洪涛恣凋瘵。安得壮士—作作者提天纲,再平水土犀奔—作苍茫。

杜鹃行

君不见昔日蜀天子,化作杜鹃似老乌。寄巢生子不自啄,群鸟至今与—作为哺雏。虽同君臣有旧礼,骨肉满眼身羁孤。业工窜伏深树里—作头,四月五月偏号呼。其声哀痛口流血,所诉何事常区区。尔岂—作惟摧残始—作如发愤,羞带羽翮伤形愚。苍天变化谁料得,万事反覆何所无。万事反覆何所无,岂忆当殿群臣趋。上元元年七月,明皇迁居西内,高力士流巫州,置如仙媛于归州,玉真公主出居玉真观。明皇不怿,因不茹荤,辟谷,寝以成疾。诗云:骨肉满眼身羁孤。盖谓此也。

赠蜀僧闾丘师兄 原注:太常博士均之孙,成都人。

　　大师铜梁秀,籍籍名家孙。呜呼先博士,炳灵精气奔。惟一作往昔武皇后,临轩御乾坤。多士尽儒冠,墨客蔼云屯。当时上紫殿,不独卿相尊。世传闾丘笔,六朝以有韵者为文,无韵者为笔,所谓闾丘笔也。或改笔为字,谓杜审言以诗,闾丘均以字,同侍武后者,误。峻极逾一作侔昆仑。风藏丹霄暮一作穴,龙去一作出白水浑。青荧雪岭东,碑碣旧制存。斯文散都邑,高价越玙璠。晚看作者意,妙绝与谁论。吾祖诗冠古,同年蒙主恩。豫章夹日月,岁久空深根。小子思疏阔,岂能达词门。穷愁一作秋一挥泪,相遇即诸昆。我住锦官城,兄居祇树园。地近慰旅愁,往来当丘樊。天涯歇滞雨,粳稻卧不翻。漂然薄游倦,始一作如与道侣一作旅敦。景晏步修廊,而无车马喧。夜阑接软语一作夜言词柔软,落月如金盆。漠漠世界黑一作空,一作穴,驱车争夺繁。惟有摩尼珠,可照浊水源。

泛溪

　　落景下高堂,进舟泛回溪。谁谓筑居小,未尽乔木西。远郊信荒僻,秋色有余凄。练练峰上雪,纤纤云表霓。童戏左右岸一云童儿戏左右,罢弋毕提携。翻倒荷芰乱,指挥径路迷。得鱼已割一作刷鳞,采藕不洗泥。人情逐鲜美,物贱事已一作迹暌。吾村霭暝姿,异舍鸡亦栖。萧条欲何适,出处无可齐。衣上见新月,霜中登故畦。浊醪自初熟,东城多鼓鼙。

题壁画马歌一作题壁上韦偃画歌。偃,京兆人,善画马。《名画记》作鹍。

　　韦侯别我有所适,知我怜君一作渠画无敌。戏一作试拈秃笔扫骅骝,欻见骐驎出东壁。一匹龁草一匹嘶,坐看千里当霜蹄。时危安得真致此,与人同生亦同死。

戏题画山水图歌一本题下有王宰二字。宰,蜀人,善画玲珑嵌空山水。

　　十日画一水,五日画一石。能事不受相促迫,王宰始肯留真迹。壮哉昆仑方壶一作丈图,挂君高堂之素壁。巴陵洞庭日本东,赤一作南岸水与银河通,中有云气随飞龙。舟人渔子入浦溆,山木尽亚一作带洪涛风。尤工远势古莫比,咫尺应须论一作千,一作行万里。焉得并州快剪刀,翦取吴松半江水。

题李尊师松树障子歌

　　老夫清晨梳白头,玄都道士来相访。握发一作手呼儿延入户,手提新画青松障。障子松林静杳冥,凭轩忽若无丹青。阴崖却承一作成霜雪一作露,一作雾干,偃盖反走虬龙形。老夫平生好奇古,对此兴与精灵聚。已知仙客意相亲,更觉良工心独苦。松下丈人巾屦同,偶坐似一作自是商一作南山翁。怅望一作惆怅聊歌紫芝曲,时危惨澹来悲风。

戏为双松图歌韦偃画

　　天下几人画古松一作树,毕宏宏,天宝中御史,善画松。已老韦偃少。绝笔长风起纤末,满堂动色嗟神妙。两株惨裂苔藓皮,屈铁交错回高枝。白摧朽骨龙虎死,黑入太阴雷雨垂一作随。松根胡僧憩寂寞,厖眉皓首无住著。偏袒右肩露双脚,叶里松子僧前落。韦侯韦侯数相见,我有一匹好东一作素,一作束绢,重之不减锦绣段。已令拂拭光凌乱,请公放笔为直干。

投简成、华两县诸子旧注为成都、华原,两县附郭为次赤。一云咸阳、华原,成乃咸之误。

　　赤县官曹拥材杰,软裘快马当冰雪。长安一作夜苦寒谁独悲,杜陵野老骨欲折。南山豆苗早荒秽,青门瓜地新冻裂。乡里儿童项领成,朝廷故旧礼数绝。自然弃掷与时异,况乃疏顽临事拙。饥卧动即向一旬,敝裘一作衣何啻联百结。君不见空墙日色晚,此老无声泪垂血。

徐卿二子歌

　　君不见徐卿二子生绝奇,感应吉梦相追随。孔子释氏亲抱送,并是天上麒麟儿。大儿九龄色清澈,秋水为神玉为骨。小儿五岁气食牛,满堂宾客皆回头。吾知徐公百不忧,积善衮衮生公侯。丈夫生儿有如此二雏者,名位岂肯卑微休一作异时名位岂肯卑微休。

病柏

有柏生崇冈,童童状车一作青盖。偃蹙一作寒龙虎姿,主当风云会。神明依正直,故老多再拜。岂知千年根,中路颜色坏。出非不得地,蟠据亦高大。岁寒忽无凭一作用,日夜柯叶改一作碎。丹凤领九雏,哀鸣翔其外。鸱枭志意满,养子穿穴一作窟内。客从何乡来,伫立久吁怪。静求元精一云无根理,浩荡难倚赖。

病橘

群一作伊橘少生意,虽多亦奚为。惜哉结实小一作少,酸涩如棠梨。剖一作割之尽蠹虫一作蚀,采掇爽其一作所宜。纷然不适口,岂只存其皮。萧萧半死叶,未忍一作匆匆别故枝。玄冬霜雪积,况乃回风吹。尝闻蓬莱殿,罗列潇湘姿。此物岁不稔,玉食失一作少光辉。寇盗尚凭陵,当君减膳时。汝病是天意,吾谂一作愁,一作敢罪有司。忆昔南一作闻海使,奔腾献荔支。百马死山谷,到今耆旧悲。

枯棕

蜀门多棕一作栟榈,高者十八九。其皮割剥甚,虽众亦易朽。徒布一作有如云叶,青黄岁寒后。交横集斧斤,凋丧先蒲柳。伤时苦军乏。一物官尽取。嗟尔江汉人,生成复何有。有同枯棕木,使我沈叹久。死者即已休,生者何一作能自守。啾啾黄雀啅一作啄,侧见寒蓬走。念尔形影干一作枯形影,摧残没藜莠。

枯楠

楩楠枯峥嵘,乡党皆莫记。不知几百岁,惨惨无生意。上枝摩皇一作苍天,下根蟠厚地。巨围雷霆坼一作折,万孔虫蚁萃。冻雨落流胶,冲风夺佳气。白鹄遂不来,天鸡为愁思。犹含栋梁具,无复霄汉一作云霄志。良工古昔少,识者出涕泪。种榆水中央,成长何容易。截承金露盘,袅袅不自畏。

丽春

百草竞春华,丽春应最胜。少须一作顷好颜色一作颜色好,多漫枝条剩。纷纷桃李枝,处处总能移。如何贵此重一作稀如可贵重,却怕有人知。

丈人山 山在青城县北,黄帝封青城山为五岳丈人。

自为青城客,不唾古诗:千里不唾井。青城地。为爱丈人山,丹梯近幽意。丈人祠西佳气浓,缘云拟住最高峰。搜除白发黄精在,君看他时冰雪容。

百忧集行 王筠诗:百忧俱集断人肠。

忆年一作昔十五心尚孩,健如黄犊走复来。庭前八月梨枣熟,一日上树能千回。即今倏忽已五一作年才六十,坐卧只多少行立。强将笑语供主人,悲见生涯百忧集。入门依旧四壁空,老妻睹我颜色同。痴儿未知父子礼,叫怒索饭啼门东。庖厨之门在东。

戏作花卿歌 上元二年,梓州刺史段子璋反,袭东川节度使李奂于绵州,自称梁王,改元。成都尹崔光远率将花惊定攻拔之,斩子璋,奂得复位。

成都猛将有花卿,学语小儿知姓名。用如快鹘风火生,见贼唯多身始轻。绵州副使著柘一作赭黄,我卿扫除即日平。子章一作璋髑髅血模糊,手提掷还崔大夫。李侯重有此节度,人道我卿绝世一作代无。既称绝世无,天子何不唤取守京都。

入奏行,赠西山检察使窦侍御

钱谦益曰:明皇自蜀还,于绵、益二州各置一节度,百姓劳敝。高适为蜀州刺史,请罢东川以一剑南。甫为王进论巴蜀情形表,亦与适合。此行入奏疑谓此。

窦侍御,骥之子,凤之雏。年未三十忠义俱,骨鲠绝代无。炯如一段清冰出万壑,置在迎风寒露一作露寒之玉壶。蔗浆归厨金碗冻,洗涤烦热足以宁君躯。政一作整用疏通合典则，戚联豪贵耽文儒。兵革一作甲兵未息人未苏，天子亦念西南隅。吐蕃凭陵气颇粗，窦氏检察应时须一作才能俱。运粮绳桥壮士喜，斩木火井穷一作寒猿呼。八州刺史思一战，三城守边却可图。剑南西川节度统松、维、恭、蓬、雅、黎、姚、悉八州。姚、维、松三州，当吐蕃冲要。一云：彭州有三守捉城，又有七盘、安远、龙溪三城，皆在茂州界上也。此行入奏计未小，密奉圣旨恩宜一作应殊。绣衣春当一作飘飘霄汉立，采服日向一作㸃㸃庭闱趋。一本此下有开济人所仰，飞腾正时须。省郎京尹必俯拾一作相付，江花未落还成都。江花未落还成都，一本无此叠句，一作还成都多暇。肯访浣花老翁无一作公来肯访浣花老，为君酤一作酤酒满眼酤，二句一云携酒访浣花老，为君著衫持髭须。与奴白饭马青刍。一本无此句。

楠一作高树为风雨所拔叹

倚江楠树草堂前，故一作古老相传二百年。诛茅卜居总为此，五月仿佛闻寒蝉。东南飘风动地至，江翻石走流云气。干一作榦排雷雨犹力争，根断泉源岂天意。沧波一作苍茫老树性所爱，浦上童童一青一作苍茫盖。野客频留惧雪霜，行人不过听竽籁。虎倒龙颠委榛一作荆棘，泪痕血点垂胸臆。我有新诗何处吟，草堂自此无颜色。

茅屋为秋风所破歌

八月秋高风怒号，卷我屋上三重茅。茅飞度江洒一作满江郊，高者挂罥长林梢，下者飘转沉塘一作堂坳。南村群童欺我老无力，忍能对面为盗贼，公然抱茅入竹去。唇焦口燥呼不得，归来倚杖自叹息。俄顷风定云墨色，秋天漠漠向昏黑。布衾多年冷似一作象铁，娇儿恶卧踏里裂。床床一作头屋漏无干处，雨脚如麻未断绝。自经丧乱少睡眠，长夜沾湿何由彻。安得广厦千万间，大庇天下寒士俱欢颜，风雨不动安如山。呜呼何时眼前突兀见此屋，吾庐独破一作坏受冻死一作意亦足。

大雨

西蜀冬不雪，春农尚嗷嗷。上天回哀眷，朱一作清夏云郁陶。执热乃沸鼎，纤絺成缊袍。风雷飒万里，霈泽施蓬蒿。敢辞茅苇漏，已喜黍豆高。三日无行人，二一作大江声怒号。流恶邑里清，矧兹远江皋。荒庭步鹳鹤，隐几望波涛。沉疴聚药饵，顿忘所进劳。则知润物功，可以贷不毛。阴色静陇亩，劝耕自官曹。四邻未耙出一作出未耙，何必吾家操。

溪涨

当时浣花桥，溪水才尺余。白石一作日明可把，水中有行车。秋夏忽泛溢，岂惟一作伊入吾庐。蛟龙亦狼狈，况是鳖与鱼。兹晨已半落，归路跬步疏。马嘶未敢动，前有深填一作淀淤。青青屋东麻，散乱床上书。不意一作知远山雨，夜来复何如。我游都市间一作所，晚憩必村墟。乃知久行客，终日思其居。

戏赠友二首

元年建巳月，是月代宗改元，复以建巳月为四月。郎有焦校书。自夸足膂力，能骑生马驹。一朝被马踏，唇裂版齿无。壮心不肯已，欲得东擒胡。

元年建巳月，官有王司直。马惊折左臂，骨折面如墨。驽骀漫一作慢深一作染泥，何不避雨色。劝君休叹恨，未必不为福。

遭田父泥饮美严中丞

步屧随春风，村村自花柳。田翁逼社日，邀我尝春酒。酒酣夸新尹，畜眼未见有。回头指大男，渠是弓弩手。名在飞骑籍，长番岁时久。前日放营农，辛苦救衰朽。差科死则已，誓不举家走。今年大作社，拾遗能住否。叫妇开大瓶，盆中为吾取。感此气扬扬，须知风化首。语多虽杂乱，说尹终在口。朝来偶然出，自卯将及酉。久客惜人情，如何拒邻叟。高声索果栗，欲起时被肘。指挥过无礼，未觉村野丑。月出遮我留，仍嗔问升斗。

喜雨

春旱天地昏，日色赤如血。农事都已一作

未休,兵戈况骚屑。巴人困军须,恸哭厚土热。沧江夜来雨,真宰罪一雪。谷根小─作少苏息,沴气终不灭。何由见宁岁,解我忧思结。峥嵘群─作东山云,交会未断绝。安得鞭雷公,滂沱洗吴越。原注:时闻浙右多盗。

渔阳

渔阳突骑犹精锐,赫赫雍王都─作前节制。猛将飘然恐后时,本朝不入非高计。禄山北筑雄武城,旧防败走归其营。系书请问燕耆旧,今日何须十万兵。宝应元年九月,鲁王适改封雍王,为天下兵马元帅,统河东、朔方及诸道行营回纥等兵十余万,讨史朝义,会兵于陕州。甫在梓闻王授钺,作此诗以讽河北诸将,飘然而来,犹恐后时,乃拥兵不朝,岂高计乎。末又举禄山往事以戒之。

天边行

天边老人归未得,日暮东临大江哭。陇右河源不种田,胡骑羌兵入巴蜀。洪涛滔天风拔木,前飞秃鹙后鸿─作黄鹄。九度附书向洛阳,十年骨肉无消息。

大麦行

大麦干枯小麦黄,妇女─作人行泣夫走藏。东至集壁西梁洋,四州皆属山南西道。问谁腰镰胡与羌。岂无蜀兵三千人,部─作簿领辛苦江山长。安得如鸟有羽翅,托身白云还故乡。

苦战行

苦战身死马将军,自云伏波之子孙。干戈未定失壮士,使我叹恨伤精魂。去年江南─作南行讨狂贼,临江把臂难再得。别时孤云今不飞,时独看云泪横臆。遂州在涪江少南,故曰江南。盖必死于段子璋之乱者。

去秋行

去秋涪江木落时,臂枪─作苍走马谁家儿。到今不知白骨处,部曲有去皆无归。遂州城中汉节在,遂州城外巴人稀。战场冤魂每夜哭,空令野营猛士悲。

述古三首

赤骥顿长缨,非无万里姿。悲鸣泪至地,为问驭者谁。凤凰从东─作天来,何意复高飞。竹花不结实,念子忍朝饥。古时君臣合,可以物理推。贤人识定分,进退─作用固─作因其宜。

市人日中集,于利竞锥刀。置膏烈火上,哀哀自煎熬。农人望岁稔,相率除蓬蒿。所务谷─作农为本,邪赢无乃劳。舜举十六相,身尊道何高。秦时任商鞅,法令如牛毛。

汉光得天下,祚永固有开。岂惟高祖圣,功自萧曹来。经纶中兴业,何代无长才。吾慕寇邓勋,济时信良哉。耿贾亦宗臣,羽翼共裴回。休运终四百,图画在云台。

全唐诗卷二百二十

杜甫

观打鱼歌

绵州江水之—作水东津，鲂鱼鲅鲅色胜银。渔人漾舟沈大网，截江一拥数百鳞。众鱼常才尽却弃，赤鲤腾出如有神。潜龙无声老蛟怒，回—作西风飒飒吹沙尘。饔子左右挥双刀，脍飞金盘白雪高。徐州秃尾即鲩，似鲂而大头。不足忆—作惜，汉阴槎头远遁逃。鲂鱼肥美知第一，既饱欢娱亦萧瑟。君不见朝来割素鳍，咫尺波涛永相失。

又观打鱼

苍江鱼—作渔子清晨集，设网提纲万—作取鱼急。能者操舟疾若风，撑突波涛挺叉入。小鱼脱漏不可记—作纪，半死半生犹戢戢。大鱼伤损皆垂头，屈强泥沙—作沙头有时立。东津观鱼已再来，主人罢脍还倾杯。日暮蛟龙改窟穴，山根鳣鲔随云雷。干戈兵革斗未止—作干戈格斗尚未已，凤凰麒麟安在哉。吾徒胡为纵此乐，暴殄天物圣所哀。

越王楼歌 太宗子越王贞为绵州刺史，作台于州城西北，楼在台上。

绵州州府何磊落，显庆年中越王作。孤城西北起高楼，碧瓦朱甍照城郭。楼下长江百丈清，山头落日半轮明。君王旧迹今人赏，转见千秋万古情。

海棕行 亦棕类，但不皮而干，叶丛于杪。一云波斯枣，木无旁枝，三五年一著子。

左绵公馆清江溃，海棕一株高入云。龙鳞犀甲相错落，苍棱白皮十抱文。自—作但是众木乱纷纷，海棕焉知身出群。移栽北辰不可得，时有西域胡僧识。

姜楚公画角鹰歌 姜皎，上邽人，善画鹰鸟。官至太常，封楚国公。

楚公画鹰鹰戴角，杀气森森—作如到幽朔。

观者贪愁一作徒惊掣臂一作壁飞，画师不是无心学。此鹰写真在左绵，却嗟真骨遂虚传。梁间燕雀休惊怕，亦未抟空上九天。

相逢歌一作从行赠严二别驾一作严别驾相逢歌

我行入东川，十步一回首。成都乱罢气萧飒一作瑟，一作索，浣花草堂亦何有。梓中一作州豪俊一作贵大者谁，本州从事知名久。把臂开尊饮我酒，酒酣击剑蛟龙吼。乌帽拂尘青螺一作骡粟，紫衣将炙绯衣走。铜盘烧蜡光一作炎吐日，夜如何其初促膝。黄昏始扣主人门，谁谓俄顷一作我倾胶在漆。万事尽付形骸外，百年未见一作及欢娱毕。神倾意豁真佳士，久客多忧今愈疾。高视乾坤又可一作何愁，一躯一作体交态同一作真悠悠。垂老遇君未恨晚，似君须向古人求。

光禄坂在梓州铜山县行

山行落日下绝壁，西望千山万山一作水赤。树枝有鸟乱鸣一作栖时，暝色无人独归客。马惊不忧深谷坠，草动只怕长弓射。安得更似开元中，道路即今多一作何拥隔。

冬到金华山观，因得故拾遗陈公学堂遗迹

陈子昂，射洪人，少读书金华山。后节度使李叔明为立旌德碑于山之读书堂侧。

涪右众山内，金华紫崔嵬。上有蔚蓝天，垂光抱琼台。系舟接绝壁，杖策穷萦回。四顾俯层巅，澹然川谷开。雪岭日色一作光死，霜鸿有余哀。焚香玉女跪，雾里仙人来。陈公读书堂，石柱仄青苔。悲风为我起，激烈伤雄才。

陈拾遗故宅宅在射洪县东七里东武山下

拾遗平昔居，大屋一作宅尚修椽。悠扬一作悠荒山日，惨澹一作崔崒故园一作国烟。位下曷足伤，所贵者圣贤。有才继骚雅，哲匠不比肩。公生扬马后，名与日月悬。同游英俊人，多秉辅佐权。彦昭赵彦昭，字奂然，甘州人，与郭元振、张说相友善。超一作赵玉价，郭振起通泉。元振为通泉尉。到今素壁滑，洒翰银钩连。盛事会一时，此堂岂千年。终古立一作占忠义，感遇有遗编。

谒文公上方

野寺隐乔木，山僧高下居。石门日色异，绛气横扶疏。窈一作宵窕入风磴，长芦纷卷舒。庭前猛虎卧，遂得文公庐。俯视万家邑，烟尘对阶除。吾师雨花外，不下十年余。长者自布金，禅龛只晏如。大一作火珠脱珂玼，白月一作日当空虚。甫也南北人，芜蔓少耘锄。久遭诗酒污，何事忝簪裾。王侯与蝼蚁，同尽随丘墟。愿闻第一义，回向心地初。金篦刮眼膜，价重百车渠。无生有汲引，兹理傥吹嘘。

奉赠射洪李四丈明甫

丈人屋上乌，人好乌亦好。人生意气豁，不在相逢早。南京乱初定，所向邑一作色枯槁。游子无根株，茅斋付秋草。东征下月峡，挂席穷海岛。万里须十金，妻孥未相保。苍茫风尘际，蹭蹬骐骥老。志士怀感伤，心胸已倾倒。

早发射洪县南途中作

将老忧贫窭，筋力岂能及。征途乃一作后，一作复侵星，得使诸病入。鄙人寡道气，在困无独立。傲装逐徒旅，达曙一作晓凌险涩。寒日出雾迟，清江转山急。仆夫行不进，驽马若一作苦维絷。汀洲稍疏散，风景开怏一作悁悒。空慰所尚怀，终非曩游集。衰颜偶一破，胜事难屡一作皆空捐。茫然阮籍途，更洒杨朱泣。

通泉驿南去通泉县十五里山水作

溪行衣自湿，亭午气始散。冬温蚊蚋在一作集，人远凫鸭乱。登顿生曾阴，欹倾出高岸。驿楼衰柳侧，县郭轻烟畔。一川何绮丽，尽目一作日穷壮观。山色远寂寞，江光夕滋漫。伤一作知时愧孔父，去国同王粲。我生苦飘零，所历有嗟叹。

过郭代公故宅郭元振，贵乡人，宅在京师宣阳里。此当是尉通泉时所居。

豪俊初未遇，其迹或脱略。代公尉通泉，放意何自若。及夫登衮冕，直气森喷薄。一本

此下有精魄凛如在,所历终萧索。磊落见异人,岂伊常情度。定策神龙后,先天二年,明皇诛太平公主。睿宗御承天门,大臣俱走匿,独郭元振总兵虑宿禁中。事定,封代国公。此云神龙,盖太平擅宠乱政,祸胎在神龙时也。宫中翕清廓。俄顷辨尊亲,指挥存顾托。群公有一作见惭色,王室无削弱。迥出名臣上,丹青照台阁。我行得遗迹一作址,池馆皆疏凿。壮公临事断,顾步涕横落。草堂本,精魄凛如在一联在此下。高咏宝剑篇,神交付冥漠。武后索其文,上《宝剑篇》。

观薛稷少保书画壁 稷,汾阴人,工书画,官至太子少保,封晋国公。以太平公主乱,坐知谋赐死。

少保有古风,得之陕郊篇。稷秋日还京诗云:驱车越陕郊。惜哉功名忤,但见书画传。我游梓州东,遗迹涪江边。画藏青莲界,书入金榜悬。仰看垂露姿,不崩亦不骞。郁郁三大字,通泉寿圣寺聚古堂有薛稷所书慧普寺三字,径三尺。蛟龙岌相缠。又挥西方变,发地扶屋椽。惨澹壁飞动,到今色未填。此行叠壮观,郭薛俱才贤。不知百载后,谁复来通泉。

通泉县署屋壁后薛少保画鹤 稷尤善画鹤,屏风六扇鹤样自稷始。

薛公十一鹤,皆写青田。青田有双白鹤,年年生子,长大便去,只余二老鹤在耳,多云神仙所养。真。画色久欲尽,苍然犹出尘。低昂各有意,磊落如长人。佳此志气远,岂惟粉墨新。万里不以力,群游森会神。威迟白凤态,非是仓庚邻。高堂未倾覆,常一作尝得慰嘉宾。曝露墙壁外,终嗟风雨频。赤霄有真骨,耻饮洿池津。冥冥任所往,脱略谁能驯。

陪王侍御同登东山最高顶宴姚通泉,晚携酒泛江 东山在潼川涪江上

姚公美政谁与俦,不减昔时陈太丘。邑中上客有柱史,多暇日陪骢马游。东山高顶罗珍羞,下顾城郭销我忧。清江白日落欲尽,复携美人登彩舟。笛声愤怨一作怨哀中流,妙舞逶迤夜未休。灯前往往大鱼出,听曲低昂如有求。三更风起寒浪涌,取乐喧呼觉船重。满空星河光破碎,四座宾客色不动。请公临深一作江莫相违,回船罢酒上马归。人生欢会岂有极,无使霜过一作露沾人衣。

春日戏题恼郝使君兄 一本无兄字

使君意一作俊气凌青霄,忆昨欢娱常见招。细马时鸣金騕褭,佳人屡出董娇饶一作娆。东流江水西飞燕,可惜春光不相见。愿携王赵两红颜,再骋肌肤如素练。通泉百里近梓州,请一作诸公一来开我愁。舞处重看花满面,尊前还有锦缠头。

短歌行,赠王郎司直 草堂本此首编入大历三年,以诗中有仲宣楼头之句,宜客荆州时作也。

王郎酒酣拔剑斫地歌莫哀,我能拔尔抑塞磊落之奇才。豫章翻风白日动,鲸鱼跋浪沧溟开。且脱佩剑一作剑佩休裴回,西得诸侯棹锦水。欲向何门趿一作飒珠履,仲宣楼头春色一作已深。青眼高歌望吾子,眼中之人吾老矣。

短歌行,送祁录事归合一作邻州,因寄苏使君

前者途中一相见,人事经年记君面。后生相动一作劝何寂寥,君有长才不贫贱。君今起柂春江流,余亦沙边具小舟。幸为达书贤府主,江花未尽会江楼。

陪章留后惠义寺饯嘉州崔都督赴州 节度使朝觐,择置留后一人,时章彝为梓州留后。

中军待上客,令肃事有恒。前驱入宝地,祖帐飘金绳。南陌一作伯既留欢,兹山亦深登。清闻树杪磬,远谒云端僧。回策匪新岸一作崖,所攀仍旧藤。耳激洞门飙,目存寒谷冰。出尘阅轨躅,毕景遗炎蒸。永愿坐长夏,将衰栖大乘。羁旅惜宴会,艰难怀友朋。劳生共几何,离恨兼相仍。

将适吴楚,留别章使君留后,兼幕府诸公,得柳字

我一作甫来入蜀门,岁月亦已久。岂惟长儿童,自觉成老丑。常恐性坦率,失身为杯酒。

近辞痛饮徒,折节万夫一作人后。昔如一作若纵壑鱼,今如丧家狗。既无游方恋,行止复何有。相逢半新故,取别随薄厚。不意青草湖,扁舟落吾手。眷眷章梓州,开筵俯高柳。楼前出骑马,帐下罗宾友。健儿簇红旗,此乐或一作几难朽。日车隐昆仑,鸟雀噪户牖。波涛未足畏一作慰,三峡徒雷吼。所忧盗贼多,重见衣冠走。中原消息断,黄屋今安否。终作适荆蛮,安排用庄叟。随云拜东皇,挂席上南斗。有使即寄书,无使长回首。

山寺 原注：得开字,章留后同游。

野寺根一作限石壁,诸龛遍崔嵬。前佛不复辨,百身一莓苔。虽一作惟有古殿存,世尊亦尘埃。如闻龙象泣,足令信者哀。使君骑紫马,捧拥从西来。树羽静千里,临江久裴回。山僧衣蓝缕,告诉栋梁摧。公为顾一作领宾徒一作从,一作兵从,呫嗫檀施开。吾知多罗树,却倚莲华台。诸天必欢喜,鬼物无嫌猜。以兹抚士卒,孰曰非周才。穷子失净处,见《法华经》。高人忧祸胎。岁晏风破肉,荒林寒可回。思量入一作人道苦,自哂同婴孩。

棕拂子

棕拂且薄陋,岂知身效能。不堪代白羽,有足除苍一作青蝇。荧荧金错刀,擢擢朱丝绳。非独颜色好,亦用一作由顾盼称。吾老抱疾病,家贫卧炎蒸。咂肤倦扑灭,赖尔甘服膺。物微世竞弃,义在谁肯征。三岁清秋至,未敢阙缄藤。

桃竹杖引,赠章留后 竹兼可为簟,名桃笙。

江心一作上蟠石生桃竹,苍波喷浸尺度足。斩根削皮如紫玉,江妃水仙惜不得。梓潼使君一作者开一束,满堂宾客皆叹息。怜我老病赠两茎,出入爪甲铿有声。老夫复欲东南征,乘涛鼓枻一作棹白帝城。路幽必为鬼神夺,拔一作仗剑或与蛟龙争。重为告曰:杖兮杖兮,尔之生也甚正直,慎勿见水踊跃学变化为龙。使我不得尔之扶持,灭迹于君山湖上之青峰。噫,

风尘澒一作鸿洞兮豺虎咬人,忽失双杖兮吾将曷从。

寄题江外草堂 原注：梓州作,寄成都故居。

我生性放诞,雅欲逃自然。嗜酒爱风一作修竹,卜居必一作此林泉。遭乱到蜀江,卧痾遣一作遗所便。诛茅初一亩,广地方一作必连延。经营上元始,断手宝应年。敢谋土木丽,自觉面势坚一作贤。台亭一作亭台随高下,敞豁当清川。虽一作有会心侣,数能同钓船。干戈未偃息,安得酣歌眠。蛟龙无定窟,黄鹄摩苍天。古来达士志一作贤达士,宁受外物牵。顾惟鲁钝姿,岂识悔吝先。偶携老妻去,惨澹凌风烟。事迹无固必,幽贞愧双全。尚念四小松,蔓草易一作已拘缠。霜骨不甚长,永为邻里怜。

韦讽录事宅观曹将军画马图 一本下有歌字,一本有引字。曹霸官左武卫将军。

国初已来画鞍马,神妙独数江都王。江都王绪,霍王元轨子,善书画。将军得名三一作四十载,人间又见真乘黄。曾貌先帝照夜白,龙池十日飞霹雳。内府殷红马脑碗一作盘,婕妤传诏才人索。碗赐将军拜舞归,轻纨细绮相追飞一作随。贵戚权门得笔迹,始觉屏障生光辉。昔日太宗拳毛𫘧,太宗六骏,五日拳毛𫘧,平刘黑闼所乘。近时郭家师子花。今之新一作画图有二马,复令识者久叹嗟。此皆骑战一敌万,缟素漠漠开风沙。其余七匹亦殊绝,迥若寒空动烟雪。霜蹄蹴踏长楸间,马官厮养森成列。可怜九马曹将军九马图,后藏薛绍彭家。争神骏,顾视清高气深稳。借问苦心爱者谁,后有韦讽前支遁。忆昔巡幸新丰宫,翠华拂天来向东。腾骧磊落三万匹,皆与此图筋骨同。自从献宝朝河宗,用穆天子西征事。无复射蛟江水中。用汉武帝事。君不见金粟明皇泰陵在奉先县金粟山堆前松柏里,龙媒去尽鸟呼风。

送韦讽上阆州录事参军

国步犹艰难,兵革未衰息。万方哀一作尚嗷嗷,十载一作年供军食。庶官务割剥,不暇忧

反侧。诛求何多门,贤者贵为德一作贤俊愧为力。韦生富春秋,洞彻有清识。操持纪纲地,喜见朱丝直。当令一作因循豪夺吏,自此无颜色。必若求疮痏,先应去蝥贼。挥泪临大江,高天意凄恻。行行树佳政,慰我深相忆。

丹青引,赠曹将军霸

将军魏武之子孙,于今为庶为清门。英雄割据虽一作皆已矣,文彩风流犹一作今尚存。学书初学卫夫人,卫夫人,名铄,展之女,李矩妻,学书于钟繇。但恨无一作未过王右军。王羲之学书于卫夫人。丹青不知老将至,富贵于我如浮云。开元之中一作年常引见,承恩数上南熏殿。凌烟功臣少颜色,将军下笔开生面,当是重画。良相头上进贤冠,猛将腰间大羽箭。褒公鄂公贞观十七年,诏阎立本画凌烟阁功臣二十四人,鄂国公尉迟敬德第七,褒国公段志玄第十。毛发动,英姿飒爽一作飒来一作犹酣战。先帝天一作御马玉花骢,画工如山貌不同。是日牵来赤墀下,迥一作复立闾阖生长风。诏谓将军拂绢素,意一作法匠惨澹经营中。斯须九重真龙出,一洗万古凡马空。玉花却在御榻上,榻上庭前屹相向。明皇好大马,西域大宛岁有献贡,命悉图其骏。至尊含笑催赐金,圉人太仆皆惆怅。弟子韩幹幹,大梁人,初师曹霸,后入供奉。令师陈闳,对曰:陛下内厩马,乃臣师也。早入室,亦能画马穷殊相一作状。幹惟画肉不画骨,忍使骅骝气凋丧。将军画一作尽善一作妙,一作善画盖有神,必一作偶逢佳士亦写真。即今飘泊干戈际,屡貌寻常行路人。途穷反遭俗眼白,世上未有如公贫一作他富至今我徒贫。但看古来盛名下,终日坎壈缠其身。

阆州东楼筵,奉送十一舅往青城县,得昏字

曾城有高楼一作会,制古丹雘存。迢迢百余尺,豁达开四门。东楼在保宁府治南嘉陵江上。虽有一作会车马客,而无人世喧。游目俯大江,列筵慰别魂。是时秋冬交,节往颜色昏。天寒鸟兽休一作伏,霜露在草根。今我送舅氏,万感集清尊。岂伊山川间,回首盗贼繁。高贤意不暇,王命久崩奔。临风欲恸哭,声出已复吞。

严氏溪放歌行 溪在阆州东百余里

天下甲一作兵马未尽销,岂免沟壑常漂漂。剑南岁月不可度,边头公卿仍独一作何其骄。费心姑息是一役,肥肉大酒徒要爱。呜呼古人已粪土,独觉志士甘渔樵。况我飘转一作蓬无定所,终日戚戚忍羁旅。秋宿一作夜霜一作清溪素月高,喜得与子长夜语。东游西还力实倦,从此将身更何许。知子松根长茯苓,迟暮有意来同煮。

南池 在阆中县东南,即彭道将鱼池。

峥嵘巴阆间,所向尽山谷。安知有苍池,万顷浸坤轴。呀然阆城南,枕一作控带巴江腹。芰荷入异县,粳稻共比屋。皇天不无意,美利戒止足。高田失西成,此物颇丰熟。清源多众鱼,远岸富乔木。独叹枫香林,春时好颜色。南有汉王一作主祠,池在汉高祖庙旁。终朝走巫祝。歌舞散灵衣,荒哉旧风俗。高堂一作皇亦明王,魂魄犹正直。不应空陂上,缥缈亲酒食。淫祀自古昔,非唯一川渎。干戈浩茫茫,地僻伤极目。平生江海一作溪渤兴,遭乱身局促。驻马问渔舟,跰蹰慰羁束。

发阆中

前有毒蛇后猛虎,溪行尽日无村坞。江风萧萧云拂地,山木惨惨天欲雨。女病妻忧归意速一作急,秋花锦石谁复一作能数。别家三月一得书一作书来,避地何时免愁苦。

寄韩谏议 旧本有注字。一云注乃之误。韩休之子法,上元中为谏议大夫。此诗为李泌隐衡山而作,欲谏议荐之也。

今我不乐思岳阳,身欲奋飞病在床。美人娟娟隔秋水,濯足洞庭望八荒。鸿飞冥冥日月白,青枫叶赤天雨一作飞霜。玉京群帝集北斗,或骑麒麟翳凤凰。芙蓉旌旗一作旆烟雾乐一作落,影动倒景摇潇湘。星宫之君醉琼浆,羽人稀少不在旁。似闻昨者一作夜赤松子,恐是汉代韩张良。昔随刘氏定长安,帷幄未改神惨伤。国家成败吾岂敢,色难腥腐餐风一作枫香。

周南留滞古所—作莫惜，南极老人应寿昌。美人胡为隔秋水，焉得置之贡玉堂。

忆昔二首

忆昔先皇谓肃宗巡朔方，千乘万骑入咸阳。阴山骄子汗血马，长驱东胡胡走藏。邺城反覆不足怪，关中小儿李辅国，闲厩马家小儿坏纪纲，张后不乐上为忙。至今今上谓代宗犹拨乱，劳身焦思补四方。我昔近侍叨奉引，出兵—作兵出整肃不可当—作忘。为留猛士守未央，致使岐雍防西羌。犬戎直来坐御林，百官跣足随天王。程元振数谮郭子仪，遂解兵柄。乾元后数年，邠凤西北尽陷蕃戎，代宗幸陕。诗盖指此。愿见北地傅介子，老儒不用尚书郎。

忆昔开元全盛日，小邑犹藏万家室。稻米流脂粟米白，公私仓廪俱丰—作富，一作盈实。九州道路无豺虎—作狼，远行不劳吉日出。齐纨鲁缟车班班，男耕女桑不相失。宫中圣人奏云门，天下朋友皆胶漆。百余年间未灾变，叔孙礼乐萧何律。岂闻一绢直万钱，有田种谷今流血。洛阳宫殿烧焚尽，宗庙新除狐兔穴。伤心不忍问耆旧，复恐初从乱离说。小臣鲁钝无所能，朝廷记识蒙禄秩。周宣中兴望我皇，洒血—作泪江汉身—作长衰疾。

冬狩行 原注：时梓州刺史章彝兼侍御史留后东川。

君不见东川节度兵马雄，校猎亦似观成功。夜发猛士三千人，清晨合围步骤同。禽兽已毙十七八，杀声落日回苍穹。幕前生致九青兕，骆驼𡺲崒垂玄熊。东西南北百里间，仿佛蹴踏寒山空。有鸟名鸲鹆，力不能高飞逐走蓬。肉味不足登鼎俎，何为见羁虞罗中。春蒐冬狩侯—作候得同，使君五马一马骢。彝兼侍御，故云一马骢。况今摄行大将权，号令颇有前贤风。飘然时危一老翁，十年厌见旌旗红。喜君士卒甚整肃，为我回辔擒西戎。草中狐兔尽何益，天子不在咸阳宫。朝廷虽无幽王祸，得不哀痛尘再蒙。呜呼，得不哀痛尘再蒙。时代宗幸陕，诏征天下兵，无一人应召者，故感激言之。

自平

自平宫中—作中宫，一作中官吕太一，中使吕太乙为市舶使，矫诏募兵作乱。收珠南海千余日。近供生犀翡翠稀，复恐征戎—作戍干戈密。蛮溪豪族小—作小山动摇，世封刺史非时—作常朝。蓬莱殿前—作里诸主将，才如伏波不得骄。

释闷

四海十年不解兵，犬戎—作羊也复临咸京。失道非关出襄野，黄帝将见大隗，至襄城之野。扬鞭忽是过胡—作湖城。即今芜湖。晋明帝察王敦军于湖，在当涂县。豺狼塞路人断绝，烽火照夜尸纵横。天子亦应厌奔走，群公固合思升平。但恐诛求不改辙，闻道孽孽能—作今全生。江边老翁错料事，眼暗不见风尘清。

赠别贺兰铦

黄雀饱野粟，群飞动荆榛。今君—作吾抱何恨，寂寞向时人。老骥倦骧首，苍—作饥鹰愁易驯。高贤世未识，固合婴饥贫。国步初返正，代宗幸陕初还。乾坤尚风尘。悲歌鬓发白，远赴湘吴春。我恋岷下芋，君思千里千里湖在溧阳县莼。生离与死别，自古鼻酸辛。

别唐十五诫，因寄礼部贾侍郎 贾至

九载一相逢，百年能几何。复为万里别，送子山之阿。白鹤久同林，潜鱼本同河。未知栖集期，衰老强高歌。歌罢两凄恻，六龙忽蹉跎。相视发皓白，况难驻羲和。胡星坠燕地，汉将仍横戈。萧条四海内，人少豺虎多。少人慎莫投，多虎信所过。饥有易子食，兽犹畏虞罗。子负经济才，天门郁嵯峨。飘摇—作飘适东周，来往若—作亦崩波。南宫吾故人，白马金盘陀。雄笔映千古，见贤心靡—作匪他。念子善师事，岁寒守旧柯。为吾谢贾公，病肺卧江沱。

阆山歌

阆州城东灵—作雪山白，阆州城北玉台—作壶碧。松浮欲尽不尽云，江动将崩未—作已崩石。那知根无鬼神会,已觉气与嵩华敌。中原格斗且未归,应结茅斋看—作著,—作应著茅斋向青壁。

阆水歌

嘉陵江色—作山何所似,石黛碧玉相因依。正怜日破浪花—作阆山出,更复春从沙际归。巴童荡桨欹侧过,水鸡衔鱼来去飞。阆中胜事可肠断,阆州城南天下稀。

草堂

昔我去草堂,蛮夷塞成都。今我归草堂,成—作此都适无虞。请陈初乱时,反复乃须臾—作斯须。大将赴朝廷,群小起异图。初,严武入朝,徐知道反,旋为其下李忠厚所杀。中宵斩白马,盟歃气已粗。西取邛南兵,北断剑阁隅。布衣数十人,亦拥专城居。其势不两大,始闻蕃汉殊。西卒却倒戈,贼臣互相诛。焉知肘腋祸,自及枭獍—作境徒。义士皆痛愤,纪纲乱相逾。一国实三公,万人欲为鱼。唱和作威福,孰肯—作能辨无辜。眼前列杻械,背后吹笙竽。谈笑行杀戮,溅—作流血满长衢。到今用钱地,风雨闻号呼。鬼—作人妾与鬼马,色悲充尔娱。国家法令在,此又足惊吁。贼子且奔走,三年望东吴。弧矢暗江海,难为游五湖。不忍竟舍此,复来薙榛芜。入门四松在,步屧万竹疏。旧犬喜我归,低徊入衣裾。邻舍喜我归,酤酒携胡芦—作提榼壶。大官喜—作知我来,遣骑问所须。城郭喜—作知我来,宾客隘—作溢村墟。天下尚未宁,健儿胜腐儒。飘摇—作飘风尘际,何地置—作致老夫。于时见—作是疣赘,骨髓幸未枯。饮啄愧残生,食薇不敢余。

四松

四松初移时,大抵三尺强。别来忽三载—作岁,离立如人长。会看根不拔,莫计枝凋伤。幽色幸—作会秀发,疏柯亦—作已昂藏。所插小藩篱,本亦有堤防。终然泱拨损,得各—作愧千叶黄。敢为故林主,黎庶犹未康。避贼今始归,春草满空堂。览物叹衰谢,及兹慰凄凉。

清风为我起,洒面若微霜。足以—作为送老姿—作资,聊待—作将偃盖张。我生无根带—作蒂,配尔—作汝亦茫茫。有情且赋诗,事迹可两—作两可忘。勿矜千载后,惨澹蟠穹苍。

水槛

苍江多风飙,云雨昼夜飞。茅轩驾巨浪,焉得不低垂。游子久在外,门户无人持。高岸尚如—作为谷,何伤浮柱欹。扶颠有劝诫,恐贻识者嗤。既殊大厦倾,可以一木支。临川视万里,何必阑槛为。人生感故物,慷慨有余悲。

破船

平生江海心,宿昔具扁舟。岂惟青溪上,日傍柴门游。苍皇避乱兵,缅邈怀旧丘。邻人亦已非,野竹独修修。船舷不重扣,埋没已经秋。仰看西飞翼,下愧东逝流。故者或可掘,新者亦易求。所悲数奔窜,白屋难久留。

营屋

我有阴江竹,能令朱夏寒。阴通积水内,高入浮云端。甚—作如疑鬼物凭,不顾剪伐残。东偏若面势,户牖永可安。爱惜已六载,兹晨去千竿。萧萧见白日,洶洶开奔湍。度堂匪华丽,养拙异考槃。草茅虽薙葺,衰疾方少宽。洗然顺所适,此足代加餐。寂无斤斧响,庶遂憩息欢。

除草 原注:去莠草也。莠音潜。一云即烯麻,一云山韭,非。大约是恶草。

草有害于人,曾何生阻修。其毒甚蜂虿,其多弥道周。清晨步前林,江色未散忧。芒刺在我眼,焉能待高秋。霜露—作云沾凝—作衣,蕙叶亦难留。荷锄先童稚,日入仍讨求。转致水中央,岂无双钓舟。顽根易滋蔓,敢使依旧丘。自兹—作移藩篱旷,更觉松竹幽。芟夷不可阙,疾恶信如雠。

扬旗 原注:二年夏六月,成都尹严公置酒公堂,观骑士试新旗帜。

江—作风雨飒长夏,府中有余清。我公会

宾客,肃肃有异声。初筵阅军装,罗列照广庭。庭空六一作四马入,骁骁扬旗一作旆旌。回回偃飞盖,熠熠迸流星。来缠一作冲风飙急,去擘山岳倾。材归俯身尽,妙取略地平。虹霓就掌握,舒卷随人轻。三州陷犬戎,广德元年,剑南节度高适不能军,吐蕃陷松、维、保三州。但见西岭青。公来练猛士,欲夺天边城。此堂不易升,庸蜀日已宁。吾徒且加餐,休适蛮与荆。

太子张舍人遗织成褥段

客从西北来,遗我翠一作细织成。开缄风涛涌,中有掉尾鲸。逶迤罗水族,琐细不足名。客云充君褥,承君终宴荣。空堂魑魅一作魍魉走,高枕形神清。领客珍重意,顾我非公卿。留之惧不祥,施之混柴荆。服饰定尊卑,大哉万古程。今我一贱老,袒一作短褐更无营。煌煌珠宫物,寝处祸所婴一作萦。叹息当路子,干戈尚纵横。掌握有权柄,衣马自一作已肥轻。李鼎死岐阳,实以骄贵盈。来瑱赐自尽,气豪直阻兵。皆一作昔闻黄金多,坐见悔吝生。奈何田舍翁,受此厚贶情。锦鲸卷还客,始觉心和平。振我粗席尘,愧客茹一作饭藜羹。史称严武累年在蜀,肆志逞欲,恣行猛政,穷极奢靡。甫在幕下,此诗特借以讽谕,朋友责善之道也。

莫相疑行

男儿生无所一作一生无成头皓白,牙齿欲落真可惜。忆献三赋蓬莱宫,自怪一日声辉一作烨,一作烜赫。集贤学士如堵墙,观我落笔中书堂。往时文彩动人主,此一作今日饥寒趋路旁。晚将末契托一作节契年少,当面输一作谕心背面笑。寄谢悠悠世上儿,不一作莫争好恶莫相疑。

别蔡十四著作

贾生恸哭后,寥落无其人。安知蔡夫子,高义迈等伦。献书谒皇帝,志已清风尘。流涕洒丹极,万乘为酸辛。天地则创痍,朝廷当一作多正臣。异才复间出,周道日惟新。使蜀见知己,别颜始一伸。主人薨城府,谓严武。扶榇归咸秦。巴道此相逢,会我病江滨。忆念凤翔都,聚散俄十春。我衰不足道,但愿子意一作音陈。稍令社稷安,自契鱼水亲。我虽消渴甚,敢忘帝力勤。尚思未朽骨,复睹耕桑民。积水驾三峡,浮龙倚长津一作轮囷。扬舲洪涛间,仗子济物身。鞍马下秦塞,王城通北辰。玄甲聚不散,兵久食恐贫。穷谷无粟帛,使者来相因。若凭一作逢南辕吏一作使,书札到天垠。

全唐诗卷二百二十一

杜甫

杜鹃

西川有杜鹃,东川无杜鹃。涪万一作南无杜鹃,云安有杜鹃。我昔游锦城,结庐锦水边。有竹一顷余,乔木上参天。杜鹃暮春至,哀哀叫其间。我见常再拜,重是古帝魂。生子百鸟巢,百鸟不敢嗔一作喧。仍为喂其子,礼若奉至尊。鸿雁及羔羊,有礼太古前。行飞与跪乳,识序如一作又知恩。圣贤古一作吾法则,付与一作之后世传。君看禽鸟情,犹解事杜鹃。今忽暮春间,值我病经年。身病不能拜,泪下如迸泉。旧注:上皇幸蜀还,肃宗以李辅国离间,迁之西内,悒悒而崩。此诗感是而作。但首四句有无互见,不知何义。夏辣谓是诗序,亦无解。黄希、吴曾引乐府"郭东亦有樵,郭西亦有樵","鱼戏莲叶东,鱼戏莲叶西",谓甫正用此格。诗体则然,义终难辨。至王谊伯分指当时刺史,尤穿凿可笑。

客居

客居所居堂,前江后山根。下堑万寻岸,苍涛郁飞翻。葱青众木梢,邪竖杂石痕。子规昼夜啼,壮士敛精魂。峡开四千里,水合数百源。人虎相半居,相伤终两存。蜀麻久不来,吴盐拥荆门。西南失大将,谓郭英乂为崔旰所杀。商旅自星奔。今又降元戎,时以杜鸿渐为蜀帅。已闻动行轩。舟子候利涉,亦凭节制尊。我在路中央,生理不得论。卧愁病脚废,徐步视小园。短畦带碧草,怅望思王孙。凤随其皇去,篱雀暮喧繁。览物想故国,十年别荒一作乡村。日暮归几翼,北林空自昏。安得覆八溟,为君洗乾坤。稷契易为力,犬戎何足吞。儒生老无成,臣子忧四番一作藩,一作思翻。箧中有旧笔,情至时复援。

客堂

忆昨离少城,而今异楚蜀。舍舟复深山,窅窕一林麓。栖泊云安县,消中内相毒。旧疾甘载一作战，一作再来，衰年得一作弱无足。死为殊方鬼，头白兔短促。老马终望云，南雁意在北。别家长儿女，欲起惭筋力。客堂序节改，具物对羁束。石暄蕨芽紫，渚秀芦笋绿。巴莺一作稼纷未稀，徼麦早向熟。悠悠日动江，漠漠春辞木。台郎选才俊，自顾亦已极。严武奏甫为参谋检校尚书工部员外郎。前辈声名人，埋没何所得。居然绾章绂，受性本幽独。平生憩息地，必种数竿竹。事业只浊醪，营茸但草屋。上公即指严武有记者，累奏资薄禄。主忧岂济时，身远弥旷职。循一作修文庙算正，献可天衢直。尚想趋朝廷，毫发裨社稷。形骸今若是，进退委行色。

石研诗 原注：平侍御者。

平公今诗伯，秀发吾所羡。奉使三峡中，长啸得石研。巨璞禹凿余，异状君独见。其滑乃波涛，其光或雷电。联坳各尽墨，多水递隐现。挥洒容数人，十手可对面。比公头上冠，贞一作正质未为贱。当公赋佳句，况得终清宴。公含起草姿，不远明光殿。致于丹青地，知汝随顾眄。

水阁朝霁，奉简严云安 一作云安严明府

东城抱春岑，江阁邻石面。崔嵬晨云白，朝旭一作日射芳甸。雨槛卧花丛，风床展书卷一作轻幔。钩帘宿鹭起，丸药流莺啭。呼婢取酒壶，续儿诵文选。晚交严明府，矧此数相见。

赠郑十八贲 云安令

温温士君子，令我怀抱尽。灵芝冠众芳，安得阙亲近。遭乱意不归，窜身迹非隐。细人尚姑息，吾子色愈谨。高怀见物理，识者安肯哂。卑飞欲何待，捷径应未忍。未我百篇文，诗家一标准。羁离交屈宋，牢落值颜闵。水陆迷畏一作长途，药饵驻修轸。古人日已远，青史字不泯。步趾咏唐虞，追随饭葵堇。数杯资好事，异味烦县尹。心虽在朝谒，力与愿矛盾。拘病排金门，衰容岂为敏。

三韵三篇

高马勿唾一作捶面，长鱼无损鳞。辱马马毛焦，困鱼鱼有神。君看磊落士，不肯易其身。

荡荡万斛船，影若扬一作摇白虹。起樯必椎牛，挂席集众功。自非风动天，莫置大水中。

烈一作列士恶多门，小人自同调。名利苟可取，杀身傍权要。何当官曹清，尔辈堪一笑。

青丝 青丝白马，用侯景事，以比仆固怀恩。

青丝白马谁家子，粗豪且逐风尘起。不闻汉主放妃嫔，肃、代二宗曾两放宫嫔。近静潼关扫蜂蚁。殿前兵马破汝时，十月即为齑粉期。未一作不如一作知面缚归金阙，万一皇恩下玉墀。

近闻 永泰元年，郭子仪与回纥约，共击吐蕃。次年二月，吐蕃来朝。诗纪其事。

近闻犬戎远遁逃，牧马不敢侵临洮。渭水逶迤白日净，陇山萧瑟秋云高。崆峒五原亦无事，北庭数有关中使。似闻赞普吐蕃称王为赞普，相为大论、小论。更求亲，舅甥和好应难弃。文成、金城二公主，先后降吐蕃。

蚕谷行

天下郡国向万城，无有一城无甲兵。焉得铸甲作农器，一寸荒田牛得耕。牛尽一作得耕一本有田字，蚕亦成。不劳烈士泪滂沱，男谷女丝行复歌。

折槛行

呜呼房魏不复见，秦王学士时难羡。青衿胄子困泥涂，白马将军若雷电。千载少似朱云人，至今折槛空嶙峋。娄公不语宋公语，尚忆先皇容直臣。永泰二年，以观军容使左监门卫大将军鱼朝恩判国子监事，故曰青衿胄子困泥涂，白马将军若雷电。当时大臣箝口，效娄师德之畏逊，而不能继宋璟之忠说，故以折槛为讽。

引水

月峡瞿塘云作顶，乱石峥嵘欲无井。云安酤水奴仆悲，鱼复移居心力省。白帝城西万竹

蟠,接筒引水喉不干。人生留滞生理难,斗水何直百忧宽。

古柏行　此夔州诸葛庙柏,即《夔州十绝句》所云:武侯祠堂不可忘,中有松柏参天长也。

　　孔明庙前—作阶有老柏,柯如青铜根如石。霜—作苍皮溜雨—作水四十围,黛色参天二千尺。君臣已与时际会,树木犹为人爱惜。云来气接巫峡长,月—作日出寒通雪山白。忆昨路绕锦亭—作城东,先主武侯同閟宫。崔嵬枝干郊原古,窈窕丹青户牖空。落落盘踞虽得地,冥冥孤高多烈风。扶持自是神明力,正直原因造化功。大厦如倾要梁栋,万牛回首丘山重。不露文章世已惊,未辞剪伐谁能送。苦心岂免容蝼蚁,香—作密叶终—作曾经—作惊宿鸾凤。志士幽人莫怨嗟—作伤,古来材大难为—作皆难用。

缚鸡行

　　小奴缚鸡向市卖,鸡被缚急相喧争。家中厌鸡食虫蚁,不知鸡卖还遭烹。虫鸡于人何厚薄,吾叱奴人解其缚。鸡虫得失无了时,注目寒江倚山阁。

负薪行

　　夔州处女发半华,四十五十无夫家。更遭丧乱嫁不售,一生抱恨堪—作长咨嗟。土风坐男使女立,应—作男当门户女出入。十犹—作有八九负薪归,卖薪得钱应—作当供给。至老双鬟—作钗只垂颈,野花山叶银钗并。筋力登危集市门,死生射利兼盐井。面妆首饰杂啼痕,地褊衣寒困石根。若道巫山女粗丑,何得此—作北有昭君村。村连巫峡,有昭君宅,宅旁有捣练石,傍香溪。

最能行

　　峡中丈夫绝轻死,少在公门多在水。富豪有钱驾大舸,贫穷取给行艓音叶,舟小如叶也。子。小儿学问止论语,大儿结束随商旅。攲帆侧柁入波涛,撇漩捎濆无险阻。朝发白帝暮江陵,顷来目击信有征。瞿塘漫天虎须—作眼怒,归州长年蜀中呼柁师为长年三老行—作与最能。此

乡之人气—作器量窄,误竞南风疏北客。若道土—作士无英俊才,何得山有屈原宅。宅在秭归县北。

寄裴施州　裴冕坐李辅国贬施州刺史

　　廊庙之具裴施州,宿昔一逢无此—作比流。金钟大镛在东序,冰壶玉衡—作珩悬清秋。自从相遇感—作减多病,三岁为客宽边愁。尧有四岳明至理,汉二千石真分忧。几度寄书白盐北,苦寒赠我青羔—作丝,一作缣裘。霜雪回光避锦袖,龙蛇—作蛟龙动箧蟠银钩。紫衣使者辞—作辟复命,再拜故人谢佳政。将老已失子孙忧,后来况接才华盛。《英华》此句下有遥忆书楼碧池映七字。

郑典设自施州归

　　吾怜荥阳秀,冒暑初有适。名贤慎所出—作出处,不肯妄行役。旅兹殊俗远—作还,竟以屡空迫。南谒裴施州,气合无险僻。攀援悬根木,登顿入天—作矢石。青山自一川,城郭洗忧戚。听子话此邦,令我心悦怿。其俗则—作甚纯朴,不知有主客。温温诸侯门,礼亦如古昔。敕厨倍常羞,冕性侈靡,好尚车服,营珍馔。杯盘颇狼藉。时虽属丧乱,事贵赏—作当匹敌。中宵惬良会,裴郑非远戚。群书一万卷,博涉供务隙。他日辱银钩,森疏见矛戟。倒屣喜旋归,画地求—作来所历。乃闻风土质,又重田畴辟。刺史似寇恂,列郡宜竞惜—作借。音迹。北风吹瘴疠,羸老思散策。渚拂兼葭塞—作寒。峤穿萝茑幂。此身仗儿仆,高兴潜有激。孟冬方首路,强饭取崖壁。叹尔疲驽骀,汗沟马中脊血不赤。终然备外饰,驾驭何所益。我有平肩舆,前途犹准的。翩翩入鸟道,庶脱蹉跌厄。

柴门

　　孤—作泛舟登瀼西,回首望两崖。东城干旱天,其气如焚柴。长影没窈窕,余光散唅呀。大江蟠嵌根,归海成一家。下冲割坤轴,竦壁攒镆铘。萧飒洒秋色,氛—作气昏霾日车。峡—作峡。广溪乃三峡之首。门自此始,最窄容浮查。

禹功翊造化，疏凿就敧斜。巨_{一作巴}渠决太古，众水为长蛇。风烟渺吴蜀，舟楫通盐麻。我今远游子，飘转混泥沙。万物附本性，约_{一作处}身_{一作性}不愿_{一作欲}奢。茅栋盖一床，清池有余花。浊醪与脱粟，在眼无咨嗟。山荒人民少，地僻日夕佳。贫病_{一作贱}固其常，富贵任生涯。老于干戈际，宅幸蓬荜遮。石乱上云气，杉清_{一作青}延月_{一作日华}。赏妍又分外，理惬夫何夸。足了垂白年，敢居高士差。书此豁平昔，回首犹暮霞。

贻华阳柳少府

系马乔木间，问人野寺门。柳侯披衣笑_{一作嘯}，见我颜色温。并坐石下堂_{一作堂下石，一作石堂下}，俯视大江奔。火云洗月露，绝壁上朝暾。自非晓相访，触热生病根。南方六七月，出入异中原。老少多暍死，汗逾水浆翻。俊才得之子，筋力不辞烦。指挥当世事，语及戎马存。涕泪_{一作流涕}溅我裳，悲气_{一作风}排帝阍。郁陶抱长策，义仗知者论。吾衰卧江汉，但愧识玙璠。文章一小技，于道未为尊。起予幸斑白，因是托子孙。俱客古信州，_{夔本梁信州}。结庐依毁垣。相去四五里，径微山叶繁。时危挹佳士，况免军旅喧。醉从赵女舞，歌鼓秦人盆。子壮顾我伤，我欢兼泪痕。余生如过鸟，故里今空村。

雷

大旱山岳焦，密云复无_{一作覆如}雨。南方瘴疠地，罹此农事苦。封内必舞雩，峡中喧击鼓。真龙竟寂寞，土梗_{土人也}空俯偻_{一作倭俯}。吁嗟公私病，税敛缺不补。故老仰面啼，疮痍向谁数。暴尪或前闻，鞭巫非稽古。请先偃甲兵，处分听人主。万邦但各业，一物休尽取。水旱其数_{一作数至}然，尧汤免亲睹。上天铄金石，群盗乱豺虎。二者存一端，愆阳不犹愈。昨宵殷其雷，风过齐万弩。复吹霾翳散，虚觉神灵聚。气暍肠胃融，汗滋_{一作湿}衣裳污_{一作腐}。吾衰尤_{一作犹}拙计_{一作计拙}，失望筑场圃。

火

楚_{一作楚}山经月火，大旱则斯举。旧俗烧蛟_{一作蛇}龙，惊惶致雷雨。爆嵌魑魅泣，崩冻岚阴胅。《西京赋》赫胅胅以弘敞。胅，赤文，音户。火焚冻崩，而岚阴皆赤也。罗落沸百泓，根源皆万_{一作太}古。青林一灰烬，云气无处所。入夜殊_{一作殊}赫然，新秋照牛女。风吹巨焰作，河棹_{一作澹，一作汉}腾_{一作胜}烟柱。势俗焚昆仑，光弥燋_{香新切}。《左传》：行火所燋灸也。洲渚。腥至焦长蛇，声吼_{一作吼}争缠猛虎。神物已高飞，不_{一作只}见石与土。尔宁要谤讟，凭此近荥侮。薄关长吏忧，甚昧至精主。远迁谁扑灭，将恐及环堵。流汗卧江亭，更深气如缕。

七月三日亭午已后较热退，晚加小凉，稳睡有诗，因论壮年乐事，戏呈元二十一曹长

今兹商用事，余热亦已末。衰年旅炎方，生意从此活。亭午减汗流，北邻耐人聒。晚风爽乌匼，_{乌匼当作幍，巾也。至匼字乃匼匝，鲍照诗：银屏匼匝。甫诗：马头金匼匝。又卢杞匼匝取客，俱不以匼言中}筋力苏摧折。闭目逾十旬，大江不止渴。退藏恨雨师，健步闻_{一作供}旱魃。园蔬抱金玉，无以供采掇。密云虽聚散，徂暑终_{一作经}衰歇。前圣慎焚巫，武王亲救暍。阴阳相主客，时序递回斡。洒落唯清秋，昏霾一空阔。萧萧紫塞雁，南向欲行列。欻思红颜日，霜露冻阶闼。胡马挟雕弓，鸣弦不虚发。长铍_{箭双叶曰铍}逐_{一作及}狡兔，突羽当满月。惆怅白头吟，萧条游侠窟。临轩望山阁，缥缈安可越。高人炼丹砂，未念将朽骨。少壮迹颇疏，欢乐曾倏忽。杖藜风尘际，老丑难翦拂。吾子得神仙，本是池中物。贱夫美一睡，烦促婴词笔。

牵牛织女

牵牛出河西，织女处其东。万古永相望，七夕谁见同。神光_{一作仙意一作竟}难候，此事终蒙胧。飒然精灵合，何必秋遂通_{一作逢}。亭亭新妆立，龙驾具曾空_{一作穹}。世人亦为尔，祈请走儿童。称家随丰俭，白屋达公宫。膳夫翊堂

殿,鸣玉凄房栊。曝衣遍天下,曳月扬微风。蛛丝小人态,曲缀一作掇瓜果中。初筵泪重露,日出甘所终一作从。嗟汝未嫁女,秉心郁忡忡。防身动如律,竭力机杼中。虽无姑舅事,敢昧织作功,明明君臣契,咫尺或未容。义无弃礼法,恩始夫妇恭。小大有佳期,戒之在至公。方圆苟龃龉,丈夫多英一作勿替丈夫雄。

毒热寄简崔评事十六弟

大暑一作火运金气,荆扬不知秋。林下有塌翼,水中无行舟。千室但扫地,闭关人事休。老夫一作大转不乐,旅次兼百忧。蝮蛇暮偃蹇,空床难暗投。炎宵恶明烛,况乃怀旧丘。开襟仰内弟一作第,执热露白头。束带负芒刺,接居成阻修。何当清霜飞,会子临江楼。载闻大易义,讽兴一作咏诗家流。蕴藉异时辈,检身非苟求。皇皇使臣体,信是德业优。楚材择杞梓,汉苑归骅骝。短章达我心,理为一作待识者筹。

殿中杨监见示张旭草书图 殿中监掌天子服御事。杨监谓杨炎。

斯人已云亡,草圣秘难得。及兹烦见示,满目一凄恻。悲风生微绡,万里起古色。锵锵鸣玉动,落落群松直。连山蟠其间,溟涨与笔力。有练实先书,临池真尽墨。俊拔为之主,暮年思转极。未知张王后,谁并百代则。呜呼东吴精,李颀赠张颠诗:皓首穷草隶,时称太湖精。逸气感清识。杨公拂箧笥,舒卷忘寝食。念昔挥毫端,不独观酒德。

杨监又出画鹰十二扇

近时冯绍正,官少府监,善画鹰鸟。能画鸷鸟样。明公出此图,无乃传其状。殊姿各独立,清绝心有向一作尚。疾禁千里马,气敌万人将。忆昔骊山宫,冬移含元仗。天寒大羽猎,此物神俱王。当时无凡材,百中皆似壮。粉墨形似间,识者一惆怅。干戈少暇日,真骨老崖嶂。为君除狡兔,会是翻一作飞鞴上。

送殿中杨监赴蜀见相公 杜鸿渐镇蜀,辟杨炎为判官。

去水绝还波,泄云无定姿。人生在世间,聚散亦暂时。离别重相逢,偶然岂一作足期。送子清秋暮,风物一作动长年悲。豪俊贵勋业,邦家频出师。相公镇梁益,军事无孑遗。解榻再见今,用才复择谁。况子已高位,为郡得固辞。难拒供给费,慎哀渔夺私。干戈未甚息,纪纲正所持。泛舟巨石横,登陆草露滋。山门日易久一作夕,当念居者思。

赠李十五丈别 李秘书文嶷

峡人鸟兽居,其室附层颠。下临不测江,中有万里船。多病纷倚薄,少留改岁年。绝域谁慰怀,开颜喜名贤。孤陋忝末亲,等级敢比肩。人生意颇一作气合,相与襟袂连。一日两遣一作遣两仆,三日一共一作共一筵。扬论展寸心,壮笔过飞泉。玄成美价存,子山旧业传。不闻八尺躯,常受众目怜。且为辛苦行,尽被生事牵。北回白帝棹,南入黔阳天。汧公李勉封汧国公制方隅,迥出诸侯先。封内如太古,时危独萧然。清高金茎一作掌露一作茎掌,正直朱丝弦。昔在尧四岳,今之黄颍川。于迈恨不同,所思无由宣。山深水增波,解榻秋露悬。客游虽云久,主要一作亦思月再圆。晨集风渚亭,醉操云峤篇。丈夫贵知己,欢罢念归旋。

西阁曝日

凛冽倦玄冬,负暄嗜飞阁。羲和流德泽,颛顼愧倚薄。毛发具一作且自和一作私,肌肤潜沃若。太阳信深仁,衰气欻有托。欹倾烦注眼,容易收病脚。流离一作浏漓木杪一作梢猿,翻跂山颠鹤。用一作朋知苦聚散,哀乐日一作亦已一作昨。即事会赋诗,人生忽如昨一作错。古来遭丧乱,贤圣尽萧索。胡为将暮年,忧世心力弱。

课伐木并序

课隶人伯夷、辛一作辛秀、信行等入谷斩阴木,人日四根止,维条伊枚,正直蓁然,晨征暮返,委积庭内。我有藩篱,是缺是补,载伐篠荡,伊仗一作杖支持,则旅

次于小安。山有虎知禁,若恃爪牙之利,必昏黑槿一作撑,一作搪突。夔人屋壁,列一作例树白菊一作菊,镘为墙,实以竹,示式遏,为与虎近,混沦乎无良宾客忧一作齿,害马之徒,苟活为幸,可默息已。作诗示宗武一作文诵。

长夏无所为,客居课奴一作童仆。清晨饭其腹一作肠,持斧入白谷。青冥曾巅后,十里斩阴木。人肩四根已,亭午下山麓。尚闻丁丁声,功课日各足。苍皮成委积一作积委,素节相照烛。藉汝跨小篱,当仗一作杖,一作材苦一作若虚竹。空荒咆熊罴,乳兽待人肉。不示知禁情,岂惟干戈哭。城中贤府主,当是柏都督茂琳。处贵如白屋。萧萧理体净,蜂虿不敢毒。虎穴连里闾,堤防旧风俗。泊舟沧江岸,久客慎所触。舍西崖峤壮,雷雨蔚含蓄。墙宇资屡一作累修,衰年怯幽独。尔曹轻执热,为我忍烦促。秋光近青岑,季月当泛菊。报之以微寒,共给酒一斛。

园人送瓜

江间虽炎瘴,瓜熟亦不早。柏公镇夔国,滞务兹一作资一扫。食新先战士,共少及溪一作穷老。倾筐蒲鸽青,满眼颜色好。竹竿接嵌窦,引注来鸟道。沉浮乱水玉,爱惜如芝草。落刃嚼冰霜,开怀慰枯槁。许以秋蒂除,仍看小童一作儿抱一作饱。东陵一作溪迹芜绝,楚汉休征讨。园人非故侯,种此何草草。

信行远修水筒 原注:引水筒。

汝性不茹荤,清静仆夫内。秉心识本一作根源,于事少滞碍。云端水筒坼,林表山石碎。触热藉子修,通流与厨会。往来四十里,荒险崖谷大。日嚏惊未餐一作食,貌赤愧相对。浮瓜供老病,裂饼尝所爱。于斯答恭谨,足以殊殿最。诅要方士符,何假将军盖一作佩。行诸直如笔,用意崎岖外。

槐叶冷淘

青青高槐叶,采掇付中厨。新面来近市,汁滓宛相俱。入鼎资过熟,加餐愁欲无。碧鲜俱照箸,香饭兼苞芦。经齿冷于雪,劝人投此一作比珠。愿随金騕褭,走置锦屠苏。又作廜,平屋也。又酒名屠苏。昔人居屠苏造酒,故名。路远思恐泥,兴深终不渝。献芹则小小,荐藻明区区。万里露寒殿,开冰清玉壶。君王纳凉晚,此味亦时须。

行官张望补稻畦水归 行官是行田者,韩愈书有行官自南来。

东屯大江北一作枕大江,百顷平若案。六月青稻多,千畦碧泉乱。插秧适云已,引溜加溉灌。更仆往方塘,决渠当断岸。公私各地著,浸润无天旱。主守问家臣,分明一作朋见溪伴一作畔。芊芊一作菱形芊芊。一作竿竿炯翠羽,剡剡生一作向银汉。鸥鸟镜里来,关山云边看。秋菰成黑米,精凿一作谷传一作传白粲。《汉书》注:择采使白,粲粲然。玉粒足晨炊,红鲜江浙以红米为红鲜任霞散。终然添旅食,作苦期壮观。遗穗及众多,我仓戒滋蔓。

催宗文树鸡栅

吾衰怯行迈,旅次展崩迫。愈风传乌鸡,秋孵方漫吃。自春生成者,随母向百翻。驱趁制不禁,喧呼山腰宅。课奴杀青竹,终日憎一作增,一作帽赤帻。《搜神记》:一书生明术数,夜半,宿安阳城南亭。有赤帻者过,生曰:此西舍老雄鸡也。蹋藉盘案翻,塞蹊使之隔。墙东有隙一作闲散地,可以树高栅。避热时来一作未归,问儿所为迹。织笼曹其内,令人不得掷。稀间可一作苦突过,觜爪一作距还污席。我宽蝼蚁遭,彼免狐貉厄。应宜各长幼,自此均勍敌。笼栅念有修,近身见一作知损益。明明领处分,一一当剖析。不昧风雨晨,乱离减忧戚。其流则凡鸟,其气心匪石。倚赖穷岁晏,拨烦去一作及冰释。未似尸乡翁,祝鸡翁居洛阳尸乡北山下。拘留盖阡陌。

园官送菜 并序

园官送菜把,本数日阙,矧苦苣、马齿,掩乎嘉蔬。伤小人妒害君子,菜不足道也。比而作诗。

清晨蒙一作送菜把,常荷地主即《送瓜诗》柏都督恩。守者怠实数,略有其名存。苦苣一名褊苣刺如针,马齿苋类叶亦繁。青青嘉蔬色,埋没在一作自中园。园吏未足怪,世事固一作因堪论。呜呼战伐久,荆棘暗长原。乃知苦苣辈,倾夺蕙草根。小人塞道路,为态何喧喧。又如马齿盛,气拥葵荏昏。点染不易虞,丝麻杂罗纨。一经器一作气物内,永挂粗刺痕。志士采紫芝,放歌避戎轩。畦丁负笼至,感动百虑端。

上后园山脚

朱夏热所婴,清旭一作旦步北林。小园背高冈,挽葛上崎嶔。旷望延驻目,飘摇散疏襟。潜鳞恨水一作川壮,去翼依云深。勿谓地无疆,劣于山有阴。石楦音原。其皮可疗饥。遍天下,水陆兼浮沈。自我登陇首,十年经碧岑。剑门来巫峡,薄倚一作倚薄浩至今。故园暗戎马,骨肉失追寻。时危无消息,老去多归心。志士惜白日,久客藉黄金。敢为苏门啸,庶作梁父吟。

驱竖子摘苍耳 即卷耳

江上秋已分,林一作村中瘴犹剧。畦丁告劳苦,无以供日夕。蓬莠独一作犹不焦,野蔬暗泉石。卷耳况疗风,童儿且一作仆先时摘。侵星驱之去,烂熳任远适。放筐亭一作当午际,洗剥相蒙幂。登床半生熟,下箸还小益。加点瓜薤间,依稀橘一作木奴迹。乱世诛求急,黎民糠籺窄。饱食复何心,荒哉膏粱客。富家厨肉臭,战地骸骨白。寄语恶少年,黄金且休掷。

秋行官张望督促东渚耗一作刈稻向毕,清晨遣女奴阿稽、竖子阿段往问

东渚雨今足,伫闻粳稻香。上天无偏颇,蒲稗各自长。人情见非类,田家戒其荒。功夫竟揩揩,除草置岸旁。谷者命之一作令士本,客居安可忘。青春具所务,勤垦免乱常。吴牛力容易,并驱去声动莫当一作纷游场。丰苗亦已概一作溉,云水照方塘。有生固蔓延,静一资堤防。督领不无人,提携一作挈颇在纲。荆扬风土暖,肃候微霜。尚恐主守疏,用心未甚臧。

清朝遣婢仆,寄语逾崇冈。西成聚必散,不独陵我仓。岂要仁里誉,感此乱世忙。北风吹蒹葭,蟋蟀近中堂。荏苒百工休,郁纡迟暮伤。

阻雨不得归瀼西甘林

三伏适已过,骄阳化为霖。欲归瀼西宅,阻此江浦深。坏舟百版坼,峻岸复万寻。篙工初一弃,恐泥劳寸心。仁一作倚立东城隅,怅望高飞禽。草堂乱悬圃,不隔昆仑岑。昏浑衣裳外,旷绝同层阴。园甘长成时,三寸如黄金。诸侯旧上计,厥贡倾千林。邦人不足重,所迫豪吏侵。客居暂封殖,日夜偶瑶琴。虚徐五株态,侧塞烦胸襟。焉得一作能辍两一作雨足,杖藜出岖嶔。条流数翠实,偃息归碧浔。拂拭乌皮几,喜闻樵牧音。令儿快搔背,脱我头上簪。

雨一本合下二首作雨三首

峡云行清晓,烟雾相悲回。风吹苍江树一作云,雨洒石壁来。凄凄生余寒,殷殷兼出一作山雷。白谷变气候,朱炎安在哉。高鸟湿不下,居人门未开。楚宫久已灭,幽佩为谁哀。侍臣书王梦,赋有冠古才。冥冥翠龙穆天子马名驾,多自巫山台。

雨二首

青山澹无姿,白露谁能数。片片水上云,萧萧沙中雨。殊俗状巢居,曾台俯一作附风渚。佳客适万里,沈思情延伫。挂帆远色外,惊浪满吴楚。久阴蛟螭出,寇盗一作冠盖复几许。

空山中宵阴,微冷先枕席。回风起清曙一作晓,万象萋已碧。落落出岫云,浑浑倚天石。日假何道行,雨含长江白。边樯荆州船,有士荷矛戟。南防草镇惨,沾湿赴远役。群盗下辟山,总戎备强敌。水深云光廓,鸣橹各有适。渔艇息一作自悠悠,夷歌负樵客。留滞一老翁,书时记朝夕。

晚登瀼上堂

故跻瀼岸高,颇免崖石拥。开襟野堂豁,

系马林花动。雉蝶粉如一作似云，山田麦无垅。春气晚更生，江流静犹涌。四序婴我怀，群盗久相踵。黎民困逆节，天子渴垂拱。所思注东北，深峡转修耸。衰老自成病，郎官未为冗。凄其望吕葛，不复梦周孔。济世数向时，斯人各枯冢。指房琯、张镐、严武之流。楚星南天黑，蜀月西雾重。安得随鸟翎，迫此惧将恐。

又上后园山脚

昔我游山东，忆戏东岳阳。穷秋立日观，矫首望八一作北荒。朱崖在南海中著毫发，碧海吹衣裳。蓐收金神，主秋。困用事，玄冥水神，主冬。蔚强梁。逝水自朝宗，镇名一作石各其方。平原独憔悴，农力废耕桑。非一作北关风露凋，曾是戍役伤。于时国用富，足以守边疆。朝廷任猛将，远夺戎房场。追感安禄山讨奚、契丹及反乱之事。到今事反覆，故老泪万行。龟蒙不复见，况乃怀旧一作故乡。肺萎属久战，骨出热中肠。忧来杖匣剑，更上林北冈。瘴毒猿鸟落，峡干南日黄。秋风亦已起，江汉始如汤。登高俗有往，荡析川无梁。哀彼远征人，去家死路旁。不及祖父茔，累累冢相当。

雨

山雨不作泥，江云薄为雾。晴飞半岭鹤，风乱平沙树。明灭洲景微，隐见岩姿露。拘闷出门游，旷绝经目趣。消中日伏枕，卧久尘及屦。岂无平肩舆，莫辨望乡路。兵戈浩未息，蛇虺反相顾。悠悠边月破，郁郁流年度。针灸阻朋曹，糠籺对童孺。一命须屈色，新知渐成故。穷荒益自卑，飘泊欲谁诉。尪羸愁应接，俄顷恐违一作危迕。浮俗何万端，幽人有独一作高步。庞公竟独往，尚子终罕遇。宿留洞庭秋，天寒潇湘素。杖策可入舟，送此齿发暮。

甘林

舍舟越西冈，入林解我衣。青乌适马性，好鸟知我归。晨光映远岫，夕露见日晞。迟暮少寝食，清旷喜荆扉。经过倦俗态，在野无所一作或违。试问甘藜藿，未肯羡轻肥。喧静不同科，出处各天机。勿矜朱门是，陋此白屋非。明朝步邻里，长老可以依。时危赋敛数，脱粟为尔挥。相携行豆田，秋花霭菲菲。子实不得吃，货市送王畿。尽添军旅用，迫此公家威。主人长跪问一作辞，戎马何时稀。我衰易悲伤，屈指数贼围。劝其死王命，慎莫远奋飞。

雨

行云递崇高，飞雨霭而至。潺潺石间溜，汩汩松上驶。亢阳乘秋热，百谷皆一作赤已弃。皇天德泽降，焦卷有生意。前雨伤卒暴，今雨喜容易。不可无雷霆，间作鼓增气。佳声达中宵，所望时一致。清霜九月天，仿佛见滞穗。郊扉及我私一作栽耘，我圃日苍翠。恨无抱瓮力，庶减临江费。旧注：峡内无井，取江水吃。

种莴苣并序　按莴苣，江东名笋。

既雨已秋，堂下理小畦，隔种一两席许莴苣，向二旬矣，而苣不甲坼，伊人一作独野苋青青，伤时君子或晚得微禄，坎坷不进，因作此诗。

阴阳一错一作屯乱，骄蹇不复理。枯旱于其中，炎方惨如毁。植物半蹉跎，嘉生将已矣。云雷欻奔命，师伯集所使。指麾赤白日，澒洞青光一作云色起。雨声先已一作以风，散足尽西靡。山泉落沧江，霹雳犹在耳。终朝纡飒沓，信宿罢潇洒。堂下可以畦，呼童对经始。苣兮蔬之常，随事艺其子。破块数席间，荷锄功易止。两旬不甲坼，空惜埋泥滓。野苋迷汝来，宗生《吴都赋》：宗生高冈。实于此。此辈岂无秋，亦蒙寒露委。翻然出地速，滋蔓户庭毁。因知邪干正，掩抑至没齿。贤良虽得禄，守道不封己。拥塞败芝兰，众多盛荆杞。中园陷萧艾，老圃永为耻。登于白玉盘，藉以如霞绮。苋也无所施，胡颜入筐篚。

暇日小园散病，将种秋菜，督勒一作勤耕牛，兼书触目

不爱入州府，畏人嫌我真。及乎归茅宇一作及归在茅宇，旁舍未曾嗔。老病忌一作恐拘束，应接丧精神。江村意自一作日放，林木心所欣。

秋耕属地湿,山雨近甚匀。冬菁饭之半,牛力晚一作晓来新。深耕种数亩,未甚后四邻。嘉蔬既不一,名数颇具陈。荆巫非苦寒,采撷接青春。飞来两白鹤,暮啄泥中芹。雄者左翮垂,损伤已露一作及筋。一步再流血,尚经一作惊矰缴勤。三步六号叫,志屈悲哀频。鸾皇不相待,侧颈诉高旻。杖藜俯沙渚,为汝鼻酸辛。

全唐诗卷二百二十二

杜甫

八哀诗 并序

伤时盗贼未息,兴起王公、李公,叹旧怀贤,终于张相国。八公前后存殁,遂不诠次焉。

赠司空王公思礼

司空出东夷,高丽也。童稚刷劲翮。追随燕蓟儿,颖锐一作脱物不隔。服事哥舒翰,意一作气无流沙碛。未甚拔行间,犬戎大充斥。短小精悍姿,屹然强寇敌。贯穿百万众,出入由咫尺。马鞍悬将首,甲外控鸣镝。洗剑青海水,刻铭天山石。九曲非外蕃,其王转深壁。飞兔不近驾,鸷鸟资远击。晓达兵家流,饱闻春秋癖。胸襟日沈静,肃肃一作萧萧自有适。潼关初溃散,万乘犹辟易。偏裨无所施,元帅见手格。太子入朔方,至尊狩梁益。胡马缠伊洛,中原气甚逆。肃宗登宝位,塞望势敦迫一作逼。公时徒步至,请罪将厚责。际会清河公,间道传玉册。哥舒翰败潼关,思礼走在。肃宗将斩之,清河公房琯时自蜀奉册命至,谏上以为可收后效,遂释之。天王拜跪毕,说议果冰释。翠华卷飞雪一作飞雪中,熊虎亘阡陌。屯兵凤皇山,帐殿泾渭辟。金城景龙四年,送金城公主于始平县,改名金城,非河西金城也。时思礼为关内节度使镇此,故云。贼咽喉,诏镇雄所搤。禁暴清一作清,一作静无双,爽气春淅沥。巷有从公歌,野多青青麦。及夫哭庙后,复领太原役。长安平,思礼先入清宫,迁兵部尚书。李光弼徙河阳,代为太原尹、北京留守,寻加守司空。恐惧禄位高,怅望王土窄。不得见清时,呜呼就窀穸。厚夜也。永一作空系五湖舟,悲甚田横客。千秋汾晋间,事与云水白。昔观文苑传,岂述廉蔺绩一作颇迹。嗟嗟一作诺诺,一作喏喏邓大夫,士卒终倒戟。邓景山为太原尹,为军众所杀。

故司徒李公光弼 光弼已封王,赠太保。称司徒者,以其功名著于司徒时。《洗兵马》亦云司徒清鉴悬明镜。

司徒天宝末,北收晋阳甲。胡一作犷骑攻

吾城,愁寂意不惬。人安若泰山,蓟北断右胁。朔方气乃一作多苏,黎首见帝业。二宫泣西郊,九庙起颓压。未散河阳卒,思明伪臣妾。复自碣石来,火焚乾坤猎。高视笑禄山,公又大献捷一作献大捷。异王异姓封王也。宝应元年五月,光弼进封临淮郡王。册崇勋,小敌信所怯。拥兵镇河汴,千里初妥帖。上元二年,以光弼为副元帅,统河南等八道行营节度,出镇临淮。青蝇纷一作徒营营,风雨秋一叶。内省未入朝,死泪终映睫。宦官鱼朝恩、郭元振用事,日谋中伤之。吐蕃入寇,代宗召光弼入援,因畏祸,迁延不至,田神功等遂不受节制,耻愧成疾薨。大屋去高栋,长城扫遗堞。平生白羽扇,零落蛟龙匣。雅望与一作叹英姿,恻怆槐里接。三军晦光彩,烈士痛稠叠。直笔在史臣,将来洗箱箧。吾思哭孤冢,南纪阻归楫。扶颠永萧条,未济失利涉。疲苶乃乃结切。《庄子》:苶然疲役而不知归。竟何人,洒涕巴东峡。

赠左仆射郑国公严公武

郑公瑚琏器,华岳金天晶。唐封华岳神为金天王。昔在童子日,已闻老成名。巍然大贤谓武父挺之后,复见秀骨清。开口取将相,小心事友生。阅书百纸一作氏尽,落笔四座惊。历职匪父任,嫉邪常力争。汉仪尚整肃,胡骑忽纵横。飞传自河陇,逢人问公卿。不知万乘一作乘舆出,雪涕风悲鸣。受词剑阁道,谒帝萧关城。寂寞云台仗,飘摇沙塞旌。江山少使者,笳鼓凝皇情。壮士血相视一作见,忠臣气不一作未平。密论贞观体,挥发岐阳征。感激动四极,联翩收二京。西郊牛酒再一作至,原一作九庙丹青明。匡汲俄宠辱,卫霍竟哀荣。四登会府地,收长安。拜京兆少尹。宝应元年。拜京兆尹。两镇剑南,俱兼成都尹,四登会府也。三掌华阳兵。华阳黑水惟梁州。武初出刺绵州,迁东川节度。再拜成都尹,充剑南节度。再迁黄门侍郎,拜成都尹,充剑南节度。乃三掌华阳兵也。京兆空柳色一作市,尚书无履声。群乌自朝夕,白马休横行。诸葛蜀人爱,文翁儒化成。公来雪山重,公去雪山轻。记室得何逊,韬钤延子荆。武尝延甫为参谋,故以何逊自比。四郊失壁垒,虚馆开一作闲逢迎。堂上指图一作书画,军中吹玉笙。

岂无成都酒,忧国只细倾。时观锦水钓,问俗终相并。意待犬戎灭,人藏红粟盈。以兹报主愿,庶或一作获裨世程。炯炯一心在,沉沉二竖婴。颜回竟短折,贾谊徒忠贞。飞旐出江汉,孤舟轻荆衡。虚无一作为,一作横马融笛,怅望龙骧茔。空余老宾客,身上愧簪缨。

赠太子太师汝阳郡王琎

汝阳让帝让皇帝宪,本名成器,初立为太子,后因明皇有平韦氏功,让储位,谥曰让。子,眉宇真天人。虬须一作髯似太宗,色映塞外一作寒夜春。往者开元中,主恩视遇频。出入独非时,礼异见群臣。爱其谨洁极,倍此骨肉亲。从容听一作退朝后,或在风雪晨。忽思格猛兽,苑囿腾清尘。羽旗动若一,万马肃骁骁。诏王来射雁,拜命已挺身。箭出飞鞚内,上又一作入回翠麟。翻然紫塞翮,下拂明月轮。胡人虽获多,天笑不为新。王每中一物,手自与金银。袖中谏猎书,扣马久上陈。竟无衔橛虞,圣聪一作悫刻多仁。官免供给费,水有在藻鳞。匪唯帝老大,皆是王忠勤。晚年务置醴,门引申白宾。汉楚元王与白生、申公同受《诗》于浮丘伯。鲁穆生不嗜酒,元王为设醴。道大容无能,永怀侍芳茵。好学尚贞一作正烈,义形必沾巾。挥翰绮绣扬,篇什若有神。川广不可溯,墓久狐兔邻。宛彼汉中郡,王弟汉中王瑀。文雅见天伦。何以开一作慰我悲,泛舟俱远津。温温昔风味,少壮已书绅。旧游易磨灭,衰谢增一作多酸辛。

赠秘书监江夏李公邕

长啸宇宙间,高才日陵一作沦替。古人不可见,前辈复谁继。忆昔李公存,词林有根柢。声华当健笔,洒落富清制。风流散金石,追琢山岳锐。情穷造化理,学贯天人际。干谒走其门,碑版照四裔。各满深望还,森然起凡例。萧萧白杨路,洞彻一作涧辙宝珠惠。龙宫塔庙涌一作踊,浩劫浮云一作空卫。宗儒俎豆事,故吏去思计。眊眜已皆虚,跋涉曾不泥。向来映当时,岂独一作特劝后世。丰屋珊瑚钩,骐驎织成罽。居例切。紫骝随剑几,义取无虚岁。邕尤长碑颂,中朝衣冠及天下寺观,多赍金帛求其文。分宅脱骖间,感激怀未济。众归赒给美,摆落多藏一作贱秽。独步四十年,风听九皋唳。呜呼江夏姿,竟掩宣尼袂。往者武后朝,引用多宠嬖。否臧太常议,太常博士李处直议韦巨源谥曰昭,邕再驳之。面折二一作三张势。宋璟勋张昌宗兄弟反状,武后不应,邕在阶下大言曰:璟所陈当听。衰俗凛生风,排荡秋旻霁。忠贞负冤一作怨恨,宫阙深脆缀。放逐早联翩,低垂困炎厉一作疠。日斜鹏鸟入,魂断苍梧帝。荣一作策枯走不暇,星驾无安税。几分汉廷竹,凤拥文侯篲。终悲洛阳狱,事近小臣敝一作毙。祸阶初负谤,易力何深噬。哜,尝也。唐《艺文传》:撟哜道真。伊昔临淄亭,酒酣托末契。重叙东都别,朝阴改轩砌。论文到崔融苏,味道。指一作推尽流水逝。近伏盈川杨炯雄,未甘特进李峤丽。是非张相国,燕公说。相扼一危脆。争名古岂然,键捷一作关键。键、捷二字《广韵》通用。欤不闭。例一作倒及吾家诗,旷怀扫氛翳。慷慨嗣真作,原注:和李大夫,乃杜审言诗。咨嗟玉山桂。钟律俨高悬,鲲鲸喷迢递。坡陀青州血,芜没汶阳瘗。李林甫素忌邕,因傅以柳勣罪牵连,遣人就郡杖杀之。哀赠竟萧条,恩波延揭厉。子孙存如线,旧客舟凝滞。君臣尚论兵,将帅接燕蓟。朗吟六公篇,张柬等五王洎狄相六公,皆邕诗。忧来豁蒙蔽。

故秘书少监武功苏公源明

武功少也孤,徒步客一作寓徐兖。读书东岳中,十载考坟典。时下莱芜郭,忍饥浮云巘。负米晚为身,每食脸必泫。夜字照燃薪,垢衣生一作带碧藓。庶以勤苦志,报兹劬劳显一作愿。学蔚醇儒姿,文包旧史善。洒落一作泪辞幽人,归来潜京辇。射君东堂策,一作射策君东堂。晋武帝诏诸贤良方正辈会东堂策问。宗匠集精选。制可题一作制题墨未干,乙科一作休声。经策全得为甲科,策得四帖以上为乙科。已大阐。文章日自负,吏禄一作掾吏亦累践。晨趋闾阖内,足蹋宿昔趼。一麾出守还,黄屋朔风卷。不暇陪八骏,房庭悲所遣。平生满尊酒,断此朋知展。忧愤病二

秋,有恨石一作不可转。肃宗复社稷,得无逆顺辨。范晔顾其儿,李斯忆黄犬。秘书茂松意,一作秘书茂松色,屡厄祠坛埤。前后百卷文,枕藉皆葵酱。篆刻扬雄流,溟涨本末齐。一本屡厄作再兴,一本作屡侍,篆刻作制作。溟涨本末一作未浅。青荧芙蓉剑,犀兕岂独毙。止兢切。反为后辈袭,予实苦怀缅。煌煌斋房芝,汉武帝有《芝房歌》。时宰相王玙以祈祷媚上,源明极言之。事绝一作终万手挈。音寒。垂之俟来者,正始征一作贞劝勉。不要一作恶悬黄金,胡为投乳一作乱瓒。音砓。结交三十载,吾与谁游衍。荥阳谓郑虔复冥莫,罪罟已横罥。音泫。呜呼子逝日,始泰则一作郎终蹇。长安米万钱,凋丧尽余喘。战伐何当解,归帆阻清沔。尚缠漳水疾,永负蒿里钱。

故著作郎贬台州司户荥阳郑公虔

鹡鸰至鲁门,不识钟鼓飨。孔翠望赤霄,愁思一作入雕笼养。荥阳冠众儒,早闻名公赏。地崇士大夫,况乃气精一作气清,一作精气爽。原注:往者公在疾,苏许公颋位尊望重,素未相识,早爱才名,躬自抚问。后结忘年之分,远迹嘉之。天然生知姿,学立游夏上。神农极阙漏,黄石愧师长。药纂西极一作域名,兵流指诸掌。原注:公著《荟蕞》等诸书,又撰《胡本草》七卷。贯穿无遗恨,荟蕞何技痒。虔采集异闻,成书四十余卷。苏源明请名《会粹》,取《尔雅序》会粹旧说也。一云荟蕞,草多而小,言著书多小碎事也。圭臬圭以测日景,臬以平水。星经奥,虫篆丹青广。子云窥未遍,方朔谐太枉。神翰顾不一,体变钟兼两。文传天下口,大字犹在榜。昔献书画图,新诗亦俱往。沧洲动玉陛一作阶,宣一作宸,一作宫鹤误一响。三绝自御题,明皇题其诗与书画曰郑虔三绝。四方尤所仰。嗜酒益疏放,弹琴视天壤。形骸实土木,亲近唯几杖。未曾寄一作记官曹,突兀倚书幌。晚就芸香阁,胡尘昏坱莽。反覆归圣朝,点染无涤荡。老蒙台州掾,泛泛一作退泛浙江桨。履穿四明雪,饥拾栖溪橡。空闻紫芝歌,不见杏坛丈。天长眺东南,秋色余魍魉。别离惨至今,斑白徒怀曩。春深秦一作泰山秀,叶坠清渭朗。剧谈王侯门,野税林下鞅。操纸终夕酣,时物集遐想。词场竟疏

阔，平昔滥吹一作客，一作推奖。百年见存殁，牢落吾安放一作仿。萧条阮咸在，出处同世网。他日访江楼，含凄述飘荡。原注：著作与今秘书监郑君审，篇翰齐价，谪江陵，故有阮咸江楼之句。

故右仆射相国《英华》有曲江二字张公九龄

相国生南纪，金璞无留矿。仙鹤下人间，独立霜毛整。矫然江海一作汉思，复与云路永。寂寞想土一作玉阶，未遑一作尝等箕颍。上君白玉堂，倚君金华省。碣石一作竭力岁峥嵘，天地一作池日蛙黾。退食吟大庭，何心记一作托榛梗。骨惊畏鼍哲，鬓一作须变负人境。虽蒙换蝉冠，右地恶女六切多幸。敢忘一作志二疏归，痛迫苏耽井。九龄乞归养母，不许，后以母丧解职。紫绶一作金紫映暮年，荆州九龄尝荐周子谅，周得罪，以举非其人，贬荆州长史。谢所领。庾公兴不浅，黄霸镇每静。宾客引调同，讽咏在务屏。诗罢地有余一作诗地能有余，篇终语清省。一阳发阴管，淑气含公鼎。乃知君子心，用才文章境。散帙起翠螭，倚薄巫庐并。绮丽玄晖拥，笺诔任昉骋。自我一作成一家则一作削，未缺只字警。千秋沧海南，名系朱鸟南宫赤帝，其精为朱鸟，乃南方七宿。影。归老一作欤守故林，恋阙悄一作尝延颈。波涛良史笔，芜绝大庾岭。向时礼数隔，制作难上请。再读徐孺碑，犹思理烟艇。

写怀二首

劳生共乾坤，何处异风俗。冉冉自趋竞，行行见羁束。无贵贱不悲，无富贫亦足。万古一骸骨，邻家递歌哭。鄙夫到巫峡，三岁如转烛。全命甘留滞，忘情任荣辱。朝班及暮齿，日给还脱粟。编蓬石城东，采药山北一作林谷。用心霜雪间，不必条蔓绿。非关故安排，曾是顺幽独。达士如弦直，小人似钩曲。曲直我不知，负暄候樵牧。

夜深坐南轩，明月照我膝。惊风翻河汉，梁栋已出日一作日已出。群生各一宿，飞动自侪匹。吾亦驱其儿，营营为私实一作室。天寒行旅稀，岁暮日月疾。荣名忽一作惠中人，世乱如虮虱。古者三皇前，满腹志愿毕。胡为有结绳，陷此胶与漆。祸首燧人氏，厉阶董狐笔。君看灯烛张，转使飞蛾密。放神八极外，俯仰俱萧瑟。终契如往还一作终然契真如，得匪合仙术一作归匪金仙术。

可叹

天上浮云如一作似白衣，斯须改变如苍狗。古往今来共一时，人生万事无不有。近者抉眼去其夫一作眯，河东女儿身姓柳。丈夫正色动引经，酆城客子王季友。群书万卷常暗诵，孝经一通看在手。贫穷老瘦家卖屐一作履，好事就之为携酒。豫章太守高帝孙，谓李勉。引为宾客敬颇久。闻一作问道三年未曾语，小心恐惧闭其口。太守得之更不疑，人生反覆看亦一作已丑。明月无瑕即指季友为妻所弃事岂容易，紫气郁郁犹冲斗。时危可仗真豪俊，二人得置君侧否。太守顷者领山南，邦人思之比父母。王生早曾拜颜色，高山之外皆培塿。用为羲和天为成，用平水土地为厚。王也论道阻江湖，李也丞疑一作凝旷前后。死为星辰终不灭，致君尧舜焉肯朽。吾辈碌碌饱饭行，风后力牧长回首。

观公孙大娘弟子舞剑器行并序

大历二年十月十九日，夔府别驾元持一作特宅，见临颍李十二娘舞剑器。壮其蔚跂，问其所师一本此下有答字。曰："余公孙大娘弟子也。"开元三一作五载，余尚童稚，记于郾城观公孙氏舞剑器浑脱，浏漓顿挫，独出冠时。自高头宜春梨园二伎一作教坊内人洎外供奉，晓是舞者，圣文神武皇帝初，公孙一人而已。玉貌锦一作绣衣，况余白首，今兹弟子，亦匪盛颜。既辨其由来，知波澜莫二。抚事慷慨，聊为《剑器行》。往者吴人张旭，善草书帖，数常于邺一作叶县见公孙大娘舞西河剑器，自此草书长进，豪荡感激，即公孙可知矣。

昔有佳人公孙氏，一舞剑气动四方。观者如山色沮丧，天地为之久低昂。爠音酷如羿射九日落，矫如群帝骖龙翔。来一作末如雷霆收震怒，罢如江海凝清光。绛唇珠袖两寂寞，况一作晚，一作晓有弟子传芬芳。临颍美人在白帝，妙舞此曲神扬扬。与余问答既有以，感时抚事增惋伤。先帝侍女八千人,公孙剑器初第一。五十年间似反掌,风尘倾动一作澒洞昏王室。梨园子弟散如烟,女乐余姿映寒日。金粟堆南木已拱,瞿唐石城草一作暮萧瑟。玳筵急管曲复终,乐极哀来月东出。老夫不知其所往,足茧荒山转愁疾一作寂。

往在

往在西京日一作时,胡来满彤一作丹宫。中宵焚九庙,云汉为之红。解瓦飞十里,缇帷纷一作粉曾一作层空。疚心惜木主,一一灰悲风。合昏排铁骑,清旭一作晓散锦幪。《广韵》:驴子曰幪。禄山陷两京,以橐驼运御府珍宝,故云。一作幪。贼臣表逆节一作帅,相贺以成功。是时妃嫔戮,连为粪土丛。当宁陷玉座,白间剥画虫。不知二圣处,私泣百岁翁。车驾既云还,楹桷欻穿崇。故老复涕泗,祠官树樀桐。宏壮不如初,已见帝力雄。前春礼郊庙,祀事亲圣躬。微躯忝近臣,景从陪群公。登阶捧玉册,峨冕耿一作聆金钟。侍祠恧先露一作沾,掖垣迩濯龙。天子惟孝孙,五云起九重。镜奁换粉黛,翠羽犹葱胧。前者厌羯胡,后来遭犬戎。俎豆腐一作腐膻肉,罘罳行角弓。安得自西极,申命空山东。尽驱诣阙下,士庶塞关中。主将晓逆顺,元元归始终。一朝自罪己一作罪己已,万里车书通。锋镝供锄犁,征戍一作伐听所从。冗官各复业,土著还力农。君臣节俭足,朝野欢呼一作娱同。中兴似一作比国初,继体如太宗。端拱纳谏诤,和风日冲融。赤墀樱桃枝,隐映银丝笼。千春荐陵寝,永永垂无穷。京都不再火,泾渭开愁容。归号故松柏,老去苦一作若飘蓬。

昔游

昔者与高适李白,晚一作同登单父台。寒芜际碣石,万里风云来。桑柘叶如雨,飞藿去一作共裴回。清霜大泽冻,禽兽有余哀。是时仓廪实,洞达寰区一作瀛开。猛士思灭胡,将帅望三台。君王无所惜,驾驭英雄材。幽燕盛用武,供给亦劳哉。吴门转粟帛,泛海陵蓬莱。肉食三一作四十万,猎射起黄一作尘埃。隔河忆长眺,

青岁已摧颓。不及少年日,无复故人杯。赋诗独流涕,乱世想贤才。有一作君,一作若能市骏骨,莫恨少龙媒。商山议得失,蜀主脱嫌猜。吕尚封国邑,傅说已盐梅。景晏楚山深,水鹤去低回。庞公任本性,携子卧苍苔。市骏以下,言果能求贤,则商山、诸葛、吕尚、傅说之流,世岂少其人哉。惟甫漂泊楚山,终当为庞公高隐耳。

壮游

往昔一作者十四五,出游一作入翰墨场。斯文崔魏徒,原注:崔郑州尚、魏豫州启心。以我似一作比班扬。七龄思即壮,开口咏凤皇。九龄书大字,有作成一囊。性豪业嗜酒,嫉恶怀刚肠。脱略一作落小时辈,结交皆老苍。饮酣视八极,俗物都茫茫。东下姑苏台,已具浮海航。到今有遗恨,不得穷扶桑。王谢风流远,阖庐丘墓荒。剑池石壁仄,长洲荷芰香。嵯峨阊门北,清庙映回一作池塘。每趋吴太伯,抚事泪浪浪。枕戈忆勾践,渡浙想秦皇。蒸鱼闻匕首,除道哂要章。《说文》腰作要。除道腰章,用朱买臣事。越女天下白,鉴湖五月凉。剡溪蕴秀异,欲罢不能忘。归帆拂天姥,中岁贡旧乡。气麤屈贾垒,目一作日短曹刘墙。忤下考功第,独辞京尹堂。放荡齐赵间,裘马颇清狂。春歌丛台上,冬猎青丘旁。呼鹰皂一作紫枥一作栎林,逐兽云雪冈。射飞曾纵鞚,引一作跂臂落鹔鸨。苏侯据鞍喜,原注:监门胄曹苏预。忽如携葛强。快意八九年,西归到咸阳。许与必词伯,赏一作贵游实贤王。曳裾置醴地,奏赋入明光。天子废食召,群公会轩裳。脱身无所爱一作受,痛饮信行藏。黑貂不一作宁免敝,斑鬓兀称觞。杜曲晚耆旧一作换,一作挽,四郊多白杨。坐深乡党敬,日一作自觉死生忙。朱门任一作务倾夺,赤族迭罹殃。国马竭粟豆,官鸡输稻粱。举隅见烦费,引古惜兴亡。河朔风尘起,岷山行幸长。两宫各惊跸,万里遥相望。崆峒杀气黑,少海旌旗黄。禹功亦命子,涿鹿亲戎行。翠华拥英一作吴岳,螭虎啖豺狼。爪牙一不中,胡兵更陆梁。大一作天军载草草,凋瘵满膏肓。备员窃补衮,忧愤心飞扬。上感九庙焚一作毁,下悯万民一作苍生

疮。斯时伏青蒲,廷争守御床。君辱敢爱死,赫怒幸无伤。圣哲体仁恕,宇县复小康。哭庙灰烬中,鼻酸朝未央。小臣议论绝,老病客殊方。郁郁苦不展,羽翮困低昂。秋风动哀壑,碧蕙捐—作损微芳。之推避赏从,渔父濯沧浪。荣华敌勋业,岁暮有严霜。吾观鸱夷子,才格出寻常。群凶逆未定,侧伫英俊翔。

遣怀

昔我游宋中,惟梁孝王都。名今陈留亚,剧则贝魏俱。邑中九万家,高栋照通衢。舟车半天下,主客多欢娱。白刃仇不义,黄金倾有无。杀人红尘里,报答在斯须。忆与高李辈,适、白。论交入酒垆。两公壮藻思,得我色敷腴。气酣登吹—作文台,怀古视平芜。芒砀云一去,雁鹜空相呼。先帝正好武,寰海未凋枯。猛将收西域,长戟破林胡。百万攻一城,献捷不云输。组练弃如泥,尺土负—作胜百夫。拓境功未已,元和辞大炉。乱离朋友尽,合沓岁月徂。吾衰将焉托,存殁再呜呼。萧条益堪愧,独在天一隅。一作萧条病益甚,块独天一隅。乘黄已去矣,凡马徒区区。不复见颜鲍,系舟卧荆巫。临餐吐更食,常恐违抚孤。

同元使君春陵行有序

览道州元使君结《春陵行》,兼《贼退后示官吏作二首》,志之曰:当天子分忧之地,效汉官(旧作朝)良吏之目一作日。今盗贼未息,知民疾苦,得结辈十数公,落落然参错天下为邦伯,万物吐一作姓壮气,天下少一作小安,可得矣一作已。不意复见比兴体制,微婉顿挫之词,感而有诗,增诸卷轴,简知我者,不必寄元一作云。

遭乱发尽—作遽白,转衰病相婴—作萦。沈绵盗贼际,狼狈江汉行。叹时药力薄,为客赢瘵成。吾人诗家秀—作流,博采世上名。粲粲元道州,前圣畏后生。观乎春陵作,欻见俊哲情。复览贼退篇,结也实国桢。贾谊昔流恸,匡衡常引经。道州忧—作哀黎庶,词气浩纵横。两章对秋月—作水,一字偕—作皆华星。致君唐虞际,纯一作淳朴忆一作意大庭。何时降玺书,用

尔为丹青。公卿者,神化之丹青。狱讼永一作久衰息,岂唯偃甲兵。凄恻念诛求,薄敛近休明。乃知正人意,不苟飞长缨。凉飙振南岳,之子宠若惊。色阻一作沮金印大,兴含沧浪一作溟清。我多长卿病,日夕思朝廷。肺枯渴太甚,漂泊公孙城。呼儿具纸笔,隐几临轩槛。作诗呻吟内,墨澹字欹倾。感彼危苦词,庶几知者听。

李潮八分小篆歌

苍颉鸟迹既茫昧,字体变化如浮云。陈仓石鼓其石粗有鼓形,字刻石旁,其数有十,初在陈仓野中。韩愈为博士时,请于祭酒,欲以数橐驼舆致太学,不从。郑余庆始迁之凤翔。愈以为宣王鼓,韦应物以为文王鼓,宣王刻。欧阳修《集古录》始设三疑。郑樵摘亟殹二字,见于秦斤、秦权,而以为秦鼓。程大昌又云成王之鼓,《左传》成有岐阳之蒐,其字乃番吾之迹。又一作文已讹,大小二篆生八分。宣王太史籀著大篆十五篇,与苍颉古文或异。秦李斯、胡毋敬辈,改省为小篆。程邈献隶书,主于徒隶简易。王次仲作八分,盖小篆古形犹存其半,八分已减小篆之半,隶又减八分之半。本谓之楷书,楷隶大范相同。张怀瓘谓程邈以后之隶,与钟、王之今楷一意。欧阳修以八分为隶,洪适因之,迄无定说。秦有李斯汉蔡邕,中间作者寂不闻。峄山之碑野火焚,枣木传刻肥失真。苦县光和苦县老子碑,蔡邕书。樊毅西岳碑,汉光和中立。尚骨立一作力,书一作画贵瘦硬方通神。惜哉李蔡不复一作可得,吾甥李潮下笔亲。尚书韩择木,昌黎人。骑曹蔡有邻。济阳人。开元已来数八分,潮也奄有二子成三人。况潮小篆逼秦相,快剑长戟森相向。八分一字直百一作千金,蛟龙盘拏肉屈强。吴郡张颠夸草书,草书非古空雄壮。岂如吾甥不流宕,丞相中郎丈人行。巴东一作江逢李潮,逾月求我歌。我今衰老才力薄,潮乎潮乎奈汝何。

览柏中允一作丞兼子侄数人除官制词,因述父子兄弟四美载歌丝纶

纷然丧乱际,见此忠孝门。蜀中寇亦甚,柏氏功弥存。深诚补王室,戮力自元昆。三止锦江沸,独清玉垒昏。高名入竹帛,新渥照乾坤。子弟先卒伍,芝兰叠玙璠。同心注师律,洒血在戎轩。丝纶实具载,绂冕已殊恩。奉公

举骨肉,诛叛经寒温一作暄。金甲雪犹冻,朱旗尘不翻。每闻战场说,欻激懦气奔。圣主国多盗,贤臣官则尊。方当节钺用,必绝祲沴音庚根。吾病日回首,云台谁再论。作歌挹盛事,推毂期孤骞。

听杨氏歌

佳人绝代歌,独立发皓齿。满堂惨不乐,响下清虚里一作浮云里。江城带素月,况乃清夜起。老夫悲暮年,壮士泪如水。玉杯久寂寞,金管迷宫徵。勿云听者疲,愚智心尽死。古来杰出士一作事,岂待一作特一知己。吾闻昔秦青,倾侧一作倒天下耳。

荆南兵马使太常卿赵公大食刀歌

太常楼船声嗷嘈,问兵刮寇趋一作趍下牢。楚地有上、下牢。牧出令奔飞百艘,猛蛟突兽纷腾逃。白帝寒城驻锦袍,玄冬示我胡国刀。壮士短衣头虎毛,凭轩拔鞘天为高。翻风转日木一作水怒号,冰翼雪一作云澹伤哀猱。镂错碧罂鸊鹈膏,芒锷一作锘锋已莹虚一作灵秋涛,鬼物撇捩辞一作乱坑壕。苍水使者扪赤绦,龙伯国人罢钓鳌。芮公恐是卫伯玉回首颜色劳,分閫一作壶救世用贤豪。赵公玉立高歌起,揽环结佩相终始。万岁持之护天子,得君乱丝与君理。蜀江如线如针水一作针如水,荆岑弹丸心未已。贼臣恶子休干纪,魑魅魍魉徒为耳,妖腰乱领敢欣喜。用之不高亦不庳,不似长剑须天倚。吁嗟光禄英雄弭,大食宝刀聊可比。丹青宛转麒麟里,光芒六合无泥滓。

王兵马使二角鹰

悲台萧飒一作瑟石龛岩,哀壑杈桠浩呼一作汙汹。中有万里之长江,回风滔一作陷日孤光动。角鹰翻倒壮士臂,将军玉帐轩翠一作昂,一作勇气。二鹰猛脑徐侯穟一作倏徐堕,目如愁胡视天地。杉鸡竹兔不自惜,溪一作孩虎野羊俱辟易。韝上锋棱十二翻,将军勇锐与之敌。将军树勋起安西,昆仑虞泉入马蹄。白羽曾肉三狻猊,敢决岂不与之齐。荆南芮公得将军,亦如角鹰下翔一作入朔云。恶鸟飞飞啄金屋,安得尔辈开其群,驱出六合枭鸾分。

狄明府博济。一作寄狄明府

梁公曾孙我姨弟,不见十年官济济。大贤之后竟陵迟,浩荡古今同一体。比看叔伯四十人,有才无命百寮底。今者兄弟一百人,几人卓绝秉周礼。在汝更用文章为,长兄白眉复天启。汝门请从曾翁一作公说,太后当朝多巧诋一作计。狄公执政在末年,浊河终一作中不污清济。国嗣初将付诸武,公独庭诤守丹陛。禁中决册一作册决请一作诏房陵,武后革唐,废中宗为庐陵王,迁房州,欲立武三思为太子。仁杰泣谏曰:母子姑侄孰亲?若立三思,他日庙不祔姑。后感悟,迎中宗还宫。前一作满朝长老皆流涕。太宗社稷一朝正,汉官威仪重昭洗。时危始识不世才,谁谓茶苦甘如荠。汝曹又宜列土一作鼎食,身使门户多旌荣。胡为漂泊岷汉间,干谒王侯颇历抵一作诋。况乃山高水有波,秋风萧萧露泥泥。虎之饥,下巉岩,蛟之横,出清泚。早归来,黄土泥衣一作黄土污人眼易眯。

秋风二首

秋风淅淅吹巫山,上牢下牢修水关。吴樯楚柁牵百丈,暖向神一作成都唐志:光宅元年,号东都曰神都。寒未还。要路何日罢长戟,战自青羌连百一作白蛮。中巴不曾一作得消息好,暝传戍鼓长云间。

秋风淅淅吹我衣,东流之外西日微。天清一作晴小城捣练急,石古细路行人稀。不知明月为谁好,早晚孤帆他一作也夜归。会将白发倚庭树,故园池台今是非。

久雨期王将军不至

天一作山雨萧萧滞一作带茅屋,空山无以慰幽独。锐头将军来何迟,令我心中苦不足。数看黄雾乱玄云,时听严风折乔木。泉源泠泠杂猿狖,泥泞一作滓漠漠饥鸿鹄。岁暮穷阴耿未已,人生会面难再得。忆尔腰下铁丝箭,射杀林中雪色鹿。前者坐皮因问毛,知子历险人马劳。异兽如飞星宿落,应弦不碍苍山高。安得突骑只五千,卒然眉骨皆尔曹。走平乱世相催促,一豁明主正郁陶。忆一作恨昔范增碎玉斗,未使吴兵著白袍。昏昏闻阊阖闭氛祲,十月荆南雷怒号。

别李秘书始兴寺所居

不见秘书心若失,及见秘书失心疾。安为动主理信然,我独觉子神充实一作精神实。重闻西方止一作正观经,老身古寺风泠泠。妻儿待我一作来,一作米且归去,他日杖藜来细听。

虎牙行 虎牙在荆门之北,江水峻急。

秋一作北风欻吸一作欻欻吹南国,天地惨惨无颜色。洞庭扬波江汉回,虎牙铜柱皆倾侧。巫峡阴岑朔漠气,峰峦窈窕溪谷黑。杜鹃不来猿狖寒一作啼,山鬼幽忧雪霜逼。楚老长嗟忆炎瘴,三尺角弓两斛力。壁立石城横塞起,金错旌竿满云直。渔阳突骑猎青丘,犬戎锁甲闻一作围丹极。八荒十年防盗贼,征戍诛求寡妻哭,远客中宵泪沾臆。

锦树行 因篇内有锦树二字,摘以为题,非正赋锦树也,与上《虎牙》同。

今日苦短昨日休,岁云暮矣增离忧。霜凋碧树待一作行,一云作锦树,万壑东逝无停留。荒戍之城石色古,东郭老人住青丘。飞书白帝营斗粟,琴瑟几杖柴门幽。青一作春草萋萋尽枯死,天马一作骥䠙一作跛足随犛牛。自古圣贤多薄命,奸雄恶少皆封侯一作封公侯。故国三年一消息,终南渭水寒悠悠。五陵豪贵反颠倒,乡里小儿狐白裘。生男堕地要膂力,一生一作生女富贵倾邦国。莫愁父母少黄金,天下风尘儿亦得。

赤霄行

孔雀未知牛有角,渴饮寒泉逢觚触。赤霄悬圃须往来,翠尾金花不辞辱。江中淘河即鹈鹕吓飞燕,衔泥却落羞华屋。皇孙犹曾莲音辇勺下邳有莲勺故城,汉宣帝微时尝受困处。困,卫一作鲍庄见贬伤其足。老翁慎莫怪少年,葛亮贵和书有篇。陈寿定《诸葛氏集》目录,凡二十四篇,《贵和》第十一。丈夫垂名动万年,记忆细故非高贤。

前苦寒行二首 王僧虔《技录》:清调有六曲,一《苦寒行》。

汉时长安雪一丈,牛马毛寒缩如蝟。楚江巫峡冰入怀,虎豹哀号又堪记。秦城老翁荆扬客,惯习炎蒸岁絺绤。玄冥祝融气或交,手持白羽未敢释。

去年白帝雪在山,今年白帝雪在地。冻埋蛟龙南浦缩,寒刮一作割肌肤北风利。楚人四时皆麻衣,楚天万里一作顷无晶辉。三足之乌足一作骨恐断,羲和送将何所归一作送送将安归,一作送之将安归。

后苦寒行二首

南纪巫庐瘴不绝,太古以来无尺雪。蛮夷长老怨苦寒,昆仑天关冻应一作欲折。玄猿口噤不能啸,白鹄翅垂眼流一作出血,安得春泥补地裂。

晚一作晚来江门一作边,一作间失大木,猛风中夜吹一作飞白屋。天兵斩断一作新斩青海戎,杀气南行动地轴,不尔苦寒何太一作其酷。巴东之峡生凌澌,彼苍回轩一作轩,一作斡人得知。

晚晴

高唐一作堂暮冬雪壮哉,旧瘴无复似尘埃。崖沉谷没白皑皑,江石缺裂青枫摧。南天三旬苦雾开,赤日照耀从西来,六龙寒急光裴回。照我衰颜忽落地,口虽吟咏心中哀。未怪及时少年子,扬眉结义黄金台。泪一作泣乎吾生何飘零,支离委绝同死灰。

复阴

方冬合沓玄阴塞,昨日晚晴今日黑。万里飞蓬映天过,孤城树羽扬风直。江涛簸一作欺岸黄沙走,云雪埋山苍兕吼。君不见夔子之国杜陵翁,牙齿半落左耳聋。

夜归

夜来归来冲虎过,山黑家中已眠卧。傍见

北斗向江低,仰看明星当空大。庭前把烛嗔一作唤两炬,峡口惊猿闻一个。白头老罢舞复歌,杖藜不睡谁能那。

寄柏学士林居

自胡之反持干戈,天下学士亦奔波。叹彼幽栖载典籍,萧然暴露依一作向山阿。青山万里一作重静散地,白雨一作羽一洗空垂萝。乱代飘零余一作余到此,古人成败子如何。荆扬春冬异风土,巫峡日夜多云一作风雨。赤叶枫林百舌鸣,黄泥一作花野岸天鸡舞。盗贼纵横甚密迩,形神寂寞甘辛苦。几时高议排金门,各使苍生有环堵。

寄从孙崇简

嵯峨白帝城东西,南有龙湫北虎溪。吾孙骑曹不骑一作记马,业学尸乡多养鸡。庞公隐时尽室去,武陵春树他人迷。与汝林居未相失,近身药裹酒长携。牧竖一作叟樵童亦无赖,莫令斩断青云梯。

奉酬薛十二丈判官见赠

忽忽峡中睡,悲风一作秋方一醒。西来有好鸟,为我下青冥。羽毛净一作尽白雪,惨澹飞云汀。既蒙主人顾,举翮唳孤亭。持以比佳士,及此慰扬舲。清文动哀玉,见道发新硎。欲学鸥夷子,待勒燕山铭。谁重断蛇剑一作国重斩邪剑,致君君未听。志在麒麟阁,无心云母屏。卓氏近新寡,豪家朱门一作户扃。相如才一作琴调逸,银汉会双星。客来洗粉黛,日暮拾流萤。不是无膏火,劝郎勤六经。老夫自汲涧,野水日泠泠。我叹黑头白,君看银印青。卧病识山鬼,为农知地形。谁矜坐锦帐,若厌食鱼腥。东西两岸坼一作岸两坼,横一作积水注沧溟。碧色忽一作苍惆怅,风雷搜百灵。空中右一作有白虎,赤节引娉婷。自云帝里一作季女,噀雨凤凰翎。襄王薄行迹,莫学冷如丁一作冰,一作令威。千秋一拭泪,梦觉有微馨。人生相感动,金石两青荧。丈人但安坐,休辨渭与泾。龙蛇尚格斗,洒血暗郊坰。吾闻聪明主,治一作活国用轻刑。销兵铸农器,今古岁方宁。文一作天王日俭德,俊苗始盈庭。荣华贵少壮,岂食楚江萍。

醉为马坠,诸公携酒相看

甫也诸侯老宾客,罢酒酣歌拓金戟。骑马忽忆少年时,散蹄迸落瞿塘石。白帝城门水云外,低身直下八千尺。粉堞电转紫游缰,东得平冈出天壁。江村野堂争入眼,垂鞭一作肩弹鞚凌紫陌。向来皓首惊万人,自倚红颜能骑射。安知决臆追风足,朱汗骖驔犹喷玉。不虞一蹶终损伤,人生快意多所辱。职当忧戚伏衾枕,况乃迟暮加烦促。明一作朋知来问腆我颜,杖藜强起依僮仆。语尽还成开口笑,提携别扫清溪曲。酒肉如山又一时,初筵哀丝动豪竹。共指西日不相贷,喧呼且覆杯中渌。何必走马来为问一作不为身,君不见嵇康养生遭一作被杀戮。

别李义

神尧十八子,十七王其门。道道王元庆国洎一作及舒舒王元明国,督一作实唯亲弟昆。中外贵贱殊,余亦忝诸孙。李义当是道国之裔,甫则舒国后裔之外孙也。丈人嗣三叶一作王业,之子白玉温。道国继德业,请从丈人论。丈人领宗卿,肃穆古制敦。先朝纳谏诤,直气横乾坤。子建文笔壮,河间经术存。尔一作温克富诗礼,骨清虑不喧。洗一作洒然遇知己,谈论淮湖一作河奔。忆昔初见时,小襦绣芳荪。长成忽会面,慰我久疾魂。三峡春冬交,江山云雾昏。正宜且聚集,恨此当离尊。莫怪执杯迟,我衰涕唾烦。重问子何之,西上岷江源。愿子少干谒,蜀都足戎轩。误失将帅意,不如亲故恩。少年早归来,梅花已飞翻。努力慎风水,岂惟数盘飧。猛虎卧在岸,蛟螭出无痕。王子自爱惜,老夫困石根。生别古所嗟,发声为尔吞。

送高司直寻封阆州

丹雀衔书来,暮栖何乡树。骅骝事天子,辛苦在道路。司直非冗官,荒山甚无趣。借问泛舟人,胡为入云雾。与子姻娅间,既亲亦有故。万里长江边,邂逅一相遇。长卿消渴再,公干沉绵屡。清谈慰老夫,开卷得佳句。时见文章士,欣然澹一作谈情素。伏枕闻别离,畴能忍漂寓。良会苦短促,溪行水奔注。熊罴咆空林,游子慎驰骛。西谒巴中侯,艰险如跬步。主人不世才,先帝常特顾。拔为天军佐,崇大王法度。淮海生清风,南翁尚思慕。公宫造文厦,木石乃无数。初闻伐松柏,犹卧天一柱。我瘦一作病书不成,成字读一作字亦误。为我问故人,劳心练征戍。

君不见,简苏徯

君不见道边废弃池,君不见前者摧折桐。百年死树中琴瑟,一斛旧水藏蛟龙。丈夫盖棺事始定,君今幸未成老翁,何恨憔悴在山中。深山穷谷不可处,霹雳魍魉兼一作并狂风。

赠苏四徯

异县昔同游,各云厌转蓬。别离已五年,尚在行李中。戎马日衰息,乘舆安九重。有才何栖栖,将老委所穷。为郎未为贱,其奈疾病攻。子何面黧黑,不一作焉得豁心胸。巴蜀卷剽掠一作劫,下愚成土风。幽蓟已削平,荒徼尚弯弓。斯人脱身来,岂非吾道东。乾坤虽宽大,所适装囊空。肉食哂菜色,少壮欺老翁。况乃主客间,古来逼侧同。君今下荆扬,独帆如飞鸿。二州豪侠场,人马皆自雄。一请甘饥寒,再请甘养蒙。

寄薛三郎中据

人生无贤愚,飘摇若埃尘。自非得神仙,谁免危一作克免其身。与子俱白头,役役一作没没常苦辛。虽为尚书郎,不及村野人。忆昔村野人,其乐难具陈。蔼蔼桑麻交,公侯为等伦。天未厌戎马,我辈本常一作长贫。子尚客荆州,我亦滞江滨。峡中一卧病,疟疠终冬春。春复加肺气,此病盖有因。早岁与苏郑,痛饮情相亲。二公化为土,嗜酒不失真。余今委修短,岂得恨命屯。闻子心甚壮,所过信席珍。上马不用扶,每一作急扶必怒嗔。赋诗宾客间,挥洒动八垠。乃知盖代手,才力老益神。青草洞庭湖,东浮沧海漘。君山可避暑,况足采白蘋。子岂无扁舟,往复江汉津。我未下瞿塘,空念禹功一作力勤。听说松门峡,吐药揽衣巾。高秋却束带,鼓枻视青旻。凤池日澄碧,济济多士新。余病不能起,健者勿逡巡。上有明哲君,下有行化臣。

大觉高僧兰若 原注:和尚去冬往湖南。

巫山不见庐山远,松林一作间兰若秋风晚。一老犹鸣日暮钟,诸僧尚乞斋时饭。香炉峰色隐晴湖,种杏仙家近白榆。飞锡去年啼邑子,献花何日许门徒。

全唐诗卷二百二十三

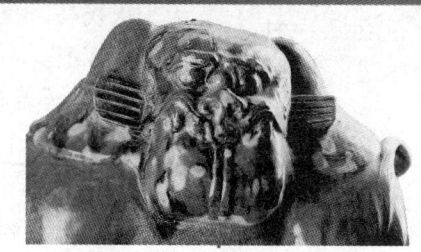

杜甫

宿青溪驿奉怀张员外十五兄之绪

漾舟千山内,日入泊枉—作荒渚。我生本飘飘,今复在何许。石根青枫林,猿鸟聚俦侣。月明游子静,畏虎不得语。中夜怀友朋,乾坤此深阻。浩荡前后间,佳期付—作赴荆楚。

敬寄族弟唐十八使君 甫自撰《万年县君京兆杜氏墓志》云:其先系统于伊祁,分姓于唐杜。

与君陶唐后,盛族多其人。圣贤冠史籍,枝派罗源津。在今气—作最磊落,巧伪莫敢亲。介立实吾弟,济时肯杀身。物白讳受玷,行高无污真。得罪永泰末,放之五溪滨。鸾凤有铩翮,先儒曾抱麟。雷霆霹—作劈长松,骨大却生筋。一失不足伤,念子孰自珍。泊舟楚宫岸,恋阙浩酸辛。除名配清江,厥土巫峡邻。登陆将首途,笔札枉所申。归朝跼病肺,叙旧思重陈。春风洪涛壮,谷转颇弥旬。我能泛中流,搪突鼍獭瞋。长年已省柁,慰此贞良臣。

忆昔行

忆昔北寻小有洞,洪河怒涛过轻舸。辛勤不见华盖君,艮岑青辉惨么么。不长日么,细小日么。千崖无人万壑静,三步回头五步坐。秋山眼冷魂未归,仙赏心违泪交堕。弟子谁依白茅—作石室,卢老独启青铜锁。巾拂香余捣药尘,阶—作前除灰死烧丹火。悬圃沧洲莽空阔,金节羽衣飘婀娜。落日初霞闪余映,倏忽东西无不可。松风涧水声合时,青兕黄熊啼向我。徒然咨嗟抚遗迹,至今梦想仍犹佐—作左。秘诀隐文须内教,晚岁何功使—作收愿果。更讨—作觅衡阳董炼师,南浮—作游早鼓潇湘柁。

魏将军歌

将军昔著从事衫,铁马驰突重两衔。被坚执锐略西极,昆仑月窟东崭岩。君门羽林万猛士,恶若哮虎子所监。五年起家列霜戟,一日

全唐诗卷一百九十六

孟彦深

孟彦深,字士源。登天宝二年进士第,为武昌令。元结居樊上,尝作《退谷铭》曰:干进之客,不得游之。又作《杯湖铭》曰:为人厌者,勿泛杯湖。孟士源尝黜官,无情干进,在武昌,不为人厌,可游退谷,可泛杯湖矣。诗一首。

元次山居武昌之樊山—作上,新春大雪,以诗问之

江山十日雪,雪深江雾浓。起来望樊山,但见群玉峰。林莺却不语,野兽翻有踪。山中应大寒,短褐何以完—作安。皓气凝书帐,清著钓鱼竿。怀君欲进谒,溪滑渡舟难。

刘湾

刘湾,字灵源,西蜀人。天宝进士。禄山之乱,以侍御史居衡阳。与元结相友善。诗六首。

出塞曲—作刘济诗

将军在重围,音信绝不通。羽书如流星,飞入甘泉宫。倚是并州儿,少年心胆雄。一朝随召募,百战争王公。去年桑干北,今年桑干东。死是征人死,功是将军功。汗马牧—作败秋月,疲卒卧霜风。仍闻左贤王,更将—作欲围云中。

云南曲

百蛮乱南方,群盗如猬起。骚然疲中原,征战从此始。白门太和城,来往一万里。去者无全生,十人九人死。岱马卧阳山,燕兵哭泸水。妻行求死夫,父行求死子。苍天满愁云,白骨积空垒。哀哀云南行,十万同已矣。

李陵别苏武

汉武爱边功,李陵提步卒。转战单于庭,

身随汉军没。李陵不爱死,心存归汉阙。誓欲还国恩,不为匈奴屈。身辱家已无,长居虎狼窟。胡天无春风,庑地多积雪。穷阴愁杀人,况与苏武别。发声天地哀,执手肺肠绝。白日为我愁,阴云为我结。生为汉宫臣,死为胡地骨。万里长相思,终身望南月。

虹县严孝子墓

至性孝不及,因心天一作天然得所资。礼闻三年丧,尔一作汝独终身期。下由一作布骨肉恩,上报父母慈。礼闻哭有卒,汝独哀无时。前有松柏林,荆蓁一作棘结朦胧。墓门白日闭,泣血黄泉中。草服蔽枯骨,垢容戴飞蓬。举声哭苍天,万木皆悲风。

对雨愁闷,寄钱大郎中

积雨细纷纷,饥寒命不分。揽衣愁见肘,窥镜觅从文。九陌成泥海,千山尽湿云。龙钟驱款段,到处倍思君。

即席赋露中菊

众芳春竞发,寒菊露偏滋。受气何曾异,开花独自迟。晚成犹有分,欲采未过时。勿弃东篱下,看随秋草衰。

孙昌胤

孙昌胤,登天宝进士第。柳宗元《与韦中立书》,称其为子举冠礼事,人以为迂。诗四首。

遇旅鹤

灵鹤产绝境,昂昂无与俦。群飞沧海曙,一叫云山秋。野性方自得,人寰何所求。时因戏祥风,偶尔来中州。中州帝王宅,园沼深且幽。希君惠稻粱,欲并离丹丘。不然奋飞去,将适汗漫游。肯作池上鹜,年年空沉浮。

清明

清明暮春里,怅望北山陲。燧火开新焰,桐花发故枝。沈冥惭岁物,欢宴阻朋知。不及林间鸟,迁乔并羽仪。

和司空曙、刘眘虚九日送人

京邑叹离群,江楼喜遇君。开筵当九日,泛菊外浮云。朗咏山川霁,酣歌物色新。君看酒中意,未肯丧斯文。

越裳献白翟一作丁仙芝诗

圣哲符休运,伊皋列上台。覃恩丹徼远,入贡素翚来。北阙欣初见,南枝顾未回。敛容残雪净,矫翼片云开。驯扰将无惧,翻飞幸莫猜。甘从上苑里,饮啄自裴回。

乔琳

乔琳,太原人。天宝间举进士,累授兴平尉。郭子仪辟为节度掌书记。拜监察御史。贬巴州司户。历果、绵、遂三州刺史。入为大理少卿、国子祭酒。又出为怀州刺史。以张涉称引,拜御史大夫平章事,后受朱泚伪署,伏诛。诗一首。

绵州越王楼即事

三蜀澄清郡政闲,登楼携酌日跻攀。顿觉胸怀无俗事,回看掌握是人寰。滩声曲折涪州水,云影低衔富乐山。行雁南飞似乡信,忽然西笑向秦关。

柳浑

柳浑,字夷旷,一字惟深,本名载。襄州人。天宝初,擢进士第。大历中,累官至尚书右丞。贞元三年,以兵部侍郎同中书门下平章事。集十卷。今存诗一首。

牡丹

近来无奈牡丹何,数十千钱买一颗。今朝始得分明见,也共戎葵不校多。

过海收风帆。平生流辈徒蠢蠢,长安少年气欲尽。魏侯骨耸精爽紧,华岳峰尖见秋隼。星躔宝校金盘陀,马装也。夜骑天驷超天河。欃枪荧惑不敢动,翠蕤云旓相荡摩。吾为子起歌都护,乐府有丁督护歌,一曰阿都护。李白集亦作丁都护。酒阑插剑肝胆露。钩陈苍苍风玄武一作玄武幕,万岁千秋奉明主,临江节士安足数。宋陆厥有《临江节士歌》。

北风

北风破南极,朱凤日威一作低垂。洞庭秋欲雪,鸿雁将安归。十年杀气盛,六合人烟稀。吾慕汉初老,时清犹茹芝。

客从

客从南溟来,遗我泉客泉先又名泉客,即鲛人,泣则成珠珠。珠中有隐字,欲辨不成书。缄之箧笥久,以俟公家须。开视化为血,哀今征敛无。

白马

白马东北来,空鞍贯双箭。可怜马上郎,意气今谁见。近时主将戮,中夜商一作伤于战。丧乱死多门,呜呼泪如霰。

白凫行

君不见黄鹄高于五尺童,化为白凫似一作象老翁。故畦遗穗已荡尽,天寒岁一作日暮波涛中。鳞介腥膻素不食,终日忍饥西复东。鲁门鹥鹧亦蹭蹬,闻道如一作于今犹避风。

朱凤行

君不见潇湘之山衡山高,山巅一作岩朱凤声一作鸣嗷嗷。侧身长顾求其群一作曹,翅垂口噤心甚劳一作劳劳。下愍百鸟在罗网,黄雀最小犹难逃。愿分竹实及蝼蚁,尽一作忍使鸱枭相怒号。

惜别行,送向卿进奉端午御衣之上都

肃宗昔在灵武城,指挥猛将收咸京。向公泣血洒行殿,佐佑卿相乾坤平。逆胡冥寞随烟烬,卿家兄弟功名震。麒麟图一作阁画鸿雁行,紫极出入黄金印。尚书勋业超千古,雄镇荆州继吾祖。裁缝云雾成御衣,拜跪题封向一作贺端午。向卿将命寸心赤,青山落日江潮白。卿到朝廷说老翁,漂零已是沧浪客。广德元年,卫伯玉拜江陵尹,寻加检校工部尚书。此云镇荆州,谓伯玉也。继吾祖者,杜预昔以镇南大将军都督荆州诸军事。向卿者,尚书将命之人也。

醉歌行,赠公安颜少府请顾八题壁一作赠公安县颜十少府

神仙中人不易得,颜氏之子才孤标。天马长鸣待驾驭,秋鹰整翮当云霄。君不见东吴顾文学,君不见西汉杜陵老。诗家笔势君不嫌,词翰升堂为君扫。是日霜风冻七泽,乌蛮落照衔赤壁。酒酣耳热忘头白,感君意气无所惜,一为歌行歌主客。一作醉歌行,歌主客。

夜闻觱篥

夜闻觱篥沧江上,衰年侧耳情所向。邻舟一听多感伤,塞曲三更欻悲壮。积雪飞霜此夜寒,孤灯急管复风一作奔湍。君知天地一作下干戈满,不见江湖一作湘行路难。

发刘郎浦浦在石首县,昭烈纳吴女处。

挂帆早发刘郎浦,疾风飒飒昏亭午。舟中无日不沙尘,岸上空村尽豺虎。十日北风风未回,客行岁晚晚一作尤相催。白头厌伴渔人宿,黄帽青鞋归去来。

别董颋

穷冬急风水,逆浪开帆难。士子甘旨阙,不知道里寒。有求彼乐土,南适小长安。地在南阳县。到一作别我舟楫去,觉君衣裳单。素闻赵公邓州守节,兼尽宾主欢。已结门庐一作闾望,无令霜雪残。老夫缆亦解,脱粟朝未餐。飘荡兵甲际,几时怀抱宽。汉阳颇宁静,岘首试考槃。当念著白帽一作皂褐,采薇青云端。

送重表侄王砅一作殊。砅,刀制切,履石渡水也。今作砺评事使南海

我之曾祖一作老姑,尔之高祖母。尔祖未

显时,归为尚书王珪也妇。隋朝大业末,房杜史载王珪微时,与房、杜游。其母窥见大惊,敕具酒食尽欢,曰:二客公辅器,子必与之偕贵。俱交友。长者来在门,荒年自馈口。家贫无供给,客位但箕帚。俄顷羞颇珍一作颇羞珍,寂寥人散后。入怪鬓发空,吁嗟为之久。自陈剪髻鬟,鬻市充杯一作酤酒。上云天下乱,宜与英俊厚。向窃窥数公,经纶亦俱有。次问最少年,虬髯十八九。子等成大名,皆因此人手。下云风云合,龙虎一吟吼。愿展丈夫雄,得辞儿女丑。秦王时在坐,真气惊户牖。及乎贞观初,尚书践台斗。夫人常肩舆,上殿称万寿。六宫师柔顺,法则化妃后。至尊均嫂叔,盛事垂不朽。凤雏无凡毛,五色非尔曹。往者胡作逆,乾坤沸嗷嗷。吾客左一作在冯翊,尔家同遁逃。争夺至徒步,块独委蓬蒿。逗留热尔肠,十里却呼号。自下所骑马,右持腰间刀。左牵紫游缰,飞走使我高。苟活到今日,寸心铭佩牢。乱离又聚散,宿昔恨滔滔。水花笑白首,春草随青袍。廷评近要津,节制收英髦。北驱汉阳传,南泛上泷舠。家声肯坠地,利器当秋毫。番禺亲贤领,筹运神功操。大夫出卢宋一作宗,宝贝休脂膏。洞主降接武,海胡舶千艘。我欲就丹砂,跋涉觉身劳。安能陷粪土,有志乘鲸鳌。或骖鸾腾天,聊一作不作鹤鸣皋。

咏怀二首

人生贵是男,丈夫重天机。未达善一身,得志行所为。嗟余竟坎坷,将老逢艰危。胡雏逼神器,逆节同所归。河雒化为血,公侯一作卿草间啼。西京复陷没,翠盖蒙尘飞。万姓悲赤子,两宫弃紫微。倏忽向二纪,奸雄多是非。本朝再树立,未及贞观时。日给在军储,上官督有司。高贤追形势,岂暇相扶持。疲苶苟怀策,栖屑无所施。先王实罪己,愁痛正为兹。岁月不我与,蹉跎病于斯。夜看丰城气,回首蛟龙池。齿发已自料,意深陈苦一作昔词。

邦危坏法则,圣远益愁慕。飘摇桂水游,怅望苍梧暮。潜鱼不衔钩,走鹿无反顾。嫩嫩幽旷心,拳拳异平素。衣食相拘阂,朋知限流寓。风涛上春沙,千一作十里侵一作浸江树。逆行少一作值吉日,时节空复度。井灶任尘埃,舟航烦数具。牵缠加老病,琐细隘俗务。万古一死生,胡为足名数。多忧污桃源,拙计泥铜柱。未辞炎瘴毒,摆落跋涉惧。虎狼窥中原,焉得所历住。葛洪及许靖,避世常此路。贤愚诚等差,自爱各驰骛。羸瘵且如何,魄夺针灸屡。拥滞僮仆惰,稽留篙师怒。终当挂帆席,天意难告诉。南为祝融客,勉强亲杖履。结托老人星,罗浮展衰步。

送顾八分文学适洪吉州《集古录》:顾戒奢善八分。《英华》题内无洪字。

中郎石经后,八分盖憔悴。顾侯运炉锤,笔力破余地。昔在开元中,韩蔡有邻同飙员。玄宗妙其书,是以数子至。御札早流传,揄扬非造次。三人并入直,恩泽各不二。顾于韩蔡内,辨眼工小字。分日示一作侍诸王,钩深法更秘。文学与我游,萧疏外声利。追随二十载,浩荡长安醉。高歌卿相宅,文翰飞省寺。视我扬马一作班扬间,白首不相弃。骅骝入穷巷,必脱黄金辔。一论朋友难,迟暮敢失坠。古来事反覆,相见横涕泗。向者玉珂人,谁是青云器。才尽伤形体一作骸,病渴污官位。故旧独依然,时危话颠踬。我甘多病老,子负忧世志。胡为困衣食,颜色少称遂。远作辛苦行,顺从众多意。舟楫无根蒂,蛟鼍好为祟。况兼水贼繁,特戒风飙驶。崩腾戎马际一作险,往往杀长吏。子干东诸侯,劝一作勤勉防纵恣。邦以民为本,鱼饥费香饵。请哀疮痍深,告诉皇华使。使臣精所择,进德知历试。恻隐诛求情,固应贤愚异。列一作烈士恶苟得,俊杰思自致。赠子猛虎行,出郊载酸鼻。

上水遣怀

我衰太平时,身病戎马后。蹭蹬多拙为,安得不皓首。驱驰四海内,童稚日馈口。但遇新少年,少逢旧亲友。低颜下色地,故人知善诱。后生血气豪,举动见老丑。穷迫挫曩怀,常如中风走。一纪出西蜀,于今向南斗。孤舟乱春华一作草,暮齿依蒲柳。冥冥九疑葬,圣者骨亦一作已朽。蹉跎陶唐人,鞭挞日月久。中间屈贾辈,谗毁竟自取。郁没一作悒二悲魂,萧条犹在否。嶙崒清湘石,逆行杂林薮。篙工密逞巧,气若酣杯酒。歌讴互激远一作越,回斡明受一作相授。善一作盖知应触类,各藉颖脱手。古来经济才,何事独罕有。苍苍众色晚,熊挂玄蛇吼。黄罴在树颠,正为群虎守。羸骸将何适,履险颜益厚。庶与达者论,吞声混瑕垢。

遣遇

磬折辞主人,开帆驾洪涛。春水满南国,朱崖云日高。舟子废寝食,飘风争所操。我行匪利涉,谢尔从者劳。石间采蕨女,鬻菜一作市输官曹。丈夫死百役,暮返空村号。闻见事略同,刻剥及锥刀。贵人岂不仁,视汝如莠蒿。索钱多门户,丧乱纷嗷嗷。奈何黠吏徒,渔夺成逋逃。自喜遂生理,花时甘一作贯缊袍。

解一作遣忧

减米散同舟,路难思共济。向来云涛盘,众力亦不细。呀坑一作帆,一作吭。梦弼曰:呀坑乃滩口也。赵曰:淤坑如口之呀开也。瞥眼过,飞橹本无蒂。得失瞬息间,致远宜恐泥。百虑视安危,分明曩贤计。兹理庶可广,拳拳期勿替。

宿凿石浦浦在湘潭县西

早宿宾从劳,仲春江山丽。飘风过无时,舟楫敢不一作不敢系。回塘澹暮色,日没众星嚖。缺月殊未生,青灯死分翳。穷途多俊异,乱世少恩惠。鄙夫亦放荡,草草频卒一作年岁。斯文忧患余,圣哲垂彖系。

早行

歌哭俱在晓,行迈有期程。孤舟似昨日,闻见同一声。飞鸟数一作散求食,潜鱼亦一作何独惊。前王作网罟,设法害生成。碧藻非不茂,高帆终日征。干戈未一作异揖让,崩迫开一作关其情。

过津口

南岳自兹近,湘流东逝深。和风引桂楫,春日涨云岑。回首一作道过津口,而多枫树林。白鱼困密网,黄鸟喧嘉音。物微限通塞,恻隐仁者心。瓮余不尽酒,膝有无声琴。圣贤两寂寞,眇眇独开襟。

次空灵岸宜作空舲。湘水县有空泠峡,又有空舲滩。

沄沄逆素浪,落落展清眺。幸有舟楫迟,得尽所历妙。空灵霞石峻,枫栝一作柘隐奔峭。青春犹无一作有私,白日亦一作已偏照。可使营吾居一作屋,终焉托长啸。毒瘴未足忧,兵戈满边徼。向者留遗恨,耻为达人诮。回帆觊赏延,佳处领其要。

宿花石戍长沙有漾口、花石二戍。

午辞空灵岑,夕得花石戍。岸疏开辟水一作山,木杂今古树。地蒸南风盛,春热西日暮。四序本平分,气候何回互。茫茫天造一作地间一作开,理乱岂恒数。系舟盘藤轮,策杖古樵路。罢音疲人不在村,野圃泉自注。柴扉虽芜没,农器尚牢固。山东残逆气,吴楚守王度。谁能扣君门,下令减征赋。

早发

有求常百虑,斯文亦吾病。以兹朋故多,穷老驱驰并。早行篙师怠,席挂风不正。昔人戒垂堂,今则奚奔命。涛翻黑蛟跃,日出黄雾映。烦促瘴岂侵,颓倚睡未一作还醒。仆夫问盥栉,暮颜一作未觑青镜。随意簪葛巾,仰惭林花盛。侧闻夜来寇,幸喜囊中净。艰危作远客,干请伤直性。薇蕨饿首阳,粟马资历聘。贱子欲适从,疑误此二柄。谓采薇、历聘,借用韩非《二柄篇》字。

次晚洲

参错云石稠,坡陀风涛壮。晚洲适知名,秀色固异状。棹经垂猿把,身在度鸟上。摆浪散帙妨,危沙折一作圻花当。羁离暂愉悦,羸老反惆怅。中原未解兵,吾得终疏放。

望岳

南岳配朱鸟,秩礼自百王。欻吸领地灵,鸿—作颂洞半炎方。邦家用祀典,在德非馨香。巡守何寂寥,有虞今则亡。泪—作泗吾隘世网,行迈越潇湘。渴日绝壁出,漾舟清光旁。祝融五—作三峰尊,峰峰次低昂。紫盖独不朝,争长嶘相望。恭闻魏夫人,南岳夫人,姓魏名华存,字贤安,晋司徒魏舒女,刘文生妻,后得道升天。群仙夹翱翔。有时五峰气,散风如飞霜。牵迫限—作恨修途,未暇仗崇冈。归来觊命驾,沐浴休玉堂。三叹问府主,即岳神仙府洞府之主也。谒以赞我皇。牲璧忍—作感衰俗,神其思降祥。

湘江宴饯裴二端公裴虬赴道州

白日照舟师,朱旗散广川。群公饯南伯,肃肃秩初筵。鄙人奉末眷,佩服自早年。义均骨肉地,怀抱罄所宣。盛名富事业,无取愧高贤。不以丧乱婴,保爱金石坚。计拙百僚下,气苏君子前。会合苦不久,哀乐本相缠。交游飒向尽,宿昔浩茫然。促觞激百虑,掩抑泪潺湲。热云集曛—作初集黑,缺月未生天。白团为我破,华烛蟠长烟。鹁鹆—作鹡鹉—作鸦鸽催明星,解袂从此旋。上请减兵甲,下请安井田。永念病渴老,附书远山巅。

清明

著处繁花务—作华矜是—作足日,长沙千人万人出。渡头翠柳艳明眉,争道朱蹄骄啮膝。此都好游湘西寺,诸将亦—作远,—作方自军中至。马援征行在眼前,葛强亲近同心事。金镫下山红粉—作日晚,牙樯捩柁青楼远。古时丧乱皆可知,人世悲欢暂相遣。弟侄虽存不得书,干戈未息苦离—作难居。逢迎少壮非吾道,况乃今朝更被除。

风雨看舟前落花,戏为新句

江上人家桃树—作李枝,春寒—作风细雨出疏篱。影遭碧水潜勾引,风炉红花却倒吹。吹花困癫—作懒傍舟楫,水光风力俱相怯。赤憎轻薄遮人—作人怀,珍重分明不来接—作折。湿久飞迟半日—作欲高,紫沙惹草细于毛。蜜蜂蝴蝶生情性—作住,偷眼蜻蜓避百劳。

岳麓山道林二寺行

玉泉之南麓山殊,道林林壑争盘纡。寺门高开洞庭野,殿脚插入赤沙湖。五月寒风冷佛—作拂骨,六时天乐朝香炉。地灵步步雪山草,僧宝人人沧海珠。塔劫—作级宫墙—作坛壮丽敌,香—作石厨松道清凉—作崇俱。莲花—作池交响共命鸟,金榜双回三足乌。方丈涉海费时节,悬圃寻河知有无。暮年且喜经行近,春日兼蒙暄暖扶。飘然斑白身—作将奚适,傍此烟霞茅可诛。桃源人家易制度,橘洲田土仍膏腴。潭府邑中甚淳古,太守庭内不喧呼。昔遭衰世皆晦迹,今幸乐国养微躯。依止老宿亦未晚,富贵功名焉足图。久为野—作谢客寻幽惯,细学何当作周颙免兴孤。一重一掩吾肺腑,山—作仙鸟山花吾友于。宋公原注:之问也。放逐曾题壁,物色分留与—作待老夫。

奉送魏六丈佑少府之交广

贤豪赞经纶,功成空名—作名空垂。子孙不振耀—作没不振,历代皆有之。郑公四叶孙,长大常苦饥。众中见毛骨,犹是麒麟儿。磊落贞观事,致君朴直词。家声盖六合,行色何其微。遇我苍梧阴—作野,忽惊会面稀。议论有余地,公侯来未迟。虚思黄金贵,自笑青云期。长卿久病渴,武帝元同时。季子黑貂敝,得无妻嫂欺。尚为诸侯客,独屈州县卑。南游炎海甸,浩荡从此辞。穷途仗神道,世乱轻土宜。解帆岁云暮,可与春风归。出入朱门家,华屋刻蛟螭。玉食亚王者,乐张游子悲。侍婢艳倾城,绡绮轻—作烟雾霏。掌—作堂中琥珀钟,行酒双逶迤。新欢继明烛,梁栋星辰飞。两情顾盼合,珠碧赠于斯。上贵见肝胆,下贵不相—作见疑。心事披写间,气酣达—作远所为。错挥铁如意,莫避珊瑚枝。始兼—作无逸迈兴。终慎宾主仪。戎马暗天宇,呜呼生别离。

别张十三建封

尝读唐实录,国家草昧初。刘文静裴寂建首义,龙见尚踌躇。秦王拨乱姿,一剑总兵符。汾晋为丰沛,暴隋竟涤除。宗臣则庙食,后祀何疏芜。彭城英雄种,宜膺将相图。尔惟外曾孙,倜傥汗血驹。眼中万少年,用意尽崎岖。相逢长沙亭,乍问绪业余。乃吾故人子,童卯联居诸。张建封,兖州人,父玠,少豪侠。安禄山将李庭伟胁下城邑,玠率乡豪集兵杀之。太守韩择木方遣使奏闻,玠流荡江南,不言其功。甫父为兖州司马,当以趋庭之日,与玠游也。挥手洒衰泪,仰看八尺躯。内外名家流,风神荡江湖。范云堪晚一作结友,嵇绍自不孤。择材征南幕,大历初,道州刺史裴虬荐建封于观察使韦之晋,辟为参谋,奏授左清道兵曹。不乐吏役而去。湖一作潮落回鲸鱼。载感贾生恸,复闻乐毅书。主忧急盗贼,师老荒京都。旧丘岂税驾,大厦倾宜扶。君臣各有分,管葛本时须。虽当霰雪严,未觉栝柏枯。高义在云台,嘶鸣望天衢。羽人扫碧海,功业竟何如。

暮秋枉裴道州手札,率尔遣兴,寄近一作递呈苏涣侍御

久客多枉友朋书,素书一月凡一束。虚名但蒙寒温一作暄问,泛爱不救沟壑辱。齿落未是无心人,舌存耻作穷途哭。道州手札适复至,纸长要自三过读。盈把那须沧海珠,入怀本倚昆山玉。拨弃潭州百斛酒,芜没潇岸千株菊。使我昼立烦儿孙,令我夜坐费灯烛。忆子初尉永嘉去,红颜白面花映肉。军符侯印取岂迟,紫燕騄耳行甚速。圣朝尚飞战斗尘,济世宜引英俊人。黎元愁痛会苏息,夷狄跋扈徒逡巡。授钺筑坛闻意旨,颓纲漏网期弥纶。郭钦上书见大计,刘毅答诏惊群臣。他日更仆语不浅,明公论兵气益振。倾壶箫管黑一作埋,一作动白发,舞剑霜雪吹青春。宴筵曾语苏季子,后来杰出云孙比。茅斋定王城郭门。药物楚老渔商市。市北肩舆每联袂,郭南抱瓮亦隐几。无数将军西第成,早作丞相东山起。鸟雀苦肥秋粟菽,蛟龙欲蛰寒沙水。天下鼓角何时休,阵前部曲终日死。附书与裴因示苏,此生已愧须人扶。致君尧舜付公等,早据要路思捐躯。

奉赠李八丈判官曛

我丈时一作特英特,宗枝神尧后。珊瑚市则无,骐骥人得有。早年见标格,秀气冲一作通星斗。事业富清机,官曹正独守。顷来树嘉一作佳政,皆已传众口。艰难体贵安,冗长吾敢取。区区犹历试,炯炯更持久。讨论实解颐,操割纷应手。箧书积讽谏,宫阙限奔走。入幕未展材一作怀,秉均孰为偶。所亲问淹泊,泛爱惜衰朽。垂白乱一作辞,一作慕南翁,委身希北叟。南翁、北叟,俱知阴阳倚伏事。真成穷辙鲋,或似丧家狗。秋枯洞庭石,风飒长沙柳。高兴激荆衡,知音为回首。

岁晏行

岁云暮矣多北风,潇湘洞庭白雪一作云中。渔父天寒网罟冻,莫徭长沙杂夷,有名莫徭射雁鸣桑弓。去年米贵阙军食,今年米贱大伤农。高马达官厌酒肉,此辈杼轴茅茨空。楚人重鱼不重鸟,汝休枉杀南飞鸿。况闻处处鬻男女,割慈忍爱还租庸。往日用钱捉私铸,今许一作来铅锡和青铜。刻泥为之最易得,好恶不合长相蒙。万国城头吹画角,此曲哀怨何时终。

追酬故高蜀州人日见寄并序

开文书帙中,检所遗忘,因得故高常侍适,往居在成都时,高任蜀州刺史。人日相忆见寄诗,泪洒行间,读终篇末。自枉诗已十余年,莫记存没又六七年矣。老病怀旧,生意可知。今海内忘形故人,独汉中王(一作郡王)瑀与昭州敬使君超先在,爱而不见,情见乎辞。大历五年正月二十一日,却追酬高公此作,因寄王及敬弟。

自蒙一作枉蜀州人日作,不意清诗久零落。今晨散帙眼忽开一作明,迸泪幽吟事如昨。呜呼壮士多慷慨,合沓高名动寥廓。叹我凄凄求友篇,感时一作君郁郁匡君一作时略。锦里春光空烂熳,瑶墀侍臣已冥莫。潇湘水国傍鼋鼍,鄂杜秋天失雕鹗。东西南北更谁一作堪论,白首扁舟病独存。遥一作犹拱北辰缠寇盗,欲倾

东海洗乾坤。边塞西蕃一作羌最充斥,衣冠南渡多崩奔。鼓瑟至今悲帝子,曳裾何处觅王门。文章曹植波澜阔,服食刘安德业尊。长笛谁能一作邻家乱愁思,昭州词翰与招魂。

苏大侍御访江浦,赋八韵记异草堂诗本无此题,竟以序为题。八韵诗止七韵,疑有脱误。

苏大侍御涣,静者也,旅于江侧。凡一作乃是不交州府之客,人事都绝久矣。肩舆江浦,忽访,老夫舟楫而已茶酒内。余请诵近诗,肯吟数首,才力素壮,词句动人。接对明日,忆其涌思雷出,书篚几杖之外,殷殷留金石声。赋八韵记异,亦见老夫倾倒于苏至矣。

庞公不浪出,苏氏今有之。再闻诵新作,突过黄初诗。乾坤几一作消反覆,扬马宜同时。今晨清镜中,胜食斋房芝。余发喜却变,白间生一作添黑丝。昨一作永夜舟火灭一作接天,一作天接,湘娥帘外悲。百灵未敢散,风破一作波,一作浪寒江迟。

题衡山县文宣王庙新学堂,呈陆宰

旄头彗紫微,无复俎豆事。金甲相排荡,青衿一憔悴。呜呼已十年,儒服弊于地。征夫不遑息,学者沦素志。我行洞庭野,欻得文翁肆。侁侁胄子行,若舞风雩至。周室宜中兴,孔门未应弃。是以资雅才,涣然立新意。衡山虽小邑,首唱恢大义。因见县尹心,根源旧宫闼。讲堂非曩构,大屋加涂墍。下可容百一作万人,墙隅亦深邃。何必三千徒,始压戎马气。林木在庭户,密干叠苍翠。有井朱夏时,辘轳冻阶陒,音士。耳闻读书声,杀伐灾仿佛。故国延归望,衰颜减愁思。南纪改 作收波澜,西河共风味。采诗倦跋涉,载笔尚可记一作常记异,一作纪奇异。高歌激宇宙,凡百慎失坠。

入衡州

兵革自久远,兴衰看帝王。汉仪甚照耀,胡马何猖狂。老将一失律,清边生战场。君臣忍瑕垢,河岳空金汤。重镇如割据,轻权绝纪纲。军州体不一,宽猛性所将。嗟彼苦节士,谓潭州刺史崔瓘为臧玠所杀。素于圆凿方。寡妻从

为郡,尢者安堵一作短墙。凋弊惜邦本,哀矜存事常。旌麾非其任,府库实过防。恕一作怨已独在此,多忧增内伤。偏裨限酒肉,卒伍单衣裳。元恶谓臧玠迷是似,聚谋一作谍泄康庄。竟流帐下血,大降湖南殃。烈火发中夜,高烟焦上苍。至今分粟帛,杀气吹沅湘。福善理颠倒,明征天莽茫。销魂避飞镝,累足穿豺狼。隐忍枳棘刺,迁延胝趼疮。远归儿侍侧,犹乳女在旁。久客幸脱免,暮年惭激昂。萧条向水陆,汨没随鱼商。报主身已老,入朝病见妨。悠悠委薄俗,郁郁回刚肠。参错走洲渚,春容转林篁。片帆左一作在郴岸,通郭前衡阳。华表云鸟埤一作阵,名园花草香。旗亭壮邑屋,烽橹蟠一作卧城隍。中有古刺史,谓阳济也。盛才冠岩廊。扶颠待柱石,独坐飞风霜。昨者间琼树,高谈随羽觞。无论再缱绻,已是安苍黄。剧孟七国畏,马卿四赋良。门阑苏生在,苏生,侍御涣。勇锐白起强。问罪时澧州杨子琳、道州裴虬、衡州阳济各举兵讨玠。富形势,凯歌悬否臧。氛埃期必扫,蚊蚋焉能当。橘一作缡井旧地宅,仙山引舟航。此行厌暑雨,厥土闻清凉。诸舅谓崔伟公,时摄郴州,甫将往依焉。剖符近,开缄书札光。频繁命屡及,磊落字百行。江总外家养,谢安乘兴长。下流匪珠玉,择木羞鸾皇。我师嵇叔夜,世贤张子房。原注:彼掾张劝。柴荆寄乐土,鹏路观翱翔。

舟中苦热遣怀,奉呈阳中丞即阳济,时兼御史中丞。**通简台省诸公**

愧为湖外客,看此戎马乱。中夜混黎氓,脱身亦奔窜。平生方寸心,反掌一作当帐下难。呜呼杀贤良,不吒白刃散。吾非丈夫特,没齿埋冰炭。耻以风病辞,胡然泊湘岸。入舟虽苦热,垢腻可溉灌。痛彼道边人,形骸改昏旦。中丞连帅职,封内权得按。身当问罪先,县实诸侯半。士卒既辑睦,启行促精悍。似闻上游兵,稍逼长沙馆。怜好彼克修,天机自明断。南图卷云水,北拱戴霄汉。美名光史臣,长策何壮观。驱驰数公子,咸愿同伐叛。声节哀有

余,夫何激衰懦。叶暖去声。偏裨表三上,卤莽同一贯。始谋谁其间,回首增愤惋。宗英李端公,守职甚昭焕。变通迫胁地,谋画焉得算。王室不肯微,凶徒略无惮。此流须卒斩,神器资强干。扣寂豁烦襟,皇天照嗟叹。《通鉴》:臧玠之乱,澧州刺史杨子琳讨之,取略而还。初,崔旰杀郭英乂,子琳起兵讨旰。杜鸿渐各授官以和解之。及子琳攻旰败还,纵兵沼夔。卫伯玉请于朝,以为峡州团练使。甫诗所谓编裨表三上,卤莽同一贯者,合前后三叛言之也。始谋谁其间,盖追论鸿渐、伯玉,故曰回首增愤惋。唐藩镇有事,俱用偏裨上表,假众论以胁制朝廷也。

聂耒阳以仆阻水,书致酒肉,疗饥荒江,诗得代怀,兴尽本韵,至县,呈聂令。陆路去方田驿四十里,舟行一日,时属江涨,泊于方田

耒阳驰尺素,见访荒江眇一作渺。义士烈女家,风流吾贤绍。昨见狄相孙,许公人伦表。前期一作朝翰林后,屈迹县邑小。知我碍湍涛,半旬获浩溔。溔《玉篇》以沼切。《上林赋》浩溔演溔。

麾下杀元戎,湖边有飞旐。孤舟增郁郁,僻路殊悄悄。侧惊猿猱捷,仰羡鹳鹤矫。礼过宰肥羊,愁当置清醥。人非西喻蜀,兴在北坑赵。方行郴岸静,未话长沙扰。崔师乞已至,澧卒用矜少。问罪消息真,开颜憩亭沼。原注:闻崔侍御溟乞师于洪府,师已至袁州北,杨中丞琳问罪将士,自澧上达长沙矣。钱谦益曰:《旧书》本传,甫游衡山,寓居耒阳,啖牛肉白酒,一夕而卒于耒阳。元稹墓志:扁舟下荆楚间,竟以寓卒,旅殡岳阳。公卒于耒阳,殡于岳阳,史志皆可考据。近代有为《杜工部耒阳祠堂记》者,大略曰:子美出瞿塘,下江陵,登岳阳楼,览衡岳,抵耒阳。适江水暴涨,为惊湍所漂,仅得遗靴,因垒土筑虚冢瘗之。解缙有诗云:蔡伦池上雾如纸,杜老祠前秋日黄。为问靴洲江上水,流船三日到衡阳。按此则杜甫之殁,不特以牛肉白酒,并罹汨罗之酷矣。《耒阳县志》:杜甫祠墓在县治北二里。《苕溪渔隐》谓考襄阳、岳阳俱无杜甫墓,惟耒阳有之。大抵贤者所在,人各引以为重,不妨耒阳自葬子美之遗靴,而嗣业所葬,元稹所志,乃在巩县首阳,可不必聚辨也。

全唐诗卷二百二十四

杜甫

冬日洛城北谒玄元皇帝庙

原注：庙有吴道子画五圣图。《唐书》：高宗乾封元年，追尊老子为玄元皇帝，制两京诸州各置庙，在东都者改为太微宫。此诗作于称庙之时，当是开元末年。

配极玄都閟，凭虚一作高，一作空禁御一作籞长。守桃严具礼，老君庙置令、丞各一员。掌节镇非常。碧瓦初寒外，金茎一气旁。山河扶绣户，日月近雕梁。仙李盘根大，老子生而能言，指李树为姓。唐以李氏出自老君，追崇为祖。猗兰奕叶光。世家遗一作随旧史，开元中，奉敕升老子、庄子为列传首，在伯夷之上。道德付一作冠今王。明皇亲注《道德经》，令举子习之。减《尚书》、《论语》，而考试《老子》。画手看前辈，吴生吴道子，阳翟人。远擅场。森罗移地轴，妙绝动宫墙。五圣天宝八年，明皇以符瑞相继，上高祖、太宗、高宗、中宗、睿宗谥号，又画像于老君庙壁。联一作连龙衮，千官列一作引雁行。冕旒俱秀发，旌旆尽飞扬。翠柏深留景，红梨迥得霜。风筝吹玉柱，露井冻一作动银床。身退卑周室，经传拱汉皇。谷神《老子》：谷神不死。注：谷，养也，神乃五藏之神。如不死，养拙更何乡一作方。

赠韦左丞丈济天宝七年，以韦济为河南尹，迁尚书左丞。

左辖《六典》：左右丞掌管辖省事，纠察宪章。频虚位，今年得旧儒。相门韦氏在，经术汉臣一作官须。时议归前烈一作列，天伦恨莫俱。嗣立三子：孚、恒、济皆知名。孚、恒皆先殁。鸰原荒宿草，凤沼接亨衢。有客虽安命，衰容岂壮夫。家人忧几杖，甲子混泥途。不谓矜余力，还来谒大巫。岁寒仍顾遇，日暮且踟蹰。老骥思千里，饥鹰待一呼。君能微感激，亦足慰榛芜一作折骨效区区。

投赠哥舒开府翰二十韵

翰乃突骑施首领哥舒部落之裔。蕃人多以部落为氏。初为王忠嗣衙将，后代为节度，屡著功河西，进封平西郡王。

今代麒麟一作骐麟阁,何人第一功。君王自神武,驾驭必英雄。开府当朝杰,论兵迈古风。先锋百胜一作战在,略地一作妙略两隅空。青海无一作飞传箭,天山早挂弓。廉颇仍走敌,魏绛已和戎。每惜河湟弃,新兼节制通。智谋垂睿一作眷想,出入冠诸公。日月低秦树,乾坤绕汉宫。胡人愁逐北,宛马又从东。受命边沙一作军麾远,归来御席同。轩墀曾宠鹤,畋猎旧非熊。茅土加名数,山河誓始终。策行遗一作宜战伐,契合动昭融。勋业青冥上,交亲气概中。未为珠履客,已见一作是白头翁。壮节初题柱,生涯独转蓬。几年春草歇,今日暮途穷。军事留孙楚,行间识吕蒙。一作乡曲轻周处,将军拔吕蒙。严武、高适辈皆共军事,鲁炅、曲环辈皆其部将。防身一长剑,将欲倚崆峒。一作腰间有长剑,聊欲倚崆峒。

上韦左相二十韵见素

天宝元年,改侍中为左相,中书令为右相。十五载,见素从明皇幸蜀,至巴西,诏兼左相,封豳国公。

凤历轩辕纪,龙飞四十春。八荒开寿域,一气转洪钧。霖雨思贤佐,丹青忆老一作直,一作旧臣。原注:相公之先人,遗风余烈,至今称之。应图求骏马,惊代得麒麟。沙汰江河浊,调和鼎鼐新。韦贤初相汉,范叔已归秦。盛业今如此,传经固绝伦。豫樟深出地,沧海阔无津。北斗司喉舌,东方《顾命》:司马第四,毕公领之。《康王之诰》:毕公率东方诸侯入应门右。见素兼兵部尚书,故以毕公比之。领搢绅。持衡留藻鉴,听履上星辰。独步才超古,余波德照邻一作余阴照北邻。聪明过管辂,尺牍倒陈遵。岂是池中物,由来席上珍。庙堂知至理,风俗尽还淳。才杰俱登用,愚蒙但隐沦。长卿多病久,子夏索居频一作贫。回首驱流俗,生涯似众人。巫咸不可问,邹鲁莫容身。感激时将晚,苍茫兴有神。为公一作君歌此曲,涕泪在衣巾。

奉赠太常张卿二十韵均黄鹤云:均未尝为太常卿,此诗当是赠垍之误。

方丈三韩外,昆仑万国西。建标天地阔,诣绝古今迷。气得神仙迥,恩承雨露低。时均以求仙得幸。相门清议众,儒术大名齐。轩冕罗天一作高阙,琳琅识介圭。伶官诗必诵,夔乐典犹稽。健笔凌鹦鹉,铦锋莹鸊鹈。友于皆挺拔,公望各端倪。通籍逾青琐,亨衢照紫泥。灵虬传夕箭,归马散霜蹄。能事闻重译,嘉谟及远黎。弼谐方一展,班序更何跻。适越空颠踬,游梁竟惨凄。谬知终画虎,微分是醯鸡。萍泛一作迹无休日,桃阴想旧蹊。吹嘘人所羡,腾跃事仍暌。碧海真难涉,青云不可梯。顾深惭一作忘锻炼,才小辱提携。槛束哀猿叫一作巧,枝惊夜鹊栖。几时陪羽猎,应指钓璜溪。

敬赠郑谏议十韵

谏官非不达,诗义早知名。破的由来事,先锋孰敢争。思飘云物外一作动,律中鬼神惊。毫发无遗恨,波澜独老成。野人宁得所,天意薄浮生。多病休儒服,冥搜信客旌。杂居仙缥渺,旅食岁峥嵘。使者求颜阖,诸公厌祢衡。将期一诺一作语重,欸使寸心倾。君见途穷哭,宜忧阮步兵。

奉赠鲜于京兆二十韵鲜于仲通,天宝末为京兆尹。

王国称多士,贤良复几人。异才应间出一作世,爽气必殊伦。始见张京兆,宜居汉近臣。骅骝开道路,雕鹗离风尘。侯伯知何等一作算,文章实致身。奋飞超等级,容易失沈沦。脱略磻溪钓,操持郢匠斤。云霄今已逼,台衮更谁亲。凤穴雏皆好,龙门客又新。义声纷感激,败绩自逡巡。途远一作永欲何向,天高难重陈。学诗犹孺子一作子夏,乡赋念一作忝嘉宾。不得同晁错,吁嗟后郤诜。计疏疑翰墨,时过忆松筠。献纳纡皇眷,中间谒紫宸。且随诸彦集,方觊薄才伸。破胆遭前政,谓李林甫。阴谋独秉钧。微生沾忌刻,万事益酸辛。交合丹青地,恩倾雨露辰。有儒愁饿死,早晚报平津。

赠特进汝阳王二十韵

特进群公表,天人夙德升。霜蹄千里骏,风翮九霄鹏。服礼求毫发,惟一作推忠忘寝兴。

圣情常有眷,朝退若无凭。仙醴一作酝来一作求浮蚁,奇毛或赐鹰。清关尘不杂,中使日相乘。晚节嬉游简,平居孝义称。自多亲棣萼,谁敢问山陵。宁王宪薨,谥让皇帝,墓号惠陵。子琏表辞,不许。学来醇儒富,辞一作才华哲匠能。笔飞鸾耸立,章罢凤鶱腾。精理通谈笑,忘形向友朋。寸长一作肠堪缱绻,一诺岂骄矜。已忝归曹植,何知对李膺。招要恩屡至,崇重力难胜。披雾初欢夕,高秋爽气澄。樽罍临极浦,凫雁宿张灯。花月穷游宴,炎天避郁蒸。研寒金井水,檐动玉壶冰。瓢饮唯三径,岩栖在百层一作岩居异一作滕。且一作谬持蠡测海,况挹酒如渑。鸿宝宁全秘,丹梯庶可凌。淮王门有一作下客,终不愧孙登。

郑驸马宅宴洞中 明皇临晋公主下嫁郑潜曜。神木原有莲花洞,乃郑氏故居。

主家阴洞细烟雾,留客夏簟清一作青琅玕。春酒杯浓琥珀薄,冰浆碗碧玛瑙寒。误疑茅堂一作屋过江麓一作底,已入风磴霾云端。自是秦楼压郑谷,时闻杂佩声珊珊。

李监宅 一作李盐铁。一云:开元中,李令问为秘书监,饮馔豪奢。或即其人。尚有一首,见吴若逸诗中。

尚觉王孙贵,豪家意颇浓。屏开金孔雀,褥隐绣芙蓉。且食双鱼美,谁看异味重。门阑多喜色,女婿近乘龙。

重题郑氏东亭 原注:在新安界。

华亭入翠微,秋日乱清晖。崩石欹山树,清一作晴涟曳水衣。苔也。紫鳞冲岸跃,苍隼护巢归。向晚寻征路,残云傍马飞。

题张氏隐居二首

春山无伴独相求,伐木丁丁山更幽。涧道余寒历冰雪,石门斜日到林丘。不贪夜识金银气,远害朝看麋鹿游。乘兴杳然迷出一作去处,对君疑是泛虚舟。

之子时相见,邀人晚兴留。霁一作济潭鳣发发,春草鹿呦呦。杜酒偏劳劝,张梨不外求。前村山路险,归醉每无愁。

天宝初,南曹小司寇舅于我太夫人甫祖母卢氏堂下累一作垒土为山,一匮一作蒉,诗同盈尺,以代彼朽木,承诸焚香瓷瓯,瓯甚安矣。旁植慈竹,盖兹数峰,欹岑婵娟,宛有尘外数一本无数字,一作格致,乃不知兴之所至,而作是诗

一匮功盈尺,三峰意出群。望中疑在野,幽处欲生云。慈竹春阴覆,香炉晓势分。惟南将献寿,佳气日氛氲。

龙门 即伊阙

龙门横野断,驿树出城来。气色皇居近,金银佛寺开。往还时屡改,川水一作陆日悠哉。相阅征途上,生涯尽几回。

奉寄河南韦尹丈人 原注:甫敝庐在偃师,承韦公频有访问,故有下句。韦即韦济。

有客传河尹,逢人问孔融。青囊仍隐逸,章甫尚西东。鼎食分一作为门户,词场继国风。尊荣瞻地绝,疏放忆途穷。浊酒寻陶令,丹砂访葛洪。江湖漂短一作旋褐,霜雪满飞蓬。牢落乾坤大,周流一作旋道术空。谬惭知蓟子,真怯笑扬雄。盘错神明惧,讴歌德义丰。尸乡余土室,难说祝一作谁话鸡翁。偃师县有尸乡亭,翁居尸乡北山下。

赠李白

秋来相顾尚飘蓬,未就丹砂愧葛洪。痛饮狂歌空度日,飞扬跋扈为谁雄。

与任城许主簿游南池 池在济宁州境

秋水通沟洫,城隅进一作集小船。晚凉看洗马,森木乱鸣蝉。菱熟经时一作旬雨,蒲荒八月天。晨朝降白露,遥忆旧青毡。

登兖州城楼

东郡趋庭日,时甫父闲为兖州司马。南楼纵目初。浮云连海岳一作岱,平野入青徐。孤嶂秦碑在,荒城鲁殿余。从来多古意,临眺独踌躇。

刘九法曹、郑瑕丘石门宴集

秋水清无底，萧然静客心。掾曹乘逸兴，鞍马去相寻一作到荒林。能吏逢联璧，华筵直一金。晚来横吹好，泓下亦龙吟。一作尊酒宜如此，人生复至今。白头逢晚岁，相顾一悲吟。

暂如临邑，至㟙音宅山湖亭，奉怀李员外率尔成兴鹊山湖在历城东门外。㟙疑鹊之误。

野亭逼湖水，歇马高林间。鼍吼风奔浪，鱼跳日映山。暂游阻词伯，却望怀青关。霭霭生云雾，唯应促驾还。

对雨书怀，走邀许十一簿公一作许主簿

东岳云峰起，溶溶满太虚。震雷翻幕燕，骤雨落河一作溪鱼。座对贤人酒，门听长者车。相邀愧泥泞，骑马到阶除。

巳上人茅斋旧注谓齐己，非。

巳公茅屋下，可以赋新诗。枕簟入林僻，茶瓜留客迟。江莲摇白羽，天棘天门冬，蔓高丈余，其叶如丝。《通志》：柳一名天棘。则非蔓矣。梦一作蔓青丝。空忝许询辈，难酬支遁词。

房兵曹胡马诗

胡马大宛名，锋棱瘦骨成。竹批双耳峻，风入四蹄轻。所向无空阔，真堪托死生。骁腾有如此，万里可横行。

画鹰

素练风一作如霜起，苍鹰画作殊。㩳身思狡兔，㧟也身思狡兔，侧目似愁胡。绦镟光堪摘，轩楹势可呼。何当击凡鸟，毛血洒平芜。

与李十二白同寻范十隐居李白集有寻鲁城北范居士诗

李侯有佳句，往往似阴铿。余亦东蒙客，怜君如弟兄。醉眠秋共被，携手日一作月同行。更想幽期处，还寻北郭生。入门高兴发，侍立小童清。落景闻寒杵，屯云对古城。向来吟橘颂，谁一作惟欲一作讨莼羹。不愿论簪笏，悠悠沧海情。

临邑舍弟书至，苦雨黄河泛溢堤防之患，簿领所忧，因寄此诗，用宽其意甫有送弟颖赴齐州诗，或颖曾官临邑。

二仪积风雨，百谷漏波涛。闻道洪河坼，遥一作连沧海高。职思一作司忧悄悄，郡国诉嗷嗷。舍弟卑栖邑，防川领簿曹。尺书前日至，版筑不时操。难假鼋鼍力，空瞻乌鹊毛。燕南吹畎亩，济上没蓬蒿。螺蚌满近郭，蛟螭乘九皋。徐关深水府，碣石小秋毫。白屋留孤树，青天一作云矢一作失万艘。吾衰同泛梗，利涉想蟠桃。倚一作却赖天涯钓，犹能掣巨鳌。

过宋员外之问旧庄原注：员外季弟执金吾见知于代，故有下句。宋之问，官考功员外郎。弟之悌，自羽林将军出为剑南节度。

宋公旧池馆，零落守一作首阳阿。枉道祗从入，吟诗许过之。淹留问耆老，寂寞向山河。更识将军树，悲风日暮多。

夜宴左氏庄

风林一作林风纤月落，衣露净一作静琴张。暗水流花径，春星带草堂。检书烧烛短，看一作说剑一作煎茗引杯长。诗罢闻吴咏，扁舟意不忘。

送蔡希曾一作鲁都尉还陇右，因寄高三十五书记原注：时哥舒入奏，勒蔡子先归。

蔡子勇成癖，弯弓西射胡。健一作男儿宁斗死，壮士耻为儒。官是先锋得，材缘挑上声战须。身轻一鸟过，枪急万人呼。云幕随开府，春城赴一作入上都。马头金狎帕一作匼匝、一作帢匝，驼背锦模糊。咫尺云一作雪山路一作自至青外，归飞青一作西海隅。上公犹一作独宠锡，突将且前驱。汉使一作水黄河远，凉州白麦枯。因君问消息，好在阮元瑜。

春日忆李白

白也诗无敌一作数，飘然思不群。清新庾开府，俊逸一作豪迈鲍参军。渭北春天树，江东日暮云。何时一尊酒,重与细论一作话斯文。

赠陈二补阙

世儒多汩没,夫子独声名。献纳开东观,
君王问长卿。皂雕寒始音试急,天马老能行。
自到青冥里,休看白发生。

寄高三十五书记适

叹惜高生老,新诗日又多。美名人不及,
佳句法如何。主将收才子,崆峒足凯歌。闻君
已朱绂,且得慰蹉跎。

送裴二虬作尉永嘉

孤屿亭何处,天涯水气中。故人官就此,
绝境兴一作与谁同。隐吏逢梅福,游山忆谢公。
扁舟吾已就一作具,一作买,把钓一作只是待秋风。

城西陂泛舟即渼陂

青蛾皓齿在楼船,横笛短箫悲远天。春风
自信牙樯动,迟日徐看锦缆牵。鱼吹细浪摇歌
一作歈扇,燕蹴飞花落舞筵。不有小舟能荡桨一作
一作榤,百壶那送酒如泉。

赠田九判官梁丘哥舒翰讨安禄山,以田梁丘为行军司马。

崆峒使节上青霄,河陇降王款圣朝。宛马
总肥春或作苜蓿,将军只数汉一作霍嫖姚。此言
哥舒翰,下言田梁丘。陈留阮瑀谁争长,京兆田郎
汉灵帝时田凤为京兆田郎早见招。麾下赖君才并
入,独能无意向渔樵。

赠献纳使一本无使字起居田舍人澄

献纳司存雨露边一作偏,地分清切任才贤。
舍人退食收封事,宫女开函近一作捧御筵。晓
漏追飞一作起青琐闼,晴窗点检白云篇。扬雄
更有河东赋,唯待吹嘘送上天。

送韦书记赴安西

夫子欻通贵,云泥相望悬。白头无籍无所
依藉也,作籍误。在,朱绂有哀怜。书记赴三捷一
作接,公车留二年。欲浮江海去,此别意苍一作
茫然。

陪郑广文游何将军山林十首山林在韦曲西塔陂

不识南塘一作唐路,今知第五桥。名园依
绿水,野竹上青霄。谷口旧相得,濠梁同见招。
平生为幽兴,未惜马蹄遥。

百顷风潭上,千重一作章夏木清。卑枝低
结子,接叶暗巢莺。鲜鲫银丝脍,香芹碧涧羹。
翻疑柁楼底,晚饭越中行。

万里戎王子,旧注谓月支花名。何年别月支。
异花开绝域,滋蔓匝清池。汉使徒空到,神农
竟不知。言此花张骞未经见,《本草》未经载也。露翻
兼雨打,开坼日一作渐离披。

旁舍连高竹,疏篱带晚花。碾涡深没马,
藤蔓曲藏一作蛇。词赋工无一作何益,山林迹
未赊。尽捻同辈书籍卖,来问尔东家。

剩水沧江破,残山碣石开。绿垂风折笋,
红绽雨肥梅。银甲弹筝用,金鱼一作盒换酒来。
兴移无洒扫,随意坐莓苔。

风磴吹阴一作梅雪,云门吼瀑泉。酒醒思
卧簟,衣冷欲一作得装绵。野老来看客,河鱼不
取钱。只疑淳朴处,自有一山川。

棘一作楝,音同棘树寒云色,茵蔯蒿类,因陈苗而
生,故名。春藕香。脆添生菜美,阴益一作盖食单
一作箪凉。野鹤清晨出一作至,山精山精如人,一足,
长四尺,夜出昼匿。白日藏。石林蟠水府,百里独
苍苍。

忆过杨柳渚,走马定昆池。安乐公主凿定昆
池。醉把青荷叶,狂遗白接䍦。刺船思郢客,
解水乞吴儿。坐对秦山晚,江湖兴颇随。

床上书连屋,阶前树拂云。将军不好武,
稚子总能文。醒酒微风入,听诗静夜分。绨衣
挂萝薜,凉月白纷纷。

幽意忽不惬,归期无奈何。出门流水注一
作住,回首白云一作杂花多。自笑灯前舞,谁怜醉
后歌。祗应与朋好,风雨亦来过。

重过何氏五首
　　问讯东桥竹,将军有报书。倒衣还命驾,高枕乃吾庐。花妥莺捎蝶,溪喧獭趁鱼。重来休沐地,真作野人居。

　　山雨尊仍在,沙沈榻未移。犬迎曾一作憎闲宿客,鸦护落巢儿。云薄翠微寺,长安县南太和谷有太和宫,后改翠微宫,又改寺。天清一作寒黄子陂。在樊川。向来幽兴极,步屣一作履一作展过东篱。

　　落日平台上,春风啜茗时。石阑斜点一作照笔,桐叶坐题诗。翡翠鸣衣桁,蜻蜓立钓丝。自今幽兴熟一作自逢今日兴,来往亦无期。

　　颇怪朝参懒,应耽野趣长。雨抛金锁甲,苔卧绿沈枪。手自移蒲柳,家才足稻粱。看君用幽意,白日到羲皇。

　　到此应常宿,相留可判年。蹉跎暮容色一作襞,怅望好林泉。何路一作日沾微禄,归山买薄田。斯游一作终身恐不遂,把酒意茫然。

冬日有怀李白
　　寂寞书斋里,终朝独尔思。更寻嘉树传,不忘角弓诗。短一作袒褐风霜入,还丹日月迟。未因乘兴去,空有鹿门期。

杜位宅守岁
　　位出襄阳房,官考功员外郎、湖州刺史。后因李林甫诸婿,贬新州。甫又有寄从弟位诗云:近闻宽法离新州,是也。

　　守岁阿戎一作咸,《通鉴》注:晋、宋间人多呼弟为阿戎。家,椒盘已颂花。盍簪喧枥马,列炬散林鸦。四十明朝过,飞腾暮景斜。谁能更拘束,烂醉是生涯。

与鄠县源大少府宴渼陂得寒字
　　应为西陂好,金钱罄一餐。饭抄云子碎云母,比米之白。白,瓜嚼水精寒。无计回船下,空愁避酒难。主人情烂熳,持答翠琅玕。

崔驸马山亭宴集京城东有崔惠童驸马山池
　　萧史幽栖地,林间蹋凤毛。洑流何处入,乱石闭门高。客醉挥金碗,诗成得绣袍。清秋多宴会一作赏乐,终日困香醪。

九日杨奉先会白水崔明府
　　今日潘怀县,潘岳。同时陆浚仪。陆云。坐开桑落酒,来把菊花枝。天宇清霜净,公堂宿雾披。晚酣留客舞,凫舄共差池一作参差。

赠翰林张四学士垍
　　翰林逼华盖,华盖九星,蔽覆帝座。鲸力破沧溟。天上张公子,宫中汉客星。汉成帝每与张放微行,称富平侯家,故童谣曰:张公子,时相见。徐陵诗:张星旧在天河上。赋诗拾翠殿,佐酒望云亭。紫诰仍兼绾,黄麻似六经。内分一作颁金带赤,恩与荔枝青。无复随高凤,空余泣聚萤。此生任春草,垂老独漂萍。倘忆山阳会,悲歌在一听。

送张二十参军赴蜀州,因呈杨五侍御
　　好去张公子,通家别恨添。两行秦树直,万点一作朵蜀山尖。御史新骢马,参军旧紫髯。皇华吾善处,於汝定无嫌。

陪诸贵公子丈八沟携妓纳凉,晚际遇雨二首下杜城西有第五桥、丈八沟。
　　落日放船好,轻风生浪迟。竹深留客处,荷净纳凉时。公子调冰水,佳人雪藕丝。片云头上黑,应是雨催诗。

　　雨来沾席上,风急一作恶打船头。越女红裙湿,燕姬翠黛愁。缆侵堤柳系,幔宛一作卷浪花浮。归路翻萧飒,陂塘五月秋。

白水明府舅宅喜雨得过字
　　吾舅政如此,古人谁复过。碧山晴又湿,白水雨偏多。精祷既不昧,欢娱将谓何。汤年旱颇甚,今日醉弦歌。

陪李金吾花下饮
　　胜地初相引,余一作徐行得自娱。见轻吹鸟毳,随意数花须。细草称偏一作偏称坐,香醪懒再酤。醉归应犯夜,可怕李金吾。

赠高式颜

昔别是一作人何处,相逢皆老夫。故人还寂寞,削迹共艰虞。自失论文友,空知卖酒垆。平生飞动意,见尔不能无。

赠比部萧郎中十兄 原注:甫从姑子也。

有美生人杰,由来积德门。汉朝丞相系,梁日帝王孙。蕴藉为郎久,魁梧秉哲尊。词华倾后辈,风雅蔼孤骞。宅相荣姻戚,儿童惠讨论。见知真自幼,谋拙丑一作愧诸昆。漂荡云天阔,沈埋日月奔。致君时已晚,怀古意空存。中散山阳锻,愚公野谷杜山北有愚公谷村。宁纡长者辙,归老任乾坤。

九日曲江

缀席茱萸好,浮舟菡萏衰。季秋时欲半一作百年秋已半,九日意兼悲。江水清源曲,荆门此路疑。晚来一作年高兴尽,摇荡菊花期。

承沈八丈东美除膳部员外,阻雨未遂驰贺,奉寄此诗 东美乃佺期之子

今日西京掾,多除内省郎。原注:府掾四人,同日拜郎。通家惟沈氏,谒帝似冯唐。诗律群公问,儒门旧史长。清秋便寓直,列宿顿辉光。未暇申宴一作慰,含情空激扬。司存何所比,膳部默栖伤。原注:甫大父昔任此官。贫贱人事略,经过霖潦妨。礼同诸父长,恩岂布衣忘。天路牵骐骥,云台引栋梁。徒怀贡公喜,飒飒鬓毛苍。

奉留赠集贤院崔、于二学士 国辅、休烈。

昭代将垂白,途穷乃叫阍。气冲星象表,词感帝王尊。天老黄帝以天老配中台书题目,春官验讨论。倚风遗鹖路,随水到龙门。竟与蛟螭杂,空闻一作宁闻,一作宁无燕雀喧。青冥犹契阔一作连顽洞,陵历不一作小飞翻。儒术诚难起,家声庶已存。故山多药物,胜概忆桃源。欲整还乡旆,长怀禁掖垣。谬称三赋在,难述二公恩。原注:甫献《三大礼赋》出身,二公常谬称述。

故武卫将军挽歌三首

严警当寒夜,前军落大星。壮夫思感一作敢决,哀诏惜精灵。王者今无战,书生已勒铭。封侯意疏阔,编简为谁青。

舞剑过人绝,鸣弓射兽能。铦锋行惬顺,猛噬失蹻腾。赤羽一作雨千夫膳,黄河十月冰。横行沙漠外,神速至今称。

哀挽青门去,新阡绛水遥。路人纷雨泣,天意飒风飘。部曲精仍锐,匈奴气不骄。无由睹雄略,大树日萧萧。

官定后戏赠 原注:时免河西尉,为右卫率府兵曹。

不作河西尉,凄凉为折腰。老夫怕趋走,率府且逍遥。耽酒须微禄,狂歌托圣朝。故山归兴尽,回首向风飙。

九日蓝田崔氏庄

老去悲秋强自宽,兴来今一作终日尽君欢。羞将短发还吹帽,笑倩旁人为正冠。蓝水远从千涧落,玉山高并两峰寒。明年此会知谁健一作在,醉一作再把茱萸子细看。

崔氏东山草堂

爱汝玉山草堂静,高秋爽气相一作多鲜新。有时自发钟磬响,落日更见渔樵人。盘剥白鸦谷谷在县东南二十里口栗,饭煮青泥坊县有青泥驿底芹一作蕨。何为西庄王给事,柴门空闭锁一作好松筠。王维官给事中,晚筑辋川别业,后舍为清源寺。

对雪

战哭多新鬼,愁吟独老翁。乱云低薄暮,急雪舞回风。瓢弃一作弄尊无绿,炉存火似红。数州消息断,愁坐正书空。

月夜

今夜鄜州月,闺中只独看。遥怜小儿女,未解忆长安。香雾云鬟湿,清辉玉臂寒。何时一作当倚虚幌,双照泪痕干。

遣兴

骥子_{宗武}小字好男儿,前年学语时。问知人客姓,诵得老夫诗。世乱怜渠小,家贫仰母慈。鹿门携不遂一作有处,雁足系难期一作鸟道去无期。天地军麾满,山河战角悲。倘一作东归免相失,见日一作尔敢辞迟。

元日寄韦氏妹

近闻韦氏妹,迎在汉钟离。郎伯殊方镇,京华旧国移。春城回北斗,郢树发南枝。不见朝正使,啼痕满面垂。

春望

国破山河在,城春草木深。感时花溅泪,恨别鸟惊心。烽火连三月,家书抵万金。白头搔更短,浑欲不胜簪。

忆幼子原注:字骥子,时隔绝在鄜州。

骥子春犹隔,莺歌暖正繁。别离惊节换,聪慧一作患与谁论。涧水空山道,柴门老树村。忆渠愁只一作即睡,炙背俯晴轩。

一百五日夜对月

无家对寒食,有泪如金波。斫却一作折尽月中桂,清光应更多。仳一作披离放红蕊,想像颦青蛾。牛女漫愁思,秋期犹渡河。

全唐诗卷二百二十五

杜甫

喜达行在所三首 原注：自京窜至凤翔。

西忆岐阳信，无人遂却回。眼穿当一作看落日，心死著寒灰。雾一作茂树行相引，莲峰一作莲山望忽一作或开。所亲惊老瘦，辛苦贼中来。

愁一作秋思胡笳夕，凄凉汉苑春。生还今日事，间道暂时人。司隶章初睹，南阳气已新。喜心翻倒极，呜咽泪一作涕沾巾。

死去凭谁报，归来始自怜。犹瞻太白雪，喜遇武功天。影静千官一作门里，心苏七校前。今朝汉社稷，新数中兴年。

得家书

去凭游客寄一作休汝骑，来为附家书。今日知消息，他乡且旧居。熊儿宗文小名幸无恙，骥子最怜渠。临老羁孤极，伤时会合疏。二毛趋

帐殿，一命侍鸾舆。北阙妖氛满，西郊白露初。凉风新过雁，秋雨欲生鱼。农事空山里，眷言终一作终篇言荷锄。

奉赠严八阁老 唐两省相呼为阁老。时严武为给事中，属黄门省。

扈圣一作扈从，一作今日登黄阁，明公独妙年。蛟龙得云雨，雕鹗在秋天。客礼容疏放，官曹可一作许接联。新诗句句好，应任老夫传。

奉送郭中丞兼太仆卿充陇右节度使三十韵 郭英乂

诏发西山一作山西将，秋屯一作营陇右兵。凄凉余部曲，燀一作烜赫旧家声。英乂父知运都督陇右，威震西陲。雕鹗乘时去，骅骝顾主鸣。艰难须一作思上策，容易即前程。斜日当轩盖，高一作归风卷旆旌。松悲天水冷，沙乱雪山清。和虏犹怀惠，防边不一作讵敢惊。古来于异域，镇静示一作得专征。燕蓟奔封豕，周秦触骇鲸。中原何惨黩，余一作遗孽尚纵横。箭入昭阳殿，

箛吟细柳营。内人宜春院女妓谓之内人红袖泣一作短，王子白衣行。宸极袄一作妖星动一作大，园陵一作林杀气平。空余金碗出，无复穗帷轻。毁庙天飞雨，焚宫火彻明。罘罳织丝为罗网之状，以盖宫殿檐户间。朝共落，枪枪木似梗桷夜同倾。三月师逾整，群胡一作凶势就烹。疮痍一作恭承亲接战，勇决一作余勇冠垂成。妙誉期元宰，殊恩且列卿。几时回节钺，戮力扫欃枪。昔星圭窦一作蓬户三千士，云梯七十城。耻非齐说客，只一作甘似鲁诸生。通籍微班忝，周行独坐荣。随肩趋漏刻，短发寄一作愧簪缨。径欲依刘表，还疑一作能无厌祢衡。渐衰那一作宁此别，忍泪独含情。废邑狐狸语，空村虎豹争。人频坠涂炭，公岂忘精诚。元帅调新律一作鼎，前军压旧京。安边仍虏从，莫作一作无使后功名。

送杨六判官使西蕃

送远秋风落，西征海气寒。帝京氛祲满，人世别离难。绝域遥怀怒，和亲愿结欢。敕书怜赞普，兵甲望长安。宣命一作令前程急，惟良待士宽。子云清自守，今日起为官。垂泪方投笔，伤时即据鞍。儒衣山鸟怪，汉节野童看。边酒排金盏一作碗，夷歌捧玉盘。草轻一作肥蕃马健，雪重拂庐干。慎尔参筹画，从兹正羽翰。归来权可取，九万一朝抟。

月

天上秋期近，人间月影清。入河蟾不没，捣药兔长生。只益丹心苦，能添白发明。干戈知满地一作道，休照国西营。

留别贾至严武二阁老两院补阙得云字一作两院遗补诸公得闻字

田园须暂往一作住，戎马惜离群。去远留诗别，愁多任酒醺。一秋常苦雨，今日始无云。山路时一作晴吹角一作笛，那堪处处闻。

晚行口号

三川不可到，归路晚山稠。落雁浮寒水，饥乌集成楼。市朝今日异，丧乱几时休。远愧梁江总，还家尚黑头。

独酌成诗

灯花何太喜，酒绿一作色正相亲。醉里从为客，诗成觉有神。兵戈犹在眼，儒术岂谋身。共一作苦被微官缚，低头愧野人。

行次昭陵 唐太宗昭陵在醴泉县九嵕山西北。时甫诏许之鄜州视家，道里所经。

旧俗疲庸主，群雄问独夫。谶归龙凤质，威定虎狼都。天属尊尧典，唐高祖谥神尧，以其传位如让禅也。神功协禹谟。风云随绝一作逸足，日月继一作享高衢。文物多师古，朝廷半老儒。直词宁戮辱，贤路不崎岖。往者灾犹降，苍生喘未苏，指麾安率土，荡涤抚洪炉。壮士悲陵邑，幽人拜鼎湖。玉衣晨自举，铁一作石马汗常趋。潼关之战，贼兵时见黄旗军掠阵，是日奏昭陵前石人俱流汗。松柏瞻虚一作灵殿，尘沙立暝一作暗途。寂寥开国日，流恨满山隅。

重经昭陵

草昧英雄起，讴歌历数归。风尘三尺剑，社稷一戎衣。翼亮贞文德，丕承戢武威。圣图天广大，宗祀日光辉。陵寝盘空曲，熊罴守翠微。再窥松柏路，还见一作有五云飞。

喜闻官军已临贼境二十韵

胡虏一作骑潜京县，官军拥贼壕。鼎鱼犹假息，穴蚁欲何逃。帐殿罗玄冕，辕门照白袍。秦山当警跸，汉苑入旌旄。路失一作湿羊肠险，云横雉尾高。五原毕、白鹿、少陵、高阳、细柳。空壁垒，八水瀍、浐、泾、渭、澧、镐、涝、潏。散风涛。今日看天意，游魂贷尔曹。乞降那更得，尚诈莫徒劳。元帅归龙种，司空郭子仪握一作拥豹韬。前军一作锥。李嗣业苏武节，左将仆固怀恩吕虔刀。兵气回飞鸟，威声没巨鳌。戈鋋开雪色，弓矢尚一作向秋毫。天步艰方尽，时和运更遭。谁云遗一作遣毒螫一作蠚，已是沃腥臊。睿想一作思丹墀近，神行羽卫牢。花门腾绝漠，拓一作拓羯西域呼勇健者为拓羯渡临洮。此辈感恩至，嬴俘何足操。锋先衣染血,骑突剑吹毛。喜觉都城动,悲怜—作连子女号。家家卖钗钏,只待献春醪。至德二载九月丁亥,广平王将朝方等军,及回纥、西域之众十五万发凤翔。癸卯,大军入西京。甲辰,捷书至凤翔。

收京三首

仙仗离丹极,妖星照玉除。须为下殿走,不可好楼居。一作得非群盗起,难作九重居。暂屈汾阳驾,《庄子》:尧见四子于汾水之阳,窅然丧其天下。聊飞燕将书。依然七庙略,更与万方初。

生意甘衰白,天涯正寂寥。忽闻哀痛诏,又下圣明朝。羽翼怀—作惭商老,文思忆帝尧。叨逢罪己日,沾洒—作洒涕望青霄。钱谦益曰:收京时,上皇在蜀。诰定行日,肃宗汲汲御丹凤楼下制,故曰忽闻哀痛诏,又下圣明朝。灵武诸臣争夸拥立之功,至有蜀郡、灵武功臣之目,故以商老羽翼刺之。明皇内禅,故目之曰帝尧。肃宗已即大位,而用商老故事,则仍以东朝目之也。

汗马收宫阙,春城铲贼壕。赏应歌杕杜,归及荐樱桃。杂虏横戈数—作槊,功臣甲第高。万方频—作同送喜,无乃圣躬劳。

腊日

腊日常—作年年暖尚遥,今年腊日冻全消。侵陵雪色还萱草,漏泄春光有—作是柳条。纵酒欲谋良—作长夜醉,还—作归家初散—作放紫—作北宸朝。口脂面药随恩泽,景龙中,腊日赐近臣口脂面药。翠管银罂下九霄。

紫宸殿退朝口号

户外昭容紫袖垂,双瞻御座引朝仪。宫人引导,至天祐间始革。香飘合殿春风转,花覆千官淑景移。昼漏希—作声闻高阁报,天颜有喜近臣知。宫中每出归东省,会送夔龙集—作到凤池。

曲江二首

一片花飞减却春,风飘万点正愁人。且看欲尽花经—作惊眼,莫厌伤多酒入唇。江上小堂—作棠巢翡翠,花—作苑,即芙蓉苑边高冢卧麒麟。细推物理须行乐,何用—作事浮名—作荣绊

此身。

朝回日日典春衣,每日江头尽醉归。酒债寻常八尺寻,倍寻日常。行处有,人生七十古来稀。穿花蛱蝶深深见—作舞,点水蜻蜓款款—作缓缓飞。传语风光共流转,暂时相赏莫相违。

曲江对酒

苑外江头坐不归,水精春—作宫殿转霏微。桃花细逐杨花落—作欲共梨花语,黄鸟时—作仍兼白鸟飞。纵饮久判人共弃,懒朝真与世相违。吏—作含情更觉沧洲远,老大悲伤未拂衣。

曲江对—作值雨

城上春云覆苑墙,江亭晚色静年—作天芳。林花著雨燕脂落—作湿,水荇牵风翠带长。龙武新军深—作经驻辇,芙蓉别殿谩焚香。何时诏—作重此金钱会,暂—作烂醉佳人锦瑟旁。钱谦益曰:此亦怀上皇南内之诗也。玄宗用万骑军以平韦氏,改为龙武军,亲近宿卫。于兴庆宫南楼,每置酒眺望,必由夹城以达曲江芙蓉苑。今深居南内,昔日之驻辇游幸,皆不可得。金钱之会,亦无复开元之盛矣。

奉和贾至舍人早朝大明宫 贾至,洛阳人,与父曾俱为中书舍人。

五夜漏声催晓箭,九重—作天春色醉仙桃。旌旗日暖龙蛇动,宫殿风微燕雀高。朝罢香烟携满袖,诗成珠玉在挥毫。欲知世掌丝纶美,原注:舍人先世尝掌丝纶。池上于—作如今有—作得凤毛。

宣政殿退朝晚出左掖 掖门在两旁,如人之臂掖。

天门日射黄金榜,春殿晴曛—作熏赤羽旗。宫草微微—作霏霏承委佩,炉烟细细驻游丝。云近蓬莱常好—作五色,雪残鸬鹚观名亦多时。侍臣缓步归青琐,退食从容出每迟。

题省中院壁—本无院字

掖垣竹埤梧十寻,洞门对雪—作雪常阴阴。落花游丝白日静,鸣鸠乳燕青春深。腐儒衰晚谬通籍,退食迟回违寸心。衮职曾无一字补,许身愧比双南金。

春宿左省

　　花隐掖垣暮，啾啾栖鸟过。星临万户动，月傍九霄多。不寝—作寐听金钥—作锁，因风想玉珂。明朝有封事，数问夜如何。

送翰林张司马—作学士南海勒碑 原注：相国制文。

　　冠冕通南极，文章落上台。诏从三殿—作天上去，碑到百蛮开。野馆深—作秋花发，春帆细雨来。不知沧海上—作使，天遣几时回。

晚出左掖

　　昼刻传呼浅，春旗簇仗齐。退朝花底散，归院柳边迷。楼雪融城湿，宫云去殿低。避人焚谏草，骑马欲鸡栖。

曲江陪郑八丈南史饮

　　雀啄江头黄—作杨柳花，鵁鶄鸂鶒满晴沙。自知白发非春事，且尽芳尊恋物华。近侍即今难浪迹，此身那得更无家。丈人文—作才力犹强健，岂傍青门学种瓜。

送贾阁老出汝州

　　西掖梧桐树，空留一院阴。艰难归故里，去住损春心。宫殿青门隔，云山紫逻深。人生五马贵，莫受二毛侵。

郑驸马池台喜遇郑广文同饮

　　不谓生戎马，何知共酒杯。然脐郿坞败，握—作秃节汉臣回。白发千茎雪，丹心一寸—作片灰。别离经死—作此地，披写忽登台。重对秦箫发，俱过阮宅—作巷来。留连—作醉留春夜舞—作席，—作苑夜，泪落强—作更，—作舞泪裴回。

送郑十八虔贬台州司户，伤其临老陷贼之故，阙为面别，情见于诗

　　郑公樗散鬓成—作如丝，酒后常称老画师。万里伤心严谴日，百年垂死中兴时。苍惶—作伶俜已就长途往，邂逅无端出饯迟。便与先生应永诀，九重泉路—作下尽交期。

题郑十八著作虔—作丈

　　台州地阔—作僻海冥冥，云水长和岛屿青。乱后—作缱绻故人双别泪，春深—作飘摇逐客一浮萍。酒酣懒舞谁相拽，诗罢能吟不复听。第五桥东流恨水，皇陂岸北结愁亭。贾生对鵩伤王傅，苏武看羊陷贼庭。可念此翁—作心，—作公怀—作常直道，也沾新国用轻刑。祢衡实恐遭江夏，方朔虚传是岁星。穷巷悄然—作一朝车马绝，案头干死读书萤。

端午日赐衣

　　宫衣亦有名，端午被恩荣。细葛含风软，香罗叠雪轻。自天题处湿，当暑著来清。意内称—作恰称身长短，终身荷圣情。

赠毕四曜

　　才大今诗伯，家贫苦宦卑。饥寒奴仆贱，颜状老翁为。同调嗟谁惜，论文笑自知。流传江鲍体，相顾免无儿。

酬孟云卿

　　乐极伤头白，更长—作深爱烛红。相逢难—作虽衮衮，告别莫匆匆。但恐天河落，宁辞酒盏空。明朝牵世务，挥泪各西东。

奉赠王中允维

　　中允声名久，如今契阔深。共传收庾信，侯景乱，庾信奔江陵。元帝承制，除为御史中丞。不比得陈琳。明皇云：从贼之臣，毁谤朝廷，如陈琳之檄曹操者多矣。王维独愤痛赋秋槐落叶诗，故曰不当比之陈琳也。一病维陷贼时，诈称瘖疾。缘明主，三年独此心。穷愁应有作，试诵白头吟。

奉陪郑驸马韦曲二首

　　韦曲花无赖，家家恼杀人。绿尊虽—作须尽日，白发好禁—作伤春。石角钩衣破，藤枝—作萝，—作梢刺眼新。何时占丛竹，头戴小乌巾。

　　野寺垂杨里，春畦乱水间。美花多映竹，好鸟不归山。城郭终何事，风尘岂驻颜。谁能共公子，薄暮欲俱还。

奉答岑参补阙见赠

窈窕清禁闼一作阙,罢朝归不同。君随丞相后,我往一作住日华东。冉冉柳枝碧,娟娟花蕊红。故人得佳句,独一作犹赠白头翁。

送许八拾遗归江宁觐省,甫昔时尝客游此县,于许生处乞瓦棺寺维摩图样,志诸篇末

诏许一作天语辞中禁,慈颜一作家荣赴一作拜北堂。圣朝新孝理,祖席一作行子倍辉一作恩光。内一作赠帛擎偏重,宫衣著更香。淮阴清一作新夜驿,京口渡江航。春隔鸡人昼,秋期燕子凉。赐书夸父老,寿酒乐城隍。一作竹引趋庭曙,山添扇枕凉。十年过父老,几日赛城隍。看画曾饥渴,追踪恨一作限渺茫。虎头金粟影,神妙独难忘。

因许八奉寄江宁旻上人

不见旻公三十年,封书寄与泪潺湲。旧来好事今能否,老去新诗谁与一作为传。棋局动随寻一作幽涧竹,袈裟忆上泛湖船。闻君话我为官在,头白昏昏只醉眠。

至德二载,甫自京金光门出问一作间道归凤翔,乾元初,从左拾遗移华州掾,与亲故别,因出此门,有悲往事

此道昔归顺,西郊胡正一作骑繁。至今残破胆,应一作犹有未招魂。近得一作侍归京邑,移官岂一作远至尊。无才日衰老,驻马望千门。

寄高三十五詹事适以淮南节度为李辅国所短,除太子詹事。

安稳高詹事,兵戈久索居。时来如一作知宦达,岁晚莫情疏。天上多鸿雁,池一作河中足鲤鱼。相看过半百,不寄一行书。

路逢襄阳杨少府入城,戏呈杨员外绾原注:甫赴华州日,许寄员外茯苓一本,戏题四韵附呈,许员外为求茯苓。

寄语杨员外,山寒少茯苓。归来稍暄一作候和暖,当为剧青冥。翻动一作倒神仙一作龙蛇窟,封题鸟兽形。兼将老藤杖,扶汝醉初醒。

题郑县亭子郑县游春亭在西溪上,一名西溪亭。

郑县亭子涧之滨,户牖凭高发兴新。云断岳莲临大路一作道,天晴一作清宫一作官柳暗长春。巢边野雀一作鹊群欺燕,花底山蜂远趁人。更欲题诗满青竹,晚来幽独恐伤神。

早秋苦热,堆案相仍原注:时任华州司功。

七月六日苦炎热一作蒸,对食暂餐还不能。每一作常愁夜中一作来自足蝎,况一作仍乃秋后转多蝇。束带发狂欲大叫,簿书何急来相仍。南望青松架短一作绝壑,安得一作能赤脚蹋层冰。

望岳

西岳崚嶒一作危棱竦处尊,诸峰罗立一作列如一作似儿孙。安得仙人九节杖,汉武帝登少室。见一女子以九节杖指日,闭目食日精。拄到玉女洗头盆。华山玉女祠前有五石臼,名玉女洗头盆。车箱入谷无归一作回路,箭栝一作阁,一作筈,一作筶。按《韵会》:栝与筈、括俱通。通天有一门。稍待西一作秋风凉冷后,高寻白帝白帝治西岳问真源。

至日遣兴,奉寄北省旧阁老两院故人一作遗补二首

去岁兹辰捧御床,五更三点入鹓行。欲知趋走伤心地,正想氤氲满眼香。无路从容陪语笑,有时颠倒著衣裳。何人错忆一作却认穷愁日,愁日一作日日愁随一线长。

忆昨逍遥供奉班,去年今日侍龙颜。麒麟不动炉烟上一作转,孔雀徐开扇影还。玉几一作座由来天北极,朱衣只在殿中间。孤城此日堪肠断,愁对寒云雪一作白满山。

得弟消息二首

近有平阴信,遥怜舍弟存。侧身千里道,寄食一家村。烽举新酣战,啼垂旧血痕。不知临老日,招得几人一作时魂。

汝懦归无计,吾衰往未期。浪传乌鹊喜,深负鹡鸰诗。生理何颜面,忧端且岁时。两京三十口,虽在命如丝。

忆弟二首 原注：时归在南陆浑庄。
　　丧乱闻吾弟，饥寒傍济州。人稀吾一作书不到，兵在见何由。忆昨狂催走，无时病去忧。即今千种恨，惟共水东流。

　　且喜河南定，不问邺城围。百战今谁在，三年望汝归。故园花自发，春日鸟还飞。断绝人烟久，东西消息稀。

得舍弟消息
　　乱后谁归得，他乡胜故乡。直一作若为心厄苦，久念一作得与一作汝存亡。汝书犹在壁，汝妾一作室已辞房。旧犬知愁恨，垂头傍我床。

秦州杂诗二十首
　　满目悲生事，因人作远游。迟回度陇怯，浩荡及一作入关愁。水落鱼龙札水出小陇山，东北流成渊，名鱼龙水。夜，山空一作通鸟鼠鸟鼠同穴，故名，在渭源县西。秋。西征问烽火，心折此淹留。

　　秦州山一作城北寺，胜迹一作传是隗嚣宫。苔藓山门古一作故，丹青野殿空。月明垂叶露，云逐渡溪风。清渭无情极，愁时独向东。

　　州图领同谷，驿道出流沙。降虏兼千帐，居人有万家。马骄珠一作朱汗落，胡舞白蹄一作题斜。白题国，以白垩其首，舞则头偏，故云。年少临洮子一作至，西来亦自夸。

　　鼓角缘边郡，川原欲夜时。秋听殷地发，风散入云悲。抱叶寒蝉静，归来一作山独鸟迟。万方一作年声一概，吾道竟何之。

　　南使宜天马，由来万匹强。浮云连阵没，秋草遍一作满山长。闻说真龙种，仍残一作空余老骕骦。哀鸣思战斗，迥立向苍苍。

　　城上胡笳奏，山边汉节归。防河赴沧海，奉诏发金微一作徽。士苦形骸黑，旌一作林疏鸟兽稀。那闻一作堪往来戍，恨解邺城围。

　　莽莽万重山，孤城山一作石谷间。无风云出塞，不夜月临关。属国归何晚，楼兰斩未还。烟尘独一作长望，衰飒正摧一作催颜。

　　闻道寻源使，从天此路回。牵牛去几许，宛马至今来。一望幽燕隔，何时郡国开。东征健儿尽，羌笛暮吹哀。

　　今日明人眼，临池好驿亭。丛篁低地碧，高柳半天青。稠叠多幽事，喧呼阅使星。老夫如有此，不异在郊坰。

　　云气接昆仑，涔涔塞雨繁。羌童看渭水，使一作估客向一作尚河源。烟火军中幕，牛羊岭上村。所居秋草净，正闭小蓬门。

　　萧萧古塞冷，漠漠秋云一作风低。黄鹄翅垂雨，苍鹰饥啄泥。蓟门谁自北，汉将独征西。不意书生耳一作眼，临衰厌一作见鼓鼙。

　　山头南一作东郭寺，水号北流泉。老树空庭得，清渠一邑传。秋花危石底，晚景卧钟边一作前。俯仰悲身世，溪风为飒一作肃然。

　　传道东柯谷，在秦州东南五十里，有杜甫祠，即甫寓居佐草堂也。深藏数十家。对门藤盖瓦，映竹水穿沙。瘦地翻宜粟，阳坡可种瓜。船人近相报，但恐失桃花。

　　万古仇池穴，潜通小有天。神鱼人一作今不见，福地语真传。近接西南境，长怀十九泉。何时一作当一茅屋，送老白云边。

　　未暇泛沧海，悠悠兵马间。塞门风一作风寒落木，客舍雨连山。阮籍行多兴，庞公隐不还。东柯遂疏懒一作放，休镊鬓毛斑。

　　东柯好崖谷，不与众峰群。落日邀双鸟，晴天养一作卷片云。野人矜一作吟险绝，水竹会平分。采药吾将老，儿童未遣闻。

　　边秋阴易久一作夕，不复辨晨光。檐雨乱淋幔，山云低度墙。鸬鹚窥浅井，蚯蚓上深一作高堂。车马何萧索，门前百草长。

　　地僻秋将尽，山高客一作夜未归。塞云多断续，边日少光辉。警急烽常报，传闻一作声檄屡飞。西戎外甥国，何得迕一作近天威。

　　凤林属河州戈未息，鱼海在河州西路常难。

候火云烽—作峰峻,悬军幕—作暮井干。风连西极动,月过北庭寒。故老思飞将,何时—作人议筑坛。

　　唐尧真自圣,野老复何知。晒药能无妇,应门幸—作亦有儿。藏书闻禹穴,读记忆—作悟仇池。为报鸳行旧,鹪鹩在一枝。

月夜忆舍弟

　　戍鼓断人行,秋边—作边秋一雁声。露从今夜白,月是故乡明。有弟皆分散—作羁旅,无家问死生。寄书长不避—作达,况乃未休兵。

宿赞公房 原注:京中大云寺主谪此安置。

　　杖锡何来此—作久,秋风已飒然。雨荒深院菊,霜倒半池莲。放逐宁违—作亏性,虚空不离禅。相逢成夜宿,陇月向人圆。

东楼

　　万里流沙道,西征—作行,一作征西过北—作此门。但—作惧添新—作征战骨,不返旧征—作死生魂。楼角临风迥,城阴带水—作雨昏。传声看驿使,送节向河源。

雨晴—作秋霁

　　天水—作外,一作际,一作永秋云薄,从西万里风。今朝好晴景,久雨不妨农。塞—作岸柳行疏翠,山梨结小红。胡笳楼上发,一雁入高空。

寓目

　　一县蒲萄熟,秋山苜蓿多。关云常带雨,塞水不成河。羌女轻—作摇烽燧,胡儿制—作掣骆驼。自伤迟暮眼,丧乱饱经过。

山寺

　　野寺残僧少,山园细路高。麝香眠石竹,鹦鹉啄金桃。乱石—作水通人过,悬崖置屋牢。上方重阁晚,百里见秋—作纤毫。

即事 乾元二年,回纥从郭子仪战相州,不利,奔还西京。四月,回纥死,欲以宁国公主殉葬,因无子得归。

　　闻道花门破,和亲事却非。人怜汉公主,生得渡河归。秋思抛云髻—作鬓,腰支胜—作剩宝衣。群凶犹索战,回首意多违。

遣怀

　　愁眼看霜露,寒城菊自花。天风随断柳,客泪堕清—作晴笳。水净楼—作城阴直,山昏塞日斜。夜来归鸟尽,啼杀后栖鸦。

天河

　　常时任显晦,秋至辄—作最,一作转分明。纵被微云掩,终能—作当,一作输永夜清。含星动双阙,伴月照边城。牛女年年渡,何曾风浪生。

初月

　　光细—作常时弦岂—作初,一作欲上,影斜轮未安。微升古—作紫塞—作堞外,已隐暮云端。河汉不改色,关山空自寒。庭前有白露,暗满菊花团—作阑。

归燕

　　不独避霜雪,其如侍侣稀。四时无失序,八月自知归。春色岂相访—作误,众雏还识机。故巢傥未毁,会傍主人飞。

捣衣

　　亦知戍不返,秋至拭清砧。已近苦—作暮寒月,况经—作惊长别心。宁辞捣熨—作衣倦,一寄塞垣深。用尽闺中力,君听空外音。

促织

　　促织甚微细,哀音—作声何动人。草根吟—作冷不稳,床下夜—作意相亲。久客得无泪,放—作故妻难及晨。悲丝—作弦与急管,感激异天真。

萤火

　　幸因腐草出,敢近太阳飞。未足临书卷,时能点客衣。随风隔幔小,带雨傍林微。十月清霜重,飘零何处归。

蒹葭

　　摧折不自守—作与,秋风吹若何。暂时花

戴一作载雪,几处一作堕水叶沉波。体弱春风一作甲,一作苗早,丛长夜露多。江湖后摇落,亦一作只恐岁蹉跎。

苦竹

青冥亦自守,软弱强扶持。味苦夏虫避,丛卑春鸟疑。轩墀曾不重,翦伐欲一作亦无辞。幸近幽人屋,霜根结在兹。

除架

束薪已零落,瓠叶转一作卷萧一作相疏。幸结白花了,宁辞青蔓除。秋虫声不去,暮雀意何如。寒事今牢落,人生亦有初。

废畦

秋蔬拥霜露,岂敢惜凋残。暮景数枝叶,天风吹汝寒。绿沾泥滓尽,香与岁时阑。生意春如昨,悲君白玉盘。

夕烽

夕烽来不近一作止,一作明照灼,每日一作了了报平安。塞上传光一作声小,云边落一作数点残。照秦通警急,过陇自艰难。一作焰销仍再灭,烟迥不胜寒。闻道一作恐照蓬莱殿,千门立马看一作城中几道看。

秋笛

清商欲尽奏,奏苦血沾衣。他日伤心极,征人白骨归。相逢恐恨过,故作发声微。不见秋云动,悲风稍稍飞。

送远

带甲满天地,胡为君远行。亲朋尽一哭,鞍马去孤城。草木岁月晚,关河霜雪清。别离已昨日,因见古人情。

观兵

北庭送壮士,貔虎数尤多。精锐旧无敌,边隅今若何。妖氛拥白马,元帅待雕戈。莫守邺城下,斩鲸辽海波。乾元元年十月,郭子仪等九节度围相州。明年三月,史思明来援,战于城下,官军溃而围解。初李光弼欲与朔方军同逼魏城,国史思明,得旷日持久,则邺城必拔,鱼朝恩不可而止。诗谓不当困守邺城,老师乏馈,以致援师之至也。

不归

河间尚征一作战伐,汝骨在空城。从弟人皆有,终身恨不平。数金怜俊迈,总角爱聪明。面上三年土,春一作秋风草一作吹又生。

天末怀李白

凉风起天末,君子意如何。鸿雁几时到,江湖秋水多。文章憎命达,魑魅喜人过。应共冤魂语,投诗赠汨罗。

独立

空外一鸷鸟,河间双白鸥。飘摇搏击便,容易往来游。草露亦多湿,蛛丝仍未收。天机近人事,独立万端忧。

日暮

日落风亦起,城头乌一作鸟尾讹。黄云高未动,白水已扬波。羌妇语还哭一作笑,胡儿行且歌。将军别换一作上,一作换骏马,夜出拥雕戈。

空囊

翠柏苦犹食,晨一作明霞高一作朝可餐。世人共卤莽,吾道属艰难。不爨井晨冻,无衣床夜寒。囊空恐羞涩,留得一钱看。

病马

乘尔亦已久,天寒关塞深。尘中老尽力,岁晚病伤心。毛骨岂殊众,驯良犹至今。物微意不浅,感动一沉吟。

蕃剑

致一作至此自僻远,又非殊玉装。如何有奇怪,每夜吐光芒。虎气必腾踔一作上,龙身宁久藏。风尘苦未息,持汝奉明主。

铜瓶

乱后碧井废,时清瑶殿深。铜瓶未失水,百丈有哀音。侧想美人意,应非一作悲寒瑟沉。

蛟龙半缺落,犹得折黄金。

观安西兵过赴关中待命二首李嗣业以镇西北庭兵同郭子仪讨安庆绪。安西即镇西旧名也。

四一作西镇富精锐,摧锋皆绝伦。还闻献一作就士卒,足以静风尘。老马夜知道,苍鹰饥一作秋著人。临危经久战,用急一作意始一作使如神。

奇兵不在众,万马救中原。谈笑无河北,心肝奉至尊。孤云随杀气,飞鸟避辕门。竟日留欢一作观乐,城池未觉喧。

送人从军

弱水应无地,阳关已近天。今君渡沙碛,累月断人烟。好武宁论命,封侯不计年。马寒防失道,雪没锦鞍鞯。

野望

清秋望不极,迢递起曾阴。远水兼天净,孤城隐雾深。叶稀风更落,山迥日初沈。独鹤归何晚,昏鸦已满林。

示侄佐原注:佐草堂在东柯谷。佐出襄阳房,侍御史晊之子,官大理正。

多病秋风落,君来慰眼前。自闻茅屋趣,只想竹林眠。满谷山云起,侵篱涧水悬。嗣一作阮宗诸子侄,早觉仲容贤。

佐还山后寄三首

山晚浮一作黄云合,归时恐路迷。涧寒人欲到,村一作林黑鸟应栖。野客茅茨小,田家树木低。旧谙疏懒叔,须汝胡相携。

白露黄粱熟,分张素有期。已应春得细,颇觉寄来迟。味岂同金一作甘菊,香宜配绿一作紫葵。老人他日爱,正想滑流匙。

几道泉浇圃,交横落慢一作慢坡。葳蕤秋叶少一作小,一作菜色,隐映野云多。隔沼连香芰,通林带女萝。甚闻霜薤白,重惠一作荐意如何。

从人觅小胡孙许寄

人说南州路,山猿树树悬。举家闻若骇一作共爱,为寄小如拳。预哂愁胡面,初一作何调见马鞭。许求聪慧一作患者,童稚捧应癫。

秋日阮一作陈隐居致薤三十束

隐者柴门一作荆内,畦蔬绕舍秋。盈筐承露薤,不待致书求。束比青刍色,圆齐玉箸头。衰年关鬲冷,味暖并一作腹无忧。

秦州见敕一作除目,薛三璩一作据授司议郎,毕四曜除监察,与二子有故,远喜迁官,兼述索居,凡三十韵

大雅何寥阔一作廓,斯人尚典刑。交期余潦倒,材力尔精灵。二子声一作升同日,诸生困一经。文章开突一作奂奥一作隩,迁擢润朝廷。旧好何由展,新诗更忆听。别来头并白,相见眼终青。伊昔贫皆甚,同忧心一作岁不宁。栖遑分半菽,浩荡逐流萍。俗态犹猜忌一作忍,妖氛忽一作遥杳冥。独惭投汉阁,俱一作但议哭秦庭。还蜀只无补一作益,囚梁亦固扃。华夷相混合,宇宙一膻腥。帝力收三统,天威总四溟。旧都俄望幸,清庙肃惟馨。杂种虽一作难高垒一作壁,长驱甚建瓴。焚香淑景殿,涨水望云亭。法驾初还日,群公若会星。宫臣仍点染,柱史正零丁。官忝趋栖凤,朝回叹一作欻聚萤。唤人看骥媵,不嫁惜娉婷。掘剑知埋狱一作掘狱即埋剑,提刀见发硎。侏儒应共饱,渔父忌偏醒。旅泊穷清渭,长吟望浊泾。羽书还似急,烽火未全停。师老资残寇,戎生及近坰。忠臣辞愤激,烈士涕飘零。上一作小将盈边鄙,元勋溢鼎铭。仰思调玉烛,谁定握一作淬青萍。陇俗轻鹦鹉,原情类鶺鸰。秋风动关塞,高卧想仪形。

寄彭州高三十五使君适、虢州岑二十七长史参三十韵

故一作古人何寂寞,今我独凄凉。老去才难一作虽尽,秋来兴甚长。物情尤可见,辞客未能忘。海内知名士,云端各异方。高岑殊缓步,沈约鲍照得同一作周行。意惬关飞动,篇终接混茫。举天悲富嘉谋骆,宾王。近代惜卢照邻王勃。似尔官仍贵,前贤命可伤。诸侯非弃掷,半刺别驾任居刺史之半,长史即别驾。已翱翔。诗好几时见,书成无信一作使将。男儿行处是,客子斗一作问身强。羁旅推贤圣,沈绵抵咎殃。三年犹疟疾,原注:时患疟疾。一鬼不一作未销亡。隔日搜脂髓,增寒抱雪霜。徒然潜隙地,有觍屡鲜妆。二语皆时俗避讳事。何太龙钟极,于今出处妨。无钱居帝里,尽室在边疆。刘表虽遗恨,庞公至死藏。心微傍鱼鸟,肉瘦怯豺狼。陇草萧萧白,洮云片片黄。彭门一作天彭剑阁外,虢略鼎湖旁。荆玉簪头冷,巴笺染翰光。乌麻即胡麻蒸续晒,丹橘露应尝。岂异神仙宅,俱兼山水乡。竹斋烧药灶,花屿读书床。更得清新否,遥知对属忙。旧官宁改汉,刺史本汉官。淳俗本归一作不离唐。號本晋地。济世宜公等,安贫亦士常。蚩尤终戮辱,胡羯漫猖狂。会待袄氛静一作灭,论文暂裹粮。

寄岳州贾司马六丈、巴州严八使君两阁老五十韵

衡岳啼猿里,巴州鸟道边。故人俱不利一作别,谪宦两悠一作茫然。开辟乾坤正一作大,荣枯雨露偏。长沙才子远,钓濑客星悬。忆昨趋行殿,殷忧捧御筵。讨胡愁李广,奉使待张骞。无复云台仗,虚修水战船。苍茫城七十,流落剑三千。画角吹一作歕秦晋一作塞,旄头俯涧瀍。小儒轻董卓,有识笑苻坚。浪作禽填海,那将血一作矢射天。万方思助顺,一鼓气无前。阴散陈仓北,晴熏太白巅。乱麻尸积卫,破竹势临燕。法驾还双阙,王师下八川。此时沾奉引,佳气拂周旋。貔虎开一作闲金甲一作匣,麒麟受玉鞭。侍臣谙入仗,厩马解登仙。花动朱楼雪,城凝碧树烟。衣冠心惨怆,故老泪潺湲。哭庙悲风急,朝正霁景鲜。月分梁汉米,春得一作给水衡钱。内蕊繁於缬,宫莎一作花软胜绵。恩荣同拜手,出入一作处最随肩。晚著华堂醉,寒重绣被眠。醬齐兼秉烛,书柱满怀笺。每觉升元辅,深期列大贤。秉钧方咫尺,锻翮再联翩。禁掖朋从改一作换,微班性命全。青蒲甘受一作就戮,白发竟谁怜。弟子贫原宪,诸生老伏一作服虔。师资谦未达,乡党敬何一作推先。旧好肠堪断,新愁一作秋眼欲穿。翠干危栈竹,红腻小湖一作池莲。贾笔论孤愤,严诗赋几篇。定知深意苦一作好,莫使众人传。贝锦无停织,朱丝有断弦。浦鸥防碎首,霜鹘不空拳。地僻昏炎瘴,山稠隘石泉。且将棋度日,应用酒为年。典郡终微眇,治中高宗初,改治中为司马。实弃捐。安排求傲吏,比兴展归田。去去才难得,苍苍理又玄。古人称逝矣,吾道卜终焉。陇外翻投迹,渔阳复控弦。笑为妻子累,甘与岁时迁。亲故行稀少,兵戈动接联。他乡饶梦寐,失侣自屯邅。多病加一作成淹泊,长吟阻静便。如公尽雄俊,志在必腾骞。一作公如尽忧患,何事负陶甄。

寄张十二山人彪三十韵

独卧嵩阳一作云客,三违颍水春。艰难随老母,惨澹向时人。谢氏寻山屐,陶公漉酒巾。群凶弥宇宙,此物在风尘。历下辞姜被,关西得孟邻。早通交契密,晚接道流新。静者心多妙一作好,先生艺绝伦。草书何太一作应甚苦,诗兴不无神。曹植休前辈,张芝更后身。数篇吟可老,一字买堪贫。将恐曾防寇,深潜一作情托所亲。宁闻倚门夕,尽力洁飧晨。疏懒为名误,驱驰丧我真。索居犹一作尤寂寞,相遇益悲辛一作酸,一作愁辛。流转一作转徙依边徼,逢迎念席珍。时来故旧少,乱后别离频。世祖修高庙,文公赏从臣。商山犹入楚,源一作湍水不离一作知,一作流秦。存想青龙秘,骑行白鹿驯。耕岩非谷口,结草即一作欲河滨。肘后符应验,囊中药未陈。旅一作放怀殊不惬,良觌渺无因。自古皆悲恨,浮生有屈伸。此邦今一作全尚武,何处且依仁。鼓角凌天籁,关山信一作倚月轮。官场一作壖罗镇一作锦碛,贼火近洮岷。萧索论兵一作功地,苍茫斗将辰。大军多处所,余孽尚纷纭。高兴知笼鸟,斯文起一作已获麟。穷秋

正摇落,回首望松—作湘筠。

寄李十二白二十韵

昔年有狂客,号尔谪仙人。笔落惊—作闻风雨,诗成泣鬼神。声名从此大,汩没一朝伸。文彩承殊渥,流传必绝伦。龙舟移棹晚,兽锦夺袍新。白日来深殿,青云满后尘。乞归优诏许,遇我宿心亲。未负—作遂幽栖志,兼全宠辱身。剧—作戏谈怜野逸,嗜酒见天真。醉舞梁园夜,行歌泗水春。才高心不展,道屈善无邻。处士祢衡俊,诸生原宪贫。稻粱求未足,薏苡谤何频。五岭炎蒸地,时白流夜郎。三危放逐臣。几年遭鵩鸟,独泣—作立向—作不独泣麒麟。苏武先还汉,黄公岂事秦。楚筵辞醴日,梁狱上书辰。已用当时法,谁将此义—作议陈。老吟秋月下,病起暮江滨。莫怪恩波隔,乘槎与—作得问津。

全唐诗卷二百二十六

杜甫

蜀相 诸葛亮祠在昭烈庙西

丞相祠堂何处寻,锦官城外柏森森。映阶碧草自春色,隔叶黄鹂空—作多好音。三顾频烦—作繁天下计,两朝开济老臣心。出师未捷—作用身先死,长使英雄泪满襟。

卜居

浣花流—作之,—作溪。溪在成都西郭外,一名百花潭。水水西头,主人为卜林塘幽。已知出郭少尘事,更有澄江销客愁。无数蜻蜓齐上下,一双鸂鶒对沉浮。东行万里堪乘兴,须向山阴上—作入小舟。

一室

一室他乡远—作老,空林暮景悬。正愁闻塞笛,独立见江船。巴蜀来多病,荆蛮去几年—作千。应同王粲宅,留井岘山前。襄阳岘山下,王粲故宅前有一井,人呼为仲宣井。

梅雨

南京明皇幸蜀还,改成都为南京 西—作犀浦道,四月熟黄梅。湛湛—作艳艳长江去,冥冥细雨来。茅茨疏易湿,云雾密难开。竟日蛟龙喜,盘涡与岸回。

为农

锦里烟尘外,江村八九家。圆荷浮小叶,细麦落—作堕轻花。卜宅从兹老,为农去国赊。远惭句漏令,不得问丹砂。

有客—作宾至

幽栖地僻经过少,老病人扶再拜难。岂有文章惊海内,漫劳车马驻江干。竟日淹留佳客坐,百年粗粝音辣腐儒餐。不—作莫嫌野外无供给,乘兴还来看药栏。

狂夫

万里桥 诸葛亮送费祎聘吴,叹曰:万里之行始于此桥。因名。西一作新草堂,百花潭水即沧浪。风含翠篠娟娟静一作净,雨裛红蕖冉冉香。厚禄故人书断绝,恒饥稚子色凄凉。欲填沟壑唯疏放,自笑狂夫老更狂。

宾至一作有客

患气经时久,临江卜宅新。喧卑方避俗,疏快颇宜人,有客过茅宇,呼儿正葛巾。自锄稀菜甲,小摘为情亲。

王十五司马弟出郭相访,兼遗营茅屋赀

客里何迁次,江边正寂寥。肯来寻一老,愁破是今朝。忧我营茅栋,携钱过野桥。他乡唯表弟,还往莫辞遥。

堂成

北郭堂成荫白茅,缘江路熟俯青郊。桤林碍日吟风叶,笼竹和烟滴露梢。暂止一作下飞乌将数子,频来语燕定新巢。旁人错比扬雄宅,懒惰一作慢无心作解嘲。

田舍

田舍清江曲一作上,柴门古道旁。草深迷市井,地僻懒衣裳。榉一作杨,一作柜柳枝枝弱,枇杷树树一作对对香。鸬鹚西日照,晒翅满鱼梁。

进艇

南京久客耕南亩,北望伤神坐一作卧北窗。昼引老妻乘小艇,晴看稚子浴清江。俱飞蛱蝶元相逐,并蒂芙蓉本自双。茗饮蔗浆携所有,瓷罂无谢玉为缸。

西郊

时出碧鸡坊,西郊向草堂。市桥官柳细,江路一作岸野梅香。傍架齐书帙,看题减一作检药囊。无人觉一作竟,一作与来往,疏懒意何长。

所思

苦忆荆州醉司马,原注:崔吏部渏。谪官一作居樽俎一作酒定常开。九江日落醒何处,一柱观头眠几回。可怜怀抱向人尽,欲问平安无使来。故凭锦水将双泪,好过瞿塘滟滪堆。

江村

清江一曲抱村流,长夏江村事事幽。自去自来一作归堂一作梁上燕,相亲相近水中鸥。老妻画纸为一作成棋局,稚子敲针作钓钩。多病所须唯药物,一作但有故人供禄米。供一作分。微躯此外更何一作无求。

江涨

江涨柴门外,儿童报急流。下床高数尺,倚杖没中洲。细动迎风燕,轻摇逐浪鸥。渔人萦小楫,容易拔一作披船头。

野老

野老篱前一作边江岸回,柴门不正逐江开。渔人网集澄潭下,贾客船随返照来。长路关心悲剑阁,片云何意一作事,一作行云几处傍琴台。王师未报收东郡,城阙秋生画角哀。

云山

京洛云山外,音书静不来。神交作赋客,力尽望乡台。衰疾江边卧,亲朋日暮回。白鸥元水宿,何事有余哀。

遣兴

干戈犹未定,弟妹各何之。拭泪沾襟一作巾血,梳头满面丝。地卑荒野大,天远暮江迟。衰疾那能久,应无见汝时一作期。

北邻

明府岂辞满,藏身方告劳。青钱买野竹,白帻岸江皋。爱酒晋山简,能诗何水曹。时来访老疾,步屣到蓬蒿。

南邻

锦里先生乌角巾,园收芋粟一作栗不全贫。惯看宾客一作门户儿童喜,得食阶除鸟雀驯。秋水才深一作添四五尺,野航一作艇恰受两三人。白沙翠竹江村一作山暮一作路,相对一作送柴门一

作篱南月色新。

出郭

霜露晚凄凄,高天逐望低。远烟盐井上,斜景雪峰西。故国犹兵马,他乡亦_{一作正}鼓鼙。江城今夜客,还与旧乌啼。

过南邻朱山人水亭

相近竹参差,相过人不知。幽花欹满树,小水细通池。归客村非远,残樽席更移。看君多道气,从此数追随。

恨别

洛城一别四_{一作三}千里,胡骑长驱五六_{一作六七}年。草木变衰行剑外,兵戈阻绝老江边。思家步月清宵立,忆弟看云白日眠。闻道河阳近乘胜,司徒急为破幽燕。谓李光弼乘河阳之胜,直捣幽燕也。

寄贺兰铦

朝野欢娱后,乾坤震荡中。相随万里日,总作白头翁,岁晚仍分袂,江边更转蓬。勿云俱异域,饮啄几回同。

寄杨五桂州谭原注:因州参军段子之任。

五岭皆炎热,宜人独桂林。梅花万里外,雪片一冬深。黄鹤云:岭南无雪,惟桂林有之。闻此宽相忆,为邦复好音。江边送孙楚,远附白头吟。

逢唐兴刘主簿弟

分手开元末,连年绝尺书。江山且相见,戎马未安居。剑外官人冷,关中驿骑疏。轻舟下吴会,主簿意何如。

和裴迪登新津寺寄王侍郎原注:王时牧蜀。《英华》作奉和裴十四迪新津山寺。

何限_{一作恨}倚山木,吟诗秋叶黄。蝉声集古寺,鸟影度寒塘。风物悲游子,登临忆侍郎。老夫贪佛_{一作赏},_{一作费}日,随意宿僧房。

敬简王明府甫尝为唐兴县宰王潜作《客馆记》,疑即王明府。

叶县郎官宰,周南太史公。神仙才有数,流落意无穷。骥病思偏秣,鹰愁_{一作秋}怕苦笼。看君用高义,耻与万人同。

重简王明府

甲子西南异,冬来只薄寒。江云何夜尽_{一作静},蜀雨几时干。行李须相问,穷愁岂有_{一作自}宽。君听鸿雁响,恐致稻粱难。

建都十二韵

苍生未苏息,胡马半乾坤。议在云台上,谁扶黄屋尊。建都分魏阙,下诏辟荆门。恐失东人望,其如西极存。时危当雪耻,计大岂轻论。虽倚三阶正,终愁万国翻。牵裾恨不死,漏网荷殊恩。永负汉庭哭,遥怜湘水魂。穷冬客江剑_{一作剑外},随事有田园。风断青蒲节,霜埋翠竹根。衣冠空穰穰,关辅外_{一作远}昏昏。愿枉_{一作唯驻,一作愿驻}长安日,光辉照北原。钱谦益曰:此诗因建南都而追思分镇之事也。初,房琯建分镇讨贼之议,肃宗以此恶琯,贬之。后从吕谭请,置南都于荆州。甫闻建都之诏,追惜琯议。牵裾以下,自叙移官之事。盖甫之移官以救琯,而琯之得罪以分镇,故牵连及之。是岁七月,上皇移幸西内。九月置南都,革南京为蜀郡。荆州、蜀都,一置一革,甫心痛之,而不敢讼言也。

岁暮

岁暮远为客,边隅还用兵。烟尘犯雪岭,鼓角动江城。天地日流血,朝廷谁请缨。济时敢爱死,寂寞壮心惊。

和裴迪登蜀州东亭送客逢早梅相忆见寄

东阁官梅动诗兴,还如何逊在扬州。梁建安王伟都督扬、南徐二州,辟何逊为记室,逊有早梅诗。此时对雪遥相忆,送客逢春_{一作花}可_{一作更}自由。幸不折来伤岁暮,若为看去乱乡_{一作春}愁。江边一树垂垂发,朝夕催人自白头。

寄赠王十将军承俊

将军胆气雄,臂悬两角弓。缠结青骢马,

出入锦城中。时危未授钺,势屈难为功。宾客满堂上,何人高义同。

暮登四—作西安寺钟楼寄裴十迪

暮倚高楼对雪峰,僧来不语自鸣钟。孤城返照红将敛,近市浮烟翠且重。多病独愁常阒寂,故人相见未从容。知君苦思缘诗瘦,大—作太向交游万事慵。

散愁二首

久客宜旋旆,兴王未息戈。蜀星阴见少,江雨夜闻多。百万传—作转深入,寰区望匪它。司徒李光弼下燕赵,收取旧山河。

闻道并州镇,尚书王思礼训士齐。几时通蓟北,当日报关西。恋阙丹心破,沾衣皓首啼。老魂招不得,归路恐长迷。

奉酬李都督表丈早春作

力疾坐清晓,来时—作诗,一作采诗悲早春。转添愁伴客,更觉老随人—作身。红入桃花嫩,青归柳叶新。望乡应未已,四海尚风尘。

客至 原注:喜崔明府相过。

舍南舍北皆春水,但见—作有群鸥日日来。花径不曾缘客扫,蓬门今始为君开。盘餐市远无兼味,樽酒家贫只旧醅。肯与邻翁相对饮,隔篱呼取尽余杯。

遣意二首

啭枝黄鸟近,泛渚白鸥轻。一径野花落,孤村春水生。衰年催酿黍,细雨更—作夜移橙。渐喜交游绝,幽居不用名。

檐影微微落,津流脉脉斜。野船—作松明细火,宿雁聚圆—作寒沙。云掩初弦月,香传小树花。邻人有美酒,稚子夜—作也能赊。

漫成二首

野日荒荒—作野月茫茫白,春—作江流泯泯清。渚蒲随地有,村径逐门成。只作披衣惯,常从漉酒生。眼前无俗物,多病也身轻。

江皋已仲春,花下复清晨。仰面贪看鸟,回头错应人。读书难字过,对酒满壶频。近识峨眉老,东山隐者。知予懒是真。

春夜喜雨

好雨知时节,当春乃—作及发生。随风潜入夜,润物细无声。野径云俱黑,江船火独明。晓看红湿处,花重锦官城。

春水

三月桃花浪—作水,江流复旧痕。朝来没沙尾—作岸,碧色动柴门。接缕垂芳饵,连筒灌小园。已添无数鸟,争浴故相喧。—作不知无数鸟,何意更相喧。

春水生二绝

二月六夜春水生,门前小滩—作篱浑欲平。鸬鹚鸂鶒莫漫喜,吾与汝曹俱眼明。

一夜水高二尺强,数日不可更禁当。南市津头有船卖,无钱即买系篱旁。

江亭

坦腹江亭暖—作卧,长吟野望时。水流心不竞,云在意俱迟。寂寂春将晚,欣欣物自私。故林归未得,排闷强裁诗。—作江东犹苦战,回首一颦眉。

村夜

萧萧风色—作风色萧萧暮,江头人不行。村春雨外急,邻火夜深明。胡羯何多难,渔樵寄此生。中原有兄弟,万里正含情。

早起

春来常早起,幽事颇相关。帖石防隤岸,开林出远山。一丘藏曲折,缓步有跻攀。童仆来城市,瓶中得酒还。

可惜

花飞有底急,老去愿春迟。可惜欢娱地,都非少壮时。宽心应是酒,遣兴莫过诗。此意陶潜解,吾生后汝期。

落日

　　落日在帘钩，溪边春事幽。芳菲缘岸圃，樵爨倚滩舟。啅雀争枝坠，飞虫满院游。浊醪谁造汝，一酌一作酌罢散千忧一作罢人忧。

独酌

　　步履一作履，一作倚杖深林晚，开樽独酌迟。仰蜂黏落絮一作蕊，行户邨切。一作倒蚁上枯梨。薄劣惭真隐，幽偏得自怡。本无轩冕意，不是傲当时。

徐步

　　整履一作屐，一作屦步青芜，荒庭日欲晡。芹泥随燕觜，花蕊一作蕋粉上蜂须。把酒从衣湿，吟诗信杖扶。敢论才见忌，实有醉如愚。

寒食

　　寒食江村路一作树，一作落，风花高下飞。汀烟轻冉冉，竹日静晖晖。田父一作舍要皆去，邻家闹一作问不违。地偏相识尽，鸡犬亦忘归一作机。

高楠

　　楠树色冥冥，江边一盖青。近根开药圃，接叶制茅亭。落景阴犹合，微风韵可听。寻常绝醉困。卧此片时醒。

恶树

　　独绕虚斋径，常持小斧柯。幽阴成颇杂，恶木剪还多。枸杞因一作固吾有，鸡栖皂荚树一名鸡栖奈汝一作尔何。方知不材者一作木，生长漫婆娑。

石镜

　　成都一丈夫，化为女子，美而艳。蜀王纳为妃，未几物故。王哀念之，遣五丁担武都之土为冢，高七丈，上有石，圆五寸，径五尺，莹澈如镜。

　　蜀王将此镜，送死置空山。冥寞怜香骨，提携近玉颜。众妃无复叹，千骑亦虚还。独有伤心石，埋轮月宇间。

琴台司马相如宅在州西笮桥，北有琴台。

　　茂陵多病后，尚爱卓文君。酒肆人间世，琴台日暮云。野花留宝靥，蔓草见罗裙。归凤求皇意，寥寥不复闻。

闻斛斯六官未归

　　故人南郡去，去索作碑钱。本卖文为活，翻令室倒悬。荆扉深蔓草，土锉冷疏烟。老罢休无赖，归来省醉眠。

游修觉寺

　　野寺江天豁，山扉花竹幽。诗应有神助，吾得及春游。径石相一作深萦带，川云自一作晚去留。禅枝宿众鸟，漂转暮归愁。

后游

　　寺忆新一作曾，一作重游处，桥怜再渡时。江山如有待，花柳更无私。野润烟光薄，沙暄日色迟。客愁全为减，舍此复何之。

题新津北桥楼得郊字

　　望极春城上，开筵近鸟巢。白花檐外朵，青柳槛前梢。池水观为政，厨烟觉远庖。西川供客一作远眼一作醉客，唯有一作偏爱此江郊。

江涨

　　江发蛮夷涨，山添雨雪流。大声吹地转，高浪蹴天浮。鱼鳖为人得，蛟龙不自谋。轻帆好去便，吾道付一作在沧洲。

晚晴

　　村晚惊风度，庭幽过雨沾。夕阳薰细草，江色映疏帘。书乱谁能帙，杯干可自添。时闻有余论，未怪老夫潜。王符有《潜夫论》。

朝雨

　　凉气晚一作晓萧萧，江云乱眼飘。风鸳藏近渚，雨燕集深条。黄绮终辞一作投汉，巢由不见尧。草堂樽酒在，幸得过清朝一作宵。

江上值一作置水如海势，聊短述

　　为人性僻耽佳句，语不惊人死不休。老去

诗篇浑漫兴—作与,春来花鸟莫深愁。新添水槛供垂钓,故著浮槎替入舟。焉得思如陶谢手,令渠述作与同游。

送裴五赴东川

故人亦流落,高义动乾坤。何日通燕塞,相看老蜀门。东行应暂别,北望苦销魂。凛凛悲秋意,非君谁与论。

赴青城县出成都,寄陶、王二少尹

老耻妻孥笑—作老被樊笼役,贫嗟出入劳。客情投异县,诗态忆吾—作君曹。东郭沧江—作浪合,西山白雪高。文章差底病,回首兴滔滔。

因崔五侍御寄高彭州适

百年已过半,秋至转饥寒。为问彭州牧,何时救急难。

野望因过常少仙

野桥齐度马,秋望转悠哉。竹覆青城合,江从灌口来。入村樵径引,尝果栗皱—作园开。落尽高天日,幽人未遣回。

寄杜位 原注:位京中宅近西曲江,诗尾有述。

近闻宽法离—作别新州,时位因李林甫诸婿贬官。想见怀归尚百忧。逐客虽皆万里去,悲君已是十年流。干戈况复尘—作行随眼,鬓发还应雪—作白满头。玉垒题书心绪乱,何时更得曲江游。

奉简高三十五使君

当代论才子,如公复几人。骅骝开道路,鹰隼出风尘。行色秋将晚,交情老更亲。天涯喜相见,披豁对—作道吾真。

送韩十四江东觐省

兵戈不见老莱衣,叹息人间万事非。我已无家寻弟妹,君今何处访庭闱。黄牛峡静滩声转—作急,白马江寒树影稀。此别应—作还须各努力,故乡犹恐未同—作堪归。

酬高使君相赠

古寺僧牢落,空房客—作得寓居。故人供禄米,邻舍与园蔬。双树容听法,三车肯载书。窥基师以三车自随,前乘经论箱秩,中乘自御,后乘妓女食馔。诗言我如三车自随,但当用以载书耳。草玄吾岂敢,赋或似—作比相如。

草堂即事

荒村建子月,上元二年建子月壬午朔,上受朝贺如正旦仪,以其月为岁首。独树老夫家。雾—作雪里江船渡,风前径竹斜。寒鱼依密藻,宿鹭起圆沙。蜀酒禁愁得,无钱何处赊。

魏十四侍御就弊庐相别

有客骑骢马,江边问草堂。远寻留药价,惜别到—作倒文场。入幕旌旗动,归轩锦绣香。时应念衰疾,书疏—作迹及沧浪。

徐九少尹见过

晚景孤村僻,行军唐以少尹为行军长史数骑来。交新徒有喜,礼厚愧无才。赏静怜云竹,忘归步月台。何当看花蕊,欲发照江梅。

范二员外邈、吴十侍御郁特枉驾阙展待,聊寄此—本下有作字

暂往比邻去—作至,空闻二妙归。幽栖诚简略,衰白已光辉。野外贫家远,村中好客稀。论文或不愧,肯重款柴扉。

王十七侍御抡许携酒至草堂,奉寄此诗,便请邀高三十五使君同到

老夫卧稳朝慵起,白屋寒多暖始开。江鹳—作鹤巧当幽径浴,邻鸡还过短墙来。绣衣屡许携家酝,皂盖能忘折野梅。戏假霜威促山简,须成一醉—作醉里习池回。

王竟携酒,高亦同过,共用寒字

卧病荒郊远,通行小径难。故人能领客,携酒重相看。自愧无鲑—作虾菜,空烦卸马鞍。移樽劝山简,头白恐风寒。原注:高每云:汝年几且

不必小于我。故此句戏之。

陪李七司马皂江上观造竹桥,即日成,往来之人免冬寒入水,聊题短作,简李公二首第二首,草堂本题云:观作桥成月夜舟中有述还呈李司马。

伐竹—作代木为桥结构同,褰裳不涉往来通。天寒白鹤归华表,日落青龙见水中。顾我老非题柱客,知君才是济川功。合欢—作观却笑千年事,驱石何时到海东。

把烛成桥—作桥成夜,回舟坐客—作客坐时。天高云去尽,江迥月来迟。衰谢多扶病,招邀屡有期。异方乘此兴,乐罢不无悲。

李司马桥了—作成承—一本无承字高使君自成都回

向来江上手纷纷,三日成功事出群。已传童子骑青竹—作马,总拟桥东待使君。

少年行二首

莫笑田家老瓦盆,自从盛酒长—作养儿孙。倾银注瓦—作玉惊人眼,共醉终同卧竹根。

巢燕养—作引雏—作儿浑去尽,江花结子已—作也无多。黄衫年少来宜—作宜来数,不见堂前东逝波。

野人送朱樱

西蜀樱桃也自红,野人相赠满筠笼。数回细写愁仍破,万颗匀圆讶许同。忆昨赐沾门下省,退朝擎出大明宫。金盘玉箸无消息,此日尝新任转蓬。

即事

百宝装腰带,真珠络臂鞲。笑时花近眼,舞罢锦缠头。

赠花卿

锦城丝管日纷纷,半入江风半入云。此曲只应天上有—作去,人间能得几回闻。

少年行

马上—作骑马谁家薄媚—作白面郎,临阶—作轩下马坐—作踏人床。不通姓字粗豪—作疏甚,指点银瓶索酒尝—作酒未尝。

观李固请司马弟山水图三首

简易高人意—作体,匡床竹火炉。寒天留远客,碧海挂新图,虽对连山好,贪看绝岛孤。群仙不愁思,冉冉下蓬壶。

方丈浑连水,天台总映云。人间长见画,老去—作身老恨空闻。范蠡舟偏小,王乔鹤不群。此生随万物,何路出尘氛。

高浪垂翻屋,崩崖欲压床。野桥—作楼分子细,沙岸绕微茫。红浸珊瑚短,青悬薜荔长。浮查并坐得—作相并坐,仙老暂相将。

题桃树

小径升堂旧不斜,五株桃树亦从遮。高秋总喂—作馈贫人实,来岁还舒满眼花。帘户每宜通乳燕,儿童莫信打慈鸦。寡妻群盗非今日,天下车书正—作已一家。

萧八明府堤—作实处觅桃栽

奉乞桃栽一百根,春前为送浣花村。河阳县里虽无数,濯锦江边—作头未满园。

从韦二明府续处觅绵—作锦竹

华轩蔼蔼他年到,绵竹亭亭出县高。江上舍前无此物,幸分苍翠拂波涛。

凭何十一少府邕觅桤木栽

草堂堑西无树林—作木,非子谁复见幽心。饱闻桤木三年大,与致溪边十亩阴。

凭韦少府班觅松树子—本有栽字

落落出群非榉柳,青青不朽岂杨梅。欲存老盖千年意,为觅霜根数寸栽—作来。

又于韦处乞大邑瓷碗

大邑烧瓷轻且坚,扣如哀—作寒玉锦城传。君家白碗胜霜雪,急送茅斋也可怜。

诣徐卿觅果栽

草堂少花今欲栽,不问绿李与黄梅。石笋

街中却归去,果园坊里为求来。

赠别何邕

生死论交地,何由见一人。悲君随燕雀,薄宦走风尘。绵谷元通汉,沱江不向秦。五陵花满眼,传语故乡春。

赠别郑炼赴襄阳

戎马交驰际,柴门老病身。把君诗过日一作日,念此别惊神一作念别意惊神。地阔峨眉晚一作晓,一作远,天高岘首春。为于耆旧内,试觅姓庞人。

重赠郑炼

郑子将行罢使臣,囊无一物献尊亲。江山路远羁离日,裘马谁为感激人。